LA RUEDA DEL TIEMPO

LA RUEDA DEL TIEMPO

1

EL OJO DEL MUNDO

ROBERT JORDAN

minotauro

Obra editada en colaboración con Editorial Planeta – España

Título original: *The Eye of the World*

© 1990, Robert Jordan

Traducción: © Dolors Gallart
Revisión del texto: Mila López

© 2019, Editorial Planeta, S. A. – Barcelona, España

Derechos reservados

© 2021, Editorial Planeta Mexicana, S.A. de C.V.
Bajo el sello editorial MINOTAURO M.R.
Avenida Presidente Masarik núm. 111,
Piso 2, Polanco V Sección, Miguel Hidalgo
C.P. 11560, Ciudad de México
www.planetadelibros.com.mx

Adaptación de la portada: Booket / Área Editorial Grupo Planeta
Ilustraciones de interior: Matthew C. Nielsen y Ellisa Mitchell
Mapas: Ellisa Mitchell

Primera edición impresa en España: noviembre de 2021
ISBN: 978-84-450-0700-6

Primera edición impresa en México: noviembre de 2021
Primera reimpresión en México: febrero de 2022
ISBN: 978-607-07-8282-4

Impreso en los talleres de Impresora Tauro, S.A. de C.V.
Av. Año de Juárez 343, Colonia Granjas San Antonio, Iztapalapa
C.P. 09070, Ciudad de México.
Impreso en México –*Printed in Mexico*

Para Harriet,
corazón de mi corazón,
luz de mi vida,
para siempre

Y la Sombra se abatió sobre la tierra y el mundo se hendió piedra por piedra. Los océanos se desvanecieron y las montañas fueron engullidas, y las naciones fueron dispersadas hacia los ocho ángulos del mundo. La luna era igual que la sangre y el sol como la ceniza. Los mares hervían, y los vivos envidiaban a los muertos. Todo quedó destrozado y todo se perdió excepto el recuerdo, y una memoria prevaleció sobre las demás, la de aquel que atrajo la Sombra y el Desmembramiento del Mundo. Y a aquél lo llamaron el Dragón.

De *Aleth nin Taerin alta Camora,*
El Desmembramiento del Mundo.
Autor anónimo, Cuarta Era

Y sucedió que en aquellos días, como había acontecido antes y volvería a acontecer, la oscuridad cernía su peso sobre la tierra y oprimía el corazón de los hombres, y el verdor de las plantas palidecía y la esperanza desfallecía. Y los hombres invocaron al Creador, diciendo: Oh, Luz de los Cielos, Luz del Mundo, haced que el Redentor Prometido nazca del seno de la montaña, tal como afirman las profecías, tal como acaeció en las eras pasadas y sucederá en las venideras. Haced que el Príncipe de la Mañana cante en honor de la tierra para que crezcan las verdes cosechas y los valles produzcan corderos. Permitid que el brazo del Señor del Alba nos proteja de la Oscuridad y que la gran espada de la justicia nos defienda. Haced que el Dragón cabalgue de nuevo a lomos de los vendavales del tiempo.

De *Charal Drianaan te Calamon,*
El Ciclo del Dragón.
Autor anónimo, Cuarta Era

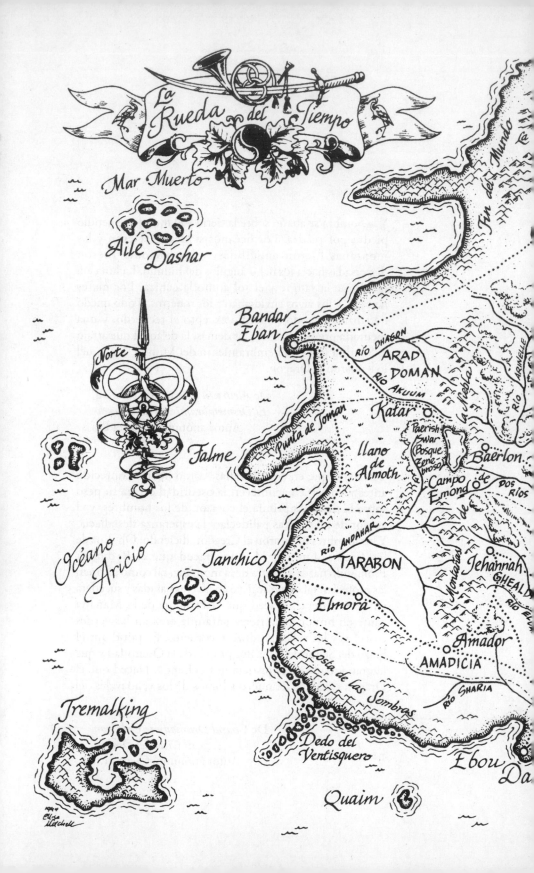

Shayol Ghul
Tierras Malditas
La Llaga
Montañas Funestas
desfiladero de Jarwin
Maradon
Chachin
Shol Arbela
Fal Dara
Fal Moran
Puerto de Niamh
Llano de las Lanzas
KANDOR
ARAFEL
SHIENAR
LDAEA
Colinas Negras
Yermo de Aiel
Daga del Verdugo de la Humanidad
Tar Valon
Río Ivo
Río Luan
Monte del Dragón
Río Haevin
Río Gaelin
Paso de Jangai
Rhuidean
Pastos de Caralain
Cairhien
Río Alguenya
Bosque de Braem
CAIRHIEN
ANDOR
COLUMNA VERTEBRAL del Mundo
Cuatro Reyes
Caemlyn
Puente Blanco
Aringill
Río Storn
Río Iralell
ro de Garen
Río Manetherendrelle
Lugard
Colinas de Kintara
Río Erinin
MURANDY
Far Madding
Haddon Mirk
Stedding Shangtai
Río Cary
Llanos de Maredo
lidar
ALTARA
TEAR
Tear
ILLIAN
Godan
Tierras Anegadas
Dedos del Dragón
Illian
Mayene
Mar de las Tormentas
Cindaking
a las islas de los Marinos

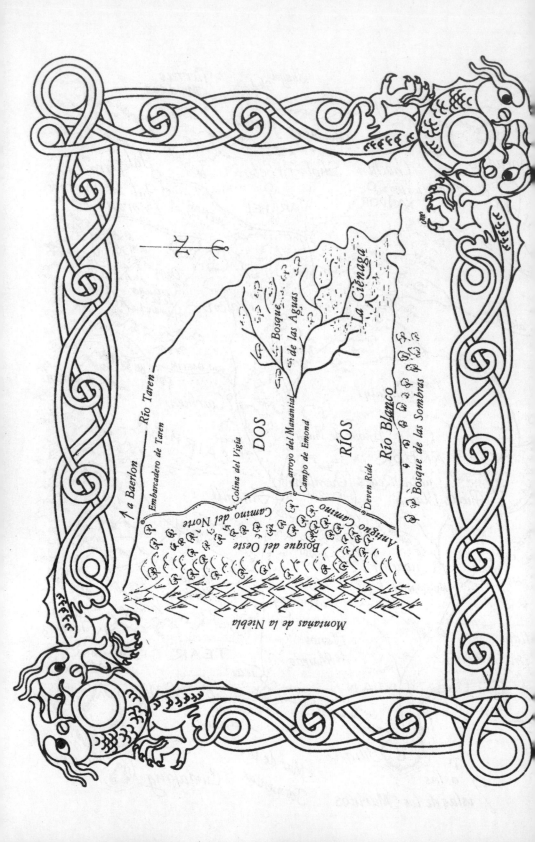

PRÓLOGO

El Monte del Dragón

El palacio todavía se agitaba en ocasiones mientras la tierra retumbaba en la memoria; crujía como si quisiera negar lo acontecido. Haces de luz, filtrados a través de las hendiduras de la pared, hacían resplandecer las motas de polvo suspendidas en el aire. Las paredes, el suelo y los techos conservaban las marcas del paso del fuego. Amplias manchas negras cruzaban las pinturas y oropeles arrasados de lo que en otro tiempo eran abigarrados murales; el hollín cubría frisos desmenuzados de hombres y animales que parecían haber tratado de escapar antes de que la locura cesara. Los cadáveres yacían por doquier; hombres, mujeres y niños alcanzados en la huida por los rayos que se habían abatido sobre cada corredor, abrasados por el fuego que les había seguido los pasos o atrapados en las piedras del palacio que se habían abalanzado sobre ellos como organismos vivos antes del retorno de la calma. Como curioso contrapunto, brillantes tapices y pinturas, todos obras maestras, pendían incólumes excepto en los puntos en que las paredes los habían empujado al pandearse. Los lujosos muebles labrados con incrustaciones de oro y marfil, salvo los que fueron derribados por la protuberancia del suelo, permanecían intactos. El gran descarriador de la mente había golpeado en la esencia sin importarle los objetos que la rodeaban.

Lews Therin Telamon vagaba por el palacio, manteniendo hábilmente el equilibrio cuando la tierra se levantaba.

—¡Ilyena! Amor mío, ¿dónde estás?

El borde de su capa gris claro se arrastraba por la sangre mientras caminaba por encima del cuerpo de una mujer de cabellos rubios cuya belleza estaba desfigurada por el horror de sus últimos momentos; la incredulidad había quedado plasmada en sus ojos, todavía abiertos.

—¿Dónde estás, esposa mía? —seguía implorante—. ¿Dónde se han escondido todos?

Sus ojos toparon con su propia imagen reflejada en un espejo que colgaba torcido sobre el mármol cuarteado. Su atuendo, de color gris, escarlata y dorado, antaño majestuoso, cuya tela primorosamente bordada había sido traída por los mercaderes de allende el Mar del Mundo, se hallaba ahora ajada y sucia, cargada con la misma capa de polvo que le cubría los cabellos y la piel. Por un instante tocó el símbolo que lucía su capa, un círculo mitad blanco y mitad negro, con los colores separados por una línea irregular. Aquel símbolo tenía algún significado. Sin embargo, el emblema bordado no logró retener largo tiempo su atención. Contemplaba su propio reflejo con igual asombro. Un hombre alto, de mediana edad, apuesto en otro tiempo, pero que tenía más cabellos blancos que castaños y un rostro marcado por el esfuerzo y la preocupación; sus ojos oscuros habían visto ya demasiado. Lews Therin comenzó a reír entre dientes, después echó la cabeza hacia atrás; su risa resonó por las salas deshabitadas.

—¡Ilyena, amor mío! Ven a mí, esposa mía. Debes ver esto.

Tras él, el aire se ondulaba, relucía, se solidificaba para conformar el contorno de un hombre que miró en torno a sí con la boca contraída en un rictus de disgusto. De menor estatura que Lews Therin, vestía por completo de negro con excepción de un lazo blanco que rodeaba su garganta y el adorno plateado en la solapa de sus botas. Avanzó con cautela, recogiendo su capa con fastidio para evitar que rozara a los muertos. El suelo experimentó un leve temblor, pero su atención estaba concentrada en el hombre que reía de cara al espejo.

—Señor de la Mañana —dijo—, he venido a buscarte.

La risa paró en seco, como si nunca hubiera existido, y Lews Therin se volvió sin mostrar asombro alguno.

—Ah, un huésped. ¿Tenéis buena voz, forastero? Pronto llegará el momento de cantar y aquí sois todos bien acogidos para tomar parte en ello. Ilyena, amor mío, tenemos una visita. Ilyena, ¿dónde estás?

Los ojos del hombre de negro se abrieron con desmesura para posarse sobre el cadáver de la mujer de pelo dorado y volver a fijarse de nuevo en Lews Therin.

—Que Shai'tan os tome para sí; ¿acaso la corrupción os atenaza hasta tal punto el entendimiento?

—Ese nombre. Shai... —Lews Therin se estremeció y alzó una mano como para protegerse de algo—. No debéis pronunciar ese nombre. Es peligroso.

—Veo que al menos recordáis esto. Es peligroso para vos, imbécil, no para mí. ¿Qué más os viene a la memoria? ¡Recordad, idiota cegado por la Luz! ¡No permitiré que esto acabe sin que vos recobréis la conciencia! ¡Recordad!

Durante un instante Lews Therin contempló su mano levantada, fascinado por las manchas de suciedad. Entonces se restregó la mano en su capa, aún más mugrienta, y volvió a dedicar su atención al otro hombre.

—¿Quién sois? ¿Qué queréis?

El individuo ataviado de negro se irguió con arrogancia.

—Antes me llamaban Elan Morin Tedronai, pero ahora...

—Traidor de la Esperanza. Fue un susurro salido de boca de Lews Therin. El recuerdo despuntaba en él, pero giró la cabeza, negándose a abrazarlo.

—De modo que recordáis algunas cosas. Sí, Traidor de la Esperanza. Así me bautizaron los hombres, como a vos os pusieron el nombre de Dragón, con la diferencia de que yo he adoptado el apelativo. Me lo otorgaron como un insulto y, sin embargo, yo los obligaré a arrodillarse y rendirle adoración. ¿Qué vais a hacer vos con vuestro nombre? A partir de hoy, os llamarán Verdugo de la Humanidad. ¿Qué postura vais a adoptar?

Lews Therin arrugó la frente y abarcó con la mirada la sala en ruinas.

—Ilyena debería estar aquí para dar la bienvenida a un huésped —murmuró distraído antes de levantar la voz—. Ilyena, ¿dónde estás?

El suelo se estremeció y agitó el cuerpo de la mujer de cabello rubio como si formulara una respuesta a su llamada. Sus ojos no la percibieron.

—Reparad en vos —dijo despreciativo Elan Morin con una mueca—. En otro tiempo fuisteis el primero entre los Siervos. Hubo una época en que llevabais el anillo de Tamyrlin y os sentabais en el solio de la Sede Amyrlin, una época en que invocasteis los Nueve Cetros del Dominio. ¡Miraos ahora! Un desgraciado que mueve a compasión. Pero eso no me basta. Vos me vencisteis en las Puertas de Paaran Disen; sin embargo, ahora soy yo el más grande. No os dejaré morir sin que os deis cuenta. Cuando fallezcáis, vuestro último pensamiento será la plena conciencia de vuestra derrota, de vuestro total aniquilamiento. Suponiendo que os conceda la suerte de morir.

—No entiendo por qué tarda tanto Ilyena. Me reñirá cuando vea que no le he presentado a nuestro invitado. Espero que os guste conver-

15

sar porque a ella le encanta. Os prevengo, Ilyena os hará tantas preguntas que lo más probable es que terminaréis por contarle todo cuanto sabéis.

Elan Morin arrojó hacia atrás su capa negra y dobló las manos.

—Es una lástima para vos que no esté presente ninguna de vuestras hermanas —musitó—. Nunca he sido muy diestro con la curación, y ahora me sirvo de un poder distinto. Pero ni siquiera una de ellas podría proporcionaros unos minutos de lucidez, en caso de que vos mismo no la destruyerais antes. Lo que yo soy capaz de hacer será igualmente válido para mis propósitos. —Su súbita sonrisa era cruel—. Aun así, me temo que los remedios de Shai'tan son distintos de cuantos conocéis. ¡Que la salud retorne a ti, Lews Therin!

Extendió una mano y la luz se convirtió en penumbra, como si una sombra hubiera ocultado el sol.

El dolor se adueñó de Lews Therin y no logró contener los gritos que parecían salidos de sus entrañas. El fuego invadió su médula mientras el ácido recorría sus venas. Cayó de espaldas, aplastado sobre el suelo de mármol; su cabeza golpeó la piedra y rebotó. El corazón le latía de forma vertiginosa, como si fuera a salírsele del pecho, y cada pulsación traía consigo una nueva oleada de ardor. Preso de convulsiones, se revolvía indefenso con el cráneo convertido en una esfera de puro sufrimiento que parecía que fuera a estallar en cualquier momento. Sus roncos gemidos resonaban por todo el palacio.

Poco a poco, con una lentitud extrema, el dolor disminuyó. Tras su retirada, que pareció durar mil años, él se agitó espasmódicamente e inhaló con avidez el aire a través de una garganta seca. Se le antojó que podía haber transcurrido otro milenio antes de recobrar la capacidad de incorporarse, con los músculos doloridos, ayudado de manos y pies. Sus ojos se posaron sobre la mujer de cabellera dorada, y el grito que brotó de su interior restó intensidad a los sonidos exhalados antes. Tambaleante, gateó hasta ella. Hubo de hacer uso de todas sus fuerzas para tomarla en brazos. Las manos le temblaban al apartarle los cabellos del rostro, que todavía miraba con sus ojos muertos.

—¡Ilyena! ¡Que la Luz me proteja, Ilyena! —Su cuerpo se doblegó en actitud protectora sobre la mujer, al tiempo que sus sollozos sonaban como los gritos desatados del hombre a quien no le queda ningún motivo para seguir viviendo—. ¡Ilyena, no! ¡No!

—Podéis recobrarla, Verdugo de la Humanidad. El Gran Señor de la Oscuridad puede devolverle la vida si estáis dispuesto a servirlo. Si estáis dispuesto a servirme a mí.

Lews Therin alzó la cabeza y el sombrío personaje retrocedió involuntariamente un paso bajo el peso de su mirada.

16

—Diez años, Traidor —dijo en voz baja Lews Therin, mostrando la misma suavidad del acero al ser desenfundado—. Hace diez años que vuestro enloquecido amo viene destruyendo el mundo. Y ahora esto. Voy a...

—¡Diez años! ¡Estúpido sin remedio! Esta guerra no se desarrolla desde hace diez años, sino desde el inicio del tiempo. ¡Vos y yo hemos librado miles de batallas al compás de los giros de la Rueda, un millón de veces, y lucharemos hasta que el tiempo se detenga y suene el triunfo de la Sombra!

Terminó su explicación con un grito y el puño levantado y en esta ocasión fue Lews Therin quien dio un paso atrás, con la respiración contenida ante el destello de los ojos del Traidor.

Lews Therin depositó amorosamente a Ilyena en el suelo y le acarició con ternura los cabellos. Las lágrimas le nublaban la visión al levantarse, pero su voz sonó con la frialdad del metal.

—Por todo cuanto habéis hecho, no puede existir el perdón para vos, Traidor, pero por la muerte de Ilyena os destruiré de tal modo que ni vuestro amo podrá ayudaros. Preparaos para...

—¡Recordad, imbécil! ¡Acordaos de vuestro fútil ataque al Gran Señor de la Oscuridad! ¡Acordaos de su contraataque! ¡Acordaos! En estos precisos momentos, los Cien Compañeros están desgarrando el mundo y con cada día que pasa se une a ellos un ciento más. ¿Qué mano ha asesinado a Ilyena, la de cabellos dorados? No ha sido la mía. No ha sido la mía. ¿Qué mano ha acabado con la vida de quienes llevaban una gota de vuestra misma sangre, de todos aquellos a quienes vos amabais? No la mía, Verdugo de la Humanidad. No la mía. ¡Rememorad y sabréis así cuál es el precio que se paga por enfrentarse a Shai'tan!

Un sudor repentino surcó la cara de Lews Therin, cubierta de polvo y mugre. Recordó, a través de una imagen nebulosa parecida a un sueño forjado en otro sueño; no obstante, sabía que aquello era cierto.

Su aullido resonó en las paredes; era el grito de un hombre que había descubierto su alma condenada por su propia mano, y se arañó el rostro como si quisiera arrancar la imagen de lo que había hecho. Dondequiera que mirase sus ojos se topaban con cadáveres. Estaban despedazados, quebrados, quemados o engullidos a medias por las piedras. Por todas partes yacían inertes seres que conocía, seres a quienes amaba. Viejos sirvientes y amigos de infancia, fieles compañeros que lucharon con él durante los largos años de combate. Sus propios hijos e hijas, desparramados como muñecos rotos, jugaban inmóviles para siempre jamás. Todos abatidos por su mano. Los rostros de sus hijos lo acusaban, con los ojos en blanco preguntando por qué, y sus lágrimas no podían explicar la razón. Las risas del Traidor machacaban sus oídos, amortiguando sus alaridos. No podía contemplar las caras, el horror. No podía soportar permanecer allí por más tiempo. Con desesperación invocó la Fuente Verdadera, el corrupto *Saidin,* y emprendió el Viaje.

La tierra en torno a sí estaba desolada y vacía. Un río discurría en las cercanías, ancho y recto, pero podía adivinar que no había ningún ser humano en cien leguas a la redonda. Estaba solo, solo como únicamente podía hallarse un hombre aún con vida y, sin embargo, no podía huir del recuerdo. Los ojos lo perseguían a través de los infinitos recovecos de su mente. No podía ocultarse delante de ellos. Los ojos de sus hijos. Los ojos de Ilyena. Las lágrimas fluían por sus mejillas cuando alzó el rostro hacia el cielo.

—¡Luz, perdóname! —No creía que pudiera alcanzarle el perdón. Éste no existía para lo que había perpetrado. No obstante gritaba en dirección a la bóveda celeste; imploraba aquello que sabía no era digno de recibir—: ¡Luz, perdóname!

Todavía estaba en contacto con *Saidin,* la porción masculina del poder que dirigía el universo, que hacía girar la Rueda del Tiempo, y percibía la aceitosa mancha que maculaba su superficie, la infección del contraataque de la Sombra, la corrupción que había sumido el mundo en la destrucción. Y todo por su culpa, porque, henchido de orgullo, había creído que los hombres podían igualar al Creador, podían reparar la obra del Creador que ellos mismos habían destrozado. Su orgullo lo había inducido a creerlo.

Aspiró con avidez el contenido de la Fuente Verdadera, con más intensidad a cada segundo, como un hombre que desfalleciera de sed. A poco había absorbido más sustancia del Poder Único de la que podía encauzar por sí mismo; la piel le ardía como si estuviera en llamas. Con gran esfuerzo, se obligó a ingerir más, tratando de engullirla en su totalidad.

—¡Luz, perdóname! ¡Ilyena!

El aire se convirtió en fuego, el fuego en luz líquida. El rayo surgido del cielo habría abrasado y cegado cualquier ojo que lo hubiera avistado, incluso por espacio de un instante. Brotado del firmamento, atravesó a Lews Therin Telamon y penetró en las entrañas de la tierra. Las piedras se convirtieron en vapor al entrar en contacto con él. La tierra se agitó, tembló como un ser vivo atenazado por el dolor. La reluciente estela sólo existió durante un segundo, uniendo cielo y tierra, pero una vez transcurrido éste el suelo se estremeció como un mar azotado por la tormenta. La roca fundida surcaba el aire, alcanzando una altura de quinientos pies, y el rugiente terreno se levantaba, elevando el abrasador surtidor cada vez más arriba. De norte a sur, de este a oeste, el viento aullaba, arrancaba árboles como si fueran meras ramitas, como si su atronador soplido acudiera para impulsar a la creciente montaña en dirección al cielo, a una altura más y más imponderable.

Por fin el viento amainó y la tierra apaciguó sus trémulos murmullos. De Lews Therin no quedó señal. En el lugar donde había estado se alzaba ahora una alta montaña que horadaba el cielo y escupía aún lava líquida por su pico quebrado. El ancho río de cauce recto había sido desviado y formaba una curva alejada de la montaña; había quedado dividido en dos ramales, en medio de los cuales había una isla alargada. La sombra de la montaña casi se proyectaba sobre la isla, descargando su oscuridad sobre los campos como la ominosa mano de una profecía. Durante un tiempo, los amortiguados rumores de protesta de la tierra fueron el único sonido emitido allí.

En la isla, el aire vibraba y entrechocaba. El hombre vestido de negro contemplaba la impresionante montaña que se elevaba en la llanura. Su rostro se hallaba desfigurado por la rabia y el rencor.

—No podéis escapar tan fácilmente, Dragón. Aún no ha terminado nuestra contienda y ésta no terminará hasta el fin de los tiempos.

Después desapareció, y la montaña y la isla permanecieron solas, esperando.

1

UN CAMINO SOLITARIO

La Rueda del Tiempo gira, y las eras llegan y pasan y dejan tras de sí recuerdos que se convierten en leyenda. La leyenda se difumina, deviene mito, e incluso el mito se ha olvidado mucho antes de que la era que lo vio nacer retorne de nuevo. En una era llamada la tercera era por algunos, una era que ha de venir, una era transcurrida hace mucho, comenzó a soplar un viento en las Montañas de la Niebla. El viento no fue el inicio, pues no existen comienzos ni finales en el eterno girar de la Rueda del Tiempo. Pero aquél fue un inicio.

Nacido bajo los picos tocados por las sempiternas nubes que dieron su nombre a las montañas, el viento sopló hacia el este, cruzando las Colinas de Arena, antaño riberas de un gran océano, en un tiempo anterior al Desmembramiento del Mundo. Siguió su rumbo hasta Dos Ríos, penetrando la enmarañada floresta llamada Bosque del Oeste, y su fuerza golpeó a dos hombres que caminaban junto a un carro y un caballo por un sendero sembrado de piedras denominado Camino de la Cantera. Pese a que la primavera debiera haber hecho notar su presencia un mes antes, el aire se hallaba preñado de una gelidez que parecía augurar una nevada.

Las ráfagas aplastaban la capa de Rand al'Thor contra su espalda y el tejido de lana de color terroso le azotaba las piernas continuamente. Deseó que su capa fuera más pesada o haberse puesto una camisa de más antes de partir. La mayor parte de las veces en que trataba de arroparse con ella, la capa se enganchaba en el carcaj que pendía de su cadera. De poco servían sus intentos de retener la prenda con una mano; en la otra llevaba un arco, con una flecha dispuesta para surcar el aire.

Cuando una racha especialmente furiosa le arrebató la capa de la mano, dirigió la mirada a su padre por encima del peludo lomo castaño de la yegua. Sentía que era una tontería comprobar que Tam estaba todavía allí, pero aquel día tenía algo especial. Fuera del aullido del viento al levantarse, reinaba el más absoluto silencio en el campo, y el leve crujido del eje sonaba estruendoso por contraste. Ningún pájaro cantaba en el bosque, ninguna ardilla saltaba en las ramas. Tampoco esperaba verlos realmente, no aquella primavera.

Sólo los árboles que mantenían sus hojas durante el invierno mostraban algún signo de verdor. Marañas de zarzas del año anterior se extendían con telarañas parduscas sobre las piedras que sobresalían bajo la arboleda. Las ortigas eran las hierbas más numerosas; el resto eran especies de cardos erizados de espinas o plantas hediondas, que dejaban un fétido olor en las botas del caminante que las pisaba distraído. El suelo aún se veía cubierto por blancas manchas de nieve bajo la sombra del tupido ramaje. En donde lograba filtrarse, el sol parecía apagado. El pálido astro permanecía sobre los árboles, en el lado oeste, pero su luz era decididamente mortecina, como si estuviera entremezclada con sombra. Era una mañana desapacible, que propiciaba pensamientos inquietantes.

Sin reflexionar, tocó la muesca de la flecha; estaba presta para alzarla hasta su mejilla, tal como le había enseñado Tam. El invierno había sido bastante riguroso en las granjas, peor que ninguno de los que recordaban los más viejos del lugar; sin embargo, su dureza había sido sin duda aún mayor en las montañas, a juzgar por la cantidad de lobos que descendían hasta Dos Ríos. Los lobos atacaban por sorpresa los rediles de ovejas y se abrían camino hasta los corrales para dar cuenta de terneros y caballos. Los osos también habían perseguido al ganado, en lugares en donde no se habían visto tales animales desde hacía años. Ya no era seguro salir a la intemperie después del crepúsculo, pues los hombres eran tomados como presas al igual que los corderos, y a veces ello ocurría incluso antes de la caída del sol.

Tam andaba a grandes zancadas al otro lado de *Bela;* utilizaba su lanza como vara de apoyo sin hacer caso del viento que hacía ondear

22

su capa marrón igual que una bandera. De tanto en tanto, tocaba levemente el flanco de la yegua para recordarle que había que seguir camino. Con su fornido pecho y su amplio rostro, su firmeza era un anclaje en la realidad en aquella mañana, como una piedra en medio de un sueño inaprensible. Pese a las arrugas que surcaban sus mejillas atezadas por el sol y las escasas hebras negras que se distinguían en su pelo cano, estaba imbuido de un aire de solidez, como si un torrente pudiera abalanzarse a su alrededor sin hacer tambalear sus pies. Ahora renqueaba impávido sendero abajo. Los lobos y los osos estaban muy bien, indicaba su ademán, pero era preferible para ellos que no intentaran detener el paso de Tam al'Thor cuando se dirigía a Campo de Emond.

Con un arrebato de culpa, Rand volvió a centrar la vista en el lado del camino que dominaba él, atraído al sentido del deber por la actitud práctica de Tam. Era una cabeza más alto que su padre, más alto que ningún habitante de la zona, y había heredado bien poco de su aspecto físico, a no ser tal vez un cierto parecido en los hombros. Sus ojos grises y el tono rojizo de sus cabellos provenían de su madre, según Tam. Ella no era natural de aquellas tierras y Rand apenas conservaba el recuerdo de su rostro sonriente, si bien depositaba flores en su tumba todos los años, en Bel Tine, en primavera y en Día Solar, en verano.

Dos pequeñas barricas del licor de manzana elaborado por Tam reposaban en la traqueteante carreta, además de ocho barriles, de mayor tamaño, de sidra de manzana. Tam, que suministraba la misma cantidad cada año a la Posada del Manantial para consumir durante la celebración de Bel Tine, había declarado que ni los lobos ni el gélido viento bastarían para impedirle hacerlo aquella primavera. De todos modos, no habían visitado el pueblo durante semanas. Ni siquiera Tam se aventuraba por los caminos más de lo imprescindible por aquella época. Pero Tam había dado su palabra respecto al licor y la sidra, aun cuando hubiera esperado a efectuar la entrega hasta la víspera de la festividad. Para Tam era importante hacer honor a la palabra dada. Rand, por su parte, estaba contento de poder salir de la granja, casi tan contento como por la proximidad de Bel Tine.

Mientras Rand vigilaba la orilla del sendero, iba creciendo en él la sensación de ser observado. Durante un rato trató de zafarse de ella. Excepto el viento, nada se movía ni exhalaba un sonido entre los árboles. Sin embargo, aquella impresión no sólo persistía sino que se tornaba cada vez más definida. El vello de sus brazos estaba hirsuto, la piel le picaba con un hormigueo que parecía provenir de su interior.

Apartó con irritación el arco para frotarse el brazo, mientras se decía a sí mismo que no debía sucumbir a la imaginación. No había nada en el bosque a su lado del camino y Tam habría hablado si hubiera visto algo en el otro. Miró hacia atrás por encima del hombro... y parpadeó. A poco más de veinte espanes de distancia, una silueta envuelta en una capa cabalgaba tras ellos, conformando una unidad con su montura, ambos negros, sombríos y sin brillo.

En principio fue la inercia lo que lo hizo seguir caminando de espaldas junto al carro, mientras observaba.

La capa del jinete lo cubría hasta la embocadura de las botas y la capucha estaba tan bajada que no se le veía el rostro. De un modo vago, Rand pensó que aquel hombre tenía algo particular, pero era la penumbra tras la apertura de la capucha lo que le fascinaba. Apenas veía los más borrosos contornos de una cara y, sin embargo, sentía que estaba mirando directamente a los ojos del desconocido. Y no podía apartar la vista. Las náuseas se apoderaron de su estómago. Sólo podían avistarse sombras entre los pliegues de la capucha, pero percibía el odio con tanta intensidad como si viera un rostro deformado por él. Era un odio que abarcaba a todo ser viviente. Un odio dirigido a él, especialmente.

De pronto una piedra le golpeó el tobillo y dio un traspié, lo cual le hizo apartar los ojos del oscuro jinete. El arco cayó al suelo y únicamente logró mantener el equilibrio agarrándose a los arreos de *Bela*. La yegua se detuvo con un resoplido de sorpresa y giró la cabeza para ver qué se había prendido a ella.

—¿Estás bien, muchacho?

—Un jinete —dijo Rand sin resuello—. Un desconocido que nos sigue.

—¿Dónde? —Tam alzó su lanza y miró con cautela hacia atrás.

—Allí, debajo de...

La explicación de Rand quedó interrumpida al volverse para señalar. El camino se hallaba vacío tras ellos. Las peladas ramas de los árboles no ofrecían resguardo ante la mirada y, no obstante, no había ni rastro del hombre ni del caballo. Sus ojos toparon con la muda pregunta en el rostro de su padre.

—Estaba allí —repuso—. Era un hombre con una capa negra, montado en un caballo negro.

—No pondría en duda tu palabra, hijo, pero ¿adónde se ha ido?

—No lo sé. Pero estaba allí. —Recogió el arco y la flecha y comprobó apresurado la emplumadura para volver a aprestar el arma, la cual estuvo a punto de disparar antes de distender de nuevo la cuerda—. Estaba allí.

Tam sacudió la cabeza.

—Si tú lo dices, muchacho. Veamos, un caballo deja huellas de herraduras, incluso en este suelo rocoso. —Comenzó a caminar hacia la

24

parte trasera del carro, con la capa agitada por el viento—. Si las encontramos, sabremos con certeza que estaba allí. Si no... Bueno, en estos días es fácil que un hombre crea ver visiones.

Rand se dio cuenta de improviso de cuál era la rareza que caracterizaba al jinete, aparte de su mera presencia en aquel lugar. El viento que los golpeaba a él y a Tam no había movido siquiera un pliegue de aquella capa negra. Sintió de repente la boca seca. Debió de haberlo imaginado. Su padre tenía razón; aquella mañana era como para hacer volar la imaginación de un hombre. No obstante, no creía que ése fuera su caso. El inconveniente era de qué modo iba a decirle a su padre que el hombre que se había esfumado aparentemente en el aire llevaba una capa en la que el viento no hacía mella.

Con expresión preocupada miró con atención la maleza que los rodeaba; se le antojaba distinta de las otras veces. Casi desde que fue capaz de caminar, había corrido solo por el bosque. Los remansos y los arroyos del Bosque de las Aguas, situado más allá de la última granja al este de Campo de Emond, eran los parajes donde había aprendido a nadar. Había explorado el terreno hasta las Colinas de Arena —lo cual mucha gente de Campo de Emond decía que traía mala suerte— y en una ocasión había llegado hasta las mismas faldas de las Montañas de la Niebla, acompañado de sus mejores amigos, Mat Cauthon y Perrin Aybara. Eso se hallaba mucho más lejos de los lugares frecuentados por lo habitantes de Campo de Emond, para quienes un viaje hasta el pueblo más cercano, subiendo hacia Colina del Vigía o bajando hacia Deven Ride, representaba un gran acontecimiento. En ninguna de aquellas excursiones había encontrado un paraje que le inspirara temor. Pero aquel día el Bosque del Oeste no era un lugar que le resultara familiar. Un hombre que podía desaparecer de forma tan repentina podía reaparecer de igual modo, tal vez incluso justo a su lado.

—No, padre, no es preciso. —Cuando Tam se detuvo sorprendido, Rand ocultó el rubor de su cara con la capucha de la capa—. Sin duda tienes razón. No tiene sentido buscar lo que ya no está allí cuando podemos emplear ese tiempo en acercarnos al pueblo y librarnos así de este viento.

—No me vendría mal fumarme una pipa —dijo Tam— y tomar una jarra de cerveza al calor del fuego. —Sonrió de improviso—. Y supongo que estás ansioso por ver a Egwene.

Rand logró esbozar una sonrisa. Entre todas las cosas en que deseaba pensar en aquellos instantes, la hija del alcalde tenía poca cabida. No necesitaba más confusión. A lo largo del último año, ésta le había provocado nerviosismo en cada uno de sus encuentros y, lo que era peor, ella no parecía ni advertir su malestar. No, francamente no quería incorporar a Egwene en sus pensamientos.

Tenía la esperanza de que su padre no hubiera reparado en su temor cuando Tam dijo:

—Recuerda la llama, muchacho, y el vacío.

Era bien raro aquello que Tam le había enseñado. Concentrarse en una sola llama y arrojar a ella todas las propias pasiones —temor, odio, rabia— hasta que la mente quedara en blanco. Intégrate en el vacío, le decía Tam, y lograrás cuanto te propongas. Aparte de él, nadie hablaba de ese modo en Campo de Emond. Pero Tam ganaba cada año en Bel Tine el concurso de tiro con arco gracias a la aplicación de su teoría de la llama y el vacío. Rand abrigaba alguna expectativa en poder clasificarse él mismo aquel año, si era capaz de vaciar su mente. El hecho de que Tam lo hubiera mencionado ahora significaba que sí se había dado cuenta; sin embargo, prefirió no añadir nada más sobre el tema.

Tam azuzó a *Bela* con un chasquido de lengua y prosiguieron camino. Rand deseaba poder imitar a su padre, quien caminaba a grandes zancadas como si nada hubiera sucedido hasta entonces y nada pudiera ocurrir después. Intentó forjar el vacío en su mente, pero éste le rehuía y tornaban las imágenes habitadas por el jinete de capa negra.

Quería creer que Tam estaba en lo cierto, que aquel hombre sólo había sido producto de su imaginación; pero recordaba con demasiada precisión aquel sentimiento de odio. Alguien había estado allí, y ese alguien quería hacerle daño. No paró de mirar atrás hasta verse rodeado por los puntiguados tejados de paja de Campo de Emond.

El pueblo se hallaba adosado al Bosque del Oeste, que se aclaraba de forma gradual hasta los últimos árboles, que se encontraban ya entre las macizas moles de casas. El terreno trazaba una suave pendiente hacia el este. Salpicados por retazos de arboleda, las granjas y prados con cerca ocupaban el territorio que separaba la población del Bosque de las Aguas y su maraña de arroyos y balsas. La tierra del oeste era tan fértil como la restante y los pastos crecían con abundancia allí casi todos los años; no obstante, apenas se veían granjas del lado del Bosque del Oeste. La escasez de asentamiento humano se reducía a la inexistencia a varias millas de distancia de las Colinas de Arena y, por supuesto, de las Montañas de la Niebla, las cuales se alzaban por encima de las copas de los árboles del Bosque del Oeste, distantes, pero claramente visibles desde Campo de Emond. Algunos decían que la tierra era demasiado rocosa, como si no existieran pedregales en todo el término de Dos Ríos, y otros que era un lugar inhóspito. Unos pocos opinaban entre murmullos que no era sensato acercarse a las montañas más de lo estrictamente necesario. Fuera cual fuese el motivo, lo cierto era que sólo los hombres más audaces se aventuraban a trabajar en el Bosque del Oeste.

Los niños y los perros se arremolinaron con gran alboroto en torno al carro una vez que hubieron cruzado la primera hilera de casas. *Bela* trotaba pesada y pacientemente, haciendo caso omiso del griterío de los pequeños, que se amontonaban bajo su hocico jugando a pillapilla y al salto a la pata coja. En el transcurso de los últimos meses apenas se habían escuchado los juegos y las risas de los niños; aun cuando el tiempo había mejorado lo suficiente para permitirles salir, el temor a los lobos los había retenido en las casas. Parecía que la proximidad del Bel Tine les había infundido de nuevo las ganas de jugar.

La festividad había afectado a los adultos por igual. Los postigos estaban abiertos de par en par y en casi todas las casas había una mujer en la ventana, con un delantal y las largas trenzas cubiertas con un pañuelo, que sacudía sábanas o ponía a ventilar los colchones. Tanto si las hojas habían brotado en los árboles como si no, ninguna ama de casa se permitiría dejar pasar Bel Tine sin haber efectuado el aseo primaveral de la casa. En cada uno de los patios colgaban alfombras de las cuerdas y los chiquillos que no habían sido lo bastante rápidos para echar a correr en dirección a la calle descargaban su frustración sobre ellas blandiendo sacudidores de mimbre. En un tejado tras otro, los hombres andaban a gatas, revisando la paja para comprobar si el desgaste del invierno requeriría los servicios de Cenn Buie, el especialista en reparación de techumbres.

Tam se detuvo varias veces para entablar breves conversaciones con algunos transeúntes. Puesto que él y Rand no habían abandonado la granja durante semanas, todo el mundo quería ponerse al corriente de las situación en aquellos parajes. Pocos granjeros del Bosque del Oeste habían visitado el pueblo. Tam hablaba del daño ocasionado por las tormentas de invierno, cada una de ellas más implacable que la anterior, de los corderos que habían nacido muertos, de los campos requemados en los que ya deberían brotar los pastos y las cosechas, de los cuervos que volaban en bandada en lugar de los pajarillos que cantaban por aquella época en años anteriores. Lúgubre intercambio de impresiones en medio de los preparativos de Bel Tine, y frecuentes sacudidas de cabezas. En todas partes ocurría lo mismo.

La mayoría de los hombres se encogían de hombros para decir:

—Bueno, sobreviviremos, con la ayuda de la Luz.

Algunos añadían con una mueca:

—Y si la Luz no nos protege, saldremos adelante también.

Aquél era el talante de casi todos los pobladores de Dos Ríos, gente que había de presenciar cómo el granizo destrozaba sus cosechas o los lobos devoraban sus corderos y volver a comenzar tantas veces como fuera preciso. No, aquella gente no se rendía con facilidad y los que se dejaron doblegar habían perecido hacía ya tiempo.

Tam no se habría detenido a hablar con Wit Congar si el hombre no hubiese salido a la calle y lo hubiese obligado a detener a *Bela* para no correr el riesgo de atropellarlo. Los Congar... y los Coplin; ambas familias tenían tales lazos de sangre que nadie sabía a ciencia cierta dónde comenzaba una y acababa otra: eran conocidos por su fama de pendencieros y querellantes desde Colina del Vigía a Deven Ride, e incluso hasta Embarcadero de Taren.

—Tengo que llevar esto a Bran al'Vere, Wit —dijo Tam, señalando los barriles del carro.

Sin embargo, el enjuto personaje permaneció clavado en el suelo con una agria expresión en el rostro. Había pasado la mañana sentado en las escaleras de su casa en lugar de reparar el tejado, a pesar de que el aspecto de la paja reclamaba a gritos la atención de Cenn Buie. Parecía que nunca se hallaba en situación de comenzar algo o de finalizar lo que había empezado a hacer. La mayor parte de los Coplin y de los Congar tenían la misma disposición, cuando no peor.

—¿Qué vamos a hacer con Nynaeve, al'Thor? —preguntó Congar—. No podemos mantener una Zahorí así en Campo de Emond.

Tam suspiró ruidosamente.

—Eso no nos corresponde a nosotros, Wit. La Zahorí es un asunto que compete a las mujeres.

—Bien, sería mejor que hiciéramos algo, al'Thor. Ella dijo que tendríamos un invierno temperado, y una buena cosecha. Ahora le preguntas qué oye en el viento y te mira con mala cara y se va.

—Si se lo has preguntado de la manera como sueles hacerlo, Wit —replicó paciente Tam—, tienes suerte de que no te haya aporreado con esa vara que lleva. Si no te importa, el licor...

—Es que Nynaeve al'Meara es demasiado joven para ser Zahorí, al'Thor. Si el Círculo de Mujeres no va a reaccionar, tendrá que hacerlo el Consejo del Pueblo.

—¿Acaso es asunto tuyo la Zahorí, Wit Congar? —tronó una voz femenina.

Wit se acobardó al ver salir de la casa a su esposa. Daise Congar era dos veces más fornida que Wit, una mujer con semblante hosco y un cuerpo sin un gramo de grasa. La matrona miraba fijo a su cónyuge con los puños apoyados en la cadera.

—Como intentes siquiera entrometerte en los asuntos del Círculo de Mujeres, verás cómo te diviertes preparándote tu propia comida. Lo cual no harás en mi cocina. Y lavándote la ropa y haciéndote la cama. Y no será en mi propia casa.

—Pero, Daise —se quejó Wit—, sólo estaba...

—Si me disculpáis, Daise —intervino Tam—, Wit. Que la Luz os ilumine.

Puso otra vez en marcha a *Bela*, desviándola alrededor del flaco individuo. Daise estaba concentrada en su marido, pero en cualquier momento podía darse cuenta de quién era la persona que conversaba con él.

Aquélla era la razón por la que no habían aceptado ninguna de las invitaciones recibidas para entrar a tomar un bocado o un trago. Cuando divisaban a Tam, las mujeres de Campo de Emond parecían sabuesos que hubieran avistado un conejo. No había ninguna que no supiera cuál era la esposa perfecta para un viudo propietario de una próspera granja, aunque ésta se hallara en el Bosque del Oeste.

Rand seguía la marcha casi a igual velocidad que Tam. En ocasiones se veía atrapado, cuando Tam se encontraba ausente, y acababa sentado en un taburete junto al fuego de alguna cocina, engullendo galletas o pasteles de miel o de carne. Y la comadre en cuestión no omitía nunca sopesarlo y medirlo con tanta precisión como la balanza de un mercader, mientras afirmaba que lo que comía no era ni la mitad de bueno que lo que sabía preparar su hermana recién enviudada, o su prima segunda. Nunca olvidaba observar que Tam no era precisamente muy joven. Era bueno que hubiera querido tanto a su esposa. Era un buen presagio para la futura mujer que compartiera la vida con él. Pero había llevado ya suficiente luto por ella. Tam necesitaba una buena mujer. Era evidente, decía, o algo muy similar, pues un hombre no podía arreglárselas sin una mujer que velara por él y le evitara problemas. Las peores eran aquellas que, llegado ese punto de la conversación, callaban pensativas para preguntar luego con pretendida inocencia qué edad tenía él.

Como casi todos los habitantes de Dos Ríos, Rand poseía fuertes dosis de tozudez. Los forasteros decían a veces que éste era el principal rasgo de carácter de la gente del lugar, que aventajaba en ello a las mulas y a las propias piedras. Las comadres eran en su mayoría buenas personas, pero él odiaba que lo obligaran a hacer algo y ellas lo hacían sentir totalmente impotente. Por todo ello caminaba a paso rápido y hacía votos para que Tom instara a *Bela* a andar más deprisa.

Pronto la calle se ensanchó en el Prado, una amplia extensión en medio de la población. Por lo general cubierto de espesa hierba, el Prado presentaba aquella primavera sólo algunas manchas verdes entre el pardusco del césped seco y la negrura de la tierra. Un puñado de ocas merodeaban por allí, escrutando el suelo sin encontrar nada digno de picar, y alguien había atado una vaca con un ronzal para que pastara las escasas hierbas.

En el ángulo oeste del Prado, el Manantial brotaba de un saliente de piedra con un flujo nunca disminuido y un fuerte caudal capaz de derribar a un hombre, pero con un agua dulcísima. A partir de la fuente, el arroyo del Manantial iba ensanchándose en dirección este, rodeado de sauces, hasta el molino de maese Thane y aún más lejos, hasta dividirse en docenas de ramales en las pantanosas profundidades del Bosque de las Aguas. Dos pasarelas bajas cruzaban el cristalino cauce en el Prado, y un puente, más ancho y con suficiente resistencia para soportar el peso de los carros. El Puente de los Carros marcaba el punto dónde el Camino del Norte, que descendía desde Embarcadero de Taren y Colina del Vigía, se convertía en el Antiguo Camino, que conducía a Deven Ride. En ocasiones los forasteros encontraban curioso el hecho de que una misma vía tuviera un nombre distinto según llevara hacia el norte o hacia el sur, pero siempre había sido del mismo modo, por lo que alcanzaban a saber los habitantes de Campo de Emond, y así permanecía. Aquél era un motivo lo bastante congruente para la gente de Dos Ríos.

Al otro lado de los puentes, estaban levantando los montículos para las hogueras de Bel Tine: tres pilas de troncos cuidadosamente distribuidos que llegaban casi a la misma altura que los edificios. Debían situarse sobre la tierra rasa, sin duda, y no en el Prado, por más pelado que estuviera entonces. Los actos de la festividad que no se llevaban a cabo en torno al fuego eran celebrados en el Prado.

Cerca del Manantial, un grupo de mujeres cantaba quedamente mientras erigían la Viga de Primavera. Despojado de sus ramas, el erguido y esbelto tronco de un abeto se alzaba a más de diez pies del suelo, aun clavado en un profundo hoyo. Unas cuantas muchachas, demasiado jóvenes para llevar el pelo recogido en trenzas, estaban sentadas con las piernas cruzadas y observaban con envidia mientras tarareaban de vez en cuando algún fragmento de la canción cantada por sus mayores.

Tam azuzó a *Bela* como si quisiera hacerla caminar más deprisa, si bien ésta continuó imperturbable. Rand puso buen cuidado en mantener la vista discretamente apartada de las actividades de las comadres. A la mañana siguiente, los hombres realizarían afectados ademanes de sorpresa al ver la Viga; luego, al mediodía, las mujeres casaderas bailarían en torno a ella, entrelazando sobre su corteza largas cintas de colores al son del canto de los hombres solteros. Nadie sabía cuándo ni por qué se había iniciado aquella costumbre. Era otra tradición que se seguía porque así lo habían hecho siempre, pero era una excusa para cantar y bailar, y ninguno de los pobladores de Dos Ríos necesitaba excusas demasiado fundadas para abandonarse a tales placeres.

La totalidad del día de Bel Tine transcurría entre cantos, bailes y festejos, separados por momentos de carreras y competiciones consagradas a toda suerte de habilidades. No sólo se otorgarían premios al mejor lanzador con arco, sino también a los lanzadores con honda y con barra. Habría concursos de adivinanzas y rompecabezas, de tiro de cuerda, de levantamiento de pesos, premios para el más sublime cantor, el mejor danzarín y el mejor violinista, para el más rápido en esquilar una oveja, e incluso para los mejores jugadores de bolos y de dardos.

Bel Tine solía celebrarse bien entrada la primavera, cuando ya habían nacido los primeros corderos y la temprana cosecha se hallaba ya crecida. Aun cuando el frío todavía arreciaba, a nadie se le había cruzado por la cabeza la idea de postergarlo. A todos les apetecía cantar y danzar un poco. Y, por encima de todas las cosas, si había que dar crédito a los rumores, en el Prado tendrían lugar grandes fuegos de artificio..., suponiendo que el primer buhonero del año llegara a tiempo, claro estaba. Aquello había dado pie a innumerables cábalas; habían pasado diez años desde la última vez en que se dio un espectáculo similar y la gente todavía hablaba de él.

La Posada del Manantial se encontraba en el extremo derecho del Prado, casi junto al Puente de los Carros. El primer piso del establecimiento era de piedra del río, aunque los cimientos eran de roca más antigua, según algunos, procedente de las montañas. Las paredes del segundo piso, encaladas de blanco —en cuya parte trasera Brandelwyn al'Vere, el posadero y alcalde de Campo de Emond durante los últimos veinte años, vivía con su mujer y sus hijas—, sobresalían respecto a las de la planta baja en todo el edificio. El techado de teja roja, el único construido con ese material en el pueblo, relucía a la pálida luz del sol y el humo ascendía por tres de las doce altas chimeneas del edificio.

Al sur de la casa, más alejados del arroyo, se extendían los restos de un edificio mayor que en otro tiempo formó parte de la posada..., o eso decía la gente. Ahora crecía un enorme roble en el centro, con un tronco que había que dar treinta pasos para rodear y unas ramas recias como el brazo de un hombre. En verano, Bran al'Vere ponía mesas y sillas bajo aquellas ramas, a la sombra de cuyas hojas los parroquianos podían disfrutar de un trago y una refrescante brisa al tiempo que charlaban o se entretenían con algún juego.

—Ya hemos llegado, muchacho. —Tam hizo ademán de poner una mano en los arreos de *Bela*, pero ésta ya se había detenido—. Conoce el camino mejor que yo —comentó riendo entre dientes.

Mientras enmudecía el último crujido del eje, Bran al'Vere apareció en la puerta, dando como siempre la impresión de caminar con demasiada ligereza para un hombre de sus dimensiones, dos veces superiores a las de cualquiera de sus vecinos. Su rostro, coronado por una rala mata de cabello gris, se iluminó con una sonrisa. El posadero iba en mangas de camisa a pesar del frío, con un inmaculado delantal blanco encima. De su pecho pendía un medallón que representaba una balanza.

El medallón, junto con un juego completo de pesos utilizado para pesar las monedas de los comerciantes que venían de Baerlon a comprar lana y tabaco, era el símbolo del cargo de alcalde. Bran solamente se lo ponía para tratar con los comerciantes en días de celebraciones y festejos. Aquel día ya lo llevaba de buena mañana, pero aquella noche era la Noche de Invierno, la víspera de Bel Tine, en el transcurso de la cual todo el mundo efectuaría visitas a los vecinos que durarían casi hasta el amanecer, en donde intercambiarían pequeños regalos, beberían y comerían en cada casa. «Después de este invierno —pensó Rand—, seguramente considera la Noche de Invierno una excusa suficiente para no esperar hasta mañana.»

—Tam —gritó el alcalde al tiempo que avanzaba hacia ellos—. Que la Luz me ilumine, cómo me alegra verte por fin. Y a ti, Rand. ¿Cómo estás, muchacho?

—Bien, señor al'Vere —repuso Rand—. ¿Y vos? —Sin embargo, Bran había vuelto a concentrar su atención en Tam.

—Casi estaba a punto de creer que este año no traerías el licor. Nunca hasta ahora habías aguardado a tan tarde.

—Me disgusta tener que dejar la granja en estos tiempos, Bran —respondió Tam—, con los lobos tan enfebrecidos... y el tiempo...

—No me vendría mal que alguien estuviera dispuesto a hablarme de algo más aparte del tiempo. Todos se quejan de él y la gente debería tener más cordura y no pretender que yo lo arregle. Acabo de pasarme veinte minutos tratando de explicarle a la señora al'Donel que yo no tengo ningún poder sobre las cigüeñas. La verdad es que lo que venía a pedirme... —Sacudió la cabeza con gesto de enfado.

—Es de mal agüero —anunció una voz ronca— que no haya cigüeñas anidando en los tejados en Bel Tine.

Cenn Buie, nudoso y oscuro como una raíz, caminaba en dirección a Tam y Bran apoyado en un bastón casi tan alto como él e igual de retorcido. Intentó clavar sus pequeños ojos en ambos a un tiempo.

—Ocurrirán cosas peores, fijaos en lo que os digo —sentenció.

—¿Te has vuelto adivino, que interpretas tan bien los augurios? —preguntó con sequedad Tam—. ¿O escuchas el mensaje del viento, como las Zahoríes? Ya hemos recibido demasiadas premoniciones, y algunas no se han originado lejos de aquí.

—Mófate si quieres —murmuró Cenn—, pero no hace suficiente calor para que broten las cosechas y más de una despensa va a vaciarse antes de que llegue la hora de la recolección. Tal vez el invierno próximo no quede nada con vida en Dos Ríos aparte de lobos y cuervos. Si es que hay un invierno por venir. Quizá sea sólo la continuación de éste.

—¿Y qué pretendes decir con esto? —inquirió con dureza Bran. Cenn les dedicó una mirada amarga.

—Ya sabéis que no tengo que decir nada bueno de Nynaeve al'Meara. Primero, porque es demasiado joven para... No importa. El Círculo de Mujeres no quiere ni siquiera dejar que el Consejo del Pueblo hable de sus asuntos, aunque ellas se entrometen en los nuestros siempre que les viene en gana, lo cual sucede con harta frecuencia, o al menos eso parece...

—Cenn —lo interrumpió Tam—, ¿tiene algún sentido hablar de eso?

—Éste es el sentido, al'Thor: pregúntale a la Zahorí cuándo va a acabar el invierno y verás cómo se marcha sin contestar. Quizá no quiere decirnos qué oye en el viento. Tal vez lo que oye es que este invierno no tendrá fin. Acaso continúe siendo invierno mientras la Rueda gire hasta terminarse la Era. Aquí tienes el sentido.

—Quizá los corderos aprendan a volar —replicó Tam, mientras Bran se llevaba las manos a la cabeza.

—Que la Luz me proteja de los ignorantes. Tú ocupas un puesto en el Consejo del Pueblo y ahora te dedicas a propagar habladurías como si fueras uno de la familia Coplin. Escúchame bien. Ya tenemos suficientes problemas sin...

Un rápido tirón en la manga de Rand y una voz musitada sólo para que la oyera él desviaron su atención de las palabras del alcalde.

—Vamos, Rand, aprovechemos ahora que discuten. Antes de que nos pongan a trabajar.

Rand bajó la vista y no pudo contener una sonrisa. Mat Cauthon estaba agazapado debajo de la carreta, oculto a las miradas de Tam, Bran y Cenn, con su delgado cuerpo contorsionado como una cigüeña plegada sobre sí misma. Los ojos castaños de Mat lucían el fulgor propio de alguna travesura en ciernes, como era habitual en él.

—Dav y yo hemos cazado un tejón enorme, que está furioso porque lo hemos sacado de su madriguera. Vamos a soltarlo en el Prado para ver cómo corren las chicas.

Rand intensificó la sonrisa; no le parecía tan gracioso como lo hubiera encontrado un año o dos antes, pero Mat parecía que no iba a crecer nunca. Miró de soslayo a su padre —los hombres tenían todavía las cabezas pegadas, hablando los tres a la vez— y después habló en voz baja.

—He prometido que descargaría la sidra. Aunque puedo reunirme más tarde contigo.

—¡Acarrear barriles! —exclamó Mat, girando los ojos en dirección al cielo—. Que me aspen, preferiría jugar a piedrecitas con mi hermana pequeña. Bueno, sé de cosas mejores que el tejón. Tenemos forasteros en Dos Ríos. Ayer tarde...

Rand contuvo la respiración por un momento.

—¿Un hombre montado a caballo? —preguntó ansioso—. ¿Un hombre con una capa negra, en un caballo negro? ¿Y la capa no se mueve al compás del viento?

La sonrisa se desvaneció del semblante de Mat, al tiempo que su voz se convertía en un susurro aún más ronco.

—¿Lo has visto? Creía que yo era el único. No te rías, Rand, pero lo cierto es que me asustó mucho.

—No me río. A mí también me dio miedo. Habría jurado que me odiaba intensamente, que quería matarme.

Rand se estremeció. Hasta aquel día nunca había pensado en que alguien quisiera darle muerte, matarlo de veras. Ese tipo de sucesos simplemente no tenían lugar en Dos Ríos. Alguna pelea a puñetazos, tal vez, o un combate de lucha, pero nunca un asesinato.

—No sé si me odiaba o no, Rand, pero de todas maneras era espantoso. No hizo más que quedarse sentado en su caballo y mirarme, justo desde las afueras del pueblo; sin embargo, no había sentido tanto miedo en toda mi vida. Bueno, aparté la vista, sólo un momento, no fue nada fácil, te lo aseguro, y cuando volví a mirar había desaparecido. ¡Rayos y truenos! Han pasado tres días desde entonces y no he podido quitármelo de la cabeza. No paro de mirar atrás por encima del hombro. —Mat intentó soltar una carcajada, que se convirtió en graznido—. Es curioso cómo se adueña el miedo de uno. Empiezas a pensar en cosas extrañas. Realmente llegué a pensar, sólo por un minuto, ¿eh?, que podría ser el Oscuro. —Trató de reír de nuevo, sin que lograse articular ningún sonido.

Rand hizo acopio de aire y, sobre todo para recordárselo a sí mismo, sentenció de modo maquinal:

—El Oscuro y todos los Renegados están recluidos en Shayol Ghul, más allá de la Gran Llaga, encerrados por el Creador en el momento de la creación, encerrados hasta el final del tiempo. La mano del Creador protege el mundo y la Luz reluce sobre todos nosotros. —Volvió a respirar profundamente antes de proseguir—. Además, si estuviera libre,

¿qué iba a hacer el Pastor de la Noche en Dos Ríos?, ¿observar a los muchachos campesinos?

—No lo sé. Pero de lo que sí estoy seguro es de que aquel jinete... era maligno. No te rías. Estoy dispuesto a jurarlo. A lo mejor era el Dragón.

—Tienes unos pensamientos muy halagüeños, ¿eh? —murmuró Rand—. Suenan aún peor que los de Cenn.

—Mi madre siempre me decía que los Renegados vendrían por mí si no corregía mi comportamiento. Si alguna vez he visto a alguien que se pareciera a Ishamael o a Aginor, esa persona es el jinete.

—Todas las madres asustan a sus hijos con los Renegados —comentó con sequedad Rand—, pero todos crecen sin que les pase nada. Y, ya puestos, ¿por qué no el Hombre de la Sombra?

Mat lo miró fijo.

—Nunca me había sentido tan aterrorizado... No, nunca me había sentido tan aterrorizado, y no me importa reconocerlo.

—Yo tampoco. Mi padre cree que sólo eran las sombras de los árboles.

Mat asintió, sombrío, y volvió a recostarse contra la rueda de la carreta.

—Mi padre también piensa lo mismo. Se lo he contado a Dav y a Elam Dowtry. Han estado vigilando como halcones desde entonces, pero no han visto nada. Elam cree que yo intentaba hacerle una jugarreta y Dav opina que es un hombre de Embarcadero de Taren..., un ladrón de ovejas o de gallinas. ¡Un ladrón de gallinas! —Calló con aire ofendido.

—De todas maneras es probable que sea una tontería —dijo Rand—. Quizá sea un ladrón de ovejas. —Intentó imaginárselo y, sin embargo, era como pensar en un lobo que acechara en la madriguera de un ratón en lugar de un gato.

—Bueno, no me gustó nada la manera como me miró. Y a ti tampoco, si no no habrías sacado el tema de esa manera. Deberíamos decírselo a alguien.

—Ya lo hemos hecho, Mat, los dos, y no han dado crédito a nuestras palabras. ¿Crees que podrías convencer a maese al'Vere de la existencia de ese individuo sin que él lo viera? Nos enviaría directo a casa de Nynaeve para ver si estamos enfermos.

—Ahora somos dos. No pensarían que ambos lo hemos inventado.

Rand se rascó vivamente la cabeza, sin saber qué responder. Mat era una especie de personaje en el pueblo. Poca gente había escapado a sus travesuras, y su nombre siempre salía a relucir cuando un tendedero aparecía descolgado con toda la ropa por el suelo o una silla de montar mal abrochada derribaba a un granjero por los caminos. Ni siquiera era necesario que Mat merodeara cerca. Su apoyo sería hasta contraproducente.

—Tu padre pensaría que tú me has inducido a gastar una broma, y el mío...

Miró por encima del carro hacia el lugar donde habían permanecido charlando Tam, Bran y Cenn, y se encontró con los ojos de su padre. El alcalde todavía sermoneaba a Cenn, que lo escuchaba sumido en un lúgubre silencio.

—Buenos días, Matrim —dijo alegremente Tam mientras levantaba una de las barricas de licor hacia un lado del carro—. Veo que has venido a ayudar a Rand a descargar la sidra. Buen chico.

Mat se puso en pie de un salto al escuchar la primera palabra y comenzó a alejarse.

—Buenos días tengáis, maese al'Thor. Y vos, maese al'Vere. Maese Buie, que la Luz os ilumine. Mi padre me ha mandado...

—No lo pongo en duda —lo atajó Tam—. No lo pongo en duda; y, puesto que eres un chico que cumple sus recados con diligencia, ya habrás acabado. Bien, cuanto antes hayáis terminado de llevar la sidra a la bodega de maese al'Vere, más pronto podréis ver al juglar.

—¡Un juglar! —exclamó Rand, paralizado.

—¿Cuándo llegará? —preguntó al instante Mat.

Rand sólo recordaba dos juglares que habían visitado Dos Ríos a lo largo de toda su vida, y, cuando llegó el primero, era tan niño que había permanecido sobre los hombros de Tam para poder verlo. Tener de verdad uno allí durante Bel Tine, con su arpa, su flauta, sus historias y todo... La gente de Campo de Emond todavía hablaría de aquella fiesta diez años después, incluso si no había fuegos de artificio.

—Una locura —gruñó Cenn, pero cerró de inmediato la boca al percibir una mirada de Bran, imbuida de todo el peso de la autoridad de un alcalde.

Tam se inclinó sobre el costado del carro, utilizando un barril de licor para apoyar el brazo.

—Sí, un juglar, y ya está aquí. Al decir de maese al'Vere, se hospeda en una de las habitaciones de la posada en estos momentos.

—Y mira que llegó con noche cerrada. —El posadero sacudió la cabeza con desaprobación—. Aporreó la puerta hasta que despertó a toda la familia. Si no hubiera sido por la festividad, le habría dicho que se llevara el caballo al establo y durmiera allí con él, tanto si era un juglar como si no. Imaginaos, llegar completamente a oscuras.

Rand quedó asombrado. Nadie viajaba de noche, no en aquel tiempo, y mucho menos solo. El reparador de tejados volvió a gruñir entre dientes, en voz tan baja esa vez que Rand sólo alcanzó a distinguir un par de palabras: «loco» y «antinatura».

—¿No llevará una capa negra, eh? —inquirió de repente Mat.

Las risas hicieron agitar la panza de Bran.

—¡Negra! Lleva una capa igual que la de todos los juglares que he visto, con más parches que capa, y más colores de los que puedas llegar a imaginar.

Rand contuvo la risa que pugnaba por salir a la luz, una risa de puro alivio. Era ridículo pensar que el amenazador jinete de capa negra pudiera ser un juglar, pero... Se cubrió la boca con una mano para disimular su azoramiento.

—¿Ves, Tam? —dijo Bran—. Se han escuchado pocas risas en el pueblo desde la entrada del invierno y ahora la sola mención de la capa de un juglar provoca carcajadas. Con eso solo, doy por bien pagado el dinero que nos cuesta traerlo desde Baerlon.

—Tú dirás lo que quieras —intervino Cenn de improviso—. Yo continúo opinando que es malgastar el dinero. Y esos fuegos de artificio que os empecinasteis en encargar...

—Así que habrá fuegos artificiales —dedujo Mat.

Cenn continuó hablando.

—... tendrían que haber llegado hace un mes con el primer buhonero del año, pero no ha venido ningún buhonero, ¿no es cierto? Y, si viene pasado mañana, ¿qué vamos a hacer con ellos? ¿Celebrar otra fiesta sólo para lanzarlos? Eso en el caso de que los traiga, claro está.

—Cenn —dijo con un suspiro Tam—, no serías más desconfiado si fueras de Embarcadero de Taren.

—¿Dónde está el buhonero, pues? Contéstame, al'Thor.

—¿Por qué no nos lo habíais dicho? —preguntó Mat con tono agraviado—. Todo el mundo hubiera disfrutado con la perspectiva de contar con un juglar. Casi tanto como si lo viese realmente. Ya sabéis lo excitados que estaban sólo con el rumor de que podrían contemplar los fuegos.

—Ya —replicó Bran, mirando de soslayo a Cenn—. Y si supiera a buen seguro quién propagó el rumor... Si pensara, por ejemplo, que alguien había estado quejándose de lo que cuestan las cosas en un sitio donde podía oírlo la gente cuando se supone que eso era un secreto...

Cenn se aclaró la garganta.

—Mis huesos son demasiado viejos para aguantar este viento. Si no os molesta, iré a ver si la señora al'Vere me prepara un poco de vino caliente para ahuyentar el frío. Alcalde. Al'Thor.

Antes de terminar de hablar, ya se había encaminado hacia la posada y al cerrarse la puerta tras él, Bran exhaló un suspiro.

—A veces creo que Nynaeve tiene razón acerca de... Bueno, eso no es lo que cuenta ahora. Vosotros, chavales, reflexionad por un minuto. Todo el mundo está entusiasmado con los fuegos, ¿verdad? y eso es únicamente un rumor. Pensad cómo se pondrían si el buhonero no llega a tiempo, después de todo. Y, tal como está el tiempo, quién sabe cuándo vendrá. Con el juglar, habrían estado veinte veces más excitados.

—Y la decepción habría sido veinte veces peor si no hubiera venido —concluyó Rand—. La gente habría estado desanimada aunque fuera Bel Tine.

—Eres un chico sensato cuando quieres —aprobó Bran—. Algún día te sucederá en el Consejo del Pueblo, Tam. Fíjate en lo que te digo. Ya con su edad, se comportaría mejor que alguien que yo sé.

—Así no se descarga el carro —atajó de pronto Tam, pasándole una barrica de licor al alcalde—. Quiero disfrutar de un buen fuego, mi pipa y una buena jarra de cerveza. —Se llevó el segundo barril al hombro—. Estoy seguro de que Rand te estará agradecido por tu ayuda, Matrim. Recuerda, cuanto antes esté la sidra en la bodega...

Una vez que hubieron desaparecido Tam y Bran en el interior de la posada, Rand miró a su amigo.

—No tienes por qué ayudar. Quizás a Dav le da por soltar el tejón.

—Oh, ¿por qué no? —respondió Mat con resignación—. Como dice tu padre, cuanto antes esté la sidra en la bodega... —Acarreó uno de los barriles de sidra con ambas manos y se adentró en el establecimiento a medio trote—. A lo mejor Egwene está por aquí. Sólo de verte mirarla como si fueras un buey apaleado me divertiré tanto como con el tejón.

Rand detuvo el acto de depositar el arco y el carcaj en el carro. Había logrado de veras mantener a Egwene alejada de la mente. Aquello era ciertamente insólito. No obstante, se encontraría sin duda en algún lugar de la posada y no habría manera de evitarla. Por otra parte, habían transcurrido semanas desde la última vez que la vio.

—¡Hey! —llamó Mat desde la entrada—. No he dicho que fuera a hacerlo yo solo. Aún no estás en el Consejo del Pueblo.

Con un sobresalto, Rand tomó una barrica y caminó tras su amigo. Tal vez Egwene no estuviera dentro. Curiosamente, esa posibilidad tampoco le servía de alivio.

2

FORASTEROS

Cuando Rand y Mat cruzaron la sala acarreando los primeros barriles, maese al'Vere llenaba ya un par de jarras con su mejor cerveza negra, de elaboración propia, de uno de los toneles alineados junto a la pared. *Mirto,* el gato amarillo de la posada, se acurrucó encima con los ojos cerrados y la cola enroscada en torno a las patas. Tam se hallaba delante de la gran chimenea de cantos rodados, tocando con el pulgar una pipa de cañón largo rebosante de tabaco procedente de una lata que el posadero siempre tenía dispuesta sobre la chimenea. Ésta abarcaba la mitad de la longitud de la gran estancia cuadrada, con un dintel tan alto como los hombros de un hombre, y las chisporroteantes brasas del hogar se encargaban de atajar el frío reinante en el exterior.

Siendo la víspera de la festividad un día de tanto trajín, Rand esperaba encontrar la sala vacía fuera de Bran, su padre y el gato; pero había cuatro miembros del Consejo, incluido Cenn, sentados en sillas de alto respaldo junto al fuego, con las manos ocupadas por sendas jarras y las cabezas rodeadas de un halo de humo de tabaco. Nadie había ocupado los bancos de piedra y los libros de Bran permanecían intactos en el estante del otro lado de la chimenea. Los hombres no hablaban siquiera; miraban silenciosos la cerveza o se golpeaban ligeramente los dientes con el cañón de la pipa en señal de impaciencia, mientras aguardaban a que Tam y Bran se reunieran con ellos.

La preocupación no era infrecuente entre los miembros del Consejo del Pueblo en aquellas fechas, al menos en Campo de Emond, y todo parecía indicar que lo mismo sucedía en Colina del Vigía o en Deven Ride. O en Embarcadero de Taren, aunque ¿quién podía saber lo que pensaba en realidad la gente de Embarcadero sobre cualquier tema?

Únicamente dos de los hombres apostados junto al fuego, Haral Luhhan, el herrero, y Jon Thane, el molinero, se dignaron dedicar una mirada a los muchachos cuando éstos entraron. Maese Luhhan, empero, los observó con cierto detenimiento. Los brazos del herrero eran tan recios como las piernas de la mayoría de los hombres, acordonados con potentes músculos, y todavía llevaba puesto su largo delantal de cuero como si hubiera salido a toda prisa de la forja para acudir a la reunión. Su gesto ceñudo pareció dirigido a los dos. Después se arrellanó en la silla y volvió a centrar su atención en propinar con exagerada concentración rápidos golpecitos en la embocadura de su pipa.

Cuando Rand aminoraba el paso azuzado por la curiosidad, recibió tal puntapié de Mat en el tobillo que apenas logró contener un chillido. Su amigo señalaba con insistencia en dirección a la puerta trasera de la estancia, que traspuso de estampida sin más preámbulo. Rand lo siguió, aunque no tan deprisa, cojeando levemente.

—¿A qué venía eso? —preguntó tan pronto como se halló en el rellano anterior a la cocina—. Casi me rompes el...

—Es el viejo Luhhan —contestó Mat, al tiempo que echaba una ojeada a la sala por encima del hombro de Rand—. Me parece que sospecha que yo fui el que... —Interrumpió bruscamente sus palabras al surgir de improviso la señora al'Vere de la cocina, acompañada del aroma del pan recién horneado.

La bandeja que llevaba en las manos contenía algunas de las crujientes hogazas que le habían otorgado renombre en toda la zona de Campo de Emond, así como platos con encurtidos y queso. La comida hizo recordar de pronto a Rand que sólo había comido un pedazo de pan antes de abandonar la granja de mañana. El ruido de su estómago denunció su hambre a su pesar.

La señora al'Vere, una mujer esbelta, con una gruesa trenza de cabellos canosos peinada hacia un lado, les sonrió acogedora a ambos.

—Hay más pan en la cocina, si tenéis apetito, y nunca he conocido a ningún chico de vuestra edad que no lo tuviera. O de cualquier otra edad, a decir verdad. Si lo preferís, estoy cociendo pastelillos de miel esta mañana.

Era una de las pocas mujeres casadas de la comarca que no intentaba nunca buscarle pareja a Tam. Respecto a Rand, su solicitud se concretaba en cálidas sonrisas y un rápido tentempié siempre que iba a la posada, pero ella ofrecía lo mismo a todos los jóvenes del lugar y, si en alguna ocasión lo miraba como si quisiera llevar más lejos su acogida, al menos no pasaba a la acción, lo cual le agradecía inmensamente Rand.

Sin esperar respuesta, la mujer prosiguió hasta la sala. Inmediatamente se oyó el ruido de sillas al levantarse los hombres y exclamaciones propiciadas por el olor del pan. Era, con ventaja, la mejor cocinera de Campo de Emond y no había hombre en varias millas a la redonda que no se sintiera exultante ante una ocasión de sentarse a su mesa.

—¡Pasteles de miel! —exclamó Mat, relamiéndose.

—Después —lo contuvo con firmeza Rand—, o no acabaremos nunca.

Una lámpara pendía por encima de las escaleras de la bodega, justo al lado de la puerta de la cocina, y otra similar iluminaba la habitación de paredes de piedra ubicada debajo de la posada, dejando sólo una leve penumbra en los rincones más alejados. Toda la estancia estaba flanqueada de anaqueles de madera que sostenían toneles de licor y sidra, y grandes barriles de cerveza y de vino, algunos con espitas clavadas. Muchos de los barriles de vino tenían inscripciones con tiza realizadas por maese al'Vere, en las que constaba el año en que se habían comprado, el buhonero que los había traído y la ciudad donde habían sido elaborados, pero la totalidad de la cerveza y el licor eran producto de los campesinos de Dos Ríos, cuando no del propio Bran. Los buhoneros e incluso los mercaderes vendían a veces licor o cerveza de afuera, pero no eran tan buenos y además costaban un ojo de la cara, por lo cual nadie los probaba más de una vez.

—Cuéntame —dijo Rand después de dejar el barril en un estante—. ¿Qué has hecho para tener que esconderte de maese Luhhan?

—Nada, de verdad —respondió Mat con un encogimiento de hombros—. Le dije a Adan al'Caar y a algunos de los mocosos de sus amigos, Ewin Finngar y Dag Coplin, que algunos granjeros habían visto apariciones fantasmales, que soltaban fuego por la boca y corrían por el bosque. Se lo tragaron como si fuera un pastel de crema.

—¿Y maese Luhhan está furioso contigo por eso? —inquirió dubitativo Rand.

—No exactamente. —Mat hizo una pausa y luego sacudió la cabeza—. El caso es que rebocé a dos de sus perros con harina para que se vieran blancos y después los solté cerca de la casa de Dag. ¿Cómo iba a suponer que se echarían a correr directamente hasta su casa? Yo no tengo la culpa. Si la señora Luhhan no hubiera dejado la puerta abierta no habrían entrado. Yo no tenía ninguna intención de que se le pusiera toda la casa perdida de harina. —Soltó una carcajada—. Me han dicho que iba persiguiendo al viejo Luhhan y a los perros con una escoba en la mano.

Rand puso cara de disgusto al tiempo que reía.

—Yo que tú, me guardaría más de Elsbet Luhhan que del herrero. Ella es casi igual de fuerte y tiene peor genio. Da igual. Si caminas rápido, quizá no se dé cuenta de que estás aquí. —La expresión de Mat indicaba a las claras que no le divertía nada lo que Rand acababa de decirle.

Cuando atravesaron de regreso la sala, no obstante, no fue preciso que Mat aligerara el paso. Los seis hombres habían juntado las sillas en un impenetrable corro junto al fuego. De espaldas a la chimenea, Tam hablaba en voz baja y el resto se inclinaba para escucharlo, prestándole tanta atención que no se habrían percatado ni de un rebaño de ovejas que hubiera irrumpido en la habitación. Rand deseaba aproximarse para oír de qué hablaban, pero Mat le tiró de la manga con ojos angustiados. Con un suspiro, se dirigió hacia el carro detrás de Mat.

De vuelta, se encontraron con una bandeja en el escalón superior y el dulce aroma de los pastelillos que impregnaba el rellano. También había dos vasos y una jarra llena de humeante sidra caliente. Pese a su decisión de esperar hasta más tarde, Rand efectuó los últimos dos viajes entre la carreta y la bodega haciendo malabarismos para sostener al mismo tiempo un tonel y un pastel ardiente en las manos.

Después de depositar el último barril en los estantes, se limpió las migas de la boca, mientras Mat se deshacía de su carga, y luego dijo:

—Ahora, a ver al jugl...

Un repiqueteo de pies resonó en las escaleras y Ewin Finngar estuvo en un tris de caer en la bodega en su atolondramiento. Su rostro gordinflón relucía con el ansia de contar la noticia.

—Hay forasteros en el pueblo. —Contuvo el aliento y dirigió a un tiempo una sonrisa irónica a Mat—. No he visto ninguna aparición fantasmal, pero me han contado que alguien enharinó los perros de maese Luhhan. Tengo entendido que la señora Luhhan también tiene alguna pista sobre quién es el responsable.

Los años que mediaban entre Rand y Mat y Ewin, quien sólo tenía catorce, eran por lo general motivo para que no prestaran nunca atención a lo que tenía que decir. En aquella ocasión, sin embargo, intercambiaron una mirada estupefacta y luego se pusieron a hablar al unísono.

—¿En el pueblo? —inquirió Rand—. ¿No será en el bosque?

—¿Llevaba una capa negra? —añadió Mat sin mediar tregua—. ¿Le has visto la cara?

Ewin los observaba indeciso hasta que Mat avanzó amenazador.

—Claro que he podido verle la cara. Y su capa es verde, o tal vez gris. Cambia de color. Parece como si se fundiera con cualquier cosa que esté detrás. A veces uno no lo ve ni aun si lo mira fijo, a menos que se mueva. Y la de ella es azul, del mismo color que el cielo, y diez veces más elegante que todos los vestidos de fiesta que he visto jamás. También es diez veces más hermosa que cualquier persona que haya contemplado. Es una dama de alta alcurnia, como las de los cuentos. No puede ser de otro modo.

—¿Ella? —inquirió Rand— ¿De quién estás hablando? —Dirigió la mirada hacia Mat, que se había llevado las manos a la cabeza y se restregaba los ojos.

—Son los forasteros de los que quería hablarte —murmuró Mat—, antes de que comenzaras a... —Se detuvo de súbito, abriendo los ojos para fijarlos con dureza en Ewin—. Llegaron ayer tarde —prosiguió— y alquilaron habitaciones en la posada. Los vi cuando entraban en el pueblo. ¡Qué caballos, Rand! Nunca había visto caballos tan altos ni tan lustrosos. Parecía como si pudieran correr sin parar jamás. Creo que él trabaja para ella.

—A su servicio —intervino Ewin—. En las historias lo llaman estar al servicio de alguien.

Mat continuó como si Ewin no hubiera abierto la boca.

—Sea como sea, él la trata con deferencia y hace lo que ella dice. Lo que ocurre es que no es como un criado. Un soldado, puede que sea, por la manera como lleva la espada, como si fuera parte de sí, como una mano o un pie. A su lado los guardas de los mercaderes parecerían perros falderos. Y ella, Rand... Nunca había imaginado a alguien así. Es como salida de un cuento de hadas. Es como..., como... —Se detuvo para asestar una agria mirada a Ewin—. Es como una dama de alta alcurnia —concluyó en un suspiro.

—Pero ¿quiénes son? —preguntó Rand.

A excepción de los mercaderes, que acudían un par de veces al año a comprar tabaco y lana, y los buhoneros, nunca llegaban forasteros a Dos Ríos, o casi nunca. Tal vez a Embarcadero de Taren, pero no hasta parajes situados más al sur. La mayoría de los mercaderes y buhoneros visitaban la región año tras año, por lo que no eran considerados como extraños, sino como simples forasteros. Habían pasado cinco años como mínimo desde la última vez en que un extraño propiamente dicho hizo su aparición en Campo de Emond, y aquél había ido allí para huir de algún contratiempo que había tenido en Baerlon y cuya naturaleza no acabó de comprender ninguno de los habitantes del pueblo. Se había quedado poco tiempo.

—¿A qué han venido?

—Extraños, Mat, y una gente con la que no te hubieras atrevido a soñar. ¡Piénsalo!

Rand abrió la boca, y la cerró de nuevo sin pronunciar palabra. El jinete de la capa negra lo había puesto más nervioso que un gato perseguido por un perro. Se le antojaba una terrible coincidencia que hubiera al mismo tiempo tres extraños en el lugar. Tres si la capa de ese tipo que cambiaba de colores no se volvía nunca negra.

—Ella se llama Moraine —anunció Ewin tras un momentáneo silencio—. Oí a él llamarla así: Moraine, lady Moraine. Él se llama Lan. Aunque a la Zahorí no le guste ella, a mí sí me gusta.

—¿Qué te hace pensar que a Nynaeve no le cae bien? —inquirió Rand.

—Le ha preguntado algunas cosas a la Zahorí esta mañana —respondió Ewin— y la ha llamado «niña». —Rand y Mat silbaron quedamente entre dientes, a Ewin se le atragantaban las palabras con la prisa por explicar—. Lady Moraine no sabía que era la Zahorí. Entonces se disculpó al enterarse. Y le hizo algunas preguntas sobre hierbas y sobre quién es quién en el pueblo, con tanto respeto como lo habría hecho cualquier otra mujer del pueblo..., más que algunas de ellas. Siempre está haciendo preguntas, acerca de la edad de la gente, de cuánto tiempo hace que viven aquí y..., ¡oh!, no sé qué más. Lo cierto es que Nynaeve le ha respondido como si hubiera mordido una manzana ácida. Después, cuando lady Moraine se hubo marchado, Nynaeve la miró como si..., bueno, no como a una amiga, os lo aseguro.

—¿Eso es todo? —dijo Rand—. Ya conoces el mal genio de Nynaeve. Cuando Cenn Buie la llamó el año pasado, le golpeó la cabeza con su vara, y él está en el Consejo del Pueblo y es tan viejo que hasta podría ser su abuelo. Monta en cólera por cualquier cosa y se le pasa el enfado cuando da media vuelta.

—Eso ya es demasiado complicado para mí —murmuró Ewin.

—A mí no me importa a quién le dé palos Nynaeve —dijo riéndose Mat—, siempre que no me toque a mí. Éste va a ser el mejor Bel Tine de que hayamos disfrutado nunca. Un juglar, una dama... ¿Quién puede desear más? ¿A quién le preocupan los fuegos de artificio?

—¿Un juglar? —inquirió Ewin con voz repentinamente excitada.

—Vamos, Rand —prosiguió Mat, haciendo caso omiso del chaval—. Ya hemos terminado. Tienes que ver a ese tipo.

Se plantó de un salto en las escaleras, seguido de Ewin que preguntaba tras él:

—¿De veras habrá un juglar, Mat? No será como aquello de las apariciones fantasmagóricas, ¿eh? ¿O como lo de las ranas?

Rand se detuvo para apagar la lámpara antes de apresurarse en pos de ellos.

En la sala, Rowan Hurn y Samel Crawe se habían sumado al grupo situado junto al fuego, de modo que la totalidad del Consejo del Pueblo se hallaba reunida allí. Bran al'Vere hablaba entonces, con su habitualmente atronadora voz modulada en un tono tan bajo que únicamente un apagado murmullo llegaba más allá de las sillas apiñadas entre sí. El alcalde daba énfasis a su discurso con golpes de su grueso dedo índice contra la palma de la otra mano y clavaba consecutivamente la mirada en cada uno de los presentes. Todos respondían con gestos de asentimiento a su mensaje, si bien Cenn más a regañadientes que el resto.

La manera como se apretaban unos contra otros los hombres era claro indicio de que, fuese cual fuese el tema que estaban debatiendo, solamente concernía al Consejo del Pueblo, al menos en aquel momento. No verían con buenos ojos que Rand intentara escuchar. Dicha consideración lo indujo a alejarse a su pesar. De todas maneras había el juglar... y los forasteros.

Afuera, *Bela* y la carreta habían desaparecido, llevadas sin duda por Hu o Tad al establo. Mat y Ewin permanecían observándose mutuamente con fijeza a escasos pasos de la puerta de entrada, con las capas ondulando al viento.

—Por última vez —rugió Mat—. No te estoy gastando ninguna broma. Hay un juglar. Ahora lárgate. Rand, ¿vas a decirle a este cabeza de chorlito que lo que le digo es verdad, para que me deje en paz de una vez?

Rand se arrebujó en la capa y avanzó dispuesto a apoyar a Mat, pero las palabras se desvanecieron al tiempo que se le ponía de punta el vello de la nuca: alguien lo observaba. No era la misma sensación que le había producido el jinete encapuchado, pero de todos modos no era algo agradable, y menos después de haber tenido aquel encuentro.

Dirigió una rápida mirada alrededor del Prado y vio sólo lo que ya había allí antes: niños que jugaban, gente que se preparaba para la fiesta... y ninguno de ellos miraba hacia donde él estaba. La Viga de Primavera se alzaba solitaria ahora, aguardando. Las calles laterales se hallaban a merced de los gritos infantiles. Todo estaba en orden, con excepción de que alguien estaba observándolo.

Entonces algo lo indujo a alzar la vista. En el alero del tejado de la posada se asomaba un enorme cuervo, balanceándose levemente con las rachas de viento procedentes de la montañas. Tenía la cabeza inclinada a un lado y un ojo pequeño y negro centrado... en él, pensó. Tragó saliva y, de pronto, se vio invadido de una vehemente furia.

—Asqueroso animal carroñero —murmuró.

—Estoy harto de que me miren —gruñó Mat, y Rand se dio cuenta de que su amigo se había acercado a él y contemplaba preocupado al pájaro.

Intercambiaron una mirada y luego se agacharon simultáneamente a recoger piedras.

Los dos tiros fueron certeros... y el cuervo se hizo a un lado; las piedras silbaron al atravesar el aire en el lugar que había ocupado el animal. Después de batir las alas, volvió a inclinar la cabeza y clavó en ellos un mortífero ojo negro, impávido, con si nada hubiera ocurrido.

Rand observó consternado al pajarraco.

—¿Habías visto alguna vez un cuervo que hiciera eso? —preguntó en voz baja. Mat sacudió la cabeza sin apartar la mirada del animal.

—Nunca. Ni ningún otro pájaro.

—Un pájaro abyecto —dijo tras de ellos una voz femenina, melodiosa a pesar de la repulsión expresada—, del que hay que desconfiar incluso en la ocasión más propicia.

Emitiendo un agudo graznido, el cuervo alzó el vuelo con tal violencia que dos de sus negras plumas cayeron ondeando desde el borde del tejado.

Asombrados, Rand y Mat giraron la cabeza para seguir el rápido vuelo del ave, por encima del Prado, en dirección a las brumosas Montañas de la Niebla, más allá del Bosque del Oeste, hasta convertirse en una mota antes de desaparecer de su vista.

Rand posó la mirada en la mujer que había hablado. Ella también había estado contemplando el vuelo de cuervo, pero entonces se volvió y sus ojos se encontraron con los suyos. No podía dejar de mirarla. Aquélla debía de ser lady Moraine. En verdad poseía toda la donosura que Mat había alabado, si no más.

Al oír que había llamado niña a Nynaeve, la había imaginado entrada en edad, pero no así. Al menos, él no podía decidir cuántos años tendría. Al principio había creído que era igual de joven que Nynaeve; sin embargo, cuanto más la contemplaba, más crecía su certeza de que era mayor. Sus grandes ojos oscuros delataban una madurez, un indicio de sabiduría que nadie era capaz de adquirir en la juventud. Por espacio de un instante, pensó que aquellos ojos eran profundos estanques dispuestos a engullirlo. Era asimismo evidente la razón por la que Mat y Ewin la habían asemejado a una dama de un cuento de hadas. Tenía un porte tan airoso y tan imperativo a un tiempo que a su lado él se sentía torpe y desmañado. No era alta; apenas su cabeza le habría llegado al pecho, pero su presencia tenía tal peso que su talla parecía la adecuada y él, con su altura, un desgarbado.

Toda su persona era distinta de cuantas había conocido antes. La amplia capucha de su capa enmarcaba su rostro y su oscuro cabello, que caía en suaves bucles. Jamás había visto una mujer en edad adulta llevar el pelo sin trenzar; todas las muchachas de Dos Ríos esperaban ansiosas el momento en que el Círculo de Mujeres de su pueblo decidiera que ya eran bastante mayores para llevar trenza. Su atuendo era igualmente insólito. La capa era de terciopelo azul cielo, con profusos bordados en seda que representaban hojas, vides y flores en los bordes. El vestido, de un azul más oscuro que la capa, con acuchillados color crema, destellaba ligeramente cuando se movía. Un collar de oro macizo le pendía del cuello y otra cadena de oro, que rodeaba delicadamente el cabello, soportaba una pequeña y resplandeciente piedra azul suspendida en medio de la frente. Un ancho cinturón de oro entrelazado circundaba su cintura y el anular de la mano izquierda lucía un anillo, también de oro, con forma de serpiente que se mordía la cola. Por cierto no había visto nunca un anillo igual, aun cuando reconociera en él la Gran Serpiente, una simbología de la eternidad aún más antigua que la propia Rueda del Tiempo.

Más elegante que todos los vestidos de fiesta vistos hasta entonces, había dicho Ewin, y estaba en lo cierto. No había nadie en Dos Ríos que usara tales ropajes, en ninguna ocasión.

—Buenos días, señora..., ah..., lady Moraine —saludó Rand con semblante acalorado y lengua entorpecida.

—Buenos días, lady Moraine —repitió Mat con más soltura, aunque no mucha más.

La dama sonrió y Rand se halló de pronto preguntándose si habría algún servicio que él pudiera prestarle, algo que le proporcionara una excusa para permanecer junto a ella. Sabía que la sonrisa iba dirigida a todos ellos, pero parecía como si estuviera dedicada exclusivamente a él. Era en verdad como tener materializado ante sí el relato de un juglar. Mat lucía una sonrisa bobalicona en el rostro.

—Conocéis mi nombre —dijo, al parecer encantada. ¡Como si su presencia, por más breve que fuera, no estuviera destinada a constituir la comidilla del pueblo durante un año!—. Pero debéis llamarme Moraine, no lady. ¿Y cómo os llamáis vosotros?

Ewin se adelantó antes de que los otros pudieran articular palabra.

—Mi nombre es Ewin Finngar, mi señora. Yo les he dicho cómo os llamabais, por eso lo saben. Oí cómo Lan os llamaba así, pero de modo casual, no por indiscreción. Nunca hasta ahora había venido alguien como vos a Campo de Emond. También habrá un juglar en el pueblo para Bel Tine. Y esta noche es la Noche de Invierno. ¿Vendréis a mi casa? Mi madre ha preparado pasteles de manzana.

—Tendré que pensarlo —respondió, poniendo una mano en el hombro de Ewin. Sus relucientes ojos traicionaban la diversión, si bien ningún otro rasgo de su cara la demostraba—. No veo de qué manera podría competir yo con un juglar, Ewin. Pero tienes que llamarme Moraine. —Entonces miró expectante a Rand y a Mat.

—Yo soy Matrim Cauthon, lad..., ah..., Moraine —se presentó Mat. Y, tras dedicarle una rígida y espasmódica reverencia, se enderezó, mostrando su semblante teñido de rubor.

Rand había estado considerando la posibilidad de realizar un gesto semejante, al igual que hacían los personajes de los relatos, pero, ante el éxito de Mat, se limitó a pronunciar su nombre. Como mínimo, aquella vez no tartamudeó en absoluto.

Moraine los observó alternativamente. Rand pensó que su sonrisa, una mera curva en las comisuras de sus labios, era ahora igual a la que esbozaba Egwene cuando guardaba algún secreto.

—Seguramente necesitaré que alguien efectúe algunos recados para mí de vez en cuando durante mi estancia en Campo de Emond —dijo—. ¿Tal vez querríais prestarme vuestra ayuda? —Lanzó una carcajada al oír el unánime y precipitado asentimiento—. Aquí tenéis —añadió.

Ante la sorpresa de Rand, depositó una moneda en la palma de su mano, que cerró después con firmeza con las suyas.

—No es necesario —comenzó a decir, pero ella acalló con un gesto su protesta mientras entregaba otra moneda a Ewin, antes de oprimir la mano de Mat del mismo modo como lo había hecho con la suya.

—Desde luego que lo es —arguyó—. Nadie puede esperar que trabajéis sin recibir nada a cambio. Consideradlo como algo simbólico y llevadlo con vosotros; así recordaréis que habéis accedido a acudir a mi llamada. Ahora existe un vínculo entre nosotros.

—Nunca lo olvidaré —aseguró con voz chillona Ewin.

—Después hemos de conversar —dijo la dama—, y deberéis contarme cosas sobre vosotros mismos.

—¿Lady..., quiero decir, Moraine? —inquirió titubeante Rand al volverse la mujer. Ésta se detuvo y miró hacia atrás, haciéndole tragar saliva para poder continuar—. ¿Por qué habéis venido a Campo de Emond? —La expresión de su semblante no se modificó, pero él deseó de repente no haber efectuado la pregunta, aun cuando ignoraba qué lo había impulsado a hacerlo. De todas maneras, se apresuró a dar explicaciones—: Disculpad, no era mi intención hablaros con rudeza. Es sólo que nadie viene a Dos Ríos, aparte de los mercaderes y buhoneros, cuando no hay demasiada nieve para llegar desde Baerlon. Casi nadie. En todo caso, nadie como vos. Los guardas de los mercaderes dicen a veces que esto es el extremo del mundo, y supongo que igual debe de considerarlo la gente que no es de aquí. Sólo sentía curiosidad.

La sonrisa de la dama se desvaneció entonces, lentamente, como si algo hubiera acudido a su mente. Durante un momento se limitó a mirarlo.

—Soy una estudiante de historia —dijo por fin— y me dedico a recopilar viejas historias. Siempre he sentido interés por este lugar al que llamáis Dos Ríos. A veces analizo los relatos de lo que acaeció aquí hace mucho tiempo, aquí y en otros sitios.

—¿Historias? —inquirió Rand—. ¿Qué ocurrió en Dos Ríos capaz de atraer la atención de alguien como...? Quiero decir, ¿qué pudo haber ocurrido?

—¿Y qué otro nombre le daríais aparte de Dos Ríos? —añadió Mat—. Siempre se ha llamado así.

—A medida que la Rueda del Tiempo va girando —explicó Moraine casi para sí, con una mirada distante—, los lugares reciben muchos nombres. Los hombres tienen muchos nombres, múltiples rostros. Diferentes rostros, pero siempre el mismo hombre. No obstante, nadie conoce el Gran Entramado que teje la Rueda, ni tan sólo el Entramado de una Edad. Únicamente nos es dado observar, estudiar y mantener la esperanza.

Rand la contempló, incapaz de pronunciar una palabra, ni siquiera para preguntarle qué quería decir. Los otros dos permanecían también mudos, Ewin francamente boquiabierto.

Moraine volvió a prestarles atención y los tres experimentaron una ligera sacudida, como si despertaran.

—Hablaremos más tarde —dijo—. Más tarde.

Se alejó en dirección al Puente de los Carros y parecía deslizarse más que caminar, con la capa ondeando a ambos lados como si de alas se tratara.

Entonces un hombre alto, cuya presencia no había advertido antes Rand, salió de la parte delantera de la posada y se encaminó tras ella. Su vestimenta era de un color verde oscuro grisáceo que se hubiera confundido entre el follaje o las sombras, y su capa iba adoptando matices de verde, gris y marrón con el vaivén del viento. En ocasiones, casi se diría que la capa había desaparecido, fundida con los materiales sobre los que pasaba. Llevaba el pelo largo, gris en las sienes, apartado de la cara por una estrecha diadema de cuero. Aquel semblante era pétreo y anguloso, atezado por la intemperie, pero carente de arrugas a pesar de las canas del cabello. Rand observó sus movimientos y sólo los encontró equiparables a los de un lobo.

Al pasar junto a los tres muchachos, los recorrió con la mirada, con unos ojos tan gélidos y azules como el amanecer de un día invernal. Parecía sopesarlos con la mente, pero su faz no mostraba ningún indicio de lo que le indicaba su análisis. Apresuró el paso hasta llegar a la altura de Moraine y luego lo aminoró para caminar a su lado, inclinándose para hablar con ella. Rand soltó el aliento sin haber percibido antes que estaba conteniéndolo.

—Ése era Lan —informó Ewin con voz gutural, como si a él también se le hubiera cortado la respiración—. Apuesto a que es un Guardián.

—No seas estúpido —rió Mat. Su risa era, empero, compulsiva—. Los Guardianes sólo existen en las historias. De todas maneras, los Guardianes llevan espadas y armaduras cubiertas de oro y joyas y se pasan todo el tiempo allá en el norte, en la Gran Llaga, luchando con trollocs y seres de esa clase.

—Podría ser un Guardián —insistió Ewin.

—¿Has visto que llevara oro o joyas encima? —se mofó Mat—. ¿Hay trollocs en Dos Ríos? Sólo hay ovejas. Me pregunto qué pudo haber sucedido aquí para atraer el interés de una persona como ella.

—Podría haber ocurrido algo —respondió lentamente Rand—. Dicen que la posada existe desde hace mil años, quizá más.

—Mil años de ovejas y corderos —espetó Mat.

—¡Una moneda de plata! —exclamó Ewin—. ¡Me ha dado una moneda de plata! Imaginaos todo lo que puedo comprar cuando llegue el buhonero.

Rand abrió la mano para mirar la pieza que le había entregado la desconocida, y casi la dejó caer de estupor. No reconoció la plana moneda de plata con la imagen en relieve de una mujer que alzaba una llama con una mano levantada; sin embargo, había visto cómo Bran al'Vere tasaba las monedas que traían los mercaderes desde doce territorios distintos y tenía una idea de su valor. Con aquella cantidad de plata se podía comprar un magnífico caballo en cualquier pueblo de Dos Ríos y aún sobraría dinero.

Observó a Mat y percibió la misma expresión estupefacta que debía de tener él mismo plasmada en el rostro. Ladeó la mano de manera que Mat pudiera ver la pieza pero no Ewin y arqueó las cejas a modo de pregunta. Mat hizo un gesto afirmativo y ambos se miraron durante un instante sumidos en la más profunda perplejidad.

—¿Qué ocupación debe de tener? —inquirió Rand.

—No lo sé —repuso con firmeza Mat— y no me importa. No voy a gastármela, ni aunque venga el buhonero. —Dicho lo cual, se la introdujo en el bolsillo.

Rand asintió con la cabeza y siguió su ejemplo. No habría sabido decir por qué motivo, pero de algún modo le parecían acertadas las palabras de Mat. No debía gastar la moneda, no, habiéndosela dado ella. No se le ocurría qué otra utilidad podía tener la plata, pero...

—¿Creéis que debería conservar la mía también? —Una angustiosa indecisión nublaba el semblante de Ewin.

—No, si no quieres —dijo Mat.

—Me parece que te la ha dado para que la gastes —opinó Rand.

Ewin observó la moneda; luego agitó la cabeza y se la llevó al bolsillo.

—Me la guardaré —concluyó sombrío.

—Aún no hemos visto al juglar —apuntó Rand, devolviendo como por ensalmo la animación al rostro del muchacho.

—Esperemos que no se quede dormido todo el día —hizo votos Mat.

—Rand —preguntó Ewin—, ¿hay un juglar?

—Ya lo verás —respondió Rand con una carcajada. Era patente que Ewin no lo creería hasta ver por sí mismo al juglar—. Bajará de un momento a otro.

Sonaron gritos del lado del Puente de los Carros y, cuando Rand dirigió la mirada hacia allí, su risa se tornó pletórica. Una apretada multitud de lugareños de todas las edades escoltaba el paso de un alto carromato que iba hacia el puente, un enorme carromato tirado por ocho caballos, cuya carga, cubierta con una lona, sobresalía en una cantidad de bultos que pendían de él como si fuera un gran racimo de uvas. El buhonero había llegado por fin. Forasteros y un juglar, fuegos de artificio y un buhonero. Aquélla iba a ser la celebración de Bel Tine más sonada.

3

EL BUHONERO

Colgajos de pucheros entrechocaban con estrépito al pasar traqueteante el carromato por el Puente de los Carros. Todavía rodeado por una nube de parroquianos y granjeros acudidos al pueblo con motivo de la festividad, el buhonero refrenó los caballos para parar delante de la posada. De todos lados afluía gente para sumarse a la muchedumbre reunida en torno al gran vehículo, cuyas ruedas eran más altas que cualquiera de los presentes, quienes centraban ahora las miradas en el buhonero sentado en el pescante.

El hombre del carruaje era Padan Fain, un tipo pálido y escuálido de brazos larguiruchos y prominente nariz ganchuda. Fain, siempre risueño y sonriente como si conociera un chiste que no compartía con nadie, había conducido la carreta hasta Campo de Emond todas las primaveras, por lo que Rand alcanzaba a recordar.

La puerta de la posada se abrió de par en par en el mismo instante en que el tiro se detenía, formando una maraña de arreos, y daba paso al pleno del Consejo del Pueblo, encabezado por maese al'Vere y Tam. Caminaban resueltos, incluso Cenn Buie, en medio de los excitados gritos de los otros, que solicitaban alfileres, cintas, libros o docenas de objetos diversos. Aunque de mala gana, la multitud les cedió el paso, si bien todos se apresuraron a volver a ocupar sus posiciones sin dejar de atraer a voz en grito la atención del buhonero. Las más de las veces pedían noticias.

A los ojos de los lugareños, las agujas, el té y otros productos similares sólo representaban la mitad de los bienes que acarreaba un carro de buhonero. Igualmente importantes eran la información procedente del exterior, las novedades traídas del mundo que se extendía allende Dos Ríos. Algunos buhoneros se limitaban a contar cuanto sabían, arrojando una tras otra las noticias en un mismo montón, una acumulación de basura que para ellos carecía de trascendencia alguna. Otros se mostraban reacios a hablar y había que arrancarles las palabras, que salían por fin con desgana de sus labios. Fain, en cambio, hablaba profusamente, aun cuando abundaba en bromas, y hacía alargar su exposición de eventos, dando un espectáculo que podía rivalizar con el de un juglar. Disfrutaba siendo el centro de atención, se pavoneaba por doquier como un gallo de poca envergadura, con todas las miradas pendientes de su persona. Rand pensó que a Fain no le complacería mucho enterarse de que había un verdadero juglar en Campo de Emond.

El buhonero concedió al Consejo y a los aldeanos la misma atención.

Al mismo tiempo demostraba gran esmero en atar las riendas, lo cual significaba que apenas les prestó atención. Asentía sin gran convicción y sin responder a nadie en concreto; sonreía sin hablar y saludaba con aire ausente a personas con quienes había tenido un trato de amistad, si bien sus muestras amistosas siempre habían tenido un carácter peculiarmente distante, como consecuencia de lo cual siempre se retraía antes de lograr una verdadera proximidad.

La gente se desgañitaba pidiéndole que hablara, pero Fain aguardaba, dedicado a realizar pequeños quehaceres en el pescante, a que la muchedumbre y la expectación alcanzaran las dimensiones deseadas. Únicamente el Consejo guardaba silencio, manteniendo la dignidad exigida por su posición, aunque la humareda que desprendían sus pipas indicara el esfuerzo que habían de realizar para contenerse.

Rand y Mat se adentraron en el gentío y se acercaron lo más posible al carruaje. Rand se habría detenido a mitad de camino, pero Mat se deslizaba entre los cuerpos y lo arrastraba tras de sí, hasta que se hallaron justo detrás del Consejo.

—Pensaba que ibas a quedarte en la granja estas fiestas —gritó Perrin Aybara a Rand, elevando la voz entre el clamor.

Media cabeza más bajo que Rand, el aprendiz de herrero de cabello rizado era tan corpulento que poco le faltaba para ocupar el lugar de dos hombres, con sus brazos y hombros lo bastante recios como para rivalizar con los del propio maese Luhhan. Le habría sido sencillo abrirse paso a empellones entre la multitud, pero sus modales eran otros. Avanzaba con cuidado y pedía disculpas a gente que apenas percibía algo que no tuviera relación con el buhonero. Aun así, él se disculpaba y trataba de no empujar a nadie mientras se afanaba por llegar a donde estaban Rand y Mat.

—Imaginaos —dijo cuando por fin los alcanzó—. Bel Tine y un buhonero, las dos cosas a la vez. Apuesto a que tendremos fuegos artificiales.

—No sabes de la misa la mitad —rió Mat.

—Es verdad —gritó Rand antes de señalar a la creciente masa de gente, que no cesaba de chillar—. Luego. Te lo explicaré luego. ¡Luego, te he dicho!

En ese instante, Padan Fain se puso en pie sobre el pescante y la muchedumbre se apaciguó momentáneamente. Las últimas palabras de Rand estallaron en medio del más profundo silencio, sorprendiendo al buhonero con un brazo alzado en dramático gesto y la boca abierta. Todo el mundo se volvió para mirar a Rand. El flaco hombrecillo del carro, preparado como estaba para que todos pendieran del hilo de su primera frase, dirigió a Rand una brusca mirada inquisitiva.

Rand se ruborizó, asaltado por el deseo de tener la misma estatura que Ewin para que su rostro no sobresaliera con tanta claridad. Sus amigos también se agitaban embarazados. Sólo hacía un año que Fain los había tomado en consideración por vez primera, reconociéndolos como hombres. Fain por lo general no disponía de tiempo para alguien que fuera demasiado joven para comprar un buen número de artículos de su carreta. Rand abrigó la esperanza de que no hubieran quedado nuevamente relegados a la condición de niños a los ojos del buhonero.

Con un estruendoso carraspeo, Fain se alisó su pesada capa.

—No, no será luego sino ahora —declamó el buhonero— cuando os lo diga. —Su discurso iba acompañado de ampulosos gestos que abarcaban a toda la multitud—. Pensáis que habéis tenido problemas en Dos Ríos, ¿no es así? Pues bien, todo el mundo padece desgracias, desde la Gran Llaga al Mar de las Tormentas, del Océano Aricio en poniente al Yermo de Aiel en oriente, e incluso más lejos. ¿Que el invierno ha sido más crudo que ninguno de los anteriores, tan frío que habría podido helaros la sangre y haceros crujir los huesos? ¡Ahhh! El invierno ha sido frío y severo por doquier. En las Tierras Fronterizas considerarían primavera el invierno que habéis tenido vosotros. Pero ¿la primavera no llega, decís vosotros? ¿Los lobos han devorado vuestras ovejas? ¿Tal vez los lobos han atacado también a la gente? ¿Ha ocurrido eso? ¿Sí? Pues bien, la primavera se hace esperar en todo el continente. Hay lobos por todas partes, to-

54

dos anhelando carne en la que hincar el diente, sea carne de cordero, vaca u hombre. Pero hay cosas peores que los lobos o el invierno. Muchos estarían contentos de tener únicamente vuestros pequeños contratiempos. —Acalló su voz con ademán inquisitivo.

—¿Qué otra cosa hay peor que el hecho de que los lobos ataquen a los corderos y a las personas? —preguntó Cenn Buie.

Se oyeron bisbiseos de apoyo.

—Que los hombres se maten entre sí.

La respuesta del buhonero, modulada en portentosos tonos, levantó murmullos de estupefacción que se incrementaron al retomar éste la palabra:

—Es a la guerra a lo que me refiero. Hay guerra en Ghealdan, guerra y locura. Las nieves del Bosque de Dhallin están manchadas de rojo por la sangre de los hombres. El aire está henchido de cuervos y del graznido de los cuervos. Los ejércitos avanzan hacia Ghealdan. Las naciones, las grandes casas y los grandes hombres envían sus huestes a luchar.

—¿Guerra? —Maese al'Vere pronunció con extrañeza aquella palabra insólita. Ningún habitante de Dos Ríos había tenido nunca nada que ver con la guerra—. ¿Por qué han entrado en guerra?

Fain esbozó una sonrisa y a Rand le asaltó la impresión de que se mofaba del aislamiento de los pueblerinos respecto al mundo, de su ignorancia. El buhonero se inclinó hacia adelante como si estuviera a punto de confesar un secreto al alcalde, pero su susurro fue pronunciado con intención de llegar a oídos de todos los presentes, como así fue.

—El estandarte del Dragón se ha alzado y los hombres se reúnen para hacerle frente. Y para unirse a él.

Un último jadeo unánime brotó de las gargantas, y Rand se estremeció a su pesar.

—¡El Dragón! —musitó alguien—. El Oscuro anda suelto en Ghealdan.

—El Dragón... El Dragón no es el Oscuro y, de todas maneras, éste es un falso Dragón.

—Escuchemos lo que tiene que decirnos maese Fain —aconsejó el alcalde. Sin embargo, no era fácil apaciguar a la gente. Se oían gritos por todos lados que se superponían y se sofocaban entre sí.

—¡No sería peor si fuera el Oscuro!

—El Dragón desmembró el mundo, ¿no es cierto?

—¡Él fue quien comenzó! ¡Fue él quien provocó la Época de la Locura!

—¡Ya conocéis las profecías! ¡Cuando el Dragón nazca otra vez, vuestras más horribles pesadillas os parecerán un sueño encantador!

—Sólo es un falso Dragón más. ¡No puede ser de otro modo!

—¡Eso no cambia nada! ¿Recuerdas el último falso Dragón? También inició una guerra. Murieron miles de personas, ¿no es así, Fain? Sitió Illian.

—¡Son tiempos demoníacos éstos! No había surgido nadie con la pretensión de ser el Dragón Renacido y ahora aparecen tres en cinco años. ¡Malos tiempos! ¡Fijaos en el tiempo!

Rand intercambió miradas con Mat y Perrin. A Mat le brillaban los ojos de excitación, pero Perrin fruncía preocupado el entrecejo. Rand recordaba todas las historias acerca de los hombres que se habían autodenominado el Dragón Renacido y, pese a que todos habían demostrado ser falsos dragones al morir o desaparecer sin haber cumplido las profecías, sus actos habían acarreado siempre malas consecuencias. Naciones enteras devastadas por las batallas, y ciudades y pueblos arrasados por las llamas. Los muertos eran tan numerosos como las hojas caídas en otoño y los refugiados atestaban los caminos igual que las ovejas un aprisco. Eso era lo que contaban los buhoneros, y los mercaderes, y nadie de Dos Ríos con suficiente capacidad de juicio lo ponía en duda. En opinión de algunos, el mundo tocaría a su fin cuando volviera a nacer el verdadero Dragón.

—¡Basta ya! —gritó el alcalde—. ¡Callad! Parad de estrujaros el cerebro y la imaginación. Maese Fain nos informará acerca de ese falso Dragón.

La gente comenzó a calmarse, pero Cenn Buie rehusó guardar silencio.

—¿Es éste un falso Dragón? —preguntó cáusticamente el anciano.

Maese al'Vere parpadeó como si lo hubiera tomado por sorpresa y luego le espetó:

—¡No te comportes como un viejo estúpido, Cenn!

Sin embargo, Cenn había exasperado nuevamente los ánimos de la multitud.

—¡No es posible que sea el Dragón Renacido! ¡Que la Luz nos asista, no es posible!

—¡Eres un viejo insensato, Buie! Quieres llamar a la mala suerte, ¿eh? —¡Sólo te falta pronunciar el nombre del Oscuro! ¡Estás poseído por el Dragón, Cenn! ¡Tratas de hacernos daño a todos!

Cenn miró desafiante a su alrededor, en un intento de que bajaran las furiosas miradas que le asestaban, y alzó la voz.

—¡Yo no he oído que Fain dijese que éste era un falso Dragón! ¿Acaso lo habéis oído vosotros? ¡Pensad con la cabeza! ¿Dónde está la hierba que ya debería llegarnos a las rodillas o más arriba? ¿Por qué todavía es invierno cuando hace un mes que debería haber llegado la primavera? —La gente profería gritos airados, instando a callar a Cenn—. ¡No voy a quedarme callado! A mí tampoco me gusta hablar de esto, pero no esconderé la cabeza debajo de un cesto hasta que algún habitante de Embarcadero de Taren venga a degollarme. Y no voy a permanecer en ascuas sólo para darle placer a Fain, no señor. Habla claro, buhonero. ¿Qué has oído? ¿Eh? ¿Es este hombre un falso Dragón?

Si a Fain le perturbaban las noticias que traía o el desasosiego que había provocado, no dio señales de ello, sino que se limitó a encogerse de hombros mientras se llevaba un huesudo dedo a un lado de la nariz.

—Acerca de eso, en este momento, ¿quién puede decir algo hasta que todo haya finalizado? —Hizo una pausa esbozando una de sus misteriosas sonrisas y recorrió a la muchedumbre con la vista como si calculara su reacción, que auguraba divertida—. Lo que sí sé —dijo, con demasiada ligereza— es que puede encauzar el Poder Único. Los demás no podían, pero él puede hacerlo. La tierra se abre bajo los pies de sus enemigos e imponentes murallas se derrumban en respuesta a su grito. Los rayos acuden a su llamada y se descargan donde quiera que él lo indique. Eso es lo que he oído, y es de buena fuente.

Un desconcierto unánime selló las gargantas. Rand miró a sus amigos. Perrin parecía contemplar algo que no era de su agrado; sin embargo, Mat todavía parecía excitado. Tam, con el semblante algo menos sereno que de costumbre, atrajo al alcalde junto a sí, pero antes de que pudiera hablar Ewin Finngar exclamó:

—¡Se volverá loco y morirá! En las historias, los hombres que encauzan el Poder se vuelven locos y después se destruyen y mueren. Sólo las mujeres pueden tener contacto con él. ¿Acaso no lo sabes? —Se agachó para esquivar una bofetada de maese Buie.

—Basta ya de tonterías, muchacho. —Cenn blandió un nudoso puño apuntando a la cara de Ewin—. A ver si muestras más respeto y dejas que hablen los mayores. ¡Largo de aquí!

—No te sulfures, Cenn —gruñó Tam—. El muchacho siente simple curiosidad. No es necesario que te desmandes tú.

—Haz honor a tu edad —añadió Bran— y recuerda, al menos por una vez, que eres miembro del Consejo.

El rostro arrugado de Cenn fue ensombreciéndose con cada palabra pronunciada por Tam y el alcalde hasta adquirir un color casi purpúreo.

—Sabéis bien de qué tipo de mujeres estaba hablando. Para de mirarme con esa cara, Luhhan, y tú también, Crawe. Éste es un pueblo honrado de gente decente y ya es bastante desgracia tener que escuchar las explicaciones de Fain acerca de cómo utilizan el Poder los falsos Dragones para tener que oír a este muchacho alocado, poseído del Dragón, sacar a colación a las Aes Sedai. Hay cosas de las que no se debe hablar y me da igual si vais a permitir que ese juglar imprudente cuente todas las historias que él quiera. No es correcto ni es decente.

—Nunca he visto, oído u olido nada sobre lo que no se pudiera hablar —dijo Tam, pero Fain todavía no había terminado.

—Las Aes Sedai ya están involucradas en ello —anunció, retomando la palabra el buhonero—. Un grupo de ellas ha salido de Tar Valon en dirección sur. Dado que puede esgrimir el Poder Único, no puede ser derrotado más que por las Aes Sedai, por más ejércitos que se le opongan o por más tratos que hagan con él cuando tenga que afrontar una derrota. Suponiendo, claro, que tenga que afrontar una derrota.

Algunos de los presentes se lamentaron en voz alta, e incluso Tam y Bran intercambiaron miradas inquietantes. Grupos de parroquianos se apiñaban aún más estrechamente y otros se arrebujaban en sus capas, aun cuando el viento hubiera amainado.

—Por supuesto que será derrotado —gritó alguien.

—Al final siempre han vencido a los falsos Dragones.

—Tienen que vencerlo, ¿no es así?

—¿Y qué pasaría si no lo hicieran?

Tam había conseguido por fin decir algo a oídos del alcalde y éste, que asentía de tanto en tanto sin hacerse eco del alboroto reinante, esperó hasta que hubiera terminado antes de elevar su propia voz.

—Escuchad todos. ¡Calmaos y escuchad! —El griterío se redujo nuevamente a un murmullo—. Esta cuestión es de una naturaleza que supera a una mera novedad y debe ser deliberada por el Consejo del Pueblo. Maese Fain, si sois tan amable de reuniros con nosotros en la posada, os formularemos algunas preguntas.

—Una jarra de aromático vino caliente no me vendría nada mal en estos momentos —replicó el buhonero, riendo entre dientes. Bajó de un salto del carro y se ajustó la capa—. ¿Me vigilaréis los caballos, por favor?

—¡Yo también quiero escuchar lo que dice! —protestó más de uno.

—¡No podéis llevároslo! ¡Mi mujer me ha encargado comprar alfileres! —Aquél era Wit Congar, quien tuvo que hundir la cabeza entre los hombros al advertir las miradas fijas en él. Sin embargo, no dio ni un paso para alejarse.

—También nosotros tenemos derecho a hacerle preguntas —vociferó alguien desde la parte más alejada del gentío—. Yo...

—¡Callad! —tronó el alcalde, provocando un silencio asombroso—. Cuando el Consejo haya terminado, maese Fain estará de regreso para explicaros las noticias. Y para venderos sus pucheros y alfileres. ¡Hu! ¡Tad! Llevad los caballos de maese Fain al establo.

Tam y Bran se situaron a ambos lados del buhonero, los restantes miembros del Consejo se reunieron tras ellos, y la totalidad del grupo entró en la Posada del Manantial y cerró vigorosamente la puerta en las narices de aquellos que intentaban seguirlos en avalancha. Los golpes en la puerta únicamente lograron arrancar un grito de boca del alcalde.

—¡Idos a casa!

La gente, arremolinada delante del establecimiento, comentaba entre murmullos lo que había dicho el buhonero, se interrogaba sobre su sentido y sobre las preguntas que estaría haciéndole el Consejo, y argüía acerca de los motivos por los que deberían permitirles escuchar y formular sus propias demandas. Algunos miraban por las ventanas de la posada y varios llegaban incluso a preguntar a Hu y Tad, aun cuando estaba bien claro lo que ellos sabían. Los dos impasibles mozos de cuadra articulaban un gruñido a modo de respuesta y proseguían metódicamente el proceso de desengachar el tiro. Uno a uno, fueron llevándose los caballos hasta que no quedó ninguno y, entonces, ya no regresaron.

Rand hizo caso omiso de la aglomeración de gente. Se sentó en un extremo de los viejos cimientos de piedra, se arrebujó en la capa y dejó vagar la mirada hacia la puerta de la posada. Ghealdan, Tar Valon. Sólo los nombres provocaban ya una sensación de extrañeza y excitación. Aquéllos eran lugares que conocía únicamente gracias a las noticias de los buhoneros y los cuentos relatados por los guardas de los mercaderes. Aes Sedai, guerras y falsos Dragones: aquélla era la temática propia de las historias contadas a última hora de la noche delante del fuego, con una vela que proyecta extrañas formas en la pared y el viento aullando contra los postigos. Con todo, era su creencia que más valía soportar ventiscas y lobos. De todas maneras, todo debía de ser distinto por aquellas tierras, más allá de Dos Ríos; como vivir sumergido en un cuento de un juglar. Una aventura, una larga aventura que duraría toda una vida.

Todavía entre murmullos y sacudidas de cabeza, los lugareños poco a poco se dispersaron. Wit Congar se detuvo para observar el solitario carromato, como si pudiera encontrar a otro buhonero oculto en su interior. Por último sólo quedaron algunos jóvenes y chiquillos. Mat y Perrin se aproximaron entonces a Rand.

—No veo de qué manera podrá superar esta historia el juglar —dijo entusiasmado Mat—. Me pregunto si llegaremos a ver alguna vez a ese falso Dragón. Perrin sacudió su enmarañada cabellera.

—Yo no quiero verlo. En algún otro sitio quizá, pero no en Dos Ríos. No si eso representa una guerra.

—Ni si significa la presencia de las Aes Sedai —agregó Rand—. ¿O acaso habéis olvidado quién causó el Desmembramiento? Es cierto que el Dragón lo originó, pero fueron las Aes Sedai quienes desmembraron el mundo.

—Una vez, un guarda de un mercader de lana me contó una historia. Dijo que el Dragón renacería cuando la humanidad se hallara más indefensa y que nos salvaría a todos.

—Pues era un estúpido si creía eso —dijo con firmeza Perrin—, y tú fuiste igual de estúpido por escucharlo. —No parecía enfadado; su carácter era apacible. Pero a veces lo exasperaban las descabelladas fantasías de Mat, y eso era lo que le sucedía en esta ocasión—. Supongo que también pretendía que todos viviríamos después en una nueva Era de Leyenda.

—Yo no he dicho que lo creyera —protestó Mat—, sólo que lo oí. Nynaeve también lo escuchó, y pensé que iba a desollarnos vivos al guarda y a mí. Dijo..., el guarda dijo... que mucha gente lo creía, pero que tenía miedo de decirlo, miedo de las Aes Sedai o de los Hijos de la Luz. Después de que irrumpiera Nynaeve ya no dijo nada más. Ella se lo contó al mercader y éste respondió que aquél era el último viaje que el guarda hacía con él.

—Vaya una cosa —dijo Perrin—. ¿Que el Dragón nos va a salvar? Parecen los mismos chismes que les gusta contar a los Coplin.

—¿Cómo podría llegar a estar tan indefensa la humanidad para solicitar la ayuda del Dragón? —musitó Rand—. Sería como pedírsela al Oscuro.

—Él no lo explicó —repuso azorado Mat—. Y no mencionó para nada la Era de Leyenda. Dijo que el mundo se rompería en pedazos con la llegada del Dragón.

—Seguro que eso nos salvaría —espetó con sequedad Perrin—, otro Desmembramiento.

—¡Diantres! —rugió Mat—. Sólo repito lo que dijo el guarda.

—Confío únicamente en que las Aes Sedai y ese Dragón, sea o no falso, se queden en donde están. Así no traerán la destrucción a Dos Ríos.

—¿De veras crees que son Amigos Siniestros? —Mat arrugaba la frente en actitud pensativa.

—¿Quiénes? —inquirió Rand.

—Las Aes Sedai.

Rand desvió la mirada hacia Perrin, pero éste se encogió de hombros. —Las historias... —comenzó a decir, pero Mat lo interrumpió de improviso.

—No todas las historias dicen que sirvan al Oscuro, Rand.

—Caramba, Mat —replicó Rand—, las Aes Sedai causaron el Desmembramiento. ¿Qué más quieres?

—Supongo que tienes razón —admitió Mat con un suspiro. Sin embargo, al cabo de un instante sonreía de nuevo—. El viejo Bili Congar dice que no existen Aes Sedai ni Amigos Siniestros. Dice que son nada más que cuentos, y que él no cree ni siquiera en el Oscuro.

—Chismorreos de los Coplin en boca de un Congar —bufó Perrin—. ¿Qué otra cosa puede esperarse de ellos?

—El viejo Bili pronunció el nombre del Oscuro. Apuesto a que no lo sabías.

—¡Cielos! —musitó Rand.

—Fue la primavera pasada —explicó Mat con una sonrisa aún más amplia—, justo antes de que la oruga invadiera sus campos y no los de los demás y de que toda su familia cayera enferma de fiebre amarilla. Yo oí cómo lo decía. Todavía pretende que no cree en él, pero siempre que le pido que nombre al Oscuro, me tira algo a la cabeza.

—¿De modo que eres lo bastante necio como para hacer eso, eh, Matrim Cauthon?

Nynaeve al'Meara se aproximó hacia ellos, con la larga trenza apoyada sobre un hombro casi erizada de furor. Rand se levantó de un salto. Delgada y de estatura que apenas sobrepasaba los hombros de Mat, en aquel momento la Zahorí parecía más alta que cualquiera de ellos, y en ello no intervenían para nada su juventud y su hermosura.

—Ya entonces sospeché que Bili Congar había cometido alguna locura semejante —convino—, pero no pensaba que tuvieras tan poco juicio como para inducirlo a repetir una cosa así. Aunque ya tengas edad de casarte, Matrim Cauthon, todavía tendrías que estar pegado a las faldas de tu madre. Sólo te falta que te pongas a nombrar al Oscuro tú también.

—No, Zahorí —protestó Mat, con aire de querer poner pies en polvorosa a la primera oportunidad—. ¡Fue el viejo Bil..., maese Congar, quería decir, no yo! ¡Rayos y truenos, yo...!

—¡Ten cuidado con lo que dices, Matrim!

Rand permanecía de pie, envarado, aunque la airada mirada de la muchacha no fuera dirigida a él. Perrin parecía igualmente avergonzado. Más tarde ninguno de ellos omitiría quejarse de tener que soportar una reprimenda por parte de una mujer apenas mayor que ellos... Todo el mundo lo hacía después de una de sus regañinas, si bien nunca delante de ella..., pero la diferencia de edad siempre adquiría una extraña dimensión a la hora de enfrentarse cara a cara con ella. Sobre todo cuando estaba enfadada. El bastón que llevaba en la mano la Zahorí tenía un extremo grueso y otro delgado como una aguja y no cabía ninguna duda de que lo asestaría sobre cualquiera que no se comportara como era debido —sobre cabeza, manos o pies— sin tener en cuenta la edad ni la posición del agredido.

Rand tenía la atención tan concentrada en la Zahorí que al principio no se percató de que no estaba sola. Al advertir su error, comenzó a considerar la posibilidad de marcharse, por mucho que hiciera o dijera Nynaeve después.

Egwene se hallaba a varios pasos detrás de la Zahorí y observaba con atención. En aquellos momentos, con los brazos cruzados bajo el pecho y un rictus de desaprobación en los labios, hubiera podido pasar por un vivo reflejo del estado de humor de Nynaeve. La capucha de su capa gris sombreaba su cara y la risa estaba ahora ausente de sus grandes ojos castaños.

Pensaba que, si existiera la justicia, el hecho de tener dos años más que ella le aportaría alguna ventaja, pero no era así. A diferencia de Perrin, ni en las ocasiones más propicias era locuaz o brillante al hablar con cualquiera de las chicas del pueblo, pero siempre que Egwene lo atravesaba con aquella mirada alerta, con los ojos tan abiertos como si fueran a saltar, como si hasta el último gramo de su atención estuviera clavada en él, se veía sencillamente incapaz de articular las palabras. Tal vez se alejaría tan pronto como hubiera acabado de hablar Nynaeve. Sin embargo, sabía que no lo haría, aun cuando no comprendiera el motivo.

—Si ya te has cansado de mirar como si estuvieras alelado, Rand al'-Thor —dijo Nynaeve—, quizá podrías explicarme por qué estabais hablando de algo que incluso unos cabezas de chorlito como vosotros deberíais poner buen cuidado en no mencionar.

Con un sobresalto, Rand apartó la vista de Egwene; ésta había empezado a sonreír de manera desconcertante cuando comenzó a hablar la Zahorí. La voz de Nynaeve era áspera, pero en su rostro iba dibujándose una sonrisa de complicidad... hasta que Mat soltó una carcajada. La mujer adoptó otra vez una expresión severa y atajó con una mirada las risas de Mat.

—¿Y bien Rand? —inquirió Nynaeve.

Por el rabillo del ojo vio cómo Egwene continuaba sonriendo. «¿Qué será lo que encuentra tan divertido?», se preguntó.

—Era normal que habláramos de ello, Zahorí —repuso apresuradamente—. El buhonero... Padan Fain..., ah..., maese Fain..., ha traído noticias sobre un falso Dragón que hay en Ghealdan y una guerra, y Aes Sedai. El Consejo lo consideró un tema lo suficientemente importante como para reunirse. ¿De qué otra cosa íbamos a hablar?

Nynaeve sacudió la cabeza.

—De modo que éste es el motivo por el que ha quedado solitario el carro. He oído cómo la gente corría a su encuentro, pero no he podido dejar a la señora Ayellan hasta que no le ha cedido la fiebre. ¿El Consejo está interrogando al buhonero sobre lo ocurrido en Ghealdan, no es así? Los conozco, estarán haciendo todas las preguntas inadecuadas y ninguna de las necesarias. Corresponde al Círculo de Mujeres averiguar cuanto sea de utilidad.

Dicho esto, fijó con resolución la capa sobre sus espaldas y desapareció en el interior de la posada.

Egwene no siguió a la Zahorí. Al cerrarse la puerta del establecimiento tras Nynaeve, la muchacha se acercó a Rand hasta detenerse frente a él. Ya no aparecía ceñuda y, sin embargo, su mirada imperturbable lo incomodaba. Buscó el apoyo de sus amigos, pero éstos se alejaron con grandes muecas risueñas a modo de despedida.

—No deberías permitir que Mat te involucrara en sus chiquilladas, Rand —dijo Egwene con tanta solemnidad como si fuera una Zahorí. Luego, de improviso, soltó una risita—. No te había visto así desde que Cenn Buie os atrapó a ti y a Mat encaramados en sus manzanos, cuando tenías diez años.

Movió los pies y echó una ojeada alrededor. Sus amigos no estaban a mucha distancia. Mat gesticulaba con excitación mientras charlaba sin cesar.

—¿Bailarás conmigo mañana?

No había tenido intención de decir aquello. Deseaba bailar con ella, pero al mismo tiempo era consciente de que querría huir de la desazón que le provocaba su presencia, la misma desazón que sentía entonces.

Las comisuras de sus labios esbozaron una leve sonrisa.

—Por la tarde —respondió—. Por la mañana estaré ocupada.

A pesar del frío, se bajó la capucha de la capa y con aparente despreocupación empujó el cabello hacia adelante. La última vez que la había visto, las oscuras ondas de su pelo le cubrían los hombros, atadas únicamente con una cinta roja; ahora estaban peinados con una trenza.

Dirigió una mirada a aquella trenza como si fuera una víbora, luego lanzó una ojeada hacia la Viga de Primavera, dispuesta para el día siguiente. Por la mañana las mujeres solteras en edad de casar bailarían alrededor de la Viga. Tragó saliva. Nunca había dado en pensar que ella alcanzaría la edad de contraer matrimonio al mismo tiempo que él.

—Porque uno sea lo bastante mayor para casarse —murmuró—, no quiere decir que tenga que hacerlo. No enseguida.

—Desde luego que no. La verdad es que puede no casarse nunca.

—¿Nunca? —inquirió con asombro Rand.

63

—Las Zahoríes no suelen casarse. Ya sabes que Nynaeve me ha estado enseñando algunas cosas. Dice que tengo talento y que puedo aprender a escuchar el viento. Nynaeve opina que no todas las Zahoríes pueden hacerlo, aunque afirmen lo contrario.

—¡Zahorí! —exclamó con una risotada, sin percibir un peligroso destello en los ojos de la muchacha—. Nynaeve será la Zahorí de Campo de Emond durante cincuenta años como mínimo, tal vez más. ¿Te vas a pasar el resto de tu vida siendo su aprendiza?

—Hay otros pueblos —respondió Egwene con vehemencia—. Nynaeve dice que los pueblos del norte del Taren siempre eligen a una Zahorí que no sea originaria de allí. Creen que de esa manera evitan los favoritismos entre la gente.

Su alborozo se desvaneció tan deprisa como había sobrevenido.

—¿Fuera de Dos Ríos? No te vería más.

—¿Y no estarías contento? Últimamente no has dado ninguna muestra que indicara que eso te fuera a importar.

—Nadie se va nunca de Dos Ríos —prosiguió—. A veces alguna persona de Embarcadero de Taren, pero es toda gente rara, casi como si no fuera de la región.

—Bueno, tal vez yo sea un poco rara —contestó Egwene con un suspiro de exasperación—. Quizá desee ver algunos de los lugares que describen las historias. ¿A ti nunca se te había ocurrido?

—Claro que sí. A veces sueño despierto, pero reconozco la diferencia entre los sueños y la realidad.

—¿Y yo no? —preguntó furiosa ella, antes de volverle la espalda.

—Yo no he dicho eso. Estaba hablando de mí. ¡Egwene!

La muchacha se envolvió con la capa, como si fuese un muro alzado para separarse de él, y avanzó erguida unos pasos. Rand se acarició la frente presa de frustración. ¿Cómo iba a explicárselo? Aquélla no era la primera vez que ella captaba un significado en sus palabras que él no había querido conferir. Habida cuenta de su estado de humor actual, un paso en falso empeoraría aún más las cosas, y estaba casi seguro de que todo cuanto dijese sería dar un paso en falso.

En aquel momento volvieron Mat y Perrin. Egwene hizo caso omiso de su llegada. La miraron dubitativos y luego se apiñaron en torno a Rand.

—Moraine también le ha dado una moneda a Perrin —le informó Mat—. Igual que la nuestra. —Hizo una pausa antes de anunciar—: Y él vio al jinete.

—¿Dónde? —preguntó Rand—. ¿Cuándo? ¿Lo ha visto alguien más? ¿Se lo has contado a alguien?

Perrin levantó las manos con ademán apaciguador.

—Vayamos por partes. Lo vi a la salida del pueblo, observando la herrería, ayer al atardecer. Me hizo poner la piel de gallina, te lo juro. Se lo dije a maese Luhhan, pero, como no había nadie cuando él miró..., dijo que sería alguna sombra. Sin embargo, después acarreaba todo el rato el martillo más grande que tiene, mientras cubríamos el fuego de la forja y ordenábamos las herramientas. Nunca había hecho una cosa así hasta ayer.

—Entonces te creyó —dedujo Rand.

Perrin, no obstante, se encogió de hombros.

—No lo sé. Le pregunté por qué llevaba el martillo, ya que lo que yo había visto sólo eran sombras, y respondió algo así como que los lobos se envalentonaban cada vez más y podían bajar hasta el pueblo. A lo mejor pensó que había visto un lobo, pero debería saber que distingo muy bien un lobo de un hombre a caballo, aunque esté oscuro. Yo sé lo que vi y nadie me va hacer cambiar de parecer.

—Yo te creo —dijo Rand—. Recuerda que yo también lo he visto.

Perrin exhaló un gruñido de satisfacción, como si hubiera tenido dudas al respecto.

—¿De qué estáis hablando? —preguntó de súbito Egwene.

Rand deseó de pronto haber hablado en voz más baja. Lo habría hecho si hubiera sido consciente de que ella escuchaba. Sonriendo como estúpidos, Mat y Perrin se precipitaron a describirle sus encuentros con el jinete de la capa negra. Rand, sin embargo, permaneció en silencio. Sabía a todas luces de qué manera reaccionaría ella cuando hubieran terminado de explicárselo.

—Nynaeve tenía razón —anunció Egwene a los cuatro vientos cuando los dos chicos callaron—. Ninguno de vosotros tiene la más mínima madurez. La gente monta a caballo, ¿no lo sabíais? Y eso no los convierte en monstruos salidos de un cuento de juglar.

Rand asintió para sus adentros; estaba actuando exactamente como había pensado. Entonces Egwene se volvió hacia él.

—Y tú has estado propagando esas tonterías. A veces demuestras muy poca sensatez, Rand al'Thor. Este invierno ha sido lo bastante espantoso como para que vayas por ahí asustando a los niños.

El semblante de Rand era una mueca agria.

—Yo no he propagado nada, Egwene. Pero he visto lo que he visto, y no era ningún campesino que había salido a buscar una vaca extraviada.

Egwene hizo acopio de aire y abrió la boca; sin embargo, lo que iba a decir quedó en suspenso al abrirse la puerta de la posada y aparecer en ella un individuo de enmarañados cabellos blancos que salía con tal apremio que parecía que lo persiguieran.

4

El juglar

La puerta se cerró con estrépito detrás del hombre de pelo blanco y éste dio media vuelta para fijar la mirada en ella. Delgado, hubiera sido alto a no ser por sus espaldas encorvadas, pero la ligereza de sus movimientos encubría la edad que aparentaba. Su capa parecía una masa de remiendos, de parches de todo tamaño, forma y color, que se agitaban al menor soplo de aire. En realidad era de tela bastante recia, según observó Rand, y los parches sólo estaban cosidos por encima a modo de decoración.

—¡El juglar! —susurró excitada Egwene.

El hombre giró sobre sí, haciendo revolotear la capa. Aquella larga prenda tenía unas curiosas mangas holgadas y unos grandes bolsillos. Un espeso bigote, tan blanco como el pelo de su cabeza, aleteaba en torno a su boca, y su rostro estaba igual de retorcido que un árbol que hubiera resistido terribles temporales. Realizó un gesto imperativo dirigido a Rand y a sus compañeros con una larga pipa profusamente adornada de la que brotaba un hilillo de humo. Sus ojos azules escrutaban el aire bajo la mata de sus cejas, perforando a quien quiera que mirase.

Rand dedicó a los ojos del hombre tanta atención como al resto de su persona. Todos los habitantes de Dos Ríos tenían los ojos oscuros, al igual que la mayoría de los mercaderes, guardas y demás gente que había visto. Los Congar y los Coplin se habían burlado de él porque tenía los ojos grises, hasta el día en que le propinó un puñetazo en la nariz a Ewal Coplin; la Zahorí no había descuidado reñirlo en aquella ocasión. Se preguntó si existiría un país donde nadie tuviera los iris oscuros. «Tal vez Lan también sea de allí», pensó.

—¿Qué clase de lugar es éste? —preguntó el juglar con una voz profunda que parecía resonar con más fuerza que la de un hombre normal. Aun al aire libre, se diría que llegaba hasta todos los rincones y retumbaba en las paredes—. Los patanes del pueblo de la colina me dicen que puedo llegar aquí antes de que caiga la noche, pero olvidan añadir que a condición de que saliera mucho antes del mediodía. Cuando por fin llego, helado hasta los huesos y ansioso por una cama caliente, vuestro posadero se queja de la hora como si yo fuera un porquero errante. Y vuestro Consejo del Pueblo todavía no se ha dignado pedirme que ofreciera una representación en esta fiesta que celebráis. Y el posadero ni me había informado de que era el alcalde.

Se contuvo para recobrar aliento al tiempo que abarcó a todos con la mirada, pero al instante ya había reemprendido su arenga...

—Cuando he bajado de la habitación para fumarme una pipa y tomar una jarra de cerveza, todos los hombres que hay en la sala me han mirado como si yo fuera el más detestable de sus cuñados que estuviera a punto de pedirles dinero prestado. Un abuelo se ha puesto a desvariar en mis barbas, diciéndome qué historias tengo o no tengo que contar y luego una chiquilla me dice que me largue a voz en grito y me amenaza con un garrote al no reaccionar yo tan rápido como ella quería. ¿Dónde se vio que alguien amedrente a un juglar de esta manera?

El semblante de Egwene era digno de contemplar, con los ojos desorbitados de asombro ante el juglar y su evidente deseo de defender a Nynaeve.

—Excusad, maese el juglar —dijo Rand, consciente de que él mismo lucía una sonrisa bobalicona—. Ella es nuestra Zahorí y...

—¿Esa chiquilla tan bonita? —interrumpió el juglar—. ¿Una Zahorí de un pueblo? Vaya, a su edad haría mejor en coquetear con los jóvenes en lugar de profetizar el tiempo y curar a los enfermos.

Rand se revolvió embarazado. Confiaba en que la opinión del hombre no llegara nunca a oídos de Nynaeve, al menos hasta que éste hubiera terminado sus representaciones. Perrin pestañeó al oír las palabras del juglar, y Mat dejó escapar un nervioso silbido, como si ambos hubieran hecho las mismas reflexiones.

—Los hombres eran los miembros del Consejo —prosiguió Rand—.

Estoy convencido de que no era su intención ser descorteses. ¿Sabéis?, acabamos de enterarnos de que hay guerra en Ghealdan y un hombre que dice ser el Dragón Renacido. Un falso Dragón. Las Aes Sedai van de camino hacia allí desde Tar Valon. El Consejo está intentando dilucidar si podríamos correr peligro aquí.

—Esto no es ninguna novedad ni siquiera en Baerlon —dijo con desdén el juglar—. Y éste es el último lugar del mundo adonde llegan las noticias. —Hizo una pausa y, tras una rápida mirada al pueblo, agregó con sequedad—: Casi el último. —Entonces sus ojos se posaron en el carro parado delante de la posada, solitario ahora, con los varales apoyados en el suelo—. Vaya, creí haber reconocido a Padan Fain allá adentro. —Su voz era aún profunda, pero la resonancia había cedido paso al desprecio—. Fain siempre ha sido un tipejo a quien le encanta esparcir malas noticias, y, cuanto peores, mejor. Ese tiene más características de cuervo que de persona.

—Maese Fain ha venido a menudo a Campo de Emond, maese el juglar —apuntó Egwene, con un rastro de desaprobación patente en medio de su entusiasmo—. Siempre está dispuesto a reír y trae muchas más noticias buenas que malas.

El juglar la observó un momento y luego esbozó una amplia sonrisa.

—Eres una chica muy hermosa. Deberías llevar capullos de rosa en el pelo. Por desgracia, este año no puedo crear rosas por arte de magia, pero ¿te gustaría participar conmigo mañana en mi espectáculo? Para darme la flauta cuando la necesite y determinados aparatos. Siempre escojo a la muchacha más bonita del pueblo como ayudante.

Perrin rió con disimulo y Mat, que también reía furtivamente, soltó una ruidosa carcajada. Rand parpadeó sorprendido al advertir que Egwene lo fulminaba con la mirada, cuando él no había sonreído siquiera. La muchacha enderezó el porte y respondió con insólita calma:

—Gracias, maese el juglar. Será un placer ayudaros.

—Thom Merrilin —dijo el juglar, sumiéndolos en estupor—. Mi nombre es Thom Merrilin, y no maese el juglar. —Se ató la capa multicolor sobre los hombros y, de pronto, su voz pareció resonar de nuevo en una gran sala—. Antaño bardo de la corte, me veo ahora, en efecto, elevado al exaltado rango de maese el juglar y, sin embargo, me llamo simplemente Thom Merrilin y únicamente me vanaglorio de mi condición de juglar.

Tras estas palabras efectuó una reverencia tan elaborada, haciendo revolotear la capa con ostentoso gesto, que Mat se puso a aplaudir y Egwene exhaló un murmullo de admiración.

—Maese..., ah..., maese Merrilin —balbució Mat, indeciso respecto al tratamiento que debía utilizar—, ¿qué ocurre en Ghealdan? ¿Sabéis algo acerca de ese falso Dragón? ¿Y de las Aes Sedai?

—¿Tengo aspecto de ser un buhonero, muchacho? —gruñó el juglar mientras daba golpecitos con su pipa en la muñeca. Después la pipa desapareció en el interior de su capa o de su chaqueta; Rand no estaba seguro de adónde había ido a parar—. Yo soy un juglar, no un chismoso. Y es para mí una norma importante desconocer todo lo relacionado con Aes Sedai, y no incurrir así en peligro.

—Pero la guerra... —comenzó a decir con ansiedad Mat.

—En las guerras, muchacho —lo atajó Thom Merrilin—, los idiotas matan a otros idiotas por causas estúpidas. Eso es cuanto hay que saber. Yo he venido aquí por mi arte. —De pronto, apuntó con un dedo a Rand—: Tú, chico. Eres muy alto. Todavía no has acabado de crecer, pero dudo que haya otro hombre en la zona de tu misma estatura. Apuesto a que tampoco habrá muchos en el pueblo con ese color de ojos. Lo cierto es que tienes los hombros tan anchos como el mango de un hacha y eres igual de alto que un habitante del Yermo de Aiel. ¿Cómo te llamas, muchacho?

Rand titubeó al responder, sin saber a ciencia cierta si el hombre se mofaba de él, pero el juglar ya había centrado la atención en Perrin.

—Y tú tienes casi el mismo tamaño que un Ogier, más o menos. ¿Cómo te llamas?

—No a menos que me suba a hombros de alguien —repuso riendo Perrin—. Me temo que Rand y yo somos personas normales y no fantásticas criaturas salidas de vuestras historias. Yo soy Perrin Aybara.

Thom Merrilin se tiró del bigote.

—Vaya. Fantásticas criaturas salidas de mis historias. ¿Son eso en verdad? En ese caso, parece que sois unos muchachos que han visto mundo.

Rand permaneció silencioso, con la certeza de que los estaba utilizando como hazmerreír, pero Perrin alzó la voz en protesta.

—Todos nosotros hemos estado en Colina del Vigía y Deven Ride. Poca gente del pueblo ha viajado hasta tan lejos.

No fanfarroneaba; Perrin no se pavoneaba nunca de nada. Simplemente estaba contando la verdad.

—También hemos visto la Ciénaga —añadió Mat, sin rasgo alguno de jactancia—, que es el lodazal que hay en el extremo del Bosque del Oeste. Está plagado de arenas movedizas y nadie va allí excepto nosotros. Y nadie va tampoco a las Montañas de la Niebla, pero nosotros fuimos una vez. Hasta el mismo pie, en todo caso.

—¿Hasta tan lejos? —murmuró el juglar, que no paraba de atusarse los bigotes.

Rand creyó que estaba disimulando su sonrisa al tiempo que percibía el entrecejo fruncido de Mat.

—Trae mala suerte entrar en las montañas —dijo Mat, como si tuviera que dar una explicación por no haber llegado más allá—. Todo el mundo lo sabe.

—Eso sólo son tonterías, Matrim Cauthon —intervino con fiereza Egwene—. Nynaeve dice... —Se detuvo de golpe, con las mejillas sonrosadas, y dirigió una mirada un tanto hosca a Thom Merrilin—. No es correcto bur... No es... —Su rostro se tiñó de rubor.

Mat pestañeó como si comenzara a sospechar lo que había sucedido.

—Tienes razón, hija —reconoció contrito el juglar—. Pido mis humildes disculpas. He venido aquí a divertiros. Ah, esta lengua mía siempre me ha metido en complicaciones.

—Tal vez no hayamos viajado tanto como vos —reconoció llanamente Perrin—, pero, ¿qué tiene que ver con todo esto la estatura de Rand?

—Sólo esto, chico. Después, os permitiré que intentéis levantarme, pero no podréis separar mis pies del suelo. Ni tú, ni este amigo tuyo tan alto, Rand, ¿no es así?, ni cualquier otro hombre. ¿Qué os parece?

Perrin soltó una risotada.

—Me parece que puedo levantaros ahora mismo.

No obstante, cuando avanzó un paso, Thom Merrilin le indicó que retrocediera.

—Más tarde, chico, más tarde. Cuando haya más gente. Un artista necesita tener público.

Desde que el juglar había hecho su aparición en la puerta de la posada, se había reunido en el Prado un grupo de personas compuesto por jóvenes de ambos sexos y niños que se asomaban, silenciosos y con ojos desorbitados, entre los espectadores de mayor edad. Todos parecían esperar hechos milagrosos del juglar. El personaje de pelo blanco los miró de soslayo —como si estuviera contándolos—; luego sacudió ligeramente la cabeza y exhaló un suspiro.

—Supongo que será mejor que os dé una pequeña demostración. Así podréis ir corriendo a contárselo a los otros, ¿eh? Sólo un ejemplo de lo que veréis en la fiesta de mañana.

Dio un paso atrás y, de pronto, saltó por los aires y, entre volteretas y saltos mortales, aterrizó frente a ellos encima de los viejos cimientos. Y, para mayor estupor, tres bolas —una roja, una blanca y una amarilla— comenzaron a danzar entre sus manos en el preciso instante en que se posó en el suelo.

Un sonido apagado surgió entre los presentes, originado tanto por el asombro como por la satisfacción. Incluso Rand olvidó su irritación y dedicó una sonrisa a Egwene, la cual le devolvió la misma expresión de deleite antes de que ambos volvieran a mirar, imperturbables, al juglar.

—¿Queréis historias? —declaró Thom Merrilin—. Yo sé historias, y os las contaré. Haré que cobren vida ante vuestros propios ojos. —Procedente de un lugar impreciso, una bola azul se sumó a las otras, seguida de otra verde y otra amarilla—. Relatos de grandes guerras y grandes héroes, para hombres y muchachos. Para las mujeres y doncellas, la totalidad del *Ciclo Aptarigino*. Relatos sobre Artur Paendrag Tanreall, Artur Hawkwing, Artur el Rey Supremo, que antaño gobernaron todas las tierras que se extienden desde el Yermo de Aiel hasta el Océano Aricio, e incluso más allá. Maravillosas historias de extrañas gentes y de extraños países, del Hombre Verde, de Guardianes y trollocs, de Ogier y Aiel. *Los cien cuentos de Anla, el sabio consejero. Jaem, el azote de gigantes. Cómo amaestró Susa a Jain el Galopador. Mara y los tres reyes traviesos.*

—Explicadnos el de Lenn —pidió Egwene—. Cómo voló hasta la Luna en el vientre de un águila salida del fuego. Contadnos cómo caminaba su hija Salya entre las estrellas.

Rand la miró con el rabillo del ojo, pero ella parecía consagrar su atención al juglar. A Egwene no le habían gustado nunca las historias sobre aventuras y largos viajes. Sus favoritas eran siempre las cómicas, o aquéllas en que las mujeres burlaban a gente que se creía más inteligente que nadie. Tenía el convencimiento de que había solicitado los cuentos sobre Lenn y Salya para hacerlo rabiar a él. ¿Acaso no veía ella que el mundo de afuera no era lugar adecuado para los habitantes de Dos Ríos? Una cosa era escuchar relatos de aventuras, incluso soñar con ellas, y otra muy distinta que éstas ocurrieran alrededor de uno.

—Antiguas historias, ésas —dijo Thom Merrilin. De repente, estaba haciendo juegos malabares con tres bolas de colores en cada mano—. Historias de la era anterior a la Era de Leyenda, a decir de algunos. Tal vez incluso más antiguas. Pero yo conozco todas las historias, fijaos bien, de todas las edades pasadas y por venir. Las eras en que los hombres gobernaban los cielos y las estrellas y las eras en que el hombre vagaba en hermandad con los animales. Eras de ensueño y eras de horror. Eras concluidas por el fuego que escupían los cielos y eras abortadas por la nieve y el hielo que cubrían la tierra y el mar.

»Tengo todas las historias y os contaré todas las historias. Cuentos de Mosk el Gigante, con su Lanza de Fuego que podía llegar a cualquier punto del mundo, y sus guerras con Alsbet, la reina de todo. Cuentos de Materese la Curandera, madre del sin par Ind.

Las bolas danzaban ahora entre las manos de Thom en dos círculos imbricados y su voz era casi un cántico. Se giraba lentamente al hablar,

71

como si vigilase a los espectadores para calcular el efecto producido en ellos.

—Os hablaré del final de la Era de Leyenda, del Dragón, y de su intento de liberar al Oscuro en medio del mundo de los hombres. Os hablaré de la Época de Locura, cuando los Aes Sedai rompieron el mundo en pedazos; de la Guerra de los Trollocs, cuando los hombres se disputaron con ellos el dominio de la tierra; de la Guerra de los Cien Años, cuando los hombres lucharon contra los hombres y se forjaron las naciones actuales.

»Relataré las aventuras de hombres y mujeres, ricos y pobres, poderosos y desamparados, orgullosos y humildes. *El sitio de los Pilares del Cielo. Cómo curó la comadre Karil los ronquidos de su marido. El rey Darith y la caída de la casa de...*

De repente, la facundia y los malabarismos cesaron a un tiempo. Thom agarró las bolas del aire y paró de hablar. Sin que Rand lo hubiera advertido, Moraine se había unido a los espectadores. Lan se hallaba a su lado, aun cuando hubo de mirar dos veces para percibir al hombre. Por un instante, Thom miró a Moraine de soslayo, con el rostro y el cuerpo inmóviles excepto para hacer desaparecer las bolas en las holgadas mangas de su capa. Entonces le dirigió una reverencia, ahuecando la capa.

—Excusadme, pero sin duda vos no pertenecéis a esta región, ¿no es así?

—¡La dama! —musitó con ardor Ewin—. Lady Moraine.

Thom parpadeó y después se inclinó de nuevo, esta vez con una reverencia más profunda.

—Os pido perdón de nuevo..., ah, lady. No he pretendido faltaros al respeto.

Moraine dibujó un leve gesto de despedida.

—Así lo he percibido, maese el Bardo. Y mi nombre es simplemente Moraine. En efecto, soy forastera en este lugar, una viajera como vos, que se encuentra sola y lejos del hogar. El mundo puede ser un sitio peligroso cuando uno es un extranjero.

—Lady Moraine recoge historias —intervino Ewin—, historias sobre las cosas que ocurrieron en Dos Ríos. Aunque yo no sé qué pudo ocurrir aquí para componer una historia.

—Confío en que a vos también os gustarán mis historias..., Moraine.

Thom la observaba con cautela evidente y no parecía que estuviera precisamente encantado de verla allí. De pronto, Rand se preguntó qué tipo de espectáculo debían de ofrecer a una dama como ella en Baerlon o en Caemlyn. A buen seguro, no podía existir nada mejor que un juglar.

—Eso es una cuestión de gustos, maese el Bardo —repuso Moraine—. Algunas historias me complacen y otras no.

La reverencia de Thom fue aún más pronunciada en aquella ocasión, plegando su largo cuerpo paralelamente al suelo.

—Os aseguro que ninguna de mis historias os desagradará. Todas serán alegres y entretenidas. Vuestra presencia honra a este hombre, que no es más que un humilde juglar.

Moraine respondió con un gracioso asentimiento. Por un momento su condición pareció ser aún más elevada que la descrita por Ewin. Fue como si aceptase la oferta realizada por uno de sus vasallos. Entonces giró sobre sí misma y Lan caminó tras ella, como un lobo que pisara los talones a un cisne a punto de alzar el vuelo. Thom los siguió con la mirada, con las espesas cejas abatidas, apretándose sus largos bigotes con los nudillos, hasta que se perdieron en el Prado. «No le hace ninguna gracia», pensó Rand.

—¿Vais a hacer más malabarismos? —preguntó Ewin.

—Tragad fuego —pidió Mat—. Me gustaría veros tragar fuego.

—¡El arpa! —pidió una voz entre el gentío— ¡Tocad el arpa!

Otro solicitó la flauta.

En ese instante se abrió la puerta de la posada para dar paso al Consejo del Pueblo y a Nynaeve en medio. Padan Fain no salía con ellos, advirtió Rand; al parecer, el buhonero había decidido permanecer en la caldeada sala acompañado de su vino caliente.

Murmurando algo acerca de un fuerte licor, Thom Merrilin saltó del viejo cimiento y haciendo caso omiso de los gritos del público, se abrió camino entre los consejeros para penetrar en el establecimiento antes de que éstos hubieran acabado de salir.

—¿Qué se supone que es, un juglar o un rey? —inquirió Cenn Buie con tono preocupado—. Una buena manera de desperdiciar dinero, si queréis saber mi opinión.

Bran al'Vere hizo ademán de volverse hacia el juglar y luego sacudió la cabeza.

—Ese hombre puede ocasionar más problemas de lo que vale.

—Preocupaos por el juglar, si queréis, Brandelwyn al'Vere —dijo desdeñosamente Nynaeve—. Al menos él está en Campo de Emond, lo cual es más de lo que se puede decir de ese falso Dragón. Pero ya que estáis dispuesto a inquietaros, hay otros aquí que deberían suscitar vuestra inquietud.

—Zahorí, hacedme el favor —contestó con sequedad Bran— de dejarme decidir los motivos de mi preocupación. La señora Moraine y maese Lan son huéspedes de mi posada y personas decentes y respetables, eso lo afirmo yo. Ninguno de ellos me ha llamado idiota delante de todo el Consejo y ninguno de ellos ha tildado de mentecatos a la totalidad de los miembros del Consejo.

—Según parece, mi estimación aún ha sido demasiada halagadora —replicó Nynaeve.

Después se alejó a grandes zancadas, sin dignarse mirar atrás, dejando a Bran con la mandíbula entreabierta, afanado en hallar una respuesta.

Egwene posó la mirada en Rand como si estuviera a punto de hablar y luego se precipitó en pos de la Zahorí. Rand sabía que debía de existir alguna manera de impedir que se marchara de Dos Ríos, pero la única posibilidad que le venía a la mente representaba dar un paso para el que no estaba preparado, en el supuesto de que ella quisiera darlo. Y, por lo que se desprendía de sus palabras anteriores, ella no estaba de ningún modo dispuesta a acceder a ello, lo cual lo hacía sentir todavía peor.

—Esa joven necesita un marido —gruñó Cenn Buie, con los pies de puntillas y el semblante purpúreo—. No sabe guardar el respeto debido. Nosotros somos el Consejo del Pueblo y no los mozos que le rastrillan el jardín, y...

Tras hacer acopio de aire, el alcalde se encaró de pronto con Buie.

—¡Cállate, Cenn! ¡Deja de actuar como si fueras un Aiel con la cara velada de negro! —El enjuto anciano quedó paralizado de estupor, pues el alcalde perdía raras veces los estribos—. Voto a bríos —prosiguió Bran, horadándolo con la mirada—, tenemos cosas más importantes que atender que esas estupideces. ¿O pretendes demostrar que Nynaeve está en lo cierto?

Dicho lo cual, regresó renqueando a la posada y cerró ruidosamente la puerta tras él. Los miembros del Consejo se dispersaron en distintas direcciones, no sin antes dedicar una fulminante mirada a Cenn. Sólo se quedó con él Haral Luhhan, quien comenzó a hablarle de forma pausada. El herrero era la única persona capaz de hacer entrar en razón a Cenn.

Rand salió al encuentro de su padre y sus amigos caminaron tras él.

—Nunca había visto a maese al'Vere tan furioso —fue lo primero que dijo Rand.

—El alcalde y la Zahorí raras veces comparten las mismas opiniones —respondió Tam—, y hoy sus posiciones han sido más encontradas de lo habitual. Eso es todo. En todos los pueblos sucede lo mismo.

—¿Y qué hay del falso Dragón? —inquirió Mat, respaldado por los vehementes murmullos de Perrin—. ¿Y de las Aes Sedai?

—Maese Fain apenas sabía más de lo que ya había contado. En todo caso, poco que pueda sernos de interés. Batallas ganadas o perdidas, ciudades tomadas y sitiadas nuevamente... Todo en Ghealdan, la Luz sea loada. La guerra no se ha extendido, o no lo había hecho según las últimas informaciones recibidas por Fain.

—Las batallas me interesan —afirmó Mat.

—¿Qué ha dicho Fain de las batallas? —agregó Perrin.

—A mí no me interesan las batallas, Matrim —repuso Tam—, pero estoy seguro de que a él le encantará explicároslo más tarde. Lo que considero importante es que la gente de aquí no tiene por qué preocuparse, por lo que el Consejo ha podido deducir. No hemos visto que haya ningún motivo para que las Aes Sedai vengan aquí de camino hacia el sur. Y, por lo que respecta al viaje de regreso, no es probable que quieran cruzar el Bosque de las Sombras y atravesar a nado el Río Blanco.

Rand y sus compañeros exhalaron risas ahogadas. Existían tres razones por las que nadie llegaba a Dos Ríos, excepto desde el norte, pasando por Embarcadero de Taren. Las Montañas de la Niebla, en el oeste, eran la principal, desde luego, y la Ciénaga cerraba con igual eficacia el lado este. El límite sur lo marcaba el Río Blanco, el cual debía su nombre al modo como las rocas y los cantos rodados agitaban sus turbulentas aguas hasta convertir su superficie en espuma. Y más allá del Río Blanco crecía el Bosque de las Sombras. Eran pocos los habitantes de Dos Ríos que hubieran cruzado alguna vez el Blanco, y menos los que habían salido con vida. No obstante, la creencia general era que el Bosque de las Sombras se extendía hasta más de cien millas en dirección sur sin ningún camino ni pueblo entre medio, sólo poblado, en abundancia, por lobos y osos.

—De modo que aquí se acaban las novedades para nosotros —concluyó Mat, con tono ligeramente decepcionado.

—No del todo —repuso Tam—. Pasado mañana enviaremos hombres a Deven Ride y Colina del Vigía, y también a Embarcadero de Taren, para acordar una vigilancia conjunta, con jinetes que bordeen el Río Blanco y el Taren y patrullas entre medio. Lo tendríamos que hacer hoy, pero sólo el alcalde está de acuerdo conmigo. Los demás no se han atrevido a pedir a nadie que pase la fiesta de Bel Tine cabalgando.

—Pero me ha parecido que habíais dicho que no teníamos de qué preocuparnos —adujo Perrin.

—He dicho que no deberíamos, no que no lo hiciéramos. He visto morir a hombres debido a la certeza que tenían de que nada podía ocurrirles. Además, los enfrentamientos incitarán a desplazarse a toda suerte de gentes. La mayoría lo hará sólo para buscar un lugar más seguro, pero otros intentarán aprovecharse de la confusión. A los primeros les ofreceremos la mano para ayudarlos, pero debemos estar preparados para mantener alejados a los sujetos indeseables.

—¿Podemos participar nosotros? —preguntó de repente Mat—. Yo me ofrezco a hacerlo. Ya sabéis que puedo cabalgar tan bien como cualquiera del pueblo.

—¿Quieres pasar unas cuantas semanas soportando el frío, el aburrimiento y durmiendo en el suelo? —propuso Tam con risa ahogada—. Lo más probable es que eso sea lo único que haya que afrontar. Eso espero. Esta zona queda muy apartada, incluso para los refugiados. De todos modos, puedes hablar con maese al'Vere si estás decidido. Rand, ya es hora de que volvamos a la granja.

—Creía que íbamos a pasar aquí la Noche de Invierno —respondió Rand, sorprendido.

—Hay cosas que atender en la granja y necesito que vengas conmigo.

—Aun así, todavía nos quedan unas horas. Y yo también quiero presentarme voluntario para las patrullas de vigilancia.

—Nos vamos ahora —replicó su padre en un tono que no invitaba a discusión. Con voz más suave añadió—: Mañana volveremos y tendrás tiempo de sobra para hablar con el alcalde, y también para los festejos. Ahora, cinco minutos, y luego te reúnes conmigo en el establo.

—¿Vendrás con Rand y conmigo a hacer guardia? —preguntó Mat a Perrin mientras se alejaba Tam—. Apuesto a que hasta ahora no había ocurrido nada igual en Dos Ríos. Hombre, si llegamos hasta el Taren, podríamos ver hasta soldados, o quién sabe qué otras cosas; gitanos incluso.

—Espero que sí —respondió lentamente Perrin—, es decir, si maese Luhhan no me necesita.

—La guerra es en Ghealdan —puntualizó Rand. Luego, bajó con esfuerzo el tono de la voz—: La guerra transcurre en Ghealdan y sólo la Luz sabe dónde están las Aes Sedai, pero en todo caso no están aquí. El hombre de la capa negra sí se encuentra aquí, ¿o acaso ya lo habéis olvidado?

—Perdona, Rand —murmuró Mat—. Pero no se me presenta a menudo una oportunidad de hacer algo aparte de ordeñar las vacas de mi padre. —Se irguió ante la miradas atónitas de sus amigos—. Pues, sí, las ordeño, y cada día.

—El jinete negro —les recordó Rand—. ¿Qué pasará si hace daño a alguien?

—Sea quien sea —contestó Mat—, la guardia dará con él.

—Tal vez —dijo Rand—, pero se diría que desaparece cuando quiere. Sería preferible que lo supieran para buscarlo.

—Se lo contaremos a maese al'Vere cuando nos presentemos como voluntarios —propuso Mat—. Él se lo dirá al Consejo y ellos avisarán a las patrullas.

—¡El Consejo! —exclamó Perrin con incredulidad—. Estaremos de suerte si el alcalde no se echa a reír delante de nosotros. Maese Luhhan y el padre de Rand ya se han forjado la opinión de que fueron imaginaciones nuestras.

—Si tenemos que decírselo —apuntó Rand con un suspiro—, tanto da que se lo digamos ahora. No va a reírse más hoy que mañana.

—Quizás —aventuró Perrin, mirando de reojo a Mat— deberíamos tratar de encontrar a otra gente que lo haya visto. Esta noche veremos a casi todos los del pueblo. —Aunque Mat fruncía el entrecejo, no dijo nada. Los tres comprendían que la intención de Perrin era buscar testigos que gozaran de más credibilidad que Mat—. Tampoco se reirá más mañana —añadió Perrin al percibir dudas en Rand—, y preferiría contar con el apoyo de alguien más antes de ir a verlo. La mitad de las personas del pueblo me parecerían apropiadas.

Rand asintió. Ya se imaginaba las risas de maese al'Vere. Por cierto, no vendría mal contar con más testigos, y, si ellos tres habían visto a aquel sujeto, era probable que también lo hubieran visto otros. Seguro que lo habrían visto.

—Mañana, entonces. Vosotros dos os encargáis de indagar esta noche y mañana iremos a hablar con el alcalde. Después...

Sus dos compañeros lo miraban en silencio, sin atreverse a formular la pregunta sobre lo que ocurriría si no lograban encontrar a nadie que hubiera visto al hombre de la capa negra. La pregunta, sin embargo, estaba expresada en sus ojos, y él no podía darles ninguna respuesta. Suspiró profundamente.

—Será mejor que me vaya —concluyó—. Mi padre debe de estar preguntándose si me he caído dentro de un pozo.

Tras despedirse, salió corriendo hacia el patio del establo, donde se encontraba su carro apoyado sobre los varales.

El establo era un edificio largo y estrecho, rematado por un puntiagudo techo de paja. Los pesebres, con el suelo cubierto de paja, flanqueaban ambos lados del interior en penumbra, iluminado tan sólo por las puertas dobles abiertas en ambos extremos. Los caballos del buhonero mascaban sus raciones de avena en ocho comederos, y los magníficos dhurranos de maese al'Vere —el tiro que alquilaba a los granjeros cuando éstos debían arrastrar pesos superiores a la capacidad de sus monturas— ocupaban seis plazas más, pero las restantes permanecían vacías, a excepción de tres. Rand pensó que podía identificar sin problemas a los propietarios de cada uno de los caballos. El poderoso semental negro de anchos pectorales que alzaba con fiereza la cabeza debía de ser de Lan. La esbelta yegua blanca de cuello arqueado, que caminaba con pasos rápidos, tan airosos como los de una danzarina, aun en las caballerizas, sólo podía pertenecer a Moraine. Y el tercer animal desconocido, un ágil caballo castrado de polvoriento pelo castaño, iba en perfecta consonancia con Thom Merrilin.

Tam permanecía en la parte trasera del establo, sujetando el cabestro de *Bela* mientras conversaba en voz baja con Hu y Tad. No bien Rand hubo caminado dos pasos en dirección al interior, su padre se despidió con un gesto de los mozos, hizo salir a *Bela* y se reunió con él sin decir palabra.

Enjaezaron la peluda yegua en silencio, pues Tam parecía tan profundamente sumido en cavilaciones que Rand se contuvo de hacer ningún comentario. En verdad no abrigaba grandes expectativas de convencer a su padre acerca de la realidad del jinete de capa negra y aún menos al alcalde. Sería más oportuno intentarlo al día siguiente, cuando Mat y Perrin hubieran localizado a otros que lo hubieran visto. En caso de que los encontrasen.

Al emprender la marcha el carro, Rand tomó el arco y se ciñó desmañadamente el carcaj al pecho mientras caminaba a medio trote junto al vehículo. Cuando pasaron la última hilera de casas del pueblo, dispuso una flecha, la cual sostuvo medio elevada con la cuerda a medio tensar. Ante su vista no había más que árboles desprovistos de hojas; sin embargo, sus hombros estaban rígidos. El jinete negro podía abalanzarse sobre ellos sin que se dieran cuenta y acaso no dispondría de tiempo para tensar el arco.

Sabía que no sería capaz de mantener durante mucho tiempo la tensión en la cuerda. Él mismo había fabricado el arco y Tam era uno de los pocos de la zona que podía tirar de él hasta la mejilla. Trató de ocupar su mente en algo distinto del sombrío jinete. No obstante, aquello no era fácil en medio del bosque, con las capas agitadas por el viento.

—Padre —dijo finalmente—, no comprendo por qué tenía que interrogar el Consejo a Padan Fain. —Se esforzó en apartar los ojos de los árboles para mirar a *Bela* y a Tam—. A mí me parece que la decisión a la que habéis llegado habría podido tomarse en el mismo momento. El alcalde ha asustado mucho a la gente, hablando de Aes Sedai y del falso Dragón aquí en Dos Ríos.

—La gente es curiosa, Rand. Las mejores personas son así. Piensa en Haral Luhhan, por ejemplo; es un hombre fuerte y valiente, pero no puede resistir ver cómo se sacrifica a un animal. Se vuelve más pálido que una sábana.

—¿Qué tiene eso que ver? Todo el mundo sabe que maese Luhhan no puede soportar la sangre y a nadie le parece mal, excepto a los Coplin y los Congar.

—Sólo eso, muchacho. Las personas no siempre piensan o se comportan de la manera en que uno se sentiría inclinado a esperar. Esa gente que había allí..., aunque el granizo les destroce las cosechas y el viento levante todos los tejados del distrito y los lobos acaben con la mitad de su ganado, simplemente se arremangarán dispuestos a comenzar de nuevo. Refunfuñarán, pero no malgastarán el tiempo en quejas.

»Sin embargo, sólo la mera noción de que hay Aes Sedai y un falso Dragón en Ghealdan, les hará creer sin tardanza que Ghealdan no está tan lejos del Bosque de las Sombras y que, en línea recta de Tar Valon a Ghealdan, se pasa bastante cerca de nosotros por el lado este. ¡Cómo si las Aes Sedai no fueran a tomar en su lugar la carretera que atraviesa Caemlyn y Lugard! Mañana por la mañana la mitad del pueblo tendría ya la convicción de que todo el peso de la guerra estaba a punto de caer sobre nosotros. Tardaríamos semanas, en disuadirlos de su error. ¡Bonita fiesta de Bel Tine habríamos tenido! Por eso Bran ha querido llegar a una conclusión antes de que pudieran hacerlo ellos.

»Han visto cómo el Consejo tomaba en consideración las circunstancias y ahora escucharán las decisiones que se han tomado. Ellos nos eligieron para formar parte del Consejo porque confían en nuestra superior capacidad de raciocinio. Confían en nuestras opiniones, incluso en las de Cenn, que no dan, supongo, una imagen muy favorable de la institución. En todo caso, oirán que no existe ningún motivo de preocupación y lo creerán. No es que ellos pudieran o no llegar finalmente a la misma conclusión, sino que de esta forma no aguaremos la fiesta y nadie tendrá que soportar un estado de intranquilidad durante semanas por algo que seguramente no va a ocurrir. Si sucediera, contra toda previsión..., bien, las patrullas nos avisarán con suficiente antelación para tomar las medidas pertinentes. No obstante, estoy seguro de que ese momento no llegará.

Rand echó una bocanada de aire. Al parecer, ser miembro del Consejo era más complicado de lo que había creído. El carro avanzaba bamboleándose a lo largo del Camino de la Cantera.

—¿Ha visto alguien más a ese extraño jinete aparte de Perrin? —preguntó Tam.

—Mat lo vio, pero... —sorprendido, Rand dirigió la mirada a su padre por encima del lomo de *Bela*—. ¿Me crees, entonces? Tengo que regresar. Tengo que decírselo.

El grito de Tam detuvo sus pasos mientras se volvía para echar a correr hacia el pueblo.

—¡Tranquilo, muchacho, tranquilo! ¿Piensas que he tardado tanto en hablar sin motivo alguno?

De mala gana, Rand continuó caminando junto al carro, que todavía traqueteaba tirado por la paciente *Bela*.

—¿Qué te ha hecho cambiar de opinión? ¿Por qué no puedo decírselo a los otros?

—Lo sabrán a tiempo, al menos Perrin. Mat, no estoy seguro. Hay que avisar a los granjeros con el mayor tacto posible, pero dentro de una hora no habrá nadie en Campo de Emond mayor de dieciséis años, los que son capaces de actuar con responsabilidad, que no esté al corriente de que hay un extraño que merodea por los alrededores y que no es el tipo de persona al que uno invitaría a un festejo. El invierno ya ha sido lo suficientemente crudo como para que haya que asustar a los más jóvenes con este asunto.

—¿Festejos? —dijo Rand—. Si lo hubieras visto, no querrías tenerlo a menos de diez millas de distancia. O a cien, quizá.

—Es posible —repuso plácidamente Tam—. Podría ser sólo un refugiado huido de los conflictos de Ghealdan o, más probablemente, un ladrón que piensa que le serán más fáciles los hurtos aquí que en Baerlon o en Embarcadero de Taren. Aun así, nadie posee en los alrededores tantos bienes como para permitir que se los roben. Si ese hombre trata de huir de la guerra... Bueno, eso tampoco es excusa para atemorizar a la gente. Una vez que esté montada la guardia, deberían encontrarlo o asustarlo.

—Espero que se asuste y se vaya. Pero, ¿por qué me crees ahora, cuando no lo has hecho esta mañana?

—Entonces debía dar crédito a mis propios ojos, y yo no he visto nada. —Tam sacudió su canosa cabeza—. Según parece, solamente los jóvenes ven a ese individuo. Sin embargo, cuando Haral Luhhan ha mencionado que Perrin había visto visiones, todo se ha esclarecido. El hijo mayor de Jon Thane también lo vio, al igual que el chaval de Samel Crawe, Bandry. Lo cierto es que si cuatro de vosotros decís que habéis visto algo, y todos sois personas de fiar, hemos comenzado a pensar que está ahí aunque nosotros no podamos verlo. Todos excepto Cenn, por supuesto. De todas formas, ésta es la causa de que regresemos a casa. Con los dos fuera, ese extraño podría cometer alguna tropelía. A no ser por la fiesta, tampoco volvería mañana al pueblo. Sin embargo, no podemos recluirnos en nuestras casas únicamente porque ese sujeto ande vagando por ahí.

—No sabía lo de Ban y Lem —dijo Rand—. Los demás íbamos a ir a hablar con el alcalde mañana, pero temíamos que no nos creyera.

—Los cabellos grises no significan que se nos haya secado el cerebro —atajó secamente Tam—. De modo que manténte alerta. Tal vez yo lo perciba también, si vuelve a aparecer.

Rand se encontraba ahora más sosegado. Para su sorpresa, advirtió que su paso era más ligero y que sus hombros estaban menos tensos.

Todavía sentía temor, pero no con el mismo desamparo. Tam y él se hallaban tan solos en el Camino de la Cantera como lo habían estado por la mañana; no obstante, ahora sentía de algún modo que todo el pueblo le tendía la mano. El hecho de que los otros estuvieran al corriente y creyeran en sus palabras constituía una gran diferencia. No había nada que el jinete de la capa negra pudiera hacer para lo que no tuviera respuesta la unión de todos los habitantes de Campo de Emond.

5

LA NOCHE DE INVIERNO

E l sol había descendido la mitad de su curso desde el mediodía, cuando el carro llegó a la casa. La vivienda no era grande, al contrario de algunas de las granjas diseminadas por el este, moradas éstas que habían ido creciendo con los años para albergar a familias enteras. En Dos Ríos, esto representaba por lo general tres o cuatro generaciones que vivían bajo el mismo techo, incluidos tíos, primos y sobrinos. Tam y Rand eran considerados como un caso aparte, tanto por ser dos hombres solos como por cultivar tierras en el Bosque del Oeste.

Allí la mayoría de las habitaciones se encontraban en la planta baja, un simple rectángulo sin alas ni ampliaciones, y bajo el inclinado tejado de paja sólo había dos dormitorios y un cuarto trastero. Pese a que la capa de cal apenas era perceptible en las macizas paredes de madera tras los temporales del invierno, la casa no reflejaba incuria, con la paja reparada a conciencia y las puertas y postigos perfectamente ajustados a los marcos.

La vivienda, los corrales y el aprisco de piedra formaban un triángulo en torno al patio, al cual se habían aventurado a salir algunas gallinas para escarbar la fría tierra. Junto al redil de las ovejas había un cobertizo y un abrevadero de piedra. Entre la era y los árboles se proyectaba la alta sombra cónica del secadero de tabaco. Pocos granjeros de Dos Ríos podían ganarse la vida sin producir de forma simultánea tabaco y lana para vender a los mercaderes.

Cuando Rand echó una ojeada al aprisco de piedra, las vacas se volvieron a mirarlo, pero casi todas las ovejas permanecieron plácidamente recostadas o con las cabezas sumidas en los comederos. La lana de su cuerpo era espesa y rizada, pero todavía hacía demasiado frío para esquilarla.

—Creo que el jinete de capa negra no ha estado por aquí —anunció Rand a su padre, que caminaba con lentitud alrededor de la casa con la lanza en ristre, escudriñando con atención el suelo—. Los corderos no estarían tan tranquilos si hubiera ido alguien allí.

Tam hizo un gesto afirmativo, pero no se detuvo. Cuando hubo circundado la casa, hizo lo propio con los establos y el redil, escrutando todavía el suelo. Incluso examinó el recinto utilizado para ahumar y el cobertizo donde secaban el tabaco. Después de sacar un cubo de agua del pozo, se llenó el cuenco de la mano, la olió y la tocó cautelosamente con la punta de la lengua. De pronto, soltó una carcajada y luego la bebió de un trago.

—Supongo que no ha venido —dijo a Rand, mientras se secaba la mano con la chaqueta—. Toda esta historia de hombres y caballos que yo no puedo ver me hace sentir una total desconfianza. —Trasvasó el agua del pozo a otro recipiente y se alejó hacia la casa, con el cubo en una mano y la lanza en la otra—. Voy a preparar un poco de estofado para cenar, y, ya que estamos aquí, podríamos atender algunos quehaceres.

Rand esbozó una mueca, pesaroso por no poder pasar la Noche de Invierno en Campo de Emond. No obstante, Tam tenía razón. En una casa de campo no se acababa nunca el trabajo; tan pronto como se había finalizado una tarea, había dos más que reclamaban atención. Aunque dubitativo, mantuvo el arco y las flechas al alcance de la mano. En caso de que apareciera el sombrío jinete, no tenía intención de enfrentarse a él únicamente con un azadón.

Lo primero que debía hacer era llevar a *Bela* al establo. Una vez quitados los arreos, la situó en el pesebre contiguo al de la vaca, se echó la capa a un lado, le frotó la piel con paja seca y luego la almohazó con un par de cepillos. Después de subir la estrecha escalera que llevaba al pajar, arrojó heno para dárselo de comer. También trajo para la yegua una palada de avena, si bien el granero estaba casi vacío y no volverían a llenarlo hasta varios meses más tarde, a menos que mejorase pronto el tiempo. Había ordeñado a la vaca por la mañana, antes del amanecer, y solamente había obtenido una cuarta parte de su producción habitual; parecía que estaba secándose con la persistencia del invierno.

Habían dejado a las ovejas suficiente comida para dos días... A aquellas alturas ya deberían comer en los pastos, pero no había ninguno digno de recibir tal nombre... De cualquier modo, les añadió agua. Asimismo había que recoger los huevos puestos. Sólo encontró tres. Según todos los indicios, las gallinas se las ingeniaban cada vez mejor para esconderlos.

Se dirigía con una azada al huerto situado detrás de la casa cuando Tam salió y se sentó en un banco a coser unos arreos, apoyando la lanza a su lado. Aquello le quitó la sensación de embarazo que le había producido mantenerse tan apegado al arco.

Sólo habían brotado del suelo algunas hierbas, la mayoría malas hierbas. Las coles parecían engendros, los brotes de judías y guisantes eran casi imperceptibles y no se distinguía ningún rastro de remolacha. Todavía no habían plantado todo, por supuesto; únicamente una parte, con la esperanza de que el frío cejara a tiempo para poder recolectar algo antes de que se vaciase la despensa. Le llevó poco rato la labor de cavar, lo cual lo hubiera contentado en temporadas anteriores, pero ahora se preguntaba qué iban a hacer si no crecía nada aquel año. No era aquél un pensamiento reconfortante. Y aún tenía que partir leña.

A Rand le pareció que habían transcurrido meses desde la última vez que partieron leña. No obstante, las quejas no calentarían la casa, por lo que agarró el hacha, recostó el arco y el carcaj en un tronco y se puso manos a la obra. El pino para producir rápidamente llama y el roble para mantener el fuego. Cuando el montón de leña cortada era lo bastante grande, la ordenaba junto a la pared de la casa, al lado de las otras pilas que ya había. La mayoría llegaban hasta el alero, cuando otros años, por aquella época, las pocas que quedaban apenas ocupaban unos palmos de pared. A medida que hachaba y apilaba sucesivamente, se abandonó al ritmo del hacha y los movimientos para apilar lo cortado, hasta que la mano de Tam sobre el hombro lo devolvió al presente y la sorpresa le produjo un sobresalto.

Mientras trabajaba había sobrevenido un crepúsculo gris, que ya se desvanecía para dar paso velozmente a la noche. La luna llena se elevaba por encima de las copas de los árboles, henchida en su brillante palidez como si estuviera a punto de caer sobre sus cabezas. El viento se había vuelto más frío sin que tampoco hubiera reparado en ello, y los jirones de nubes corrían impulsados por él a través del cielo que se oscurecía poco a poco.

—Vamos a lavarnos y a cenar. Ya he acarreado el agua para tomar un baño caliente antes de acostarnos.

—Cualquier cosa que esté caliente me vendrá bien —aseguró Rand y se recogió la capa. Tenía la camisa empapada de sudor, y el viento, inadvertido con el calor del movimiento, parecía querer helarla ahora que había dejado de trabajar. Sofocó un bostezo y se estremeció mientras recogía sus cosas—. Y dormir también, a decir verdad. Hasta podría quedarme dormido la fiesta entera.

—¿Te atreverías a jurarlo? —replicó Tam, sonriendo.

Rand no pudo reprimir una sonrisa a su vez. No se perdería Bel Tine ni aunque hubiera pasado una semana en vela; ni él ni nadie.

Tam había encendido pródigamente las velas y el fuego crepitaba en la chimenea, de modo que la sala principal presentaba un aire cálido y acogedor. Una amplia mesa de madera de roble era el rasgo más llamativo de la habitación, aparte del hogar; una mesa lo suficientemente larga para aceptar a doce o más comensales, aun cuando en contadas ocasiones se hubieran reunido tantas personas allí desde la muerte de su madre. Algunas vitrinas y cómodas, en su mayor parte fabricadas por Tam, flanqueaban las paredes, y varias sillas de alto respaldo rodeaban la mesa. El sillón con cojines que Tam denominaba su sillón de lectura se hallaba torcido hacia las llamas. Rand prefería leer recostado en la alfombra, delante del fuego. La estantería donde se encontraban los libros, junto a la puerta, no era ni con mucho tan larga como la de la Posada del Manantial, pero no era sencillo conseguir libros. Pocos buhoneros llevaban más que un puñado de ellos, y para comprarlos había que forcejear con la otra gente que también ansiaba hacerse con ellos.

A pesar de que la estancia no aparecía fregada con el mismo esmero y frecuencia de que hubiera hecho gala una ama de casa —el soporte de la pipa de Tam y *Los Viajes de Jain el Galopador* estaban encima de la mesa, mientras que otro libro con encuadernación de madera reposaba sobre el cojín de su sillón de lectura; un cabo de arreo que había que recomponer yacía en el banco junto al hogar y algunas camisas amontonadas sobre una silla aguardaban a que alguien las remendara—, aun cuando no reluciera impecable, estaba lo bastante limpio y ordenado, con un aspecto de lugar habitado que resultaba casi tan reconfortante y cálido como el fuego. Aquí era posible olvidar la gelidez que reinaba al otro lado de las paredes. En ese lugar no había ningún falso Dragón, ni Aes Sedai, ni hombres con capa negra. El aroma de la cazuela de estofado que pendía sobre las llamas impregnaba la habitación y despertaba un hambre canina en Rand.

Su padre removió el guiso con una larga cuchara de madera y luego lo probó.

—Ha de cocerse un poco más.

Rand se apresuró a lavarse la cara y las manos en una jofaina situada al lado de la puerta. Lo que realmente deseaba era tomar un baño caliente, para desprenderse del sudor y del frío, pero no podría hacerlo hasta que hubiera transcurrido suficiente tiempo para calentarse el agua en la habitación de atrás.

Tam rebuscó en el interior de un armario y sacó una llave tan larga como su mano y luego la hizo girar en la gran cerradura de hierro de la puerta.

—Es mejor asegurarse —explicó en respuesta a la mirada interrogativa de Rand—. Tal vez me haya dado alguna manía, o quizás el tiempo me esté agriando el humor, pero... —Suspiró golpeando con la llave la palma de su mano—. Voy a cerrar la puerta trasera —añadió.

Rand no recordaba que hubieran cerrado alguna vez una de las puertas con llave. Ningún habitante de Dos Ríos cerraba con llave su casa. No había ninguna necesidad de hacerlo, al menos hasta entonces.

Oyó un chirrido procedente de la habitación de Tam en el piso de arriba; era como si arrastrasen algo por el suelo. Rand frunció el entrecejo. A menos que Tam hubiera decidido de improviso cambiar el mobiliario de sitio, sólo podía estar tirando del viejo arcón que guardaba debajo de su cama. Aquello era algo que, según la memoria de Rand, tampoco se había hecho nunca en aquella casa.

Llenó de agua un pequeño hervidor para el té, lo colgó de un gancho por encima del fuego y luego preparó la mesa. Él mismo había tallado las escudillas y las cucharas. De vez en cuando miraba atentamente las ventanas de la pared delantera, cuyos postigos todavía no habían cerrado, pero era ya noche cerrada y sólo alcanzaba a ver sombras. El siniestro jinete habría podido estar apostado allí; sin embargo, intentó no pensar en ello.

Cuando Tam regresó con una ancha correa ceñida al pecho, de la que colgaba una espada con una garza real de bronce en la funda negra y otra en la larga empuñadura, Rand lo miró estupefacto. Los únicos hombres a quienes Rand había visto llevar espada eran los guardas de los mercaderes, y a Lan, por supuesto. Nunca le había cruzado por la mente la idea de que su padre pudiera tener una. De no ser por las garzas, el arma era muy similar a la de Lan.

—¿De dónde la has sacado? —preguntó— ¿Se la compraste a un buhonero? ¿Cuánto te costó?

Tam desenvainó lentamente la espada, la cual reflejó los destellos de las llamas. No era comparable a las sencillas y toscas hojas que había visto en manos de los guardas de mercaderes. Aun cuando no tuviera adornos de oro ni de piedras preciosas, le pareció magnífica. Sobre el acero, muy ligeramente curvado y afilado sólo en uno de sus bordes, había grabada otra garza. En su superficie habían labrado también dos cortas hileras de líneas trenzadas. Tenía un aspecto frágil al lado de las espadas de los guardas de mercader, la mayoría de las cuales estaban aceradas en ambos filos y eran lo bastante gruesas como para abatir un árbol de un solo tajo.

—La conseguí hace mucho tiempo —respondió Tam— y muy lejos de aquí. Pagué sin duda demasiado por ella; dos monedas de cobre es demasiado dinero para una cosa así. Tu madre no aprobó la compra, pero ella siempre fue más juiciosa que yo. En aquel tiempo yo era joven y me pareció que el precio era justo. Ella siempre quiso que me deshiciera de la espada y en más de una ocasión pensé que tenía razón, que debía darla a alguien.

El fuego proyectado en la hoja parecía hacerla llamear. Rand tuvo un sobresalto. A menudo había soñado poseer una espada.

—¿Darla a alguien? ¿Cómo podrías desprenderte de una espada como ésta?

—No sirve de mucho para criar corderos —dijo con un bufido Tam—, ¿no es así? Tampoco para labrar un campo o segar la hierba. —Durante un largo minuto contempló el arma como si se preguntase qué hacía él con semejante objeto. Por último dejó escapar un hondo suspiro—. Pero, si no es una inquietud imaginaria lo que se ha apoderado de mí, si la mala suerte se cierne sobre nosotros, tal vez resulte un gesto útil haberla guardado en ese viejo arcón. —Deslizó con suavidad la hoja en la funda y se enjugó las manos en la camisa con una mueca—. El estofado ya debe de estar listo. Lo serviré mientras preparas el té.

Rand asintió con la cabeza y fue a buscar la tetera. Sin embargo, quería conocer todos los detalles. ¿Por qué habría comprado Tam una espada? No acertaba a imaginarlo. ¿Y dónde la había adquirido? ¿Dónde estaba aquel sitio tan lejano? Nadie salía nunca de Dos Ríos; o muy pocos, como mínimo. Siempre había supuesto, aunque de un modo vago, que su padre debía de haber viajado fuera de la región, pues su madre no era nativa de allí..., pero ¿una espada? Tenía un montón de preguntas que formular una vez que se hubieran sentado a la mesa.

Como el agua hervía vigorosamente, hubo de envolver el mango del hervidor con un trapo para sacarlo del gancho. El calor enseguida atravesó el tejido. Cuando se retiraba del hogar, un pesado golpe en la puerta hizo sacudir la cerradura. Cualquier noción acerca de la espada, o del hirviente cazo que tenía en la mano, se desvaneció de su mente.

—Alguno de los vecinos —aventuró, aunque dubitativo—. Será maese Dautry que viene a pedirnos algo...

Pero la granja de Dautry, el vecino más próximo, se hallaba a una hora de camino aun a la luz del día, y por más que Oren Dautry fuera un sablista descarado, no era nada probable que saliera de su casa después del anochecer.

Tam depositó sobre la mesa las escudillas con el estofado y se apartó despacio de ella, aferrando con ambas manos la empuñadura de la espada.

—No creo... —comenzó a decir antes de que la puerta se abriera bruscamente, al tiempo que la cerradura de hierro saltaba en pedazos por el suelo.

Bajo el dintel había la figura de alguien, de una estatura como Rand no había visto otra igual; una figura cubierta de una cota de malla negra que le colgaba hasta las rodillas, con piezas metálicas erizadas en las muñecas, barbilla y hombros. Una de sus manos agarraba una maciza espada parecida a una guadaña y la otra estaba alzada a la altura de sus ojos, como para protegerlos de la luz.

Rand sintió nacer en él una especie de alivio peculiar. Quienquiera que fuese aquel personaje, no era el jinete de la capa negra. Entonces vio los cuernos retorcidos en la cabeza que rozaba el dintel y un peludo hocico en donde hubiera debido tener la boca y la nariz. Advirtió todo aquello en el tiempo que tardó en inspirar profundamente y la exhalación tomó la forma de un grito de pavor mientras, sin ser siquiera consciente de ello, arrojaba el ardiente hervidor hacia aquella cabeza semihumana.

Al salpicarle la cara el ardiente líquido, la criatura emitió un rugido, que era en parte un grito de dolor y en otra un gruñido animal. En el mismo instante en que la olla chocaba contra él, la espada de Tam surgió como un resorte. El rugido se convirtió de repente en un borboteo y la descomunal forma cayó de espaldas. Cuando aún no había terminado de caer, otra forcejeaba para abrirse camino. Rand alcanzó a percibir una cabeza deforme, coronada de puntiagudos cuernos, antes de que el arma de su padre volviera a entrar en acción y la entrada se hallara obstruida por dos enormes cadáveres. Entonces advirtió que su padre le gritaba algo.

—¡Corre, Rand! ¡Escóndete en el bosque!

Los cuerpos visibles en la entrada se movían a trompicones, presionados por los que trataban de abrirse paso. Tam colocó un hombro bajo la sólida mesa y, con un gruñido, la alzó y la hizo caer sobre la maraña de intrusos.

—¡Son demasiados para hacerles frente! ¡Por la puerta de atrás! ¡Vete! ¡Vete! —gritaba su padre—. ¡Yo iré detrás!

Rand se alejó invadido por un sentimiento de vergüenza al obedecer con tanta prontitud. Quería quedarse y ayudar a su padre, si bien no podía imaginar de qué forma, pero el miedo le atenazaba la garganta y las piernas se movían por propia voluntad. Se precipitó hacia la parte trasera de la casa y, perseguido por los estallidos y gritos provenientes de la puerta principal, corrió como no había corrido en su vida.

Tenía las manos sobre la barra que atrancaba la otra salida cuando sus ojos se posaron en la cerradura de hierro que nunca utilizaban. A menos que su padre lo hubiera hecho aquella noche. Dejó la barra en su sitio, se abalanzó hacia una ventana lateral y abrió los postigos. El crepúsculo había cedido paso a la noche. La luna llena y las deshilachadas nubes proyectaban sombras moteadas que se sucedían unas a otras atravesando el patio.

«Sombras», dijo para sí. Sólo sombras. La puerta trasera crujía como si alguien, o algo, intentara abrirla desde afuera. A Rand se le secó la saliva en la boca. Una embestida agitó la puerta en su marco y lo hizo salir de su parálisis; se deslizó por la ventana, aterrizó en el suelo como una liebre y se agazapó junto a un costado de la vivienda.

Forzó su propio cuerpo a enderezarse a medias y se obligó a mirar el interior, solamente con un ojo, solamente por una esquina de la ventana. En la oscuridad apenas veía nada; con todo, percibió más de lo que hubiera deseado. La puerta pendía de uno de sus goznes y unas formas imprecisas penetraban con cautela en la habitación y se comunicaban entre sí con apagados tonos guturales. Rand no comprendía nada de lo que decían; aquella lengua tenía un sonido duro, impropio de un idioma humano. Las hachas, lanzas y armas erizadas de púas reflejaban descarriados destellos de luna. Las botas arañaban el suelo y se oía un taconeo rítmico, similar al producido por pezuñas de animales.

Trató de activar la salivación y, tras hacer acopio de aire, gritó con todas sus fuerzas:

—¡Vienen por detrás! —Las palabras surgieron como un graznido, pero consiguió articularlas—. ¡Estoy afuera! ¡Corre, padre!

Después se alejó como una flecha del edificio. Enronquecidos gritos de rabia brotaron de la estancia trasera. Oyó un ruido estridente de cristal roto antes de que algo cayera pesadamente tras él. Supuso que alguna de las criaturas se había abalanzado sobre la ventana en lugar de deslizarse por su orificio, pero no se volvió para comprobarlo. Al igual que un zorro huyendo de los cazadores, se precipitó en dirección a las sombras que encubrían la luz de la luna y luego se tumbó boca abajo y se arrastró hacia la sombra más tupida de los corrales. Le cayó algo sobre las espaldas y se revolvió angustiado, no sabiendo si iba a intentar luchar o escapar, hasta que se dio cuenta de que había tropezado con el mango nuevo que había tallado Tam para la azada.

«¡Idiota!» Permaneció tendido allí por un momento, tratando de detener sus jadeos. «¡Un terrible idiota!» Finalmente continuó a lo largo de la parte trasera del establo, llevando consigo el mango de la azada. No era gran cosa, pero era mejor que nada. En la esquina, miró con precaución el patio y la casa.

No había señales de la criatura que había saltado tras él. Podía estar en cualquier lugar, persiguiéndolo, sin duda, a punto incluso de abatirse sobre él.

Del aprisco, situado a su izquierda, salían atemorizados balidos y el rebaño corría de un lado a otro como si quisiera encontrar una vía de escape. Unas sombras imprecisas se movían en las ventanas iluminadas de la parte delantera de la vivienda y los choques del acero resonaban en medio de la oscuridad. De pronto, una de las ventanas se vino abajo con un estrépito de cristales al saltar Tam por ella, con la espada todavía en la mano. Cayó de pie, pero, en lugar de apartarse de la casa, echó a correr hacia la parte posterior, haciendo caso omiso de los monstruosos seres que salían entremezclados tras él por la ventana rota y la puerta.

Rand lo observó con incredulidad. ¿Por qué no intentaba huir? Entonces comprendió. Tam había oído por última vez su voz desde detrás de la casa.

—¡Padre! —gritó— ¡Estoy aquí!

Tam se giró en mitad de una zancada. En lugar de correr hacia Rand, tomó una dirección con un ángulo distinto.

—¡Corre, muchacho! —gritó, y apuntó con la espada como si hubiera alguien delante de él—. ¡Escóndete!

Una docena de descomunales formas aparecieron tras él, acompañadas de ásperos gritos y agudos aullidos que herían el propio aire.

Rand se retiró nuevamente al amparo de la sombra del corral. En caso de que alguna de las criaturas estuviera todavía en la casa, no podría descubrirlo allí. Al menos por el momento se encontraba a salvo. Pero no Tam, que intentaba alejar de él a aquellos seres. Cerró con fuerza los puños en torno al mango de la azada y hubo de apretar las mandíbulas para contener una carcajada. Un mango de azada. Enfrentarse a una de esas criaturas con el mango de una azada no se parecería en nada a jugar a barras con Perrin. Sin embargo, no podía permitir que Tam tuviera que luchar solo con aquellas cosas que lo acosaban.

—Si me muevo como si estuviera persiguiendo a un conejo —susurró para sí—, no podrán verme ni oírme. —Intentó engullir saliva.

Los espantosos chillidos resonaban en la penumbra igual que una manada de lobos hambrientos.

Se alejó en silencio del corral en dirección al bosque; agarraba tan fuerte el mango de la azada que le dolían las manos.

Al principio, le resultó reconfortante hallarse rodeado de árboles, pues éstos le servían para ocultarse de aquellas insólitas criaturas que habían atacado la granja. A medida que se arrastraba por el bosque, no obstante, las sombras rebullían, y comenzó a sentir como si la oscuridad de la floresta cambiara y se desplazara también. Los árboles proyectaban malévolamente su sombra; las ramas se retorcían tratando de aferrarlo. Pero ¿eran solamente árboles y ramas? Casi podía oír las risas crecientes que exhalaban sus gargantas mientras lo esperaban. Los aullidos de los perseguidores de Tam ya no ocupaban la noche, pero en medio del silencio que ahora reinaba en su lugar, Rand se sobrecogía cada vez que el viento hacía frotar las ramas. Avanzaba progresivamente con mayor lentitud, encogiendo aún más las espaldas, y apenas se atrevía a respirar por temor a ser oído.

De improviso, una mano le tapó la boca por detrás y otra le atenazó la muñeca. Dio unos zarpazos desesperados por encima del hombro con la mano libre para contraatacar.

—¡No me rompas el cuello, muchacho! —dijo Tam con un ronco susurro.

El alivio recorrió su cuerpo, destensándole los músculos, de modo que, al soltarlo su padre, cayó al suelo de pies y manos junto a él, apoyándose en un codo.

—No habría hecho esto si hubiera reparado en lo mucho que has crecido en estos últimos años —comentó quedamente Tam, escrutando con inquietud la oscuridad—, pero tenía que asegurarme de que no hablases en voz alta. Algunos trollocs tienen el oído tan aguzado como los perros, o incluso más.

—Pero los trollocs sólo son... —Rand interrumpió su objeción. No eran solamente personajes de relatos, no después de lo que había visto aquella noche. Por lo que a él respectaba, aquellos seres podían ser trollocs o el propio Oscuro en persona—. ¿Estás seguro? —musitó—. Quiero decir... ¿trollocs?

—Estoy convencido. Aunque el motivo que los ha atraído a Dos Ríos... No había visto nunca ninguno, pero he hablado con hombres que sí han topado con ellos y por eso sé algunas cosas. Tal vez nos sean útiles para salir con vida. Escucha con atención: un trolloc puede ver mejor que un hombre en la oscuridad, pero la luz intensa lo ciega, al menos durante un rato. Es posible que ésta sea la única explicación de que hayamos podido escapar habiendo tantos. Algunos pueden seguir el rastro guiados por el olor o el sonido, pero tienen fama de ser perezosos. Si logramos zafarnos de sus manos durante el tiempo suficiente, es probable que cesen en su persecución.

Aquello sólo representó un leve consuelo para Rand.

—En las historias, profesan un profundo odio a los hombres y están a las órdenes del Oscuro.

—Si algo puede considerarse como parte esencial del rebaño del Pastor de la Noche, son los trollocs, muchacho. Matan por el mero placer de matar, o al menos eso me han contado. Y eso es todo cuanto sé, aparte de que no son de fiar excepto cuando tienen miedo, e incluso entonces tampoco se puede esperar gran cosa de ellos.

Rand se estremeció al cruzar por su mente la idea de que por nada del mundo desearía topar con alguien capaz de amedrentar a un trolloc.

—¿Crees que todavía están buscándonos?

—Tal vez sí, tal vez no. No parecen muy inteligentes. Cuando hemos llegado al bosque, he despistado a los que me perseguían y les he hecho creer que iba hacia las montañas. —Tam se llevó la mano al costado y luego la acercó a su cara—. De todos modos, será mejor actuar pensando que pueden encontrarnos.

—Estás herido...

—No levantes la voz. Sólo es un rasguño y ahora no podemos hacer nada al respecto. Por suerte, parece que el tiempo mejora. —Se tendió con un hondo suspiro—. Quizá no será tan duro pasar la noche a la intemperie.

En lo más recóndito de su mente, Rand añoraba su capa y su chaqueta. Los árboles los resguardaban un poco del viento, pero las rachas que conseguían filtrarse entre los troncos lo penetraban como un cuchillo helado. Titubeante, tocó la frente de Tam y apartó la mano alarmado.

—Estás ardiendo. Tengo que llevarte a que te atienda Nynaeve.

—Dentro de poco, muchacho.

—No hay tiempo que perder. Es de noche y tardaremos mucho en llegar.

Se puso en pie de un salto e intentó levantar a su padre. No obstante, un gruñido ahogado y las mandíbulas contraídas de Tam lo hicieron volver a depositarlo deprisa en el suelo.

—Déjame reposar un poco, hijo. Estoy cansado.

Rand se golpeó el muslo con los puños. Guarecidos en la granja, con una fogata, mantas, agua y corteza de abedul en abundancia, tal vez hubiera consentido en esperar el alba para ponerle los arreos a *Bela* y llevar a Tam al pueblo. Allí no había fuego, ni mantas, ni carro, ni yegua. Sin embargo, aquellas criaturas todavía estaban en la casa. Ya que no podía llevar a Tam allí, quizá le sería posible ir a buscar algunas cosas cuando los trollocs se hubieran marchado. Tarde o temprano tenían que irse.

Miró el mango de la azada pero luego lo desechó y en su lugar cogió la espada. La hoja despedía un resplandor mate bajo la pálida luz de la luna. Experimentó una sensación curiosa al aferrar su largo puño; el peso también le parecía extraño. Hendió el aire unas cuantas veces antes de detenerse con un suspiro. Era fácil hendir el aire, pero, si tuviera que blandirla ante un trolloc, estaba seguro de que echaría a correr o se quedaría paralizado hasta que la bestia lo atacara con una de esas espadas tan peculiares... «¡Para ya de pensar! ¡No sirve de nada!»

Cuando se disponía a enderezarse, Tam lo agarró del brazo.

—¿Adónde vas?

—Necesitamos el carro y mantas —respondió suavemente. Le sorprendió observar la facilidad con que apartó la mano de su padre de la camisa—. Descansa, volveré dentro de poco.

—Ten cuidado —musitó Tam.

No podía percibir el rostro de Tam en la penumbra, pero sentía sus ojos clavados en él.

—Lo tendré.

«Iré con más cautela que una rata husmeando en el nido de un halcón», pensó.

Silencioso como una sombra, se deslizó en la oscuridad. Rememoró los tiempos de su infancia en que jugaba al escondite en el bosque con sus amigos; les seguía los pasos mientras se esforzaba en no hacer el más mínimo ruido hasta que ponía una mano en el hombro de uno de sus compañeros. Con todo, no lograba emparejar ambas situaciones.

Mientras caminaba encorvado de árbol en árbol, trataba de elaborar un plan, pero en el momento en que llegó a la linde del bosque había considerado y descartado al menos diez. Todo dependía de si los trollocs se hallaban en la casa o no. Si se habían ido, no tenía más que entrar y recoger lo que necesitaba. Si todavía estaban allí... En ese caso, no le quedaba más alternativa que regresar junto a Tam. No le agradaba, pero a Tam no le serviría de nada que se prestara a una situación de la que no saldría vivo.

Miró con atención las edificaciones de la granja. El corral y el aprisco eran sólo unas sombras oscuras a la luz de la luna. Sin embargo, de las ventanas delanteras de la casa y de la puerta abierta salía luz. «Sólo son las velas que ha encendido Tam... ¿Serán los trollocs que esperan dentro?»

Al oír el agudo grito de una lechuza dio un salto presa del pánico; luego, aún convulsionado y temblando, se apoyó en el tronco de un árbol. Se tumbó sobre el vientre y, con la espada aferrada con torpeza ante sí, comenzó a arrastrarse. Mantuvo la barbilla hundida en la tierra hasta el redil de las ovejas.

Agazapado junto a la pared de piedra, aguzó el oído. Ningún sonido perturbaba la calma nocturna. Se irguió con precaución lo bastante para asomarse por encima de la pared. En el patio reinaba una quietud absoluta y la luz de las ventanas y la puerta de la casa no proyectaban ninguna sombra. El corral estaba a oscuras. «Primero *Bela* y el carro, o las mantas y lo demás». Fue la luz lo que lo decidió. El establo estaba oscuro. Dentro podía haber cualquier cosa al acecho y no existía manera de averiguarlo sin correr peligro. Al menos podría ver qué había en el interior de la casa.

Cuando se disponía a acurrucarse de nuevo, se paró de golpe. No se oía nada. Tal vez la mayoría de las ovejas habían recobrado la calma y se habían dormido de nuevo, aunque no era del todo probable, ya que algunas permanecían siempre despiertas hasta la media noche y de vez en cuando balaban y se agitaban. Distinguía confusamente las borrosas formas de los animales en el suelo. Uno de ellos yacía casi debajo de él.

Procuró no hacer ruido y se alzó en la pared a una altura en que podía alargar la mano hasta el oscuro bulto. Sus dedos tocaron la lana rizada y después algo húmedo. Se quedó sin aliento al retroceder y casi se le cayó la espada al saltar al suelo, fuera del aprisco. «Matan por el mero placer de matar.» Lleno de aprensión, se frotó la mano con tierra para quitarse aquella humedad.

Resuelto, se dijo a sí mismo que nada había cambiado. Los trollocs habían realizado la matanza y se habían ido. Lo repitió una y otra vez con la mente mientras atravesaba el patio, sin despegarse del suelo, pero intentando avizorarlo todo. Nunca había pensado que pudiera llegar a envidiar a una lombriz.

Se apostó a escuchar al lado de la casa, bajo la ventana de cristales rotos. El apresurado fluir de la sangre en sus sienes era el sonido más alto que captó. Se enderezó poco a poco y se asomó para examinar el interior.

La olla estaba tirada boca abajo sobre las cenizas del hogar. La habitación se hallaba repleta de madera astillada; no había quedado ni un solo mueble entero. Hasta la mesa se encontraba postrada en un rincón, con dos patas amputadas. Habían arrancado y aplastado todos los cajones y todos los armarios estaban abiertos y muchas de sus puertas colgaban de una sola bisagra. Lo que éstos contenían yacía desparramado entre sus restos y todo el conjunto estaba cubierto por un polvo blanquecino que, al parecer, se trataba de harina y sal, a juzgar por los sacos acuchillados derribados junto a la chimenea. Cuatro cadáveres retorcidos se sumaban a la confusión entre los restos del mobiliario. Eran trollocs.

94

Rand reconoció a uno de ellos por su cornamenta de carnero. Los demás eran muy similares, a pesar de las diferencias en aquella repulsiva mezcla de rostros humanos desfigurados por hocicos, cuernos, plumas y pelaje. Sus manos, casi como las de un hombre, contribuían a incrementar la repugnancia producida por su aspecto. Dos de ellos llevaban botas y el resto mostraba sus pezuñas. Rand permaneció con la vista clavada en ellos hasta que le escocieron los ojos. Ninguno de los trollocs se habían movido. Por fuerza tenían que estar muertos; y Tam lo esperaba.

Cruzó a toda prisa el umbral pero enseguida se detuvo, pues sintió náuseas a causa de la pestilencia, cuyo símil sólo podía encontrarse en un corral que no se hubiera limpiado durante meses. El hedor parecía impregnar las paredes. Trató de respirar por la boca y se dispuso a rebuscar aprisa en el revoltijo del suelo. En uno de los armarios había habido una cantimplora.

Un escalofrío le recorrió la médula al percibir un sonido rasposo tras de sí. Estuvo a punto de caer sobre los restos de la mesa. Emitió un gruñido que atravesó unos dientes que habrían castañeado si no hubiese tenido la boca comprimida hasta el punto de dolerle la mandíbula.

Uno de los trollocs estaba levantándose. Un hocico de lobo sobresalía bajo los ojos hundidos, unos ojos humanos que, sin embargo, no expresaban ninguna emoción. Las orejas, puntiagudas y peludas, se movían sin cesar. Llevaba la misma cota de malla que los otros y unos pantalones de cuero. Prendida al cinto, colgaba una de esas enormes espadas curvadas como guadañas.

Murmuró algo gutural disonante, y luego dijo:

—Otros irse. Narg quedarse. Narg listo. —Las palabras, confusas y apenas inteligibles, salían de una boca que no había sido creada para un idioma humano. Su tono aparentaba ser conciliador, pensó, pero no podía apartar la vista de sus sucios dientes, largos y afilados, que la criatura mostraba al hablar—. Narg saber algunos volver a veces. Narg esperar. No necesitar espada. Poner espada en el suelo.

Hasta que no la mencionó el trolloc, Rand no había reparado en que empuñaba ante sí la espada de Tam con las dos manos, la punta encarada hacia el descomunal espécimen. Rand, con su considerable estatura, no llegaba a la altura de sus hombros, y el pecho y los brazos de maese Luhhan hubieran resultado escuálidos en comparación con los de aquella criatura.

—Narg no herir. —Avanzó un paso, gesticulando—. Tú bajar espada.

El oscuro pelo del dorso de su mano era espeso, como el pelaje de un animal.

—No te acerques —dijo Rand, deseando poder imprimir más firmeza a su voz—. ¿Por qué habéis hecho esto? ¿Por qué?

—*¡Vlja daeg roghda!* —Su mueca se convirtió pronto en una sonrisa presuntamente tranquilizadora, que no contaba con los dientes que mostraba—. Bajar espada. Narg no herir. Myrddraal querer hablar contigo. —Un asomo de emoción cruzó su horrible semblante. Era miedo—. Los otros volver, tú hablar con Myrddraal. —Dio otro paso, con una de sus grandes manos apoyada en la empuñadura de la espada—. Bajar espada.

Rand se mordió los labios. ¡Myrddraal! La peor de las historias había cobrado realidad aquella noche. Hasta un trolloc era inofensivo al lado de un Fado. Tenía que marcharse. No obstante, si el trolloc desenvainaba su pesada arma, no le quedaba alternativa. Intentó esbozar una sonrisa.

—De acuerdo. —Aferró un puño en la espada y bajó los brazos—. Hablaré con él.

La lobuna sonrisa se convirtió en un bufido y el trolloc se abalanzó sobre él. Rand no había imaginado que algo tan grande pudiera moverse con tal velocidad. Alzó la espada con gesto desesperado... El monstruoso cuerpo se abatió sobre él y lo aplastó contra la pared. Una bocanada lo dejó sin resuello. Forcejeaba para poder respirar cuando cayeron al suelo. El trolloc estaba encima. Se debatía con frenesí bajo aquel peso aplastante, tratando de zafarse de las enormes manos que lo buscaban a tientas y de las mandíbulas que mordían el aire.

De pronto, la criatura tuvo una convulsión y luego se quedó inmóvil. Molido y magullado, medio ahogado por el peso, Rand permaneció un instante tendido allí, presa de estupor. Sin embargo pronto recuperó suficientes arrestos para escabullirse bajo el cadáver. Y, ciertamente, lo era. La ensangrentada hoja de la espada de Tam asomaba la punta en el centro de la espalda del trolloc. Después de todo, la había levantado a tiempo. La sangre cubría también las manos de Rand y formaba una mancha negruzca en la parte delantera de su camisa. Se le revolvió el estómago y hubo de hacer esfuerzos para no vomitar. Temblaba con tanta furia como si experimentase el momento de mayor terror, pero aquélla era una sensación de alivio, al comprobar que todavía seguía con vida.

«Otros volver», había dicho el trolloc. Los otros trollocs regresarían a la granja. Y un Myrddraal, un Fado. Las historias decían que los Fados tenían veinte pies de altura y ojos de fuego, y que cabalgaban en las sombras como si fuesen caballos. Cuando un Fado se volvía de lado, desaparecía, y no había pared que pudiera detenerlo. Debía cumplir el cometido que lo había llevado allí y marcharse de inmediato.

Resoplando a causa del esfuerzo, levantó el cuerpo del trolloc para recuperar la espada... y a punto estuvo de echar a correr cuando éste lo miró con ojos muy abiertos. Le llevó un minuto caer en la cuenta de que tenían la fijeza vidriosa de la muerte.

Se secó las manos en un trapo desgarrado —que hasta aquella noche había sido una de las camisas de Tam— y tiró de la espada. Después de limpiarla, arrojó de mala gana la tela al suelo. No era momento para pulcritudes, pensó con una risa que hubo de contener apretando al mandíbula. No veía cómo podrían volver a asear la casa para que fuera otra vez habitable. Aquel horrible hedor habría impregnado incluso las vigas. Sin embargo, no disponía de tiempo para pensar en eso. «No es momento para pulcritudes. Quizá no me quede tiempo para nada.»

Tenía la certeza de que olvidaba algunas cosas que podrían necesitar, pero Tam aguardaba y los trollocs iban a volver. Recogió a toda prisa lo que le pareció adecuado. Mantas de los dormitorios de arriba, tela limpia para vendar a Tam, las capas y chaquetas, una cantimplora que llevaba cuando sacaba a pasear los corderos. Y una camisa limpia. No sabía cuándo tendría ocasión de cambiársela, pero quería desprenderse de aquella prenda manchada de sangre en cuanto se le presentara la ocasión. Las bolsitas de corteza de abedul y las otras medicinas se encontraban revueltas en un montón de aspecto fangoso que no osó tocar.

Uno de los cubos de agua que había acarreado Tam se hallaba todavía junto al fuego, milagrosamente intacto. Después de llenar la cantimplora, se lavó deprisa las manos en el agua que quedaba y echó una rápida ojeada para ver si olvidaba algo. Encontró el arco entre los muebles astillados, partido en dos. Le recorrió un estremecimiento mientras dejaba caer los dos pedazos. Resolvió que deberían conformarse con lo que había recogido y amontonó las cosas fuera de la puerta.

Antes de abandonar la casa, recuperó una linterna rota entre el amasijo de objetos del suelo. Aún tenía aceite. Después de encenderla con una de las velas, cerró los postigos —en parte para proteger la vivienda del viento, pero sobre todo para evitar que llamara la atención— y se precipitó afuera con la linterna en una mano y la espada en la otra. Abrigaba dudas acerca de lo que encontraría en el establo. Lo acaecido en el aprisco no inducía a albergar grandes esperanzas, pero necesitaba la carreta para llevar a Tam a Campo de Emond, y a *Bela* para tirar de ella. La necesidad lo inducía a conservar un vestigio de confianza.

El corral estaba abierto y una de sus puertas crujía al oscilar sobre uno de sus goznes agitada por el viento. En un principio, el recinto presentaba el mismo aspecto habitual. Entonces sus ojos se posaron en los pesebres vacíos y sus puertas arrancadas. Habían desaparecido *Bela* y la vaca. Se dirigió rápidamente a la parte trasera. El carro estaba volcado de lado, con la mitad de los radios de las ruedas rotos. Uno de los varales no era más que un muñón que sobresalía poco más de un pie.

El desaliento que había venido conteniendo lo invadió de súbito. No estaba seguro de poder llevar a Tam hasta el pueblo, aun suponiendo que éste consintiera en ello. El dolor podría acabar con su padre con más rapidez que la fiebre. Con todo, era la única posibilidad que le restaba. Había hecho cuanto podía hacer allí. Al volverse para irse, percibió el pedazo arrancado del varal sobre la paja del suelo. Esbozó una repentina sonrisa.

Depositó a un lado la linterna y la espada y en un segundo ya forcejeaba con la carreta, la cual logró volver boca arriba con un crujido de nuevos radios quebrados. Después la empujó para tumbarla del otro lado. El otro varal sobresalía intacto. Tras recoger la espada, se puso a cortar con ella la madera de fresno y, para su sorpresa, aquel filo la hendió con tanta eficacia como el de una buena hacha.

Al desprender la larga vara, miró maravillado la hoja de la espada. Incluso el hacha mejor afilado se hubiera embotado al partir aquella madera tan dura y seca, pero la espada aparecía tan finamente amolada como antes. Rozó su filo con el dedo pulgar y luego se la llevó a los labios. La hoja estaba tan aguzada como una cuchilla de afeitar.

Pero no disponía de tiempo para admirarse. Después de apagar la linterna —no había necesidad de quemar el establo—, cogió los varales y corrió hacia la casa para juntar los objetos reunidos.

Bien mirado, no era sencillo llevar aquella carga, no tanto por su peso como por la dificultad de mantener el equilibrio, con los varales girando y moviéndose, a punto de escapársele de las manos, mientras atravesaba pesadamente el campo labrado. De nuevo en el bosque, aún le resultaban más engorrosos, puesto que se enganchaban en los árboles y por poco no lo hacían caer. Habría resultado más sencillo arrastrarlos, pero habrían dejado marcado un rastro, lo cual era preferible evitarlo en la medida de lo posible.

Tam se encontraba en el mismo lugar y al parecer dormía. Confiaba en que, en efecto, estuviera dormido. Con súbito temor, depositó la carga en el suelo y tocó el rostro de su padre. Tam respiraba todavía, pero la fiebre había arreciado.

El contacto de su mano lo despertó, pero no lo arrancó de la especie de sopor en que estaba sumido.

—¿Eres tú, hijo? —musitó—. Me tenías preocupado. Sueños de los días pasados, pesadillas... —Murmurando quedamente, volvió a abatir la cabeza.

—No te inquietes —dijo Rand, mientras lo tapaba con la chaqueta y la manta para protegerlo del viento—. Te llevaré a que te atienda Nynaeve lo más rápido que pueda.

Mientras seguía hablando, tanto para tranquilizarse a sí mismo como a Tam, se quitó la camisa manchada de sangre, sin apenas reparar en el frío en su ansia por deshacerse de ella, y se puso la otra prenda limpia. El hecho de desprenderse de aquella camisa lo hizo sentir como si acabara de tomar un baño.

—Estaremos a salvo en el pueblo en poco rato y la Zahorí te curará. Ya verás. Todo saldrá bien.

Aquel pensamiento era como un faro que lo fortalecía mientras se ponía la chaqueta y se inclinaba para examinar la herida de Tam. Una vez que hubieran llegado al pueblo, estarían a salvo y Nynaeve curaría a Tam. Sólo tenía que llevarlo allí.

6

EL BOSQUE DEL OESTE

Rand no acertaba a distinguir gran cosa a la luz de la luna, pero la herida de Tam era, al parecer, una cuchillada poco profunda en las costillas, poco más larga que la palma de su mano. Sacudió la cabeza con incredulidad. Había visto a su padre salir más malparado de un accidente y parar de trabajar únicamente para lavarse la desgarradura. Apresuradamente, examinó a Tam de pies a cabeza en busca de algún signo que pudiera ser la causa de aquella fiebre tan alta, pero no encontró nada aparte del corte.

Aunque pequeña, la herida revestía gravedad, puesto que la piel ardía en derredor. Estaba incluso más caliente que el resto del cuerpo de Tam, cuya temperatura bastaba para alarmar a Rand. Una fiebre así podía matarlo, o malograrlo hasta el punto en que no volvería a ser el hombre que había sido. Empapó un paño con agua de la cantimplora y se lo puso en la frente.

Intentó lavar y vendar con sumo cuidado la hendidura en las costillas de su padre, pero los imperceptibles murmullos de Tam se convirtieron en quedos gruñidos. El desnudo ramaje proyectaba sus sombras sobre ellos, amenazadoras al desplazarse al compás del viento. Sin duda los trollocs seguirían su camino al no encontrarlos, cuando fueran a la casa y la hallaran vacía. Trataba de convencerse de aquello, pero la crueldad y la inutilidad de la destrucción llevada a cabo allí, dejaba poco margen para expectativas halagüeñas. Era azaroso pensar que renunciarían de pronto a matar a todo aquel a quien pudieran dar caza y sería insensato correr el más mínimo riesgo.

«Trollocs. ¡Que la Luz me proteja! Criaturas salidas del cuento de un juglar que han venido a aporrear la puerta. Y un Fado. ¡Luz bendita, un Fado!»

De improviso, advirtió que sostenía los cabos del vendaje con las manos paralizadas. «Petrificado como un conejo que ha visto la sombra de un halcón», pensó con sarcasmo. Molesto consigo mismo, terminó de atar la venda en torno al pecho de Tam.

El hecho de saber lo que debía hacer, e incluso hacerlo, no mitigaba su temor. Cuando los trollocs regresaran, sin duda inspeccionarían el bosque que circundaba la casa en busca de las huellas de las presas que habían escapado. El cadáver de aquel que había apuñalado les indicaría que aquella gente no estaba lejos. ¿Quién sabía lo que era capaz de hacer un Fado? Además, los comentarios de su padre acerca de la agudeza auditiva de los trollocs estaban tan presentes en su mente como si estuviera escuchándolos entonces. Hubo de resistir el impulso de taparle la boca a Tam para acallar sus gemidos y murmullos. «Algunos siguen el rastro por el olfato. ¿Qué puedo hacer yo para impedirlo? Nada.» No debía perder el tiempo preocupado por problemas cuya resolución se hallaba fuera de su alcance.

—Tienes que estar callado —musitó al oído de su padre—. Los trollocs van a regresar.

Tam hablaba con voz ronca y calmada.

—Todavía eres hermosa, Kari. Hermosa como una muchacha.

Rand esbozó una mueca. Habían transcurrido quince años desde la muerte de su madre. Si Tam pensaba que aún estaba viva, aquello era indicio de que la fiebre era peor de lo que le había parecido. ¿Cómo podía acallarlo entonces, cuando sus vidas dependían del silencio guardado?

—Madre quiere que estés tranquilo —susurró Rand. Se detuvo para aclararse la garganta, de súbito atenazada. Su madre tenía las manos suaves, recordó—. Kari quieres que estés callado. Bebe.

Tam bebió sediento el agua de la cantimplora, pero, después de tomar unos tragos, giró la cabeza a un lado y comenzó de nuevo a murmurar con un tono demasiado bajo para que Rand pudiera entenderlo. Confió en que también fuera demasiado bajo para ser oído por los trollocs.

Realizó deprisa los preparativos. Unió tres mantas entre los varales del carro y compuso unas rudimentarias parihuelas, que debería arrastrar tirando de un extremo. Con el cuchillo, cortó una larga tira de una de las mantas y luego ató los cabos en los dos varales.

Depositó a Tam sobre la litera con la mayor suavidad posible, sobresaltado con cada uno de sus gemidos. Su padre había parecido siempre indestructible. Nada podía hacer mella en él; nada podía detenerlo, ni siquiera hacerle aminorar el paso. El hecho de verlo en aquellas condiciones casi desposeía a Rand del coraje que había logrado reunir. Sin embargo, debía conservar la firmeza. No podía cejar.

Cuando Tam yacía ya sobre la camilla y tras unos segundos de duda, desprendió la correa de la espada del pecho de su padre. Después de atársela, experimentó una rara sensación. El cinto, la vaina y la espada juntos eran una carga liviana, pero, cuando envainó la hoja, se sintió presionado por su peso.

«Éstos no son momentos ni éste es lugar para estupideces e imaginaciones. Es sólo un cuchillo de mayores dimensiones», se regañó para sus adentros. ¿Cuántas veces había soñado poseer una espada y vivir grandes aventuras? Si había dado cuenta de un trolloc con ella, podría asimismo ahuyentar a otros. El único inconveniente era que debía reconocer que lo ocurrido en la casa había sido una pura cuestión de suerte. Y en sus aventuras imaginarias nunca había incluido los detalles de que le castañetearan los dientes, que hubiera de escapar corriendo de noche o que su padre estuviera a punto de agonizar.

Se apresuró a envolver a Tam con la última manta y dejó la cantimplora y las telas restantes en la camilla junto a él. Respiró profundamente, se arrodilló entre los varales y se pasó la franja de manta por encima de la cabeza para ajustarla después sobre sus hombros y hacerla descender bajo las axilas. Al agarrar los varales e incorporarse, la mayor parte del peso descansaba sobre sus hombros. Le pareció que podía llevarlo. Partió hacia Campo de Emond con el propósito de mantener un paso regular.

Tenía decidido avanzar paralelamente al Camino de la Cantera hasta el pueblo. A buen seguro, aquello entrañaba mayor peligro, pero de aquel modo no correría el riesgo de perderse en el bosque.

Con la oscuridad, estuvo a punto de abandonar sin darse cuenta el refugio de la arboleda para salir al camino. Al advertir dónde se hallaba, se le hizo un nudo en la garganta. Hizo girar la litera y la adentró a toda prisa entre los árboles; luego se paró para recobrar aliento y apaciguar los latidos de su corazón. Todavía jadeante, se volvió al este en dirección a Campo de Emond.

Caminar por la floresta era más complicado que acarrear a Tam por el camino, y además a oscuras, pero habría sido una locura tomar el sendero. Se suponía que debía llegar a Campo de Emond sin toparse con ningún trolloc; sin ver a uno siquiera, si le fuera dado escoger. Debía contar con la probabilidad de que las criaturas aún podían estar persiguiéndolos, y tarde o temprano caerían en la cuenta de que habían huido hacia el pueblo. Aquél era el lugar más idóneo para buscar refugio y la carretera la vía de paso natural que llevaba allí. A decir verdad, se había aproximado al camino más de lo que había pretendido. La noche y las sombras de los árboles se le antojaban un resguardo demasiado inhóspito a las eventuales miradas de quien lo transitara.

La luz de la luna que se filtraba entre las ramas aportaba sólo el brillo suficiente para hacerle creer que percibía de veras lo que había a sus pies. Las raíces le hacían dar traspiés, las zarzas resecas le arañaban las piernas y los súbitos desniveles del terreno amenazaban con derribarlo cada vez que su pie no encontraba más que aire en lugar de la tierra prevista o cuando sus dedos chocaban con un saliente al avanzar. Los murmullos de Tam daban paso a agudos gemidos al topar con demasiada brusquedad los varales contra piedras y raíces.

La incertidumbre lo impelía a escrutar la oscuridad hasta escocerle los ojos, a escuchar de un modo como nunca lo había hecho antes. Cada roce de una rama, cada susurro de las agujas de pino lo inducía a detenerse, con el oído atento, sin apenas atreverse a respirar por miedo a no oír algún sonido que pudiera alertarlo. Únicamente proseguía su marcha tras haberse cerciorado de que sólo era el viento.

Poco a poco el cansancio se fue acusando en sus brazos y piernas, azotados por un viento nocturno que parecía burlarse de su capa y su chaqueta. El peso de la camilla, tan liviano al comienzo, intentaba ahora abatirlo contra el suelo. Sus tropiezos ya no se producían sólo por la orografía del sendero. La denodada lucha por mantenerse erguido le representaba tanto esfuerzo como la propia tarea de arrastrar las parihuelas. Aquella mañana se había levantado antes del alba para atender la granja e, incluso con el viaje a Campo de Emond, había realizado casi el trabajo que implicaba la totalidad de una jornada. Por lo general, a aquella hora de la noche estaría descansando junto al fuego entretenido en la lectura de uno de los libros de Tam. El intenso frío penetraba hasta sus huesos y su estómago le recordaba que no había comido nada desde que había tomado los pastelillos de la señora al'Vere.

Protestó para sí, disgustado por no haber cogido ningún alimento en la granja. Unos minutos de tardanza no hubieran modificado la situación. Unos minutos para buscar un poco de pan y queso. Los trollocs no habrían regresado al cabo de unos minutos. O sólo el pan. Por supuesto, la señora al'Vere insistiría en traerle algo de comida caliente cuando llegaran a la posada, quizás un plato de ese espeso estofado de cordero que preparaba. Y un pedazo de aquel pan que había horneado. Y té caliente en cantidad.

—Saltaron la pared del Dragón como una avalancha —dijo de pronto Tam, con voz recia y airada— y bañaron la tierra de sangre. ¿Cuántos murieron a causa de los pecados de Laman?

Rand estuvo a punto de caer de la sorpresa. Dejó reposar cansinamente la litera en el suelo y se liberó de la banda de manta, que había marcado ardientes surcos en sus hombros. Se arrodilló junto a Tam y, tras buscar a tientas la cantimplora, escudriñó entre los árboles, tratando en vano de percibir algo en la penumbra del camino que se encontraba a menos de veinte pasos de distancia. Nada se agitaba allí. Nada fuera de las sombras.

—No hay ninguna avalancha de trollocs, padre. No por ahora, al menos. Pronto estaremos a buen recaudo en Campo de Emond. Bebe un poco de agua.

Tam apartó a un lado la cantimplora con un brazo que parecía haber recuperado toda su fortaleza. Después agarró a Rand por el cuello y lo acercó tanto a sí que el muchacho sentía el calor de la fiebre de su padre en las mejillas.

—Los llamaron salvajes —exclamó Tam con apremio—. Los muy estúpidos decían que podían barrerlos como si fueran basura. ¡Cuántas batallas perdidas! ¡Cuántas ciudades quemadas, hasta que afrontaron la realidad, hasta que las naciones se unieron para combatirlos! —Soltó a Rand, al tiempo que su voz se impregnaba de tristeza—. El campo de Marath cubierto de una alfombra de cadáveres y ningún sonido aparte del graznido de los cuervos y el aleteo de las moscas. Las abatidas torres de Cairhien ardiendo en mitad de la noche como antorchas. Todo el trecho hasta las Murallas Resplandecientes continuaron prendiendo fuego y asesinando hasta ser detenidos. Todo el trecho...

Rand tapó la boca a su padre con la mano. Volvía a oír aquel sonido, un choque rítmico, impreciso en la arboleda, que se desvanecía y volvía a ganar intensidad al soplar el viento. Con el rostro ceñudo, volvió la cabeza con lentitud intentando dilucidar de dónde provenía. Advirtió de soslayo un amago de movimiento y, al instante, se hallaba agazapado al lado de Tam. Se asombró al descubrir su mano cerrada con firmeza sobre la empuñadura de la espada, pero puso casi toda la atención en el Camino de la Cantera, como si aquel sendero fuera la única cosa vital en el mundo.

Del lado este, unas sombras ondulantes se materializaron en un caballo y un jinete seguidos por unas formas altas y abultadas que avanzaban al trote para conformar su paso al del animal. La pálida luz de la luna destellaba en las puntas de las lanzas y las hojas de las hachas. Rand ni siquiera consideró la posibilidad de que fueran lugareños que acudían en su ayuda. Sabía qué eran. Lo sentía, como una arenisca que raspara la osamenta, incluso antes de que se acercaran lo suficiente para que la luna revelase la capa con capucha que envolvía al jinete, una capa que pendía inmóvil, impasible ante el impulso del viento. Todos los bultos parecían negros en la noche y las herraduras del caballo producían igual sonido que las otras monturas, pero Rand era capaz de reconocer aquel caballo entre un millar.

Tras el siniestro jinete caminaban horribles seres provistos de cuernos, hocicos y picos: eran trollocs que marchaban en doble fila, con sus botas o sus pezuñas que golpeaban el suelo al unísono, como si obedecieran a un mismo designio. Rand contó veinte al pasar. Se preguntó qué tipo de hombre osaría dar la espalda a tantos trollocs. O a uno solo, daba igual.

La columna desapareció por el oeste mientras se amortiguaba el sonido de sus pasos; sin embargo, Rand permaneció donde estaba, sin mover ni un músculo, excepto para respirar. Algo le decía que debía estar seguro, totalmente seguro de que se habían ido, antes de proseguir. Por fin inhaló profundamente y se dispuso a levantarse.

Aquella vez el caballo no hizo ningún ruido. En medio del más absoluto silencio, el oscuro jinete regresó, deteniendo su fantasmagórica montura cada pocos pasos, mientras retrocedía lentamente por la carretera. El viento arreciaba sus rachas, aullando entre los árboles; no obstante, la capa del jinete conservaba su pétrea inmovilidad. Cuando el caballo se paraba, la cabeza encapuchada oscilaba de un lado a otro, al tiempo que el jinete escrutaba el bosque. El caballo se detuvo de nuevo, exactamente frente a Rand, y la indistinguible apertura de la capucha se volvió hacia donde estaba agazapado.

Rand aferraba convulsivamente el puño de la espada. Volvió a sentir aquella mirada, la misma que la de aquella mañana, y se estremeció de nuevo al captar el odio, aun cuando no pudiera verlo. Aquel hombre misterioso odiaba a todos los seres por igual, a todo ser viviente. A pesar del frío viento, el sudor perlaba la cara de Rand.

Entonces el caballo volvió a caminar, unos pocos pasos silenciosos, y a detenerse alternativamente hasta que Rand únicamente alcanzó a ver una mancha borrosa en la noche que se alejaba por el camino. Podría haber sido cualquier cosa, pero no había despegado los ojos de ella ni por espacio de una fracción de segundo. Si la perdía, temía que la próxima vez que viera al jinete de capa negra, su lúgubre montura se echaría encima de él.

De improviso, la sombra retrocedió de nuevo y se alejó al galope. El jinete miraba hacia adelante mientras se precipitaba en la noche en dirección oeste, hacia las Montañas de la Niebla. Hacia la granja.

Rand jadeó sin resuello, secándose el frío sudor del rostro con la manga. Ya no le interesaba averiguar la causa del ataque de los trollocs. No le importaría no llegar a conocer nunca el motivo, con tal de no volverlos a ver.

Después de recobrar aliento, se apresuró a observar a su padre, que aún murmuraba, aunque tan bajo que Rand no podía entender las palabras. Intentó hacerlo beber, pero el agua se le derramó por la barbilla. Tam se atragantó con el hilillo de líquido que le había entrado en la boca y tras un acceso de tos continuó susurrando como si no hubiera habido interrupción alguna.

Rand empapó otra vez el paño que cubría la frente de Tam, dejó la cantimplora en la camilla y se deslizó entre los varales.

Reemprendió camino como si hubiera disfrutado de un sueño reparador, pero aquel nuevo vigor lo abandonó pronto. Al principio el miedo disimulaba la fatiga pero, si bien éste persistía, el cansancio iba ganando terreno. Al poco rato se tambaleaba de nuevo, mientras intentaba olvidar el hambre y el dolor que oprimía sus músculos. Concentró la atención en apoyar un pie delante del otro sin tropezar.

Imaginó Campo de Emond, con los postigos abiertos y las casas iluminadas con ocasión de la Noche de Invierno mientras la gente intercambiaba saludos al cruzarse de ida y regreso de sus visitas, y los violines interpretaban las melodías de *El desatino de Jaem* y *La garza en el ala*. Haral Luhhan se tomaría demasiadas copas de licor y se pondría a cantar *El viento en la cebada* con voz destemplada —cada año hacía lo mismo— hasta que su mujer lograra acallarlo; Cenn Buie querría demostrar que bailaba tan bien como siempre, y Mat habría tramado algo que no saldría como había planeado y todo el mundo sabría que había sido él el responsable aunque nadie tuviera pruebas de ello. Esbozó una sonrisa al anticipar todo aquello.

Al cabo de un momento, Tam volvió a hablar.

—*Avendesora*. Dicen que no produce semillas, pero llevaron un brote a Cairhien, un árbol joven. Un maravilloso regalo para el rey. —Aunque parecía enfadado, su voz era apenas lo bastante alta para que Rand pudiera comprenderlo. Cualquiera que fuese capaz de oírlo, oiría también el roce de la litera sobre el suelo. Rand prosiguió, sin prestarle demasiada atención—. Nunca hacen las paces. Nunca. Pero trajeron un arbolito como señal de paz. Creció durante cien años, un siglo de paz con aquellos que nunca firman la paz con forasteros. ¿Por qué tuvo que cortarlo? ¿Por qué? La sangre fue el precio pagado por *Avendoraldera*. La sangre fue el precio pagado por el orgullo de Laman. —Sus palabras volvieron a convertirse en un murmullo.

Rand se preguntó qué soñaría Tam entonces. *Avendesora*. El Árbol de la Vida tenía fama de poseer toda suerte de cualidades milagrosas, pero las historias nunca mencionaban ningún ejemplar joven y tampoco sabía quiénes podían ser «ellos». Sólo aparecía uno, que era propiedad del Hombre Verde.

Aquella mañana, sin ir más lejos, había considerado una tontería aquellas cavilaciones sobre el Árbol de la Vida y el Hombre Verde, que sólo existían en los relatos. «¿Sólo? Los trollocs también eran personajes ilusorios esta mañana.» Tal vez todas las historias eran tan reales como las noticias que traían los buhoneros y los mercaderes, todos los cuentos de los juglares y todas las gestas narradas por la noche junto al hogar. Sólo le faltaba encontrarse con el Hombre Verde, un Ogier gigante y un Aiel con velo negro.

Advirtió que Tam volvía a hablar, a veces con un susurro y otras con voz lo bastante alta para entenderlo. De tanto en tanto, se detenía para recobrar aliento y luego continuaba como si creyera que había seguido hablando todo el tiempo.

—... las batallas son siempre calurosas, incluso con nieve. El calor del sudor, el calor de la sangre. La ladera de la montaña..., el único sitio que no apestaba a muerte. Tenía que alejarme de su dolor..., de su vista... Oí llorar a un niño. Sus mujeres peleaban junto a los hombres, pero por qué le habían permitido ir, no... Dio a luz allí sola, antes de fallecer a causa de las heridas... Cubrí al niño con la capa, pero el viento... se llevó volando la capa... El niño, amoratado por el frío. Se hubiera muerto también... llorando allí, llorando en la nieve. No podía dejar a un niño... Sin hijos propios..., siempre supe que deseabas un hijo. Sabía que le darías todo tu amor. Sí, muchacha. Rand es un bonito nombre, un bonito nombre.

Las piernas de Rand perdieron de improviso la poca fuerza que les quedaba. Se tambaleó y cayó de rodillas. Tam soltó un gemido con el vaivén y la tira de tela se rasgó en el hombro de Rand, pero él no lo advirtió. Si un trolloc se hubiera abalanzado sobre él en aquél momento, se habría limitado a mirarlo. Observó por encima del hombro a Tam, que había vuelto a adoptar un murmullo ininteligible. «Alucinaciones de la fiebre», pensó aliviado. La temperatura alta siempre ocasionaba pesadillas y aquélla era una noche que las propiciaba sin necesidad de fiebre.

—Eres mi padre —dijo en voz alta, alargando una mano para tocar a Tam— y yo soy... —La fiebre era ahora mucho más alta.

Lúgubremente, se puso en pie. Tam musitó algo, pero Rand rehusó seguir escuchando. Apoyó su peso contra el improvisado arnés e intentó concentrar sus esfuerzos en mover fatigosamente los pies para alcanzar el resguardo de Campo de Emond. Sin embargo, no podía contener el eco en lo más recóndito de su cerebro. «Es mi padre. Sólo era una alucinación producida por la fiebre. Es mi padre. Sólo era una alucinación. Oh, Luz, ¿Quién soy yo?»

7

A LA SALIDA DEL BOSQUE

R and todavía caminaba pesadamente entre los árboles cuando apareció la primera luz grisácea del amanecer. Al principio no reparó en ello, pero cuando por fin lo advirtió, contempló asombrado que la oscuridad se desvanecía. A pesar de lo que le indicaban sus ojos, apenas podía creer que hubiera tardado toda una noche en recorrer la distancia que separaba la granja de Campo de Emond. El Camino de la Cantera, de día, aun con sus piedras no era, desde luego, comparable con el bosque por la noche.

Por otra parte, se le antojaba que habían transcurrido días desde que había visto al jinete de la capa negra en el sendero, y semanas desde que él y Tam se habían sentado a la mesa para cenar. Ya no notaba la banda de tejido que se hundía en sus hombros, aunque entonces ya no sentía allí más que entumecimiento, al igual que en los pies. El resto del cuerpo era otra cuestión. Su respiración era un jadeo afanoso que hacía rato le quemaba la garganta y los pulmones; el hambre, además, le provocaba espasmos en el estómago.

Tam guardaba silencio. Rand no hubiera sabido determinar cuánto tiempo había pasado desde que cesaron los murmullos; no obstante no osaba detenerse ahora para ver el estado en que se hallaba Tam. Si se paraba, sería incapaz de volver a emprender camino. Con todo, aun cuando Tam estuviera peor, él no podía hacer más de lo que estaba haciendo. La única esperanza consistía en seguir adelante, hasta Campo de Emond. Intentó con denuedo acelerar el paso, pero sus piernas agarrotadas continuaron moviéndose lentas y pesadas. Apenas si notaba el frío o el viento.

Percibió un vago olor a madera quemada. Al menos estaba cerca, ya que le llegaba ese olor, procedente sin duda de las chimeneas del pueblo.

Había comenzado a dibujarse una cansada sonrisa en su rostro cuando, de súbito, se convirtió en una mueca. Había un humo demasiado denso en el aire. Con aquel frío, a buen seguro que ardería una fogata en todos los hogares de la población, pero, aun así, el humo era demasiado espeso. Rememoró la visión de los trollocs en la carretera, procedentes del este, la dirección donde se hallaba Campo de Emond. Miró adelante, tratando de distinguir las primeras casas, dispuesto a gritar para pedir ayuda a la primera persona que viese, aunque se tratara de Cenn Buie o uno de los Coplin. Una vocecilla interior lo inducía a conservar la esperanza de que hubiera alguien allí en condiciones de ayudarlo.

De pronto una casa se hizo visible a través de las desnudas ramas de los últimos árboles y apenas logró que los pies le obedecieran. Con las expectativas truncadas, se adentró tambaleante en el pueblo.

La mitad de los edificios de Campo de Emond no eran más que montañas de escombros calcinados. Entre las vigas ennegrecidas sobresalían, como dedos manchados, las chimeneas de ladrillo remozadas de hollín. Las ruinas todavía despedían ligeras volutas de humo. Parroquianos de rostro ensombrecido, muchos de ellos aún en camisón, removían las cenizas; algunos recuperaban un puchero, otros revolvían simplemente con tristeza los restos con un palo. Los pocos enseres que habían rescatado de las llamas se hallaban diseminados en las calles; altos espejos, cómodas y vitrinas barnizadas permanecían en el suelo en medio de sillas y mesas enterradas bajo utensilios de cocina y exiguos montones de ropa y objetos de uso personal.

La destrucción parecía haber afectado arbitrariamente el lugar. En una hilera había cinco casas intactas, mientras que en otra una única edificación superviviente se alzaba rodeada por la desolación.

Del otro lado del arroyo del Manantial, las tres enormes hogueras de Bel Tine rugían, atendidas por un grupo de hombres. Las gruesas espirales del humo negro se inclinaban hacia el norte con el impulso del viento, salpicadas de un tumultuoso chisporroteo.

Uno de los sementales de maese al'Vere acarreaba algo que Rand no acertaba a distinguir en dirección al Puente de los Carros y las llamas.

No bien hubo salido de la arboleda, Haral Luhhan se encaminó hacia él con la cara cubierta de hollín y un hacha de leñador en la mano. El fornido herrero llevaba puesto un camisón manchado de ceniza, a través de uno de los jirones del cual se percibía la marca rojiza de una quemadura. Hincó una rodilla en el suelo, junto a la camilla. Tam tenía los ojos cerrados y la respiración leve y trabajosa.

—¿Trollocs, muchacho? —inquirió maese Luhhan con voz enronquecida por el humo—. Aquí también. Hemos tenido más suerte de la que cabía esperar, créeme. Tiene que examinarlo la Zahorí. ¿Dónde diablos se habrá metido? ¡Egwene!

Corriendo con los brazos llenos de vendas hechas con sábanas, Egwene miró a su alrededor sin aminorar el paso. Sus ojos observaban algo en la lejanía; las profundas ojeras que los circundaban los hacían parecer aún mayores de lo que eran en realidad. Entonces advirtió a Rand y se detuvo, exhalando un estremecedor suspiro.

—Oh, no, Rand, ¿no será tu padre? ¿Está...? Ven, te llevaré hasta Nynaeve.

Rand se hallaba demasiado fatigado, demasiado estupefacto para hablar. Durante toda la noche Campo de Emond había representado un refugio, un lugar donde él y Tam estarían a salvo. De todo cuanto parecía ser capaz ahora era de mirar con consternación su vestido ensuciado por el humo. Los botones de la parte posterior del vestido estaban mal abrochados, y tenía las manos limpias. Se preguntó por qué razón tenía las manos limpias cuando las mejillas estaban tiznadas.

Maese Luhhan pareció comprender el estado en que se encontraba. Tras depositar el hacha entre los varales, el herrero levantó la parte trasera de las parihuelas y empujó con suavidad, incitándolo a avanzar en pos de Egwene. Rand la siguió con torpeza, como si caminara dormido. De un modo vago, se extrañó de que maese Luhhan supiera que aquellas criaturas eran trollocs, pero aquél fue un pensamiento fugaz. Si Tam podía reconocerlos, posiblemente también podía hacerlo maese Luhhan.

—Todas las historias son reales —murmuró.

—Eso parece, muchacho —dijo el herrero—. Eso parece.

Rand apenas lo escuchó dado que todos sus esfuerzos se concentraban en seguir la esbelta silueta de Egwene. Había recuperado suficientes ánimos como para desear que fuera más deprisa, aun cuando en realidad ella ajustaba su paso a la marcha que podían mantener ellos con la carga. Los condujo a mitad de camino del Prado, a la casa de los Calder. Los aleros de paja estaban ennegrecidos y la cal de las paredes manchadas de hollín. De las casas contiguas únicamente quedaban los cimientos y dos pilas de cenizas y vigas requemadas. Una de ellas había sido el hogar de Berin Thane, uno de los hermanos del molinero, y la otra la morada de Abell Cauthon, el padre de Mat. Ni siquiera las chimeneas habían resistido al fuego.

—Esperad aquí —indicó Egwene.

Los miró como si aguardara una respuesta, pero, al ver que ambos permanecían en silencio, murmuró algo entre dientes y se precipitó en el interior.

—Mat —dijo Rand—. ¿Está...?

—Está vivo —respondió el herrero, antes de depositar el extremo de la camilla y enderezarse—. Lo he visto hace un rato. Es un milagro que hayamos salido con vida de ésta. De la manera como irrumpieron en mi casa y en la herrería, se hubiera dicho que tenía oro y joyas dentro. Elsbet le ha abierto la cabeza a uno con una sartén y, después de echar un vistazo a las cenizas de nuestra casa, esta mañana, se ha ido a rondar por el pueblo con el martillo más grande que ha encontrado entre los restos de la forja, por si acaso alguno se había quedado escondido en lugar de huir. Casi podría apiadarme de la criatura, en caso de que tope con alguna. —Hizo un ademán en dirección a la morada de los Calder—. La señora Calder y algunos más han albergado a los heridos y a los que se han quedado sin hogar. Cuando la Zahorí haya examinado a Tam, buscaremos una cama disponible, en la posada tal vez. El alcalde ya la ha ofrecido, pero Nynaeve ha dicho que los heridos sanarían mejor si no estuvieran tan hacinados.

Rand se hincó de rodillas y, tras liberarse del arnés improvisado con la manta, comprobó con fatiga si Tam estaba bien tapado. Éste no se movió ni exhaló ningún sonido, incluso con el contacto de las rígidas manos de Rand. «Mi padre. El otro solamente hablaba bajo el influjo de la fiebre».

—¿Qué ocurrirá si vuelven? —preguntó.

—La Rueda gira según sus propios designios —repuso maese Luhhan con inquietud—. Si vuelven... Bueno, por el momento se han marchado. De modo que recogeremos los pedazos y reconstruiremos lo destruido.

Suspiró; sus facciones se relajaron al tiempo que se golpeaba la espalda con los nudillos. Por primera vez, Rand advirtió que el corpulento hombre se encontraba tan fatigado como él mismo, si no más. El herrero contempló el pueblo y sacudió la cabeza.

—No creo que hoy sea un día de Bel Tine como los otros —dijo—. Sin embargo, saldremos adelante. Siempre lo hemos hecho. —Tocó el hacha con ademán resuelto—. Me espera mucho trabajo. No te preocupes, muchacho. La Zahorí se ocupará de él, y la Luz cuidará de todos nosotros. Y, si la Luz no interviene, nos las arreglaremos solos. Recuerda que somos gente de Dos Ríos.

Mientras el herrero se alejaba, Rand, todavía de rodillas, observó el pueblo reparando en él por primera vez. Maese Luhhan estaba en lo cierto, pensó, y le sorprendió no asombrarse de lo que sus ojos veían. La gente todavía rebuscaba entre las ruinas de sus casas, pero, aun en el corto período de tiempo que él había permanecido allí, la mayoría había comenzado a reaccionar con diligencia. Casi podía percibir una creciente decisión en sus movimientos. No obstante se preguntaba si habían visto a los trolloc, y al jinete de la capa negra. ¿Habían sentido el odio que lo impregnaba?

Al salir Nynaeve y Egwene de casa de los Calder, se incorporó y trató de ponerse en pie, y a punto estuvo de caer a causa de la debilidad.

La Zahorí se arrodilló junto a la camilla sin dedicarle ni una sola ojeada. Tenía la cara y el vestido aún más sucios que Egwene y los ojos ensombrecidos por las mismas ojeras, si bien sus manos estaban igual de limpias. Tocó la cara de Tam y le abrió los ojos con el pulgar. Con la preocupación pintada en el rostro, apartó las mantas y aflojó el vendaje para examinar la herida. Antes de que Rand alcanzara a ver lo que había debajo, ya había repuesto la tela. Con un suspiro, volvió a tapar con suavidad a Tam, como si acostara a un niño.

—No hay nada que yo pueda hacer —dijo. Hubo de llevarse las manos a la rodilla para enderezarse—. Lo siento, Rand.

Por un momento, permaneció inmóvil, sin comprender, mientras ella se disponía a regresar a la casa. Después se acercó a trompicones y la tomó del brazo para hacerla girar.

—¡Está muriéndose! —gritó.

—Lo sé —repuso simplemente Nynaeve.

Rand dejó caer los hombros ante el peso de la cruda realidad.

—Debes hacer algo. Tienes que hacerlo. Eres la Zahorí.

El dolor nubló el rostro de la joven por un instante; luego sus ojos adoptaron la dureza anterior y la voz sonó con igual firmeza.

—Sí, lo soy. Sé lo que puedo hacer con mis medicinas y sé cuándo es demasiado tarde. ¿Crees que no haría algo si estuviera en mis manos? Pero no puedo. No puedo, Rand. Y hay otros que me necesitan, gente a la que puedo ayudar.

—Lo he traído con la mayor rapidez posible —musitó.

Aun con el pueblo en ruinas, la idea de la Zahorí había mantenido encendida su esperanza. Desaparecida ésta, sólo le quedaba el vacío.

—Ya sé que lo has hecho —repuso, y le tocó con ternura la mejilla—. No es culpa tuya. Has actuado lo mejor que has podido. Lo siento, Rand, pero he de atender a los demás. Me temo que nuestros problemas no han hecho más que comenzar.

La siguió con la mirada perdida hasta cerrarse la puerta de la casa tras ella. Era incapaz de pensar en nada, excepto en que ella no iba a prestarle su ayuda.

De improviso retrocedió un paso, al arrojarse Egwene contra él, rodeándolo con los brazos. En otra ocasión aquel abrazo lo hubiera hecho saltar de alborozo; ahora se limitó a mirar en silencio la puerta detrás de la cual se habían desvanecido sus esperanzas.

—Lo siento tanto, Rand —dijo la muchacha, con el rostro apoyado en su pecho—. Oh, Luz, desearía poder hacer algo.

La rodeó con sus brazos entumecidos.

—Lo sé. Yo..., yo tengo que hacer, Egwene. No sé qué, pero no puedo dejarlo así... —Se le quebró la voz y Egwene estrechó su abrazo.

—¡Egwene! —El grito de Nynaeve le produjo un sobresalto—. ¡Egwene ven enseguida! ¡Y lávate otra vez las manos!

La muchacha se apartó de los brazos de Rand.

—Tengo que ir a ayudarla, Rand.

—¡Egwene!

Le pareció oír un sollozo mientras ella se alejaba. Después se encontró solo junto a las parihuelas. Observó a Tam unos minutos, sin sentir nada salvo vacuidad. Su semblante reflejó una repentina determinación.

—El alcalde sabrá lo que hay que hacer —dijo. Levantó de nuevo los varales—. El alcalde lo sabrá.

Bran al'Vere siempre sabía cómo se debía obrar. Con fatigada obstinación, emprendió camino hacia la Posada del Manantial.

Se cruzó con otro de los sementales de su propiedad, con los arreos atados alrededor del extremo de un gran bulto envuelto con una manta sucia. Unos brazos peludos se arrastraban en la tierra junto a la manta y por uno de los lados asomaban unos cuernos de cabra. Dos Ríos no era el lugar idóneo para que tomaran tan horriblemente en él carta de realidad las historias. Si los trollocs poseían un marco propio, éste se encontraba en el mundo exterior, en los sitios donde tenían Aes Sedai y falsos Dragones y lo que sólo la Luz sabía había surgido de los relatos de los juglares. Pero no en Dos Ríos. No en Campo de Emond.

Mientras caminaba hacia el Prado, la gente lo llamaba para ofrecerle ayuda, algunos desde los despojos de sus hogares; sin embargo, él oía murmullos procedentes de la lejanía, e incluso le ocurría con aquellos que caminaban un trecho a su lado mientras le hablaban. Sin pensar realmente en ello, lograba articular palabras, respondía que no necesitaba ayuda y que todo estaba en orden. Apenas apreciaba, tampoco, la preocupación en las miradas de sus interlocutores o los comentarios de algunos que consideraban la posibilidad de llevarlo a que lo viera Nynaeve. De todo cuanto se permitió tener conciencia fue del propósito que se había fijado. Bran al'Vere podría hacer algo para socorrer a Tam. No obstante, prefería no determinar en qué consistiría su asistencia. El alcalde sería capaz de hacer algo, de pensar en algo.

La posada había escapado casi por completo a la destrucción que había arrasado la mitad de la población. Algunas marcas de carbón manchaban las paredes, pero las tejas brillaban a la luz del sol con el mismo fulgor habitual. Pero del carruaje del buhonero no quedaban más que los ennegrecidos radios de las ruedas apoyados contra la carreta chamuscada. Los grandes aros que sostenían la cubierta de la lona estaban inclinados confusamente; cada uno de ellos apuntaba en distinta dirección.

Thom Merrilin se hallaba sentado con las piernas cruzadas encima de los viejos cimientos de piedra, recortando con cuidado los bordes tiznados de su capa con unas tijeras. Al acercarse Rand, dejó a un lado capa y tijeras y, sin preguntarle si necesitaba o deseaba ayuda, bajó de un salto y levantó la parte posterior de la camilla.

—¿Adentro? Desde luego, desde luego. No te preocupes, muchacho. Vuestra Zahorí se ocupará de él. La he visto trabajar desde ayer noche y tiene una gran habilidad y destreza. Hubiera podido ser mucho peor. Algunos han fallecido esta noche. No muchos, tal vez, pero uno solo es demasiado a mi entender. El viejo Fain ha desaparecido y eso es lo más grave. Los trollocs comen de todo. Deberías dar gracias a la Luz de que tu padre esté aquí y todavía vivo, de modo que pueda curarlo la Zahorí.

Rand pronunció las palabras «¡Es mi padre!» reduciendo la voz a un sonido ininteligible que no sonó con más fuerza que el zumbido de una mosca. No soportaba más muestras de compasión, más tentativas de levantarle el ánimo. No entonces. No hasta que Bran al'Vere le dijera de qué manera podía auxiliar a Tam.

De pronto, a la altura de sus ojos encontró una garabato marcado en la puerta de la posada, una línea curva trazada con un palo quemado, como una lágrima dibujada al revés. Habían ocurrido tantas cosas que casi no lo sorprendió ver el Colmillo del Dragón grabado en la puerta de la Posada del Manantial. Los motivos por los que alguien quería acusar al posadero o a su familia de prácticas diabólicas o de atraer la mala suerte sobre ellos, escapaban a su entendimiento, pero aquella noche le había aportado el profundo convencimiento de que todo era posible, de que cualquier cosa podía suceder.

Al sentir un empujón del juglar, accionó el picaporte y entró.

La sala principal estaba vacía, a excepción de Bran al'Vere, y fría también, pues éste no había tenido tiempo de encender el fuego. El alcalde estaba sentado a una de las mesas. Con expresión de concentración en el rostro mojaba la pluma en un tintero, la cabeza cana inclinada sobre un rollo de pergamino. Llevaba el camisón de noche introducido precipitadamente en los pantalones, abultándole en su prominente pecho. Se frotaba distraído un pie descalzo con los dedos del otro, ambos tan sucios como si hubiera salido a la calle más de una vez sin preocuparse de ponerse las botas a pesar del frío.

—¿Qué problema tienes? —preguntó sin elevar la mirada—. Sé breve en la exposición. Tengo dos docenas de asuntos que atender ahora mismo y otros más de los que debería haberme ocupado hace una hora. De modo que dispongo de poco tiempo y de escasa paciencia. ¿Y bien? ¡Contesta ya!

—Maese al'Vere —dijo Rand—, se trata de mi padre.

El alcalde levantó la cabeza de golpe.

—¿Rand? ¡Tam! —Dejó la pluma y tropezó con la pata de la silla al incorporarse de un salto—. Quizá la Luz no nos haya abandonado del todo. ¡Temía que hubierais muerto los dos! *Bela* llegó galopando al pueblo una hora después de que se hubieron ido los trollocs, empapada y sin resuello como si hubiera corrido todo el trecho desde la granja, y creí... No hay tiempo para eso. Lo llevaremos arriba. —Tomó los varales de manos del juglar—. Vos, maese Merrilin, id en busca de la Zahorí y decidle que le ordeno que se apresure, ¡o no sé qué demonios voy a hacer! Descansa tranquilo, Tam. Pronto te pondremos en una confortable cama. ¡Deprisa, juglar, deprisa!

Thom Merrilin se esfumó por el umbral sin darle tiempo a expresar ninguna objeción.

—Nynaeve no hará nada. Ha dicho que no podía ayudarlo. Sabía..., tenía la esperanza de que vos propondríais algo.

Maese al'Vere observó a Tam con más atención y después agitó la cabeza.

—Ya veremos, muchacho. Ya veremos. —No obstante, su tono había perdido la confianza—. Llevémoslo a la cama. Al menos podrá reposar mejor.

Rand se dirigió a las escaleras obedeciendo al impulso del alcalde. Se empeñaba en mantener la certeza de que de algún modo Tam mejoraría, pero el comienzo había sido demasiado duro y la súbita vacilación en la voz de maese al'Vere le produjo un estremecimiento.

En el segundo piso de la posada, en la parte delantera, había media docena de agradables y aseadas habitaciones con ventanas que daban al

Prado. En su mayoría eran utilizadas por los buhoneros o la gente que venía de Colina del Vigía o de Deven Ride, pero los mercaderes que los visitaban cada año a menudo quedaban sorprendidos al encontrar tan cómodos aposentos. Tres de ellas estaban ocupadas entonces, y el alcalde instó a Rand a entrar en una de las que permanecían libres.

Levantaron deprisa el edredón y las mantas del amplio lecho y depositaron a Tam sobre el tupido colchón de plumas, dejando reposar su cabeza en almohadas de pluma de oca. Al moverlo, no exhaló ningún sonido, aparte de una respiración más trabajosa, ni siquiera un gemido, pero el alcalde mitigó la preocupación de Rand indicándole que encendiera el fuego para caldear la estancia. Mientras Rand sacaba leños y astillas de una caja situada junto a la chimenea, Bran descorrió las cortinas de la ventana para que penetrara la luz de la mañana, y luego se dispuso a lavar con cuidado el rostro de Tam. Cuando el juglar estuvo de regreso, las llamas del hogar calentaban ya la habitación.

—No va a venir —anunció Thom Merrilin al entrar. Miró fijo a Rand—. No me has dicho que ya lo había examinado. Por poco me parte la cabeza.

—Creía..., no sé..., que quizás el alcalde podría hacer algo, podría hacerle ver... —Con los puños apretados, ansioso y tenso, Rand se volvió hacia Bran—. Maese al'Vere, ¿qué puedo hacer? —El corpulento posadero sacudió la cabeza con impotencia y puso un paño empapado en la frente de Tam, al tiempo que evitó así mirar directamente a Rand—. No puedo quedarme sentado mientras él se muere, maese al'Vere. Debo hacer algo. —El juglar hizo ademán de hablar y Rand se giró con ansiedad hacia él—. ¿Tenéis vos alguna idea? Intentaré todo lo posible.

—Sólo me preguntaba —empezó a decir Thom, mientras golpeaba su larga pipa con el pulgar— si el alcalde sabía quién ha grabado el Colmillo del Dragón en su puerta. —Miró la cazoleta, luego a Tam y después volvió a colocarse la pipa entre los dientes sin encenderla—. Parece que alguien le ha retirado el aprecio, o tal vez no le guste alguno de sus huéspedes.

Rand le dirigió una mirada de desagrado y volvió a contemplar el fuego. Sus pensamientos danzaban como las llamas y, al igual que ellas, se concentraban con obstinación en un punto: no podía permanecer impasible viendo cómo moría Tam. «Mi padre», pensó con dureza. «Mi padre.» Una vez que hubiera cesado la fiebre, podría esclarecer aquello. Pero la fiebre era lo primero. El problema era cómo hacerla bajar.

Bran al'Vere contrajo la mandíbula al echar una ojeada a la espalda de Rand, y la mirada que asestó al juglar no hubiera dejado margen a

117

aclaraciones, pero Thom se limitó a aguardar expectante, como si no hubiera reparado en ella.

—Es probable que sea obra de uno de los Congar o de un Coplin —aventuró por fin el alcalde—, aunque sólo la Luz sabe cuál de ellos. Son una extensa familia, y si hay algo malo que decir de alguien, o incluso si no lo hay, ellos se encargan en seguida de propagarlo. A su lado, la lengua de Cenn Buie sonaría azucarada.

—¿Aquel carro que ha llegado justo antes del amanecer? —inquirió el juglar—. No habían siquiera notado el olor de los trollocs y todos querían saber cuándo comenzarían los festejos, como si no pudieran ver que la mitad del pueblo se había convertido en cenizas.

Maese al'Vere asintió con pesar.

—Una rama de la familia. Pero los otros no son muy distintos. El estúpido de Dag Coplin se ha pasado la mitad de la noche exigiéndome que echara a la señora Moraine y a maese Lan de la posada, y del pueblo, olvidando que no hubiera quedado ningún resto del pueblo sin su intervención.

Rand apenas había prestado atención a la conversación, pero aquel último comentario lo impulsó a hablar.

—¿Qué han hecho?

—Ella provocó tremendos relámpagos en un cielo completamente despejado —repuso maese al'Vere— y los descargó sobre los trollocs. Ya has visto árboles partido por los rayos. Pues los trollocs no salieron mejor parados.

—¿Moraine? —inquirió con incredulidad Rand.

—La señora Moraine —asintió el alcalde—. Y maese Lan era un torbellino blandiendo esa espada. ¿Qué digo una espada? Él mismo era un arma, que estaba en diez sitios distintos a la vez, o al menos eso parecía. Que me aspen si lo hubiera creído de no haber salido afuera y visto... —Se pasó la mano sobre la calva coronilla de la cabeza—. Las visitas de la Noche de Invierno acababan de comenzar, íbamos cargados de regalos y de pastelillos de miel, algo achispados por el vino, y entonces los perros empezaron a gruñir y de pronto ambos salieron de estampida de la posada, y empezaron a correr por el pueblo mientras gritaban que había trollocs. Primero pensé que habían bebido demasiado vino. Después de todo... ¿trollocs? Luego, cuando nadie estaba aún al corriente de lo que pasaba, esas..., esas cosas estaban ya en medio de las calles y acuchillaban a la gente con las espadas, prendían fuego en las casas y aullaban de un modo como para helársele a uno la sangre. —Emitió un sonido gutural de desagrado—. No hacíamos más que correr como las gallinas cuando entra un zorro en el corral hasta que maese Lan nos animó con su coraje.

—No es preciso ser tan severo —intervino Thom—. Hicisteis cuanto pudisteis. Ellos dos no acabaron solos con todos los trollocs que yacen afuera.

—Humm... sí, claro —Un estremecimiento recorrió el cuerpo de maese al'Vere—. Todavía no puedo creerlo. Una Aes Sedai en Campo de Emond. Y maese Lan es un Guardián.

—¿Una Aes Sedai? —musitó Rand—. No es posible. Yo hablé con ella y no es..., no...

—¿Pensabas que llevaban anunciada su condición? —dijo con sarcasmo el alcalde—. ¿«Aes Sedai» pintado en la espalda, o tal vez «Peligro, no acercarse»? —De pronto se dio una palmada en la frente—. Aes Sedai. Soy un viejo idiota que empieza a chochear. Existe una posibilidad, Rand, si estás dispuesto a correr el riesgo. Yo no puedo decirte que lo hagas y no sé si me atrevería en tu caso.

—¿Una posibilidad? —inquirió Rand—. Arriesgaré lo que sea si ha de servir de algo.

—Las Aes Sedai pueden curar, Rand. Hombre, chico, ya has escuchado las historias. Pueden sanar a un hombre sobre el que no surten efecto los medicamentos. Juglar, vos debisteis haber recordado eso antes que yo. ¿Por qué no me lo habéis dicho en lugar de dejarme divagar de esa manera?

—Aquí soy un forastero —respondió Thom, mirando con avidez su pipa apagada— y el compadre Coplin no es el único que no quiere tener ningún tipo de contacto con las Aes Sedai. Es mejor que la propuesta saliera de vos.

—Una Aes Sedai —murmuró Rand, tratando de ajustar la imagen de la mujer que le había sonreído con los personajes de los relatos.

A decir de las historias, la ayuda proporcionada por ellas era a veces peor que la falta de asistencia, como el veneno en un pastel, y sus regalos siempre representaban una trampa, un anzuelo en el que picar. De improviso, la moneda que llevaba en el bolsillo, la pieza que le había dado Moraine, le pareció un carbón ardiente y hubo de contenerse para no sacarla de la chaqueta y arrojarla por la ventana.

—Nadie quiere tener tratos con las Aes Sedai —dijo lentamente el alcalde—. Es la única alternativa que veo, pero no es ésta una decisión fácil de tomar. Yo no puedo hacerlo por ti, aunque no he percibido nada en la señora Moraine que no sea digno de alabanza... Moraine Sedai debería llamarla, supongo. A veces, hay que tentar la suerte, aunque ésta sea azarosa.

—Algunas de las historias son un tanto exageradas —añadió Thom, como si alguien le arrancara las palabras de la boca—. Como mínimo, algunas. Además, muchacho, ¿qué opciones tienes?

—Ninguna —respondió con un suspiro Rand. Tam aún no había movido ni un músculo y tenía los ojos hundidos como si llevara enfermo una semana—. Voy.... voy a ir a buscarla.

—Al otro lado del puente —le informó el juglar—, donde están... disponiendo de los cadáveres de los trollocs. Pero ten cuidado, chico. Las Aes Sedai actúan obedeciendo unas motivaciones particulares, que no coinciden siempre con lo que los demás son capaces de prever.

Lo último que oyó fue un grito exhalado después de cruzar el umbral. Debía aguantar el puño de la espada con la mano para que no se le enredara entre las piernas al correr, pero no quería perder el tiempo en desabrochársela. Bajó con estrépito las escaleras y salió como una exhalación de la posada, olvidando por el momento la sensación de fatiga. Una esperanza de vida para Tam, aun remota, era suficiente para superar, al menos de forma pasajera, el cansancio producido por una noche en vela. Prefería no tomar en cuenta el hecho de que la alternativa estuviera personificada en una Aes Sedai, ni el precio que ello podría costar. Y, respecto a la perspectiva de encontrarse frente a frente con una Aes Sedai... Aspiró profundamente e intentó correr más deprisa.

Las fogatas se elevaban un trecho más allá de las últimas casas del lado norte, en la margen del Bosque del Oeste que daba a la carretera de Colina del Vigía. El viento todavía alejaba las grasientas y negras columnas de humo del pueblo, pero, pese a ello, el aire estaba impregnado de un repugnante hedor dulzón, como de carne dejada demasiado tiempo en el asador. Rand sintió náuseas al percibir aquel olor y luego hubo de tragar saliva al caer en la cuenta de dónde emanaba. Un bonito uso para las hogueras de Bel Tine. Los hombres que vigilaban el fuego llevaban la nariz y la boca tapadas con trapos, pero las muecas de sus caras indicaban a las claras que el vinagre que los empapaba no era suficiente. Aun cuando contrarrestara la pestilencia, sabían que ésta continuaba allí y eran asimismo conscientes de aquello que la originaba.

Dos de los hombres desataban las correas de uno de los sementales del alcalde de los tobillos de un trolloc. Lan, agachado detrás del cadáver, había levantado lo bastante la manta como para dejar al descubierto las espaldas y la cabeza con hocico cabruno de la criatura. Mientras Rand seguía corriendo, el Guardián desprendió una insignia metálica, un tridente esmaltado en rojo sangre, de una de las hombreras erizadas de púas de la cota de malla del trolloc.

—Ko'bal —anunció. Hizo rebotar el distintivo en la palma de la mano antes de arrojarlo al aire con un gruñido—. Con ésta, son ya siete bandas distintas.

Moraine, sentada en el suelo a corta distancia, sacudió con gesto cansino la cabeza. Entre sus rodillas reposaba un bastón de caminante, cubierto de arriba abajo de sarmientos y flores grabados, y su vestido estaba arrugado, con aspecto de haber sido llevado demasiado tiempo.

—¡Siete bandas, siete! No habían actuado conjuntamente tantas desde la Guerra de los Trollocs. Las malas noticias se acumulan. Tengo miedo, Lan. Creía que habíamos ganado una partida, pero tal vez nos hallemos más amenazados que nunca.

Rand la observó, incapaz de decir nada. Una Aes Sedai. Había tratado de convencerse de que no la veía distinta ahora que sabía quién..., qué era lo que tenía enfrente y, para su sorpresa, su apariencia era la misma. No estaba tan resplandeciente ni sus cabellos destellaban en todas direcciones, tenía un poco tiznada la nariz y, sin embargo, no era diferente. Sin duda debía existir algún indicio en las Aes Sedai que revelara su condición. Por otra parte, si el aspecto externo era un reflejo del interior, y si las historias eran ciertas, debería parecerse más a un trolloc que a una mujer extremadamente hermosa cuya dignidad no se veía menoscabada por permanecer sentada en la tierra. Y ella podría socorrer a Tam. Fuesen cuales fuesen las consecuencias, aquello era lo principal.

—Señora Moraine —dijo tras hacer acopio de aire—... Moraine Sedai, quiero decir.

Ambos se volvieron para mirarlo y su mirada lo dejó de una pieza. No tenía aquella expresión plácida y sonriente que había contemplado en el Prado. A pesar de que su rostro aparecía fatigado, sus oscuros ojos eran los de un halcón. Aes Sedai, las que desmembraron el mundo, titiriteras que tiraban de las cuerdas y hacían danzar tronos y naciones al compás de los designios que solamente conocían las mujeres de Tar Valon.

—Un poco más de luz en la oscuridad —murmuró la Aes Sedai—. ¿Cómo van tus sueños, Rand al'Thor? —agregó en voz más alta.

—¿Mis sueños? —inquirió Rand con estupor.

—Una noche como ésta puede producir pesadillas, Rand. Si padeces pesadillas, debes decírmelo. Puedo remediarlas a veces.

—No tengo ningún problema con mis... Se trata de mi padre. Está herido. No es más que un rasguño, pero la fiebre está consumiéndolo. La Zahorí no lo ha tratado. Dice que no puede hacer nada. Pero las historias...

La mujer enarcó una ceja y él se detuvo para tragar saliva. «Oh, Luz, ¿existe alguna historia que hable de una Aes Sedai que no sea mala?» Dirigió la vista al Guardián, pero éste parecía más interesado en el despojo del trolloc que en lo que pudiera decir Rand. Tartamudeando bajo el peso de la mirada de Moraine, prosiguió:

—Yo..., eh..., la gente dice que las Aes Sedai tienen poder para curar. Si podéis ayudarlo..., cualquier cosa que podáis hacer por él... a cualquier precio..., quiero decir... —Respiró profundamente—. Estoy dispuesto a compensaros en cuanto esté a mi alcance si le prestáis vuestra asistencia. Pagaré cualquier precio que me pidáis.

—Cualquier precio —musitó Moraine, medio para sí—. Hablaremos más tarde de precios, Rand, en caso de que exista alguno. No te prometo nada. Vuestra Zahorí conoce bien su trabajo. Haré lo que esté en mi mano, pero mi poder es incapaz de detener el eterno girar de la Rueda.

—La muerte visita a todo el mundo tarde o temprano —sentenció, sombrío, el Guardián—, a menos que sirvan al Oscuro, y sólo los insensatos se avienen a pagar por ello.

Moraine emitió una risa ahogada.

—No seas tan tenebroso, Lan. Tenemos algo que celebrar, una pequeña victoria, al menos. —Se apoyó en el bastón para incorporarse—. Llévame junto a tu padre, Rand. Haré cuanto pueda por él. Ya hay demasiada gente aquí que ha rehusado aceptar mi ayuda. Ellos también han escuchado las historias —agregó con sequedad.

—Está en la posada —le informó Rand—. Por aquí. Y gracias. ¡Muchísimas gracias!

Caminaron tras él; su paso era mucho más rápido. Aminoró con impaciencia la marcha para que lo alcanzaran pero volvió a salir disparado y de nuevo tuvo que volver a esperarlos.

—Deprisa, por favor —urgió, tan absorto en la necesidad de auxiliar a Tam que ni siquiera consideró la temeridad que representaba apremiar a una Aes Sedai.

—¿No ves que está cansada? —espetó, airado, Lan—. Incluso con un *angreal* lo que hizo ayer noche era más pesado que recorrer el pueblo a la carrera con un saco de piedras a cuestas. No sé si realmente te lo mereces, pastor de ovejas, por más que ella diga lo contrario.

Rand guardó silencio, sobrecogido.

—Tranquilo, amigo mío —dijo Moraine, dando una palmada en el hombro al Guardián sin disminuir el paso. Éste caminaba junto a ella con ademán protector, como si pudiera transferirle su fortaleza con su mera proximidad—. Tú sólo piensas en cuidar de mí. ¿Por qué no haría él lo mismo con su padre? —Lan frunció el entrecejo, pero no protestó—. Voy lo más deprisa que puedo, Rand, te lo aseguro.

Rand no sabía a qué dar crédito, a la altivez de sus ojos o a la placidez de su voz..., que no era suave exactamente, sino más bien de una firmeza autoritaria. O tal vez ambas características eran compatibles. Aes Sedai. Había contraído un compromiso con una de aquellas mujeres. Ajustó su marcha a la de ellos e intentó no pensar en cuál sería el precio del que posiblemente hablarían después.

8

Un cobijo acogedor

Cuando todavía trasponía el umbral, Rand posó la mirada en su padre..., su padre, por mucho que dijese alguien. Tam no se había movido en absoluto; tenía los ojos cerrados y respiraba con jadeos entrecortados. El juglar de pelo blanco interrumpió su conversación con el alcalde, quien estaba de nuevo inclinado sobre el lecho, atendiendo a Tam, y dirigió una mirada inquieta a Moraine. Ésta no reparó en él, como tampoco pareció advertir la presencia de nadie, excepto Tam, a quien examinó con el rostro preocupado.

Thom se colocó la pipa apagada entre los dientes; después la sacó de nuevo y concentró la vista en ella.

—Uno no puede ni fumar en paz —murmuró—. Será mejor que vigile que algún campesino no me robe la capa para abrigar a una de sus vacas. Al menos podré fumarme una pipa allá afuera.

Dicho esto, salió deprisa de la habitación.

Lan lo siguió con la mirada, con su angulosa cara inexpresiva como una roca.

—No me gusta nada ese hombre. Hay algo en él que no me inspira confianza. Ayer por la noche no se le vio el pelo.

123

—Estaba allí —dijo Bran, mirando indeciso a Moraine—. Sin duda, porque no es probable que se haya tiznado la capa si permaneció junto a la chimenea.

A Rand le tenía sin cuidado si el juglar había pasado la noche escondido en el establo.

—¿Mi padre? —dijo implorante a Moraine.

Bran abrió la boca, pero Moraine se le adelantó.

—Dejadme a solas con él, maese al'Vere. Aquí únicamente seríais un estorbo.

Por un instante Bran titubeó, reticente a recibir órdenes en su propia posada y reacio al mismo tiempo a desobedecer a una Aes Sedai. Luego se levantó y dio una palmada en el hombro a Rand.

—Vamos, hijo. Dejemos que Moraine Sedai se concentre en su..., eh..., su... Hay muchas cosas que hacer abajo y puedes echarme una mano, antes de saber si Tam nos llamará para pedirnos la pipa y una jarra de cerveza.

—¿Puedo quedarme? —preguntó Rand a Moraine, si bien ésta no parecía advertir más presencia que la de Tam—. Por favor, no molestaré. Ni siquiera notaréis que estoy aquí. Es mi padre —añadió con una violencia que lo asombró a él mismo e hizo abrir desmesuradamente los ojos al alcalde.

Rand confió en que los demás atribuyeran su brusquedad al agotamiento o a la tensión producida por hablar con una Aes Sedai.

—Sí, sí —respondió Moraine con impaciencia.

Había dejado distraídamente la capa y el bastón sobre la única silla de la estancia y se estaba arremangando el vestido. Incluso cuando hablaba, no apartaba ni por un momento la vista de Tam.

—Siéntate por ahí, y tú también, Lan.

Hizo un gesto vago en dirección a un banco apoyado en la pared. Sus ojos recorrieron meticulosamente a Tam de los pies a la cabeza; sin embargo, Rand tenía la sensación de que, de algún modo, su mirada penetraba más allá de él.

—Podéis hablar si queréis —prosiguió con aire ausente—, pero en voz baja. Ahora, retiraos, maese al'Vere. Ésta es la habitación de un enfermo, no una sala de reuniones. Ocupaos de que nadie me moleste.

El alcalde gruñó entre dientes, si bien no lo bastante alto como para llamar la atención; luego volvió a estrechar el hombro de Rand y, aunque con desgana, cerró obedientemente la puerta tras él.

La Aes Sedai se arrodilló junto a la cama murmurando para sí y posó las manos con suavidad sobre el pecho de Tam. Después cerró los ojos y permaneció inmóvil y en silencio durante un rato.

En los relatos de las hazañas de las Aes Sedai, éstas siempre iban acompañadas de relámpagos y truenos u otros fenómenos que reflejaban grandes gestas e inconmesurables poderes. El Poder, el Poder Único rescatado de la Fuente Verdadera que gobernaba la Rueda del Tiempo. No era aquello algo en lo que Rand deseara pensar, que Tam tuviera que estar en contacto con el Poder y él en la misma estancia donde éste fuera utilizado. No obstante, por lo que él alcanzaba a distingir, Moraine habría podido estar incluso dormida. Aun así, creyó advertir cómo la respiración de Tam se volvía menos trabajosa. Seguramente ella estaba haciendo algo. Se encontraba tan absorto que dio un respingo al oír la voz queda de Lan.

—Llevas una magnífica espada. ¿No tendrá también por azar una garza en la hoja?

Por un momento Rand miró embobado al Guardián, sin comprender de qué le hablaba. Había olvidado por completo la espada de Tam ante el hecho de tener que tratar con una Aes Sedai.

—Sí, sí la tiene. ¿Qué está haciendo?

—No había imaginado encontrar una espada con la marca de una garza en un lugar como éste —dijo Lan.

—Es de mi padre.

Miró de reojo la espada de Lan, cuya empuñadura asomaba bajo el borde de su capa; las dos armas presentaban un aspecto similar, con la excepción de que en la del Guardián no había ninguna garza. Volvió a centrar los ojos en el lecho. Tam parecía respirar con mayor facilidad, estaba seguro de ello.

—La compró hace mucho tiempo.

—Es muy extraño que un pastor comprara una cosa así.

Rand miró de soslayo a Lan. Era halagador que un forastero apreciara aquella espada, y que lo hiciera un Guardián... Con todo, se sintió en la obligación de añadir algo más.

—Nunca la había utilizado, que yo sepa. Comentó que no servía para nada, al menos hasta ayer noche, en todo caso. Yo ni siquiera sabía que la tenía hasta entonces.

—Comentó que era un objeto inútil, ¿eh? Acaso no siempre pensó así. —Lan tocó brevemente con un dedo la vaina situada a la altura del pecho de Rand—. Hay sitios en que la garza simboliza la maestría en la espada. Esta arma habrá recorrido insólitos caminos para caer en manos de un pastor de Dos Ríos.

Rand hizo caso omiso de aquella pregunta inexpresada. Moraine continuaba parada. ¿Estaría haciendo realmente algo la Aes Sedai? Se estremeció, friccionándose los brazos, inseguro respecto a su deseo de desentrañar la actuación de la mujer. Una Aes Sedai.

Entonces afloró a su boca una pregunta propia, que no quería formular, pero cuya respuesta necesitaba conocer.

—El alcalde... —Se aclaró la garganta y respiró profundamente—. El alcalde ha dicho que no hubiera quedado nada en el pueblo a no ser por vos y por ella. —Superó el apuro que le daba mirar de frente al Guardián—. Si os hubieran dicho que había un hombre en el bosque..., un hombre que atemorizaba a la gente sólo con la mirada..., ¿os habría puesto ello sobre aviso? Un hombre cuyo caballo no hace el menor ruido y cuya capa no se agita con el viento. ¿Habríais previsto lo que iba a ocurrir? ¿Habríais podido, vos y Moraine, impedir la destrucción si hubierais tenido conocimiento de su presencia?

—No sin la ayuda de media docena de mis hermanas —repuso Moraine, lo que provocó un sobresalto en Rand.

Todavía estaba arrodillada al lado de la cama, pero ya no tenía las manos encima de Tam y se había vuelto hacia ellos. Pese a su voz calmada, sus ojos taladraron a Rand.

—Si hubiera sabido que encontraría trollocs y a un Myrddraal aquí, habría traído conmigo media docena, una docena, aunque hubiera tenido que arrastrarlas. Estando yo sola, un mes de anticipación apenas habría modificado algo, tal vez nada. Una persona tiene serias limitaciones, aunque invoque el Poder Único, y quizás había un centenar largo de trollocs diseminados por la comarca anoche, un pelotón completo.

—De todas maneras hubiera venido bien saberlo —dijo Lan, con dureza dirigida exclusivamente a Rand—. ¿Cuándo y dónde lo viste exactamente?

—Eso no sirve de nada ahora —atajó Moraine—. No consentiré que des a entender al muchacho que ha tenido una conducta censurable cuando ello no es así. Yo misma soy en parte culpable. La manera como se comportó aquel maldito cuervo de ayer debiera haberme hecho sospechar algo. Y a ti también, mi viejo amigo. —Frunció la boca con enfado—. Mi confianza ha sido rayana en la arrogancia al abrigar la certeza de que las garras del Oscuro no podrían haber llegado a un sitio tan remoto, no con esta potencia. Estaba tan segura...

—¿El cuervo? —preguntó perplejo Rand—. No comprendo.

—Devoradores de carroña. —Los labios de Lan dibujaron un rictus de repugnancia—. Los secuaces del Oscuro suelen utilizar como espías a las criaturas que se alimentan con despojos. Cuervos y grajos principalmente, y a veces ratas en las ciudades.

Un brusco estremecimiento recorrió el cuerpo de Rand. ¿Cuervos y grajos que actuaban como espías del Oscuro? ¡Si había cuervos y grajos por todas partes...! Las garras del Oscuro, había dicho Moraine. El Oscuro siempre se encontraba presente, pero si uno intentaba seguir la senda de la Luz, llevaba una vida correcta y no mencionaba su nombre, no podía sufrir ningún daño. Aquélla era una creencia común a todas las personas, algo que se aprendía en la más tierna niñez. Sin embargo, lo que se desprendía de las palabras de Moraine...

Su mirada cayó sobre Tam, apartando de su cabeza cualquier pensamiento ajeno a él. El semblante de su padre estaba perceptiblemente menos congestionado y su respiración parecía más reposada. Rand se habría puesto en pie de un salto si Lan no lo hubiera cogido del brazo.

—Lo habéis conseguido.

—Todavía no —contestó Moraine, sacudiendo la cabeza al tiempo que exhalaba un suspiro—. Espero que pueda llegar a buen fin. Las armas de los trollocs se fabrican en las forjas de un valle llamado Thakan'-dar, en las mismas laderas del propio Shayol Ghul. Algunas de ellas están impregnadas de una capa infecciosa, un halo maligno en el metal. Dichas hojas infectadas producen heridas que no sanan normalmente, o provocan fiebres mortíferas, extrañas enfermedades contra las que no sirven los medicamentos. Yo he aliviado el dolor a tu padre, pero la marca, la contaminación aún no lo ha abandonado. Si la dejáramos proseguir su curso, volvería a ganar terreno para acabar por consumirlo.

—Pero vos no lo dejaréis así.

Sus palabras eran mitad imploración y mitad mandato. Se sintió estupefacto al darse cuenta de que había hablado de aquel modo a una Aes Sedai, pero ella no pareció advertir el tono de su voz.

—No lo haré —replicó simplemente—. Estoy muy cansada, Rand, y no he podido disponer de un instante de reposo desde anoche. Normalmente, ello carecería de importancia, pero con una herida de este tipo... —Extrajo del bolsillo un pequeño fardo de seda blanca—. Esto es un *angreal*. Veo que ya sabes qué es un *angreal* —agregó al percibir la expresión de Rand—. Bien.

Rand se inclinó hacia atrás de forma inconsciente, apartándose de ella y de aquel objeto. Pocas historias hacían mención de los *angreal*, aquellas reliquias de la Era de Leyenda que las Aes Sedai utilizaban para ejecutar sus mayores prodigios. Observó con estupor cómo desenvolvía una grácil figurilla de marfil que el tiempo había ido oscureciendo. Tenía una longitud no superior a la de su mano. Representaba una mujer ataviada con vaporosos vestidos, con una larga cabellera que le cubría la espalda.

—Hemos perdido la capacidad de producir tales sustancias —comentó—, al igual que otras tantas cosas que tal vez no logremos recuperar. Quedan tan pocas que la Sede Amyrlin estuvo a punto de prohibirme que me llevara ésta. No obstante, aun con ella, apenas puedo hacer más de lo que habría hecho sin ella ayer, y la infección es considerable. Ha tenido tiempo de extender su ponzoña.

—Vos podéis ayudarlo —afirmó con fervor Rand—. Sé que podéis.

Moraine esbozó una sonrisa, una mera curvatura en los labios.

—Veremos.

Después volvió a fijar su atención en Tam, dejando reposar una mano en su frente mientras retenía en el cuenco de la otra la figura de marfil. Con los ojos cerrados, su rostro adoptó un aire concentrado. Se hubiera dicho que apenas respiraba.

—Ese jinete del que hablabas —retomó tranquilamente el hilo de la conversación Lan—, aquel que te inspiró temor... era sin duda un Myrddraal.

—¡Un Myrddraal! —exclamó Rand—. Pero si los Fados tienen una estatura de más de veinte pies... —Sus palabras se interrumpieron ante la triste sonrisa del Guardián.

—En ocasiones, pastor, las historias magnifican las cosas, alejándolas de la realidad. Pero, puedes creerme, la realidad es lo suficientemente dura en lo que respecta a un Semihombre. Semihombre, Acechante, Fado, Hombre de las Sombras; el nombre depende de la región, pero todos hacen referencia a un Myrddraal.

»Los Fados son un derivado de los trollocs, casi un retroceso en la semejanza a la especie humana utilizada por los Señores del Espanto al crear a los trollocs. Casi, puesto que, si bien la apariencia humana ha adquirido mayor peso, lo mismo puede decirse de la degradación que impregna a los trollocs. Los Semihombres ostentan cierto tipo de poderes, que emanan del Oscuro.

»Únicamente la más débil de las Aes Sedai no alcanzaría a superar a un Semihombre en un enfrentamiento cara a cara, pero muchos y aguerridos hombres han sucumbido a ellos. Desde las guerras que pusieron fin a la Era de Leyenda, desde que los Renegados fueron recluidos, ellos han sido el cerebro que indica a los pelotones de trollocs dónde deben atacar. En tiempos de la Guerra de los Trollocs, los Semihombres conducían a los trollocs a la batalla, bajo el mando de los Señores del Espanto.

—Me dio miedo —dijo quedamente Rand—. Sólo de mirarme y... Se estremeció.

—No es preciso avergonzarse, pastor. También me producen miedo a mí. He visto a hombres que han sido soldados durante toda su vida paralizarse como un pájaro a merced de una serpiente al encontrarse cara a cara con un Semihombre. En el norte, en las Tierras Fronterizas que lindan con la Gran Llaga, existe un dicho: «La mirada del Ser de Cuencas Vacías es la personificación del miedo».

—¿El Ser de Cuencas Vacías? —inquirió Rand.

Lan asintió con la cabeza.

—El Myrddraal ve como un águila, tanto de día como de noche, pero no tiene ojos. Pocas cosas conozco que sean más peligrosas que un Myrddraal. En vano Moraine Sedai y yo intentamos varias veces acabar con el que estuvo aquí anoche, pero los Semihombres son partícipes de la propia buena suerte del Oscuro.

Rand tragó saliva.

—Un trolloc dijo que el Myrddraal quería hablar conmigo. No sabía qué significado darle.

Lan levantó bruscamente la cabeza, con una dureza en sus ojos azules similar a la de una piedra.

—¿Hablaste con un trolloc?

—No exactamente —balbució Rand, aprisionado por la mirada del Guardián—. Él me habló a mí. Dijo que no me haría ningún daño y que el Myrddraal quería hablar conmigo. Después intentó matarme. —Se mojó los labios, apretando con las manos el cuero de la empuñadura de la espada. Con frases breves y entrecortadas refirió su regreso a la granja—... Pero yo le di muerte —concluyó—. Fue en verdad algo accidental. Él saltó sobre mí y yo tenía la espada en la mano.

La expresión de Lan se suavizó levemente, si acaso puede decirse que las piedras pierden dureza.

—Aun así, es algo fuera de lo común, pastor. Hasta anoche pocos eran los hombres que viven al sur de las Tierras Fronterizas que pudieran decir que habían visto a un trolloc, y mucho menos que hubieran matado a uno.

—Y muchos menos aún que hubieran dado cuenta de un trolloc solos y sin ningún tipo de auxilio —añadió con fatiga Moraine—. He acabado, Rand. Lan, ayúdame a levantarme.

El Guardián se acercó diligentemente, pero Rand se le adelantó, precipitándose junto al lecho. Tam tenía la piel fresca y, sin embargo, su rostro se hallaba pálido y macilento, como si no hubiera estado en contacto con el sol durante largo tiempo. Los ojos permanecían cerrados, pero su respiración era regular.

—¿Se pondrá bien ahora? —preguntó ansioso Rand.

—Con reposo, sí —repuso Moraine—. Con unas cuantas semanas en la cama recobrará toda su fortaleza.

La Aes Sedai caminaba con paso inseguro, pese a apoyarse en el brazo de Lan. Éste apartó la capa y el bastón de la silla y la mujer se desplomó en ella con un suspiro. Entonces volvió a envolver con sumo cuidado el *angreal* y se lo llevó al bolsillo.

A Rand le temblaban los hombros y hubo de morderse los labios para contener la risa, mientras se enjugaba los ojos anegados de lágrimas.

—Gracias.

—En la Era de Leyenda —explicó Moraine—, algunas Aes Sedai podían despertar la llama de la vida con tal de que quedara el más mínimo rescoldo. No obstante, aquellos días pertenecen al pasado... Y tal vez no regresen nunca. Se perdieron tantas cosas; no solamente la elaboración de los *angreal*. Entonces eran capaces de realizar tantos prodigios que nosotros no osamos ni imaginar, y tantos otros de los que no hemos conservado la memoria. Ahora somos menos numerosas. Cierta clase de talento está extinguiéndose y lo que resta parece afectado de debilidad. En la actualidad es preciso que la voluntad y la fuerza confluyan para conseguir algo; de lo contrario, ni la más poderosa de nosotras logra efectuar una Curación. Por fortuna tu padre es un hombre animoso, tanto en el aspecto físico como en el espiritual. Con todo, su lucha por la vida ha agotado buena parte de su vigor, aunque se repondrá con el que ha quedado en él. Eso llevará tiempo, pero la infección ha desaparecido.

—Nunca podré pagaros esto —le dijo sin apartar la vista de Tam—, pero haré por vos cuanto esté en mis manos. Cualquier cosa. —Recordó entonces haber hablado de precios y la promesa formulada. Arrodillado al lado de Tam, su disposición era más firme que nunca, pero todavía le resultaba difícil mirarla a los ojos—. Cualquier cosa. Siempre que no tenga malas consecuencias para el pueblo o para mis amigos.

Moraine levantó la mano, rechazando su oferta.

—Si lo crees necesario. De todos modos, quiero hablar contigo. Sin duda partirás al mismo tiempo que nosotros y tendremos ocasión de conversar largamente.

—¡Partir! —exclamó, poniéndose en pie— ¿Tan mala es la situación? Me pareció que todo el mundo estaba dispuesto a iniciar la reconstrucción. La gente de Dos Ríos estamos muy apegados a estas tierras y nadie se va de aquí.

—Rand...

—¿Y adónde iríamos? Padan Fain dijo que hacía mal tiempo en todas partes. Es..., era... el buhonero. Los trollocs... —Rand tragó saliva, deseando no haber oído el comentario de Thom Merrilin respecto a lo que comían los trollocs—. A mi entender, lo mejor que podemos hacer es quedarnos aquí, en nuestra tierra, en Dos Ríos, y reponer lo destruido. Tenemos cosechas sembradas y pronto hará bastante calor para esquilar las ovejas. No sé quién ha empezado a decir que deberíamos irnos..., uno de los Coplin, supongo.... pero sea quien sea...

—Pastor —lo interrumpió Lan—, estás hablando cuando deberías escuchar.

Observó con sorpresa a ambos. Se había lanzado a hablar, advirtió, y había continuado farfullando mientras ella trataba de decirle algo, mientras una Aes Sedai trataba de hablar. No sabía qué decir ni cómo disculparse, pero Moraine sonrió mientras buscaba las palabras.

—Comprendo cómo te sientes, Rand —le aseguró, y tuvo la incómoda sensación de que realmente era así—. No pienses más en ello. —Frunció los labios y meneó la cabeza—. Me temo que he sido algo ruda. Debiera haber descansado antes de emprender la cuestión. Eres tú quien va a irse, Rand, tú el que debe partir, por el bien del pueblo.

—¿Yo? —Se aclaró la garganta y realizó un nuevo intento—. ¿Yo? —El sonido surgió más preciso aquella vez—. ¿Por qué tengo que irme? No comprendo nada de todo esto. No quiero ir a ninguna parte.

Moraine miró a Lan y éste separó los brazos. Después observó a Rand y le volvió a crear la sensación de ser estudiado y sopesado con minucia.

—¿Sabías —preguntó de pronto el Guardián— que algunas de las casas no fueron atacadas?

—La mitad del pueblo está arrasada —protestó. Lan lo acalló con un gesto.

—Algunos edificios fueron quemados sólo para crear confusión. Sin embargo, los trollocs no los miraron dos veces, ni tampoco a la gente que salió corriendo de ellos, a menos que interfirieran en su camino. La mayoría de la gente que ha venido de las granjas cercanas no vio ni rastro de trollocs y sólo tuvo noticias de su presencia al llegar a Campo de Emond.

—Me han contado lo de Dag Coplin —dijo lentamente Rand—. Supongo que no acababan de creerlo.

—Dos granjas fueron allanadas —continuó Lan—, la vuestra y otra más. Debido a la celebración de Bel Tine, mucha gente que vive afuera se encontraba ya en el pueblo. Mucha gente salvó su vida debido a que el Myrddraal ignoraba las costumbres de Dos Ríos. La festividad y la Noche de Invierno obstaculizaban sus propósitos, pero él no lo sabía.

Rand miró a Moraine, recostada sobre el respaldo de la silla, pero ella guardó silencio, devolviéndole simplemente la mirada mientras se llevaba un dedo a los labios.

—Nuestra granja, ¿y cuál más? —preguntó finalmente.

—La de Aybara —respondió el Guardián—. Aquí en Campo de Emond, irrumpieron primero en la forja, en la casa del herrero y en la de maese Cauthon.

A Rand se le secó la boca de improviso.

—No tiene ningún sentido —logró articular, antes de dar un respingo al incorporarse Moraine.

—Sí lo tiene, Rand —aseveró—. Obraron con un objetivo. Los trollocs no vinieron a Campo de Emond por azar y no actuaron por el mero placer de quemar o matar, por más que disfrutaran haciéndolo. Sabían muy bien qué, o a quién, buscaban. Los trollocs vinieron a matar o a capturar a jóvenes de una determinada edad que viven cerca de este pueblo.

—¿De mi edad? —Le temblaba la voz, pero aquello lo tenía sin cuidado entonces—. ¡Oh, Luz! Mat. ¿Y qué ha sido de Perrin?

—Está perfectamente —le aseguró Moraine—, aunque un poco tiznado.

—¿Bran Crawe y Lem Thane?

—No corrieron ningún peligro —dijo Lan—. En cualquier caso, no más que cualquier otra persona.

—Pero ellos también vieron al jinete, al Fado, y tienen los mismos años que yo.

—La morada de maese Crawe permaneció intacta —explicó Moraine— y el molinero y su familia siguieron durmiendo hasta media noche, hasta que el ruido los despertó. Bran tiene tres meses más que tú y Len ocho menos. —Sonrió secamente, para su sorpresa—. Te he dicho que había formulado preguntas y he especificado jóvenes de una determinada edad. Tú y tus amigos os lleváis sólo semanas. El Myrddraal iba en busca de vosotros, no de los otros.

Rand se agitó embarazado, deseando que no lo mirase de aquel modo, como si sus ojos pudieran penetrar su cerebro y leer todos sus pensamientos.

—¿Para qué iban a querer algo de nosotros? No somos más que campesinos, pastores.

—Ésa es una pregunta que no tiene respuesta en Dos Ríos —contestó tranquilamente Moraine—, pero que es imprescindible resolver. La visita de los trollocs a un lugar donde no se había visto ninguno durante casi dos siglos da idea de la importancia que puede entrañar.

—Muchas historias relatan correrías de trollocs —insistió con obstinación Rand—. Lo único que sucede es que nunca habíamos sufrido su ataque aquí. Los Guardianes luchan continuamente con ellos.

Lan soltó un bufido.

—Muchacho, yo sé que toparé con trollocs junto a la Gran Llaga, pero no aquí, a casi seiscientas leguas en dirección sur. La violencia de la expedición de anoche sólo era previsible en Shienar, o en las Tierras Fronterizas.

—Uno de vosotros —apuntó Moraine—, o los tres, posee algo en su interior que despierta temor en el Oscuro.

—Eso..., eso es imposible. —Rand se acercó tambaleante a la ventana y contempló a la gente que trabajaba entre las ruinas—. No me importa lo que haya ocurrido: eso es del todo imposible. —Su mirada percibió algo extraño en el Prado y, al fijar la vista, advirtió que era la Viga de Primavera. Esperaban un Bel Tine sin igual, con un buhonero, un juglar y forasteros. Tembloroso, agitó con violencia la cabeza—. No, no. Yo soy un pastor. El Oscuro no puede estar interesado en mi persona.

—Representó un gran esfuerzo —dijo sombrío Lan— desplazar a tantos trollocs hasta un lugar tan alejado sin levantar sospechas ni protestas desde las Tierras Fronterizas hasta más allá de Caemlyn. Me gustaría saber cómo lo consiguieron. ¿De veras crees que se tomaron tantas molestias únicamente para prender fuego a unas cuantas casas?

—Volverán —añadió Moraine.

Rand había abierto la boca para responder a Lan, pero el augurio de Moraine lo retuvo. Se volvió hacia ella.

—¿Que van a volver? ¿No podéis detenerlos? Lo hicisteis anoche, tomados por sorpresa entonces. Ahora sabéis que están aquí.

—Tal vez —repuso Moraine—. Podría hacer que vinieran de Tar Valon algunas de mis hermanas; puede que les diera tiempo a llegar antes de que precisásemos su ayuda. El Myrddraal sabe que yo estoy aquí y probablemente no atacará, al menos no de forma abierta sin disponer de refuerzos, más Myrddraal y más trollocs. Con suficientes Aes Sedai y suficientes Guardianes es factible derrotar a los trollocs, pero no puedo predecir cuántas batallas habría que librar.

Una macabra visión ocupó su mente: la imagen de un Campo de Emond convertido en cenizas. Todas las granjas quemadas. Y Colina del Vigía, Deven Ride y Embarcadero de Taren. Todo reducido a cenizas y sangre.

—No —dijo, al tiempo que sentía un terrible desgarramiento interior—. Ése es el motivo que me obliga a partir, ¿no es cierto? Los trollocs no regresarán si no estoy aquí. —Un último vestigio de obstinación le hizo añadir—: Suponiendo que realmente sea yo a quien buscan.

Moraine enarcó las cejas sorprendida al no verlo del todo convencido.

—¿Quieres involucrar a tu pueblo en ello, pastor? ¿A toda la región de Dos Ríos? —dijo Lan.

—No —respondió Rand; sentía de nuevo el vacío, que venía a sustituir su renuncia—. Perrin y Mat también tienen que irse, ¿no? —Abandonar Dos Ríos, su casa y su padre. Al menos Tam se recuperaría y, como mínimo, tendría ocasión de oír de sus labios que lo murmurado en el Camino de la Cantera no era más que un desatino.

»Podríamos ir a Baerlon, supongo, o incluso a Caemlyn. He oído decir que hay más gente en esta ciudad que en toda la zona de Dos Ríos. Allí estaríamos a salvo.—Lanzó una carcajada que sonó hueca—. Solía soñar con ir a Caemlyn, pero nunca se me ocurrió que la iba a visitar de este modo.

—Yo no confiaría mucho en la seguridad que ofrece Caemlyn —objetó Lan después de un largo silencio—. Si los Myrddraal están de veras interesados en vosotros, hallarán la manera de entrar en la población. Las murallas son una barrera franqueable para un Semihombre. Y seríais unos insensatos si negarais la evidencia del tremendo interés que suscitáis en ellos.

Rand pensaba que su ánimo no podía caer más bajo, pero aquellas palabras lo sumieron en una desmoralización aún mayor.

—Existe un lugar donde estaréis a buen recaudo —dijo suavemente Moraine—. En Tar Valon os encontraríais entre Aes Sedai y Guardianes. Aun durante la Guerra de los Trollocs, las fuerzas del Oscuro temían atacar las Murallas Resplandecientes. El único intento realizado fue su más espectacular derrota hasta el final. Y en Tar Valon se guardan todos los conocimientos reunidos por las Aes Sedai desde la Época de Locura. Algunos fragmentos datan incluso de la Era de Leyenda. Tar Valon es el sitio más indicado para averiguar por qué os persigue el Myrddraal, por qué va en pos de vosotros el Padre de las Mentiras. Eso te lo garantizo.

Viajar hasta Tar Valon era casi un despropósito. Viajar a un lugar donde estaría inexorablemente rodeado de Aes Sedai. Desde luego, Moraine había curado a Tam, o al menos eso parecía, pero además había todos aquellos relatos. Ya era bastante embarazoso hallarse en una misma habitación con una Aes Sedai, pero estar en una ciudad habitada exclusivamente por ellas... Y ella todavía no le había pedido una compensación. Siempre había que pagar un precio; en las historias siempre había que hacerlo.

—¿Durante cuánto tiempo va a estar dormido mi padre? —preguntó por fin—. Tengo..., tengo que comunicárselo. No estaría bien que despertara y yo me hubiera marchado sin más.

Creyó percibir un suspiro de alivio exhalado por Lan. Miró al Guardián con curiosidad, pero su semblante permanecía tan inalterable como siempre.

—No es probable que despierte antes de nuestra marcha —respondió Moraine—. Tengo intención de partir poco después de la caída de la noche. Incluso un solo día de demora podría traer fatales consecuencias. Será mejor que le dejes una nota.

—¿Por la noche? —inquirió dubitativo Rand.

—El Semihombre no tardará en descubrir nuestra partida —explicó Lan—. No hay necesidad de facilitarle las cosas si podemos evitarlo.

Rand acarició las mantas de Tam. Tar Valon se hallaba muy lejos.

—En ese caso... En ese caso, iré a buscar a Mat y a Perrin.

—Yo me ocuparé de ello.

Moraine se puso en pie y se ató la capa con vigor de pronto renovado. Al sentir la mano de la Aes Sedai sobre el hombro, Rand intentó con todas sus fuerzas no encogerse. Apenas notaba su presión, pero se le antojó una garra acerada que lo retenía como una horca paraliza a una serpiente clavada en ella.

—Será preferible que mantengamos todo esto entre nosotros. ¿Comprendes? Las mismas personas que marcaron el Colmillo del Dragón en la puerta de la posada podrían provocar alboroto si llegara a sus oídos.

—Comprendo —contestó, liberando el aire de los pulmones al tiempo que la mujer apartaba la mano.

—Diré a la señora al'Vere que te traiga algo de comer —prosiguió, como si no hubiera advertido su reacción—. Después debes dormir. Te aguarda un duro viaje esta noche.

La puerta se cerró tras ellos y Rand permaneció inmóvil mirando a Tam..., mirando a Tam, pero sin ver nada. Hasta aquel preciso instante no había reparado hasta qué punto Campo de Emond formaba parte de sí, al igual que él pertenecía a ese lugar. Se dio cuenta entonces, al reconocer el desgarramiento que había sentido. Lo habían arrancado del pueblo. El Pastor de la Noche quería atraparlo en sus garras. Aquello era imposible —él era solamente un campesino— pero los trollocs habían dejado sentir su mano, y Lan estaba en lo cierto en una cuestión: no podía poner en peligro el pueblo, aceptando la posibilidad de que Moraine se equivocase. Ni siquiera podía decírselo a nadie; los Coplin sin duda provocarían algún desorden si se enteraran de una cosa así. Debía depositar su confianza en una Aes Sedai.

—No lo despiertes ahora —indicó la señora al'Vere, al entrar acompañada de su esposo.

La bandeja cubierta con un trapo que llevaba en las manos desprendía un delicioso olor tibio. Después de depositarla sobre la cómoda situada al lado de la pared, alejó con firmeza a Rand de la cama.

—La señora Moraine me ha informado de lo que necesita —dijo—y en ello no está incluido que te derrumbes encima de él a causa del agotamiento. Te he traído algo de comer. No dejes que se enfríe.

—No me gusta que la llaméis así —objetó, malhumorado, Rand—Moraine Sedai es el apelativo adecuado. Podría enfurecerse.

La posadera le dio una palmadita en la mejilla.

—Deja que sea yo quien me preocupe de eso. Acabo de tener una larga conversación con ella. Y no hables en voz alta porque, si despiertas a Tam, tendrás que habértelas conmigo y con Moraine Sedai. —El énfasis puesto en el título de Moraine ridiculizaba la insistencia de Rand—. Apartaos de aquí los dos.

Tras dedicar una cálida sonrisa a su marido, se volvió hacia el lecho. Maese al'Vere dirigió una mirada de impotencia a Rand.

—Es una Aes Sedai. La mitad de las mujeres del pueblo actúan como si fuera un simple miembro del Círculo de Mujeres, y la otra mitad como si fuese un trolloc. Ninguna de ellas parece percatarse de que hay que ir con cuidado con una Aes Sedai. Por más que los hombres continúen mirándola con recelo, al menos no están haciendo nada que pueda provocarla.

Con cuidado, pensó Rand. No era demasiado tarde para comenzar a obrar con cautela.

—Maese al'Vere —dijo lentamente—, ¿sabéis cuántas granjas fueron atacadas?

—Sólo dos, que yo sepa, con la vuestra inclusive. —El alcalde hizo una pausa, pensativo, y luego se encogió de hombros—. No parece gran cosa, si lo comparamos con lo ocurrido aquí. Debería alegrarme de ello, pero... Bueno, sin duda tendremos noticia de más atrocidades antes de que acabe el día.

Rand exhaló un suspiro. No era necesario preguntar cuáles habían sido.

—Aquí en el pueblo, ¿dieron..., quiero decir, dejaron entrever de algún modo lo que buscaban?

—¿Lo que buscaban, hijo? No sé qué podían buscar, excepto darnos muerte. Todo sucedió de la manera como te he contado. Los perros ladraban, Moraine Sedai y Lan corrían por las calles, luego se oyó gritar a alguien que la casa de maese Luhhan y la herrería estaban ardiendo. Después comenzó a llamear la vivienda de los Cauthon... Es curioso, porque está en medio del poblado. El caso es que, a continuación, los trollocs se abalanzaron sobre todo el pueblo. No, no creo que buscaran nada. —Soltó una abrupta carcajada, que atajó muy pronto ante la mirada de su esposa exigiéndole sigilo—. A decir verdad —prosiguió en voz más baja—, parecían casi tan confundidos como nosotros. Dudo mucho que hubieran previsto encontrarse con una Aes Sedai o con un Guardián aquí.

—Lo supongo —comentó sonriente Rand.

Si Moraine había dicho la verdad respecto a ese punto, probablemente no había mentido en lo demás. Por un momento consideró la conveniencia de pedir consejo al alcalde, pero era obvio que éste sabía poco más sobre Aes Sedai que cualquier otra persona del pueblo. Además, era reacio a explicarle a maese al'Vere lo que había detrás de todo aquello..., lo que Moraine decía que había detrás. No estaba seguro de temer más la perspectiva de que se echara a reír o la de que tomase en serio sus palabras. Frotó con el pulgar el puño de la espada de Tam. Su padre había viajado por otras tierras; él conocería más detalles acerca de las Aes Sedai que el alcalde. Pero, si realmente Tam había salido de Dos Ríos, quizá lo que había dicho en el Bosque del Oeste... Se pasó las manos por el pelo, como si quisiera ahuyentar aquellas cavilaciones de la cabeza. —Necesitas dormir —dijo el alcalde.

—Sí, es cierto —añadió la señora al'Vere—. Casi no te tienes de pie.

Rand parpadeó sorprendido. Ni siquiera se había dado cuenta de que ella ya no estaba junto a su padre. Necesitaba dormir; aquella sola idea lo hizo bostezar.

—Puedes ocupar la cama de la habitación de al lado —dijo el posadero—. Ya está el fuego encendido.

Rand miró a su padre, que continuaba dormido.

—Preferiría quedarme aquí, si no os importa. Por si despierta.

Lo relativo al alojamiento de los enfermos quedaba dentro de la circunscripción de la señora al'Vere, por lo que el alcalde dejó que respondiera ella. Tras un instante de vacilación, la posadera hizo un gesto afirmativo.

—Pero deja que despierte por sí solo. Si le interrumpes el sueño...

Trató de responder que cumpliría sus órdenes; sin embargo, las palabras se entremezclaron con un bostezo. La mujer sacudió la cabeza y sonrió.

—Tú también vas a caer dormido de un momento a otro. Si te quedas aquí, túmbate junto a la chimenea, y bebe un poco de caldo de buey antes.

—Lo haré —prometió Rand. Habría dado su asentimiento a cualquier condición que le hubieran puesto para permanecer en aquella habitación—. Y no voy a despertarlo.

—No lo hagas —le advirtió severa, aunque con tono cariñoso, la señora al'Vere—. Te subiré una almohada y mantas.

Cuando se cerró por fin la puerta, Rand corrió la única silla de la estancia hasta ponerla junto a la cama y se sentó para poder observar a Tam. La señora al'Vere le aconsejaba que durmiera y las mandíbulas le crujían cada vez que exhalaba un bostezo, pero todavía no podía abandonarse al sueño. Tam podría despertar en cualquier momento y permanecer consciente sólo un rato, quizá. Rand debía estar alerta cuando ello sucediera.

Se arrellanó en la silla con una mueca en el semblante y apartó distraído la empuñadura de la espada de sus costillas. Aún sentía reluctancia a contar a alguien lo que había dicho Moraine, pero aquella persona era Tam, después de todo. Era... Sin advertirlo, apretó la mandíbula con determinación. «Mi padre, y a mi padre puedo contárselo todo.»

Se revolvió unos instantes en la silla y dejó reposar la cabeza en el respaldo. Tam era su padre y nadie podía indicarle qué podía o no explicar a su padre. Sólo debía evitar caer dormido hasta que Tam se despertara. Había de evitar...

9

REVELACIONES DE LA RUEDA

Al contemplar, en su carrera, las desoladas colinas que lo rodeaban, a Rand le latía con fuerza el corazón. Aquél no era simplemente un lugar adonde la primavera iba a llegar con retraso; la primavera nunca lo había visitado ni lo visitaría jamás. Nada crecía en la gélida tierra que crujía bajo sus botas, ni tan sólo una mancha de liquen. Caminaba con dificultad entre enormes cantos rodados cubiertos con una capa de polvo como si jamás se hubiera deslizado sobre ellos una sola gota de lluvia. El sol era una bola inflamada de un rojo semejante al de la sangre, más ardiente que en el más caluroso día de verano, y despedía un brillo que habría bastado para cegarle los ojos, pero permanecía inane contra el caldero plomizo de un cielo en el que se curvaban y rebullían nubes de intensos colores negros y plateados en todos los horizontes. A pesar del incesante torbellino de nubes, no corría ni un soplo de aire sobre la tierra, y aquel lúgubre sol no calentaba la atmósfera, fría como el corazón del invierno.

Mientras corría, Rand miraba a menudo por encima del hombro, pero no acertaba a ver a sus perseguidores. Únicamente colinas peladas y abruptas montañas negras, muchas de las cuales se hallaban coronadas de largas espirales de oscuro humo que iban a reunirse con los frenéticos nubarrones. Aun sin ver quienes lo acosaban, podía oírlos, aullando tras él con voces guturales excitadas por el placer de la caza, el ansia de la sangre que acechaban. Trollocs. Estaban cada vez más cerca, y sus fuerzas estaban a punto de abandonarlo.

Con premura desesperada trepó la cumbre de un escarpado altozano y luego cayó de rodillas con un gruñido. Bajo sus pies se había desprendido una roca, que rodó por un acantilado de un millar de pies de profundidad por el que se abría un vasto desfiladero. El suelo del cañón estaba cubierto de una niebla vaporosa, con su grisácea superficie agitada en siniestras olas, que rompían contra el acantilado emplazado a sus pies, pero con lentitud mayor que la del oleaje de los océanos. Retazos de neblina se encendían de rojo por espacio de un instante, como si se alzasen grandes llamas debajo de ellos, y después retornaban a la calma. Los truenos rugían en los abismos del valle y los relámpagos crepitaban bajo la capa gris, elevándose en ocasiones hasta el cielo.

No era el valle en sí lo que le arrebataba las energías y henchía de desesperanza el espacio inhabitado. Del centro de los furiosos vapores brotó una montaña, una montaña más alta que cualquiera de las que había contemplado en las Montañas de la Niebla, una montaña igual de negra que la pérdida de toda confianza. En aquella arrasada aguja de piedra, similar a una daga que horadara la bóveda celeste, se encontraba el origen de su desolación. Nunca antes la había visto, pero la conocía. Su recuerdo se deshizo como el azogue al tocarlo, pero la memoria permanecía allí. Sabía que estaba allí.

Invisibles dedos lo rozaban, tiraban de sus brazos y pies, intentando atraerlo hacia la montaña. Su cuerpo se crispó, dispuesto a obedecer. Las extremidades adquirieron una rigidez tal que pensó que podría perforar una piedra con los dedos de manos y pies. Fantasmagóricos hilos se entretejían en torno a su corazón y lo empujaban, lo incitaban a ir hacia el insólito peñasco. Se desmoronó en el suelo; las lágrimas manaban de sus ojos. Sentía cómo menguaba su voluntad al igual que se escapa el agua de un cubo agujereado. Sólo había de transcurrir un rato para que siguiera aquella llamada, obediente como una marioneta a aquellos designios ajenos. Descubrió de golpe otra emoción: la ira. ¿Cómo osaban presionarlo, arrastrarlo? ¿Acaso era él un cordero que había que llevar al aprisco? La cólera se concentró en un nudo de dureza y se aferró a él como lo habría hecho con una balsa en medio de un turbulento río.

«Sírveme», susurró una voz en el silencio de su mente. Una voz familiar. Si escuchaba con suficiente atención, estaba seguro de que la reconocería. «Sírveme.» Sacudió la cabeza, procurando apartarla de su pensamiento. «¡Sírveme!» Alzó un puño amenazador en dirección a la lúgubre montaña.

—¡Que la Luz te consuma, Shai'tan!

De súbito, el olor a muerte se adueñó del entorno. Una figura se proyectaba sobre él, cubierta con una capa del color de la sangre coagulada, una figura cuyo rostro... No quería ver la cara que se inclinaba hacia él. No quería pensar en aquella cara. El dolor que le producía su sola noción convertía su cerebro en un brasero ardiente. Una mano se aproximó a él. Sin cuidar si lo engulliría el abismo, se arrojó a un lado. Debía marcharse, irse muy lejos. Cayó, y al caer agitó los brazos en el aire y trató de gritar, sin hallar aliento para ello, como si los pulmones se le hubieran vaciado.

De improviso, ya no se encontraba en la tierra arrasada y su caída se había detenido. Las hierbas resecas por el invierno cedían bajo el paso de sus botas; le parecieron tan hermosas como flores. A punto estuvo de comenzar a reír al ver los árboles y arbustos, despojados de hojas, diseminados en la llanura levemente ondulada que ahora lo circundaba. En la lejanía se alzaba una montaña solitaria, con la cumbre quebrada en dos, pero aquel peñasco no inspiraba temor ni desesperación. Sólo era una montaña, aunque se hallara extrañamente fuera de lugar allí, única de su especie en mitad del llano.

Un ancho río discurría junto a ella, y en una isla situada en medio de aquel río había una ciudad tan magnífica como las que habitaban los cuentos de los juglares, una población rodeada de altas murallas de un blanco rutilante que centelleaba como la plata bajo los rayos del sol. Con alivio y gozo entremezclados, comenzó a caminar hacia los muros en pos de la seguridad y la serenidad que, de algún modo, sabía que iba a encontrar tras ellos.

Al aproximarse distinguió altísimas torres, muchas de ellas unidas por impresionantes pasarelas tendidas sobre el vacío. Elevados puentes trazaban arcos que unían ambas orillas del río con la ciudad. Aun en la distancia podía percibir la piedra finamente trabajada de aquellos tramos, en apariencia demasiado delicada para soportar el embate de las veloces aguas que corrían bajo ellos. Más allá de aquellos puentes se abría un cobijo, un refugio.

Una repentina gelidez le recorrió los huesos, una fría humedad se apoderó de su piel y el aire se volvió fétido y malsano a su alrededor. Sin mirar atrás, echó a correr, huyendo de los perseguidores cuyos dedos helados rozaban su espalda y tiraban de su capa, escapando de la silueta que consumía la luz con el rostro que... No podía recordar nada de aquel semblante, excepto el terror. No quería traer a la memoria esa cara. Corría, y el suelo se sucedía bajo sus pies en suaves colinas y lisas llanuras... y quería aullar como un perro que ha perdido el juicio. La ciudad se hallaba cada vez más lejos. Cuánto más corría, más distancia lo separaba de las resplandecientes murallas blancas, del refugio anhelado que iba empequeñeciéndose de forma paulatina hasta formar un insignificante punto en el horizonte. La gélida mano de sus acosadores le agarraba el cuello de la camisa. Estaba seguro de que el mero contacto de aquellos dedos lo llevaría a la locura. O a algo peor, mucho peor. Mientras aquella convicción iba tomando cuerpo, resbaló y cayó...

—¡Noooo! —gritó.

Gimió al chocar con la dureza de las piedras del pavimento. Se puso en pie, asombrado. Se hallaba cerca de uno de los maravillosos puentes que había visto sobre el río. A su lado caminaba gente sonriente, ataviada con telas de tantos colores que le hacían pensar en un campo lleno de flores. Algunos de ellos le hablaban, pero no podía entenderlos, si bien sus palabras sonaban como si debiera ser capaz de hacerlo. La expresión de sus rostros era amistosa y todos le hacían señas de proseguir en el mismo sentido del puente de intrincados grabados, en dirección a las resplandecientes y argentinas murallas y las torres que éstas albergaban. Hacia el resguardo que sabía le aguardaba allí.

Se unió a la muchedumbre que cruzaba el puente para atravesar las imponentes puertas de la fortaleza, engastadas en altos y prístinos muros. El interior era un lugar de embrujo donde la más sencilla estructura parecía un palacio. Era como si sus constructores hubieran recibido el encargo de crear a partir de las piedras, tejas y ladrillos un universo de belleza capaz de dejar sin aliento a un hombre. No había edificio ni monumento que no contemplara con ojos desorbitados. La música brotaba de las calles en cien canciones distintas que se fundían con el clamor de las multitudes para componer una grande y gozosa armonía. El aroma de dulces perfumes y picantes especias, de espléndidos manjares y miríadas de flores flotaba entremezclado en el aire, como si todos los olores agradables del mundo se dieran cita allí.

La calle por la que entró en la ciudad, amplia y pavimentada con suaves losas grises, se extendía ante él en dirección al centro de la urbe y desembocaba en una torre mucho más grande que las restantes, una torre tan blanca como la nieve recién caída. En aquella edificación residía el cobijo, el conocimiento ansiado. Sin embargo, aquélla era una ciudad de ensueño. Sin duda, no habría ninguna objeción si se demoraba sólo unos instantes antes de llegar a la torre. Se desvió por una vía más estrecha, donde se alternaban malabaristas con vendedores ambulantes de extrañas frutas.

Delante, al fondo de la calle, había una torre blanquísima. Era la misma. Se encaminaría hacia ella al poco rato, pensó antes de penetrar en otra rúa, al final de la cual se alzaba, también, la torre blanca. Obstinadamente, dobló una esquina tras otra, para topar una y otra vez sus ojos con el prisma de alabastro. Volvió sobre sí para alejarse corriendo de ella... y se paró en seco. Ante él se elevaba la torre blanca. Temía mirar hacia atrás, con la aprensión de encontrarla también allí.

Los rostros de quienes lo rodeaban seguían siendo amistosos, pero ahora los impregnaba una esperanza rota en pedazos, una esperanza que él había defraudado. La gente todavía le indicaba que avanzara, con gestos implorantes. Que avanzara en dirección a la torre. Sus ojos lucían un brillo forjado por una necesidad extrema, y únicamente él podía satisfacerla, sólo él podía salvarlos.

«Muy bien», pensó. La torre era, después de todo, el lugar adonde quería ir.

Con sólo dar un paso adelante, la decepción se desvaneció de los semblantes que se encontraban en torno a él, sustituida por sonrisas. La gente caminaba junto a él y los niños cubrían de pétalos de flores el suelo que había de pisar. Miró aturdido por encima del hombro, preguntándose a quién iban destinadas las flores, pero tras él sólo había personas sonrientes que le hacían señal de avanzar. «Deben de ser para mí», concluyó, extrañado de que, de pronto, aquello se le antojara lo más normal. Sin embargo, el asombro apenas duró un minuto antes de disolverse; todo sucedía de acuerdo a lo previsto.

Uno tras otro, los miembros de la muchedumbre comenzaron a cantar hasta que todas las voces se elevaron en un glorioso himno. Aún no comprendía las palabras, pero una docena de melodías imbricadas proclamaban la alegría y la salvación. Los músicos correteaban entre el gentío en marcha, incorporando al cántico flautas, arpas y tambores de todos los tamaños, y cada una de las canciones que había escuchado antes se fundieron en una única armonía. Las muchachas danzaban a su alrededor y depositaban guirnaldas de olorosas flores sobre sus hombros, sonriéndole, al tiempo que su gozo crecía con cada uno de sus pasos. Era imposible no devolverles aquellas sonrisas. Sus pies ansiaban unirse a la danza y, antes de caer en la cuenta de ello, estaba ya bailando, y seguía con sus pasos el ritmo como si lo conociera desde su infancia. Echó la cabeza atrás y rió; se sentía más ligero que nunca, danzando con... No acertaba a recordar el nombre, pero aquello carecía de importancia.

«Está escrito en tu destino», susurró una voz en su cabeza, y aquel susurro era un acorde que participaba del mismo himno.

Llevándolo como una brizna encima de la cresta de una ola, la multitud desembocó en la inmensa plaza ubicada en el centro de la ciudad y, por primera vez, vio que la torre blanca se alzaba por encima de un gran palacio de pálido mármol, esculpido más que construido, con paredes curvadas, techos abovedados y delicadas espirales que apuntaban al cielo. Aquel esplendor le hizo abrir la boca, maravillado. De la plaza, partían amplias escaleras de prístina piedra, al pie de las cuales se detuvo el gentío y elevó la intensidad de su canto. Las voces, cada vez más altas, alentaban sus pasos. «Tu destino», susurró la voz, ahora apremiante.

Ya no danzaba, pero sus pies no se detuvieron. Subió las escaleras sin vacilar. Aquél era su lugar de pertenencia.

Las macizas puertas del rellano de arriba estaban grabadas con diseños tan intrincados, tan delicados que no podía imaginar una hoja tan fina capaz de labrarlos. Los portales se abrieron de par en par y él avanzó. Después se cerraron tras él con un estruendo que resonaba como un trueno.

—Te esperábamos —musitó el Myrddraal.

Rand se incorporó de un salto; entre jadeos y temblores, miró a su alrededor. Tam todavía dormía. Su respiración poco a poco se apaciguó. En la chimenea brillaban troncos medio consumidos, junto a un buen lecho de carbones dispuesto en torno al hierro; alguien se había ocupado de atenderlo mientras dormía. Una manta yacía a sus pies; había caído con su sobresalto. La rudimentaria camilla había desaparecido y su capa y la de Tam estaban colgadas al lado de la puerta.

Se enjugó un frío sudor en la frente con una mano casi trémula, preguntándose si el hecho de mencionar al Oscuro en sueños atraía de igual modo su atención que pronunciar su nombre en voz alta.

El ocaso iba muriendo en la ventana; la luna ya se había levantado, redonda y henchida, y las estrellas del crepúsculo rutilaban sobre las Montañas de la Niebla. Había dormido todo el día. Se frotó el costado, dolorido al parecer, por haber dormido con el puño de la espada clavado en las costillas. Entre aquello, el estómago vacío y el esfuerzo de la noche anterior, no era de extrañar que hubiera tenido pesadillas.

Le roncaban las tripas. Se levantó rígidamente y se encaminó a la mesa donde había depositado la bandeja la señora al'Vere. Al levantar la servilleta blanca, advirtió que, pese al tiempo transcurrido, el caldo de buey estaba todavía tibio. Aquello era obra de la mano de la posadera, que había cambiado la bandeja. Cuando había decidido que alguien debía tomar una comida caliente, no cejaba hasta conseguirlo.

Engulló un poco de caldo y en un abrir y cerrar de ojos había puesto sendos pedazos de carne y de queso entre dos rebanadas de pan y se las llevaba a la boca. Masticando a carrillos batientes, se acercó a la cama.

Por lo visto, la señora al'Vere también se había ocupado de Tam. Le había quitado la ropa, que había limpiado y dejado cuidadosamente doblada sobre la mesita de noche. Cuando Rand tocó la frente de su padre, éste abrió los ojos.

—Hete aquí, muchacho. Marin dijo que estabas ahí, pero no podía ni enderezarme para mirar. También dijo que estabas demasiado cansado para que te despertaran. Así habría podido verte, pero, cuando se le ha metido algo en la cabeza, ni su propio marido puede disuadirla.

La voz de Tam sonaba débil, pero su mirada era clara y firme. «La Aes Sedai estaba en lo cierto», pensó Rand. Si reposaba, volvería a recobrar toda su fortaleza.

—¿Quieres que te traiga algo de comer? La señora al'Vere ha dejado una bandeja.

—Ya me ha dado de comer..., si así puede llamárselo. No me ha permitido tomar más que una taza de caldo. Cómo puede uno evitar las pesadillas sin tener nada más en el estómago que... —Tam sacó una mano de debajo de la manta y tocó la espada que pendía de la cintura de Rand—. Entonces no era un sueño. Cuando Marin me ha dicho que estaba enfermo, creí que había... Pero tú estás bien, eso es lo importante. ¿Qué hay de la granja?

Rand respiró profundamente.

—Los trollocs mataron a los corderos. Me parece que se llevaron la vaca, también, y la casa está en un completo desorden. —Esbozó una débil sonrisa—. Fuimos más afortunados que otros. Quemaron la mitad del pueblo.

Explicó a Tam casi todo lo sucedido. Éste escuchaba atento y a menudo formulaba preguntas, por lo que hubo de contarle cómo había regresado a la granja desde el bosque y topado con el trolloc al que había dado muerte. También hubo de explicarle que Nynaeve había diagnosticado que se hallaba agonizante para justificar el motivo por el que lo había atendido la Aes Sedai en lugar de la Zahorí. Tam abrió con desmesura los ojos al oír aquello: una Aes Sedai en Campo de Emond. Sin embargo, Rand no veía necesidad de referir cada detalle del viaje desde la granja, sus temores, o el Myrddraal que cabalgaba por el camino ni, por supuesto, las pesadillas mientras dormía junto a la cama. En especial, no encontraba ninguna razón para mencionar las divagaciones que había producido en Tam la fiebre. Todavía no. Pero no podía evitar relatarle la interpretación que de los hechos había hecho Moraine.

—Vaya, un cuento del que se sentiría orgulloso un juglar —murmuró Tam cuando se lo hubo contado—. ¿Para qué iban a quereros los trollocs? ¿O el Oscuro, válgame la Luz?

—¿Crees que miente? Maese al'Vere dijo que era verdad que únicamente habían atacado dos granjas. Y las casas de maese Luhhan y maese Cauthon.

Tam permaneció un instante en silencio antes de indicar:

—Dime lo que ha dicho. Con las palabras exactas que ha pronunciado, fíjate bien.

Rand se estrujó el cerebro. ¿Quién diablos recordaba las palabras exactas que había oído? Se mordió los labios y se rascó la cabeza y poco a poco atrajo a su memoria los retazos, los cuales refirió tan fielmente como le fue posible.

—No me acuerdo de nada más —concluyó—. No estoy seguro de si no dijo de manera algo distinta algunas cosas, pero de todos modos era más o menos así.

—Con eso nos basta. No puede ser de otro modo, ¿eh? Mira, hijo, las Aes Sedai son tramposas. No mienten de manera clara, pero la verdad que expresa una Aes Sedai no es siempre la que uno cree. Debes ir con muchísimo cuidado con ella.

—He oído las historias —bufó Rand—. Ya no soy un niño.

—Es cierto, no lo eres. No lo eres. —Tam exhaló un suspiro, encogiéndose de hombros con inquietud—. De todas maneras, debería acompañarte. El mundo que hay fuera de Dos Ríos no se parece en nada a Campo de Emond.

Aquélla era una buena ocasión para preguntar acerca de los viajes que había realizado Tam a otras regiones y dilucidar aquella duda acuciante, pero, en lugar de aprovecharla, cerró la boca.

—¿Eso es todo? Pensaba que procurarías disuadirme, que encontrarías cien razones distintas por las que no debería partir. —Entonces advirtió que había abrigado la esperanza de que Tam expresara cien motivos distintos, y de peso, en contra de la necesidad de su partida.

—Tal vez no cien —respondió con un resoplido Tam—, pero me han venido a la mente unos cuantos. Lo que ocurre es que no valen de mucho. Si los trollocs van detrás de vosotros, Tar Valon será mejor refugio que este pueblo. Pero no olvides ser cauteloso. Las Aes Sedai actúan por cuenta propia y sus motivaciones no son siempre las que dan a entender.

—El juglar dijo algo similar —comentó Rand.

—En ese caso, sabe de qué habla. Mantén los ojos bien abiertos y el pensamiento alerta, y aprende a cerrar la boca. Éste es un buen consejo para cualquier trato humano más allá de Dos Ríos, pero aún lo es más en lo que concierne a las Aes Sedai. Y a los Guardianes. Dile algo a Lan y verás que es lo mismo que contárselo a Moraine. Si él es un Guardián, está ligado a ella, tan cierto como que el sol ha salido esta mañana, y debe de compartir todos los secretos con ella.

Rand conocía poca cosa acerca de la vinculación entre las Aes Sedai y los Guardianes, si bien ésta tenía gran preeminencia en todas las narraciones sobre Guardianes que había escuchado. Era algo que tenía que ver con el Poder, un don entregado al Guardián o quizás algún tipo de intercambio. Los Guardianes salían muy beneficiados, a decir de la historias. Sus heridas sanaban con mayor rapidez que las de los demás hombres y podían resistir más tiempo sin comer, beber o dormir. Se suponía que eran capaces de percibir la presencia de los trollocs, si se encontraban lo bastante próximos, y de otras criaturas del Oscuro, lo cual explicaba el hecho de que Lan y Moraine hubieran tratado de alertar al pueblo antes del ataque. Con respecto a la recompensa que recibían por ello las Aes Sedai, los relatos guardaban silencio, aunque él no consideraba creíble que salieran del trato con las manos vacías.

—Seré prudente —prometió Rand—. Sólo desearía saber el porqué. No tiene pies ni cabeza. ¿Por qué yo? ¿Por qué nosotros?

—A mí también me gustaría saberlo, hijo. Que me aspen si no me gustaría saberlo. —Tam suspiró pesadamente—. Bueno, no sirve de nada volver a poner un huevo roto dentro de la cáscara, supongo. ¿Cuándo tenéis que iros? Dentro de un par de días, podré levantarme y nos ocuparemos de reponer el rebaño. Oren Dautry tiene un buen ganado que tal vez desearía compartir conmigo, con la escasez de pastos existente, y también Jon Thane.

—Moraine..., la Aes Sedai ha dicho que debías guardar cama durante semanas. —Tam abrió la boca, pero Rand continuó—. Y ha hablado con la señora al'Vere.

—Oh.. bueno, quizá pueda convencer a Marin. —Tam no parecía muy seguro de ello. Dirigió una intensa mirada a Rand—. El hecho de que hayas evitado responderme significa que partirás pronto. ¿Mañana? ¿O esta noche?

—Esta noche —repuso quedamente Rand.

—Sí —asintió con tristeza Tam—. Bien, no conviene demorar lo que debe hacerse. Pero ya veremos respecto a eso de las «semanas». —Se deslizó entre las mantas con más irritación que fuerza—. De todas maneras tal vez salga dentro de unos días y os dé alcance en el camino. Veremos si Marin puede hacerme quedar en la cama en contra de mi voluntad.

Se oyó una llamada en la puerta, y Lan asomó la cabeza por ella.

—Despídete deprisa, pastor, y ven. Pueden surgir problemas.

—¿Problemas? —inquirió Rand, provocando un gruñido de impaciencia por parte del Guardián.

—¡Limítate a bajar deprisa!

Rand se apresuró a recoger la capa y comenzó a deshacer la correa de la espada, pero Tam lo contuvo.

—Quédatela. Probablemente la vas a necesitar más que yo, aunque, con el amparo de la Luz, no tendrá que usarla ninguno de los dos. Cuídate, muchacho, ¿me oyes?

Haciendo caso omiso de los continuos bufidos de Lan, Rand se inclinó para abrazar a su padre.

—Volveré. Te lo prometo.

—Desde luego que sí —rió Tam. Lo estrechó débilmente entre sus brazos para terminar dándole palmadas en la espalda—. Sé que lo harás. Y yo tendré el doble de corderos para que los cuides a tu regreso. Ahora vete, antes de que a este tipo le dé un ataque.

Rand procuró alargar el adiós, tratando de hallar las palabras adecuadas para hacer la pregunta que no quería formular, pero Lan entró en la habitación y, cogiéndolo del brazo, lo arrastró hasta el rellano. El Guardián llevaba una curiosa túnica de un color verde grisáceo compuesta de escamas imbricadas. Tenía la voz crispada a causa de la irritación.

—Hemos de darnos prisa. ¿Acaso no comprendes la palabra problemas?

Mat aguardaba fuera de la habitación, arropado con capa y chaqueta, con un carcaj prendido al pecho y el arco en la mano. Se balanceaba con ansiedad sobre los tobillos sin dejar de mirar las escaleras con lo que parecían dosis iguales de miedo e impaciencia.

—Esto no es como en las historias, ¿eh, Rand? —dijo con voz ronca.

—¿Qué tipo de problemas? —preguntó Rand.

El Guardián, no obstante, corría delante de él, bajando los escalones de dos en dos. Mat se precipitó tras él e indicó con un gesto a Rand que lo siguiera.

Después de encogerse de hombros, se reunió con ellos abajo. Una mortecina luz iluminaba la sala, debido a que la mitad de las velas estaban apagadas y casi todas las restantes derretidas. No había nadie, aparte de ellos tres. Mat miraba a hurtadillas por una de las ventanas, como si procurara no ser visto. Lan abrió levemente la puerta para escudriñar el patio de la posada.

Rand se aproximó a ellos; se preguntaba qué estaban mirando. El Guardián le murmuró que tuviera cuidado, pero abrió un poco más la puerta para permitirle observar lo que había afuera.

Al comienzo no estaba seguro de qué veía con exactitud. Un grupo de unos treinta hombres del pueblo aglomerados cerca de los restos quemados del carro del buhonero, alumbrados con las antorchas que algunos de ellos llevaban. Moraine se hallaba frente a ellos, apoyada con aparente despreocupación sobre su bastón de viaje. En la primera fila estaba Hari Coplin, acompañado de su hermano Darl y de Bili Congar. Cenn Buie también se encontraba allí, con cierta expresión de embarazo. Rand vio, estupefacto, cómo Hari mostraba un puño amenazador a Moraine.

—¡Marchaos de Campo de Emond! —gritó el campesino con hosco semblante.

Algunos de los congregados hicieron eco a su voz, aunque de modo vacilante, y ninguno de ellos dio un paso adelante. Tal vez estuvieran dispuestos a enfrentarse en masa a una Aes Sedai, pero ninguno osaba hacerlo a solas, no con una Aes Sedai que tenía todos los motivos para estar enojada.

—¡Vos habéis atraído a esos monstruos! —rugió Darl.

Después hizo ondear su antorcha sobre su cabeza para incitar a los demás.

—¡Vos los habéis traído! ¡Vinieron por vuestra culpa! —gritaron otros, liderados por su primo Bili.

Hari levantó la barbilla en dirección a Cenn Buie y el anciano apretó los labios y lo miró de soslayo.

—Esos seres..., esos trollocs no aparecieron hasta después de vuestra llegada —murmuró Cenn, apenas lo bastante alto para ser oído. Movía tercamente la cabeza de un lado a otro, como si deseara esfumarse y buscara un hueco por donde escurrirse—. Vos sois una Aes Sedai. No queremos a ninguna mujer de vuestra especie en Dos Ríos. Las Aes Sedai acarrean problemas dondequiera que van. Si os quedáis aquí, no haréis más que aumentarlos.

Al comprobar que sus palabras no fueron coreadas por ninguno de los parroquianos, Hari frunció el rostro decepcionado y, de improviso, arrancó la antorcha de la mano de Darl y la agitó hacia ella.

—¡Marchaos! —vociferó— ¡Si no, os prenderemos fuego!

Se hizo un silencio de muerte, en el que sólo se oía el sonido de los pies de los hombres que retrocedían. La gente de Dos Ríos era capaz de luchar al sentirse atacada, pero no era violenta, y no solía amenazar a nadie, aparte de blandir alguna vez el puño ante un vecino. Cenn Buie, Bili Congar y los Coplin se quedaron solos delante. De la expresión de Bili se deducía el deseo de echarse atrás también él.

Hari se sobresaltó, incómodo ante la falta de apoyo, pero se recobró con premura.

—¡Marchaos! —volvió a gritar.

Sólo halló respuesta en Darl y, más débilmente, en Bili. Hari miró fijo a los demás, quienes no osaron devolverle la mirada.

De pronto, Bran al'Vere y Haral Luhhan aparecieron de entre las sombras y se detuvieron en un punto intermedio entre el gentío y la Aes Sedai. El alcalde llevaba el mazo de madera que utilizaba para introducir las espitas en los toneles.

—¿Alguien ha sugerido prender fuego a mi posada? —preguntó apaciblemente.

Los dos Coplin dieron un paso atrás y Cenn Buie se apartó de ellos, al tiempo que Bili Congar se escabullía entre la multitud.

—No es eso —se apresuró a contestar Darl—. No hemos dicho eso, Bran..., eh, alcalde.

Bran asintió con la cabeza.

—En ese caso, ¿tal vez he oído que amenazabais con inferir algún daño a los huéspedes de mi posada?

—Ella es una Aes Sedai —comenzó a decir, furioso, Hari, pero sus palabras cesaron al moverse Haral Luhhan.

El herrero se limitó a estirarse; levantó sus gruesos brazos hacia arriba y apretó sus potentes puños hasta hacer crujir los nudillos. Sin embargo, Hari miraba al fornido hombre como si uno de aquellos puños se hubiera agitado delante de su cara. Haral cruzó los brazos sobre el pecho.

—Disculpa, Hari. No era mi intención interrumpirte ¿Decías?

Hari, no obstante, con los hombros encogidos como si tratara de replegarse sobre sí mismo, no parecía tener más que añadir.

—Me dejáis perplejo con vuestra actitud —tronó Bran—. Paet al'-Caar, tu hijo se rompió la pierna anoche, pero yo he visto cómo caminaba hoy... gracias a ella. Eward Candwin, tú estabas tendido boca abajo con un tajo en la espalda como un pez a punto de destripar, hasta que ella se ocupó de ti. Ahora te parece como si hubiera sucedido hace un mes y, si no me equivoco, no va a quedarte ni la cicatriz. Y tú, Cenn.

—El anciano comenzó a retroceder entre el gentío, pero hubo de detenerse, compelido por la mirada de Bran—. Me hubiera sorprendido ver a algún miembro del Consejo aquí, pero a ti más que ninguno. Todavía tendrías el brazo colgando, inservible, lleno de quemaduras y magulladuras, a no ser por ella. Ya que no sabes lo que es la gratitud, ¿no tienes vergüenza al menos?

Cenn alzó levemente su brazo izquierdo y luego apartó, airado, la vista de él.

—No puedo negar lo que hizo —murmuró sin empacho—. Ella me ayudó a mí y a otros —prosiguió con tono quejumbroso—, pero es una

Aes Sedai, Bran. Si esos trollocs no vinieron por su culpa, ya me dirás por qué vineron. No queremos tener nada que ver con Aes Sedai en Dos Ríos. Que se vayan con sus disputas a otra parte.

Varios hombres, a resguardo en las últimas filas de gente, gritaron:

—¡No queremos participar en las disputas de las Aes Sedai! ¡Que se vaya! ¡Échala! ¿Por qué vinieron si no por culpa de ella?

El rostro de Bran se volvió ceñudo, pero, antes de que pudiera replicar, Moraine agitó, de improviso, su bastón decorado con zarcillos por encima de la cabeza, haciéndolo girar con ambas manos. Rand, al igual que los demás, exhaló un murmullo de admiración, al ver que de cada uno de los extremos de la vara brotaba una silbante llamarada blanca, que permanecía recta a pesar de los giros del bastón. Incluso Bran y Haral se apartaron de ella. La Aes Sedai bajó los brazos, situando el palo en paralelo al suelo, que todavía despedía aquel pálido fuego, más fulgurante que las antorchas. Los hombres se alejaron, con las manos en alto para proteger sus ojos del dolor producido por la luz.

—¿Es ésta la misma sangre del linaje de Aemon? —La mujer no elevaba la voz y, sin embargo, ésta apagaba cualquier otro sonido—. ¿Acaso se ha convertido en mezquinos individuos que riñen por mantener el derecho de esconderse como conejos? Habéis olvidado quiénes fuisteis, olvidado qué erais, aun cuando yo guardara esperanzas de la pervivencia de un pequeño vestigio, alguna memoria en la sangre y en los tuétanos, alguna chispa que os fortaleciera para afrontar la larga noche venidera.

Nadie articuló palabra. Los hermanos Coplin presentaban tal aspecto que se habría dicho que no iban a volver a despegar los labios en su vida.

—¿Olvidado quiénes éramos? —preguntó Bran—. Somos los que siempre hemos sido. Honestos campesinos, pastores y artesanos. Gente de Dos Ríos.

—Más al sur —explicó Moraine—, se encuentra el río al que llamáis Río Blanco, pero mucho más al este de aquí los hombres todavía le dan su denominación correcta: Manetherendrelle. En la Antigua Lengua, Aguas del Hogar de la Montaña. Aguas resplandecientes que un día discurrieron entre una tierra de arrojo y belleza. Dos mil años atrás, el Manetherendrelle corría junto a las murallas de una ciudad emplazada sobre un altozano, tan hermosa de contemplar que los propios albañiles Ogier acudían a admirarla. Las granjas y pueblos cubrían esta región y la que denomináis el Bosque de las Sombras, también, y aún más allá. Sin embargo, toda aquella gente se consideraba a sí misma habitantes del Hogar de la Montaña, el pueblo de Manetheren.

»Su rey era Aemon al'Caar al'Thorin, Aemon hijo de Caar hijo de Thorin, y Eldrene ay'Ellan ay'Carlan era su reina. Aemon, un hombre tan intrépido que la mayor alabanza que alguien podía expresar ante el valor, incluso entre los enemigos, era decir que un hombre poseía el corazón de Aemon. Eldrene era tan hermosa que la gente decía que las flores abrían sus capullos para animar su sonrisa. Una bravura, belleza, sabiduría y amor que ni la misma muerte podía empañar. Sollozad, si tenéis corazón, por la pérdida de su propio recuerdo. Sollozad por haber traicionado su sangre.

Guardó silencio, pero nadie dijo nada. Rand se hallaba tan prendido como los demás en el embrujo que ella había creado. Cuando volvió a dejar oír su voz, él se embebió en ella, al igual que todos los congregados.

—Durante casi dos siglos la Guerra de los Trollocs había arrasado la tierra a lo largo y a lo ancho, y en todo confín donde rugían las batallas, se alzaba en vanguardia el Águila Roja del estandarte de Manetheren. Los hombres de Manetheren eran una espina clavada en los pies del Oscuro y una zarza en su mano. Loada sea Manetheren, que jamás se hincó de rodillas ante la Sombra. Loada sea Manetheren, la espada inquebrantable.

»Se encontraban en suelo remoto, los hombres de Manetheren, en el Campo de Bekkar, llamado el Campo Ensangrentado, cuando llegaron nuevas de que un ejército de trollocs se dirigía a su patria. Demasiado lejos para hacer algo distinto de aguardar la noticia de la muerte de su tierra, pues las fuerzas del Oscuro estaban decididas a exterminarla. Acabar con el temible roble, arrancando de cuajo sus raíces. Demasiado lejos para hacer algo excepto llorar. No obstante, ellos eran los hombres del Hogar de la Montaña.

»Sin vacilación, sin tener en cuenta la distancia que habían de recorrer, emprendieron la marcha desde el propio campo de victoria, aún cubiertos de polvo, sudor y sangre. Caminaban día y noche, porque habían sido testigos del horror que dejaba tras de sí un ejército de trollocs, y ninguno de ellos podía dormir sabiendo el peligro que se cernía sobre Manetheren. Avanzaban como si tuvieran alas en los pies, cubrían largos trechos a una velocidad que no sospechaban amigos ni enemigos. En cualquier otra época, aquella marcha habría inspirado canciones. Cuando los batallones del Oscuro se abalanzaron sobre las tierras de Manetheren, los hombres del Hogar de la Montaña se erguían ante ellos, de espaldas al Tarendrelle.

Algún parroquiano emitió un tímido vitoreo, pero Moraine continuó hablando como si no lo hubiera oído.

—Las huestes que cayeron sobre los hombres de Manetheren bastaban para desalentar el más aguerrido corazón. Los cuervos oscurecían el cielo y los trollocs, la tierra. Los trollocs y sus aliados humanos. Trollocs y Amigos Siniestros por decenas de miles, bajo el mando de los Señores del Espanto. Por la noche, sus fogatas de campaña eran más numerosas que las estrellas, y el alba revelaba el estandarte de Ba'alzamon en cabeza. Ba'alzamon el Corazón de la Oscuridad, un antiguo nombre que designaba al Padre de las Mentiras. El Oscuro no había podido escapar de su prisión en Shayol Ghul, puesto que, de lo contrario, ni todas las fuerzas de la humanidad reunidas habrían logrado hacerle frente, pero el poder desplegado era inmenso. Señores del Espanto, y algunos malignos seres que hacían aparecer del todo adecuado el estandarte destructor de la Luz y sobrecoger las almas de los hombres que se enfrentaban a ellos.

»Sí, sabían lo que debían hacer. Su hogar se hallaba justo al otro lado del río. Debían mantener a raya a las huestes, y al poder que ostentaban, para preservar el Hogar de la Montaña. Aemon había enviado mensajeros. Le habían prometido ayuda si podía resistir durante tres días ante el Tarendrelle. Resistir a lo largo de tres días contra fuerzas que debieran haberlos derrotado en una hora. No obstante, entre sangrientas embestidas y desesperados actos de defensa, mantuvieron el terreno durante una hora, una segunda y una tercera. Lucharon en el transcurso de tres días y, aun cuando la tierra se convirtió en un campo de matanza, el enemigo no logró cruzar el Tarendrelle. Llegada la tercera noche, no habían acudido refuerzos ni mensajeros, y continuaron peleando solos durante seis jornadas más. Y, al décimo día, Aemon conoció el amargo sabor de la traición. Nadie venía en su socorro y no podían impedir por más tiempo el vadeo del río.

—¿Qué hicieron? —preguntó Hari.

Las antorchas vacilaban con la fría brisa nocturna, pero nadie hizo ademán de ajustarse la capa.

—Aemon atravesó el Tarendrelle —prosiguió Moraine— y destruyó los puentes tras él. E hizo correr por todo el reino la voz de que sus habitantes habían de huir, pues sabía que los poderes que respaldaban a la horda de los trollocs hallarían la manera de hacerla llegar a la otra ribera. Cuando todavía se estaban dando aquellas instrucciones, los trollocs comenzaron a cruzar el río, y los hombres reemprendieron la lucha para que, con el sacrificio de sus vidas, el pueblo pudiera escapar. Desde la ciudad de Manetheren, Eldrene organizó la huida de su gente a los más profundos bosques y a las más recónditas montañas.

»Pero algunos no emprendieron la fuga. Primero fue un puñado, después un río y luego una marea la multitud que avanzaba, no en busca de cobijo, sino a unirse al ejército que peleaba por su tierra. Pastores con arcos, campesinos con horcas y leñadores con hachas. Las mujeres caminaban hombro con hombro con los hombres, blandiendo toda arma que pudieron encontrar. Ninguno de los que realizaron aquel viaje ignoraba que no tendría retorno. Pero aquélla era su tierra. Había sido la patria de sus padres y lo sería de sus hijos, y acudían a pagar su tributo por ella. No se retrocedió ni un palmo de suelo hasta que éste estuvo empapado de sangre y, sin embargo, al final el ejército de Manetheren hubo de retirarse hasta aquí, a este lugar que hoy conocéis como Campo de Emond. Y aquí fue donde lo rodearon las hordas de los trollocs.

Su voz sonaba preñada de frías lágrimas.

—Los cuerpos de los trollocs y los cadáveres de los Renegados se apilaban en montículos, pero otros continuaban trepando aquellos montones de carnaza en oleadas de muerte que no cesaban. Únicamente podía existir un final. Ninguno de los hombres y mujeres que habían luchado bajo el estandarte del Águila Roja permanecía con vida al amanecer de aquel día. La espada inquebrantable había sido rota en pedazos.

»En la Montañas de la Niebla, sola en la ciudad de Manetheren, Eldrene sintió la muerte de Aemon y su corazón pereció con él. Y, en donde había residido su corazón, sólo quedó la sed de venganza, venganza para su amor, venganza para su pueblo y su tierra. Desgarrada por el dolor, invocó el Poder Único de la Fuente Verdadera y lo arrojó contra el ejército de los trollocs. Entonces los Señores del Espanto fallecieron en el acto, ya estuvieran celebrando reuniones secretas o exhortando a sus soldados. En un abrir y cerrar de ojos los Señores del Espanto y los generales del Oscuro ardieron en llamas. El fuego consumía sus cuerpos y el terror se apoderaba de las huestes que acababan de obtener la victoria.

»Echaron todos a correr como bestias empavorecidas por un incendio en el bosque, sin pensar en nada excepto en la fuga. Huyeron en desbandada hacia el norte y hacia el sur. Miles de ellos se ahogaron al intentar cruzar el Tarendrelle sin la ayuda de los Señores del Espanto y en el Manetherendrelle destruyeron los puentes por temor a lo que pudiera avecinárseles por detrás. Donde hallaban gente a su paso, asesinaban y quemaban, pero la huida era la primera necesidad que los impelía. Hasta que, por último, no quedó ni uno de ellos en las tierras de Manetheren. Se dispersaron como el polvo ante un torbellino. La venganza final llegó lentamente pero llegó, cuando fueron abatidos por otros pueblos, por otros ejércitos en otros reinos. Ni uno quedó con vida de aquellos que asesinaron en el Campo de Aemon.

»Sin embargo, las consecuencias fueron desastrosas para Manetheren. Eldrene había absorbido más energía del Poder Único de la que ningún ser humano podía controlar por sí mismo. Al morir los generales del enemigo, también expiró ella, y los fuegos que la consumieron,

consumieron la vacía ciudad de Manetheren, incluso sus piedras, hasta la roca de la montaña. No obstante, el pueblo permaneció a salvo.

»No restaba nada de sus granjas, sus pueblos ni de su gran urbe. Algunos hubieran considerado que nada les quedaba por hacer allí, sino refugiarse en otras tierras, donde podrían comenzar de nuevo. Ellos no lo creyeron así. Habían pagado un precio tan elevado en sangre y en esperanza por su tierra, como jamás había hecho nadie antes, que estaban vinculados a ese suelo por lazos más firmes que el acero. Otras guerras los habían de arruinar en los años venideros, hasta que al fin su retazo de mundo quedó a merced del olvido y por fin desecharon el recuerdo de las guerras y de lo que éstas representaban.

»Manetheren no volvió a levantarse nunca más. Sus altas torres y sus alegres surtidores se convirtieron en una especie de sueño que se esfumó poco a poco de la memoria de la gente. Pero ellos, y sus hijos, y los descendientes de sus hijos, conservaron la tierra que les pertenecía. La retuvieron incluso cuando los largos siglos habían borrado de su recuerdo la causa. La retuvieron hasta hoy, en que vosotros sois sus depositarios. Llorad por Manetheren. Llorad por aquello que se desvaneció para siempre.

Los haces desprendidos por el bastón de Moraine se extinguieron y ella lo bajó a un lado, como si pesara veinte kilos. Durante un largo momento, sólo se oyó el gemido del viento. Después, Paet al'Caar se adelantó a los Coplin.

—No conozco vuestra historia —dijo el granjero—, ni soy tampoco una espina clavada en los pies del Oscuro. Pero, si mi Wil camina, es gracias a vos y, por ello, me avergüenzo de estar aquí. No sé si podréis perdonarme, pero tanto si lo hacéis como si no, me iré. Y por mí, podéis quedaros en Campo de Emond tanto tiempo como queráis.

Y, tras bajar levemente la cabeza en una especie de reverencia, retrocedió entre la multitud. Otros comenzaron a murmurar entonces, mostrando la penitencia de su semblantes avergonzados, antes de escabullirse a su vez, de uno en uno. Los Coplin, con gesto hosco y caras ceñudas, miraron los rostros que había a su alrededor y se esfumaron en la noche sin pronunciar una palabra. Bili Congar había desaparecido incluso más deprisa que sus primos.

Lan hizo entrar a Rand y luego cerró la puerta.

—Vamos, muchacho. —El Guardián comenzó a caminar hacia la parte trasera de la posada—. Venid los dos. ¡Rápido!

Rand, titubeante, intercambió una mirada perpleja con Mat. Mientras Moraine había relatado aquella historia, ni los sementales de maese al'Vere habrían sido capaces de despegarle los pies del suelo, pero era algo distinto lo que lo retenía ahora. Allí comenzaba todo, al abandonar la posada y seguir al Guardián en medio de la noche... Se estremeció, procurando afianzar el ánimo. No tenía más alternativa que partir, por más largo que fuera el viaje.

—¿A qué esperáis? —preguntó Lan desde la puerta trasera.

Con un sobresalto, Mat se apresuró tras él.

Intentando convencerse a sí mismo de que en ese momento emprendía una gran aventura, Rand atravesó la cocina en penumbra para salir a las caballerizas y caminó detrás de ellos.

10

La partida

Un solitario farol, con los postigos a medio cerrar, pendía de una viga del establo, difundiendo una luz mortecina. Los pesebres quedaban diluidos en profundas sombras. Al entrar Rand por el portal del patio, pisando los talones a Mat y al Guardián, Perrin se puso en pie de un salto, dejando oír el roce de la paja sobre la que había permanecido sentado con la espalda apoyada contra la entrada de uno de los pesebres. Iba envuelto con una pesada capa.

—¿Has revisado lo que te he dicho, herrero? —preguntó Lan sin margen de dilación.

—Lo he mirado —repuso Perrin—. Aquí no hay nadie aparte de nosotros. ¿Por qué iba a esconderse alguien?

—La cautela es el umbral de una larga vida, herrero. —El Guardián recorrió con los ojos el establo en penumbra y la oscuridad del pajar situado arriba para sacudir después la cabeza—. No hay tiempo —murmuró, medio para sí—. Ella dice que nos apresuremos.

Actuando acorde a sus palabras, avanzó a grandes zancadas en dirección a los cinco caballos, embridados y ensillados, atados al final del círculo de luz. Dos de ellos eran el semental negro y la yegua blanca que Rand había visto el día antes. El resto, si bien no tan altos y esbeltos, parecían encontrarse entre los mejores ejemplares existentes en Dos Ríos. Lan examinó rápidamente las cinchas y las correas de cuero de donde colgaban las alforjas, odres para el agua y mantas enrolladas detrás de las sillas.

Rand intercambió tímidas sonrisas con sus amigos; trataba por todos los medios de dar la impresión de que se sentía impaciente por emprender camino.

Mat reparó en la espada prendida en el cinto de Rand y señaló hacia ella.

—¿Vas a convertirte en un Guardián? —rió. Después tragó lo dicho, dirigiendo una breve mirada a Lan, quien no dio señal de haberlo oído—. O como mínimo un guarda de mercader —prosiguió Mat, con una sonrisa que parecía sólo un poco forzada—. Ahora ya no se conforma con el arma de un hombre honesto.

Rand tuvo deseos de esgrimir la espada, pero lo contuvo la presencia de Lan. Éste no miraba siquiera hacia él, pero estaba seguro de que el Guardián era consciente de todo cuanto sucedía a su alrededor.

—Podría ser útil —dijo en cambio, con excesivo desinterés, como si llevar una espada fuera lo más normal del mundo.

Perrin se revolvió, intentando ocultar algo debajo de la capa. Rand percibió una ancha tira de cuero que rodeaba la cintura del aprendiz de herrero, con el mango de una hacha prendida en ella.

—¿Qué llevas ahí? —preguntó.

—Un guarda de mercader, en efecto —se carcajeó Mat.

El joven de pelo enmarañado enseñó a Mat un rostro ceñudo que sugería que ya había soportado demasiadas dosis de bromas; luego suspiró y abrió la capa para mostrar el hacha. No era ésta como las herramientas habituales de los leñadores. La hoja en forma de media luna en un lado y la punta recurvada en el otro la hacían un utensilio tan exótico en Dos Ríos como la espada de Rand. Sin embargo, la mano de Perrin reposaba en ella con aire de familiaridad.

—Maese Luhhan la forjó hace un par de años, para el guarda de un mercader de lana, pero cuando la había terminado el hombre no quiso pagar lo acordado y maese Luhhan no se avino a recibir menos. —Se aclaró la garganta y dedicó a Rand el mismo entrecejo fruncido de señal de aviso que había enseñado a Mat—. Me la dio cuando me vio practicar con ella. Dijo que podía quedármela, ya que él no le encontraba ningún uso.

—Practicar —rió con disimulo Mat, quien, no obstante, levantó las manos en son de paz cuando Perrin irguió la cabeza—. Como tú digas. Como si alguno de nosotros supiera cómo utilizar un arma de verdad.

—Ese arco es un arma de verdad —puntualizó de improviso Lan antes de apoyar un brazo sobre la silla de su caballo negro y observarlos con mirada grave—. Como también lo son las hondas que he visto en manos de los chiquillos del pueblo. El hecho de que nunca las hayáis usado más que para cazar conejos o espantar a un lobo que merodeaba cerca de las ovejas no modifica nada. Todo puede servir como arma, si el hombre o la mujer que la esgrime tiene el coraje y la voluntad de dar en el blanco. Dejando a un lado los trollocs, es mejor que tengáis esto bien claro antes de partir de Dos Ríos, antes de abandonar Campo de Emond, si queréis llegar con vida a Tar Valon.

Su rostro y su voz, fríos como la muerte y duros como la losa de una tumba, petrificaron sus sonrisas y sus lenguas. Esbozando una mueca, Perrin volvió a cubrir el hacha con la capa. Mat removía con la cabeza gacha la paja del suelo. Con un gruñido, el Guardián prosiguió con su inspección, pero el silencio se prolongó unos instantes.

—No se parece mucho a las historias —dijo Mat.

—No sé —respondió con acritud Perrin—. Trollocs, un Guardián, una Aes Sedai. ¿Qué más se puede pedir?

—Aes Sedai —susurró Mat, dando la impresión de que, de pronto, tenía frío.

—¿Tú crees lo que dice ella, Rand? —preguntó Perrin—. ¿Que los trollocs quieren cogernos a nosotros?

Los tres dirigieron a la vez la mirada hacia el Guardián. Lan parecía absorto en la cincha de la silla de la yegua blanca, pero todos se apartaron en dirección al fondo del establo, lo más lejos posible de él. Aun así, se apretaron unos contra otros, hablando en voz queda.

—No lo sé —contestó Rand—, pero decía la verdad sobre las granjas que fueron atacadas. Y, aquí en el pueblo, prendieron fuego primero a la casa y la herrería de maese Luhhan. Se lo pregunté al alcalde. Tan fácil es creer que vienen en nuestra busca como cualquier otra posibilidad que se me ocurra. —De pronto, advirtió que ambos lo miraban fijo.

—¿Le has preguntado al alcalde? —dijo incrédulo Mat—. Ella insistió en que no debíamos contárselo a nadie.

—No le he dicho por qué se lo preguntaba —protestó Rand—. ¿Queréis decir que no se lo habéis contado a nadie? ¿No habéis avisado a nadie de que os ibais?

Perrin se encogió de hombros, a la defensiva.

—Moraine Sedai dijo que no había que informar a nadie.

—Dejamos notas —dijo Mat—, para nuestras familias. Las encontrarán por la mañana. Rand, mi madre piensa que Tar Valon es lo más parecido a Shayol Ghul. —Soltó una risita para demostrar que no compartía la misma opinión, pero ésta no sonó de manera muy convincente—. Trataría de encerrarme en la bodega sólo de enterarse de que se me había ocurrido la idea de ir allí.

—Maese Luhhan es más testarudo que una mula —agregó Perrin— y la señora Luhhan es aún peor. Si la hubieras visto escarbar entre los restos de la casa, diciendo que confiaba en que los trollocs no volvieran por allí porque si les ponía las manos encima...

—¡Demonios, Rand! —exclamó Mat—. Ya sé que ella es una Aes Sedai y todo eso, pero los trollocs estuvieron realmente aquí. Dijo que no se lo dijéramos a nadie. Si una Aes Sedai no sabe lo que hay que hacer en un caso así, ¿quién lo va a saber?

—No lo sé. —Rand se frotó la frente. Le dolía la cabeza; no lograba apartar aquel sueño de su mente—. Mi padre piensa que tiene razón. Al menos se mostró conforme con que me marchara.

Moraine apareció de pronto en la puerta.

—¿Has hablado con tu padre respecto a este viaje?

Iba vestida de color gris oscuro de pies a cabeza, con una falda dividida para montar a horcajadas; el anillo con la serpiente era la única joya que lucía.

Rand posó los ojos en su bastón; a pesar de las llamas que había presenciado, no había en él ninguna huella de chamuscadura, ni siquiera de hollín.

—No podía irme sin que él lo supiera.

Lo miró un instante con los labios fruncidos antes de volverse hacia los otros.

—¿También vosotros decidisteis que no bastaba con una nota?

Mat y Perrin contestaron al unísono, asegurándole, que sólo habían dejado notas, tal como había indicado ella. Les hizo señal de callar con la cabeza y asestó una fría mirada a Rand.

—Lo que se ha hecho ya está tejido en el Entramado. ¿Lan?

—Los caballos están a punto —informó el Guardián— y disponemos de suficientes provisiones para llegar a Baerlon. Podemos marcharnos cuando digáis. Yo sugeriría que fuera ahora.

—No os iréis sin mí.

Egwene se deslizó en el establo, con un hatillo en los brazos. Rand estuvo a punto de caer de la sorpresa.

La espada de Lan estaba casi fuera de su vaina; cuando vio quién era volvió a envainar la hoja con rostro inexpresivo. Perrin y Mat comenzaron a borbotear para convencer a Moraine de que no le habían dicho nada a Egwene acerca de su partida. La Aes Sedai no les prestó ninguna atención, centrando la mirada en Egwene con gesto pensativo. La joven llevaba puesta la capucha de su capa marrón, pero ésta no ocultaba el desafío con que se encaraba a Moraine.

—Tengo cuanto necesito aquí, comida inclusive. Y no permitiré que me dejéis atrás. Probablemente no volveré a tener una ocasión como ésta para ver el mundo que se extiende más allá de Dos Ríos.

—Esto no es una excursión campestre al Bosque de las Aguas —gruñó Mat, que dio un paso atrás, sin embargo, cuando la muchacha lo miró con la frente arrugada.

—Gracias, Mat. No lo hubiera sabido de no ser por ti. ¿Qué os creéis vosotros tres? ¿Que sois los únicos que ansían ver lo que hay más allá? Yo he soñado con ello durante tanto tiempo como vosotros y no estoy dispuesta a perder esta oportunidad.

—¿Cómo te has enterado de que nos íbamos? —preguntó Rand—. De todas maneras, no puedes venir con nosotros. No nos marchamos por mero placer. Los trollocs nos persiguen. —Enrojeció, irguiéndose indignado, ante la mirada condescendiente de la muchacha.

—Primero —le explicó pacientemente— he visto cómo Mat se escabulló, tratando de pasar inadvertido. Después he visto que Perrin intentaba esconder esa absurda y enorme hacha debajo de la capa. Sabía que Lan había comprado un caballo y, de pronto, se me ocurrió pensar para qué necesitaba otro. Y, si podía comprar uno, también podía comprar más. Relacioné esto con la imagen de Mat y Perrin escurriéndose como bueyes, como si pretendieran alcanzar el sigilo de un zorro... Bien, sólo había una respuesta posible. No sé si me sorprende o no verte aquí, Rand, después de todo tu parloteo sobre sueños irreales. Dado que Mat y Perrin se habían decidido, debí suponer que tú también estarías.

—Yo tengo que irme, Egwene —dijo Rand—. Los tres debemos hacerlo o, de lo contrario, volverán los trollocs.

—¡Los trollocs! —exclamó con una carcajada Egwene—. Rand, si pretendes ver un poco de mundo, me parece muy bien, pero no me vengas con esos cuentos descabellados.

—Es verdad —apoyó Perrin, al tiempo que Mat comenzaba a decir:

—Los trollocs...

—Basta ya —indicó plácidamente Moraine, interrumpiendo, no obstante, la conversación de manera tan cortante como el filo de un cuchillo—. ¿Ha reparado alguien más en todo eso?

Su voz era dulce, pero Egwene tragó saliva y se recompuso antes de contestar:

—Después de lo de anoche, no piensan más que en la reconstrucción y en lo que van a hacer si ocurre otra vez. No acertarían a ver otra cosa a menos que se la acercaran hasta debajo de las narices. Y yo no he hecho partícipe a nadie de mis sospechas. A nadie.

—Muy bien —decidió Moraine tras un momento—. Puedes venir con nosotros.

Una expresión de perplejidad atravesó el semblante de Lan. En un instante ya se había desvanecido, sustituida por una calma aparente, pero sus palabras brotaron con furia.

—¡No, Moraine!

—Ahora forma parte del Entramado, Lan.

—¡Es ridículo! —replicó—. No hay ningún motivo por el que deba venir y sí muchos para que se quede donde está.

—Sí hay un motivo —aseveró con tranquilidad Moraine—. Una parte del Entramado.

El pétreo semblante del Guardián no reflejó nada, pero asintió con la cabeza.

—Pero, Egwene —objetó Rand—, los trollocs van a perseguirnos. No estaremos a salvo hasta que lleguemos a Tar Valon.

—No intentes atemorizarme —respondió la joven—. Voy a ir.

Rand conocía ese tono de voz. No lo había escuchado desde que ella decidió que encaramarse en los árboles más altos era cosa de niños, pero lo recordaba perfectamente.

—Si crees que el acoso de los trollocs va a ser una cosa divertida... —comenzó a decir, pero Moraine lo interrumpió.

—No disponemos de tiempo. Debemos encontrarnos lo más lejos posible al romper el alba. Si permanece aquí, Rand, podría alertar a todo el pueblo antes de que hubiéramos recorrido una milla, y ello pondría sin duda sobre aviso al Myrddraal.

—No haría eso —protestó Egwene.

—Puedes montar el caballo del juglar —propuso el Guardián—. Le dejaré dinero para que pueda comprar otro.

—Eso no va a ser factible —objetó la resonante voz de Thom Merrilin desde el altillo del pajar,

La espada de Lan abandonó la vaina esta vez, y no volvió a su funda cuando su dueño vio al juglar.

Thom lanzó una manta abajo; después se colgó la flauta y el arpa a la espalda y se llevó al hombro unas abultadas alforjas.

—Este pueblo ya no me necesita para nada ahora, y, por otra parte, no he dado nunca ninguna representación en Tar Valon. Aunque por lo general viajo solo, después de lo de anoche no tengo ningún inconveniente en hacerlo acompañado.

El Guardián clavó los ojos en Perrin, quien se revolvió incómodo.

—No se me ocurrió mirar en el pajar —murmuró.

Mientras el enjuto juglar bajaba la escalera del altillo, Lan habló con rígida solemnidad.

—¿Esto también forma parte del Entramado, Moraine Sedai?

—Todo está relacionado con el Entramado, mi viejo amigo —repuso con suavidad Moraine—. No podemos elegir a nuestro gusto. Pero ya veremos.

Thom puso pie en el suelo de la caballeriza y se volvió, cepillando la paja prendida a su capa.

—De hecho —agregó, con tono más normal—, podría decirse que insisto en viajar en vuestra compañía. He dedicado muchas horas, inclinado sobre muchas jarras de cerveza, a pensar de qué manera iban a concluir mis días. Y nunca consideré la posibilidad de acabar en el puchero de un trolloc. —Miró oblicuamente la espada del Guardián—. No hay necesidad de empuñar la espada. No soy un queso que haya que repartir.

—Maese Merrilin —advirtió Moraine—, debemos partir de inmediato y, casi con certeza, bajo amenaza de grandes peligros. Los trollocs todavía merodean por ahí, y cabalgaremos de noche. ¿Estáis seguro de que queréis venir con nosotros?

Thom posó los ojos sobre el grupo con una sonrisa burlona.

—Si no es demasiado peligroso para la muchacha, tampoco lo es para mí. Además, ¿qué juglar no correría algún albur por dar una representación en Tar Valon?

Moraine realizó un gesto afirmativo y Lan envainó la espada. Rand se preguntó de improviso qué habría ocurrido si Thom hubiera cambiado de idea o si Moraine no hubiera asentido. El juglar comenzó a ensillar su montura como si tales elucubraciones no hubieran cruzado su mente, pero Rand advirtió cómo, en más de una ocasión, miró de reojo el arma del Guardián.

—Bien —dijo Moraine—. ¿Qué caballo montará Egwene?

—Los del buhonero no son más apropiados que los sementales del posadero —replicó con acritud Lan—. Resistentes, pero lentos.

—*Bela* —propuso Rand, lo que provocó una mirada del Guardián que indicaba a las claras que mejor hubiera sido callarse. Sin embargo, sabía que no podía disuadir a Egwene, con lo cual no quedaba más remedio que colaborar—. Puede que *Bela* no sea tan veloz como los otros, pero es fuerte. A veces la he montado. Puede mantener el ritmo.

Lan miró hacia el pesebre de *Bela,* murmurando entre dientes.

—Tal vez sea algo mejor que el resto —sentenció por fin—. Supongo que no tenemos otra alternativa.

—En ese caso habrá de ser de ese modo —concluyó Moraine—. Rand, ensilla a *Bela*. ¡Deprisa! Ya nos hemos demorado bastante.

Rand se apresuró a elegir una silla y una manta y luego hizo salir a *Bela* del pesebre. La yegua lo miró con soñolienta sorpresa mientras la ensillaba. Él la montaba a pelo y por tanto no estaba habituada a la silla. Pero aceptó la rareza de la correa de la cincha, sin más protesta que una sacudida de crin.

Después de tomar el atillo de Egwene, lo ató detrás de la silla mientras ella montaba y se ajustaba la falda. Ésta no estaba dividida para montar a horcajadas y, al hacerlo, sus medias de lana quedaron al descubierto hasta la altura de la rodilla. Llevaba las mismas botas de piel suave que las demás muchachas del pueblo, un material nada indicado para viajar hasta Colina del Vigía, y mucho menos hasta Tar Valon.

—Todavía creo que no deberías venir —opinó—. Lo de los trollocs no eran invenciones mías. De todos modos, prometo que cuidaré de ti.

—Tal vez sea yo quien cuide de ti —replicó Egwene, quien, al advertir su mirada exasperada, le sonrió, inclinándose para acariciarle el cabello—. Ya sé que harás cuanto esté en tu mano por mí. Yo también lo haré por ti. Pero ahora será mejor que montes en tu caballo.

Advirtió que los demás ya estaban listos, aguardándolo. La única montura que había quedado libre era *Nube,* un alto caballo gris de crin y cola negras que había pertenecido a Jon Thane. Subió a su lomo, si bien no sin cierta dificultad ya que el animal, cuando Rand puso el pie sobre el estribo y se le enredó la funda de la espada entre las piernas, sacudió la cabeza, encabritado. No era un hecho fortuito que sus amigos no hubieran escogido a *Nube.* Maese Thane solía jugar carreras con él contra los caballos de los mercaderes y Rand no tenía conciencia de que hubiera perdido una sola vez, como tampoco la tenía de que *Nube* se hubiese comportado en alguna ocasión como un animal sumiso. Lan debía de haber ofrecido un alto precio para que el molinero accediese a vendérselo. Rand cogió las riendas con fuerza y procuró convencerse de que todo saldría bien. Tal vez así podría transmitir su convicción al caballo.

Una lechuza ululó en la noche y los muchachos se sobresaltaron. Al caer en la cuenta de la procedencia del sonido, rieron nerviosos e intercambiaron miradas avergonzadas.

—Si seguimos así, un ratoncillo nos hará trepar a un árbol del susto —bromeó Egwene con una risita intranquila.

Lan sacudió la cabeza.

—Sería mejor que fueran lobos.

—¡Lobos! —exclamó Perrin.

—Los lobos detestan a los trollocs, herrero —explicó con mirada tajante el Guardián—, y los trollocs detestan a los lobos, y también a los perros. Si hubiese oído lobos, estaría seguro de que no hay trollocs que nos esperen ahí afuera. —Se adentró en la noche, cabalgando lentamente sobre su imponente caballo negro.

Moraine avanzó tras él, sin un instante de vacilación, y Egwene se colocó al lado de la Aes Sedai. Rand y el juglar salieron a la zaga, detrás de Mat y Perrin.

La parte posterior de la posada se hallaba oscura y silenciosa y el patio estaba moteado de sombras contrastadas a la luz de la luna. Los amortiguados repiqueteos de los cascos se desvanecieron rápidamente, engullidos por la noche. En la oscuridad, la capa del Guardián lo convertía en una sombra más. Únicamente la necesidad de seguir su guía impedía a los otros arracimarse en torno a él. No sería tarea fácil salir inadvertidamente del pueblo, reflexionó Rand mientras se acercaba al portal. Al menos, sin que los vieran sus habitantes. Muchas de las ventanas emitían una pálida luz amarillenta y, aunque su brillo aparecía muy atenuado, a menudo se veían siluetas en su interior, las figuras de los parroquianos que se asomaban para indagar qué podía suceder aquella noche. Nadie quería quedar otra vez a merced de la sorpresa.

En las densas sombras proyectadas por la posada, cuando se disponían a salir del patio del establo, Lan se detuvo de improviso, ordenándoles por señas que guardaran silencio.

Unas botas martilleaban sobre el Puente de los Carros, en el cual se percibía de tanto en tanto un destello del metal arrancado por la luna. Las botas taconearon sobre el puente, crujieron en la gravilla, y se aproximaron a la posada. Ni el más leve sonido brotó de entre el grupo apostado en la sombra. Rand sospechó que sus amigos, al menos, estaban demasiado atemorizados para hacer ruido. Al igual que él.

Los pasos se detuvieron ante la posada, en la penumbra próxima a la débil luz procedente de la sala principal. Hasta que Jon Thane se adelantó, con una lanza apoyada sobre su membrudo hombro y un viejo jubón con discos de acero cosidos en torno a su pecho, Rand no había caído en la cuenta de quiénes eran. Una docena de hombres del pueblo y de las granjas aledañas, algunos protegidos con yelmos o fragmentos de armadura que habían permanecido arrinconados en los desvanes durante generaciones, armados con una lanza, un hacha o un herrumbroso pico.

El molinero miró por una de las ventanas de la sala y luego se volvió y dijo de forma escueta:

—Todo parece estar en orden aquí.

Los demás formaron dos irregulares filas tras él y la patrulla se alejó en la noche, como si marcharan al paso de tres tambores distintos.

—Dos trollocs Dha'vol bastarían para desayunárselos a todos —murmuró Lan cuando se hubo amortiguado el sonido de sus botas—, pero tienen ojos y oídos. —Hizo girar a su negro semental—. Vamos.

Lenta y calladamente, el Guardián los condujo entre los sauces hacia la orilla del Manantial. Las frías y veloces aguas del arroyo, que formaban brillantes torbellinos en torno a las patas de las monturas, casi rozaban las suelas de los jinetes.

Llegada a la otra ribera, la hilera de caballos se desvió bajo la cautelosa dirección del Guardián, apartándose de las casas. De vez en cuando, Lan se paraba y pedía silencio con un gesto, aun cuando nadie más había visto ni oído nada. En cada una de aquellas ocasiones, no obstante, pronto aparecía una nueva patrulla de campesinos. Prosiguieron pausadamente en dirección al extremo norte del pueblo.

Rand contempló fijamente en la oscuridad las casas de empinados tejados y trató de grabarlas en su memoria. «Menudo aventurero soy», pensó. Aún no había abandonado el pueblo y ya sentía añoranza. Sin embargo, no apartó la mirada.

Dejaron atrás las últimas edificaciones de las afueras y continuaron a campo traviesa, en paralelo al camino del norte que conducía a Embarcadero de Taren. Rand cavilaba que, sin duda, ningún cielo nocturno podía ser tan hermoso como el de Dos Ríos. Se diría que aquel negro puro se extendía hasta el infinito y las miríadas de estrellas titilaban como puntos luminosos esparcidos sobre un cristal. La luna creciente, casi llena, parecía estar al alcance de su mano, si la alargara, y...

Una forma negra atravesó lentamente el círculo plateado de la luna. Rand tiró involuntariamente de las riendas e hizo detener el caballo. Un murciélago, pensó sin convicción. Sin embargo, sabía que no lo era. Los murciélagos eran animales que se veían con frecuencia abalanzándose sobre las moscas que revoloteaban en el crepúsculo. Las alas que batía aquella criatura tenían el mismo contorno, pero se movían con la lenta y vigorosa cadencia de un ave de presa. Y estaba cazando. La manera como se cernía, avanzando y retrocediendo en largas elipses, no dejaba margen de duda. Lo peor era su tamaño. Para que un murciélago pareciese tan grande, con su figura recortada contra la luna, debería hallarse muy cerca del observador. Trató de calcular mentalmente el espacio que lo separaba de él y las dimensiones que podía tener. Su cuerpo había de ser por fuerza tan grande como el de un hombre y las alas... Atravesó otra vez el rostro de la luna y viró de pronto hacia abajo, engullido por la noche.

No había advertido que Lan había retrocedido hasta donde se encontraba él hasta sentir la mano del Guardián en su brazo.

—¿Qué miras aquí parado, muchacho? Debemos proseguir.

Los demás aguardaban detrás de Lan.

Rand explicó lo que había visto, con la aprensión de ser acusado después de haber perdido el juicio a causa del terror que los trollocs habían provocado en él. Preveía que Lan concluiría que no era más que un murciélago o algo que le había parecido ver.

El Guardián pronunció la palabra como un gruñido que le dejara mal sabor en la boca:

—Draghkar.

Egwene y sus amigos escrutaron nerviosos el cielo, pero el juglar exhaló un débil gemido.

—Sí —convino Moraine—. No podía ser de otro modo. Y, si el Myrddraal dispone de un Draghkar a sus órdenes, pronto sabrá dónde estamos, si no lo sabe ya. Debemos avanzar más deprisa de lo que somos capaces a campo traviesa. Todavía podemos llegar a Embarcadero de Taren antes que el Myrddraal, y él y sus trollocs no cruzarán tan rápido como nosotros.

—¿Un Draghkar? —inquirió Egwene—. ¿Qué es eso?

Fue Thom Merrilin quien respondió, con voz ronca.

—Durante la guerra que puso fin a la Era de Leyenda, se crearon criaturas más espantosas que los trollocs y los Semihombres.

Moraine dio un respingo al oírlo, y ni siquiera la oscuridad veló la intensidad de su mirada.

Lan comenzó a impartir instrucciones, sin dar lugar a más preguntas.

—Ahora tomaremos el Camino del Norte. Por vuestra vida, seguidme, mantened el paso y no os separéis.

Dio la vuelta al caballo y el resto galopó en silencio tras él.

11

LA RUTA HACIA EMBARCADERO DE TAREN

obre la hollada tierra del Camino del Norte, los caballos aligeraron el paso, con las crines y colas enhiestas bajo la luz de la luna, mientras corrían rumbo al norte, batiendo las herraduras con un ritmo regular. Lan, un jinete en sombras apenas visible sobre su caballo negro, dirigía la marcha. La yegua blanca de Moraine, que se mantenía paso a paso a la altura del negro semental, era una pálida flecha que se precipitaba en la oscuridad. Los demás seguían; formaban una línea ininterrumpida, como si estuvieran entrelazados con una cuerda de la que tirara la mano del Guardián.

Rand galopaba el último, precedido de Thom Merrilin y las figuras de sus amigos, más desdibujadas, delante de éste. El juglar no volvía nunca la cabeza, reservando ojos para el terreno hacia el que corrían en lugar del suelo del que huían. Si aparecían los trollocs por detrás, o el Fado sobre su sigilosa montura, le correspondería a Rand alertar a los demás.

Con frecuencia giraba el cuello para avizorar a su espalda, al tiempo que aferraba las manos a la crin y a las riendas de *Nube*. El Draghkar..., peor que los trollocs y los Fados, había dicho Thom. Sin embargo, el cielo estaba vacío y sus ojos sólo advertían oscuridad y sombras en el suelo. Sombras que podían enmascarar un ejército.

Ahora que el rucio había quedado en libertad de correr, se precipitaba en la noche como un fantasma, siguiendo sin esfuerzo al veloz ejemplar de Lan. Y *Nube* quería correr aún más, quería dar alcance al semental negro, porfiaba por darle alcance. Rand debía sostener con firmeza las riendas para contenerlo. *Nube* forcejeaba contra aquel freno, como si pensara que aquello era una carrera en la que había de competir a cada paso. Rand se asía a la silla y a la brida con todos los músculos tensados, confiando fervientemente en que su montura no detectase su inquietud. Si el animal percibía alguna inseguridad en él, perdería el control que, aunque precario, ejercía sobre él.

Pegado al cuello de *Nube*, Rand observaba con preocupación a *Bela* y a su jinete. Cuando había dicho que la pelambrosa yegua podía mantener el ritmo, el galope continuado no entraba dentro de sus expectativas. Ahora mantenía su posición a costa de correr de un modo del que él no la hubiera creído capaz. Lan no quería que Egwene fuera con ellos. ¿Aminoraría la marcha si *Bela* comenzaba a flaquear? ¿O trataría tal vez de dejarla atrás? La Aes Sedai y el Guardián conferían cierta importancia a él y a sus amigos, pero, pese a las sentencias de Moraine sobre lo escrito en el Entramado, no creía que Egwene tuviera el mismo valor para ellos.

Si *Bela* se doblegaba, él se quedaría atrás, en contra de lo que la Aes Sedai o el Guardián tuvieran que objetar. Atrás, donde acechaban el Fado y los trollocs; atrás, donde se encontraba el Draghkar. Apasionadamente, con toda la fuerza de la desesperación, gritó a *Bela* que corriera como el viento, tratando calladamente de infundirle energías. «¡Corre!» La piel le hormigueaba y sentía los huesos helados, como si estuvieran a punto de quebrarse. «¡La Luz te sostenga, corre!» Y Bela corrió.

Prosiguieron hacia el norte, en su pugna contra el tiempo, que se desvanecía en un concepto borroso. De vez en cuando, las luces de las granjas relucían en la noche por un instante para desaparecer con más rapidez que una alucinación. El reto agudo del ladrido de los perros se desvanecía velozmente a sus espaldas o se cortaba de improviso, al creer los canes que los habían ahuyentado. Corrían entre la oscuridad, mitigada tan sólo por la pálida luz lunar, una oscuridad en la que las siluetas de los árboles junto al camino se advertían sin previo aviso para esfumarse un segundo después. Las tinieblas se sucedían a su alrededor y sólo el solitario grito de las aves nocturnas, desolado y luctuoso, rompía el monótono choque de las herraduras sobre la tierra.

Lan aminoró de golpe la marcha y luego hizo detener la comitiva. Rand no sabía a ciencia cierta durante cuánto tiempo habían galopado, pero sentía un leve dolor en las piernas de tanto aferrarse a la silla. Más adelante, en la penumbra, relucían chispas luminosas, como si hubiese una procesión de luciérnagas en algún punto de la arboleda.

Rand frunció el entrecejo al advertir, con estupor, las luces y después abrió de pronto los labios a causa de la sorpresa. Las luciérnagas eran ventanas, las ventanas de las casas que cubrían las laderas y la cima de una colina. Era Colina del Vigía. Apenas podía creer que se encontrasen tan lejos. Probablemente habían viajado a la velocidad más elevada con que se había recorrido nunca aquel trecho. Rand y Thom desmontaron, siguiendo el ejemplo de Lan. *Nube* permanecía con la cabeza gacha y los flancos palpitantes. El sudor, casi imperceptible en los humeantes costados, empapaba el cuello y las espaldas del rucio. Rand pensó que *Nube* ya no podría llevar a nadie sobre su lomo aquella noche.

—Por más deseos que tenga de dejar atrás estos pueblos —anunció Thom—, un descanso de unas horas no sería descabellado. Hemos tomado bastante delantera, sin duda, para poder permitírnoslo.

Rand se estiró, apretándose la espalda con los nudillos.

—Si vamos a pasar el resto de la noche en Colina del Vigía, tanto da continuar hasta allí.

Una vagabunda ráfaga de viento trajo consigo un fragmento de canción del pueblo y olores a comida que le hacían la boca agua. Todavía estaban celebrando festejos en Colina del Vigía. Allí no habían irrumpido los trollocs para enturbiar el Bel Tine. Rand miró a Egwene. Estaba inclinada sobre *Bela*, desplomada de cansancio. Los otros descendían de sus monturas, con profusión de suspiros y desentumecimientos de músculos doloridos. El Guardián y la Aes Sedai eran los únicos que no daban muestras de fatiga.

—No me vendrían mal unas canciones —dijo cansinamente Mat—. Y a lo mejor un arrollado de cordero bien caliente en el Jabalí Blanco. —Tras una pausa, añadió—: Nunca he ido más lejos de Colina del Vigía. El Jabalí Blanco no es ni la mitad de bueno que la Posada del Manantial.

—El Jabalí Blanco no es tan malo —intervino Perrin—. Yo también me tomaré un arrollado de cordero, y varias tazas de té caliente para quitarme el frío de los huesos.

—No podemos detenernos hasta no haber cruzado el Taren —dijo con sequedad Lan—. No por espacio de más de unos minutos.

—Pero los caballos —arguyó Rand— van a caer reventados si los forzamos a correr más esta noche. Moraine Sedai, seguro que vos...

La había percibido vagamente, moviéndose entre los caballos, sin prestar realmente atención a lo que hacía. Entonces pasó rozándolo y posó sus manos sobre *Nube*. Rand guardó silencio. El rucio agitó de súbito la cabeza, casi a punto de tirar de las riendas que retenía Rand en las manos. El animal caracoleó, tan inquieto como si hubiera permanecido una semana encerrado en el establo. Sin pronunciar palabra alguna, Moraine se acercó a *Bela*.

—No sabía que pudiera hacer eso —musitó Rand al oído de Lan, con las mejillas encendidas.

—Al menos tú debieras haberlo sospechado —replicó el Guardián—. Ya viste lo que hizo con tu padre. Ella se encargará de hacer desaparecer el cansancio, primero el de los caballos y después el vuestro.

—El nuestro. ¿A vos no?

—A mí no, pastor. No lo necesito, todavía no. Y tampoco ella. Lo que puede hacer por los demás, no es capaz de hacerlo para sí misma. Sólo uno de nosotros cabalgará presionado por la fatiga. Mejor será confiar en que no quede demasiado exhausta antes de que lleguemos a Tar Valon.

—¿Demasiado exhausta para qué? —preguntó Rand al Guardián.

—Estabas en lo cierto respecto a *Bela* —dijo Moraine, de pie junto a la yegua—. Es fuerte y posee el mismo grado de testarudez que la gente de Dos Ríos. Aunque parezca extraño, tal vez sea la que mejor ha resistido la carrera.

Un alarido desgarró la oscuridad, un sonido semejante al grito de agonía de un hombre acuchillado, al tiempo que unas alas se abatían sobre el grupo. Los caballos se encabritaron y relincharon presas del pánico.

El aire producido por el batir de las alas del Draghkar le dio a Rand igual sensación que el contacto del fango, como si se hubiera sumido en la malsana lobreguez de una pesadilla. No tuvo tiempo para ganar conciencia del miedo, pues *Nube* se enderezó con un relincho y se revolvió frenético como si quisiera zafarse de algo. Colgado de las riendas, Rand perdió pie y se vio arrastrado por el suelo, mientras el gran rucio bramaba como si los lobos le abrieran a dentelladas los jarretes.

De algún modo logró mantener aferrado el ronzal y, apoyándose en la mano libre y en las piernas, se incorporó y comenzó a andar con pasos bruscos y vacilantes para prevenir ser arrastrado de nuevo. Su respiración era un jadeo entrecortado y desesperado. No podía dejar escapar a *Nube*. Alzó una mano frenética, que cerró en la brida. *Nube* se encabritó, izándolo en el aire; Rand quedó suspendido, indefenso, aguardando contra toda expectativa a que el caballo se apaciguase.

El impacto sobre el suelo le hizo chirriar los dientes; sin embargo, el rucio se paró de improviso, con el hocico palpitante, los ojos danzando en círculo y las piernas rígidas y temblorosas. Rand también temblaba, pero ya no pendía de la brida. «El susto lo habrá enloquecido», pensó. Inspiró espasmódicamente, tres o cuatro veces, y sólo entonces estuvo en condiciones de mirar a su alrededor y ver lo que había sucedido a los demás.

El caos reinaba en todo el grupo. Agarraban las riendas para contener respingos, trataban en vano de calmar a los empavorecidos caballos, que tiraban de ellos en un amasijo de correas y cuerpos. Únicamente dos de ellos parecían no tener problemas con sus monturas. Moraine se hallaba sentada sobre su yegua blanca, la cual se hacía delicadamente a un lado para alejarse de la confusión como si no ocurriese nada fuera de lo habitual. De pie, Lan escrutaba el cielo, con la espada en una mano y las riendas en la otra, mientras el esbelto semental negro permanecía impasible a su lado.

Los sonidos de alborozo procedentes de Colina del Vigía habían enmudecido. La gente del pueblo debía de haber oído también el grito. Rand estaba seguro de que escucharían durante un rato y tal vez buscarían su origen, pero que al poco retomarían la jovialidad. Pronto olvidarían el incidente, enterrando su memoria con canciones, comida, danzas y diversión. Quizás al tener noticias de lo acaecido en Campo de Emond algunos lo recordarían, preguntándose qué relación podía tener con aquello. Un violín dejó oír sus notas y, tras un momento, una flauta se unió a él; el pueblo reemprendía los festejos.

—¡Montad! —ordenó con sequedad Lan, antes de envainar la espada y saltar sobre el semental—. El Draghkar no habría evidenciado su presencia sin haber informado antes al Myrddraal de nuestros movimientos. —Otro estridente graznido llegó a sus oídos desde las alturas, más quedo esta vez, pero no menos siniestro. La música se interrumpió una vez más en Colina del Vigía—. Ahora está rastreándonos e indica nuestra posición al Semihombre. No debe de estar muy lejos.

Los caballos, con renovado vigor y asustados, caracoleaban en su intento de zafarse de quienes querían montarlos. Profiriendo maldiciones, Thom Merrilin fue el primero en subir a lomos de su montura, pero los otros no tardaron en conseguirlo también. Todos menos uno.

—¡Corre, Rand! —gritaba Egwene. El Draghkar dejó oír de nuevo su agudo alarido y *Bela* avanzó unos pasos antes de que ella pudiera refrenarla—. ¡Corre!

Con un sobresalto, Rand advirtió que en lugar de tratar de montar había permanecido inmóvil, escrutando el cielo en un vano intento de localizar el origen de aquellos espantosos chillidos. Y, lo que era más, con igual inconsciencia había desenfundado la espada de Tam como si quisiera esgrimirla contra la alada criatura.

Su rostro se tiñó de rubor. Agradeció la oscuridad de la noche que lo encubría. Con una mano ocupada en las riendas, envainó con torpeza la hoja mientras dirigía una rápida mirada a los demás. Moraine, Lan y Egwene tenían los ojos fijos en él, aun cuando no acertaba a valorar cuánto podían distinguir a la luz de la luna. Los otros parecían demasiado absortos en mantener el control de sus monturas para dedicarle cualquier tipo de atención. Puso una mano en la perilla y alcanzó la silla de un salto, como si lo hubiera hecho de manera semejante durante toda su vida. Si alguno de sus amigos había advertido la espada, sin duda lo traerían a colación más tarde. Ya tendría entonces tiempo para preocuparse de ello.

Tan pronto como hubo montado, partieron otra vez al galope y ascendieron la suave colina por el camino. Los perros ladraron en el pueblo; su presencia no fue del todo inadvertida. «O tal vez los perros hayan notado el olor de los trollocs», pensó Rand. Los ladridos y las luces del pueblo se desvanecieron rápido tras ellos.

Cabalgaron en pelotón, con los caballos a punto de precipitarse unos sobre otros en su carrera. Lan les ordenó separarse, pero nadie quería estar apartado en lo más mínimo en medio de la noche. Un nuevo grito se cernió sobre ellos y el Guardián cedió, permitiéndoles avanzar apiñados.

Rand se encontraba detrás de Moraine y Lan, dado que el rucio persistía en su afán de colocarse a la altura del semental del Guardián y la grácil yegua de la Aes Sedai. Egwene y el juglar cabalgaban a ambos lados, mientras sus amigos se arracimaban tras de ellos. *Nube,* espoleado por los gritos del Draghkar, corría de tal manera que a Rand le habría sido imposible contenerlo aunque lo hubiera deseado y, sin embargo, no lograba ganar ni un paso a los dos caballos que iban en cabeza.

El graznido del Draghkar sonaba como un desafío en la noche.

La valiente *Bela* corría con el cuello estirado y la cola y la crin elevadas en el aire, sin perder un palmo de terreno respecto a los demás caballos. «La Aes Sedai debe de haberle hecho algo más aparte de quitarle el cansancio.»

El semblante de Egwene aparecía sonriente e imbuido de excitación bajo la luz de la luna. Su trenza ondeaba como las crines de los caballos, y el brillo de sus ojos —Rand estaba convencido de ello— no era adjudicable por entero al reflejo de la luna. Permaneció boquiabierto a causa de la sorpresa hasta que un insecto que había tragado le provocó un acceso de tos.

Lan debió de haber formulado una pregunta, puesto que Moriane gritó de pronto entre el sonido del viento y el repiqueteo de herraduras:

—¡No puedo! Y menos sobre el lomo de un caballo al galope. Es muy difícil matarlos, incluso cuando están al alcance de la vista. Debemos correr y no perder la esperanza.

Cabalgaban a rienda suelta entre un jirón de niebla delgado que no sobrepasaba la altura de las rodillas de los caballos. *Nube* avanzaba veloz, hollándola, y Rand parpadeó, asombrado, preguntándose si no sería aquello producto de su imaginación. A buen seguro, la noche era demasiado fría para que se formaran nieblas. Otro retazo de niebla de un gris deshilachado, mayor que el anterior, se materializó de repente a su lado. Había ido aumentando de volumen, como si la neblina brotase del suelo. Por encima de ellos, el Draghkar gritaba enfurecido. La bruma rodeó a los jinetes durante un breve momento y luego desapareció para formarse de nuevo y difuminarse tras ellos. El gélido vapor dejó su marca de fría humedad en el rostro y en las manos de Rand. Después se alzó ante ellos una pared de color gris pálido que los envolvió de golpe y amortiguó, con su densidad, el sonido de los cascos y los chillidos emitidos por encima de sus cabezas. Rand sólo alcanzaba a distinguir los contornos de Egwene y Thom Merrilin, que se hallaban a su lado.

Lan no aminoró el paso.

—Sólo hay un lugar al que podemos dirigirnos —dijo, con voz que sonaba hueca e imprecisa.

—Los Myrddraal son astutos —replicó Moraine—. Utilizaré su propia sagacidad contra él.

La pizarrosa bruma oscurecía cielo y tierra a un tiempo, de manera que los jinetes, convertidos ellos mismos en sombras, parecían flotar entre nubes nocturnas. Incluso las patas de sus caballos se habían tornado inasequibles a su vista.

Rand se revolvía en la silla; se encogía como si quisiera esquivar la gélida neblina. La noción de que Moraine podía crear prodigios, o el mismo hecho de haberlo constatado con sus propios ojos, era una cosa, pero tener que soportar que tales creaciones le dejaran la piel humedecida por completo era algo distinto. Al caer en la cuenta, asimismo, de que contenía la respiración, se insultó para sus adentros con diez improperios con significado similar al de idiota. No podía cubrir todo el trecho hasta Embarcadero de Taren sin respirar. Ella había aplicado el Poder Único en beneficio de Tam, curándolo, al parecer. Con todo, debía obligarse a inspirar y espirar aquel aire pesado que, aunque frío, no difería por lo demás del de cualquier otra noche con niebla. Procuraba, sin gran éxito, convencerse a sí mismo de ello.

Lan los instó a permanecer juntos ahora, de modo que cada uno pudiera distinguir los contornos del resto en aquel húmedo y escarchado envoltorio gris. Aun así, el Guardián no mitigó la vertiginosa carrera de su semental. Uno al lado del otro, Lan y Moraine abrían la marcha a través de la niebla como si pudieran ver con claridad el terreno que se extendía ante ellos. Los demás no tenían más remedio que confiar en ellos y seguirlos. Y mantener la esperanza.

Mientras galopaban, los penetrantes gritos se fueron desvaneciendo poco a poco hasta enmudecer; sin embargo, aquello les proporcionó tan sólo un leve alivio. No podían percibir los bosques ni las granjas, la luna ni el camino. Los perros todavía ladraban, con voz cavernosa y distante en medio de la neblina gris, cuando pasaban cerca de las casas, pero no se advertía ningún otro sonido aparte del monótono entrechocar de las herraduras de los caballos. Nada cambiaba en el interior de aquel abrigo ceniciento. Nada aportaba indicios del transcurso del tiempo excepto el creciente dolor en los muslos y en la espalda.

Debían de haber pasado horas, Rand estaba convencido de ello. Había tenido tanto rato las manos cerradas sobre las riendas que no estaba seguro de poder soltarlas e incluso abrigaba dudas respecto a si sería capaz de volver a caminar erguido. Miró atrás sólo una vez. Las sombras atravesaban las nieblas a su espalda, pero no acertaba siquiera a precisar su número, o si realmente eran las siluetas de sus amigos. El frío y la humedad le empapaban la capa, la chaqueta y la piel, penetrando hasta sus huesos, o al menos ésa era la impresión recibida. Solamente el choque del aire en su rostro y el impulso del caballo debajo de él eran prueba de que en verdad se movía.

—Despacio —indicó Lan—. Tirad de las riendas.

Rand estaba tan estupefacto que *Nube* se abrió paso entre Lan y Moraine, continuó su marcha por espacio de más de diez pasos hasta que logró hacer detener al gran ruano, y tendió la mirada en derredor.

A ambos costados se proyectaban casas en la niebla, casas extrañamente altas a los ojos de Rand. Nunca hasta entonces había contemplado ese lugar, pero había oído describirlo. La altura de los edificios se debía a los elevados cimientos de piedra rojiza, necesarios cuando el deshielo primaveral en las Montañas de la Niebla hacían desbordar los márgenes del Taren. Habían llegado a Embarcadero de Taren.

Lan se le adelantó al trote con su caballo de combate.

—No tengas tanta prisa, pastor.

Desconcertado, Rand retomó su posición sin dar explicación alguna, al tiempo que la comitiva se adentraba en el pueblo. Tenía el semblante ruborizado y, por el momento, se congratuló de la neblina que lo encubría.

Un perro solitario, invisible en la fría neblina, les ladró, furioso, y luego se alejó. De vez en cuando se encendía una luz en una ventana, mientras se desperezaba algún lugareño madrugador. Aparte de los ladridos, sólo el sonido de los apagados pasos de los caballos enturbiaba el silencio de las postrimerías de la noche.

Rand había conocido a poca gente de Embarcadero de Taren. Trató de rememorar lo poco que sabía acerca de ellos. Raras veces se aventuraban a viajar a lo que ellos denominaban «los pueblos de más abajo», y casi siempre lo hacían con la nariz levantada, como si olieran algo desagradable. Los pocos con quienes había trabado conocimiento tenían nombres raros, como Cima de la Colina y Bote de Piedra. Los habitantes de Embarcadero de Taren poseían, ante todo, fama de ser gente astuta y embaucadora. «Si estrechas las manos de un hombre de Embarcadero de Taren», decía la gente, «cuenta después los dedos de la mano».

Lan y Moraine se pararon ante una elevada y oscura casa que tenía idéntico aspecto que cualquiera de las otras de la población. La niebla se agitaba en torbellinos en torno al Guardián, como si fuera humo, al descender éste de su montura y subir las escaleras que conducían a la puerta, situada a la misma altura que sus propias cabezas. Arriba, Lan aporreó la madera con el puño.

—Creía que quería pasar inadvertido —murmuró Mat.

Lan continuó llamando. Una luz apareció en la ventana de la casa vecina y alguien gritó enfurecido, pero el Guardián siguió golpeando la puerta.

De repente ésta se abrió y apareció un hombre vestido con una camisa de noche que le llegaba hasta los desnudos tobillos. Una lámpara de aceite en una de sus manos iluminaba los angulosos rasgos de su rostro enjuto. Separó los labios con ademán hosco, pero entonces giró la cabeza para escrutar entre la niebla con ojos desorbitados.

—¿Qué es esto? —barbotó—. ¿Qué es esto?

Gélidas espirales grises se enroscaban para penetrar en el umbral, y el hombre retrocedió precipitadamente unos pasos.

—Maese Alta Torre —dijo Lan—, vos sois la persona que preciso. Queremos atravesar el río en vuestro transbordador.

—En su vida ha visto una torre alta —rió entre dientes Mat.

Rand hizo señas a su amigo para que guardara silencio, pues el personaje de rostro anguloso había elevado la lámpara y los miraba con suspicacia.

Pasado un minuto maese Alta Torre replicó con enfado:

—El transbordador funciona durante el día, nunca por la noche, y menos con una niebla como ésta. Volved cuando el sol se haya levantado y haya escampado la bruma.

Hizo ademán de volverse, pero Lan lo agarró por la muñeca. El barquero abrió indignado la boca. El oro resplandeció a la luz de la lámpara mientras el Guardián contaba una a una las piezas que depositaba en la palma de la mano de maese Alta Torre. Éste se mordía los labios, al tiempo que tintineaban las monedas y su cabeza se inclinaba pulgada a pulgada hacia su mano, como si no pudiera dar crédito a lo que veía.

—Y después —prometió Lan—, igual cantidad cuando nos encontremos a resguardo en la otra orilla. Pero partimos ahora mismo.

—¿Ahora? —El barquero se mordió el labio inferior, movió los pies, se asomó a la noche impregnada de niebla y luego asintió con la cabeza—. De acuerdo. Ahora, soltadme el brazo. Tengo que despertar a los remeros. ¿No creeréis que tiro de la barca yo solo?

—Os espero en el transbordador —dijo con sequedad Lan—. Sólo durante un rato.

Entonces abrió la mano que aferraba la muñeca de maese Alta Torre. Éste se llevó en seguida el puñado de monedas al pecho, asintió y cerró la puerta con la cadera.

LA TRAVESÍA DEL TAREN

Lan descendió las escaleras y dio instrucciones a sus acompañantes de desmontar y conducir tras él los caballos a través de la niebla. Una vez cumplidas sus indicaciones, debieron confiar en que el Guardián supiera adónde se dirigía. La vaporosa sustancia se arremolinaba en torno a las rodillas de Rand, ocultando sus pies, y oscurecía todo cuanto se hallase a un paso de distancia. No era tan densa como cuando se encontraban en campo abierto, pero apenas alcanzaba a distinguir a sus compañeros.

Ningún mortal caminaba en la noche excepto ellos. Algunas ventanas, más numerosas que antes, despedían un tenue resplandor que la espesa neblina convertía en meras manchas de penumbra, aunque, en más de una ocasión, eran éstas la única cosa visible entre la omnipresencia del gris. Otras casas, más perceptibles, parecían flotar en un mar de nubes o brotar súbitamente de la niebla mientras los edificios contiguos permanecían ocultos, con lo cual daban la impresión de ser los únicos habitáculos en millas a la redonda.

Rand caminaba envarado, dolorido a causa de la prolongada cabalgata. Se preguntaba si alguno de ellos se hallaría en condiciones de llegar a pie hasta Tar Valon. No es que considerara entonces preferible viajar a pie, desde luego, pero lo cierto era que los pies eran casi la única parte del cuerpo que no le dolía. Además, estaba acostumbrado a caminar.

Sólo en una ocasión alguien habló en voz lo bastante alta para llegar con claridad hasta los oídos de Rand.

—Debes ocuparte de ello —indicó Moraine en respuesta a algo que había dicho Lan—. Dada la situación, recordará más de la cuenta. Si mi persona queda grabada en su pensamiento...

Rand, malhumorado, se tapó los hombros con la capa, ya completamente empapada, y se mantuvo pegado a los otros. Mat y Perrin gruñían para sus adentros, murmuraban entre dientes y soltaban exabruptos cada vez que uno de ellos tropezaba con algo no previsto. Thom Merrilin refunfuñaba también, y dejaba ir expresiones tales como «comida caliente», «fuego», «un vaso de vino», pero ni el Guardián ni la Aes Sedai se hacían eco de ellas. Egwene caminaba en silencio, erguida y con la cabeza alta, aun cuando sus pasos eran vacilantes y debía de estar dolorida, dado que ella estaba todavía menos habituada a cabalgar que el resto.

Estaba viviendo su gran aventura, pensó taciturnamente, y mientras aquélla durase no creía que ella fuera a reparar en detalles auxiliares como la neblina, la humedad o el frío. A su parecer, debía de existir una diferencia en si uno iba en pos de andanzas o bien éstas le eran impuestas desde fuera. Los relatos de ficción podían, sin duda, convertir la cabalgada en medio de la fría niebla, bajo el acecho de un Draghkar y la Luz sabe qué otros entes, en algo emocionante. Tal vez Egwene experimentaba esa sensación; él, sin embargo, sentía el frío y la humedad, y estaba contento por hallarse en una población, aunque ésta fuese Embarcadero de Taren.

De pronto topó con algo grande y cálido en la oscuridad: el semental de Lan. El guardián y Moraine se habían detenido, y el resto de la comitiva siguió su ejemplo, dando palmadas a sus monturas tanto para confortarse a sí mismos como a los animales. La neblina era algo menos densa allí, lo suficiente para permitirles verse las caras con más nitidez de la que disfrutaban hacía rato, pero no lo bastante para distinguir otros contornos. Sus pies continuaban sumergidos en bajas olas, como en una corriente de aguas grises, y las casas parecían haberse desvanecido.

Con cautela Rand dejó avanzar unos pasos a *Nube* y, para su sorpresa, oyó el ruido producido por sus botas al chocar con planchas de madera. Era el embarcadero. Tiró del ronzal del rucio y retrocedió con cuidado. Había oído decir que el muelle de Embarcadero de Taren era como... un puente que no llevaba a ningún otro lugar excepto al transbordador. De acuerdo con las mismas fuentes, el Taren era ancho y profundo, con traicioneras corrientes que podían engullir al más avezado nadador. Mucho más ancho que el arroyo del Manantial, suponía. Y si a ello se le añadía la niebla... Fue un alivio para él sentir de nuevo la tierra firme bajo sus pies.

Se oyó un agudo siseo pronunciado por Lan, quien los conminaba a guardar silencio. El Guardián les hizo un gesto al tiempo que se precipitaba junto a Perrin y apartaba la gruesa capa del joven para dejar al descubierto el hacha. Obediente, aunque sin comprender el sentido, Rand levantó el costado de la suya para mostrar la espada. Cuando Lan volvió deprisa al lado de su caballo, apareció un parpadeo de luces en las tinieblas, mientras se hacía perceptible el sonido de pasos que se aproximaban.

Maese Alta Torre venía seguido de seis hombres de rostro impasible, vestidos con toscos ropajes. Las antorchas que empuñaban ahuyentaban con sus llamas un retazo de niebla. Cuando se detuvieron, casi todos los viajeros procedentes de Campo de Emond eran visibles, si bien la mayoría de ellos estaban rodeados de un cedazo gris que parecía más espeso al contacto con el resplandor de las teas. El barquero los examinó, con la alargada cabeza ladeada, crispado como una comadreja que husmea la brisa para prevenir una celada.

Lan se inclinó sobre la silla con pretendida soltura y apoyó de forma ostentosa una mano en la larga empuñadura de su espada. Daba la impresión de ser un resorte metálico, comprimido, listo para saltar.

Rand copió apresuradamente la pose del Guardián, al menos en lo concerniente en llevar el puño a la espada. No se creía capaz de imitar aquel ademán a un tiempo amenazador y desgarbado. «Probablemente se reirían si lo intentase.»

Perrin aflojó el hacha en la correa y plantó con resolución los pies. Mat alargó la mano hacia el carcaj, si bien Rand no estaba seguro de las condiciones en que debía de hallarse el arco después de estar expuesto a una humedad tan extrema. Thom Merrilin se adelantó, majestuoso, con una mano vacía en alto, y la hizo girar lentamente. De improviso, gesticuló con donaire y al pronto una daga danzaba entre sus dedos. La hoja resbaló por su palma y, con súbito desparpajo, el juglar se puso a asearse las uñas.

Moraine dejó escapar una risa de deleite. Egwene aplaudió como si estuviera asistiendo a un espectáculo y luego se detuvo, avergonzada, sin abandonar no obstante la sonrisa en los labios.

Alta Torre no parecía divertirse en absoluto. Tras mirar fijo a Thom, se aclaró la garganta.

—Habéis mencionado la entrega de más oro por efectuar la travesía. —Los recorrió a todos con una mirada grave y astuta—. Lo que me habéis dado antes se encuentra a buen recaudo, ¿comprendéis? En un lugar donde no podéis tocarlo.

—El resto del dinero —dijo Lan— pasará a vuestras manos cuando nos hallemos en la otra orilla. —La bolsa de cuero que pendía de su cintura tintineó al agitarla.

Por un instante, los ojos del barquero soltaron chispas, pero al fin asintió.

—Manos a la obra, entonces —murmuró.

Luego se dirigió a grandes zancadas al embarcadero, seguido de sus seis ayudantes. La niebla se difuminaba en torno a ellos mientras caminaban, al tiempo que las finas espirales grises se compactaban a sus espaldas, rellenando el sitio que habían ocupado. Rand se apresuró para no quedarse atrás.

El transbordador propiamente dicho era una barcaza de madera con altas barandillas, que disponía de una rampa levadiza. Había unas sogas, gruesas como las muñecas de un hombre, amarradas a unos imponentes postes en el borde del muelle, que desaparecían en la noche en dirección al cauce. Los obreros prendieron las antorchas en arandelas de hierro situadas en los costados del navío, aguardaron a que todos hubieran embarcado los caballos, y luego levantaron la rampa. La cubierta crujió bajo los cascos y pies arrastrados, y la embarcación se balanceó con el peso.

Alta Torre murmuró medio entre dientes, indicándoles con gruñidos que apaciguaran a los caballos, sin moverse del centro, y no interfirieran el paso de sus ayudantes. Después comenzó a hostigar a éstos a gritos, mientras disponían la barca, pero los hombres se movían con idéntica desgana por más que dijera, hasta el punto de que, descorazonado, interrumpía a veces sus órdenes para alzar la antorcha y escudriñar entre la niebla. Por último cesó en su arenga y se encaminó a proa, donde permaneció observando la neblina que cubría el río. Quedó inmóvil hasta que uno de los remeros le tocó el brazo; entonces dio un respingo y lo miró airado.

—¿Qué? Oh, eres tú, ¿no? ¿Listos? Ya era hora. Bien, ¿a qué esperas? —agitó ambos brazos, sin tener en cuenta la antorcha ni el sobresalto de los caballos, que trataban de retroceder—. ¡Soltad amarras! ¡Avanzad! ¡Moveos!

El hombre se alejó con paso lento para cumplir las órdenes y Alta Torre escrutó una vez más la bruma, frotándose inquieto la mano libre en la chaqueta.

El transbordador se balanceó al quedar a merced de la corriente una vez soltadas las amarras y luego dio un bandazo, acusando la retención de la cuerda guía. Los trabajadores, tres a cada lado, agarraron los cabos en la parte delantera de la embarcación y comenzaron a caminar trabajosamente hacia atrás, murmurando con desasosiego mientras se adentraban en el cauce enmascarado bajo un manto gris.

El muelle desapareció, mientras iba rodeándolos la neblina, en forma de tenues madejas que rebullían sobre la nave entre las parpadeantes antorchas. La barcaza se mecía lentamente en la corriente. No se percibía más indicio de movimiento que los pasos regulares de los barqueros, quienes avanzaban para aferrar las cuerdas y retrocedían para tirar de nuevo de ellas. Nadie decía nada. Los muchachos de Campo de Emond se mantenían pegados lo más posible al centro de la embarcación. Habían oído que el Taren era muchísimo más ancho que los arroyos a los que estaban acostumbrados y la niebla lo tornaba infinitamente más amplio en su imaginación.

Un momento después, Rand se acercó a Lan. Los ríos que uno no podía vadear ni cruzar a nado, cuyas riberas no alcanzaba siquiera a distinguir con la vista, tenían un efecto inquietante sobre alguien que nunca había presenciado algo más ancho o profundo que un remanso del Bosque de las Aguas.

—¿De veras hubiera tratado de robarnos? —preguntó en voz baja—. Más bien parecía temer que nosotros lo asaltásemos.

El Guardián posó la mirada sobre el propietario y sus ayudantes —ninguno de ellos parecía prestarle oídos— antes de responder con tono también quedo:

—Ocultos entre la bruma... Bien, cuando sus acciones quedan encubiertas, los hombres se comportan con los extraños de una manera que no osarían dejar entrever a los demás. Y los que atacan con mayor rapidez a un extraño son aquellos que más desconfianza demuestran ante él. Este individuo... estoy convencido de que vendería a su propia madre como comida destinada a los trollocs si se lo pagaran bien. He escuchado la opinión que tienen en Campo de Emond de la gente de Embarcadero de Taren.

—Sí, pero... Bueno, todo el mundo dice que... Pero nunca pensé que realmente fueran... —Rand concluyó que sería preferible abandonar la creencia de que sabía algo acerca de las personas que vivían más allá de su pueblo—. Podría decirle al Fado que hemos cruzado en el transbordador —apuntó por fin—. Quizá nos eche a los trollocs encima.

Lan rió ásperamente entre dientes.

—Robar a un forastero es una cosa y tener tratos con un Semihombre otra muy distinta. ¿De veras lo imaginas llevando a los trollocs al otro lado, especialmente con esta niebla, por más dinero que le ofrezcan? ¿O tan sólo hablando con un Myrddraal, si tiene posibilidad de esquivarlo? Sólo la mera noción de ello lo haría correr durante un mes seguido. No creo que debamos preocuparnos por la existencia de Amigos Siniestros en Embarcadero de Taren. No, aquí no. Estamos a salvo..., al menos, por el momento. De esos tipejos, como mínimo. Vigila.

Alta Torre se había girado y, con su puntiagudo rostro inclinado hacia adelante y la antorcha en alto, observaba a Lan y a Rand como si los viera por primera vez. Las planchas de cubierta crujían bajo los pies de los obreros y la sacudida de alguna herradura. El barquero se sobresaltó bruscamente al advertir que ellos lo miraban a su vez y, con un respingo, se volvió deprisa otra vez para avizorar la otra orilla, o lo que quiera que fuese que buscaban sus ojos entre la bruma.

—No digas nada más —aconsejó Lan, en voz tan baja que Rand apenas lo entendió—. Son éstos malos tiempos para hablar de trollocs, de Amigos Siniestros o del Padre de las Mentiras en presencia de desconocidos. Una mención de este cariz puede atraer males peores que el Colmillo del Dragón grabado en la propia puerta.

Rand no sentía deseos de inquirir nada más. La melancolía se adueñó de él con mayor fuerza que antes. ¡Amigos Siniestros! Como si no fuera bastante congoja el acecho de Fados, trollocs y Draghkar. Al menos, los trollocs eran distinguibles a simple vista.

De pronto, unas masas proyectaron su sombra borrosa ante ellos. El transbordador topó con la otra ribera y los trabajadores se apresuraron a amarrarlo e hicieron descender la rampa, que chocó con un ruido sordo. Entre tanto, Mat y Perrin anunciaban a voz en grito que el Taren no era ni la mitad de ancho de lo que decían. Lan condujo su semental al muelle, seguido de Moraine y los demás. Cuando Rand, el último, comenzó a caminar detrás de *Bela,* maese Alta Torre gritó con furia:

—¡Un momento! ¿Un momento! ¿Dónde está mi oro?

—Os lo pagaremos. —La voz de Moraine provenía de un punto impreciso envuelto en la niebla—. Y una pieza de plata para cada uno de vuestros hombres —añadió la Aes Sedai—, por haber cruzado tan deprisa.

El barquero titubeó, con la cabeza tendida hacia adelante, como si oliese el peligro, pero a la mención de la plata sus ayudantes se irguieron de inmediato. Aunque algunos se detuvieron a coger una antorcha, todos se abalanzaron sin excepción hacia la pasarela sin que Alta Torre tuviera tiempo para expresar cualquier objeción. Con una mueca agria, el propietario caminó tras la tripulación.

Las herraduras de *Nube* golpeaban con un ruido sordo el embarcadero. La bruma gris era tan densa allí como en la otra ribera. Al pie de la avanzadilla, el Guardián repartía las monedas, circundado por las teas encendidas de Alta Torre y sus empleados. Los demás, excepto Moraine, aguardaban más allá, arracimados a causa de la ansiedad. La Aes Sedai contemplaba el río, aun cuando lo que en él veía no era patente a los ojos de Rand. Con un estremecimiento, éste se arrebujó en la capa, a pesar de la humedad que la impregnaba. Ahora se encontraba verdaderamente fuera de Dos Ríos y la distancia que lo separaba de su región parecía mayor que la amplitud del cauce.

—Tomad —dijo Lan, dando la última moneda a Alta Torre—. Tal como hemos acordado. —Como no cerraba la bolsa, el barquero dirigió una ávida miraba a su interior.

Con un estrepitoso crujido, el suelo del andén empezó a temblar. Alta Torre dio un respingo y volvió la cabeza hacia la barcaza cubierta de bruma. Las antorchas que permanecían a bordo eran un par de borrosos puntos de luz mortecina. El muelle crujió y, con un estruendoso estallido de madera partida, los dos leves centelleos vacilaron y luego volvieron a definir su fulgor. Egwene exhaló un grito inarticulado y Thom soltó una maldición.

—¡Se ha soltado! —vociferó Alta Torre, agarrando a sus ayudantes para empujarlos hacia el borde del embarcadero— ¡El transbordador se ha soltado, ineptos! ¡Amarradlo! ¡Amarradlo!

Los hombres avanzaron unos pasos ante los empellones de su patrón, y se pararon de inmediato. Las tenues luces de la barcaza giraban aprisa, a una velocidad creciente. Sobre sus cabezas, la niebla se agitaba en torbellino, englutida por la vorágine. El embarcadero oscilaba. El crujir de madera astillada dominó el aire mientras la embarcación comenzaba a quebrarse.

—¡Un remolino! —exclamó uno de los trabajadores, con tono empavorecido.

—No hay remolinos en el Taren. —Alta Torre parecía consternado—. Nunca ha habido ninguno...

—Un malhadado incidente. —La voz de Moraine sonaba hueca en la neblina que la convertía en una sombra mientras volvía su rostro de la corriente.

—Realmente desafortunado —convino inexpresivo Lan—. Me temo que deberá pasar una temporada antes de que atraveséis el río con nuevos clientes. Siento que hayáis perdido vuestra barca al hacernos este servicio. —Hurgó nuevamente en la bolsa, que aún tenía en la mano—. Esto os recompensará.

Alta Torre observó unos instantes el oro, que relucía en la mano de Lan a la luz de la antorcha; después hundió la cabeza entre los hombros, clavando la mirada en todos los pasajeros. Indistintos bajo la bruma, los componentes del grupo permanecieron en silencio. Con un grito de terror, el barquero arrebató el dinero de la mano de Lan, giró sobre sí y echó a correr entre las tinieblas. Sus ayudantes siguieron a la zaga y sus antorchas pronto se perdieron en su carrera río arriba.

—Ya no hay nada que nos retenga aquí —dijo la Aes Sedai, como si nada extraordinario hubiera acontecido.

Después se alejó del muelle, llevando del ronzal a su yegua blanca.

Rand continuó observando la corriente oculta. «Puede que haya sido un azar. Él ha dicho que no hay remolinos, pero...» De pronto, advirtió que los otros se habían marchado y remontó apresuradamente la suave pendiente de la orilla.

Tres pasos más allá, la niebla se desvaneció por completo. Se detuvo, estupefacto, y volvió la cabeza. El río hacía las veces de una línea divisoria, sobre uno de cuyos márgenes se abatía una espesa neblina mientras en el otro relucía un cielo despejado, todavía oscuro, a pesar de la intensidad de la luna que auguraba la proximidad del alba.

El Guardián y la Aes Sedai conversaban junto a sus caballos a corta distancia de la frontera de la niebla. Los demás se encontraban apiñados más allá; aún en la penumbra, su nerviosismo era patente. Todos los ojos estaban clavados en Lan y Moraine y, a excepción de Egwene, todos se inclinaban hacia atrás, como si se hallaran en la disyuntiva de perder a la pareja o de aproximarse demasiado. Rand condujo a *Nube* por las riendas y trotó los últimos espanes para situarse junto a Egwene, que le ofreció una sonrisa. No parecía que el brillo de sus ojos se debiera únicamente al reflejo de la luna.

—Sigue el curso del río como si estuviera trazada con una pluma —decía Moraine con tono satisfecho—. No existen diez mujeres en Tar Valon que puedan hacerlo por sí mismas. Y mucho menos cabalgando al galope.

—No querría que lo interpretarais como una queja —intervino Thom, con insólita timidez en él—, pero ¿no habría sido mejor resguardarnos hasta llegar un poco más lejos? Si ese Draghkar escudriña este lado del río, perderemos cuanto hemos ganado.

—Los Draghkar no son muy inteligentes, maese Merrilin —respondió con sequedad la Aes Sedai—. Son temibles y en extremo peligrosos y tienen una vista penetrante, pero escaso discernimiento. Le dirá al Myrddraal que esta orilla está despejada, pero el propio cauce está encapotado a lo largo de millas en ambos sentidos. El Myrddraal sabrá el esfuerzo suplementario que ello me ha costado y deberá considerar la posibilidad de que escapemos río abajo. Eso le hará perder tiempo, ya que habrá de dividir sus esfuerzos. La niebla persistirá lo suficiente como para que nunca llegue a saber si hemos navegado un trecho en barca.

Hubiera podido ampliar las brumas hacia Baerlon, pero en ese caso el Draghkar habría podido escrutar el río en cuestión de horas y el Myrddraal sabría con exactitud qué rumbo hemos tomado.

Thom emitió una ruidosa bocanada, sacudiendo la cabeza.

—Disculpad, Aes Sedai. Espero no haberos ofendido.

—Ah, Mo... ah, Aes Sedai. —Mat se detuvo para tragar saliva audiblemente—. El transbordador... ah..., habéis..., quiero decir... No comprendo por qué... —Sus palabras se apagaron débilmente, dando paso a un silencio tan profundo que el único sonido percibido por Rand era su propia respiración.

Finalmente Moraine habló y su voz pobló de aridez la tensa quietud.

—Todos queréis explicaciones, pero, si os refiriera el motivo de cada uno de mis actos, no tendría tiempo para hacer nada más. —A la luz de la luna, la Aes Sedai aparecía extrañamente más alta, casi proyectando su silueta sobre ellos—. Os diré una cosa: es mi intención llevaros sanos y salvos hasta Tar Valon. Esto es lo único que debéis saber.

—Si continuamos aquí parados —observó Lan—, el Draghkar no tendrá necesidad de buscar en el río. Si mal no recuerdo... —Hizo subir al caballo la cuesta de la ribera.

Como si el movimiento del Guardián lo hubiese liberado de un peso en el pecho, Rand inspiró profundamente. Al oír que los demás, incluso Thom, hacían lo mismo, recordó un viejo dicho: «Mejor escupir a un lobo en el ojo que inducir a una Aes Sedai a enojo». Con todo, la tensión se había relajado. Moraine ya no proyectaba una estatura extraordinaria, y otra vez apenas le llegaba al pecho.

—Supongo que no podríamos descansar un poco —dijo esperanzado Perrin, y remató sus palabras con un bostezo.

Egwene, apoyada contra *Bela*, suspiró fatigada.

Aquél fue el primer sonido remotamente semejante a una queja que Rand escuchó de sus labios. «Quizás ahora se dé cuenta de que, después de todo, esto no es una maravillosa aventura.» Entonces recordó con sensación de culpa que, a diferencia de él, la muchacha no había pasado el día durmiendo.

—Necesitamos reposo, Moraine Sedai —apuntó—. No en vano hemos cabalgado toda la noche.

—En ese caso sugiero que veamos lo que nos ha preparado Lan —repuso Moraine—. Venid.

Los guió por la pendiente, hacia los bosques que se extendían más allá del margen. Las ramas desnudas intensificaban las sombras. A unos cien espanes del Taren llegaron a un oscuro montículo situado junto a un claro. En aquel punto, una remota crecida había socavado y derribado todo un bosquecillo de árboles, amontonándolos hasta formar una gran maraña espesa, un amasijo compacto de troncos, ramas y raíces. Al detenerse Moraine, apareció de súbito una luz en el suelo, procedente de debajo de la masa arbórea.

Con una antorcha en alto, Lan se deslizó fuera del montículo y se enderezó.

—No ha venido ningún visitante inesperado —informó a Moraine—. Y la leña que dejé todavía está seca, de modo que he encendido una pequeña hoguera. Así descansaremos en un ambiente caldeado.

—¿Habíais previsto que efectuaríamos una parada aquí? —preguntó, sorprendida, Egwene.

—Parecía un lugar agradable —repuso Lan—. Me gusta ir prevenido, por si acaso.

Moraine tomó la tea de su mano.

—¿Os ocuparéis de los caballos? Cuando acabéis, haré lo posible por mitigar vuestra fatiga. Ahora deseo hablar con Egwene. ¿Vienes?

Rand vio cómo las dos mujeres se encorvaban y desaparecían bajo la gran pila de troncos. Tenía una boca muy baja, apenas lo bastante grande para entrar arrastrado. La luz de la antorcha se desvaneció.

Lan había incluido morrales y una pequeña cantidad de avena entre las provisiones, pero no los dejó desensillar los caballos, sacando en su lugar las trabas que había incorporado también a su equipaje.

—Descansarían mejor sin las sillas, pero, si hemos de marcharnos de forma apresurada, no tendríamos tiempo para volver a ponérselas.

—No tienen aspecto de precisar gran reposo —comentó Perrin mientras intentaba deslizar un morral sobre el hocico de su montura.

El caballo sacudió la cabeza antes de permitirle situar correctamente las correas. Rand también tenía dificultades con *Nube* y hubo de realizar tres intentos para pasar la bolsa de lona por encima del morro del rucio.

—Sí lo precisan —les dijo Lan, al tiempo que se incorporaba después de menear a su semental—. Oh, todavía pueden correr. Correrían a toda velocidad si los dejásemos hasta el mismo instante antes de caer muertos a causa de una extenuación que ni siquiera habrían advertido. Habría preferido que Moraine Sedai no hubiera tenido que hacer lo que ha hecho, pero era necesario. —Dio una palmada al cuello del semental, el cual sacudió la cabeza como si reconociese el contacto de la mano del Guardián—. Deberemos evitar forzar su marcha a lo largo de los próximos días, hasta que se recuperen. Mantendremos un ritmo más lento del que yo desearía, aunque con suerte, tal vez sea suficiente.

—¿Es eso...? —Mat tragó saliva—. ¿Es eso a lo que se refería ella con lo de mitigar nuestra fatiga?

Rand acarició el lomo de *Nube* y apartó la mirada. A pesar de lo que había hecho por Tam, era reacio a ser receptor del Poder. «Que la Luz me ampare, ¡si casi ha admitido ser ella la causante del hundimiento del barco...!»

—Algo parecido —respondió con ironía Lan—. Pero no tenéis que preocuparos por la perspectiva de echar a correr hasta caer reventados. No a menos que las cosas empeoren. Consideradlo simplemente como una dosis suplementaria de sueño reparador.

De improviso, resonó el agudo chillido del Draghkar proveniente del río cubierto de niebla, y paralizó incluso a los caballos. Se oyó otra vez, más cercano ahora, y una más, horadando los cerebros como una aguja. Después los gritos se alejaron, hasta apagarse por completo.

—Ha habido suerte —musitó Lan—. Nos está buscando sobre el cauce. —Se encogió de hombros, adoptando un aire práctico—. Entremos. No me vendrá nada mal un té caliente y algo que llevarme al estómago.

Rand fue el primero en penetrar arrastrado en la maraña de árboles, que daba paso a un corto túnel. Al final de éste se detuvo, todavía en cuclillas, para observar un espacio de contornos irregulares, una cueva leñosa lo bastante amplia para dar cabida a todos ellos. El techo de troncos era demasiado bajo para que pudieran permanecer de pie los hombres. El humo de una pequeña fogata que ardía sobre un lecho de cantos rodados se elevaba para desaparecer impulsado por la corriente de aire. El entramado de ramas era, no obstante, lo bastante tupido para encubrir el más leve resplandor de las llamas. Moraine y Egwene, con las capas echadas a un lado, se hallaban sentadas junto al fuego, una frente a la otra.

—El Poder Único —explicaba Moraine— procede de la Fuente Verdadera, la fuerza impulsora de la creación, la fuerza que el Creador forjó para hacer girar la Rueda del Tiempo. —Juntó las manos ante ella, apretándolas—. *Saidin,* la parte masculina de la Fuente Verdadera, y *Saidar,* la femenina, pugnan entre sí, en su dicotomía, y a la vez cooperan para suministrar dicha fuerza. —Levantó una mano y luego la dejó caer—. *Saidin* está mancillado por el contacto del Oscuro, igual que el agua sobre la que flota una espesa capa de aceite rancio. El agua mantiene su pureza, pero no puede tocarse sin atravesar la suciedad. Únicamente *Saidar* ofrece aún garantías al utilizarlo.

Egwene daba la espalda a Rand. Éste no podía verle la cara, pero estaba inclinada hacia adelante y escuchaba con vehemencia.

Al azuzarlo Mat por detrás, murmurando algo, se adentró en la arbórea caverna. Moraine y Egwene hicieron caso omiso de su entrada.

Los restantes hombres irrumpieron tras él y, luego de sacudirse las húmedas capas, se sentaron en torno al fuego y alargaron las manos en busca de calor. Lan, el último en entrar, sacó unos odres con agua y sacos de cuero de un escondrijo de la pared, tomó un hervidor y se dispuso a preparar el té. El Guardián no prestaba ninguna atención a la conversación de las mujeres, pero los demás dejaron de calentarse las manos para mirarlas sin disimulo. Thom parecía centrar exclusivamente su interés en cargar la pipa, pero la manera como se ladeaba hacia ellas volvía vanas sus pretensiones. Moraine y Egwene se comportaban, por el contrario, como si estuvieran solas.

—No —respondió Moraine a una pregunta que Rand no acertó a oír—, la Fuente Verdadera no puede agotarse, al igual que un río no se seca por el uso que haga de sus aguas una rueda de molino. La Fuente es el río y la Aes Sedai la rueda de molino.

—¿Y de veras creéis que puedo aprender? —inquirió Egwene con rostro anhelante, tan hermoso como Rand no lo había visto nunca—. ¿Que puedo llegar a ser una Aes Sedai?

Rand se levantó de un salto, chocando con la cabeza en el bajo techo de ramas. Thom Merrilin lo cogió del brazo y lo obligó a sentarse de nuevo.

—No seas insensato —murmuró el juglar. Después de posar una mirada en las mujeres, que ellas no parecieron advertir, miró con compasión a Rand—. Ahora ya no puedes impedirlo, muchacho.

—Chiquilla —repuso suavemente la Aes Sedai—, sólo unos cuantos elegidos son capaces de entrar en contacto con la Fuente Verdadera y utilizar el Poder Único. Algunos de ellos pueden adquirir habilidades más aguzadas que otros. Tú te encuentras en el exiguo grupo de aquellos que no precisan aprendizaje o, al menos, el acceso a la Fuente te será concedido tanto si lo deseas como si no. No obstante, sin las enseñanzas que puedes recibir en Tar Valon, nunca aprenderás a encauzarlo con plenitud y puede que no sobrevivas a ello. Los hombres que poseen la capacidad innata de manipular el *Saidin* mueren, siempre que el Ajah Rojo no los localice y amanse su poder, claro está...

Thom carraspeó y Rand se revolvió incómodo. Los hombres de la especie de la que hablaba la Aes Sedai eran raros —sólo había tenido noticias de la existencia de tres de ellos durante toda su vida, y, gracias a la Luz, nunca en Dos Ríos—, pero el daño que ocasionaban antes de que las Aes Sedai los encontraran era siempre lo bastante importante para que corriese la voz, al igual que ocurría con las guerras o los terremotos que destruían ciudades. Jamás había comprendido realmente qué función cumplían los Ajahs. De acuerdo con las historias de ficción, éstos eran afiliaciones entre las Aes Sedai cuyo objeto parecía ser las más de las veces conspirar y disputar entre sí. Sin embargo, los relatos dejaban bien claro el detalle de que el cometido principal del Ajah Rojo era la prevención de un nuevo desmembramiento del mundo, a cuyo fin perseguían a todo hombre que tuviera tan sólo la pretensión de manejar el Poder Único. Mat y Perrin tenían de pronto aspecto de desear encontrarse de nuevo en sus hogares, arropados en sus camas.

—Pero algunas de las mujeres mueren también. Es difícil aprender sin una directriz. Las mujeres que no localizamos nosotros, las que no perecen, a menudo devienen... bien, en esta parte del mundo se las denomina Zahoríes de sus pueblos. —La Aes Sedai hizo una pausa, con aire pensativo—. La antigua sangre corre vigorosa en Campo de Emond y aquella vieja sangre es un canto. Reconocí tu condición desde el primer momento en que te vi. Ninguna Aes Sedai puede permanecer en presencia de una mujer capaz de encauzar el Poder, o pronta a adquirir tal habilidad, sin percibirlo. —Hurgó en la bolsa prendida en su cinturón y sacó la gema azul encadenada a una hebra de oro que adornaba días antes sus cabellos—. No tardarás en experimentar el cambio, en vivir tu primer contacto. Mejor será que yo te guíe a través de él. De ese modo, te evitarás... los desagradables efectos producidos en aquellos que han de hallar a solas su propio camino.

Egwene abrió muy grandes los ojos al contemplar la piedra y se humedeció los labios repetidas veces.

—¿Es..., está esto imbuido de Poder?

—Por supuesto que no —espetó Moraine—. Las cosas no contienen Poder, hija. Incluso un *angreal* no es más que una herramienta. Esto es solamente una piedra preciosa azul. Pero puede emitir luz. Mira.

Las manos de Egwene temblaban cuando Moraine depositó la gema entre sus dedos. Hizo ademán de tirar de ella, pero la Aes Sedai retuvo sus dos manos en una de las suyas mientras rozaba suavemente con la otra la cabeza de Egwene.

—Mira la piedra —indicó quedamente la Aes Sedai—. Es mejor de este modo que buscar a tientas por cuenta propia. Aparta de tu mente toda imagen que no sea esta piedra. Sólo existe la piedra y el vacío. Yo voy a comenzar. Sigue la corriente, deja que te guíe. Ningún pensamiento. Abandónate a la corriente.

Rand se clavó las uñas en las rodillas; apretaba las mandíbulas hasta el extremo de sentir dolor en ellas. «Que no lo consiga. Que no lo consiga.»

La piedra desprendió una luz, un tenue resplandor azul no más intenso que el de una luciérnaga, que se apagó casi de forma instantánea. Sin embargo él se echó atrás como si se tratase de una llama cegadora.

Egwene y Moraine miraban la gema con rostros inexpresivos. Otro centelleo brotó de ella, y otro más, hasta que la luz azulada latió como el pulso de un corazón. «Es la Aes Sedai», pensó con desesperación. «Es Moraine quien lo provoca y no Egwene.»

Tras un último y débil parpadeo, la piedra se convirtió de nuevo en una mera bagatela. Rand contuvo el aliento.

Por espacio de un minuto Egwene continuó con su mirada clavada en la pequeña gema; después alzó los ojos hacia Moraine.

—Yo... he creído notar... algo, pero... Quizás os hayáis equivocado respecto a mí. Siento haberos hecho desperdiciar el tiempo.

—No he desperdiciado nada, pequeña. —Una leve sonrisa de satisfacción flotaba en los labios de Moraine—. Ese último destello lo has producido tú sola.

—¿Yo? —repuso Egwene, para volver a sumirse en la melancolía—. Pero era casi insignificante.

—Ahora te comportas como una ignorante muchacha de pueblo. La mayoría de las que van a Tar Valon deben estudiar durante meses para poder lograr lo que tú acabas de hacer. Puedes llegar muy lejos. Tal vez a la Sede Amyrlin, si te aplicas con afán en el estudio y el trabajo.

—¿Queréis decir que...? —Con un grito gozoso, Egwene rodeó con los brazos a la Aes Sedai—. ¡Oh, gracias! Rand, ¿has oído? ¡Voy a ser una Aes Sedai!

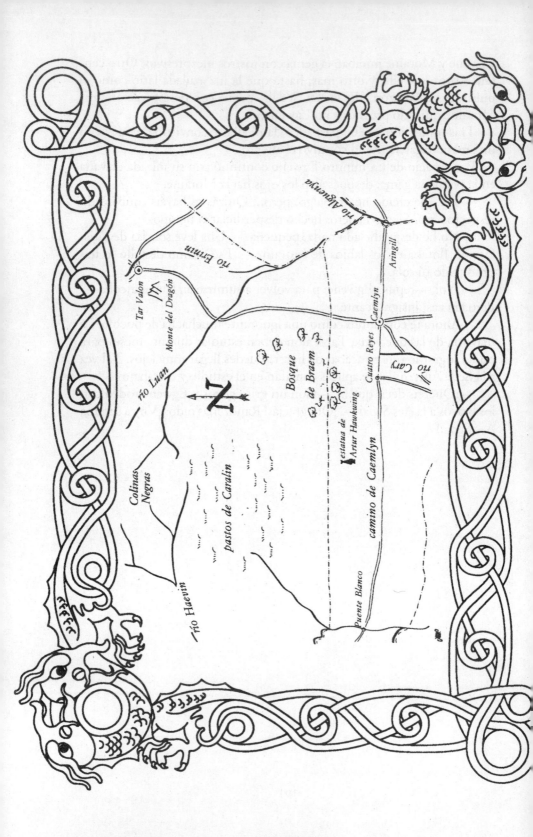

13

ELECCIONES

Antes de acostarse, Moraine se arrodilló junto a cada uno de ellos y dejó reposar las manos sobre sus cabezas. Lan rezongó diciendo que no lo necesitaba y que ella no debía malgastar sus fuerzas; sin embargo, no hizo intento alguno de detenerla. Egwene aguardaba con avidez aquella experiencia, mientras que Mat y Perrin sentían una clara aprensión, si bien el propio temor les impedía rechazarla. Thom dio un respingo; logró zafarse del contacto de la Acs Sedai, pero ésta tomó su cabeza canosa con una mirada tajante que no dejaba margen a insensateces. El juglar soportó el proceso con rostro ceñudo y Moraine esbozó una sonrisa burlona al terminar. El hombre arrugó aún más el entrecejo, aun cuando era evidente el renovado vigor en su rostro. Todos mostraban una nueva frescura.

Rand se había retirado a una oquedad de la irregular pared donde confiaba permanecer inadvertido. A pesar de la pesadez en los párpados que lo inducía a cerrar los ojos, una vez que se hubo recostado contra la maraña de leña se obligó a observar el acontecimiento. Se llevó un puño a la boca para contener un bostezo. Un rato de sueño, una o dos horas, bastarían para aplacar su cansancio. Pero la Aes Sedai no se olvidó de él.

Al sentir el frescor de los dedos de Moraine en la cara, Rand se encogió e intentó decir algo:

—Yo no...

Pero de inmediato abrió desorbitadamente los ojos, estupefacto: su fatiga era absorbida como el agua que corre colina abajo, y las magulladuras y el dolor, desvanecidos, pasaron al rincón de los recuerdos. La miró boquiabierto. Ella se limitó a sonreírle mientras retiraba las manos.

—Ya está —dijo al incorporarse, con un suspiro de cansancio que recordó a Rand el hecho de que no podía aplicar aquel remedio sobre ella misma. La Aes Sedai bebió un poco de té y rehusó el pan y el queso que Lan insistía en hacerle comer; luego se hizo un ovillo junto al fuego. Al parecer, quedó dormida en el preciso instante en que se arropó con la capa.

Los demás, excepto Lan, conciliaron el sueño en cualquier espacio que hallaron libre para tumbarse. Rand, sin embargo, no alcanzaba a imaginar el porqué. Él se encontraba tan despejado como si hubiera dormido durante toda la noche. No bien hubo apoyado la espalda en la pared, no obstante, el sueño se adueñó de él. Cuando Lan lo despertó una hora después, se sentía como si hubiera descansado tres días seguidos.

El Guardián los hizo levantar a todos, salvo a Moraine, y atajó con gesto severo cualquier ruido que pudiera despertarla. Con todo, no les permitió permanecer más de unos minutos en la confortable cueva de troncos. Antes de que el sol hubiera alcanzado el doble de su propia altura en el horizonte, habían borrado todo rastro de que alguien hubiera pernoctado allí y, ya en sus monturas, avanzaban en dirección norte hacia Baerlon, aunque lo hacían despacio para preservar los caballos. La Aes Sedai tenía ojeras muy marcadas, pero se mantenía erguida y firme en la silla.

La niebla aún se cernía sobre el río que dejaban atrás, formando una pared que neutralizaba los esfuerzos del débil sol por penetrarla. Rand miraba por encima del hombro mientras cabalgaba, con la esperanza de captar una última imagen de su tierra, aunque fuese de Embarcadero de Taren, hasta que perdió de vista el banco de brumas.

—Nunca pensé encontrarme tan lejos de casa —comentó cuando por fin los árboles taparon a un tiempo el río y la neblina—. ¿Os acordáis del tiempo en que Colina del Vigía parecía un sitio tan lejano?

Aquella época, que ahora se le antojaba remota, había durado hasta hacía tan sólo dos días.

—Volveremos dentro de un mes o dos —respondió Perrin con voz forzada—. Piensa en todo lo que tendremos para contar.

—Ni siquiera los trollocs pueden perseguirnos siempre —afirmó Mat—. Demonios, no pueden hacerlo. —Se estiró y, tras emitir un profundo suspiro, se hundió en la silla como si no creyera ni una palabra de lo dicho.

—¡Los hombres! —se mofó Egwene—. Estáis viviendo la aventura de la que siempre estabais parloteando y ya habláis de regresar a casa.

Tenía la cabeza erecta, pero aun así Mat percibió un temblor en su voz, ahora que ya no alcanzaban a ver nada de Dos Ríos.

Ni Moraine ni Lan realizaron ningún gesto para tranquilizarlos, ni pronunciaron una sola palabra para asegurarles que sin duda regresarían. Procuró no pensar en el significado que podía tener aquella actitud. Aun liberado del cansancio, la incertidumbre lo roía de modo tan implacable como para no desear incrementarla. Hundió la cabeza entre los hombros y se sumió en una ensoñación poblada por su propia persona, que guardaba los corderos junto a Tam en un prado de verdes y lujuriantes pastos, mientras el canto de la alondra amenizaba aquella mañana de primavera. También imaginó un viaje a Campo de Emond y los festejos de Bel Tine de antaño, cuando su única preocupación era no tropezar al danzar en el Prado. Logró perderse en el recuerdo durante largo rato.

El recorrido hasta Baerlon les llevó casi una semana. Lan protestaba acerca de la lentitud de la marcha, pero era él quien marcaba el paso y obligaba a mantenerlo a los demás. Consigo mismo y con su semental, cuyo nombre, *Mandarb,* decía que significaba «espada» en la Antigua Lengua, no escatimaba tanto las energías. El Guardia cubría doble trecho que los otros; se adelantaba al galope, con su capa de color cambiante ondulando al viento, para explorar el terreno, o se rezagaba para examinar el rastro que dejaban. Cualquier otro que intentara avanzar a un ritmo que no fuera al paso recibía una tajante reprimenda acerca de la irresponsabilidad de agotar a los caballos, o crudas palabras que invocaban la situación de tener que huir a pie ante una manada de trollocs. Ni siquiera Moraine se hallaba a salvo de la mordacidad de su lengua si dejaba aligerar lo más mínimo las zancadas de su yegua blanca. La yegua se llamaba *Aldieb,* «viento del oeste» en la Antigua Lengua; el viento que acarreaba las lluvias de primavera.

Los reconocimientos del terreno realizados por el Guardián no advirtieron en ninguna ocasión señales de persecución o celada. Únicamente a Moraine refería el resultado de sus pesquisas, lo cual hacía en voz baja para no ser oído, y ésta informaba a los otros de lo que le parecía conveniente poner en su conocimiento. Al principio, Rand miraba hacia atrás con igual frecuencia que frente a sí. No era el único. Perrin apretaba a menudo el mango del hacha y Mat cabalgaba con una flecha dispuesta en el arco. Sin embargo, en la tierra que dejaban a sus espaldas seguían sin aparecer trollocs ni personajes vestidos con capas negras y el cielo continuaba libre de la presencia del Draghkar. Poco a poco, Rand comenzó a abrigar la esperanza de haber escapado.

Incluso las más espesas partes del bosque tenían poco resguardo que ofrecerles. El invierno persistía con igual pertinacia al norte del Taren que en Dos Ríos. Algunos bosquecillos de pinos, abetos o cedros y, cada tanto, algunos laureles, salpicaban de verdor la desnudez de la floresta. Ni de los propios saúcos había brotado una hoja. Sólo algunos retoños diseminados destacaban su tonalidad sobre los parduscos prados arrasados por las nieves invernales. En aquellos parajes lo único que crecía eran, asimismo, ortigas, cardos y plantas hediondas. En la desolada tierra del lecho del bosque todavía quedaban retazos de nieve en los rincones umbríos y debajo de las copas de ejemplares de hoja perenne. Todos se arrebujaban en las capas, puesto que el mortecino sol no desprendía calor y la gelidez de la noche penetraba hasta los huesos. Tampoco allí volaban más aves que en Dos Ríos, ni siquiera cuervos.

La lentitud de su marcha no era en absoluto apaciguante. El Camino del Norte —como continuaba denominándolo mentalmente Rand, pese a sospechar que a ese lado del Taren debía de recibir otro nombre— avanzaba recto en la misma dirección, pero ante la insistencia de Lan habían de desviarse y adentrarse en la espesura, para hollar su suelo con igual proporción que la tierra allanada de la carretera. Un pueblo, una granja, o cualquier evidencia de poblamiento los inducía a efectuar un rodeo de millas para evitarlo, a pesar de que aquellos parajes parecían insólitamente deshabitados. El primer día Rand no vio nada que evidenciara la presencia de hombres en aquellos bosques. Tanto era así que se le ocurrió pensar que incluso cuando había ido hasta el pie de las Montañas de la Niebla, probablemente no se había encontrado tan alejado de cualquier habitáculo humano como lo estuvo aquella primera jornada.

La primera granja que vio, una amplia vivienda y un alto establo con empinados tejados de paja con una chimenea de piedra de la que brotaba una espiral de humo, le causó gran impresión.

—No se diferencia en nada de las de nuestra zona —dijo Perrin.

Frunció el entrecejo al contemplar los distantes edificios, en cuyos patios se movía la gente, inconsciente de la proximidad de viajeros.

—Claro que sí —objetó Mat—. Lo que pasa es que no estamos lo bastante cerca para verla bien.

—Te digo que es igual —insistió Perrin.

—No puede ser. Después de todo, estamos al norte del Taren.

—Callaos los dos —gruñó Lan—. Recordad que no debemos llamar la atención. Por aquí.

Dicho esto, viró rumbo oeste, para rodear la casa entre los árboles.

Rand miró hacia atrás y pensó que Perrin estaba en lo cierto. Aquella granja tenía un aspecto similar al de cualquiera de las situadas en los alrededores de Campo de Emond. Había un chiquillo que sacaba agua del pozo y unos muchachos de más edad que daban de comer a los corderos al lado de un cercado. Incluso tenía un cobertizo para secar el tabaco. Pero Mat tenía también razón. «Estamos al norte del Taren. Tiene que ser distinta.»

Siempre se detenían con las últimas luces del día para seleccionar un lugar seco y resguardado del viento, el cual raras veces amainaba del todo, cambiando si acaso de rumbo. La fogata que encendían era siempre exigua, imperceptible a pocas yardas y, una vez calentada el agua para el té, apagaban sus llamas y enterraban las brasas.

Al final del primer día, antes de la caída del sol, Lan comenzó a instruir a los muchachos en el uso de las armas que llevaban. Inició su clase con el arco. Después de ver cómo Mat clavaba tres flechas en un blanco del tamaño de la cabeza de un hombre, en el tronco estriado de un cedro, a cien pasos de distancia, indicó a los otros que dispararan por turnos. Perrin duplicó la marca de Mat y Rand, invocando la llama y el vacío, la calma callada que le permitía formar una unidad con el arco, prendió las puntas de sus tres proyectiles casi en el mismo punto central. Mat lo felicitó, dándole una palmada en el hombro.

—Ahora bien, si todos tuvierais arcos —dijo secamente el Guardián cuando empezaban a sonreír— y los trollocs acordaran acercarse tanto que no pudierais usarlos... —Sus sonrisas se disiparon de golpe—. Veamos qué puedo enseñaros en previsión de que se aproximaran hasta ese extremo.

Instruyó sucintamente a Perrin en el manejo de aquella hacha de hoja ancha; esgrimir una hacha contra alguien, o contra algo, armado no era lo mismo que partir leña o blandirla con aire amenazador. Después de poner a practicar al fornido aprendiz de herrero los ejercicios básicos de obstrucción, elusión y ataque, pasó a aleccionar a Rand en el uso de la espada. Éste no consistía en el salto de impulso y la salvaje cuchillada que Rand tenía en la mente, sino en movimientos relajados, que se entrelazaban semejando casi una danza.

—No basta con blandir la hoja —explicaba Lan—, aunque ésa sea, desde luego, la esencia. La inteligencia juega un papel preeminente. Deja la mente en blanco, pastor. Vacíala de odios, temores y emociones. Extermínalos. Vosotros dos escuchad también esto. Os puede servir tanto para el hacha, el arco, la lanza o la barra, e incluso para la lucha cuerpo a cuerpo.

Rand lo miró fijo.

—La llama y el vacío —dijo inquisitivamente— Es eso a lo que os referís, ¿no es cierto? Mi padre me lo enseñó.

El Guardián le dirigió una mirada inescrutable por toda respuesta.

—Aferra la espada como te he mostrado, pastor. No puedo convertir en una hora a un campesino harto de andar en el fango en un espadachín, pero tal vez evite que te cortes tu propio pie.

Con un suspiro, Rand levantó el arma ante sí con ambas manos. Moraine los observaba sin expresión alguna, pero al día siguiente pidió a Lan que prosiguiera con la instrucción.

La cena era siempre la misma que la comida y el desayuno, pan, queso y carne seca, excepto aquellas noches en que tomaban té caliente para acompañarlo, en lugar de agua. Thom los entretenía al atardecer. Lan no le consentía tocar el arpa o la flauta —no había necesidad de alborotos, decía el Guardián—, pero Thom hacía malabarismos y contaba historias. *Mara y los tres reyes traviesos* o una de los cientos de relatos sobre Anla el sabio consejero o alguna narración cargada de gloria y hazañas, como *La Gran Cacería del Cuerno*, que contenía siempre un final feliz y un alborozado regreso al hogar.

Aun cuando la tierra estuviera apacible a su alrededor, los trollocs no hicieran aparición entre los árboles ni el Draghkar entre las nubes, Rand tenía la impresión de que ellos solos avivaban la tensión, en toda ocasión en que ésta parecía a punto de ceder.

Fue una mañana especial aquella en que Egwene se levantó y comenzó a destrenzarse el pelo. Rand la miraba por el rabillo del ojo mientras liaba la manta. Cada noche, cuando apagaban el fuego, todo el mundo se acostaba salvo Egwene y la Aes Sedai. Las dos mujeres siempre se alejaban del grupo y charlaban durante una o dos horas, para volver cuando el resto dormía. Egwene se peinaba los cabellos, en cien pasadas, según calculó Rand, mientras él ensillaba a *Nube,* atando las albardas y la manta detrás de la silla. Después dejó el peine, se ahuecó el pelo sobre los hombros y se subió la capucha de la capa.

—¿Qué estás haciendo? —preguntó atónito. Ella lo miró de soslayo, sin responder. Aquélla era la primera vez, cayó en la cuenta, que le dirigía la palabra desde hacía dos días, desde la noche en que se cobijaron en la cueva de troncos a orillas del Taren, pero ello no le impidió proseguir—: Toda la vida has estado esperando poder llevar trenza ¿y ahora la dejas a un lado? ¿Por qué? ¿Porque ella no se trenza el pelo?

—Las Aes Sedai llevan el cabello suelto —repuso simplemente la muchacha—. Al menos, si así les place.

—Tú no eres una Aes Sedai. Tú eres Egwene al'Vere de Campo de Emond y a las mujeres del Círculo les daría un ataque si te vieran así.

—Los asuntos del Círculo de Mujeres no te conciernen a ti, Rand al'Thor. Y yo seré una Aes Sedai en cuanto llegue a Tar Valon.

—¿En cuanto llegues a Tar Valon? —respondió con un bufido— ¿Por qué? En nombre de la Luz, contesta. Tú no eres un Amigo Siniestro.

—¿Crees que Moraine Sedai es un Amigo Siniestro? ¿De veras lo crees? —Se puso en guardia delante de Rand con los puños apretados y él casi pensó que iba a propinarle un puñetazo—. ¿Después de que fue ella quien salvó al pueblo? ¿Después de haberle salvado la vida a tu padre?

—Yo no sé lo que es, pero, sea lo que sea, eso no demuestra cómo son los demás. Las historias...

—¡Deja de ser un niño de una vez, Rand! Olvida los cuentos y abre los ojos.

—¡Con estos ojos he visto cómo hundía la barcaza! ¡A ver si eres capaz de negarlo! Cuando se te mete algo en la cabeza, no darías ni un paso aunque alguien te dijera que pretendes estar de pie encima del agua. Si no fueras tan estúpidamente obcecada, verías...

—¿Que yo soy una estúpida? ¡Pues deja que te diga un par de cosas, Rand al'Thor! ¡Eres el más cabezota, el más cabeza de chorlito...!

—¿Acaso os habéis propuesto despertar a toda la gente en diez millas a la redonda, vosotros dos? —inquirió el Guardián.

Plantado allí con la boca abierta, tratando de meter baza, Rand cayó de pronto en la cuenta de que había gritado. Ambos habían hablado a voz en grito.

Ruborizada hasta las cejas, Egwene se volvió murmurando un «Hombres», que parecía dirigido tanto a él como Lan.

Rand recorrió el campamento con la mirada. Todos tenían la vista centrada en él; Mat y Perrin, con semblantes pálidos; Thom, tenso como si estuviera a punto de echar a correr o iniciar una pelea, y Moraine... El rostro de la Aes Sedai era inexpresivo como una máscara, pero sus ojos parecían penetrar su cerebro. Desesperadamente, trató de rememorar lo que había dicho sobre la Aes Sedai y los Amigos Siniestros.

—Es hora de partir —indicó Moraine, volviéndose hacia *Aldieb*.

Rand se estremeció aliviado, como si lo hubieran dejado salir de una jaula. Un instante después se preguntaba si realmente lo habían dejado salir.

Dos noches más tarde, junto al rescoldo del fuego, Mat lamió los últimos pedazos de queso prendidos a sus dedos y dijo:

—¿Sabes? Me parece que de veras les hemos dado el esquinazo.

Lan se hallaba ausente, realizando una última ronda de inspección por los alrededores; Moraine y Egwene se habían alejado para mantener su conversación diaria y Thom dormitaba sobre su pipa. De modo que los muchachos se encontraban a sus anchas.

—Si nos hemos librado de ellos —respondió Perrin, mientras revolvía ociosamente las brasas con un palo—, ¿por qué Lan continúa su vigilancia?

Casi dormido, Rand rodó sobre el suelo y quedó de espaldas al fuego.

—Perdieron nuestro rastro en Embarcadero de Taren. —Mat estaba tumbado con los dedos entrelazados bajo la cabeza, contemplando el cielo estrellado—. Suponiendo que de verdad nos persiguieran.

—¿Crees que ese Draghkar iba detrás de nosotros simplemente porque le caímos en gracia? —preguntó con sorna Perrin.

—Lo que yo digo es que dejemos de preocuparnos por los trollocs y cosas así —prosiguió Mat, como si Perrin no hubiera hablado— y comencemos a pensar en ver mundo. Estamos viajando hacia los mismos sitios de donde provienen las historias. ¿Cómo te imaginas que será una ciudad de verdad?

—Iremos a Baerlon —dijo, adormilado, Rand.

—Baerlon no está mal —replicó con un resoplido Mat—, pero yo he visto ese viejo mapa que tiene maese al'Vere. Si giramos hacia el sur una vez llegados a Caemlyn, el camino lleva directamente a Illian, y más lejos aún.

—¿Y qué tiene de especial Illian? —inquirió Perrin, con un bostezo.

—Pues en primer lugar —repuso Mat—, Illian no está lleno de Aes Se...

Ante aquella brusca pausa, Rand se desperezó de inmediato. Moraine había regresado de modo imprevisto. Aunque Egwene estaba a su lado, de pie en el borde del círculo iluminado, era sobre la Aes Sedai donde concentraban su atención. Los ojos de Moraine reflejaban la luz como oscuras piedras pulidas. Rand se preguntó de improviso cuánto rato hacía que se hallaba ahí.

—Los chavales sólo estaban... —comenzó a decir Thom, pero Moraine lo interrumpió.

—Unos pocos días de respiro, y estáis dispuestos a claudicar. —Su voz tranquila y acompasada contrastaba fuertemente con el fulgor de sus ojos—. Un día o dos de calma, y ya habéis olvidado la Noche de Invierno.

—No lo hemos olvidado —protestó Perrin—. Sólo que...

La Aes Sedai lo interrumpió y continuó hablando con el mismo tono pausado.

—¿Es ésa una actitud que todos compartís? ¿Estáis todos ansiosos por marchatos a Illian y borrar de vuestra memoria a los trollocs, los Semihombres y los Draghkar? —Los escrutó con un pétreo destello en la mirada que, combinado con el tono relajado de su voz, inquietaba sobremanera a Rand; pero no les dejó ocasión de responder—. El Oscuro va en pos de vosotros tres, o de uno de vosotros, y, si permito que os vayáis donde os plazca, caeréis en sus manos. Me opongo a que se cumpla cualquier designio del Oscuro y por ello os digo que, antes de que el Oscuro os atrape, os destruiré yo misma.

Fue el tono inalterable de su voz lo que convenció a Rand: la Aes Sedai haría exactamente lo que decía, si lo consideraba necesario. No fue él el único a quien costó conciliar el sueño aquella noche; incluso el juglar no comenzó a roncar hasta mucho después de haberse apagado las últimas brasas. Por una vez, Moraine no se ofreció a prestar ayuda.

Aquellas charlas nocturnas entre Egwene y la Aes Sedai tenían sobre ascuas a Rand. Cada vez que desaparecían en la penumbra, apartándose de los demás en busca de intimidad, comenzaba a cavilar acerca de la naturaleza y el contenido de aquellas entrevistas. ¿Qué estaba haciéndole la Aes Sedai a Egwene?

Una noche, aguardó a que los otros se hubieran acostado y, cuando Thom roncaba como una sierra que cortara una nudosa encina, se escabulló, envuelto en una manta. Utilizando todas las dosis de sigilo que había aprendido cazando conejos, avanzó bajo las sombras hasta agazaparse junto a la base de un alto pino de espeso follaje, lo bastante próximo al tronco caído en el que estaban sentadas Moraine y Egwene, a la luz de una pequeña linterna.

—Pregunta —decía Moraine— y te responderé si puedo hacerlo. Debes comprender que hay muchas cosas para las que no estás preparada todavía, conceptos que no puedes captar hasta que no hayas aprehendido otros, los cuales requieren a su vez un aprendizaje previo. De cualquier modo, puedes preguntar lo que quieras.

—Los Cinco Poderes —apuntó Egwene lentamente—: Tierra, Viento, Fuego, Agua y Energía. No me parece correcto que los hombres controlen los más fuertes al poder manejar la Tierra y el Fuego. ¿Por qué han de poseer ellos los poderes más contundentes?

—¿De veras lo crees así, pequeña? —repuso Moraine con una carcajada—. ¿Existe alguna roca cuya dureza no puedan vencer el viento y el agua, un fuego tan vigoroso que el agua y el viento no sean capaces de apagar?

Egwene guardó silencio durante unos instantes, hurgando con la punta del pie el mantillo del bosque.

—¿Ellos..., ellos fueron quienes..., quienes intentaron liberar al Oscuro y a los Renegados, no es cierto? ¿Fueron los hombres Aes Sedai? —Respiró profundamente y siguió hablando de forma atropellada—. Las mujeres no tuvieron nada que ver con eso; fueron los hombres quienes enloquecieron y desmembraron el mundo, ¿no es así?

—Tienes miedo —comentó sin miramientos la Aes Sedai—. Si te hubieras quedado en Campo de Emond, te habrías convertido en Zahorí, llegado el momento. Ésos eran los planes de Nynaeve, si no me equivoco. O habrías ocupado un puesto en el Círculo de Mujeres y resuelto los asuntos del pueblo mientras el Consejo del Pueblo creía que eran ellos los que lo hacían. Sin embargo, hiciste lo inimaginable: abandonaste Campo de Emond, abandonaste Dos Ríos, en busca de aventuras. Querías hacerlo y al tiempo te sientes atemorizada por ello. Y estás rehusando con obstinación dejar que el miedo te doblegue. De lo contrario, no me habrías preguntado cómo se deviene Aes Sedai, ni tampoco habrías arrojado por la borda tus hábitos y prejuicios.

—No —protestó Egwene—. No tengo miedo. Quiero ser una Aes Sedai.

—Sería mejor para ti que hubieras abrigado temores, pero confío en que mantengas esa convicción. Pocas mujeres poseen hoy en día la capacidad de convertirse en iniciadas y menos aún que deseen hacerlo. —Parecía que Moraine había comenzado a musitar para sí—. En verdad, no dos en un mismo pueblo. La antigua sangre corre efectivamente con fuerza en Dos Ríos.

Rand se revolvió en las sombras, y una ramita crujió bajo sus pies. Permaneció completamente inmóvil, sudando y conteniendo el aliento, pero ninguna de las dos mujeres volvió la vista.

—¿Dos? —se asombró Egwene—. ¿Quién es la otra? ¿Es Kari? ¿Kari Thane? ¿Lara Ayellan?

Moraine chasqueó con exasperación la lengua y luego dijo con severidad:

—Debes olvidar lo que acabo de decir. Me temo que ella seguirá otro camino. Ocúpate de tus propias circunstancias. No es una vía fácil la que has elegido.

—No me echaré atrás —afirmó Egwene.

—Que sea lo que la Luz quiera. Aun así, todavía esperas recibir pruebas tranquilizadoras y yo no puedo ofrecértelas, no del modo que tú deseas.

—No comprendo.

—Quieres saber que las Aes Sedai son buenas y puras, que fueron aquellos perversos hombres de las leyendas quienes provocaron el Desmembramiento del Mundo, no las mujeres. Bien, fueron los hombres, pero no eran más depravados que cualquier otro hombre. Habían enloquecido, pero no envilecido. Las Aes Sedai que encontrarás en Tar Valon son seres humanos que no se diferencian de cualquier mujer a no ser por ciertas habilidades especiales. Son decididas y cobardes, fuertes y débiles, bondadosas y crueles, afectuosas y ariscas. El hecho de devenir una Aes Sedai no modifica las inclinaciones naturales.

Egwene hizo acopio de aire antes de hablar.

—Supongo que era eso lo que me asustaba, que el Poder me transformara. Eso, y los trollocs. Y el Fado, y... Moraine Sedai, decidme, por la Luz, ¿por qué fueron los trollocs a Campo de Emond?

La Aes Sedai giró la cabeza y miró directamente al lugar donde se ocultaba Rand. A éste se le paralizó la respiración; los ojos de Moraine expresaban igual dureza que en el momento en que los había amenazado, y tenía la sensación de que podían penetrar el espeso ramaje del árbol. «Oh, Luz, ¿qué va a hacer si me atrapa escuchando a escondidas?»

Trató de retroceder, de confundirse con las sombras. Al tener la mirada fija en las mujeres, tropezó con una raíz y a punto estuvo de caer sobre un arbusto seco, el crujido de cuyas hojas lo habría delatado tan claramente como una detonación. Jadeante, se alejó a gatas, en un silencio que más debía a la suerte que a su propia cautela. El corazón le latía con tal fuerza que creyó que ello bastaría para llamar la atención. «¡Insensato! ¡Escuchar a hurtadillas a una Aes Sedai!»

Una vez en el campamento, logró tenderse sin hacer ruido. Al acostarse, Lan se movió, levantando la manta, pero volvió a aquietarse con un suspiro. Sólo había cambiado de postura. Rand dejó escapar una bocanada de aire en silencio.

Moraine apareció al poco rato entre la oscuridad y se detuvo en un punto desde el que era factible examinar las formas yacientes. La luz de la luna formaba una aureola en torno a su cabeza. Rand cerró los ojos y adoptó una respiración regular, pero al mismo tiempo aguzó el oído para percibir la proximidad de pasos. Nadie se acercó. En el momento en que volvió a abrir los párpados, la Aes Sedai se había ido.

Cuando por fin concilió el sueño, éste fue espasmódico, poblado de sudorosas pesadillas en las que todos los hombres de Campo de Emond decían ser el Dragón Renacido y todas las mujeres llevaban piedras azules en el pelo iguales a la de Moraine. Nunca más intentó escuchar las conversaciones privadas entre Egwene y Moraine.

El sexto día proseguían camino al mismo paso lento. El mortecino sol se deslizaba poco a poco hacia las copas de los árboles, mientras un grupo de finas nubes avanzaba a la deriva en dirección norte. El viento soplaba alto por el momento, y Rand se apartó la capa sobre los hombros, murmurando para sí. Se preguntaba si llegarían algún día a Baerlon. La distancia que habían cubierto desde el río era ya comparable a la que separaba Embarcadero de Taren del Puente Blanco, pero Lan siempre respondía que se trataba de un viaje corto cuando le preguntaban, apenas digno de recibir el nombre de un viaje. Aquello lo hacía sentir del todo desorientado.

Lan apareció delante de ellos en la espesura, de regreso de una de sus incursiones, y después refrenó la marcha para cabalgar junto a Moraine, con la cabeza ladeada, próxima a la de ella.

Rand esbozó una mueca, pero no formuló ninguna pregunta, dado que Lan se negaba por completo a escuchar aquel tipo de cuestiones.

Únicamente Egwene pareció acusar el retorno de Lan, lo cual era muestra de hasta qué punto se habían habituado al laconismo de éste. La muchacha no hizo, sin embargo, ningún ademán de aproximarse. Por más que la Aes Sedai hubiera comenzado a actuar como si Egwene fuera la responsable de los jóvenes de Campo de Emond, aquello no le daba pie a escuchar los informes del Guardián. Perrin transportaba el arco de Mat, sumido en el taciturno silencio que parecía enseñorearse más de ellos a medida que se alejaban de Dos Ríos. El lento caminar de los caballos permitía a Mat practicar malabarismos con tres pequeñas piedras bajo la mirada atenta de Thom Merrilin. El juglar les había impartido lecciones cada noche, al igual que Lan.

Cuando Lan terminó de dar explicaciones a Moraine, ésta se volvió para observar al resto. Rand intentó no adoptar un aire tenso al sentir sus ojos posados en él. ¿Se habían detenido en él un instante más que sobre los otros? Tenía la inquietante sensación de que ella sabía quién era el que había estado escuchando en la oscuridad aquella noche.

—¡Mira, Rand! —lo llamó Mat—. ¡Puedo manejar cuatro a la vez! —Rand gesticuló a modo de respuesta, sin volverse para mirar—. Ya te dije que conseguiría hacerlo con cuatro antes que tú. ¡Mira!

Habían coronado un altozano y a sus pies, a una escasa milla de distancia entre los desnudos árboles y las crecientes sombras del atardecer, se extendía Baerlon. Rand permaneció boquiabierto, tratando de sonreír a un tiempo.

La ciudad estaba circundada por una larga muralla, de veinte pies de altura, con torres de vigilancia de madera dispuestas a lo largo del trazado. En su interior, los tejados de pizarra y teja brillaban con el sol poniente, y las chimeneas despedían penachos de humo que se erguían en el aire. No se veía ni un solo tejado de paja. Un ancho camino partía del lado este de la población y otro similar lo hacía por el oeste, cada uno de ellos transitado, como mínimo, por una docena de carromatos y una doble cantidad de carretas de bueyes que se dirigían hacia la empalizada. Había granjas esparcidas alrededor, más numerosas en el norte, mientras que al mediodía apenas interrumpían la espesura del bosque; pero, por lo que a Rand concernía, su existencia era algo insignificante.

«¡Es mayor que Campo de Emond, Colina del Vigía y Deven Ride juntos! Y quizá también sumándoles Embarcadero de Taren.»

—De modo que esto es una ciudad —musitó Mat, que estiraba la cabeza hacia adelante por encima del cuello de su caballo.

Perrin sólo acertaba a sacudir la cabeza.

—¿Cómo puede vivir tanta gente en un mismo sitio?

Egwene se limitaba a mirar.

Thom Merrilin miró de soslayo a Mat; después giró los ojos en las órbitas y se tiró del bigote.

—¡Una ciudad! —bufó con sorna.

—¿Y tú, Rand? —preguntó Moraine—. ¿Qué impresión te produce Baerlon a primera vista?

—Que está muy lejos de casa —repuso lentamente, lo que provocó una sonora carcajada de Mat.

—Todavía habrás de ir más lejos —le advirtió Moraine—. Mucho más lejos. Pero no existe otra alternativa, excepto huir y esconderos y huir y esconderos de nuevo durante el resto de vuestras vidas. Debes recordar esto, cuando sientas la dureza del viaje. No tienes otra alternativa.

Rand intercambió unas miradas furtivas con Mat y Perrin. Sus semblantes reflejaban los mismos pensamientos que lo asaltaban a él. ¿Cómo podía hablar como si no dispusieran de alternativas después de lo que había dicho? «La Aes Sedai elige por nosotros.»

Moraine hizo caso omiso de la evidente reacción provocada por sus palabras y prosiguió:

—Aquí comienza de nuevo el peligro. Vigilad lo que digáis entre estas murallas y, sobre todo, no hagáis mención de trollocs, Semihombres ni entes semejantes. Ni siquiera debéis dedicar un pensamiento al Oscuro. Algunos de los habitantes de Baerlon detestan más a las Aes Sedai que la propia gente de Campo de Emond, y existe la posibilidad de topar con Amigos Siniestros. —Egwene se quedó boquiabierta, Mat palideció y Perrin murmuró entre dientes, pero la Aes Sedai continuó impasible—. Hemos de llamar lo menos posible la atención.

Lan sustituyó su capa de cambiantes tonos verdes y grises por otra marrón, más común, aunque de elegante corte y tejido.

—Aquí no utilizaremos nuestros auténticos nombres —prosiguió Moraine—. En esta ciudad me conocen con el nombre de Alys y a Lan con el de Andra. Recordadlo. Bien, entremos antes de que caiga la noche. Los muros de Baerlon permanecen cerrados del crepúsculo al alba.

Lan tomó la delantera; descendieron la colina y atravesaron las florestas que los separaban de la muralla. El camino cruzaba media docena de granjas, aun cuando ninguna de ellas se hallaba pegada a él y ninguno de los labriegos que se afanaban en sus tareas —rodeados de macizas cercas de madera, con puertas ya atrancadas pese a que aún lucía el sol— pareció advertir a los viajeros.

El Guardián se acercó a la muralla y tiró de una cuerda que pendía de la entrada. Entonces sonó una campana del otro lado del muro. De pronto, asomó un rostro arrugado tocado con un gastado sombrero de tela, y observó con suspicacia desde los extremos superiores de las vigas, que se erguían hasta más de tres espanes por encima de sus cabezas.

—¿Qué representa esto, eh? El día está demasiado avanzado para abrir esta puerta. Es demasiado tarde, digo. Dad la vuelta por la puerta del Puente Blanco si queréis...

Al dar la yegua de Moraine unos pasos al frente y situarse en un lugar visible, las arrugas del hombre se hicieron aún más profundas y dibujaron una sonrisa. El anciano pareció vacilar entre tomar la palabra o correr a cumplir con su cometido.

—No sabía que fuerais vos, señora —dijo—. Aguardad. Ahora bajo. Esperad un momento. Ahora voy, ahora mismo.

La cabeza desapareció de su vista, pero Rand todavía podía oír los gritos amortiguados que les indicaban que permaneciesen ahí, que ya acudía. Con discordantes chirridos que denunciaban la falta de uso, la puerta derecha osciló lentamente hacia afuera y se detuvo cuando el espacio abierto era suficiente para dejar pasar un caballo. Entonces el portero asomó la cabeza en el entresijo, les dedicó una nueva sonrisa desdentada y les cedió entrada. Moraine avanzó detrás de Lan, seguida de Egwene.

Rand trotó en pos de *Bela* y se encontró en una estrecha calle flanqueada de altas vallas de madera y enormes almacenes sin ventanas, con sus imponentes puertas cerradas a cal y canto. Como Moraine y Lan ya habían desmontado y hablaban con el portero de rostro arrugado, Rand descendió también del caballo.

El hombrecillo, vestido con una capa y chaqueta llenas de remiendos, sostenía su maltrecho sombrero en una mano e inclinaba la cabeza en toda ocasión en que tomaba la palabra. Al observar a los acompañantes de Moraine, la sacudió con gesto reprobador.

—Campesinos del sur —aseveró con una mueca—. ¿Cómo es posible, señora Alys, que se os haya metido en la cabeza recoger a gente del campo, con el pelo cubierto de paja? —Entones escrutó con la mirada a Thom Merrilin—. Vos no sois un pastor de ovejas. Recuerdo haberos dejado salir días atrás. ¿No les han complacido vuestros trucos por ahí abajo, eh, juglar?

—Espero que no hayáis olvidado que nos franqueasteis el paso también a nosotros, maese Avin —dijo Lan, al tiempo que ponía una moneda en la mano del hombre—. Y que suceda lo mismo en nuestro regreso.

—No es preciso, maese Andra. No es preciso. Ya me disteis dinero de sobra al salir. De sobra. —Aun así, Avin hizo desaparecer la pieza con tanta habilidad como si de un juglar se tratara—. No se lo he dicho a nadie, ni se lo voy a decir tampoco. Y en especial a los Capas Blancas —concluyó.

Después frunció los labios para escupir, pero al mirar a Moraine tragó la saliva.

Rand dio un respingo, pero guardó silencio. Los demás también callaron, aun cuando aquello parecía representar un gran esfuerzo para Mat. «Los Hijos de la Luz», pensó asombrado Rand. Las historias que contaban los buhoneros, los mercaderes y sus guardas sobre los Hijos de la Luz expresaban a veces aborrecimiento y otras admiración, pero lo que nunca variaba en ellas era el odio que los Capas Blancas profesaban a las Aes Sedai, tan profundo como el que les inspiraban los Amigos Siniestros. Se preguntó si aquello no representaba ya una nueva amenaza.

—¿Los Hijos se encuentran en Baerlon? —inquirió Lan.

—Sin asomo de dudas. Vinieron el mismo día de vuestra partida, según creo recordar. Aquí todo el mundo los detesta, aunque muchos lo disimulan, claro.

—¿Han dicho por qué han venido? —preguntó gravemente Moraine.

—¿Que por qué han venido, señora? —Avin estaba tan sorprendido que incluso olvidó bajar la cabeza—. Desde luego que explicaron por qué... Oh, lo olvidaba. Seguramente no habéis escuchado más que balidos de ovejas por allá abajo. Dicen que están aquí debido a los acontecimientos que se han producido en Ghealdan. Ya sabéis, el Dragón..., bueno, ése que se hace llamar el Dragón. Dicen que ese sujeto está levantando un efecto maligno, lo cual no pongo en duda, y que han acudido a extirparlo. La pega es que él está en Ghealdan y no aquí. Eso no es más que una excusa para entrometerse en los asuntos de los demás, según yo barrunto. Ya ha aparecido la marca del Colmillo del Dragón en algunas puertas. —Aquella vez escupió en el suelo.

—¿Han causado alborotos, entonces? —inquirió Lan.

Avin negó vigorosamente con la cabeza.

—No porque no tuvieran ganas, me figuro; lo que ocurre es que el gobernador no se fía de ellos más que yo y no permite la entrada a más de diez a la vez. Y no anda desencaminado, no. Los demás han acampado a poca distancia de las murallas, en el norte, según tengo entendido. Los que entran, se dedican a caminar con paso fanfarrón envueltos en esas capas blancas, mirando por encima del hombro a las gentes honestas. Seguid la senda de la Luz, les dicen, como si fuera una orden. A punto han estado de llegar a los puños con los carreteros, los mineros y los fundidores, e incluso con la guardia, pero el gobernador no quiere altercados, y así ha sido hasta el momento. Lo que yo digo es que si están luchando contra el maligno, ¿por qué no se van a Saldaea? Allí hay problemas, por lo que he oído. O a Ghealdan. Dicen que se ha librado una terrible batalla en Ghealdan. Realmente terrible.

Moraine inspiró levemente.

—Me han dicho que las Aes Sedai se dirigían a Ghealdan.

—Sí, en efecto, señora. —Avin comenzó a esbozar reverencias de nuevo—. Fueron a Ghealdan, así es, y eso fue el detonante de la batalla, o al menos ése es el rumor que circula. Se dice que algunas de las Aes Sedai han muerto, todas tal vez. Ya sé que alguna gente no ve con buenos ojos a las Aes Sedai, pero ¿quién si no va a pararle los pies a ese falso Dragón? ¿Eh? Y esos condenados idiotas que creen que pueden convertirse en hombres Aes Sedai o algo por el estilo. ¿Qué me dicen de ellos? Claro, algunos dicen..., no los Capas Blancas, ni tampoco yo, pero alguna gente... dice que a lo mejor ese tipejo es el Dragón Renacido. Es capaz de generar algún prodigio, según tengo entendido, de hacer uso del Poder Único. Cuenta con miles de seguidores.

—No seáis insensato —lo atajó Lan.

—Yo sólo digo lo que he oído, ¿no es así? —protestó, compungido, Avin—. Sólo lo que he oído, maese Andra. Algunos dicen que está avanzando con su ejército hacia oriente y hacia el sur, en dirección a Tear. —Su voz se preñó de intensidad al agregar—: Se rumorea que les ha otorgado el nombre de Pueblo del Dragón.

—Los nombres significan poca cosa —objetó con parsimonia Moraine. Si algo de lo escuchado había enturbiado su ánimo, no daba ninguna prueba de ello—. Vos mismo podríais llamar a vuestra mula Pueblo del Dragón, si así se os antojase.

—No es nada probable, señora —replicó riendo entre dientes Avin—. Seguro que no lo haría con los Capas Blancas merodeando por aquí. De todas maneras, todos reprobarían el hecho de que le pusiese un nombre así. Ya entiendo lo que queréis decir, pero..., oh, no señora. A mi mula no la llamaría así.

—Una sabia decisión, sin duda —acordó Moraine—. Ahora debemos reemprender camino.

—Y no os preocupéis, señora —dijo Avin, exageradamente inclinado ante ella—. Yo no he visto a nadie. —Salió disparado hacia la puerta y comenzó a tirar de ella con rápidos movimientos—. Yo no he visto a nadie, ni nada. —Al cerrarse el portón con un golpe, corrió de inmediato la tranca—. A decir verdad, señora, esta puerta no se ha abierto desde hace varios días.

—Que la Luz os ilumine, Avin —se despidió Moraine.

A continuación, encabezó la marcha, adentrándose en la población. Rand, miró una vez atrás y vio que Avin todavía permanecía de pie junto a la entrada. Al parecer, sacaba lustre a una moneda con el borde de su capa.

Atravesaron calles sin pavimentar, apenas lo bastante amplias para permitir el paso de dos carros, todas flanqueadas de almacenes y, de trecho en trecho, cercas de madera. Rand caminó un rato al lado del juglar.

—Thom, ¿qué era eso de Tear, y lo del Pueblo del Dragón? Tear es una ciudad situada cerca del Mar de las Tormentas, ¿no es cierto?

—*El Ciclo Karaethon* —repuso, lacónico, Thom.

Rand fue presa de un sobresalto. *Las Profecías del Dragón.*

—Nadie habla de..., de esas historias en Dos Ríos. Al menos no en Campo de Emond. La Zahorí los desollaría vivos si lo hicieran.

—Supongo que sí, no hace falta que lo jures —dijo secamente Thom. Después, al echar una ojeada en dirección a Moraine y Lan, y comprobar que no podían oírlo, prosiguió—: Tear es el mayor puerto del Mar de las Tormentas y la ciudadela de Tear es la fortaleza que lo guarda. La ciudadela está considerada como el primer fortín construido después del Desmembramiento del Mundo y nunca lo han abatido, pese a haber sido asediado en múltiples ocasiones. Una de las profecías afirma que la ciudadela de Tear resistirá hasta que el Dragón se haga con ella. Otra augura que permanecerá intacta hasta que la mano del Dragón esgrima la Espada Invencible. —Thom esbozó una mueca—. La caída de la ciudadela será una de las pruebas principales del renacimiento del Dragón. Ojalá ello no ocurra hasta que no haya dado yo con mis huesos en tierra.

—¿La Espada Invencible?

—Eso es lo que dice el texto. Yo no sé si se trata realmente de una espada. Sea lo que sea, es algo que se encuentra en el corazón de la ciudadela, el núcleo central de la fortaleza. Nadie puede entrar allí a excepción de los grandes señores de Tear y ellos no revelan nunca lo que hay dentro. En todo caso, no a los juglares.

Rand arrugó la frente.

—La ciudadela resistirá hasta que el Dragón empuñe la espada, pero ¿cómo podrá hacerlo a menos que haya tomado la fortaleza antes? ¿Acaso se supone que el Dragón sería uno de los grandes señores de Tear?

—Es harto improbable —respondió con aspereza el juglar—. Tear odia cualquier cosa relacionada con el Poder, incluso más que Amador, y Amador es la plaza fuerte de los Hijos de la Luz.

—¿Cómo puede entonces cumplirse la profecía? —inquirió Rand—. Yo me sentiría satisfecho de que el Dragón no volviera a nacer, pero una profecía que no puede cumplirse es algo incongruente. Parece como si fuera una historia pensada con el fin de hacer creer a la gente que el Dragón no renacerá nunca, ¿no es así?

—Haces un montón de preguntas, muchacho —dijo Thom—. Una profecía fácilmente consumable no tendría tampoco gran sentido, ¿no crees? —Su voz se aligeró de improviso—. Bueno, ya estamos aquí, sea lo que sea lo que aquí nos aguarda.

Lan se había detenido junto a una valla de madera similar a las que habían pasado y estaba hurgando entre dos tablones con la hoja de su daga. De pronto emitió un gruñido de satisfacción, empujó, y un trecho de la cerca se abrió como si de una puerta se tratara. De hecho era una puerta, según advirtió Rand al observar la barra de metal que había levantado el Guardián, aunque dispuesta para ser abierta sólo desde el interior.

Moraine la traspuso enseguida, llevando a *Aldieb* del ronzal. Lan hizo señas a los otros para que la siguieran y se situó en retaguardia para cerrar la cerca tras él.

Al otro lado, había el patio de una posada, al que llegaba un gran estrépito procedente de la cocina del edificio. Sin embargo, lo que más impresionó a Rand fue su tamaño: ocupaba cuatro veces más terreno que la Posada del Manantial y además la superaba en cuatro pisos de altura. Más de la mitad de las ventanas despedían destellos en el crepúsculo. Cómo sería aquella ciudad, caviló admirado, que podía albergar a tantos forasteros...

No bien habían penetrado en el patio, aparecieron tres hombres con sucios delantales de lona en el amplio y arqueado dintel del establecimiento. Uno de ellos, un delgado personaje que era el único que no llevaba una horca en las manos, se acercó gesticulando con los brazos.

—¡Eh! ¡Eh! ¡No podéis entrar por aquí! ¡Debéis dar la vuelta por la fachada principal!

Lan llevó de nuevo la mano a la bolsa, pero, en el mismo instante, salió precipitadamente del local un hombre tan robusto como el propio maese al'Vere. Su reluciente delantal blanco era un claro indicio de que él era el posadero.

—Está bien, Mutch —dijo el recién llegado—. No hay ningún problema. Son huéspedes que estábamos aguardando. Ahora, ocúpate de sus caballos. Y pon especial atención en ellos.

Mutch agachó sombrío la cabeza y requirió con un gesto la ayuda de sus dos compañeros. Rand y los demás se apresuraron a recoger las albardas y las mantas mientras el posadero se volvía hacia Moraine. Le dedicó una profunda reverencia y se dirigió a ella con una radiante sonrisa.

—Bienvenida, señora Alys. Me alegra veros, a vos y a maese Andra. Me alegra mucho. Hemos echado de menos vuestra brillante conversación. Sí, en efecto. Debo decir que estaba preocupado de que os hubierais aventurado por las tierras del sur. Bien, me refiero a que, en estos tiempos que corren, con el clima trastornado y los lobos aullando al otro lado de las murallas por la noche... —De improviso, se palmeó con ambas manos su orondo vientre y sacudió la cabeza—. Y yo aquí charlando, en lugar de haceros pasar. Entrad, entrad. Comida caliente y cálidos lechos, eso es lo que estáis deseando a buen seguro. Y aquí se encuentran los mejores de todo Baerlon. Los mejores.

—Y un baño caliente, espero, maese Fitch —añadió Moraine.

—Oh, sí —estuvo de acuerdo Egwene.

—¿Baños? —dijo el posadero—. Claro, los mejores y los más cálidos de Baerlon. Pasad. Bienvenidos a El Ciervo y el León. Bienvenidos a Baerlon.

14

El Ciervo y el León

En su interior, la posada era tanto o más bulliciosa de lo que habían pronosticado los sonidos procedentes de ella. El grupo proveniente de Campo de Emond entró por la puerta trasera y avanzó detrás de maese Fitch, cruzándose con un constante reguero de hombres y mujeres con largos delantales, que llevaban en alto platos de comida y bandejas con bebidas. Los camareros murmuraban rápidas excusas, pero no aminoraban su marcha. Maese Fitch impartió aceleradas órdenes a uno de ellos, que tras escucharlo desapareció a la carrera.

—La posada está a punto de rebosar, me temo —explicó el posadero a Moraine—. Casi hasta el ático. Todos los establecimientos de la ciudad están igual. Con el invierno que acabamos de pasar, tan pronto como hubo despejado lo suficiente, nos vimos inundados..., sí, ésta es la palabra exacta, por los trabajadores de las minas y los fundidores; y todos llegaron contando las más horribles experiencias. Lobos y aún cosas peores, el tipo de cuentos que suelen relatar los hombres que han permanecido confinados todo el invierno. No creo que haya quedado ni uno solo allá arriba, de tantos que han venido aquí. Pero no os preocupéis. Quizás estaréis un poco apretados, pero haré cuanto sea posible por vos y maese Andra; y por vuestros amigos, claro está...

Examinó con curiosidad a Rand y a los otros, cuyo atuendo, a excepción del de Thom, indicaba a las claras su condición de campesinos. La capa de juglar de Thom, no obstante, tampoco lo marcaba como a un idóneo compañero de viaje para «la señora Alys» y «maese Andra».

—Haré cuanto esté a mi alcance para proporcionaros un confortable reposo.

Rand miraba en torno a sí para evitar que la servidumbre topara con él, aunque no parecía que esta circunstancia fuera a suceder. Comparaba aquel ir y venir con la Posada del Manantial, que regentaban maese al'Vere y su mujer, ayudados sólo a veces por sus hijas.

Mat y Perrin estiraban intrigados el cuello en dirección a la sala principal, la cual despedía oleadas de risas, cantos y gritos joviales cada vez que se abría la puerta del rellano. El Guardián, tras murmurar algo acerca de enterarse de noticias, desapareció por aquella puerta, engullido por la algarabía.

Rand habría deseado ir tras él, pero aún deseaba con más fuerza tomar un baño. Le habría complacido estar con gente y compartir las risas en aquel momento, mas pensó que los huéspedes lo acogerían mejor cuando se hubiera lavado. Mat y Perrin se hallaban, al parecer, en idéntica disyuntiva; Mat se rascaba de forma subrepticia.

—Maese Fitch —dijo Moraine—, tengo entendido que hay Hijos de la Luz en Baerlon. ¿Existe la posibilidad de que haya disturbios?

—Oh, no os inquietéis por ellos, señora Alys. Continúan utilizando sus mismas estratagemas. Pretenden que hay una Aes Sedai en la ciudad. —Moraine arqueó una ceja y el posadero extendió sus regordetas manos—. No os preocupéis. Ya lo han intentado otras veces. No hay ninguna Aes Sedai en Baerlon, y el gobernador lo sabe. Los Capas Blancas creen que si les mostrasen a una Aes Sedai, a alguna mujer que ellos digan que es una Aes Sedai, la gente los dejaría entrar en las murallas. Bueno, supongo que algunos así lo harían. Unos cuantos lo harían, pero casi todo el mundo es consciente de lo que buscan los Capas Blancas y está de acuerdo con el gobernador. Nadie desea que se infiera daño a alguna anciana indefensa sólo para que los Hijos tengan una excusa para provocar alborotos.

—Me alegra oíros decir eso —repuso con sequedad Moraine. Luego puso una mano sobre el brazo del posadero—. ¿Se encuentra Min aquí, todavía? Me gustaría hablar con ella, si está.

Rand no pudo oír la respuesta de maese Fitch debido a la llegada de los sirvientes que los condujeron a los baños. Moraine y Egwene desaparecieron detrás de una mujer entrada en carnes, de sonrisa pronta, que iba cargada de toallas. El juglar, Rand y sus amigos siguieron a un delgado individuo de pelo oscuro, llamado Ara.

Rand trató de preguntarle cómo era Baerlon, pero el hombre apenas pronunció dos palabras seguidas excepto para comentar que Rand tenía un raro acento, y luego, a la vista de la cámara de baño, Rand abandonó todo pensamiento ajeno a ella. Dispuestas en un círculo, había una docena de altas bañeras de cobre sobre el suelo de baldosas, el cual se inclinaba ligeramente hacia un desagüe situado en el centro de la gran habitación de paredes de piedra. Junto a cada uno de los recipientes, había un taburete con una tupida toalla, cuidadosamente doblada, y una gran pastilla de jabón amarillo, y al lado de uno de los muros pendían varios calderos humeantes sobre crepitantes fuegos. En la pared de enfrente, los troncos que ardían en una profunda chimenea contribuían a caldear la estancia.

—Casi tan perfecto como en la Posada del Manantial —concedió lealmente Perrin, aunque sin hacer gran honor a la verdad.

Thom soltó una carcajada y Mat unas risitas.

—Parece como si nos hubiéramos traído a uno de los Coplin y no nos hubiéramos ni enterado.

Rand se deshizo de la capa y se quitó el resto de la ropa, mientras Ara llenaba cuatro bañeras. Los demás no tardaron en elegir la suya. Una vez apilada su indumentaria sobre los taburetes, Ara les llevó un gran cubo de agua caliente y un cazo, hecho lo cual se sentó junto a la puerta. Apoyó la espalda en la pared con los brazos cruzados, y se sumió, al parecer, en sus propias cavilaciones.

La conversación fue casi inexistente mientras se frotaban y regaban con cazos de humeante agua la suciedad acumulada durante una semana. Después se introdujeron en las bañeras; Ara había calentado lo bastante el agua como para convertir la operación en un proceso lleno de voluptuosos suspiros. La atmósfera de la habitación se volvió húmeda y caliente. Durante un rato, no se oyó más sonido que alguna exhalación relajada al distender los músculos y desprenderse del frío en los huesos que habían estado a punto de creer permanente.

—¿Necesitáis algo? —preguntó de pronto Ara. No estaba en condiciones de hablar mucho del acento de la gente, pues él mismo y maese Fitch masticaban las palabras como si tuvieran la boca llena de gachas—. ¿Más toallas o más agua caliente?

—Nada —respondió Thom con su voz resonante. Con los párpados bajados hizo ondear con indolencia la mano—. Id y disfrutad de la noche. Más tarde, me ocuparé de que recibáis una recompensa más que adecuada por vuestros servicios. —Se hundió más en la bañera, hasta que el agua lo cubrió por entero, salvo los ojos y la nariz.

Ara posó la mirada en los taburetes situados detrás de las bañeras, donde se hallaban su ropa y equipaje. Percibió el arco, pero su vista se fijó con más detalle en la espada de Rand y el hacha de Perrin.

—¿Hay problemas por allá abajo, también? —inquirió de improviso—. ¿En los Ríos o como se llame?

—Dos Ríos —aclaró Mat, pronunciando distintamente las palabras—. Es Dos Ríos, y, por lo que respecta a los problemas...

—¿Qué significa eso de también? —preguntó Rand—. ¿Tenéis problemas aquí?

Perrin, satisfecho con el baño, murmuraba:

—¡Estupendo! ¡Estupendo!

Thom se enderezó levemente y abrió los ojos.

—¿Aquí? —bufó Ara—. ¿Problemas? El hecho de que los mineros se peleen a puñetazos en la calle al atardecer no tiene gran importancia, ni... —Guardó silencio durante un momento, mientras los observaba—. Yo me refería a algo como lo de Ghealdan —dijo por fin—. No, supongo que no. Sólo hay corderos allá en el campo, ¿no? Sin ánimo de ofensa. Sólo quería decir que es una zona apacible. De todas maneras, éste ha sido un invierno muy raro. Han pasado cosas muy extrañas en las montañas. El otro día oí decir que habían visto trollocs allá en Saldaea. Pero eso está en las Tierras Fronterizas, claro —añadió con la boca todavía abierta, que cerró de golpe, como si estuviera sorprendido de haber dicho tantas cosas.

Rand, que se había puesto en guardia a la mención de los trollocs, trató de disimularlo llevándose una toallita a la cabeza. Al continuar hablando el hombre, recobró el aplomo, pero no todos mantuvieron la misma discreción.

—¿Trollocs? —dijo, riéndose, Mat. Rand lo salpicó, pero Mat se limitó a enjugarse sonriente el agua de la cara—. Pues permitidme que os cuente algo acerca de los trollocs.

Thom se apresuró a tomar la palabra.

—Mejor sería que no. Estoy un poco cansado de que repitas mis propios cuentos por ahí.

—Él es juglar —explicó Perrin.

—Ya he visto la capa —apuntó Ara con gesto desdeñoso—. ¿Vais a dar una función?

—Un momento —protestó Mat—. ¿Qué es eso de que yo repito las historias de Thom? ¿Estáis todos... ?

—Lo que ocurre es que no las cuentas tan bien como él —lo atajó Rand precipitadamente.

—No paras de inventar cosas y, en lugar de mejorarlas, las dejas peor aún —agregó Perrin.

—Y lo lías todo —concluyó Rand—. Es mejor que dejes ese asunto a cargo de Thom.

Hablaban todos tan deprisa que Ara los miraba estupefacto. Mat miraba también de un lado a otro, como si los demás se hubieran vuelto locos de repente. Rand consideraba la posibilidad de abalanzarse sobre él para taparle la boca.

La puerta se abrió de un bandazo, dando paso a Lan, con su capa marrón colgada del hombro, y a una racha de aire frío que disipó momentáneamente el vapor.

—Bien —dijo el Guardián, frotándose las manos—, estaba anhelando tomar un baño. —Ara cogió un cubo, pero Lan le indicó que se alejara—. No, ya me ocuparé yo de ello.

Después de dejar la capa en uno de los taburetes, despachó al sirviente de la sala, a pesar de las protestas del hombre, y cerró con firmeza la puerta tras él. Aguardó un momento allí con la cabeza erguida para escuchar y, cuando se volvió hacia ellos, clavó una fiera mirada en Mat y habló con voz dura.

—Ha sido una suerte que haya llegado en el momento en que lo he hecho, granjero. ¿Es que no escuchas lo que te dicen?

—Yo no he hecho nada —arguyó Mat—. Sólo le iba explicar lo de los trollocs, no lo de... —Se detuvo, retrayéndose ante los ojos del Guardián, reclinado contra la bañera.

—No hables de trollocs —le prohibió con severidad Lan—. Ni siquiera pienses en trollocs. —Con un airado bufido, comenzó a llenar la bañera—. Rayos y truenos, harías mejor en recordarlo: el Oscuro dispone de ojos y oídos en los lugares donde menos lo esperas. Y si los Hijos oyeran que los trollocs van tras de ti, estarían ansiosos por ponerte las manos encima. Para ellos, sería lo mismo que acusarte de ser un Amigo Siniestro. Puede que no estés acostumbrado a ello, pero, hasta que lleguemos a nuestro destino, mantente en raya a menos que la señora Alys o yo te indiquemos lo contrario.

Mat parpadeó al advertir el énfasis con que pronunciaba el falso nombre de Moraine.

—Hay algo que ese hombre no ha querido decirnos —comentó Rand—. Algo preocupante, pero no ha dicho qué era.

—Probablemente los Hijos —apuntó Lan, echando más agua caliente en el recipiente—. A la mayoría de la gente le inquieta su presencia. Sin embargo, algunos no reaccionan de igual modo, y no os conocía lo suficiente como para arriesgarse a expresar su parecer. Por lo que él sabe acerca de vosotros, hasta habrías podido salir corriendo a delatarlo a los Capas Blancas.

Rand sacudió la cabeza; aquel lugar auguraba ser aún mucho peor que Embarcadero de Taren.

—Ha dicho que había trollocs en..., en Saldaea, ¿no es así? —informó Perrin.

Lan arrojó de golpe el cubo vacío en el suelo.

—No vais a parar de hablar de eso, ¿eh? Siempre ha habido trollocs en las Tierras Fronterizas, herrero. Que se te quede bien en la cabeza: no queremos llamar más la atención que si fuésemos unos ratones que se han colado en un campo. Concéntrate en eso. Moraine quiere llevaros sanos y salvos a Tar Valon y yo me encargaré de ello a ser posible, pero como le ocasionéis algún daño a ella...

El resto del baño y la reposición de la ropa se efectuó en el más absoluto silencio.

Cuando salieron de la habitación, Moraine se hallaba de pie al fondo de la entrada junto a una muchacha delgada, poco más alta que ella. Al menos, Rand creyó que era una muchacha, pese a que llevaba el pelo corto y camisa y pantalones de hombre. Al decirle algo Moraine, la chica los miró atentamente; luego hizo un gesto afirmativo en dirección a la Aes Sedai y se apresuró a irse.

—Bueno, veamos —dijo Moraine—, estoy convencida de que el baño os ha abierto el apetito. Maese Fitch nos ha cedido un comedor privado.

Después de volverse para conducirlos, continuó hablando de temas intrascendentes: sobre sus dormitorios, cómo rebosaba de gente la ciudad y las expectativas del posadero de que Thom honrase a sus huéspedes con un poco de música y un par de historias. En cambio, no hizo mención de la muchacha, en el supuesto de que de veras lo fuese.

El comedor privado tenía una mesa de roble pulida, alrededor de la cual había una docena de sillas, y una espesa alfombra en el suelo. Cuando entraron, Egwene, que llevaba el cabello recién lavado peinado sobre los hombros, se volvió junto a la chimenea, donde había permanecido calentándose las manos. Rand había tenido ocasión de sobra de reflexionar durante el tenso silencio producido en la sala de baño. Las constantes admoniciones de Lan para que no confiaran en nadie, y especialmente el propio recelo que Ara había mostrado respecto a ellos, le habían hecho considerar hasta qué punto se hallaban aislados. Por lo visto, no podían contar más que consigo mismos y, además, no estaba del todo seguro de poder entregarse en manos de Moraine o Lan. Estaban solos consigo mismos. Y Egwene continuaba siendo Egwene. Moraine afirmaba que le hubiera ocurrido de todos modos, el hecho de acceder a la Fuente Verdadera. Ella no poseía control sobre ello, lo cual significaba que tampoco era responsable. Y todavía era Egwene.

Abrió la boca con intención de disculparse, mas Egwene le volvió la espalda con gesto envarado sin darle tiempo a pronunciar palabra alguna. Mirándole la espalda con gesto taciturno, contuvo lo que había estado a punto de decir. «De acuerdo, pues. Si quiere comportarse de este modo, no hay nada que yo pueda hacer para evitarlo.»

Maese Fitch irrumpió en la estancia seguido de cuatro mujeres con delantales blancos tan largos como el suyo, que llevaban tres pollos asados en una fuente, recipientes de plata y arcilla y escudillas cubiertas. Las mujeres comenzaron a poner la mesa, mientras el posadero dedicaba una reverencia a Moraine.

—Excusadme, señora Alys, por haceros esperar de este modo, pero con la cantidad de gente que hay en la posada, es un milagro que lleguemos a servirlos a todos. Me temo que la comida no sea lo que debiera ser, tampoco. Sólo los pollos, nabos y guisantes, con un poco de queso después. No, no es lo que debiera ser. De veras lo siento.

—Un banquete —replicó Moraine—. Para estos azarosos tiempos, es un auténtico banquete, maese Fitch.

El posadero esbozó una nueva reverencia. Sus finos cabellos, que apuntaban en todas direcciones como si estuviera mesándoselos de forma constante, conferían cierto aire cómico a su gesto, pero su sonrisa era tan agradable que cualquiera que riese, reiría con él, en lugar de mofarse de su aspecto.

—Gracias, señora Alys. Muchas gracias. —Al enderezarse, arrugó el entrecejo y limpió una imaginaria mota de polvo de la mesa con la esquina del delantal—. No es lo que os habría presentado hace un año, por supuesto. Ni de cerca. El invierno, sí, el invierno. Mi despensa está vaciándose y no hay apenas nada en los mercados. ¿Y quién puede echar la culpa a los campesinos? ¿Quién? Con franqueza, no puede predecirse cuándo volverán a obtener otra cosecha. Es del todo imprevisible. Son los lobos, que se llevan los corderos y los terneros que deberían ir a parar a los comedores de la gente, y...

De pronto, pareció caer en la cuenta de que aquél no era el tipo de conversación que debía ofrecer a un comensal.

—Cómo me embrollo. Me estoy convirtiendo en un viejo alelado, sí señor. Mari, Cinda, dejad comer en paz a esta buena gente. —Despachó con un gesto a las mujeres y, al precipitarse éstas a salir de la habitación, realizó una nueva inclinación dedicaba a Moraine—. Espero que disfrutéis de la comida, señora Alys. Si necesitáis algo, hacédmelo saber y os lo traeré. Es un placer serviros a vos y a maese Andra. Un placer. —Esbozó una reverencia aún más profunda y se marchó, cerrando con suavidad la puerta tras sí.

Lan había permanecido apoyado en la pared mientras tanto, como si estuviera medio adormecido. Entonces enderezó la cabeza y, después de plantarse en la puerta en dos zancadas, pegó la oreja a uno de sus batientes y aguzó el oído. Al cabo de un instante, abrió y asomó la cabeza.

—Se han ido —dijo finalmente—. Podemos hablar con tranquilidad.

—Ya sé que, según nos aconsejáis, no debemos fiarnos de nadie —observó Egwene—, pero si sospecháis del posadero, ¿por qué os albergáis aquí?

—No sospecho de él más que de cualquier otra persona —respondió Lan—. Lo cierto es que, hasta que lleguemos a Tar Valon, no voy a depositar mi confianza en nadie y, aun allí, bajaré la guardia sólo parcialmente.

Rand esbozó una sonrisa, en la creencia de que el Guardián hablaba en broma, pero entonces advirtió que no había ni la más mínima traza de humor en el semblante de Lan. Decía en serio que desconfiaría de los habitantes de Tar Valon. ¿Existía, pues, algún lugar seguro?

—Exagera —intervino Moraine con la intención de calmarlos—. Maese Fitch es un buen hombre, honesto y leal. Pero le gusta hablar, y con la mejor intención del mundo podría revelar algo a oídos de la persona menos indicada. Y yo nunca me he albergado en una posada donde la mitad de las doncellas no escucharan detrás de la puerta y dedicaran más tiempo a las habladurías que a hacer las camas. Venid, sentémonos antes de que se enfríe la comida.

Tomaron asiento alrededor de la mesa. Moraine y Lan se situaron a ambos extremos, y durante un momento todo el mundo estaba demasiado absorto en llenarse el plato para hablar. No era tal vez un banquete, pero, tras una semana a pan duro y carne seca, les sabía como tal.

—¿Qué información has recabado en la sala de huéspedes? —preguntó Moraine al poco.

Los cuchillos y los tenedores se detuvieron en su curso, mientras todos fijaban la mirada en el Guardián.

—Poca cosa halagüeña —repuso Lan—. Avin estaba en lo cierto, al menos por los rumores que he escuchado. En Ghealdan tuvo lugar una gran batalla, de la que Logain salió vencedor. Circulan una docena de versiones al respecto, pero todas coinciden en ese punto.

¿Logain? Aquél debía de ser el falso Dragón. Era la primera vez que Rand oía que alguien le otorgara un nombre a aquel hombre. Por la manera como hablaba, parecía casi que Lan lo conociera en persona.

—¿Las Aes Sedai? —inquirió apaciblemente Moraine.

—No lo sé —respondió Lan—. Unos dicen que perecieron, otros opinan que no. —Emitió un bufido—. Algunos incluso dicen que se pasaron al bando de Logain. No es información de buena tinta y, además, no he osado mostrar demasiado interés.

—Sí, no es nada halagüeño —convino Moraine—. ¿Y qué hay respecto a nuestras propias circunstancias?

—Sobre eso tengo mejores noticias. No ha sucedido nada fuera de lo común, ni hay extraños que puedan ser Myrddraal y mucho menos trollocs. Además, los Capas Blancas están ocupados en soliviantar los ánimos del gobernador Adan debido a su falta de cooperación para con ellos, y no advertirán nuestra presencia a menos que nos demos a conocer.

—Bien —dijo Moraine—. Ello concuerda con lo que ha dicho la doncella del baño. Las habladurías son útiles a veces. Escuchad —añadió, dirigiéndose a la totalidad del grupo—, todavía nos espera un largo camino, pero la semana pasada no ha sido nada placentera, por lo cual propongo que pernoctemos aquí hoy y mañana, y que partamos pasado mañana a primera hora. —Todos los jóvenes dibujaron una sonrisa, regocijados ante la ocasión de contemplar una ciudad por primera vez. Moraine sonrió también, pero preguntó—: ¿Qué opina maese Andra de ello?

Lan miró con severidad los sonrientes rostros.

—Bien, con tal que no olviden mis advertencias, para variar.

Thom emitió un resoplido entre sus bigotes.

—Estos campesinos se pierden en un..., una ciudad. —Resopló de nuevo, y sacudió la cabeza

Como la posada estaba repleta, sólo pudieron ocupar tres habitaciones, una para Moraine y Egwene y dos para los hombres. A Rand le tocó compartir dormitorio con Lan y Thom, en la parte trasera del cuarto piso, cerca de los aleros, con una única y diminuta ventana que daba al patio. La noche era entrada, y la luz que proyectaba el edificio formaba una mancha en la intemperie. Aquélla era de por sí una habitación pequeña, cuyo espacio quedaba aún más reducido al haber añadido un camastro suplementario para Thom, si bien las tres camas eran estrechas. Y duras, según comprobó Rand al tumbarse sobre la suya. Definitivamente, aquél no era el mejor aposento.

Thom entró para recoger la flauta y el arpa y salió, practicando de antemano majestuosos ademanes. Lan lo acompañó.

Era extraño, pensó Rand mientras se agitaba incómodo en el lecho. Una semana antes se habría precipitado por las escaleras como un loco únicamente ante la posibilidad de ver actuar a un juglar, aunque sólo fuera haciéndose eco de un rumor. No obstante, a lo largo de siete días había escuchado contar historias a Thom cada noche y Thom estaría con ellos al día siguiente, y al otro también, y el baño caliente había relajado tensiones en sus músculos que había llegado a considerar permanentes, a lo cual había que añadir la modorra producida por la primera comida caliente que había tenido ocasión de tomar. Medio adormilado, se preguntó si Lan conocería de veras al falso Dragón, Logain. Un grito amortiguado tronó en la planta baja; era el alborozo producido por la irrupción del juglar en la sala principal, pero Rand ya estaba dormido.

La entrada de piedra se hallaba en penumbra y no había nadie allí salvo Rand. No podía distinguir de dónde provenía la luz, la escasa luz que percibía; las paredes grises estaban desprovistas de velas y lámparas, y no había nada que explicase la existencia del tenue resplandor que parecía surgir de aquel lugar. El aire era estancado y malsano y en algún punto impreciso, a corta distancia, el agua goteaba y producía un ruido sordo acompasado. Fuera lo que fuese, aquello no era la posada. Se frotó la frente. ¿La posada? Le dolía la cabeza y tenía dificultad en hilvanar los pensamientos. Le había asaltado la noción de... ¿una posada? Se había desvanecido, si acaso era aquello.

Se lamió los labios, ansiando algo de beber. Estaba sediento, tenía la lengua seca como un trapo. Fue aquel sonido acuoso lo que lo decidió a avanzar. Sin más referencia que el incesante goteo, caminó impelido por la terrible sed.

La entrada se alargaba sin ningún corredor lateral ni el más mínimo indicio aparente de cambio. Lo único perceptible eran las toscas puertas dispuestas por pares a intervalos regulares, una a cada lado de la pared, con la madera astillada y reseca a pesar de la humedad que impregnaba el aire. Las sombras retrocedían ante él, pero la penumbra persistía idéntica, y el ruido del agua no sonaba más cercano. Pasado un largo rato, resolvió probar en una de aquellas puertas. Ésta cedió con facilidad, franqueándole el paso a una oscura estancia de muros de piedra.

Una de las paredes se abría a través de una serie de arcadas a una balaustrada de piedra gris, más allá de la cual había un cielo como jamás había visto uno igual. Nubes estriadas en tonos negros, grises, rojos y anaranjados, agitadas como al impulso de un viento de tormenta, que se deshilachaban y entrelazaban sin cesar. Nadie podía haber contemplado nunca una bóveda celeste semejante, porque ésta no podía formar parte de la realidad.

Apartó los ojos del balcón, pero el resto de la habitación era asimismo desapacible, compuesto de insólitas curvaturas y peculiares ángulos, como si el recinto hubiese sido construido casi de forma fortuita con la piedra que lo albergaba. Las columnas parecían crecer sin margen de se-

221

paración del suelo gris. En el hogar crepitaban las llamas como la hoguera de una herrería avivada por un fuelle, y, sin, embargo, no despedían calor. La chimenea, cuando la miraba de frente, estaba construida por unas extrañas piedras ovaladas, alisadas por la humedad a pesar del fuego, pero cuando las observaba con el rabillo del ojo se le antojaban, por el contrario, rostros, caras de hombres y mujeres desfiguradas por la angustia, que gritaban en silencio. Las sillas de alto respaldo y la refinada mesa que ocupaban el centro de la estancia eran del todo ordinarias, lo cual no hacía más que enfatizar el resto. De la pared pendía un espejo, que nada tenía que ver con la normalidad, puesto que, al mirarlo, sólo advirtió una mancha borrosa en lugar de su propia imagen. Los otros objetos de la habitación se reflejaban fielmente en su superficie, pero no él.

Delante del fuego había un hombre, al cual no había advertido al entrar. Si ello no hubiera sido del todo imposible, habría jurado que no había nadie allí hasta que fijó realmente la mirada en aquel individuo. Ataviado con ropajes de fino corte, aparentaba hallarse en la temprana madurez, y Rand aventuró que las mujeres debían de encontrarlo atractivo.

—Volveremos a vernos las caras una vez más —dijo el hombre, cuya boca y ojos se convirtieron por un instante en aperturas de infinitas cavidades llameantes.

Rand exhaló un alarido y salió precipitadamente de espaldas de la habitación, con tanta fuerza que tropezó en la entrada y se abalanzó contra la puerta de enfrente, abriéndola de golpe. Se volvió, la cogió de la manecilla para no caer al suelo... y se encontró observando con ojos desorbitados una habitación de piedra y un cielo increíble a través de unas arcadas que daban paso a un balcón, y una chimenea...

—No puedes escaparte tan fácilmente de mí —le hizo constatar el hombre.

Rand se giró, y volvió a precipitarse fuera de la estancia, tratando de recobrar la firmeza en sus pasos sin disminuir la velocidad. En aquella ocasión no salió al corredor. Permaneció paralizado, encorvado, a corta distancia de la lujosa mesa, mirando al hombre acodado en la chimenea. Era preferible a mirar las piedras del hogar o el cielo.

—Esto es un sueño —afirmó al incorporarse. Oyó tras de sí el chasquido de la puerta al cerrarse—. Es una especie de pesadilla.

Bajó los párpados, tratando de despertar. Cuando era niño, la Zahorí había dicho que si uno hacía eso en medio de una pesadilla, ésta se disiparía. «¿La... Zahorí? ¿Qué?» Si al menos dejaran de escurrírsele los pensamientos, podría pensar correctamente.

Abrió de nuevo los ojos. La habitación permanecía intacta, con la balaustrada y el mismo cielo. Y el hombre junto a la chimenea.

—¿Es un sueño? —preguntó el desconocido—. ¿Acaso importa?

Nuevamente, por un momento, su boca y sus ojos se transformaron en mirillas de un horno que parecía no tener fin. Su voz no se inmutó, como si no advirtiera en absoluto aquel hecho insólito.

Rand se sobresaltó un poco en aquella ocasión, aunque logró, sin embargo, contener un nuevo alarido. «Es un sueño. Tiene que serlo.» Con todo, retrocedió hacia la puerta, sin apartar los ojos del individuo apostado al lado del fuego, y accionó la manilla. Ésta permaneció inmóvil; habían cerrado la puerta con llave.

—Pareces sediento —dijo el hombre—. Bebe.

Sobre la mesa había una copa de oro resplandenciente adornado con rubíes y amatistas. Ya estaba allí antes. Deseaba poder contener sus sobresaltos. Aquello no era más que un sueño. Tenía la boca reseca.

—Sí, un poco —repuso, y cogió la copa.

El hombre se inclinó hacia adelante, con una mano en el respaldo de la silla, y lo observó con atención. El aroma del vino recordó a Rand cuán sediento se hallaba, como si no hubiera bebido nada durante días. «¿Es eso cierto?»

Cuando se llevaba el vino a la boca, detuvo la mano a medio trecho. De entre los dedos del hombre, brotaban de la silla hilillos de humo, y aquellos ojos lo miraban con tanta agudeza, llameando intermitentemente en el transcurso de los segundos...

Rand se lamió los labios y depositó el vino en la mesa, intacto.

—No tengo tanta sed como creía.

El desconocido se puso repentinamente tenso, con semblante inescrutable. Su decepción no habría sido más evidente si hubiera exhalado una maldición. Rand se preguntó qué tendría aquel vino. Pero aquello era una cuestión estúpida, por supuesto. Aquello no era más que un sueño. «¿Por qué no termina, entonces?»

—¿Qué queréis? —inquirió—. ¿Quién sois?

Los ojos y la boca del individuo despidieron bocanadas de llamas, cuyo rugido creyó advertir Rand.

—Algunos me llaman Ba'alzamon.

Rand se encontró de pronto ante la puerta, presionando frenéticamente la manilla. Toda pretensión de sueño se había desvanecido en su mente. El Oscuro. Continuaba forcejeando, a pesar de la inutilidad de su esfuerzo.

—¿Eres tú quien me interesa? —dijo de improviso Ba'alzamon—. No podrás ocultármelo indefinidamente. Ni siquiera eres capaz de zafarte de mí, ni en la más alta montaña ni en la cueva más profunda. Conozco hasta lo más recóndito de ti.

Rand se volvió para encararse a Ba'alzamon. Tragó saliva. Una pesadilla. Volvió a tirar de la manilla una vez más y luego se enderezó.

—¿Abrigas expectativas de gloria? —preguntó Ba'alzamon—. ¿De poder? ¿Te han dicho que el Ojo del Mundo serviría a tus designios? ¿Qué gloria y poder puede alcanzar una marioneta? Las cuerdas que te mueven a ti vienen creando sus hebras desde siglos. Tu padre fue elegido por la Torre Blanca, como un semental atado con un ronzal que es sometido a trabajar. Tu madre no fue más que una yegua de vientre que encajó en sus planes. Y sus planes tenían como cometido tu muerte.

Rand cerró los puños.

—Mi padre es un buen hombre y mi madre era una honrada mujer. ¡No habléis de ellos!

Las llamas crepitaban; parecían reír.

—De modo que no careces de coraje. Tal vez eres tú el elegido. Poco beneficio obtendrás de ello. La Sede Amyrlin te utilizará hasta consumirte, igual que lo hicieron con Davian, Yurian Arco Pétreo, Guaire Amalasan y Raolin Perdición del Oscuro. De la misma manera que están sirviéndose de Logain. Te utilizarán hasta reducirte a la nada.

—No lo sé... —Rand agitó la cabeza a derecha y a izquierda.

Aquel instante de claro discernimiento, forjado por la ira, se había extinguido. Cuando intentaba inspirarlo de nuevo, ya no sabía siquiera cómo lo había logrado. Sus pensamientos giraban incansablemente. Se aferró a uno como a una tabla de salvación y se obligó a expresarlo en voz alta, cobrando aliento a medida que hablaba.

—Vos... estáis confinado... en Shayol Ghul. Vos y todos los Renegados..., confinados por el Creador hasta el fin de los tiempos.

—¿El fin de los tiempos? —se mofó Ba'alzamon—. Vives como un escarabajo al amparo de una piedra, en la creencia de que el lodazal que ocupas es el universo. La muerte del tiempo me otorgará poderes tales como no alcanzas a imaginar tú, gusano.

—Vos estáis prisionero...

—¡Insensato, nunca he estado prisionero! —Las llamas emitidas por su rostro rugieron de tal modo que Rand retrocedió unos pasos y se protegió la cara con las manos. El sudor de sus palmas se secó en el calor—. Yo estuve al lado de Lews Therin Verdugo de la Humanidad cuando realizó la hazaña que le confirió ese nombre. Fui yo quien le ordené dar muerte a su mujer, a sus hijos, a toda su estirpe y a toda persona que lo amaba o a quien él profesaba afecto. Fui yo quien le concedí el momento de cordura para que viera lo que había hecho. ¿Has escuchado alguna vez a un hombre gritar hasta arrancarse el alma, gusano? Habría podido atacarme entonces. No habría ganado, pero hubiera podido descargarme un golpe... En lugar de ello, invocó a su estimado Poder Único sobre sí, de manera que la tierra se resquebrajó y de sus entrañas brotó el Monte del Dragón para marcar su sepultura.

»Un milenio más tarde envié a los trollocs a saquear las tierras del sur y durante tres siglos arrasaron el mundo. Esos ofuscados estúpidos de Tar Valon dijeron que al final yo fui derrotado, pero el Segundo Pacto, el Pacto de las Diez Naciones, se hizo añicos de un modo incontestable, ¿y quién quedó para oponerse a mí? Yo susurré a oídos de Artur Hawkwing y perecieron las Aes Sedai a lo largo y ancho de la tierra. Volví a susurrar y el Rey Supremo mandó sus ejércitos a través del Océano Aricio y a través del Mar del Mundo, y selló sendas perdiciones. El final de su sueño de un único territorio y un solo pueblo y la condenación que aún está por llegar. Yo estaba allí, en su lecho de muerte, cuando sus consejeros le dijeron que únicamente las Aes Sedai podían salvarle la vida. Después de tomar yo la palabra, envió a sus consejeros al patíbulo. Volví a hablar, y las últimas palabras del Rey Supremo fueron un grito que aseveraba que Tar Valon debía ser destruido.

»Cuando hombres de tamaña envergadura no lograron combatir mis embates, ¿qué posibilidad tienes de hacerlo tú, un sapo agazapado junto a la charca de un bosque? Vas a servirme a mí o, de lo contrario, danzarás tironeado por las cuerdas de las Aes Sedai hasta el fin de tus días. Y entonces serás mío. ¡La muerte me pertenece a mí!

—No —murmuró Rand—, estoy soñando. ¡Es un sueño!

—¿Crees que el sueño te resguarda de mí? ¡Mira!

Ba'alzamon señaló autoritariamente y la cabeza de Rand se giró para seguir la dirección indicada, aun cuando él no quisiera volverla, a pesar de que él no quisiera girarse.

La copa había desaparecido de la mesa y en su lugar había una gran rata agazapada que parpadeaba ante la luz y husmeaba tensamente el aire. Ba'alzamon dobló el dedo y, con un chillido, el animal encorvó la espalda, con las patas delanteras arañando el aire mientras se balanceaba con torpeza sobre las inferiores. El dedo se curvó todavía más y la rata torció la columna hacia atrás; el animal escarbaba frenéticamente, arañaba el vacío, chillaba con estridencia, al tiempo que se arqueaba más y más. Con un crujido seco, como una ramita quebrada, el roedor tembló violentamente y luego permaneció inmóvil, con el cuerpo casi plegado en dos.

—Todo es posible en un sueño —musitó Rand después de tragar saliva. Sin mirar, volvió a golpear el puño contra la puerta. A pesar de que le dolía la mano, aquello no logró despertarlo.

—En ese caso acude a las Aes Sedai. Ve a la Torre Blanca y cuéntaselo. Habla en la Sede Amyrlin de este... sueño. —El hombre profería llameantes carcajadas que quemaban el rostro de Rand—. Ésa es una manera de escapar a ellos. Así no se servirán de ti, no cuando sepan que yo estoy sobre aviso, ¿Pero crees que te dejarán vivir para propagar la naturaleza de sus actos? ¿Eres lo bastante estúpido para creer eso? Las cenizas de muchos como tú están esparcidas por las laderas del Monte del Dragón.

—Esto es un sueño —repitió Rand, jadeante—. Es un sueño, y voy a despertar.

—¿De veras? —De soslayo, vio cómo el dedo del hombre se desplazaba para apuntarle a él—. ¿De veras vas a despertar? —El dedo se encorvó y Rand gritó mientras arqueaba la espalda hacia atrás, impelido por todos los músculos de su cuerpo—. ¿Volverás a despertar algún día?

Rand se convulsionaba frenéticamente en la oscuridad. Aferraba una tela en las manos, una manta. El pálido brillo de la luna atravesaba la ventana e iluminaba las sombras imprecisas de las otras dos camas. Oyó un ronquido emitido en una de ellas, como el rasgueo de una lona: Thom Merrilin. Unos pocos carbones relucían entre las cenizas del hogar.

Todo había sido un sueño, entonces, al igual que la pesadilla que lo atormentó el día de Bel Tine en la Posada del Manantial, formado por cuanto había oído y vivido entremezclado con viejos relatos y desatinos sin sentido. Se tapó los hombros con la manta, pero no era el frío lo que le producía temblores. El corazón le latía de modo vertiginoso. Tal vez Moraine pudiera hacer algo para atajar aquellos sueños. «Dijo que podía hacer desaparecer las pesadillas.»

Se tendió con un bufido. ¿Acaso eran tan terribles para él los sueños como para solicitar la ayuda de una Aes Sedai? Por otra parte, ¿podría cualquier decisión que tomara involucrarlo de forma más evidente? Había abandonado Dos Ríos en compañía de una Aes Sedai. Sin embargo, no había tenido más remedio que hacerlo, desde luego. ¿Tenía acaso más alternativa que confiar en ella, en una Aes Sedai? Aquellos pensamientos eran igual de insidiosos que las propias alucinaciones. Se arrebujó bajo la manta e intentó hallar el sosiego del vacío de la manera como le había enseñado Tam, pero tardó largo rato en volver a conciliar el sueño.

15

EXTRAÑOS Y AMIGOS

Los destellos de sol que se filtraban hasta su angosto lecho desperta-ron a Rand de un sueño profundo pero intranquilo. Se cubrió la cabeza con la almohada, aunque ello no mitigaba apenas el efecto de la luz y, además, no tenía realmente ganas de volver a dormir-se. Tras la primera pesadilla, había padecido otras más. Sólo recordaba la primera y ello le bastaba para no querer indagar más en la memoria.

Con un suspiro, dejó a un lado la almohada y se incorporó, parpa-deando al estirarse. Todos los dolores de los que creía haberse librado con el baño habían regresado. Y todavía le dolía la cabeza, lo cual no le sorprendía en absoluto. Un sueño como aquél era capaz de producir dolor de cabeza a cualquiera. Los otros sueños se habían difuminado ya, pero ése permanecía nítido en su mente.

Las otras camas se hallaban vacías. La luz entraba por la ventana y formaba un ángulo inclinado, lo cual significaba que el sol estaba bas-tante alto en el horizonte. A aquella hora, en la granja, ya habría desayu-nado y estaría trabajando hacía ya rato. Saltó de la cama. Una ciudad al alcance de su mano y él ni siquiera se levantaba para verla. Por lo menos alguien se había encargado de que hubiera agua en la jarra, y de que ésta estuviera todavía tibia.

Se lavó y vistió deprisa, vacilando un momento ante la espada de Tam. Lan y Thom habían dejado sus albardas y las mantas en la habitación, pero no se veía por ningún lado la espada del Guardián. Lan había ido armado en Campo de Emond, incluso antes de que hubiera indicios del ataque. Concluyó que seguiría el ejemplo de aquel hombre, más avezado que él. Se dijo a sí mismo que no obedecía al impulso de hacer realidad su vieja ensoñación de pasear por las calles de una ciudad de verdad luciendo una espada, se la prendió a la cintura y se echó la capa sobre los hombros como si de un saco se tratara.

Bajó los escalones de dos en dos y se precipitó en dirección a la cocina. Aquélla era sin duda la forma más rápida de conseguir algo de comer, y en su primer día de estancia en Baerlon no quería perder más tiempo del que ya había desaprovechado. «Rayos y truenos, podrían haberme despertado.»

Maese Fitch se hallaba en la cocina, enfrentándose a una mujer regordeta cuyos brazos estaban rebozados de harina hasta los codos, la cocinera sin duda. A decir verdad, era ella quien se enfrentaba a él, blandiendo los puños ante sus barbas. Las doncellas, pinches, ayudantes de cocina y fogoneros se afanaban en sus tareas, haciendo deliberadamente caso omiso de lo que allí acontecía.

—... Mi *Cirri* es un buen gato —decía, tajante, la cocinera— y no consentiré que se diga lo contrario, ¿me oís? Pues para que os enteréis, lo que estáis haciendo es protestar porque cumple demasiado bien con su trabajo.

—He recibido quejas —logró intercalar maese Fitch—. Quejas, señora. La mitad de los huéspedes...

—No quiero oír hablar de eso. No quiero oírlo. Si quieren quejarse de mi gato, que cocinen ellos. Mi pobre gato, que está cumpliendo perfectamente con su cometido, y yo nos iremos a otro sitio donde nos valorarán como es debido, ya lo veréis. —Se desanudó el delantal, haciendo ademán de quitárselo.

—¡No! —chilló maese Fitch, y dio un salto para contenerla. Forcejearon en círculo, mientras la mujer trataba de deshacerse del delantal y el posadero intentaba volvérselo a poner. —No, Sara —jadeó—, no es preciso llegar a estos extremos. ¡No es preciso, he dicho! ¿Qué iba a hacer yo sin ti? *Cirri* es un buen gato, un gato excelente. El mejor gato de Baerlon. Y, si alguien se queja, les diré que el gato está cumpliendo con su obligación. No tienes por qué irte. ¡Sara! ¡Sara!

La cocinera paró de girar, logrando zafarse de él.

—De acuerdo, pues. De acuerdo. —Asía el delantal con ambas manos, sin volver a atárselo—. Pero, si esperáis que tenga algo preparado antes de mediodía, mejor será que salgáis de aquí y me dejéis tranquila. Aunque estemos en vuestra posada, ésta es mi cocina. A menos que queráis cocinar vos. —Hizo un amago de querer cederle el delantal.

Maese Fitch retrocedió con las manos en alto. Abrió la boca y entonces se detuvo, mirando alrededor por primera vez. Los asistentes de cocina todavía pretendían no hacer ningún caso de la cocinera y el posadero. Rand, mientras tanto, rebuscaba en sus bolsillos, pero, a excepción de la moneda que le había dado Moraine, no llevaba en ellos más que alguna pieza de cobre y un puñado de objetos variopintos: su navaja de bolsillo y una piedra de esmeril, dos cuerdas de arco de recambio y un cordel que había pensado podría serle de utilidad.

—Estoy convencido, Sara —dijo prudentemente maese Fitch—, de que todo estará preparado a la altura de tu exquisitez habitual.

Dicho lo cual, miró de nuevo con cierto aire de sospecha a la servidumbre y se alejó con toda la dignidad de que pudo hacer acopio.

Sara aguardó a que se hubiera marchado para anudarse deprisa el delantal y luego dirigió los ojos hacia Rand.

—¿Supongo que quieres algo de comer, eh? Bueno, pasa —lo invitó sonriente—. No muerdo, no, aunque hayas visto lo que has visto. Ciel, tráele al muchacho un poco de pan y queso y leche. Eso es todo cuanto tenemos en estos momentos. Siéntate, chico. Tus amigos se han ido todos, salvo un chaval, del que me figuro que no se encontraba bien, y me parece que tú también querrás hacer lo mismo.

Una de las doncellas sirvió una bandeja mientras Rand tomaba asiento en un taburete junto a la mesa. Comenzó a comer, al tiempo que la cocinera reemprendía la labor de amasar la pasta para el pan, sin dejar de hablar, empero.

—No tienes que hacer caso de lo que has visto. Maese Fitch es un buen hombre, aunque la mayoría de vosotros no sois una ganga, precisamente. Lo que ocurre es que le pone nervioso que la gente se queje, ¿y de qué se quejan? ¿Preferirían encontrar ratas vivas en lugar de muertas? Sin embargo, *Cirri* no suele dejar sus presas por ahí. ¿Y son casi una docena? *Cirri* no permitiría que entraran tantas en la posada, no. Éste es un establecimiento limpio, además, y no es propio que lo frecuenten tantos roedores. Y todos con la espalda quebrada. —Sacudió la cabeza, mostrando extrañeza.

El pan y el queso se convirtieron en ceniza en el paladar de Rand.

—¿Con la espalda quebrada?

—Piensa en cosas más risueñas —aconsejó la cocinera, haciendo gesticular una mano enharinada—, ésa es mi filosofía de la vida. Hay un juglar, sabes, que está ahora justamente en el comedor. Pero tú viniste con él ayer, ¿verdad? Eres uno de los que llegaron con la señora Alys ayer noche, ¿no es cierto? Me lo suponía. Lo que es yo, no tendría ocasión de ver a ese juglar, estando la posada tan llena, y la mayoría de los huéspedes son gentuza de las minas. —Presionó con especial énfasis la masa—. No es la clase de clientes que acogeríamos en condiciones normales; lo que ocurre es que toda la ciudad está atestada de ellos. Aunque supongo que podrían ser mejores que algunos, claro. Vaya, no he visto un juglar desde antes del invierno y...

Rand comía mecánicamente, sin saborear los alimentos, sin oír lo que decía la cocinera. Ratas muertas, con las espaldas quebradas. Concluyó deprisa el desayuno y salió después de dar las gracias tartamudeando. Debía hablar con alguien.

La sala principal de la posada apenas se asemejaba a la de la Posada del Manantial, salvo en el punto de que ambas estaban destinadas al mismo uso. Ésta era el doble de ancha y tres veces más larga y tenía pintados frisos con ornados edificios provistos de jardines de esbeltos árboles y radiantes flores. En lugar de un gran hogar, había chimeneas en cada una de las paredes, y el suelo estaba cubierto de hileras de mesas, cuyos bancos y sillas se encontraban ocupados casi al ciento por ciento.

Todos los hombres que componían la multitud de clientes con pipas entre los dientes y jarras en la mano se inclinaban hacia adelante con la atención fija en una sola persona. Thom, de pie sobre una mesa en el centro de la estancia, con su capa multicolor desparramada en una silla próxima. Incluso maese Fitch sostenía un *bock* de plata y un paño de limpieza con las manos inmóviles.

—... caracolea, con herraduras de plata y altivos y arqueados cuellos —declamaba Thom, mientras de algún modo parecía no sólo cabalgar, sino ser él mismo una larga procesión de jinetes—. Las plateadas crines ondean bajo las cabezas erguidas. Mil estandartes expuestos forman un arco iris sobre un cielo infinito. Un millar de trompetas de bronce ensordecen el aire y los tambores rugen igual que el trueno. Los vítores se suceden en oleadas entre las expectantes multitudes, brotan de los tejados y torres de Illian, dedicados al millar de oídos de los jinetes, cuyos ojos y corazones relucen con el carácter sagrado de su misión. La Gran Cacería del Cuerno cabalga, cabalga en busca del Cuerno de Valere que hará despertar de la tumba a los héroes de las eras fenecidas para guerrear en nombre de la Luz...

Era lo que el juglar había descrito como cántico sencillo, en aquellas noches en que viajaban rumbo norte. Las historias, decía, se exponían en tres tipos de voz: cántico alto, cántico sencillo y cántico común, el último de los cuales significaba contarla con igual simpleza como si se comentasen con un vecino los avatares de las cosechas. Thom explicaba relatos en voz común, pero no ocultaba por ello su desdén por esa tonalidad.

Rand entornó la puerta sin entrar y se dejó caer pesadamente contra la pared. Thom no podía aconsejarlo ahora. Moraine..., ¿qué haría ella si la pusiera al corriente?

Al reparar en las miradas de la gente que pasaba a su lado, cayó en la cuenta de que murmuraba en voz baja. Se enderezó y estiró su chaqueta. Tenía que hablar con alguien. La cocinera había dicho que uno de los otros no había salido. Hubo de contenerse para no echar a correr.

Cuando Rand llamó a la puerta de la habitación donde habían dormido sus amigos y asomó la cabeza, vio a Perrin, acostado en la cama sin vestir. Éste movió la cabeza sobre la almohada para mirar a Rand y luego volvió a cerrar los ojos. El arco y el carcaj de Mat estaban reclinados en un rincón.

—Me han dicho que no te encontrabas bien —explicó Rand, al tiempo que se sentó en el lecho contiguo—. Sólo quería hablar. Yo... —Advirtió que no sabía cómo iniciar el tema—. Si estás enfermo, tal vez... —añadió, incorporándose— necesites dormir. Me iré.

—No sé si conseguiré volver a dormir en toda mi vida —suspiró Perrin—. Tuve una pesadilla, ya que de todos modos vas a enterarte de ello, y no pude volver a conciliar el sueño. Mat no tardará mucho en contártelo. Esta mañana se ha echado a reír cuando le he explicado por qué no saldría con él, pero él también ha tenido un sueño. Escuché durante casi toda la noche cómo se revolvía y balbucía, y no ha pasado precisamente una noche agradable. —Se tapó los ojos con uno de sus robustos brazos—. Luz bendita, qué cansado estoy. Tal vez si me quedo aquí una hora o dos más, me sentiré con fuerzas para levantarme. Mat no dejará de recordarme hasta el resto de mis días que me perdí la visita a Baerlon a causa de un sueño.

Rand volvió a sentarse lentamente en la cama.

—¿Mató una rata? —preguntó deprisa, después de morderse los labios. Perrin bajó el brazo y clavó la mirada en él.

—¿Tú también? —dijo. Al asentir Rand, prosiguió—: Desearía estar de nuevo en casa. Me dijo..., dijo... ¿Qué vamos a hacer? ¿Se lo has contado a Moraine?

—No, todavía no. No sé si voy a hacerlo. No lo sé. ¿Y tú?

—Él dijo... Rayos y truenos, Rand, no lo sé. —Perrin se enderezó de pronto, apoyándose en los codos—. ¿Crees que Mat ha tenido el mismo sueño? Se ha reído, pero con una risa que parecía forzada, y ha puesto una cara rara cuando le he contado que no había podido dormir a consecuencia de una pesadilla.

—Tal vez sí —respondió Rand, que se sentía culpable ante la sensación de alivio experimentada al descubrir que no era él solo quien había padecido aquel mal sueño—. Iba a pedirle consejo a Thom. Él ha visto mucho mundo. Tú..., tú no piensas que deba informar de ello a Moraine, ¿verdad?

Perrin dejó caer de nuevo la cabeza sobre la almohada.

—Ya has oído las historias sobre las Aes Sedai. ¿Crees que podemos confiar en Thom? Si es que podemos confiar en alguien. Rand, si salimos de ésta con vida, si regresamos a casa algún día, y me oyes considerar la posibilidad de abandonar Campo de Emond, aunque sólo sea para ir a Colina del Vigía, me propinas un puntapié, ¿de acuerdo?

—Ésas no son maneras de hablar —objetó Rand, con la sonrisa más animada que le fue posible esbozar—. Por supuesto que regresaremos a casa. Vamos, levántate. Estamos en una ciudad y tenemos todo un día para verla. ¿Dónde tienes la ropa?

—Vete tú. Quiero quedarme tumbado un rato. —Perrin volvió a cubrirse los ojos con el brazo—. Ve tú delante. Me reuniré contigo dentro de un par de horas.

—Tú te lo pierdes —dijo Rand, incorporándose—. Piensa en lo que no vas a ver. —Se detuvo junto a la puerta—. Baerlon. ¿Cuántas veces habíamos soñado visitar Baerlon algún día?

Perrin yacía con los ojos tapados, sin pronunciar ni una palabra. Pasado un minuto, Rand abandonó el dormitorio y cerró la puerta.

Una vez en el rellano, se apoyó en la pared, al tiempo que se disipaba su sonrisa. Todavía le dolía la cabeza; el dolor había arreciado en lugar de disminuir. No acertaba a sentir entusiasmo por nada.

Una doncella se aproximó, con los brazos cargados de sábanas, y lo miró con aire preocupado. Antes de que ella pudiera decir nada, se alejó, estremeciéndose bajo la capa. Thom no pondría fin a su espectáculo hasta al cabo de unas horas. Mejor era que aprovechase aquella ocasión de ver algo. Tal vez encontraría a Mat y averiguaría así si Ba'alzamon había invadido su sueño. Bajó los peldaños, más lentamente esta vez, frotándose las sienes.

Las escaleras terminaban cerca de la cocina, por lo que tomó aquel camino de salida. Saludó con un movimiento de cabeza a Sara, pero apremiando el paso cuando la mujer parecía dispuesta a retomar la charla en el mismo punto en que la había dejado. El patio se hallaba solitario a excepción de Mutch, que se encontraba de pie junto a la puerta del establo. También a él saludó Rand con un gesto; sin embargo Mutch le devolvió una hosca mirada antes de desaparecer en el interior de las caballerizas. Dispuesto a comprobar cómo era una ciudad, hizo votos por que el resto de la ciudadanía se asemejara más a Sara que a Mutch y aligeró la marcha.

Se detuvo a observar ante las puertas abiertas del patio. La gente abarrotaba la calle como las ovejas en un aprisco, gente embozada hasta los ojos en capas y chaquetas, con los sombreros calados para resguardarse del frío, se entrecruzaba con paso rápido como si el viento que silbaba por encima de los tejados los empujara a caminar, rozando con los codos a sus congéneres sin dedicarles apenas una palabra o una mirada. «Todos extraños —caviló—. No se conocen entre ellos.»

Los olores también eran insólitos, compuestos de una rara mezcolanza agridulce que le hacía rascarse la nariz. Aun en los momentos más activos de los festejos del pueblo no había visto a las personas arracimadas con tanta apretura, ni en tal número. Y aquello sólo era una calle. Maese Fitch y la cocinera decían que la ciudad estaba llena. ¿Toda la urbe... de aquella manera?

Se apartó de la salida y se alejó por la rúa repleta de gente. En verdad, no era correcto irse y dejar a Perrin enfermo en la cama. ¿Y qué sucedería si Thom acababa de contar sus relatos mientras Rand paseaba por la población? El juglar quizá saldría también por su cuenta y él necesitaba hablar con alguien. Era preferible aguardar un poco. Exhaló un suspiro de alivio al volver la espalda al hervidero que era aquella calle.

No obstante, con aquel dolor de cabeza, tampoco le apetecía volver a entrar en la posada. Se sentó en una barrica, apoyado en la pared trasera del edificio, con la esperanza de que el fresco aire aliviase su cefalea.

Mutch se asomaba de tanto en tanto a la puerta del establo. A pesar de la distancia que los separaba, Rand percibía su hosca expresión de rechazo. ¿Se debía aquélla tal vez al desagrado que le inspiraban los campesinos? ¿O era consecuencia de la cálida acogida de maese Fitch después de su tentativa de echarlos afuera por haber entrado por detrás? «Quizá sea un Amigo Siniestro», pensó, esperando reír para sus adentros de aquella ocurrencia, lo cual, sin embargo, no sucedió. Rozó con la mano la empuñadura de la espada de Tam, comprobando que su estado de ánimo no propiciaba para nada la hilaridad.

—Un pastor con una espada con la marca de la garza —dijo quedamente una voz de mujer—. Francamente increíble. ¿Qué problemas tienes, forastero de las tierras del sur?

Rand se puso en pie, sobresaltado. Era la joven de pelo corto que se encontraba junto a Moraine cuando salieron del cuarto de baño, todavía ataviada con chaqueta y pantalones de hombre. Era algo mayor que él, le pareció; sus ojos oscuros, aún más grandes que los de Egwene, poseían una mirada extrañamente inquisitiva.

—Tú eres Rand, ¿verdad? —continuó—. Me llamo Min.

—No tengo ningún problema —respondió. Ignoraba lo que Moraine le había dicho, pero recordó la admonición de Lan respecto a no llamar la atención—. ¿Qué te hace pensar que los tengo? Dos Ríos es una región tranquila y todos somos gente pacífica. No es un lugar donde quepan las preocupaciones, a menos que tengan relación con las cosechas o con los corderos.

—¿Tranquila? —dijo Min con una leve sonrisa—. He oído hablar de los habitantes de Dos Ríos. He escuchado los chistes sobre pastores empecinados y, además, hay hombres que han viajado a las regiones sureñas.

—¿Empecinados? —repitió Rand, con el rostro ceñudo—. ¿De qué cuentos hablas?

—Los que yo conozco —prosiguió como si Rand no la hubiera interrumpido— dicen que sois todo sonrisas y amabilidad, dóciles y maleables como la mantequilla, al menos en apariencia. Bajo esa superficie, según ellos, tenéis la misma dureza que las raíces de un viejo roble. Pinchadlos un poco, dicen, y toparéis con una roca. Pero la roca es más superficial en ti y en tus amigos, como si una tempestad os hubiera arrebatado casi toda la envoltura. Moraine no me lo explicó todo, pero yo veo lo que veo.

¿Raíces de un viejo roble? ¿Roca? Aquello no se parecía al tipo de cosas que dirían los mercaderes o sus guardas. Su última frase, no obstante, le provocó un respingo. Echó una mirada rápida alrededor; las caballerizas estaban vacías y las ventanas más cercanas, cerradas.

—No conozco a nadie llamado..., ¿cómo era ese nombre?

—En ese caso, la señora Alys, si así lo prefieres —repuso Min con gesto divertido que coloreó sus mejillas—. Lo cierto es que ella no tenía otra alternativa, supongo. Vi de inmediato que era... diferente, cuando se alojó aquí de camino a vuestra comarca. Ella sabía de mi existencia. Yo ya había hablado antes con... otras como ella.

—¿Que lo viste? —inquirió Rand.

—Bueno, no creo que vayas corriendo a explicárselo a los Hijos, habida cuenta de quiénes son tus compañeros de viaje. Los Capas Blancas desaprobarían de igual modo mis actividades que las de ella.

—No comprendo.

—Ella dice que veo retazos del Entramado. —Min emitió una ligera carcajada, agitando la cabeza—. A mí me suena demasiado grandilocuente. Únicamente veo cosas al mirar a la gente y a veces sé lo que éstas significan. Observo, por ejemplo, a un hombre y a una mujer que no se han dirigido nunca la palabra y adquiero conciencia de que se casarán. Y así ocurre. Ella quería que os mirase. A todos, juntos.

—¿Y qué has visto? —preguntó Rand con un estremecimiento.

—¿Cuando estabais en grupo? Chispas que se agitaban en torno a vosotros, cientos de ellas, y una gran sombra, más oscura que la noche cerrada. Es tan potente que casi me extraña que no la perciba todo el mundo. Las chispas tratan de rellenar la sombra y ésta trata de engullirlas. —Se encogió de hombros—. Todos estáis vinculados, amenazados por un mismo peligro, pero no puedo sacar más conclusiones.

—¿Todos? —murmuró Rand—. ¿Egwene también? Pero a ella no..., quiero decir...

Min no pareció advertir su paso en falso.

—¿La muchacha? Ella está incluida en ello, y el juglar también. Todos vosotros. Estás enamorado de ella. —Rand la miró petrificado—. Puedo afirmarlo sin ver ninguna imagen. Ella también te quiere, pero no es para ti, ni tú para ella. No de la manera que ambos desearíais.

—¿Qué diablos significa eso?

—Cuando la miro, veo lo mismo que al mirar a... la señora Alys. Y otras cosas, detalles que no comprendo, pero sé lo que eso representa. Ella no renunciará a ello.

—Tonterías —replicó Rand, incómodo. El dolor de cabeza estaba dando paso a un estado de letargo; se sentía entumecido. Quería alejarse de aquella muchacha y de lo que ella captaba. Y sin embargo...—. ¿Qué es lo que ves al mirarnos... a los demás?

—Cantidad de imágenes —respondió Min, sonriendo como si supiera lo que realmente quería preguntarle—. El Guar..., eh... maese Andra tiene siete torres en ruinas en torno a su cabeza y un recién nacido en una cuna con una espada en la mano y... —Sacudió la cabeza—. Los hombres como él, ¿comprendes?, siempre despiden un montón de imágenes que se superponen. La visión más precisa que desprende el juglar es un hombre, que no es él, que escupe fuego y la Torre Blanca, lo cual carece de sentido tratándose de un hombre. Lo que percibo con más fuerza en ese fornido chico de pelo rizado es un lobo, una corona rota y árboles que florecen a su alrededor. Y en el otro... un águila roja, un ojo en una balanza, una daga con un rubí, un cuerno y un rostro sonriente. También hay otros aspectos, pero ya sabes a lo que me refiero. En esta ocasión, no puedo valorar más unos que otros. —Aguardó, todavía sonriente, hasta que él se aclaró la garganta para preguntar:

—¿Y qué hay respecto a mí?

La sonrisa se convirtió en un estallido de risa.

—El mismo tipo de cosas que en los demás. Una espada que no es una espada, una corona dorada de hojas de laurel, un bastón de mendigo, tú derramando agua en la arena, una mano sangrienta y un hierro candente, tres mujeres ante un ataúd que contiene tu cuerpo, una roca negra mojada de sangre...

—Está bien —la interrumpió con inquietud—. No tienes por qué recitar toda la lista.

—Sobre todo, veo relámpagos en torno a ti, algunos dirigidos hacia ti y otros emitidos por ti. No sé qué significado tiene todo esto, salvo en un punto. Tú y yo volveremos a encontrarnos. —Le dirigió una mirada interrogativa, como si ella misma no acabara de comprenderlo.

—¿Y por qué no habríamos de volver a vernos? —dijo—. Pasaré por aquí cuando regrese a casa.

—Supongo que sí, ya que lo dices. —Su sonrisa retornó de improviso, irónica y misteriosa, al tiempo que le daba una palmada en la mejilla—. Pero, si te contara todo lo que veo, se te pondría el pelo igual de rizado que a ese amigo tuyo tan ancho de hombros.

Rand se apartó de un salto de su mano, como si fuera un metal candente.

—¿A qué te refieres? ¿Ves algo relacionado con ratas? ¿O algo que tenga que ver con los sueños?

—¡Ratas! No, ratas no. En cuanto a los sueños, tal vez tengas tú ese concepto de los sueños, aunque el mío nunca fue ése.

Se preguntó si estaría loca para sonreír de ese modo.

—Tengo que irme —dijo, alejándose—. Tengo... que reunirme con mis amigos.

—Ve pues. Pero no escaparás.

Aun cuando no emprendiera exactamente una carrera, cada paso que daba era más veloz que el anterior.

—Corre, si así lo deseas —le gritó la joven—. No podrás huir de mí.

Sus risas lo espolearon hacia la calle, hacia el barullo de gente. Sus últimas palabras eran demasiado parecidas a las pronunciadas por Ba'alzamon. Avanzó a ciegas y tropezó con los transeúntes, lo que provocó miradas agraviadas e invectivas, pero no aminoró la marcha hasta hallarse a varias calles de distancia de la posada.

Pasado un rato, comenzó a prestar nuevamente atención a su entorno. Sentía la cabeza como un globo, si bien ello no le impedía disfrutar de cuanto veía. Concluyó que Baerlon era una ciudad magnífica, a pesar de carecer del empaque de las urbes que poblaban los relatos de Thom. Vagabundeó por amplias avenidas, pavimentadas en su mayor parte, y penetró en angostas callejas y tortuosos callejones, desviándose al azar o arrastrado por el impulso de la multitud. Había llovido la noche anterior y la muchedumbre había ya convertido en barro la superficie de las calles que no estaban enlosadas, pero las rúas fangosas no representaban ninguna novedad para él, puesto que la totalidad de las vías de paso de Campo de Emond carecían de pavimento.

Ciertamente, no había palacios, y únicamente escasos edificios superaban la talla de las casas de su pueblo, pero todos tenían un tejado de pizarra o teja tan elegante como el de la Posada del Manantial. Barruntaba que debía de haber uno o dos palacios en Caemlyn. En cuanto a las posadas, contó nueve, ninguna de las cuales era menor que la del Manantial, habida cuenta de que la mayoría eran tan imponentes como la posada de El Ciervo y el León, y ello cuando todavía le quedaban infinidad de calles por visitar.

Había tiendas en todas partes, con toldos que guarecían mesas cubiertas de mercaderías de toda suerte, desde telas a libros, pasando por pucheros y botas. Era como si un centenar de carromatos de buhonero hubieran derramado su contenido en ellas. Las contemplaba con tal detenimiento que en más de una ocasión hubo de reemprender apresuradamente camino ante las miradas suspicaces de los tenderos. No había comprendido la reacción del primer tendero. Cuando dilucidó su sentido, le invadió un profundo enojo, hasta que recordó que él era allí un forastero. No habría podido comprar gran cosa, de todos modos. Se quedó de una pieza al ver la cantidad de monedas de cobre que se pagaban por una docena de manzanas descoloridas o por un puñado de nabos apergaminados, no mejores que los que daban a comer a los caballos en Dos Ríos. Pero la gente no parecía tener inconveniente en abonar aquellos precios.

Realmente había demasiadas personas para su gusto. Por un momento su mera aglomeración lo sobrecogió. Algunos llevaban ropajes de corte más elegante que ningún habitante de Dos Ríos —casi tan elegantes como los de Moraine— y, con menor frecuencia, se veían viandantes arropados con abrigos de pieles que llegaban hasta los tobillos. Los mineros de los que no paraban de hablar en la posada tenían el porte encorvado propio de quienes cavaban bajo tierra. No obstante, la mayoría de los transeúntes tenían un aspecto semejante al de la gente entre la que se había criado, tanto en su atuendo como en el semblante. De alguna manera, esperaba que fueran distintos. Sin embargo, algunos de ellos poseían facciones tan similares a las de la gente de Dos Ríos que no era descabellado imaginar que pertenecían a una u otra familia de las que conocía en los alrededores de su pueblo. Un individuo desdentado de pelo gris con unas orejas como asas de jarra, sentado en un banco fuera de una de las posadas, mirando taciturno un vaso vacío, podría haber sido fácilmente uno de los primos de Bili Congar. El sastre de mandíbula prominente que cosía delante de su establecimiento era la copia exacta del hermano de Jon Thane, incluso con la misma calvicie en la coronilla. Una reproducción aproximada de Samel Crawe lo adelantó caminando y...

Observó atónito a un flaco hombrecillo de brazos largos y nariz afilada que se abría paso precipitadamente entre la multitud, vestido con ropas tan desastradas como un hatillo de harapos. El hombre tenía los ojos hundidos en su demacrado y sucio rostro, pero Rand habría jurado... El andrajoso personaje reparó entonces en él y se detuvo súbitamente, haciendo caso omiso de los viandantes que tropezaban con él. Rand abandonó todo asomo de duda.

—¡Maese Fain! —gritó—. Todos pensábamos que os...

El buhonero echó a correr con más rapidez que una centella, pero Rand lo siguió, ofreciendo disculpas a las personas con quienes topaba. En medio del gentío, divisó cómo Fain entraba disparado en un callejón, hacia el cual se desvió él mismo.

El buhonero se había detenido a unos pasos de la boca, ante una alta reja que convertía la vía en un callejón sin salida. Al pararse también Rand, Fain dio unos rodeos y retrocedió encorvado y temeroso, al tiempo que batía sus mugrientas manos para indicarle que no se acercara. Su chaqueta tenía más de un desgarrón y su capa estaba gastada y deslucida, como si hubiera padecido un uso más prolongado del habitual.

—Maese Fain —dijo, vacilante, Rand—, ¿qué ocurre? Soy yo, Rand al'Thor de Campo de Emond. Todos creíamos que los trollocs os habían apresado.

Fain gesticuló vivamente y, agachado todavía, avanzó con paso sinuoso hacia la boca del callejón, tratando de no pasar cerca de Rand.

—¡No! —jadeó. Agitaba constantemente la cabeza intentando ver más allá de donde se encontraba Rand—. No menciones a ésos. —Su voz se convirtió en un ronco susurro y volvió la cabeza a un lado, asestando a Rand breves miradas de soslayo—. Hay Capas Blancas en la ciudad.

—No tienen por qué importunarnos —replicó Rand—. Venid conmigo a la posada de El Ciervo y el León. Me alojo allí con unos amigos, a los que conocéis en su mayoría. Se alegrarán de veros. Todos os dábamos por muerto.

—¿Muerto? —espetó, indignado, el buhonero—. No sucederá así con Padan Fain. Padan Fain sabe de qué lado saltar y dónde aterrizar. —Se alisó sus harapos, como si éstos fueran un elegante atuendo—. Siempre he actuado así y así seguiré haciéndolo. Viviré largo tiempo, más que... —Bruscamente, asumió una expresión tensa, clavando las uñas en la chaqueta—. Prendieron fuego a mi carro y a todas mis mercancías. No tenían ningún motivo para hacerlo, ¿no es cierto? No pude llevarme mis caballos. Eran mis caballos, pero ese gordinflón de posadero los había encerrado en su establo. Tuve que caminar velozmente para evitar que me degollaran, ¿y adónde me condujeron mis pasos? Todo cuanto me queda es lo que llevo puesto. ¿Es ello justo? ¿Lo es?

—Vuestros caballos están a resguardo en el establo de maese al'Vere y podréis recuperarlos cuando queráis. Si venís conmigo a la posada, estoy seguro de que Moraine os ayudará a regresar a Dos Ríos.

—¡Aaaaah! Es..., es la Aes Sedai, ¿no es cierto? —Una mirada recelosa ensombreció el semblante de Fain—. Quizá, no obstante... —Se detuvo, mordiéndose nervioso los labios—. ¿Cuánto tiempo estaréis en esa...? ¿Cómo era? ¿Cómo has dicho que se llamaba...? ¿La posada de El Ciervo y el León?

—Partimos mañana —respondió Rand—. Pero ¿qué tiene que ver eso con...?

—Tú no puedes saberlo —gimoteó Fain—, paseando por ahí con el estómago lleno después de pasar la noche durmiendo confortablemente en una blanda cama. Yo apenas he dormido un minuto desde aquella noche. Tengo las botas gastadas de tanto correr, y, si te contara lo poco que he comido... —Su rostro se retorció—. No quiero estar ni aunque sea a varias millas de distancia de una Aes Sedai. —Pronunció esta última palabra como si escupiera—. Ni a innumerables millas, pero no puedo evitarlo, ¿verdad? La sola idea de que ponga sus ojos sobre mí, o de que sepa dónde estoy... —Alargó la mano hacia Rand como si quisiera agarrarle la chaqueta, pero se contuvo, agitándola, y en su lugar dio un paso atrás—. Prométeme que no se lo dirás. Me da miedo. No hay necesidad de que se lo cuentes, ningún motivo para que una Aes Sedai sepa ni siquiera que estoy vivo. Debes prometérmelo. ¡Debes hacerlo!

Lo prometo —dijo Rand con tono tranquilizador—. Pero no tenéis por qué tenerle miedo. Venid conmigo. Como mínimo, podréis tomar una comida caliente.

—Tal vez. Tal vez. —Fain se acarició la barbilla, pensativo—. ¿Mañana, dices? Mientras tanto... ¿no olvidarás tu promesa? ¿Ni irás a decirle...?

—No permitiré que os haga ningún daño —aseguró Rand, preguntándose cómo podría interponerse a los designios de una Aes Sedai, fuese cual fuese su cariz.

—No me causará ningún daño —objetó Fain—. ¡Oh, no! No se lo consentiré.

Después, salió disparado como una liebre y se perdió entre la multitud.

—¡Maese Fain! —gritó Rand— ¡Esperad!

Salió precipitadamente del callejón, justo a tiempo de percibir una andrajosa capa que desaparecía en la siguiente esquina. Corrió tras él, llamándolo todavía. Sólo alcanzó a ver la espalda de un hombre antes de chocar contra ella y caer en el fango en compañía del desconocido.

—¿Es que no miras por dónde andas? —murmuró alguien bajo él.

Rand se levantó sorprendido.

—¿Mat?

Mat se sentó y lo taladró con la mirada al tiempo que limpiaba el barro de la capa con las manos.

—Realmente debes de estar convirtiéndote en un hombre de ciudad. Duermes la mañana entera y luego corres y avasallas a la gente. —Se puso en pie, se miró las manos enlodadas; luego murmuró entre dientes y las frotó en la tela de la capa—. Oye, nunca adivinarías a quién acabo de ver.

—A Padan Fain —repuso Rand.

—Padan Fa... ¿Cómo lo sabes?

—Estaba con él, pero se ha marchado corriendo.

—Así que los tro... —Mat calló y echó una mirada cautelosa en derredor, pero la muchedumbre que pasaba junto a ellos caminaba inmutable—. De modo que no lo cogieron. Me pregunto por qué se fue de aquel modo de Campo de Emond, sin decir nada a nadie. Probablemente echó a correr entonces y no paró hasta llegar aquí. Pero ¿por qué correría ahora?

Rand sacudió la cabeza y enseguida deseó no haberlo hecho; sentía como si fuera a caérsele al suelo.

—No lo sé, aparte del detalle de que M..., la señora Alys le inspira temor. —No era tan fácil comportarse con prudencia en todo momento—. No quiere que ella sepa que está aquí. Me hizo prometerle que no se lo diría.

—Por lo que a mí respecta, su secreto está a salvo —afirmó Mat—. A mí también me gustaría que ella no supiera dónde me encuentro.

—Mat.. —La gente todavía fluía a su alrededor sin prestarles atención; Rand bajó la voz, de todos modos, acercándose a su amigo—. Mat, ¿has tenido una pesadilla esta noche? ¿Sobre un hombre que mataba una rata?

Mat lo miró sin pestañear.

—¿Tú también? —dijo—. Y Perrin, supongo. He estado a punto de preguntárselo esta mañana, pero... Seguro que también ha soñado lo mismo. ¡Rayos y truenos! Ahora alguien nos está provocando los mismos sueños. Rand, de veras me gustaría que nadie conociera mi paradero.

—Había ratas muertas por toda la posada esta mañana. —No se sentía tan atemorizado al contarlo como unas horas antes—. Con las espaldas quebradas.

Su voz resonaba en sus propios oídos. Si estaba por caer enfermo, debería pedir ayuda a Moraine. Le asombró comprobar cómo la perspectiva de ser receptor del Poder Único no le incomodaba en lo más mínimo.

Mat inspiró profundamente, se arrebujó en la capa y miró en torno a sí buscando un sitio adonde ir.

—¿Qué nos pasa, Rand? ¿Qué?

—No lo sé. Voy a pedirle consejo a Thom, para ver qué opina acerca de contárselo a... otra persona.

—¡No! A ella no. A él puede que sí, pero a ella no.

La firmeza de su protesta tomó por sorpresa a Rand.

—¿Entonces creíste lo que él dijo? —No era preciso especificar quién era «él», puesto que la mueca esbozada por Mat indicaba claramente que lo había comprendido.

—No —respondió lentamente Mat—. Sólo tengo en cuenta todas las posibilidades. Si se lo explicamos a ella y él estaba mintiendo, quizá no ocurra nada en ese caso. Quizá. Pero a lo mejor el mero hecho de que él se persone en nuestros sueños bastaría para... No lo sé. —Se detuvo para tragar saliva—. Si no se lo contamos, tal vez tengamos algunas pesadillas más. Con ratas o sin ellas, los sueños son preferibles a... ¿Recuerdas lo del transbordador? Yo opino que es mejor mantener la boca cerrada.

—De acuerdo.

Rand no había olvidado lo sucedido en el Taren, ni tampoco la amenaza expresada por Moraine, pero de algún modo le parecía algo muy lejano.

—Perrin no dirá nada, ¿verdad? —continuó Mat, balanceándose sobre la punta de los pies—. Tenemos que volver para decírselo. Si él se lo cuenta, ella se imaginará lo nuestro. Puedes apostarlo. Vamos. —Comenzó a andar deprisa entre el gentío.

Rand permaneció inmóvil, mirándolo, hasta que Mat regresó para agarrarlo del brazo. Tuvo un sobresalto al sentir su contacto y luego caminó tras él.

—¿Qué te pasa? —preguntó Mat—. ¿Es que vas a quedarte dormido otra vez?

—Me parece que estoy resfriado —respondió Rand; sentía la cabeza tensa como un tambor y casi igual de vacía.

—Podrás tomarte un poco de caldo de gallina cuando lleguemos a la posada —propuso Mat.

Éste mantuvo un parloteo constante mientras atravesaban las calles atestadas. Rand se esforzaba en escucharlo e incluso en decir algo de vez en cuando, pero ello le representaba un esfuerzo. Se encontraba demasiado cansado; no experimentaba deseos de dormir. Simplemente sentía como si estuviera sumido en una corriente, a la deriva. Pasado un rato, refirió a Mat su conversación con Min.

—¿Una daga con un rubí, eh? —dijo Mat—. Me gusta eso. Sin embargo, no sé qué será eso del ojo. ¿Estás seguro de que no estaba inventándolo? A mí me parece que tendría que saber lo que significa si de verdad es una adivina.

—Ella no ha dicho que fuera una adivina —arguyó Rand—. Yo creo que ve cosas. Recuerda que Moraine estaba hablando con ella cuando salimos del baño. Y además sabe quién es en realidad Moraine.

—Pensaba que no debíamos utilizar ese nombre —le advirtió Mat, ceñudo.

—No —murmuró Rand, frotándose la frente con ambas manos. Le era tan difícil concentrarse en algo...

—Creo que quizás estés enfermo —agregó Mat, con el entrecejo todavía fruncido. De improviso, tiró de la chaqueta de Rand para detenerlo—. Míralos.

Tres hombres con petos y yelmos de acero cónicos, bruñidos hasta el punto de relucir como la plata, se abrían paso por la calle en dirección a Rand y Mat. Incluso la malla que cubría sus brazos despedía fulgor. Sus largas capas, de un blanco prístino, con un bordado en el pecho que representaba un sol naciente, barrían el fango y los charcos del suelo. Tenían las manos apoyadas en las empuñaduras de las espadas y miraban a su alrededor como si observasen las criaturas que habían salido arrastrándose de debajo de un tronco podrido. Pero nadie les devolvía la mirada. Nadie parecía hacerse eco de su presencia. No obstante, los tres personajes no tenían necesidad de franquear el paso entre la muchedumbre, puesto que ésta se hacía a un lado ante ellos, como por azar, dejándoles un amplio espacio que se reproducía a medida que avanzaban.

—¿Crees que son los Hijos de la Luz? —inquirió Mat en voz alta, provocando una dura mirada por parte de un viandante, que se dispuso de inmediato a apresurar el paso.

Rand asintió mudamente. Los Hijos de la Luz, los Capas Blancas, hombres que odiaban a las Aes Sedai. Hombres que aleccionaban a la gente acerca del modo en que había de vivir, infiriendo contratiempos a aquellos que se negaban a obedecer. «Debería sentir temor —pensó—, o curiosidad.» Algo, en todo caso. Sin embargo, los observaba impávido.

—No me parecen gran cosa —comentó Mat—. Unos fanfarrones, eso sí, ¿no crees?

—No tenemos por qué ocuparnos de ellos —repuso Rand—. Vayamos a la posada. Tenemos que hablar con Perrin.

—Iguales que Eward Congar, que siempre tiene la nariz apuntando al aire. —Mat sonrió de pronto, con un destello en los ojos—. ¿Te acuerdas de cuando se cayó por el Puente de los Carros y tuvo que volver todo mojado a casa? Eso le bajó los humos durante un mes seguido.

—¿Y qué tiene que ver eso con Perrin?

—¿Ves eso? —Mat apuntó a un carro que reposaba sobre sus varales en un callejón, justo delante de los Hijos. Una sola estaca sostenía a una docena de barricas apiladas sobre él—. Mira. —Riendo, se precipitó hacia una cuchillería que había a su izquierda.

Rand lo miró correr, consciente de que debía reaccionar de algún modo. Aquel brillo en los ojos de Mat siempre auguraba una de sus travesuras. Pero, curiosamente, permaneció pasivo, expectante ante lo que iba a hacer Mat. Algo le decía que la actitud de su amigo era imprudente, peligrosa, pero aun así sonreía previendo lo que iba a acontecer.

Un minuto después, Mat apareció encima de él, saltando de la ventana de un ático al tejado de una tienda. Llevaba la honda en las manos y comenzaba a hacerla girar. Rand volvió a posar la mirada en el carro. Casi de inmediato, se oyó un restallido seco y la estaca que sostenía los barriles cayó justo en el momento en que los Capas Blancas pasaban delante del callejón. La gente se apartó velozmente de las barricas que bajaron rodando por los varales de la carreta con un sordo estruendo e irrumpieron en la calle, levantando salpicaduras de barro y agua fangosa en todas direcciones. Los tres Hijos saltaron con igual rapidez que los demás, cambiando su altanería por la sorpresa. Algunos transeúntes cayeron, produciendo más salpicaduras, pero los tres se movieron con agilidad y esquivaron los barriles sin dificultades. Aun así, no pudieron evitar que sus capas quedaran rociadas de barro.

Un hombre barbudo salió corriendo de la calleja; agitaba las manos y gritaba con furia, pero, tras una mirada fugaz a los tres individuos que en vano intentaban cepillarse el fango de la ropa, retrocedió con más premura incluso de la que había hecho gala antes. Rand miró de reojo el tejado; Mat se había esfumado. Había sido un blanco sencillo para un muchacho de Dos Ríos, pero las consecuencias producidas estaban más allá de sus cálculos. No podía contener la risa; su humor parecía amortiguado, pero no podía evitar encontrar divertida aquella escena. Al volverse hacia la calle, los Capas Blancas lo estaban mirando fijamente.

—¿Hay algo que te hace gracia, eh?

El que había hablado se hallaba a unos pasos más adelante que los otros. Tenía un aire arrogante e impasible, con un fulgor en los ojos como si abrigara un conocimiento exclusivo, inasequible al resto de la humanidad.

Rand interrumpió la risa de golpe. Se encontraba él solo con los Hijos, en medio de las barricas y el fango. El gentío que fluía allí unos instantes antes se había apresurado a acudir a atender asuntos urgentes.

—¿Acaso el temor de la Luz te ha atado la lengua? —El enojo afilaba aún más el enjuto rostro del Capa Blanca, el cual echó una desdeñosa ojeada al puño de la espada que despuntaba en la capa de Rand—. Tal vez seas tú el responsable de esto, ¿eh?

Rand se movió para cubrir la espada, pero en su lugar la apartó hacia un costado. En lo más recóndito de su mente, le sorprendían sus propios actos. Sin embargo, aquél era un pensamiento remoto.

—Siempre ocurren accidentes —dijo—. Incluso a los Hijos de la Luz. —El hombre de rostro enjuto enarcó una ceja.

—¿Tan peligroso eres, jovenzuelo? —En realidad, él no superaba la edad de Rand.

—La marca de la garza, lord Bornhald —le advirtió uno de los otros.

El hombre volvió a mirar la empuñadura de la espada de Rand, en la que destacaba claramente la garza de bronce, y sus ojos se desorbitaron momentáneamente. Después dejó reposar la mirada en el semblante de Rand y resopló.

—Es demasiado joven. No eres de aquí, ¿verdad? —preguntó fríamente—. ¿De dónde eres?

—Acabo de llegar a Baerlon. —Un estremecimiento recorrió los brazos y piernas de Rand. Se había ruborizado y se sentía acalorado—. ¿No conoceréis alguna posada para recomendarme?

—No has respondido a mis preguntas —espetó Bornhald—. ¿Qué demonio hay en ti que te impide contestarme?

Sus compañeros se apostaron a ambos lados de él, con rostros duros e inexpresivos. A pesar de las manchas de barro en sus capas, nada movía a risa en ellos.

El hormigueo había hecho presa del cuerpo de Rand y el calor había dado paso a la fiebre. Quería reír; le sentaba tan bien hacerlo... Una vocecilla le indicaba en su interior que aquello no era lo adecuado, pero solamente era capaz de pensar en la pletórica energía que lo henchía, casi hasta el punto de querer estallar. Sonriente, se balanceó sobre los talones y aguardó a lo que iba a suceder a continuación. De un modo vago, distante, se preguntaba qué podría ser.

La cara del cabecilla se ensombreció aún más. Uno de los otros dos desenvainó parte de la hoja de la espada, mientras hablaba con voz airada:

—Cuando los Hijos de la Luz hacen preguntas, patán de ojos grises, queremos recibir respuesta, o... —Se interrumpió al contenerlo el hombre de rostro enjuto, que le cortó el paso con un brazo. Bornhald alzó la cabeza en dirección a la entrada de la calle.

La guardia de la ciudad había llegado. Eran doce hombres con yelmos de acero redondeados y jubones de cuero tachonados, con barras en la mano que, al parecer, sabían cómo utilizar. Se detuvieron en silencio, vigilantes, a diez pasos de ellos.

—Esta ciudad ha perdido la Luz —gruñó el individuo que había hecho ademán de desenfundar la espada. Elevó la voz, para ser oído por la guardia—. ¡Baerlon permanece bajo la Sombra del Oscuro! —A un gesto de Bornhald, introdujo de golpe la hoja en la vaina.

Bornhald se volvió otra vez hacia Rand, con los ojos chispeantes de convicción.

—Los Amigos Siniestros no logran escapar de nosotros, jovenzuelo, ni siquiera en una ciudad situada al amparo de la Sombra. Volveremos a encontrarnos. ¡Puedes estar seguro de ello!

Giró sobre sus talones y se alejó a grandes zancadas, seguido por sus dos compañeros, como si Rand hubiera dejado de existir. Por un instante, al menos. Cuando arribaron otra vez al tramo frecuentado de la calle, la multitud volvió a abrirse ante ellos, de la misma manera aparentemente fortuita. La guardia vaciló, mirando a Rand y, llevándose las barras a los hombros, prosiguieron su marcha en pos de los tres individuos de capa blanca. Debían abrirse camino para avanzar y gritaban:

—¡Ceded paso a la guardia!

Pocos de los que se apartaban no lo hacían a regañadientes.

Rand todavía se mecía de pie, aguardando. El hormigueo era tan intenso que casi se estremecía; sentía como si el calor estuviera consumiéndolo. Mat salió de la tienda, mirándolo.

—No estás enfermo —concluyó—. ¡Estás loco!

Rand hizo acopio de aire y, súbitamente, todo se desvaneció como una pompa de jabón. Se tambaleó al recobrar su clara conciencia, apabullado por la realidad de su actuación. Se mordió los labios y cruzó la mirada con Mat.

—Creo que será mejor que regresemos a la posada —dijo balbuciente.

—Sí —acordó Mat—. Sí, yo también creo que será mejor.

La calle había comenzado a llenarse de nuevo y más de un viandante miraba a los dos muchachos, murmurando algo al oído de un compañero. Rand estaba seguro de que el incidente se haría público. Un insensato había intentado iniciar una pelea con los Hijos de la Luz. «Tal vez los sueños me están volviendo loco.»

Ambos se extraviaron varias veces en las intrincadas calles, pero al poco toparon con Thom Merrilin, que hacía alardes de encabezar un gran cortejo él solo entre la multitud. El juglar dijo que había salido para estirar las piernas y respirar un poco de aire fresco, pero en toda ocasión que alguien posaba dos veces la vista en su colorida capa, anunciaba con voz resonante:

—Actúo en la posada de El Ciervo y el León, esta noche únicamente.

Fue Mat quien comenzó a informar de modo confuso a Thom del sueño y de su preocupación acerca de la conveniencia de contárselo o no a Moraine, pero Rand intervino a su vez, dado que existían algunas diferencias entre lo que los dos recordaban. «O quizá cada sueño era algo distinto», pensó, aunque en su mayor parte eran idénticos.

No habían avanzado apenas en sus explicaciones cuando Thom empezó a escuchar con suma atención. Al mencionar Rand a Ba'alzamon, el juglar los aferró por los hombros conminándolos a cerrar la boca, se irguió de puntillas para mirar el gentío sobre sus cabezas y luego los empujó hacia un callejón sin salida, en el cual no había más que unos cajones, donde se guarecía un perro del frío.

Thom miró a la gente que pasaba afuera antes de volverse hacia Mat y Rand. Sus ojos azules se clavaron en los de los otros, antes de desplazarse nuevamente hacia la boca del callejón.

—No pronunciéis jamás ese nombre en donde os pueda escuchar un desconocido. —Su voz era baja, pero imperativa—. Ni aunque sólo exista la más remota posibilidad de ser oído. Es un nombre sumamente peligroso, aun cuando no estén merodeando cerca los Hijos de la Luz.

—Podría contaros algo acerca de los Hijos de la Luz —bufó Mat, mirando con ironía a Rand.

Thom pasó por alto el comentario.

—Si solamente uno de los dos hubiera tenido ese sueño... —Se tiró con fuerza del bigote—. Explicadme todo lo que recordéis de él, con todo detalle. —Mantuvo su cautelosa vigilancia mientras escuchaba.

— ... enumeró los nombres de los hombres que dijo habían sido utilizados —dijo por último Rand, creyendo que lo había referido todo—. Guaire Amalasan, Raolin Perdición del Oscuro...

—Davian —agregó Mat, interrumpiéndolo—. Y también Yurian Arco Pétreo.

—Y Logain —finalizó Rand.

—Nombres peligrosos —murmuró Thom. Sus ojos parecían perforarlos con más atención que antes—. Casi tan peligrosos como el otro, se mire como se mire. Todos muertos, salvo Logain. Y algunos fallecidos hace muchísimo tiempo. Raolin Perdición del Oscuro hará casi dos mil años. Pero peligrosos de todos modos. Será mejor que no los pronunciéis en voz alta ni aunque os halléis a solas. La mayoría de la gente no los reconocería, pero si llegaran a oídos de la persona menos indicada...

—Pero ¿quiénes eran? —inquirió Rand.

—Hombres —musitó Thom—, hombres que agitaron los Pilares del Cielo y destruyeron los cimientos del mundo. —Sacudió la cabeza—. No importa. Olvidadlos. Ahora no son más que polvo.

—¿Los..., se sirvieron de ellos, tal como dijo él? —preguntó Mat—. ¿Y los mataron?

—Podría decirse que la Torre Blanca acabó con ellos. Sí, podría decirse. —Thom frunció los labios y luego sacudió la cabeza—. Pero ¿servirse de ellos...? No, no veo por qué. La Luz sabe bien que la Sede Amyrlin es un nido de conspiraciones; sin embargo, en este caso yo diría que no fue responsable.

—Dijo tantas cosas —añadió Mat, estremeciéndose—. Cosas descabelladas. Todo eso sobre Lews Therin el Verdugo de la Humanidad y Artur Hawkwing. Y el Ojo del Mundo. ¡En nombre de la Luz! ¿Qué significa eso?

—Una leyenda, tal vez —repuso lentamente el juglar—. Una leyenda tan importante como el Cuerno de Valere, al menos en las Tierras Fronterizas. Allá arriba, los jóvenes van en busca del Ojo del Mundo de la misma manera que los de Illian van a la caza del cuerno. Quizá sea un mito.

—¿Qué hacemos, Thom? —inquirió Rand—. ¿Se lo contamos a ella? No quiero padecer más sueños como éste. A lo mejor ella pueda atajarlos.

—Tal vez no te gustaría lo que ella haría —gruñó Mat.

Thom los examinó pensativo, retorciéndose los bigotes.

—En mi opinión, debéis mantener la calma —dictaminó finalmente—. No se lo digáis a nadie, por ahora al menos. Siempre podéis cambiar de idea, pero, una vez que se lo hayáis contado, no podréis echaros atrás y estaréis supeditados a ella aún más de lo que os halláis. —Se enderezó súbitamente—. ¡El otro chico! ¿Habéis dicho que había tenido el mismo sueño? ¿Tendrá el suficiente juicio como para mantener la boca callada?

—Me parece que sí —respondió Rand.

—Íbamos a la posada para avisarle —dijo Mat al mismo tiempo.

—¡Quiera la Luz que no lleguemos demasiado tarde! —Con la capa ondeando en torno a los tobillos y los parches de colorines agitados por el viento, Thom abandonó el callejón, mirando hacia atrás sin detenerse—. ¿Y bien? ¿Se os han pegado los pies al suelo?

Rand y Mat se apresuraron a seguirlo, pero él no aguardó a que le dieran alcance. En aquella ocasión no se paró ante la gente que miraba su capa ni ante los que lo saludaban reconociéndolo como un juglar, sino que surcaba las populosas calles tan velozmente como si estuvieran vacías, con tal premura que Rand y Mat debían apresurar el paso para no perderlo de vista. De este modo llegaron a la posada en la mitad de tiempo del que hubiera sospechado Rand.

Cuando entraban, Perrin salía precipitadamente, tratando de echarse la capa a la espalda mientras corría. Estuvo en un tris de caer de bruces en su esfuerzo por no tropezar con ellos.

—Iba a salir a buscaros —dijo jadeante, una vez que hubo recobrado el equilibrio.

—¿Le has contado a alguien lo del sueño? —le preguntó Rand, agarrándolo del brazo.

—Di que no lo has hecho —lo instó Mat.

—Es muy importante —intervino Thom.

Perrin los miró confundido.

—No, no lo he hecho. Ni siquiera he salido de la cama hasta hace menos de una hora. —Abatió los hombros—. He cogido un tremendo dolor de cabeza intentando no pensar en ello y ya os imagináis que ni se me ha ocurrido hablar al respecto. ¿Por qué se lo habéis contado? —preguntó, señalando al juglar.

—Teníamos que hablar con alguien o, de lo contrario, nos íbamos a volver locos —dijo Rand.

—Ya te informaré más tarde —añadió Thom, mirando a la gente que entraba y salía de la posada.

—De acuerdo —asintió Perrin lentamente, todavía perplejo. De pronto, se dio una palmada en la frente—. Casi me habéis hecho olvidar por qué quería veros, y no es que me molestara quitármelo de la cabeza. Nynaeve está adentro.

—¡Diantre! —exclamó Mat— ¿Cómo ha llegado hasta aquí? Moraine..., el transbordador...

—¿Crees que una insignificancia como una barcaza hundida podría detenerla? —resopló Perrin—. Obligó a Alta Torre a prestarle el servicio. No sé cómo volvió a cruzar el río, pero, según ella, estaba escondido en su dormitorio y no quería ni acercarse a la orilla. El caso es que ella lo intimidó para que buscase una barca lo bastante grande para hacer la travesía ella y el caballo, navegando con remos. Y tuvo que remar él mismo. Sólo le dio tiempo para ir a buscar a uno de sus ayudantes.

—¡Luz! —musitó Mat.

—¿Y a qué ha venido? —inquirió Rand, haciéndose acreedor de una mirada burlona por parte de Mat y Perrin.

—A buscarnos —respondió Perrin—. Está con..., con la señora Alys, en estos momentos, y está tan frío el ambiente allí que hasta podría nevar.

—¿No podríamos irnos a otra parte mientras tanto? —preguntó Mat—. Mi padre dice que sólo un idiota pone la mano en un avispero a menos que no le quede más remedio.

—No puede hacernos volver —lo atajó Rand—. Lo sucedido en la Noche de Invierno le habría tenido que abrir los ojos. Si todavía no lo ha hecho, deberemos hacérselo ver nosotros.

Mat, que había ido enarcando las cejas mientras hablaba Rand, dejó escapar un quedo silbido al final.

—¿Has intentado alguna vez hacerle ver a Nynaeve algo que ella no quiere observar? Yo sí. Lo que es por mí, me quedaría en la calle hasta la noche y me escabulliría adentro entonces.

—Por lo que pude observar a esa joven —apuntó Thom—, no creo que pare hasta haber dicho lo que tenga que decir. Y, si no puede hacerlo pronto, es capaz de armar un alboroto y llamar el tipo de atención que ninguno de nosotros quiere atraer.

Aquella intervención los dejó desarmados. Después de intercambiar unas miradas, inspiraron profundamente y se encaminaron hacia adentro como si hubieran de enfrentarse a los mismísimos trollocs.

16

LA ZAHORÍ

Perrin los condujo hacia las profundidades de la posada. Rand estaba tan concentrado en lo que iba a decirle a Nynaeve que no vio a Min hasta que ésta lo tomó del brazo y lo hizo a un lado. Los demás avanzaron unos pasos por el corredor antes de advertir que se había detenido; entonces se pararon a su vez, medio impacientes por proseguir y a la vez reacios a hacerlo.

—No tenemos tiempo para esas cosas, chico —indicó con voz ronca Thom.

Min asestó una aguda mirada al juglar de pelo blanco.

—Id a hacer malabarismos a otra parte —contestó, apartando aún más a Rand de los otros.

—De veras no tengo tiempo —protestó Rand—. A buen seguro no para hablar de huidas y cosas por el estilo. —Intentó zafarse de su mano, pero cada vez que tiraba, ella lo aferraba de nuevo.

—Y yo tampoco dispongo de tiempo para aguantar tus tonterías. ¡Estate quieto de una vez! —Miró brevemente a sus amigos; después se acercó más y bajó la voz—. Ha llegado una mujer hace un rato, más baja que yo, joven, con ojos oscuros y cabello negro recogido en una trenza que le llega a la cintura. Ella está incluida en lo mismo que el resto de vosotros.

Por espacio de un minuto. Rand se limitó a mirarla. «¿Nynaeve? ¿Cómo puede estar involucrada en ello? Luz, ¿cómo puede estar involucrada?»

—Es... imposible.

—¿La conoces? —susurró Min.

—Sí, y no puede estar relacionada con.... sea lo que sea que tú...

—Las chispas, Rand. Cuando se ha encontrado con la señora Alys al entrar, han brotado chispas alrededor de las dos. Ayer sólo pude percibir el centelleo estando reunidos tres o cuatro de vosotros, pero hoy es más intenso, y más violento. —Dirigió la mirada a los amigos de Rand, que aguardaban impacientes, y se estremeció antes de volver la cabeza hacia él—. Casi resulta extraño cómo no prendéis fuego en la posada. Corréis todos más peligro hoy que ayer. Desde que ha llegado ella.

Rand miró furtivamente a sus amigos. Thom, con las enmarañadas cejas fruncidas, estaba inclinado hacia adelante, como si estuviera a punto de intervenir para obligarlo a avanzar.

—Ella no nos hará ningún daño —dijo a Min—. Ahora debo irme.

Aquella vez logró zafarse de su mano.

Haciendo caso omiso del chillido de la joven, se reunió con los demás, y juntos reemprendieron la marcha por el pasillo. Min lo amenazó con el puño, golpeando el suelo con los pies.

—¿Qué tenía que decirte? —preguntó Mat.

—Nynaeve forma parte de ello —respondió irreflexivamente Rand, antes de dirigir una penetrante mirada a Mat, el cual la acusó con la boca abierta.

Después el rostro de su amigo reflejó un indicio de comprensión.

—¿Parte de qué? —inquirió lentamente Thom—. ¿Acaso sabe algo esa muchacha?

Mientras Rand todavía trataba de poner en orden las ideas, Mat se adelantó a responder.

—Claro que forma parte de ello —aseveró malhumorado—. Es un elemento más de la misma mala suerte que hemos tenido desde la Noche de Invierno. Quizá para vos no represente gran cosa que aparezca la Zahorí de improviso, pero yo, personalmente, preferiría que se presentaran aquí los Capas Blancas.

—Min ha visto a Nynaeve cuando ha llegado —refirió Rand—. Al verla hablar con la señora Alys ha pensado que tenía alguna relación con nosotros.

Thom lo miró de soslayo y se rizó los bigotes, soltando un resoplido, pero los otros parecieron aceptar la explicación de Rand. Aunque no le gustaba ocultar secretos a sus amigos, lo expresado por Min podía entrañar tanto riesgo para ella como cualquiera de los detalles que ellos no debían ni mencionar en público.

Perrin se detuvo de pronto ante una puerta, con un aire extrañamente vacilante, a pesar de su recia constitución. Inspiró profundamente, miró a sus compañeros, volvió a respirar y luego abrió despacio la puerta y entró. Los otros lo siguieron uno a uno. Rand pasó el último y cerró la puerta tras de sí con la mayor de las desganas.

Aquélla era la estancia donde habían cenado la noche anterior. Una hoguera crepitaba en el hogar, y en el centro de la mesa había una bandeja de plata con un juego de copas del mismo material. Moraine y Nynaeve estaban sentadas cada una en un extremo de la mesa, sin apartar la mirada una de la otra. Las sillas restantes se hallaban vacías. Las manos de Moraine descansaban sobre la mesa, tan sosegadas como su propio rostro. Nynaeve llevaba la trenza a un lado, rematada con un nudo, y no cesaba de inferirle pequeños tirones al igual que solía hacer cuando se mostraba más obcecada de lo habitual con el Consejo del Pueblo. «Perrin estaba en lo cierto.» A pesar del fuego, la atmósfera era gélida, y ello se debía a las dos mujeres confrontadas allí.

Lan estaba acodado en la repisa de la chimenea; contemplaba las llamas y de tanto en tanto se frotaba las manos para calentarlas. Egwene, de espaldas a la pared, llevaba la capa con la capucha bajada. Thom, Mat y Perrin se pararon indecisos junto a la entrada.

Rand caminó hacia la mesa, estremeciéndose. «A veces es mejor coger el toro por los cuernos», se recordó a sí mismo. Sin embargo, acudió también a su memoria otro viejo dicho: «Cuando has agarrado un toro por los cuernos, es tan difícil soltarlo como retenerlo». Sintió la mirada de Moraine clavada en él y también la de Nynaeve, pero aun así tomó asiento entre las dos.

Por espacio de un minuto, la habitación compartió la misma inactividad de un grabado; después Egwene y Perrin y por último Mat se acercaron reacios a la mesa y se sentaron a ella..., hacia el centro, junto a Rand. Egwene se bajó más la capucha, casi hasta taparse media cara, y todos evitaron centrar la vista en alguien.

—Bien —resopló Thom, todavía próximo a la puerta—. Al menos, hemos llegado hasta este punto.

—Ya que todos estamos aquí —dijo Lan, abandonando la chimenea para llenar de vino una de las copas de plata—, tal vez tomaréis ahora un trago. —Alargó el recipiente a Nynaeve, quien lo miró con suspicacia—. Vuestros temores son infundados —añadió paciente—. Habéis visto al posadero traer el vino y ninguno de nosotros ha tenido ocasión de añadirle nada. Podéis beberlo con confianza.

La Zahorí frunció con enfado los labios al oír la palabra temores. No obstante, tomó la copa y dio las gracias con un susurro.

—Lo que me interesa saber —continuó el Guardián— es cómo habéis dado con nosotros.

—Y a mí también —agregó Moraine, inclinándose atentamente—. No iréis a decirme que Egwene y los muchachos acudieron solos hasta vos...

Nynaeve sorbió el vino antes de contestar.

—No teníais más alternativa que ir a Baerlon. Pero, para asegurarme, seguí vuestro rastro. Sin duda os desviasteis con frecuencia, aunque supongo que era para no arriesgaros a encontrar a gente decente.

—¿Vos..., vos nos seguisteis el rastro? —inquirió Lan, reflejando por vez primera una genuina sorpresa desde que Rand lo conocía—. Debo de estar perdiendo facultades.

—Dejasteis muy pocas huellas, pero soy capaz de rastrear tan eficientemente como cualquier hombre de Dos Ríos, con excepción quizá de Tam al'Thor. —Vaciló un instante y luego prosiguió—. Hasta su muerte, mi padre me llevó a cazar con él y me enseñó lo que no pudo enseñar a los hijos varones que no le concedió el cielo. —Miró desafiante a Lan, pero éste se limitó a asentir con aprobación.

—Si sois capaz de seguir un rastro que yo he tratado de borrar, os enseñó muy bien. Muy poca gente puede hacerlo, incluso en las Tierras Fronterizas.

Nynaeve hundió de repente el rostro en la copa. Rand advirtió, lleno de azoramiento, que la Zahorí se había ruborizado. Nynaeve nunca mostraba el más leve asomo de desconcierto; sí de enfado, de agravio, a menudo, pero jamás de turbación. Ahora sus mejillas, que intentaba ocultar en el vino, se habían arrebolado claramente.

—Quizás ahora —dijo, apacible Moraine— os avengáis a responder a mis preguntas. Yo he contestado abiertamente las vuestras.

—Con una retahíla de cuentos de juglar —replicó Nynaeve—. Los únicos hechos que saltan a la vista son que una Aes Sedai, sólo la Luz sabe por qué motivos, se ha llevado a cuatro jóvenes del pueblo.

—Os hemos advertido de que aquí nadie lo sabe —atajó con sequedad Lan—. Debéis aprender a controlar vuestra lengua.

—¿Por qué habría de hacerlo? —inquirió Nynaeve—. ¿Por qué tendría que contribuir a encubriros o encubrir vuestra identidad? He venido a llevarme a Egwene y a los muchachos de regreso a Campo de Emond, no a ayudaros a que os los llevéis con mayor facilidad.

Thom intervino, con voz desdeñosa:

—Si queréis que los chicos vuelvan a ver su pueblo, o vos misma incluso, será mejor que extreméis las precauciones. Hay ciertos elementos en Baerlon que la matarían —señaló con la cabeza a Moraine— solamente por lo que es. Y a él también. —Indicó a Lan, y luego se adelantó de pronto y golpeó con los puños la mesa. Se inclinó hacia Nynaeve, confiriendo de repente un aire amenazador a sus espesas cejas y bigotes.

La joven abrió desmesuradamente los ojos e inició un movimiento de retroceso; después enderezó la espalda con desafío. Thom, que no pareció advertirlo, prosiguió con un ominoso tono de voz suave.

—Se concentrarían en esta posada como hormigas asesinas atraídas por un rumor, un susurro. Su odio es tan acusado, tan acuciante su deseo de matar a alguien que profese una actividad como la de ellos... ¿Y la muchacha? ¿Y los chicos? ¿Y vos? Todos estáis asociados a ellos, suficientemente para los Capas Blancas, en todo caso. No os complacería su modo de formular preguntas, especialmente en lo que concierne a la Torre Blanca. Los interrogadores de Capa Blanca asumen la culpabilidad del reo de antemano y únicamente dictan una sentencia para tales cargos. Todo cuanto pretenden conseguir con sus hierros candentes y sus tenazas es una confesión. Es preferible que recordéis que algunos secretos son demasiado peligrosos para pronunciarlos en voz alta, aun cuando creáis estar segura de quien os escucha. —Se enderezó, murmurando—: Últimamente, debo repetir esto con demasiada frecuencia.

—Bien decís, juglar —aprobó Lan, con la misma mirada apreciativa de antes—. Me sorprende descubrir vuestra preocupación.

—Es de todos conocido que llegué en vuestra compañía —repuso Thom, encogiéndose de hombros—. No me agrada la idea de un verdugo con un hierro candente en la mano que me conmine a arrepentirme de mis pecados y seguir la senda de la Luz.

—Ésa —afirmó tajantemente Nynaeve— es razón de más para que vuelvan conmigo a casa mañana por la mañana. O esta tarde mismo. Cuanto antes nos alejemos de vosotros, mejor.

—No podemos —contestó Rand, contento al ver que sus amigos tomaban la palabra a un tiempo.

De aquel modo, Nynaeve hubo de asestar sus miradas por turnos, aun cuando no olvidó a ninguno de ellos. Sin embargo, él había sido el primero en hablar y todos guardaron silencio, clavando los ojos en él, incluso Moraine, que se reclinó en la silla. Le costó gran esfuerzo sostener la mirada de la Zahorí.

—Si regresamos a Campo de Emond, los trollocs también volverán. Están... persiguiéndonos. No sé por qué, pero es cierto. Tal vez averigüemos la causa en Tar Valon. Tal vez entonces sepamos cómo poner fin a la persecución. Es la única manera de saberlo.

Nynaeve levantó las manos.

—Hablas igual que Tam. Se hizo trasladar al lugar de reunión del pueblo y procuró convencer a todos. Ya lo había intentado antes con el Consejo del Pueblo. La Luz sabrá cómo vuestra..., la señora Alys logró persuadirlo. Por lo general es una persona de buen juicio, por encima de la media de los hombres. Sea como sea, el Consejo es un atajo de idiotas la mayor parte del tiempo, pero no tanto como para esto, y nadie se dejó engañar esta vez. Todos convinieron en que había que salir en vuestra búsqueda. Entonces Tam quiso ser el que iría detrás de vosotros, y ni siquiera puede mantenerse en pie. La insensatez debe de ser un rasgo propio de vuestra familia.

—¿Y cómo reaccionó mi padre? —murmuró Mat, después de aclararse la garganta—. ¿Qué dijo?

—Tiene miedo de que pruebes tus trastadas con forasteros y salgas malparado. Parecía más preocupado por eso que por... la señora Alys, aquí presente. Pero, claro, él nunca mostró mucha más inteligencia que tú.

Mat pareció dubitativo acerca de cómo había de encajar la respuesta, o cómo había de contestar a ella o de si había de dar réplica alguna.

—Confío... —dijo, titubeante, Perrin—, quiero decir que supongo que a maese Luhhan tampoco debió de hacerle ninguna gracia que me fuera.

—¿Acaso esperabas lo contrario? —Nynaeve sacudió la cabeza con enojo y miró a Egwene—. Tal vez no debería sorprenderme la idiotez de cerebro de conejo de vosotros tres, pero creía que algunos eran más sensatos.

Egwene se reclinó, de manera que su cara quedara escudada por Perrin.

—Dejé una nota —adujo quedamente, tirando de la capucha como si temiera dejar al descubierto su melena sin trenzar—. Allí lo expliqué todo.

El rostro de Nynaeve se ensombreció. Rand exhaló un suspiro. La Zahorí estaba a punto de emprender una de sus flagelaciones verbales y todo indicaba que ésta sería una de primera magnitud. Si tomaba una posición en pleno acceso de furia, si decía que tenía intención de devolverlos a Campo de Emond por más que dijeran los demás, por ejemplo, sería casi imposible hacerle cambiar de parecer. Rand abrió la boca.

—¡Una nota! —empezó a decir Nynaeve, al tiempo que Moraine le proponía que ellas dos hablaran.

Si Rand hubiera podido reprimirse lo habría hecho, pero no pudo evitar las palabras que pugnaban por salir.

—Todo eso está muy bien —arguyó Rand—, pero no modifica la situación. No podemos regresar. Debemos proseguir viaje.

Habló más lentamente hacia el final, reduciendo la voz a un murmullo al sentir fija sobre él las miradas de la Zahorí y la Aes Sedai. Era el tipo de escrutinio al que se arriesgaba si irrumpía en el Círculo de Mujeres cuando éstas debatían asuntos propios, el mismo que indicaba que se había entrometido en campo ajeno. Se hundió en la silla, deseoso de hallarse en cualquier otro lugar.

—Zahorí —dijo Moraine—, debéis creer que están más seguros conmigo de lo que estarían de regresar a Dos Ríos.

—¡Más seguros! —Nynaeve irguió la cabeza con desdén—. Vos sois quien los trajo aquí, al sitio donde se encuentran los Capas Blancas. Los mismos Capas Blancas que, si el juglar está en lo cierto, les harían daño por vuestra causa. Explicadme de qué manera incrementáis su seguridad.

—Existen muchos peligros de los que yo no puedo protegerlos —concedió Moraine—, de igual manera que vos no podríais protegerlos contra un relámpago que se descargara sobre ellos de camino al pueblo. Sin embargo, no son los rayos lo que deben temer, ni siquiera a los Capas Blancas. Es al Oscuro y a los secuaces del Oscuro. Contra dichas cosas yo puedo protegerlos. El contacto con la Fuente Verdadera, con el *Saidar,* me otorga esa clase de salvaguarda, al igual que a cualquier Aes Sedai. —Nynaeve frunció los labios, escéptica. Moraine tensó la expresión, pero prosiguió, con un tono de voz que indicaba que se hallaba en el límite de su paciencia—. Incluso esos pobres hombres que se encuentran dueños del uso del Poder durante un corto tiempo también adquieren dicha prerrogativa, a pesar de que el contacto del *Saidin* los preserva en ocasiones y en otras su infección los torna más vulnerables. Pero yo, o cualquier Aes Sedai, puedo ampliar mi protección a quienes están cerca de mí. Ningún Fado puede atacarlos si se encuentran tan próximos a mí como lo están ahora. Ningún trolloc puede acercarse a menos de un cuarto de milla sin que Lan lo descubra, sintiendo el halo diabólico que emana. ¿Podéis ofrecerles algo comparable a esto si regresan a Campo de Emond en vuestra compañía?

—Estáis actuando de testaferro —respondió Nynaeve—. En Dos Ríos tenemos un dicho: «Tanto si el oso ataca al lobo como si el lobo ataca al oso, el conejo sale siempre mal parado». Llevad vuestras contiendas a otra parte y dejad a la gente de Campo de Emond al margen de ellas.

—Egwene —dijo Moraine tras un momento—, llévate a los otros y dejadme un rato a solas con la Zahorí.

Su rostro era impasible; Nynaeve acodó los brazos sobre la mesa, como si se preparara para efectuar un pulso.

Egwene se puso en pie, claramente dividida entre el deseo de dignificar su posición y el de evitar una confrontación con la Zahorí acerca del tema de sus cabellos por trenzar. No obstante, no tuvo ninguna dificultad en reunirlos a todos sólo con la mirada. Mat y Perrin hicieron retroceder apresuradamente las sillas, murmurando excusas al tiempo que procuraban no echar a correr hacia la puerta. Incluso Lan se dirigió hacia ella a una señal de Moraine, llevándose a Thom tras él.

Rand salió el último y luego el Guardián cerró la puerta, apostándose en el umbral para vigilar. Conminados por los ojos de Lan, los demás caminaron unos pasos por el corredor; no les era permitida la más mínima posibilidad de escuchar a escondidas. Cuando habían avanzado lo bastante a su juicio, Lan se apoyó contra la pared. Aun sin su capa camaleónica permanecía tan impertérrito que habría sido fácil no reparar en su presencia hasta topar de bruces con él.

El juglar murmuró algo referente a mejores dedicaciones de su tiempo y se alejó, diciéndoles severamente:

—Recordad mis consejos.

—¿A qué se refería? —inquirió, distraída, Egwene, con la vista fija en la puerta tras la que hablaban Moraine y Nynaeve.

No paraba de manosearse los cabellos, como si dudara entre seguir ocultando el hecho de que no los llevaba trenzados o bajarse la capucha de la capa.

—Nos dio algunos consejos —respondió Mat.

Perrin lo miró con dureza.

—Nos dijo que no abriéramos la boca hasta estar seguros de lo que íbamos a decir.

—Parece un buen consejo —comentó Egwene, con desinterés.

Rand estaba sumido en sus propios pensamientos. ¿Cómo podía Nynaeve formar parte de aquello? ¿Cómo era posible que ellos tuvieran algo que ver con trollocs y Fados, y que Ba'alzamon apareciera en sus sueños? Se preguntó si Min habría hablado con Moraine respecto a Nynaeve. «¿Qué estarán diciendo allá adentro?»

No tenía noción de cuánto tiempo había permanecido allí de pie cuando la puerta se abrió por fin. Nynaeve dio un paso afuera y se sobresaltó al ver a Lan. El Guardián musitó algo que le hizo envarar la cabeza violentamente y luego se deslizó por la puerta.

Cuando ella se volvió hacia Rand, éste advirtió por primera vez que los demás se habían ido. No quería enfrentarse a solas con la Zahorí, pero no podía alejarse ahora que sus ojos habían topado con los de ella. «Una mirada particularmente escrutadora», pensó, desconcertado. Se irguió al sentir su proximidad.

—Parece que te viene a la talla esto —dijo, señalando la espada de Tam—, aunque preferiría que no fuera así. Has crecido, Rand.

—¿En una semana? —replicó, con una risa forzada. Nynaeve sacudió la cabeza, como si él no comprendiera—. ¿Te ha convencido? —preguntó—. Realmente es la única alternativa que tenemos. —Se detuvo, pensando en las centellas de que había hablado Min—. ¿Vas a venir con nosotros?

La Zahorí abrió desmesuradamente los ojos.

—¡Ir con vosotros! ¿Para qué debería ir? Mavra Mallen acudió desde Deven Ride para ocuparse de mi trabajo durante mi ausencia, pero estará deseosa de irse tan pronto como llegue yo. Todavía confío en que reconsideréis las cosas y regreséis conmigo a casa.

—No podemos. —Creyó ver algo que se movía en la puerta, pero no había nadie más en el corredor.

—Ya me lo has dicho antes y ella también me ha dicho lo mismo. —Nynaeve arrugó el entrecejo—. Si ella no tuviera que ver con la cuestión... Las Aes Sedai no son de fiar, Rand.

—Hablas como si realmente nos concedieras crédito —dijo lentamente—. ¿Qué ocurrió en la reunión del pueblo?

Nynaeve dio una ojeada en dirección a la puerta antes de responder; no había ningún movimiento en el umbral.

—Fue una total confusión, pero no hay ninguna necesidad de que ella sepa que no somos capaces de resolver nuestros propios asuntos como la Luz manda. Y sólo creo firmemente en una cosa: correréis peligro mientras estéis junto a ella.

—Sucedió algo —insistió Rand—. ¿Por qué quieres que regresemos si crees que existe una mínima posibilidad de que tengamos razón nosotros? ¿Y por qué tenías que ser tú? Era más apropiado enviar al alcalde en persona que a la Zahorí.

—En verdad has crecido. —La joven sonrió y, por un instante, su regocijo incomodó a Rand—. Recuerdo un tiempo en que no me habrías preguntado adónde quería ir ni lo que iba a hacer, se tratara de lo que se tratase. Ese tiempo data de una semana atrás.

Rand se aclaró la garganta y retomó obstinadamente el tema.

—No tiene ningún sentido. ¿Por qué has venido, en realidad?

Nynaeve miró fugazmente al aún solitario umbral y lo tomó del brazo.

—Caminemos mientras hablamos. —Cuando ya se encontraban a suficiente distancia de la puerta, continuó—: Como te he dicho, la reunión fue un desconcierto. Todo el mundo estaba de acuerdo en que había que enviar a alguien a buscaros, pero la gente se dividió en dos facciones. Unos querían que os rescataran, aunque hubo grandes discusiones respecto al modo como había que hacerlo, considerando que estabais con una... como ella.

Rand se alegró al comprobar que la Zahorí iba adquiriendo medidas de cautela.

—¿Los otros adoptaron el parecer de Tam?

—No exactamente, pero también pensaban que no debíais estar entre forasteros, y menos con alguien como ella. El caso es que todos los hombres querían formar parte del grupo que saldría en vuestra búsqueda. Tam, Bran al'Vere con las balanzas de su cargo prendidas al cuello, y Haral Luhhan, hasta que Elsbet lo obligó a sentarse. Incluso Cenn Buie. Que la Luz me preserve de esos hombres que piensan con los pelos del pecho, aunque no conozca ninguno que sea diferente. —Inspiró, despreciativa, levantando una mirada acusadora hacia él—. Sea como sea, vi muy claro que iba a transcurrir como mínimo un día más antes de que adoptaran alguna decisión y de algún modo..., de algún modo tenía la certeza de que no podíamos permitirnos perder tanto tiempo. De modo que reuní al Círculo de Mujeres y les dije lo que había que hacer. No puedo decir que estuvieran encantadas con la idea, pero aceptaron su eficacia. Y por ese motivo estoy aquí; porque los hombres de Campo de Emond son un atajo de obstinados cretinos. Es probable que todavía estén discutiendo acerca de a quién enviar, pese a que les dejé dicho que yo me ocuparía de ello.

Lo referido por Nynaeve explicaba su presencia, pero no sirvió para tranquilizarlo. Todavía estaba decidida a hacerlos retornar con ella.

—¿Qué te ha dicho allá adentro? —preguntó.

Moraine debía de haber recurrido sin duda a todos los argumentos posibles, pero, si había omitido alguno, él se ocuparía de explicárselo.

—Lo mismo de antes —repuso Nynaeve—. Y quería información acerca de vosotros, los chicos. Para ver si existía algún motivo para que... hayáis atraído el tipo de atención que... pretende ella. —Calló un instante, observándolo con el rabillo del ojo—. Ha intentado disimularlo, pero lo que quería saber realmente era si alguno de vosotros había nacido fuera de Dos Ríos.

Su rostro se tornó de pronto tan tenso como el cuero de un tambor. Logró reír entre dientes.

—Se le ocurren algunas ideas extrañas. Supongo que le has asegurado que todos habíamos nacido en Campo de Emond.

—Desde luego —replicó la joven.

Sólo había habido una leve pausa antes de la respuesta, tan breve que él no habría reparado en ella si no hubiera estado acechándola. Trató de atraer a la mente algo que decir, pero sentía la lengua pastosa. Ella lo sabe. Después de todo era la Zahorí y se suponía que las Zahoríes sabían todo lo concerniente a sus lugareños. «Si ella lo sabe, no fue producto de la fiebre. ¡Oh, Luz, ayúdame, padre!»

—¿Te encuentras bien? —preguntó Nynaeve.

—Él dijo..., dijo que yo... no era su hijo. Cuando estaba delirando... con fiebre. Dijo que me había encontrado. Pensé que sólo era... —La garganta comenzó a arderle y hubo de detenerse.

—¡Oh, Rand! —Nynaeve dejó de andar y le tomó la cara entre las dos manos, para lo cual debió levantar los brazos—. La gente dice cosas extrañas con la fiebre. Cosas tergiversadas, que no son ciertas ni reales. Escúchame. Tam al'Thor fue a correr mundo en busca de aventuras cuando tenía tu misma edad. Todavía recuerdo el día en que regresó a Campo de Emond, hecho todo un hombre, con una esposa forastera de pelo rojizo y un bebé en pañales. Recuerdo cómo Kari al'Thor mecía a aquel niño en sus brazos con tanto amor y ternura como nunca los he visto comparables en una mujer con su hijo. Era su hijo, Rand. Eras tú. Ahora, levanta la cabeza y deja de pensar en despropósitos.

—Por supuesto —dijo. «Nací fuera de Dos Ríos»—. Por supuesto. Tal vez Tam sólo estaba delirando, tal vez había encontrado a un recién nacido después de la batalla. ¿Por qué no se lo has dicho?

—No es un asunto de la incumbencia de extraños.

—¿Nació alguno de los demás fuera de Dos Ríos? —Tan pronto como había expresado la pregunta, sacudió la cabeza—. No, no contestes. Tampoco es asunto de mi incumbencia.

Sin embargo, sería agradable averiguar si Moraine tenía un interés especial en él, por encima del que demostraba por todos ellos. «¿De veras lo sería?»

—No, no lo es —convino Nynaeve—. Quizá no significaría nada. Es posible que esté investigando a ciegas, buscando una razón cualquiera por la que esos seres os persiguen. A todos vosotros.

Rand esbozó una sonrisa.

—¿Crees que van tras nosotros?

Nynaeve agitó la cabeza.

—Ciertamente has aprendido a tergiversar las palabras desde que estás con ella.

—¿Qué vas a hacer? —inquirió él.

La joven lo examinó y él sostuvo su mirada con firmeza.

—Por hoy, voy a tomar un baño. Mañana ya veremos, ¿no te parece?

17

VIGILANTES Y PERSEGUIDORES

Una vez que se retiró la Zahorí, Rand se dirigió a la sala principal. Necesitaba oír las risas de la gente, olvidar lo que había dicho Nynaeve y los problemas que ella podía provocar. La habitación estaba atestada, pero nadie reía, a pesar de que todos los bancos estaban repletos e incluso había gente apiñada contra las paredes. Thom daba una nueva representación. De pie sobre una mesa, realizaba gestos tan grandilocuentes que rellenaban todo el recinto. Recitaba una vez más *La Gran Cacería del Cuerno,* pero, por lo que se veía, nadie protestaba. Había tantas historias que contar sobre cada uno de los cazadores, y tantos cazadores de quienes hablar, que ningún relato era nunca igual. En su totalidad, habría llevado una semana entera de declamación. El único sonido que competía con la voz y el arpa del juglar era el crepitar del fuego en las chimeneas.

—... hacia los ocho confines del mundo cabalgan los cazadores; hacia los ocho Pilares del Cielo, donde soplan los vientos del tiempo y el destino atrapa por los cabellos a los fuertes y a los débiles por igual. Y el más aguerrido de los cazadores es Rogosh de Talmour, Rogosh Ojo de Águila, de gran renombre en la corte del Rey Soberano, temido en las laderas de Shayol Ghul... Los cazadores eran sin duda héroes sin par.

Rand distinguió a sus dos amigos y se apretó en el sitio que le dejó Perrin en la punta de un banco. Los olores de la cocina que se filtraban en la sala le recordaron que tenía hambre, pero incluso las personas que tenían comida ante ellos apenas le dedicaban atención. Las camareras, en lugar de servir, permanecían en trance, apretando los dedos en sus delantales mientras miraban al juglar, y a nadie parecía importarle su actitud. Por más sabrosa que fuera la comida, era preferible escuchar aquella historia.

— ... desde el día de su nacimiento, el Oscuro ha marcado a Blaes como a una de sus propiedades, pero ella no es de tal parecer... ¡No es una Amiga Siniestra, Blaes de Matuchin! Con la firmeza del fresno resiste, flexible como la rama de un sauce, hermosa como una rosa, Blaes la de cabellos dorados. Dispuesta a morir antes que ceder. ¡Pero prestad oído! Resonando desde las torres de la ciudad, llega el intrépido sonar de las trompetas. Sus heraldos proclaman la llegada de un héroe a su corte. ¡Los tambores truenan y los címbalos cantan! Rogosh Ojo de Águila viene a rendir homenaje...

El trato de Rogosh Ojo de Águila tocó pronto a su fin, pero Thom sólo se detuvo para humedecerse la garganta con cerveza antes de emprender la recitación de *La situación de Lian,* que precedió a su vez a *La caída de Aleth-Loriel* a *La espada de Gaidal Cain* y a *La última cabalgata de Buad de Albhain.* Las pausas fueron incrementándose a medida que avanzaba la velada y, cuando Thom sustituyó el arpa por la flauta, todos sabían que daba por finalizada la declamación de relatos aquella noche. Dos hombres se unieron a Thom, con un tambor y una dulzaina, si bien éstos se sentaron junto a la mesa mientras él permanecía encima.

Los tres jóvenes de Campo de Emond comenzaron a batir palmas a los primeros compases de *El viento que agita el sauce* y no fueron los únicos. Ésta era una de las canciones favoritas en Dos Ríos y, al parecer, también en Baerlon. De tanto en tanto las voces retomaban la letra, sin desafinar hasta el punto de recibir abucheos.

Mi amor se ha ido, arrastrado
por el viento que agita el sauce
y toda la tierra se sacude duramente
con el viento que agita el sauce.
Pero yo la retendré a mi lado
en mi corazón y en el recuerdo,
y, reconfortada mi alma con su fuerza
y las fibras de mi corazón con su ternura,
me mantendré erguido donde un día cantamos,
aunque el frío viento agite el sauce.

La segunda canción no fue tan triste. De hecho, *Un solo cubo de agua* pareció más alegre de lo habitual, lo cual bien podía deberse a un acto intencionado del juglar. La gente se apresuró a apartar las mesas para formar una improvisada pista de baile y comenzó a levantar los tobillos hasta que las paredes se estremecieron con los saltos y el bullicio. La primera danza finalizó con los bailarines retirándose con las manos a los costados, a quienes fueron a sustituir otras personas con vigor intacto.

Thom interpretó las primeras notas de *El ganso en el ala* y luego paró para dar tiempo a preparar la formación del baile.

—Creo que probaré a danzar un poco —dijo Rand, poniéndose en pie.

Perrin saltó tras él de inmediato. Al ser el último en reaccionar, Mat hubo de quedarse a guardar las capas y la espada de Rand y el hacha de Perrin.

—Recordad que quiero una ronda también —les gritó.

Los danzarines formaron dos largas hileras, dispuestos de cara, con las mujeres a un lado y los hombres en el otro. Primero al son del tambor y luego de la dulzaina, los participantes empezaron a doblar acompasadamente las rodillas. La muchacha que se hallaba frente a Rand, con unas trenzas oscuras que le recordaban el hogar, le dirigió una tímida sonrisa y después un guiño que nada tenía que ver con la timidez. La flauta de Thom atacó la melodía y Rand avanzó hacia la joven de pelo negro, la cual echó atrás la cabeza, riendo, al tiempo que él giraba en torno a ella y la cedía al próximo hombre de la fila.

Todo eran risas en la habitación, pensó mientras danzaba alrededor de su siguiente pareja, una de las camareras, cuyo delantal ondeaba violentamente. El único semblante circunspecto que vio fue el de un individuo acurrucado junto a una de las chimeneas, el cual tenía una cicatriz que le atravesaba la cara desde la sien a la mandíbula opuesta, segándole la nariz y recurvando hacia abajo la comisura de los labios. El hombre advirtió su mirada y esbozó una mueca, por lo que Rand apartó la vista, embarazado. Tal vez aquella cicatriz le impedía sonreír.

Tomó a su siguiente compañera de baile mientras ésta giraba y trazó un círculo en torno a ella antes de cambiar. Tres mujeres más danzaron con él a medida que la música aceleraba el ritmo; después volvió a tocarle en suerte la misma muchacha de cabello oscuro para correr unos pasos ligeros que deshicieron por completo las alineaciones. Todavía riendo, le guiñó de nuevo el ojo.

Al percibir que el individuo de la cicatriz lo observaba con semblante hosco, perdió el paso y se le acaloraron las mejillas. No había sido su intención molestarlo; realmente no había querido mirarlo con descaro.

Entonces se volvió hacia su nueva pareja y olvidó del todo a aquel hombre. La mujer que bailaba entre sus brazos era Nynaeve.

Tropezó varias veces, casi entrecruzando los pies, a punto de pisarla. Ella bailaba con la suficiente soltura para compensar su torpeza y sonreía todo el tiempo.

—Pensaba que bailabas mejor —dijo al cambiar de pareja.

Sólo dispuso de un momento para rehacerse, antes de encontrarse bailando con la propia Moraine. A pesar de haberse considerado desmañado con la Zahorí, aquello no había sido nada en comparación con lo que sentía con la Aes Sedai. Ella se deslizaba suavemente por el piso, con las faldas revoloteando a su alrededor; él perdió el equilibrio dos veces. Moraine le sonrió, comprensiva, pero aquello le produjo un efecto aún más desestabilizante. Fue un alivio cambiar de pareja, aun cuando ésta fuera ahora Egwene.

Recobró parte de su aplomo. Después de todo, había bailado con ella durante años. Todavía llevaba el pelo sin trenzar, pero se lo había recogido hacia atrás con una cinta roja. «Seguramente no ha podido decidirse entre complacer a Moraine o a Nynaeve», pensó con amargura. Ella tenía los labios abiertos, como si fuera a decirle algo, pero no se decidió, y él no iba a ser el primero en hablar. No después del modo como había atajado su anterior intento de reconciliación en el comedor. Se miraron gravemente hasta separarse sin pronunciar ni una palabra.

Fue casi una satisfacción poder regresar al banco cuando finalizó la danza. La siguiente, una giga, dio comienzo mientras se encontraba sentado. Mat se apresuró a tomar parte y Perrin se dejó caer en el banco junto a él.

—¿La has visto? —preguntó Perrin antes incluso de sentarse—. ¿La has visto?

—¿A cuál? —inquirió Rand—. ¿La Zahorí o la señora Alys? He bailado con las dos.

—¿Con la Ae..., la señora Alys también? —se asombró Perrin—. Yo he danzado con Nynaeve. Ni siquiera sabía que supiera bailar. Nunca lo ha hecho en el pueblo.

—Me pregunto —dijo, pensativo, Rand— qué opinarían las mujeres del Círculo de una Zahorí que baile. Quizá sea por eso que nunca intervenía en las danzas.

La música, las palmas y las canciones se volvieron demasiado atronadoras para poder hablar. Rand y Perrin marcaron el compás con las palmas al tiempo que los danzarines giraban por la estancia. En más de una ocasión sintió clavada en él la mirada del hombre de la cicatriz. El tipo tenía motivos para ser susceptible con aquella cicatriz, pero Rand no acertaba a pensar en alguna acción que pudiera servirle de desagravio, por lo cual se concentró en la música y trató de no mirar hacia él.

Las danzas y los cantos prosiguieron a medida que avanzaba la noche. Las doncellas atendieron finalmente sus obligaciones; Rand apaciguó con júbilo su hambre con un poco de estofado y pan. Todo el mundo comía en el mismo lugar donde estaba sentado o de pie. Rand bailó tres piezas más y logró controlar mejor sus pasos cuando le tocó bailar una vez más con Moraine y también con Nynaeve. En aquella ocasión ambas alabaron su habilidad como bailarín, lo cual le provocó tartamudez. Danzó con Egwene, también; ella lo miraba fijo con sus ojos oscuros; parecía dispuesta a hablar, pero no decía una palabra. Él permanecía tan silencioso como ella, pero estaba seguro de que no la había mirado con mala cara, por más que Mat lo afirmara cuando volvió al banco.

Moraine se retiró hacia medianoche. Egwene, después de mirar de forma alternativa a la Aes Sedai y a Nynaeve, salió tras ella. La Zahorí las observó con una expresión indescifrable y luego se incorporó decidida a otra danza antes de abandonar la sala a su vez, con aires de haberle ganado un punto en la partida a la Aes Sedai.

Thom colocaba ya la flauta en su estuche, mientras disuadía con amabilidad a aquellos que deseaban que se quedara hasta más tarde. Lan acudió a buscar a Rand y a sus compañeros.

—Debemos partir por la mañana —dijo el Guardián, inclinándose para hacer llegar su voz entre el ruido reinante— y necesitaremos estar bien reposados.

—Hay un tipo que ha estado mirándome —explicó Mat—. Un hombre con una cicatriz en la cara. ¿Creéis que podría ser un..., uno de los amigos de cuya existencia nos avisasteis?

—¿Así? —inquirió Rand, dibujando con el dedo una línea que atravesó su nariz hasta la comisura de sus labios—. A mí también me observaba. —Miró el recinto a su alrededor. La gente se iba y la mayoría de los que quedaban estaban apiñados en torno a Thom—. Ahora no está aquí.

—Ya lo he visto —repuso Lan—. Según maese Fitch, es un espía que trabaja para los Capas Blancas. No tenemos por qué preocuparnos de él.

Tal vez Lan decía la verdad, pero Rand advirtió inquietud en su rostro.

Rand miró de soslayo a Mat, quien presentaba una rígida expresión en el rostro que indicaba que ocultaba algo. «Un espía de los Capas Blancas. ¿Era posible que Bornhald estuviera tan ansioso por contraatacar?»

—¿Nos iremos pronto? —preguntó—. ¿Muy pronto? —Quizá ya habría abandonado la ciudad antes de que ocurriera algo.

—Al amanecer —repuso el Guardián.

Mientras abandonaban la sala, Mat tarareaba retazos de canciones y Perrin se detenía de vez en cuando para ensayar un nuevo paso que había aprendido; Thom se unió a ellos con grandes dosis de entusiasmo. La cara de Lan era inescrutable cuando se dirigían a las escaleras.

—¿Dónde duerme Nynaeve? —preguntó Mat—. Maese Fitch dijo que nos había cedido las últimas habitaciones.

—Le han puesto una cama —respondió secamente Thom— en el dormitorio de la señora Alys y la chica.

Perrin silbó entre dientes y Mat murmuró:

—¡Rayos y truenos! ¡No me pondría en el lugar de Egwene ni por todo el oro que hay en Caemlyn!

Por enésima vez, Rand deseó que Mat fuera capaz de pensar seriamente en algo por espacio de más de dos minutos. Su propia posición no era precisamente halagüeña en aquellos momentos.

—Voy a tomar un poco de leche —dijo.

Posiblemente lo ayudaría a conciliar el sueño. «Tal vez esta noche no tendré ninguna pesadilla.»

Lan lo miró con severidad.

—Esta noche tiene un halo maligno. No te alejes. Y recuerda: partiremos tanto si estás lo bastante despierto para sostenerte sobre el caballo como si hemos de atarte a él.

El Guardián comenzó a subir las escaleras y los demás lo siguieron, desaparecido en ellos todo rastro de regocijo. Rand permaneció solo en el corredor, que por cierto se hallaba solitario después de haber estado ocupado por tanta gente.

Se apresuró a caminar hacia la cocina, donde una fregona se afanaba aún. Esta le sirvió una jarra de leche de un gran cántaro de piedra.

Cuando salía de la cocina, bebiendo, una sombra de color negro apagado comenzó a andar hacia él por el pasadizo, levantando unas pálidas manos para bajar la capucha que le encubría la faz. Su capa pendía inmóvil al tiempo que avanzaba la figura y el rostro... Era la cara de un hombre, pero de una palidez cadavérica, como la de una babosa bajo una piedra, y no tenía ojos. Desde los grasientos cabellos negros a las hinchadas mejillas era tan lisa como la cáscara de un huevo. Rand se atragantó y roció el suelo de leche.

—Tú eres uno de ellos, muchacho —dijo el Fado en un ronco susurro, como el de una lima que rozase suavemente un hueso.

Rand retrocedió, dejando caer la jarra. Quería correr, pero sólo alcanzaba a obligar a sus pies a dar torpes pasos. No podía desprenderse de aquel semblante desprovisto de ojos que le retenía la mirada y le helaba las entrañas. Trató de gritar pidiendo socorro, pero tenía la garganta petrificada. Le dolía el aire que inspiraba. Jadeaba.

El Fado se aproximó a él, sin apresurarse. Sus zancadas poseían un maléfico y sinuoso donaire, como el de una serpiente, cuya semejanza se veía incrementada por las escamas negras que componían el peto de su armadura. Sus finos labios exangües dibujaban una cruel sonrisa, que resultaba más insultante al advertir la lisa y pálida piel que ocupaba el espacio donde debieran encontrarse las cuencas oculares. Su voz tornaba la de Bornhald en algo amable y dulce.

—¿Dónde están los otros? Sé que están aquí. Habla, muchacho, y te dejaré vivir.

La espalda de Rand chocó contra algo de madera, una puerta o una pared... No podía volverse para averiguarlo. Ahora que sus pies se habían detenido, no lograba imprimirles movimiento. Se estremeció, observando al Myrddraal que se deslizaba hacia él. Su agitación crecía con cada uno de sus pasos.

—Habla, te digo, o...

En el piso de arriba se oyó un rápido claqueteo de botas y el Myrddraal se detuvo y giró sobre sí. La capa colgaba inmóvil. Por un instante, el Fado ladeó la cabeza, como si su mirada ciega fuera capaz de penetrar la pared de madera. Una mano de palidez mortal desenfundó una espada de hoja tan negra como la capa. La luz del corredor pareció difuminarse en presencia de aquella arma. El martilleo de las botas arreciaba y el Fado se volvió hacia Rand con un movimiento parecido al de un cuerpo sin osamenta. La negra hoja se alzó en el aire; sus estrechos labios se retrayeron en un rictus al tiempo que emitía un gruñido.

Rand temblaba, sabiendo que iba a morir. El tenebroso acero se abalanzó sobre su cabeza... y se detuvo.

—Perteneces al Gran Señor de la Oscuridad. —El jadeante carraspeo de aquella voz sonaba como uñas que raspasen una pizarra—. Eres suyo.

Girando cual una mancha negra, el Fado se alejó de Rand. Las sombras del final del corredor se adelantaron y lo abrazaron para hacerlo desaparecer.

Lan bajó de un salto el último escalón, con la espada en mano.

Rand se esforzó por recobrar el habla.

—Fado —musitó—. Era...

De improviso recordó su espada. Cuando tenía al Myrddraal delante, no había pensado en ella. Desenfundó la hoja con la marca de la garza, sin importarle la inutilidad de aquel gesto en aquellos momentos.

—¡Se ha ido corriendo por allí!

Lan asintió distraídamente. Parecía que prestaba oídos a otra cosa.

—Sí, se ha ido; está esfumándose. Ahora ya no hay tiempo para perseguirlo. Nos marchamos, pastor.

De las escaleras llegaban más repiqueteos de botas; Mat, Perrin y Thom bajaban cargados con mantas y albardas. Mat todavía doblaba la manta, con el arco bajo un brazo.

—¿Nos marchamos? —preguntó Rand. Después de envainar la espada, tomó sus pertenencias de manos de Thom—. ¿Ahora? ¿A medianoche?

—¿Quieres esperar a que vuelva el Semihombre, pastor? —espetó impacientemente el Guardián—. ¿A que vengan media docena? Ahora sabe dónde estáis.

—Cabalgaré con vosotros de nuevo —informó Thom al Guardián—, si no tenéis nada que objetar. Demasiada gente recordará que llegué aquí en vuestra compañía. Me temo que, antes de despuntar el alba, éste será un lugar inhóspito para alguien considerado amigo vuestro.

—Podéis cabalgar con nosotros o cabalgar hasta Shayol Ghul, juglar. —La funda de Lan resonó a causa de la fuerza con que éste envainó la espada.

Un mozo de cuadra pasó precipitadamente ante ellos procedente de la puerta trasera, por la que entraron entonces Moraine y maese Fitch, seguidos de Egwene, que llevaba su hatillo bajo el brazo. Y Nynaeve. Egwene parecía a punto de estallar en sollozos a causa del miedo, pero el rostro de la Zahorí era una máscara de fría furia.

—Debéis tomar en serio lo que os digo —advertía Moraine al posadero—. Mañana, sin duda, tendréis que enfrentaros a algo desagradable. Amigos Siniestros, tal vez, o algo peor. Cuando aparezcan, apresuraos a decirles que nos hemos ido. No ofrezcáis ninguna resistencia. Limitaos a hacerles saber que hemos partido de noche y así no os molestarán más. Es a nosotros a quienes buscan.

—No os inquietéis por eso —respondió con jovialidad maese Fitch—. En absoluto. Si viene alguien a la posada con intención de causar algún daño a mis huéspedes... bien, mis criados y yo los despacharemos deprisa. En un abrir y cerrar de ojos. Y no pienso decirles si os habéis ido, ni cuándo, ni si estuvisteis siquiera aquí. No soporto a ese tipo de gente. Aquí no se dirá ni una palabra referente a vosotros. ¡Ni una palabra!

—Pero...

—Señora Alys, debo ocuparme de los caballos si debéis partir como la Luz manda. —Se zafó de la mano de Moraine, que lo retenía por la manga, y corrió en dirección al establo.

268

Moraine exhaló un suspiro de impaciencia.

—Qué hombre más obstinado. No hay modo de que escuche.

—¿Creéis que podrían venir los trollocs a buscarnos aquí? —preguntó Mat.

—¡Trollocs! —exclamó Moraine—. ¡Por supuesto que no! Debemos guardarnos de cosas peores, no siendo la más desdeñable la manera como nos han encontrado. —Haciendo caso omiso del respingo de Mat, prosiguió—: El Fado no creerá que nos quedemos aquí, ahora que sabemos que nos ha descubierto, pero maese Fitch toma demasiado a la ligera a los Amigos Siniestros. Tiene la imagen de que son unos desgraciados agazapados tras las sombras, pero pueden hallarse Amigos Siniestros en las tiendas y en las calles de cualquier ciudad, y también en los más altos Consejos. Tal vez el Myrddraal los envíe para ver si pueden averiguar cuáles son nuestros planes.

Entonces giró sobre sus talones y salió, seguida de Lan.

De camino a las caballerizas, Rand se halló junto a Nynaeve, quien llevaba asimismo sus mantas y albardas.

—De manera que vienes, después de todo —comentó, pensando que Min estaba en lo cierto.

—¿Había algo aquí abajo? —preguntó en voz baja—. Ella ha dicho que era... —Calló de súbito y lo miró.

—Un Fado —respondió, sorprendido de que pudiera decirlo con tanta calma—. Estaba en el pasillo conmigo, hasta que ha llegado Lan.

Nynaeve se arrebujó en la capa para protegerse del viento al salir de la posada.

—Quizás haya algo que os persigue. Pero yo he venido para encargarme de que regresarais sanos y salvos a Campo de Emond y no me iré hasta que llegue ese momento. No os dejaré solos con una mujer de su clase.

En el establo, donde los mozos de cuadra ensillaban los caballos, se movían luces.

—¡Mutch! —gritó el posadero desde la puerta, junto a la que se encontraba acompañado de Moraine—. ¡Afánate más!

Se volvió hacia ella e intentó tranquilizarla, al parecer, en lugar de escuchar realmente lo que ella le decía, si bien lo hacía con deferencia e intercalaba reverencias en las órdenes que dirigía a los criados.

Éstos sacaron los caballos, protestando en voz baja por las prisas y la hora intempestiva. Rand aguantó el hatillo de Egwene y se lo alargó cuando ella estuvo a lomos de *Bela*. La muchacha lo miró con ojos desorbitados, anegados de lágrimas.

«Por fin ha dejado de considerar esto como una mera aventura.»

Se avergonzó tan pronto como lo hubo pensado. Ella se hallaba en peligro a causa de él y sus amigos. Incluso sería menos arriesgado volver sola a caballo a Campo de Emond. «¿Y entonces qué sentido tiene lo que vio Min? Ella forma parte de ello. Oh, Luz, ¿parte de qué?»

—Egwene —dijo—, lo siento. Me parece que ya no controlo bien mis pensamientos.

La muchacha se inclinó para estrecharle con fuerza la mano. A la luz procedente de las caballerizas, pudo distinguir perfectamente su rostro. Ya no parecía tan asustada como antes.

Una vez que hubieron montado, maese Fitch insistió en acompañarlos hasta las puertas, con los mozos alumbrándoles el camino con linternas. El rollizo posadero realizó profusas reverencias, asegurándoles que guardaría su secreto e invitándolos a visitarlo nuevamente. Mutch los vio partir con el mismo semblante adusto con que presenció su llegada.

Había alguien, caviló Rand, que no despacharía de inmediato a nadie, sino todo lo contrario. Mutch contaría a la primera persona que se lo preguntase cuándo se habían ido y daría cualquier información concerniente a ellos que le viniera a la mente. A poca distancia, avanzando en la calle, miró hacia atrás. Había una silueta con la linterna en alto, observándolos. No le fue preciso distinguir su cara para saber que se trataba de Mutch.

Las calles de Baerlon se hallaban solitarias a esa hora de la noche; sólo algunos escasos destellos se filtraban entre los postigos cerrados, y la luz de la luna en cuarto menguante crecía y menguaba al compás del viento que azotaba las nubes. De vez en cuando un perro ladraba al cruzar ellos un callejón, pero ningún otro sonido enturbiaba la noche fuera del martilleo de las herraduras de los caballos y el silbido del viento que rozaba los tejados. Los viajeros guardaban un silencio aún mayor, inmersos en sus capas y en sus propios pensamientos.

El Guardián iba delante, como de costumbre, seguido de cerca por Moraine y Egwene. Nynaeve se mantenía cerca de la muchacha y los demás iban arracimados a la zaga. Lan confería un paso ligero a los caballos.

Rand miraba con recelo las calles que los circundaban y, según advirtió, sus amigos hacían lo mismo. Las sombras danzantes de la luna le recordaban las sombras del fondo del corredor y la manera como parecían haberse extendido en torno al Fado. Algún fortuito ruido en la lejanía, como el de una barrica derribada, o el ladrido de un perro, les hacía volver a todos la cabeza, sobresaltados. Lentamente, con cada uno de los pasos con que atravesaban la ciudad, todos apiñaron sus monturas a mayor proximidad del negro semental de Lan y la blanca yegua de Moraine.

En la Puerta de Caemlyn, Lan desmontó y golpeó con el puño el portal de un pequeño edificio construido al amparo de la muralla. Entonces apareció un fatigado vigilante que se frotaba soñoliento los ojos. Al escuchar a Lan, abandonó toda traza de sopor y miró fijamente a la totalidad del grupo.

—¿Queréis salir? —inquirió—. ¿Ahora? ¿De noche? ¡Debéis de estar locos!

—A menos que exista alguna orden del gobernador que lo prohíba —apuntó Moraine, que había bajado del caballo a su vez, permaneciendo apartada de la puerta, fuera del círculo de luz que ésta proyectaba.

—No exactamente, señora. —El vigilante miró hacia ella, tratando de distinguir su cara—. Pero las puertas permanecen cerradas desde el ocaso hasta el amanecer. Nadie entra si no es con la luz del día. Ésa es la orden. Además, hay lobos allá afuera y han matado una docena de vacas a lo largo de la última semana. Podrían matar a un hombre de igual modo.

—A nadie le está permitido entrar, pero la orden no dice nada respecto a salir —observó Moraine como si aquello resolviera definitivamente la cuestión—. ¿Veis? No os estamos pidiendo que desobedezcáis al gobernador.

Lan puso algo en la mano del hombre.

—Por las molestias —murmuró.

—Supongo... —comenzó a decir lentamente el vigilante. Miró furtivamente su mano, en la que destelló el oro, que introdujo deprisa en uno de sus bolsillos—. Supongo que no se hace mención a las salidas, mirándolo bien. —Asomó la cabeza hacia el interior—. ¡Arin! ¡Dar! Venid a ayudarme a abrir la puerta. Hay gente que quiere salir. No me discutáis y poneos manos a la obra.

Dos encargados más hicieron su aparición, deteniéndose para observar sorprendidos y amodorrados a las ocho personas que deseaban trasponer las murallas. Apremiados por el primer vigilante, se encaminaron arrastrando los pies a la gran rueda que levantaba la gruesa barra que atrancaba la madera y después centraron sus esfuerzos en mover las puertas. La manivela produjo un leve sonido metálico, pero los engrasados goznes cedieron silenciosamente. Pero, antes de que hubieran girado una cuarta parte de su trayectoria, se oyó una fría voz proveniente de la oscuridad.

—¿Qué es esto? ¿No está ordenado que permanezcan cerradas estas puertas hasta el alba?

Cinco hombres tapados con capas blancas avanzaron hacia la mancha de luz contigua a la casa de los guardas. Llevaban los cuellos alzados para ocultar el rostro, pero todos tenían una mano aferrada al puño de la espada y los soles que adornaban su pecho anunciaban claramente quiénes eran. Los vigilantes se inmovilizaron e intercambiaron miradas de inquietud.

—Esto no es algo que os concierna —espetó con beligerancia el primer vigilante. Al encararse hacia él cinco capuchas blancas, finalizó con tono más suave—: Los Hijos no ostentan ningún poder aquí. El gobernador...

—Los Hijos de la Luz —replicó el hombre de capa blanca que había hablado antes— ostentan poder en todo lugar donde los hombres sigan la senda de la Luz. Únicamente se les niegan estas prerrogativas en donde reina la Sombra del Oscuro. —Desvió los ojos hacia Lan y entonces clavó súbitamente una segunda mirada, más recelosa, en el Guardián.

El Guardián no se había movido; de hecho parecía completamente tranquilo. Sin embargo, pocas personas eran capaces de mirar con tanta naturalidad a los Hijos. El pétreo semblante de Lan habría sido el mismo si hubiera observado a un limpiabotas. Cuando el Capa Blanca habló de nuevo, su voz contenía un tono suspicaz.

—¿Qué tipo de gente quiere abandonar el abrigo de las murallas de noche en una época como ésta, con los lobos merodeando en la oscuridad y tras haberse contemplado una criatura del Oscuro que sobrevolaba la ciudad? —Observó la banda de cuero trenzado que cruzaba la frente de Lan, sujetando sus largos cabellos hacia atrás—. ¿Sois un norteño, eh?

Rand hundió la cabeza entre los hombros. Un Draghkar. Había de ser eso, a menos que aquel hombre considerase todo cuanto no alcanzaba a comprender como una criatura del Oscuro. Habiendo entrado un Fado en la posada, debiera haber sospechado la presencia de un Draghkar, pero en aquel momento su pensamiento se centraba en otra cuestión. Creyó reconocer la voz del Capa Blanca.

—Viajeros —repuso con calma Lan—, que no presentan ningún tipo de interés para vosotros.

—Todo el mundo excita el interés de los Hijos de la Luz.

Lan sacudió ligeramente la cabeza.

—¿Realmente os excita la perspectiva de crearos conflictos con el gobernador? Éste ha limitado vuestro número en la ciudad e incluso os ha hecho seguir. ¿Qué hará cuando descubra que os dedicáis a provocar a honestos ciudadanos en sus puertas? —Se volvió hacia los vigilantes—. ¿Por qué habéis parado?

Los guardas vacilaron, volviendo a poner las manos en la manivela y titubearon nuevamente cuando el Capa Blanca tomó la palabra.

—El gobernador desconoce lo que ocurre delante de sus propias barbas. Hay una malevolencia que él no ve ni percibe. Pero los Hijos de la Luz mantienen los ojos bien abiertos. —Los vigilantes se miraron unos a otros, abriendo las manos como si echaran de menos las lanzas que habían dejado dentro de la casa—. Los Hijos de la Luz detectan el mal. —El Capa Blanca se giró hacia los que aguardaban montados—. Lo detectamos y lo arrancamos de cuajo, en todo lugar donde lo encontramos.

Rand trató de encogerse aún más, pero aquel movimiento llamó la atención del hombre.

—¿A quién tenemos aquí? ¿A alguien que no desea ser visto? ¿Qué...? ¡Ah! —El individuo se bajó la capucha de su blanca capa, mostrando una cara que Rand estaba ya seguro de haber identificado. Bornhald asintió con la cabeza con evidente satisfacción—. Sin duda, portero, os hemos evitado un gran desastre. Éstos son Amigos Siniestros a quienes ibais a ayudar a escapar de la Luz. Hubiéramos informado al gobernador para que os disciplinase o tal vez os hubiéramos puesto en manos de los interrogadores para descubrir las verdaderas intenciones de vuestro acto. —Abrió una pausa, para comprobar el temor en la expresión del hombre, lo cual no lo apiadó en lo más mínimo—. ¿No os gustaría eso, verdad? A cambio, me llevaré a estos rufianes a nuestro campamento para que puedan ser interrogados... en lugar de vos, ¿qué os parece?

—¿Vais a llevarme a vuestro campamento, Capa Blanca? —La voz de Moraine se alzó súbitamente procedente de todas direcciones. Al aproximarse los Hijos, se había retirado hacia la oscuridad, al abrigo de la sombra—. ¿Vais a interrogarme? —Las tinieblas la envolvieron al avanzar un paso, dándole la apariencia de una mayor estatura—. ¿Vais a cerrarme el paso?

Otro paso, y Rand abrió desencajadamente la boca. Era más alta, su cabeza estaba al mismo nivel que la de Rand, que estaba sentado sobre el lomo del rucio. Las sombras se prendían a su rostro como nubarrones tormentosos.

—¡Aes Sedai! —gritó Bornhald. Al punto cinco espadas abandonaron su vaina como impelidas por un resorte—. ¡Muere!

Sus cuatro compañeros dudaron, pero él la atacó con la espada siguiendo el mismo impulso con que la había desenfundado.

Rand emitió un grito al tiempo que Moraine alzaba su bastón para interceptar la hoja. Aquella madera tan finamente grabada no resistiría sin duda el impacto del acero. La espada chocó con la vara, las centellas saltaron como de un surtidor, y un rugido susurrante arrojó a Bornhald sobre sus amigos. Los cinco cayeron amontonados. De la espada de Bornhald

273

brotaban espirales de humo y la hoja estaba doblada en ángulo recto en el punto en que casi se había fundido, a punto de partirse en dos.

—¡Osáis atacarme! —La voz de Moraine bramó como un torbellino.

La oscuridad la rodeaba, arropándola como una capa, mientras ella crecía hasta la altura de las murallas, desde donde bajó la mirada, como un gigante que observara una agrupación de insectos.

—¡Salid! —gritó Lan, el cual, en un abrir y cerrar de ojos, agarró las riendas de la yegua de Moraine y saltó sobre su propia silla—. ¡Rápido! —ordenó. Sus hombros rozaron las dos hojas de la puerta al cruzar de estampida su semental la angosta abertura.

Rand permaneció paralizado por un instante, observando. Ahora la cabeza y los hombros de Moraine sobrepasaban las almenas de la muralla. Los vigilantes y los Hijos se encogían ante ella, protegiendo sus espaldas contra las paredes de la caseta. La faz de la Aes Sedai se había perdido en la bóveda nocturna, pero sus ojos, tan grandes como dos lunas llenas, relampaguearon con impaciencia y furia al posarse sobre él. Tragando saliva, espoleó a *Nube* y partió al galope tras los demás.

A cincuenta pasos del muro, Lan los hizo parar, y Rand volvió la vista atrás. La sombra imprecisa y descomunal de Moraine se elevaba por encima de la larga empalizada, con la cabeza y la espalda fundidas en la oscuridad del cielo, rodeadas del halo plateado que despedía la luna oculta. Mientras miraba, boquiabierto, la Aes Sedai dio un paso por encima de la muralla. Las puertas comenzaron a cerrarse velozmente. Tan pronto como posó los pies en el otro lado, la mujer adoptó de nuevo su estatura habitual.

—¡Las puertas! —gritó una voz inquieta desde adentro, que Rand identificó como la de Bornhald—. ¡Debemos perseguirlos y darles caza!

Los vigilantes no aminoraron, no obstante, la frenética rapidez con que corrían las hojas. Éstas se cerraron con estruendo y momentos después la barra fue colocada en su lugar. «Tal vez algunos de los otros Capas Blancas no están tan ansiosos como Bornhald por enfrentarse con una Aes Sedai.»

Moraine caminó apresuradamente hacia *Aldieb* y acarició el belfo de la blanca yegua antes de guardar su bastón bajo la cincha. Rand no precisó observarla aquella vez para tener la certeza de que no había quedado en la vara ni la más pequeña muesca.

—Erais mayor que un gigante —dijo sin aliento Egwene, revolviéndose sobre los lomos de *Bela*.

Nadie más expresó el más leve comentario, si bien Mat y Perrin mantenían sus caballos alejados de la Aes Sedai.

—¿De veras? —repuso distraídamente Moraine mientras montaba.

—Yo lo he visto —protestó Egwene.

—La mente desfigura las cosas durante la noche; los ojos ven lo que no existe.

—Éste no es momento para bromas —comenzó a decir, enojada, Nynaeve, antes de ser atajada bruscamente por Moraine.

—Cierto, no es momento para bromas. Lo logrado en la posada pudiera haberse perdido aquí. —Se volvió hacia la puerta, agitando la cabeza—. Si al menos pudiera creer que el Draghkar no estaba inspeccionando el cielo... —Con un suspiro de desaprobación para consigo, añadió—: Si al menos los Myrddraal fueran realmente ciegos. Puestos a desear, también desearía lo imposible. Da igual. Saben por dónde nos hemos ido, pero, con un poco de suerte, conservaremos la delantera. ¡Lan!

El Guardián abrió la marcha en dirección este, siguiendo el camino de Caemlyn y los demás avanzaron tras él, produciendo un repiqueteo rítmico de herraduras sobre la tierra apelmazada.

Prosiguieron a un galope moderado, un paso largo que los caballos podían aguantar en el transcurso de unas horas sin necesitar la asistencia de una Aes Sedai. Sin embargo, antes de que hubieran cabalgado durante una hora, Mat gritó, señalando el camino que habían dejado atrás.

—¡Mirad allí!

Todos refrenaron las monturas y se volvieron.

Las llamas alumbraron el cielo sobre Baerlon como si alguien hubiera encendido una hoguera del tamaño de una casa, tiñendo de rojo la base de las nubes. Las chispas se arremolinaban en el aire, azotadas por el viento.

—Le avisé —dijo Moraine—, pero no hubo modo de que se lo tomara en serio. —*Aldieb* dio unos pasos de costado, reflejando la frustracción de la Aes Sedai—. No hubo modo de que lo tomara en serio.

—¿La posada? —inquirió Perrin—. ¿Es la posada? ¿Cómo estáis tan segura?

—¿Hasta dónde llega tu capacidad de sacar conclusiones de una coincidencia? —preguntó Thom—. Podría ser la mansión del gobernador, pero no lo es. Y tampoco es un almacén, ni el horno de otra persona, ni el pajar de tu abuela.

—Tal vez la Luz extienda algo de su brillo sobre nosotros esta noche —auguró Lan.

—¿Cómo podéis decir eso? —lo acusó, furiosa, Egwene—. ¡Está quemándose la posada del pobre maese Fitch! ¡La gente que hay dentro puede sufrir daños!

—Si han atacado la posada —señaló Moraine—, quizás ha pasado inadvertida nuestra huida de la ciudad y mi... representación.

—A no ser que el Myrddraal quiera hacernos creer eso —añadió Lan. Moraine asintió en la oscuridad.

—Quizás. En todo caso, debemos apresurarnos. Dispondremos de poco descanso esta noche.

—Habláis con mucha ligereza, Moraine —la acusó Nynaeve—. ¿Y qué hay de las personas que están en la posada? ¡Puede que no salgan indemnes y el posadero ha perdido su medio de ganarse la vida, por culpa vuestra! Por más que charléis acerca de seguir el sendero de la Luz, estáis dispuesta a marcharos sin dedicarle ni un pensamiento. ¡Sus problemas los habéis causado vos!

—Los causantes han sido estos tres —replicó con enfado Lan—. El fuego, los heridos, y el resto..., todo debido a estos tres muchachos. El hecho de que el precio sea tan elevado prueba la valía de lo que se persigue. El Oscuro quiere hacerse con estos chicos y es nuestra obligación apartar sus garras de aquello que desea con tanto fervor. ¿O tal vez preferiríais que el Fado se los llevase?

—Calma, Lan —apaciguó Moraine—. Calma. Zahorí, ¿creéis que puedo prestar ayuda a maese Fitch y a sus huéspedes? Bien, tenéis razón. —Nynaeve hizo ademán de decir algo, pero Moraine la contuvo con un gesto—. Puedo regresar yo sola a asistirlos, aunque sería poco lo que está en mis manos hacer. Eso no haría más que atraer la atención hacia los receptores de mi asistencia, un tipo de atención que no me agradecerían, sobre todo teniendo en cuenta la presencia de los Hijos de la Luz en la ciudad. Y de ese modo quedaríais solos, a merced únicamente de la protección de Lan. Es muy eficaz, no cabe duda, pero su intervención no bastaría ante la arremetida de un Myrddraal o un pelotón de trollocs. Existe la posibilidad de volver en grupo, claro está, pero no estoy segura de que podamos entrar sin ser advertidos en Baerlon. Y ello os expondría a todos ante quienquiera que sea el causante del incendio, por no mencionar a los Capas Blancas. ¿Qué alternativa elegiríais, Zahorí, si os hallarais en mi lugar?

—Yo haría algo —murmuró de mala gana Nynaeve.

—Y con toda certeza brindaríais la victoria al Oscuro —replicó Moraine—. Recordad con qué..., con quiénes... quiere entrar en posesión. Estamos en pie de guerra, al igual que los habitantes de Ghealdan, aunque allí se cuenten por millares los luchadores y nosotros sólo seamos ocho personas. Enviaré oro a maese Fitch, en cantidad suficiente para levantar de nuevo su posada; oro cuya procedencia no pueda relacionarse con Tar Valon. Y ayuda para los damnificados, asimismo. Una acción de otro tipo nos pondría en peligro. Ya veis que no es tan simple. Lan.

El Guardián espoleó el caballo y reemprendió camino una vez más.

Rand miraba hacia atrás de vez en cuando. Finalmente sólo alcanzaba a distinguir el resplandor de las nubes, que se difuminaba en la oscuridad. Hizo votos por que Min saliera ilesa del incendio.

La noche era negra como el carbón cuando el Guardián salió del suelo apisonado del camino para desmontar. Rand calculó que faltaba menos de un par de horas para el amanecer. Trabaron los caballos, todavía ensillados, y se dispusieron a acampar en medio del frío.

—Una hora —advirtió Lan cuando todos menos él se encontraban arropados bajo las mantas. Él haría guardia mientras los demás dormían—. Una hora y continuaremos cabalgando. —El silencio se abrió entre ellos.

Pocos minutos después, Mat habló en un susurro que apenas llegó a oídos de Rand.

—Me pregunto qué haría Dav con aquel tejón. —Rand sacudió la cabeza en silencio y Mat prosiguió, tras unos instantes de vacilación—: Creía que estábamos a salvo, Rand. No hubo ningún indicio de peligro desde que cruzamos el Taren, y estábamos en una ciudad, rodeados de murallas. Pensaba que estábamos a buen recaudo. Y entonces aquel sueño, y un Fado. ¿Vamos a volver a estar a salvo alguna vez?

—No hasta que lleguemos a Tar Valon —respondió Rand—. Eso fue lo que dijo ella.

—¿Estaremos seguros entonces? —preguntó quedamente Perrin.

Los tres miraron el impreciso bulto que formaba el cuerpo de la Aes Sedai.

Lan se había fundido en la oscuridad; podía encontrarse en cualquier lugar. Rand bostezó de repente y los demás se movieron con nerviosismo al oírlo. —Mejor será que durmamos un poco —dijo—. Aunque nos quedemos despiertos no resolveremos el interrogante.

—Ella debió hacer algo —sentenció en voz baja Perrin.

Nadie contestó.

Rand se tumbó de costado para evitar una raíz, probó a ponerse de espaldas y al girar boca abajo topó con una piedra en el vientre y una nueva raíz. No habían acampado en un buen lugar; aquel paraje no se parecía en nada a los que había elegido el Guardián después de atravesar el Taren. Cayó dormido, preguntándose si las raíces que se clavaban en sus costillas lo inducirían a tener pesadillas, y despertó al sentir el contacto de la mano de Lan en el hombro, dolorido y aliviado de que, si había tenido algún sueño, no lo recordaba.

El alba no había despuntado todavía, pero, una vez que estuvieron las mantas enrolladas y atadas detrás de las sillas, Lan reemprendió camino hacia el este. A la salida del sol, con los ojos aún nublados, tomaron un desayuno consistente en queso con pan y agua; comían mientras cabalgaban, encogidos bajo las capas para resguardarse del viento. Todos excepto Lan, desde luego. Él comía, sí, pero no tenía los ojos nublados ni encogía los hombros. Se había puesto otra vez la capa de tonalidades cambiantes, la cual flotaba a su alrededor, variando del gris al verde, y únicamente reparaba en sus pliegues para evitar que obstruyeran el brazo con que empuñaba la espada. Su rostro permanecía impávido, pero sus ojos escrutaban constantemente, como si previera una inminente emboscada.

18

El camino de Caemlyn

L a vía que conducía a Caemlyn apenas difería del Camino del Norte que atravesaba Dos Ríos. Era bastante más ancha, por supuesto, y tenía trazas de soportar un tránsito más intenso, pero no era más que tierra apisonada, bordeada en ambos márgenes por árboles que no habrían desentonado en el paisaje de Dos Ríos, habida cuenta de que únicamente las especies de hoja perenne ostentaban algún verdor.

El terreno en sí era distinto, no obstante, puesto que hacia mediodía el camino discurría entre colinas onduladas. Por espacio de dos jornadas la senda bordeó suaves altozanos, cortándolos a través en ocasiones, cuando eran demasiado anchos para desviar el camino o carecían de la suficiente altura que hubiera impedido excavarla. A medida que la inclinación del sol se modificaba día a día se evidenció el hecho de que, aun cuando apareciera recta a simple vista, la carretera ondeaba lentamente hacia el sur al tiempo que derivaba en sentido este. Rand, que había elaborado tantas ensoñaciones contemplando el viejo mapa de maese al'-Vere, al igual que la mayoría de los muchachos de Campo de Emond, creyó recordar que el camino se curvaba en torno a algo denominado las Colinas de Absher hasta llegar al Puente Blanco.

De vez en cuando Lan los hacía desmontar en la cumbre de uno de los montículos, donde pudiera obtener una buena panorámica de la carretera y de los terrenos circundantes. Allí el Guardián oteaba el horizonte mientras los demás estiraban las piernas o se sentaban bajo un árbol para comer.

—Antes me gustaba mucho el queso —comentó Egwene al tercer día de emprender el viaje en Baerlon. Estaba sentada con la espalda apoyada en el tronco de un árbol, con un mohín de disgusto ante la comida, idéntica a la del desayuno y a la que ingerirían como cena—. Y no poder tomar ni un sorbo de té, un buen té caliente... —Se arrebujó en la capa, cambiando de posición bajo el árbol en un vano intento de escudarse de los remolinos de viento.

—La tisana de perifollo y la raíz de genciana —decía Nynaeve a Moraine— son lo mejor contra la fatiga. Aclaran el entendimiento y calman el escozor de los músculos cansados.

—Estoy convencida de que así es —murmuró la Aes Sedai.

Nynaeve apretó las mandíbulas, pero prosiguió en el mismo tono.

—Ahora bien, si uno debe continuar cabalgando sin dormir...

—¡Nada de té! —reprendió secamente Lan a Egwene—. ¡Ni de fuego! Aún no podemos verlos, pero están siguiendo nuestros pasos en algún lugar, un Fado o dos con sus trollocs, y saben perfectamente que hemos tomado esta ruta. No es preciso indicarles el lugar exacto donde nos hallamos.

—No estaba pidiéndolo —musitó Egwene bajo su capa—. Sólo comentaba que lo echaba de menos.

—Si saben que estamos en el camino —inquirió Perrin—, ¿por qué no vamos a Puente Blanco a campo traviesa?

—Incluso Lan no es capaz de viajar por el campo con tanta rapidez como por un camino —respondió Moraine, interrumpiendo a Nynaeve—, y menos aún atravesando las Colinas de Absher. —La Zahorí emitió un suspiro de exasperación. Rand se preguntó qué sería lo que tramaba, ya que, después de no hacer el más mínimo caso de la Aes Sedai el primer día, Nynaeve había dedicado las dos jornadas siguientes a intentar hablar de hierbas con ella. Moraine se apartó de la Zahorí mientras continuaba—. ¿Por qué crees que el camino las evita? Además, deberíamos regresar de todos modos a esta senda. Hasta cabría la posibilidad de que entre tanto nos tomasen la delantera.

Rand adoptó un aire dubitativo y Mat murmuró algo acerca del «largo rodeo».

—¿Habéis visto una granja esta mañana? —preguntó Lan—. ¿O tan sólo el humo de una chimenea? No, puesto que desde Baerlon hasta

Puente Blanco no hay más que tierras deshabitadas, y es en el Puente Blanco donde debemos cruzar el Arinelle. Ése es el único puente que atraviesa el Arinelle al sur de Maradon, en Saldaea.

Thom exhaló un resoplido, mesándose los bigotes.

—¿Y qué les impide apostar a alguien, o algo, en Puente Blanco?

Por el lado de poniente, se oyó el penetrante quejido de un cuerno. Lan volvió la cabeza para observar la carretera que habían dejado tras de sí. Rand sintió un estremecimiento mientras una parte de él conservaba la calma para calcular en poco menos de diez millas la distancia que mediaba entre ellos y el origen del sonido.

—Nada les impide hacerlo, juglar —repuso el Guardián—. Confiamos en la Luz y en la suerte. Sin embargo, ahora tenemos la certeza de la presencia de trollocs a nuestras espaldas.

—Es hora de proseguir —dijo Moraine, montando en su yegua blanca.

Después siguió un forcejeo con los caballos, agitados al oír un segundo bramido de cuerno, el cual esa vez obtuvo respuesta de otros, que sonaban procedentes del oeste como un cántico fúnebre. Rand se aprestó a emprender el galope y todos agarraron las riendas con igual apremio. Todos a excepción de Lan y Moraine. El Guardián y la Aes Sedai intercambiaron una larga mirada.

—Haz que avancen, Moraine Sedai —indicó Lan—. Volveré tan pronto como sea posible. Tendrás conciencia de mi derrota, si ésta acaece.

Poniendo una mano en la silla de *Mandarb*, saltó sobre el negro semental y se precipitó colina abajo, hacia el oeste. El cuerno bramó de nuevo.

—Que la Luz te acompañe, último Señor de las Siete Torres —le deseó Moraine, con voz tan queda que Rand apenas la oyó. Después de inspirar pesadamente, encaró a *Aldieb* en sentido este—. Debemos continuar —instó, y emprendió un trote lento y regular.

Los demás la siguieron en una hilera compacta.

Rand se volvió una vez para observar a Lan, pero éste ya se había perdido de vista entre las suaves colinas y los desnudos árboles. Último Señor de las Siete Torres, lo había llamado ella. Se preguntó qué significaría aquello. Pensaba que nadie más lo había oído, pero Thom se mordía las puntas del bigote con aire pensativo. Al parecer, la mente del juglar abarcaba una gran gama de conocimientos.

Los cuernos hicieron sonar sus llamadas y respuestas nuevamente. Rand se revolvió en la silla, con la convicción de que esta vez el sonido era más cercano. Mat y Egwene miraron hacia atrás y Perrin hundió la cabeza como si esperase recibir un impacto de un momento a otro. Nynaeve se adelantó para hablar con Moraine.

—¿No podemos cabalgar más deprisa? —preguntó—. Esos cuernos están aproximándose.

La Aes Sedai sacudió la cabeza.

—¿Y por qué nos hacen saber que están allí? Tal vez para que nos apresuremos sin pensar en lo que puede aguardarnos más adelante.

Prosiguieron con la misma marcha pausada. A intervalos los cuernos resonaban tras ellos, se acercaban cada vez más. Rand procuraba no pensar en la distancia que los separaba, pero su cerebro calculaba implacablemente a cada bramido de bronce. Cinco millas, deducía ansioso cuando Lan ascendió de pronto la colina tras ellos sin detener el caballo hasta hallarse frente a Moraine.

—Como mínimo tres pelotones de trollocs, todos encabezados por un Semihombre. Cuatro tal vez.

—Si os habéis aproximado lo bastante para verlos —dedujo preocupada Egwene—, ellos os han podido ver igualmente. Podrían pisarnos los talones en unos minutos.

—No lo han visto —afirmó Nynaeve, enderezándose al sentir todas las miradas clavadas en ella—. No olvidéis que yo le seguí el rastro.

—Silencio —ordenó Moraine—. Según lo referido por Lan hay tal vez quinientos trollocs detrás de nosotros.

Cuando todos callaron, presas de estupor, Lan tomó de nuevo la palabra.

—Y avanzan deprisa. Los tendremos encima en menos de una hora.

—Si disponían de tantos anteriormente, ¿por qué no los pusieron en acción en Campo de Emond? —inquirió, medio para sí, la Aes Sedai—. Si no disponían de ellos, ¿cómo los han traído hasta aquí?

—Se han extendido para que nos precipitemos hacia ellos —informó Lan— y hay comitivas de exploración delante de los principales pelotones.

—¿Que nos precipitemos hacia qué? —musitó Moraine.

Como en respuesta a su pregunta, un cuerno sonó en la lejanía de poniente, con un largo quejido que recibió su eco esta vez delante de ellos. Moraine refrenó a *Aldieb*; salvo Lan, los demás siguieron su ejemplo con ademanes temerosos. Los cuernos atronaban delante de ellos y detrás. Rand creyó percibir en ellos una nota triunfal.

—¿Y ahora qué hacemos? —preguntó, encolerizada, Nynaeve—. ¿Adónde vamos?

—Sólo podemos tomar rumbo norte o sur —dijo Moraine, expresando más bien un pensamiento en voz alta que una contestación a la pregunta de la Zahorí—. Al mediodía, están las Colinas de Absher, inhóspitas y peladas, y el Taren, sin posibilidades de cruzarlo ni tráfico fluvial. En dirección norte, quizá llegaríamos al Arinelle antes de que caiga la noche, de manera que cabría la posibilidad de encontrar el barco de algún comerciante. Si el hielo se ha fundido en Maradon.

—Hay un lugar adonde no irán los trollocs —apuntó Lan.

Moraine, sin embargo, sacudió la cabeza con resolución.

—¡No! —Hizo un gesto al Guardián y éste pegó la cabeza a la suya de manera que los demás no pudieran oírlos.

Los cuernos bramaron y el caballo de Rand caracoleó nervioso.

—Tratan de amedrentarnos —gruñó Thom mientras procuraba controlar su montura. Su voz denotaba enfado y algo del miedo que, según él, trataban de infligirles los trollocs—. Están intentando asustarnos hasta que el pánico nos haga huir en desbandada. Llegado ese punto, estaríamos completamente inermes.

Egwene giraba la cabeza a cada toque de los cuernos, mirando primero hacia adelante y luego hacia atrás, como si esperara ver aparecer al primer trolloc. Rand sentía el mismo impulso, pero cuidaba de ocultarlo. Se acercó a ella.

—Iremos hacia el norte —anunció Moraine.

Los cuernos resonaron penetrantes mientras abandonaban el camino en dirección a las colinas contiguas.

Éstas eran bajas, pero había que franquearlas con continuos ascensos y descensos, sin un trecho de terreno llano, y pasar por debajo de las desnudas ramas de los árboles hollando la maleza seca. Los caballos subían trabajosamente una ladera para bajar a medio galope la loma. Lan estableció una dura marcha, mucho más rápida que la utilizada en el camino.

Las ramas arañaban la cara y el pecho de Rand y las plantas trepadoras y los zarcillos se le agarraban del brazo y, en ocasiones, hacían saltar su pie del estribo. El sonido agudo de los cuernos se oía cada vez más próximo y su frecuencia iba en aumento.

A pesar del fatigoso galope, apenas cubrían terreno. Por cada paso hacia adelante, había uno de ascenso y otro de descenso y cada pisada representaba un esfuerzo por mantener el equilibrio. Y, lo que era peor, los cuernos se acercaban. «Dos millas», pensó. «Tal vez menos.»

A poco, Lan comenzó a otear de un lado a otro, con el semblante más próximo a la preocupación que Rand había tenido ocasión de observar en él. En una ocasión el Guardián se enderezó y, apoyado en los estribos, escrutó el terreno a sus espaldas. Todo cuanto Rand alcanzaba a ver eran árboles. Lan volvió a sentarse en la silla y apartó inconscientemente a un lado la capa para despejar el puño de la espada mientras continuaba su escrutinio de la fronda.

Rand percibió la mirada inquisitiva de Mat tras señalar la espalda del Guardián y encogerse de hombros con impotencia.

Lan habló entonces, sin volverse.

—Hay trollocs en las cercanías. Remontaron un altozano y empezaron a bajar por la otra ladera. Algunos componentes de la avanzadilla de exploradores, probablemente. Si topamos con ellos, no os apartéis de mí bajo ningún concepto y haced lo que yo haga. Debemos proseguir en la misma dirección que hemos tomado.

—¡Rayos y truenos! —murmuró Thom.

Nynaeve indicó por señas a Egwene que se acercara más.

Algunos bosquecillos de ejemplares de hoja perenne suministraban, de trecho en trecho, las únicas oportunidades de cabalgar bajo cubierto, pero Rand trataba de mirar simultáneamente en todas direcciones, a la vez que su imaginación transformaba en trollocs los grisáceos troncos de los árboles que advertía con el rabillo del ojo. Los cuernos sonaban cerca, directamente detrás de ellos. Estaba seguro. Cada vez más próximos.

Ascendieron otra colina.

Debajo, emprendiendo la subida de la ladera, marchaban los trollocs, que empuñaban barras rematadas con grandes bucles de cuerda o largos ganchos. Incontables trollocs, cuyas columnas se extendían a lo ancho, sin que la vista pudiera abarcar sus extremos, pero en el centro, justo frente a Lan, cabalgaba un Fado.

El Myrddraal pareció vacilar cuando los humanos coronaron la colina, pero, un instante después, levantó una espada con la misma hoja negra que Rand recordaba con tanta repugnancia y la agitó por encima de su cabeza. La hilera de trollocs se precipitó hacia adelante.

Aun antes de que reaccionara el Myrddraal, Lan tenía ya la espada en la mano.

—¡Permaneced a mi lado! —gritó. Al punto, *Mandarb* descendió impetuosamente la ladera al encuentro de los trollocs—. ¡Por las Siete Torres! —tronó.

Rand respiró hondo y espoleó al rucio; todos los componentes del grupo galoparon en pos del Guardián. Le sorprendió advertir que empuñaba la espada de Tam. Animado por el grito de batalla de Lan, lo secundó con uno de propia cosecha:

—¡Manetheren! ¡Manetheren!

—¡Manetheren! ¡Manetheren! —gritó a su vez Perrin.

Mat eligió, sin embargo, nuevas palabras emblemáticas.

—*¡Carai an Caldazar! ¡Carai an Ellisande! ¡Al Ellisande!*

El Fado volvió la cabeza hacia los jinetes que cargaban contra él. La espada negra quedó paralizada arriba y la obertura de su capucha giró, escrutando a los humanos que se acercaban.

Después Lan se abalanzó sobre el Myrddraal, al tiempo que todos los humanos arremetían contra las filas de trollocs. La hoja del Guardián chocó con el acero negro elaborado en las forjas de Thakan'dar, provocando la misma resonancia que una campana, cuyo tañido resonó en el valle, mientras un rayo de luz azulada llenaba el aire con la misma potencia de un relámpago.

Las humanoides criaturas con hocicos de bestia se arremolinaban en torno a cada uno de ellos, blandiendo barras y ganchos. Únicamente evitaban a Lan y al Myrddraal. Éstos peleaban dentro de un círculo definido, acompasaban las pisadas de sus caballos negros, paraban y asestaban simétricas estocadas. El aire vibraba con haces de luz y estruendos.

Nube, relinchando con ojos desorbitados, descargaba las patas encabritado sobre la maraña de rostros de afilados dientes que lo circundaban. Los fornidos cuerpos se arremolinaban a su alrededor. Hincando los talones en sus flancos, Rand presionaba al caballo y blandía entre tanto la espada como si partiera leña, sin el arte de esgrima que le había enseñado Lan. «¡Egwene!» La buscó con desesperación al tiempo que espoleaba al rucio y se abría camino a mandobles entre los peludos seres, como si cortara la maleza a golpes de machete.

La yegua blanca de Moraine se abalanzó con ímpetu a un suave tirón de la Aes Sedai en las riendas. Su semblante tenía la misma dureza que el de Lan cuando comenzó a descargar el poder de su vara. Las llamas envolvieron a los trollocs y luego estallaron con una detonación que dejó masas deformes inmovilizadas en el suelo. Nynaeve y Egwene cabalgaban pegadas a la Aes Sedai con frenética urgencia; con cuchillos en la mano, enseñaban los dientes casi con igual fiereza que los trollocs. De poco servirían armas tan cortas si habían de enfrentarse de cerca a un trolloc. Rand trató de guiar a *Nube* hacia ellas, pero no había modo de dominar al rucio. Relinchaba y daba coces mientras seguía adelante por más que Rand tirara de las riendas.

En torno a las tres mujeres se abrió un espacio despejado de trollocs, los cuales se apresuraban a huir de las descargas de la vara de Moraine, pero ésta los localizaba implacablemente. El fuego rugía y las criaturas aullaban de rabia y espanto. Por encima de aquel estrépito, destacaba el sonido de la espada del Guardián descargada contra la del Myrddraal; el aire llameaba con un fulgor azulado una y otra vez.

Un lazo atado a una barra rozó al pasar la cabeza de Rand. Con un rudo golpe, partió en dos la barra y luego acuchilló al trolloc de rostro cabrío que la sujetaba. Un gancho se prendió en su espalda, se enmarañó en la tela de su capa y tiró de él. Frenéticamente, casi a punto de soltar la espada, se aferró a la perilla de la silla para no caer atrás. *Nube* se debatía, aterrado. Rand se agarraba a la silla y a las riendas con desesperación; sentía cómo se deslizaba, pulgada tras pulgada, cediendo a la fuerza del gancho. *Nube* dio la vuelta; por un instante Rand vio a Perrin, incorporado sobre la silla, que intentaba retener el hacha que pretendían arrebatarle los trollocs. Lo tenían agarrado por un brazo y las dos piernas. *Nube* arremetió y Rand no percibió entonces más que trollocs.

Uno de ellos corrió hacia él y lo asió por la pierna, obligándolo a sacar el pie del estribo. Jadeante, soltó la mano de la silla para atravesarlo con la espada. Al instante, el gancho lo desensilló y lo dejó sentado sobre las grupas de *Nube*; únicamente su exacerbada presión en las riendas le impidió ser derribado. Y en ese mismo instante la fuerza que tiraba de él cedió. Todos los trollocs chillaban, emitían alaridos al unísono como si todos los perros del mundo hubieran enloquecido de repente.

Los trollocs caían alrededor de los humanos, se retorcían en el suelo, se arrancaban los cabellos y se arañaban la cara. Todos sin excepción mordían el polvo y lanzaban dentelladas en el vacío, chillando sin cesar.

Entonces Rand vio al Myrddraal. Todavía erguido en la silla de su caballo, que danzaba como un poseso, hendía el aire con su negra espada, decapitado.

—No morirá hasta la caída de la noche —gritó Thom, por encima de las respiraciones entrecortadas y los implacables alaridos—. Al menos no del todo, según tengo entendido.

—¡Cabalgad! —ordenó con aspereza Lan, que se había reunido ya con Moraine y las otras dos mujeres, con las que ascendía el siguiente promontorio—. ¡Hay muchos más aparte de éstos!

Como para confirmarlo, los cuernos sonaron de nuevo, por encima de los chillidos de los trollocs postrados en la tierra, desde el este, el oeste y el sur.

Extrañamente, Mat era el único que había sido derribado del caballo. Rand trotó hacia él, pero Mat se deshizo el lazo que le rodeaba el cuello y, con un estremecimiento, recogió su arco y montó solo.

Los cuernos aullaban cual perros de caza que hubieran percibido el olor de un venado. Aquélla era una jauría que iba estrechando el cerco. Si antes Lan había forzado la marcha, entonces dobló su apremio, hasta el punto de que las cabalgaduras remontaron la colina a mayor velocidad de la empleada antes para descenderla y estuvieron en un tris de abalanzarse rodando por la pendiente de bajada. Sin embargo, los instrumentos de bronce sonaban cada vez más próximos, hasta al extremo de oírse los gritos guturales de los perseguidores cuando aquéllos enmudecían. Por fin los humanos coronaron un altozano en el preciso momento en que los trollocs aparecían en el promontorio contiguo, tras ellos. La cumbre estaba plagada de trollocs de rostros deformes provistos de hocicos que aullaban enardecidos, encabezados por tres Myrddraal. Sólo mediaba un centenar de espanes entre ambos grupos.

A Rand se le encogió el corazón. «¡Tres!»

Las negras espadas de los Myrddraal se alzaron simultáneamente; sus huestes arremetieron ladera abajo en un hervidero de gritos triunfales y barras agitadas.

Moraine descendió del caballo, sacó algo del bolsillo y lo desenvolvió impávidamente. Rand atisbó el oscuro marfil. Era el *angreal*. Con el *angreal* en una mano y su bastón en la otra, la Aes Sedai afirmó los pies en el suelo y, aguardó la inminente carga de los trollocs y sus tres dirigentes de negras espadas, puso en alto la vara y luego la clavó en el terreno.

La tierra resonó como una olla golpeada con un mazo. Después el sonido metálico menguó hasta quedar reducido a la nada, dando paso a un instante de absoluto silencio, del que participaba incluso el propio viento. Los trollocs no sólo dejaron de gritar, sino que su ímpetu cedió, dejándolos inmovilizados. Por espacio de unos segundos, todo compartió un compás de espera. Lentamente, el repiqueteo dejó oír su voz, tornándose a poco en un sordo estruendo que fue acrecentándose hasta que la tierra gimió.

El suelo temblaba bajo los cascos de *Nube*. Aquél era un prodigio digno de las Aes Sedai que protagonizaban las historias, si bien, por más admiración que en él inspirase, Rand habría preferido hallarse a cien millas de distancia. El temblor se convirtió en violentas sacudidas que hicieron estremecerse la arboleda circundante. El rucio se tambaleó, a punto de perder pie. Incluso *Mandarb* y *Aldieb* vacilaron con paso ebrio, y todos los que iban a caballo hubieron de agarrarse a las riendas y a las crines para evitar una caída.

La Aes Sedai permanecía en el mismo lugar; aferraba el *angreal* y la vara clavada en la cima de la colina y, a pesar de las violentas sacudidas del suelo a su alrededor, ni ella ni el bastón se habían desplazado lo más mínimo. Entonces la tierra se rizó, se abrió en cascada delante del palo y acometió a los trollocs como las olas de un estanque, con ondulaciones que incrementaban su tamaño a medida que se precipitaban, saltaban por encima de los arbustos, lanzando hojas secas al aire, y crecían hasta alcanzar la condición de un auténtico oleaje terrestre que se abatía sobre las diabólicas criaturas. Los árboles de la hondonada se balanceaban con violencia, cual látigos en manos de traviesos niños, y en la ladera de enfrente los trollocs caían a montones, tropezando unos con otros sobre la tierra encabritada.

No obstante, como si el suelo no se engrifase en torno a ellos, los Myrddraal caminaron en fila e hicieron sonar al unísono las herraduras de sus negros caballos sin vacilar ni un paso. Los trollocs rodaban sobre el terreno, junto a los negros corceles; gruñían y se cogían a la pendiente que los propelía hacia arriba, pero los Myrddraal avanzaban lentamente.

Moraine alzó su vara y la tierra se calmó. Sin embargo, aún no había agotado sus recursos. Al apuntar hacia la oquedad formada por ambas colinas, de las entrañas del terreno brotaron llamaradas de más de veinte pies de altura. Entonces extendió los brazos y el fuego corrió a derecha e izquierda hasta donde alcanzaba la vista, formando un muro que separaba a los humanos de los trollocs. El calor obligó a Rand a cubrirse el rostro con las manos, pese a hallarse en la cumbre del promontorio. Las tenebrosas monturas de los Myrddraal, aun con los extraños poderes que poseían, caracolearon rehusando obedecer a sus jinetes, que los fustigaban con intención de hacerlos atravesar las llamas.

—Rayos y truenos —exclamó en voz baja Mat.

Rand asintió mudamente.

De pronto, Moraine flaqueó y se habría desplomado de no haber saltado Lan del caballo para sostenerla.

—Caminad —ordenó a los demás con una dureza que contrastaba con el miramiento con que alzó a la Aes Sedai sobre la silla de *Aldieb*—. El fuego no arderá indefinidamente. ¡Daos prisa! ¡No hay que perder un minuto!

La inmensa hoguera parecía crepitar como si su ardor no fuera a disiparse nunca, pero Rand no expresó objeción alguna. Galoparon con el mayor ímpetu que les permitían sus monturas. Los cuernos lanzaron en la lejanía un agudo toque de desencanto, como si ya conocieran lo acaecido, y luego guardaron silencio.

Lan y Moraine les dieron alcance al poco, si bien Lan llevaba a *Aldieb* de las riendas mientras la Aes Sedai se balanceaba, aferrándose a la perilla de la silla con ambas manos.

—Me recobraré pronto —afirmó al advertir la preocupación en sus rostros. La fatiga no mitigaba su confianza ni el apremio habitual de su mirada—. La manipulación de la tierra y el fuego no son mis puntos fuertes.

Después volvió a tomar la posición de guía en compañía del Guardián y emprendieron un paso ágil. Rand no creía que Moraine estuviera en condiciones de soportar otra marcha forzada. Nynaeve se adelantó para cabalgar junto a la Aes Sedai y la sostuvo con una mano. Durante un rato, mientras la comitiva surcaba las colinas, las dos mujeres hablaron en susurros y luego la Zahorí rebuscó en su capa y entregó un pequeño paquete a Moraine. La Aes Sedai lo desplegó e ingirió su contenido. Después de añadir algo, Nynaeve se reunió con los otros, pero pasó por alto sus miradas interrogativas. Rand pensó que, a pesar de las circunstancias, presentaba un leve aire de satisfacción.

En realidad no le importaba lo que tramaba la Zahorí. Asía continuamente la empuñadura de la espada y cada vez que caía en la cuenta de ello, la observaba con perplejidad. «De modo que así son las batallas», se dijo. No recordaba apenas ningún detalle de ella, sino un amasijo de sensaciones e imágenes pobladas de caras velludas y miedo. Miedo y calor. Mientras había durado, el aire parecía más caluroso que el mediodía de un día de verano, lo cual se le antojaba incomprensible ahora, cuando el gélido viento trataba de congelar las gotas de sudor de su rostro y de su cuerpo.

Dirigió una mirada a sus dos amigos. Mat se enjugaba el sudor de la cara con el borde de la capa. Perrin, absorto en la contemplación de algo en el horizonte que no parecía ser de su agrado, no acusaba, al parecer, las gotas que perlaban su frente.

Las colinas fueron suavizándose y el terreno comenzó a nivelarse, pero, en lugar de aligerar el paso, Lan realizó una parada. Nynaeve hizo ademán de acercarse a la Aes Sedai, pero el Guardián la contuvo con una mirada. Después él y Moraine se alejaron unos pasos, con las cabezas pegadas, y los gestos de Moraine evidenciaron el inicio de una discusión. Nynaeve y Thom los observaban, la Zahorí con el rostro ceñudo y el juglar murmurando entre dientes e interrumpiéndose para mirar atrás, pero los demás evitaban mirarlos. ¿Quién sabía lo que podía traer consigo una disputa entre una Aes Sedai y un Guardián?

Minutos después, Egwene habló en voz baja a Rand, dirigiendo una inquieta mirada a la pareja que todavía argumentaba acaloradamente.

—Aquello que gritabas a los trollocs... —Calló sin saber cómo seguir.

—¿Qué hay de ello? —inquirió Rand, con cierto embarazo.

Los gritos de batalla eran apropiados para los Guardianes, pero la gente de Dos Ríos no hacía cosas de ese estilo, por más que dijera Moraine... Pero si Egwene pretendía burlarse...

—Mat debe de haber repetido ese cuento diez veces como mínimo —agregó.

—Y con bastantes distorsiones —puntualizó Thom, provocando un gruñido de protesta de Mat.

—Sea cual sea su manera de contarlo —arguyó Rand—, todos lo hemos escuchado varias veces. Además, teníamos que gritar algo. Me refiero a que es lo más adecuado en un momento así. Ya habéis oído a Lan.

—Y tenemos derecho a hacer uso de ello —añadió, pensativo, Perrin—. Según dice Moraine, todos somos descendientes de aquel pueblo de Manetheren. Ellos lucharon contra el Oscuro y nosotros también peleamos contra él. Eso nos otorga un derecho.

Egwene irguió la cabeza para demostrar qué opinión le merecía lo expuesto.

—Yo no hablaba de eso. ¿Qué..., qué era lo que gritabas, Mat? Mat se encogió torpemente de hombros.

—No me acuerdo —respondió, mirando a la defensiva a los otros—. Pues no, sólo recuerdo algo borroso. No sé qué era ni de dónde ha salido ni qué significa. —Soltó una carcajada con sorna—. No creo que tenga ningún significado.

—A mí..., a mí me parece que sí —adujo titubeante Egwene—. Cuando gritabas, creí, sólo por un instante, que entendía aquellas palabras. Pero ahora se han disipado. —Sacudió la cabeza, suspirando—. Tal vez tengas razón. Es curioso lo que uno puede llegar a imaginar en tales ocasiones, ¿no es cierto?

—*Carai an Caldazar* —dijo Moraine. Todos se volvieron para mirarla—. *Carai an Ellisande. Al Ellisande.* Por el honor del Águila Roja. Por el honor de la Rosa del Sol. La Rosa del Sol. El antiguo grito de guerra de Manetheren, el mismo que utilizó su último rey. A Eldrene la llamaban la Rosa del Sol. —La sonrisa de la Aes Sedai abarcaba a Egwene y a Mat a un tiempo, aun cuando dejó tal vez reposar la mirada en él unos breves instantes más—. La sangre de la estirpe de Arad ha dejado una fuerte huella en Dos Ríos. La vieja sangre todavía rebulle en vuestras venas.

Mat y Egwene se miraron, al tiempo que los demás fijaban la vista en ellos. Egwene abría desmesuradamente los ojos y sus labios esbozaban una sonrisa que ella reprimía cada vez que asomaba, como si no supiera qué compostura adoptar frente a aquellas referencias a la vieja sangre. Mat, sin embargo, había extraído sus conclusiones, a juzgar por su expresión pensativa.

Rand creyó adivinar los pensamientos de Mat, asimilándolos a los propios. Si Mat era un descendiente de los antiguos reyes de Manetheren, quizá los trollocs lo perseguían realmente a él y no a los tres. Se ruborizó, avergonzado de aquellas cavilaciones, y, cuando advirtió la mueca de culpabilidad en el rostro de Perrin, tuvo la certeza de que él también había discurrido de igual modo.

—No estoy en condiciones de afirmar que haya oído hablar de un fenómeno semejante —comentó Thom un minuto más tarde. Entonces sacudió bruscamente la cabeza—. En otra ocasión quizás habría compuesto un relato con tales ingredientes, pero ahora... ¿Tenéis previsto permanecer aquí durante el resto de la jornada, Aes Sedai?

—No —repuso Moraine, y tomó las riendas.

El sonido de un cuerno vibró en el sur, como si enfatizara su respuesta. En seguida recibió contestación desde oriente y poniente. Los caballos caracolearon nerviosos.

—Han traspasado el fuego —dedujo con calma Lan, antes de volverse hacia Moraine—. No dispones de fuerzas suficientes para llevar a cabo lo que te propones, no sin haber descansado. Y ningún trolloc ni Myrddraal entrará en ese lugar.

Moraine levantó una mano como para atajarlo y luego la dejó caer, suspirando.

—Muy bien —concedió irritada—. Supongo que estás en lo cierto, aunque preferiría tener otra opción. —Sacó la vara de debajo de la cincha de la silla—. Agruparos todos en torno a mí, tan cerca como podáis. Más cerca.

Rand hizo aproximar a *Nube* a la yegua de la Aes Sedai. Ante la insistencia de Moraine, continuaron estrechando el círculo a su alrededor hasta que todos los caballos hubieron de mantener las cabezas enhiestas por encima de las grupas de las otras monturas. Sólo entonces la Aes Sedai se dio por satisfecha. Después, sin hablar, se incorporó sobre los estribos, hizo girar el bastón sobre sus cabezas, y se estiró para asegurarse de que éste se cernía sobre cada uno de ellos.

Rand daba un respingo cada vez que la vara pasaba por encima de él y le producía un hormiguco en el cuerpo. Habría podido seguir su curso sin verla, guiado sólo por los estremecimientos que causaba en los demás. No fue una gran sorpresa comprobar que Lan era el único a quien no afectaba su proximidad.

Moraine apuntó de improviso hacia poniente con el bastón y las hojas secas se arremolinaron en el aire y las ramas chasquearon como si se hubiera desatado una tormenta de polvo a lo largo de la línea que ella señalaba. Cuando el invisible torbellino se hubo perdido de vista, la Aes Sedai se arrellanó de nuevo en la silla con un suspiro.

—Para los trollocs —explicó—, nuestro olor y nuestras huellas seguirán ese rumbo. Los Myrddraal caerán en la cuenta del engaño, pero para entonces...

—Para entonces —continuó Lan—, nos habremos perdido.

—Vuestro bastón es muy poderoso —alabó Egwene, con lo que se hizo acreedora de un desdeñoso e inmediato bufido que soltó Nynaeve.

—Ya te he dicho, hija, que las cosas no poseen ninguna clase de poder. El Poder Único procede de la Fuente Verdadera y únicamente puede controlarlo la mente de un ser vivo. Esto no es siquiera un *angreal,* sino una mera ayuda para la concentración. —Devolvió con gesto fatigado la vara a la correa de la cincha—. Lan...

—Seguidme y guardad silencio —indicó el Guardián—. Si los trollocs nos oyen, darían al traste con nuestros planes.

Tomó rumbo norte una vez más, aunque no al ritmo arrollador de antes sino al trote ligero con que habían viajado por el camino de Caemlyn. El terreno iba allanándose, pero la espesura era tan densa como la que habían dejado atrás.

Sus pasos no seguían ahora un itinerario tan recto como el anterior, puesto que Lan tomaba un derrotero plagado de pedregales y salientes, en el que ya no les permitía forzar a las cabalgaduras entre la maraña de maleza, tomándose, por el contrario, el tiempo suficiente para dar los rodeos necesarios. De vez en cuando se quedaba en retaguardia y escrutaba con detenimiento el rastro que dejaban. Si alguien osaba toser, recibía un reprobador gruñido del Guardián.

Nynaeve cabalgaba junto a la Aes Sedai, con un semblante en que la preocupación había sustituido a la aversión. Y también denotaba algo más, en opinión de Rand, como si la Zahorí vislumbrara una futura victoria. Moraine tenía los hombros abatidos y retenía las riendas con las dos manos, tambaleándose a cada paso que daba *Aldieb*. Era evidente que el hecho de haber dispuesto un rastro falso, por más insignificante que pudiera aparecer comparado con el terremoto y el muro de llamas, le había mermado una fortaleza ya un tanto precaria.

Rand casi deseó oír otra vez el toque de los cuernos, puesto que éste le indicaba al menos la posición de los trollocs. Y de los Fados.

Comoquiera que no dejaba de mirar atrás, no fue el primero en advertir lo que les aguardaba enfrente. Al verlo, se sumió en una contemplación perpleja: una gran masa irregular se extendía en todo el terreno que abarcaba la vista, en la mayoría de los puntos con una altura superior a la de los árboles que crecían junto a ella, con espirales aún más imponentes de vez en cuando. Las plantas trepadoras y las parras, desprovistas de hojas, formaban un espeso manto que la cubría en su totalidad. ¿Un acantilado? «Las parras facilitarán la escalada, pero no lograremos que los caballos suban por aquí.»

De súbito, cuando se acercaban, divisó una torre. Era claramente una torre y no algún tipo de formación rocosa, con una extravagante cúpula por remate.

—¡Una ciudad! —exclamó.

Había también murallas y las espirales eran torreones de guardia diseminados en ella. La contempló con la mandíbula desencajada. Debía de ser por fuerza diez veces mayor que Baerlon, o cincuenta veces.

—Una ciudad —acordó Mat, asintiendo con la cabeza—. Pero ¿qué diablos hace una ciudad así en medio de un bosque como éste?

—Y sin habitantes —añadió Perrin señalando sus muros—. ¿Acaso dejaría la gente crecer las plantas hasta el punto de cubrirlo todo? Fijaos en los edificios derruidos.

Rand miró de nuevo la ciudadela, confirmando las observaciones de Perrin. Bajo cada uno de los tramos más bajos de la muralla había un montículo cubierto de maleza, que no era más que los escombros de la pared derrumbaba. Ninguna de las torres de vigilancia tenía igual altura.

—¿Qué burgo debió de ser éste? —musitó Egwene—. ¿Qué debió de haber ocurrido aquí? No recuerdo que estuviera en el mapa de mi padre.

—En un tiempo se llamó Aridhol —informó Moraine—. En la época de la Guerra de los Trollocs, fue un aliado de Manetheren. —Con la vista perdida en los muros parecía no tener conciencia de la presencia de los demás, incluso de Nynaeve, que la sostenía sobre la silla con una mano en su brazo—. Después Aridhol desapareció y este lugar recibió otro nombre.

—¿Cuál? —preguntó Mat.

—Por aquí —dijo Lan, y se detuvo delante de lo que antaño había sido una puerta capaz de dar entrada a cincuenta hombres a un tiempo cuyo único rastro eran los torreones rodeados de lianas—. Entremos por aquí. —Los cuernos de los trollocs bramaron en la lejanía. Lan miró hacia el lugar de donde provenían; después observó el curso del sol, que se abatía sobre las copas de los árboles de poniente—. Han descubierto que era un falso rastro. Venid, debemos refugiarnos antes del ocaso.

—¿Cuál es el nombre? —volvió a inquirir Mat.

—Shadar Logoth —repuso Moraine, mientras se adentraban en la ciudad—. Se llama Shadar Logoth.

19

Sombras en ciernes

El pavimento resquebrajado crujía bajo las herraduras de los caballos al penetrar en el recinto. Toda la ciudad estaba en ruinas y tan solitaria como había augurado Perrin. Ni una paloma aleteaba allí, y las hierbas, muertas y resecas en su mayoría, brotaban de las hendiduras de las paredes y el empedrado. La mayor parte de los edificios había perdido la techumbre y las paredes derrumbadas esparcían abanicos de ladrillo y piedra en las calles. Las torres se erguían, abruptas y melladas, como estacas quebradas. Algunos irregulares promontorios de escombros en cuyas laderas crecían raquíticos árboles hubieran podido ser los restos de palacios o de todo un sector de la población.

Con todo, lo que permanecía en pie bastaba para cortar el aliento de Rand. Los más grandes edificios de Baerlon se habrían achicado a la sombra de casi todos los que se alzaban allí. Sus ojos encontraban en todas direcciones suntuosos palacios de pálido mármol coronados de enormes cúpulas. Todas las construcciones tenían, al parecer, una cúpula; algunas incluso poseían cuatro o cinco, cada una de ellas elaborada con distintas formas. Largas avenidas flanqueadas de columnas cubrían trechos a cien pasos de torres que parecían rozar el cielo. En los cruces había, sin excepción, una fuente de bronce, la aguja de un monumento, una estatua o un pedestal. A pesar de que no manaba agua de las fuentes y de que muchas de las estatuas se hallaban rotas, los vestigios eran tan fastuosos que no podía evitar maravillarse ante ellos.

«¡Y yo que pensaba que Baerlon era una ciudad! ¡Qué me aspen si Thom no ha estado riéndose a costa mía! ¡Y también Moraine y Lan!»

Estaba tan absorto en su contemplación que lo tomó por sorpresa la parada realizada por Lan delante de un edificio de piedra blanca que en otro tiempo había sido dos veces mayor que la posada de El Ciervo y el León, de Baerlon. Ningún indicio apuntaba la función que debió de cumplir cuando la ciudad estaba habitada. De los edificios superiores sólo restaba un hueco cascarón, por cuyas ventanas, ahora carentes de cristal y de marco, se advertía el cielo de la tarde, pero la planta baja tenía un aspecto resistente.

Moraine, con las manos todavía en la perilla de la silla, examinó el caserón antes de asentir.

—Será adecuado —dictaminó.

Lan, desmontó de un salto y tomó en brazos a la Aes Sedai.

—Haced entrar a los caballos —ordenó—. Buscad una habitación en la parte trasera para utilizar como establo. Moveos, campesinos. Esto no es el prado de vuestro pueblo. —Desapareció en el interior, acarreando a la Aes Sedai.

Nynaeve bajó de su montura y se apresuró a caminar tras él, trasegando su bolsa de hierbas y ungüentos, seguida de Egwene. Ambas dejaron los caballos en la entrada.

—Haced entrar a los caballos —murmuró agriamente Thom, ahuecándose los bigotes. Después puso rígida y lentamente los pies en tierra, se palpó la espalda, exhaló un largo suspiro y tomó a *Aldieb* de las riendas—. ¿Y bien? —inquirió, enarcando una ceja en dirección a Rand y sus amigos.

Desmontaron a toda prisa y reunieron los caballos restantes. El umbral, que no conservaba ni el más mínimo rastro de puerta, era lo bastante amplio para que lo traspusieran los animales, incluso por pares.

Dentro había una espaciosa estancia, de dimensiones tan enormes como el propio edificio, con un polvoriento suelo de arcilla y algunos tapices rasgados que colgaban, con descoloridos tonos parduscos, amenazando con hacerse trizas al mínimo contacto. No había nada más allí. Lan había improvisado un lecho para Moraine con su capa y la de ella. Nynaeve, que se quejaba acerca del polvo, se encontraba de rodillas junto a la Aes Sedai, revolviendo en su bolsa, que mantenía abierta Egwene.

—Reconozco que no le profeso gran simpatía —decía Nynaeve al Guardián, mientras Rand cruzaba la habitación, conduciendo a *Bela* y

Nube—, pero yo asisto a todo aquel que precise mi ayuda, le tenga aprecio o no.

—No he expresado ninguna acusación, Zahorí. Sólo os he advertido que administréis con precaución vuestras hierbas.

La joven lo miró de soslayo.

—Lo cierto es que ella necesita mis hierbas, y vos también. —Su voz, exacerbada en un principio, fue adquiriendo un tono más caústico—. Lo cierto es que ella tiene limitaciones en el uso del Poder Único y ya ha hecho prácticamente cuanto podía sin venirse abajo. E igualmente cierto es que vuestra espada no le sirve ahora de nada a ella, Señor de las Siete Torres, pero mis hierbas sí.

Moraine posó una mano en el brazo de Lan.

—Tranquilo, Lan. No me quiere ningún mal. Lo que ocurre es que ella no lo sabe.

El Guardián resopló con aire burlón. Nynaeve dejó de escarbar en el zurrón y lo miró ceñuda, pero sus palabras iban dirigidas a Moraine.

—Existen muchas cosas que desconozco. ¿Cuál es ésta?

—En primer lugar —respondió Moraine—, lo que realmente necesito es reposo. Por otra parte, os concedo razón: vuestra sabiduría y capacidades serán más útiles de lo que pensaba. Y ahora, ¿tenéis algo que me ayude a dormir durante una hora sin dejarme embotada?

—Una infusión suave de cola de zorra, agripalma y...

Rand no oyó el resto al seguir a Thom hacia una estancia contigua, igual de espaciosa y desolada, donde se superponían las capas de polvo, intactas hasta su llegada. El suelo no tenía siquiera marcas de huellas de pájaros o animalillos.

Rand se dispuso a desensillar a *Bela* y *Nube*, Thom a *Aldieb* y su mulo y Perrin, su caballo y *Mandarb*. Todos se pusieron manos a la obra menos Mat, el cual dejó caer sus riendas en medio de la habitación. Había dos puertas más aparte de la que habían franqueado.

—Un callejón —anunció Mat tras asomar la cabeza por la primera. La segunda era sólo un rectángulo negro en la pared posterior. Mat lo atravesó lentamente y salió con mucha más premura, sacudiéndose vigorosamente las telarañas que se habían prendido en su pelo—. No hay nada ahí —informó, dando una nueva ojeada al pasadizo.

—¿Vas a ocuparte de tu caballo? —preguntó Perrin, que ya había concluido con el suyo y quitaba la silla de *Mandarb*. Curiosamente el altivo semental se limitó a mirarlo fijo, mas no se le resistió en ningún momento—. Nadie va a hacerlo por ti.

Mat miró por última vez la abertura y se encaminó hacia su caballo. Cuando depositaba la silla de *Bela* en el suelo, Rand advirtió que Mat había adoptado un aire taciturno. Sus ojos parecían perdidos a miles de millas de distancia y sus movimientos eran maquinales.

—¿Te encuentras bien, Mat? —inquirió Rand. Mat levantó la silla del caballo y permaneció inmóvil, sosteniéndola—. ¿Mat? ¡Mat!

Con un sobresalto, Mat dejó caer la silla.

—¿Qué? Oh, eh..., sólo estaba pensando.

—¿Pensando? —se mofó Perrin—. Estabas dormido.

—Estaba reflexionando sobre... —refirió Mat, ceñudo—, sobre lo que ha ocurrido allí. Sobre aquellas palabras que yo... —Todos centraron la vista en él. Prosiguió con cierto embarazo—: Bueno, ya habéis oído lo que ha dicho Moraine. Es como si yo hubiera hablado por boca de algún difunto. No me gusta nada eso. —Su entrecejo se arrugó aún más al oír las risitas de Perrin.

—El grito de guerra de Aemon, ha dicho... ¿verdad? Quizá tú seas el nuevo Aemon reencarnado. De la manera como refieres lo aburrido que es Campo de Emond, habría jurado que te complacería eso: ser un rey y un héroe renacido.

—¡No digas eso! —Thom respiró hondo, atrayendo todas las miradas sobre sí—. Ese modo de hablar es arriesgado, insensato. Los muertos pueden renacer u ocupar el cuerpo de alguien vivo y no es ésta una cuestión de la que se pueda bromear tontamente. —Volvió a inspirar para calmarse antes de continuar—. La vieja sangre, ha dicho ella. La sangre, no un difunto. He oído que ello puede suceder a veces. Lo he oído, aunque nunca pensé que... Éstos son tus orígenes, muchacho. Una cadena que llega hasta ti de tu padre y tu abuelo, hasta remontarse al pueblo de Manetheren y tal vez aún más lejos. Bien, en todo caso ahora ya sabes que participas de un antiguo linaje. Deberías dejar las cosas en este punto y alegrarte de ello. La mayoría de la gente apenas si posee la noción de haber tenido un padre.

«Algunos no tenemos siquiera esta certeza —pensó con amargura Rand—. Tal vez fuera cierto lo que dijo la Zahorí. Oh, Luz, ojalá lo fuera.»

Mat asintió a las palabras del juglar.

—Supongo que sí. Pero... ¿creéis que tiene algo que ver con lo que nos ha pasado? ¿Los trollocs y todo lo demás? Quiero decir... ¡Oh!, no sé lo que quiero decir en realidad.

—En mi opinión deberías olvidarlo y concentrarte en salir sano y salvo de aquí. —Thom sacó su larga pipa de debajo de la capa—. Me parece que voy a fumar un poco. —Y, con un displicente gesto de saludo, desapareció por la puerta principal.

—Todos estamos involucrados en esto. No es uno solo de nosotros —dijo Rand a Mat.

Mat se estremeció y en seguida soltó una breve carcajada.

—Bueno, ya que hablamos de compartir las cosas, ¿por qué no vamos a ver la ciudad, ahora que hemos terminado con los caballos? Una urbe magnífica, donde no hay que abrirse paso entre la gente a codazos y sin nadie que pueda espiar lo que hacemos. Todavía quedan una o dos horas antes de que oscurezca.

—¿No estarás olvidándote de los trollocs? —objetó Perrin.

—Lan ha afirmado que aquí no habría ninguno, ¿no te acuerdas? —repuso desdeñoso Mat—. Tienes que prestar más atención a lo que dicen las personas.

—Lo recuerdo —replicó Perrin—. Y no creas que no escucho. Esta ciudad, ¿Aridhol?, estuvo aliada a Manetheren. ¿Ves como sí escucho?

—Aridhol debió de ser la mayor población en tiempos de la Guerra de los Trollocs —apuntó Rand—, para inspirar todavía temor en ellos. En cambio el miedo no les impidió ir a Dos Ríos, y Moraine dijo que Manetheren era... ¿cómo lo expresó?..., ah, sí una espina clavada en el pie del Oscuro.

—No menciones al Pastor de la Noche, te lo ruego —pidió Perrin con las manos en alto.

—¿Qué decidís? —preguntó riendo Mat—. Vamos.

—Deberíamos pedir permiso a Moraine —arguyó Perrin.

—¿Pedir permiso a Moraine? —inquirió Mat—. ¿Acaso piensas que nos dejará apartarnos de ella? ¿Y qué me dices de Nynaeve? Rayos y truenos, Perrin, ¿y por qué no pedírselo también a la señora Luhhan, ya puestos a ello?

Al asentir de mala gana Perrin con la cabeza, Mat se volvió, sonriente, hacia Rand.

—¿Y tú qué opinas? ¡Una auténtica metrópoli, con palacios! —Soltó una carcajada maliciosa—. Y ningún Capa Blanca que vaya a meter las narices por ahí.

Rand vaciló sólo un minuto. Aquellos palacios parecían salidos del relato de un juglar.

—De acuerdo —accedió.

Caminando despacio para no hacer ningún ruido, salieron por el callejón, el cual siguieron por la parte trasera del edificio hasta desembocar en una calle. Aceleraron el paso y, cuando se encontraron a una manzana de distancia de la construcción de piedra blanca, Mat comenzó a brincar de improviso.

—Libres —se regocijó—. ¡Libres! —Apaciguó sus saltos y comenzó a girar sobre sí, contemplando risueño cuanto había a su alrededor. Las sombras de la tarde extendían sus filamentos y el sol que se ponía bañaba de oro la ciudad en ruinas—. ¿Habíais llegado a imaginar en sueños un lugar como éste?

Perrin se unió a sus risas, pero Rand se encogió de hombros, inquieto. Aquello no se parecía en nada a la población aparecida en su primer sueño, pero aun así...

—Si queremos ver algo —aconsejó—, será mejor que nos apresuremos. Pronto se hará de noche.

Mat, al parecer dispuesto a no perder ni un detalle, arrastraba a los otros con su entusiasmo. Treparon a polvorientas fuentes con tazas de capacidad suficiente para albergar a todos los habitantes de Campo de Emond y vagaron, entrando y saliendo de estructuras elegidas al azar, aunque siempre de imponente tamaño. No todos los edificios tenían para ellos un claro sentido. Un palacio era evidentemente un palacio, pero ¿qué era aquella construcción que parecía una cúpula redonda, por fuera igual de grande que una colina y sólo una monstruosa habitación dentro? ¿Y un lugar enmurallado, descubierto, tan espacioso que habría cabido en él toda la gente de Campo de Emond, rodeado de innumerables hileras de bancos de piedra?

Mat se impacientaba cuando no encontraban más que polvo y escombros o descoloridos andrajos colgando de las paredes, que se deshacían en sus manos. En una ocasión, hallaron algunas sillas de madera apiladas junto a una pared; todas se hicieron pedazos en el instante en que Perrin intentó coger una.

Los palacios, con sus inmensas estancias vacías, en algunas de las cuales hubiera podido caber de sobra la Posada del Manantial, atraían con demasiada frecuencia a la mente de Rand la reflexión sobre la gente que debió de poblarlas en un tiempo. Pensó que todos sus convecinos de Dos Ríos habrían podido caber bajo aquella cúpula redonda, y en cuanto al ruedo con bancos de piedra... Casi creyó imaginar la visión de las personas en la penumbra, observando con desaprobación a los tres intrusos que enturbiaban su reposo.

Al fin el propio Mat se cansó del recorrido y, a pesar de la magnificencia de los monumentos, recordó que la noche anterior sólo habían dormido una hora. Todos comenzaron a acusar el sueño. Se sentaron, bostezando, en las escaleras de un alto edificio, frente a varias filas de columnas para dirimir lo que harían a continuación.

—Regresemos —indicó Rand— y acostémonos. —Se tapó la boca con el dorso de la mano y, cuando pudo hablar de nuevo, añadió—: Lo único que deseo es dormir.

—Siempre estás a tiempo de dormir —arguyó Mat—. Mira dónde estamos. En una ciudad en ruinas. Un tesoro.

—¿Un tesoro? —replicó Perrin, con un crujido de mandíbulas—. Aquí no hay ningún tesoro. No hemos encontrado más que polvo.

Rand se protegió los ojos del sol, ahora un balón rojo a punto de posarse sobre los tejados.

—Se hace tarde, Mat. Pronto anochecerá.

—Podría haber un tesoro —insistió con obstinación Mat—. Además, quiero subir a una de las torres. Mirad aquélla, allí. Está entera. Apuesto a que desde ahí arriba se ve a varias millas a la redonda. ¿Vamos?

—Las torres no son seguras —afirmó tras ellos una voz masculina.

Rand se levantó de un salto, aferrando la empuñadura de la espada, al tiempo que sus amigos reaccionaban con igual rapidez.

—Disculpad —dijo el hombre en tono tranquilizador—. He pasado mucho tiempo en la oscuridad entre estas paredes, y mis ojos no se han habituado todavía a la luz.

—¿Quién sois? —preguntó Rand, pensando que aquel hombre tenía un extraño acento, más peculiar incluso que el de Baerlon, hasta el extremo que le era difícil comprender todas las palabras—. ¿Qué hacéis aquí? Pensábamos que ésta era una ciudad abandonada.

—Soy Mordeth. —Hizo una pausa, como si esperase que ellos reconocieran el nombre, y, cuando ninguno de ellos dio muestras de hacerlo, murmuró algo entre dientes antes de proseguir—. Podría formularos las mismas preguntas. Hace mucho tiempo que nadie ha venido a Aridhol, muchísimo tiempo. No habría sospechado que iba a encontrarme con tres jóvenes paseando entre sus calles.

—Vamos de camino a Caemlyn —explicó Rand—. Nos hemos detenido aquí para pasar la noche.

—Caemlyn —repitió lentamente Mordeth, como si paladeara el nombre. Luego sacudió la cabeza—. ¿Para pasar la noche? Tal vez queráis venir a mi refugio.

—Aún no nos habéis dicho qué hacéis aquí —le recordó Perrin.

—Oh, soy un buscador de tesoros, por supuesto.

—¿Habéis encontrado alguno? —inquirió excitado Mat.

A Rand le pareció que Mordeth había sonreído, pero la penumbra le hacía dudarlo.

—En efecto —respondió el hombre—. Más de los que pensaba, muchos más. Más de los que puedo llevarme. Nunca habría imaginado que iba a hallar a tres robustos y sanos jóvenes. Si me ayudáis a llevar hasta mis caballos lo que yo puedo acarrear, os haré entrega del resto. Su único límite será lo que seáis capaces de transportar. De todas maneras, otro buscador de tesoros se apoderaría de lo que deje tras de mí antes de que yo vuelva.

—¡Ya os dije que tenía que haber un tesoro en un sitio así! —exclamó Mat, subiendo como un rayo las escaleras—. Os ayudaremos a trasladarlo. Sólo tenéis que llevarnos hasta él.

El y Mordeth se adentraron en las sombras reinantes entre las columnas.

—No podemos dejarlo solo —opinó Rand.

Perrin asintió, mirando el sol de poniente.

Ascendieron con cautela, aprestando cada uno su arma. Sin embargo, Mat y Mordeth los aguardaban entre los pilares, Mordeth con los brazos cruzados y su amigo escrutando con impaciencia el interior.

—Venid —los llamó Mordeth—. Os enseñaré el tesoro.

Después se adentró en el edificio, seguido de Mat, con lo que sus compañeros no tuvieron más alternativa que caminar en pos de ellos.

La entrada era tenebrosa, pero casi de inmediato Mordeth se desvió, tomando una angosta escalera que giraba hacia abajo en medio de una progresiva oscuridad hasta sumirse en la lobreguez más completa. Rand tanteaba la pared con la mano, con la incertidumbre de hallar un nuevo escalón bajo sus pies. Incluso Mat comenzó a inquietarse, a juzgar por el tono de su voz al comentar:

—Esto está terriblemente oscuro.

—Sí, sí —admitió Mordeth, quien parecía desenvolverse a la perfección entre las tinieblas—. Abajo hay luces. Venid.

Las tortuosas escaleras cedieron paso a un corredor levemente iluminado por unas humeantes antorchas prendidas en candelabros de pared. Las oscilantes llamas dieron ocasión a Rand de observar por vez primera a Mordeth, quien proseguía haciéndoles señas para que continuaran.

Aquel individuo tenía algo peculiar, en opinión de Rand, si bien no alcanzaba a precisar qué era. Era un hombre elegante, algo rollizo, con pesados párpados que parecían guardar un secreto al tiempo que escrutaban. De baja estatura y calvo por completo, caminaba, no obstante, como si sus piernas fueran más largas que las suyas. Sus ropajes no eran, sin duda, comparables a nada de lo que Rand había contemplado hasta entonces. Llevaba unos ceñidos pantalones negros, botas de cuero rojo dobladas a la altura de los tobillos, un largo chaleco rojo profusamente bordado en oro y una camisa de un blanco inmaculado de anchas mangas, cuyos puños le llegaban casi hasta las rodillas. Aquél no era, ciertamente, el atuendo más adecuado para merodear en una ciudad en ruinas a la caza de un tesoro. Sin embargo, no era eso lo que le producía esa sensación de extrañeza.

Al desembocar el pasadizo en una habitación de paredes enlosadas, olvidó las particularidades que pudiera tener Mordeth. Su grito sofocado fue un eco de las de sus amigos. Aquel recinto estaba también alumbrado por antorchas, que manchaban el techo con su humareda y multiplicaban las sombras de las personas, pero cuya luz se veía potenciada increíblemente al reflejarse en las gemas y el oro apilados en el suelo, en los montículos de monedas y joyas, copas, platos y fuentes, espadas y dagas doradas incrustadas de gemas, amontonados en mezcolanza en pilas que alcanzaban la altura de su pecho.

Mat corrió hacia ellas con un grito y se postró de rodillas.

—Sacos —exclamó sin aliento, revolviendo el oro—. Necesitaremos sacos para acarrear todo esto.

—No podemos sacarlo todo —objetó Rand. Observó el entorno con indefensión; todo el oro que los mercaderes llevaban a Campo de Emond no habría representado ni la centésima parte de uno solo de aquellos montículos—. Ahora no. Ya casi es de noche.

Perrin desenterró un hacha, desenredando con cuidado las cadenas de oro prendidas a ella. Las joyas resplandecían en su reluciente mango negro y sus hojas gemelas estaban recorridas de finos grabados en oro.

—Mañana entonces —propuso, levantando el hacha, alborozado—. Moraine y Lan lo comprenderán cuando les mostremos esto.

—¿No estáis solos? —preguntó Mordeth, que se había rezagado, dejándolos precipitarse sobre el tesoro. Ahora, sin embargo, se acercó—. ¿Quién está con vosotros?

—Moraine y Lan —repuso, distraído Mat, con las manos hundidas en las riquezas que se hallaban ante él—. Y también Nynaeve, Egwene y Thom. Thom es un juglar. Vamos a Tar Valon.

Rand retuvo el aliento. Después la actitud silenciosa de Mordeth lo indujo a dirigir la vista hacia él.

La rabia le desfiguraba las facciones, y a ella se sumaba el miedo. Los dientes asomaban entre sus labios retraídos.

—¡Tar Valon! —Alzó un puño amenazador—. ¡Tar Valon! ¡Habíais dicho que ibais a..., a... Caemlyn! ¡Me habéis mentido!

—Si todavía mantenéis vuestra propuesta —dijo Perrin a Mordeth—, vendremos a ayudaros mañana. —Depositó el hacha en el montón de cálices engastados de pedrería y joyas—. Si todavía sigue en pie vuestra propuesta.

—No. Es decir... —Mordeth sacudió, jadeante, la cabeza como si no acabara de decidirse—. Coged lo que queráis. Excepto..., excepto...

De improviso, Rand cayó en la cuenta de qué era lo que le intrigaba de aquel hombre. Las antorchas diseminadas en el corredor habían conferido un círculo de sombras a cada uno de ellos, al igual que las luces dispuestas en la cámara del tesoro. Sin embargo... Se hallaba tan estupefacto que lo expresó en voz alta.

—No proyectáis ninguna sombra.

La mano de Mat soltó una copa que chocó con estrépito contra el suelo.

Mordeth hizo un gesto afirmativo y, por primera vez, sus carnosos párpados se abrieron por completo. Su pulcro rostro pareció famélico de repente.

—Bien. —Se enderezó, dando la impresión de que crecía—. De este modo queda zanjado.

De pronto, su cuerpo se modificó de forma inverosímil. Desfigurado, hinchado como un balón, Mordeth presionaba el techo con la cabeza, golpeaba las paredes con los hombros, hasta rellenar un extremo de la estancia y cortar así el camino de salida. Con las mejillas hundidas en un rictus que dejaba su dentadura al descubierto, alargó unas manos de un tamaño suficiente para cubrir la cabeza de un hombre.

Rand saltó hacia atrás, emitiendo un alarido. Los pies se le enmarañaron en una cadena de oro y cayó de bruces, jadeante. Tratando de recobrar aliento, forcejeó por desenvainar la espada, cuya empuñadura se había enredado con la capa. En la habitación resonaban los gritos de sus compañeros y el estrepitoso entrechocar de platos y copas de oro. Un súbito chillido angustiado vibró en los oídos de Rand.

Con respiración entrecortada, logró inspirar al fin, mientras sacaba la espada de su funda. Se levantó con cautela, preguntándose cuál de sus dos amigos habría lanzado aquel grito. Perrin lo miró con ojos desorbitados desde el otro lado de la estancia, donde se encontraba agazapado blandiendo su hacha como si estuviera a punto de abatir un árbol. Mat se asomaba detrás de una pila de riquezas, empuñando una daga que había cogido de aquel montón.

Todos dieron un salto al moverse algo en la parte de la cámara a la que apenas llegaba el resplandor de las antorchas. Era Mordeth, que se apretaba contra el rincón más alejado en posición fetal, con las rodillas pegadas al pecho.

—Nos ha engañado —dijo sin resuello Mat—. Era algún tipo de truco.

Mordeth echó atrás la cabeza, gimiendo. El temblor de las paredes provocó una lluvia de polvo.

—¡Estáis todos muertos! —gritó—. ¡Todos muertos! —Después saltó hacia arriba y surcó la habitación.

Rand lo observó con la mandíbula desencajada, a punto de soltar la espada. Al atravesar el aire, Mordeth alargó una mano y adoptó una forma alargada, como una espiral de humo. Con la misma delgadez de un dedo, se precipitó contra la pared de baldosas y se desvaneció en ella.

Un último grito resonó en la estancia cuando ya se había esfumado, difuminándose lentamente tras su desaparición.

—¡Estáis todos muertos!

—Salgamos de aquí —indicó en voz queda Perrin, que aferraba el hacha mientras trataba de mirar simultáneamente en todas direcciones mientras las gemas y ornamentos dorados crujían bajo sus pies.

—Pero el tesoro... —protestó Mat—. No podemos dejarlo aquí.

—No quiero nada de esto —afirmó Perrin. Se volvió y levantó la voz, gritando hacia las paredes—: Es vuestro botín, ¿me oís? ¡No vamos a llevarnos nada!

—¿Qué quieres? ¿Que venga a perseguirnos? —espetó con enojo Rand—. ¿O es que vas a esperar aquí llenándote los bolsillos mientras regresa con diez entes iguales que él?

Mat gesticulaba mostrando el oro y la pedrería. Antes de que pudiera expresar ninguna objeción, Rand lo agarró de un brazo y Perrin del otro, y luego lo llevaron a rastras hasta la salida, a pesar de sus forcejeos y protestas.

No habían recorrido diez pasos cuando la ya mortecina luz comenzó a difuminarse a sus espaldas. Las antorchas de la sala del tesoro estaban apagándose. Mat dejó de gritar. Aceleraron el paso. La primera antorcha del pasadizo extinguió su destello y después lo hizo la siguiente. Cuando llegaron a las escaleras, ya no fue preciso arrastrar a Mat. Todos corrían, huyendo de las sombras que se abrían tras ellos. Incluso la completa oscuridad del tramo de ascenso produjo en ellos nada más que un leve instante de vacilación, pasado el cual se apresuraron a remontar los escalones gritando con toda la potencia de sus pulmones. Sus gritos tenían el propósito de asustar a posibles acechantes, al tiempo que les recordaban a sí mismos la realidad de que aún seguían con vida.

Se precipitaron en la antesala de arriba, resbalaron y cayeron en el polvoriento mármol, para tambalearse entre la columnas del exterior, bajar a trompicones los escalones y aterrizar llenos de magulladuras en la calle.

Rand se irguió y recogió la espada de Tam del pavimento, mientras miraba con recelo a su alrededor. Apenas se veía la mitad del círculo solar sobre los tejados. Las sombras avanzaban como negras manos, cuya oscuridad realzaba la luz aún restante, ocupando toda la longitud de la calle. Un estremecimiento le recorrió el cuerpo. Aquellas sombras semejaban el gesto de Mordeth al alargar las manos.

—Al menos hemos salido de ahí. —Mat se puso en pie, sacudiéndose el polvo, irritado—. Y al menos he...

—¿Estás seguro de que hemos escapado? —inquirió Perrin.

Rand estaba convencido de que aquella vez lo experimentado no era producto de su imaginación. Sentía un hormigueo en la nuca. Había algo que los observaba desde la oscuridad posterior a las columnas. Giró sobre sí y miró los edificios de enfrente. Percibía los ojos fijados en él también desde allí. Aumentó la presión de sus dedos en la empuñadura de la espada, aun cuando dudase de la efectividad del gesto. Aquellos ojos expectantes parecían hallarse por doquier. Sus amigos miraban inquietos en derredor; estaba seguro de que ellos también percibían lo mismo.

—Permaneceremos en medio de la calle —propuso con voz ronca. Perrin y Mat denotaban un espanto similar al suyo—. Permaneceremos en medio de la calzada y caminaremos deprisa.

—Muy deprisa —convino fervientemente Mat.

Los espías los siguieron. O, de lo contrario, había miles de seres vigilantes, miles de ojos que escrutaban desde cada edificio. Rand no acertaba a ver nada que se moviera, pero sentía los ojos, ávidos y anhelantes. No sabía qué podía ser peor: una multitud de ojos o simplemente unos cuantos, que avanzaban en pos de ellos.

En los retazos todavía bañados por el sol, disminuían un poco la velocidad de la marcha y escudriñaban nerviosos la oscuridad que siempre parecía aguardarles. Todos se sentían reacios a penetrar en las sombras, ante la incertidumbre de lo que en ellas podía esperarles. Los espías se habían adelantado; era algo palpable en todos los recodos en que las tinieblas habían ganado terreno. Atravesaban deprisa y a gritos aquellos lóbregos trechos, en los que Rand creía oír secas y susurrantes risas.

Por último, cuando ya el ocaso tocaba a su fin, divisaron el edificio de piedra blanca y, de improviso, los ojos escrutadores se retiraron, desvaneciéndose en un instante. Sin pronunciar palabra, Rand emprendió un trote, seguido por sus amigos, que se tornó en una desbocada carrera que únicamente concluyó cuando traspusieron el umbral, tras el cual se desplomaron, jadeantes.

En el centro del suelo embaldosado ardía una pequeña hoguera; el humo se filtraba por un agujero del techo de un modo que traía a la mente de Rand el desagradable recuerdo de Mordeth. Todos se encontraban reunidos en torno a las llamas, salvo Lan, y sus reacciones abarcaron una amplia gama. Egwene, que estaba calentándose las manos en el fuego cuando irrumpieron en la habitación, se llevó las manos a la garganta, sobresaltada, y, al ver que eran ellos, un suspiro de alivio malogró su intento de asestarles una mirada fulminante. Thom se limitó a murmurar algo referente al tiro de su pipa, pero Rand oyó la palabra insensatos antes de que el juglar volviera a su ocupación de remover las cenizas con un palo.

—¡Estúpidos cretinos! —espetó la Zahorí, que vibraba de pies a cabeza, con ojos destellantes y mejillas coloreadas—. ¿Por qué razón, en nombre de la Luz, os habéis escapado corriendo? ¿Acaso habéis perdido el juicio? Lan ha salido a buscaros y tendréis más suerte de la que merecéis si no os lo hace recuperar a azotes cuando regrese.

El rostro de la Aes Sedai no traicionaba ninguna clase de agitación, pero sus manos, que comprimían los pliegues de su vestido, se relajaron al verlos. El remedio que le había preparado Nynaeve debió de surtir efecto, puesto que ahora se hallaba de pie.

—No debisteis haber hecho esto —desaprobó con una voz tan clara y serena como un remanso—. Hablaremos de ello más tarde. Algo ha tenido que ocurrir allá afuera o, de lo contrario, no os habríais precipitado de este modo aquí adentro. Contádmelo.

—Vos dijisteis que era un sitio seguro —se quejó Mat, levantándose trabajosamente—. Dijisteis que Aridhol era un aliado de Manetheren y que los trollocs no entrarían en la ciudad y...

Moraine se aproximó tan de repente que Mat se interrumpió, con la boca todavía abierta, y Rand y Perrin quedaron inmóviles en el proceso de incorporarse, medio agazapados o apoyados en las rodillas.

—¿Trollocs? ¿Habéis visto trollocs dentro de las murallas?

—No, trollocs no —respondió Rand, después de tragar saliva.

Después los tres comenzaron a hablar excitadamente, al unísono.

Cada uno de ellos inició la exposición en un punto diferente. Mat lo hizo con el hallazgo del tesoro, y lo refería de modo que se habría dicho que lo había encontrado él solo; mientras que Perrin explicaba, en primer lugar, por qué se habían ido sin informar a nadie. Rand detalló lo que consideraba más importante: el encuentro con un extraño entre las columnas. Sin embargo, estaban tan exaltados, que nadie relataba los hechos en el orden en que habían acontecido; cuando uno de ellos recordaba algo, lo contaba de buenas a primeras, sin tomar en consideración lo que venía antes o después ni lo que decían los demás. Los ojos. Todos parloteaban acerca de los ojos que los vigilaban.

Su exposición resultó poco menos que incoherente; aun así infundió el temor entre los presentes. Egwene comenzó a ojear con inquietud las ventanas que daban a la calle. En el exterior estaban disipándose los últimos vestigios del crepúsculo; el fuego parecía pequeño y su luz, insignificante. Thom escuchaba con la pipa entre los dientes, con la cabeza inclinada y el rostro ceñudo. La mirada de Moraine reflejaba cierta preocupación, si bien no demasiada. Hasta que...

De improviso la Aes Sedai siseó, aferrando fuertemente el codo de Rand.

—¡Mordeth! ¿Estás seguro de que era ese nombre? Debéis tener todos la más absoluta certeza. ¿Mordeth?

Contestaron afirmativamente a coro, sobrecogidos ante la intensidad de la Aes Sedai.

—¿Os ha tocado? —les preguntó—. ¿Os ha dado algo o le habéis prestado vosotros algún servicio? Debo saberlo.

—No —respondió Rand—. A ninguno.

Perrin asintió con la cabeza.

—Lo que ha hecho es intentar matarnos, lo cual ya es suficiente. Se ha hinchado hasta rellenar la mitad de la habitación, gritando que éramos hombres muertos y después ha desaparecido. —Movió la mano para mostrarlo gráficamente—. Como el humo.

Egwene exhaló un chillido.

—¡De manera que era un sitio seguro! —exclamó con petulancia Mat—. Tanto hablar de que los trollocs no iban a venir aquí. ¿Qué íbamos a pensar nosotros?

—Por lo visto no habéis pensado lo más mínimo —replicó Moraine, recobraba ya su fría compostura—. Cualquiera que sea capaz de reflexionar andaría con cautela en un lugar al que temen entrar los trollocs.

—Mat es el responsable —afirmó con convicción Nynaeve—. Siempre está tramando alguna jugarreta y los demás pierden el escaso discernimiento que poseen cuando están con él.

Moraine asintió brevemente, sin apartar, no obstante, la mirada de Rand y sus dos compañeros.

—En las postrimerías de la Guerra de los Trollocs, acampó entre estas ruinas un ejército formado por millares de trollocs, Amigos Siniestros, Myrddraal y Señores del Espanto. Al ver que no salían, enviaron avanzadillas al interior de las murallas. Los exploradores encontraron armas, pedazos de armaduras y sangre diseminada por todas partes. También mensajes garabateados en las paredes, en el idioma de los trollocs, que invocaban la asistencia del Oscuro en su última hora. Los hombres que vinieron después no hallaron rastro de sangre ni de las inscripciones. Sus restos habían desaparecido. Los Semihombres y los trollocs todavía lo guardan en la memoria y eso es lo que los mantiene alejados de este lugar.

—¿Y aquí es donde habéis decidido ocultarnos? —inquirió, incrédulo, Rand—. Estaríamos más protegidos huyendo de ellos en pleno campo.

—Si no os hubierais ausentado —dijo con impaciencia Moraine—, habríais visto que he dispuesto salvaguardas alrededor de este edificio. Un Myrddraal no se percataría de su existencia, pues su cometido es contener a un tipo diferente de malignidad, pero lo que reside en Shadar Logoth no las traspasará, ni se aproximará siquiera. Por la mañana podremos partir tranquilamente, dado que estos seres no soportan la luz del sol. Para entonces, se habrán guarecido en las profundidades de la tierra.

—¿Shadar Logoth? —preguntó dubitativa Egwene—. Creía que habíais dicho que esta ciudad se llamaba Aridhol.

—Así fue en un tiempo —explicó Moraine—, durante el cual formó parte de las Diez Naciones, los territorios que componían el Segundo Pacto, los países que se enfrentaban al Oscuro desde los primeros días posteriores al Desmembramiento del Mundo. En la época en que Thorin al Toren era rey de Manetheren, el monarca de Aridhol era Balwen Mayel, Balwen Mano de Hierro. En un acto desesperado durante la Guerra de los Trollocs, cuando parecía inminente la conquista por parte del Padre de las Mentiras, el rey llamó a Mordeth a la corte de Balwen.

—¿Al mismo hombre? —se asombró Mat.

—¡No es posible! —agregó Rand.

Moraine los silenció con una mirada y en la habitación reinó la calma más absoluta, sólo quebrada por la voz de la Aes Sedai.

—Transcurrido poco tiempo desde su llegada, Mordeth se ganó la confianza de Balwen y a los pocos meses era su único consejero. Mordeth instilaba palabras ponzoñosas a oídos del soberano, y Aridhol comenzó a cambiar. La ciudad se replegó sobre sí con dureza. Se llegó a decir incluso que había gente que prefería sufrir un encuentro con los trollocs que con los hombres de Aridhol. La victoria de la Luz lo es todo. Ése era el grito de guerra que Mordeth les enseñó, y las huestes de Aridhol lo proferían al tiempo que sus actos abandonaban la senda de la Luz.

»Ésta sería una exposición demasiado larga para explicar en detalle lo acontecido, y demasiado terrible. Además sólo han llegado hasta nosotros fragmentos de la historia, incluso en Tar Valon. Cómo el hijo de Thorin, Caar, vino para reintegrar de nuevo Aridhol al Segundo Pacto y Balwen lo recibió sentado en su trono, como un despojo consumido con un destello de locura en los ojos, riendo mientras Mordeth sonreía junto a él y ordenaba la ejecución de Caar y los embajadores bajo la acusación de ser amigos del Oscuro. Cómo el príncipe Caar adquirió el apelativo de Caar el Manco. Cómo escapó de las mazmorras de Aridhol y huyó solo a las Tierras Fronterizas perseguido por los desalmados asesinos que eran los secuaces de Mordeth. Cómo conoció allí a Rhea, que ignoraba su condición, y se casó con ella y trazó la urdimbre en el Entramado que lo conduciría a la muerte a manos de ella y la de su mujer a manos propias ante su tumba, y a la caída de Aleth-loriet. Cómo los ejércitos de Manetheren acudieron a vengar a Caar y hallaron abatidas las puertas de Aridhol y la ciudad solitaria, destruidos sus pobladores por algo más ominoso que la muerte. El único enemigo que había acabado con Aridhol fueron sus habitantes. Las sospechas y el odio habían engendrado algo que se alimentaba en sus cimientos, algo encerrado en el lecho rocoso sobre el que se alzaba la urbe. Mashadar todavía permanece acechante, ávido. Los hombres no volvieron a hablar de Aridhol. Le dieron por nombre Shadar Logoth, en la Antigua Lengua, «Donde Acecha la Sombra» o, más sencillo, «la Espera de la Sombra».

»Mordeth fue el único a quien no consumió Mashadar, pero cayó en su trampa y él también ha estado aguardando entre estos muros durante siglos. Otras personas lo han visto. Algunas han sucumbido a él a través de ofrendas que perturban la mente y enturbian el espíritu y cuya influencia va mermando e incrementándose paulatinamente hasta que gana dominio... o da muerte. Si consigue convencer a alguien de que lo acompañe hasta las murallas, los límites del poder de Mashadar, logrará consumir el alma de dicha persona. Mordeth abandonará entonces el cuerpo del humano a quien ha infligido algo peor que la muerte para que siembre una vez más su maldad por el mundo.

—El tesoro —murmuró Perrin cuando calló Moraine—. Quería que lo ayudáramos a transportar el tesoro hasta sus caballos. —Su semblante se tornó macilento—. Apuesto a que hubiera pretendido que éstos estaban en algún sitio fuera de la ciudad.

—Pero ahora nos encontramos a salvo, ¿verdad? —preguntó Mat—. No nos ha dado nada, ni tampoco nos ha tocado. ¿Estamos protegidos, no es cierto, con esas salvaguardas?

—En efecto —acordó Moraine—. Él no puede cruzar su línea, que impide igualmente el paso a cualquier morador de este lugar. Y deben ocultarse en presencia de la luz solar, con lo cual podremos partir sin problemas mañana. Ahora, procurad dormir. Las salvaguardas nos protegerán hasta el regreso de Lan.

—Hace rato que se ha ido. —Nynaeve miró con preocupación la oscuridad de la noche en el exterior.

—No le ocurrirá nada a Lan —la tranquilizó Moraine, extendiendo sus mantas junto al fuego mientras hablaba—. Su compromiso en la lucha contra el Oscuro nació cuando todavía estaba en la cuna, cuando depositaron una espada en sus manos infantiles. Además yo sería consciente de su muerte en el mismo instante en que ésta se produjera, al igual que le sucedería a él conmigo. Reposad, Nynaeve. Todo saldrá bien.

Sin embargo, cuando se cubría con las mantas, miró hacia la calle, como si deseare también ella conocer qué era lo que retenía al Guardián.

Las piernas y brazos de Rand tenían la misma pesadez del plomo y sus párpados se le cerraban por impulso propio; aun así tardó en dormirse y, una vez que abandonó la vigilia, sufrió la visita de sueños que lo hicieron revolverse entre murmullos. Al despertar de manera súbita, miró en torno a sí un instante, antes de recordar dónde se encontraba.

La luna estaba alta en el horizonte, en su último filo antes de la fase de luna nueva, con su leve resplandor amortecido por las tinieblas. Los demás dormían todos, aunque no con sueño apacible. Egwene y sus dos amigos se movían, musitando de manera inaudible, y los ronquidos de Thom, excepcionalmente suaves, se veían interrumpidos de tanto en tanto por palabras borrosas. Lan aún no había llegado.

De pronto sintió que las salvaguardas no eran suficiente protección. Podía haber cualquier cosa en la oscuridad del exterior. Acusándose a sí mismo de necio, añadió leña a las brasas del fuego. Las llamas eran demasiado pequeñas para despedir calor, pero incrementaban la claridad.

No tenía noción de qué era lo que lo había arrancado de sus pesadillas. Había vuelto a ser un niño, que llevaba la espada de Tam y una cuna atada a la espalda, y corría por calles solitarias, perseguido por Mordeth, el cual le gritaba que únicamente quería su mano. Entre tanto, un anciano había estado observándolos, un anciano que reía con carcajadas de demente.

Se echó de nuevo y contempló el techo, a la espera del sueño que anhelaba, aunque tuviera que padecer pesadillas como aquélla; pero no podía cerrar los ojos.

Súbitamente, el Guardián penetró en silencio en la estancia. Moraine se despertó, y se incorporó, como si él hubiera anunciado su llegada con una campana. Lan abrió la mano y tres pequeños objetos cayeron en las baldosas, frente a ella, con un tintineo metálico: tres insignias de color rojo con la forma de calaveras cornudas.

—Hay trollocs dentro de las murallas —anunció Lan—. Estarán aquí en menos de una hora. Y los Dha'vol son los peores. —Se dispuso a despertar a los otros.

—¿Cuántos son? —preguntó Moraine mientras doblaba las mantas—. ¿Saben que estamos aquí?

—Creo que no —repuso Lan—. Son un centenar largo y están suficientemente asustados como para atacar a cualquier cosa que se mueva, inclusive a ellos mismos. Los Semihombres tienen que obligarlos a avanzar, cuatro para sólo un pelotón, e incluso los Myrlddaal no parecen desear otra cosa que atravesar la ciudad con la mayor rapidez posible. No se desvían para escudriñar y buscan con tal negligencia que, si no caminaran en línea recta hacia donde estamos nosotros, diría que no había motivo de preocupación. —Vaciló un instante.

—¿Hay algo más?

—Sólo esto —respondió lentamente Lan—. Los Myrddraal han hecho entrar a la fuerza a los trollocs en la ciudad. ¿Y quién los ha compelido a ellos?

Todos habían estado escuchando en silencio. Entonces Thom masculló una imprecación y Egwene musitó:

—¿El Oscuro?

—No seas boba, mujer —atajó Nynaeve—. El Oscuro está encarcelado en Shayol Ghul, donde lo confinó el Creador.

—Por el momento, al menos —convino Moraine—. No, el Padre de las Mentiras no está allá afuera. Pero debemos partir.

—Abandonar la protección de las salvaguardas y cruzar Shadar Logoth de noche —concluyó Nynaeve, mirándola con ojos entornados.

—O quedarnos aquí y luchar con los trollocs —replicó Moraine—. Para mantenerlos a raya, debería hacer uso del Poder Único, el cual destruiría las salvaguardas y atraería a todos los entes que merodean en la noche. Además, eso tendría el mismo efecto que encender una hoguera encima de una de esas torres, que pondría sobre aviso a todos los Semihombres que se hallan a veinte millas a la redonda. La huida no es la vía que me complacería tomar, pero nosotros somos la liebre y son los cazadores quienes imponen la modalidad de caza.

—¿Qué pasará si hay más fuera de las murallas? —inquirió Mat—. ¿Qué vamos a hacer?

—Pondremos en acción mi plan originario —respondió Moraine, quien, al sentir la mirada de Lan, alzó una mano y añadió—, para lo cual me sentía demasiado fatigada hace unas horas. Sin embargo, ahora he recobrado mis fuerzas gracias a la Zahorí. Nos dirigiremos al río y allí, con las espaldas cubiertas por el agua, levantaré una salvaguarda que contendrá a los trollocs y Semihombres el tiempo suficiente para construir balsas y cruzar el cauce. O, lo que es mejor, tal vez tengamos ocasión de alquilar un barco que descienda de Saldaea.

Los jóvenes de Campo de Emond la miraron con cara de no comprender.

—Los trollocs y los Myrddraal detestan las aguas profundas —explicó Lan al advertir su desconcierto—. A los trollocs les produce auténtico pavor, puesto que no saben nadar. Un Semihombre no vadearía un cauce con agua que le llegara más arriba del pecho, y menos si la corriente es impetuosa. Los trollocs ni siquiera se atreverían a ello, a menos que carecieran de alternativa.

—De manera que, una vez que hayamos cruzado el río, estaremos a salvo —dedujo Rand.

El Guardián respondió con un gesto afirmativo.

—Los Myrddraal tendrán tantas dificultades para obligar a los trollocs a construir balsas como las han tenido para hacerlos entrar en Shadar Logoth, y, si intentan hacerlos atravesar el Arinelle de ese modo, la mitad de ellos escaparán corriendo y el resto sin duda se ahogará.

—Id a buscar los caballos —indicó Moraine—. Todavía no nos encontramos en la otra ribera del Arinelle.

20

DISEMINADOS POR EL VIENTO

Mientras abandonaban el edificio de piedra blanca a lomos de los caballos agitados de nerviosismo, el gélido viento soplaba en ráfagas, silbando entre los tejados, azotando sus capas como ondeantes banderas y haciendo desfilar estrechas nubes delante de la delgada franja lunar. Lan, tras conminar a todos en voz baja a guardar silencio, salió en cabeza a la calle. Los caballos caracoleaban y tiraban de las riendas, ansiosos por alejarse.

Rand observó con recelo los edificios ante los que pasaban, cuyas siluetas se proyectaban en la noche, con sus ventanas sin cristales semejantes a cuencas oculares vacías. Las sombras parecían moverse. De vez en cuando se oía un repiqueteo: escombros derribados por el viento. «Al menos los ojos se han ido.» Su alivio fue sólo momentáneo. «¿Por qué se han retirado?»

Thom y sus convecinos se apiñaban en torno a él. Egwene tenía la cabeza hundida entre los hombros, como si procurase apaciguar el repiqueteo de las herraduras de *Bela* sobre el pavimento. Rand no habría querido respirar siquiera: todo sonido era susceptible de llamar la atención.

De pronto advirtió que se había abierto un espacio vacío ante ellos, que los separaba del Guardián y la Aes Sedai, a quienes percibía como sombras imprecisas treinta pasos más adelante.

—Nos estamos rezagando —murmuró mientras espoleaba a *Nube*.

Una fina espiral de niebla grisácea comenzó a serpentear por la calle frente a él.

—¡Deteneos! —fue el grito estrangulado, brusco e imperativo de Moraine, emitido con un tono de voz bajo para no ser oído de lejos.

Rand paró el caballo, indeciso. La franja de niebla atravesaba por entero la calle y se engrosaba paulatinamente como si la exhalaran los edificios que se alzaban a ambos lado. Ahora tenía el perímetro del brazo de un hombre. *Nube* se encabritó, tratando de retroceder, al tiempo que Egwene y Thom llegaban a su altura. Sus caballos también se irguieron y rehusaron aproximarse a aquella soga grisácea.

Lan y Moraine cabalgaron lentamente hacia la niebla, cuyo grosor era ya el de una pierna, y se detuvieron a una distancia prudencial al otro lado. La Aes Sedai examinó el nebuloso ramal que los separaba. Rand se estremeció, invadido por un súbito temor. Una tenue luz acompañaba a aquel tentáculo, que adquiría mayor intensidad a medida que éste se agigantaba, aun cuando no hubiera sobrepasado todavía la fuerza del brillo de la luna. Las monturas se debatían inquietas, incluidas *Aldieb* y *Mandarb*.

—¿Qué es? —preguntó Nynaeve.

—El demonio de Shadar Logoth —repuso Moraine—, Mashadar. Un ente ciego y sin cerebro que se mueve a través de la ciudad con la misma carencia de rumbo con que una lombriz socava la tierra. Su solo contacto produce la muerte.

Rand y sus acompañantes permitieron que sus caballos retrocedieran unos pasos, aunque sin apartarse demasiado. A pesar de lo que habría dado Rand por verse libre de la presencia de la Aes Sedai, en aquellos momentos ésta representaba casi la seguridad del hogar, comparada a la amenaza que los cercaba.

—¿Cómo nos reuniremos con vosotros? —inquirió Egwene—. ¿Podéis matarlo... o abrir un pasadizo?

Moraine soltó una amarga carcajada.

—Mashadar es vasto, hija, tanto como la propia Shadar Logoth. Ni la totalidad de la Torre Blanca podría acabar con él. Si le infiriera un daño suficiente para franquearos el paso, la cantidad de Poder Único utilizada alertaría a los Semihombres de igual modo que el toque de una trompeta. Y Mashadar se apresuraría a reponer rápido el desperfecto y tal vez a atraparnos en su red.

Rand intercambió una mirada con Egwene y después volvió a formular la misma pregunta que la muchacha. Moraine emitió un suspiro antes de contestar.

—No me complace la idea, pero no puede lucharse contra la necesidad. Este hilo no reptará por encima del pavimento de todas las calles. Algunas tendrán el paso libre. ¿Veis aquella estrella? —Se volvió en la silla para señalar un lucero rojo en el cielo de poniente—. Avanzad hacia esa estrella y ella os conducirá hasta el río. Pase lo que pase, continuad hacia el río. Id lo más deprisa posible, pero, sobre todo, no hagáis ruido. No olvidéis que todavía nos acosan los trollocs, y cuatro Semihombres.

—Pero ¿cómo os encontraremos? —protestó Egwene.

—Seré yo quien os busque —respondió Moraine—. Descuidad, que lo haré. Ahora marchaos. Este ser carece de pensamiento, pero puede detectar la proximidad de alimento.

Como para confirmar lo dicho, hicieron asomo de levantarse varias estribaciones de la masa principal, vacilantes, forcejeando como los tentáculos de un miriápodo en el fondo de un estanque del Bosque de las Aguas.

Cuando Rand apartó la vista del henchido tronco de neblina opaca, el Guardián y la Aes Sedai se habían ido. Se mordió los labios y miró a sus compañeros. Estaban tan nerviosos como él. Y lo que era peor: todos parecían esperar a que alguien reaccionara primero. La noche y las ruinas los circundaban. Los Fados se encontraban en algún lugar impreciso en el exterior y los trollocs tal vez en la siguiente esquina. Los brumosos tentáculos se acercaron más a ellos, sin indecisión ahora. Ya habían elegido una presa codiciada. De improviso, Rand echó de menos a la Aes Sedai.

Todos seguían expectantes, sin decidir qué camino tomar. Hizo girar a *Nube* y éste emprendió un rápido trote, forcejeando con las riendas para cabalgar a mayor velocidad. Los demás siguieron tras él, como si el hecho de haberse movido primero lo hubiera designado como guía.

Sin Moraine, no tenían a nadie que los protegiese en caso de que apareciera Mordeth. Y los trollocs, y... Rand contuvo la avalancha de pensamientos. Seguiría la estrella roja. Aquello era lo único en que debía pensar.

En tres ocasiones hubieron de desandar lo recorrido en callejones obstruidos por un montículo de piedra y ladrillos que los caballos habrían sido incapaces de franquear. Rand escuchaba la respiración de los demás, breve y agitada, avergonzado de mostrar su pánico. Apretó los dientes para apaciguar sus propios jadeos. «Como mínimo tienes la obligación de hacerles creer que no tienes miedo. ¡Estás haciendo una buena obra, estúpido! Conseguirás conducirlos a salvo hasta el río.»

Al doblar la siguiente esquina, una capa de niebla bañaba las baldosas rotas con una luz tan intensa como la de una noche de luna llena. Al punto, partieron hacia ellos unas ramificaciones del mismo tamaño que el de sus monturas. Todos volvieron grupas de inmediato y se alejaron al galope, arracimados, sin poner mientes en el estrépito que producía el entrechocar de las herraduras.

A menos de diez espanes de distancia, dos trollocs salieron a su paso. Los humanos y los trollocs se miraron por un instante, igualmente sorprendidos del encuentro. Después apareció un nuevo par de trollocs, y uno y otro más, que chocaron con los anteriores, componiendo un grupo estupefacto ante la imprevista presencia de los hombres. Pero su parálisis duró escasos minutos, tras los cuales sus aullidos guturales resonaron en las construcciones al compás de la acometida. Los humanos se dispersaron, acobardados.

El rucio de Rand pasó al galope en tres zancadas.

—¡Por aquí! —indicó.

Sin embargo, oyó un grito idéntico emitido por cinco gargantas distintas. Una rápida ojeada le informó de que sus compañeros desaparecían en diferentes direcciones, perseguidos por los trollocs.

Tres de ellos le pisaban los talones, blandiendo sus barras en el aire. La piel se le erizó al advertir que su carrera era tan veloz como la de *Nube*. Se aferró al cuello del rucio y lo espoleó acuciado por los gritos de sus hostigadores.

Más adelante la calle se estrechaba, dominada por los edificios semiderruidos que proyectaban sus imprecisos contornos. Las ventanas desencajadas se rellenaron paulatinamente de un resplandor argentino, una densa neblina que despuntaba hacia el exterior: Mashadar.

Rand aventuró una ojeada hacia atrás. Los trollocs todavía corrían a cincuenta pasos a sus espaldas; la luz de la niebla bastaba para distinguirlos claramente. Un Fado cabalgaba ahora tras ellos y Rand tuvo la impresión de que su rapidez obedecía tanto al impulso de huir del Semihombre como de perseguirlo a él. A corta distancia, media docena de espirales grises surgieron indecisas de las ventanas. Luego fue una docena, y ocupó el aire. *Nube* agitó la cabeza, relinchando, pero Rand hundió con violencia las espuelas en sus flancos y el animal se precipitó salvajemente hacia adelante.

Los zarcillos se espesaron al tiempo que Rand galopaba entre ellos, pero él se pegó sobre *Nube*, evitando mirarlos. Al otro lado la vía estaba despejada. «Si uno de ellos me toca... ¡Luz!» Presionó aún más al caballo y éste se abalanzó de un salto hacia las ansiadas sombras. Aun con su montura en desenfrenada carrera, volvió la vista hacia atrás tan pronto como el resplandor de Mashadar comenzó a mitigarse.

Los ondeantes tentáculos grises obstruían la mitad de la calle y los trollocs se echaban atrás, pero el Fado agarró un látigo y lo hizo restallar por encima de sus cabezas con un sonido similar al de un rayo, esparciendo chispas en el aire. Encorvados, los trollocs se precipitaron tras

Rand. El Semihombre vaciló, y estudió con el semblante oculto tras su capucha los brazos alargados antes de avanzar en su dirección.

Los ramales, cada vez más numerosos, oscilaron un momento y luego atacaron como serpientes. Los trollocs quedaron apresados entre las hebras, bañados en su luz cenicienta, con las cabezas inclinadas hacia atrás y lanzando alaridos, que acalló la neblina al penetrar en sus bocas. Hostigados por cuatro gruesos tentáculos, el Fado y su montura se debatieron como en una danza hasta que la capucha cayó, enterrando aquel rostro pálido carente de ojos.

El Fado emitió un espantoso grito, sin producir más sonido que los trollocs, pero algo logró atravesar la barrera de la bruma: un penetrante chillido inaudible, un horrible zumbido que resonó en los oídos de Rand, impregnado de todo el horror posible en este mundo. *Nube* se estremeció como si él también pudiera oírlo y su carrera alcanzó un brío inigualable. Rand se agarró a él sin resuello, con la garganta seca como la propia arena del desierto.

A poco, advirtió que ya no oía el silencioso grito de agonía del Fado y, de pronto, el martilleo de su galope sonó como un verdadero estruendo. Refrenó a *Nube* y se detuvo junto a una pared pandeada, en la confluencia de dos calles. Un anónimo monumento se elevaba ante él en la oscuridad.

Desplomado en la silla, aguzó el oído, pero no oyó más que el frenético pulso de la sangre en su cabeza. Un sudor frío le empapaba la cara y el viento hacía ondear su capa.

Miró hacia arriba. Los luceros poblaban el cielo en los retazos libres de nubes, pero la estrella roja era claramente visible. «¿Habrá salido alguien más con vida?» ¿Habrían escapado o se hallaban en manos de los trollocs? «Egwene, que la Luz me ciegue, ¿por qué no me has seguido?» Si se encontraban vivos y en libertad, irían en pos de aquella estrella. De lo contrario... Las ruinas eran extensas; podría recorrerlas durante días sin encontrar a nadie, y esto sin contar con que podría toparse con los trollocs. Y los Fados, y Mordeth, y Mashadar. Decidió, a regañadientes, encaminarse hacia el río.

Tomó las riendas. En la calle contigua, una piedra cayó con estrépito sobre otra. Se inmovilizó, reteniendo el aliento. Se hallaba a recaudo de las sombras, a un paso de la encrucijada. Aterrorizado, consideró la posibilidad de retroceder. ¿Qué era lo que lo perseguía? ¿Qué podía provocar aquel ruido y no abatirse sobre él? No acertaba a dilucidarlo y temía apartar los ojos de la arista del edificio.

La oscuridad reinaba en aquella esquina y de ella sobresalía la negra forma de un asta. ¡Una barra! En el preciso segundo en que aquella idea invadía su cerebro, hincó los talones en los flancos de *Nube* y su espada abandonó la funda como un resorte; un grito inarticulado acompañó su carga, al tiempo que descargaba el arma con todas sus fuerzas. Únicamente un desesperado empeño logró detener la hoja. Mat se tambaleó hacia atrás con un alarido, casi a punto de caer del caballo y de dar con su arco en el suelo.

Rand respiró hondo y abatió la espada con brazo trémulo.

—¿Has visto a alguien más? —consiguió preguntar.

Mat tragó saliva antes de enderezarse torpemente sobre la silla.

—Yo..., yo..., sólo trollocs. —Se llevó la mano a la garganta, lamiéndose los labios—. Sólo trollocs. ¿Y tú?

Rand negó con la cabeza.

—Deben de dirigirse hacia el río. Será mejor que hagamos lo mismo nosotros.

Mat asintió en silencio; todavía se palpaba la garganta. Un segundo después, ambos emprendieron camino en dirección a la estrella roja.

Aún no habían recorrido unos cien espanes cuando el agudo toque de un cuerno trolloc resonó tras ellos en las profundidades de la ciudad. En seguida le respondió otro, desde el exterior de las murallas.

Rand se estremeció, pero mantuvo el mismo paso lento, escrutando los rincones oscuros, que evitaba en la medida de lo posible. Poco después, tiró de las riendas, dispuesto a precipitarse al galope y Mat imitó la acción sin preguntar. No volvió a sonar ningún cuerno y el silencio presidió su llegada a una abertura de la muralla tapizada de lianas, en el punto donde antes se había alzado una puerta. Sólo quedaban las torres, cuyas siluetas rotas se recortaban contra el oscuro cielo.

Mat hizo un gesto de duda ante la puerta, pero Rand le susurró:

—¿Estamos más seguros aquí que allí fuera?

No redujo la velocidad de la montura y en un instante Mat lo estaba siguiendo, mientras trataba de mirar en todas direcciones al mismo tiempo. Rand espiró suavemente; tenía la boca seca. «Vamos a conseguirlo. ¡Oh, Luz, vamos a conseguirlo!»

Los muros se esfumaron a sus espaldas, engullidos por la noche y la arboleda. Escuchando hasta el más leve sonido, Rand seguía la estrella roja.

De improviso, Thom galopó tras ellos, y disminuyó la marcha únicamente el tiempo de gritar:

—¡Más deprisa, insensatos!

Un momento después los gritos de persecución y el follaje revuelto detrás de él anunciaron la presencia de trollocs a la zaga.

Rand espoleó a *Nube* y éste se precipitó en pos del mulo del juglar. «¿Qué haremos cuando lleguemos al río sin Moraine? ¡Luz, Egwene!»

*

Perrin dejó reposar al caballo entre las sombras; observaba la puerta abierta a corta distancia mientras recorría con aire ausente la hoja de su hacha con un dedo. Parecía una vía de escape segura y, sin embargo, se había detenido allí para examinarla. El viento le alborotaba los enmarañados rizos, tratando de arrebatarle la capa, pero él volvió a rodear su cuerpo con ella sin tener realmente conciencia de lo que hacía.

Sabía que Mat, y casi todos los vecinos de Campo de Emond, consideraban que era un poco lento de entendimiento. Ello era debido en parte a su fornida constitución y a la precaución de sus movimientos —siempre había temido romper algo o herir a alguien accidentalmente a causa de su tamaño, muy superior al de los muchachos con quienes había crecido—, pero ya por naturaleza prefería rumiar con calma las cosas. Las decisiones rápidas y precipitadas habían conducido a Mat a situaciones embarazosas en múltiples ocasiones, cuando no habían terminado con Rand, él y el propio Mat con los pies en un atolladero.

Se le obstruyó la garganta. «Por la Luz, no pienses ahora en atolladeros.» Trató de poner otra vez orden a sus pensamientos. La reflexión cuidadosa era la manera de salir indemne.

En un tiempo había habido una especie de plaza delante de la puerta, con una enorme fuente en el centro, la cual conservaba todavía en pie un buen número de estatuas. Para alcanzar la salida, debería recorrer casi cien espanes de espacio abierto, en que podrían descubrirlo posibles ojos acechantes. Aquélla no era una idea halagüeña, por cierto, pues recordaba con demasiada precisión aquellos ojos invisibles que los observaban en el crepúsculo.

Recordó también el instante, no lejano, en que había oído los cuernos en la ciudad. Poco había faltado para que retrocediera sobre sus pasos, pensando que quizás habían apresado a uno de sus compañeros, antes de caer en la cuenta de que él solo no podría hacer nada aunque los hubieran capturado. «No contra, ¿cuántos ha dicho Lan?, un centenar de trollocs y cuatro Fados. Moraine nos ha dado instrucciones de que fuésemos hacia el río.»

Volvió a estudiar la puerta. Su meticuloso método de reflexión no lo había conducido a grandes conclusiones, pero ya había tomado una decisión. Abandonó las profundas sombras y se adelantó en la penumbra.

Al mismo tiempo, otro caballo apareció en el lado opuesto de la plaza y se detuvo. Él se paró también, llevando la mano a su hacha, lo cual apenas lo hizo sentir más protegido. Si aquella silueta oscura era un Fado...

—¿Rand? —llamó una voz baja y vacilante.

Dejó escapar un largo suspiro de alivio.

—Soy Perrin, Egwene —contestó, con voz igualmente susurrante, que, sin embargo, se le antojó demasiado alta en medio de la oscuridad.

Los caballos se reunieron junto a la fuente.

—¿Has visto a alguien más? —preguntaron ambos a la vez.

Las respuestas fueron una muda sacudida de cabeza.

—Estarán bien —murmuró Egwene, acariciando el cuello de *Bela*—. ¿Verdad?

—Moraine Sedai y Lan cuidarán de ellos —repuso Perrin—. Cuidarán de todos nosotros una vez que hayamos llegado al río.

En su fuero interno deseó que aquello fuera cierto.

Sintió un gran alivio después de haber traspasado la puerta, aunque tal vez en aquel bosque habría trollocs o Fados. Dejó a un lado aquel tipo de pensamientos. Las desnudas ramas de los árboles no le impedían distinguir la estrella roja y, además, Mordeth ya no podía hacerles ningún daño allí. Aquel personaje le había producido un pavor más intenso que los trollocs.

Pronto se encontrarían a orillas del río y allí estaría Moraine, la cual los alejaría también del peligro de los trollocs. Creía en ello acuciado por la necesidad. El viento azotaba las ramas y hacía susurrar las agujas de los pinos. El solitario grito de una lechuza hendió la oscuridad y él y Egwene juntaron aún más sus caballos como si buscaran la proximidad del calor. Su soledad era casi completa.

Un cuerno trolloc sonó en un punto impreciso tras ellos, despidiendo rápidos y agudos toques que instaban al apremio a los cazadores. Después, incontables aullidos semihumanos brotaron a sus espaldas, espoleados por el cuerno, aullidos cuya intensidad creció al sentir sus emisores el olor a carne humana.

Perrin emprendió el galope, gritando:

—¡Vamos!

Egwene partió a la carrera también y los dos se precipitaron hacia adelante, sin reparar en el ruido ni en el ramaje que les arañaba el rostro.

Mientras corrían entre los árboles, guiados más por el instinto que por la mortecina luz de la luna, *Bela* se rezagó. Perrin se volvió. Egwene golpeaba a la yegua con los talones y la azuzaba con las riendas, pero todo era inútil. A juzgar por los aullidos, los trollocs se hallaban cerca. Retuvo el paso para no dejarla atrás.

—¡Deprisa! —gritó.

Ahora distinguía las enormes figuras de los trollocs, que avanzaban entre la arboleda; bramaban y gruñían de un modo espantoso. Aferró el mango del hacha, que pendía de su cinturón, hasta que le dolieron los nudillos.

—¡Corre, Egwene! ¡Corre!

De pronto su caballo relinchó y él cayó derribado de la silla mientras el animal se desplomaba bajo su cuerpo. Buscó apoyo con las manos para incorporarse y se zambulló de cabeza en gélidas aguas. Se había precipitado en el Arinelle desde un acantilado.

El contacto imprevisto con las frías aguas le hizo abrir la boca, con lo cual tragó una cierta cantidad de líquido antes de conseguir emerger a la superficie. Al sentir salpicaduras junto a él pensó que Egwene debía de haber seguido su camino. Jadeante, forcejeó con el agua. No era sencillo mantenerse a flote con la chaqueta y la capa empapadas y las botas repletas. Se volvió hacia Egwene, pero sólo vio el reflejo de la luna sobre el negro río, rizado por el viento.

—¿Egwene? ¡Egwene!

Una lanza silbó ante sus ojos, seguida de otras que se hundieron en el cauce a su alrededor. Unas voces guturales iniciaron una acalorada discusión en la orilla y los trollocs dejaron de arrojar sus proyectiles, pero por el momento consideró más prudente no volver a llamar a la muchacha.

La corriente lo llevó río abajo. Sin embargo, los gritos y gruñidos lo siguieron por la ribera. Se desató la capa y la dejó a merced de las aguas para disminuir el peso que tiraba de él hacia el fondo. Tenazmente, comenzó a nadar hacia el otro lado. Allí no habían trollocs, o al menos ésa era su esperanza.

Nadaba a la manera como lo hacían en su pueblo, en los remansos del Bosque de las Aguas, impulsado con ambas manos, moviendo los dos pies a un tiempo, con la cabeza fuera del agua. Al menos, procuraba no hundirla, aun cuando no le resultaba fácil. Incluso sin la capa, la chaqueta y las botas juntas parecían pesar el doble que él. Y el hacha también le representaba un impedimento. Consideró más de una vez la posibilidad de dejar que el río la engullera. Sería sencillo, mucho más sencillo que quitarse las botas, por ejemplo. Sin embargo, cada vez que pensaba en ello, representaba mentalmente la perspectiva de salir a la otra orilla, llena de trollocs aguardándolo. El hacha no le serviría de mucho si había de enfrentarse a una docena de trollocs —o a uno solo, quizá—, pero era mejor que defenderse a brazo partido.

A poco había perdido incluso la confianza de poder alzar el hacha en caso de que los trollocs se encontraran allí. Sus brazos y piernas tenían la misma pesadez del plomo; era un esfuerzo moverlos y su cara ya no sobresalía tanto del agua como antes. El líquido que le entraba por la nariz lo hacía toser. «Esto es peor que un día entero en la forja», pensó, fatigado, en el preciso instante en que su pie chocó con algo. Hasta que movió el otro no cayó en la cuenta de qué era aquello. Era el fondo. Había atravesado el cauce.

Se puso en pie, respirando trabajosamente por la boca, chorreante, con las piernas a punto de ceder. Desenganchó el hacha mientras avanzaba hacia la ribera; temblaba con las ráfagas de viento. No veía ningún trolloc, ni tampoco a Egwene; sólo algunos árboles que flanqueaban el río y el destello de la luna sobre el agua.

Cuando hubo recobrado el aliento, llamó a sus amigos. Después oyó unos gritos amortiguados procedentes de la otra orilla; aun en la distancia detectó las roncas voces de los trollocs. Sus amigos no respondieron.

El viento arreció, ahogando el sonido de los trollocs, y se vio recorrido por un violento temblor. El frío no era tan intenso como para helar el agua que le empapaba la ropa, pero él tenía una sensación similar, como si le clavaran una daga helada hasta los mismos huesos. Trepó con cansancio los márgenes en busca de algún resguardo contra el viento.

Rand palmeó el cuello de *Nube* y musitó palabras tranquilizadoras a su oído. El caballo sacudió la cabeza, dando rápidos pasos sinuosos. Habían dejado atrás a los trollocs —o al menos eso parecía—, pero *Nube* conservaba en los ollares su persistente olor. Mat cabalgaba con una flecha dispuesta en el arco, alerta ante posibles ataques, mientras Rand y Thom escrutaban entre las ramas, buscando la estrella roja que marcaba su camino. No había sido complicado seguirla, a pesar del ramaje, mientras caminaban en su dirección. Sin embargo, después habían aparecido más trollocs ante ellos, lo cual los había obligado a galopar hacia un lado, perseguidos por los dos pelotones. Los trollocs podían correr tanto como un caballo, pero sólo durante un centenar de pasos, por lo que les habían tomado la delantera. No obstante, al desviarse, habían perdido de vista al lucero que había de guiarlos.

—Continúo opinando que está por ese lado —dijo Mat, apuntando hacia la derecha—. Al final íbamos rumbo norte, lo cual significa que el este está por allí.

—Ahí está —anunció de pronto Thom, señalando entre la maraña de ramas a su izquierda, directamente hacia el rojizo lucero. Mat murmuró algo entre dientes.

Rand percibió de soslayo algo que se movía. Era un trolloc, que salió con un salto silencioso de detrás de un tronco e hizo girar su barra. Rand hincó los talones en los flancos de su montura y el rucio se precipitó hacia adelante en el preciso momento en que dos más surgían de las sombras tras el primero. Un lazo rozó la nuca de Rand, provocándole un estremecimiento en la espalda.

Una flecha se clavó en el ojo de una de aquellas caras bestiales y luego Mat se reunió con él. Sus caballos galopaban desenfrenados hacia el río, pero no estaba seguro de que aquello pudiera tener un buen fin. Los trollocs corrían tras ellos, a tan corta distancia que casi habrían podido agarrar las colas de sus monturas. Sólo tenían que ganar un paso para enlazarlos y derribarlos de las sillas.

Se inclinó sobre el cuello del rucio para acrecentar la separación entre el suyo propio y los lazos. Mat tenía la cara casi enterrada en la crin de su caballo. Rand se preguntó dónde estaría Thom. ¿Acaso habría decidido proseguir por su cuenta al ver que los tres trollocs centraban su atención en los dos muchachos?

Súbitamente, el mulo del juglar surgió al galope de la oscuridad, pisando los talones a los trollocs. Éstos apenas tuvieron tiempo de mirar, sorprendidos, antes de que Thom alargara las manos como un resorte hacia adelante y luego hacia atrás. La luz de la luna destelló sobre el acero. Una de las criaturas perdió pie y cayó rodando, mientras otra se postraba de rodillas dando alaridos y arañándose la espalda con ambas manos. La tercera soltó un gruñido, retrayendo el hocico para mostrar sus afilados dientes, pero al ver derribados a sus compañeros, dio media vuelta y se perdió en la noche. La mano de Thom trazó de nuevo el mismo ademán y el trolloc emitió unos chillidos que amortiguó la lejanía.

Rand y Mat se acercaron a observar al juglar.

—Mis mejores cuchillos —se lamentó Thom, aunque sin hacer ningún esfuerzo por desmontar para recuperarlos—. Ése irá a llamar a los demás. Espero que el río no esté muy lejos. Espero...

En lugar de expresar una segunda esperanza, sacudió la cabeza, emprendiendo un medio galope. Rand y Mat cabalgaron tras él.

Unos momentos después llegaron a una ribera baja donde los árboles crecían justo en la orilla del agua, cuya negra superficie, bañada por la luna, agitaba el viento. Rand no acertaba a distinguir el otro margen. No le inspiraba gran entusiasmo la idea de cruzar el río en una balsa, a oscuras, pero aún le complacía menos la perspectiva de permanecer donde se hallaba. «Atravesaré a nado, si no queda más remedio.»

En algún lugar sonó el ronco y urgente toque de un cuerno trolloc, el primero que habían oído desde que abandonaron las ruinas. Rand se preguntó si aquello era señal de que habían capturado a alguno de sus amigos.

—No vamos a quedarnos aquí toda la noche —dijo Thom—. Escoged una dirección. ¿Río arriba o río abajo?

—Pero Moraine y los demás podrían estar en cualquier sitio —objetó Mat—. Cualquier rumbo que tomemos puede alejarnos de ellos.

—En efecto. —Thom azuzó a su mulo y se volvió río abajo, bordeando el cauce—. En efecto.

Rand miró a Mat, el cual se encogió de hombros, y después ambos siguieron el ejemplo del juglar.

Durante un tiempo no surgió ningún imprevisto. Las riberas eran más elevadas en algunos puntos y más bajas en otros y los árboles alternaban entre formaciones espesas y pequeños claros, pero la noche, el río y el viento permanecían inmutables, fríos y negros. Y no toparon con ningún trolloc. Aquél era un cambio del que se congratulaba Rand.

Entonces percibió una lucecilla en la distancia, un punto insignificante. Al aproximarse, vieron que aquel brillo se encontraba por encima del cauce, como si se tratara de la copa de un árbol. Thom aceleró la marcha y comenzó a canturrear entre dientes.

Finalmente lograron esclarecer el origen de aquella luz: una linterna colgada de uno de los mástiles de un gran carguero, amarrado junto a un claro entre la arboleda. El barco, de más de ochenta pies de eslora, se balanceaba ligeramente con la corriente, tirando de las cuerdas atadas a los árboles. La jarcia murmuraba y crujía azotada por el viento. La linterna iluminaba una cubierta desierta.

—¡Vaya! —exclamó Thom al desmontar—, esto es mejor que la balsa de la Aes Sedai, ¿no os parece? —Permaneció inmóvil con los dedos sobre los labios y un aire de satisfacción cuyo carácter fingido traicionaba incluso la oscuridad—. No parece que este bajel esté construido para transportar caballos, pero, considerando el peligro que corre, del cual vamos a prevenirlo, tal vez el capitán se muestre razonable. Dejad que sea yo quien hable. Y traed vuestras mantas y albardas, por si acaso.

Rand saltó a tierra y comenzó a desatar sus pertenencias de la silla.

—¿No querréis partir sin los otros, no?

Thom no tuvo ocasión de aclarar sus propósitos a causa de la súbita irrupción de dos trollocs en el claro, seguidos de cuatro congéneres más. Los caballos se encabritaron. Los aullidos más lejanos indicaban que había más enemigos en camino.

—¡Al barco! —gritó Thom—. ¡Deprisa! ¡Dejad eso! ¡Corred! —Ateniéndose a sus recomendaciones, salió disparado hacia la embarcación; los parches de su capa ondearon al viento y los estuches de instrumentos colgados a la espalda se entrechocaban entre sí—. ¡Al barco! —llamó—. ¡Despertad, necios! ¡Trollocs!

Rand deshizo la última correa que ataba su fajo de mantas y las albardas y se precipitó en pos del juglar. Después de depositar su carga al otro lado de la barandilla, saltó tras ella. Sólo tuvo tiempo de ver a un hombre acurrucado en la cubierta, que se disponía a sentarse como si llevara pocos segundos despierto, antes de que sus pies se posaran justo encima de él. El hombre emitió un ruidoso gruñido, Rand se tambaleó, y una barra con un gancho se clavó en la barandilla en el tramo preciso sobre el que había saltado. Todo el barco se pobló de griterío y en la cubierta resonaron cientos de pasos.

Unas manos peludas se aferraron a la baranda junto al gancho y una cabeza con cornamenta de cabra se irguió tras ellas. Sin haber recobrado todavía el equilibrio, Rand logró, no obstante, desenvainar la espada y asestar un golpe. El trolloc cayó lanzando un alarido.

La tripulación, a gritos, corría de un lado a otro; por fin lograron cortar con hachas las amarras. El navío dio unos bandazos y se balanceó con aparentes ansias de zarpar. En la proa, tres hombres forcejeaban con un trolloc. Alguien hincaba una lanza en uno de los costados, si bien Rand no acertaba a ver sobre qué la clavaba. Un arco soltó dos proyectiles seguidos. El marino sobre el que había caído Rand se apartó a gatas de él y luego puso las manos en alto al advertir que Rand estaba mirándolo.

—¡Piedad! —gritó—. ¡Tomad lo que queráis, el barco incluso, todo, pero no me hagáis daño!

De repente algo golpeó la espalda de Rand y lo abatió contra el suelo. La espada cayó demasiado lejos para recuperarla. Con la mandíbula desencajada, sin resuello, trató de estirar el brazo hasta ella. Sus músculos reaccionaban con una lentitud desesperante; se retorcía como un gusano. El individuo que clamaba piedad posó una mirada temerosa y codiciosa en la espada y luego se esfumó entre las sombras.

Luchando contra el dolor, Rand consiguió mirar por encima del hombro y supo que su suerte había tocado fondo. Un trolloc con hocico de lobo se cernía de pie sobre la barandilla y lo observaba, con la afilada punta de su barra en la mano, la misma que lo había derribado. Rand porfió por alcanzar la espada, por desplazarse, por escapar, pero sus brazos y piernas se movían espasmódicamente, apenas respondían a su voluntad. Temblaban, le hacían adoptar extrañas posturas. Sentía como si unas barras de hierro le oprimieran el pecho; unas manchas plateadas le entorpecían la visión. Trató de hallar alguna vía de escape. El tiempo pareció aminorar su curso cuando el trolloc alzó la barra quebrada como si quisiera ensartarlo con ella. Rand contemplaba como en sueños los movimientos de la criatura. Vio cómo el grueso brazo se retraía; esperaba ya el asta rota clavada en su espalda, sintiendo el dolor de la desgarradura. Creyó que iban a estallarle los pulmones. «¡Voy a morir! ¡Luz, ayúdame, voy a morir!» El brazo del trolloc se proyectó hacia adelante, empuñando la barra astillada, y Rand halló aire suficiente para gritar:

—¡No!

De pronto el barco dio una sacudida y una botavara surgió oscilando entre las sombras para golpear el pecho del trolloc. Tras un crujido de huesos rotos, saltó derribado por la borda.

Rand permaneció recostado unos momentos, contemplando la botavara que se balanceaba sobre él. «Esto ha de haber agotado por fuerza mi buena suerte», se dijo. «Es imposible que reste algo de ella a partir de ahora.»

Se puso en pie. Temblaba. Recogió la espada y la retuvo por una vez con las dos manos como le había enseñado Lan, pero ya no había nada contra qué esgrimirla. El surco de agua negra entre la embarcación y la orilla se ensanchaba de modo progresivo, al tiempo que se difuminaba en la noche el griterío de los trollocs.

Cuando envainaba la espada, asomado a la barandilla, un hombre corpulento vestido con una chaqueta que le llegaba hasta las rodillas avanzó a grandes zancadas por la cubierta mirándolo con cara de pocos amigos. Tenía un rostro redondo, enmarcado por una tupida melena que le llegaba a los hombros y una barba que dejaba al descubierto su labio superior. Su rostro era redondeado, pero no apacible. La botavara surcó de nuevo el aire con su vaivén y el individuo de la barba desvió ligeramente la mirada hacia ella mientras la asía; la madera produjo un brusco sonido al chocar con su poderosa palma.

—¡Gelb! —bramó—. ¡Fortuna! ¿Dónde estás, Gelb? —Hablaba tan deprisa, entrelazando todas las palabras, que Rand apenas lo entendía—. ¡No puedes esconderte de mí en mi propio barco! ¡Sal de ahí, Floran Gelb!

Un tripulante se acercó con una linterna de cristal abombado y dos de sus compañeros empujaron a un hombre de rostro alargado hacia el círculo de luz proyectado. Rand reconoció al individuo que le había ofrecido el bote, el cual movía los ojos sin cesar, evitando sostener la mirada del fornido hombre que había reclamado su presencia, el capitán, según las deducciones de Rand. Gelb lucía un cardenal en la frente, producto del pisotón que le había propinado Rand al caer sobre él.

—¿Acaso no debías asegurar esta botavara, Gelb? —inquirió el capitán con asombrosa calma, aunque con igual rapidez que antes.

Gelb pareció genuinamente sorprendido.

—Sí lo hice. La até bien fuerte. Reconozco que soy un poco lento a veces, capitán Domon, pero hago las cosas de todos modos.

—Así que eres lento, ¿eh? No tanto para dormirte, para dormir cuando deberías estar vigilando. Podrían habernos asesinado a todos por tu culpa.

—No, capitán. Ha sido él. —Gelb señaló a Rand—. Yo realizaba la guardia, de la manera como debía hacerlo, cuando él se ha acercado furtivamente y me ha golpeado con un garrote. —Se tocó la herida de la frente, pestañeó y miró, enfurecido, a Rand—. He peleado con él, pero entonces han venido los trollocs. Es un aliado suyo, capitán, un Amigo Siniestro. Es un aliado de los trollocs.

—¡Un aliado de mi vieja abuela! —tronó el capitán Domon—. ¿No te avisé la última vez, Gelb? ¡En Puente Blanco, te largas de aquí! ¡Apártate de mi vista antes de que te eche por la borda! —Gelb se alejó como una flecha y Domon se quedó allí de pie; abría y cerraba las manos mientras contemplaba el vacío—. Esos trollocs están siguiéndome. ¿Por qué no me dejan en paz? ¿Por qué?

Rand miró hacia el agua y se sorprendió al descubrir que habían perdido de vista la orilla. Dos hombres manipulaban el remo de dirección de popa y seis remeros se afanaban en los costados; la embarcación avanzaba a gran velocidad río abajo.

—Capitán —dijo Rand—, hemos dejado a algunos amigos atrás. Si regresáis para recogerlos, estoy seguro de que os recompensarán largamente.

El rostro redondeado del capitán se volvió hacia Rand, y, cuando aparecieron Thom y Mat los incluyó también en el campo que abarcaba su mirada inexpresiva.

—Capitán —comenzó a hablar Thom, dibujando una reverencia—, permitidme...

—Venid abajo —lo interrumpió el capitán Domon—, adonde pueda ver qué especie de personas han venido a mi cubierta. Venid. ¡Que la fortuna me valga, que alguien ate de una vez esa maldita botavara!

Mientras los marineros se apresuraban a cumplir su orden, comenzó a caminar hacia popa. Rand y sus compañeros lo siguieron.

El capitán Domon disponía de una ordenada cabina, a la que se llegaba tras bajar un breve tramo de escaleras y en donde todo daba la impresión de encontrarse en el lugar adecuado, incluso las chaquetas y capas que pendían de los ganchos de la puerta. El recinto, que atravesaba el barco a lo ancho, contenía una amplia cama a un lado y una maciza mesa en el otro. Había una sola silla, con un alto respaldo y robustos brazos, en la cual tomó asiento el capitán, tras lo cual indicó con gestos a los otros que se acomodaran en los diversos arcones y bancos que componían el resto del mobiliario. Un ruidoso carraspeo contuvo a Mat cuando se disponía a sentarse en la cama.

—Bien —dijo el capitán cuando estuvieron todos sentados—. Mi nombre es Bayle Domon, capitán y propietario del *Spray,* que es este barco. ¿Y vosotros quiénes sois, de dónde salís de repente y por qué motivo no debería tiraros por la borda por los problemas que me habéis causado?

Rand todavía tenía dificultad para comprender la rápida habla de Domon. Cuando por fin dilucidó la última parte de lo expresado por el capitán, parpadeó perplejo. «¿Tirarnos por la borda?»

—No era ésa nuestra intención —se apresuró a responder Mat—. Íbamos de camino a Caemlyn y entonces...

—Y adonde nos llevara el viento —lo interrumpió suavemente Thom—. Ése es el modo de viajar de los juglares, como hojas arrastradas por el viento. Como podéis ver, soy un juglar. Me llamo Thom Merrilin. —Movió su capa para agitar los parches multicolores, como si el capitán no hubiera reparado en ellos—. Éstos son dos palurdos campesinos que quieren ser mis aprendices, aunque aún no estoy del todo seguro si son de mi conveniencia.

Rand miró a Mat, quien esbozaba una mueca de disgusto.

—Eso está muy bien —objetó con placidez el capitán Domon—, pero no me dice nada, menos que nada. Que la fortuna me pinche con su aguijón si este lugar está en camino hacia Caemlyn desde algún sitio del que tenga noticia.

—Ésta es una larga historia —explicó Thom, antes de comenzar a desgranarla rápidamente.

Según su versión fabulada, había quedado atrapado por las nieves invernales en una localidad minera de las Montañas de la Niebla, más allá de Baerlon. Estando allí llegaron a su oído leyendas referentes a un tesoro de la época de la Guerra de los Trollocs, oculto en las remotas ruinas de una ciudad llamada Aridhol. Lo cierto era que él conocía con anterioridad el lugar exacto donde estaba Aridhol gracias a un mapa que le había entregado muchos años antes, a las puertas de la muerte, un amigo suyo en Illian, quien aseguró que aquel mapa convertiría a Thom en un hombre rico, lo cual él nunca creyó hasta que escuchó aquellas leyendas. Cuando la nieve comenzó a fundirse, partió con algunos acompañantes, junto con sus dos eventuales ayudantes, y tras un accidentado viaje encontraron realmente la ciudad abandonada. Sin embargo, tal como llegaron a descubrir, el tesoro había pertenecido a un mismísimo Señor del Espanto, el cual había enviado a los trollocs para reintegrarlo a Shayol Ghul. Casi todos los peligros a los que se habían enfrentado en la realidad —trollocs, Myrddraal, Draghkar, Mordeth, Mashadar— los asaltaron en un momento u otro del relato, si bien la manera de referirlo Thom hacía concentrar en él el objeto de todos los ataques, así como la gran destreza utilizada para esquivarlos. Mediante grandes hazañas, en su mayor parte llevadas a cabo por Thom, lograron escapar, perseguidos por los trollocs, aunque diseminados, hasta que por último Thom y sus dos compañeros buscaron refugio en el único lugar posible: el oportuno barco del capitán Domon.

Al concluir la narración el juglar, Rand advirtió que había estado escuchando algunos pasajes con la boca abierta y la cerró de golpe. Cuando dirigió la vista hacia Mat, éste observaba a Thom con ojos desorbitados.

El capitán Domon hizo repiquetear los dedos en el brazo de la silla.

—Éste es un cuento difícil de creer. Claro que yo he visto a los trollocs, con toda seguridad.

—Una historia totalmente verídica —aseveró Thom—, referida por alguien que la ha vivido en persona.

—¿Lleváis encima, por azar, parte del tesoro?

Thom extendió las manos, pesaroso.

—¡Ay de mí! Lo poco que logramos llevarnos formaba parte de la carga de los caballos, que se desbocaron cuando hicieron aparición los últimos trollocs. Todo cuanto me queda es la flauta, el arpa, unas monedas de cobre y la ropa que llevo puesta. Pero, creedme, no querríais tener con vos ni una pieza del tesoro. Tiene la pátina del Oscuro. Es mejor dejarlo en manos de las ruinas y los trollocs.

—De modo que no tenéis dinero para pagar el pasaje. No dejaría navegar conmigo a mi propio hermano si no pudiera pagar el pasaje, sobre todo si traía consigo a los trollocs para destrozarme las barandillas y cortarme la jarcia. ¿Por qué no iba a dejaros volver a nado al sitio de donde vinisteis y librarme de vosotros?

—¿No iríais a dejarnos en la orilla? —preguntó Mat—. ¿Con los trollocs?

—¿Quién ha mencionado algo de dejaros en la orilla? —replicó secamente Domon. Los estudió unos instantes y luego extendió las manos sobre la mesa—. Bayle Domon es un hombre razonable. No os echaría al agua si hubiera una manera de evitarlo. Ahora bien, veo que uno de vuestros aprendices tiene una espada. Como necesito una espada y tengo buen corazón, os otorgaré pasaje hasta Puente Blanco a cambio de ella.

—¡No! —contestó Rand.

Tam no se la había dado para que hiciera un trueque con ella. Recorrió con la mano la empuñadura, palpando la garza de bronce. Mientras la conservara en su poder, tendría una parte de Tam a su lado.

—Bueno, si no puede ser, no puede ser. Pero Bayle Domon no deja viajar gratis ni a su propia madre.

Rand vació su bolsillo de mala gana. No contenía gran cosa: algunas piezas de cobre y la moneda de plata que le había regalado Moraine. Tendió su mano abierta al capitán. Un segundo después, Mat imitó su gesto suspirando. Thom les asestó una mirada airada, la cual sustituyó tan velozmente por una sonrisa que Rand dudó de si la había visto realmente.

El capitán Domon recogió hábilmente las dos gruesas piezas de plata de manos de los muchachos y sacó unas pequeñas balanzas y una bolsa de un arcón que había detrás de su silla. Después de pesarlas meticulosamente, tiró las dos monedas a la bolsa y les devolvió a ambos algunas piezas de cobre y de plata más pequeñas. La mayoría eran de cobre.

—Hasta Puente Blanco —aclaró, tras lo cual realizó una pulcra anotación en su libro de cuentas.

—Resulta un pasaje muy caro sólo hasta Puente Blanco —gruñó Thom.

—Más los daños inferidos a mi navío —añadió sosegado el capitán, antes de devolver con aire satisfecho las balanzas y la bolsa al arcón—. Más un plus por haber atraído a los trollocs, obligándome a soltar amarras a medianoche y correr el peligro de embarrancar en los bajíos.

—¿Y a los demás? —inquirió Rand—. ¿Vais a recogerlos también? Ahora ya deben de estar cerca del río y verán sin duda la linterna colgada del mástil.

El capitán Domon enarcó las cejas sorprendido.

—¿Acaso crees que estamos parados, hombre? Por fortuna, estamos a tres, cuatro millas del lugar donde embarcasteis. Los trollocs los hacen remar con más brío y luego está la corriente, claro. Pero eso no importa. No volvería a atracar esta noche ni aunque mi abuela estuviera en la orilla. Tal vez no lo haga hasta llegar a Puente Blanco. Ya tuve que aguantar el acoso de trollocs antes de esta noche y no lo repetiré de poder evitarlo.

—¿Habíais tenido encuentros con trollocs antes? —preguntó Thom, inclinándose con interés—. ¿Últimamente?

Domon vaciló; luego miró con suspicacia a Thom, pero cuando habló su voz sólo expresó disgusto.

—He pasado el invierno en Saldaea, hombre. No por que yo lo quisiera, pero el río se heló pronto y el hielo tardó en fundirse. Dicen que se puede ver La Llaga desde las más altas torres de Maradon, pero eso no es nada. He estado allí antes y siempre corren rumores de que los trollocs han atacado granjas. Sin embargo, el invierno pasado, había granjas ardiendo cada noche. Ay, a veces pueblos enteros. Hasta llegaron a las mismas murallas de la ciudad. Y, como si eso no fuera bastante, la gente dice que aquello significa que el Oscuro está preparándose, que el Día Final está próximo. —Se estremeció, rascándose la cabeza como si sintiera allí un escozor—. Estoy ansioso por regresar a las tierras donde la gente cree que los trollocs no aparecen más que en los cuentos y que las historias que yo les cuento son mentiras de viajero.

Rand dejó de escuchar, pensando en Egwene y el resto. No le parecía justo que él se encontrara a salvo en el *Spray* cuando ellos todavía estaban a la intemperie en mitad de la noche. La cabina del capitán se le antojó menos acogedora que en un principio.

Advirtió, sorprendido, que Thom tiraba de él para hacerlo levantar. Después el juglar los empujó a él y a Mat hacia las escaleras, presentando disculpas al capitán Domon por la rudeza de esos patanes de campo. Rand subió sin decir nada.

Una vez que se hallaron en cubierta Thom miró en torno a sí para cerciorarse de que no podía escucharlo nadie.

—Podría haber pactado el pasaje por unas cuantas canciones e historias si no os hubierais dado tanta prisa en enseñar la plata —gruñó.

—No estoy tan seguro —replicó Mat—. Parecía que hablaba en serio al amenazarnos con tirarnos por la borda.

Rand caminó lentamente hacia la barandilla y se reclinó en ella para mirar el tramo de río, envuelto en sombras, que habían dejado atrás. No logró ver más que una masa oscura, sin distinguir siquiera los márgenes. Un minuto después, Thom le puso una mano en el hombro, pero él permaneció inmóvil.

—No puedes hacer nada al respecto, muchacho. Además, seguramente a estas horas estarán a buen recaudo con la..., con Moraine y Lan. ¿Se te ocurre algo mejor que ese par para dispersar a los trollocs?

—Yo intenté disuadirla de emprender este viaje —dijo Rand.

—Hiciste cuanto estuvo en tu mano, chico. Nadie podría exigirte más.

—Le dije que cuidaría de ella. Debería haberme esforzado más en ello. —El batir de los remos y el susurro de la jarcia componían una tétrica melodía—. Debería haberme esforzado más —musitó.

21

La voz del viento

Los primeros rayos de sol que se deslizaban sobre el río Arinelle se abrieron camino en la hondonada cercana a la orilla donde Nynaeve se hallaba recostada contra el tronco de un joven roble, sumida en las profundidades del sueño. Su caballo también dormía, con la cabeza gacha y las patas extendidas. Las riendas estaban atadas en la muñeca de la joven. Al rozar la luz del sol los párpados del animal, éste abrió los ojos, irguió la cabeza y tiró de las riendas. Nynaeve se despertó sobresaltada.

Por un momento fijó la vista; ignoraba dónde se hallaba; después miró con más vehemencia a su alrededor al recordarlo. No obstante, allí sólo había árboles, el caballo y un tapiz de hojas secas en el fondo de la depresión. En la parte más umbría, algunas setas componían anillos en el tronco de un árbol abatido.

—Que la Luz te proteja, mujer —murmuró, sobrecogida—, si no eres capaz de permanecer en vela ni una noche. —Desató las riendas y se frotó la muñeca mientras se incorporaba—. Podrías haberte despertado en una guarida de trollocs.

Las hojas muertas crujían bajo sus pies cuando trepó hacia la boca de la hondonada. Unos cuantos fresnos se alzaban entre ella y el río, con una corteza resquebrajada y un ramaje desnudo que les daba un aspecto de ser muerto. Tras ellos discurrían las aguas verdosas. Allí no había nadie, nadie. En la otra ribera crecían algunos sauces y abetos, pero la arboleda aparecía más clara que en el margen donde se encontraba. Si Moraine o alguno de los muchachos estaban allí, se habrían ocultado cuidadosamente. No había ningún motivo específico, por supuesto, para que hubieran debido cruzar, o intentado hacerlo, en un lugar que pudiera distinguirse desde donde se hallaba ella. Podían estar a diez millas de distancia, río arriba o abajo. «Suponiendo que estén vivos, después de lo de anoche.»

Furiosa consigo misma por admitir aquella posibilidad, volvió a bajar al hondón. Ni la Noche de Invierno ni la batalla anterior a la llegada a Shadar Logoth la habían preparado para lo vivido la noche pasada, para aquel ser, Mashadar; aquel frenético galope, en la ignorancia de si era la única superviviente y la incertidumbre de si habría de topar frente a frente con un Fado o con los trollocs. Había oído los gruñidos y los gritos de los trollocs en la lejanía y el estremecedor graznido de sus cuernos, que la habían helado con más furia de la que era capaz el viento, pero, aparte de aquel primer encuentro en las ruinas, únicamente los había visto en una ocasión, y sólo por espacio de unos minutos. Más de una decena de ellos habían aparecido como escupidos por la tierra a treinta espanes y se habían abalanzado de inmediato hacia ella, entre gritos y aullidos, blandiendo sus barras rematadas de ganchos. No obstante, cuando volvía grupas, guardaron silencio, enderezando los hocicos para husmear el aire. Contempló, demasiado perpleja para echar a correr, cómo se volvían y se desvanecían en la noche. Y aquello había sido lo que le había infundido más pavor.

—Reconocen el olor de la persona a quien buscan —dijo para sí, de pie en la depresión— y yo no soy esa persona. La Aes Sedai está en lo cierto, al parecer, tenga a bien el Pastor de la Noche engullirla en sus fauces.

Tras haber tomado una decisión, se dirigió al río, llevando al caballo del ronzal. Caminaba lentamente, escudriñando con cautela el bosque que la rodeaba; el hecho de que los trollocs no hubieran querido atraparla anoche no representaba que fueran a dejarla marchar si topaba de nuevo con ellos. Igual atención que al ramaje dedicaba al suelo que se extendía ante sus ojos, ya que, si los otros habían pasado cerca de ella de noche, podría advertir sus huellas, las cuales no distinguiría a caballo. Cabía la posibilidad, incluso, de que los encontrara dormidos. Y, si no lograba averiguar nada, el río la llevaría al cabo hasta Puente Blanco, de donde partía un camino hacia Caemlyn, y también podía proseguir hasta Tar Valon si fuera necesario.

Aquella perspectiva no estaba lejos de desalentarla. Anteriormente no había viajado a más distancia de Campo de Emond que los chicos. Embarcadero de Taren le había parecido un lugar extraño; Baerlon la habría inducido a contemplarla extasiada si no hubiera estado tan decidida a encontrar a Egwene y a los demás. Sin embargo, no permitió que nada de ello le debilitara el ánimo. Tarde o temprano se reuniría con Egwene y los muchachos, o hallaría la manera de obligar a la Aes Sedai a dar cuenta de lo que les había ocurrido. Una de dos, se juró a sí misma.

A intervalos percibía huellas, cantidad de ellas, pero, por lo general, a pesar de sus esfuerzos, no conseguía descubrir si eran de exploradores, perseguidores o perseguidos. Algunas eran marcas de botas que tanto habrían podido ser de humanos como de trollocs. Otras eran de pezuñas, similares a las de las cabras y bueyes, las cuales eran, sin duda, el rastro dejado por los trollocs. Pero no halló ningún indicio del que pudiera extraer la conclusión de que allí habían estado las personas que buscaba.

Habría andado unos cuatro millas cuando el viento acarreó hasta ella el olor de leña quemada. Éste procedía de un punto no muy alejado, en la misma dirección que el curso de la corriente, a su juicio. Titubeó sólo un momento antes de atar el caballo a un abeto de un bosquecillo de árboles de hoja perenne, a cierta distancia del río, que escondería la presencia del animal. El humo podía indicar la proximidad de trollocs, pero no había modo de averiguarlo desde allí. Procuró no pensar en la utilización que podían dar los trollocs a una fogata.

Encorvada, se deslizó entre los árboles; maldijo las faldas que debía arremangarse para no tropezar. Los vestidos no estaban hechos para moverse con eficacia. El sonido de los cascos de un caballo la hizo detenerse y, cuando se asomó cautelosa tras el tronco de un fresno, el Guardián desmontaba de su semental negro en un pequeño claro de la ribera. La Aes Sedai estaba sentada en un tronco junto a una pequeña hoguera donde comenzaba a hervir el agua en un cazo. Su yegua blanca pacía a sus espaldas la escasa hierba. Nynaeve se quedó quieta.

—Han desaparecido todos —anunció sombríamente Lan—. Cuatro Semihombres partieron rumbo sur antes del alba, por lo que he podido distinguir del borroso rastro que dejan, pero los trollocs se han esfumado. Incluso los muertos, aunque los trollocs no tienen precisamente fama de llevarse los cadáveres de sus compañeros. A menos que estén hambrientos.

Moraine arrojó un puñado de hierbas al agua.

—Siempre cabe pensar que han regresado en masa a Shadar Logoth y que sus ruinas se los han tragado, pero eso sería desear demasiado.

El delicioso olor del té llegó hasta Nynaeve. «Luz, no permitas que me ruja el estómago.»

—No había ningún rastro claro de los muchachos ni de los demás. Las huellas están demasiado confusas para sacar conclusión alguna. —Nynaeve sonrió en su escondrijo; tomaba como una justificación propia el fracaso del Guardián—. Pero esto es importante —continuó Lan, frunciendo el entrecejo. Después rehusó con un gesto el té que le ofrecía la Aes Sedai y empezó a caminar de arriba abajo con una mano en el puño de la espada; producía un viraje de colores en su capa cada vez que daba la vuelta—. Puedo comprender que los trollocs fueran a Dos Ríos, incluso que hubiera un centenar. ¿Pero esto? Ayer debían de ser un millar en pos de nosotros.

—Fuimos afortunados de que no se quedaran todos para registrar Shadar Logoth. Los Myrddraal no debían de creer que nos hubiéramos refugiado allí, pero temían regresar a Shayol Ghul sin haber agotado hasta las más mínimas posibilidades. El Oscuro no ha sido nunca un amo condescendiente.

—No intentes esquivar la cuestión. Sabes muy bien a qué me refiero. Si querían mandar a ese millar de trollocs a Dos Ríos, ¿por qué no lo hicieron? Sólo existe una respuesta, los enviaron después de que atravesásemos el Taren, cuando resultó evidente que un Myrddraal y cien trollocs no eran suficientes. ¿Cómo? ¿Cómo lograron hacerlos llegar hasta aquí? Si es posible trasladar a una centena de trollocs a tanta distancia de La Llaga y con tanta rapidez, inadvertidos, por no mencionar el viaje de regreso, ¿es factible hacer que un millar de ellos llegue al corazón de Saldaea, Arafel o Shienar? Las Tierras Fronterizas podrían verse desbordadas en espacio de un año.

—La totalidad del mundo se verá desbordada en un lustro si no encontramos a esos chicos —respondió simplemente Moraine—. La misma pregunta me inquieta a mí, pero no dispongo de respuesta a ella. Los Atajos están cerrados y no ha habido ninguna Aes Sedai tan poderosa para aventurarse en ellos desde la Época de Locura. A menos que alguno de los Renegados ande suelto, lo cual no quiera que suceda jamás la Luz, no existe nadie que pueda viajar a través de ellos. Sea como sea, no creo que ni todos los Renegados juntos fueran capaces de transportar a un millar de trollocs. Ahora debemos ocuparnos del problema inmediato; lo demás deberá aguardar.

—Los muchachos —fue la constatación del Guardián.

—No he perdido el tiempo mientras estabas ausente. Uno está al otro lado del río, vivo. Respecto a los otros, había un leve rastro río abajo, pero se desvaneció nada más hallarlo. El vínculo se había quebrado horas antes de que yo iniciara la búsqueda.

Agazapada tras el árbol, Nynaeve estaba desconcertada.

—¿Opinas que los Semihombres que iban hacia el sur los han apresado? —inquirió Lan.

—Tal vez. —Moraine se sirvió una taza de té antes de proseguir—. Pero no admitiré la posibilidad de que estén muertos. No quiero ni oso hacerlo. Sabes bien lo que está en juego. Debo encontrarlos. Estoy segura de que los moradores de Shayol Ghul irán tras ellos. Es posible que haya de sufrir contratiempos con la Torre Blanca, incluso con la Sede Amyrlin. Siempre hay Aes Sedai que sólo aceptan una solución, pero... —Súbitamente, depositó la taza en el suelo y se enderezó con una mueca—. Si concentras demasiado tu atención en el lobo —murmuró—, el ratón te morderá el tobillo. —Entonces dirigió directamente la mirada al árbol tras el que se escondía Nynaeve—. Señora al'Meara, podéis salir de ahí, si lo deseáis.

Nynaeve se incorporó y sacudió deprisa las hojas secas que se habían adherido al vestido. Lan se había girado hacia el árbol tan pronto como Moraine hubo movido los ojos y antes de que hubiera terminado de pronunciar el apellido de Nynaeve, ya tenía la espada en la mano. Ahora la envainó con más fuerza de la que era estrictamente necesaria. Su rostro estaba tan inexpresivo como siempre, pero Nynaeve creyó advertir un asomo de pesar en la línea de sus labios. Sintió un acceso de satisfacción; al menos el Guardián no había detectado su presencia.

Su satisfacción fue breve, no obstante. Clavó los ojos en Moraine y caminó hacia ella. Quería guardar la calma, pero su voz tembló de rabia.

—¿En qué embrollo habéis metido a Egwene y a los chicos? ¿Qué detestable urdimbre de Aes Sedai estáis planeando para utilizarlos?

La Aes Sedai asió la taza y tomó tranquilamente un sorbo de té. Sin embargo, cuando Nynaeve se halló bastante cerca, Lan alargó un brazo para contenerla. La joven trató de apartar el obstáculo y quedó sorprendida al advertir que el brazo del Guardián permanecía igual de inflexible que la rama de un roble. Ella no era frágil, pero los músculos del hombre poseían la misma dureza del hierro.

—¿Té? —ofreció Moraine.

—No, no quiero té. No bebería vuestro té aunque estuviera muriéndome de sed. No vais a utilizar a ningún lugareño de Campo de Emond en vuestras sucias artimañas.

—No estáis en buenas condiciones de hablar, Zahorí. —Moraine prestaba más interés por el té que por lo que decía—. Vos misma podréis esgrimir el Poder Único, después de alguna práctica.

Nynaeve empujó de nuevo el brazo de Lan. Comoquiera que éste no se movió ni un ápice, prefirió no hacer caso de él.

—¿Y por qué no intentáis hacerme creer que soy un trolloc?

Moraine esbozó una sonrisa tan apacible que Nynaeve sintió deseos de golpearla.

—¿Pensáis que puedo permanecer ante una mujer capaz de entrar en contacto con la Fuente Verdadera y encauzar el Poder, aun cuando sólo sea de forma fortuita, sin saber qué es? De la misma manera que vos intuisteis el potencial de Egwene. ¿Cómo creéis que he sabido que estabais detrás del árbol? Si no hubiera estado distraída, lo habría captado en el mismo instante en que os habéis aproximado. Por cierto no sois un trolloc, para que haya detectado en vos la maldad del Oscuro. ¿Qué es entonces lo que he percibido, Nynaeve al'Meara, Zahorí de Campo de Emond y receptora inconsciente del Poder Único?

Lan observaba a Nynaeve de un modo que a ella no le resultaba grato; sorprendido y especulativo, a su juicio, aunque en su semblante no se habían alterado más que los ojos. Egwene era especial, siempre lo había sabido. Egwene sería una buena Zahorí. «Están confabulados», pensó, «para hacerme perder el aplomo.»

—No estoy dispuesta a escuchar estas patrañas. Vos...

—Debéis escuchar —la instó con firmeza Moraine—. Ya tenía sospechas al respecto en Campo de Emond incluso antes de conoceros. La gente me explicaba lo disgustada que estaba la Zahorí por no haber previsto el crudo invierno y el retraso de la primavera, al tiempo que alababan su buen tino para predecir el tiempo y la cuantía de las cosechas. También me hablaron de su pericia para realizar las curas, de la manera como sanaba heridas que de otro modo se habrían gangrenado, con tanta eficacia que apenas quedaba de ellas una cicatriz. El único comentario peyorativo que oí expresar acerca de vuestra persona fue de aquellos que os consideraban demasiado joven para cargar con tanta responsabilidad y ello únicamente sirvió para avivar mis sospechas. Tanta eficacia en alguien tan joven...

—La señora Barran me enseñó muy bien. —Intentó desviar la mirada hacia Lan, pero sus ojos incrementaban la incomodidad que experimentaba, de modo que dirigió la vista hacia el cauce por encima de la Aes Sedai. «¡Cómo se atreven los del pueblo a contarle habladurías a un extraño!»

—¿Quién ha dicho que era demasiado joven? —preguntó.

Moraine sonrió, negándose a abandonar el hilo de su discurso.

—Al contrario de la mayoría de las mujeres que pretenden escuchar el viento, vos lo hacéis de veras en ocasiones. Oh, no es que ello guarde ninguna relación con el viento, por supuesto. Tiene que ver con el aire y el agua. No es ello algo para lo que precisarais de enseñanza, sino que nació con vos, de la misma manera que es un don innato en Egwene. Pero vos habéis aprendido a controlarlo, lo cual ella no es capaz de hacer todavía. Dos minutos después de haberos conocido, ya tenía la certeza. ¿Recordáis cuán imprevistamente os pregunté si erais la Zahorí? ¿Por qué creéis que lo hice? No había nada en vos que os diferenciase de cualquier bonita joven que se preparaba para los festejos. Aun sabiendo que la Zahorí era joven, esperaba encontrarme con alguien que os doblase la edad.

Nynaeve recordaba demasiado bien aquel encuentro; aquella mujer, con más dominio de sí misma que cualquiera de las integrantes del Círculo, ataviada con un vestido cuya hermosura no era equiparable a ninguno de los que había visto antes, que se había dirigido a ella llamándola niña. Después Moraine había pestañeado súbitamente como si algo la hubiera sorprendido y le había formulado la pregunta...

Se lamió los labios repentinamente secos. Los dos la miraban, el Guardián con rostro tan impenetrable como una piedra y la Aes Sedai con expresión comprensiva, pero atenta a la vez. Nynaeve sacudió la cabeza.

—¡No! No, no es posible. Lo habría notado yo misma. Intentáis engañarme y no lo conseguiréis.

—Desde luego que no lo habéis notado —respondió con voz tranquilizadora Moraine—. ¿Por qué deberíais haberlo sospechado? Durante toda vuestra vida habéis oído decir que eso era escuchar el viento. En todo caso, antes os avendríais a anunciar a todo Campo de Emond que erais un Amigo Siniestro que a admitir, aun en lo más recóndito de vuestra mente, que tenéis algo que ver con el Poder Único o con las temidas Aes Sedai. —Una mirada divertida flotó en los ojos de Moraine—. Sin embargo, yo puedo indicaros cómo se produjo el comienzo.

—No quiero oír más embustes —replicó, sin lograr efecto en la Aes Sedai.

—Tal vez hace ocho o diez años (la edad varía, pero siempre se da en época temprana) deseasteis algo con mayor fervor que nunca, algo que implicaba una necesidad. Y lo conseguisteis. Una rama que cayera de improviso para poder agarraros a ella en lugar de ahogaros, un amigo o un animal doméstico que se recobrara de una dolencia de la que todos creían que no iba a sanar.

»En ese momento no notasteis nada, pero una semana o diez días después sufristeis la primera reacción como consecuencia de haber estado en contacto con la Fuente Verdadera. Quizás una fiebre y escalofríos experimentados de improviso que os postraron en la cama para desaparecer a las pocas horas. Ninguna de las reacciones, que pueden adoptar diversas formas, dura más de unas horas. Dolor de cabeza, entumecimiento y alegría entremezclados y un afán de buscar el peligro o una actitud atolondrada. Un acceso de vértigo que os hiciera tropezar o tambalearos al intentar moveros, o una inexplicable torpeza en la lengua que os impidiera pronunciar una frase entera. Existen otros síntomas. ¿Reconocéis alguno?

Nynaeve se sentó en el suelo; sus piernas no la sostenían. Recordaba algo, pero aun así su cabeza respondió con una negativa. Tenía que ser una coincidencia, o Moraine había hecho más preguntas en Campo de Emond de las que ella creía. La Aes Sedai había preguntado muchas cosas. Tenía que ser eso. Lan le ofreció la mano, pero ella no lo advirtió siquiera.

—Os diré más —continuó Moraine, ante el silencio de Nynaeve—. Utilizasteis en algún momento el Poder Único para curar a Perrin o a Egwene. Como consecuencia de ello se desarrolla una afinidad, gracias a la cual puede detectarse la presencia de alguien a quien se ha devuelto la salud. En Baerlon fuisteis directamente a El Ciervo y el León, a pesar de que aquélla no era la posada más próxima a la puerta por la que habíais entrado. Egwene y Perrin eran los únicos de Campo de Emond que se encontraban allí cuando llegasteis. ¿Era Perrin o Egwene? ¿O ambos?

—Egwene —murmuró Nynaeve.

Siempre le había parecido normal el hecho de que en ocasiones pudiera augurar quién se aproximaba sin haberlo visto; hasta entonces no había reparado en que siempre se trataba de alguien en quien sus curas habían surtido un efecto casi milagroso. Además, siempre había sabido cuándo sus remedios actuarían de un modo espectacular, al igual que siempre experimentó una certeza absoluta al predecir una cosecha o que las lluvias serían tempranas o tardías. Siempre consideró aquello como algo natural. No todas las Zahoríes podían escuchar el viento, pero las mejores sí tenían esa capacidad. Eso era lo que decía siempre la señora Barran, quien pronosticaba que Nynaeve sería una de las mejores.

—Tenía fiebre reumática. —Mantenía la cabeza abatida, hablando en dirección al suelo—. Yo todavía era aprendiza de la señora Barran y ella me había enviado a atender a Egwene. Yo era muy joven y no sabía que la Zahorí tenía completamente bajo control la enfermedad. Es terrible presenciar los accesos de fiebre. La pequeña estaba empapada en sudor y gemía y se revolvía de tal manera que llegué a preguntarme por qué no oía crujir sus huesos. La señora Barran me había dicho que la fiebre remitiría al cabo de un día, de dos a lo sumo, pero yo pensé que lo decía para tranquilizarme. Creí que Egwene estaba agonizando. Solía cuidar de ella cuando era una niñita que comenzaba a dar sus primeros pasos, cuando su madre estaba ocupada, y me eché a llorar porque iba a ver cómo moría delante de mí. Cuando la señora Barran regresó al cabo de una hora, la fiebre había cedido. Aquello la sorprendió, pero me dedicó más atenciones a mí que a Egwene. Siempre creí que ella había pensado que le había dado algo a Egwene y temía confesarlo. Tuve la sensación de que trataba de consolarme, de asegurarse de que yo tuviera la convicción de que no le había causado ningún daño a Egwene. Una semana más tarde me desplomé en el piso de la sala de su casa, con convulsiones y fiebres. Me llevó a la cama, pero a la hora de la cena ya estaba recuperada.

Al terminar de hablar, hundió la cabeza entre las manos. «La Aes Sedai ha escogido un buen ejemplo», pensó. «¡Así la fulmine la Luz! ¡Usar el Poder Único como una Aes Sedai, una repugnante Aes Sedai!»

—Tuvisteis mucha suerte —sentenció Moraine.

Nynaeve se irguió al oír aquello. Lan retrocedió unos pasos, como si el tema de conversación no fuera asunto que le concerniera, y se concentró en arreglar la silla de *Mandarb* sin dirigirle siquiera una mirada.

—¡Suerte!

—Habéis logrado ejercer un rudimentario control sobre el Poder, aun cuando el acceso a la Fuente Verdadera se produjese de un modo fortuito. De no ser así, su fuerza habría acabado con vos. Como lo hará seguramente con Egwene si conseguís impedir que vaya a Tar Valon.

—Si yo aprendí a controlarlo... —Nynaeve tragó saliva. Aquello era como admitir una vez más que sus actos se ajustaban a las previsiones de la Aes Sedai—. Si yo aprendí a controlarlo, también puede hacerlo ella. No tiene ninguna necesidad de ir a Tar Valon y verse involucrada en vuestras intrigas.

Moraine sacudió lentamente la cabeza.

—Las Aes Sedai buscan muchachas capaces de entrar espontáneamente en contacto con la Fuente Verdadera con tanta asiduidad como lo hacen con los hombres que poseen dicha facultad. Lo que nos mueve a hacerlo no es el deseo de incrementar nuestro número, o al menos no de manera exclusiva, sino el temor de que esas mujeres hagan un uso equivocado del Poder. El rudimentario manejo del Poder que alcanzan a adquirir, si la Luz está con ellas, llega en contadas ocasiones a provocar grandes daños, dado que el contacto real con la Fuente sin disponer de enseñanzas no se produce en respuesta a un acto voluntario y por lo tanto su frecuencia es escasa. Y, por supuesto, ellas no se ven aquejadas de la enajenación que induce a los hombres a acciones malignas o tortuosas. Queremos salvarles la vida, la vida de aquellas que no llegan a adquirir ninguna clase de control.

—La fiebre y los escalofríos que yo tuve no hubieran matado a nadie —insistió Nynaeve—. No en tres o cuatro horas. También experimenté los otros síntomas, los cuales no ocasionarían tampoco la muerte a ninguna persona. Y luego cesaron al cabo de pocos meses. ¿Qué me decís de ello?

—Eso eran sólo reacciones —aclaró paciente Moraine—. Cada vez, la reacción se aproxima más al contacto real con la Fuente, hasta que ambas se producen casi de manera simultánea. Después de eso, ya no se observan reacciones perceptibles, pero es como si se hubiera puesto en marcha un reloj. Un año, dos años. Conozco a una mujer que duró cinco años. De cada cuatro poseedoras de la capacidad innata que poseéis vos y Egwene, tres mueren si no las localizamos nosotras y les aportamos nuestra guía. No es una muerte tan horrible como la que padecen los hombres, pero tampoco agradable, suponiendo que algún tipo de muerte pueda describirse como tal. Convulsiones, gritos... El proceso dura varios días y una vez que se ha iniciado no hay nada que pueda atajarlo, ni los esfuerzos conjuntos de todas las Aes Sedai de Tar Valon.

—Estáis mintiendo. Todas estas preguntas que formulasteis en Campo de Emond os dieron información sobre el receso de la fiebre de Egwene y sobre la fiebre y los escalofríos que tuve yo. Todo esto es una invención basada en esas averiguaciones.

—Sabéis bien que no es cierto —replicó con suavidad Moraine.

Muy a su pesar, más del que había sentido en toda su vida para hacer algo, Nynaeve asintió con la cabeza. Había realizado un último y obstinado esfuerzo para negar lo que era evidente, y aquello no conducía a nada, por más enojoso que fuera reconocerlo. La primera aprendiza de la señora Barran había fallecido de la manera descrita por la Aes Sedai cuando Nynaeve todavía jugaba a las muñecas y lo mismo le había ocurrido a una mujer de Deven Ride hacía pocos años. Ella también había sido una aprendiza de Zahorí, una de las elegidas que podían interpretar la voz del viento.

—Vos disponéis de un gran potencial, en mi opinión —prosiguió Moraine—. Con una formación adecuada podríais llegar a poseer mayor poder que Egwene, y creo que ella puede convertirse en una de las Aes Sedai más poderosas que han existido en los últimos siglos.

Nynaeve se apartó de la Aes Sedai como lo hubiera hecho de una serpiente.

—¡No! Yo no tengo nada que ver con... —«¿Con qué? ¿Conmigo misma?» Su ánimo decayó de pronto y su voz se tornó vacilante—. Quisiera pediros que no habléis con nadie de esto, por favor. —Aquella palabra casi se le atragantó. habría preferido ver aparecer a los trollocs a verse en la necesidad de rogar a aquella mujer. Sin embargo, Moraine se limitó a asentir con aire ausente, lo cual le devolvió parte de su arrojo.

—Esto no explica, en todo caso, qué es lo que queréis de Rand, Mat y Perrin.

—El Oscuro quiere hacerse con ellos —respondió Moraine—. Yo opongo resistencia a cualquier designio del Oscuro. ¿Existe acaso una razón más simple, o mejor? —Terminó el té, mirando a Nynaeve por encima de la taza—. Lan, debemos partir. Hacia el sur, creo. Me temo que la Zahorí no nos acompañará.

Nynaeve frunció los labios al advertir la manera como pronunció la Aes Sedai la palabra «Zahorí», una manera que daba a entender que estaba dando la espalda a grandes obras por algo mezquino. «No quiere que vaya con ellos. Procura acorralarme para que regrese a casa y no interfiera en su manipulación de los muchachos.»

—Oh, sí, iré con vosotros. No podéis impedírmelo.

—Nadie intentará hacerlo —replicó Lan al reunirse con ellas. Después vació el cazo sobre el fuego y removió las cenizas con un palo—. ¿Una parte del Entramado? —preguntó a Moraine.

—Tal vez sí —repuso ésta, pensativa—. Debí haber hablado de nuevo con Min.

—Como podéis ver, Nynaeve, vuestra compañía es bien recibida.

Hubo un leve titubeo en el modo como Lan expresó su nombre, un indicio del aditamento «Sedai» que no llegó a franquear sus labios.

Nynaeve se enfureció, tomándolo como una burla, e igual enojo le produjo la forma en que los dos hablaban delante de ella —de cosas de las que no comprendía nada— sin tener la cortesía de brindarle la más mínima explicación. No obstante, no estaba dispuesta a darles la satisfacción de preguntar. El Guardián continuó con los preparativos de la partida, con movimientos tan concretos, seguros y rápidos que al poco las albardas, las mantas y todo el equipaje se hallaban ya detrás de las sillas de *Mandarb* y *Aldieb*.

—Iré a buscar vuestro caballo —dijo a Nynaeve, una vez que hubo terminado.

Se encaminó hacia la ribera, mientras Nynaeve esbozaba una tenue sonrisa. Después de que ella hubiera estado observándolo sin haberlo advertido, quería encontrar su caballo sin que ella le diera ninguna referencia. Ya se daría cuenta del poco rastro que dejaba ella cuando caminaba furtivamente. Sería un placer verlo aparecer con las manos vacías.

—¿Por qué en dirección sur? —preguntó a Moraine—. He oído que decíais que uno de los chicos está al otro lado del río. ¿Cómo lo sabéis?

—Les di un objeto simbólico a cada uno de ellos, el cual crea una especie de vínculo entre ellos y yo. Mientras permanezcan con vida o conserven esas monedas en su poder, estaré en condiciones de localizarlos.

—Nynaeve volvió la vista hacia el lugar por donde se había alejado el Guardián—. No es lo mismo. Eso sólo me permite descubrir si están vivos y encontrarlos en caso de separación. Una muestra de prudencia, bajo las presentes circunstancias, ¿no os parece?

—Desapruebo cualquier cosa que os conecte con la gente de Campo de Emond —contestó Nynaeve—. Pero, si va a servir para buscarlos...

—Servirá. Iría primero en busca del joven que está al otro lado del río, si pudiera. —Por un momento, la frustración se hizo patente en la voz de la Aes Sedai—. Se encuentra a pocas millas de distancia. Él encontrará a buen seguro la manera de llegar a Puente Blanco, ahora que se han marchado los trollocs. Los otros dos que se fueron río abajo necesitan con más urgencia mi ayuda. Han perdido las monedas, y puede que los Myrddraal estén persiguiéndolos si no han decidido interceptarnos el paso en Puente Blanco. —Exhaló un suspiro—. Primero debo atender a quien más lo necesita.

—Los Myrddraal podrían..., podrían haberlos matado —apuntó Nynaeve.

Moraine sacudió levemente la cabeza, rechazando la sugerencia como si fuera algo demasiado trivial para tenerla en cuenta. Nynaeve apretó los labios con fuerza.

—¿Y dónde está Egwene? Aún no la habéis mencionado.

—No lo sé —admitió Moraine—, pero confío en que esté a buen recaudo.

—¿Que no lo sabéis? ¿Que simplemente confiáis? ¡Tanto hablar de que la llevabais a Tar Valon para salvarle la vida y ahora mismo podría estar muerta!

—Si la buscara a ella ahora, no haría más que regalar un tiempo preciso a los Myrddraal antes de prestar mi asistencia a los dos muchachos que han ido hacia el sur. Es a ellos a quienes quiere el Oscuro, no a Egwene. No se preocuparán de atrapar a Egwene mientras su verdadera presa conserve la libertad.

Nynaeve recordó su encuentro con los trollocs, pero se negó, no obstante, a otorgar la razón a la Aes Sedai.

—De modo que lo más halagüeño que podéis afirmar es que, con suerte, tal vez esté viva, y quizá sola, asustada, incluso herida, a días de camino desde el pueblo más cercano y sin nadie que pueda socorrerla aparte de nosotros. Y tenéis la desfachatez de abandonarla a su suerte.

—Cabe la posibilidad de que esté con el chico que se halla en la otra orilla, o dirigiéndose a Puente Blanco en compañía de los otros dos. De todas maneras, ahora ya no hay trollocs aquí y ella es fuerte, inteligente y está perfectamente capacitada para viajar hasta Puente Blanco a solas, en caso necesario. ¿Preferís que nos quedemos basándonos en la posibilidad de que ella necesite ayuda, o que vayamos a atender a los que sabemos con certeza enfrentados a a un peligro? ¿Querríais que fuera en su busca, dejando que se alejen los muchachos, y los Myrddraal que sin duda los acosan? A pesar de mis fervientes deseos de que Egwene se encuentre a salvo, Nynaeve, yo libro un combate con el Oscuro, y por el momento eso es lo que dicta mis actos.

Moraine no abandonó en ningún momento la calma mientras iba desgranando aquellas horribles alternativas. Nynaeve sentía ganas de gritar. Parpadeaba para contener las lágrimas, y volvió la cabeza para ocultar su turbación. «Oh, Luz, una Zahorí debe cuidar de toda la gente que depende de ella. ¿Por qué tengo yo que elegir de esta manera?»

—Ahí viene Lan —anunció Moraine, y se puso en pie.

Para Nynaeve sólo fue una imagen borrosa la del Guardián cuando salía de la arboleda conduciendo a su caballo. Sus mandíbulas se contrajeron cuando éste le tendió las riendas. Habría representado un estímulo para ella percibir aunque sólo fuera la más leve traza de triunfo en su semblante en lugar de aquella pétrea e insufrible impavidez. El Guardián abrió los ojos al mirarla a la cara y ella se volvió para enjugar las lágrimas que le corrían por las mejillas. «¡Cómo se atreve a mofarse de mi llanto!»

—¿Vais a venir, Zahorí? —inquirió con frialdad Moraine.

Después de hacer un lento recorrido con la mirada por el bosque, preguntándose si Egwene estaría todavía allí, montó con tristeza. Lan y Moraine ya hacían girar grupas a sus caballos. La Aes Sedai demostraba gran confianza en su poder y en sus planes, caviló, pero, si no encontraban a Egwene y a los muchachos, a todos, vivos e ilesos, ni su propio poder bastaría para protegerla. Ni todo el Poder. «¡Yo puedo utilizarlo, mujer! Tú misma lo has dicho. ¡Puedo utilizarlo contra ti!»

22

LA SENDA ELEGIDA

En una pequeña agrupación de árboles, bajo un montón de ramas de cedro rudamente cortadas en la oscuridad, Perrin durmió hasta bien entrado el día. Fueron las agujas del cedro, que le atravesaban las ropas aún mojadas, las que lo hicieron despertar finalmente a pesar de su extenuación. Abrió los ojos con la mente todavía habitada por un sueño en el que se hallaba en Campo de Emond, trabajando en la herrería de maese Luhhan, y, aún confuso, miró el ramaje de olor dulce que le cubría la cara, a través del cual se filtraban los rayos del sol.

La mayoría de las ramas cayeron cuando se sentó, perplejo, pero algunas permanecieron colgadas de su espalda e incluso de su cabeza, confiriéndole un aspecto arbóreo. Campo de Emond se difuminó al recobrar la memoria del tiempo reciente, de una manera tan vívida que por un instante la noche anterior le pareció más real que todo cuanto lo rodeaba.

Angustiado y sin aliento, recogió el hacha y la aferró con ambas manos, al tiempo que escrutaba minuciosamente el entorno, conteniendo la respiración. Todo estaba inmóvil. La mañana era fría y plácida. Suponiendo que hubiera trollocs en la ribera este del Arinelle, no parecían estar en las proximidades. Inspiró profundamente, bajó el hacha, y aguardó un momento a que su corazón dejara de latir con tanto apremio.

El bosquecillo de árboles de hoja perenne que lo circundaba era el primer resguardo que había encontrado la noche anterior. Su espesura no era suficiente para disimular su presencia si se levantaba. Tras deshacerse del resto de su espinosa manta, avanzó a gatas hasta la linde del soto, donde permaneció tumbado, examinando las márgenes del río mientras se rascaba los puntos que habían soportado los pinchazos de las agujas.

Las ráfagas de viento de la víspera habían cedido paso a una silenciosa brisa que apenas agitaba la superficie del agua. El río fluía, apacible y solitario. Y amplio. A buen seguro demasiado ancho y profundo para que lo hubieran atravesado los Fados. La otra orilla estaba profundamente poblada de árboles hasta donde alcanzaba su vista. Sin lugar a dudas, no había allí nada que se moviera.

No estaba seguro de alegrarse de ello. Podía prescindir de la proximidad de Fados y trollocs, aunque estuvieran en la otra ribera, pero una surtida lista de preocupaciones se habría desvanecido con la aparición de la Aes Sedai o el Guardián o, mejor aún, cualquiera de sus amigos. «Si los deseos fueran alas, las ovejas volarían.» Aquél era el dicho preferido de la señora Luhhan.

No había visto rastros de su caballo desde que se precipitó por el acantilado, pero, aunque esperaba que hubiera salido a nado del río, aquello no lo inquietaba, pues estaba habituado a caminar y sus botas eran resistentes y tenían buenas suelas.

No tenía nada que llevarse a la boca, pero la onda que colgaba de su pecho o el lazo que llevaba en el bolsillo le permitirían dar caza a algún conejo. El pedernal había quedado en sus alforjas, pero los cedros lo proveerían de yesca para encender fuego con un poco de esfuerzo.

Se estremeció al penetrar la brisa en su escondrijo. Su capa debía de flotar en algún punto del río y la chaqueta y demás prendas estaban todavía húmedas después del chapuzón. La fatiga le había impedido notar el frío durante la noche, pero ahora sentía cómo éste le mordía las carnes. A pesar de ello, no se decidió a colgar la ropa en las ramas para secarla. Aun cuando el día no era frío, no era, ni con mucho, cálido.

Todo era cuestión de tiempo, concluyó con un suspiro. La ropa estaría seca al cabo de un rato y el conejo y el fuego para asarlo llegarían también sin gran demora. Al sentir los rugidos de su estómago, creyó preferible no pensar en la comida por el momento. Cada cosa a su tiempo, y primero la más importante. Aquél era su lema.

Siguió con la mirada la caudalosa corriente del Arinelle. Él nadaba mejor que Egwene. Si ella había conseguido atravesarlo... No, no podía ser de otro modo. El lugar donde había cruzado debía de hallarse más abajo. Repiqueteó en el suelo con los dedos, ponderando y reflexionando.

Una vez tomada la decisión, asió el hacha y partió sin perder ni un minuto río abajo.

Aquel lado del cauce no era tan boscoso. Las agrupaciones de árboles formaban manchas en un terreno que se cubriría de pastos si la primavera se decidía a llegar. Algunos eran lo bastante grandes para recibir el nombre de bosquecillos, con ringleras de ejemplares de hoja perenne entre los desnudos fresnos, alisos y olmos. Más abajo la arboleda era más escasa. Aquello apenas lo resguardaría de las miradas, pero era la única protección de que disponía.

Entre soto y soto, corría agazapado, y en la espesura se tumbaba en el suelo para escrutar ambas orillas del río. El Guardián había dicho que éste representaba una barrera para los Fados y los trollocs, pero ¿sería ello cierto? Tal vez si lo veían, se sobrepondrían a su aversión al agua. Por consiguiente, vigilaba atento detrás de los árboles y avanzaba encorvado entre ellos, como una flecha.

Recorrió varias millas de aquella manera, por ráfagas, hasta que de pronto, a mitad de camino hacia un atractivo bosquecillo de sauces, soltó un gruñido y se quedó paralizado al examinar el suelo. En la pardusca alfombra de los pastizales del año anterior se extendían retazos de tierra desnuda, y en medio de uno de ellos, justo debajo de él, había una huella claramente identificable. Una lenta sonrisa atravesó su rostro. Había trollocs que tenían pezuñas, pero dudaba mucho de que alguno llevara herraduras, y más aún herraduras con la doble barra que maese Luhhan les añadía para conferirles más resistencia.

Olvidado de posibles ojos que vigilaran desde la otra orilla, avanzó con intención de hallar el rastro. El tapiz de hierba seca apenas si quedaba modificado por las pisadas, pero, a pesar de ello, su penetrante visión las distinguió. Las borrosas huellas lo condujeron a una densa arboleda de pinos y cedros, más alejada del río, que formaba un muro de protección contra el viento o posibles miradas.

Todavía sonriente se abrió paso entre el ramaje sin preocuparse del ruido provocado. De pronto se encontró en un pequeño claro, en cuya entrada se detuvo. Detrás de una fogata, Egwene se acurrucaba con semblante sombrío, con una gruesa rama esgrimida a modo de garrote y la espalda guardada por el flanco de *Bela*.

—Me parece que debí haberte llamado —dijo avergonzado.

La muchacha dejó su improvisada arma en el suelo y corrió a precipitarse en sus brazos.

—Creí que te habías ahogado. Aún estás mojado. Ven, siéntate junto al fuego y caliéntate. Has perdido el caballo, ¿no?

Perrin la dejó que lo empujase hacia el fuego, sobre el cual se frotó las manos, fortalecido por su calor. Egwene sacó un paquete grasiento de una alforja y le dio un pedazo de pan con queso. El envoltorio estaba tan apretado que el agua no había penetrado hasta los alimentos. «Tanto preocuparte por ella, y resulta que se las ha arreglado mucho mejor que tú.»

—*Bela* cruzó la corriente —explicó Egwene, mientras palmeaba el peludo cuero de la yegua—. Ella me alejó de los trollocs y me llevó a cuestas. —Hizo una pausa—. No he visto a nadie más, Perrin.

Comprendió la pregunta que no había acabado de especificar. Miró pesaroso el paquete que la muchacha envolvía de nuevo y se lamió los restos de comida pegados en los dedos antes de responder.

—Desde anoche yo tampoco he visto a nadie aparte de ti. Ni siquiera Fados o trollocs.

—No puede haberle ocurrido nada a Rand —dijo, para añadir deprisa—: Ni a los demás. No puede ser de otro modo. De seguro estarán buscándonos y nos encontrarán de un momento a otro. Después de todo, Moraine es una Aes Sedai.

—No paréis de recordármelo —protestó Perrin—. Que me aspen si no desearía olvidar que lo es.

—No te oí quejarte cuando ella evitó que nos dieran caza los trollocs —arguyó Egwene con causticidad.

—Mi único deseo es que pudiéramos salir adelante sin su ayuda. —Se revolvió, incómodo, ante la firmeza de la mirada de ella—. Sin embargo, supongo que eso no es factible. He estado pensando. —La muchacha enarcó las cejas, pero él ya estaba acostumbrado a tales muestras de sorpresa siempre que anunciaba que había concebido una idea. Aun cuando sus ideas fueran tan acertadas como las suyas, no olvidaban nunca la deliberación con que las forjaba—. Podemos esperar hasta que Lan y Moraine nos localicen.

—Desde luego —replicó Egwene—. Moraine Sedai dijo que nos encontraría en caso de que nos dispersáramos.

Perrin dejó que terminase de hablar antes de proseguir.

—También podrían localizarnos los trollocs antes. Y hasta cabe la posibilidad de que Moraine esté muerta, y los demás también. No, Egwene. Lo siento, pero no tenemos ninguna prueba. Espero que estén a salvo, y que se acerquen al fuego dentro de un minuto. Pero la esperanza es una hebra de la cuerda que te mantiene a flote cuando corres peligro de ahogarte; ella sola no basta para sacarte del agua.

Egwene cerró la boca y lo observó con la mandíbula contraída.

—¿Quieres seguir el curso del río hasta Puente Blanco? —preguntó por último—. Si Moraine Sedai no nos encuentra aquí, ése será el próximo lugar donde nos busque.

—Yo diría —repuso lentamente— que deberíamos dirigirnos a Puente Blanco, pero es probable que los Fados estén sobre aviso y prosigan su persecución allí. Además, ya es hora de que nos las compongamos sin disponer de la protección de una Aes Sedai o de un Guardián.

—¿No irás a sugerir que nos escapemos a algún sitio, tal como quería Mat? ¿Escondernos en algún lugar donde no puedan encontrarnos ni los Fados ni los trollocs? ¿Ni Moraine Sedai tampoco?

—No creas que no lo he pensado —contestó Perrin con calma—. Pero cada vez que nos parece que los hemos despistado, los Fados y los trollocs aparecen pisándonos los talones. No sé si existe algún lugar donde sea posible librarnos de ellos. Aun a mi pesar, no podemos prescindir de Moraine.

—Entonces no comprendo, Perrin. ¿Adónde vamos a ir?

Perrin pestañeó, sorprendido: ella aguardaba una respuesta suya, esperaba a que él dijera lo que habían de hacer. No había entrado en sus expectativas el hecho de que ella lo dejara tomar las decisiones. Egwene no era amiga de que los demás planificaran sus actos y jamás se avenía a seguir directrices ajenas, a excepción, tal vez, de la Zahorí; aunque, a su juicio, a veces también se resistía a su influencia. Alisó la tierra frente a sí con las manos y se aclaró la garganta.

—Si nosotros estamos ahora aquí y esto es Puente Blanco —explicó, señalando dos puntos en el suelo—, Caemlyn estaría más o menos por aquí. —Marcó una nueva posición con el dedo.

Se detuvo y miró los tres puntos dibujados en la tierra. Todo su plan se basaba en el viejo mapa de maese al'Vere, de cuya exactitud abrigaba serias dudas el propio posadero, a lo cual había que añadir que él no había pasado tantas horas mirándolo como Rand y Mat. Sin embargo, Egwene no expresó ninguna objeción. Cuando alzó la cabeza, todavía lo miraba con la mano en el regazo.

—¿Caemlyn? —inquirió sorprendida.

—Caemlyn. —Trazó una línea en el suelo, uniendo los dos puntos—. Abandonaríamos el río si fuésemos directo allí. Nadie prevería esta ruta. Los esperaríamos en Caemlyn.

Se limpió las manos y aguardó su reacción. Él lo consideraba un buen plan, pero ella le vería sin duda algún inconveniente. Esperaba que fuera ella quien tomara el liderazgo, como de costumbre, y la verdad, aquello no le habría molestado en absoluto.

Para su sorpresa, la muchacha asintió con la cabeza.

—Debe de haber pueblos. Podremos preguntar qué dirección hay que tomar.

—Lo que me preocupa —agregó Perrin—, es qué vamos a hacer si la Aes Sedai no nos encuentra allí. Luz, ¿quién iba a pensar que tendría que preocuparme por algo así? ¿Qué pasará si no acude a Caemlyn? Quizá llegue a la conclusión de que hemos muerto. A lo mejor se lleva a Rand y a Mat directamente a Tar Valon.

—Moraine Sedai dijo que nos encontraría —afirmó, convencida, Egwene—. Si puede hacerlo en Puente Blanco, también lo hará en Caemlyn.

—Si tú lo dices —asintió, dubitativo, Perrin—. Pero, si no aparece en Caemlyn al cabo de unos días, continuamos hacia Tar Valon y exponemos nuestro caso ante la Sede Amyrlin. —Respiró hondo. «Hace tan sólo dos semanas no habías visto a una Aes Sedai y ahora estás hablando de presentarte ante la Sede Amyrlin. ¡Luz!»— Según Lan, hay un buen camino desde Caemlyn. —Posó la mirada en el aceitoso paquete que reposaba junto a Egwene y volvió a aclararse la garganta—. ¿Qué te parece si tomamos un poco más de pan y queso?

—Es posible que tengamos que alimentarnos con esto durante bastante tiempo —replicó Egwene—, a menos que seas mejor que yo con las trampas. Si no he conseguido cazar nada, al menos no me ha costado encender el fuego.

Rió quedamente, como si hubiera dicho algo gracioso, y devolvió las provisiones a la alforja.

Por lo visto, el liderazgo que ella estaba dispuesta a aceptar tenía sus límites. Le rugía el estómago.

—En ese caso —dijo, poniéndose en pie—, tanto da que emprendamos camino ahora mismo.

—Pero todavía estás mojado —protestó ella.

—Me secaré de camino —contestó con firmeza.

Después comenzó a echar tierra encima del fuego. Si él era el responsable, ya había llegado el momento de partir. El viento se alzaba ya sobre el cauce del río.

23

HERMANO LOBO

Perrin tuvo conciencia desde el principio de que el viaje hacia Caemlyn iba a distar de ser cómodo, empezando con la insistencia de Egwene en que montaran a *Bela* por turnos. No sabía cuánto trecho habían de recorrer, decía su compañera, pero en todo caso lo consideraba demasiado prolongado para que fuese ella la única que iba a caballo. Con la mandíbula comprimida, lo miraba fijo, sin pestañear.

—Soy demasiado alto para montar a *Bela* —arguyó—. Estoy acostumbrado a caminar y lo prefiero a cabalgar.

—¿Y acaso yo no estoy habituada a caminar? —espetó secamente Egwene.

—No era eso lo que...

—Entonces, ¿es que yo soy la única que va a quedar magullada de tanto ir sentada en la silla? Y cuando tengas los pies tan llagados como para no poder seguir, esperarás a que sea yo quien te cuide.

—Como quieras —musitó, antes de que ella volviera a la carga—. De todas maneras tú montarás primero. —El rostro de Egwene expresó una tozudez aún más acusada, pero él se negó a dejarla llevar la contraria en aquel punto—. Si no subes al caballo, te auparé yo.

Lo miró con estupor, comenzando a esbozar una tenue sonrisa.

—En ese caso...

Parecía que estaba a punto de echarse a reír, pero montó a lomos de *Bela*.

Rand refunfuñaba para sí mientras se alejaba del río. Los héroes de las leyendas no tenían que enfrentarse a este tipo de situaciones.

Egwene no cejó en su determinación y, siempre que él intentaba posponer el relevo, su insistencia lo vencía. El oficio de herrero no propiciaba una figura esbelta y *Bela* no tenía el tamaño de la mayoría de monturas. Cada vez que ponía el pie en el estribo, la peluda yegua lo miraba con lo que él interpretaba como un reproche. Aquéllos eran detalles insignificantes, que no dejaban, sin embargo, de irritarlo. Al poco tiempo, sentía un impulso de retroceder cada vez que Egwene le decía:

—Te toca a ti, Perrin.

En las historias, los dirigentes no se arredraban nunca ni aceptaban la tiranía de nadie. Claro que tampoco —reflexionaba Perrin— tenían que tratar con Egwene.

La otra cuestión era que las raciones de pan y queso eran muy exiguas y, además, al final de la primera jornada ya habían dado cuenta de ellos. Perrin dispuso lazos en lo que parecían senderos de conejos, que, aunque no presentaban rastros recientes, valía la pena tentar, mientras Egwene preparaba el fuego. Cuando hubo finalizado, se dispuso a intentar cobrar alguna pieza con la honda. No había visto ningún ser viviente en todo el camino, pero... para su sorpresa, un flaco conejo saltó delante de él. Su asombro fue tal que, al salir de estampida de debajo de un matorral que había junto a sus pies, casi lo dejó escapar, sin bien lo alcanzó a cuarenta pasos, cuando corría a esconderse tras un árbol.

Al regresar al lugar de acampada con su presa, Egwene había dispuesto ramas en círculo para formar una fogata, pero estaba arrodillada al lado del montón de leña con los ojos cerrados.

—¿Qué haces? El fuego no se enciende sólo con desearlo.

Egwene se sobresaltó al oír las primeras palabras y se volvió para mirarlo, llevándose una mano a la garganta.

—Me..., me has asustado.

—Ha habido suerte —anunció, mostrando el conejo—. Saca el pedernal. Esta noche vamos a comer bien, al menos.

—No tengo pedernal —respondió lentamente Egwene—. Lo llevaba en el bolsillo y lo perdí en el río.

—Entonces, ¿cómo...?

—Fue tan fácil allí. De la manera como me enseñó Moraine Sedai. Sólo tuve que alargar la mano y... —Hizo un gesto, como si asiera algo, y luego dejó caer la mano con un suspiro—. Ahora no lo consigo.

Perrin se mordió los labios con embarazo.

—¿El..., el Poder?

La muchacha asintió y él la observó estupefacto.

—¿Estás loca? Quiero decir... ¡el Poder Único! No puedes andar jugando con algo así.

—Fue tan fácil, Perrin. Sé cómo hacerlo. Soy capaz de encauzar el Poder.

—Lo encenderé frotando la leña, Egwene. Prométeme que no probarás a hacer... esta... cosa otra vez.

—No voy a prometerlo. —Su mandíbula se afianzó de un modo que le hizo exhalar un suspiro—. ¿Renunciarías tú a llevar esa hacha, Perrin Aybara? ¿Te avendrías a caminar con una mano atada a la espalda? ¡Yo no!

—Voy a encender el fuego —dijo, fatigado—. Por lo menos, no trates de hacerlo esta noche, por favor.

Egwene aceptó de mala gana, e, incluso cuando el conejo estaba asándose sobre las llamas, tenía la impresión de que ella sentía que podría haberlo hecho. Tampoco renunció a intentarlo, cada noche, aun cuando su resultado más logrado consistiera en un tenue hilillo de humo que se esfumaba casi de inmediato. Sus ojos lo retaban a emitir algún juicio, lo cual se guardaba muy bien de hacer él. Después de aquella primera cena caliente, subsistieron con tubérculos silvestres y alguno que otro brote tierno. Debido al retraso de la primavera, éstos eran raquíticos e insípidos. Ninguno de los dos pronunció queja alguna, pero sus comidas siempre estaban presididas por suspiros, que ambos sabían causados por la añoranza de un pedazo de queso o incluso del aroma del pan. El día que encontraron setas comestibles en una parte umbría del bosque, se regalaron con lo que les pareció un auténtico festín. Las engulleron entre risas y hablaron con locuacidad de las anécdotas acaecidas en Campo de Emond, comenzando siempre la exposición con la fórmula: «¿Te acuerdas de aquel día en que...?». Sin embargo, las setas no duraron mucho, ni tampoco su alborozo, pues el hambre no propiciaba la alegría.

El que iba a pie llevaba la honda, dispuesta a disparar cuando apareciera un conejo o una ardilla, pero únicamente arrojaban alguna piedra para descargar su frustración. Los lazos que disponían con tanto cuidado cada atardecer estaban vacíos al alba, y no se atrevían a quedarse un día entero en un lugar para dejar allí las trampas. Ninguno de

353

los dos sabía a qué distancia se hallaba Caemlyn y la sensación de peligro no los abandonaría hasta llegar allí. Perrin comenzó a preguntarse si no se le encogería tanto el estómago como para dibujar una oquedad bajo sus costillas.

Avanzaban a buen paso, según le parecía a él, pero, a medida que se alejaban del Arinelle sin encontrar ningún pueblo, ni siquiera una granja donde poder preguntar si iban en buen camino, aumentaban sus dudas acerca del acierto de su estrategia. Aunque Egwene continuaba mostrándose tan confiada como al principio, estaba seguro de que tarde o temprano le diría que habría sido mejor arriesgarse a tener un encuentro con los trollocs que vagar perdidos durante el resto de sus días. La muchacha no expresaba tales ideas, pero él esperaba que llegaría el día en que lo hiciera.

A dos jornadas de camino del río, el terreno se transformó en colinas cubiertas de espesos bosques, tan sumidos en las tardías garras del invierno como los paisajes precedentes, y un día después las colinas cedieron paso a nuevos llanos, cuya arboleda se abría intermitentemente en claros que abarcaban a menudo más de una milla. En las zonas umbrías todavía había restos de nieve y el aire era fresco por la mañana y el soplo del viento invariablemente frío. No vieron en ninguna parte un camino, un campo labrado, el humo de una chimenea en el horizonte ni tampoco ningún indicio de poblamiento humano, de moradas todavía habitadas.

En una ocasión divisaron las ruinas de una muralla que rodeaba la cima de una colina, en cuyo interior se alzaban casas de piedra con tejados abatidos. El bosque había vuelto a ganar el terreno; los árboles crecían por doquier y la urdimbre de las lianas envolvía los grandes bloques de piedra. En otra, llegaron a una torre de almenas destruidas, cubierta con el color pardusco del musgo seco, inclinada sobre un descomunal roble, cuyas raíces parecían estar derribándola paulatinamente. Sin embargo, no hallaron ningún lugar en que hubiera rastro de personas vivas. El recuerdo de Shadar Logoth los hacía alejarse de las ruinas y los inducía a apresurar el paso hasta encontrarse de nuevo en las profundidades de la espesura que no parecía haber sido testigo de la presencia humana.

Las pesadillas torturaban a Perrin. Eran sueños en los que Ba'alzamon lo perseguía a través de laberintos, lo acosaba sin que él lo vislumbrase nunca de frente. El viaje había sido especialmente propiciatorio de malos sueños. Egwene se quejaba de sufrir pesadillas presididas por Shadar Logoth, sobre todo las dos noches posteriores al encuentro de la torre abandonada. Perrin ocultaba sus pensamientos, aun en los momentos en que se despertaba sudoroso, tembloroso en la oscuridad. Ella confiaba en que él la condujera sana y salva hasta Caemlyn y no tenía sentido hacerla partícipe de preocupaciones sobre las que no podía intervenir.

Caminaba delante de *Bela,* preguntándose si encontrarían algo que llevarse a la boca aquella tarde, cuando percibió por primera vez el olor. La yegua abrió las fosas nasales y un segundo después agitó la cabeza. Perrin agarró la brida antes de que se encabritara.

—Es humo —dijo excitada Egwene, que inspiró profundamente, inclinándose en la silla—. Están asando algo para cenar. Conejo.

—Tal vez —repuso Perrin con cautela.

La sonrisa se desvaneció en el rostro de la muchacha. Perrin sustituyó la honda por la media luna del hacha. Sus manos se cerraban y se abrían con incertidumbre sobre el mango. Era un arma, pero ni sus prácticas a hurtadillas detrás de la forja ni las enseñanzas de Lan lo habían preparado en realidad para hacer uso de ella. Incluso la batalla anterior a su llegada a Shadar Logoth permanecía demasiado confusa en su mente para conferirle un mínimo de confianza. Además, nunca llegaría a dominar el vacío de que hablaban Rand y el Guardián.

El sol inclinaba sus rayos entre la floresta, convertida en una inmóvil masa de sombras moteadas. El tenue olor a leña quemada acudía hacia ellos, mezclado con el aroma a comida puesta en el asador. «Podría ser conejo», concluyó, hambriento. Y también podría ser otra cosa, se recordó a sí mismo. Miró a Egwene: ella también lo observaba. Era una gran responsabilidad disponer del liderazgo.

—Espera aquí —dijo. Ella frunció el rostro, pero él atajó su inminente protesta—. ¡Y no hagas ruido! Aún no sabemos quién es.

Aunque de mala gana, la muchacha asintió. Perrin se preguntó por qué no funcionaría aquella estrategia cuando intentaba hacerle tomar el relevo a lomos de la yegua. Después de inspirar profundamente, se encaminó hacia el lugar de donde emanaba aquel olor.

Él no había pasado tanto tiempo en los bosques de los aledaños de Campo de Emond como Rand y Mat, pero había cazado conejos con cierta frecuencia. Se deslizó entre los árboles sin quebrar siquiera una ramita. A poco se asomó por el tronco de un alto roble cuyas largas y frondosas ramas se inclinaban para rozar la tierra y levantarse después. A corta distancia ardía una fogata, a unos pasos de la cual un delgado hombre de piel atezada se apoyaba en uno de los ramales del gran árbol.

Al menos no era un trolloc, si bien era el individuo más extraño que Perrin había visto en su vida. En primer lugar, toda su ropa parecía estar hecha con pieles de animales, con el pelaje todavía en ellas, incluso las botas y el insólito sombrero plano que llevaba en la cabeza. Su capa era una extraña mezcla de conejo y ardilla; los pantalones tenían aspecto de proceder del cuero de una cabra blanca y marrón. El pelo, recogido con un cordel en la nuca, le llegaba hasta la cintura y una poblada barba pendía hasta la mitad de su pecho. Además, tenía un largo cuchillo, casi una espada, prendido en el cinturón y un arco y un carcaj apoyados en una rama, al alcance de su mano.

El desconocido se echó atrás con los ojos cerrados, al parecer dormido, pero Perrin no abandonó su escondrijo. Sobre el fuego había seis estacas, con un conejo ensartado en cada una de ellas, con un color ya dorado, rezumando jugo de tanto en tanto sobre las llamas. Su aroma tan próximo le hacía la boca agua.

—¿Ya has terminado de babear? —El hombre abrió un ojo y lo fijó en el lugar donde se ocultaba Perrin—. Podéis venir tú y tu amiga a sentaros y tomar un bocado. No os he visto comer gran cosa estos dos últimos días.

Tras un instante de vacilación, Perrin se puso de pie; aferraba todavía el hacha.

—¿Me habéis espiado durante dos días?

El hombre rió entre dientes.

—Sí, he estado espiándote, a ti y a esa preciosa muchacha. Te domina como un gallito, ¿eh? A decir verdad, os he escuchado mayormente. El caballo es el único de vosotros que no hace ruido al caminar como para que lo oigan a cinco millas a la redonda. ¿Vas a decirle que venga o piensas comerte tú todos los conejos?

Perrin se puso furioso. Estaba seguro de que no hacía tanto ruido; de lo contrario no habría podido acercarse tanto a los conejos en el Bosque del Oeste para abatirlos con una piedra. No obstante, el olor del asado le hacía recordar que Egwene también estaba hambrienta, por no mencionar la incertidumbre en que debía hallarse, sin saber si habían topado con un campamento de trollocs.

Deslizó el mango del hacha en la correa y gritó:

—¡Egwene! ¡Todo va bien! ¡Es conejo! —Tendiendo la mano, agregó en voz más baja—: Me llamo Perrin, Perrin Aybara.

El desconocido le observó la mano antes de estrechársela con torpeza, como si no estuviera familiarizado con aquel gesto.

—A mí me llaman Elyas —dijo, levantando la mirada—. Elyas Machera.

Perrin se quedó boquiabierto y a punto estuvo de dejar caer la mano del hombre. Tenía los ojos amarillos, como el oro bruñido. Un rastro de memoria centelleó en lo más recóndito de la mente de Perrin, para desaparecer en un instante. Lo único que acertó a pensar en aquellos momento era que todos los trollocs que había visto tenían el iris casi negro.

Egwene se acercó, llevando prudentemente a *Bela* de las riendas. Después de atarla a una de las ramas bajas del roble, pronunció unas frases de cortesía al ser presentada a Elyas, sin apartar apenas la mirada de los conejos. Cuando Elyas les señaló la comida, la muchacha se dirigió a ella sin tardanza y Perrin sólo titubeó un minuto antes de imitar su ejemplo.

Elyas aguardó en silencio mientras comían. Perrin tenía tanta hambre que desgajaba pedazos de carne tan caliente que había de hacerlos saltar de una mano a otra para poder llevárselos a la boca. Incluso Egwene mostraba escasas huellas de su pulcritud habitual y dejaba que el grasiento jugo le corriera por la barbilla. El día dio paso al crepúsculo cuando todavía masticaban con avidez. La oscuridad de una noche sin luna iba estrechando su cerco en torno al fuego cuando Elyas tomó de nuevo la palabra.

—¿Qué estáis haciendo por aquí? No hay ninguna casa a cincuenta millas a la redonda.

—Vamos a Caemlyn —respondió Egwene—. Tal vez vos...

Sus cejas se arquearon airadamente al ver que Elyas echaba la cabeza hacia atrás y prorrumpía en carcajadas. Perrin se quedó mirándolo, con una pata de conejo a medio camino de la boca.

—¿Caemlyn? —repitió resollando Elyas cuando pudo volver a hablar—. Por la senda que vais siguiendo y la dirección que habéis mantenido estos dos días, saldréis a más de cien millas al norte de Caemlyn.

—Íbamos a preguntar a alguien —replicó Egwene a la defensiva—. Lo que ocurre es que no hemos encontrado ningún pueblo ni granja todavía.

—Ni los vais a encontrar —afirmó Elyas, riendo entre dientes—. Por el camino que vais, podríais viajar hasta la Columna Vertebral del Mundo sin encontrar un alma viviente. Claro que, si consiguierais franquear la Columna, lo cual es factible en algunos puntos, hallaríais gente en el Yermo de Aiel, pero no os gustaría nada esa región. Os asaríais de día y os helaríais de noche, si no moríais antes de sed. Para detectar agua en el Yermo, hay que pertenecer al pueblo Aiel, y no les gustan mucho los forasteros. Nada, diría yo. —Sufrió un nuevo acceso de risa, más violento esta vez, que lo hizo revolcarse en el suelo—. Nada de nada.

Perrin se revolvió, incómodo. «¿Estaremos comiendo con un loco?»

Egwene frunció el entrecejo, pero esperó a que Elyas retornara a la calma.

—Quizá vos podríais indicarnos el camino —dijo entonces—. Según parece, conocéis más mundo que nosotros.

Elyas dejó de reír y, después de levantar la cabeza, se puso su sombrero redondo de piel, que había caído, y los observó con cejas abatidas.

—No tengo en gran aprecio a las personas —anunció con voz neutra—. Las ciudades están llenas de gente. No me acerco a los pueblos, ni siquiera a las granjas, con frecuencia. No os habría ayudado si no hubierais estado dando tumbos por ahí, tan inocentes e indefensos como cachorros recién nacidos.

—Pero como mínimo podréis decirnos qué dirección hemos de tomar —insistió Egwene—. Si nos indicáis dónde está el próximo pueblo, aunque se encuentre a cincuenta millas de distancia, allí podrán informarnos sobre cómo llegar a Caemlyn.

—No os mováis —ordenó Elyas—. Ahora vienen mis amigos.

Bela comenzó a relinchar empavorecida, forcejeando para librarse de las riendas. Perrin se incorporó mientras aparecían en torno a ellos unas sombras procedentes del bosque en penumbra. *Bela* se encabritó.

—Calmad a la yegua —recomendó Elyas—. No le harán nada. Ni a vosotros tampoco, si os quedáis quietos.

Cuatro lobos de pelo enmarañado penetraron en el círculo iluminado. Eran unas formas cuya talla alcanzaba el pecho de un hombre y cuya dentadura era capaz de quebrarle una pierna a cualquiera. Entonces se acercaron al fuego, sin hacer caso de la presencia humana, y se echaron junto a él. La luz de la fogata reflejaba, en la oscuridad de la arboleda, los ojos de innumerables lobos que los rodeaban.

«Ojos amarillos», pensó Perrin. Como los de Elyas. Aquello era lo que había estado tratando de recordar. Mirando cauteloso los lobos que yacían a su lado, alargó la mano hacia el hacha.

—Yo no haría eso —le aconsejó Elyas—. Si creen que vas a hacerles daño, dejarán de mostrarse amistosos.

Aquellas cuatro fieras estaban mirándolo a él, observó Perrin. Tenía la sensación de que todos los animales apostados entre los árboles fijaban sus miradas en él. Se le erizó la piel. Apartó prudentemente las manos del hacha. Imaginó que sentía cómo disminuía la tensión entre los lobos. Volvió a sentarse lentamente; se aferró las rodillas para detener el temblor de sus manos. Egwene estaba completamente rígida. Un lobo, de color casi negro con una mancha gris en la cara, se hallaba recostado junto a ella, casi a punto de tocarla.

Bela había dejado de relinchar y debatirse y, en su lugar, permanecía de pie y temblaba y se volvía sin cesar como si no quisiera perder de vista a ninguna de las fieras, dando coces, en ocasiones, para mostrarles que estaba dispuesta a vender cara su vida. Los lobos parecían no hacer caso de su presencia, al igual que de las de los demás. Sus lenguas colgaban mientras aguardaban tranquilamente.

—Eso es —aprobó Elyas—. Así está mejor.

—¿Son mansos? —preguntó Egwene, con un asomo de esperanza—. ¿Están... domesticados?

—Los lobos no se domestican, muchacha, ni siquiera como los hombres. Son mis amigos. Nos hacemos compañía, cazamos juntos, conversamos. Como hacen los amigos, ¿no es cierto, *Moteado*?

Un lobo, cuyo pelaje cubría todo el espectro del gris, volvió la cabeza hacia él.

—¿Habláis con ellos? —preguntó, maravillado, Perrin.

—No es hablar, exactamente —repuso Elyas—. Las palabras no cuentan, y además tampoco son exactas. Éste se llama *Moteado*. Su nombre tiene que ver con la manera como juegan las sombras en una charca del bosque en un crepúsculo invernal, con la superficie agitada por la brisa, el sabor del hielo cuando el agua roza la lengua, y un augurio de nevada en el aire que precede a la llegada de la noche. Todo eso no se puede expresar con palabras. Está relacionado con una sensación. Ésa es la manera que tienen de hablar los lobos. Los otros son *Quemado, Saltador* y *Viento*.

Quemado tenía una vieja cicatriz en la espalda que tal vez había dado origen a su nombre, pero en sus otros dos compañeros no se advertía ningún indicio que explicara los suyos.

A pesar de la brusquedad de Elyas, Perrin tenía la impresión de que le complacía disponer de la ocasión de hablar con otros seres humanos. Al menos mostraba buena disposición a hacerlo. Perrin miró de soslayo los dientes de los animales que relucían con la luz del fuego y concluyó que era aconsejable inducirlo a mantener la conversación.

—¿Cómo..., cómo aprendisteis a hablar con los lobos, Elyas?

—Ellos lo descubrieron —respondió Elyas—. No fui yo al principio. Siempre sucede así, según tengo entendido. Las fieras inician el contacto con el hombre y no a la inversa. Algunas personas pensaban que tenía tratos con el Oscuro porque empezaron a aparecer lobos dondequiera que fuese. Admito que en ocasiones yo también llegué a creerlo. La mayoría de la gente de bien comenzó a evitarme y los que venían a mí no eran el tipo de individuos cuya compañía me interesase. Después advertí que a veces los animales parecían captar mis pensamientos y dar respuesta a ellos. Aquello fue el verdadero inicio. Sentían curiosidad por mí. Normalmente los lobos pueden detectar las actitudes de los humanos, pero no de este modo. Fue una alegría para ellos conocerme. Dicen que ha transcurrido mucho tiempo desde que cazaban con los hombres, y cuando dicen mucho tiempo lo que yo percibo es un gélido viento que ha venido aullando desde el Primer Día.

—Nunca había oído hablar de que los hombres cazaban con los lobos —comentó Egwene, con voz algo insegura.

—Estos animales recuerdan las cosas de manera distinta a la nuestra —continuó explicando Elyas, sin acusar, al parecer, la objeción de Egwene. Sus extraños ojos se centraron en la lejanía, como si estuvieran vagando en el propio flujo de la memoria—. Cada lobo recuerda la historia de todos sus congéneres, o al menos los rasgos esenciales. Como ya os he dicho, es difícil expresarlo en palabras. Recuerdan haber abatido presas codo a codo con los hombres, pero aquello fue en un tiempo tan remoto que ahora es más bien la sombra de una sombra que una parte tangible de la memoria.

—Es muy interesante —apreció Egwene. Elyas la miró con dureza—. No, de veras, es una opinión sincera. —Se mojó los labios—. ¿Podríais..., ah..., podríais enseñarnos a hablar con ellos?

Elyas emitió un bufido.

—No es algo que pueda enseñarse. Hay personas que poseen esa capacidad y otras que no. Ellos dicen que él puede hacerlo —afirmó, señalando a Perrin.

Perrin miró el dedo de Elyas como si se tratara de un puñal. «Realmente está loco.» Los lobos estaban mirándolo. Se sentía muy incómodo.

—Habéis dicho que ibais a Caemlyn —cambió de tema Elyas—. Pero eso no explica el hecho de que os encontréis en estos parajes, a varias jornadas de camino de la civilización.

Después echó hacia atrás su capa de pieles y se recostó de lado, apoyado en un codo, con actitud expectante.

Perrin dirigió una mirada a Egwene. Hacía días que habían ideado una historia para contarla a quienes encontrasen, informándoles del lugar adonde iban sin levantar sospechas. Y sin dejar entrever de dónde venían ni cuál era su destino final. ¿Quién podía tener la certeza de que una declaración inocente no iba a llegar a oídos de un Fado? Habían ido elaborando día a día su versión; habían articulado sus partes y tratado de darle verosimilitud. Y habían acordado que fuera Egwene la encargada de referirla, dado que ella era más hábil con las palabras y, además, pretendía que siempre detectaba cuándo Perrin contaba una mentira.

Egwene comenzó en seguida su exposición. Procedían del norte, de Saldaea, de unas granjas colindantes a un pequeño pueblo. Ninguno de los dos se había alejado más de veinte millas de su hogar antes de aquello. Sin embargo, habían escuchado las historias de los juglares y los relatos de los mercaderes, y tenían deseos de ver mundo, Caemlyn e Illian, el Mar de las Tormentas y tal vez incluso las fabulosas islas de los Marinos.

Perrin escuchaba con satisfacción. Ni siquiera Thom Merrilin habría sido capaz de inventar una historia mejor, teniendo en cuenta lo poco que conocían ellos de las regiones que se extendían más allá de Dos Ríos, ni más apropiada a sus necesidades.

—¿De Saldaea, eh? —inquirió Elyas cuando la muchacha hubo finalizado.

Perrin asintió con la cabeza.

—En efecto. Primero pensábamos ir a Maradon. Me gustaría mucho ver al rey. Pero la capital sería el primer sitio adonde irían a buscarnos nuestros padres.

Él había ya representado su parte, que consistía en dejar bien claro que no había visitado nunca Maradon. De aquel modo nadie supondría que debían de conocer la ciudad, por si acaso topaban con alguien que hubiera estado allí. Todo aquello se encontraba muy lejos de Campo de Emond y de lo sucedido la Noche de Invierno. A nadie que escuchara aquella invención, se le ocurriría relacionarlos con Tar Valon ni con las Aes Sedai.

—Toda una historia —asintió Elyas—. Contiene algunos detalles inconexos, pero lo principal es que *Moteado* dice que es una sarta de mentiras.

—¡Mentiras! —exclamó Egwene—. ¿Por qué habríamos de mentiros?

Los cuatro lobos no se habían movido, pero ya no daban la impresión de yacer apacibles junto al fuego; se habían agazapado y sus ojos amarillos observaban a los dos muchachos sin pestañear.

Perrin no dijo nada, pero su mano se dirigió hacia el hacha. Al ponerse los cuatro animales en pie con velocidad vertiginosa, su ademán quedó paralizado. A pesar de que no emitían ningún sonido intimidatorio, la espesa pelambre de sus cuellos estaba erizada. Uno de sus compañeros apostados en el bosque exhaló un amenazador gruñido, que fue respondido rápidamente por una veintena de aullidos que restallaron en la oscuridad. De pronto, todo retornó a la calma. Perrin tenía el rostro empapado de sudor frío.

—Si creéis... —Egwene se detuvo para tragar saliva. A pesar del frío, su cara también estaba bañada en sudor—. Si creéis que mentimos, quizá prefiráis que acampemos por nuestra cuenta esta noche, en otro sitio.

—Normalmente ése sería mi deseo, muchacha. Pero ahora quiero saber más detalles sobre los trollocs. Y los Semihombres. —Perrin se esforzó por mostrar un semblante impasible, confiando obtener mejores logros que Egwene. Elyas continuó, con aire conversador—. *Moteado* dice que ha olido Semihombres y trollocs en vuestras mentes mientras contabais esa alocada historia. Todos han captado lo mismo, y, entremezclado con los trollocs, también estaba el de Cuencas Vacías. Los lobos odian a los trollocs y los Semihombres con más violencia que un incendio en el bosque, más que a nada, al igual que yo mismo.

»*Quemado* quiere acabar con vosotros. Fueron los trollocs quienes le dejaron esa marca cuando era un cachorro. Su argumento es que la caza es escasa y que estáis más cebados que cualquiera de los venados que ha visto en los últimos meses, por lo cual deberíamos dar cuenta de vosotros. Pero *Quemado* siempre se muestra impaciente. ¿Por qué no os sinceráis conmigo? Espero que no seáis Amigos Siniestros. Detesto matar a la gente a quien he dado de comer. Habéis de recordar, no obstante, que detectarán cualquier embuste y que incluso *Moteado* está casi tan molesto como *Quemado*.

Sus ojos, tan amarillos como los de las fieras, no parpadeaban tampoco. «Son ojos de lobo», pensó Perrin.

Advirtió que Egwene lo miraba, aguardando a que él decidiera el curso de los acontecimientos. «Luz, otra vez soy yo el responsable.» Había decidido de entrada que no veía posibilidades de escapar de allí, ni aun cuando pudiera empuñar nuevamente el hacha...

Moteado emitió un profundo gruñido gutural, que repitieron sus tres compañeros situados junto a la hoguera, y a continuación los que estaban sumidos en la oscuridad. Aquel amenazador ruido sordo poblaba la noche.

—De acuerdo —se apresuró a acceder Perrin—. ¡De acuerdo! —Los gruñidos quedaron atajados súbitamente y Egwene asintió mudamente—. Todo comenzó unos días antes de la Noche de Invierno —inició su explicación Perrin—, cuando nuestro amigo Mat vio a un hombre vestido con una capa negra.

Elyas no mudó de expresión, pero allí, tendido en el suelo, su forma de ladear la cabeza recordaba la manera como erguían los animales las orejas.

Las cuatro fieras se recostaron mientras Perrin hablaba; tenía la sensación de que ellas también le prestaban oídos. Su exposición fue larga y prolija. No obstante, omitió el sueño que él y sus amigos habían tenido en Baerlon. Esperaba que los lobos dieran indicios de haber percibido la omisión, pero éstos se limitaron a observarlo. *Moteado* se mostraba amistoso, *Quemado* furioso. Cuando terminó de hablar, su voz había enronquecido.

— ... y, si no nos encuentra en Caemlyn, iremos a Tar Valon. No tenemos más remedio que aceptar la ayuda de las Aes Sedai.

—Trollocs y Semihombres en tierras tan al sur —musitó Elyas—. En verdad es algo sorprendente. —Tanteó tras de sí y tendió una cantimplora de cuero a Perrin, sin mirarlo. Parecía sumido en cavilaciones. Aguardó a que Perrin hubiera bebido y tapó el odre antes de seguir hablando—. No les tengo simpatía a las Aes Sedai. Las del Ajah Rojo, ésas que se complacen en perseguir a los hombres que se inmiscuyen en el uso del Poder Único, intentaron amaestrarme en una ocasión. Yo les dije a la cara que eran del Ajah Negro, que servían al Oscuro, y aquello no les hizo ninguna gracia. Pero no pudieron darme caza una vez que me hube adentrado en los bosques, aunque lo intentaron. Por supuesto que sí. Por cierto que dudo mucho que cualquier Aes Sedai se comporte amablemente conmigo después de aquello. Tuve que matar a un par de Guardianes. Mala cosa matar Guardianes. Detesto hacerlo.

—Esto de hablar con los lobos —dijo, titubeando, Perrin—, ¿guarda..., guarda relación con el Poder?

—Desde luego que no —gruñó Elyas—. No habrían logrado apaciguarme, pero me enfureció el hecho de que lo intentaran. Éste es un fenómeno muy antiguo, muchacho, anterior a las Aes Sedai, a cualquier poseedor del Poder Único, que se remonta al tiempo de la aparición de la especie humana y de los lobos. A las Aes Sedai no les hace ninguna gracia, tampoco, que las viejas conexiones surjan de nuevo. Yo no soy el único. Hay otros fenómenos, otras personas. Eso enfurece a las Aes Sedai, las hace murmurar acerca de la debilitación de antiguas barreras. Las cosas están desmoronándose, opinan. Lo que pasa es que tienen miedo de que el Oscuro escape de su prisión.

»Cualquiera pensaría que yo tengo algo que reprocharme, según me enjuiciaron ellas. Las del Ajah Rojo, en todo caso; pero algunas otras también compartían su punto de vista. La Sede Amyrlin... ¡Ahhh! Yo me mantengo casi siempre al margen de ellos, y de los amigos de las Aes Sedai. Y tú harás lo mismo, si eres inteligente.

—Nada anhelo con más fuerza que permanecer al margen de las Aes Sedai —contestó Perrin.

Egwene lo miró con dureza. Temió que, en su impulso, declarase

363

que ella quería ser una Aes Sedai; pero guardó silencio, con los labios fruncidos, mientras Perrin proseguía.

—La realidad es que no podemos elegir. Hemos aguantado la persecución de trollocs, Fados y Draghkar. De toda suerte de criaturas, con excepción de los Amigos Siniestros. No podemos escondernos ni enfrentarnos a ellos por nuestra cuenta. Entonces, ¿quién va a ayudarnos? ¿Quién tiene más fortaleza que las Aes Sedai?

Elyas permaneció callado un momento; miraba a los animales, en particular a *Moteado* y a *Quemado*. Al observarlos, a Perrin se le antojó que casi podía oír las palabras que intercambiaban Elyas y los lobos. Aun cuando no tuviera nada que ver con el Poder, no quería participar de aquello. «*Seguro* que bromeaba. Yo no puedo hablar con los lobos.» Uno de ellos, *Saltador,* lo miraba con lo que le pareció una sonrisa. Se preguntó cómo había recordado su nombre.

—Podríais quedaros conmigo —propuso por fin Elyas—, con nosotros. —Egwene arqueó desmesuradamente las cejas y Perrin se quedó boquiabierto—. Bien, ¿qué otra cosa podría ofreceros mayor seguridad? —los retó Elyas—. Los trollocs no pierden ocasión de procurar dar muerte a un lobo cuando lo encuentran solo, pero siempre se desvían varias millas para evitar a una manada. Y tampoco tendríais que preocuparos por las Aes Sedai. No vienen a menudo a estos bosques.

—No sé. —Perrin esquivó las miradas de los animales que lo flanqueaban. Uno de ellos era *Moteado* y tenía los ojos clavados en él—. Los trollocs no son el único problema.

Elyas rió entre dientes.

—He visto cómo una manada abatía a uno de los de Cuencas Vacías. La mitad de ellos pereció, pero no cejaron una vez que hubieron percibido su olor. Los trollocs y los Myrddraal son una misma cosa para los lobos. Es a ti a quien quieren, muchacho. Habían oído hablar de hombres capaces de comunicarse con ellos, pero tú eres el primero que conocen después de mí. Sin embargo, también aceptarán a tu amiga y aquí estaréis más protegidos que en cualquier ciudad. En las poblaciones hay Amigos Siniestros.

—Escuchad —dijo Perrin con urgencia—. Desearía que paraseis de decir eso. Yo no puedo... hacer lo que vos hacéis.

—Como prefieras, muchacho. Niega la evidencia, si quieres. ¿No deseas sentirte a salvo?

—No estoy engañándome. No hay nada que tenga que ocultarme a mí mismo. Lo que queremos...

—Es ir a Caemlyn —intervino Egwene con firmeza—. Y luego a Tar Valon.

Perrin cerró la boca y respondió a la airada mirada de la muchacha con una de cosecha propia. Sabía muy bien que ella le permitía tomar el mando únicamente cuando ella quería, pero al menos habría podido dejarlo contestar por sí mismo.

—¿Y qué opina Perrin? —preguntó sin esperar respuesta—. ¿Yo? Bien, deja que lo piense. Sí. Sí, creo que continuaré el viaje. —Dedicó una sonrisa a Egwene—. Bueno, en eso estamos de acuerdo. Supongo que iré contigo. Está bien hablar de estas cosas antes de tomar una decisión, ¿no?

La muchacha se ruborizó, sin suavizar, no obstante, su expresión resuelta.

—*Moteado* ha dicho que decidirías esto. A su juicio, la muchacha está integrada por completo en el mundo humano, mientras que tú permaneces a medio camino. Teniendo en cuenta las circunstancias, opino que será mejor que os acompañemos hacia el sur. De lo contrario, probablemente moriríais de hambre u os perderíais o...

Quemado se levantó de pronto y Elyas volvió la cabeza para mirar al enorme lobo. Un momento después *Moteado* se puso asimismo en pie y se acercó a Elyas para hacer frente también a la mirada de *Quemado*. Todos permanecieron inmóviles por espacio de unos minutos, tras los cuales *Quemado* giró sobre sí y se desvaneció en la noche. *Moteado* sacudió el cuerpo y después retomó su lugar, echándose como si nada hubiera ocurrido.

—*Moteado* es el jefe de esta manada —aclaró Elyas al advertir su desconcierto—. Algunos de los machos podrían vencerlo en combate, pero él es más inteligente y todos lo saben. Ha salvado a la manada en más de una ocasión. *Quemado* piensa que están desperdiciando demasiado tiempo con vosotros. Él está obsesionado en su odio contra los trollocs y, ya que éstos merodean en parajes tan al sur, lo único que desea es partir para darles caza.

—Es comprensible —convino Egwene, denotando alivio—. De veras podemos proseguir nuestro camino... con algunas instrucciones, desde luego, si sois tan amable de dárnoslas.

Elyas hizo ondear la mano.

—Os he dicho que *Moteado* era el jefe de la manada, ¿no? Por la mañana, os acompañaré hacia el sur, y ellos lo harán también.

La expresión de Egwene indicaba que aquélla no era la noticia más agradable que pudieran haberle dado.

Perrin estaba sentado, sumido en su propio silencio. Sentía cómo se alejaba *Quemado*. Y el macho con la cicatriz en la cara no era el único; tras él andaban con paso largo doce jóvenes machos. Deseaba creer que era Elyas quien manipulaba su imaginación, pero no lo conseguía. Un segundo después de que los animales que se habían marchado desaparecieran de su mente, albergó un pensamiento del que sabía con certeza la procedencia: *Quemado*. Aquel pensamiento era tan intenso y claro como si se tratara de uno propio y se resumía en odio, odio y sabor a sangre.

24

EL DESCENSO POR EL ARINELLE

E l agua fluía en la lejanía y producía un murmullo de salpicaduras que resonaba sin cesar hasta anular su origen. Había
puentes de piedra y rampas sin pasamanos por doquier, los
cuales cubrían la distancia entre espirales de piedra con remates aplanados, indefectiblemente pulidos y suaves, adornados de rojo y
oro. En todos los niveles, el laberinto ascendía y descendía entre tinieblas, sin principio ni fin aparentes. Cada puente llevaba a una aguja,
cada rampa a otra aguja, a otros puentes.

En cualquier dirección adonde dirigiera la vista, cubriendo el espacio
distinguible en la penumbra, Rand veía una interminable repetición. La
luz no era suficiente para ver con claridad y casi se alegraba de que ello
fuera así. Algunas de las pasarelas conducían a plataformas que debían
de hallarse por fuerza encima de las del nivel inferior. Sin embargo, no
acertaba a percibir la base de ninguna de ellas. Se apresuró, en pos de la
libertad, consciente de que aquello era ilusorio. Todo era ilusorio.

Conocía a la perfección aquella engañosa irrealidad; lo había seduci-
do ya demasiadas veces para ignorarla. Por más que caminase hacia arriba, hacia abajo o en cualquier sentido, no encontraba más que la piedra
reluciente. Piedra, pero la humedad de la tierra recién oreada impregna-

ba el aire, al igual que la vertiginosa dulzura de la decadencia. El hedor de una sepultura destapó su olor a destiempo. Intentó contener la respiración, pero la pestilencia invadió su nariz y se prendió a su piel como si de aceite se tratara.

Al captar su ojo un amago de movimiento, quedó paralizado, medio agazapado contra el pulcro pasamanos del remate de una de las agujas. Aquél no era un buen lugar para esconderse. Cualquiera habría podido descubrirlo desde cien puntos distintos. El aire estaba preñado de sombras, pero ninguna de ellas bastaba para ocultarlo. La luz no procedía de linternas, lámparas ni antorchas; estaba simplemente allí, como surgida del aire. Era suficiente para ver, después de un acomodamiento, y para ser visto. Pero la inmovilidad no otorgaba ninguna clase de protección.

El movimiento se produjo de nuevo, perceptiblemente esta vez. Un hombre caminaba por una rampa distante, haciendo caso omiso de la ausencia de pasamanos y del vacío que se abría a sus pies. Su capa ondeaba al compás de sus majestuosos pasos y su cabeza giraba de modo incesante, escrutando. Rand se encontraba demasiado lejos para distinguir algo más que la silueta en la oscuridad, pero no necesitaba más datos para saber que la capa tenía el color rojo de la sangre fresca y que aquellos ojos escudriñadores llameaban como la boca de un horno.

Trató de recorrer el laberinto con la mirada, para calcular las conexiones que debía franquear Ba'alzamon antes de llegar hasta él y luego desistió, considerándolo inútil. Otra de las cosas que había aprendido era que las distancias eran engañosas allí. Lo que parecía alejado podía alcanzarse con doblar una esquina y lo que parecía próximo podía ser a un tiempo inasequible. Lo único que podía hacer, tal como había sido desde un principio, era continuar su avance. Avanzar sin pensar. Sabía que pensar entrañaba peligro.

No obstante, cuando volvía la espalda a la horrorosa figura de Ba'alzamon, no pudo evitar acordarse de Mat. ¿Se encontraba él también en algún lugar de aquel dédalo? «¿O existirán dos laberintos, dos Ba'alzamon?» Su mente abandonó a toda prisa aquella idea; era demasiado arriesgado albergarla. «¿Es esto similar a lo de Baerlon? Entonces, ¿por qué no me ha alcanzado?» Aquel sueño era levemente mejor. Era un pequeño consuelo. «¿Consuelo? Rayos y truenos, ¿dónde ves el consuelo?»

Había experimentado dos o tres inminencias de encuentro, y, a pesar de que no lograba recordarlas con claridad, había estado corriendo durante largo, largo tiempo —¿cuánto habría durado?— mientras Ba'alzamon lo perseguía en vano. ¿Era aquello como lo de Baerlon, o sólo era una pesadilla, un mero sueño semejante al de los otros hombres?

Entonces, por espacio de un instante, el tiempo en que dura una exhalación, tuvo conciencia de cuál era el peligro que entrañaba pensar. Al igual que había sucedido antes, cada vez que se tomaba la libertad de considerar como un sueño todo cuanto lo rodeaba, el aire brillaba, nublándole la vista, y se convertía en una gelatina que lo apresaba. Sólo por espacio de un instante.

El arenoso calor le producía una picazón en la piel y su garganta se había resecado hacia largo rato, mientras descendía al trote por el laberinto de seto espinoso. ¿Cuánto tiempo había transcurrido? Su sudor se evaporaba sin llegar a gotear y le escocían los ojos. Por encima de su cabeza, a no mucha distancia, rebullían con furia unas nubes aceradas, con estrías negras, pero en aquel lugar no corría ni un soplo de aire. Por un momento creyó que antes era distinto, pero aquel pensamiento se evaporó con el calor. Había permanecido mucho tiempo en ese lugar. Pensar era arriesgado, sin duda.

Unas piedras lisas, pálidas y redondeadas componían un pavimento irregular, medio enterrado por el polvo reseco que levantaban incluso sus más etéreos pasos. Aquella sustancia le producía un picor en la nariz, lo amenazaba con provocar un estornudo que podía hacerlo saltar por los aires. Cuando procuraba respirar por la boca, el polvillo se aferraba a su garganta hasta hacerlo toser.

Aquél era un sitio peligroso; también lo sabía. Ante él el elevado muro de espinas presentaba tres aberturas y más allá el camino trazaba una curva tras la cual se tornaba invisible. Ba'alzamon podía aproximarse de un momento a otro por cualquiera de aquellos recodos. Había topado con él dos o tres veces, si bien no lograba recordar apenas nada aparte de que había escapado de él..., de algún modo. No debía correr el riesgo de pensar demasiado.

Jadeante entre el calor, se detuvo para examinar la pared del laberinto. Estaba formada por espinos espesamente entrelazados, resecos y mortecinos, con afiladas espinas negras como ganchos de casi una pulgada de longitud. Era demasiado alta para asomarse por arriba y demasiado densa para percibir algo a través de ella. Tocó con cautela el muro y se le cortó la respiración. A pesar de su prudencia, una espina se le había clavado en el dedo. Quemaba como una aguja candente. Retrocedió a trompicones, arañándose los talones en las piedras mientras sacudía la mano, que dejaba un reguero de sangre. La quemazón comenzó a remitir, pero sentía punzadas en toda la mano.

Bruscamente olvidó el dolor. En su carrera, había levantado con el pie una de aquellas piedras pulidas, que había dejado al descubierto la sequedad del suelo. Al observarla, sintió la mirada de unas cuencas vacías fijas en él. Era una calavera, una calavera humana. Recorrió con la vista en el sendero pavimentado con aquellas formas lisas y pálidas, iguales unas a otras. Apartó deprisa los pies, pero era imposible moverse sin pisarlas. Lo asaltó el vago pensamiento de que las cosas no eran tal vez lo que aparentaban. Sin embargo lo desechó sin miramientos y se atuvo a la noción de peligro asociada a la actividad mental.

Retomó, tembloroso, conciencia de la situación. También era aventurado permanecer en un mismo sitio. Aquélla era una de las cosas que sabía de un modo confuso, aunque con convencimiento. El flujo de la sangre del dedo había dejado paso a un lento goteo y las punzadas casi habían desaparecido. Tras chuparse la herida, emprendió camino por el sendero en la dirección hacia la que estaba encarado. Ningún objetivo era preferible a otro en aquel lugar.

Entonces recordó haber oído decir que la forma de salir de un laberinto era girar siempre en el mismo sentido. En la primera abertura del muro de espinos, dobló hacia la derecha y también en la siguiente. Y se encontró frente a Ba'alzamon.

La sorpresa cruzó el semblante de Ba'alzamon mientras se posaban los pliegues de su capa de color sanguinolento ante su brusca detención. Sus ojos despedían terribles llamaradas, cuyo ardor no percibía Rand entre el calor del dédalo.

—¿Durante cuánto tiempo crees que podrás volver la espalda a tu destino? ¡Eres mío!

Rand retrocedió con paso inseguro; se preguntó por qué estaba tentándose el cinturón, como si buscara una espada.

—Que la Luz me sostenga —murmuró—. ¡Que la Luz me sostenga! Ni siquiera recordaba qué significaban aquellas palabras.

—La Luz no te ayudará, muchacho, y el Ojo del Mundo no servirá a tus propósitos. ¡Eres mi presa y, si no te sometes a mis órdenes, te estrangularé con el cadáver de la Gran Serpiente!

Ba'alzamon alargó la mano y, de improviso, Rand recobró la difusa conciencia de la manera de huir: recurrió a un recuerdo informe que le avisaba del peligro, el peligro incomparable de sentir el contacto del Oscuro.

—¡Un sueño! —gritó—. ¡Es un sueño!

Ba'alzamon abrió desmesuradamente los ojos, asaltado por la sorpresa o el enojo, y después el aire comenzó a vibrar y sus facciones se difuminaron hasta disiparse.

Rand se volvió para observar y vio su imagen reflejada en cien puntos distintos, en mil lugares. Encima sólo existía el negro vacío y lo mismo sucedía a sus pies, pero a su alrededor había espejos, situados en cada ángulo, espejos que ocupaban todo su campo visual y proyectaban su propia figura agazapada que no cesaba de girar, con la mirada desorbitada y empavorecida.

Una mancha rojiza cruzó las superficies acristaladas. Se volvió, tratando de fijar los ojos en ella, pero en cada uno de los espejos pasó rauda tras su propia imagen para luego desvanecerse. Luego regresó, no ya como algo impreciso. Ba'alzamon caminaba por los espejos, una silueta multiplicada por mil, que iba en su búsqueda, cruzando una y otra vez las argentinas superficies.

Se vio contemplando el reflejo de su rostro, pálido y trémulo a causa del frío hiriente. La imagen de Ba'alzamon aumentaba de tamaño tras su propia imagen; lo miraba; lo miraba sin verlo. En todos los espejos, las llamas de la faz de Ba'alzamon rugían a sus espaldas, arrolladoras y extenuantes. Quiso gritar, pero tenía la garganta cerrada. Sólo había un rostro en el infinito juego de espejos. El suyo propio y el de Ba'alzamon, fundidos en un único semblante.

Rand abrió los ojos, sobresaltado. La oscuridad lo envolvía, cercenada sólo levemente por una pálida luz. Casi sin resuello, movió apenas la mirada. Una tosca manta lo cubría hasta los hombros y tenía la cabeza acurrucada entre sus brazos. Sintió los listones de madera bajo sus manos. Era el entarimado de una cubierta. La jarcia crujió en la noche. Dejó escapar una exhalación de alivio. Estaba en el *Spray*. La pesadilla había concluido. Al menos por aquella noche...

Se llevó de modo inconsciente el dedo a la boca. El sabor de la sangre lo hizo contener la respiración. Lentamente se acercó la mano a la cara para observarla a la mortecina luz de la luna, para mirar la sangre que manaba de la punta de su dedo. Vio el pinchazo producido por una espina.

El *Spray* descendía despacio por el cauce del Arinelle. El fuerte viento soplaba en una dirección que impedía hacer uso de las velas. A pesar de las exigencias de velocidad expresadas por el capitán Domon, el bajel se deslizaba cansinamente. Por la noche, el hombre apostado en la proa escrutaba el lecho con una linterna e informaba de la profundidad al timonel, mientras la corriente empujaba el navío río abajo sin la ayuda de los remos. Si bien no había que temer la presencia de rocas en el Arinelle, eran frecuentes los bajíos, los cuales podían hacer embarrancar un barco e inmovilizarlo hasta que alguien viniera a tirar de él. Durante el día, los remos batían del alba al crepúsculo, luchando contra el viento, que parecía querer hacerlos remontar el cauce.

No atracaron en la orilla ni una sola vez. Bayle Domon dirigía con mano firme el barco y la tripulación por igual, denostando los vientos contrarios y maldiciendo la lentitud del avance. Censuraba la holgazanería de los remeros y despellejaba verbalmente a cualquiera que cometiera el más mínimo error para pintar a continuación con voz queda escenas en que unos trollocs de proporciones descomunales abordaban la embarcación y los degollaban a todos. Cuando la conmoción ocasionada por el ataque de los trollocs comenzó a disiparse, la tripulación empezó a murmurar acerca de la necesidad de ir a estirar las piernas en tierra y de lo arriesgado que era navegar de noche.

Los hombres se guardaban de expresar directamente sus quejas al capitán Domon, mirando de reojo para cerciorarse de que éste no se hallaba cerca para oírlas, pero él parecía percibir todo cuanto sucedía en su barco. Cada vez que daban alguna muestra de descontento, él llevaba a su presencia la larga espada con forma de cimitarra y el hacha terminada en un horrible gancho que habían hallado a bordo después del ataque. Entonces las dejaba colgadas por espacio de una hora en el mástil, y los heridos señalaban sus vendajes y los murmullos disminuían..., durante un día aproximadamente, hasta que uno de los tripulantes volvía a opinar que por aquel entonces ya habían dejado atrás a los trollocs, con lo cual se reiniciaba el ciclo.

Rand advirtió que Thom Merrillin se alejaba de los marineros siempre que éstos comenzaban a susurrar con caras ceñudas, a pesar de que habitualmente palmeaba hombros, contaba chistes y bromeaba con todos de un modo que conseguía hacer esbozar una sonrisa hasta al más rudo de ellos. Thom observaba aquellos conciliábulos secretos con ojo atento, aunque cuando lo hacía simulaba hallarse absorto en encender la pipa, en afinar el arpa o en cualquier otra actividad. Rand no comprendía qué lo inducía obrar de aquel modo, ya que los recelos de la tripulación no se centraban en ellos, que habían embarcado huyendo de los trollocs, sino en Floran Gelb.

A lo largo de los dos primeros días, el huesudo Gelb se dedicó a abordar a todo aquel que podía arrinconar, para explicarle su versión de lo acaecido la noche en que habían subido ellos a bordo. Sus ademanes alternaban la bravuconería y la queja y sus labios siempre se fruncían cuando señalaba hacia Thom, Mat o, en particular, hacia Rand, tratando de hacerlos responsables del suceso.

—Son extranjeros —argumentaba en voz queda Gelb, vigilando que no hiciese aparición el capitán—. ¿Qué sabemos de ellos? Lo único que sabemos es que los trollocs vinieron tras ellos. Son sus aliados.

—¡Por la Fortuna, Gelb, cierra el pico! —gruñó un hombre con el cabello recogido en una cola y una pequeña estrella azul tatuada en la mejilla que no había dirigido ni una sola vez la mirada a Gelb mientras enroscaba una cuerda, ayudándose con sus pies desnudos. Todos los marineros iban descalzos a pesar del frío, ya que las botas podían resbalar en una cubierta mojada—. Serías capaz de acusar de Amigo Siniestro a tu propia madre con tal de no trabajar. ¡Lárgate de aquí! —Escupió con desprecio a los pies de Gelb antes de retomar sus tareas.

Toda la tripulación recordaba que Gelb no se había mantenido en guardia aquella noche, y la respuesta del hombre de la cola fue una de las más suaves que recibió. Nadie quería ni siquiera trabajar con él. El hombre se vio relegado a trabajos que había de realizar a solas, en su totalidad desagradables, como rascar la grasa de las cazuelas o arrastrarse en el interior de las sentinas para detectar vías de agua entre el lodo que los años habían depositado. Al poco tiempo dejó de hablar con sus compañeros; sus hombros estaban encogidos en ademán defensivo de forma permanente y nada le hacía abandonar su silenciosa actitud de agravio, pese a que los demás apenas reaccionaban ante ella con un gruñido. Cuando posaba sus ojos en Rand, Mat o Thom, sin embargo, un ansia asesina iluminaba su semblante.

Cuando Rand comentó a Mat que Gelb les causaría problemas tarde o temprano, éste miró en torno a sí antes de responder.

—¿Acaso podemos fiarnos de alguno? ¿De uno de ellos siquiera?

Después se alejó en busca de un lugar donde pudiera estar solo, en la medida en que ello era factible en un barco que medía menos de treinta pasos de proa a popa. Mat se había mostrado excesivamente solitario desde la noche en que huyeron de Shadar Logoth y parecía rumiar algo siempre.

—Los problemas no vendrán por parte de Gelb —opinó Thom—, en caso de que debamos afrontar alguno. Al menos, no por ahora. Ninguno de los marinos lo apoyaría y él carece del coraje para iniciar una acción por su cuenta. ¿Pero los otros? Según parece, Domon cree que los trollocs lo persiguen a él en particular, pero los demás consideran que ya ha pasado el peligro y tal vez lleguen a un punto de exasperación que, en mi opinión, no tardará en producirse. —Se palpó su capa multicolor y Rand tuvo la impresión de que estaba tentando los cuchillos que llevaba debajo: su segunda colección de primera calidad—. Si se amotinan, hijo, no dejarán pasajeros con vida para contarlo. Las leyes reales no deben de tener mucho peso a esta distancia de Caemlyn, pero cualquier alcalde tomaría medidas de represalia contra un acto de este tipo.

A partir de aquel momento Rand también comenzó a procurar pasar inadvertido entre la tripulación.

Thom, por su parte, se esforzaba en disipar, mediante la diversión, las tentaciones de amotinamiento. Cada mañana y cada noche relataba historias con su mejor estilo interpretativo y se avenía a cantar cuantas canciones le eran solicitadas a lo largo de la jornada. Para dar verosimilitud a la pretensión de que Rand y Mat querían ser aprendices de juglar, dispuso un espacio diario para impartirles sus conocimientos, lo cual se convirtió en un entretenimiento adicional para los marinos. No los dejaba tocar el arpa, por supuesto, y sus sesiones con la flauta producían muecas de dolor, en especial en los comienzos, y un torrente de risas entre la tripulación, incluso cuando los observaban con las orejas tapadas.

También enseñó a los muchachos algunos relatos sencillos, un poco de acrobacia y, desde luego, juegos malabares. Mat se quejaba de lo mucho que les exigía Thom, pero éste se mesaba los bigotes y le asestaba una mirada feroz.

—No sé cómo jugar a enseñar, chico. O enseño una cosa o no la enseño. ¡Vamos! Hasta un patán de pueblo debería ser capaz de hacer el pino. Ala, sube.

Los marineros, que no siempre trabajaban, componían un círculo en torno a ellos tres. Algunos incluso probaban seguir las enseñanzas de Thom y se reían de su propia torpeza. Gelb permanecía a solas; los miraba sombrío con un odio que abarcaba a todos por igual.

Rand pasaba una parte del tiempo acodado en la barandilla, observando las riberas. No abrigaba expectativas de ver aparecer de repente a Egwene o alguno de los demás en la orilla, pero el barco navegaba con tanta lentitud que en ocasiones creía que dicha posibilidad no era descabellada. Podrían darles alcance aun sin cabalgar a rienda suelta. En el supuesto de que no los hubieran hecho prisioneros, o de que todavía estuvieran vivos.

El río fluía sin que se avistaran desde él señales de vida, ni de cualquier embarcación a excepción del *Spray*. Sin embargo, aquello no significaba que no pasaran parajes dignos de ver y de admirar. A mediodía del primer día, el Arinelle discurría entre altos acantilados que se extendían a lo largo de media milla en ambas orillas y en todo aquel trecho la roca estaba labrada en tallas que representaban figuras de hombres y mujeres de descomunales proporciones, con coronas que proclamaban su condición de soberanos.

No había dos formas iguales en aquella procesión real, encabezada por esculturas creadas en épocas muy distantes de las últimas. El viento y la lluvia habían gastado las del extremo norte, suavizando sus rasgos, mientras que los rostros y los detalles se tornaban más precisos a medida que avanzaban hacia el sur. El río lamía los pies de las estatuas, convertidos en muñones en su mayoría, cuando no disueltos del todo. «¿Durante cuánto tiempo se habrán erguido aquí? —se preguntaba Rand—. Cuánto tardará el río en desgastar tal cantidad de piedra?» Ningún miembro de la tripulación levantó siquiera la cabeza hacia aquellas antiguas esculturas, de tantas veces como las habían visto ya.

En otra ocasión, cuando la ribera oriental era otra vez tierra llana de pastos, interrumpidos a veces por algún bosquecillo, el sol reflejó algo en el horizonte.

—¿Qué será eso? —preguntó Rand en voz alta—. Parece metal.

El capitán Domon, que pasaba por allí, se detuvo para observar el destello.

—Y es metal —confirmó, con la misma pronunciación precipitada que Rand había aprendido a interpretar instantáneamente—. Una torre de metal. La he visto de cerca y por eso lo sé. Los navegantes de río la utilizan como una marca indicativa. Ahora nos encontramos a diez días de Puente Blanco, a la velocidad que vamos.

—¿Una torre de metal? —repitió Rand con extrañeza.

Mat, sentado con las piernas cruzadas y la espalda apoyada en una barrica, abandonó por un momento sus cavilaciones y se levantó para escuchar.

—Sí —asintió el capitán—, de reluciente acero, por su aspecto; no tiene ni una mancha de herrumbre. De doscientos pies de altura y con un perímetro como el de una casa, sin ninguna inscripción ni un agujero de acceso al interior.

—Apuesto a que hay un tesoro ahí adentro —apuntó Mat, que se había acercado a observar la lejana torre—. Una cosa así tiene que haber sido construida para esconder algo de valor.

—A lo mejor, muchacho —dijo con voz profunda el capitán—. Pero en el mundo hay fenómenos más extraños que éste. En Tremalking, una de las islas de los Marinos, hay una piedra con forma de mano, de cincuenta pies de altura, que sobresale de la cima de una colina, sosteniendo una esfera de cristal tan grande como este barco. Tiene que haber un tesoro debajo de esa colina, si lo hay en algún sitio, pero la gente de la isla no permite excavar allí y los Marinos no se ocupan de nada más que de navegar en busca de Coramoor, su mesías.

—Yo excavaría —afirmó Mat—. ¿Donde está esa... Tremalking?

—Un grupo de árboles ocultaba ahora la torre resplandeciente, pero él miraba como si aún la viera.

—No, chico —respondió el capitán Domon, sacudiendo la cabeza—, no hay ningún tesoro equiparable a ver mundo. Encontrar un puñado de oro o las joyas de un rey muerto no está mal, pero es lo exótico lo que te arrastra hacia nuevos horizontes. En Tanchico, que es un puerto en el Océano Aricio, parte del palacio de Panarch fue construido en la Era de Leyenda, según dice la gente. Hay una pared con un friso en el que las pinturas muestran animales que no conoce ningún hombre vivo.

—Cualquier niño puede dibujar animales que nadie ha visto —restó importancia Rand.

—Sí, chico, claro que sí. ¿Pero es capaz un niño de componer los huesos de estos animales? En Tanchico los tienen, unidos entre sí como los tenía el animal. Están en una sala del palacio de Panarch, donde todo el mundo puede contemplarlos. El Desmembramiento dejó tras de sí grandes maravillas, y desde entonces se han formado más de doce imperios, algunos tan portentosos como el de Artur Hawkwing, de los cuales han quedado muchas cosas por ver y descubrir. Varas luminosas, navajas en forma de lazo, corazones de piedra, un enrejado de cristal que cubre una isla y que produce un zumbido al salir la luna, una montaña vaciada como un cuenco en cuyo centro se alza una pica de plata de cien espanes de altura y, si cualquiera se acerca a menos de una milla, muere. Ruinas oxidadas, pedazos rotos y objetos encontrados en el fondo del mar, que no describen ni los libros más antiguos. Yo he reunido unos cuantos, que nunca habéis ni soñado, en más lugares de los que podríais recorrer en diez vidas. Eso es lo insólito, lo que induce a viajar.

—Nosotros desenterramos a veces huesos en las Colinas de Arena —comentó lentamente Rand—, unos huesos extraños. Había un pedazo de un pez, me parece que era un pez, tan grande como esta embarcación. Algunos decían que traía mala suerte excavar en las colinas.

—¿Ya estás pensando en el hogar, muchacho, y sólo acabas de salir a ver el mundo? —inquirió el capitán mirándolo con astucia—. El mundo te clavará su anzuelo en la lengua. Saldrás a cazar las puestas del sol, ya lo verás... y, si alguna vez regresas, tu pueblo será demasiado pequeño para tus ansias.

—¡No! —protestó, sobrecogido, preguntándose cuánto tiempo llevaba sin acordarse de Campo de Emond ni de Tam. Tenía la sensación de que habían pasado meses desde la última vez que lo hizo—. Volveré a casa algún día, cuando pueda. Y criaré corderos, como..., como mi padre y, si vuelvo a marcharme, será mucho tiempo después. ¿No es cierto, Mat? Cuando podamos volveremos al pueblo y olvidaremos que existe todo esto.

Con visible esfuerzo, Mat apartó la vista del horizonte que dejaba atrás, donde se había desvanecido la torre de metal.

—¿Qué? Oh, sí. Claro. Volveremos a casa. Desde luego.

Mientras se volvía para alejarse, Rand lo oyó murmurar algo entre dientes.

—Apuesto a que no quiere que nadie más vaya en busca del tesoro.

Al parecer, no advirtió que había hablado en voz alta.

Cuatro días después, mientras el barco discurría río abajo, Rand se encontraba en lo alto del mástil, sentado en la punta con las piernas enroscadas en las traversas. El *Spray* se mecía suavemente sobre el agua, pero a cincuenta pies de la superficie el balanceo hacía oscilar el mástil de forma notable. Echó atrás la cabeza y lanzó una carcajada al viento que acariciaba su rostro.

Con los remos en acción, el navío tenía desde allí la apariencia de una espada gigante que se deslizaba por el Arinelle. Había estado suspendido a tal altura en otras ocasiones, en los árboles de Dos Ríos, pero ahora no había ramas que le taparan la vista. Todo lo que se movía en cubierta —los hombres que frotaban de rodillas las planchas, los que arreglaban cabos y escotillas— tenían un aspecto tan raro visto desde arriba, achaparrado y empequeñecido, que había pasado una hora absorto en su contemplación, mientras reía para sí.

Reía cada vez que miraba a las personas que se afanaban allá abajo, pero ahora se dedicaba a contemplar las riberas que se sucedían ante él. Aquélla era la impresión que le producían: como si él, con excepción del vaivén del palo, claro estaba, estuviera inmóvil, y el terreno, con sus árboles y colinas, avanzara con lentitud a ambos lados. El permanecía quieto y la totalidad del mundo discurría ante su vista.

Con un impulso repentino separó las piernas de las traversas que sostenían el mástil y las extendió a ambos lados; luego hizo lo mismo con los brazos, equilibrando con ellos el balanceo. Durante tres vaivenes completos, mantuvo la estabilidad de aquel modo, pero luego la perdió de golpe. Entonces, agitando las extremidades, cayó hacia adelante y se aferró al estay del trinquete. Con las piernas extendidas a ambos costados del mástil, sin nada que lo sostuviera aparte de las manos agarradas al cabo, echó a reír. Inspiraba con avidez las ráfagas de aire fresco y reía exultante.

—Muchacho —lo llamó la voz de Thom—. Muchacho, si intentas romperte la crisma, por lo menos no caigas encima de mí.

Rand miró hacia abajo. Thom asía el flechaste justo debajo de él y observaba inseguro los pocos pies que los separaban.

—Thom —respondió, encantado—. Thom, ¿cuándo ha subido?

—Cuando no te has dignado escuchar a los que gritábamos desde abajo. Demonios, chico, todos han llegado a la conclusión de que te has vuelto loco.

Al dirigir la vista a cubierta, advirtió con sorpresa que todos lo miraban. El único que no le prestaba atención era Mat, que estaba sentado en proa de espaldas al mástil. Incluso los remeros levantaban la cabeza hacia él, bogando con ritmo desacompasado. Y, curiosamente, nadie los reprendía por ello. Rand agachó la cabeza para mirar la proa por debajo del brazo. El capitán Domon estaba de pie, en jarras, junto al remo de dirección, también con la vista fija en él. Se volvió y dedicó una sonrisa a Thom.

—¿Queréis que baje, entonces?

—Me alegraría sobremanera —respondió Thom, asintiendo vigorosamente con la cabeza.

—De acuerdo.

Se alejó de la cumbre del mástil, cambiando de asidero en el estay del trinquete. Oyó una imprecación de Thom cuando se colgó de nuevo de la traversa con las manos y puso así freno a su caída. El juglar lo miró ceñudo con una mano tendida para cogerlo.

—Allá voy.

Levantó las piernas, flexionó una rodilla sobre el grueso cabo que iba del palo a la popa, que rodeó después con el pliegue del codo y soltó las manos. Despacio primero y luego a velocidad creciente, se deslizó hacia abajo. A pocos pies de popa se dejó caer de pie justo enfrente de Mat, dio un paso para recomponer tal equilibrio y se volvió para encararse a la tripulación con los brazos extendidos, a la manera como lo hacía Thom después de un ejercicio de acrobacia.

Sonaron algunos aplausos, pero él se detuvo a mirar a Mat con asombro, y a lo que éste tenía en las manos y ocultaba con su cuerpo a las miradas ajenas. Era una daga curvada con una funda de oro labrada con extraños símbolos, empuñadura de oro fino, rematada con un rubí de un tamaño superior a la uña del pulgar de Rand, y adornada con serpientes que descubrían unos grandes colmillos.

Rand se puso de cuclillas y abrazó sus rodillas con las manos.

—¿De dónde la has sacado?

Mat guardó silencio y desvió deprisa la mirada para cerciorarse de que no había nadie cerca. Estaban solos por completo.

—¿No la cogerías en Shadar Logoth?

—Fue por tu culpa, y la de Perrin. Los dos me hicisteis salir a rastras de la cámara del tesoro cuando la tenía en la mano. Mordeth no me la dio, yo la cogí, de modo que el aviso de Moraine sobre los presentes no tiene efecto. No se lo cuentes a nadie, Rand. Intentarían robármela.

—No se lo diré a nadie —prometió Rand—. Creo que el capitán Domon es una persona honesta, pero no me atrevería a decir lo mismo de los demás, en particular de Gelb.

—A nadie —insistió Mat—. Ni a Domon, ni a Thom, ni a nadie. Somos los únicos que quedamos de Campo de Emond. No podemos permitirnos depositar la confianza en otra gente.

—Egwene y Perrin están vivos, Mat. Sé que lo están. —Mat pareció avergonzarse—. Guardaré tu secreto, no obstante. Ahora no tendremos que preocuparnos por el dinero al menos. Podemos venderla y viajar hasta Tar Valon tratados a cuerpo de rey.

—Por supuesto —aprobó Mat un minuto después—. Si tenemos necesidad de hacerlo. Pero no se lo cuentes a nadie hasta que yo te lo diga.

—Ya te he asegurado que no lo haré. Escucha, ¿has tenido más sueños desde que embarcamos? Ésta es la primera ocasión que he tenido de preguntártelo sin que hubiera seis personas alrededor.

Mat volvió la cabeza hacia otro lado y lo miró de soslayo.

—Quizá.

—¿Qué significa eso? ¿Los has tenido o no los has tenido?

—De acuerdo, de acuerdo. Sí. No quiero hablar de eso, ni siquiera pensar en ello. No sirve de nada.

Antes de que pudieran añadir palabra, Thom se aproximó a grandes zancadas, con el blanco cabello alborotado por el viento y el bigote casi erizado.

—He logrado convencer el capitán de que no has perdido los cabales —anunció—, de que aquello formaba parte de tu aprendizaje. —Agarró el estay y lo zarandeó—. Esa alocada pirueta final, al bajar por la cuerda, ha contribuido a hacérselo creer, pero tienes suerte de no haberte roto la crisma.

Rand posó los ojos en la traversa del trinquete y la recorrió en toda su longitud hasta el mástil, con la boca abierta. Él se había deslizado por ella. Y había estado sentado en lo alto de...

De pronto se vio allá arriba, con los brazos y piernas extendidos y a duras penas logró mantener la postura en que se hallaba. Thom lo miraba con aire pensativo.

—No sabía que tuvieras tanto coraje para la acrobacia. Podríamos sacar partido de ello en Illian o Ebou Dar, e incluso en Tear. A la gente de las ciudades sureñas le entusiasman los equilibristas.

—Vamos a ir a...

En el último minuto, Rand recobró la cautela para mirar a su alrededor. Algunos marineros los observaban, incluso Gelb, con su mala catadura habitual, pero ninguno se encontraba lo bastante cerca para oírlo.

—A Tar Valon —finalizó.

Mat se encogió de hombros, como si le fuera indiferente el rumbo a tomar.

—Por ahora, muchacho —puntualizó Thom mientras tomaba asiento a su lado—; pero mañana... ¿quién sabe? Ése es el modo de vida de un juglar. —Sacó un puñado de bolas coloreadas de una de sus holgadas mangas—. Ya que has descendido de los aires, practicaremos el paso triple.

Rand dejó vagar la mirada hasta la cumbre del mástil y sintió un escalofrío. «¿Qué es lo que me ocurre? Luz, ¿qué me pasa?» Debía averiguarlo. Debía llegar a Tar Valon antes de que enloqueciera de veras.

25

EL PUEBLO ERRANTE

Bela caminaba apaciblemente bajo los débiles rayos de sol como si los tres lobos que trotaban a escasos pasos de distancia no fueran más que mansos perros, pero su modo de girar los ojos de tanto en tanto desmentía su supuesta placidez. Egwene, a lomos de la yegua, se mostraba asimismo inquieta. Miraba constantemente a las fieras con el rabillo del ojo y en ocasiones se volvía para observar en todas direcciones. Perrin tenía el convencimiento de que buscaba al resto de la manada, aun cuando ella rehusara con enojo admitir su temor a los lobos que los acompañaban, su preocupación por los que venían detrás y las intenciones que éstos pudieran tener. A pesar de sus negativas, no dejaba de mirar tensamente de un lado a otro ni de morderse los labios.

Los otros miembros de la manada se encontraban bastante lejos; él habría podido informarle de aquello. «¿Para qué iba a hacerlo, suponiendo que me creyera? Sobre todo si me creyera.» No estaba dispuesto a abrir aquel cesto de serpientes hasta que tuviera necesidad de hacerlo. No quería pensar en cómo había adquirido esa certeza. El hombre vestido con pieles caminaba con paso rápido delante de ellos; a veces daba la sensación de que él también era un lobo, y nunca se volvía cuando *Mo-*

teado, *Saltador* y *Viento* hacían aparición, porque él también percibía su presencia.

Los dos muchachos se habían despertado con el alba aquella primera mañana y Elyas estaba ya ocupado en asar más conejo, mientras los observaba con rostro inexpresivo. A excepción de *Moteado*, *Saltador* y *Viento* no se veía ningún otro animal. A la pálida luz de la aurora, las sombras no habían acabado de disiparse bajo el gran roble y los desnudos árboles que había detrás de él parecían dedos descarnados.

—Están por ahí —respondió Elyas cuando Egwene le preguntó adónde habían ido los otros lobos—. Lo bastante cerca como para socorrernos en caso necesario y lo bastante lejos para evitar a los humanos que podamos encontrar. Tarde o temprano, siempre surgen problemas cuando hay dos humanos juntos. Si necesitamos de ellos, vendrán.

Algo hormigueó en el fondo del cerebro de Perrin mientras tomaba un bocado de conejo, una dirección, percibida de forma vaga. «¡Claro! Allí es adonde...» El tibio jugo que ocupaba su boca se tornó insulso de repente. Cogió uno de los tubérculos que Elyas había tostado en las brasas, de un sabor parecido al del nabo, pero había perdido el apetito.

Cuando iban a ponerse en marcha, Egwene insistió en que todos montaran la yegua por turnos, lo cual Perrin no se molestó en discutir.

—Tú subes primero —propuso él.

—Y después vos, Elyas —indicó Egwene.

—Me basto con mis piernas —replicó Elyas. Luego dirigió una mirada a *Bela*, la cual la hizo girar los ojos como si él también fuera un lobo—. Además, me parece que el animal no quiere que yo lo monte.

—Tonterías —contestó con resolución Egwene—. Es inútil que opongáis resistencia. Lo más sensato es que todos cabalguemos un trecho. Según lo que habéis dicho, nos aguarda un largo camino.

—He dicho que no, muchacha.

Egwene respiró hondo. Perrin se preguntaba si conseguiría dominar a Elyas igual que hacía con él, cuando advirtió que ella estaba plantada con la boca abierta, sin añadir una palabra. Elyas se limitaba a mirarla, con aquellos ojos lobunos. Egwene retrocedió unos pasos del huesudo personaje. Antes de que Elyas se volviera, había cubierto de espaldas el espacio que la separaba de *Bela* y había montado azorada sobre su lomo. Al volverse el hombre para indicarles el rumbo a tomar, Perrin pensó que su sonrisa era también muy similar a la de un lobo.

Viajaron de esa manera por espacio de tres días, a caballo y a pie, en dirección suroeste, deteniéndose únicamente al anochecer. A pesar del desprecio que demostraba Elyas por la actitud afanosa de los pobladores de las ciudades, tampoco le gustaba perder el tiempo cuando quería llegar a algún lugar.

Apenas veían a los tres lobos. Cada noche permanecían un rato al lado del fuego y durante el día aparecían a veces de manera imprevisible para esfumarse al cabo de unos minutos. Perrin sabía, sin embargo, que no se hallaban muy lejos. Podía determinar cuándo estaban explorando el camino que habían de seguir y cuándo revisaban el rastro que habían dejado. Asimismo, percibía el momento en que abandonaban el terreno habitual de caza de la manada, a la que *Moteado* indicaba que aguardara allí.

En ocasiones, los tres animales se ausentaban de su mente, pero, mucho antes de que se acercaran de nuevo, ya tenía conciencia de su regreso. Aun en los trechos en que los árboles escaseaban, separados por amplios retazos de hierba seca, eran tan imperceptibles como fantasmas cuando no deseaban ser vistos, pero él habría podido señalarlos directamente con el dedo en todo momento. Ignoraba cómo lo sabía y trataba de convencerse de que sólo eran imaginaciones, pero era inútil. Él lo sabía, de la misma manera que lo sabía Elyas.

Procuró no pensar en lobos, pero éstos no dejaban de ocupar su mente. No había soñado con Ba'alzamon desde que habían conocido a Elyas. Sus sueños, por cuanto recordaba de ellos al despertar, estaban ocupados por asuntos cotidianos, al igual que cuando se encontraba en casa antes de la Noche de Invierno, antes de Baerlon. Eran sueños normales, con una salvedad: en todos ellos, en un determinado momento, cuando levantaba la cabeza de la forja de maese Luhhan para enjugarse el sudor, acababa de bailar en el Prado con una muchacha del pueblo o separaba la vista de la página de un libro delante del hogar, había un lobo a corta distancia, tanto si se hallaba al aire libre como en una casa. El animal siempre estaba de espaldas a Perrin y él todas las veces tenía la certeza de que sus ojos vigilaban atentos para detectar posibles peligros, lo cual parecía perfectamente normal en sueños, aun cuando se encontrase en el comedor de Elsbet Luhhan. Sólo en estado de vigilia sentía extrañeza al reflexionar sobre ello.

Durante aquellas tres jornadas, *Moteado*, *Saltador* y *Viento* les llevaban conejos y ardillas y Elyas les informaba de las plantas, en su mayoría desconocidas para Perrin, que eran comestibles. En una ocasión un conejo saltó casi bajo los cascos de *Bela* y, antes de que Perrin hubiera colocado una piedra en la honda, Elyas lo ensartó con su largo cuchillo a una distancia de veinte pasos. En otra, Elyas abatió un robusto faisán con su arco. A pesar de que comían mucho mejor que cuando vagaban solos, Perrin se hubiera avenido de buen grado a disponer de raciones más exiguas con tal de cambiar de compañía. No estaba seguro de cuál sería la opinión de Egwene al respecto, pero él habría estado dispuesto a pasar hambre y perder de vista a los lobos.

Al tercer día, por la tarde, llegaron cerca de una arboleda de dimensiones superiores a las que habían cruzado, de un radio aproximado de cuatro millas. El sol se ponía en el horizonte y daba paso a las sombras, y el viento comenzaba a levantarse. Perrin sintió cómo los lobos dejaban de guardarles las espaldas para caminar delante, sin apresurarse. No habían olido ni visto nada peligroso. Egwene cumplía su turno a lomos de *Bela*. Era hora de buscar un lugar donde pasar la noche y aquel bosquecillo era apropiado para acampar.

Cuando se aproximaban a los árboles, salieron de la maleza tres mastines de ancho hocico, tan altos como los lobos e incluso más robustos, que enseñaban los dientes entre gruñidos. Al llegar al lindero, se detuvieron en seco, cuando apenas mediaban treinta pies entre ellos y las tres personas; una amenaza de muerte destellaba en sus oscuras miradas.

Bela, que ya tenía los nervios de punta a causa de las fieras que los habían tomado como amigos, relinchó, a punto de derribar a Egwene, pero Perrin ya hacía girar la onda un instante después. No había necesidad de utilizar el hacha con los perros cuando una pedrada en las costillas los haría echar a correr.

Elyas agitó una mano sin apartar los ojos de los tensos canes.

—¡Sssst! ¡Ahora no!

Perrin lo miró con mala cara, pero dejó reducir la velocidad del círculo de la honda hasta que ésta cayó al fin de lado. Egwene logró controlar a la yegua que, al igual que ella, miraba con recelo a aquellos nuevos animales.

Los mastines, con el pelo erizado y las orejas enhiestas, gruñían ruidosamente. De pronto, Elyas levantó un dedo a la altura de su hombro y emitió un largo silbido, un sonido penetrante más agudo cada vez. Los perros callaron y se echaron atrás, pero empezaron a gemir y volvían las cabezas como si quisieran marcharse y algo los retuviese. Tenían los ojos clavados en el dedo de Elyas.

El hombre bajó poco a poco la mano, al tiempo que su silbido se tornaba más grave. Los mastines descendieron hasta quedar tendidos en el suelo, con la lengua colgando. Tres colas se agitaban.

—¿Ves? —dijo Elyas mientras caminaba hacia los perros—. No hay necesidad de usar armas. —Los perros le lamieron las manos, mientras él les acariciaba la cabeza y las orejas—. Parecen más violentos de lo que son en realidad. Sólo querían asustarnos y no nos habrían mordido a menos que hubiéramos intentado entrar en la arboleda. De todos modos, ya no tenemos por qué preocuparnos. Podemos llegar al siguiente bosquecillo antes de que se haga de noche.

Cuando Perrin miró a Egwene, ésta se hallaba tan perpleja como él.

Sin dejar de acariciar a los perros, Elyas estudió los árboles y comentó:

—Habrá Tuatha'an aquí, gente del Pueblo Errante. —Al advertir el desconcierto de sus miradas, agregó—: Gitanos.

—¿Gitanos? —repitió Perrin—. Siempre he querido ver a los gitanos. A veces acampan en la otra orilla del Taren, pero nunca bajan a Dos Ríos, por lo que tengo entendido. No sé por qué será.

—Probablemente porque los habitantes de Embarcadero de Taren son ladrones tan redomados como los gitanos —contestó airada Egwene—. Seguro que acabarían robándose unos a otros. Maese Elyas, ¿no sería mejor que prosiguiéramos camino si hay gitanos por aquí? No querríamos que nos robaran a *Bela* y..., bueno, no tenemos gran cosa más, pero de todos es sabido que los gitanos hurtan todo tipo de cosas.

—¿Incluso a los niños? —inquirió con aspereza Elyas.

Escupió al suelo, haciendo ruborizar a Egwene. Aquellas historias sobre criaturas desaparecidas las contaban casi siempre Cenn Buie o alguno de los Coplin o de los Congar. Los otros cargos imputados a aquella raza eran del dominio público.

—Los gitanos me ponen enfermo a veces, pero he de afirmar que no roban más que cualquier otro pueblo. Mucho menos que algunos que yo conozco.

—Va a oscurecer pronto, Elyas —avisó Perrin—. Debemos acampar en algún sitio. ¿Por qué no con ellos si quieren acogernos?

La señora Luhhan tenía una cazuela que habían arreglado los gitanos que, en su opinión, había quedado mejor que nueva. Maese Luhhan no compartía de buena gana la apreciación de su esposa sobre el trabajo de los gitanos, pero Perrin deseaba ver cómo lo realizaban. No obstante, Elyas no mostraba buena disposición a aproximarse a ellos.

—¿Existe algún motivo por el que no debamos tener contacto con ellos?

Elyas efectuó un signo de negación con la cabeza, si bien su boca fruncida y la postura de sus hombros indicaban una actitud reacia.

—Podemos visitarlos. Pero no prestéis atención a lo que dicen. Es todo una sarta de tonterías. Los gitanos se comportan casi siempre de manera despreocupada, mas a veces dan gran importancia a las formalidades. De modo que actuad según lo haga yo. Y guardad vuestros secretos. No es preciso dar explicaciones a todo el mundo.

Los mastines los siguieron moviendo la cola mientras se adentraron en la floresta con Elyas en cabeza. Perrin notó cómo los lobos aminoraban la marcha, consciente de que no entrarían. Los perros no les inspiraban temor sino desprecio por haber cambiado la libertad por el derecho a yacer junto al fuego. Era a las personas a quienes evitaban.

Elyas se encaminó con paso seguro, como si conociera el camino, hacia el centro del bosquecillo, donde, en efecto, aparecieron los carromatos de los gitanos, diseminados entre los robles y fresnos.

Al igual que los demás habitantes de Campo de Emond, Perrin había oído hablar mucho de los gitanos aunque nunca hubiera visto ninguno, por lo que, al ver el campamento, ya tenía formada una idea sobre su aspecto, y éste se ajustó a sus expectativas. Los carromatos eran pequeñas casas sobre ruedas, altas cajas de maderas lacadas y pintadas con colores vivos, rojos, azules, amarillos y verdes y algunos matices a los que no supo atribuir un nombre. El Pueblo Errante se hallaba ocupado en las decepcionantes e inevitables tareas diarias: cocinar, coser, cuidar a los niños, recomponer arneses... Su vestimenta tenía un colorido aún más chocante que el de sus carruajes, el cual, según todos los indicios, había sido elegido al azar, formando unas combinaciones tan abigarradas que casi dañaban la vista y les daban el aspecto de una bandada de mariposas revoloteando sobre un campo de flores.

Cuatro o cinco hombres tocaban violines y flautas en diferentes puntos del asentamiento y algunos danzaban como colibríes adornados con toda la gama del arco iris. Los chiquillos y los perros corrían y jugueteaban entre las fogatas. Los canes eran mastines como los que se habían encarado a los viajeros, pero los niños les tiraban de las orejas y de la cola y subían a sus espaldas, con la paciente aceptación de los imponentes animales. Los tres que acompañaban a Elyas dirigieron cariñosamente la mirada hacia un hombre barbudo. Perrin sacudió la cabeza, cavilando que, a pesar de todo, eran muy capaces de llegar hasta la garganta de un hombre sin separar apenas las patas delanteras del suelo.

Cuando la música cesó de repente, cayó en la cuenta de que los gitanos estaban mirándolos. Los propios niños y los perros se quedaron quietos y expectantes, como si se aprestaran a huir.

Durante un momento no se oyó el más leve sonido; después un hombre enjuto de baja estatura y pelo cano se adelantó y dedicó una grave reverencia a Elyas. Llevaba una chaqueta roja de cuello alto y unos holgados pantalones de color verde chillón metidos en unas botas de caña alta.

—Bienvenidos a nuestras fogatas. ¿Conocéis la canción?

Elyas se inclinó del mismo modo, con ambas manos apoyadas sobre el pecho.

—Vuestra acogida calienta mi espíritu, Mahdi, así como vuestras fogatas calientan el cuerpo, pero no conozco la canción.

—Entonces seguiremos buscando —canturreó el hombre de cabellos grises—. Como era en un principio, así seguirá siendo, con tal que conservemos la memoria para buscar y encontrar. —Alargó el brazo hacia las hogueras y su voz adoptó una tonalidad alegre—. La comida está casi preparada. Os ruego que la compartáis con nosotros.

Como si aquello hubiera sido una señal, la música dejó oír de nuevo sus sones y los chiquillos volvieron a correr y a reír con los perros. Todos retomaron sus labores como si los recién llegados fueran amigos de toda la vida.

El hombre de pelo cano vaciló, sin embargo, mirando a Elyas.

—Vuestros..., los otros amigos vuestros deben permanecer alejados. Asustan demasiado a los pobres perros.

—No se acercarán, Raen. —La expresión de Elyas contenía un asomo de desdén—. Ya deberíais saber que se quedan siempre en su lugar.

El interpelado extendió las manos, dando a entender que nadie podía abrigar certeza absoluta respecto a algo. Cuando se volvió para conducirlos al campamento, Egwene desmontó y se aproximó a Elyas.

—¿Sois amigos?

Un sonriente gitano se presentó para hacerse cargo de *Bela*. Egwene accedió de mala gana, después de que Elyas exhalara un sarcástico resoplido.

—Somos conocidos —respondió lacónicamente el hombre arropado con pieles.

—¿Se llama Mahdi? —inquirió Perrin.

Elyas soltó un gruñido antes de responder.

—Su nombre es Raen. Mahdi es su título: el Buscador. Es el jefe de este clan. Podéis llamarlo Buscador si el otro os suena raro. A él no le molestará.

—¿Qué era eso sobre una canción? —preguntó Egwene.

—Éste es el motivo por el que viajan —respondió Elyas—, o al menos eso es lo que dicen ellos. Van en busca de una canción, y el Mahdi es el encargado de efectuar las indagaciones. Cuentan que la perdieron durante el Desmembramiento del Mundo y que, si la hallaran de nuevo, volvería a hacerse realidad el paraíso de la Era de Leyenda. —Recorrió con la mirada el campamento y emitió un bufido—. Ni siquiera saben qué canción es aunque, según ellos, la reconocerán cuando la encuentren. Tampoco saben de qué manera haría retornar el paraíso, pero llevan casi tres milenios buscándola, desde que se produjo el Desmembramiento. Supongo que continuarán haciéndolo hasta que la Rueda deje de girar.

Entonces llegaron al carromato de Raen, situado en el centro del poblado. Estaba pintado con manchas rojas sobre fondo amarillo y los radios de sus altas ruedas alternaban asimismo el amarillo y el rojo. Una mujer regordeta, tan canosa como el propio Raen pero con la mejillas aún tersas, salió del vehículo y se detuvo en los escalones, cubriéndose los hombros con un chal de flecos azules. Llevaba una blusa amarilla y una falda encarnada de tonos vivos. Aquella combinación hizo parpadear a Perrin, al tiempo que provocó una exclamación contenida en Egwene.

Al ver a las personas que acompañaban a Raen, la mujer descendió con una calurosa sonrisa en el rostro. Era Ila, la esposa de Raen, a quien sobrepasaba un palmo en estatura. Perrin pronto olvidó el colorido de su atuendo ante la actitud acogedora de que dio muestras, lo que le recordó a la señora al'Vere y lo hizo sentirse a gusto desde el primer momento.

Ila saludó a Elyas como a un viejo conocido, pero con un aire distante que parecía mortificar a Raen. Elyas le respondió con una tensa sonrisa y una leve inclinación de cabeza. Perrin y Egwene se presentaron y la mujer les estrechó la mano dando prueba de mayor afecto que el que había expresado a Elyas; incluso abrazó a Egwene.

—Vaya, eres preciosa, hija —señaló, y acarició sonriente la barbilla de Egwene—. Y estás helada, me parece. Siéntate junto al fuego, Egwene. Sentaos todos. La cena está casi lista.

En torno a la fogata había unos troncos a modo de asiento. Elyas rehusó incluso aquella rudimentaria concesión a la civilización y se sentó en el suelo. Había dos ollas apoyadas en trípodes de hierro sobre las llamas y un horno junto a las brasas, los cuales atendía Ila.

Cuando estaban acomodándose, un esbelto joven con ropajes de rayas verdes se acercó al fuego y dio un abrazo a Raen y un beso a Ila, pero miró con frialdad a Elyas y a los dos muchachos. Tenía aproximadamente la edad de Perrin y sus movimientos inducían a pensar que iba a iniciar una danza de un momento a otro.

—Y bien, Aram —dijo Ila con una amable sonrisa—, ¿has decidido cenar con tus abuelos, para variar? —Su sonrisa se trasladó a Egwene mientras se encorvaba para remover la olla—. Me pregunto cuál será el motivo...

Aram se puso de cuclillas con los brazos en torno a las rodillas, enfrente de Egwene.

—Soy Aram —informó a la muchacha con voz segura, olvidado, al parecer, de la presencia de los demás—. He estado aguardando la primera rosa de primavera y ahora la encuentro junto al fuego de mis abuelos.

Perrin esperaba que Egwene reaccionara con una risita; cuando vio que ella estaba mirando a Aram, observó con más detenimiento al gitano. Debía admitir que Aram era un joven atractivo. Un minuto después, Perrin descubrió a quién le recordaba: a Wil al'Seen, que levantaba un revuelo de cuchicheos entre las chicas siempre que visitaba Campo de Emond, procedente de Deven Ride. Wil cortejaba a todas las muchachas que se le presentaban y lograba convencer a cada una de ellas que sólo se mostraba educado con las demás.

—Esos perros vuestros —comentó en voz alta Perrin, sobresaltando a Egwene— son tan grandes como osos. Me sorprende que dejéis jugar a los niños con ellos.

La sonrisa se desvaneció de inmediato del rostro de Aram, pero, después de mirar a Perrin, volvió a adoptarla aún con más resolución que antes.

—No te harán ningún daño. Se muestran feroces para intimidar a posibles atacantes y para avisarnos, pero están educados de acuerdo con la Filosofía de la Hoja.

—¿La Filosofía de la Hoja? —inquirió Egwene—. ¿Qué es eso?

Aram señaló con un gesto los árboles, sin apartar la vista de ella.

—La hoja vive el tiempo que le ha tocado en suerte y no lucha contra el viento que la hace volar en sus alas. La hoja no agrede y, cuando al final cae, lo hace para nutrir nuevos brotes. Así deberían obrar todos los hombres. Y mujeres.

Egwene le devolvió la mirada, con un leve rubor en las mejillas.

—Pero ¿qué significa? —quiso saber Perrin, con lo cual se hizo acreedor de una irritada mirada por parte de Aram.

Fue Raen, sin embargo, quien le respondió.

—Significa que ningún hombre debe herir a otro bajo ningún motivo. —Los ojos del Buscador se posaron momentáneamente en Elyas—. Nada sirve de excusa a la violencia. Jamás.

—¿Y qué hacéis cuando alguien os ataca? —arguyó Perrin—. ¿Cómo reaccionáis cuando alguien os golpea o intenta robaros o mataros?

Raen suspiró con paciencia, como si Perrin no percibiera algo del todo evidente.

—Si alguien me pegara, le preguntaría qué lo induce a obrar de ese modo. Y, si persistiera en su actitud, me alejaría de él, lo cual haría también en caso de que intentara robarme o matarme. Sería preferible dejar que tomara lo que quiere, mi vida incluso, a que yo le respondiera con una agresión. Y lo haría con la esperanza de que no saliera demasiado malparado.

—Pero si habéis dicho que no le haríais nada —objetó Perrin.

—En efecto, pero la violencia tiene un efecto negativo tanto en el agresor como en la víctima. —Perrin parecía escéptico—. Supongamos que abates un árbol con tu hacha —propuso Raen—. El hacha agrede el árbol y sale intacta de ese acto. ¿Es así como lo ves tú? La madera es blanda comparada con el acero, pero, a medida que vas cortando, el filo del acero pierde su agudeza y la savia del árbol la oxida. La poderosa hacha violenta el árbol indefenso, pero éste la deteriora. Lo mismo sucede con los hombres, si bien el daño se centra en el espíritu.

—Pero...

—Basta —gruñó Elyas, interrumpiendo a Perrin—. Raen, ya te trae bastantes problemas dondequiera que vas tu afición a convertir a los mozos de los pueblos. No te he traído a éstos aquí para que trates de aleccionarlos, así que es mejor que no insistas.

—¿Y que los deje a tu merced? —replicó Ila, machacando entre las palmas de sus manos unas hierbas que luego dejaba caer en la cazuela. Su voz era calmada, pero frotaba con furia las hierbas—. ¿Les enseñarás a seguir tu estilo de vida, matar o morir? ¿Vas a conducirlos al mismo destino que te estás labrando, morir solo con la única compañía de los cuervos y de tus..., tus amigos que aguardarán para disputarse tu cadáver?

—Déjalo, Ila —dijo en tono apaciguador Raen, como si escuchara aquello por centésima vez—. Le hemos dado la bienvenida a nuestro fuego, esposa mía.

Ila desistió, pero sin presentar excusas, según advirtió Perrin. En su lugar, miró a Elyas y sacudió con tristeza la cabeza; después se secó las manos y comenzó a sacar cucharas y escudillas de barro de un baúl rojo adosado al carromato.

—Mi viejo amigo —protestó Raen, en respuesta a Elyas—, ¿cuántas veces debo decirte que no intentamos convertir a nadie? Cuando la gente de los pueblos siente curiosidad por nuestro modo de vida, no hacemos más que responder a sus preguntas. Si bien es cierto que los que nos interrogan con más frecuencia son los jóvenes y que de tanto en tanto alguno de ellos se une a nosotros cuando reemprendemos viaje, lo hacen siempre por propia voluntad.

—Prueba a explicarle esto a alguna campesina que se haya encontrado en el caso de que su hijo o su hija se ha escapado con los gitanos —replicó con ironía Elyas—. Ésa es la razón por la que no se os permite ni siquiera acampar en las afueras de las ciudades. Los de los pueblos os toleran porque les arregláis los cacharros, pero los de las ciudades no os necesitan y no les gusta que instéis a sus retoños a fugarse.

—Desconozco qué permiten exactamente en las ciudades. —La paciencia de Raen parecía inagotable. No daba ni la más leve muestra de enfado—. Siempre hay hombres violentos allí. De todas maneras, no creo que encontremos la canción en un gran burgo.

—No es mi intención ofenderos, Buscador —intervino Perrin—, pero... Bueno, no soy amigo de usar la violencia. Me parece que no he luchado con nadie hace años excepto en las competiciones festivas. Sin embargo, si alguien me atacara, yo no me quedaría quieto. De lo contrario, sería animarlo para que la emprendiera conmigo cuando quisiera. Algunas personas se creen con derecho a abusar de los demás, y, si no se les paran los pies, irán por el mundo tiranizando a todo aquel que sea más débil que ellos.

—Alguna gente —reconoció Aram con tristeza— es incapaz de superar los más bajos instintos. —La mirada que dirigió a Perrin mientras hablaba dejó bien claro que no se refería a los desalmados que él había puesto por ejemplo.

—Apuesto a que os debe tocar correr a menudo —aventuró Perrin.

El rostro del joven gitano adoptó una tensa expresión que no guardaba ninguna relación con la Filosofía de la Hoja.

—Encuentro interesante —dijo Egwene, mirando con dureza a Perrin— conocer a alguien que no confíe en resolver todos sus problemas con la sola fuerza de sus músculos.

Aram recobró en seguida su buen humor y se levantó, ofreciendo con una sonrisa sus manos a la muchacha.

—Deja que te enseñe nuestro campamento. Hay baile.

—Me encantará —respondió ésta.

Ila se enderezó, abandonando por un momento la tarea de sacar panecillos del horno.

—Pero la cena está lista, Aram.

—Comeré con mi madre —respondió Aram, mientras se alejaba del carromato con Egwene de la mano—. Los dos comeremos con ella.

Entonces dedicó una sonrisa de triunfo a Perrin. Egwene reía mientras corrían.

Perrin se puso en pie y luego se detuvo. No podría sucederle nada a su amiga, si era cierto que aquella gente vivía de acuerdo a la Filosofía de la Hoja que profesaba Raen.

—Excusadme. Soy un invitado y no debiera haber... —se disculpó ante Raen e Ila, que miraban con desazón a su nieto.

—No seas estúpido —replicó con calma Ila—. Es él quien se ha comportado como no debe. Siéntate y come.

—Aram es un joven conflictivo —agregó, afligido, Raen—. Es un buen muchacho, pero a veces pienso que le cuesta ajustarse a la Filosofía de la Hoja. Me temo que no es el único que experimenta esa dificultad. Mi fuego es tuyo. Te ruego que tengas a bien compartirlo con nosotros.

Perrin volvió a sentarse lentamente, sin desprenderse de la sensación de que había actuado con torpeza.

—¿Qué ocurre con los que no son capaces de seguir esa filosofía? —preguntó—. Me refiero a los gitanos.

Raen e Ila cruzaron una mirada angustiada antes de que el Buscador respondiera:

—Nos abandonan. Los Renegados van a vivir a los pueblos.

—Los Renegados no pueden encontrar la felicidad —sentenció Ila, suspirando, con la mirada perdida en la dirección en que se había alejado su nieto.

No obstante, su cara había recobrado la placidez un instante después, cuando repartía cucharas y escudillas. Perrin hundió la cabeza entre los hombros, arrepentido de haber formulado aquella pregunta, y la conversación cesó al tiempo que Ila llenaba los cuencos con un espeso cocido de verduras y les daba unas gruesas rebanadas de pan crujiente. El guiso estaba delicioso y Perrin tomó tres escudillas seguidas, mientras que Elyas, observó con una sonrisa, dio cuenta de cuatro.

Después de la comida, Raen cargó su pipa y Elyas sacó la suya, la cual llenó con el tabaco de Raen. Una vez que hubieron efectuado el ritual de encendido, se arrellanaron en silencio. Ila se puso a hacer calceta. El sol era ya sólo un aro rojizo en el cielo de poniente. El campamento se disponía a pasar la noche, pero el bullicio no había remitido. Otros músicos habían sustituido a los que tocaban a su llegada y ahora había aún más gente que danzaba alrededor de las fogatas y proyectaba su sombra sobre los carromatos. En algún punto, se elevó un coro de voces masculinas. Perrin comenzó a dormitar.

—¿Has visitado a algún Tuatha'an desde que te separaste de nosotros la pasada primavera? —preguntó Raen a Elyas al cabo de un rato.

Perrin abrió los ojos, para entrecerrarlos casi instantáneamente.

—No —repuso Elyas, con la pipa entre los labios—. No me gusta estar rodeado de demasiada gente.

Raen rió entre dientes.

—Especialmente de gente que tiene una ideología tan distinta de la tuya, ¿eh? No, mi viejo amigo, no te inquietes. Ya abandoné hace años la esperanza de que te sumaras a la Filosofía. Sin embargo, nos han contado algo que, si no ha llegado aún a tus oídos, puede interesarte. Para mí conserva su interés, a pesar de que lo he escuchado ya en múltiples ocasiones, cada vez que nos cruzamos con otros miembros de nuestro pueblo.

—Te escucho.

—La historia comienza en la primavera de hace dos años, cuando un clan del Pueblo cruzaba el Yermo por la ruta norte.

—¿El Yermo? —dijo Perrin, con los ojos repentinamente abiertos—. ¿El Yermo de Aiel? ¿Estaban atravesando el Yermo de Aiel?

—Algunas personas pueden entrar en el Yermo sin hacer frente a ninguna oposición —explicó Elyas—. Los juglares, los buhoneros, si son honestos. Los Tuatha'an lo atraviesan incesantemente. Los mercaderes de Cairhien solían hacerlo, antes de la Guerra de Aiel.

—Los Aiel rehúyen nuestro contacto —comenzó a decir con tristeza Raen—, a pesar de nuestros repetidos intentos de hablar con ellos. Nos observan a distancia, sin aproximarse ni permitir que nosotros nos acerquemos a ellos. A veces me asalta la idea de que tal vez ellos conozcan la canción, aunque supongo que es harto improbable. Los hombres Aiel no cantan nunca. ¿No es extraño? Desde el momento en que un chico de esa raza llega a la edad adulta sólo entona cánticos de guerra, o el canto fúnebre por los caídos; los he oído cantar ante los cadáveres de los suyos y de quienes han recibido muerte a manos de ellos. Aquella endecha es capaz de conmover hasta las propias piedras.

Ila realizó un gesto afirmativo para corroborarlo.

Perrin reconsideró rápidamente sus conceptos. Siempre había creído que los gitanos vivían atemorizados, pues, según los rumores, su vida era una constante huida, pero alguien amedrentado no osaría jamás adentrarse en el Yermo de Aiel. Por lo que había oído, nadie que estuviera en su sano juicio intentaría cruzar aquellas tierras.

—Si ésta es una historia sobre una canción —comenzó a reprochar Elyas, pero se detuvo al advertir el gesto negativo de Raen.

—No, mi viejo amigo, no versa sobre una canción. No estoy seguro de saber cuál es su sentido. —Se volvió hacia Perrin—. Los jóvenes Aiel viajan a menudo a la Llaga. Algunos van solos; por algún motivo se creen en la obligación de acabar con el Oscuro, pero la mayoría va en pequeños grupos. A cazar trollocs. —Raen sacudió la cabeza con aflicción y, cuando prosiguió, su voz sonó como un lamento—. Dos años atrás, un clan del Pueblo que atravesaba el Yermo a cientos de millas al sur de la Llaga encontró a uno de esos grupos.

—Eran mujeres jóvenes —intervino Ila, tan apesadumbrada como su marido—. Casi unas muchachas.

Perrin soltó una exhalación y Elyas esbozó una mueca sarcástica.

—Las hembras Aiel no deben ocuparse de la casa ni de la cocina si no quieren hacerlo, muchacho. Las que quieren convertirse en guerreras se inscriben en una de las asociaciones militares, las *Far Dareis Mai*, las Doncellas Lanceras, y luchan codo a codo con los hombres.

Perrin pareció perplejo y Elyas rió entre dientes al percibir su expresión.

Raen retomó el relato, con voz en la que se entremezclaban la contrariedad y el estupor.

—Las jóvenes estaban todas muertas, a excepción de una, que se encontraba agonizante. Ésta se arrastró hasta los carromatos. No había duda de que sabía que eran de Tuatha'an. Su aversión era patente aun entre el dolor, pero era depositaria de un mensaje tan importante que debía transmitirlo a alguien, incluso a nosotros, antes de fallecer. Los hombres fueron a ver si podían asistir a alguna de sus compañeras (había un claro rastro de sangre que ella había dejado), pero todas estaban muertas y entre sus cuerpos había un número de cadáveres de trollocs tres veces superior al de ellas.

Elyas se levantó, con la pipa casi a punto de caerse de la boca.

—¿A cien millas en el interior del Yermo? ¡Imposible! *Djevik K'Shar,* así es como llaman los trollocs al Yermo: la Tierra de la Muerte. No recorrerían cien millas en esa región ni arrastrados por todos los Myrddraal de la Llaga.

—Sabéis muchas cosas sobre trollocs —comentó Perrin.

—Continuad con vuestra historia —indicó bruscamente Elyas a Raen.

—A juzgar por los trofeos que acarreaban las Aiel, era evidente que venían de la Llaga. Los trollocs las habían seguido, pero, por las huellas, pocos vivieron para regresar después de enfrentarse a ellas. En cuanto a la muchacha, no permitió que nadie la tocara, ni siquiera para curar sus heridas. Sin embargo, agarró por el cuello al Buscador de aquel clan y le dijo literalmente estas palabras: «El Marchitador de las Hojas tiene planeado cegar el Ojo del Mundo, Renegado. Quiere matar a la Gran Serpiente. Avisa al pueblo, Renegado. El Cegador de la Vista está próximo a aparecer. Diles que permanezcan alerta ante el que despierta con el crepúsculo. Diles...». Y entonces pereció.

»Marchitador de las Hojas y Cegador de la Vista son los nombres que dan los Aiel al Oscuro —informó Raen a Perrin—, pero, aparte de eso, no comprendo gran cosa. No obstante, ella lo consideró tan importante como para acercarse a quienes detestaba, para revelarlo con su último aliento. ¿Pero a quién? Nosotros formamos una comunidad aparte, el Pueblo Errante, pero me parece que no se refería a nosotros. ¿A los Aiel, tal vez? No nos dejarían explicárselo aunque lo intentáramos. —Suspiró profundamente—. Nos llamó Renegados. No sospechaba que nos detestaran hasta ese punto.

Ila depositó las agujas en el regazo y le acarició con dulzura la cabeza.

—Sería algo que averiguó en la Llaga —musitó Elyas—. Aunque no tiene sentido. ¿Matar a la Gran Serpiente? ¿Acabar con el propio tiempo? ¿Y cegar el Ojo del Mundo? Es como decir que va a hacer desfallecer de hambre a una piedra. Tal vez estaba delirando, Raen. Puede que, herida y agonizante, hubiera perdido la noción de la realidad. Quizá ni sabía quiénes eran esos Tuatha'an.

—Sabía qué decía y a quién se lo decía. Algo más preciado para ella que su misma vida, y nosotros no somos siquiera capaces de comprender su significado. Cuando os vi caminar hacia nuestro campamento, pensé que tal vez encontraríamos una respuesta por fin, dado que vos erais —Elyas hizo rápidamente una señal con la mano y Raen modificó lo que iba a decir— ... que sois un amigo nuestro y estáis informado de muchos fenómenos extraños.

—No es esto —replicó Elyas con un tono que puso fin a la conversación.

El silencio que circundó a la fogata sólo se quebró con la música y las risas cercanas.

Con la espalda apoyada en uno de los troncos, Perrin trató de hallar un sentido al mensaje de la mujer Aiel, si bien su intento fue tan infructuoso como los de Elyas y Raen. El Ojo del Mundo había formado parte de sus sueños en más de una ocasión, pero no deseaba pensar en aquello. El otro interrogante era Elyas. ¿Qué había estado a punto de revelar Raen sobre el barbudo personaje y por qué Elyas lo había contenido? Tampoco logró aclarar aquel punto. Intentaba imaginarse cómo serían las muchachas Aiel, que iban a la Llaga, adonde sólo entraban los Guardianes, por lo que él sabía, y peleaban con los trollocs. Entonces oyó a Egwene, que regresaba canturreando.

Se puso en pie y salió a recibirla en el límite del círculo iluminado por el fuego. Ella se paró en seco, mirándolo con la cabeza ladeada. En la oscuridad, Perrin no acertaba a leer su rostro.

—Te has ausentado mucho rato —dijo—. ¿Te has divertido?

—Hemos cenado con su madre —respondió la muchacha—. Y hemos bailado... y reído. Parece como si hiciera siglos que no había bailado.

—Me recuerda a Wil al'Seen. Siempre has tenido el suficiente sentido común como para no dejar que ese individuo te metiera en su bolsillo.

—Aram es un joven amable y divertido —replicó Egwene con voz tensa—. Me hace reír.

—Perdona. Me alegro de que hayas disfrutado.

De improviso, Egwene se precipitó en sus brazos y se echó a llorar sobre su hombro. El le palmeó torpemente el cabello. «Rand sabría lo que hay que hacer en estos casos», pensó. Rand se comportaba con naturalidad con las muchachas. No como él, que nunca sabía qué decir ni cómo actuar.

—Ya te he pedido disculpas, Egwene. De veras me alegra que te hayas divertido en el baile.

—Dime que están vivos —murmuró apoyada en su pecho.

—¿Cómo?

Egwene se despegó de él, reteniéndole los brazos con las manos, y lo miró en la penumbra.

—Rand y Mat y los demás. Dime que están vivos.

Perrin respiró hondo y miró dubitativo en derredor.

—Están vivos —declaró por último.

—Bien. —Se enjugó deprisa las mejillas con los dedos—. Eso es lo que quería oír. Buenas noches, Perrin. Que duermas bien.

Tras ponerse de puntillas, le rozó la frente con los labios y luego se alejó de él sin darle tiempo a decir palabra alguna.

Se volvió para mirarla. Ila se levantó y las dos mujeres se encaminaron al carromato hablando en voz baja. «Rand lo entendería —pensó—, pero yo no.»

Distantes en la noche, los lobos recibieron con sus aullidos el ascenso de la primera rodaja de la luna nueva en el horizonte y él se estremeció. Al día siguiente tendría tiempo de sobra para preocuparse por los lobos. No fue así, puesto que éstos estaban aguardando para hacer aparición en sus sueños.

26

PUENTE BLANCO

L a última nota imprecisa de lo que había sido una interpretación apenas reconocible de *El viento que agita el sauce* se desvaneció por fin y Mat apartó de sus labios la flauta incrustada de
oro y plata de Thom. Rand despegó las manos de sus orejas.
Un marinero que enroscaba un cabo en cubierta dejó escapar un ruidoso suspiro de alivio. Por un momento, sólo se oyó el sonido del agua al
lamer el casco, el rítmico batir de los remos y el arrullo de los aparejos
impulsado por el viento.

—Supongo que debería darte las gracias —murmuró Thom Merrilin— por demostrarme cuán acertado es el viejo dicho: «Por más que le
enseñes, nunca aprenderá un cerdo a tocar la flauta».

Los marinos estallaron en risas y Mat hizo ademán de arrojarle la
flauta a la cabeza. Prudentemente, el juglar le quitó el instrumento de
la mano y lo guardó en su funda de cuero.

—Pensaba que todos los pastores pasabais el rato tocando la flauta
mientras apacentabais el ganado. Esto me enseña a no fiarme más que
de lo que vean mis ojos.

—Rand es el pastor —gruñó Mat—. Y es él el que toca la flauta.

—Sí, bien, tiene cierta aptitud. Quizá será mejor que centremos nuestros esfuerzos en los malabarismos, muchacho. Al menos das prueba de algún talento para ello.

—Thom —llamó Rand—, no sé por qué os estáis tomando tantas molestias. —Dio una ojeada a la tripulación y bajó la voz—. Después de todo, no tenemos verdaderamente intención de convertirnos en juglares. Sólo es algo para pasar inadvertidos hasta que encontremos a Moraine y a los demás.

Thom se tiró de los bigotes, absorto, al parecer, en la observación de la funda marrón que reposaba en sus rodillas.

—¿Y qué ocurrirá si no los encontramos, hijo? No tenemos ninguna prueba de que todavía estén vivos.

—Lo están —afirmó con convicción Rand, antes de volverse hacia Mat para solicitar mudamente su apoyo. Mat, sin embargo, mostraba un rostro ceñudo, con los labios apretados en una fina línea y los ojos fijos en la cubierta—. Bueno, di algo —lo instó—. No es posible que te enfurezca tanto no sabe tocar la flauta. Yo tampoco lo hago muy bien. Nunca te había ilusionado aprender a hacerlo.

Mat irguió la cabeza, todavía ceñudo.

—¿Y qué pasaría si estuvieran muertos? —espetó en voz baja—. Tenemos que aceptar los hechos, ¿no?

En aquel momento, el vigía gritó:

—¡Puente Blanco! ¡Puente Blanco a la vista!

Por espacio de un largo minuto, reacio a creer que Mat fuera capaz de decir tan impasiblemente algo como aquello, Rand sostuvo la mirada de su amigo en medio del alboroto de marinos que se aprestaban a atracar. Mat lo miraba airadamente con la cabeza hundida entre los hombros. Eran tantas las cosas que quería expresar Rand, que no hallaba las palabras oportunas. Debían mantener la confianza en que los demás permanecían con vida. Debían hacerlo. «¿Por qué?», le asaltó una duda en lo más recóndito de su conciencia, «¿para que todo acabe como uno de los cuentos de Thom, en que los héroes encuentran un tesoro y derrotan al malo para vivir luego felices para siempre? Algunas de sus historias no tienen ese final. A veces los protagonistas mueren. ¿Eres acaso un héroe, Rand al'Thor? ¿Eres un héroe, pastor de ovejas?»

De pronto Mat enrojeció y apartó la vista. Liberado de sus pensamientos, Rand se puso en pie para dirigirse entre la barahúnda a la barandilla. Mat caminó tras él lentamente, sin esforzarse siquiera en esquivar a los marinos que cruzaba.

Los hombres corrían por la embarcación con los pies desnudos; algunos arriaban velas y ataban y desataban cabos, otros acarreaban sacos de hule rebosante de lana, mientras otros preparaban sogas tan gruesas como la muñeca de Rand. A pesar de la prisa, todos se movían con la confianza de quien ha realizado la misma operación cientos de veces; sin embargo, el capitán Domon gritaba órdenes al tiempo que recorría cubierta y regañaba a aquellos que no trabajaban con la premura que él consideraba adecuada.

Rand centraba su atención de forma exclusiva en el escenario que les aguardaba al doblar una ligera curva del Arinelle. Había oído hablar de él, en canciones, historias y relatos de buhoneros, pero ahora le sería dado contemplar de cerca la leyenda.

El Puente Blanco se arqueaba por encima del amplio cauce, alcanzando una altura que doblaba la del mástil del *Spray*, y resplandecía de punta a punta con un color blanco lechoso que reunía la luz del sol hasta brillar como un halo. Unas pilas recurvadas, del mismo material, se hundían en la caudalosa corriente, demasiado frágiles en apariencia para soportar su embate y el peso del puente.

El conjunto semejaba formar una sola pieza, como si la mano de un gigante lo hubiera moldeado con una única roca. Acariciaba las aguas con una gentileza que casi hacía olvidar su tamaño y, sin embargo, sus dimensiones empequeñecían por contraste con la ciudad que se extendía a sus pies en la ribera este. No obstante, Puente Blanco era muchísimo más extenso que Campo de Emond, con casas de piedra y ladrillo tan altas como las de Embarcadero de Taren y muelles de madera similares a largos dedos que señalaban hacia el río. En el Arinelle había una gran profusión de embarcaciones, en su mayoría de pescadores. Toda la escena estaba presidida por la imponente talla del puente de blanco resplandor.

—Parece de cristal —observó Rand sin dirigirse a nadie en particular.

El capitán Domon se paró detrás de él y se introdujo los pulgares bajo su grueso cinturón.

—No, chico. Es lo que es, no cristal. Por más que arrecie la lluvia, nunca se vuelve resbaladizo y ni el mejor cincel ni el brazo más poderoso son capaces de hacerle una marca.

—Un vestigio de la Era de Leyenda —terció Thom—. Siempre he pensado que debía de ser así.

El capitán exhaló un terco gruñido.

—A lo mejor. Pero aun así es útil. Quizá lo construyeran otros. No tiene por qué ser una obra de Aes Sedai, que la Fortuna me acoja. No tiene por qué ser tan antiguo como eso. ¡A ver si te aplicas más, estúpido inepto! —Se alejó de ellos con una imprecación.

Rand contempló con asombro aquel prodigio. «De la Era de Leyenda.» Y, por consecuencia, levantado por las Aes Sedai. Aquél era el motivo de la reticencia mostrada por el capitán Domon, a pesar de su anterior charla acerca de las maravillas y rarezas que podían hallarse en el mundo. Una obra de Aes Sedai. Una cosa era oír hablar de ello y otra distinta verlo y tocarlo. «Eso ya lo sabías, ¿verdad?» Por un instante, Rand tuvo la sensación de que sobre la prístina estructura gravitaba una sombra. Apartó los ojos hacia los muelles cercanos, pero no obstante el puente todavía se proyectaba en su ángulo de visión.

—¡Lo hemos conseguido, Thom! —exclamó con una risa forzada—. Y no ha habido ningún amotinamiento.

El juglar se limitó a carraspear y atusarse los bigotes, pero dos marineros que transportaban una cuerda cerca de ellos le dedicaron una aguda mirada, y luego volvieron a encorvarse de nuevo concentrados en su trabajo. Paró de reír y procuró no cruzar la mirada con aquellos dos hombres durante el resto del tiempo que les quedaba a bordo.

El *Spray* viró suavemente hacia el primer muelle, hecho con gruesos tablones apoyados en macizas vigas recubiertas de brea, y se detuvo con un retroceso de remos que hizo ondear el agua a su alrededor. Una vez retirados los remos, los marineros echaron cables a los hombres apostados en el puerto, los cuales los ataron, al tiempo que otros miembros de la tripulación deslizaban hacia un costado los sacos de lana para proteger el casco.

Antes de que el barco hubiera acabado de atracar, aparecieron al final del puerto unos altos carruajes lacados de negro, cada uno con un nombre pintado en la puerta con grandes letras de color oro o escarlata. Los pasajeros que descendieron de ellos, hombres de rostro suave, ataviados con largas chaquetas de terciopelo, capas ribeteadas de seda y escarpines de tela, comenzaron a caminar con paso presuroso por las planchas seguidos por sus respectivos sirvientes, que les llevaban las cajas fuertes de hierro.

Se aproximaron al capitán Domon con sonrisas pintadas en los labios, las cuales se desvanecieron de golpe cuando éste gritó ante ellos:

—¡Tú!

Apuntó con el dedo más allá, deteniendo con su ademán a Floran Gelb, que se hallaba al otro lado del barco. La cicatriz que le había producido en la frente la bota de Rand había desaparecido ya, pero él todavía se llevaba de vez en cuando la mano allí como para recordarla.

—¡Ésta ha sido la última vez que te duermes haciendo el turno de vigilancia en mi barco! —le gritó—. ¡O en cualquier otro bajel, si mi opinión cuenta en algo! ¡Elige cualquiera de los costados, el puerto o el río, pero sal de mi barco ahora mismo!

Gelb hundió los hombros y sus ojos destellaron odio, dirigido a Rand y a sus amigos, a Rand en particular, en una mirada ponzoñosa. El delgado marino recorrió la cubierta con la vista en busca de apoyo, pero su mirada era desesperanzada. Uno a uno, todos los componentes de la tripulación abandonaron momentáneamente sus tareas y se enderezaron para devolverle frías miradas. Gelb perdió ánimos de manera visible, pero a poco la ferocidad retornó a sus ojos, doblemente reforzada. Tras susurrar una maldición, se alejó hacia los aposentos de la tripulación. Domon ordenó a dos de sus hombres que fueran tras él para vigilar que no provocara ningún desperfecto y lo despidió con un gruñido. Cuando el capitán se volvió hacia ellos, los mercaderes asumieron nuevamente sus sonrisas como si no hubiera mediado interrupción alguna.

A una indicación de Thom, Rand y Mat comenzaron a reunir su equipaje. Ninguno de ellos llevaba gran cosa aparte de la ropa. Rand tenía su manta, las alforjas y la espada de su padre. Retuvo un minuto el arma entre las manos y le sobrevino con tal intensidad la añoranza del hogar que le escocieron los ojos. Se preguntó si alguna vez volvería a ver a Tam. O su casa. Su casa... «Vas a pasarte el resto de tu vida huyendo, huyendo y sufriendo el temor a tus propios sueños.» Con un suspiro deslizó la correa sobre su cintura por encima de la chaqueta.

Gelb regresó a cubierta, seguido por el par de hombres que lo vigilaban. Pese a que no desvió la mirada, Rand percibió de nuevo el odio que emanaba de él. Con la espalda rígida y el semblante ensombrecido, Gelb caminó por la pasarela y se abrió paso con brusquedad entre la gente que merodeaba en el muelle. Al cabo de un minuto, había desaparecido de la vista, perdido más allá de los carruajes de los mercaderes.

Las escasas personas que había en el puerto eran obreros, pescadores que remendaban las redes y algunos ciudadanos que habían acudido para contemplar el primer barco que aquel año descendía por el río desde Saldaea. Ninguna de las muchachas era Egwene y nadie se parecía en lo más mínimo a Moraine, Lan ni a ninguno de los conocidos que Rand abrigaba la esperanza de ver.

—Quizá no hayan venido al muelle —dijo.

—Quizá —repitió lacónico Thom, que ordenaba con cuidado las cajas de sus instrumentos musicales—. Tenéis que estar alerta por lo que se refiere a Gelb. Intentará causarnos contratiempos. Recordad que debemos pasar tan discretamente por Puente Blanco como para que nadie recuerde que hemos estado aquí cinco minutos después de nuestra partida.

Sus capas ondeaban al viento mientras caminaban por la pasarela. Mat llevaba el arco cruzado delante del pecho. Incluso después de tantos días de viajar con ellos, aún despertó algunas miradas de recelo entre la tripulación.

El capitán Domon abandonó a los comerciantes para interceptarles el paso.

—¿Vais a dejarme ahora, juglar? ¿No es posible que prosigáis viaje? Voy a ir a Illian, donde la gente profesa especial simpatía a los juglares. No hay un lugar mejor en el mundo para los artistas. Os llevaría allí justo a tiempo para las fiestas de Sefan. Los concursos, ya sabéis. Otorgan cien monedas de oro al mejor relato de *La Gran Cacería del Cuerno*.

—Un buen premio, capitán —repuso Thom con una elaborada reverencia y revuelo de capa que hizo danzar todos los parches de colores—, y unos magníficos concursos, que reúnen allí a todos los juglares de la tierra. Pero —añadió secamente— me temo que no podría permitirme el pago de las tarifas que exigís.

—Ah, bueno, respecto a eso... —El capitán sacó una bolsa de cuero del bolsillo de su chaqueta y la entregó a Thom, produciendo un tintineo metálico—. Os devuelvo vuestros pasajes, con un poco de dinero de más. Los daños no fueron tan serios como pensé y os habéis ganado de sobra el viaje con vuestras historias y el arpa. Tal vez os proporcionaría la misma cantidad si os quedarais a bordo hasta el Mar de las Tormentas. Y os dejaría en tierra en Illian. Un buen juglar puede labrarse fortuna allí, incluso sin concursos.

Thom vaciló, sopesando el portamonedas en la palma de su mano, pero Rand se apresuró a responder.

—Hemos de encontrarnos con unos amigos aquí, capitán, y después iremos juntos a Caemlyn. Tendremos que visitar Illian en otra ocasión.

Thom arqueó los labios en un rictus amargo; luego se atusó los largos bigotes y se introdujo el dinero en el bolsillo.

—Tal vez si la gente con quien debemos reunirnos no se halla aquí, capitán.

—Vaya —dijo, apesadumbrado, Domon—. Pensadlo. Es una lástima que no pueda conservar a Gelb a bordo para centrar en él las iras de la tripulación, pero yo cumplo lo prometido. Supongo que deberé conformarme, aunque ello represente que tarde el doble de tiempo en llegar a Illian del que debería. Bueno, tal vez esos trollocs iban detrás de vosotros.

Rand parpadeó pero guardó silencio; sin embargo, Mat no fue tan prudente.

—¿Y qué os hace pensar lo contrario? —preguntó—. Iban detrás del mismo tesoro que buscábamos nosotros.

—A lo mejor —gruñó el capitán con poca convicción. Se peinó la barba con sus gruesos dedos y después señaló el bolsillo donde Thom había introducido la bolsa—. Recibiréis el doble de esa cantidad si regresáis para distraer las mentes de los marinos de la dureza del trabajo. Pensad en ello. Soltaré amarras con las primeras luces del alba. —Giró sobres sus talones y se dirigió de nuevo hacia los mercaderes con los brazos abiertos, comenzando a presentarles sus disculpas por haberlos hecho esperar.

Thom todavía titubeaba, pero Rand lo obligó a bajar a tierra sin darle ocasión de protestar. Un murmullo cruzó la multitud congregada en el muelle a la vista de la capa multicolor de Thom. Algunos elevaron la voz para inquirir dónde iba a dar sus representaciones. «Y nosotros que queríamos pasar inadvertidos», pensó Rand, consternado. Al anochecer, todo Puente Blanco estaría al corriente de que había un juglar en la ciudad. Impelió a Thom a caminar aprisa y éste, sumido en un melancólico silencio, no intentó siquiera aminorar el paso para pavonearse ante los espectadores.

Los conductores de los carruajes miraron con interés a Thom desde los altos pescantes, pero al parecer la dignidad de su posición les impedía llamarlo a gritos. Sin una idea exacta de adónde habían de encaminarse, Rand tomó la calle que discurría junto al río para doblar bajo el puente.

—Tenemos que encontrar a Moraine y a los otros —afirmó—. Y lo más rápido posible. Habríamos debido pensar en cambiarle la capa a Thom.

El juglar se estremeció de pronto y se detuvo.

—Un posadero podrá informarnos si están aquí o si han pasado por aquí; uno adecuado. Los posaderos conocen todas las novedades y chismorreos. Si no se encuentran aquí... —Miró primero a Rand y luego a Mat—. Debemos mantener una conversación los tres.

Con la capa revoloteándole en torno a los tobillos, se alejó del río en dirección a la ciudad a tal velocidad que Rand y Mat debieron afanarse para no quedarse atrás.

El gran arco blanco que confería su nombre a la urbe dominaba Puente Blanco con igual majestuosidad de cerca que de lejos, si bien, una vez que se hallaron en sus calles, Rand se percató de que aquella ciudad era tan grande como Baerlon, aun cuando no estuviera tan atestada de gente. Por las calles circulaban algunos carros, tirados por caballos, bueyes, asnos o personas, pero no se veía ningún carruaje. Probablemente éstos vehículos eran privilegio exclusivo de los mercaderes, que se encontraban ahora reunidos en el muelle.

Las callejas estaban flanqueadas por tiendas de toda clase, cuyos propietarios trabajaban en su mayoría delante de los establecimientos, bajo los rótulos que oscilaban azotados por el viento. Pasaron delante de un hombre que arreglaba cazuelas y de un sastre que mostraba sus telas a un cliente a la luz del día. Un zapatero, sentado en el umbral, golpeaba con el martillo el tacón de una bota. Los vendedores ambulantes ofrecían a voz en grito sus servicios como afiladores de cuchillos y tijeras o trataban de llamar la atención de los viandantes sobre sus escasas bandejas de frutas o verduras, pero apenas lograban atraer su interés. Las tiendas de comestibles mostraban las mismas deplorables mercancías que Rand recordaba haber visto en Baerlon. Incluso los pescaderos ofertaban sólo pequeñas cantidades de peces escuálidos, a pesar del número de barcas que había en el río.

La situación todavía no era desastrosa, pero no era difícil pronosticar lo que se avecinaba si el tiempo no experimentaba una pronta mejoría, y aquellos rostros que no estaban velados por arrugas de preocupación parecían contemplar algo invisible, que distaba de ser de su complacencia.

En el punto en que el Puente Blanco descendía en medio de la ciudad había una gran plaza, pavimentada con losas desgastadas por generaciones de pies y ruedas de carromatos. El espacio se hallaba rodeado de posadas, tiendas y altas casas de ladrillos rojos con rótulos en las fachadas que anunciaban los mismos nombres que Rand había leído en los carruajes del puerto. Fue en una de aquellas posadas, al parecer elegida al azar, adonde se dirigió Thom. En el letrero que colgaba sobre la puerta y se balanceaba con el viento, había pintado un hombre con un hatillo en la espalda a un lado y el mismo hombre con la cabeza sobre una almohada en el otro, y proclamaba ser el Reposo del Caminante.

La sala principal estaba vacía, a excepción del obeso posadero que trasvasaba cerveza de una barrica y de dos hombres vestidos con bastos ropajes de obreros que miraban melancólicamente sus jarras, ante una mesa situada al fondo. Sólo el propietario del establecimiento levantó la vista cuando ellos entraron. La estancia estaba dividida por un tabique de algo más de un metro de altura en dos recintos que disponían de una chimenea y mesas por separado. Rand se preguntó vagamente si todos los pasaderos serían gordos y calvos.

Thom se frotó las manos con vigor y, tras comentar al posadero el fresco que hacía, encargó vino caliente aromatizado con especias y luego añadió en voz baja:

—¿Disponéis de algún lugar donde podamos conversar en privado mis amigos y yo?

El posadero indicó con la cabeza la pared.

—El otro lado es lo mejor que puedo ofreceros a menos que queráis tomar habitación. Esto está ideado para cuando los marineros regresan del río. Se diría que la mitad de las tripulaciones guarda rencillas con el resto. Como no quiero que me destrocen el establecimiento, los distribuyo por separado.

En todo aquel rato no había reparado en la capa de Thom y, entonces, ladeó la cabeza con una mirada de astucia.

—¿Vais a quedaros aquí? Hace tiempo que no albergo a ningún juglar. La gente pagaría con gusto por contemplar algo que distraiga su mente. Incluso os haría un descuento en el alojamiento y las comidas.

«Inadvertidos», pensó sombrío Rand.

—Sois muy generoso —respondió Thom con una ligera reverencia—. Tal vez acepte vuestra oferta. Pero ahora deseo un poco de intimidad.

—Os traeré el vino. Hay buen dinero aquí para un juglar.

No había ninguna mesa ocupada en el otro recinto, pero Thom eligió una situada en pleno centro de la estancia.

—Así nadie podrá escucharnos sin que nos demos cuenta —justificó—. ¿Habéis oído a este tipo? Nos hará un descuento. Hombre, le duplico la clientela sólo por estar sentado aquí. Cualquier posadero honesto da alojamiento y comida a un juglar y además le paga algo.

La mesa no estaba demasiado limpia y el suelo no había sido barrido durante días, semanas quizá. Rand miró en torno con una mueca de disgusto. Maese al'Vere no habría permitido que su posada cayese en ese estado de desaliño si hubiera tenido que levantarse de su lecho de enfermo para verla.

—Estamos aquí sólo en busca de información, ¿recuerdas?

—¿Por qué aquí? —inquirió Mat—. Hemos cruzado otras posadas que parecían más limpias.

—Justo al otro lado del puente —repuso Thom— está la carretera que va a Caemlyn. Cualquiera que atraviese Puente Blanco pasa por esta plaza, a no ser que navegue por el río, y sabemos que ése no es el caso de nuestros amigos. Si aquí no saben nada de ellos, es que no han estado en la ciudad. Dejad que hable yo. Hay que hacerlo con tacto.

El posadero apareció justo en ese momento con tres abolladas jarras de estaño, en una de sus manos. El obeso individuo hizo un breve ademán de limpiar la mesa con la servilleta, depositó los recipientes y tomó el dinero que le ofreció Thom.

—Si os quedáis, no tendréis que pagar las bebidas. Tenemos buen vino aquí.

Thom esbozó una leve sonrisa.

—Reflexionaré acerca de ello, posadero. ¿Qué hay de nuevo por aquí? Hemos estado ausentes y desconocemos las novedades.

—Grandes noticias, eso es lo que hay. Grandes noticias.

El posadero se llevó la servilleta al hombro y acercó una silla. Luego cruzó los brazos sobre la mesa, se arrellanó con un largo suspiro y expresó el gran alivio que experimentaba al poder reposar los pies. El individuo, llamado Bartim, refirió con detalle el tormento que le ocasionaban sus pies, describió sus callos y juanetes, los baños de hierbas con que los cuidaba y se quejó del tiempo que debía permanecer de pie, hasta que Thom volvió a mencionar las novedades, con lo cual cambió de tema sin margen de pausa.

Las noticias tenían, en efecto, la importancia que él les había conferido. Logain, el falso Dragón, había sido capturado después de una gran batalla cerca de la frontera de Lugard, mientras intentaba trasladar su ejército de Ghealdan a Tear. Las profecías, ya comprendían. Al asentir Thom, Bartim prosiguió. Los caminos del sur se hallaban abarrotados de gente, de la cual la más afortunada acarreaba algunas de sus pertenencias a hombros. Las había por millares y huían en todas direcciones.

—Ninguno —comentó con una risa irónica Bartim— apoyaba a Logain, desde luego. Oh, no, no encontraréis a nadie que lo admita en la actualidad. Sólo son refugiados que intentan hallar un lugar seguro para guarecerse mientras dure la guerra.

Las Aes Sedai habían intervenido en el apresamiento de Logain, por supuesto. Bartim escupió en el suelo al mencionarlas y volvió a hacerlo cuando explicó que ellas custodiaban al Dragón de camino a Tar Valon. Bartim era un hombre honrado, según su opinión, un hombre respetable; y, por lo que a él concernía, las Aes Sedai podrían regresar a la Llaga, que era su lugar de pertenencia, y llevarse a Tar Valon hasta allí. No se aproximaría a una Aes Sedai ni a cien millas de distancia, si le era dado elegir. Claro estaba que iban deteniéndose en todos los pueblos por los que pasaban para enseñar a Logain, o al menos eso le habían dicho. Para demostrar a la gente que el falso Dragón estaba prisionero y el mundo se encontraba de nuevo a salvo. A él le habría gustado verlo, aunque ello hubiera representado acercarse a las Aes Sedai. Se sentía tentado de ir a Caemlyn.

—Lo llevarán allí para mostrarlo a la reina Morgase. —El posadero se tocó la frente en un gesto respetuoso—. Nunca he visto a la reina. Un hombre debería ver a su propia reina, ¿no os parece?

Logain era capaz de realizar «cosas» y la manera como Bartim hacía oscilar las pupilas y se lamía los labios indicaba a las claras a qué se refería. Había contemplado al último falso Dragón dos años antes, cuando lo expusieron por toda la región, pero aquél era sólo un tipejo que creía poder convertirse en rey. En aquella ocasión, no habían precisado a las Aes Sedai. Los soldados lo habían encadenado a un carro. Un personaje de aspecto triste que murmuraba en medio de la carreta y se cubría la cabeza con las manos cuando la gente le arrojaba piedras o lo pinchaba con palos. Se habían ensañado bastante con él, y los soldados no habían hecho nada para contenerlos, salvo impedir que lo mataran. Era mejor permitir que la gente comprobara que no tenía nada especial. Él no podía hacer «cosas». Sin embargo, ese Logain sería un personaje digno de ver. Un espectáculo que Bartim podría relatar a sus nietos. El problema era que la posada no le permitía ausentarse.

Rand escuchaba con un interés que no precisaba simular. Cuando Padan Fain había informado en Campo de Emond de la existencia de un falso Dragón, de un hombre que controlaba realmente el Poder, aquélla había sido la noticia de más peso que había llegado a Dos Ríos en varios años. Lo que había sucedido después le había hecho olvidarlo momentáneamente, pero, con todo, era el tipo de acontecimiento del que la gente hablaría durante años y lo referiría a sus nietos, también. Bartim tal vez les contaría a los suyos que lo había visto, tanto si ello era cierto como si no. Nadie consideraría digno de mención lo acontecido a unos pueblerinos de Dos Ríos, con excepción de los propios habitantes de aquella región.

—Eso —observó Thom— constituiría un buen material para componer una historia, una historia que se relataría por espacio de mil años. Lástima que no estuviera allí. —Hablaba como si expresara la verdad y Rand creyó que lo decía en serio—. Tal vez intente verlo de todos modos. No habéis mencionado el camino por el que lo llevan. ¿Quizás haya otros viajeros por aquí? Deben de estar informados de la ruta que han tomado.

Bartim hizo ondear una mano con gesto disuasivo.

—Rumbo norte, eso es lo que todos saben aquí. Si queréis verlo, id a Caemlyn. Eso es todo cuando puedo deciros y, si hay algo que deba saberse en Puente Blanco, yo estoy al corriente de ello.

—No lo pongo en duda —dijo halagadoramente Thom—. Calculo que deben de alojarse aquí muchos forasteros que están de paso en la ciudad. Me he fijado en vuestro cartel tan pronto como he posado los pies fuera del puente.

—No sólo del oeste, si queréis que os lo diga. Hace dos días, vino un individuo aquí con un bando adornado de sellos y cintas, un illiano, que leyó la proclama fuera, en la plaza. Dijo que iba a llevarlo hasta las Montañas de la Niebla, quizás hasta el Océano Aricio, si los puertos se hallan franqueables. Añadió que habían enviado hombres para que lo leyeran en todos los confines del mundo. —El posadero sacudió la cabeza—. Las Montañas de la Niebla. He oído que están cubiertas de niebla durante todo el año y que hay seres en la bruma que le arrancan a uno la carne antes de que pueda echar a correr.

Mat rió con disimulo y Bartim le dedicó una dura mirada.

Thom se inclinó hacia adelante, demostrando gran interés.

—¿Qué decía la proclama?

—Vaya, era sobre la Cacería del Cuerno, claro —replicó Bartim—. ¿No os lo he dicho? Los illianos están llamando a todo aquel que esté dispuesto a consagrar su vida a la cacería, para que se reúnan en Illian. ¿Os imagináis? ¿Entregar la vida bajo juramento por una leyenda? Supongo que encontrarán a algunos dementes. Siempre hay alguno que otro loco. El tipo afirmaba que el fin del mundo no tardará en llegar. La última batalla con el Oscuro.

Rió entre dientes, tratando de convencerse a sí mismo de que había motivos para reír.

—Seguro que piensan que para impedirlo —prosiguió— hay que encontrar el Cuerno de Valere. ¿Qué os parece eso? —Se mordió pensativo los nudillos durante un minuto—. Desde luego, no sabría cómo llevarles la contraria después de este invierno que hemos pasado. El invierno y ese Logain, y los dos anteriores también. ¿Por qué aparecen últimamente tantos hombres que pretenden ser el Dragón? Y el invierno. Eso debe de significar algo. ¿Qué opináis?

Thom no pareció oírlo. Con voz queda el juglar comenzó a recitar para sí:

> En la lucha postrera y solitaria
> contra la caída de la larga noche,
> las montañas montan guardia,
> y los muertos harán guardia,
> pues la tumba no es barrera a mi llamada.

—Eso es. —Bartim sonreía como si ya estuviera contemplando las multitudes que le entregaban su dinero por escuchar a Thom—. Eso es. *La Gran Cacería del Cuerno.* Explicaréis eso y vendrán hasta a colgarse de las vigas aquí adentro. Todos han escuchado el bando.

Como Thom todavía aparentaba hallarse muy lejos de allí, Rand tomó la palabra.

—Estamos buscando a unos amigos que habían de venir aquí, por el oeste. ¿Ha habido muchos forasteros de paso, la última semana y la anterior?

—Algunos —repuso con cautela Bartim—. Siempre hay alguno procedente de oriente o de occidente. —Los miró uno a uno, de pronto receloso—. ¿Qué aspecto tienen esos amigos vuestros?

408

Rand abrió la boca, pero Thom, que regresó de golpe de sus ensoñaciones, le dirigió una seca mirada en demanda de silencio. Con un suspiro de exasperación, el juglar se volvió hacia el posadero.

—Dos hombres y tres mujeres —puntualizó de mala gana—. Puede que estén juntos y puede que no.

Describió a cada uno de ellos con breves pinceladas, lo suficiente para que cualquiera que los hubiera visto fuera capaz de reconocerlos, sin sospechar su verdadera condición.

Bartim se pasó una mano por la cabeza, enredándose sus escasos cabellos, y luego se puso en pie lentamente.

—Olvidad mi propuesta de dar una representación aquí, juglar. De hecho, apreciaría que bebierais vuestro vino y os marcharais. Abandonad Puente Blanco, si sois un hombre sensato.

—¿Alguna otra persona ha preguntado por ellos? —Thom tomó un trago, como si la respuesta fuera la cosa más insignificativa del mundo y arqueó una ceja inquisitiva—. ¿Quién podría ser?

Bartim volvió a mesarse el pelo y movió los pies, a punto de alejarse; después asintió para sí.

—Hará una semana, por lo que creo recordar, un individuo llegó por el puente. Todos lo tomaron por loco. No paraba de hablar solo y no estaba quieto ni un segundo. Preguntó por las mismas personas...; por algunas de ellas. Hacía la pregunta como si fuera algo importante y luego se comportaba como si no le interesara lo más mínimo cuál era la respuesta. La mitad del tiempo decía que debía esperarlos aquí y la otra que debía marcharse porque tenía prisa. Unas veces gemía y mendigaba y otras presentaba exigencias como si fuera un rey. Loco o no, en un par de ocasiones estuvo a punto de recibir una paliza. La guardia casi lo tomó bajo custodia para protegerlo. Se fue en dirección a Caemlyn, hablando para sí y llorando. Un enajenado, como ya os he dicho.

Rand echó una mirada interrogativa a Thom y Mat y ambos sacudieron la cabeza a modo de negación. Si aquel hombre iba en pos de ellos, no era una persona que ellos acertaran a reconocer.

—¿Estáis seguro de que buscaba a las mismas personas? —inquirió Rand.

—A algunas de ellas. Al guerrero y a la dama vestida de seda. Pero no eran ellos los que le importaban de verdad, sino tres muchachos campesinos. —Sus ojos recorrieron a Rand y a Mat a tal velocidad, que Rand luego no estaba seguro de haber percibido la mirada o de haberla imaginado—. Estaba desesperado por encontrarlos. Pero se hallaba fuera de sus cabales, como ya he dicho.

Rand se estremeció; se preguntaba quién podía ser aquel hombre loco y por qué los buscaba. «¿Un Amigo Siniestro? ¿Utilizaría Ba'alzamon a un hombre que había perdido el juicio?»

—Ése estaba loco, pero el otro... —Bartim movía las pupilas con inquietud y se pasaba la lengua por los labios como si no dispusiera de suficiente saliva para humedecerlos—. Al día siguiente..., al día siguiente el otro llegó por primera vez. —Guardó silencio.

—¿El otro? —lo animó a proseguir Thom.

Bartim miró a su alrededor, a pesar de que en aquel lado de la sala no había nadie aparte de ellos. Incluso se puso de puntillas para observar por encima de la pared divisoria. Cuando por fin habló, lo hizo con un susurro apresurado.

—Viste todo de negro. Lleva la capucha bien abajo para que no le vean la cara, pero uno puede sentir cómo asesta su mirada, sentirla como un carámbano clavado en la columna. Me..., me habló. —Pestañeó y se mordió el labio antes de continuar—. Su voz sonaba como una serpiente que se arrastra sobre hojas secas. Con franqueza, me heló las entrañas. Cada vez que vuelve, hace las mismas preguntas. Iguales que las que formuló el loco aquel. Nadie lo ve acercarse: simplemente aparece de pronto, sea de día o de noche, y lo deja a uno paralizado en el acto. La gente está comenzado a mirar atrás por encima del hombro. Y lo peor de todo es que los vigilantes de las puertas pretenden que nunca ha pasado por ninguna de ellas, ni para entrar ni para salir.

Rand se esforzó por mantener una expresión impasible; apretó las mandíbulas hasta que le dolieron los dientes. Mat frunció el rostro y Thom se dedicó a examinar su jarra de vino. La palabra que ninguno de ellos quería pronunciar flotaba en el aire a su alrededor: Myrddraal.

—Creo que lo recordaría si me hubiera encontrado con una persona así —dijo Thom un minuto después.

Bartim agitó con furia la cabeza.

—Que me aspen si no lo recordaríais. Tan cierto como la Luz. Quiere..., quiere a los mismos que el loco, sólo que éste dice que hay una muchacha con ellos. Y... —miró de reojo a Thom— y un juglar de pelo blanco.

Thom arrugó más la frente, demostrando una sorpresa que Rand juzgó genuina.

—¿Un juglar de pelo blanco? Bien, no soy el único juglar entrado en años. Os aseguro que no conozco a ese individuo, y no tiene ningún motivo para andar buscándome.

—Puede que sea así —dijo sombríamente Bartim—. No lo especificó con claridad, pero tengo la impresión de que se enfadaría mucho con cualquiera que intentara prestar ayuda a esa gente o la escondiese para que no la encontrara. De todas formas, le diré lo mismo que a vosotros: que no he visto a ninguno ni he oído hablar de ellos, y ésta es la pura verdad. A ninguno de ellos —concluyó intencionadamente. Con un gesto brusco, depositó sobre la mesa el dinero que le había dado Thom—. Acabaos el vino y partid. ¿De acuerdo?

Se alejó con la mayor rapidez posible, mirando tras de sí.

—Un Fado —musitó Mat cuando el posadero se hubo marchado—. Debería de haber sospechado que nos buscarían aquí.

—Y volverá —puntualizó Thom. Se inclinó sobre la mesa y bajó el tono de voz—: Propongo que nos escabullamos hacia el barco y aceptemos la oferta del capitán Domon. Centrarán su búsqueda en el camino de Caemlyn mientras nosotros nos dirigimos a Illian, a mil kilómetros de distancia de donde el Myrddraal cree que vamos.

—No —dijo Rand con firmeza—. Aguardamos a Moraine y a los demás en Puente Blanco o nos ponemos en camino hacia Caemlyn. Una de dos, Thom. Eso es lo que habíamos decidido.

—Es una insensatez, muchacho. La situación ha cambiado. Escúchame. Por más que diga el posadero, cuando el Myrddraal lo mire directamente a la cara, le confesará todo sobre nosotros, desde lo que hemos tomado para beber hasta la cantidad de polvo que llevábamos prendido en las botas. —Rand se estremeció, recordando la mirada de cuencas vacías del Fado—. Respecto a ir a Caemlyn... ¿Crees que el Semihombre no sabe que queréis llegar a Tar Valon? Es un buen momento para embarcar rumbo al sur.

—No, Thom. No.

Rand hubo de esforzarse para expresar su negativa, luchar contra su deseo de hallarse muy lejos de donde estaban apostados los Fados, pero inspiró profundamente y finalmente logró conferir firmeza a su voz.

—Piensa, chico ¡Illian! No hay una ciudad más fastuosa en toda la faz de la tierra. ¡Y la Gran Cacería del Cuerno! No ha habido una Cacería del Cuerno durante casi un siglo. Un ciclo entero de historias que esperan ser recopiladas. Piénsalo. Nunca soñaste con algo así. Cuando llegue el tiempo en que el Myrddraal descubra tu paradero, serás tan viejo, tendrás el pelo tan gris y estarás tan cansado de vigilar a tus nietos que entonces no te importará que te encuentre.

Rand adoptó un semblante obstinado.

—¿Cuántas veces he decir que no? Nos encontrarán dondequiera que vayamos. Quizá también haya Fados esperándonos en Illian. ¿Y cómo vamos a huir de los sueños? Quiero saber lo que me está pasando,

411

Thom, y el porqué. Voy a ir a Tar Valon. Con Moraine a ser posible y sin ella si es preciso. Solo, si no me queda otra alternativa. Necesito saberlo.

—¡Pero Illian, muchacho! Y una vía de escape segura, río abajo, mientras te buscan en otras direcciones. Rayos y truenos, un sueño no puede hacerte daño.

Rand guardó silencio. «¿Que un sueño no puede hacerme daño? ¿Acaso las espinas de un sueño producen sangre de verdad?» Casi deseó haberle contado a Thom aquel sueño también. «¿Te atreves a contárselo a alguien? Ba'alzamon mora en tus sueños, pero ¿qué diferencia hay entre el sueño y la realidad? ¿A quién te atreverás a decir que el Oscuro está en contacto contigo?»

Thom pareció comprender y su rostro se suavizó.

—Incluso esos sueños, chico, son sólo sueños, ¿no es cierto? Por el amor de la Luz, Mat, háblale. Sé que tú al menos no quieres ir a Tar Valon.

El rostro de Mat se ruborizó, a causa del embarazo y de la furia a un tiempo. Evitó mirar a Rand y se encaró, ceñudo, a Thom.

—¿Por qué os tomáis tantas molestias? ¿Queréis regresar al barco? Pues hacedlo. Cuidaremos solos de nosotros mismos.

Los huesudos hombres se agitaron a causa de una risa muda, pero su voz sonó preñada de ira.

—¿Crees que conoces bastante a los Myrddraal para huir de ellos tú solo? ¿Estás preparado para ir a pie hasta Tar Valon y entregarte sin condiciones a la Sede Amyrlin? ¿Puedes siquiera distinguir un Ajah de otro? Que la Luz me fulmine, chico, si piensas que eres capaz de llegar algún día a Tar Valon, dime que me marche.

—Marchaos —gruñó Mat, deslizando una mano bajo la capa.

Rand advirtió, consternado, que estaba empuñando la daga de Shadar Logoth, tal vez dispuesto a hacer uso de ella.

Unas roncas risotadas estallaron al otro lado del tabique que dividía la estancia y luego sonó una voz desdeñosa.

—¿Trollocs? ¡Ponte una capa de juglar, hombre! ¡Estás borracho! ¡Cuentos de las Tierras Fronterizas!

Aquellas palabras enfriaron el enfado como un chorro de agua fría. El propio Mat se volvió hacia la pared con los ojos desorbitados.

Rand se levantó lo suficiente para mirar por encima del tabique y después volvió a tomar asiento con una sensación de mareo en el estómago: Floran Gelb estaba en el otro lado sentado a la mesa del fondo con los dos hombres que ya estaban allí al entrar ellos. Se reían de él, pero lo escuchaban. Bartim limpiaba una mesa que reclamaba a gritos tal acto, sin mirar a Gelb y a sus acompañantes, pero con el oído atento;

frotaba una y otra vez la misma mancha y se inclinaba hacia ellos hasta que pareció a punto de perder el equilibrio.

—Gelb —susurró Rand al desplomarse en la silla.

Los otros dos adoptaron una actitud tensa. Thom examinó deprisa aquella parte de la sala.

Al otro lado de la pared sonó la voz del otro hombre.

—No, no, antes sí había trollocs, pero los mataron a todos en la Guerra de los Trollocs.

—¡Cuentos de las Tierras Fronterizas!

—Os digo que es verdad —protestó a voz en grito Gelb—. He estado en las Tierras Fronterizas y he visto trollocs y ésos eran trollocs, tan cierto como que estoy sentado aquí. Esos tres pretendían que iban detrás de ellos, pero a mí no me engañan. Por eso no me he quedado en el *Spray*. Tenía mis sospechas acerca de Bayle Domon, pero esos tres son sin duda Amigos Siniestros. Os juro que... —Las risas y las bromas se superpusieron al resto de las afirmaciones de Gelb.

¿Cuánto tiempo transcurriría, se preguntó Rand, antes de que el posadero oyera una descripción de «esos tres»? Si no lo había hecho ya. Si no se abalanzaba sobre los tres forasteros que ya había visto, la única puerta del recinto de la sala que ocupaban los conduciría justo delante de Gelb.

—Tal vez el barco no sea tan mala idea —murmuró Mat.

Thom, sin embargo, sacudió la cabeza.

—Ya no. —El juglar hablaba rápido, en voz baja. Sacó la bolsa de cuero que le había entregado el capitán Domon y dividió deprisa el dinero en tres montones—. Esta historia circulará por toda la ciudad dentro de una hora, le dé crédito la gente o no, y el Myrddraal podría escucharla en cualquier momento. Domon no zarpa hasta mañana por la mañana. Con suerte, tendrá trollocs pisándole los talones durante la totalidad del viaje hasta Illian. Bien, casi está esperando algo así por un motivo que nosotros desconocemos, pero eso no nos beneficia en nada. No tenemos más recurso que salir a la carrera y poner en ella todo nuestro empeño.

Mat se llevó sin tardanza al bolsillo las monedas que Thom había puesto ante él. Rand recogió su montón con mayor lentitud. La pieza que les había regalado Moraine no estaba allí. Domon les había dado una cantidad proporcional de plata, pero, por alguna razón que no acababa de comprender, Rand deseaba haber encontrado la moneda de la Aes Sedai en su lugar. Después de guardar el dinero, dirigió una mirada interrogativa al juglar.

—Por si acaso nos separásemos —explicó Thom—. Tal vez no será así, pero si ocurriera..., pues bien, vosotros dos saldréis adelante por

vuestros propios medios. Sois buenos chicos. Por vuestra vida, manteneos al margen de las Aes Sedai.

—Pensaba que os ibais a quedar con nosotros —objetó Rand.

—Y así es muchacho. Pero ahora están estrechando el cerco y sólo la
Luz sabe lo que sucederá. Bien, no importa. Es probable que no pase nada.
—Thom paró de hablar y posó la mirada en Mat—. Espero que ya no veas
inconveniente en que permanezca con vosotros —dijo secamente.

Mat se encogió de hombros. Después miró a ambos y volvió a realizar el mismo gesto de indiferencia.

—Estoy demasiado nervioso y no puedo librarme de esta angustia.
Cada vez que hacemos una pausa para respirar, ellos están ahí, persiguiéndonos. Siento como si alguien me espiara por la espalda continuamente. ¿Qué vamos a hacer?

Las risas volvieron a estallar en el otro lado de la estancia, interrumpida de nuevo por las protestas de Gelb, que trataba de convencer a los
dos hombres de que estaba contando la verdad. Cuánto tiempo había
de transcurrir, se preguntó nuevamente Rand. Tarde o temprano Bartim había de relacionarlos con los tres personajes de que hablaba Gelb.

Thom se levantó, pero permaneció encorvado, de manera que nadie
que dirigiera la vista hacia el tabique desde el otro lado pudiera percibirlo. Les hizo señas de que lo siguieran y musitó:

—No hagáis ruido.

Las ventanas de ese lado de la sala daban a un callejón. Thom examinó con cuidado una de ellas antes de abrirla lo suficiente para que pudieran escabullirse por el entresijo. Apenas hicieron ruido alguno, en
todo caso ninguno que pudiera ser oído a tres pies de distancia entre las
risas y la acalorada discusión que se libraba allí.

Una vez en la calleja, Mat comenzó a caminar de inmediato, pero
Thom lo agarró por el brazo.

—No tan deprisa —le indicó el juglar—. Primero debemos tener
claro lo que vamos a hacer. —Thom volvió a cerrar la ventana tan bien
como pudo desde fuera y luego se volvió para observar el callejón.

Rand siguió su ejemplo. Aparte de media docena de barriles adosa-
dos a las paredes de la posada y de la casa contigua y de una sastrería, la
vía se encontraba vacía.

—¿Por qué estáis haciendo esto? —volvió a inquirir Mat—. Estaríais más seguro si fuerais por vuestra cuenta. ¿Por qué permanecéis con
nosotros?

Thom lo miró durante un largo momento.

—Yo tenía un sobrino, Owyn —refirió con tristeza. Mientras hablaba, dobló despacio su capa y colocó cuidadosamente las fundas de

414

sus instrumentos sobre ella—. El único hijo de mi hermano y el único pariente que me quedaba vivo. Se involucró en asuntos de las Aes Sedai, pero yo estaba demasiado ocupado con... otros asuntos. No sé qué hubiera estado en mi mano hacer, pero, cuando finalmente lo intenté, ya era demasiado tarde. Owyn murió pocos años después. Podría afirmarse que las Aes Sedai lo mataron. —Se enderezó, sin mirarlos. Aunque su voz era firme, Rand advirtió lágrimas en sus ojos cuando volvió la cabeza—. Si consigo que vosotros dos no caigáis en las garras de Tar Valon, tal vez pueda dejar de pensar en Owyn. Esperad aquí.

Todavía evitaba mirarlos a los ojos; caminó aprisa hacia la boca del callejón y aminoró el paso antes de llegar allí. Después de mirar afuera, salió con aire despreocupado hacia la calle y lo perdieron de vista.

Mat estuvo a punto de levantarse para ir en pos del juglar y luego volvió a sentarse.

—No se irá sin esto —afirmó, tocando las fundas de cuero de los instrumentos—. ¿Crees que es cierto lo que ha contado?

Rand se puso en cuclillas entre los barriles.

—¿Qué demonios te pasa, Mat? Tú no eres así. Hace días que no te he oído reír.

—No me gusta que me quieran dar caza como a un conejo —espetó Mat. Tras suspirar, dejó reposar la cabeza contra la pared de ladrillos de la posada. Aun en aquella postura, su tensión era patente. Movía los ojos sin cesar—. Lo siento. Es esta huida y toda esta gente extraña y... todo. Me pone nervioso. Miro a alguien y no puedo evitar pensar que quizá nos delate a los Fados, nos engañe o nos robe, o... Luz... Rand, ¿a ti no te pone los nervios de punta?

Rand soltó una carcajada, que sonó más bien como un ladrido.

—Estoy demasiado asustado para eso.

—¿Qué crees que le hicieron las Aes Sedai a su sobrino?

—No lo sé —respondió, inquieto, Rand. Sólo había una manera de que un hombre se involucrara en los asuntos de las Aes Sedai—. No es el mismo caso que el nuestro, me imagino.

—No. No es el mismo.

Durante un rato permanecieron apoyados contra la pared, en silencio. Rand no estaba seguro de cuánto tiempo estuvieron así, a la espera de que Thom regresara, con la aprensión de que Gelb abriera la ventana y los denunciara como Amigos Siniestros. Unos minutos probablemente, que, sin embargo, se le antojaron horas. Entonces un hombre dobló la esquina del callejón y se adentró en él. Era un individuo alto con la capucha de la capa bajada para ocultar su rostro, una capa tan negra como la noche en medio de la luz de la calle.

Rand se puso en pie y aferró con firmeza la empuñadura de la espada de Tam. Por más que intentara tragar saliva, no lograba mitigar la sequedad de su boca. Mat se agazapó y se llevó una mano bajo la capa.

El hombre se acercaba y a Rand se le atenazaba más la garganta a cada paso. De pronto, se bajó la capucha. A Rand casi le cedieron las piernas. Era Thom.

—Bueno, si vosotros no me reconocéis —dijo, sonriente, el juglar—, supongo que será un buen disfraz para cruzar las puertas de la ciudad.

Thom se adelantó y comenzó a transferir sus pertenencias de la capa de colores a la nueva con tanta habilidad que Rand no alcanzó a distinguir con claridad ninguna de ellas. La nueva prenda era de color marrón oscuro, según advirtió entonces Rand. Respiró hondo. Mat todavía tenía la mano bajo la capa y observaba a Thom como si considerara la posibilidad de poner en acción su daga oculta.

Thom los miró de reojo y luego los observó con más severidad.

—Éste no es momento para tornaros asustadizos. —Comenzó a componer diestramente un hatillo con su vieja capa, y colocó luego las cajas de instrumentos en su interior, de manera que los parches coloreados quedaran encubiertos—. Saldremos de aquí de uno en uno y mantendremos una distancia suficiente para no perdernos de vista. De ese modo no tienen por qué reparar en nosotros. ¿No puedes encorvarte un poco? —preguntó a Rand—. Esa estatura tuya es tan indiscreta como una marca. —Se echó el hatillo a la espalda y volvió a bajarse la capucha. No tenía en absoluto el aspecto de ser un juglar de pelo blanco. Era simplemente un viajero más, un hombre demasiado pobre para permitirse un caballo—. Vamos. Ya hemos perdido bastante tiempo.

Rand deseaba fervientemente hacerlo, pero aun así titubeó antes de salir de la calleja a la plaza. Ninguno de los escasos viandantes los miró más de un segundo —la mayoría ni siquiera posó una mirada en ellos—, pero tenía los hombros rígidos; temía escuchar en cualquier momento el grito de «Amigo Siniestro» que convertiría a aquella gente ordinaria en una turba asesina. Recorrió con los ojos el recinto, sobre las personas que se afanaban en sus quehaceres diarios, y cuando concluyó el giro había un Myrddraal en medio de la plaza.

No habría acertado a adivinar de dónde había salido el Fado, pero lo cierto era que ahora caminaba hacia ellos tres con una abrumadora lentitud, como la de una fiera pronta a caer sobre su presa. La gente retrocedía ante la silueta vestida de negro, evitando mirarla. La plaza comenzó a vaciarse.

El negro embozo paralizó a Rand. Intentó concentrarse en el vacío, pero era como querer asir el humo. La mirada velada del Fado lo horadaba hasta los huesos, convirtiéndole la médula en un gélido y rígido carámbano.

—No le miréis la cara —murmuró Thom. Su voz trémula indicaba el esfuerzo que le costaba articular las palabras—. ¡Que la Luz os fulmine, no le miréis la cara!

Rand apartó los ojos a punto de soltar un chillido, pues tuvo la misma impresión que si le arrancaran una sanguijuela del rostro. No obstante, aun con la vista clavada en las losas del suelo, veía al Myrddraal que se aproximaba, como un gato que jugara con un ratón y hallara diversión en sus débiles intentos de huida hasta que por fin cerrara bruscamente las mandíbulas. El Fado había cubierto la mitad del trecho que los separaba.

—¿Vamos a quedarnos aquí petrificados? —musitó—. Tenemos que correr..., escapar. —Sin embargo, no lograba mover los pies.

Mat había desenvainado la daga adornada con rubíes, la cual sostenía con mano temblorosa. Su boca mostraba la dentadura en un rictus de espanto.

—Piensas... —Thom se detuvo para tragar saliva, antes de proseguir con voz ronca—, piensas que puedes correr más que él, ¿eh, muchacho? —Comenzó a murmurar para sí; la única palabra que Rand alcanzó a distinguir fue «Owyn». De repente, Thom gruñó—: Nunca debí involucrarme con vosotros, chicos. Nunca debí hacerlo. —Se desprendió del hatillo con la capa del hombro y lo arrojó a Rand—. Cuida de esto. Cuando os diga que corráis, echad a correr y no paréis hasta llegar a Caemlyn. Id a la Bendición de la Reina, una posada. Recordadlo, por si... Recordadlo.

—No comprendo —dijo Rand.

El Myrddraal se encontraba ahora a menos de veinte pasos de distancia. Sentía los pies anclados en el suelo.

—¡Recordadlo! —tronó Thom—. La Bendición de la Reina. Ahora, ¡corred! Los empujó a ambos por la espalda para obligarlos a moverse y Rand emprendió a trompicones una desesperada carrera, acompañado de Mat.

—¡Corred!

Thom también pasó a la acción, exhalando un largo rugido. No corría hacia ellos, sino hacia el Myrddraal. De sus manos, que agitaba como si estuviera realizando una de sus más grandiosas representaciones, brotaron varias dagas. Rand se detuvo, pero Mat lo empujó para que continuara avanzando.

El Fado quedó tan asombrado como los muchachos. Su andar tranquilo se interrumpió con vacilación. Llevó deprisa la mano a la empuñadura de la negra espada que pendía de su cintura, pero las largas piernas del juglar cubrieron con mayor velocidad la distancia que mediaba entre ellos. Thom se precipitó sobre el Myrddraal antes de que la hoja negra estuviera medio desenvainada y ambos cayeron al suelo entrelazados. Las pocas personas que quedaban en la plaza huyeron despavoridas.

—¡Corred!

El aire de la plaza despedía cegadores destellos azulados y Thom comenzó a soltar alaridos, pero incluso entre ellos, logró articular de nuevo:

—¡Corred!

Rand obedeció, perseguido por los gritos del juglar.

Con el hatillo de Thom apretado contra el pecho, corrió hasta el límite de sus fuerzas. El pánico se extendió de la plaza hacia el resto de la ciudad mientras Rand y Mat apretaban los talones en la cresta de la ola de terror. Los tenderos abandonaban sus mercancías cuando pasaban ellos. Los postigos se cerraban de golpe y en algunas ventanas aparecían rostros asustados que se retiraban al cabo de un segundo. Las personas que no se habían hallado lo bastante cerca para contemplar los hechos, corrían presas de pánico por las calles. Tropezaban entre sí y quienes caían derribados se levantaban de inmediato a riesgo de ser pisoteados por la desbandada. Puente Blanco hervía como un hormiguero.

Mientras se precipitaban hacia las puertas, Rand recordó de pronto las observaciones hechas por Thom acerca de su estatura. Sin aminorar la marcha, se encorvó como pudo, disimulando a la vez su postura forzada. No obstante, las puertas en sí, las dos gruesas hojas de madera con barras de hierro negras, se hallaban abiertas. Los dos vigilantes, con cascos de acero y cotas de malla que cubrían unas chaquetas rojas con cuello blanco, miraban inquietos hacia la población. Uno de ellos observó brevemente a Rand y Mat, pero los muchachos no eran los únicos que pasaban de estampida por las puertas. Un flujo continuo, formado por jadeantes hombres que abrazaban a sus esposas, mujeres sollozantes que llevaban a sus hijos en brazos, artesanos de semblante pálido que vestían todavía sus delantales de trabajo, transponían también la salida.

Nadie sería capaz de dilucidar de qué lado se habían marchado, pensaba Rand mientras corría. «Thom. Oh, Luz, sálvame, Thom.»

Mat tropezó a su lado, recobró el equilibrio, y ambos prosiguieron su carrera hasta dejar atrás la multitud que huía y perder de vista la ciudad y el Puente Blanco.

Finalmente Rand se desplomó de rodillas en la tierra, respirando sin resuello. El camino que se extendía a sus espaldas se encontraba solitario hasta donde alcanzaban a percibirlo. Mat le tiró de la manga.

—Venga, vamos. —Mat jadeaba al hablar. Tenía el rostro cubierto de polvo y sudor y parecía a punto de desmoronarse—. Tenemos que continuar.

—Thom —dijo Rand. Apretó los brazos en torno al bulto que envolvía la capa del juglar, sintiendo la dureza de las fundas del arpa y la flauta—. Thom.

—Está muerto. Ya lo has visto y lo has oído. ¡Luz, Rand, está muerto!

—También crees que Egwene, Moraine y los demás están muertos. Si lo están, ¿por qué los persigue todavía el Myrddraal? Responde.

Mat se dejó caer de rodillas en el suelo junto a él.

—De acuerdo. Quizás estén vivos. Pero Thom... ¡Ya lo has visto! Rayos y truenos, Rand, a nosotros puede ocurrirnos lo mismo.

Rand asintió en silencio. No se aproximaba nadie por el camino. Había abrigado la tenue esperanza de ver aparecer a Thom, caminando a grandes zancadas y mesándose los bigotes para darles a entender los conflictos que le ocasionaban. La Bendición de la Reina, en Caemlyn. Se puso en pie y se colgó al hombro el hatillo de Thom, junto a su manta enrollada. Mat levantó una recelosa mirada hacia él.

—Vamos —indicó Rand, y comenzó a andar en dirección a Caemlyn.

Oyó murmurar a Mat hasta que al cabo de un momento éste le dio alcance.

Caminaron fatigados por el polvoriento camino, silenciosos y con las cabezas gachas. El viento alzaba tormentas de polvo que giraba en torbellino a su paso. Rand miraba de vez en cuando hacia atrás, pero no había nadie a sus espaldas.

27

AL ABRIGO DE LA TORMENTA

Para Perrin fueron insoportables los días que pasaron en compañía de los Tuatha'an, viajando hacia el sur a un ritmo en extremo lento. El Pueblo Errante nunca veía necesidad de apresurarse; aquélla era su idiosincrasia. Los coloridos carromatos no emprendían la marcha por la mañana hasta que el sol se hallaba bien alto en el horizonte y se detenían a media tarde si topaban con un lugar que les parecía idóneo para acampar. Los perros trotaban tranquilamente junto a los vehículos y, a menudo, los niños también. No tenían ninguna dificultad en seguir el paso. Cualquier sugerencia de que podían avanzar más deprisa o cubrir más camino era respondida con una carcajada y con una frase del tipo:

—Ah, pero ¿os avendríais a fatigar tanto a los pobres caballos?

Le sorprendía que Elyas no compartiera su impaciencia. Éste no subía a los carromatos, pues prefería caminar, pero nunca dio muestras de tener prisa ni de querer partir por su cuenta.

El extraño individuo barbudo, ataviado con sus peculiares ropajes de pieles, era tan distinto de los apacibles Tuatha'an que su presencia destacaba en cualquier punto en que se hallara entre los carros. Incluso desde el otro lado del campamento no había posibilidad de confundirlo con uno de los miembros del pueblo y ello no se debía únicamente a su atuendo. Elyas se movía con la perezosa gracia de un lobo, enfatizada tan sólo por las pieles, irradiando el peligro con tanta naturalidad como el fuego desprendía calor, y el contraste con los gitanos era extremo. Viejos y jóvenes, los componentes de Pueblo Errante transmitían alegría al caminar. Su donaire no recordaba el riesgo, sólo alborozo. Sus hijos corrían como flechas a su alrededor, impelidos por el mero entusiasmo del movimiento, sin duda, pero las abuelas y los hombres de barba cana todavía andaban con ligereza, interpretando con sus pasos una majestuosa danza que no desmerecía en nada su dignidad. Toda la gente de aquel pueblo parecía siempre a punto de bailar, aun cuando estuviera parada e incluso en los escasos momentos en que no sonaba música en el campamento. Violines y flautas, dulzainas, cítaras y tambores expandían armonías y contrapuntos en torno a los carromatos a cualquier hora del día, ya fuera en movimiento o en los momentos de reposo. Canciones joviales, canciones jocosas, canciones divertidas y tristes; si había alguien dispuesto en el campamento, casi siempre había música.

Elyas recibía gestos amables y sonrisas en cualquiera de los vehículos junto a los que pasaba y una palabra amiga en todo fuego al que se aproximaba. Ése debía de ser el semblante que el Pueblo mostraba siempre a los de fuera: rostros abiertos y sonrientes. Sin embargo, Perrin había descubierto que debajo de aquella superficie se ocultaba el recelo de un venado medio domesticado. En la antesala de las sonrisas dirigidas a los muchachos de Campo de Emond había una interrogación sobre su fiabilidad, un asomo de algo que sólo se difundió levemente en el transcurso de los días. Con Elyas la cautela era patente, al igual que el calor de un mediodía de verano que hacía vibrar de luz el aire, y no se mitigaba jamás. Cuando él no los miraba lo observaban fijamente como si no estuvieran seguros de cuál sería su próxima reacción. Cuando él caminaba entre ellos, los pies dispuestos para las danzas parecían asimismo prestos a la huida.

Ciertamente Elyas no se sentía más a gusto con su Filosofía de la Hoja que los gitanos con su presencia. Su boca siempre estaba plegada en un rictus cuando se hallaba entre los Tuatha'an. No se trataba de desdén ni tampoco de odio, pero indicaba a las claras que habría preferido hallarse en cualquier lugar menos en el que se encontraba. No obstante, en toda ocasión en que Perrin mencionaba el tema de abandonar su compañía, Elyas replicaba que era conveniente reposar, al menos durante unos días.

—No lo pasasteis nada bien antes de encontrarme —argumentó Elyas la tercera o cuarta vez en que le preguntó— y todavía os aguardan durezas peores, con los trollocs y los Semihombres pisándoos los talones y teniendo a las Aes Sedal por amigas.

Esbozó una mueca con la boca llena de un bocado de pastel de manzana preparado por Ila. A Perrin aún le desconcertaba su mirada de ojos amarillos, incluso cuando sonreía. Tal vez más cuando sus labios dibujaban una sonrisa, puesto que ésta nunca se traslucía en aquellos ojos de depredador. Elyas se recostó al lado de la fogata de Raen, rehusando como de costumbre sentarse en los troncos dispuestos a tal fin.

—No tengáis tanta prisa por caer en manos de las Aes Sedai —recomendó.

—¿Qué sucederá si los Fados descubren nuestro paradero? ¿Qué les impedirá hacerlo si nos limitamos a quedarnos sentados aquí, a la espera? Tres lobos no los contendrían y el Pueblo Errante no serviría de gran ayuda. Ni siquiera se defenderían a ellos mismos. Los trollocs los aniquilarán y será por nuestra culpa. De todas maneras, debemos separarnos de ellos tarde o temprano. Tanto da que sea ahora.

—Algo me dice que debemos aguardar. Sólo unos días.

—¡Algo!

—Tranquilízate, chico. Tómate la vida como viene. Corre cuando debas hacerlo, lucha cuando sea el momento y descansa cuando tengas ocasión.

—¿De qué estáis hablando con ese «algo»?

—Toma un poco de este pastel. Ila no me tiene simpatía, pero hay que reconocer que me alimenta bien cuando la visito. Siempre hay buena comida en los campamentos de los gitanos.

—¿Qué es ese «algo»? —insistió Perrin—. Si sabéis algo que no queréis compartir con nosotros...

Elyas miró ceñudo el pedazo de pastel que tenía en la mano y luego lo dejó a un lado.

—Algo —dijo al fin, encogido de hombros como si él mismo no acabara de comprenderlo del todo—. Algo me dice que hay que esperar. Unos cuantos días. No tengo presentimientos como éste a menudo, pero, cuando los siento, he aprendido a fiarme de ellos. Me han salvado la vida en más de una ocasión. Esta vez es algo distinto, pero importante, de alguna manera. No cabe duda de ello. Si quieres echar a correr, hazlo. Yo no lo haré.

Aquello era todo cuanto revelaba, por más veces que Perrin se lo preguntara. Pasaba horas en el suelo, ya hablara con Raen, ya durmiera una siesta con el sombrero sobre los ojos, y se negaba a hablar sobre su pronta partida. Algo le indicaba que debía aguardar. Cuando llegara el momento de marcharse, lo sabría. «Toma un poco de pastel, chico. No te atormentes. Prueba este estofado. Tranquilízate.»

Perrin no conseguía relajarse. Por la noche vagaba preocupado entre el arco iris de carromatos, inquieto por el hecho de que nadie aparte de él veía motivo de preocupación. Los Tuatha'an cantaban y bailaban, cocinaban y comían alrededor de sus fogatas —frutas y frutos secos, bayas y verduras; todo vegetales—, y se entretenían en un sinfín de tareas domésticas como si nada en el mundo pudiera perturbarlos. Los niños corrían y jugaban por doquier, al escondite entre los carros, trepaban a los árboles próximos al campamento, reían y retozaban en el suelo con los perros. Nadie experimentaba el más mínimo desasosiego.

Al verlos, anhelaba irse. «Irnos, antes de que atraigamos sobre ellos a los monstruos. Ellos nos acogieron y nosotros pagamos su amabilidad poniéndolos en peligro. Al menos ellos tienen motivos para estar alegres. Nadie los persigue. Pero nosotros...»

Le resultaba difícil hablar con Egwene. O bien conversaba con Ila, con las cabezas pegadas de un modo que indicaba que aquél no era asunto en que pudieran intervenir los hombres, o bien bailaba con Aram, girando sin cesar al compás de las flautas y violines que interpretaban las melodías que los Tuatha'an habían recogido de las más diversas regiones del mundo o las agudas y excitantes canciones del propio Pueblo Errante, siempre agudas tanto si eran lentas como rápidas. Conocían infinidad de canciones, algunas de las cuales reconocía, aunque ellos solían darles otros nombres que los usados en Dos Ríos. A *Las tres muchachas en el prado,* por ejemplo, los gitanos la llamaban *La danza de las hermosas doncellas* y decían que *El viento del norte* se denominaba en algunas regiones *La lluvia que cae* y *La derrota de Berin* en otras. Cuando él solicitó, irreflexivamente, *El gitano tiene mis cazuelas,* todos se desternillaron de risa. Ellos la conocían, pero con el nombre de *Sacude las plumas.*

Comprendía su deseo de bailar con las canciones del Pueblo. En Campo de Emond nadie lo consideraba más que un aceptable danzarín, pero aquellos ritmos lo impulsaban a mover los pies. Pensaba que jamás había bailado durante tanto tiempo, con tanto fervor ni tanto donaire en toda su vida. Aquel sonido hipnotizante le hacía latir la sangre en concordancia con el batir de los tambores.

Fue al atardecer del segundo día cuando Perrin vio por primera vez interpretar a las mujeres danzas de cadencia lenta. Las hogueras ardían mansamente, la noche se cernía sobre los carromatos y los dedos golpeaban cadenciosos los tambores. Primero había uno al que se fueron sumando otros más hasta que todo el campamento concordó en el mismo e insistente latido. Aparte de los tambores reinaba el más absoluto silencio. Una muchacha vestida de rojo avanzó agitándose hacia la luz, al tiempo que dejaba caer colgado su chal. De sus cabellos pendían ristras de abalorios y llevaba los pies desnudos. Una flauta atacó la melodía en un suave gemido y la muchacha comenzó a danzar. Sus brazos extendidos desparramaban el chal a sus espaldas; sus caderas se ondulaban mientras sus pies marcaban el ritmo de la percusión. La chica fijó sus oscuros ojos en Perrin y la sonrisa que le dedicó era tan sinuosa como la danza. Giraba en pequeños círculos y le sonreía por encima del hombro.

Tragó saliva. El calor que sentía en las mejillas no se debía a la proximidad del fuego. Una segunda muchacha se sumó a la primera, y ambas agitaron los flecos de sus chales al compás de los tambores y la lenta rotación de sus caderas. Las dos le sonreían; él se aclaró la garganta. Temía mirar en torno a sí; tenía la cara tan roja como una remolacha y con toda probabilidad los que contemplaban a las danzarinas debían de estar mofándose de él. Estaba convencido de ello.

Con tanta naturalidad como le fue posible aparentar, cambió de posición en el tronco como si simplemente buscara mejor acomodo, pero finalizó la operación apartando la vista del fuego y de las bailarinas. En Campo de Emond no sucedían cosas de ese estilo. El hecho de bailar con una chica en el Prado en un día de fiesta no era equiparable a aquello. Por un momento deseó que se levantara el viento para apreciar su frescor.

Las muchachas danzaban de nuevo dentro de su campo de visión, con la diferencia de que ahora eran tres. Un de ellas le guiñó un ojo con malicia. Desvió bruscamente la mirada. «Luz —pensó—, ¿qué hago ahora?» «¿Qué haría Rand? Él conoce a las chicas.»

Las bailarinas reían: las cuentas se desparramaban mientras ellas extendían sus largos cabellos sobre los hombros. Creyó que su rostro iba a ponerse a arder. Entonces una mujer apenas de mayor edad se unió a las muchachas para darles una demostración práctica. Con un gruñido, desistió de contemplar la danza y cerró los ojos.

Aun detrás de sus párpados sus risas lo acosaban. Todavía podía verlas con los ojos cerrados. El sudor le resbalaba por la frente, le hacía anhelar nuevamente que arreciara el viento.

Según decía Raen, las muchachas no interpretaban a menudo aquella danza y las mujeres lo hacían en raras ocasiones; y, según la opinión de Elyas, fue gracias al rubor de Perrin que decidieron repetirla cada noche a partir de aquel día.

—Debo darte las gracias —le dijo Elyas con tono serio y solemne—. Con vosotros los jóvenes es distinto, pero a mi edad se requiere más de un fuego para calentar los huesos.

Perrin lo miró ceñudo. La postura de los hombros de Elyas mientras se alejaba de él indicaba que, a pesar de que no lo traslucía exteriormente, estaba riendo para sus adentros.

Perrin pronto aprendió a no apartar la mirada de las danzarinas, si bien los guiños y las sonrisas todavía le hacían desearlo en ocasiones. Una habría sido lo adecuado, tal vez, pero cinco o seis, con todos contemplándolas... Nunca consiguió controlar del todo su tendencia a ruborizarse.

Después Egwene comenzó a ejercitarse en la danza. Dos de las muchachas que habían bailado la primera noche le enseñaban, marcando el ritmo con las palmas mientras ella repetía los pasos y agitaba a sus espaldas un chal que le habían prestado. Perrin quería expresar alguna objeción, pero luego decidió que era más sensato callarse. Cuando las chicas añadieron los movimientos de cadera, Egwene empezó a reír y las tres muchachas se abrazaron presas de un acceso de hilaridad. No obstante, Egwene perseveró, con los ojos brillantes y un vivo arrebol en las mejillas.

Aram la observaba bailar con una mirada ávida y apasionada. El atractivo Tuatha'an le había regalado un collar de cuentas azules que ella llevaba puesto siempre. Las sonrisas que Ila había esbozado en un principio al advertir el interés de su nieto por Egwene se habían convertido en una expresión de preocupación. Perrin decidió vigilar de cerca al joven maese Aram.

En una ocasión consiguió hablar a solas con Egwene, junto a un carromato pintado de verde y amarillo.

—Te diviertes mucho, ¿no es cierto? —le dijo.

—¿Por qué no habría de hacerlo? —Tocó las cuentas azules que le rodeaban el cuello y sonrió—. No todos tenemos obligación de esforzarnos en ser desgraciados, como tú. ¿Acaso no merecemos disfrutar de un poco de regocijo?

Aram permanecía de pie a corta distancia —nunca se alejaba de Egwene— con los brazos cruzados sobre el pecho y una sonrisita en los labios en la que se entremezclaban la presunción y el reto. Perrin bajó la voz.

—Pensaba que querías ir a Tar Valon. Aquí no aprenderás a ser una Aes Sedai.

—Yo que me temía que no fuera de tu agrado la idea de que yo deseara convertirme en una Aes Sedai —replicó Egwene con tono demasiado suave.

—Rayos y truenos, ¿crees que estamos a buen resguardo aquí? ¿Se halla a salvo esta gente estando nosotros con ellos? Podría encontrarnos un Fado de un momento a otro.

La mano de la muchacha tembló sobre los abalorios. Entonces la dejó caer e inspiró profundamente.

—Lo que ha de ocurrir ocurrirá tanto si partimos hoy como dentro de una semana. Eso es lo que creo ahora. Diviértete, Perrin. Tal vez sea la última oportunidad de que dispongamos para ello.

Egwene le acarició la mejilla con tristeza. Entonces Aram la tomó de la mano y ella salió corriendo con él, riendo de nuevo. Mientras se encaminaban al lugar de donde emanaba la música de los violines, Aram dirigió a Perrin una sonrisa de triunfo, como si quisiera darle a entender que ella no le pertenecía, que pronto sería una posesión suya.

Estaban sucumbiendo demasiado al embrujo del Pueblo, reflexionó Perrin. «Elyas está en lo cierto. No tienen necesidad de esforzarse por convertirlo a uno a la Filosofía de la Hoja. Ésta penetra sola.»

Ila, que había observado cómo se resguardaba del viento, sacó una gruesa capa de lana de su carromato y se la alcanzó; era de color verde oscuro, lo cual le alegró comprobar después de pasar tantos días viéndolas rojas y amarillas. Mientras se la llevaba a los hombros, pensando que era una verdadera casualidad que fuera lo bastante grande para él, Ila sentenció:

—Podría quedarte mejor. —Bajó la mirada hacia el hacha que pendía de su cinturón y, cuando volvió a levantarla, sus ojos reflejaban una tristeza que no concordaba con su sonrisa—. Podría quedarte mucho mejor.

Todos los gitanos actuaban del mismo modo. Las sonrisas nunca abandonaban sus rostros y jamás vacilaban en invitarlo a tomar un trago o escuchar música, pero sus ojos siempre se posaban en el hacha, y de algún modo él percibía sus pensamientos. Era un arma destinada a la violencia. Nunca hay excusa válida para agredir a otro ser humano: la Filosofía de la Hoja.

A veces experimentaba deseos de gritarles que había trollocs y Fados en el mundo. Y seres capaces de marchitar todas las hojas. El Oscuro acechaba y la Filosofía de la Hoja quedaría abrasada bajo una mirada de Ba'alzamon. Continuó llevando el hacha con obstinación. Siempre llevaba la capa echada hacia atrás, incluso cuando soplaba el viento, de manera que la hoja en forma de luna se hallara siempre visible. De vez en cuando Elyas miraba burlón la pesada arma que pendía de su costado y le sonreía, horadándolo con aquellos ojos amarillentos que parecían leerle el pensamiento. Aquello casi lo impulsaba a cubrir el hacha, casi...

Si el campamento de los Tuatha'an era una fuente constante de irritación para él, al menos allí sus sueños eran normales. A veces despertaba en medio de sueños en que los trollocs y Fados irrumpían en el campamento, arrojaban antorchas que convertían en hogueras los carromatos multicolores, y la gente se abatía en charcos de sangre; los hombres, mujeres y niños corrían, gritaban y perecían sin ningún intento de defenderse de las espadas en formas de cimitarra que les asestaban los monstruos. Noche tras noche, se incorporaba en la oscuridad y alargaba jadeante la mano hacia el hacha hasta caer en la cuenta de que los vehículos no ardían ni había siluetas con hocicos cernidas sobre cuerpos desfigurados que cubrían el suelo. Sin embargo, aquéllas eran pesadillas ordinarias, y curiosamente tranquilizadoras de algún modo. Si de verdad existía un lugar que propiciara la presencia de Ba'alzamon en su sueño, era en aquellos sobresaltos nocturnos, pero Ba'alzamon no aparecía. Sólo eran pesadillas normales.

En cambio, su mente era habitada por los lobos en estado de vigilia. Éstos se mantenían a cierta distancia de los lugares de acampada y de las caravanas en marcha, pero él siempre tenía conciencia de dónde se hallaban. Sentía su desdén por los perros guardianes de los Tuatha'an. Bestias ruidosas que habían relegado el uso para que había sido creada su dentadura, que habían olvidado el sabor de la sangre tibia; tal vez eran capaces de asustar a los humanos, pero se alejarían arrastrándose sobre los vientres si se acercase la manada. Con cada día que pasaba su estado de alerta se intensificaba.

La impaciencia de *Moteado* crecía con cada crepúsculo. El hecho de que Elyas quisiera acompañar a los humanos hacia el sur le parecía correcto, pero, ya que había que hacerlo, era preferible terminar con ello de una vez. Aquel viaje tan lento debía tocar a su fin. Los lobos no eran animales de vida errante y no les gustaba encontrarse alejados de la manada durante tanto tiempo. A *Viento* también lo roía la impaciencia. La caza era más exigua allí y él detestaba tener que alimentarse con ratones de campo, algo apropiado para los cachorros que aprendían a cazar y para los animales viejos, incapaces ya de abatir un venado o desjarretar un buey salvaje. En ocasiones *Viento* pensaba que *Quemado* tenía razón: era mejor dejar que los humanos arreglasen sus propios asuntos. Sin embargo, reprimía con cautela tales pensamientos cuando se encontraba cerca de *Moteado* y más aún cuando estaba próximo *Saltador*. *Saltador* era un luchador avezado, impasible debido al conocimiento que le habían aportado los años y a la astucia que compensaba de sobra las desventajas que habría podido acarrearle la edad. A él lo tenían sin cuidado los hombres, pero, si *Moteado* deseaba llevar a cabo aquella obra, *Saltador* aguardaría cuando él aguardase y correría llegado el momento de correr. Lobo o humano, toro u oso, quienquiera que pusiera en duda la autoridad de *Moteado* hallaría la muerte. Aquello era lo único que importaba en la vida de *Saltador* y era precisamente lo que suscitaba la precaución de *Viento*. Pero *Moteado,* parecía hacer caso omiso de los pensamientos de ambos.

Perrin tenía clara conciencia de todo ello. Deseaba fervientemente llegar a Caemlyn, reunirse con Moraine y emprender camino hacia Tar Valon. Aun cuando no hallara respuestas, quizá fuera posible poner fin a aquellos fenómenos. Cuando Elyas lo miraba, estaba convencido de que aquel hombre de ojos amarillos sabía lo que le sucedía. «Por favor, poned fin a esto.»

Aquel sueño tuvo un inicio más placentero que los que había experimentado en los últimos tiempos. Se encontraba sentado junto a la mesa de la cocina de la señora Luhhan, afilando su hacha con una piedra. La señora Luhhan nunca permitía ni que realizaran allí trabajos relacionados con la herrería ni que llevaran utensilios de trabajo. El propio maese Luhhan debía sacar afuera los cuchillos para afilarlos. No obstante, ahora se ocupaba de la comida sin hacer observación alguna respecto al hacha. Ni siquiera expresó ninguna objeción cuando entró en la estancia un lobo procedente de otro lugar de la casa y se tendió entre Perrin y la puerta del patio. Perrin continuó afilando la hoja; pronto llegaría el momento de usarla.

De repente el lobo se levantó y gruñó, furioso, con el pelo erizado. Ba'alzamon entró en la cocina por la puerta del patio. La señora Luhhan seguía sumida en sus quehaceres.

Perrin se puso en pie, empuñando el hacha, pero Ba'alzamon no pareció advertir el arma y en cambio se concentró en el animal.

Las llamas danzaban en el punto donde debían hallarse sus ojos.

—¿Esto es con lo que cuentas para protegerte? Bien, ya me he enfrentado a seres similares anteriormente. Muchas veces.

Dobló un dedo y el lobo prorrumpió en aullidos, al tiempo que el fuego emanaba de sus ojos, orejas y boca, y de su piel. El olor a carne y pelambre quemada impregnó el aire de la cocina. Elsbet Luhhan asió el mango de un cazo y removió su contenido con una cuchara de madera.

Perrin soltó el hacha, se adelantó de un salto e intentó apagar las llamas con sus manos. El animal se deshizo en ceniza negra entre sus palmas. Al contemplar la masa informe de carbón que ensuciaba el impecable suelo de la señora Luhhan, tuvo que retroceder de espaldas. Anhelaba poder enjugarse aquel hollín grasiento de las manos, pero la idea de frotarlas en su ropa le producía náuseas. Agarró el hacha y aferró el mango hasta que le crujieron los nudillos.

—¡Dejadme en paz! —gritó.

La señora Luhhan sacudió la cuchara en el borde del cazo y volvió a taparlo.

—No puedes rehuirme —afirmó Ba'alzamon—. No puedes esconderte a mis ojos. Si eres el elegido, eres mío. —El calor que despedía su rostro obligó a Perrin a atravesar la cocina hasta que su espalda topó con la pared. La señora Luhhan abrió el horno para observar el estado de cocción del pan—. El Ojo del Mundo te consumirá —anunció Ba'alzamon—. ¡Te marco como posesión mía! —Abrió el puño de la mano como si arrojara algo; de sus dedos surgió un cuervo que se abalanzó sobre la faz de Perrin.

Perrin gritaba mientras el negro pico horadaba su ojo izquierdo...

Se sentó, tapándose la cara, rodeado de los silenciosos carromatos del Pueblo Errante. Lentamente, bajó las manos. No sentía dolor, no había sangre. Pero recordaba demasiado bien aquella hiriente agonía.

Se estremeció y, de pronto, Elyas se encontraba junto a él en la tenue luz que precedía a la aurora, con una mano tendida como su tuviera intención de despertarlo. Al otro lado de los árboles que circundaban el campamento, los lobos aullaban, emitiendo al unísono un apremiante alarido que brotaba de tres gargantas. Él compartía sus sensaciones. «Fuego. Dolor. Fuego. Odio. ¡Odio! ¡Matar!»

—Sí —dijo Elyas en voz baja—. Ha llegado la hora. Levántate muchacho. Debemos partir.

Perrin apartó las mantas. Cuando estaba enrollándolas, Raen salió del carromato, frotándose los ojos para disipar el sueño. El Buscador oteó el cielo y se quedó paralizado en mitad de los escalones, con las manos todavía en el semblante. Únicamente movía los ojos mientras observaba atento el cielo, aun cuando Perrin no acertara a comprender qué era lo que miraba. Había algunas nubes del lado de poniente, ribeteadas de rosa por el sol próximo a salir, pero no había nada más que la vista pudiera captar. Parecía que Raen también escuchaba y olía el aire; sin embargo el único sonido lo producía el viento al zarandear los árboles y el único olor perceptible era el del tenue humo que exhalaban los restos de las hogueras encendidas al atardecer.

Elyas regresó con sus escasas pertenencias y Raen acabó de descender las escaleras.

—Debemos cambiar el rumbo de nuestro viaje, mi viejo amigo. —El Buscador volvió a escudriñar con inquietud la bóveda celeste—. Hoy tomaremos otra dirección. ¿Vendréis con nosotros? —Elyas sacudió la cabeza y Raen asintió como si ya hubiera presentido la respuesta—. Bien, cuídate, viejo amigo. Hoy flota algo en el aire... —Comenzó a escrutar de nuevo, pero volvió a bajar la mirada antes de que ésta sobrepasara la altura de los vehículos—. Creo que iremos hacia el este. Tal vez hasta la Columna Vertebral del Mundo. Quizás encontremos un *stedding* y nos quedemos un tiempo allí.

—Los *stedding* son lugares tranquilos —convino Elyas—. Aunque los Ogier no acogen con mucha amabilidad a los forasteros.

—Todo el mundo acoge bien al Pueblo Errante —arguyó Raen con una sonrisa—. Además, incluso los Ogier tienen ollas y objetos que arreglar. Venid, charlemos mientras desayunamos.

—No hay tiempo —repuso Elyas—. Nosotros también nos vamos hoy. Lo más pronto posible. Al parecer, ésta es una jornada para cambiar de rumbo.

Raen intentó convencerlo para que se que se quedara a tomar un bocado al menos y, cuando Ila apareció del interior del carromato con Egwene, añadió sus propios argumentos, si bien no con tanto entusiasmo como su marido. Pronunció todas las palabras oportunas en tal situación, pero su amabilidad carecía de calor y era evidente que le alegraba la partida de Elyas.

Egwene no reparó en las miradas pesarosas que le dirigía de soslayo Ila. Preguntó qué sucedía y Perrin se preparó a escuchar de su boca que quería permanecer con los Tuatha'an; sin embargo, cuando Elyas respondió, la muchacha asintió, pensativa, y se apresuró a entrar en el vehículo para recoger sus cosas.

—De acuerdo —concedió al fin Raen—. No recuerdo ninguna ocasión en que haya permitido que un visitante abandone nuestro campamento sin ofrecerle una fiesta de despedida, pero... —Volvió a elevar, titubeante, la vista hacia el cielo—. Bien, creo que nosotros debemos madrugar hoy también. Tal vez comamos durante el trayecto. Pero, al menos, dejad que todos os digan adiós.

Elyas hizo ademán de protestar, pero Raen ya se apresuraba a caminar de un carromato a otro, golpeando las puertas para despertar a sus ocupantes. Cuando apareció un gitano conduciendo de la brida a *Bela,* todo el campamento se había convertido nuevamente en un amasijo de vivos colores que casi hacían palidecer el rojo y el amarillo de la vivienda de Raen e Ila.

Los grandes perros merodeaban entre la gente con las lenguas afuera, en busca de alguien que les rascase las orejas, mientras Perrin y sus dos compañeros soportaban un apretón de manos tras otro y abrazo tras abrazo. Las muchachas que habían danzado cada noche no se conformaron con estrecharle las manos a Perrin y sus abrazos hicieron que éste deseara de súbito quedarse con los gitanos..., hasta que recordó cuántas personas eran espectadores de la escena y su rostro se tiñó de arrebol.

Aram llevó a Egwene aparte. Perrin no alcanzaba a oír lo que decía entre el bullicio de la despedida, pero ella no paraba de sacudir la cabeza, lentamente al principio y con más firmeza después, cuando Aram comenzó a gesticular, implorante. Su rostro alternaba expresiones de súplica y de exigencia, pero Egwene siguió moviendo con obstinación la cabeza de derecha a izquierda hasta que Ila la rescató y riñó con dureza a su nieto. Con cara ceñuda, Aram se abrió paso entre el gentío y se desentendió de la despedida. Ila observó cómo se alejaba, reteniendo el impulso de llamarlo. «Ella también se siente aliviada», dedujo Perrin. «Aliviada porque él no quiere venir con nosotros..., con Egwene.»

Cuando hubo estrechado como mínimo una vez la mano a todos los gitanos y abrazado a todas las chicas dos veces al menos, la multitud congregada retrocedió, abriendo un pequeño círculo en torno a Raen, Ila y los tres visitantes.

—Vinisteis en son de paz —canturreó Raen, haciendo una reverencia con las manos en el pecho—. Partid en paz. Nuestras fogatas siempre os recibirán con la paz. La Filosofía de la Hoja es paz.

—Que la paz os acompañe siempre —respondió Elyas—, a vosotros y a todo vuestro pueblo. —Tras un segundo de vacilación, añadió—: Yo hallaré la canción o tal vez la halle otro, pero alguien la cantará el año próximo o en los años venideros. Como fue en un tiempo, será de nuevo en este mundo sin fin.

Raen parpadeó sorprendido e Ila mostró gran asombro en su semblante, pero los restantes Tuatha'an murmuraron la respuesta ritual:

—Mundo sin fin. El mundo y el tiempo que no cesan. —Raen y su mujer se apresuraron a repetir aquellas palabras después de los demás.

Entonces llegó el momento de la separación. Tras las últimas despedidas, recomendaciones de prudencia, sonrisas y guiños caminaron hacia la salida del campamento. Raen los acompañó hasta el linde de los árboles, con un par de perros que retozaban a su lado.

—En verdad, amigo mío, debéis actuar con cautela. Este día..., la maldad anda suelta por el mundo, me temo, y, por mucho que tú finjas, no eres tan perverso como para que ésta no te engulla.

—Que la paz sea contigo —dijo Elyas.

—Y contigo —replicó tristemente Raen.

Cuando Raen se hubo ido, Elyas advirtió que los dos muchachos tenían la vista fija en él.

—Claro que yo no creo en su estúpida canción —gruñó—. No había ninguna necesidad de hacerlos sentir mal y echar a perder su ceremonia, ¿no es cierto? Ya os dije que a veces dan mucha importancia a las formalidades.

—Desde luego —acordó suavemente Egwene—. No había mucha necesidad.

Elyas volvió la cara murmurando para sí.

Moteado, *Viento* y *Saltador* salieron a recibir a Elyas en un digno encuentro de iguales que no guardaba ninguna relación con las muestras de alborozo de los canes de los Tuatha'an. Perrin captó los pensamientos que ocupaban sus mentes. «Ojos de fuego. Dolor. Colmillo. Muerte. Colmillo que desgarra el corazón.» Perrin sabía a qué se referían. Al Oscuro. Estaban hablando del sueño que había padecido. Del sueño que habían padecido todos.

Se estremeció al tiempo que los lobos avanzaban para explorar la senda. Egwene cumplía su turno a lomos de *Bela* y él caminaba a su lado. Elyas iba en cabeza, como de costumbre, y caminaba a grandes zancadas.

Perrin no quería recordar aquella pesadilla. Había abrigado la creencia de que los lobos los guardaban del peligro. «No del todo. Acepta. Con todo el corazón. Con toda la conciencia. Todavía te debates. Sólo será total cuando aceptes.»

Se esforzó por apartar los lobos de su mente y pestañeó sorprendido. No sabía que tenía la capacidad de hacerlo. Resolvió no dejarlos volver a ocupar su pensamiento. «¿Incluso en los sueños?» No estaba seguro de si aquella objeción era suya o de los animales.

Egwene todavía llevaba el collar de cuentas azules que le había regalado Aram y un pequeño ramito de hojas de un rojo intenso que adornaba sus cabellos, otro agasajo del joven Tuatha'an. Perrin tenía la certeza de que Aram había tratado de convencerla para que permaneciera con el Pueblo Errante. Él estaba contento de que ella no hubiera cedido a sus demandas, pero deseaba que no acariciara con tanto entusiasmo las cuentas.

—¿De qué hablabais durante todo el tiempo que pasabas con Ila? —preguntó por fin—. Cuando no bailabas con ese tipo de piernas largas estabas conversando con ella como si compartierais una especie de secreto.

—Ila me daba consejos sobre cómo ser una mujer —repuso distraídamente Egwene.

Perrin comenzó a reír y ella le asestó una fiera mirada que él no acertó a ver.

—¡Consejos! Nadie nos recomienda a nosotros qué hay que hacer para ser un hombre. Lo somos de manera natural.

—Ése —replicó Egwene— es seguramente el motivo por el que hacéis tan poco honor a vuestra condición.

Elyas soltó una sonora y aguda carcajada.

28

HUELLAS EN EL AIRE

N ynaeve contempló con asombro la estructura que se elevaba sobre el río, el Puente Blanco que resplandecía con un brillo lechoso a la luz del sol. Otra leyenda, reflexionó, mirando de soslayo al Guardián y a la Aes Sedai, que cabalgaban justo delante de ella. Otra leyenda, y ellos no parecen siquiera advertirla. Decidió no mirar mientras ellos pudieran verla. «Se reirían si me vieran boquiabierta como un patán de pueblo.» Los tres avanzaban en silencio hacia el renombrado puente.

Desde la mañana posterior a su estancia en Shadar Logoth, cuando había encontrado a Moraine y a Lan en la orilla del Arinelle, apenas podía decirse que había mantenido una conversación normal con la Aes Sedai. Habían hablado, desde luego, pero de asuntos intrascendentes, al parecer de Nynaeve. Por ejemplo, Moraine había intentado convencerla en más de una ocasión de que fuera a Tar Valon. Iría allí, si ello era necesario y seguiría un curso de aprendizaje, pero no impulsada por los motivos que creía la Aes Sedai. Si Moraine había sido la causante de que Egwene o los chicos hubieran sufrido algún daño...

A veces, en contra de su voluntad, Nynaeve cavilaba sobre las posibilidades que se abrirían a una Zahorí capaz de esgrimir el Poder Único.

No obstante, siempre que descubría aquellos pensamientos en su interior, los rechazaba presa de ira. El Poder era algo inmundo y ella no iba a consentir entrar en contacto con él, a menos que se viera obligada.

Aquella maldita mujer sólo quería hablar de llevarla a Tar Valon para aleccionarla. ¡Moraine no tenía nada que decirle! De todas maneras, ella no quería inquirir gran cosa.

—¿Cómo planeáis encontrarlos? —recordó haber preguntado.

—Como ya os he explicado —repuso Moraine sin molestarse en volver la mirada hacia ella—, lo sabré cuando me halle cerca de los dos que han perdido las monedas.

No era aquélla la primera vez que Nynaeve le hacía la misma pregunta, pero la voz de la Aes Sedai continuaba sonando con tanta placidez como la superficie de un remanso que se obstinaba en permanecer lisa por más piedras que Nynaeve arrojara sobre ella; Nynaeve sabía que hallaría el modo de hacerla zozobrar.

—Cuando más tiempo transcurra —prosiguió Moraine—, más cerca deberé encontrarme, pero llegado el momento tendré la certeza. En cuanto al que todavía conserva el lazo de unión, mientras lo conserve en su poder, puedo seguir sus pasos por medio mundo si es necesario.

—¿Y entonces? ¿Qué tenéis pensado para cuando los encontréis, Aes Sedai? —No creía que Moraine se tomara tan en serio el cometido de hallarlos si no tenía planes posteriores.

—Tar Valon, Zahorí.

—Tar Valon, Tar Valon. Siempre decís lo mismo y estoy comenzando a...

—Una parte del entrenamiento que recibiréis en Tar Valon, Zahorí, os ayudará a controlar vuestro genio. No puede hacerse nada con el Poder Único cuando la mente está gobernada por la emoción. —Nynaeve abrió la boca, pero la Aes Sedai prosiguió—. Lan, debo hablar contigo un momento.

Ambos pegaron sus cabezas, apartaron su atención de Nynaeve y de la furiosa mirada que les dirigía, una mirada que ella misma detestaba siempre que la advertía en su rostro, y esto sucedía con demasiada frecuencia cuando la Aes Sedai desviaba sus preguntas hacia otro tema, se zafaba tranquilamente de ella con ardides verbales o desoía sus gritos hasta que por fin ella misma se sumía en el silencio. Su semblante ceñudo la hacía sentir como una muchachita que hubiera sido sorprendida poniéndose en ridículo por alguna de las mujeres del Círculo. Aquélla era una sensación a la que no estaba habituada Nynaeve y la plácida sonrisa de Moraine sólo servía para empeorar las cosas.

Si al menos hubiera algún modo de deshacerse de aquella mujer... Lan tendría mejor comportamiento sin ella —un Guardián sabría enfrentarse a cualquier albur, se dijo apresuradamente, con súbito rubor; no había otros motivos—, pero no había Guardián sin Aes Sedai.

Sin embargo, Lan la enfurecía aún más que la propia Moraine. No comprendía cómo lograba irritarla con tanta facilidad. Rara vez decía algo, en ocasiones no más de diez palabras al día, y nunca participaba en ninguna de las... discusiones que sostenía con Moraine. A menudo se hallaba alejado de las dos mujeres, ocupado en efectuar su reconocimiento del terreno, pero incluso cuando se encontraba cerca se mantenía ligeramente apartado y las observaba como si presenciara un duelo. Si aquello era realmente un duelo, ella no había conseguido vencer en ninguna ocasión, y Moraine no parecía percatarse de que estuvieran peleando. Nynaeve habría podido prescindir de sus fríos ojos azules, y del mudo auditorio que él representaba.

El silencio había sido el rasgo distintivo de su viaje, un silencio que sólo se veía truncado cuando ella perdía los estribos o en las veces que gritaba y el sonido de su voz parecía hendir la quietud como si quebrara un vidrio. La tierra también permanecía callada, como si el mundo se hubiera tomado una pausa para recobrar aliento. El viento gemía en los árboles pero el resto estaba aletargado en la más absoluta calma. El propio viento parecía distante, aun en los momentos en que sus ráfagas le golpeaban la cara.

Al principio, aquella inquietud resultó tranquilizadora después de todo lo sucedido. Tenía la impresión de no haber disfrutado de un instante de paz desde la Noche de Invierno. No obstante, al finalizar la primera jornada de trayecto con la Aes Sedai y el Guardián, miraba por encima del hombro y se revolvía en la silla como si tuviera una comezón en un punto de la espalda al cual no llegaban sus manos. El silencio se le antojaba un cristal destinado a hacerse añicos y la espera del primer estallido le ponía los pelos de punta.

Aquel peso también oprimía a Moraine y Lan, a pesar de su apariencia imperturbable. Pronto advirtió que, bajo su apacible actitud exterior, su tensión se incrementaba horas tras hora. Moraine parecía prestar oído a sonidos que no se producían allí y lo que escuchaba le hacía arrugar la frente. Lan escrutaba la floresta y el río como si los desnudos árboles y las mansas aguas transmitieran señales de emboscadas que lo aguardaran en el camino.

Una parte de sí misma se alegraba de no ser la única que percibía aquella sensación de precario equilibrio a punto de desmoronarse en el mundo, aunque el hecho de que a ellos también los afectara significaba que era algo real, y la otra deseaba que aquello fuera tan sólo fruto de su imaginación. Algo hormigueaba en los recovecos de su mente, al igual que cuando escuchaba el viento, pero ahora sabía que eso guardaba relación con el Poder Único y no podía atraer de modo consciente a la claridad aquellos murmullos que ocupaban el fondo de su pensamiento.

—No es nada —dijo con tranquilidad Lan en respuesta a una de sus preguntas. No la miraba al hablar; sus ojos no cesaban de escrutar. Después, contradiciendo su anterior afirmación, añadió—: Deberíais volver a Dos Ríos cuando lleguemos a Puente Blanco, de donde parte el camino de Caemlyn. Esto es demasiado peligroso. En cambio, si regresáis, nada se interpondrá en vuestra senda. —Aquélla fue la ocasión en que habló más durante toda la jornada.

—Ella forma parte del Entramado, Lan —intervino Moraine, con la mirada centrada también en otro lugar—. Es el Oscuro, Nynaeve. La tempestad nos ha concedido una tregua..., por ahora al menos. —Levantó una mano como si palpara el aire y luego la frotó inconscientemente en su vestido, como si hubiera tocado algo sucio—. Sin embargo, todavía vigila y su mirada es más intensa. No sólo va dirigida a nosotros, sino a toda la tierra. ¿Cuánto tiempo habrá de transcurrir hasta que haga suficiente acopio de fuerzas para...?

Nynaeve hundió la cabeza en los hombros con la súbita sensación de que alguien estaba mirándola por detrás. Casi habría preferido que la Aes Sedai no le hubiera dado aquella explicación.

Lan exploraba la ruta río abajo, pero en lugar de elegir él el camino, ahora era Moraine quien lo hacía, con tanta decisión como si siguiera un sendero invisible, huellas marcadas en el aire o el aroma de un recuerdo. Lan se limitaba a comprobar la seguridad de la senda que ella había indicado. Nynaeve tenía la impresión de que incluso si él hubiera determinado que era peligrosa, Moraine habría insistido en tomarla. Y él la tomaría, no le cabía duda de ello. Seguirían el curso del río hacia...

Nynaeve interrumpió sus pensamientos con un sobresalto. Se encontraban al pie del Puente Blanco. El pálido arco relucía bajo la luz del sol, con sus intrincadas formas demasiado delicadas para resistir los embates del Arinelle. El peso de un solo hombre podría derribarlo y, a buen seguro, también el de un caballo. Sin duda parecía que se desmoronaría por su propio peso de un minuto a otro.

Lan y Moraine cabalgaron tranquilamente hacia el resplandor blanco y luego sobre el puente, en el que las herraduras resonaron no como el acero huella el cristal sino como acero martillado con acero. La superficie del puente parecía tan lisa como el vidrio, pero los caballos caminaban con paso firme sobre ella.

Nynaeve los siguió contra su voluntad, con el temor de que tras el primer paso toda la construcción se viniera abajo. «Si el encaje se tejiera con hebras de vidrio», pensó, «tendría el mismo aspecto que esto.»

No fue hasta hallarse en mitad del puente cuando percibió el olor a quemado que impregnaba el aire. Al cabo de un segundo vio de dónde emanaba.

Alrededor de la plaza que se abría al pie del Puente Blanco se apilaban vigas ennegrecidas que todavía despedían hilillos de humo en el lugar que antes habían ocupado una docena de edificios. Unos hombres ataviados con uniformes rojos y melladas armaduras patrullaban las calles, pero avanzaban deprisa, como si temieran topar con algo, y miraban con recelo a sus espaldas. Los habitantes de la ciudad —los pocos que se encontraban fuera de sus casas— casi corrían, con los hombros encogidos, cual fugitivos que huyesen de un perseguidor.

Lan lucía un semblante aún más torvo del habitual y la gente abría un círculo en torno a ellos tres, incluso los soldados. El Guardián husmeó el aire, esbozó una mueca y emitió un gruñido. A Nynaeve no le sorprendió en absoluto su gesto, dada la pestilencia a quemado que los rodeaba.

—La Rueda gira según sus propios designios —murmuró Moraine—. Ningún ojo puede ver el Entramado hasta que está tejido.

Un minuto después ya había descendido de *Aldieb* y hablaba con la gente. No formulaba preguntas sino que daba muestras de compasión, un sentimiento que, para asombro de Nynaeve, parecía genuino. Las personas que se apartaban de Lan, predispuestas a alejarse de cualquier extraño, se detenían para conversar con ella. Ellos mismos se mostraban sorprendidos al hacerlo, pero salían de su retraimiento ante la clara mirada y la apacible voz de Moraine. Los ojos de la Aes Sedai compartían en apariencia el sufrimiento de la gente, se hacían partícipes de su turbación, y ésta le abría su corazón.

Con todo, la mayoría de ellos aún mentían. Algunos negaban que hubiera sucedido algo fuera de lo común. Moraine mencionó las casas arrasadas por el fuego en torno a la plaza. Todo estaba en orden, insistían en afirmar, y evitaban posar la mirada en lo que no querían ver.

Un obeso individuo que charlaba con pretendida campechanía se sobresaltaba al menor sonido producido a su espalda. Con una sonrisa que iba perdiendo su entusiasmo, refería la versión de que una lámpara caída había provocado un incendio que el viento había propagado de forma irremediable. Nynaeve advirtió que todos los edificios habían quedado derruidos por completo.

Existían casi tantas interpretaciones como personas había presentes. Varias mujeres bajaron la voz hasta un tono conspiratorio. La verdad era que había un hombre en algún lugar de la ciudad que se había inmiscuido en el uso del Poder Único. Ya era hora de que acudiese alguna Aes Sedai; hora de sobra, en su opinión, por más que criticaran los hombres las instituciones de Tar Valon. El Ajah Rojo había de devolver las cosas a su cauce.

Un hombre pretendía que había sido un ataque de bandidos y otro un disturbio provocado por Amigos Siniestros.

—Ésos que van a ver al falso Dragón, ya sabéis —confió sobriamente—. Se encuentran por todas partes. Todos son Amigos Siniestros.

Sin embargo, otros hacían referencia a algún tipo de contratiempo, cuya naturaleza no especificaban, que había llegado a la ciudad con un barco que descendió del río.

—Nosotros les dimos indicaciones —musitó un individuo de rostro afilado mientras se frotaba nervioso las manos—. Que se queden ese tipo de cosas en las Tierras Fronterizas, que es el lugar adonde corresponden. Fuimos a los muelles y... —Calló tan bruscamente que los dientes se le cerraron con un castañeteo. Sin pronunciar más palabras se escabulló, y acto seguido se alejó echando furtivas miradas hacia atrás como si temiera que fueran a darle persecución.

El barco había zarpado, aquello quedó claro gracias a la intervención de otros lugareños; había soltado por fin amarras apresuradamente justo el día antes, mientras una creciente multitud se congregaba en el puerto. Nynaeve se preguntó si Egwene y los muchachos se habrían hallado a bordo. Una mujer dijo que en aquella embarcación había viajado un juglar. Si se trataba de Thom Merrilin...

Expresó a Moraine sus sospechas de que alguno de los chicos hubiera huido en aquel barco. La Aes Sedai escuchó pacientemente, asintiendo con la cabeza, hasta que ella hubo terminado de hablar.

—Tal vez— repuso Moraine, dubitativa.

En el recinto rodeado por ruinas quemadas todavía permanecía en pie una posada cuya sala principal se hallaba dividida en dos por un tabique. Moraine se detuvo de camino hacia el establecimiento para palpar el aire con la mano. Esbozó una sonrisa ante lo que había percibido, pero no lo reveló entonces.

Comieron callados, compartiendo el silencio que reinaba en toda la sala. El puñado de gente reunida allí centraba su atención en los platos y en sus propios pensamientos. El posadero, que limpiaba el polvo de las mesas con el borde del delantal, no paraba de murmurar para sí, aunque siempre en voz demasiado baja para que pudieran oírlo los demás. Nynaeve pensó que aquél no sería un lugar agradable para pasar la noche; el propio aire parecía estar preñado de miedo.

Cuando ya habían dado cuenta del último bocado, apareció bajo el dintel uno de los soldados de uniforme rojo. A Nynaeve se le antojó resplandeciente con su puntiagudo yelmo y su bruñido peto, hasta que el recién llegado adoptó una pose artificial justo después de trasponer el umbral, llevándose una mano a la empuñadura de la espada y otra al cuello de la camisa para holgarla, al tiempo que su rostro adquiría una severa expresión. Le recordó los intentos de Cenn Buie por comportarse del mismo modo, tal como se suponía que debía hacerlo un Consejero del Pueblo.

Lan lo miró de reojo y soltó un resoplido.

—El ejército. Unos inútiles.

El soldado recorrió la estancia con la mirada y dejó reposar los ojos sobre ellos. Vaciló y luego hizo acopio de aire antes de preguntar precipitadamente con voz altanera quiénes eran, qué los había traído a Puente Blanco y cuánto tiempo pensaban permanecer allí.

—Nos marcharemos en cuanto termine mi cerveza —respondió Lan, que tomó lentamente un nuevo trago antes de alzar la mirada hacia el soldado—. Que la Luz ilumine a la virtuosa reina Morgase.

El hombre de uniforme rojo abrió la boca y, tras fijar la mirada en los ojos de Lan, retrocedió un paso, pero recuperó inmediatamente la compostura y dirigió una breve mirada a Moraine y a Nynaeve. Ésta temió por un instante que fuera a cometer alguna insensatez para no quedar como un cobarde delante de dos mujeres. Según su experiencia, los hombres se comportaban con frecuencia como idiotas por cuestiones de esa clase. Pero en Puente Blanco habían ocurrido demasiadas cosas y la incertidumbre había hecho presa de las mentes de sus habitantes. El militar volvió a observar a Lan, reconsiderando la situación. El torvo rostro del Guardián permanecía inexpresivo, pero sus ojos azules denotaban una frialdad extrema.

El soldado optó por realizar un vivo gesto de afirmación con la cabeza.

—Confío en que así lo hagáis. Hay demasiados forasteros por aquí en estos días para preservar la paz de nuestra buena reina.

Tras girar sobre sus talones, se alejó de nuevo, y readoptó su semblante severo de camino hacia la puerta. Ninguno de los clientes de la posada pareció advertirlo.

—¿Adónde vamos a ir? —preguntó Nynaeve al Guardián. El ambiente que reinaba en la habitación la obligó a hablar en voz baja, pero ella se aseguró de que sonara con firmeza—. ¿En pos del barco?

Lan miró a Moraine, la cual sacudió ligeramente la cabeza antes de responder:

—Primero he de encontrar al que tengo más certeza de poder localizar, el cual se halla en estos momentos en algún punto situado al norte
de nosotros. En todo caso, no creo que los otros dos se fueran en esa
embarcación. —Una leve sonrisa de satisfacción cruzó su semblante—.
Estuvieron en esta sala, hará un día quizá, no más de dos. Salieron atemorizados, pero vivos. Su rastro no habría persistido de no estar imbuido de esa intensa emoción.

—¿Cuáles dos? —Nynaeve se inclinó sobre la mesa, atenta. ¿Lo sabéis? —La Aes Sedai negó con un gesto casi imperceptible y Nynaeve se
arrellanó de nuevo en la silla—. Si solamente se encuentran a una jornada o dos de camino, ¿por qué no vamos primero tras ellos?

—Sé que estuvieron aquí —replicó Moraine con aquella insoportable calma en la voz—, pero aparte de ello no puedo discernir si se dirigieron hacia el este, el norte o el sur. Espero que hayan sido lo bastante
juiciosos para encaminarse a Caemlyn, pero no tengo garantías de ello
y, sin las monedas que nos vinculan, no sabré dónde están hasta que no
me halle a medio kilómetro de distancia de ellos. En dos días, pueden
haber recorrido más de veinte kilómetros, o cuarenta, en cualquier sentido, si el miedo los acosaba, y en verdad lo sentían cuando se alejaron
de aquí.

—Pero...

—Zahorí, por más aterrorizados que estuvieran y en cualquier rumbo que salieran corriendo, recordarán Caemlyn, y será allí donde los encuentre. Sin embargo, ahora prestaré mi ayuda a aquel que puedo localizar.

Nynaeve volvió a abrir la boca, pero Lan la atajó con voz suave.

—Tenían motivos para sentir temor. —Miró en torno a sí y luego
bajó aún más la voz—. También acudió un Semihombre aquí. —Esbozó una mueca, similar a la que había adoptado en la plaza—. Todavía
puedo notar su olor en todas partes.

Moraine exhaló un suspiro.

—Mantendré las esperanzas hasta que la evidencia no me disuada.
Me niego a creer que el Oscuro pueda ganar tan fácilmente. Los hallaré
a los tres sanos y salvos. Debo creer en ello.

—Yo también quiero encontrar a los chicos —reconoció Nynaeve—, pero ¿qué me decís de Egwene? Nunca la mencionáis y siempre
hacéis caso omiso de mis preguntas cuando se refieren a ella. Pensaba
que queríais llevarla a... —miró de reojo a las otras mesas y bajó la
voz—, a Tar Valon.

La Aes Sedai examinó la superficie de la mesa durante un momento
antes de centrar la mirada en Nynaeve y, cuando lo hizo, Nynaeve la

observó con una furia que casi pareció querer prender fuego a los ojos de Moraine. Después irguió los hombros, al tiempo que su ira iba en aumento, pero, antes de que hubiera pronunciado una palabra, la Aes Sedai se le adelantó con voz gélida.

—Espero encontrar a Egwene sana y salva también. No renuncio tan deprisa a jóvenes que poseen tanta habilidad una vez que las he descubierto. Pero será lo que la Rueda teja.

Nynaeve sintió un nudo en el estómago. «¿Soy yo una de esas jóvenes a las que no vais a renunciar? Ya lo veremos, Aes Sedai. ¡Que la Luz os consuma, ya lo veremos!»

Abandonaron la posada sumidos en un silencio que no los abandonó cuando comenzaron a cabalgar por el camino de Caemlyn. Los ojos de Moraine escrutaban el horizonte del lado noroeste. Tras ellos, la ciudad de Puente Blanco se agazapaba, manchada de humo.

29

OJOS IMPLACABLES

Como si tratara de recobrar el tiempo pasado en compañía del Pueblo Errante, Elyas avanzaba velozmente por la llanura cubierta de hierbas parduscas, estableciendo un paso tan rápido rumbo sur que incluso *Bela* se congratulaba cuando se detenían con las últimas luces del crepúsculo. A pesar de su premura, tomaba precauciones que no había tomado antes. Por la noche sólo encendían fuego si había leña seca allí donde acampaban. No les permitía quebrar ni una ramita de un árbol en pie. Las fogatas que encendía eran pequeñas y siempre ardían ocultas en un hoyo cuidadosamente excavado donde él había cortado una alfombra de césped. Una vez preparada la comida, enterraba las brasas y recubría de nuevo la tierra con la alfombra vegetal.

Antes de reemprender camino al romper el alba, recorría palmo a palmo el terreno donde habían pernoctado para cerciorarse de que no dejaban ningún rastro que delatara su paso por allí. Llegaba incluso a enderezar piedras que habían tumbado y a volver a su posición enhiesta las hierbas pisoteadas. Lo hacía con rapidez, sin tomarse más de algunos minutos en la operación, pero nunca partían hasta que estaba satisfecho.

Perrin no creía que la cautela sirviera de ayuda contra los sueños, pero, cuando comenzó a reflexionar sobre las acechanzas contra las que podía protegerlos, deseó que éstas sólo se materializaran en el mundo de los sueños. La primera vez, Egwene preguntó llena de ansiedad si los trollocs los perseguían de nuevo, ante lo cual Elyas sacudió la cabeza a modo de negación y los apremió a aligerar el paso. Perrin no dijo nada. Sabía que no había trollocs en las proximidades; los lobos únicamente percibían el olor de la hierba, los árboles y animales pequeños. No era el temor a los trollocs lo que confería velocidad a la marcha de Elyas, pero ni siquiera él podía dilucidar con exactitud qué era lo que impulsaba sus pasos. Los lobos lo ignoraban, pero, al percibir el recelo y el apremio de Elyas, empezaron a rastrear el terreno como si el peligro les pisara los talones o los aguardara en una emboscada al trasponer la siguiente loma.

La tierra se convertía en una interminable sucesión de ondulantes crestas, demasiado bajas para recibir el nombre de colinas, que se interponían en su camino. Una alfombra de tupido heno, aún marchito por el invierno e invadido a trechos por malas hierbas, se extendía ante ellos, agitada por un viento del este que no encontraba ningún obstáculo durante cien millas. Las arboledas crecían más diseminadas. El sol se elevaba con desgana, carente de vigor.

Entre las achaparradas lomas, Elyas seguía los contornos de su base, evitando coronar sus cumbres siempre que ello era factible. Apenas hablaba y cuando lo hacía...

—¿Sabéis cuánto vamos a tardar, rodeando cada una de estas condenadas colinas enanas de este modo? ¡Rayos y truenos! Ya habrá llegado el verano cuando me libre de vosotros. ¡No, no podemos ir en línea recta! ¿Cuántas veces tengo que decíroslo? ¿Tenéis alguna idea, aunque sea la más leve, de lo que destaca la figura de un hombre encima de un altozano en un terreno como éste? Que me aspen si no retrocedemos casi tanto como avanzamos. Contoneándonos como una serpiente. Sería capaz de ir más deprisa con los pies atados. Bien, ¿os vais a quedar mirándome o vais a caminar?

Perrin intercambiaba miradas furtivas con Egwene. Ésta sacaba la lengua a la espalda de Elyas. Ninguno de los dos replicaba nada. En la única ocasión en que Egwene había argüido que era el propio Elyas quien quería rodear los montículos y que ellos no eran responsables de ello, recibió una lección acerca de la manera en que viajaba el sonido, ejemplificada en forma de un gruñido que habría podido oírse a una milla de distancia. Elyas efectuó la demostración de espaldas, sin siquiera disminuir la velocidad de la marcha.

Tanto si hablaba como si guardaba silencio, los ojos de Elyas no cesaban de mirar en derredor, dando la impresión, a veces, de que había algo que observar aparte de las mismas hierbas secas que se encontraban bajo sus pies. Suponiendo que él advirtiera algo, aquello no era asequible a la percepción de Perrin ni a la de los lobos. La frente de Elyas se surcaba de nuevas arrugas, pero él no estaba dispuesto a explicar por qué debían apresurarse ni cuál era el peligro cuyo acecho temía.

A veces una loma más extensa de lo habitual se cruzaba en su camino, extendiéndose varias millas a derecha e izquierda. Incluso Elyas debía reconocer que desperdiciarían demasiado tiempo sorteándola. No obstante, no les permitía coronarla simplemente. Los dejaba en la base de la pendiente y se arrastraba boca bajo hacia la cima, mirando hacia arriba con tal cautela como si los lobos no hubieran inspeccionado aquel lugar diez minutos antes. La espera en la hondonada convertía los minutos en horas y la incertidumbre los roía. Egwene se mordía los labios, tocando inconscientemente el collar que le había regalado Aram. Perrin aguardaba obstinadamente. Con el estómago comprimido en un puño, lograba, sin embargo, mantener la calma en el semblante, ocultando el torbellino que se agitaba en su interior.

«Los lobos nos avisarán si existe una amenaza. Sería maravilloso que se marcharan, que se esfumaran, pero en estos momentos..., en estos momentos nos prevendrán. ¿Qué estará buscando? ¿Qué?»

Tras un largo escrutinio en el que sólo sobresalían sus ojos del nivel del suelo, Elyas siempre les hacía señas para que avanzaran. En todas las ocasiones el camino se hallaba despejado... hasta la siguiente colina que no podrían rodear. Llegados a la tercera loma de tales características, Perrin sentía espasmos en el estómago. Un sabor agrio remontaba por su garganta y estaba seguro de que si tenía que aguardar tan sólo cinco minutos, vomitaría.

—Yo... —tragó saliva— voy a ir con vos.

—Mantente pegado al suelo —fue todo cuanto dijo Elyas.

No bien hubo acabado de hablar, Egwene saltó de lomos de *Bela*.

El hombre vestido con pieles tiró hacia adelante su redondo sombrero y la miró por debajo del ala.

—¿Esperas que esa yegua camine arrastrándose? —espetó.

La muchacha movió los labios, sin emitir empero ningún sonido. Por último se encogió de hombros y Elyas se volvió sin pronunciar más palabras y comenzó a ascender por la suave pendiente. Perrin se precipitó tras él.

A poca distancia de la cima, Elyas le indicó que se agachara y un momento después él mismo se tumbó boca abajo en la tierra. En esta postura recorrieron las últimas yardas.

Una vez arriba, Elyas se quitó el sombrero antes de alzar lentamente la cabeza. Perrin, que observaba detrás de una mata de cardos, no advertía más que la misma llanura ondulada que se extendía tras ellos. No había árboles en la ladera opuesta, si bien en la hondonada, a media milla del altozano, crecía un exiguo bosquecillo. Los lobos ya lo habían examinado, sin percibir ningún rastro de trollocs ni de Myrddraal.

De oriente a occidente la tierra no presentaba ninguna variación a ojos de Perrin; eran las mismas colinas bajas cubiertas de pasto y de diseminadas agrupaciones de árboles. Todo permanecía inmóvil. Los lobos se encontraban a más de una milla, y no habían visto nada cuando habían atravesado aquel terreno. «¿Qué estará buscando? No hay nada aquí.»

—Estamos perdiendo el tiempo —afirmó, comenzando a incorporarse.

En aquel instante una bandada de cuervos alzó el vuelo en los árboles de abajo. Quedó paralizado mientras unos cincuenta o cien pájaros negros se elevaban en espiral hacia el cielo. «Los ojos del Oscuro. ¿Me habrán visto?» El sudor le resbalaba por el rostro.

Como si un mismo pensamiento hubiera ocupado de improviso el centenar de diminutas cabezas, todos los cuervos se abalanzaron en idéntica dirección: el sur. La bandada desapareció por encima del siguiente promontorio. Por el lado este salieron aleteando nuevos cuervos de otra arboleda. La masa negra trazó dos círculos y tomó rumbo sur.

Se tendió en el suelo. Temblaba. Intentó hablar, pero tenía la boca demasiado seca. Pasado un minuto, logró segregar la suficiente saliva.

—¿Era eso lo que temíais? ¿Por qué no nos dijisteis nada? ¿Por qué no los han visto los lobos?

—Los lobos no suelen levantar la vista hacia las copas de los árboles —gruñó Elyas—. Y no, no era esto lo que me esperaba. Ya te dije que no sabía qué... —En la lejanía de poniente una nube oscura se elevó de un bosquecillo y emprendió vuelo también hacia el sur—. Gracias a la Luz, no se trata de una gran cacería. No lo saben. Incluso después de... —Se volvió para mirar el camino que habían recorrido.

Perrin tragó saliva. Incluso después del sueño. Eso era lo que Elyas había querido decir.

—¿Que no es grande? —protestó—. En mi región no se ven tantos cuervos en un año entero.

Elyas sacudió la cabeza.

445

—En las Tierras Fronterizas he visto bandadas de mil cuervos. No con frecuencia porque allí se gratifica a quien mata a esos animales, pero en ocasiones se reúnen por millares. —Todavía miraba hacia las tierras septentrionales—. Ahora, silencio.

Perrin lo captó entonces; el esfuerzo por llegar hasta los distantes animales amigos. Elyas quería que *Moteado* y sus compañeros dejaran de explorar delante y retrocedieran a toda prisa para revisar su rastro. Su habitual lúgubre faz reflejó la tensión del ahínco. Los lobos se encontraban muy lejos. Perrin no era siquiera capaz de detectarlos. «Apresuraos. Mirad el cielo. Apresuraos.»

Perrin percibió confusamente la respuesta emitida del lado sur. «Ya vamos.» Una imagen centelleó por un instante en su mente antes de desvanecerse: la visión de los lobos que corrían, con los hocicos surcando el viento; corrían como si un incendio estuviera a punto de acorralarlos.

Elyas se dejó caer pesadamente y respiró hondo. Con el rostro ceñudo, miró con atención más allá del altozano, luego hacia el norte de nuevo, y murmuró entre dientes.

—¿Creéis que hay más cuervos detrás de nosotros? —inquirió Perrin.

—Podría ser —repuso Elyas—. A veces se comportan de esa manera. Conozco un lugar, si podemos llegar a él antes de que anochezca. De todos modos deberemos avanzar hasta que oscurezca del todo, incluso si no conseguimos alcanzarlo, pero no es posible ir tan deprisa como yo desearía. No podemos arriesgarnos a aproximarnos demasiado a los pajarracos que tenemos delante. Sin embargo, si también los hay detrás...

—¿Por qué hasta que oscurezca? —preguntó Perrin—. ¿Cuál es ese lugar? ¿Un sitio inaccesible a los cuervos?

—Inaccesible a los cuervos —corroboró Elyas—, pero hay demasiada gente que conoce... Los cuervos se posan cuando llega la noche. No hay que temer que nos encuentren en la oscuridad. Quiera la Luz que únicamente debamos preocuparnos de los cuervos entonces. —Dirigió una última mirada hacia la hondonada, se levantó e hizo señal a Egwene de que hiciera subir a *Bela*—. Pero aún quedan horas hasta que anochezca. —Comenzó a bajar por la otra ladera; corría de un modo desmañado, a punto de caer a cada zancada—. ¡Moveos, así os consuma la Luz!

Perrin lo siguió, medio corriendo y medio deslizándose por la pendiente.

Egwene llegó a la cima, espoleando a *Bela* para que avanzara al trote. Una mueca de alivio cubrió su rostro al verlos.

—¿Qué sucede? —gritó, mientras azuzaba a la yegua para que les diera alcance—. Cuando habéis desaparecido de ese modo, he pensado... ¿Qué ha ocurrido?

Perrin prefirió dedicar el resuello para correr hasta que ella se halló a su altura. Entonces le refirió el suceso de los cuervos y le contó que Elyas conocía un lugar seguro, pero fue una explicación entrecortada. Después de chillar «¡Cuervos!», la muchacha no paró de interrumpirlo con preguntas para la mayoría de las cuales no disponía de respuesta. Con tantos incisos, no finalizó su relato hasta que llegaron al siguiente altozano.

Normalmente, si algo referente a aquel viaje podía recibir el apelativo de normal, habrían rodeado aquel desnivel en lugar de remontarlo, pero Elyas insistió en la necesidad de explorar el terreno.

—¿Acaso quieres precipitarte en medio de ellos, muchacho? —fue su agrio comentario.

Egwene miró la cumbre del promontorio, lamiéndose los labios, como si quisiera a un tiempo acompañar a Elyas y permanecer donde se encontraba. Elyas fue el único que no dio muestras de indecisión.

Perrin se preguntó si los cuervos desandaban a veces su camino. No sería agradable llegar a lo alto del montículo y toparse con una bandada.

Arriba, levantó levemente la cabeza hasta poder ver, y emitió un suspiro de alivio cuando sólo divisó un bosquecillo en el oeste. No se advertía ningún cuervo. De pronto una zorra salió como una exhalación de entre los árboles. Tras ella brotaron cuervos del ramaje. El batir de sus alas casi ahogó un desesperado gemido de la raposa. Un torbellino negro se precipitó a su alrededor. La zorra repartía dentelladas, pero las aves la atacaban y se apartaban intactas, con sus negros picos relucientes de humedad. El animal atacado viró hacia los árboles, en busca del refugio de su guarida. Ahora corría con dificultad, con la cabeza baja y la pelambre ensangrentada, y los pájaros aleteaban en torno a él, aumentando progresivamente en número hasta que la palpitante masa negra fue tan espesa que ocultó por completo el cuerpo de su víctima. Tan de improviso como habían descendido, los cuervos alzaron el vuelo y desaparecieron en la siguiente ondulación meridional. Un irreconocible bulto de piel desgarrada era todo cuanto quedaba de la zorra.

Perrin tragó saliva. «¡Luz! Podrían hacernos lo mismo a nosotros. Un centenar de cuervos. Podrían...»

—Vamos —gruñó Elyas tras incorporarse de un salto. Hizo una señal a Egwene para que se uniera a ellos y, sin esperar, se encaminó al trote hacia la arboleda—. ¡Moveos, daos prisa! —gritó de espaldas—. ¡Moveos!

Egwene coronó al galope el altozano y los alcanzó antes de que hubieran llegado a la hoyada. No había tiempo para darle explicaciones, pero sus ojos se fijaron de inmediato en los despojos de la zorra. Su faz se tornó tan blanca como la nieve. Cuando llegó a los árboles, Elyas se volvió y les hizo grandes gestos para indicarles que se apresuraran. Perrin trató de correr más rápido y tropezó. Haciendo equilibrios con los brazos extendidos, apenas si logró evitar caer de bruces. «¡Rayos y truenos! ¡Estoy corriendo tan deprisa como soy capaz!»

Un cuervo solitario partió aleteando del bosquecillo. Ladeó la cabeza hacia ellos, soltó un graznido y se alejó en dirección sur. Consciente de que ya era demasiado tarde, Perrin asió la honda que colgaba de su cintura. Todavía hurgaba en los bolsillos para coger una piedra cuando el pájaro se plegó de súbito en el aire y cayó desplomado al suelo. Boquiabierto, advirtió la honda que tenía Egwene en la mano. La muchacha le sonrió con inquietud.

—¡No os quedéis ahí pasmados! —los llamó Elyas.

Con un sobresalto, Perrin se precipitó hacia el bosquecillo y luego se apartó del camino para que no lo pisara *Bela*.

En la lejanía por poniente, apenas perceptible, se levantó una especie de neblina negra en el aire. Perrin sintió a los lobos que avanzaban en esa dirección, rumbo norte. Captó que éstos habían advertido cuervos, a derecha e izquierda, mientras caminaban. La oscura bruma viró hacia el norte como si persiguiera a los lobos y después giró de improviso y se alejó como una flecha hacia el sur.

—¿Creéis que nos han visto? —preguntó Egwene—. Ya estábamos bajo los árboles, ¿no es cierto? No es posible que nos hayan divisado a tanta distancia, ¿verdad?

—Nosotros los hemos visto a esa misma distancia —observó secamente Elyas. Perrin se revolvió, intranquilo, y Egwene inspiró, angustiada—. Si nos hubieran descubierto —gruñó Elyas—, se habrían abatido sobre nosotros como lo han hecho con la zorra. Mantened la mente clara si queréis conservar la vida. Si no lo controláis, el miedo acabará con vosotros. —Su penetrante mirada reposó en cada uno de ellos unos instantes. Por último hizo un gesto afirmativo—. Ahora ya se han ido y nosotros también debemos marcharnos. Mantened a mano esas hondas. Podrían volver a sernos útiles.

Después de abandonar la arboleda, Elyas desvió hacia el oeste la línea de marcha que habían venido siguiendo. A Perrin casi se le cortó la respiración; parecía como si caminaran en pos de los cuervos que habían divisado. Elyas avanzaba incansablemente y ellos no tenían más alternativa que ir tras él. Después de todo, Elyas conocía un lugar seguro en algún sitio. O al menos eso afirmaba.

Corrieron hacia la siguiente colina, aguardaron a que los pájaros prosiguieran su ruta y luego volvieron a correr y a esperar de manera alternativa. La marcha regular que habían sostenido antes había sido fatigante, pero aquel avance a trompicones ya empezaba a hacerlos flaquear a todos, salvo a Elyas. A Perrin le palpitaba el pecho y cuando se hallaba sobre un promontorio sólo se preocupaba de recobrar el aliento, dejando que Elyas escrutara el terreno. *Bela* mantenía la cabeza gacha y sus hollares se ensanchaban de forma creciente a cada parada realizada. El miedo los laceraba y Perrin ignoraba si estaban controlándolo o no. Lo único que deseaba era que los lobos les informaran de lo que había a sus espaldas, en el supuesto de que hubiera algo, fuese cual fuese su naturaleza.

Frente a ellos volaban más cuervos de los que Perrin esperaba volver a ver. A derecha e izquierda las negras aves se elevaban ondulantes para tomar rumbo sur. En más de diez ocasiones llegaron al escondrijo de un bosquecillo o de una loma justo momentos después de que los cuervos hubieran alzado el vuelo. En una de ellas, cuando el sol comenzaba a descender de su altura de mediodía, permanecieron a cielo descubierto, petrificados como estatuas, a media milla del próximo punto de resguardo, mientras un centenar de espías alados del Oscuro pasaba de estampida a una milla escasa de distancia a su izquierda. El sudor perló el rostro de Perrin a pesar del viento hasta que la última forma negra se hubo convertido en un punto y desvanecido luego en la distancia. Perdió la cuenta de los animales rezagados que abatieron con las hondas.

Siguiendo el mismo rumbo que habían tomado las aves, obtuvo pruebas fehacientes para justificar su miedo. Había contemplado con repugnancia y extraña fascinación un conejo despedazado. Su cabeza, con la cuencas vacías, permanecía erguida y los otros restos de su anatomía, piernas y entrañas, se hallaban esparcidos en círculo en torno a ella. También vio pájaros, convertidos en informes masas de plumas, y dos zorros más.

Le vino a la memoria algo que había comentado Lan. Todas las criaturas del Oscuro se complacían en dar muerte a otros seres. El poder del Oscuro reside en la muerte. ¿Y si los cuervos los encontraban? Aquellos ojos implacables que relucían como cuentas de azabache. Los hirientes picos que se agitarían en vorágine a su alrededor. Picos afilados como agujas que succionarían su sangre. Un centenar de ellos. «¿O llamarán a otros congéneres? ¿Tal vez a todas las criaturas de su especie, para que participen en la cacería?» Una repulsiva imagen invadió su mente. Un montón de cuervos, que cubrían toda una colina, hormigueando como gusanos, se disputaban algunos despojos sangrientos.

De improviso aquella escena fue sustituida por otras, que se mostraban con nitidez un instante para difuminarse y dejar paso a una siguiente. Los lobos habían hallado cuervos hacia el norte. Los pájaros bajaban en picado, emitían graznidos, revoloteaban y volvían a abatirse, succionando sangre a cada arremetida. Los lobos se encogían y saltaban entre gruñidos, y se retorcían en el aire cerrando bruscamente las mandíbulas.

Una y otra vez Perrin notó el gusto de las plumas y el enloquecedor sabor de las revoloteantes aves atrapadas al vuelo con una dentellada; percibió, con una desesperación que en ningún momento consideraba la posibilidad de cejar, que todo su denuedo no era suficiente. De repente, la alada horda se alejó, no sin antes girarse para dedicar un último chillido de rabia a los lobos. Éstos no perecían tan fácilmente como las raposas, y ellos debían cumplir una misión. Desaparecieron con un batir de alas negras, dejando tras de sí unas cuantas plumas que cayeron sobre sus compañeros muertos. *Viento* se lamió una desgarradura en la pata delantera izquierda. Algo le había ocurrido a *Saltador* en uno de los ojos. Haciendo caso omiso de sus propias heridas, *Moteado* los reunió y los tres emprendieron una trabajosa carrera en la misma dirección en que habían desaparecido sus atacantes. Tenían la piel bañada de sangre. «Ya vamos. El peligro se acerca delante de nosotros.»

Perrin intercambió una mirada con Elyas, mientras avanzaba a tropezones. Los amarillentos ojos del hombre aparecían del todo inexpresivos, pero estaba al corriente de lo ocurrido. Sin decir nada, se limitó a observar a Perrin y a aguardar, sin dejar de cubrir terreno a grandes zancadas.

«Está esperando, esperando a que yo admita que capto el pensamiento de los lobos.»

—Cuervos —musitó, reacio, Perrin—. Detrás de nosotros.

—Tenía razón Elyas —murmuró Egwene—: puedes comunicarte con ellos.

A pesar de sentir sus pies como bloques de hierro prendidos a estacas de madera, Perrin intentó hacer que se movieran a mayor velocidad. Si pudiera tomar la delantera y sortear aquellos ojos, los cuervos y los lobos, pero sobre todo los ojos de Egwene, que ahora sabían qué era él. «¿Qué eres? ¡Un condenado, que la Luz te ciegue! ¡Estás maldito!»

La garganta le ardía de una manera tal como no había experimentado antes, ni siquiera al respirar el humo y el calor de la forja de maese Luhhan. Avanzó a trompicones asido al estribo de Egwene hasta que ésta descendió y lo obligó a montar a pesar de que él insistía en que podía continuar a pie. No transcurrió mucho tiempo, no obstante, antes de que la muchacha se aferrara al estribo mientras corría, sosteniéndose la falda con la otra mano, y aún menos antes de que Perrin desmontara con las rodillas todavía doloridas. Hubo de elevarla en brazos para que ocupara la silla, pero estaba demasiado fatigada para oponerse a él.

Elyas, inasequible al cansancio, los urgía a mantener la velocidad, les lanzaba pullas, y los mantenía tan cerca detrás de los cuervos que exploraban el terreno en dirección sur que Perrin pensó que bastaría con que uno de los pájaros volviera la cabeza para ser descubiertos.

—¡Seguid caminando, maldita sea! ¿Creéis que os tratarían con más miramiento que a la zorra si nos atrapan? ¿O que a ese otro animal que tenía las entrañas apiladas sobre la cabeza? —Egwene se ladeó en la silla para vomitar ruidosamente—. Sabía que lo recordaríais. Sólo tenéis que resistir un trecho más. Eso es todo. Vaya, pensaba que los muchachos campesinos eran más fuertes, que se pasaban el día trabajando y la noche bailando. ¡Moved esos condenados pies!

Comenzaron a descender los altozanos tan pronto como el último cuervo se había desvanecido detrás del siguiente y mientras los rezagados todavía aleteaban sobre la cumbre. «Bastaría con que uno mirara atrás.» Los pájaros escrutaban a ambos lados mientras se precipitaban hacia adelante. «Con uno solo sería suficiente.»

La bandada que iba a la zaga ganaba terreno inexorablemente. *Moteado* y sus compañeros les tomaban ya la delantera y se acercaban a ellos sin detenerse a lamerse las heridas, pero habían aprendido a escudriñar el cielo. «¿A qué distancia? ¿A cuánto tiempo de camino?» Los lobos carecían de las nociones temporales de los hombres, ya que para ellos no había motivos para dividir el día en horas. Las estaciones eran para ellos una distinción suficiente, y la luz y la oscuridad. No precisaban más. Finalmente Perrin percibió una imagen de la posición que ocuparía el sol en el horizonte cuando los cuervos les dieran alcance por la espalda. Miró por encima del hombro el sol que se ponía, y se pasó por los labios una lengua reseca. Al cabo de una hora las aves se cernerían sobre ellos, o tal vez en menos tiempo. Una hora, y todavía faltaban más de dos para que anocheciera.

«Moriremos con el crepúsculo», calculó lúgubremente; se tambaleaba mientras corría. Se llevó la mano al hacha y luego la trasladó a la honda. Aquella arma sería de más utilidad. Sin embargo, no sería suficiente, no contra un centenar de cuervos, un centenar de blancos en movimiento, un centenar de picos afilados.

—Ahora te toca a ti ir a caballo —le indicó cansinamente Egwene.

—Dentro de un poco —rehusó jadeante—. Todavía estoy fresco para recorrer varias millas.

La muchacha asintió y permaneció sobre la silla. «Está cansada. ¿Debo decírselo? ¿O será preferible que crea que aún tenemos posibilidades de escapar? ¿Una hora de esperanza o una hora de desesperación?»

Elyas lo observaba de nuevo, mudo. Sin duda estaba también al corriente. Perrin miró a Egwene y hubo de pestañear para fundir las lágrimas que le anegaron los ojos. En el último instante, cuando los cuervos descendieran en picado sobre ellos, cuando ya no quedara ninguna expectativa, ¿tendría el valor de preservarla de la muerte que había padecido la zorra? «¡Que la Luz me infunda fuerzas!»

Las aves que volaban delante de ellos parecieron desvanecerse de improviso. Perrin todavía distinguía unas tenues nubes oscuras por el este y el oeste, pero enfrente... no había nada. «¿Adónde han ido? Luz, si les hemos tomado la delantera...»

De repente, le recorrió el cuerpo una gelidez, un frío hormigueo similar al que habría experimentado si se hubiera zambullido en el arroyo del manantial en pleno invierno. Aquella especie de escalofrío que serpenteaba en su interior pareció mitigar su fatiga y liberarlo parcialmente del dolor que agarrotaba sus piernas y la quemazón que le oprimía los pulmones. De algún modo, se sentía distinto, si bien no podía precisar qué había ocurrido. Se detuvo y miró en derredor con recelo.

Elyas los observaba, a él y a Egwene, con ojos brillantes. Él sabía en qué consistía aquel fenómeno, Perrin estaba convencido de ello, pero se limitaba a observar su reacción.

Egwene refrenó a *Bela* y miró indecisa en torno a sí, entre temerosa y maravillada.

—Es... extraño —susurró—. Tengo la sensación de haber perdido algo. —Incluso la yegua erguía la cabeza en actitud expectante, abriendo los hollares como si detectase un tenue aroma a heno recién segado.

—¿Qué..., qué ha sido eso? —preguntó Perrin.

Elyas emitió una súbita carcajada y se inclinó hacia adelante con los hombros convulsos para apoyar las manos en las rodillas.

—Estamos a salvo, eso es lo que pasa. Lo hemos logrado, condenados idiotas. Ningún cuervo atravesará esta línea..., ninguno que actúe por cuenta del Oscuro, al menos. Un trolloc solamente la cruzaría bajo presión y el Myrddraal que lo obligara a ello lo haría en una situación totalmente desesperada. Las Aes Sedai tampoco la transpondrían. El Poder Único no surte efecto aquí; no pueden entrar en contacto con la Fuente Verdadera. Ni siquiera pueden sentirla, como si no existiera. Eso les produce un gran resquemor, sin duda. Les produce unos espasmos como si estuvieran borrachas. Éste es un lugar seguro.

En principio, los ojos de Perrin no percibieron ningún cambio en el paisaje de ondulantes colinas y lomas que habían recorrido durante toda la jornada. Después advirtió algunas manchas verdes en el suelo; no muchas, pero más abundantes que en otros parajes. El pasto estaba menos invadido de malas hierbas. No alcanzaba a imaginar por qué, pero había... algo peculiar en aquel sitio. Y algo que, a decir de Elyas, hurgaba en sus recuerdos.

—¿Qué es? —inquirió Egwene—. Siento... ¿Qué es este lugar? Creo que no acaba de gustarme.

—Un *stedding* —rugió Elyas—. ¿Nunca habéis escuchado historias? Claro que no ha habido ningún Ogier aquí a lo largo de tres mil años, desde el Desmembramiento del Mundo, pero es el *stedding* lo que genera a los Ogier y no al revés.

—Sólo es una leyenda —tartamudeó Perrin. En los relatos, los *steddings* eran siempre refugios, parajes donde ocultarse de las Aes Sedai o de las criaturas del Padre de las Mentiras.

Elyas se incorporó. Aun cuando no aparecía del todo repuesto, no daba la sensación de haber corrido durante casi todo el día.

—Venid. Será mejor que nos adentremos más en esta leyenda. Aunque no pueden seguirnos, los cuervos todavía son capaces de vernos tan cerca de la frontera y podrían estar apostados en suficiente número como para vigilar la totalidad de sus contornos. Ojalá continúen su búsqueda sin reparar en nosotros.

Perrin deseaba quedarse allí mismo. Las piernas le temblaban, impeliéndolo a permanecer tumbado durante una semana entera. La influencia reparadora del lugar había sido sólo momentánea y ahora sentía de nuevo la fatiga y el dolor. Porfió por dar un paso y luego otro más. No resultaba fácil, pero de algún modo iba avanzando. Egwene puso a *Bela* en movimiento. Elyas emprendió una marcha rápida que sólo aminoraba al advertir la evidencia de que los demás no eran capaces de seguir su ritmo.

—¿Por qué no... nos quedamos aquí? —jadeó Perrin. Respiraba por la boca y debía esforzarse para emitir las palabras con el resuello entrecortado—. Si realmente es... un *stedding*, estaríamos a resguardo, sin trollocs ni Aes Sedai. ¿Por qué no... nos quedamos aquí... hasta que acabe todo? —«Tal vez tampoco entren aquí los lobos», pensó para sí.

—¿Y cuánto tiempo representaría eso? —contestó Elyas por encima del hombro con una ceja enarcada—. ¿Qué comeríamos? ¿Hierba, como los caballos? Además, otras personas conocen la existencia de este paraje y nada impide su acceso a los hombres, ni siquiera a los más depravados. Y sólo hay un sitio donde todavía se encuentra agua. —Con el rostro ceñudo giró sobre sí y escrutó el terreno. Cuando hubo finalizado, sacudió la cabeza y murmuró algo para sus adentros. Perrin captó cómo llamaba a los lobos. «Deprisa. Deprisa»—. Nosotros estamos suponiendo una posibilidad de salvación entre múltiples peligros y los cuervos poseen una certeza. Vamos. Sólo quedan una o dos millas.

Perrin habría refunfuñado si no hubiera tenido que dosificar el aliento.

Las suaves colinas comenzaron a aparecer salpicadas de unas enormes moles de piedra gris de formas irregulares, recubiertas de líquenes y medio enterradas en la tierra, algunas de las cuales tenían un tamaño tan grande como el de una casa. Se hallaban invadidas de zarzas sin excepción y medio ocultas por matorrales en su mayoría. De vez en cuando, entre el tono pardusco de la maleza, una solitaria mancha verde anunciaba que aquél era un lugar especial. Fuera lo que fuese lo que mortificaba la tierra más allá de sus límites, también producía daños en su interior, pero allí la herida no era tan profunda.

Por último, franquearon un nuevo altozano y en la hondonada siguiente divisaron un estanque. Cualquiera de ellos habría podido vadearlo en dos zancadas, pero el agua estaba lo bastante clara y limpia como para transparentar la arena del fondo, reluciente como una lámina de cristal. Incluso Elyas se precipitó con entusiasmo por la pendiente.

Perrin se tumbó boca abajo en el suelo cuando llegó junto a la charca y zambulló la cabeza en ella. Un instante después, la sacó del frío líquido que había manado de las entrañas de la tierra. Sacudió la cabeza, produciendo una llovizna que desprendían sus largos cabellos. Egwene lo salpicó, sonriendo. Los ojos de Perrin adoptaron una expresión sombría. La muchacha frunció el entrecejo y abrió la boca, pero él volvió a introducir el rostro en el estanque. «No más preguntas. Ahora no. Basta de explicaciones.» Sin embargo, una vocecilla lo acosaba. «Pero lo habrías hecho, ¿no es cierto?»

Al poco Elyas reclamó su atención.

—Si todos vamos a comer, necesitaré ayuda.

Egwene trabajó con entusiasmo, y reía y bromeaba mientras preparaban su exigua comida. No les quedaba más que queso y carne seca, dado que no habían tenido ocasión de cazar. Por suerte, todavía tenían té. Perrin participó en las tareas en silencio. Sentía los ojos de Egwene fijos en él y percibía una preocupación creciente en su semblante, pero él evitaba en lo posible encontrar su mirada. Sus risas se desvanecieron y las bromas fueron espaciándose hasta perder su arrebato. Elyas observaba sin decir nada. La taciturnidad se apoderó de ellos. Comieron en silencio mientras el sol enrojecía en el horizonte y las sombras de sus cuerpos se alargaban.

«No falta ni una hora para que reine la oscuridad. De no ser por el *stedding*, todos estaríais muertos ahora. ¿La habrías salvado? ¿La habrías abatido con el hacha como a un arbusto cualquiera? Los arbustos no sangran, ¿verdad? Ni gritan y miran a los ojos preguntando el porqué.»

Perrin se retrajo aún más. En lo más recóndito de su mente percibía algo que se mofaba de él. Algo cruel. No era el Oscuro. Casi deseaba que hubiera sido eso. No se trataba del Oscuro, sino de sí mismo.

Excepcionalmente, Elyas había quebrantado sus normas respecto a las hogueras. Allí no crecían árboles, pero él había arrancado ramas secas de los arbustos y había encendido una fogata al amparo de una enorme peña que brotaba de la pendiente de la colina. Por las capas de hollín depositadas en la piedra, Perrin dedujo que aquel mismo lugar debía de haber sido utilizado por incontables generaciones de viajeros.

La parte de la roca que sobresalía de la tierra poseía una forma redondeada, bruscamente cortada en una abrupta pendiente en un costado, cuya desigual superficie se hallaba cubierta de musgo reseco. A Perrin se le antojaron extraños los surcos y oquedades erosionados en el lado ovalado, pero se encontraba demasiado absorto en su melancolía para prestarles mayor atención. Egwene, en cambio, los contemplaba mientras comía.

—Eso —observó finalmente— parece un ojo.

Perrin parpadeó; en efecto, semejaba un ojo, bajo toda aquella capa de hollín.

—Lo es —confirmó Elyas. Estaba sentado de espaldas al fuego y a la roca, observando la tierra a su alrededor, al tiempo que masticaba una tira de carne seca casi tan dura como el cuero—. El ojo de Artur Hawkwing. El ojo del propio Rey Supremo. En esto fueron a parar al final todo su poder y gloria.

Hablaba distraídamente, como también mascaba con mente ausente; su mirada y su atención se centraban en las lomas del entorno.

—¡Artur Hawkwing! —exclamó Egwene—. Me estáis tomando el pelo. No es ningún ojo. ¿Por qué iba a esculpir alguien el ojo de Artur Hawkwing en una piedra como ésta?

Elyas la miró brevemente por encima del hombro y murmuró:

—¿Y qué os enseñan a los cachorros de pueblo? —Resopló mientras reasumía su vigilancia, pero sin dejar de hablar—. Artur Paendrag Tanreall, Artur Hawkwing, el Rey Supremo, unió todas las tierras desde la Gran Llaga hasta el Mar de las Tormentas, del Océano Aricio al Yermo de Aiel e incluso algunas situadas mas allá del Yermo. Hasta llegó a enviar ejércitos a la otra orilla del Océano Aricio. Las historias cuentan que gobernó el mundo entero, pero lo que en realidad abarcaron sus dominios bastaría a cualquier mortal. Con todo, impuso la paz y la justicia en ellos.

—Todos eran iguales ante la ley —recitó Egwene— y ningún hombre alzaba la mano contra otro hombre.

—Veo que al menos has escuchado alguna historia. —Elyas rió secamente—. Artur Hawkwing impuso la paz y la justicia, pero las implantó con ayuda del fuego y las armas. Un niño podía cabalgar solo con una bolsa de oro desde el Océano Aricio a la Columna Vertebral del Mundo sin experimentar un instante de temor, pero la justicia del Rey Soberano tenía la misma dureza que esta piedra para quienes osaran poner en entredicho su poder, aun si sólo era por su propia naturaleza o porque la gente opinase que constituía una amenaza. El pueblo llano dispuso de paz y justicia y tenía qué llevarse al estómago, pero mantuvo asediada durante veinte años Tar Valon y puso un precio de un millar de coronas de oro a la cabeza de cada una de las Aes Sedai.

—Pensaba que las Aes Sedai no os inspiraban simpatía —apuntó Egwene. Elyas esbozó una sonrisa sarcástica.

—No importa lo que a mí me guste, muchacha, Artur Hawkwing fue un arrogante insensato. Una curandera Aes Sedai habría podido salvarlo cuando enfermó, fue envenenado, a decir de algunos, pero todas las Aes Sedai que permanecían con vida se encontraban acorraladas tras las Murallas Resplandecientes y utilizaban todo su Poder para contener a un ejército que iluminaba la noche con las fogatas de su campamento. De cualquier manera, no habría permitido que se le acercara ninguna. Detestaba a las Aes Sedai con la misma fuerza con que aborrecía al Oscuro.

Egwene frunció los labios, pero, al tomar la palabra, sólo objetó:

—¿Qué tiene que ver todo eso con la posibilidad de que esto sea el ojo de Artur Hawkwing?

—Sólo esto, muchacha. Reinando la paz en todos los territorios, a excepción de los de ultramar, aclamado con fervor por la gente en todo lugar que visitara (lo querían de veras; era un hombre rudo, pero nunca con la plebe), bien, con todo eso, decidió que había llegado el momento de construir una capital. Una nueva ciudad que no estuviera conectada en la mente de nadie con una antigua causa ni facción ni rival. La levantó aquí, en el centro exacto de la tierra circundada por los mares, el Yermo y la Llaga. Aquí, donde ninguna Aes Sedai entraría por propia voluntad ni podría utilizar el Poder en caso de que lo intentara. Una capital que irradiaría algún día al mundo entero la paz y la justicia. Al escuchar la proclama, el pueblo llano donó dinero suficiente para alzar un monumento dedicado a él. La mayoría de la gente lo consideraba levemente por debajo de la condición del propio creador. Sólo levemente. Llevó cinco años esculpir aquella estatua, la cual representaba al mismo Hawkwing en un tamaño cien veces superior al de su persona. La alzaron aquí, en el punto alrededor del cual debía construirse la ciudad.

—Nunca hubo una ciudad aquí —se mofó Egwene—. Habría más ruinas en ese caso.

Elyas asintió, sin abandonar el escrutinio del terreno.

—En efecto, no la hubo. Artur Hawkwing murió el mismo día en que se finalizó la escultura, y sus hijos y el resto de su estirpe se disputaron el trono con las armas. La estatua permaneció solitaria en medio de la neblina de estas colinas. Los hijos, los sobrinos y primos fallecieron y con ellos el linaje de Hawkwing. Algunos habrían borrado incluso su recuerdo, si ello hubiera sido factible. Se quemaron todos los libros que mencionaban su nombre. Al final sólo quedaron de él los relatos orales, inexactos en su mayoría. Ahí es donde fue a parar toda su gloria.

»Las luchas no cesaron con la muerte de Hawkwing y de sus familiares, por supuesto. Todavía había un trono que ganar y todos los señores y damas capaces de mantener guerreros a su servicio lo codiciaban. Aquél fue el inicio de la Guerra de los Cien Años. En realidad duró ciento veintitrés y la mayor parte de la historia de aquel tiempo se perdió en el humo de las ciudades arrasadas por el fuego. Muchos consiguieron retazos de tierra, pero ninguno logró la totalidad del reino, y en algún momento de aquella época alguien derribó la estatua. Tal vez no podían soportar más comparar su estatura con la de la reproducción de Hawkwing.

—Primero dais a entender que lo despreciáis —arguyó Egwene— y ahora parece que sentís admiración por él. —Sacudió la cabeza.

Elyas se volvió para mirarla de hito en hito.

—Toma un poco de té si quieres. Quiero que el fuego esté apagado antes de que anochezca.

Perrin distinguía con nitidez el ojo entonces, a pesar de la escasa luz del crepúsculo. Era mayor que la cabeza de un hombre y las sombras que se abatían a través de él le conferían el aspecto del ojo de un cuervo, duro, negro e implacable. Deseó haber armado el campamento en cualquier otro lugar.

30

HIJOS DE LAS SOMBRAS

Egwene se sentó junto al fuego, contemplando el fragmento de estatua, pero Perrin se encaminó al estanque en busca de soledad. El día tocaba a su fin y el viento nocturno, que ya empezaba a levantarse por el este, rizaba la superficie del agua. Tomó el hacha prendida en su cinto y la hizo girar entre las manos. El mango de madera de fresno, suave y fresco al tacto, era tan largo como su brazo. La aborrecía. Se avergonzaba del orgullo que había sentido por el hacha allá en Campo de Emond, antes de conocer qué uso iba a estar dispuesto a darle.

—¿Tanto la odias? —preguntó Elyas tras él.

Atónito, se levantó de un salto y casi alzó el arma antes de advertir quién era.

—¿Podéis...? ¿También vos podéis leer mis pensamientos? ¿Como los lobos?

Elyas ladeó la cabeza y lo observó con aire burlón.

—Hasta un ciego podría leer en tu rostro, chico. Bien, dilo en voz alta. ¿Odias a la muchacha? ¿La desprecias? Eso es. Estabas decidido a matarla porque la desdeñas por hacerse la remolona y por esa manera tan femenina que tiene de dominarte.

—Egwene jamás se ha hecho la remolona —protestó—. Siempre comparte las obligaciones. No la desprecio, la quiero. —Miró airado a Elyas, desafiándolo a que se echara a reír—. No de esa manera. Me refiero a que... no es como una hermana, pero ella y Rand... ¡Rayos y truenos! Si los cuervos nos hubieran atrapado... Si... No sé.

—Sí lo sabes. Si ella hubiera tenido que elegir la manera de morir, ¿qué crees que habría escogido? ¿Un limpio hachazo o el tormento que experimentaron los animales muertos que hemos visto hoy? Estoy seguro de cuál habría sido su decisión.

—Yo no tengo derecho a elegir por ella. No se lo diréis, ¿eh? Lo de que... —Sus manos se cerraron con fuerza en el mango del hacha; los músculos de sus brazos se tensaron. Tenía una poderosa musculatura para su edad, forjada durante las largas horas en que descargaba martillazos en la herrería de maese Luhhan. Por un instante, creyó que la madera del asta iba a crujir—. Odio esta maldita arma —gruñó—. No sé qué demonios hago con ella, pavoneándome por ahí como un idiota. No habría podido hacerlo, de veras. Cuando no era más que una posibilidad podía fanfarronear y actuar como si yo... —suspiró; luego bajó el tono de voz—. Ahora es distinto. No quiero volver a usarla nunca más.

—La utilizarás.

Perrin alzó el hacha para arrojarla a la charca, pero Elyas le agarró la muñeca.

—La utilizarás, muchacho, y, mientras detestes tener que hacer uso de ella, le darás utilidad más sabiamente que la mayoría de los hombres. Aguarda. Si algún día no sientes odio por ella, habrá llegado el momento de lanzarla de inmediato y echar a correr en sentido contrario.

Perrin asía el hacha con las manos, aún tentado de arrojarla al estanque. «A él no le cuesta nada decir eso. ¿Qué ocurrirá si espero y luego ya no soy capaz de deshacerme de ella?»

Abrió la boca para expresar aquella duda, pero no emitió palabra alguna. Había recibido un mensaje de los lobos, tan imperativo que los ojos se le tornaron vidriosos. Por un instante olvidó lo que iba a decir, olvidó incluso cómo hablar, cómo respirar. El semblante de Elyas también se alteró y sus ojos parecieron mirar hacia adentro y a la lejanía de modo simultáneo. Después el contacto se disipó tan deprisa como se había iniciado. Había tenido lugar en un abrir y cerrar de ojos, pero ese tiempo era suficiente.

Perrin se estremeció y llenó de aire los pulmones. Elyas no perdió ni un segundo; tan pronto como el velo abandonó sus ojos, se precipitó hacia la fogata sin vacilar. Perrin corrió en silencio tras él.

—¡Apaga el fuego! —gritó con voz ronca Elyas a Egwene. Gesticulaba con apremio y parecía tratar de gritar susurrando—. ¡Apágalo!

Elyas se abrió paso rudamente ante ella y aferró el hervidor del té, tras lo cual profirió una maldición al quemarse. Pese a ello, lo volcó boca abajo sobre las llamas. Perrin llegó a tiempo para comenzar a cubrir de tierra el rescoldo mientras el último chorro de té se derramaba sobre el fuego para evaporarse en hilillos de humo. No se detuvo hasta haber enterrado el más ligero vestigio de la hoguera.

Elyas entregó el recipiente a Perrin, pero éste lo dejó caer de inmediato con una exclamación de sorpresa. Perrin se sopló las manos y miró ceñudo a Elyas, aunque aquél estaba demasiado ocupado en examinar el suelo para prestarle atención.

—No es posible borrar la huella de nuestra presencia aquí —dictaminó—. Sólo nos queda alejarnos y no perder la esperanza. Tal vez no nos molesten. ¡Maldición!, si habría jurado que eran los cuervos.

Perrin se apresuró a ensillar a *Bela*, apoyando el hacha sobre sus muslos mientras se agachaba para sujetar la cincha.

—¿Qué ocurre? —preguntó Egwene, con voz entrecortada—. ¿Trollocs? ¿Un Fado?

—Id en dirección este u oeste —les indicó Elyas— y buscad un lugar donde esconderos. Yo me reuniré con vosotros tan pronto como pueda. Si ven un lobo... —Partió como una flecha, agazapado como si tuviera intención de ir a gatas, y desapareció entre las sombras alargadas del anochecer.

Egwene recogió a toda prisa sus escasas pertenencias, pero todavía exigía una explicación a Perrin. Su voz, insistente, adquiría un tono más temeroso a cada minuto. Perrin también sentía miedo, pero la aprensión los hacía avanzar con mayor rapidez. Esperó hasta que estuvieron de camino hacia el sol poniente. Mientras trotaba delante de *Bela* con el hacha aferrada ante su pecho con ambas manos, refirió cuanto sabía a grandes pinceladas, al tiempo que buscaba un paraje para esconderse y aguardar a Elyas.

—Se acerca un numeroso grupo de hombres a caballo. Iban detrás de los lobos, pero no los han visto. Se dirigen a la charca. Tal vez ello no guarda ninguna relación con nosotros, puesto que éste es el único manantial existente en varias millas a la redonda. Pero *Moteado* dice... —Miró brevemente hacia atrás. El sol del crepúsculo dibujaba curiosas sombras en el rostro de Egwene, sombras que ocultaban su expresión. «¿Qué está pensando? ¿Te está mirando como si no te conociera? ¿Te conoce?»—. *Moteado* dice que huelen mal. Es... algo parecido al olor que despide un perro rabioso. —El estanque se perdió de vista a sus espaldas. Todavía divisaba las rocas, los fragmentos de la estatua de Artur Hawkwing, pero no distinguía cuál de ellas era la piedra junto a la que habían encendido la hoguera—. Nos mantendremos alejados de ellos y buscaremos un lugar donde esperar a Elyas.

—¿Por qué querrían hacernos daño? —inquirió—. Se supone que aquí nos hallamos a salvo. ¡Luz, tiene que existir algún lugar seguro!

Perrin comenzó a escudriñar con mayor atención. Seguramente no se encontraban lejos del estanque, pero las sombras eran cada vez más espesas. Pronto estaría demasiado oscuro para caminar. Una tenue luz bañaba todavía los altozanos, aunque desde las hondonadas, donde apenas se veía, por contraste aparecían fulgurantes. A la izquierda, una forma oscura destacaba contra el cielo, una amplia piedra plana que surgía de la ladera de un montículo y cubría la vertiente con su sombra.

—Por ahí —dijo.

Se encaminó hacia la colina; observaba por encima del hombro para percibir alguna señal de los hombres que se aproximaban. No se veía nada... por el momento. En más de una ocasión hubo de detenerse y aguardar a la montura que iba tras él. Egwene se aferraba al cuello de la yegua y avanzaba con cuidado sobre el irregular terreno. Perrin pensó que ambos debían de hallarse más fatigados de lo que él había creído. «Será mejor que éste sea un buen escondrijo. Me parece que no hay posibilidad de buscar otro.»

En la base del promontorio examinó la maciza roca plana que brotaba de la ladera casi en su cumbre. Había un aire curiosamente familiar en la manera como el enorme bloque parecía formar unos escalones irregulares, tres que subían y uno que descendía. Trepó la corta distancia que lo separaba de él y palpó la piedra, mientras caminaba a su alrededor. A pesar de los siglos de intemperie, percibió cuatro columnas pegadas entre sí. Desvió la mirada hacia arriba, a la cima escalonada de la roca, que sobresalía por encima de su cabeza como un cobertizo: dedos. «Nos guareceremos en la mano de Artur Hawkwing. Tal vez aquí haya quedado algún resto de su justicia.»

Hizo señas a Egwene para que lo siguiera. Como ella no se movía, regresó a la hondonada y le refirió lo que había hallado.

Egwene miró detenidamente la colina con la cabeza inclinada hacia adelante.

—¿Cómo puedes ver algo? —se extrañó.

Perrin abrió la boca y luego la cerró de golpe. Se mordió los labios mientras miraba en torno a sí, consciente por primera vez de lo que percibía. El sol se había puesto y las nubes ocultaban la luna llena, pero a él le parecía encontrarse en el atardecer.

—He palpado la piedra —explicó al fin—. Será por eso. No podrán distinguirnos en la sombra que proyecta aunque se acerquen hasta aquí.

Tomó la brida de *Bela* para conducirla hacia el refugio. Sentía los ojos de Egwene clavados en su espalda. Mientras la ayudaba a desmontar, se oyeron gritos procedentes del lugar donde se encontraba la charca. La muchacha posó una mano en el brazo de Perrin, expresando una muda pregunta.

—Los hombres han visto a *Viento* —dijo de mala gana. Era difícil hallar sentido a los pensamientos de los lobos. Ahora captaba algo relacionado con el fuego—. Llevan antorchas. —La empujó hasta la base de los dedos y se agazapó a su lado—. Están dividiéndose en varios grupos de exploración. Son muchos y los lobos están todos heridos. —Trató de infundir ánimos a su voz—. Pero *Moteado* y los otros son capaces de ocultarse a su paso, incluso lastimados, y ellos no saben que estamos aquí. La gente no percibe lo que no espera ver. Pronto se cansarán y se dispondrán a dormir.

Elyas estaba con los lobos y no los abandonaría a su suerte. «Tantos jinetes. Tan obstinados. ¿Por qué muestran tanta obstinación?»

Vio cómo Egwene hacía un gesto afirmativo que ella misma no advirtió en la oscuridad.

—No nos ocurrirá nada, Perrin.

«Luz —pensó con asombro—, ella intenta darme ánimos.»

Los gritos no cesaban. En la lejanía, se movían pequeños racimos de antorchas que parpadeaban en la oscuridad.

—Perrin —dijo quedamente Egwene—, ¿bailarás conmigo el Día Solar si hemos regresado a casa para entonces?

Sus hombros se agitaron espasmódicamente. No emitió ningún sonido y él mismo ignoraba si estaba riendo o llorando.

—Sí. Te lo prometo. —Sus manos se cerraron alrededor del hacha, recordándole que aún la asía. Su voz se convirtió en un susurro—. Te lo prometo —repitió, para aferrarse a la esperanza.

Por las lomas cabalgaban hombres con antorchas, distribuidos en formaciones de diez o doce. Perrin no distinguía cuántos grupos había. En ocasiones divisaba tres o cuatro a un tiempo. Sus gritos continuaban en la noche, y a veces se sumaban a los relinchos de los caballos.

Desde su posición en la ladera de la colina, agazapado junto a Egwene, contemplaba las antorchas que se movían como luciérnagas, mientras recorría mentalmente la oscuridad en compañía de *Moteado*, *Viento* y *Saltador*. Los lobos habían salido demasiado mal parados de su encuentro con los cuervos para poder correr velozmente, debido a lo cual su estrategia se centraba en atraer a los hombres al refugio de sus hogueras. Los humanos siempre acababan por buscar el cobijo del fuego cuando los lobos merodeaban en la noche. Algunos de los desconocidos conducían hileras de caballos sin jinete, los cuales, despavoridos a causa de aquellas formas grisáceas que pasaban como una exhalación entre ellos, caracoleaban en su intento de deshacerse de las manos que retenían sus ronzales y, cuando lo conseguían, huían a toda carrera sin dirección fija. Las monturas ocupadas por jinetes se debatían asimismo al percibir las sombras cenicientas de desgarradores colmillos que surcaban la penumbra, y de vez en cuando los hombres que las montaban emitían terribles alaridos, segundos antes de ser degollados por unas mandíbulas de lobo. Elyas también se encontraba allí, percibido, aunque de forma más vaga, por Perrin; hollaba la noche con su largo cuchillo, como un lobo apoyado sobre sus patas traseras que estuviera armado con un afilado diente de acero. Los gritos se convertían a menudo en maldiciones, pero los exploradores no cejaban en su búsqueda.

De pronto Perrin cayó en la cuenta de que los hombres seguían un plan predeterminado. Cada vez que alguno de los grupos entraba en su campo visual, al menos uno de ellos se aproximaba al promontorio donde se ocultaban él y Egwene. Elyas les había dicho que se escondieran, pero... «¿Y si echáramos a correr? Tal vez podríamos quedar a resguardo entre la oscuridad si no permanecemos parados. Tal vez. La noche ha de ser lo bastante tenebrosa para lograrlo.»

Se volvió hacia Egwene, pero la imagen que percibió lo disuadió de llevar a cabo lo previsto. Una docena de teas ardientes rodeaba la base de la colina, ondeando con el trote de los caballos. Las puntas de las lanzas reflejaban sus destellos. Retuvo el aliento y se quedó inmóvil, con la manos aferradas al mango del hacha.

Los jinetes se desplazaron más allá del altozano, pero, a un grito de uno de ellos, las antorchas retrocedieron. Desesperado, Perrin reflexionó, tratando de hallar un escape. No obstante, si se movían los descubrirían, si no lo habían hecho ya, y, una vez que hubieran detectado su presencia, no dispondrían de escapatoria posible, ni siquiera al amparo de las sombras.

Los desconocidos comenzaron a ascender la falda de la colina, con teas en una mano y una larga lanza en la otra, guiando a los caballos con la presión de sus rodillas. A la luz de las teas Perrin distinguió las blancas capas de los Hijos de la Luz. Éstos se inclinaban sobre sus monturas para escrutar las tinieblas que reinaban bajo los dedos de Artur Hawkwing.

—Hay algo allá arriba —afirmó uno de ellos, con voz chillona, como si todo lo que no abarcaba la luz de su antorcha le inspirara temor—. Ya os he dicho que era un lugar propicio para que alguien se escondiera en él. ¿No es eso un caballo?

Egwene posó una mano en el brazo de Perrin; sus ojos se veían muy grandes en la oscuridad. Su muda pregunta era evidente a pesar de la penumbra que encubría sus facciones. ¿Qué podían hacer? Elyas y los lobos todavía cazaban en las tinieblas nocturnas. Los caballos piafaban inquietos bajo ellos. «Si echamos a correr ahora, nos darán alcance.»

Uno de los Capas Blancas hizo avanzar un paso a su montura y gritó:

—Si sois capaces de comprender la lengua humana, bajad y rendíos. No recibiréis ningún daño si seguís la senda de la Luz. Si no os sometéis, recibiréis muerte al instante. Disponéis de un minuto.

Las lanzas, largas cabezas de acero relucientes junto a las antorchas, descendieron unos centímetros.

—Perrin —musitó Egwene—, no podemos escapar. Si no nos rendimos, nos matarán. ¿Perrin?

Elyas y los lobos conservaban aún la libertad. Otro grito balbuciente en la lejanía indicó que un Capa Blanca había perseguido a *Moteado* a una distancia demasiado corta. «Si huimos a todo correr...» Egwene lo observaba, aguardando a que él decidiera lo que debían hacer. «Si huimos a todo correr...» Tras sacudir la cabeza con cansancio se puso en pie como si se hallara en trance y comenzó a bajar la ladera con paso inseguro en dirección a los Hijos de la Luz. Oyó cómo Egwene exhalaba un suspiro y emprendía camino tras él, a rastras a causa de la aprensión. «¿Por qué son tan insistentes los Capas Blancas, como si odiaran encarnizadamente a los lobos? ¿Por qué huelen mal?» Casi creyó que él también percibía aquel olor inadecuado cuando el viento soplaba del lado de los jinetes.

—Deja caer el hacha —rugió el cabecilla.

Perrin avanzó hacia él, arrugando la nariz para desprenderse del olor que creía notar.

—¡Déjala caer, patán!

La lanza del dirigente se movió y apuntó al pecho de Perrin. Por un instante miró fijo aquella acerada arma capaz de ensartarlo y súbitamente gritó:

—¡No! —El alarido no iba dirigido al hombre que tenía enfrente.

Saltador emergió del seno de la noche, compenetrado con Perrin en una unidad espiritual. *Saltador*, el cachorro que había contemplado el vertiginoso ascenso de las águilas y había deseado con tanto fervor surcar el cielo como lo hacían las rapaces. El cachorro que se encaramó y porfió en aprender a tomar impulso hasta ser capaz de saltar a mayor altura que cualquiera de sus congéneres y que nunca olvidó su anhelo infantil de alzar el vuelo. *Saltador* brotó del seno de la noche y abandonó el suelo como un resorte, como un águila que alzara el vuelo. Los Capas Blancas sólo tuvieron el margen de unos segundos para comenzar a soltar maldiciones antes de que las mandíbulas de *Saltador* se cerraran en la garganta del hombre que amenazaba con su lanza a Perrin. El impulso del lobo lo derribó del caballo. Perrin sintió cómo se quebraba el cuello y enseguida paladeó la sangre.

Saltador tomó tierra livianamente a cierta distancia del hombre al que había dado muerte. Tenía el pelo manchado de sangre, propia y ajena. En su faz, un surco atravesaba el lugar que había ocupado su ojo izquierdo. Con el que le quedaba sano fijó la mirada en Perrin durante un segundo. «¡Corre, hermano!» Cuando giraba para remontarse de nuevo en el aire, una lanza lo clavó en el suelo. Un nuevo proyectil acerado penetró en su costilla para horadar luego la tierra bajo él. Debatiéndose, asestaba dentelladas a las astas que lo inmovilizaban. «Para alzar el vuelo.»

Presa de dolor, Perrin exhaló un alarido inarticulado, similar al aullido de un lobo. En un gesto irreflexivo, se abalanzó hacia adelante, gritando todavía. Su mente había abandonado todo pensamiento. Los jinetes estaban demasiado juntos para poder hacer uso de sus lanzas y el hacha se movía con la ligereza de una pluma en sus manos, como un enorme diente lobuno de metal. Algo le golpeó la cabeza y, al caer, ignoraba si era *Saltador* o él quien agonizaba.

—«... alzar el vuelo como las águilas.»

Murmurando, Perrin abrió los ojos. Le dolía la cabeza y no acertaba a recordar por qué. Miró a su alrededor, parpadeando para protegerse de la luz. Estaba postrado y Egwene se hallaba de rodillas a su lado, en una tienda cuadrada de dimensiones similares a las de la mayoría de las estancias de una casa, con el suelo alfombrado. Las lámparas de aceite prendidas en cada una de las esquinas proyectaban un intenso resplandor.

—Gracias a la Luz, Perrin —susurró—. Temía que te hubieran matado.

En lugar de responder, observó al hombre de pelo cano sentado en la única silla que había en el recinto. Unos ojos oscuros le devolvieron la mirada, enmarcados en un rostro que no se correspondía, en su opinión, con el tabardo blanco y dorado que llevaba ni con la reluciente armadura que ceñía unos ropajes de un blanco prístino. Parecía un rostro amable, benévolo y digno, cuya elegante austeridad iba a la par con el mobiliario de la tienda. Una mesa y un camastro plegable, una jofaina y un cántaro blancos, un arcón de madera con geométricas incrustaciones de marquetería. Los objetos de madera estaban pulidos y el metal reluciente, pero sin ostentación. Detrás de cada uno de los utensilios había la mano de un experto artesano, pero sólo podía advertirlo alguien que hubiera observado de cerca el trabajo de uno de ellos, como maese Luhhan o maese Aydaer, el carpintero.

Con el rostro ceñudo, el hombre revolvió con un dedo dos pequeños montones de cosas que había sobre la mesa. Perrin reconoció el contenido de sus bolsillos en uno de ellos y su navaja. La moneda de plata que le había dado Moraine destacaba entre ellos y el individuo de cabellos grises la volvió, pensativo. Frunció los labios; luego levantó el hacha de Perrin para sopesarla. Después volvió a centrar su atención en los dos muchachos de Campo de Emond.

Perrin trató de incorporarse, pero el agudo dolor que le recorrió las extremidades lo hizo caer pesadamente. Por primera vez advirtió que estaba atado, de pies y manos. Volvió la mirada hacia Egwene. Ésta se encogió de hombros, pesarosa, y se volvió para mostrarle la espalda. Tenía media docena de ligaduras en las muñecas y tobillos, surcados por los cordeles. Ambas ataduras se hallaban unidas por una cuerda, cuya longitud sólo le permitía incorporarse en posición de cuclillas.

Perrin quedó asombrado, no sólo por el hecho de que estuvieran atados sino porque aquellas cuerdas con que los habían amarrado, hubieran bastado para sujetar a un par de caballos. «¿Quiénes deben de creer que somos?»

El hombre de pelo gris los observaba, curioso y pensativo, como maese al'Vere cuando debía resolver un problema. Aún tenía el hacha entre las manos, como si la hubiera olvidado.

La entrada de la tienda se movió, dando paso a un alto individuo de rostro alargado y demacrado, cuyos ojos hundidos parecían observar desde profundas cavernas. Su cuerpo musculoso no poseía ni una onza de grasa.

Perrin percibió por un instante el exterior; había fogatas y dos Capas Blancas que hacían guardia. Tan pronto como se halló dentro, el recién llegado se detuvo y permaneció de pie con la rigidez de una barra de hierro, mirando la pared que tenía enfrente. Las láminas y la malla de su armadura relucían como la plata bajo su blanquísima capa.

—Mi señor capitán. —Su voz era aún más inflexible que su porte, y áspera, pero a un tiempo llana e inexpresiva.

El otro hombre hizo un gesto vago.

—Descansad, Byar. ¿Habéis calculado ya las bajas ocasionadas por este... encuentro?

A pesar de que el enjuto personaje separó los pies, Perrin no vio ningún signo de relajación en él.

—Nueve hombres muertos, mi señor capitán, y veintitrés heridos, siete de consideración. Sin embargo, todos se encuentran en condiciones de montar. Hemos tenido que sacrificar treinta caballos. ¡Estaban desjarretados! —Con su voz carente de emoción, puso especial énfasis en aquella observación, como si lo acecido a las monturas fuera peor que lo que habían padecido los hombres—. Buena parte de la remonta se encuentra diseminada. Tal vez localicemos algunas monturas después del alba, mi señor capitán, pero, mientras haya lobos que los asusten, tardaremos varios días en reunirlos a todos. A los hombres encargados de vigilarlos les ha sido asignada la tarea de realizar guardias nocturnas hasta que lleguemos a Caemlyn.

—No disponemos de días sobrantes, Byar —repuso con amabilidad el hombre de cabello cano—. Partiremos al alba. Nada puede modificar esta decisión. Debemos estar en Caemlyn a tiempo, ¿no es así?

—Como ordenéis, mi señor capitán.

El dirigente miró brevemente a Perrin y a Egwene.

—¿Y qué tenemos para justificar nuestra tardanza, aparte de estos dos jovenzuelos?

Byar inspiró profundamente, dubitativo.

—He hecho desollar al lobo que los acompañaba, mi señor capitán. Su piel constituiría una buena alfombra para la tienda de mi señor capitán.

«¡*Saltador!*» Sin advertir lo que hacía, Perrin gruñó, intentando zafarse de las ataduras. Las cuerdas se hincaron en su carne, sus muñecas gotearon sangre, pero las ligaduras no cedieron.

Byar miró por primera vez a los prisioneros. Egwene retrocedió de él con un sobresalto. Su semblante era tan inexpresivo como su voz, pero un cruel destello relumbraba en sus ojos, con tanta certeza como las llamas crepitaban en los de Ba'alzamon. Byar los odiaba como si fueran viejos enemigos suyos en lugar de personas a las que no había visto hasta aquella noche.

Perrin le devolvió una mirada desafiante. Su boca se curvó en una tensa sonrisa al imaginar que destrozaba a dentelladas la garganta de aquel hombre.

De repente su sonrisa se desvaneció y un estremecimiento recorrió su cuerpo. «¿A dentelladas? ¡Soy un hombre, no un lobo! ¡Oh, Luz, esto debe terminar de una vez!»

—No me interesan las alfombras de piel de lobo, Byar. —La voz del capitán expresó un leve rechazo que, sin embargo, bastó para que Byar irguiese otra vez la espalda y centrara la mirada en la pared—. Estabais informándome sobre lo acontecido esta noche, ¿no es cierto?

—Según mis estimaciones, la manada que nos ha atacado se componía de cincuenta bestias como mínimo, de las cuales hemos matado veinte, treinta quizá. No he creído necesario correr el riesgo de perder más caballos para traer sus despojos de noche. Por la mañana haré que los reúnan y los quemen. Aparte de estos dos, había al menos unas doce personas. Calculo que hemos dado muerte a cuatro o cinco de ellos, pero no es probable que hallemos sus cadáveres, dada la propensión de los Amigos Siniestros a llevarse a sus muertos para ocultar sus bajas. Esta parece haber sido una celada coordinada, lo cual plantea la cuestión...

A Perrin se le atenazó la garganta mientras el enjuto individuo continuaba hablando. ¿Elyas? Con cautela, trató de establecer contacto con Elyas y sus amigos... Fue en vano. Era como si nunca hubiera sido capaz de comunicarse con la mente de un lobo. «O han fallecido o te han abandonado.» Quería reír, estallar en amargas carcajadas. Por fin había conseguido lo que tanto había deseado, pero a un alto precio.

Entonces el hombre de cabello gris rió a su vez, con una risa irónica que tiñó de rubor las mejillas de Byar.

—De modo que, según vuestras estimaciones, Byar, hemos sido atacados en una emboscada planeada por más de cincuenta lobos y un buen puñado de Amigos Siniestros, ¿no es así? Tal vez cuando hayáis presenciado más acciones...

—Pero, mi señor capitán Bornhald...

—Yo diría que seis u ocho lobos, Byar, y quizás únicamente estos dos humanos. Dais prueba de un celo auténtico, pero carecéis de experiencia fuera de las ciudades. Es diferente predicar la Luz, cuando las calles y las casas se hallan distantes. Los lobos tienen la capacidad de aparentar mayor número de lo que son en realidad, de noche..., y los hombres también. Seis u ocho, como mucho, creo yo. —El rubor del rostro de Byar se hizo más intenso—. También sospecho que se encontraban aquí por el mismo motivo que nos ha atraído a nosotros: porque es el único punto donde hay agua disponible a una jornada de camino en cualquier sentido. Una explicación mucho más simple que la existencia de espías y traidores entre los Hijos, y la explicación más simple suele ser la más certera. La experiencia irá ampliando vuestro aprendizaje.

La cara de Byar adoptó una mortal palidez a medida que hablaba su superior, lo cual aportaba un acusado contraste con el tono purpúreo que teñía sus mejillas. Asestó una mirada momentánea a los prisioneros.

«Su odio hacia nosotros es aún más intenso ahora —advirtió Perrin—, tras haber escuchado esta conversación. Pero ¿por qué nos ha detestado desde el primer momento?»

—¿Qué opinión os merece esto? —inquirió el capitán al tiempo que levantaba el hacha de Perrin.

Byar expresó una muda pregunta a su superior y aguardó a recibir una señal de asentimiento antes de abandonar su rígida postura para tomar el arma. Al asir el hacha, exhaló un gruñido de sorpresa, después la hizo girar en un estrecho arco sobre su cabeza que casi rozó la cubierta de la tienda. La manejaba con tanta seguridad como si hubiera nacido con un artilugio similar en la mano. Un destello de admiración y envidia iluminó su rostro que, cuando bajó el arma, había adoptado de nuevo su expresión impávida.

—Excelentemente equilibrada, mi señor capitán. Hecha con pocos medios, pero por un armero muy bueno, tal vez un maestro. —Sus ojos relumbraron con un brillo siniestro en dirección a los cautivos—. No es un arma de un habitante de un pueblo, mi señor capitán. No es propia de un campesino.

—No. —El capitán se volvió hacia Perrin y Egwene con una fatigada sonrisa, como si fuera un abuelo que iba a regañar a unos nietos que habían cometido una travesura—. Me llamo Geofram Bornhald —les dijo—. Tú eres Perrin, según tengo entendido. Pero tú, jovencita, ¿cuál es tu nombre?

Perrin lo miró airadamente, pero Egwene sacudió la cabeza.

—No seas estúpido, Perrin. Me llamo Egwene.

—Perrin y Egwene a secas —murmuró Bornhald—. Supongo que, si realmente fuerais Amigos Siniestros, os interesaría ocultar vuestra identidad en la medida de lo posible.

Perrin se irguió hasta ponerse de rodillas; no podía enderezarse más debido a la manera como lo habían atado.

—No somos Amigos Siniestros —contestó furioso.

Todavía no había acabado de pronunciar estas palabras cuando Byar ya se hallaba junto a él. Aquel hombre se movía como una serpiente. Vio cernirse sobre él el mango de su propia hacha e intentó esquivarlo, pero la dura madera lo alcanzó en la oreja. Únicamente el hecho de haberse movido lo salvó de que le hendiera el cráneo. A pesar de ello, su visión se tornó borrosa y su respiración se detuvo mientras caía al suelo. Sentía un intenso martilleo en la cabeza y la sangre le surcaba las mejillas.

—No tenéis derecho... —comenzó a decir Egwene, pero interrumpió la frase para gritar cuando el asta del hacha se abalanzó sobre ella.

Se hizo a un lado y el arma atravesó el aire mientras la muchacha se echaba al suelo.

—Hablaréis con educación —les advirtió Byar— cuando os dirijáis a un Ungido por la Luz, o de lo contrario no os quedará lengua para hablar.

Lo más terrible era que su voz permanecía tan inalterable como siempre, indicando que el hecho de cortarles la lengua no le proporcionaría placer ni pesar. Para él era simplemente un acto más.

—Tranquilo, Byar. —Bornhald miró otra vez a los prisioneros—. Me temo que no sabéis gran cosa acerca de los Ungidos, los señores capitantes ni los Hijos de la Luz, ¿verdad? No, era lo que pensaba. Bien, para no incomodar a Byar, intentad no llevar la contraria ni levantar la voz, ¿de acuerdo? No deseo otra cosa que ambos caminéis por la senda de la Luz, y si os dejáis llevar por la ira no mejoraréis vuestra situación.

Perrin levantó la mirada hacia el individuo de rostro alargado que se encontraba de pie junto a ellos. «¿Para no incomodar a Byar?» Observó que el capitán no indicaba a Byar que los dejara a solas. Byar clavó sus ojos en él y esbozó una sonrisa; ésta sólo afectó a su boca, pero la piel de su rostro se tensó, hasta adoptar el aspecto de una calavera. Perrin se estremeció.

—He oído hablar de ese fenómeno de algunos hombres que viajan en compañía de los lobos —apuntó, reflexivo, Bornhald—, aunque no había visto ninguno hasta ahora. Hombres que supuestamente hablan con esas alimañas y con otras criaturas del Oscuro. Una repulsiva relación. Ello me hace temer que la Última Batalla se halle, en efecto, próxima.

—Los lobos no son... —Perrin se detuvo, al tiempo que Byar movía los pies. Tras hacer acopio de aire, prosiguió con tono menos acalorado—. Los lobos no son criaturas del Oscuro. Detestan al Oscuro. Al menos, a los trollocs y a los Fados. —Le sorprendió ver cómo el delgado personaje asentía, como para sí.

—¿Quién te ha dicho eso? —preguntó Bornhald, arqueando una ceja.

—Un Guardián —repuso Egwene, encogiéndose ante la furibunda mirada de Byar—. Dijo que los lobos odian a los trollocs y que éstos los temen a su vez.

Perrin se alegró de que no hubiera mencionado a Elyas.

—Un Guardián —repitió con un suspiro el hombre de pelo cano—. Una criatura supeditada a las brujas de Tar Valon. ¿Qué otra cosa podía afirmar cuando él mismo es un Amigo Siniestro y un sirviente de Amigos Siniestros? ¿No sabéis acaso que los trollocs tienen hocicos, dientes y pelambre lobunos?

Perrin pestañeó, intentando aclararse la garganta. Todavía sentía un terrible dolor en la cabeza, pero ahora notaba además algo extraño. No lograba poner en orden sus pensamientos.

—No todos ellos —murmuró Egwene. Perrin miró con recelo a Byar, pero éste se limitó a observar a la muchacha—. Algunos tienen cuernos, como los machos cabríos, o picos de halcón, o..., o... todo tipo de cosas.

Bornhald sacudió tristemente la cabeza.

—Os ofrezco todas las escapatorias posibles y vosotros mismos os condenáis con cada palabra. —Puso un dedo en alto—. Viajáis con lobos, criaturas del Oscuro. —Levantó un segundo dedo—. Admitís haber tenido relación con un Guardián, otra criatura del Oscuro. Dudo mucho que os hubiera dicho eso si sólo hubierais mantenido un trato ocasional. —Separó un tercer dedo—. Tú, muchacho, llevas una marca de Tar Valon en tu bolsillo. La mayoría de los hombres que no pertenecen a Tar Valon se desprenden de esos objetos tan rápidamente como pueden. A menos que sirvan a las brujas de Tar Valon. —Alzó un cuarto dedo—. Utilizas el arma de un guerrero y vas vestido como un campesino. Eres un embustero, pues. —Puso en acción el pulgar—. Conocéis a los trollocs y a los Myrddraal. En estas tierras sureñas, únicamente algunos estudiosos y quienes han visitado las Tierras Fronterizas dan crédito a su existencia como entes reales. ¿Tal vez habéis estado en las Tierras Fronterizas? Si es así, decidme dónde. Yo he viajado mucho a las Tierras Fronterizas y las conozco bien. ¿No? Ah, bien. —Miró su mano extendida y luego la dejó caer con fuerza sobre la mesa. Su expresión de anciano bondadoso daba a entender que los nietos habían cometido una travesura realmente seria—. ¿Por qué no me contáis con sinceridad qué os llevó a correr por la noche en compañía de los lobos?

Egwene abrió la boca, pero Perrin advirtió la obstinación en la presión con que cerraba las mandíbulas, adivinando que iba a relatar una de las historias que habían inventado. Aquello no surtiría ningún efecto en la situación en que se hallaban. Le dolía la cabeza y deseaba poder reflexionar con más detenimiento, pero no disponía de tiempo. ¿Quién podía predecir adónde había viajado el tal Bornhald y con qué ciudades y regiones estaba familiarizado? Si los atrapaba en una mentira, no tendrían ocasión de explicar luego la verdad. En ese caso, Bornhald se reafirmaría en la convicción de que eran Amigos Siniestros.

—Somos de Dos Ríos —respondió deprisa.

Egwene lo miró asombrada pero, antes de que se recuperara, él explicó la verdad... o una versión de ella. Ambos habían partido de Dos Ríos para visitar Caemlyn. De camino habían oído hablar de las ruinas de una gran ciudad, pero, cuando llegaron a Shadar Logoth, encontraron trollocs en su interior. Lograron escapar atravesando el río Arinelle, pero para entonces ya se habían perdido. Después encontraron a un hombre que se ofreció a guiarlos a Caemlyn. Éste había dicho que a ellos no les concernía su identidad y tenía unos modales bastante rudos. Sin embargo, necesitaban de alguien que los ayudara. La primera ocasión en que ellos habían visto a los lobos fue después de la aparición de los Hijos de la Luz. Todo cuanto habían intentado hacer era esconderse para no acabar devorados por las fieras o asesinados por los jinetes.

— ... Si hubiéramos sabido que erais Hijos de la Luz —concluyó—, habríamos acudido a ayudaros.

Byar exhaló un bufido de incredulidad, al cual no asignó gran importancia Perrin. Si había convencido al capitán, Byar no podría tomar acciones contra ellos. Era evidente que Byar contendría la respiración si así se lo ordenara su superior.

—En esta historia no aparece ningún Guardián —observó el hombre de cabello ceniciento.

La fabulación de Perrin tenía un punto oscuro; sabía que hubiera debido idearla con más detenimiento. Egwene saltó entonces al ruedo.

—Lo conocimos en Baerlon. Como la ciudad estaba llena de gente que había bajado de las minas al finalizar el invierno, en la posada nos situaron en la misma mesa. Sólo hablamos con él durante la comida.

Perrin respiró aliviado. «Gracias, Egwene.»

—Devolvedles sus pertenencias, Hijo Byar. Exceptuando las armas, claro está. —Al advertir la sorpresa en el semblante de su subalterno, Bornhald añadió—: ¿Acaso habéis adquirido vos la mala costumbre de saquear a los que no caminan bajo los auspicios de la Luz? Eso no está bien, ¿no os parece? Ningún hombre puede ser un ladrón y seguir a un tiempo la senda de la Luz.

Byar parecía debatirse ante aquella sugerencia.

—¿Entonces vais a dejarnos en libertad? —La voz de Egwene expresaba asombro.

Perrin levantó la cabeza para mirar al capitán.

—Desde luego que no, hija —respondió Bornhald con tristeza—. Es posible que digáis la verdad en lo que respecta a vuestra procedencia de Dos Ríos, ya que conocéis Baerlon y estáis al corriente de que allí hay minas. ¿Pero Shadar Logoth...? Ése es un nombre que muy poca gente ha oído mencionar, y quienquiera que lo haya hecho sabe que no es aconsejable ir allí. Os sugiero que penséis en una explicación más satisfactoria de camino a Amador. Tendréis tiempo de sobra, dado que nos detendremos en Caemlyn. Preferiblemente que sea cierta, muchachos. La Luz y la verdad traen consigo la libertad.

Byar olvidó parte de la deferencia con que trataba habitualmente a su superior. Se volvió hacia los cautivos y sus palabras sonaron impregnadas de ultraje.

—¡No podéis hacerlo! ¡No está permitido! —Bornhald enarcó burlonamente una ceja y Byar contuvo su arrebato y tragó saliva—. Excusadme, mi señor capitán. He perdido los estribos y por ello os pido humildemente perdón y me someto al castigo que decidáis, pero, como mi señor capitán ha señalado antes, debemos llegar a tiempo a Caemlyn y, al haber perdido buena parte de la remonta, ya tendremos suficientes dificultades sin contar con prisioneros que transportar.

—¿Y cuál sería vuestra propuesta? —inquirió con calma Bornhald.

—La pena para los Amigos Siniestros es la muerte. —Su voz monocorde no se avenía con lo expresado. Con aquel mismo tono de voz habría podido sugerir que había que aplastar a una chinche—. No existe tregua con la Sombra. No hay piedad para los Amigos Siniestros.

—El celo en las propias creencias es algo digno de alabanza, pero, como he de repetirle con frecuencia a mi hijo Dain, el exceso de fervor puede constituir una falta grave. Recordad que los mandamientos dicen también: «No hay hombre tan perdido que no pueda ser reconducido hacia la Luz». Estos dos son muy jóvenes y no es posible que la Sombra haya penetrado profundamente en ellos. Todavía pueden abrazar la Luz si permiten que les levanten la Sombra que vela sus ojos. Debemos otorgarles esa oportunidad.

Por un momento Perrin sintió afecto por aquel hombre amable que se interponía entre ellos y Byar. Entonces Bornhald dirigió su benévola sonrisa hacia Egwene.

—Si aún os negáis a seguir la senda de la Luz cuando lleguemos a Amador, no tendré más remedio que entregaros a los interrogadores, y, comparado con el de ellos, el ahínco de Byar no es más que la llama de una vela junto al sol. —Bornhald hablaba como un hombre que lamentara lo que había que hacer, pero que no tenía intención de realizar ningún acto que contraviniera su sentido del deber—. Arrepentíos, renegad del Oscuro, acudid a la Luz, confesad vuestros pecados, decid cuánto sabéis acerca de esa vileza de hermanamiento con los lobos, y no habréis de sufrir esa experiencia. Caminaréis libres bajo la Luz. —Centró su mirada en Perrin y exhaló un pesaroso suspiro. Perrin sintió un gélido escalofrío en la espalda—. Pero tú, Perrin de Dos Ríos, tú has matado a dos de los Hijos. —Tocó el hacha que Byar todavía mantenía en la mano—. Para ti, me temo que te aguarda una horca en Amador.

31

En la necesidad de ganarse el sustento

Rand entrecerró los ojos al advertir la polvareda que se alzaba en el camino a tres o cuatro curvas delante de ellos. Mat ya se había encaminado al seto que bordeaba la vía. Sus hojas perennes y su denso ramaje los esconderían con la misma efectividad que una roca, si encontraran alguna abertura para cruzarlo. El otro margen del camino estaba marcado por los escasos esqueletos resecos de unos arbustos, más allá de los cuales se extendía media milla de campo abierto hasta la arboleda más próxima. Debía de haber formado parte de una granja abandonada no hacía mucho, pero no ofrecía ningún lugar para ocultarse con rapidez. Intentó determinar la velocidad de la espiral de polvo y la del viento.

Una súbita ráfaga levantó remolinos de tierra en torno a él y obstaculizó su visión. Parpadeando, se tapó la nariz y la boca con una bufanda oscura. Ésta ya estaba bastante sucia y le producía picor en la cara, pero filtraba el polvo que sin ella habría debido inhalar. Se la había dado un granjero, un hombre de rostro alargado con las mejillas surcadas por la preocupación.

—Ignoro de qué peligro huís —había dicho con el rostro ceñudo—, y prefiero no saberlo. ¿Comprendéis? Mi familia. —De pronto el campesino había sacado dos largas bufandas del bolsillo de su chaqueta y se las había ofrecido—. No es mucho, pero tened. Son de mis hijos. Ellos tienen más. Vosotros no me conocéis, ¿entendido? Son tiempos difíciles éstos.

Rand consideraba aquella prenda como un tesoro. La lista de gestos amables de los que habían sido acreedores durante los días transcurridos desde su partida de Puente Blanco era exigua y no creía que fuera a incrementarse.

Mat, con la cabeza envuelta en la bufanda, que no le dejaba más que los ojos al descubierto, escrutaba con apremio la compacta hilera de arbustos, palpando las espesas ramas. En una ocasión, el hecho de recortar un orificio en un cercado de arbustos estuvo casi a punto de traicionar su presencia. La polvareda avanzaba hacia ellos, sin dispersarse. No era el viento lo que la levantaba. Era una suerte que no lloviera, ya que con el agua el polvo se posaba sobre el terreno. Por más torrencialmente que ésta cayera nunca llegaba a encharcar la comprimida tierra del camino, pero cuando llovía no se levantaban tolvaneras y éstas eran las únicas señales de aviso que recibían antes de que alguien se hallara lo bastante cerca de ellos para poder percibir el ruido que producía. A veces el sonido llegaba demasiado tarde.

—Aquí —indicó Mat en voz baja y acto seguido pareció adentrarse en el seto.

Rand caminó precipitadamente hacia aquel punto. Alguien había abierto un agujero allí hacía tiempo. Éste estaba parcialmente cubierto de nuevos brotes, por lo que a un metro de distancia no se diferenciaba del resto de la espesura. Mientras se escurría por él, oyó el repiqueteo de herraduras. En efecto, aquello no habían sido remolinos provocados por el viento.

Se agazapó bajo la disimulada brecha y agarró la empuñadura de su espada mientras los jinetes cabalgaban ante ellos. Eran cinco o seis. Iban humildemente vestidos, pero las espadas y lanzas eran claro indicio de que no eran simples lugareños. Algunos llevaban túnicas de cuero con tachones y un par de ellos iban tocados con cascos de acero. Tal vez se tratara de guardas de mercader libres de servicio. Tal vez.

Uno de los viajeros desvió la mirada hacia el seto, al pasar, y Rand desenvainó una pulgada de la hoja. Mat gruñó como un tejón acorralado, con la mano hundida bajo la chaqueta. Siempre aferraba la daga procedente de Shadar Logoth en situaciones de peligro. Rand ya no estaba seguro de si lo hacía para protegerse a sí mismo o para conservar en su poder el arma incrustada de rubíes. En los últimos tiempos Mat mostraba cierta propensión a olvidar que disponía de un arco.

Los jinetes cabalgaban a un trote lento, de lo cual se deducía que se dirigían a un lugar concreto pero sin grandes prisas. El polvo se filtró por entre los matorrales.

Rand aguardó hasta que se amortiguara el taconeo de las herraduras antes de asomar cauteloso la cabeza por el orificio. La polvareda se encontraba a buena distancia, gravitando sobre el trecho que ellos habían recorrido. Del lado este, el cielo estaba despejado. Saltó hacia la carretera contemplando la columna de polvo que se dirigía a poniente.

—No van tras nosotros —dedujo, con tono entre afirmativo e interrogativo.

Mat se deslizó por la brecha, mirando con recelo en ambos sentidos.

—Quizá —aventuró—. Quizá.

Rand no tenía idea de cuál era la posibilidad por la que se decantaba su amigo, pero asintió con la cabeza. No había comenzado así su viaje por el camino de Caemlyn.

Mucho tiempo después de abandonar Puente Blanco, Rand todavía se volvía de pronto para otear el terreno que dejaban atrás. A veces veía a alguien que le hacía retener el aliento, un hombre alto y huesudo que caminaba con paso ligero o un flaco individuo de pelo blanco sentado junto al conductor de un carromato; sin embargo, era siempre un buhonero o campesinos que se dirigían al mercado, nunca Thom Merrilin. La esperanza se desvaneció con el flujo de los días.

Había un tránsito considerable en la vía, compuesto de carros y carromatos, personas a caballo y a pie. Los viajeros aparecían solos y acompañados, en caravanas de carromatos de mercaderes o en grupos de doce jinetes. No obstante, aquel camino no era de los más frecuentados, puesto que a menudo no distinguían nada más que los desnudos árboles que flanqueaban su pisoteado lecho. En todo caso, el número de personas que lo transitaban superaba con creces a cuantas había visto Rand en Dos Ríos.

La mayoría de los caminantes seguía el mismo rumbo que ellos, hacia el este, en dirección a Caemlyn. En ocasiones algún granjero los invitaba a subir a su carro y recorrían de ese modo cortas distancias, entre una y cinco millas, pero aquello no era frecuente. A los hombres que iban a caballo los evitaban; cuando advertían en el horizonte tan sólo un jinete, se apartaban del camino y se escondían hasta que éste les hubiera tomado la delantera. Ninguno de ellos vestía una capa negra y Rand no creía que un Fado les permitiera prever su proximidad, pero aun así no quería correr riesgos. En un principio su único temor se centraba en los Semihombres.

El primer pueblo después de Puente Blanco se asemejaba tanto a Campo de Emond que a Rand le costó trabajo alejarse de él. Puntiagudos tejados de paja, comadres con delantales que charlaban entre sí acodadas en las vallas de sus patios y niños que jugaban en las plazas. Algunos detalles, como el de que las mujeres llevaran el cabello sin trenzar, eran distintos; pero el conjunto era muy similar al de su pueblo de origen. Las vacas pacían en el prado y los gansos se bamboleaban con aire fanfarrón al borde del camino. Los chiquillos daban volteretas, riendo, en la tierra de la que había quedado extirpada toda hierba. Ni siquiera alzaron la mirada cuando Rand y Mat pasaron ante ellos. Aquélla era otra diferencia. Los forasteros no constituían ninguna novedad allí y dos de ellos no atraían apenas la atención. Los perros se limitaron a levantar las cabezas para husmear a su paso, sin incorporarse.

La tarde estaba ya avanzada cuando cruzaron la población y, al iluminarse sus ventanas, sintió un arrebato de añoranza. «A pesar de su aspecto», susurró una vocecilla en su interior, «no es tu hogar. Aunque entraras en una de esas casas, no encontrarías a Tam allí. Y, si estuviera, ¿te atreverías a mirarlo a la cara? Ahora ya sabes ciertas cosas, ¿no? Exceptuando pormenores relativos a tu procedencia y a tu condición. Aquéllos no eran desvaríos provocados por la fiebre.» Hundió los hombros para protegerse de las carcajadas que le atormentaban la mente. «También podrías detenerte aquí», rió entre dientes la voz. «Cuando uno no pertenece a ningún lugar y ha sido escogido por el Oscuro, tanto da un sitio que otro.»

Mat le tiró de la manga, pero él se zafó de su mano y continuó contemplando las casas. A pesar de que no quería pararse allí, deseaba observar y recordar aquella aldea. «Tan parecida a la tuya y, sin embargo, no la volverás a ver, ¿verdad?»

Mat volvió a apremiarlo con el rostro tenso y los ojos y la piel de alrededor de la boca blancos.

—Vamos —murmuró Mat—. Venga. —Miró el villorio como si tuviera sospechas de que algo se ocultaba allí—. Vamos. No podemos pararnos aquí.

Rand giró en un círculo, observando la totalidad de la población, y exhaló un suspiro. No se encontraban muy lejos de Puente Blanco. Si el Myrddraal lograba trasponer las murallas de la ciudad sin ser advertido, no tendría dificultad para registrar aquel pueblo tan pequeño. Se dejó arrastrar hacia los campos aledaños, hasta perder de vista los edificios con techumbre de paja.

La noche cayó antes de que hallaran un cobijo a la luz de la luna bajo unos arbustos que todavía conservaban su follaje seco. Llenaron sus vientres con la fresca agua de un arroyo que discurría a corta distancia y se acurrucaron en el suelo, envueltos en sus capas, sin encender fuego. Éste habría llamado la atención; era preferible pasar frío.

Con el desasosiego de los recuerdos, Rand se despertó con frecuencia, y en cada ocasión oyó a Mat murmurar y revolverse dormido. No tuvo ningún sueño del que guardara memoria, pero su reposo fue desapacible. «Nunca volverás a ver tu hogar.»

Aquélla no fue la única noche que pasaron a la intemperie, con la sola protección de sus capas contra el viento y a veces la lluvia. Tampoco lo fue aquella cena consistente en agua clara. Entre ambos disponían de suficientes monedas para costearse algunas comidas en una posada, pero el precio de una cama habría sido excesivo para ellos. Todo estaba muy caro fuera de Dos Ríos, más aún en aquel lado del Arinelle que en Baerlon. Debían conservar el poco dinero que les quedaba para un caso de emergencia.

Una tarde en que caminaban con paso inseguro por el camino con los vientres demasiado vacíos para que les rugieran, el sol descendía con su leve luz en el horizonte y no se advertía ningún refugio para la inminente noche aparte de nuevos matorrales, Rand hizo mención de la daga que tenía el rubí en la empuñadura. En el cielo estaban agrupándose unos oscuros nubarrones que presagiaban lluvia nocturna. Confió en que la fortuna les fuera propicia y que sólo hubieran de soportar una llovizna.

Continuó andando unos pasos hasta percatarse de que Mat se había detenido en seco. Entonces se paró a su vez, moviendo los dedos en el interior de las botas. Por suerte, tenía los pies calientes. Se ajustó las correas que pendían de su hombro. La manta y el hatillo con la capa de Thom no pesaban mucho, pero incluso unas pocas libras llegaban a convertirse en una dura carga después de recorrer millas con el estómago vacío.

—¿Qué ocurre, Mat? —preguntó.

—¿Por qué estás tan ansioso por venderla? —inquirió con furia Mat—. Después de todo fui yo quien la encontró. ¿No se te ha ocurrido pensar que yo pueda desear quedarme con ella? Por un tiempo al menos. ¡Si quieres vender algo, vende esa maldita espada!

Rand rozó con la mano la garza que sobresalía en el puño de su arma.

—Mi padre me la dio. Era suya. No te pediría que te desprendieras de algo que hubiera pertenecido a tu padre. Por todos los demonios, Mat, ¿a ti te complace pasar hambre? Además, aunque encontrara algún comprador, ¿cuánto me darían por una espada? No es un instrumento que interese a los campesinos. Ese rubí solo bastaría para costearnos el viaje a Caemlyn en un carruaje. Tal vez hasta Tar Valon. Y comeríamos todos los días en una posada y dormiríamos cada noche en una cama.

¿Acaso te parece halagüeña la perspectiva de recorrer medio mundo a pie y dormir en el suelo? —Asestó una airada mirada a su amigo, el cual le respondió con igual exasperación.

Permanecieron así en medio del camino hasta que de pronto Mat se encogió de hombros con embarazo y desvió los ojos hacia la lontananza.

—¿A quién iba a vendérsela, Rand? Un granjero me la cambiaría por pollos y no podríamos pagar un carruaje con pollos. E incluso si la enseñara en algún pueblo, probablemente pensarían que la he robado. Sólo la Luz sabe qué consecuencias podría tener eso.

Un minuto después, Rand asintió, reacio.

—Tienes razón. Perdona, no era mi intención molestarte. Lo que ocurre es que estoy hambriento y me duelen los pies.

—A mí también. —Prosiguieron camino, andando aún más trabajosamente que antes. El viento comenzó a soplar y les arrojaba remolinos de polvo a la cara—. A mí también —tosió Mat.

Las granjas les proporcionaban algunas comidas y unas cuantas noches a resguardo del frío. Un pajar era casi tan cálido como una habitación con una chimenea encendida, al menos comparado al raso, y allí uno podía huir de la más despiadada tormenta con tal de enterrarse bien en el heno. A veces Mat robaba huevos y en una ocasión intentó ordeñar una vaca atada a una larga cuerda para que pudiera pastar en un campo. La mayoría de las granjas tenían perros, sin embargo, y éstos solían ser celosos guardianes. Dos millas de carrera con los perros ladrando y pisándoles los talones era, a juicio de Rand, un precio demasiado elevado por dos o tres huevos, sobre todo teniendo en cuenta que los perseguidores a veces tardaban horas en alejarse y permitirles bajar del árbol al que habían trepado para esquivarlos. La pérdida de tiempo que ello representaba era lo que más le pesaba.

Aun cuando no le gustara, Rand prefería aproximarse a las alquerías a la luz del día. De vez en cuando les echaban los perros, sin dirigirles la palabra, dado que los rumores y los tiempos que corrían hacían recelar de los desconocidos a la gente que vivía aislada, pero a menudo les ofrecían una comida caliente y una cama a cambio del servicio de partir leña o acarrear agua durante una hora, aunque el lecho fuera un montón de paja en el establo. No obstante, una hora o dos de trabajo representaba perder un tiempo de luz del día e incrementar la ventaja del Myrddraal. A veces se preguntaba cuántas millas podría recorrer un Fado en una hora. Le abrumaba el paso de cada minuto... si bien no tanto en el momento en que engullía ansiosamente la tibia sopa casera. Y, cuando no tenían nada que llevarse a la boca, tampoco apaciguaba su vientre la conciencia de no haber desperdiciado ni un rato de camino. Rand no acaba-

479

ba de decidir qué era peor, pasar hambre o perder tiempo, pero Mat añadía la desconfianza a ambas preocupaciones.

—¿Qué sabemos de ellos, eh? —le preguntó Mat una tarde mientras
estaban quitando el estiércol de los corrales de una pequeña granja.

—Luz, Mat, ¿qué saben ellos de nosotros? —le contestó Rand. Trabajaban con los torsos desnudos, cubiertos de sudor y paja, con briznas
de hierba en los cabellos—. Lo único que sé es que nos darán un poco de
cordero asado y una cama para dormir.

Mat clavó la horca en la mezcla de excrementos y paja y asestó una
mirada recelosa al granjero, quien se acercaba por el fondo del establo
con un cubo en una mano y el taburete para ordeñar en la otra. El campesino, un anciano encorvado con la piel endurecida y el pelo gris, aminoró el paso al advertir la mirada de Mat y, tras desviar deprisa la mirada, salió precipitadamente del corral, derramando leche del cubo.

—Está tramando algo, te digo —afirmó Mat—. ¿Has visto cómo ha
evitado cruzar la mirada conmigo? ¿Por qué son tan amables con un par
de vagabundos desconocidos? Explícamelo.

—Su mujer dice que le recordamos a sus nietos. ¿Vamos a dejar de
preocuparnos por ellos? El verdadero motivo de nuestra inquietud
avanza a nuestras espaldas. Eso espero.

—Está tramando algo —murmuró Mat.

Cuando terminaron, se lavaron en el abrevadero adosado a los establos, mientras sus sombras se alargaban en el suelo con el sol poniente.
Rand se secó con la camisa de camino hacia la casa. El labriego los recibió en la puerta, apoyado en un palo con ademán demasiado casual. Su
mujer agarraba el delantal tras él y observaba por encima de su hombro,
mordiéndose los labios. Rand suspiró; ya no creía que él y Mat le recor-
daran a sus nietos.

—Nuestros hijos vendrán a visitarnos esta noche —anunció el anciano—. Los cuatro. Lo había olvidado. Vendrán todos. Son unos tipos
corpulentos y fuertes. Llegarán de un momento a otro. Me temo que no
disponemos de las camas que os habíamos ofrecido.

Su esposa les tendió un paquete envuelto en una servilleta.

—Tened. Hay pan, queso, encurtidos y cordero. Quizás os alcance
para dos comidas. Aquí lo tenéis. —Su arrugado rostro les rogaba mudamente que lo tomaran y se alejaran de allí.

—Gracias —dijo Rand, tomando el fardo—. Comprendo. Vamos, Mat.

Mat lo siguió, refunfuñando mientras se ponía la camisa. Rand consideró aconsejable recorrer algunas millas antes de detenerse a comer,
recordando el perro que tenía el anciano granjero.

«Habría podido ser peor», concluyó. Tres días antes, les habían echado los perros mientras todavía estaban faenando. Los canes, el dueño de la alquería y sus dos hijos, blandiendo garrotes, los habían ahuyentado hacia el camino de Caemlyn y allí los habían perseguido durante un buen trecho. Apenas habían tenido tiempo de recoger sus pertenencias y echar a correr. El padre llevaba un arco con una flecha aprestada.

—¡No volváis por aquí! ¿Lo oís? —gritó a sus espaldas—. ¡No sé cuáles son vuestras intenciones, pero no quiero volver a ver vuestros ojos que no miran nunca a la cara!

Mat había hecho ademán de volverse y descolgar su arco, pero Rand lo obligó a proseguir.

—¿Estas loco?

A pesar de la enojada mirada que le asestó, Mat continuó corriendo, al menos.

Rand se preguntaba en ocasiones si valía la pena detenerse en las granjas. A medida que cubrían más terreno, Mat se volvía más receloso y cada vez lo disimulaba menos. Las comidas se tornaban más escasas por la misma cantidad de trabajo y no siempre les ofrecían ni el establo para dormir. No obstante, Rand ideó una solución a todos sus problemas, o al menos eso le pareció, y la solución surgió en la granja de los Grinwell.

Maese Grinwell y su esposa tenían nueve hijos, la mayor de los cuales era una muchacha que apenas contaba un año más que Rand y Mat. Maese Grinwell era un hombre fornido que, con tantos hijos, probablemente no necesitaba más ayuda, pero los recorrió con la mirada, reparando en sus ropas manchadas por el viaje y en sus polvorientas botas, y sentenció que siempre había trabajo para más manos de las disponibles. La señora Grinwell afirmó que, si iban a comer a su mesa, no lo harían con aquellas prendas repugnantes. Precisamente iba a hacer la colada y algunos trajes viejos de su marido les servirían para trabajar. Esbozó una sonrisa mientras hablaba y por un minuto Rand tuvo la impresión de que ella era la señora al'Vere, a pesar de que ésta tenía el cabello pajizo, un color de pelo que nunca había visto hasta entonces. El propio Mat pareció perder parte de su tensión ante aquella sonrisa. La hija mayor era harina de otro costal.

Morena, con enormes ojos y un rostro precioso, Elsa les sonreía impúdicamente cuando sus padres volvían la espalda. Mientras se afanaban moviendo barricas y sacos de grano en el corral, ella se apoyaba en una de las puertas y canturreaba mordisqueando la punta de su larga trenza, sin apartar la vista de ellos. Sus miradas se centraban en Rand en particular. Éste trató de no hacerle caso, pero unos minutos después se colocó la camisa que le había prestado maese Grinwell. Le iba justa de hombros y demasiado corta, pero era mejor que no llevar nada. Elsa soltó una sonora carcajada al verlo. Comenzó a augurar que aquella vez no sería Mat el causante de que los echaran de allí.

«Perrin sabría qué actitud adoptar», pensó. «Improvisaría algún comentario y al poco rato ella se reiría de sus gracias en lugar de mirar las musarañas en donde puede verla su padre.» No obstante, a él no se le ocurría ningún chiste ni ninguna observación jocosa. Siempre que volvía la mirada hacia donde se encontraba la muchacha, ésta le sonreía de un modo que habría inducido a su padre a azuzarles los perros si presenciara la escena. En una ocasión, Elsa le dijo que le gustaban los hombres altos y que todos los muchachos de las granjas cercanas eran bajitos. Entonces Mat comenzó a reír entre dientes. Rand se concentró en su horca con el deseo de poder modificar aquella embarazosa situación.

Los hijos menores, al menos, eran una bendición en opinión de Rand. La desconfianza de Mat siempre remitía un poco cuando había niños alrededor. Después de cenar, se instalaron todos en torno a la chimenea, maese Grinwell arrellanado en su sillón favorito con una pipa llena de tabaco en la mano y la señora Grinwell cosiendo las camisas que les había lavado. Mat sacó de sus bolsillos las bolas de colores de Thom y comenzó a realizar malabarismos, lo cual no hacía nunca si no era en presencia de chiquillos. Los pequeños reían entusiasmados cuando él simulaba que se le caían las esferas, que atrapaba en el último segundo, y aplaudían las cascadas y los círculos de ocho pelotas que a veces estaban a punto de desparramarse realmente en el suelo. Sin embargo, ello no aminoraba su admiración, ni la de maese Grinwell y su esposa, que disfrutaban tanto como sus hijos. Cuando Mat puso fin a su demostración, dedicando reverencias a todos los presentes tan pomposamente como lo habría hecho Thom, Rand sacó la flauta de la funda.

Nunca tomaba el instrumento sin sentirse invadido de tristeza. Al palpar sus adornos en oro y plata, Thom acudía indefectiblemente a su memoria. Jamás tocaba el arpa si no era con la intención de comprobar su buen estado —Thom siempre decía que el arpa era demasiado delicada para las torpes manos de un campesino—, pero, cuando los dejaban pasar la velada en una casa, interpretaba alguna melodía con la flauta. Sólo era una manera de recompensar a sus huéspedes, y quizá también de mantener vivo el recuerdo de Thom.

Con ánimo alegre después del éxito conseguido por Mat, comenzó a tocar *Tres muchachas en el prado*. Maese Grinwell lo acompañaba con las palmas y los niños bailaban, incluido el benjamín, que apenas sabía andar y marcaba el compás con los pies. Sabía que no ganaría ningún premio en Bel Tine, pero, después de las lecciones que le había impartido Thom, no le habría dado apuro participar en el concurso.

Elsa, sentada con las piernas cruzadas junto al fuego, le sonrió, exhalando un largo suspiro, cuando él bajó la flauta después de la última nota.

—¡Tocas tan bien...! Nunca había escuchado nada tan hermoso.

La señora Grinwell interrumpió repentinamente sus labores y miró a su hija con una ceja arqueada para dedicar luego una mirada apreciativa a Rand.

Éste había recogido la funda de cuero para guardar la flauta, pero, ante aquel escrutinio, envoltorio e instrumento cayeron al suelo. Si ella lo acusara de jugar con los sentimientos de su hija... Guiado por la desesperación, se acercó la flauta a los labios y atacó una nueva canción, que fue seguida de una y otra más. La señora Grinwell no dejaba de observarlo. Las canciones escogidas fueron *El viento que agita el sauce*, *De regreso del desfiladero de Tarwin*, *El gallo de la señora Aynora* y *El viejo oso negro*. Tocó cuantas melodías le venían a la mente, pero la mujer no apartaba los ojos de él. Guardaba silencio, pero sin dejar de observar y ponderar.

Era tarde ya cuando maese Grinwell se puso en pie, riendo y frotándose las manos.

—Bien, nos hemos divertido mucho, pero ya debiéramos estar acostados. Vosotros que vais de camino os distribuís el tiempo a vuestro gusto, en cambio en la granja hay que madrugar. Os diré una cosa, muchachos: he pagado mis buenos dineros en una posada por un espectáculo de igual calidad que el que he presenciado esta noche, o incluso peor.

—Creo que se merecen una recompensa, padre —opinó la señora Grinwell mientras tomaba en brazos a su hijo menor, vencido por el sueño al lado del fuego—. El establo no es un lugar apropiado para dormir. Pueden ocupar la habitación de Elsa esta noche y ella dormirá conmigo.

Elsa esbozó una mueca, que ocultó bajando la cabeza. Sin embargo, Rand la percibió y le pareció que su madre también la había captado.

—Sí, sí, mucho mejor que en el corral —asintió maese Grinwell—. Si no os importa dormir los dos en una misma cama, claro está. —Rand se ruborizó; la señora Grinwell todavía estaba mirándolo—. Me gustaría volver a escuchar esa flauta. Y ver los juegos malabares también. Me gustan mucho las actuaciones de juglar. Sabéis, hay algunas pequeñas tareas de las que podríais encargaros mañana y...

—Seguro que querrán partir de buena mañana —lo atajó su esposa—. Arien es el próximo pueblo por el que pasarán y, si tienen intención de probar suerte en su posada, habrán de caminar todo el día para llegar antes del anochecer.

—Sí, señora —corroboró Rand—, así lo haremos. Y muchas gracias.

La mujer le sonrió con los labios apretados, como si supiera muy bien que su agradecimiento no se debía a sus consejos, ni siquiera a la cena y a un confortable lecho.

Durante la siguiente jornada de camino Mat no cesó de atormentarlo, recordándole la ridícula actitud que había mantenido respecto a Elsa. Él intentaba dar un nuevo rumbo a la conversación y sacaba a colación la sugerencia expresada por los Grinwell, argumentando que la manera más cómoda para ganarse el sustento era, en efecto, dar representaciones en las posadas. Por la mañana, la mala cara de Elsa al verlo partir y la estrecha vigilancia de su madre y su patente deseo de librarse del peligro de enamoramiento habían mantenido a raya la lengua de Mat. Pero se había desquitado ampliamente del silencio guardado entonces durante el tiempo que les llevó alcanzar el próximo pueblo.

Con el crepúsculo, entraron en la única posada de Arien y Rand habló con el propietario. Interpretó *El barco sobre el río,* que el grueso posadero conocía con el nombre de *Querida Sara,* y parte de *El camino de Dun Aren.* Mat efectuó una pequeña demostración de malabarismo, tras lo cual llegaron al acuerdo de que recibirían una cama aquella noche y patatas asadas con estofado de ternera. Les dieron, cómo no, la habitación más pequeña de la casa y hubieron de consumir la cena entre medio de una larga velada de música y presdigitación, pero, pese a ello, era mejor que dormir a la intemperie. Además, tenían la ventaja de haber podido dedicar todas las horas de luz a recorrer camino. Y a los clientes de la posada no parecía importarles que Mat los mirara con suspicacia. Algunos de ellos incluso se miraban con desconfianza entre sí. Los tiempos habían convertido el recelo a los extraños en algo habitual y en una posada siempre había gente desconocida.

Rand durmió como no lo había hecho desde que habían abandonado Puente Blanco, pese a compartir cama con Mat y sus murmullos nocturnos. Al día siguiente el posadero trató de convencerlos para que se quedaran uno o dos días más, pero, cuando ellos rehusaron la propuesta, llamó a un labriego de ojos nublados que había bebido demasiado la noche anterior y no había estado en condiciones de conducir su carro hasta casa. Una hora después se encontraban a cinco millas de distancia en dirección este, tendidos boca arriba en la paja de la carreta de Eazil Forney.

32

CUATRO REYES EN TINIEBLAS

Aquella población era más grande que la mayoría, pero, bien mirado, demasiado descuidada para llevar un nombre como Cuatro Reyes. Como era frecuente, el camino de Caemlyn recorría el centro del pueblo, pero allí se cruzaba con otro camino bastante frecuentado procedente del sur. La mayoría de las aldeas eran mercados y lugares de encuentro de los granjeros de la zona, pero allí no se veían apenas campesinos. Cuatro Reyes sobrevivía como un punto de parada para las caravanas de carromatos de mercaderes que se dirigían hacia Caemlyn y a las ciudades mineras de las Montañas de la Niebla situadas más allá de Baerlon, así como a los pueblos dispersos a lo largo del camino.

La carretera del sur facilitaba el comercio de Lugard con las minas occidentales; los mercaderes de Lugard que iban a Caemlyn disponían de una vía más directa. La campiña de los alrededores apenas estaba lo bastante cultivada como para alimentar a sus pobladores y a los habitantes de Cuatro Reyes, donde toda actividad se centraba en los comerciantes y sus vehículos, sus conductores y los trabajadores que cargaban las mercancías.

La tierra desnuda y polvorienta era el suelo que había que pisar en aquel pueblo, ocupado en su mayor parte por carromatos aparcados uno junto a otro, abandonados al cuidado de aburridos vigilantes. Las calles estaban flanqueadas de caballerizas, las cuales tenían una capacidad suficiente para albergar grandes vehículos. Como no había ningún prado ni plazuela, los niños habían de jugar en la calzada, esquivando los carros y soportando las maldiciones que les dirigían desde los pescantes. Las mujeres del lugar, con las cabezas cubiertas con pañuelos, caminaban apresuradas con la vista fija en el suelo, en ocasiones seguidas por las procacidades de los carreteros, capaces de ruborizar a Rand; incluso Mat escuchaba algunas de ellas con sobresalto. Ninguna comadre charlaba en la puerta de su casa con una vecina. Las grises casas de madera se alzaban pegadas unas a otras, con sólo estrechos callejones intermedios, y la pintura, en los casos en que sus moradores se habían preocupado de encalarlas, ajada como si no hubieran aplicado nuevas capas durante años. Los postigos de las viviendas no se habían abierto en mucho tiempo, lo cual era visible en la herrumbre solidificada en sus bisagras. El ruido flotaba sobre toda la población, en una mezcla de martilleo de los herreros, gritos de carreteros y roncas carcajadas procedentes de las posadas.

Rand descendió de la parte trasera de un carromato cubierto con lona mientras pasaban ante una posada pintada con colores llamativos, verdes y amarillos, que contrastaban con el tono ceniciento de las casas. La comitiva de vehículos prosiguió su curso sin que ninguno de sus conductores pareciera advertir que él y Mat habían desaparecido; el cielo se oscurecía ya y todos ansiaban desenganchar los caballos y entrar en los hostales. Rand tropezó con una rodera y luego saltó velozmente para evitar un carromato que se abalanzaba sobre él en dirección contraria. El carretero le dirigió una imprecación al pasar. Una lugareña dio un rodeo al cruzarse con ellos y siguió su paso sin mirarlos de frente.

—Este lugar tiene algo extraño —advirtió. Creyó oír música entre el estrépito reinante, aunque no era capaz de distinguir dónde sonaba. De la posada, tal vez, pero era difícil aventurarlo—. No me gusta. Quizá será mejor que no nos detengamos esta vez. —Mat lo miró con desdén antes de alzar lo vista hacia el cielo, velado por espesos nubarrones.

—¿Y pasar la noche debajo de un seto? ¿Con este tiempo? Ya he vuelto a acostumbrarme a reposar en una cama. —Ladeó la cabeza para escuchar y luego soltó un gruñido—. Posiblemente no tendrán músicos en todos estos locales. Apuesto a que no hay malabaristas en ninguno de ellos.

Se colgó el arco en la espalda y se encaminó hacia la puerta amarilla, escudriñando cuanto tenía ante sí con los ojos entornados. Rand lo siguió dubitativo.

En el interior había músicos, cuya cítara y tambor apenas eran audibles entre las risotadas y los gritos de clientes ebrios. Rand no se molestó siquiera en preguntar por el propietario. Las dos posadas siguientes también disponían de músicos y ofrecían igual barullo ambiental. Las mesas estaban llenas de hombres toscamente vestidos, que blandían jarras e intentaban atraer a las camareras, las cuales los esquivaban con resignadas sonrisas forzadas. Los edificios vibraban a causa del barullo, y el olor que impregnaba sus salsas era agrio, un hedor a vino seco y cuerpos desaseados. Los mercaderes, con sus sedas, terciopelos y encajes, no compartían aquel ambiente, refugiados en comedores privados en los pisos superiores, que les protegían oídos y nariz. Él y Mat se limitaban a asomar la cabeza en la entrada antes de marcharse. Él iba adquiriendo la certeza de que no les quedaría más remedio que partir.

El quinto hostal, el Carretero Danzarín, permanecía en silencio.

Tenía un color tan llamativo como los demás, con una combinación de rojo vivo y verde chillón que hería los ojos, con la diferencia de que allí la pintura estaba resquebrajada y pendía en láminas. Rand y Mat penetraron en él.

Sólo había una decena de hombres sentados a las mesas que llenaban el comedor, sombríamente aislados en sus pensamientos. Era evidente que el negocio no funcionaba bien, pero también había señales de que en otro tiempo había sido próspero. Había exactamente tantas criadas como clientes, las cuales se afanaban por la sala. Por cierto, tenían mucho trabajo que hacer, pues la suciedad impregnaba el suelo y las telarañas ocupaban todos los rincones, pero la mayoría de ellas no realizaban ninguna tarea útil y en cambio se limitaban a caminar de un lado a otro para que no las vieran inactivas.

Un hombre huesudo con largos cabellos lacios que le llegaban hasta los hombros se volvió para mirarlos ceñudo mientras trasponían la entrada. El primer trueno retembló lentamente sobre Cuatro Reyes.

—¿Qué queréis? —Se frotaba las manos en un grasiento delantal que le colgaba hasta los tobillos. Rand se preguntó si no tendría más mugre prendida del delantal que de su piel. Aquél era el primer posadero flaco que él había visto en su vida—. ¿Bien? ¡Contestad, consumid algo y largaos! ¿Acaso tengo un aspecto tan insólito para que me miréis así?

Ruborizado, Rand emprendió la perorata que había utilizado como publicidad en los establecimientos visitados antes.

—Yo toco la flauta y mi amigo hace malabarismos. No veréis algo mejor en todo un año. Por una habitación y una buena comida, os llenaremos todo el local. —Recordó los comedores abarrotados que ya había visto aquella tarde, en especial aquel en que un hombre había vomitado justo delante de él, lo cual lo había obligado a apartarse deprisa para que no le manchara las botas. Vaciló un instante antes de recobrar la apostura para proseguir—. Os llenaremos la posada de hombres que os pagarán con creces, con sus consumiciones, el poco gasto que habréis de hacer con nosotros. ¿por qué no...?

—Tengo un hombre que toca la dulzaina —lo interrumpió con acritud el posadero.

—Lo que tenemos es un borrachín, Sam Hake —puntualizó una de las criadas, que dedicó una sonrisa a Mat y Rand mientras pasaba con una bandeja y dos jarras en la mano—. La mayoría de las veces no atina a encontrar el comedor —les confió en un susurro—. Hace dos días que no lo he visto.

Sin perder de vista a Rand y Mat, Hake le propinó una bofetada en la cara. La mujer exhaló un suspiro de sorpresa antes de caer pesadamente en el sucio suelo; una de las jarras se rompió derramando su contenido que corrió en pequeños riachuelos entre la mugre.

—Se te descontará el vino y la pieza quebrada. Llévales la bebida rápido. Los hombres no pagan para esperar mientras tu holgazaneas por ahí —sentenció con tono desabrido.

Ninguno de los presentes levantó la cabeza de la bebida y las otras camareras desviaron la mirada.

La rolliza mujer se tocó la mejilla mientras clavaba una mirada asesina en Hake, pero recogió la jarra vacía y los pedazos rotos, y se retiró sin pronunciar palabra alguna.

Hake succionó su dentadura con aire pensativo mientras observaba a Rand y a Mat. Su mirada se fijó unos segundos en la garza estampada en la espada antes de seguir su curso.

—Os diré lo que haremos —propuso finalmente—. Podéis ocupar un par de jergones en un almacén que hay en el fondo. Las habitaciones son demasiado caras para regalarlas. Comeréis cuando todos se hayan ido. Seguramente quedarán sobras.

Rand deseó que existiera otra posada en Cuatro Reyes que no hubieran visitado todavía. Desde que habían salido de Puente Blanco había soportado la frialdad, la indiferencia y la franca hostilidad, pero nada le había producido el desasosiego que le provocaban aquel hombre y aquel pueblo. Mat observaba a Hake como si sospechara alguna estratagema, pero no dio muestras de querer cambiar el Carretero Danzarín por un lecho bajo los matorrales. Los truenos resonaban en los cristales. Rand emitió un suspiro.

—Los jergones servirán a condición de que estén limpios y si hay suficientes mantas. Pero comeremos dos horas después de anochecer y de lo mejor que tengáis. Mirad. Os enseñaremos nuestras habilidades. —Acercó la mano a la funda de la flauta, pero Hake sacudió la cabeza.

—Da igual. Esta pandilla se conformará con cualquier clase de chirrido con tal que tenga un sonido parecido a la música. —Posó de nuevo la mirada en la espada de Rand; esbozó una sonrisa que sólo afectó a sus ojos—. Comed cuanto queráis, pero, si no atraéis a los clientes, os echaré a la calle.

Respaldó su amenaza señalando a dos hombres de semblante adusto sentados junto a la pared. Éstos no bebían y sus brazos eran tan recios como piernas. Al apuntar a ellos Hake, movieron la mirada hacia Rand y Mat, con rostros inexpresivos.

Rand se llevó la mano a la empuñadura de la espada, confiando en que el hambre que contraía su estómago no se reflejara en su rostro.

—A condición de que recibamos lo acordado —repuso con voz calma.

Hake pestañeó y por un momento pareció inquieto. Luego asintió súbitamente con la cabeza.

—¿Es lo que os he dicho, no? Bien, ya podéis empezar. No atraeréis a nadie quedándoos aquí de pie. —Se alejó con paso vivo, ceñudo y gritando a las criadas como si hubiera cincuenta clientes que atender.

Rand se preguntó si era sensato continuar llevando la espada al descubierto. Aquel tipo de arma no era infrecuente, pero la marca de la garza llamaba la atención. Aun cuando no todo el mundo reparara en ella, cualquier señal de que la hubieran advertido le causaba preocupación. Aquello podía constituir un rastro inconfundible para el Myrddraal..., en el supuesto de que los Fados tuvieran necesidad de seguir algún tipo de pista, lo cual no era probable. De todas maneras, era reacio a dejar de llevarla. Se la había regalado Tam, su padre. Mientras continuara en su cinto, habría todavía una conexión entre Tam y él, un hilo que le concedía derecho a considerarlo aún como su progenitor. «Demasiado tarde», pensó. No estaba seguro de lo que aquello significaba, pero tenía la convicción de que expresaba una verdad. «Demasiado tarde.»

A los primeros sones de *El gallo del norte,* los escasos parroquianos congregados en la sala levantaron las cabezas que mantenían reclinadas sobre las bebidas. Incluso los dos matones separaron ligeramente la espalda de la pared. Todos aplaudieron cuando hubo concluido, hasta el par de duros guardianes, y lo mismo ocurrió después de que Mat lanzara por los aires una cascada de bolas. Afuera, el cielo murmuró nuevamente. La lluvia tardaba en caer, pero su presión era palpable; cuanto más tiempo transcurriera, más fuerte sería el aguacero.

Corrió la voz de su espectáculo y, cuando la oscuridad se había enseñoreado del día, la posada se encontraba atestada de hombres que reían y hablaban tan alto que Rand apenas si oía lo que estaba tocando. Únicamente los truenos lograban superar la algarabía de la sala. Los relámpagos fulguraban repetidas veces en las ventanas y, en los breves momentos que remitía el alboroto, oía la lluvia que repiqueteaba sobre el tejado. Los hombres que entraban ahora dejaban un reguero de agua a su paso.

Siempre que había una pausa, le solicitaban canciones a voz en grito, cuyos nombres no conocían en la mayoría de los casos; no obstante, si lograba que tararearan la melodía, la reconocía casi sin excepción. En otros lugares le había ocurrido lo mismo. *El alegre Jain* era *La jarana de Rhea* aquí, y había recibido la denominación de *Colores del cielo* en una aldea donde se había entretenido. Algunos nombres persistían en todo lugar, mientras que otros cambiaban cada diez kilómetros. También había aprendido canciones nuevas. *El buhonero borracho* era una de las que había incorporado a su repertorio, aunque a veces recibía el nombre de *Gitano en la cocina. Dos reyes vinieron cazando* se conocía asimismo como *Dos caballos al galope,* aparte de otros títulos. Él interpretaba las canciones que sabía y los hombres golpeaban exigiéndole más.

Otros pedían que Mat volviera a hacer juegos malabares. En ocasiones se iniciaban peleas entre los partidarios de la música y los aficionados a la prestidigitación. En uno de los escarceos entró en acción un cuchillo que provocó un chillido en una mujer, como preámbulo a la sangre que manó seguidamente de la cara de un hombre, pero Jak y Strom, los dos encargados del orden, se aproximaron de inmediato y con completa imparcialidad echaron a la calle a todas las personas involucradas en el altercado. La charla y las risas prosiguieron como si nada hubiera sucedido. Nadie desvió la mirada a excepción de los que recibían codazos de los dos fornidos vigilantes que pasaban entre ellos con dirección a la puerta.

Los clientes tampoco tenían escrúpulos en sobar a las criadas cuando una de ellas estaba distraída. Jak o Strom hubieron de rescatar en más de una ocasión a alguna, si bien no se apresuraban demasiado en hacerlo. La reacción de Hake, que gritaba y zarandeaba luego a la camarera víctima de la ofensa, indicaba que a sus ojos era ella la culpable, y los ojos lagrimosos y las excusas balbuceadas de la mujer expresaban su disposición a aceptar la visión del patrón. Las sirvientes se sobresaltaban siempre que Hake fruncía la frente, aun cuando dirigiera la vista a otro lado. Rand se preguntaba por qué consentían aquello.

Hake sonreía al mirar a Rand y Mat. Al cabo de un rato Rand advirtió que no les sonreía a ellos, sino que sus labios se arqueaban cuando posaba los ojos tras ellos, en el lugar donde se encontraba apoyada la espada con la marca de la garza. Cuando Rand depositó la flauta incrustada en oro y plata junto al taburete, el instrumento también le arrancó una sonrisa.

Aprovechó el cambio de turno con Mat para inclinarse y hablarle al oído. Aun desde tan cerca debía alzar la voz, pero con tanto alboroto dudaba que alguien fuera capaz de escucharlos.

—Hake va a intentar robarnos.

Mat asintió como si aquello no le sorprendiera.

—Tendremos que atrancar la puerta esta noche.

—¿Atrancar la puerta? Jak y Strom la romperían de un puñetazo. Larguémonos de aquí.

—Espera a que hayamos cenado al menos. Tengo hambre. No pueden hacernos nada aquí— agregó Mat. La gente que atestaba la sala gritaba, exigiendo que prosiguiera el espectáculo y Hake los observaba con furia—. Y, de todas maneras, ¿estás dispuesto a dormir fuera esta noche?—. Un relámpago especialmente potente hizo palidecer por un instante la luz de las lámparas.

—Sólo quiero irme con la cabeza intacta— contestó Rand. Mat, sin embargo, se disponía a sentarse. Con un suspiro, Rand acometió los primeros sones de *El camino de Dun Aren*. Al parecer, aquella canción complacía a la mayor parte del auditorio; ya la había tocado cuatro veces y todavía la solicitaban.

El problema era que Mat se hallaba en lo cierto. El también estaba hambriento y no veía de qué modo podía Hake infligirles daño alguno con el comedor lleno. La concurrencia era cada vez mayor y, por cada hombre que se iba u obligaban a marcharse Jak y Strom, entraban dos. Pedían a voz en grito juegos malabares o una melodía determinada, pero su atención se centraba en particular en las bebidas y en las camareras. Pero uno de los presentes era diferente.

Aquel hombre se distinguía de la muchedumbre congregada en el Carretero Danzarín, el cual no era un hostal apropiado para mercaderes. Su clientela iba vestida con ropas toscas y la piel atezada de los hombres que trabajan en contacto con el sol y el viento. El individuo era gordo y lustroso, tenía unas manos que parecían suaves y llevaba una chaqueta y una capa de color verde oscuro, ambas de terciopelo con rebordes adornados de seda azulada. Todo su atuendo era de lujoso corte. Sus zapatos, babuchas de terciopelo, no habían sido confeccionados para hollar las calles llenas de baches de Cuatro Reyes, ni ninguna otra calle, a decir verdad.

Había entrado después del anochecer; se sacudía la lluvia de la capa mientras miraba en torno a sí con una mueca de desagrado en los labios.

Examinó la sala una vez y estaba ya a punto de girar para marcharse, cuando de súbito dio un respingo al percibir algo que Rand no alcanzó a ver y se sentó a una mesa que Jak y Strom acababan de despejar. Una criada se detuvo junto a él y después le sirvió una jarra de vino que él apartó a un lado y no volvió a tocar en toda la velada. La camarera parecía tener prisa por abandonar su mesa en ambas ocasiones, pese a que el hombre no hiciera ademán de querer tocarla y ni siquiera la mirase. La desconocida razón que inquietaba a la mujer, también producía el mismo efecto en otros. A pesar de su aspecto cuidado, siempre que un carretero de manos callosas decidía compartir su mesa con él, una ojeada bastaba para disuadirlo de su primer impulso e inducirlo a buscar otro acomodo. Estaba allí sentado como si no hubiera nadie más en la estancia, aparte de él... y Rand y Mat; los observaba por encima de unas manos en las que relucían los anillos, con una sonrisa que denotaba un conocimiento previo.

Rand murmuró de nuevo algo al oído de Mat cuando volvían a cambiar de sitio.

—Ya lo he visto —musitó su amigo—. ¿Quién es? Tengo la impresión de que lo conozco.

A Rand también le había producido la misma sensación, removiéndole un poso en la memoria que no acertaba a atraer a la conciencia. Sin embargo, estaba seguro de que nunca había visto aquel rostro hasta entonces.

Cuando habían transcurrido dos horas desde que iniciaron la representación, Rand introdujo la flauta en la funda y él y Mat recogieron sus pertenencias. Mientras se apartaban del estrado, Hake se aproximó, con su enjuta cara congestionada por la rabia.

—Es hora de comer —dijo Rand, adelantándose a sus objeciones— y no queremos que nos roben nada. ¿Seréis tan amable de dar instrucciones a la cocinera? —Hake titubeó, todavía enojado; por más que lo intentaba, no podía apartar la vista de lo que Rand llevaba entre los brazos. Él movió los bultos para poder posar una mano en la espada—. También podéis intentar echarnos. —Puso énfasis deliberado en la frase y luego agregó—: Aún nos queda una larga velada de actuación. Debemos reponer fuerzas si hemos de trabajar para que esta multitud continúe gastando su dinero aquí. ¿Durante cuánto tiempo creéis que permanecerá lleno el comedor si nos desvanecemos de hambre?

Hake desvió los ojos hacia la sala abarrotada de hombres que le llenaban los bolsillos y después se volvió para asomar la cabeza por la puerta que daba a la parte trasera de la posada.

—¡Dadles de comer! —gritó. Dirigiéndose a Rand y Mat, gruñó—:

No os paséis la noche cenando. Espero que os quedéis aquí hasta que se haya marchado el último cliente.

Una maciza puerta separaba el ala delantera del edificio de la cocina, en la cual, excepto cuando la abría una criada para pasar, el sonido de la lluvia que golpeaba el tejado era más intenso que la algarabía de la sala. Era una habitación grande caldeada por los fogones y hornos, con una enorme mesa cubierta de comida a medio preparar y platos listos para servir. Algunas de las camareras estaban sentadas en un banco próximo a la puerta trasera; se frotaban los pies y conversaban a un tiempo con la rolliza cocinera, la cual charlaba blandiendo una gran cuchara que le servía para dar énfasis a sus afirmaciones. Todas levantaron la mirada cuando entraron Rand y Mat, pero aquello no las hizo interrumpir la tregua que se habían tomado.

—Deberíamos marcharnos de aquí ahora que todavía tenemos posibilidad de hacerlo —opinó Rand en voz queda. Mat, no obstante, sacudió la cabeza con los ojos fijos en los dos platos que la cocinera llenaba con carne de vaca, patatas y guisantes.

La rolliza mujer apenas si les dedicó una mirada, prosiguiendo su charla con las camareras mientras abría a codazos un espacio en la mesa.

—Después de comer —contestó Mat mientras se sentaba en un banco y empezaba a usar el tenedor como si de una pala se tratara.

Rand suspiró, pero siguió el ejemplo de Mat. Sólo había comido un pedazo de pan desde la noche anterior. Sentía el vientre tan vacío como el portamonedas de un mendigo y el olor a comida que impregnaba la cocina no contribuía a hacerle renunciar a la cena. Pronto tenía la boca llena, si bien Mat ya estaba pidiendo que volvieran a llenarle el plato cuando él aún no había dado cuenta de la mitad del contenido del suyo.

A pesar de que no quería prestar atención a la conversación de las mujeres, captó algunas frases al vuelo.

—Parece de locos.

—De locos o no, eso es lo que he oído. Ha recorrido la mitad de las posadas del pueblo antes de venir aquí. Simplemente entraba, miraba y se iba sin pronunciar una palabra, ni siquiera en la posada Real. Como si no estuviera lloviendo.

—Quizá pensó que ésta era la más acogedora —aventuró una, lo que provocó un estallido de risas.

—Según me han dicho, ha llegado a Cuatro Reyes entrada la noche, con los caballos resoplando como si hubieran ido al galope.

—¿De dónde debía de venir para que lo pillara la oscuridad en el camino? Nadie que no sea idiota o un loco viaja a un sitio calculando tan mal las distancias.

—Bueno, tal vez sea un idiota, pero es rico. Tengo entendido que incluso tiene otro carruaje para sus sirvientes y el equipaje. Tiene que tener mucho dinero, fijaos en lo que os digo. ¿Habéis visto la capa que lleva? No me importaría tenerla yo.

—Es un poco obeso para mi gusto, pero, como siempre digo, ningún hombre es demasiado gordo si está adornado con oro. —Prorrumpieron en risitas y la cocinera echó la cabeza atrás, emitiendo sonoras carcajadas.

Rand dejó el tenedor en el plato. Un pensamiento desagradable ocupaba su mente.

—Ahora mismo vuelvo —dijo. Mat asintió mientras se llenaba la boca con un trozo de patata.

Rand recogió al levantarse el cinto de la espada junto con la capa y se lo sujetó de camino hacia la puerta trasera. Nadie reparó en él.

Llovía a cántaros. Mientras se dirigía al patio, una cortina de agua le velaba la visión, salvo en los breves instantes en que refulgían los relámpagos, pero halló lo que buscaba. Los caballos estaban en las caballerizas, pero los dos carruajes lacados de negro relucían de humedad en el exterior. La luz de un rayo le permitió distinguir las letras doradas inscritas en las portezuelas: Howal Gode.

Sin tomar en consideración el aguacero que caía sobre él, permaneció inmóvil contemplando el nombre que ya no podía ver. Recordó cuándo había visto por última vez coches lacados de negro con nombres pintados en la puerta y lustrosos y sobrealimentados hombres vestidos con capas y escarpines de terciopelo: en Puente Blanco. Un mercader de Puente Blanco tal vez tuviese motivos legítimos para viajar a Caemlyn. «¿Motivos que lo induzcan a recorrer la mitad de las posadas del pueblo antes de elegir la misma en la que estábamos nosotros? ¿Motivos para mirarte como si hubiera encontrado lo que buscaba?»

Rand sintió un escalofrío y de pronto volvió a ser consciente de la lluvia que caía sobre su espalda. La capa era de tejido espeso, pero no era su cometido resistir un chubasco semejante. Regresó deprisa a la posada, hundiendo los pies en los charcos. Jak le obstruyó el paso al entrar.

—Vaya, vaya, vaya. Ahí fuera, solo en la oscuridad. La oscuridad es peligrosa, muchacho.

Rand tenía la frente cubierta de hilillos de agua que descendían de sus cabellos. No había nadie en el patio a excepción de ellos dos. Se preguntó si Hake habría decidido que prefería la espada y la flauta a mantener el gentío reunido en la sala.

Se secó el agua de los ojos con una mano y llevó la otra a la espada. Aun mojado, el grueso cuero ofrecía un tacto firme a sus dedos.

—¿Ha decidido Hake que todos esos hombres se quedarán sólo por su cerveza en lugar de irse a otro local donde ofrezcan espectáculo? En ese caso, nos conformaremos con la comida por lo que hemos trabajado y nos iremos.

Seco bajo el dintel, el fornido individuo miró la lluvia y exhaló un bufido.

—¿Con este aguacero? —Sus ojos se centraron en la mano con que aferraba la empuñadura Rand—. ¿Sabes? Strom y yo hemos hecho una apuesta. Él se figura que le robaste eso a tu abuela, y yo que tu abuela te tiró de una patada a la pocilga y luego te colgó afuera para que te secaras. —Sonrió. Tenía los dientes amarillentos y torcidos—. La noche es larga, chico.

Rand pasó delante de Jak, quien lo dejó entrar riendo entre dientes.

En el interior, se quitó la capa y se desplomó en el banco, junto a la mesa que había abandonado minutos antes. Mat había terminado su segundo plato y atacaba un tercero; comía con más lentitud, pero dedicaba toda su atención a ello, como si planeara dar cuenta de todo aunque hubiera de reventar. Jak se sentó al lado de la puerta del patio sin dejar de observarlos. Incluso la cocinera no parecía dispuesta a seguir con su parloteo mientras él estuviera allí.

—Es de Puente Blanco —anunció Rand en voz baja.

No había necesidad de especificar de quién hablaba. Mat giró la cabeza hacia él, con un pedazo de carne ensartado en el tenedor suspendido a medio trecho de su boca. Consciente de la vigilancia de Jak, Rand revolvió la comida que tenía en el plato. No habría podido tragar nada aunque hubiera estado a punto de morir de hambre, pero trató de demostrar interés por los guisantes mientras refería a Mat el resultado de sus pesquisas y los comentarios de las mujeres, por si acaso él no los había oído.

Era evidente que no había prestado atención, pues parpadeó sorprendido y emitió un silbido; después miró ceñudo el tenedor y lo depositó en el plato con un gruñido. Rand deseó que se molestase al menos en ser más discreto.

—Va detrás de nosotros —concluyó Mat, con marcadas arrugas en la frente—. Un Amigo Siniestro.

—Tal vez. No lo sé. —Al dirigir Rand una mirada a Jak, éste se desentumeció con gesto artificioso y mostró unos hombros tan musculosos como los de un herrero—. ¿Crees que podremos zafarnos de él?

—No sin provocar el ruido suficiente para atraer a Hake y al otro. Sabía que no debíamos detenernos aquí.

Antes de que Rand pudiera agregar algo, Hake se abrió camino desde la sala, seguido del corpachón de Strom. Jak se colocó de un salto delante de la puerta trasera.

—¿Vais a cenar toda la noche? —rugió Hake—. No os he alimentado para que hagáis el gandul por aquí.

Rand miró a su amigo. No tuvieron más remedio que recoger sus cosas bajo la atenta vigilancia de Hake, Strom y Jak.

En el comedor, los gritos solicitando malabarismos y nombres de melodías se convirtieron en clamor tan pronto como aparecieron Rand y Mat. El hombre de la capa de terciopelo, Howal Gode, continuaba aparentando no prestar atención a las personas que se encontraban a su alrededor, a pesar de lo cual permanecía sentado en el borde de la silla. Al verlos a ellos dos se arrellanó de nuevo y su rostro recobró la sonrisa de satisfacción.

Rand realizó la primera función en el estrado. Comenzó con *Sacando agua del pozo,* con mente ausente. Nadie dio señales de advertir las notas que habían sonado de modo incorrecto. Intentó pensar en la forma en que iban a escapar al tiempo que trataba de evitar la mirada de Gode. Si iba en pos de ellos, era mejor que no notara que lo habían descubierto. Respecto a la huida...

Nunca había pensado en la encerrona que constituía una posada. Hake, Strom y Jak no tenían necesidad de observarlos de cerca, dado que los espectadores habrían dado de inmediato la señal de alerta si él o Mat hubieran abandonado el escenario. Mientras la sala estuviera llena de gente, Hake no podría hacer que Strom y Jak se abalanzasen sobre ellos, pero en aquella situación tampoco era factible huir sin que Hake se enterara. Deberían conformarse con estar alerta y aguardar a que se les presentara una ocasión.

Cuando se hubieron turnado con Mat, Rand gruñó para sus adentros. Mat miraba fieramente a Hake, Strom y Jak, sin cerciorarse de si éstos lo advertían. Cuando no tenía ocupadas las manos con las pelotas, las introducía siempre bajo su capa. Si Hake vislumbrara aquel rubí, era posible que no esperase hasta que se hallaran a solas. Y si los hombres reunidos allí lo veían, cabía la posibilidad de que la mitad de ellos se confabularan con Hake.

Lo peor de todo era que Mat observaba al mercader de Puente Blanco —¿al Amigo Siniestro?— con una dureza que doblaba la dedicada a los demás, y que Gode reparó en ello. Era imposible que no lo hubiera percibido. No obstante, este hecho no disminuyó en nada su aplomo. Su sonrisa se tornó más abierta y movió la cabeza en dirección a Mat como si saludara a un viejo conocido; luego miró a Rand y enarcó inquisitivamente una ceja. Rand prefería no saber qué pregunta le formulaba aquel gesto. Intentó no mirarlo, pero era consciente de que ya era demasiado tarde. «Demasiado tarde. Demasiado tarde de nuevo.»

Sólo había un detalle, al parecer, que desbarataba el equilibrio del individuo vestido de terciopelo: la espada de Rand. Se la había dejado puesta. Dos o tres hombres se levantaron para inquirir si se consideraba tan mal artista como para actuar con protección, pero ninguno de ellos percibió la garza de la empuñadura. Gode sí fijó la mirada en ella. Sus pálidas manos se cerraron en un puño mientras observaba largamente el arma con el rostro ceñudo. Su sonrisa tardó en aparecer y, cuando lo hizo, no parecía tan segura como antes.

«Algo bueno, al menos —pensó Rand—. Si cree que me encuentro a la altura de la marca de la garza, tal vez nos deje en paz. Entonces sólo tendremos que preocuparnos por Hake y sus gallos de pelea.» Aquella reflexión apenas resultaba tranquilizadora y, con o sin espada, Gode no paraba de mirar. Y de sonreír.

A Rand se le antojó un año la duración de aquella noche. Todos aquellos ojos fijos en él: Hake, Jak y Strom, cual buitres que observaban un cordero atrapado en una ciénaga; Gode aguardando con una asechanza aún mayor... Comenzó a pensar que todos los presentes lo miraban con algún designio inconfesable. Los agrios humores de vino y la pestilencia de la suciedad y de los cuerpos sudorosos le producían vértigo y la algarabía de las voces lo herían hasta dejarle borrosa la visión. Incluso el sonido de su propia flauta sonaba como un chirrido en sus oídos. El estrépito de los truenos parecía emanar de su propio cerebro. La fatiga lo atenazaba como una garra de hierro.

Al final la necesidad de levantarse con el alba indujo a los clientes a salir a la calle. Un campesino sólo había de responder ante sí mismo, pero los mercaderes no se mostraban nada comprensivos con las resacas de los carreteros a quienes pagaban su sueldo. La estancia fue vaciándose lentamente a altas horas, cuando incluso aquellos que disponían de habitaciones arriba se encaminaron con paso incierto hacia sus lechos.

Gode fue el último cliente. Mientras Rand, bostezando, buscaba la funda de la flauta, Gode se levantó y se colgó la capa del brazo. Las criadas, murmuraban entre ellas acerca del vino derramado y la loza rota.

Hake cerraba con llave la puerta principal. Gode apartó a Hake hacia un rincón y habló unos instantes con él. El posadero llamó a una de las mujeres para que lo condujera a un dormitorio. El hombre de capa aterciopelada sonrió a Mat y a Rand como si los conociera, antes de desaparecer por las escaleras.

Hake los observaba, flanqueado por Jak y Strom.

Rand terminó apresuradamente de colgarse objetos al hombro, agarrándolos desordenadamente con la mano izquierda para poder dirigir la diestra a la espada. No la acercó, pero necesitaba saber que podía hacerlo. Reprimió un bostezo, puesto que no deseaba revelarles su estado de fatiga.

Mat cargó de forma desmañada su arco y sus otras pertenencias, manteniendo la mano bajo la capa, mientras miraba acercarse a Hake y sus secuaces.

Hake llevaba una lámpara de aceite y, para sorpresa de Rand, esbozó una breve reverencia, con la que señaló una puerta lateral.

—Vuestros jergones están allí. —Únicamente una leve distorsión de la curva de sus labios malogró su actuación.

Mat alzó la barbilla hacia Jak y Strom.

—¿Necesitáis a esos dos para enseñarnos dónde están las camas?

—Soy un hombre que posee propiedades —repuso Hake, alisándose la falda de su mugriento delantal— y los propietarios han de obrar con suma cautela. —Un trueno hizo vibrar las ventanas, tras lo cual el posadero ojeó intencionadamente el techo y les dedicó una ambigua sonrisa—. ¿Queréis ver vuestros lechos o no?

Rand se preguntó qué ocurriría si contestaban que deseaban partir. «Si realmente tuvieras más práctica en utilizar la espada que los ejercicios que Lan te enseñó...»

—Id vos delante —indicó, tratando de conferir firmeza a su voz—. No me gusta tener a nadie a mis espaldas.

Strom rió con disimulo, pero Hake asintió plácidamente y se volvió hacia la puerta, seguido por los dos fornidos hombres que caminaban pavoneándose. Respirando profundamente, Rand dirigió una desesperanzada mirada a la puerta de la cocina. Si Hake ya había cerrado la salida de atrás, echar a correr ahora no sería más que el inicio de lo que pretendía evitar. Avanzó sobriamente detrás del posadero.

Se detuvo vacilante en el umbral. Ahora comprendía por qué Hake llevaba una lámpara. La puerta daba a una cámara oscura como boca de lobo. Sólo la llama que alzaba Hake, dibujando los contornos de Jak y Strom, le infundió el coraje para proseguir. Si se volvían, se percataría de ello. «¿Y qué íbamos a hacer?» El suelo crujía bajo sus botas.

La entrada finalizaba en una tosca puerta sin pintar. No había visto si habían pasado junto a otras. Hake y sus matones continuaron caminando y él se apresuró a seguirlos, antes de que tuvieran ocasión de preparar una encerrona, pero Hake se limitó a levantar la lámpara y a señalar la habitación.

—Aquí está.

Un viejo almacén, la había denominado él, y a juzgar por su aspecto no había sido utilizado desde hacía tiempo. La mitad del suelo estaba cubierta de barriles destrozados y cajones rotos; el techo tenía más de una gotera y la ventana, un cristal roto por el que penetraba la lluvia. Los estantes estaban ocupados por un sinfín de trastos no identificables y el polvo tapizaba prácticamente la totalidad del recinto. La presencia de los prometidos jergones fue una sorpresa.

«La espada lo pone nervioso. No intentará nada hasta que estemos completamente dormidos.» Rand no tenía intención de dormir bajo el techo de Hake. Su propósito era escapar por la ventana no bien hubiera salido el posadero.

—Nos arreglaremos con esto —se conformó. Tenía la mirada fija en Hake, alerta para advertir una señal a los dos sonrientes individuos situados a ambos lados de él. Hubo de esforzarse para no humedecerse los labios—. Dejad la lámpara.

Hake soltó un gruñido, pese a lo cual atendió su demanda. Vaciló, y Rand tuvo la certeza de que estaba a punto de ordenar a Jak y a Strom que se precipitaran sobre ellos, pero sus ojos se posaron en la espada de Rand con expresión calculadora e hizo un gesto en dirección a los dos bravucones. Sus amplios rostros reflejaron el asombro, pero salieron de la estancia tras él.

Rand aguardó a que se hubiera amortiguado el sonido de sus pasos y luego contó hasta cincuenta antes de sacar la cabeza por la puerta. La oscuridad sólo estaba quebrada por un rectángulo de luz que parecía tan distante como la luna: la puerta del comedor. Mientras retiraba la cabeza, una voluminosa masa se movió en la penumbra contigua a la alejada puerta: Jak o Strom, que montaban guardia.

Una rápida ojeada a la puerta le informó lo que necesitaba conocer. La constatación no era halagüeña, pues si bien las hojas eran gruesas y firmes, no había cerradura ni cerrojo en el interior. No obstante, se abría del lado de la habitación.

—Pensaba que iban a atacarnos —confesó Mat—. ¿Qué están esperando? —Su daga, que aferraba con un puño de nudillos emblanquecidos, era visible ahora. El arco y el carcaj yacían olvidados en el suelo.

—A que nos acostemos. —Rand empezó a revolver entre las barricas y los cajones—. Ayúdame a buscar algo para atrancar la puerta.

—¿Para qué? ¿No querrás quedarte a dormir aquí, no? Salgamos por la ventana. Prefiero mojarme a estar muerto.

—Uno de ellos está al fondo del pasillo. Al menor ruido, se encontrarán aquí en un abrir y cerrar de ojos. Me parece que Hake se enfrentaría a nosotros despiertos antes de arriesgarse a que huyamos.

Mat se sumó a la búsqueda, pero no hallaron nada útil en la porquería que alfombraba el suelo. Los barriles estaban vacíos, los cajones astillados, y ni siquiera todo su conjunto apilado delante de la puerta impediría a alguien abrirla. Entonces una forma familiar llamó su atención en uno de los estantes. Dos cuñas de leñador, cubiertas de orín y polvo. Las cogió sonriente.

Las colocó aprisa bajo la puerta y, cuando el estallido de un nuevo trueno resonó sobre la posada, las apretó con dos rápidos puntapiés. A Rand le temblaban las piernas antes de que la hoja de la ventana cediera; chirriaba con cada milímetro. Cuando la abertura fue lo bastante ancha para pasar por ella, se encorvó y luego se detuvo.

—¡Rayos y truenos! —gruñó Mat—. No me extraña que Hake no temiera que escapásemos.

Unas barras de hierro soldadas a un marco del mismo material relucieron a la luz de la lámpara. Rand las empujó; eran sólidas como una piedra. —He visto algo —murmuró Mat.

Manoseó apresurado la basura que ocupaba la estantería y regresó con una herrumbrosa palanca. Cuando apretó el marco de hierro con su extremo, Rand pestañeó.

—Recuerda el ruido, Mat.

Mat esbozó una mueca de protesta, pero aguardó. Rand agarró la barra de metal y trató de hallar un lugar donde asentar los pies en el charco de agua que iba formándose bajo la ventana. Empujaron encubiertos por el estallido de un nuevo trueno. Con un torturado chirrido de clavos que puso de punta los pelos de la nuca de Rand, el cerco se movió... un cuarto de pulgada como máximo. Sincronizados con los estampidos que seguían a los relámpagos, presionaron con la palanca una y otra vez. Nada. Un cuarto de pulgada. Un canto de una moneda. Nada. Nada. Nada.

De súbito Rand resbaló en el agua y ambos se desplomaron en el suelo. La palanca chocó contra los barrotes y produjo un ruido similar al tañido de un gong. Permaneció tumbado sobre el charco, alerta, con la respiración contenida. Aparte de la lluvia, el silencio era absoluto.

—A este paso no saldremos nunca de aquí —auguró Mat.

La separación que mediaba ahora entre la barra de hierro y la ventana no bastaba para deslizar dos dedos por ella. Además la angosta rendija estaba flanqueada por decenas de clavos.

—Tenemos que continuar intentándolo —contestó Rand, poniéndose en pie. Cuando situaba la punta de la palanca bajo el hierro, la puerta crujió como si alguien tratara de abrirla. Las cuñas la mantuvieron cerrada. La puerta crujió de nuevo. Rand respiró hondo y procuró hablar con tono imperativo.

—Idos, Hake. Queremos dormir.

—Me temo que me confundís. —La voz era tan meliflua que delataba su procedencia: Howal Gode—. Maese Hake y sus... secuaces no nos molestarán. Están durmiendo y por la mañana sólo podrán preguntarse por dónde desaparecisteis. Permitidme entrar, mis jóvenes amigos. Debemos hablar.

—No tenemos nada de qué hablar con vos —replicó Mat—. Marchaos y dejadnos dormir.

La risita que emitió Gode tenía un tono desagradable.

—Por supuesto que sí. Lo sabéis tan bien como yo. Lo he visto en vuestros ojos. Sé quiénes sois, tal vez mejor incluso que vosotros mismos. Siento cómo lo emanáis en oleadas. Ya pertenecéis a medias a mi amo. Dejad de correr y aceptadlo. Se os facilitarán mucho las cosas. Si las brujas de Tar Valon os encuentran, desearéis cortaros las gargantas antes de que acaben con vosotros, pero no os será permitido hacerlo. Sólo mi amo puede protegeros de ellas.

—No sabemos de qué estáis hablando —contestó Rand después de tragar saliva—. Dejadnos tranquilos.

Las planchas del suelo rechinaron. Gode no estaba solo. ¿Cuántos hombres podían viajar en dos carruajes?

—Dejad de comportaros como unos insectos, mis jóvenes amigos. Lo sabéis muy bien. El Gran Señor de la Oscuridad os ha marcado como vasallos suyos. Está escrito que, cuando se despierte, los nuevos Señores del Espanto se encontrarán allí para aclamarlo. Debéis ser dos de ellos o de lo contrario no me habrían encargado vuestra búsqueda. Pensad en ello. Vida eterna y poderes ilimitados. —Su voz expresaba su propio anhelo de recibir él mismo aquellas prebendas.

Rand echó una ojeada a la ventana en el instante en que un rayo surcó el cielo, y casi soltó un rugido. El breve resplandor alumbró a unos hombres que se hallaban afuera, haciendo caso omiso de la lluvia que los empapaba mientras permanecían parados mirando por la abertura.

—Me estoy cansando de esto —anunció Gode—. Os someteréis a mi amo..., a vuestro amo..., u os obligaremos por la fuerza. Eso no os complacería. El Gran Señor de la Oscuridad gobierna la muerte y puede otorgar vida a la muerte o muerte en vida, según elija. Abrid esta puerta. Sea como sea, vuestra huida está pronta a su fin. ¡Abridla, os digo!

Debió de haber añadido algo, puesto que de pronto un pesado cuerpo se abalanzó contra la puerta. Ésta se estremeció y las cuñas cedieron una fracción de pulgada con un chirrido de herrumbre al raspar contra la madera. La puerta tembló una y otra vez ante los repetidos embates de los acompañantes de Gode. Las cuñas los contenían en ocasiones, pero en otras recorrían un minúsculo trecho, que poco a poco iba franqueándoles inexorablemente la entrada.

—Someteos —exigía Gode desde el otro lado—, ¡o pasaréis la eternidad deseando haberlo hecho!

—Si no tenemos más remedio... —Mat se mordió los labios ante la mirada que le asestó Rand. Tenía los ojos saltones como un tejón apresado en una trampa, el rostro pálido y el aliento entrecortado—. Podríamos aceptar y escaparnos más tarde. ¡Rayos y truenos, Rand, no tenemos ninguna alternativa!

Las palabras parecían llegar a Rand a través de un ovillo de lana que tapara sus oídos. «Ninguna alternativa.» Un trueno murmuró sobre sus cabezas. «Hay que encontrar una alternativa.» Gode los llamaba, conminándolos; la puerta se deslizó otro poco. «¡Una alternativa!»

Una luz cegadora inundó la habitación; el aire rugía y crepitaba. Rand se sintió alzado e impulsado contra la pared. Aterrizó de cuclillas, con un martilleo en los oídos y todos los pelos de su cuerpo erizados. Aturdido, se levantó tambaleándose. Le temblaban las rodillas y hubo de apoyar una mano en la pared para recobrar el aplomo. Miró alrededor con asombro.

La lámpara, de costado en el borde de uno de los estantes todavía prendidos al muro, aún despedía luz. Todas las barricas y cajones, algunos ennegrecidos y ardiendo sin llama, se amontonaban en el rincón donde habían sido arrojados. La ventana, con las barras de hierro, y gran parte de la pared se habían desvanecido, dejando una brecha de contornos irregulares. El techo, combado, despedía hilillos de humo que desafiaban la lluvia alrededor de los rebordes de la abertura que se había producido en él. La puerta colgaba de sus goznes, atrancada hacia fuera.

Con una sensación de sopor irreal puso la lámpara en pie. Se le antojaba que lo más importante del mundo era asegurarse de que no se rompiera.

De pronto una pila de cajones se desparramó y de ella brotó Mat. Éste se irguió y hubo de parpadear y tocarse para cerciorarse de que todo su cuerpo continuaba unido. Miró en dirección a Rand.

—¿Rand? ¿Eres tú? Estás vivo. Creí que los dos estábamos... —se interrumpió y se mordió los labios, estremecido.

Rand tardó un minuto en caer en la cuenta de que se reía; estaba al borde de un ataque de nervios.

—¿Qué ha sucedido, Mat? ¡Mat! ¿Qué ha sucedido?

Mat se agitó con una última convulsión antes de recobrar la calma.

—Un relámpago, Rand. Estaba mirando de frente la ventana cuando cayó sobre el hierro. Un relámpago. No veo cómo... —calló, escrutando la puerta inclinada, y luego su voz sonó con dureza—. ¿Dónde está Gode?

Nada se movía en el oscuro corredor. De Gode y sus compañeros no se percibía señal ni sonido, aun cuando hubiera podido agazaparse cualquier cosa en aquella lobreguez. Rand abrigó la esperanza de que estuvieran muertos, pero no habría asomado la cabeza para asegurarse de ello aunque le hubieran ofrecido una corona, Más allá del espacio que había ocupado la pared reinaba igual inmovilidad. Sin embargo, de los pisos superiores de la posada llegaban gritos confusos y el repiqueteo de pies que corrían.

—Marchémonos ahora que podemos —dijo Rand.

Tras separar deprisa sus pertenencias de la basura, agarró a Mat del brazo y lo guió, tirando de él hacia el agujero que se abría a la noche. Mat se aferraba a él y, en su esfuerzo por ver algo, con la cabeza inclinada hacia adelante, tropezaba una y otra vez.

Cuando las primeras gotas de lluvia le golpearon la cara, un rayo se descargó en el cielo, y Rand se paró en seco. Los hombres de Gode todavía estaban allí, tendidos con los pies encarados hacia el orificio.

—¿Qué es? —inquirió Mat—. ¡Válgame la Luz! ¡Casi no veo ni mi propia mano!

—Nada —respondió Rand. «Suerte. La misma gracia de la Luz..., ¿no es cierto?» Turbado, condujo con cuidado a Mat entre los cadáveres yacientes—. Sólo el rayo.

Sin más iluminación que la que descargaba de forma intermitente el cielo, tropezaba en los baches mientras se alejaban tambaleantes de la posada. Dado que Mat casi pendía de él, cada trompicón amenazaba con derribarlos a ambos pero, a pesar de su precario equilibrio y sus jadeos, corrían.

Miró una vez atrás. Una vez, antes de que la lluvia arreciara y formara una ensordecedora cortina que ocultó la imagen del Carretero Danzarín. Un relámpago dibujó la silueta de un hombre apostado en la parte trasera de la posada, que blandía el puño hacia ellos o hacia el cielo. No sabía si era Gode o Hake, si bien no habría podido decidir cuál de ellos era peor. El aguacero se convirtió en un diluvio: los aislaba con una pared de agua. Apresuró el paso en la noche, alertando el oído entre el fragor de la tormenta para detectar el sonido de una posible persecución.

33

LA OSCURIDAD ACECHA

E1 carro traqueteaba bajo un cielo plomizo por el camino de Caemlyn. Rand se incorporó por encima de la paja de la parte trasera para mirar por el costado. Le resultó más fácil que una hora antes, a pesar de que sus brazos tendían a estirarse en lugar de afianzarlo y su cabeza prefería continuar flotando. Apoyó los codos en los tablones y contempló la tierra que se extendía ante sus ojos. El sol, todavía oculto por oscuras nubes, aún estaba alto. El vehículo se adentraba en un nuevo pueblo de casas de ladrillos rojos cubiertos de parras. La población era mucho más densa a medida que se alejaban de Cuatro Reyes.

Algunos lugareños saludaban a Hyam Kinch, el campesino propietario del carro, un hombre de rostro curtido y carácter taciturno que, sin retirarse la pipa de la boca, decía algunas palabras en respuesta. Sus mandíbulas cerradas las tornaban casi ininteligibles, pero su sonido era jovial y parecía dejar satisfechos a sus interlocutores, quienes reemprendían sus quehaceres sin dedicar una segunda mirada a la carreta. Por lo visto, nadie reparaba en sus dos pasajeros.

La posada del pueblo entró en el campo de visión de Rand. Estaba encalada y tenía un tejado de pizarra. La gente entraba y a modo de saludo agitaba la mano o afirmaba con la cabeza. Algunos de ellos se detenían a conversar. Se conocían entre sí. Gente de campo, en su mayoría, a juzgar por sus botas, pantalones y chaquetas que apenas diferían de los que vestía él mismo, a pesar de su insólita afición por las rayas de colores. Las mujeres llevaban profundas tocas que escondían sus rostros y delantales blancos a rayas. Tal vez todos eran habitantes del pueblo y granjeros de los alrededores. «¿Acaso ello modifica las cosas?»

Volvió a echarse sobre la paja y observó cómo el pueblo se iba reduciendo de tamaño. El camino estaba flanqueado por campos vallados y setos recortados, y pequeñas alquerías de cuyas chimeneas de adobe rojizo brotaban espirales de humo. Los únicos bosques cercanos a la carretera eran sotos, primorosamente cuidados para extraer leña de ellos, tan atendidos como un huerto. Sin embargo, las ramas perfilaban su desnudez contra el cielo, tan carentes de hojas como los árboles silvestres de las florestas occidentales.

Una hilera de carromatos que circulaban en dirección contraria avanzó con estrépito por el centro de la calzada, lo que obligó a llevar el carro a la orilla. Maese Kinch movió la pipa hacia la comisura de sus labios y escupió entre dientes. Miraba de reojo la rueda para cerciorarse de que no se enganchara en los matorrales mientras sostenía la marcha. Observó brevemente la caravana de mercaderes con labios fruncidos.

Ninguno de los carreteros que hacían restallar sus látigos en el aire por encima de los tiros de ocho caballos ni ninguno de los guardas de semblante adusto encorvados sobre sus monturas junto a los vehículos se dignó dedicar una mirada al carro. Rand los observaba a su paso, con el pecho encogido. Con la mano bajo la capa, mantuvo aferrado el puño de la espada hasta que hubieron desaparecido.

Cuando el último carromato se alejó en dirección al pueblo que acababan de dejar, Mat, sentado en el pescante junto al campesino, se volvió hasta encontrar la mirada de Rand. La bufanda que utilizaba para protegerse del polvo, enrollada en su frente, le resguardaba los ojos de la luz. Aun así los entornaba al contacto de la grisácea luz reinante.

—¿Ves algo atrás? —preguntó en voz baja—. ¿Qué me dices de los carromatos?

Rand sacudió la cabeza. Él tampoco había visto nada.

Maese Kinch los miró de soslayo y luego volvió a cambiarse la pipa de sitio y agitó las riendas. Pese a que ésa fuera su única reacción, era evidente que lo había advertido. El caballo aligeró el paso.

—¿Aún te duelen los ojos? —inquirió Rand.

Mat se tocó la bufanda que llevaba liada en la cabeza.

—No, no mucho. Sólo cuando miro directamente al sol. ¿Y tú? ¿Te encuentras mejor?

—Un poco.

Cayó en la cuenta de que realmente se sentía mejor. Era casi milagroso recobrarse con tanta rapidez. Era casi un regalo de la Luz. «Tiene que ser la Luz. Tiene que ser eso.»

De improviso un grupo de jinetes se cruzó con el carro. Largos cuellos blancos pendían sobre las cotas de malla y armaduras y sus capas y camisas eran rojas como los uniformes de la guardia de la puerta de Puente Blanco, pero mejor confeccionadas. Todos llevaban yelmos cónicos que relucían como la plata. Cabalgaban con la espalda erguida. Unas delgadas cintas encarnadas ondeaban por encima de sus lanzas, inclinadas con el mismo ángulo.

Algunos de ellos miraron el carro a través del entramado de acero que les velaba el rostro. Rand se alegró de que su capa encubriese la espada. Unos cuantos saludaron con la cabeza a maese Kinch, no como si lo conocieran sino a modo de neutral reconocimiento. El granjero les respondió de la misma manera pero, a pesar de su expresión imperturbable, su cabeceo expresaba un indicio de aprobación.

Las columnas marchaban al paso pero, al añadir la velocidad del carro, su ritmo parecía más rápido. «Diez..., veinte..., treinta..., treinta y dos», contó Rand. Enderezó la cabeza para contemplar las filas que difuminaban el camino.

—¿Quiénes eran? —preguntó Rand, entre asombrado y suspicaz.

—La guardia de la reina —repuso maese Kinch sin apartar los ojos de la vía—. No irán más allá del manantial de Breen, a no ser que los llamen. Ya no es como en los viejos tiempos. —Succionó la pipa y luego agregó—: Supongo que, hoy en día, debe de haber partes del reino en que no ven a la guardia durante un año o más. Ya no es como antaño.

—¿Qué están haciendo? —quiso saber Rand.

—Mantener la paz real y vigilar el cumplimiento de las disposiciones de la reina. —Asintió para sí como si le complaciera el sonido de aquellas palabras, antes de proseguir—. Buscar a los malhechores y llevarlos ante los magistrados. ¡Humm! —exhaló una larga bocanada de humo—. Vosotros dos debéis de ser de regiones muy lejanas para no reconocer a la guardia de la reina. ¿De dónde sois?

—De muy lejos —respondió Mat.

Al mismo tiempo Rand contestaba:

—De Dos Ríos.

Tan pronto como lo hubo pronunciado, deseó no haberlo hecho. Todavía no hilvanaba bien los pensamientos. Intentaban pasar inadvertidos y él mencionaba un nombre que un Fado escucharía como el tañido de una campana.

Maese Kinch miró de reojo a Mat y dio unas chupadas a la pipa durante un momento.

—Eso está muy lejos, por cierto —comentó por fin—. Casi en la frontera del reino. Pero las cosas deben de estar peor de lo que creía si hay sitios en el reino donde la gente ni siquiera reconoce a la guardia real. Definitivamente, no es como en los viejos tiempos.

Rand se preguntó cómo reaccionaría maese al'Vere si alguien le dijera que Dos Ríos formaba parte de los dominios de la reina. La reina de Andor, según sus figuraciones. Tal vez el alcalde lo sabría —él conocía muchas cosas que provocaban la sorpresa de Rand— y quizá también otros, pero él nunca había oído mencionarlo a nadie. Dos Ríos era Dos Ríos. Cada pueblo solucionaba sus propios problemas y, si alguna dificultad afectaba a más de uno, los alcaldes, y a veces los Consejos del Pueblo, los resolvían mediante mutua colaboración.

Maese Kinch tiró de las riendas e hizo detener el carro.

—Aquí me desvío. —Un estrecho camino de carros serpenteaba hacia el norte, entre granjas y campos labrados en los que aún no despuntaban las cosechas—. Dentro de un par de días, veréis Caemlyn. En menos, si tu amigo tuviera las piernas firmes.

Mat saltó del pescante y recogió sus cosas; luego ayudó a Rand a bajar de la carreta. Éste sentía el peso de los bultos que pendían de su hombro y las piernas vacilantes, pero rehusó la mano que le tendía su amigo, y probó a dar unos pasos. Su equilibrio era precario, pero llegaba a mantenerlo. Sus piernas parecían adquirir vigor a medida que las utilizaba.

El granjero, que no partió de inmediato, los examinó durante un minuto, succionando su pipa.

—Podéis descansar un par de días en mi casa si queréis. Supongo que eso no representará gran pérdida de tiempo. Sea cual sea la enfermedad de la que te estás reponiendo, chico..., mi mujer y yo pasamos todas las epidemias que puedas imaginar antes de que nacieras tú y también sacamos adelante a todos nuestros retoños. De todas maneras, me parece que ya has pasado el período de contagio.

Mat entrecerró los ojos y Rand advirtió que él mismo fruncía la cara. «No todo el mundo está involucrado. No es posible.»

—Gracias —respondió—, pero me encuentro bien. ¿Cuánto queda hasta el próximo pueblo?

—¿Carysford? Podéis llegar allí antes del anochecer, a pie. —Maese Kinch se sacó la pipa de la boca y arrugó los labios en actitud pensativa antes de continuar—. Primero me he figurado que erais aprendices de maleante, pero ahora calculo que estáis huyendo de algo más serio. No sé qué es ni me importa. Tengo suficiente capacidad de discernimiento para afirmar que no sois Amigos Siniestros y que no vais a robar ni a herir a nadie, no como muchos de los que recorren caminos actualmente. Necesitáis un lugar para esconderos unos días; mi granja está a cinco millas en esa dirección y nadie nos visita. Sea lo que sea lo que os persigue, no es probable que os encuentren allí. —Se aclaró la garganta como si se sintiera incómodo por haber pronunciado tantas palabras juntas.

—¿Y cómo sabéis qué aspecto tienen los Amigos Siniestros? —preguntó Mat apartándose del carro y llevando la mano bajo la capa—. ¿Qué sabéis de Amigos Siniestros?

—Como queráis —dijo maese Kinch, con semblante tenso.

Después azuzó al caballo y se alejó por el sendero sin volverse ni una sola vez.

—Lo siento, Rand. Necesitas un sitio donde reposar. Tal vez si fuéramos tras él... —Se encogió de hombros—. Lo que ocurre es que no puedo librarme de la sensación de que todo el mundo nos persigue. Luz, ojalá supiera el porqué. Ojalá acabe todo esto de una vez. Ojalá... —Interrumpió la frase con tristeza.

—Todavía quedan buenas personas —argumentó Rand. Mat comenzó a caminar hacia el camino de carros con la mandíbula apretada como si fuera lo último que deseara hacer, pero Rand lo contuvo—. No podemos permitirnos una tregua Mat. Además, no creo que exista ningún lugar donde podamos escondernos.

Mat aceptó, con patente alivio. Se ofreció a llevar parte de los bultos que acarreaba Rand, pero éste rehusó su ayuda. Sentía las piernas mucho más seguras. «¿Lo que nos persigue? —pensó mientras retomaban camino—. No nos persigue, nos aguarda.»

La lluvia no había cedido un instante desde que habían huido del Carretero Danzarín. Eran auténticos cántaros de agua arrojados sobre ellos con la misma contundencia que los truenos y relámpagos que surcaban la negrura del cielo. Las ropas quedaron empapadas en pocos minutos; al cabo de una hora Rand también sentía la piel macerada, pero había dejado atrás Cuatro Reyes.

Mat caminaba como un ciego en la oscuridad. Entrecerraba penosamente los ojos ante el súbito fulgor de los rayos que iluminaban durante unos segundos las desnudas siluetas de los árboles y, pese a que Rand lo llevaba de la mano, tanteaba el suelo con incertidumbre a cada paso. Si Mat no recobraba la vista, no habría forma de continuar avanzando. No lograrían alejarse.

Mat, a quien la lluvia había aplastado los cabellos en torno al rostro a pesar de la capucha, pareció captar sus pensamientos.

—Rand —dijo con voz trémula—, ¿no irás a dejarme aquí, si no puedo continuar?

—No te abandonaré pase lo que pase. —«¡Luz, ayúdanos!» Un trueno rugió sobre sus cabezas y Mat tropezó, casi a punto de caer y arrastrarlo a él al suelo—. Tenemos que parar, Mat. Si continuamos, vas a romperte una pierna.

—Gode. —Una fulguración hendió la oscuridad mientras Mat hablaba y la detonación del suelo acalló cualquier otro sonido, pero con la descarga eléctrica Rand adivinó aquel nombre en los labios de su amigo.

—Está muerto. —«Debe estarlo. Luz, haz que esté muerto.»

Guió a Mat hacia unos matorrales cuyo follaje ofrecía un precario refugio contra la lluvia. A pesar de que éste no fuera tan apropiado como el de un árbol, no quería correr el riesgo a esperar el siguiente rayo. Quizá la próxima vez no saldrían tan bien parados.

Acurrucados bajo los arbustos, intentaron componer una pequeña tienda con sus capas. Ya era demasiado tarde para pretender no mojarse, pero sería un descanso dejar de sentir el incesante goteo. Abrazados para compartir el poco calor que desprendían sus cuerpos, calados hasta los huesos y debiendo soportar las goteras que se filtraban por la capas, conciliaron el sueño entre escalofríos.

Rand fue consciente desde el primer momento de la irrealidad de aquella escena. Se encontraba en Cuatro Reyes, pero no había nadie en el pueblo aparte de él. Los carromatos estaban allí, pero no había personas, caballos ni perros. Sin embargo, sabía que alguien lo aguardaba.

Mientras caminaba por la calle llena de baches, los edificios parecían difuminarse a su espalda. Cuando volvía la cabeza, se hallaban allí, tangibles, pero la imprecisión permanecía en el rabillo de sus ojos. Era como si únicamente existiera lo que veía y exclusivamente mientras lo percibía. Estaba convencido de que si giraba con suficiente rapidez vería... No estaba seguro de qué era lo que veía, pero le inquietaba pensar en ello.

El Carretero Danzarín apareció ante él. Curiosamente su llamativa pintura tenía un aspecto grisáceo y macilento. Entró en la posada. Gode estaba allí, sentado a una mesa.

Lo reconoció por su atuendo, la seda y el terciopelo oscuro. Gode tenía la piel enrojecida, quemada, cuarteada y purulenta. Su cara era casi una calavera y sus labios apergaminados dejaban un boquete en el que se percibían sus dientes y encías al descubierto. Al volver Gode la cabeza, se le desprendió parte del cabello, que se convirtió en hollín al posarse sobre sus hombros. Sus ojos carentes de pestañas observaban a Rand.

—De modo que habéis muerto —constató Rand. Para su sorpresa no sentía temor, tal vez debido a que en aquella ocasión sabía que estaba soñando.

—Sí —respondió la voz de Ba'alzamon—, pero te ha encontrado como le había ordenado. Se merece una recompensa, ¿no crees?

Rand se volvió y descubrió su capacidad de sentir espanto, a pesar de saberse en un sueño. Los ropajes de Ba'alzamon tenían el color de la sangre coagulada y en su semblante se entremezclaban la rabia, el odio y el triunfo.

—Ya ves, jovencito, no puedes rehuirme indefinidamente. De un modo u otro te encontraré. Lo que te protege te hace a un tiempo vulnerable. Por una vez que te escondes, a la siguiente te delatas. Ven a mí, jovenzuelo. —Tendió la mano a Rand—. Si mis sabuesos han de traerte a rastras, tal vez no se comporten con amabilidad. Te tienen envidia por lo que llegarás a ser, una vez que te hayas postrado de rodillas a mis pies. Es tu destino. Me perteneces. —La lengua requemada de Gode efectuó un enojado y ansioso remedo de sonido.

Rand trató inútilmente de humedecerse los labios.

—No —logró articular; después las palabras brotaron más fácilmente—. Me pertenezco a mí mismo, no a vos. Jamás. A mí mismo. Si vuestros Amigos Siniestros me matan, nunca dispondréis de mí.

Las llamaradas que despedía el rostro de Ba'alzamon caldearon la estancia hasta hacer vibrar el aire.

—Vivo o muerto, jovenzuelo, eres mío. La sepultura entra en el terreno de mis dominios. Es más sencillo darte muerte, pero es preferible que sigas vivo. Preferible para ti, mocoso. Los vivos disponen de poderes superiores en muchos aspectos. —Gode volvió a balbucir algo—. Aquí tienes tu gratificación.

Rand miró a Gode justo a tiempo para ver cómo su cuerpo se deshacía en polvo. Por un instante, la calcinada faz mostró una expresión de goce sublime que se tornó en horror en el momento final, como si hubiera percibido algo que no esperaba. Los aterciopelados ropajes vacíos de Gode se desmoronaron en la silla y en el suelo, entre la ceniza.

Cuando se giró de nuevo, la mano tendida de Ba'alzamon se había convertido en un puño.

—Eres mío, jovencito, vivo o muerto. El Ojo del Mundo nunca servirá a tus designios. Te marco como una posesión mía. —El puño se abrió y lanzó una bola de fuego que hizo explosión en la cara de Rand.

Rand se despertó convulso, en la oscuridad, y sintió el agua que destilaban las capas en su rostro.

De pronto advirtió que Mat se sacudía y murmuraba en sueños. Al zarandearlo, Mat recobró la conciencia, gimoteando.

—¡Mis ojos! ¡Oh, Luz, mis ojos! ¡Me ha arrancado los ojos! —Rand lo atrajo contra sí y lo meció sobre su pecho como a un niño.

—Estás bien, Mat. Estás bien. No puede hacernos daño. No se lo permitiremos. —Sentía cómo temblaba su amigo, sollozando sobre su chaqueta—. No puede hacernos daño —susurró, deseando dar crédito a aquella afirmación. «Lo que te protege te hace a un tiempo vulnerable. Estoy volviéndome loco.»

Justo antes del alba el aguacero remitió. Con la primera luz, la llovizna dejó paso a un cielo nublado, que amenazaba volver a descargar su humedad sobre la tierra. A media mañana el viento se levantó e impulsó los nubarrones hacia el sur, descubriendo un sol mortecino que poco aliviaba la gelidez de las rachas que penetraban en sus ropas mojadas. A pesar de no haber vuelto a conciliar el sueño, se ataron las capas y emprendieron, tambaleantes, la marcha. Rand llevaba de la mano a Mat. Pasado un rato Mat recobró las fuerzas suficientes para quejarse del estado en que la lluvia había dejado la cuerda de su arco. Rand, sin embargo, no le permitió detenerse para cambiarla por otra seca que guardaba en el bolsillo; todavía no era aconsejable realizar una parada.

Poco después de mediodía llegaron a otro pueblo. Rand temblaba con mayor violencia ante la visión de las confortables casas de ladrillo y del humo que se elevaba de sus chimeneas, pero, en lugar de aproximarse a ellas, condujo a Mat entre las arboledas y campos. La única persona que vio fue un campesino que faenaba con una horca en un campo cenagoso y puso buen cuidado en que él no percibiera su presencia, avanzando agazapado entre los árboles. El granjero estaba concentrado en su trabajo, pero Rand no apartó los ojos de él hasta perderlo de vista. Si alguno de los hombres de Gode seguía con vida, tal vez pensaría que él y Mat habían tomado el camino meridional al salir de Cuatro Reyes al no encontrar a nadie en el pueblo que los hubiera visto. Regresaron al camino a un buen trecho de distancia de la población y continuaron andando hasta evaporar parte de la humedad que impregnaba sus ropas.

Una hora después de dejar atrás el burgo, un granjero los invitó a subir a su carro cargado de heno. La inquietud que le producía el estado de Mat había inducido a Rand a abandonar otras precauciones. Su amigo se protegía los ojos del sol con la mano, a pesar de la débil luz que éste emanaba, y aun así entornaba los párpados y se quejaba de forma continua de la potencia de su brillo. Cuando Rand oyó el traqueteo del carro ya era demasiado tarde para ocultarse. La calzada empapada amortiguaba los sonidos y el vehículo, con un tiro de dos caballos, se encontraba tan sólo a cincuenta metros de ellos, desde donde los observaba ya su conductor.

Para su sorpresa, aminoró el paso y se ofreció a llevarlos. Rand vaciló, pero era demasiado tarde para pasar inadvertidos y aquel hombre grabaría acaso con más fuerza su recuerdo si rechazaban su propuesta. Ayudó a Mat a sentarse junto al campesino y luego subió a la parte trasera.

Alpert Mull era un hombre imperturbable con rostro y manos cuadrados, ajados y estriados por el duro trabajo y la preocupación, que deseaba tener a alguien con quien hablar. Sus vacas se habían quedado sin leche, sus gallinas habían dejado de poner y no había pastos dignos para recibir tal nombre. Por primera vez en su vida había tenido que comprar heno, y el «viejo Bain» sólo se había avenido a venderle medio carro. No estaba seguro de si podría segar heno en sus tierras aquel año.

—La reina, que la Luz la ilumine, debería hacer algo —murmuró, rozándose la frente con respeto, pero con mente ausente.

Apenas dirigió la mirada a Rand y a Mat, pero, cuando los dejó junto al angosto sendero que conducía a su granja, titubeó, y luego declaró, medio para sí:

—No sé de qué huís ni deseo saberlo. Tengo mujer e hijos. ¿Comprendéis? Mi familia. Son éstos malos tiempos para socorrer a los forasteros.

Mat trató de hundir la mano bajo la capa, pero Rand lo contuvo agarrándole la muñeca. Permaneció inmóvil en el camino, observando al hombre en silencio.

—Si fuera una buena persona —prosiguió Mull—, ofrecería a un par de muchachos calados hasta los huesos un sitio donde secarse y calentarse delante de un fuego. Pero son tiempos duros y los extraños... No sé de qué huís ni deseo saberlo. ¿Comprendéis? Mi familia. —De improviso sacó dos largas bufandas de lana oscura del bolsillo de su chaqueta—. No es mucho, pero tened. Son de mis hijos. Ellos tienen más. Vosotros no me conocéis, ¿entendido? Es mala época ésta.

—No os hemos visto nunca —convino Rand mientras tomaba las bufandas—. Sois una buena persona. La mejor que hemos encontrado desde hace días.

El semblante del granjero mostró sorpresa y luego agradecimiento. Tras retomar las riendas, hizo girar los caballos hacia el estrecho sendero. Antes de que hubiera terminado de dar la vuelta Rand guiaba ya a Mat por el camino de Caemlyn.

El viento arreció con la llegada del crepúsculo. Mat, quejumbroso, comenzó a preguntar cuándo iban a detenerse, pero Rand continuó caminando, tirando de él, en busca de un cobijo más deseable que un seto. Con las ropas todavía húmedas y el viento, cuya gelidez aumentaba a cada minuto, ponía en duda su capacidad de salir con vida si dormía de nuevo a la intemperie. El día tocó a su fin sin que hubiera descubierto ningún lugar adecuado. El viento, cada vez más frío, hacía ondear sus capas. Entonces, entre la oscuridad reinante, divisó luces: un pueblo.

Introdujo la mano en el bolsillo para palpar las monedas que tenía. Había dinero de sobra para costearse una comida y una habitación para los dos. Si se quedaban al raso, con aquel viento y la ropa empapada, era factible que quien se topara con ellos al día siguiente no hallara más que dos cadáveres. Lo que habían de hacer era proseguir con la táctica de llamar lo menos posible la atención. No era aconsejable tocar la flauta y, además, Mat no podía actuar en aquel estado de ceguera. Agarró de nuevo la mano de su compañero y se encaminó hacia la anhelada población.

—¿Cuándo vamos a parar de andar? —volvió a preguntar Mat.

A juzgar por el modo como observaba, con la cabeza inclinada hacia adelante, Rand dudaba mucho de que lo viera a él, por no mencionar las luces del pueblo.

—Cuando estemos en un lugar caldeado —repuso.

La claridad que despedían las ventanas de las casas iluminaban las calles, por las que la gente caminaba tranquilamente, sin preocuparse de lo que pudiera acechar en la oscuridad. La única posada era un edificio achaparrado de un solo piso, cuyo aspecto indicaba que habían ido añadiéndole habitaciones con los años sin seguir ningún plan preciso. Al abrirse la puerta principal para dar paso a un cliente, una oleada de risas surgió tras él.

Rand se quedó petrificado en la calle al sentir en la cabeza el eco de las ebrias risotadas del Carretero Danzarín. Contempló al hombre que se alejaba con paso inseguro; después hizo acopio de aire y, tras asegurarse de que su capa ocultara la espada, empujó la puerta. Lo recibió un estruendo de carcajadas.

Las lámparas que colgaban del alto techo bañaban de luz la estancia, en la que advirtió de inmediato una gran diferencia con la del establecimiento de Sam Hake. En principio, porque allí no había borrachos. La clientela que llenaba la habitación parecía estar formada por lugareños y granjeros, los cuales, si no se encontraban totalmente sobrios, no distaban mucho de ello. Era gente que reía para olvidar sus problemas, pero con auténtica alegría. El comedor estaba limpio y ordenado, y el fuego que crepitaba en una gran chimenea caldeaba la atmósfera. Las sonrisas de las criadas eran tan cálidas como el propio hogar y era obvio que, cuando reían, lo hacían por propia voluntad.

El posadero, con un reluciente delantal blanco, era tan pulcro como su posada. Rand se animó al ver un hombre corpulento; abrigaba serias dudas de que fuera a depositar en adelante su confianza en un posadero flaco. Su nombre, Rulan Allwine, también le gustó, por su semejanza con los de la gente de Campo de Emond. Maese Allwine los miró de arriba abajo y luego sugirió con educación la conveniencia de pagar por adelantado.

—No estoy insinuando que vosotros seáis de esa clase de personas, comprendedlo, pero en estas épocas hay muchos caminantes que intentan irse sin pagar por la mañana. Parece que hay muchos jóvenes que van a Caemlyn.

Rand no tomó aquella consideración como una ofensa, habida cuenta de su lamentable aspecto. No obstante, cuando maese Allwine mencionó el precio, abrió desmesuradamente los ojos y Mat exhaló un sonido raro, como si se le hubiera atragantado algo.

La papada del posadero se agitó al mover éste pesarosamente la cabeza, pero, al parecer, ya estaba acostumbrado a situaciones similares.

—Corren tiempos difíciles —explicó con voz resignada—. Hay pocos alimentos y cuestan cinco veces más de lo normal. Y apostaría a que el mes que viene habrán subido aún más.

Rand sacó el dinero de que disponía y miró a Mat, el cual apretaba obstinadamente las mandíbulas.

—¿Acaso quieres dormir debajo de un matorral? —inquirió Rand.

Mat suspiró y se vació de mala gana el bolsillo. Una vez que hubieron pagado la cuenta, Rand observó con una amarga mueca lo poco que le había quedado para dividirlo con Mat.

Sin embargo, al cabo de diez minutos estaban en una mesa situada cerca del fuego, comiendo un estofado que acompañaban con pedazos de pan. Las raciones no eran tan abundantes como Rand hubiera deseado, pero estaban calientes y saciaban su hambre. Aun cuando tratara de centrar la vista en el plato sus ojos se desviaban con inquietud hacia la puerta. El hecho de que quienes la trasponían tuvieran aspecto de campesinos no bastaba para acallar sus temores.

Mat masticaba despacio, saboreando cada bocado, si bien protestaba acerca de la luz que emitían las lámparas. Al rato sacó la bufanda que le había regalado Alpert Mull, se la enrolló en la frente y la bajó hasta casi taparse los ojos. Aquello atrajo algunas miradas que Rand habría preferido evitar. Terminó precipitadamente la cena, instando a Mat a hacer lo mismo, y luego pidió a maese Allwine que les mostrara su habitación.

Al posadero pareció sorprenderle que se retiraran tan temprano, pero no efectuó ningún comentario. Tomó una vela y los condujo por un laberinto de corredores a un pequeño dormitorio, con dos estrechas camas, situado en un extremo de la posada. Cuando se marchó, Rand dejó caer sus bultos junto al lecho, colgó la capa en una silla y se tumbó vestido sobre la colcha. Todavía tenía la ropa húmeda, pero, si había que salir corriendo, tenía que estar preparado. También se dejó puesta la espada y se durmió con una mano en la empuñadura.

El canto de un gallo lo hizo despertar con un respingo por la mañana. Permaneció tendido, contemplando la luz del alba que penetraba en la habitación mientras se preguntaba si osaría dormir un rato más. Dormir y desaprovechar parte del día. Un bostezo le hizo crujir las mandíbulas.

—¡Eh! —exclamó Mat—. ¡Veo! —Se sentó en la cama, mirando con ojos entornados—. Un poco al menos. Todavía tienes la cara borrosa, pero puedo distinguir quién eres. Sabía que me repondría. Esta noche ya veré mucho mejor que tú. Como siempre.

Rand saltó del lecho y se rascó al ponerse la capa sobre los hombros. Su ropa, que se había secado mientras dormía, estaba arrugada y sentía picor.

—Estamos desperdiciando la luz del día —constató. Mat se apresuró a abandonar la cama; él también se rascaba.

Rand se encontraba con buen ánimo. Estaban a un día de camino de Cuatro Reyes y ninguno de los secuaces de Gode había dado señales de vida. A una jornada menos de distancia de Cacmlyn, donde sin duda los esperaría Moraine. No bien se hubieran reunido con la Aes Sedai y el Guardián, la inquietud por los Amigos Siniestros habría quedado atrás. Era extraño anhelar con tanta fuerza la proximidad de una Aes Sedai. «¡Luz, cuando vuelva a ver a Moraine, le daré un beso!» Aquel pensamiento le provocó una carcajada. Tal era su buen humor que estaba dispuesto a invertir parte de sus menguados ahorros en un desayuno: una gran hogaza de pan y una jarra de leche bien fresca.

Comían situados al fondo del comedor cuando entró un joven, un muchacho del pueblo, por su aspecto, de andar engreído, quien hacía girar un sombrero de tela con una pluma sobre un dedo. La otra persona que había en la estancia era un anciano que barría el suelo, el cual no apartó en ningún momento la vista de la escoba. El joven recorrió con la mirada la habitación, con aire desenvuelto, pero, cuando reparó en Rand y Mat, se le cayó el sombrero del dedo. Los observó durante un minuto antes de recogerlo del suelo; después volvió a mirarlos mientras se peinaba con las manos sus espesos rizos negros. Por último se acercó a la mesa arrastrando los pies.

A pesar de que era mayor que Rand, permaneció tímidamente de pie.

—¿Os molesta si me siento con vosotros? —preguntó, y de inmediato tragó saliva, como si hubiera dicho algo inadecuado.

Rand pensó que tal vez quisiera compartir su desayuno, aun cuando su aspecto indicara que podía permitirse pagar uno por su cuenta. Su camisa de rayas azules estaba bordada y los bordes de su capa también. Sus botas de cuero nunca se habían aproximado a un lugar de labor que pudiera estropearlas, según observó Rand. Señaló una silla con la cabeza.

Mat miró fijamente al desconocido mientras éste retiraba una silla de la mesa. Rand no distinguía si estaba fulminándolo o si sólo intentaba verlo con claridad. En todo caso, el ceño de Mat surtió efecto: el muchacho se paralizó en el proceso de sentarse y no descendió hasta que Rand le dirigió un nuevo gesto de asentimiento.

—¿Cómo te llamas? —preguntó Rand.

—¿Que cómo me llamo? ¡Ah!..., llamadme Paitr. —Sus ojos se movían con nerviosismo—. En... esto no ha sido idea mía, comprendedlo. Debo hacerlo. Yo no quería, pero me han obligado. Debéis comprenderlo. Yo no...

Rand comenzaba a ponerse en tensión cuando Mat gruñó:

—Amigo Siniestro.

Paitr dio un respingo y se enderezó parcialmente en la silla, mirando con ojos desorbitados en torno a sí como si hubiera cincuenta personas en disposición de escucharlos. La cabeza del anciano estaba todavía inclinada sobre la escoba. Paitr volvió a sentarse y miró con incertidumbre a Rand y a Mat. El sudor le resbalaba sobre el labio superior. Aquella acusación era lo bastante grave como para producir sudores a alguien, pero él no hizo ningún intento de negarla.

Rand sacudió la cabeza. Desde su encuentro con Gode sabía que los Amigos Siniestros no habían de llevar necesariamente el Colmillo del Dragón grabado en la frente, pero, a excepción de su atuendo, el tal Paitr no habría desentonado en Campo de Emond. Nada en él hacía sospechar que fuera capaz de cometer un asesinato o algo peor. Nadie habría posado los ojos en él más de dos veces. Gode, en cambio, tenía un aspecto... diferente.

—Vete —espetó Rand—. Y di a tus amigos que nos dejen en paz. No queremos tener trato con ellos y no conseguirán nada de nosotros.

—Si no te vas ahora mismo —añadió con furia Mat—, delataré tu condición. Ya verás cómo reaccionan los del pueblo.

Rand abrigó la esperanza de que sólo lo dijera para intimidarlo, ya que, si cumplía lo prometido, ello tendría consecuencias tan catastróficas para ellos como para el propio Paitr.

El joven pareció tomar en serio el aviso.

—Yo... —balbució con el semblante pálido— me enteré de lo ocurrido en Cuatro Reyes. Las noticias circulan con rapidez. Disponemos de métodos para mantenernos al corriente. Pero aquí no hay nadie que pretenda haceros caer en una encerrona. Estoy solo... y sólo quiero hablar.

—¿De qué? —inquirió Rand.

—No nos interesa —contestó Mat al mismo tiempo.

Se miraron y Rand se encogió de hombros.

—No nos interesa —confirmó.

Rand consumió de un trago la leche que quedaba y se introdujo el trozo de pan restante en el bolsillo. Habida cuenta de que apenas tenían dinero, aquello tal vez constituiría su próxima comida.

¿Cómo abandonar la posada? Si Paitr descubría que Mat estaba casi ciego, lo contaría a los otros... Amigos Siniestros. En una ocasión Rand había visto cómo un lobo separaba a un cordero lisiado del rebaño. Como había más lobos por los alrededores no pudo apartarse del rebaño y tampoco le era factible acertar a aquél con una flecha. Tan pronto como el cordero se quedó solo —balaba empavorecido y se debatía frenéticamente sobre sus tres piernas sanas—, el único lobo que lo perseguía se convirtió en diez como por ensalmo.

Aquel recuerdo le revolvió el estómago. De todas maneras, no podían quedarse allí. Aunque Paitr dijera la verdad respecto a que se encontraba solo, ¿cuánto tiempo tardaría en recibir refuerzos?

—Es hora de marcharnos, Mat —dijo; luego retuvo el aliento. Mientras se incorporaba, Mat se inclinó hacia Paitr y lo amenazó:

—Déjanos en paz, Amigo Siniestro. No te lo repetiré otra vez. Déjanos en paz.

Paitr tragó saliva y se pegó al respaldo de la silla; no le quedaba ni una gota de sangre en el rostro. Aquello atrajo al Myrddraal a la memoria de Rand.

Cuando volvió la vista hacia Mat, éste ya estaba en pie y mantenía bajo control su torpeza. Rand se colgó precipitadamente sus alforjas y demás bultos al hombro, tratando de no dejar al descubierto la espada. Tal vez Paitr ya conocía su existencia; quizá Gode se lo había dicho a Ba'alzamon y éste lo había revelado a Paitr, aunque no lo creía probable. En su opinión, Paitr sólo tenía una vaga idea de lo sucedido en Cuatro Reyes. Aquél era el motivo por el cual se encontraba tan amedrentado.

La relativa claridad que se filtraba por la puerta contribuyó a que Mat se encaminara hacia ella, si no deprisa, al menos con un paso que no inducía sospechas. Rand lo seguía de cerca, rogando por que no se tambaleara. Por fortuna Mat disponía de un espacio despejado, sin sillas ni mesas que sortear.

517

—Esperad —dijo Paitr con desesperación, después de levantarse de súbito—. Debéis esperar.

—Déjanos tranquilos —replicó Rand sin volverse. Se encontraban casi junto a la puerta y Mat todavía no había dado ningún traspié.

—Escuchadme —pidió Paitr poniendo una mano sobre el hombro de Rand para detenerlo.

Un torbellino de imágenes se adueñó de su mente. El trolloc, Narg, cuando se abalanzó sobre él en su propia casa, el Myrddraal cuando lo amenazó en El Ciervo y el León, Semihombres en todas partes, Fados que los perseguían hasta Shadar Logoth o seguían su rastro hasta Puente Blanco, Amigos Siniestros por doquier. Giró sobre sí, cerrando la mano en un puño.

—¡Te he dicho que nos dejes tranquilos! —Descargó el puño en la nariz de Paitr.

El Amigo Siniestro cayó sentado en el suelo, desde donde continuó mirando a Rand, con un hilillo de sangre que manaba de su nariz.

—No escaparéis —espetó airado—. Por más fuertes que seáis, el Gran Señor de la Oscuridad es más poderoso que vosotros. ¡La Sombra os engullirá en sus fauces!

Del otro lado de la habitación llegó un jadeo y el estrépito del mango de una escoba que golpeó el suelo. El viejo barrendero al final los había oído. Permanecía inmóvil y observaba a Paitr con ojos desorbitados. Su arrugado rostro estaba pálido y movía la boca, pero no produjo ningún sonido. Paitr le devolvió la mirada durante un instante; luego profirió una maldición, se puso en pie y salió a toda carrera, con tanto apremio como si lo persiguiera una manada de lobos hambrientos. El anciano desvió su atención hacia Rand y Mat y su mirada reflejó un miedo tan intenso como antes.

Rand salió de la posada y del pueblo empujando a Mat, a toda la velocidad que le permitían sus pies; esperaba oír de un momento a otro un clamoroso griterío que no llegó a producirse y, sin embargo, no dejaba de atormentarle los oídos.

—Rayos y truenos —gruñó Mat—, siempre están ahí, siempre pisándonos los talones. No conseguiremos huir de ellos.

—No, no es cierto —arguyó Rand—. Si Ba'alzamon hubiera sabido que estábamos aquí, ¿crees que habría delegado la responsabilidad en ese tipo? Habría enviado a otro Gode y a veinte o treinta matones. Todavía nos están buscando, pero no sabrán dónde estamos hasta que Paitr les informe de ello. Sin duda tendrá que ir hasta Cuatro Reyes.

—Pero él ha dicho...

—No importa. —No estaba seguro de a quién iba referido ese «él», pero aquello no modificaba las cosas—. No vamos a quedarnos tumbados y esperar a que nos atrapen.

Aquel día viajaron en seis vehículos distintos, si bien éstos los transportaron durante trechos cortos. Un granjero les contó que un alelado anciano que estaba en la posada del mercado de Sheran pretendía que había Amigos Siniestros en el pueblo. El campesino apenas podía hablar entre los accesos de risa. ¡Amigos Siniestros en el mercado de Sheran! Era la mejor historia que había escuchado desde que Ackley Farren se emborrachó y pasó toda la noche sobre el tejado de la posada.

Otro hombre, un carretero de rostro ovalado, les explicó una versión diferente, según la cual veinte Amigos Siniestros se habían dado cita en el mercado de Sheran. Hombres con cuerpos contrahechos, y las mujeres aún peor, sucias y vestidas con harapos. Sólo con mirarlo a uno eran capaces de hacerle temblar las rodillas y contraerle el estómago; y, cuando reían, sus repulsivas carcajadas resonaban en los oídos durante horas y uno sentía como si fuera a partírsele la cabeza. Él mismo los había visto, a cierta distancia, la suficiente para mantenerse a buen recaudo. Si la reina no hacía nada al respecto, alguien habría de solicitar la ayuda de los Hijos de la Luz. Alguien debería tomar medidas.

Fue para ellos un alivio descender de aquel carro.

A la puesta del sol llegaron a un pueblecito, muy similar al mercado de Sheran. El camino de Caemlyn se bifurcaba en dos ramales, en cuyos márgenes se alzaban pequeñas casas de ladrillo y tejados de paja. Las paredes estaban cubiertas de parras, prácticamente desnudas de hojas. Aquel burgo tenía una posada, un diminuto establecimiento no mayor que la Posada del Manantial, con un letrero que crujía balanceado por el viento: el Vasallo de la Reina.

Era curioso considerar pequeña la Posada del Manantial. Rand recordaba el tiempo en que se le antojaba el mayor edificio que podía existir y en que creía que cualquier otra cosa de dimensiones superiores había de ser por fuerza un palacio. Sin embargo, había visto mundo, y de repente cayó en la cuenta de que nada tendría para él la misma apariencia cuando regresara al hogar. «Si alguna vez regresas.»

Vaciló delante de la posada, pero, incluso si los precios del Vasallo de la Reina no eran tan elevados como los del mercado de Sheran, no podían pagar comida y habitación.

Mat advirtió lo que retenía su mirada y dio una palmada en el bolsillo donde guardaba las bolas de colores de Thom.

—Veo bastante bien, siempre que no intente realizar números complicados. —Su visión había mejorado de modo sustancial pese a que todavía llevaba la bufanda enrollada en la frente y entornaba los ojos cuando miraba el cielo durante el día. Como Rand no decía nada, Mat continuó hablando—. No es posible que haya Amigos Siniestros en todas la posadas existentes de aquí a Caemlyn. Además, no quiero dormir debajo de un arbusto si puedo hacerlo en una cama. —No obstante, no dio ningún paso en dirección a la posada; esperaba la respuesta de Rand.

Su amigo asintió al cabo de un momento. Se sentía exhausto. Sólo de pensar en pasar la noche a la intemperie, le dolían los huesos. «Es la acumulación de esta continua carrera en constante vigilia.»

—No pueden estar en todas partes —acordó.

La primera imagen del interior les hizo preguntarse si no habrían cometido una equivocación. Era un lugar limpio, pero abarrotado de gente. Todas las mesas estaban ocupadas y algunos hombres se apoyaban en las paredes debido a la falta de sillas libres. A juzgar por el modo como las camareras circulaban entre las mesas con miradas escurridizas —y también el propietario— aquélla era una aglomeración a la que no estaban habituados; había demasiados clientes para un pueblo tan pequeño. Era sencillo distinguir a la gente que no era natural de allí. No es que vistiesen de forma diferente al resto, pero mantenían los ojos centrados en la comida y la bebida. Los lugareños dirigían sus miradas a los forasteros.

Debido al murmullo de voces que poblaba la estancia, el posadero los llevó a la cocina cuando Rand le dio a entender que querían hablar con él. El ruido era casi tan ensordecedor allí como en el comedor, compuesto principalmente por un estrépito de cazuelas y platos.

El posadero se enjugó el rostro con un pañuelo.

—Supongo que vais de camino a Caemlyn a ver al falso Dragón como todos los insensatos del reino. Bien, las condiciones son seis personas por habitación y dos o tres en una cama y si ello no os conviene no dispongo de nada mejor que ofreceros.

Rand emprendió su perorata, atenazado por una sensación de mareo. Si había tantos viajeros, cualquiera de ellos podía ser un Amigo Siniestro, y no había manera de distinguirlos de los demás. Mat ejecutó una demostración de sus habilidades, limitándose a tres pelotas, y Rand sacó la flauta. Después de interpretar únicamente doce notas de *El viejo oso negro,* el posadero asintió con impaciencia.

—Me seréis útiles. Necesito algo que distraiga la mente de esos idiotas que sólo piensan en Logain. Ya se han producido tres altercados para dirimir si es o no el Dragón. Colocad el equipaje en el rincón y despejaré un espacio para que podáis actuar, si consigo hacerlo. Necios. El mundo está plagado de necios que no saben que deberían quedarse en sus casas. —Volvió a enjugarse el rostro y salió de modo precipitado de la cocina, murmurando para sí.

La cocinera y sus ayudantes no se dieron por enterados de su presencia. Mat no paraba de ajustarse la bufanda alrededor de la cabeza, levantándola para parpadear al sentir la luz y bajarla de nuevo. Rand no estaba seguro de si vería lo bastante bien como para realizar algo más complicado que hacer girar tres pelotas de forma simultánea. En lo que a él respectaba...

Tenía náuseas crecientes. Se desplomó en un taburete, con la cabeza apoyada en las manos. No era cálida aquella cocina. Sintió escalofrío. El aire estaba impregnado de vapor; los escalofríos se volvieron más violentos y le hicieron castañetear los dientes. Se arropó con los brazos, pero fue inútil. Tenía la impresión de que se le helaban los huesos.

Advirtió vagamente a Mat, que le preguntaba algo mientras le zarandeaba los hombros, y a alguien que salió corriendo de la habitación profiriendo maldiciones. Después el posadero estaba junto a él, con la cocinera, que fruncía el entrecejo a su lado, y Mat discutía a voz en grito con ellos. No discernía qué decían; las palabras sonaban como un zumbido y no se creía capaz de hilvanar ningún pensamiento.

De improviso Mat lo tomó del brazo y tiró de él para que se levantara. Todas sus cosas, alforjas, mantas, la capa anudada de Thom y los instrumentos, colgaban de la espalda de Mat junto con el arco. El posadero los observaba al tiempo que se secaba la cara ansiosamente. Zigzagueando, sostenido por Mat, Rand dejó que su amigo lo condujera a la puerta trasera.

—Lo siento, Mat —logró articular. No podía detener el castañeteo de sus dientes—. Debe de haber sido la lluvia. Otra noche fuera nos hará daño. —El crepúsculo ensombrecía el cielo, en el que ya se percibían algunas estrellas.

—Ni hablar de dormir al raso —replicó Mat. Trataba de infundir ánimo a su voz, pero Rand percibió un destello de inquietud en ella—. Tenía miedo de que la gente se enterara de que había alguien enfermo en su posada. Le he dicho que, si nos echaba, te llevaría al comedor. Eso le dejaría vacías la mitad de las habitaciones en menos de diez minutos y, por más que critique a los insensatos, eso no le conviene.

—¿Entonces... dónde?

—Aquí —respondió Mat, y abrió la puerta del establo con un ruidoso chirrido de goznes.

La oscuridad era más intensa en el interior que en la calle y el aire olía a heno, grano y caballos, sumados al potente hedor a estiércol. Cuando Mat lo hubo depositado en el suelo cubierto de paja, plegó las rodillas contra el pecho, aquejado por convulsiones que le sacudían todo el cuerpo. Todo su vigor parecía dedicado a las convulsiones. Oyó cómo Mat tropezaba y soltaba una imprecación y volvía a tropezar; luego un tintineo metálico. De pronto se hizo la luz. Mat mantenía en lo alto una vieja linterna abollada.

El establo estaba tan abarrotado como la posada. Todos los pesebres estaban ocupados por caballos, algunos de los cuales erguían la cabeza y parpadeaban ante el súbito contacto con la luz. Mat echó una ojeada a la escalera que conducía al pajar; luego miró a Rand, agazapado en el suelo, y sacudió la cabeza.

—Nunca conseguiría subirte allí —murmuró Mat. Después de colgar la linterna de un clavo, trepó por la escalera y comenzó a arrojar fajos de heno. Luego bajó deprisa y arregló un lecho en el fondo de la caballeriza, sobre el cual tendió a Rand. Mat lo tapó con las dos capas, pero Rand las apartó casi de inmediato.

—Tengo calor —musitó. Tenía la vaga conciencia de que sentía frío momentos antes, pero ahora le parecía encontrarse dentro de un horno—. Calor. —Notó la mano de Mat pegada a su frente.

—Vuelvo ahora mismo —prometió Mat antes de desaparecer.

Se revolvió en el heno durante un tiempo que no alcanzó calcular, hasta que Mat regresó con un plato repleto en una mano, un cántaro en la otra y dos tazas blancas asidas con los dedos.

—No hay Zahorí aquí —dijo. Se dejó caer de rodillas junto a Rand. Llenó una de las tazas y la acercó a la boca de Rand, el cual engulló el agua como si no hubiera bebido desde hacía días—. Ni siquiera saben qué es una Zahorí. Lo que tienen es a alguien llamada Madre Brune, pero está fuera haciendo de comadrona y nadie sabe cuándo va a volver. He traído pan, queso y salchichón. El bueno de maese Inlow nos dará cualquier cosa con tal de que no nos vean sus clientes. Vamos, come un poco.

Rand apartó la cabeza de la comida. Su solo aspecto le producía náuseas. Un minuto después Mat exhaló un suspiro y se sentó para comer él. Rand fijó la vista en otro lugar e intentó no escuchar.

Tuvo un nuevo acceso de escalofríos, que cedió paso a la fiebre, para sustituirla de nuevo en un ciclo intermitente. Mat lo tapaba cuando temblaba y le daba agua cuando la pedía. La noche era ya entrada y el establo se agitaba con la vacilante luz de la linterna. Las sombras adoptaban otros contornos y se movían por cuenta propia. Entonces vio a Ba'alzamon: caminaba por el corral con ojos ardientes, flanqueado por dos Myrddraal, cuyos rostros permanecían ocultos bajo sus capuchas.

Arañando la empuñadura de la espada, trató de levantarse, gritando:

—¡Mat! ¡Mat, están aquí! ¡Luz, están aquí!

Mat, sentado con las piernas cruzadas, se despertó sobresaltado.

—¿Quiénes? ¿Amigos Siniestros? ¿Dónde?

Tambaleándose sobre las rodillas, Rand señaló lleno de nerviosismo hacia el fondo del establo... y abrió la boca asombrado. Las sombras se movían y un caballo golpeó el suelo con un casco. Nada más. Volvió a recostarse.

—No hay nadie aparte de nosotros —afirmó Mat—. Déjame que te guarde esto. —Alargó la mano hacia la correa de la espada, pero Rand aferró con más fuerza la empuñadura.

—No, no. Tengo que llevarla. Él es mi padre, ¿comprendes? ¡Es m..., mi p..., padre! —Los escalofríos hicieron de nuevo presa de él, pero continuaba cogido al arma como si fuera una tabla de salvación—. ¡M..., mi p..., padre! —Mat desistió de cogerla y lo tapó de nuevo con las capas.

Mientras Mat dormitaba, recibió otras visitas aquella noche, aun cuando él no pudiera dilucidar si eran reales o imaginarias. En ocasiones miraba a Mat, que tenía la cabeza apoyada en el pecho, y se preguntaba si él también las habría visto de estar despierto.

Egwene surgió de las sombras, con el pelo peinado en una larga trenza oscura, como cuando se encontraba en Campo de Emond, y el semblante pesaroso y entristecido.

—¿Por qué nos abandonasteis? —inquirió— Estamos muertos porque no nos prestasteis ayuda.

Rand sacudió débilmente la cabeza.

—No, Egwene. Yo no quería abandonaros. De veras.

—Todos estamos muertos —repitió con melancolía— y la muerte es el dominio del Oscuro. Nos hallamos a merced del Oscuro por tu culpa.

—No, yo no tenía más alternativa. Debes comprenderlo, por favor. Egwene, no te vayas. ¡Vuelve, Egwene!

Sin embargo, la muchacha se dio la vuelta y en un instante se fundió en la penumbra.

Moraine lucía una expresión serena, pero su rostro estaba pálido y macilento. Su capa habría podido ser una mortaja y su voz sonaba como un azote.

—Es cierto, Rand al'Thor. No dispones de alternativa. Debes ir a Tar Valon o el Oscuro te tomará en su poder y te hallarás encadenado a la Sombra para toda la eternidad. Únicamente las Aes Sedai pueden salvarte. Únicamente las Aes Sedai.

Thom le dirigió una sonrisa sarcástica. Las ropas del juglar pendían en harapos chamuscados que le trajeron a la mente los estallidos de luz brotados de la batalla que éste mantuvo con el Fado para que ellos tuvieran tiempo de huir. Tenía la piel ennegrecida y quemada.

—Confía en las Aes Sedai, chico, y pronto desearás haber fallecido. Recuerda; el precio que hay que pagar por la ayuda de una Aes Sedai es siempre menor del que parece creíble y a un tiempo mayor de lo que puedes imaginar. ¿Y qué Ajah te encontrará primero, eh? Tal vez sea el Negro. Es preferible correr, chico, escapar.

Lan, con la cara bañada en sangre, lo observó con la dureza del granito.

—Es extraño ver una espada con la marca de la garza en manos de un pastor. Ahora estás solo. No hay nada que vigile en avanzadilla ni en retaguardia, y todos pueden ser Amigos Siniestros. —Esbozó una sonrisa lobuna, dejando resbalar un hilo de sangre por la barbilla—. Todos.

Perrin también hizo acto de presencia; reclamaba su asistencia con tono acusador; la señora al'Vere que sollozaba por la pérdida de su hija; Bayle Domon, quien lo hacía responsable del asalto de los Fados a su barco; maese Fitch, que se retorcía las manos ante las cenizas de su posada; Min, gritando con la garganta atenazada por un trolloc, y otra gente que apenas conocía. No obstante, ninguno le produjo tanta desazón como Tam. Este permaneció de pie junto a él con el rostro ceñudo y sacudía la cabeza sin decir nada.

—Debes decírmelo —le imploró Rand—. ¿Quién soy? Responde, por favor. ¿Quién soy? ¿Quién soy? —gritó.

—Calma, Rand.

Por un momento creyó que era Tam quien le respondía, pero luego advirtió que éste había desaparecido. Mat estaba inclinado sobre él y le acercaba una taza de agua a los labios.

—Debes descansar. Eres Rand al'Thor, ése eres tú; el que tiene la cara más fea y la cabeza más dura de todo Dos Ríos. ¡Eh, estás sudando! La fiebre ha remitido.

—¿Rand al'Thor? —musitó Rand. Mat asintió y aquello le resultó tan tranquilizador que se durmió al instante, sin haber tocado siquiera el agua.

Aquel sueño no se vio turbado por pesadillas, pero era lo suficientemente ligero como para que sus ojos se abrieran cada vez que Mat comprobaba su estado. En una ocasión se preguntó si Mat dormiría algo aquella noche, pero volvió a sumirse en el sopor antes de desgranar el hilo de aquel pensamiento.

El chirrido de los goznes lo despertó totalmente, si bien en el primer momento se limitó a yacer sobre el heno deseando que no lo hubieran arrancado del sueño, pues éste le permitía olvidarse de su cuerpo. Los músculos le dolían como si alguien se los hubiera retorcido. En su debilidad, trató de enderezar la cabeza; lo logró al segundo intento.

Mat estaba sentado en el mismo sitio, apoyado en la pared a su lado. Su pecho se elevaba y se abatía rítmicamente y la bufanda se había corrido hasta taparle los ojos.

Rand dirigió la mirada hacia la puerta

Una mujer estaba de pie allí y la mantenía abierta con una mano. Por un instante sólo fue una oscura silueta ataviada con un vestido, recortada por la tenue claridad de la alborada; luego dio unos pasos hacia el interior y cerró la puerta tras ella. La distinguió con más nitidez a la luz de la linterna. Tenía aproximadamente la edad de Nynaeve, pero no era una mujer de pueblo. La seda verde de su vestido despedía destellos cuando ella se movía. Su capa era de un delicado tono gris y llevaba los cabellos recogidos con un lujoso lazo. Tocaba una maciza cadena de oro mientras los observaba abstraída.

—Mat —llamó Rand—. ¡Mat! —repitió en voz más alta.

Mat exhaló un ronquido y estuvo a punto de caer al despertarse. Miró a la mujer, frotándose los ojos con somnolencia.

—He venido a ver cómo sigue mi caballo —explicó, e hizo un gesto vagamente en dirección a los pesebres. Sus ojos, sin embargo, no se apartaron ni un momento de ellos—. ¿Estás enfermo?

—Está bien —contestó con sequedad Mat—. Sólo se ha resfriado a causa de la lluvia.

—Tal vez debiera examinarlo —apuntó ella—. Tengo cierta experiencia...

Rand se preguntó si sería Aes Sedai. Su atuendo y, más aún, la seguridad de su porte, la manera en que mantenía erguida la cabeza como si estuviera a punto de dar una orden, indicaban a las claras que no era una persona vulgar. «Y si es Aes Sedai, ¿a qué Ajah pertenece?»

—Me encuentro bien ahora —le dijo—. De veras, no es necesario.

No obstante, ella recorrió la distancia que los separaba. Mantenía levantada la falda y posaba con cautela sus zapatos de tela gris. Con una mueca de disgusto a causa de la paja, se arrodilló junto a él y llevó la mano a su frente.

—No tienes fiebre —concluyó, observándolo ceñuda. Era hermosa, pero su semblante no expresaba calidez. Tampoco reflejaba frialdad, sino ausencia de sentimientos—. Pero has estado enfermo. Sí, sí. Y todavía te encuentras débil como un gatito recién nacido. Creo... —Introdujo la mano bajo su capa, y de pronto los acontecimientos se sucedieron tan vertiginosamente que Rand sólo alcanzó a emitir un grito estrangulado.

Su mano surgió con la velocidad de un resorte; algo relució mientras la mujer se abalanzaba sobre Mat por encima de Rand. Mat se hizo a un lado y entonces se oyó un sonido que evidenciaba claramente el choque del metal contra la madera. Todo ocurrió en unos segundos, tras los cuales reinó la calma más completa.

Mat yacía de costado; con una mano atenazaba la muñeca de la mujer justo por encima del puñal que ella había clavado en la pared, en el punto donde había reposado su espalda, y con la otra mantenía la daga de Shadar Logoth pegada a su garganta.

Sin mover más que los ojos, la desconocida trató de llevar la mirada al arma con que la amenazaba Mat. Con ojos desorbitados, respiró jadeante, intentando apartarse de ella, pero Mat no separó la hoja de su piel. Después, permaneció inmóvil como una piedra.

Rand contempló la escena que se desarrollaba encima de él. Aun cuando no hubiera estado tan débil, no creía que hubiera sido capaz de moverse. Entonces sus ojos repararon en el puñal: la madera se ennegrecía a su alrededor y despedía delgadas espirales de humo.

—¡Mat! ¡Mat, su puñal!

Mat miró el arma y luego a la mujer. Ésta se humedecía los labios con nerviosismo. Mat le hizo separar bruscamente la mano de la empuñadura y le dio un empellón; la agresora cayó de espaldas, lejos de ellos, con la mirada todavía clavada en la mano de Mat.

—No te muevas —dijo—. La utilizaré si lo haces. Créeme que lo haré. —La mujer asintió sin apartar los ojos de la daga de Mat—. Vigílala, Rand.

Rand no estaba seguro de qué se suponía que debía hacer si ella intentaba hacer algo —gritar, tal vez; por cierto no podía correr tras ella si trataba de escapar—, pero ella permaneció paralizada mientras Mat arrancaba el puñal de la pared. Si bien todavía emanaba de él un tenue hilillo de humo, la mancha negra dejó de extenderse.

Mat miró en torno a sí en busca de un lugar donde depositar el arma, y luego la arrojó hacia Rand. Éste la tomó con cautela, como si de una culebra viva se tratara. A pesar de su ornamentación, parecía ordinaria, con un puño de marfil y una estrecha y rutilante hoja no más larga que la palma de la mano de Rand. Era sólo un puñal. Sin embargo, él había visto lo que era capaz de generar. La empuñadura no estaba ni siquiera tibia, pero su mano comenzó a sudar. Hizo votos para que no se le cayera sobre el heno.

La mujer no modificó su postura mientras observaba a Mat, que se volvía lentamente hacia ella. Lo observaba como si se preguntara qué iba a hacer a continuación, pero Rand percibió la súbita dureza que despidieron los ojos de Mat, y la presión de su mano en la daga.

—¡Mat, no!

—Ha intentado matarme, Rand, y también te habría dado muerte a ti. Es una Amiga Siniestra. —Mat pronunció la palabra como si escupiera.

—Pero nosotros no —arguyó Rand. La mujer abrió la boca como si acabara de advertir la intención de Mat—. Nosotros no lo somos, Mat.

Mat quedó paralizado por un momento. Luego asintió.

—Entra ahí —indicó a la mujer, señalando la puerta del cuarto de los arreos.

La Amiga Siniestra se puso en pie y se detuvo para sacudirse la paja prendida a su vestido. Incluso cuando avanzó en la dirección que indicaba Mat, se movía como si no tuviera necesidad de apresurarse. Aun así, Rand advirtió que no dejaba de mirar con recelo la daga incrustada con el rubí que Mat sostenía en la mano.

—Realmente deberíais dejar de luchar —les aconsejó—. Al final, sería para vuestro propio bien. Ya lo veréis.

—¿Nuestro bien? —repitió con amargura Mat, frotándose el pecho en el punto en que habría penetrado el puñal si no se hubiera apartado—. Sal por allí.

La mujer se encogió de hombros y obedeció.

—Un error. Ha habido una considerable... confusión desde lo sucedido con ese insensato y egocéntrico Gode. Por no mencionar a quienquiera que fuese el idiota que hizo cundir el pánico en el mercado de Sheran. Nadie tiene la certeza de lo que ocurrió allí ni de qué manera y eso no hace más que incrementar el peligro de vuestra situación, ¿no os dais cuenta? Dispondréis de una elevada posición si acudís al Gran Señor por vuestra propia voluntad, pero, mientras sigáis huyendo, la persecución no tendrá tregua, ¿y quién sabe en qué puede acabar?

Rand sintió un escalofrío. «Mis sabuesos te tienen envidia y tal vez no se comporten amablemente.»

—De modo que tenéis dificultades con un par de muchachos campesinos. —La risa de Mat era sarcástica—. Puede que los Amigos Siniestros no seáis tan peligrosos como había oído decir. —Abrió de par en par la puerta y retrocedió.

La mujer se paró en el umbral y lo miró por encima del hombro con una gelidez que sólo superó su voz.

—Ya sabréis lo peligrosos que llegamos a ser. Cuando el Myrddraal esté aquí...

Lo que había de añadir quedó interrumpido al cerrar Mat de un portazo. Luego corrió el cerrojo y se volvió con semblante preocupado.

—Un Fado —murmuró, volviendo a ocultar su daga—, que está en camino, según afirma. ¿Cómo van tus piernas?

—Soy incapaz de bailar —respondió Rand—, pero, si me ayudas a incorporarme, podré caminar. —Miró el puñal que tenía en la mano y se estremeció—. Diantre, hasta voy a correr.

Tras cargar precipitadamente sus pertenencias, Mat tiró de Rand hasta que éste se puso de pie. Le temblaban las piernas y debía apoyarse en su amigo para no caer, pero trató de no obstaculizar su marcha. Sostenía el arma de la mujer bien distanciada de su cuerpo. Afuera había un cubo de agua, en el que arrojó el puñal al pasar. La hoja produjo un silbido al entrar en contacto con el líquido, de cuya superficie brotó vapor al instante. Intentó emprender un paso más ligero.

Con el amanecer las calles se habían llenado de gente, a pesar de la hora temprana. No obstante, todos atendían sus ocupaciones y nadie desperdició tiempo en reparar en dos muchachos que salían del pueblo, habida cuenta de la abundancia de forasteros. Rand, sin embargo, tensó toda la musculatura, en un intento de mantenerse erguido. Se preguntaba a cada paso si alguno de los individuos que se afanaban en sus tareas sería un Amigo Siniestro. «¿Estará esperando alguno de ellos a la mujer del puñal? ¿Al Fado?»

A un kilómetro de distancia de la población, había agotado sus fuerzas. Un minuto después se arrastraba sin resuello, casi colgado de Mat; al siguiente ambos se encontraban en el suelo. Mat lo llevó al borde del camino.

—Tenemos que seguir —le recordó Mat; se peinó con la mano y después se cubrió los ojos con la bufanda—. Tarde o temprano, alguien la dejará salir y volverán a perseguirnos.

—Ya lo sé —jadeó Rand—. Lo sé. Dame la mano.

Mat volvió a tirar de él, pero Rand permanecía vacilante, pegado al suelo, con la conciencia de que no servirían de nada sus esfuerzos. En cuanto tratara de dar un paso, caería de bruces.

Sosteniéndolo de pie, Mat aguardó impaciente a que pasara el carro que se aproximaba. Mat emitió un gruñido de sorpresa cuando el vehículo se detuvo ante ellos. Un hombre de piel atezada los miró desde el pescante.

—¿Le ocurre algo? —preguntó el hombre, sin retirar la pipa de su boca.

—Sólo está cansado.

Rand estaba seguro que aquello no tendría verosimilitud si continuaba apoyado en Mat de aquel modo. Se separó de él y dio un paso por su cuenta. Las piernas le temblaban, pero logró mantenerse erguido.

—No he dormido en dos días. He comido algo que me sentó mal. Ahora estoy mejor, pero no he dormido nada.

El hombre exhaló una bocanada de humo por la comisura de los labios.

—¿Vais a Caemlyn, no? Si tuviera vuestra edad, creo que yo también iría a ver a ese falso Dragón.

—Sí —asintió Mat—. Eso. Vamos a ver al falso Dragón.

—Bien subid, pues. Tu amigo atrás. Si vuelve a encontrarse mal, estará mejor encima de la paja. Me llamo Hyam Kinch.

34

EL ÚLTIMO PUEBLO

No llegaron a Carysford hasta el anochecer. Habían tardado más de lo que Rand había deducido a partir de las indicaciones de maese Kinch. Se preguntó si no estaría perdiendo el sentido del tiempo. Sólo habían transcurrido tres noches desde que habían dejado atrás a Howal Gode y Cuatro Reyes, dos desde que Paitr los había sorprendido en el mercado de Sheran y sólo una jornada escasa desde que la Amiga Siniestra, cuyo nombre desconocían, había intentado matarlos en el establo del Vasallo de la Reina, pero se le antojaba que incluso aquel último incidente había tenido lugar hacía un año, o una eternidad.

A pesar de las distorsiones temporales, Carysford parecía un lugar normal, al menos a primera vista. Casas cuidadas, cubiertas de parras, y callejones angostos —a excepción del propio camino de Caemlyn—, silenciosos y apacibles. «Pero ¿lo serán de veras?», caviló. El mercado de Sheran también tenía un aspecto apacible, al igual que el pueblo donde los había atacado la mujer... No había llegado a conocer su nombre y prefería no pensar en ello.

Las ventanas de las casas proyectaban su luz en las calles solitarias. Aquello era conveniente. Deslizándose de esquina a esquina, evitaba a los escasos viandantes. Mat iba pegado a su espalda; se paralizaba siempre que el crujido de la gravilla anunciaba la proximidad de un lugareño y avanzaba agazapado en los lugares iluminados cuando la oscura silueta se había alejado.

El río Cary, cuyas aguas discurrían perezosas, apenas tenía treinta pasos de ancho allí, pero el fuerte se había desmoronado mucho tiempo atrás. Los siglos de lluvia y viento habían corroído los contrafuertes de piedra hasta conferirles la apariencia de formaciones naturales. El continuo tránsito de carros y caravanas de mercaderes había desgastado asimismo las gruesas planchas de madera. Algunos tablones sueltos resonaban bajo sus botas con el mismo estrépito que la percusión de un tambor. Hasta mucho después de haber atravesado el pueblo y haberse adentrado en la campiña, Mat mantuvo la aprensión a oír una voz que exigiera saber quiénes eran. O, aún peor, que conociera realmente su identidad.

A medida que avanzaban, el campo presentaba una población más densa. Siempre percibían alguna luz que indicaba la cercanía de una granja; los setos y las vallas cercaban el camino y los campos que se extendían en la distancia. Siempre había campos junto al camino, pero ni un árbol. Tenían la constante sensación de hallarse a las afueras de un pueblo, aun cuando se encontraran a horas de distancia de la próxima población. Belleza y paz; allí no había indicios del posible acecho de Amigos Siniestros.

De repente Mat se sentó en el camino. Tenía la bufanda encima de la cabeza, ahora que la única iluminación emanaba de la luna.

—Dos pasos para un espán —murmuró—. Mil espanes para una milla, cuatro millas para una legua... No voy a dar diez pasos más a menos que me lleven a un sitio donde dormir. Y tampoco estaría mal algo de comer. ¿No estarás escondiendo algo en los bolsillos, eh? ¿Una manzana tal vez? La compartiría contigo si la tuviera. Al menos podrías mirar.

Rand escrutó ambos lados de la vía. Eran los dos únicos seres que se movían en la noche. Echó una ojeada a Mat, que se había quitado una bota y se frotaba el pie. Él también tenía los pies doloridos. Un temblor le recorrió las piernas, como para recordarle que todavía no había recobrado todo el vigor que él pensaba.

Unos bultos oscuros se elevaban en un campo contiguo. Almiares, que habían ido reduciéndose durante la alimentación invernal del ganado, pero que aún conservaban cierto espesor.

—Dormiremos aquí —anunció su amigo, colocándose otra vez la bota, y se incorporó de inmediato.

El viento estaba alzándose e incrementaba la gelidez de la noche. Saltaron la valla y se zambulleron deprisa en el heno. La lona alquitranada que lo protegía de la lluvia contenía también las ráfagas de viento.

Rand se revolvió en el orificio que había franqueado hasta hallar una postura cómoda. Aun así, las hierbas lograban abrirse camino por su ropa, pero no tuvo más remedio que conformarse. Intentó calcular el número de almiares en los que había dormido desde que habían partido de Puente Blanco. Los héroes de los relatos nunca se veían obligados a pasar la noche entre pajas ni bajo los matorrales. Sin embargo, ya no le resultaba sencillo imaginarse como un héroe de aventuras, ni siquiera durante un rato. Suspirando, se subió el cuello de la camisa con la esperanza de que el heno no penetrara en su espalda.

—Rand... —lo llamó quedamente Mat—. Rand, ¿crees que lo conseguiremos?

—¿Tar Valon? Todavía falta mucho, pero...

—Caemlyn. ¿Crees que llegaremos a Caemlyn?

Rand irguió la cabeza, pero aquella improvisada madriguera estaba tan oscura como una boca de lobo y lo único que le indicaba la posición de Mat era su voz.

—Maese Kinch ha dicho que estaba a dos jornadas. Pasado mañana o un día después estaremos allí.

—Si no hay Amigos Siniestros que acechen en el camino, o un Fado o dos. —Tras una pausa Mat agregó—: Creo que somos los únicos que quedamos con vida, Rand. —Parecía amedrentado—. Sea lo que sea lo que nos persigue, sólo quedamos dos ahora. Sólo nosotros dos.

Rand sacudió la cabeza. Sabía que Mat era incapaz de verlo en la oscuridad, pero de todos modos era ante todo un gesto dirigido a sí mismo.

—Duérmete, Mat —aconsejó fatigado.

Él, sin embargo, tardó largo rato en conciliar el sueño. «Sólo nosotros dos.»

Al despertar con el canto de un gallo, salió de su escondrijo y sacudió el heno de su ropa. A pesar de sus precauciones algunas briznas se le habían colado por la espalda; las pajitas prendidas a los hombros le producían escozor. Se quitó la chaqueta y se sacó la camisa de los pantalones para hacerla caer. Fue mientras tenía una mano en la nuca y la otra torcida hacia atrás cuando advirtió la proximidad de la gente.

El sol todavía no se había levantado del todo, pero el camino ya estaba transitado por una procesión de personas que caminaban solas o acompañadas en dirección a Caemlyn, unas con fajos a los hombros, otras únicamente con un bastón de apoyo y había algunas muchachas e incluso gente de más edad. Todos sin excepción tenían el polvoriento aspecto de los caminantes que habían cubierto largas jornadas a pie. Parte de ellos clavaban la mirada en el suelo con hombros abatidos; algunos fijaban la vista en cierto punto del horizonte, algo que se encontraba más allá de su visión.

Mat salió rodando del almiar y se puso a rascarse con violencia. Sólo se detuvo el momento justo para enrollarse la bufanda en la frente; aquella mañana se cubrió menos los ojos.

—¿Confías en que podamos llevarnos algo a la boca hoy?

El estómago de Rand rugió ante aquella mención.

—Ya pensaremos en eso de camino —respondió.

Cuando llegaron a la cerca, Mat reparó en el gentío que recorría la carretera y se detuvo ceñudo en el campo, mientras Rand saltaba. Un joven, apenas mayor que ellos, les dedicó una mirada al pasar. Tenía la ropa polvorienta, al igual que la manta enrollada que colgaba de su espalda.

—¿Adónde te diriges? —le preguntó Mat.

—Hombre, a Caemlyn, a ver al Dragón —repuso a gritos el interpelado sin aminorar el paso. Enarcó una ceja y señaló las mantas y la alforja que ellos acarreaban y añadió—: Igual que vosotros. —Continuó andando, con los ojos ávidos prendidos en la lejanía.

Mat formuló la misma pregunta varias veces en el transcurso del día y las únicas personas cuyas respuestas difirieron fueron las de los habitantes de los alrededores, que normalmente se limitaban a escupir y desviar la mirada con aire despreciativo. Miraban a todos los viajeros del mismo modo: de soslayo, con una expresión que indicaba que los forasteros podían causar contratiempos si no los vigilaba alguien.

La gente que vivía en la zona no sólo mostraba recelo ante los desconocidos, sino un leve enfado. La gran cantidad de gente que ocupaba el camino constreñía la marcha de sus carros, ya de por sí lenta. Ninguno de ellos se encontraba de humor para invitar a alguien a subir a sus vehículos. Lo más probable era observar en ellos una amarga mueca y tal vez escuchar una maldición referente al trabajo que no llegaban a tiempo para atender.

Los carromatos de mercaderes avanzaban con escaso impedimento entre los puños alzados hacia ellos, ya fuera en dirección a Caemlyn o a la inversa. Cuando apareció la primera caravana, temprano por la mañana, aproximándose a un trote regular cuando el sol apenas superaba la altura de los carruajes, Rand se hizo a un lado. No parecían dispuestos a detenerse por nada y vio cómo los otros caminantes hubieron de cederles el paso con urgencia. Él se apartó al margen, pero continuó caminando.

Un asomo de movimiento al acercarse el primer carromato rodando con gran estrépito fue el único aviso que tuvo. Se echó al suelo un segundo antes de que el látigo del carretero restallara en el aire que había ocupado su cabeza. Tendido en el suelo, percibió la dura mirada del conductor. Unos ojos imperturbables sobre una boca deformada en una rígida mueca. A aquel hombre no le importaba si le había hecho brotar sangre o le había arrancado un ojo.

—¡Así os ciegue la Luz! —gritó Mat detrás del carruaje—. No tenéis derecho... —Un guardián a caballo le golpeó el hombro con el mango de su lanza y lo derribó encima de Rand.

—¡Fuera del camino, asqueroso Amigo Siniestro! —gruñó el guarda sin detenerse.

Después de aquello, se mantuvieron alejados de los carromatos. Su circulación era frecuente, por desgracia. Apenas se había amortiguado el estrépito de uno cuando ya se oía aproximarse otro. Los guardas y los conductores miraban sin excepción a los viajeros que caminaban hacia Caemlyn como si fueran basura ambulante.

En una ocasión, Rand calculó mal la longitud de un látigo y éste le abrió un profundo tajo encima de la ceja. Tragó saliva para contener su protesta. El carretero le sonrió de modo afectado. Agarró a Mat de la mano para evitar que colocara una flecha en el arco.

—Déjalo —dijo. Dio un respingo al advertir a los guardas que cabalgaban cerca de los carromatos. Algunos reían; otros miraron con fiereza el arco de Mat—. Con suerte, sólo nos aporrearían las lanzas. Con suerte.

Mat gruñó con amargura, pero permitió que Rand tirara de él hacia el camino.

Dos escuadrones de la guardia de la reina se acercaron al trote, con las cintas de sus lanzas flameantes en el viento. Algunos granjeros los saludaban, deseosos de expresarles la necesidad de reaccionar ante la presencia de tantos forasteros, y los guardias se detenían cada vez para escuchar pacientemente. Cerca del mediodía Rand se paró para oír una de aquellas conversaciones.

Detrás de la rejilla de su yelmo, la boca del capitán de la guardia formaba una fina línea.

—Si uno de ellos roba algo o traspone el límite de vuestras tierras —explicaba al desgarbado campesino que fruncía el entrecejo junto a los estribos—, lo llevaré ante un magistrado, pero no infringen ninguna ley real por caminar por la carretera pública.

—Pero están por todas partes —objetó el campesino—. ¿Quién sabe quiénes son ni de dónde vienen? Todas estas habladurías acerca del Dragón...

—¡Luz, hombre! Aquí sólo hay un puñado. Las murallas de Caemlyn están a punto de rebosar y cada día llegan más. —La hosca expresión del capitán se agudizó al advertir a Rand y Mat, plantados al lado. Señaló el camino con un guantalete reforzado con acero—. Continuad camino u os arrestaré por interrumpir el tránsito.

Su voz no fue más ruda al hablarle a ellos que al hacerlo con el granjero, pero sus palabras surtieron efecto. La mirada del capitán los siguió durante unos minutos; Rand la sentía clavada en su espalda. Habiendo concluido que a los guardianes les quedaría poca paciencia con los vagabundos y poca compasión para un ladrón hambriento, decidió contener a Mat cuando pretendía robar huevos otra vez.

De todos modos, el hecho de que el camino se hallara tan abarrotado de vehículos y personas que se encaminaban a Caemlyn, en especial de hombres jóvenes, tenía su lado bueno. Por más Amigos Siniestros que pretendieran darles caza, su tarea sería tan difícil como la de distinguir dos palomas concretas en medio de una bandada de ellas. Si el Myrddraal que había atacado la Noche de Invierno no sabía exactamente a quién buscaba, tal vez sus secuaces se hallarían igual de desorientados allí.

Su estómago lo atormentaba con frecuencia, recordándole que no les quedaba dinero, en todo caso no lo suficiente para pagar una comida con los precios tan desmesurados que pedían en las cercanías de Caemlyn. Se sorprendió una vez con la funda de la flauta en la mano y la empujó con firmeza hacia su espalda. Gode sabía lo de los conciertos de flauta y los juegos malabares. No había otra forma de averiguar qué había transmitido a Ba'alzamon antes de morir —en el supuesto de que realmente hubiera muerto— ni cuánta información había llegado a otros Amigos Siniestros.

Observó con añoranza una granja que encontraron a su paso. Un hombre patrullaba las cercas con un par de perros que gruñían, ansiosos por zafarse de las correas que los retenían. Aquel individuo tenía aspecto de buscar una excusa para soltarlos. No todas las alquerías tenían perros fuera, pero ninguna ofrecía trabajo a los viajeros.

Antes de la puesta del sol, él y Mat atravesaron dos pueblos más. Los lugareños se apiñaban en grupos compactos; charlaban entre ellos y observaban el continuo flujo de caminantes. Sus rostros no eran más amistosos que los de los granjeros, los conductores de carromatos o los guardias de la reina. Toda esa gente extraña que iba a ver al Dragón. Insensatos que no sabían quedarse quietos en sus casas. Tal vez seguidores del propio Dragón. Si es que había alguna diferencia entre ambas categorías.

Con la proximidad del crepúsculo, la multitud comenzó a disminuir en el segundo pueblo. Los pocos que tenían dinero desaparecieron en el interior de la posada, si bien parecieron tener ciertas dificultades para ser admitidos; otros comenzaron a buscar setos o campos que no estuvieran guardados por perros. Al anochecer, Mat y él se encontraron a sus anchas en el camino. Mat empezó a sugerir la conveniencia de encontrar otro almiar, pero Rand insistió en la necesidad de proseguir.

—Mientras podamos distinguir el camino —arguyó—. Cuanto más lejos lleguemos antes de parar, más lejos estaremos. «Si os persiguen, ¿por qué habrían de hacerlo ahora, cuando han estado aguardando que os acercarais a ellos?»

Aquél fue un argumento suficiente para Mat. Con frecuentes miradas por encima del hombro, aligeró el paso. Rand hubo de apresurarse para no quedarse atrás.

La noche se oscureció, iluminada sólo por la tenue luz de la luna. El acceso de energía de Mat tocó a su fin y sus quejas arreciaron de nuevo. Rand tenía las pantorrillas agarrotadas y doloridas. Se dijo que había recorrido mayores distancias en un día de trabajo duro en la granja con Tam, pero, por más que se lo repitiera, no lograba convencerse de ello. No obstante apretó los dientes, hizo caso omiso del dolor y la fatiga, y continuó caminando.

Entre los rezongos de Mat y su propia concentración en el siguiente paso que iba a dar, casi se encontraron en el próximo pueblo antes de advertir luces. Se detuvo, tambaleándose, consciente de improviso de una comezón que le recorría los pies y le remontaba las piernas. Dedujo que tendría una llaga en el pie derecho.

Al divisar la población, Mat se dejó caer de rodillas con un gruñido.

—¿Podemos pararnos ahora? —jadeó—. ¿O quieres buscar una posada para colgar un letrero destinado a los Amigos Siniestros? ¿O a un Fado?

—Al otro lado del pueblo —repuso Rand, mirando las luces. A aquella distancia, en la oscuridad, habría podido tratarse de Campo de Emond. «¿Qué nos aguardará aquí?»—. Otra milla, eso es todo.

—¡Todo! ¡No voy a avanzar ni un espán más!

Rand sentía un terrible ardor en las piernas, pero se obligó a dar un paso y luego otro más. A pesar de que cada uno de ellos entrañaba igual dificultad, porfió en su esfuerzo. Cuando no había dado aún diez pasos, oyó que Mat lo seguía vacilante, murmurando para sus adentros. Pensó que era preferible que no lograra descifrar lo que decía su amigo.

La hora tardía explicaba el hecho de que las calles estuvieran solitarias. Sin embargo, la mayoría de las casas proyectaban luz en una de sus ventanas y la posada, en el centro del burgo, despedía una potente claridad, rodeada por una aureola dorada que ahuyentaba las tinieblas. La música y las risas, amortiguadas por gruesas paredes, llegaban al exterior. El letrero crujía sobre la puerta impulsado por el viento. Junto a una de las esquinas del edificio había un caballo enganchado a un carro y un hombre que comprobaba los arreos. En el otro extremo había dos hombres de pie, en el borde del círculo iluminado.

Rand se detuvo en las sombras de una casa, demasiado extenuado para tomar uno de los callejones laterales. Un minuto de reposo no sería perjudicial. Sólo un minuto. Mat se dejó caer contra la pared con un suspiro de agradecimiento y se apoyó en ella como si tuviera intención de quedarse dormido allí mismo.

Aquellos dos individuos situados en el borde de las sombras tenían algo que lo inquietaban. Al principio no estaba seguro de ello, pero advirtió que el hombre del carro también lo percibía. Al llegar al extremo de la correa que examinaba, ajustó el bocado en la boca del caballo y luego retrocedió para reiniciar el mismo proceso. Entre tanto se mantenía cabizbajo, con los ojos fijos en lo que hacía, sin mirar a los otros hombres. Habría sido posible, asimismo, que no hubiera reparado en su presencia, a pesar de que se hallaban a menos de cincuenta pies de distancia, si no hubiera tenido en cuenta la rigidez de sus movimientos y el cómo se volvía de modo brusco al realizar una tarea para evitar quedar frente a ellos.

Uno de aquellos individuos no era más que una forma negra, pero el otro permanecía más cerca de la luz, de espaldas a Rand. Con todo, era evidente que no disfrutaba de la charla que estaba manteniendo. Se retorcía las manos, miraba al suelo y agitaba de tanto en tanto la cabeza a modo de asentimiento a algo que el otro le había dicho. Rand no alcanzaba a oír nada, pero tenía la impresión de que el hombre que estaba en la zona más oscura mantenía todo el peso de la conversación; el otro lo escuchaba inquieto.

Por último el individuo envuelto en sombras se alejó y su nervioso acompañante avanzó unos pasos, adentrándose en la zona iluminada. A pesar del frío se enjugaba la cara con el largo delantal que llevaba puesto, como si estuviera empapado de sudor.

Rand observó, estremecido, la silueta que se perdía en la oscuridad. Desconocía la razón, pero su inquietud parecía estar relacionada con él, un vago prurito en la nuca y el pelo de los brazos hirsuto como si acabara de advertir que algún animal se había colado por su manga. Con un brusco respingo, se frotó los brazos vigorosamente. «Estás volviéndote tan alocado como Mat, ¿no es cierto?»

En aquel momento la silueta pasó junto a la claridad proyectada por una ventana, justo en el borde, y Rand sintió un hormigueo en toda la piel del cuerpo. El letrero de la posada continuaba bamboleándose con el impulso del viento, pero aquella capa oscura no se agitaba.

—Fado —musitó.

—¿Qué? —inquirió Mat, y se levantó de repente como si hubiera oído un grito.

Rand le tapó la boca con la mano.

—En voz baja. —La oscura forma se había perdido en las tinieblas. «¿Dónde?»— Ya se ha ido, creo. Espero. —Cuando retiró la mano, el único sonido que emitió Mat fue una larga inspiración.

El nervioso interlocutor, que se encontraba casi al lado de la puerta de la posada, se detuvo y se alisó el delantal, recobrando a todas luces la compostura antes de entrar en el local.

—Vaya unos amigos más extraños que tienes, Raimun Holdwin —observó de improviso el hombre del carro. Su voz era la de un anciano, pero impregnada de firmeza. El interpelado se irguió y sacudió la cabeza—. Unos amigos extraños para que los frecuente un posadero a oscuras.

El tal Raimun tuvo una sacudida al oír hablar al otro y miró a su alrededor como si hasta entonces no hubiera visto el vehículo ni a su dueño. Hizo acopio de aire, recuperó el aplomo y luego preguntó:

—¿Y qué insinúas con eso, Almen Bunt?

—Simplemente lo que he dicho. Unos amigos extraños. No es de por aquí ése, ¿verdad? Ha venido mucha gente rara las últimas semanas. Una terrible cantidad de gente rara.

—Mira quién fue a hablar. —Holdwin dirigió una mirada al hombre del carro—. Conozco a muchas personas, incluso a ciudadanos de Caemlyn. No como tú, que te pasas la vida encerrado en esa granja tuya. —Se detuvo y luego prosiguió, como si se creyera en la obligación de dar una explicación—. Es de Cuatro Reyes y va buscando a un par de rateros. Unos jóvenes que le robaron una espada con la marca de la garza.

Rand había contenido el aliento a la mención de Cuatro Reyes; al oír lo de la espada miró de reojo a Mat. Su amigo tenía la espalda pegada a la pared y estaba escrutando la oscuridad con los ojos tan desorbitados que parecían totalmente blancos. Rand también quería concentrar la mirada en la noche —el Semihombre podía estar en cualquier parte—, pero sus ojos volvieron a posarse en los dos individuos apostados frente a la posada.

—¡Una espada con la marca de la garza! —exclamó Bunt—. No me extraña que quiera recuperarla.

—Sí, y a ellos también quiere echarles las manos encima. Mi amigo es un hombre rico, un..., un mercader, y ellos le han ocasionado problemas con sus criados, les han contado historias falsas y han creado malestar entre ellos. Son Amigos Siniestros seguidores de Logain.

—¿Amigos Siniestros y seguidores del falso Dragón? ¿Y que cuentan historias falsas también? Es mucho pedir para dos muchachos. ¿Has dicho que eran jóvenes? —La voz de Bunt expresaba una jocosidad que el posadero no pareció percibir.

—Sí, de menos de veinte años. Hay una recompensa de cien coronas de oro para ambos. —Holdwin titubeó antes de añadir—: Son unos tipejos astutos, esos dos. Sólo la Luz sabe qué tipo de patrañas le contarán a uno, para intentar crear enemistades entre la gente. Y peligrosos también, aunque no lo diríais por su aspecto. Perversos. Es mejor que no os acerquéis a ellos si los vierais por azar. Dos hombres jóvenes, uno con una espada, y los dos caminan mirando tras de sí. Si son ellos, mi... amigo vendrá a recogerlos cuando sepa dónde están.

—Hablas como si los conocieras en persona.

—Los reconoceré cuando los vea —confesó confidencialmente Holdwin—. Pero no intentes atraparlos solo. No es preciso que alguien salga malparado. Ven a decírmelo si te topas con ellos. Mi..., mi amigo se ocupará de ellos. Cien coronas, pero los quiere a los dos.

—Un centenar de coronas para los dos —murmuró pensativo Bunt—. ¿Y cuánto da por esa espada que desea recuperar a toda costa?

De pronto Holdwin cayó en la cuenta de que el otro hombre estaba mofándose de él.

—No sé por qué te estoy explicando esto —espetó—. Veo que aún estas empecinado en llevar a cabo ese descabellado plan.

—No tan descabellado —replicó plácidamente Bunt—. Quizá no haya otro falso Dragón que ver antes de que me muera, ¡así lo quiera la Luz!, y soy demasiado viejo para tragar el polvo levantado por un mercader durante todo el camino a Caemlyn. Tendré todo el camino para mí y mañana a primera hora estaré en Caemlyn.

—¿Para ti? —La voz del posadero tembló con una extraña turbación—. Nunca se sabe qué puede haber fuera, de noche, Almen Bunt. Solo en el camino, a oscuras. Aunque te oyera gritar, nadie descorrería el cerrojo de su puerta para socorrerte. No en estos tiempos, Bunt. Ni siquiera tu vecino más próximo.

Nada de lo dicho pareció amedrentar al viejo granjero, que respondió con tanta calma como antes.

—Si la guardia de la reina no es capaz de preservar la seguridad del camino a esta distancia de Caemlyn, no estaremos a salvo ni en nuestra propia cama. Por si te interesa saberlo, una de las cosas que podría hacer la guardia para conservar la placidez de los viajeros es arrestar a ese amigo tuyo, que se desliza en la oscuridad, como si tuviera miedo de que le vean la cara. No me digas que está tramando algo bueno.

—¿Miedo? —bufó Holdwin—. Si tú supieras, viejo necio... —Sus dientes entrechocaron súbitamente—. No sé por qué desperdicio el tiempo contigo. ¡Vete con viento fresco! Y deja de hacer ruido delante de mi establecimiento. —La puerta de la posada se cerró de un portazo tras él.

Murmurando para sí, Bunt se agarró al borde del pescante y puso el pie encima del cubo de la rueda.

Rand vaciló sólo unos instantes. Mat le asió el brazo cuando se disponía a avanzar.

—¿Te has vuelto loco, Rand? ¡Nos reconocerá sin duda!

—¿Prefieres quedarte aquí? ¿Con un Fado en los alrededores? ¿Cuánto rato crees que podremos caminar hasta que nos encuentre?

Intentó no pensar cuánto rato viajarían en un carro si el Semihombre los localizaba. Se zafó de la mano de Mat y salió al camino. Puso buen cuidado en cerrar la capa para ocultar la espada, para lo cual el viento y el frío le proporcionaban una excusa apropiada.

—No he podido evitar oír que os dirigís a Caemlyn —dijo.

Bunt se sobresaltó, a punto de caer del pescante. Su curtido rostro era una masa de arrugas y tenía la boca desdentada, pero sus nudosas manos aferraban con fuerza el bastón. Tras unos segundos, apoyó la punta de la vara en el suelo y se inclinó sobre ella.

—De modo que vosotros dos vais a Caemlyn. A ver al Dragón, ¿eh?

Rand no había advertido que Mat lo había seguido. Éste se mantenía a cierta distancia de la luz, observando la posada y al viejo granjero con tanta suspicacia como si fuera la propia noche.

—Al falso Dragón —contestó Rand, enfatizando el calificativo agregado.

—Desde luego —asintió Bunt—. Desde luego. —Miró la posada por el rabillo del ojo y luego arrojó bruscamente el bastón bajo el asiento—. Bien, si queréis venir, subid deprisa. Ya he perdido bastante tiempo.

Rand saltó a la carreta mientras el campesino agitaba las riendas y Mat hubo de tomar carrera, pues el carro ya había emprendido la marcha. Rand lo agarró del brazo y tiró de él.

Pronto el pueblo se confundió con la noche. Rand yacía sobre los tablones de la carreta, debatiéndose por los adormecedores crujidos de las ruedas. Mat, que escudriñaba con recelo la campiña, reprimió un bostezo con la mano. La oscuridad se cernía sobre los campos y las alquerías, sólo alterada de vez en cuando por alguna luz. Aquellos distantes y relucientes puntos luminosos parecían forcejear en vano con la noche. Una lechuza exhaló su canto mortuorio y el viento gimió como un alma en pena entre la sombra.

«Podría estar por ahí, en cualquier sitio», pensó Rand.

Al parecer, Bunt también sentía la opresión de la noche, puesto que de repente comenzó a hablar.

—¿Habéis estado en Caemlyn alguna vez? —Rió brevemente entre dientes—. Supongo que no. Bien, esperad a verla. La mayor ciudad del mundo. Oh, he oído todo lo que cuentan de Illian, Ebou Dar y Tear y otras más... Siempre hay algunos necios que piensan que algo es más impresionante porque se encuentra en otros horizontes... Pero, en mi opinión, Caemlyn es la ciudad más fastuosa que existe. No podría serlo más. No, a buen seguro que no. A no ser que la reina Morgase, que la Luz la ilumine, se librara de esa bruja de Tar Valon.

Rand estaba tumbado con la cabeza recostada sobre su manta; miraba el firmamento que dejaban atrás, dejando que las palabras del granjero impregnaran el aire. Una voz humana mantenía a raya las tinieblas y amortiguaba el aullido del viento. Se volvió para mirar la oscura forma de la espalda de Bunt.

—¿Os referís a una Aes Sedai?

—¿A qué otra cosa si no? Sentada allí en el palacio como una araña. Soy un buen súbdito de la reina, nadie afirmaría lo contrario, pero eso no está bien. No soy uno de esos que opinan que la reina está demasiado influida por Elaida. Y en cuanto a esos que van predicando que Elaida es verdaderamente la reina excepto de nombre... —Escupió al suelo—. Que se queden con sus patrañas. Morgase no es una marioneta que baile con las cuerdas que tira una bruja de Tar Valon.

Otra Aes Sedai. Si..., cuando Moraine llegara a Caemlyn, tal vez acudiera a una de sus hermanas. Suponiendo lo peor, la tal Elaida podría ayudarlos a llegar a Tar Valon. Miró a Mat y, como si hubiera expresado sus pensamientos en voz alta, éste sacudió la cabeza. No era capaz de distinguir el semblante de su amigo, pero tenía la certeza de que expresaba su desacuerdo.

Bunt continuó su charla, agitando las riendas únicamente cuando el caballo aminoraba el paso.

—Como os he dicho, soy un buen súbdito de la reina, pero incluso los insensatos atinan de vez en cuando. Incluso un cerdo ciego encuentra alguna que otra bellota. Deben llevarse a cabo algunas modificaciones. Este tiempo, las cosechas malogradas, las vacas que dejan de dar leche, los terneros y corderos que nacen muertos, algunos con dos cabezas... Los malditos cuervos ni siquiera esperan a que los animales estén muertos. La gente está atemorizada. Quieren cargar la culpa a alguien. Está empezando a aparecer el Colmillo del Dragón en algunas puertas. Hay seres que reptan por la noche y establos a los que prenden fuego. Tipos que merodean, como ese amigo de Holdwin, asustando a las personas. La reina debería hacer algo antes de que sea demasiado tarde. ¿No opináis vosotros lo mismo?

Rand emitió un sonido que no lo comprometía. Por lo visto, habían sido más afortunados de lo que pensaba al topar con aquel anciano y su carro. Si hubieran aguardado al alba, posiblemente no habrían superado aquel último pueblo. Se incorporó para mirar la oscuridad por encima de la barandilla. Sombras y siluetas semejaban escabullirse en las tinieblas. Volvió a recostarse antes de que su imaginación le hiciera creer que había algo allí.

Bunt tomó su murmullo como un asentimiento.

—Bien. Soy un buen súbdito de la reina y me interpondré a todo aquel que trate de hacerle daño, pero estoy en lo cierto. Ahora fijaos en lady Elayne y lord Gawyn. Un cambio no perjudicaría a nadie y podría arreglar algunas cosas. Claro, ya sé que siempre se ha actuado de esta manera en Andor. Enviar a la heredera del trono a Tar Valon para estudiar con las Aes Sedai y al hijo mayor para que lo instruyan los Guardianes. Yo también creo en las tradiciones, pero mirad en lo que han ido a parar últimamente. Luc muerto en la Llaga antes de que lo hubieran ungido Primer Príncipe de la Espada y Tigraine desaparecida, huida o fallecida, cuando llegó el momento de tomar el relevo del trono. Eso todavía nos causa inquietud.

»Algunos dicen que aún está viva y que Morgase no es la reina legítima. Condenados idiotas. Recuerdo muy bien lo ocurrido, como si hubiera sido ayer. No había ninguna heredera para suceder a la vieja reina muerta y todas las casas de Andor conspiraban y se disputaban los derechos. Y Taringail Damodred... Nadie hubiera imaginado que acababa de perder a su esposa, de tanto como maquinaba para prever qué casa ganaría y poder casarse de nuevo para convertirse en príncipe consorte después de todo. Bueno, lo logró, aunque por qué motivos Morgase lo eligió a él... Ah, ningún hombre conoce el corazón de una mujer y una reina es doblemente mujer, casada con un hombre y a la vez unida a una tierra. Consiguió lo que quería, aunque no de la manera como deseaba.

»Incorporó Cairhien a sus planes antes del final y ya sabéis qué consecuencias tuvo. El Árbol abatido a hachazos y los Aiel de rostro velado traspasando la Muralla del Dragón. El caso es que se prestó a una muerte decente después de haber engendrado a Elayne y Gawyn, de manera que aquí concluye su historia, supongo. Pero ¿por qué enviarlos a Tar Valon? Ya es hora de que deje de considerarse que el trono de Andor está relacionado con las Aes Sedai. Si tienen que ir a algún sitio a educarse, en Illian hay bibliotecas tan buenas como las de Tar Valon y allí le enseñarían a Elayne a conspirar y gobernar tan bien como lo hacen las brujas de Tar Valon. Tres mil años es tiempo suficiente. Demasiado tiempo. La reina Morgase es capaz de regirnos y arreglar los asuntos sin la asistencia de la Torre Blanca. De verdad es una mujer que hace sentir orgullo a un hombre que se arrodilla para recibir su bendición. Claro, una vez...

Rand luchaba contra el sueño que le reclamaba su cuerpo, pero el rítmico balanceo de la carreta lo acunó, adormeciéndolo paulatinamente junto con el murmullo de la voz de Bunt. Soñó con Tam. En un principio se encontraban junto a la gran mesa de roble de la granja; bebían té mientras Tam le hablaba de príncipes consortes, herederas, la Muralla del Dragón y hombres Aiel con el rostro tapado con velos negros. La espada con la marca de la garza estaba sobre la mesa entre ellos, pero ninguno de los dos la miraba. De improviso se hallaba en el Bosque del Oeste, arrastrando la camilla a la luz de la luna. Cuando se volvió, era Thom quien estaba sobre las angarillas, en lugar de su padre, sentado con las piernas cruzadas y haciendo malabarismos.

—La reina está unida a la tierra —dijo Thom mientras las bolas multicolores danzaban en círculo—, pero el Dragón..., el Dragón forma parte de la tierra, así como ésta forma parte de él.

Rand vio a un Fado que se aproximaba, con su negra capa de inmóviles pliegues, a lomos de un fantasmagórico caballo que sorteaba en silencio los árboles. Dos cabezas segadas pendían de la silla del Myrddraal; la sangre manaba de ellas y se deslizaba en surcos oscuros por el cuero negro de la montura. Eran Lan y Moraine, con los rostros desfigurados por muecas de dolor. El Fado tiraba de un manojo de ronzales mientras cabalgaba. Cada una de las cuerdas estaba atada en su extremo a las muñecas de quienes corrían tras las mudas herraduras, con semblantes empavorecidos: Mat, Perrin y Egwene.

—¡Ella no! —gritó Rand—. ¡Que la Luz te fulmine, es a mí a quien quieres y no a ella!

El Semihombre efectuó un gesto y las llamas consumieron a Egwene; convirtieron su carne en ceniza y dejaron los huesos ennegrecidos, desmoronados en el suelo.

—El Dragón forma parte de la tierra —repitió Thom, retozando con las bolas sin inmutarse— y ésta forma parte de él.

Rand exhaló un grito... y abrió los ojos.

El carro continuaba recorriendo el camino de Caemlyn, impregnado por el dulzor del heno marchitado tiempo atrás y el tenue olor del caballo. Una forma más negra que la noche se posó en su pecho y unos ojos más lóbregos que la muerte se clavaron en los suyos.

—Eres mío —anunció el cuervo antes de horadarle el ojo con su afilado pico. Gritó cuando el animal le arrancaba el globo ocular.

Con un alarido que le hería la garganta, se sentó y se llevó las manos a la cara.

La luz del alba bañaba el carro. Deslumbrado, observó sus manos. No había sangre. No sentía dolor. Los restos del sueño ya se desvanecían, pero aquello... Cauteloso se palpó el rostro y se estremeció.

—Al menos... —Mat bostezó, con un crujido de mandíbula—. Al menos tú has dormido un poco. —Sus nublados ojos expresaban poca sensibilidad respecto a sus pesadillas. Estaba arrebujado bajo su capa, con la manta doblada bajo la cabeza—. No ha parado de hablar en toda la condenada noche.

—¿Ya estás bien despierto? —preguntó Bunt desde el pescante—. Me has dado un susto.... ¡Vaya manera de gritar! Bien ya estamos aquí. —Hizo ondear la mano ante ellos con gesto grandilocuente—. Caemlyn: la ciudad más espléndida del mundo.

35

CAEMLYN

R and, de rodillas, se irguió detrás del pescante. No pudo evitar
prorrumpir en risas de alivio.

—¡Lo hemos conseguido, Mat! Ya te había dicho que...

Las palabras se apagaron en su boca cuando sus ojos contemplaron Caemlyn. Después de Baerlon, y sobre todo después de recorrer las ruinas de Shadar Logoth, abrigaba la convicción de que sabía cómo era una gran ciudad, pero aquélla..., aquélla era de una magnitud que no había imaginado.

En los alrededores de la imponente muralla, los edificios se arracimaban como si todas y cada una de las poblaciones que había cruzado en su camino se hubieran reunido allí, pegadas unas a otras. Los pisos superiores de las posadas destacaban entre los tejados rojizos de las casas, contra los que se desplegaban anchos y achaparrados almacenes carentes de ventanas. El ladrillo rojo, la piedra gris y los remozos blancos, se extendían en mezcolanza más allá de su campo visual. Baerlon habría podido ser engullida por aquella urbe sin que se percibiera diferencia alguna; y Puente Blanco, multiplicado por veinte, apenas habría provocado un murmullo.

Y la muralla en sí... La desnuda pared de cincuenta pies de altura, de piedra grisácea con vetas plateadas y blancas, trazaba un enorme círculo que se curvaba hacia el norte y el sur, le hacía preguntarse hasta dónde llegaría. En todo su recorrido se alzaban redondas torres que la superaban en altura, con pendones rojiblancos que azotaban el aire desde sus cúspides. En el interior de los muros despuntaban esbeltas torres, aún más elevadas que las de la muralla, y relucientes cúpulas que lanzaban destellos dorados al reflejar los rayos de sol. Cientos de historias habían forjado en su mente imágenes de grandes ciudades de soberanos y reinas, de tronos, poder y leyenda, y Caemlyn se ajustaba a ellas como el agua amolda su forma a la de una vasija.

El carro crujía al avanzar por la espaciosa vía hacia la ciudad, hacia sus puertas flanqueadas de torres. Los carromatos de las caravanas de mercaderes trasponían un arco abovedado labrado en la piedra, bajo el que habría podido pasar un gigante, diez gigantes uno junto al otro. Ambos márgenes del camino se hallaban ocupados por puestos de mercado, con brillantes marquesinas rojas y púrpura y establos y corrales laterales. Los terneros berreaban, las vacas mugían, los gansos graznaban, las gallinas cloqueaban, las cabras y los corderos balaban y la gente regateaba a todo pulmón el precio de las mercancías. Un ruidoso cerco los acompañó hasta la entrada de Caemlyn.

—¿Qué os había dicho? —Bunt también debía elevar la voz hasta casi gritar para que pudieran oírlo—. La ciudad más grandiosa del mundo. Construida por los Ogier, ya sabéis. Al menos el casco viejo y el palacio. Mirad cuán antigua es Caemlyn. Caemlyn, donde la buena reina Morgase, que la Luz la ilumine, dicta las leyes y vela por la paz de Andor. No existe ciudad comparable a ésta.

Rand estaba dispuesto a darle la razón. Tenía la boca abierta y deseaba taparse las orejas con las manos para mitigar la algarabía. La multitud abarrotaba el camino como lo hacían sus convecinos en el Prado de Bel Tine. Al recordar el tiempo en que le costaba creer que pudiera haber tanta gente en Baerlon, casi se echó a reír. Mat se había protegido los oídos con las manos y hundía la cabeza entre los hombros como si quisiera cubrirse con ellos también.

—¿Cómo vamos a escondernos aquí dentro? —preguntó en voz alta al ver que Rand estaba mirándolo—. ¿Cómo podremos saber en quién confiar entre tantas personas? Tantísimas. ¡Luz, qué ruido!

Rand miró a Bunt antes de responder. El campesino estaba absorto en la contemplación de la ciudad; con el estrépito era posible que no lo hubiera escuchado. Con todo, Rand acercó la boca al oído de su amigo.

—¿Cómo van a encontrarnos entre tantos? ¿No te das cuenta, cabeza de chorlito? ¡Estamos a salvo, si aprendes a controlar tu endemoniada lengua! —Extendió una mano que abarcaba los mercados y las murallas que se levantaban ante ellos—. ¡Míralo, Mat! Todo es posible aquí. ¡Todo! Tal vez Moraine esté ya esperándonos, con Egwene y los demás.

—Si están vivos. Si quieres saber mi opinión, están muertos como el juglar.

La sonrisa se desvaneció de los labios de Rand, al tiempo que se volvía para observar las puertas. Todo podía acaecer en una ciudad como Caemlyn. Se aferró con obstinación a aquella convicción.

Por más que Bunt agitara las riendas el caballo no podía avanzar más deprisa; cuanto más se acercaban a las puertas, más numerosa era la multitud. A Rand lo animó constatar que la mayoría de los caminantes eran jóvenes con ropajes polvorientos y escaso equipaje. Al margen de las edades, gran parte de la muchedumbre que se apelotonaba allí tenía aspecto de haber recorrido grandes distancias; los carros estaban desvencijados y los caballos exhaustos, las ropas arrugadas delataban las noches que habían dormido al raso y su paso cansino y los ojos fatigados, la dureza del viaje. Pero fatigados o no, aquellos ojos estaban clavados en las puertas como si el hecho de trasponer las murallas fuera a despojarlos de todo el cansancio acumulado.

Junto a la entrada estaban media docena de guardias de la reina, cuyos pulcros tabardos rojiblancos y bruñida armadura ofrecían un marcado contraste con el desaliño de la gente que pasaba por riadas bajo el arco de la piedra. Con espaldas rígidas y cabeza enhiesta, observaban a los recién llegados con un recelo desdeñoso que evidenciaba que, si les hubieran dado a escoger, habrían cerrado el paso a la mayoría de ellos. No obstante, aparte de dejar espacio libre suficiente para el tráfico procedente de la ciudad y contener a quienes pretendían entrar a empellones, no ponían trabas a nadie.

—Manteneos en vuestro lugar. No empujéis. ¡No empujéis, así os ciegue la Luz! Hay espacio suficiente para todos, con la ayuda de la Luz. Manteneos en vuestro lugar.

El carro de Bunt franqueó las puertas de Caemlyn con la lenta marea del gentío.

La ciudad se asentaba en suaves colinas, distribuidas como escalones que ascendían hacia el centro, el cual se hallaba rodeado por un segundo muro de un blanco resplandeciente, en su interior había aún más torres y cúpulas, albas, doradas y purpúreas, cuya posición en la cima de los altozanos las elevaba por encima del resto de Caemlyn. Rand dedujo que aquél debía de ser el casco viejo que había mencionado Bunt.

El camino de Caemlyn cambió de aspecto tan pronto como se encontraron al otro lado de las murallas, para convertirse en una amplia avenida, dividida por anchas franjas de hierbas y árboles. El césped estaba seco y los árboles desprovistos de follaje, pero la gente, que caminaba con paso apresurado junto a ellos, y reía, charlaba y discutía, parecía no percibir nada extraordinario, pues nadie acusaba el hecho de que aquel año no había llegado la primavera y tal vez no fuera a hacerlo. Rand advirtió que, consciente o inconscientemente, no lo veían. Sus ojos se desviaban de las desnudas rachas mientras hollaban la hierba muerta sin bajar la vista hacia ella. Podían hacer caso omiso de lo que no veían, creer en su inexistencia.

Mientras miraba boquiabierto la urbe y su habitantes, lo sorprendió que el vehículo se adentrara en una calle lateral, más estrecha que la anterior; aunque a pesar de ello tan amplia como cualquiera de las de Campo de Emond. La circulación no era tan intensa allí; la multitud se dividía en dos al paso del carro, sin aminorar la marcha.

—Lo que escondes debajo de la capa, ¿es realmente lo que Holdwin dice?

Rand, en el acto de cargarse las alforjas al hombro, ni siquiera pestañeó.

—¿A qué os referís? —inquirió con voz firme, a pesar del nudo que se había formado en su estómago.

Mat contuvo un bostezo con una mano, pero introdujo la otra bajo la capa —Rand sabía que era para aferrar la daga de Shadar Logoth— y sus ojos adquirieron una dura mirada de animal acorralado. Bunt evitó mirar a Mat, como si estuviera al corriente de que empuñaba un arma oculta.

—A nada, supongo. Vamos a ver, si oísteis que me dirigía a Caemlyn, os quedasteis suficiente rato como para escuchar el resto. Si me interesara cobrar la recompensa, habría encontrado alguna excusa para entrar en la posada y hablar con Holdwin. Lo que ocurre es que Holdwin no me cae simpático y tampoco me gustó nada aquel amigo suyo, nada de nada. Da la impresión de que está más interesado en vosotros dos que en... otra cosa.

—No sé lo que quiere —comentó Rand—. Nunca lo habíamos visto. —Era factible incluso que aquello fuera la pura verdad, dado que era incapaz de distinguir un Fado de otro.

—Ya, ya. Bueno, como digo, yo no sé nada y creo que tampoco quiero saberlo. Ya hay suficientes problemas como para que vaya a buscar más.

Mat se demoró en recoger sus cosas; Rand ya se encontraba en la calle antes de que él se dispusiera a salir del vehículo y lo aguardaba con impaciencia. Cuando Mat se apeó del carro con el arco, el carcaj y la manta doblada apresados contra su pecho, murmuraba entre dientes. Sus ojos estaban marcados por profundas ojeras.

A Rand le rugió el estómago. El hambre combinado con el agrio ardor de tripa le hizo temer que fuera a vomitar. Mat lo observaba ahora en actitud expectante. «¿Qué iban a hacer ahora? ¿Adónde debían encaminarse?»

Bunt asomó el cuerpo y le indicó que se acercara. Lo hizo, con la esperanza de que le diera consejos para moverse en aquella ciudad.

—Yo que tu esconderá eso... —El viejo campesino se detuvo para mirar cauteloso en torno a sí. La muchedumbre circulaba a ambos lados del carro, pero, a excepción de algunos viandantes que protestaban porque obstruían el paso, nadie reparaba en ellos—. Deja de llevarla —le avisó—, ocúltala, véndela o regálala. Eso es lo que haría yo. Una cosa así llamará por fuerza la atención y supongo que no es eso lo que te conviene.

De pronto se enderezó, azuzó al caballo y se alejó lentamente por la transitada calle sin añadir palabra alguna ni mirar atrás. Un carromato cargado de toneles avanzaba hacia ellos. Rand se apartó de un salto, se tambaleó y, cuando volvió a mirar, Bunt se había perdido de vista.

—¿Y ahora qué hacemos? —preguntó Mat, que se humedecía los labios mientras observaba con ojos muy abiertos a las personas que no cesaban de recorrer la calle y los edificios que se elevaban hasta seis pisos por encima del nivel del suelo—. Estamos en Caemlyn, pero ¿qué vamos a hacer? —Se había destapado las orejas, aunque movía las manos como si deseara volver a cubrírselas. En la ciudad reinaba un constante murmullo, del que participaban los numerosos comercios abiertos y las conversaciones de centenares de personas. A Rand le parecía hallarse dentro de una gigantesca colmena, habitada por un incesante zumbido.

—Aun cuando estén aquí, Rand, ¿cómo podremos encontrarlos entre todo esto?

—Moraine nos localizará —repuso Rand.

La inmensidad de la ciudad era una pesada carga sobre sus hombros; deseaba irse, buscar un lugar al amparo del gentío y el ruido. El vacío lo rehuía a pesar de las enseñanzas de Tam, a causa de sus ojos, que no paraban de retener imágenes. En su lugar se concentró en lo que lo rodeaba inmediatamente, dejando de lado lo que se extendía más allá. Si observaba sólo una calle, ésta semejaba a cualquier otra de Baerlon. Baerlon, el último lugar donde todos se habían considerado a salvo. «Nadie se encuentra a buen recaudo ya. Quizá todos hayan perecido. ¿Qué vas a hacer entonces?»

—¡Están vivos! ¡Egwene está viva! —afirmó con violencia. Algunos peatones lo miraron de reojo.

—Tal vez —concedió Mat—. Tal vez. ¿Y qué pasará si Moraine no nos encuentra? ¿Y qué si el único que detecta nuestro paradero es el..., el...? —Se estremeció, incapaz de concluir la frase.

—Pensaremos en ello en el momento en que se produzca —dijo con firmeza Rand—. Si es que se produce. —Como última alternativa, solicitaría la asistencia de Elaida, la Aes Sedai que vivía en palacio. Primero iría a Tar Valon. Ignoraba si Mat recordaba lo que había explicado Thom acerca del Ajah Rojo... y del Negro..., pero él lo guardaba en la memoria. Volvió a sentir espasmos en el estómago—. Thom dijo que fuéramos a una posada llamada la Bendición de la Reina. Miraremos allí en primer lugar.

—¿Cómo? No podemos pagarnos ni una comida entre los dos.

—Al menos es una manera de empezar. Thom creía que allí nos prestarían ayuda.

—No puedo..., Rand, están por doquier. —Mat bajó la mirada hacia las losas del pavimento y se replegó sobre sí, tratando de esquivar a la muchedumbre que caminaba en derredor—. Dondequiera que vayamos, acuden allí o están ya aguardándonos. Estarán en la Bendición de la Reina también. No puedo... Yo... Nada es capaz de contener a un Fado.

Rand agarró a Mat por el cuello de la camisa con un puño cuyo temblor intentaba dominar. Necesitaba a Mat . Tal vez los demás estuvieran con vida, pero, en aquellos momentos, no había nadie más que ellos dos. La idea de proseguir solo... Tragó saliva y notó el sabor de la bilis.

Miró rápidamente en torno a sí: nadie acusaba haber escuchado la mención del Fado; la multitud se apresuraba, sumida en sus propias cavilaciones. Aproximó el rostro de Mat.

—Hemos llegado hasta aquí, ¿no es cierto? —preguntó en un ronco susurro—. Todavía no nos han atrapado. Podemos zafarnos de ellos si no nos damos por vencidos. No pienso quedarme de brazos cruzados como un cordero que aguarda a ser sacrificado. ¡De ninguna manera! ¿Y bien, vas a permanecer ahí parado hasta que te caigas muerto de hambre? ¿O hasta que vengan a recogerte en un saco?

Soltó a Mat y dio media vuelta. A pesar de tener las uñas clavadas en las palmas, todavía le temblaban las manos. De pronto Mat comenzó a caminar junto a él, con la mirada aún fija en el suelo, y Rand dejó escapar una larga espiración.

—Perdona, Rand —murmuró Mat.

—Olvídalo —respondió éste.

Mat apenas alzaba la vista para no chocar con los viandantes.

—No paro de pensar en que nunca volveré a ver mi casa. Quiero ir a casa. Ríete si quieres, no me importa. ¡Qué no daría porque mi madre me estuviera regañando por algo en este mismo momento! Es como si tuviera una maza presionándome el cerebro. Extraños por todas partes y sin saber en quién confiar, si es que puedo confiar en alguien. Luz, Dos Ríos está tan lejos que podría encontrarse en el otro extremo del mundo. Vamos a acabar muertos, Rand.

—Todavía no —replicó Rand—. Todo el mundo muere un día u otro. La Rueda gira. Sin embargo, no voy a tumbarme a esperar que eso ocurra.

—Hablas como maese al'Vere —gruñó Mat, con el ánimo ligeramente mejorado, no obstante.

—Bien —dijo Rand—. Bien. «Luz, haz que los otros estén bien. Por favor, no dejes que nos quedemos solos.»

Comenzó a preguntar la dirección de la Bendición de la Reina. Las respuestas variaban sensiblemente, desde imprecaciones contra «los incapaces de permanecer en sus lugares de origen», pasando por gestos de indiferencia, a miradas inexpresivas, que eran las más comunes. Algunos continuaban caminando sin dignarse desviar la vista hacia ellos.

Un hombre de cara ancha, casi tan fornido como Perrin, ladeó la cabeza y contestó:

—¿La Bendición de la Reina, eh? ¿Sois fieles a la reina también, los muchachos campesinos? —Llevaba una escarapela blanca en su sombrero de ala ancha y una cinta blanca en la manga de la chaqueta—. Bien, habéis llegado demasiado tarde.

Luego siguió andando entre risas, y los dejó perplejos. Rand se encogió de hombros; había mucha gente rara en Caemlyn, especímenes como no los había visto antes.

Algunos destacaban sobre la muchedumbre, por tener la piel demasiado oscura o demasiado pálida, llevar chaquetas de extraños cortes y llamativos colores o sombreros puntiagudos con largas plumas. Había mujeres que ocultaban el rostro con velo, mujeres embutidas en tiesos vestidos extraordinariamente amplios, damas cuyos ropajes de seda dejaban más piel al descubierto que cualquiera de las camareras de posada que habían conocido. De vez en cuando un carruaje, recubierto de pintura de vivos colores y oropeles, se abría camino entre las abarrotadas calles tirado por cuatro o seis caballos adornados con plumas. Y las sillas de mano eran omnipresentes, acarreadas por lacayos que no tenían escrúpulos en empujar a cuantos hallaban a su paso.

Rand presenció una pelea iniciada de aquel modo, con un grupo de hombres embravecidos que alzaban los puños contra un individuo de tez pálida, vestido con una chaqueta de rayas rojas, que descendía de la silla depositada en el pavimento. Dos individuos vestidos con toscos ropajes, que al parecer no habían intervenido en el altercado hasta entonces, se abalanzaron sobre él antes de que hubiera descendido. La multitud que se había detenido a observar comenzó a oscilar, murmurando y sacudiendo los puños. Rand tiró a Mat de la manga, apresurándose, y éste no necesitó un segundo aviso. El bramido de una escaramuza los siguió durante un trecho.

En ocasiones, en cambio, eran ellos los abordados. Sus polvorientas ropas delataban su condición de recién llegados, y parecían tener efectos magnéticos sobre algunos tipos. Eran individuos furtivos que ofrecían reliquias de Logain con ojos inquietos y pies dispuestos a echar a correr en cualquier momento. Rand calculó que habían pretendido venderle suficientes retazos de la capa del Dragón y fragmentos de su espada como para construir dos espadas y media docena de capas.

Mat, por su parte, expresaba un vivo interés, al menos la primera vez, pero Rand les respondía con una escueta negativa, que ellos recibían con una inclinación de cabeza, al tiempo que murmuraban apresuradamente la acostumbrada fórmula: «Que la Luz ilumine a la reina, buen señor», antes de esfumarse. La mayoría de las tiendas exponían platos y tazas pintadas con imaginarias escenas en que el falso Dragón aparecía encadenado en presencia de la reina. Y también había Capas Blancas en las calles que, al igual que en Baerlon, avanzaban siempre por un espacio holgado que iba reproduciéndose a su paso.

Rand intentaba por todos lo medios pasar inadvertido. Mantenía la espada escondida bajo la capa, pero aquella estrategia no le serviría durante mucho tiempo. Tarde o temprano alguien intuiría que ocultaba algo. No podía, renunciar —ni estaba dispuesto a hacerlo— al vínculo que lo unía a Tam, pese a los consejos de Bund.

Muchos otros componentes de la multitud llevaban espadas, pero en ninguna de ellas había grabada la marca de la garza. Sin embargo, todos los hombres de Caemlyn llevaban la empuñadura y la hoja envuelta en tela roja atada con un cordel blanco o bien blanca atada con cordel rojo. Cientos de marcas de garza podían circular ocultas bajo aquellos envoltorios sin que nadie lo advirtiera. Además, el hecho de seguir las costumbres locales disminuiría su aspecto de forasteros.

Rand se paró ante una de las numerosas tiendas que mostraban aquellas telas y cordeles. La roja era más barata que la blanca, si bien no percibió ninguna diferencia entre ambas aparte del color, con lo cual compró la roja, a pesar de las protestas de Mat, que le recordaba el poco dinero de que disponían. El comerciante los miró de arriba abajo con los labios fruncidos mientras tomaba las monedas de cobre de Rand y murmuró una protesta cuando éste le preguntó si podía envolver su espada en la trastienda.

—No hemos venido a ver a Logain —explicó Rand pacientemente—. Sólo hemos venido a visitar Caemlyn. —Recordó a Bunt y añadió—: La más grande ciudad del mundo. —El tendero no abandonó la mueca de disgusto—. La Luz ilumine a la buena reina Morgase —agregó, esperanzado, Rand.

—Como intentéis algo —advirtió con acritud el hombre—, un centenar de hombres acudirán a encargarse de vosotros sólo al oírme, aunque no venga la guardia. —Calló para escupir, casi sobre la bota de Rand—. Largaos y seguid con vuestras despreciables ocupaciones.

Rand asintió como si el comerciante lo hubiera despedido con un cumplido y salió arrastrando a Mat. Éste no paraba de mirar atrás, en dirección a la tienda, gruñendo para sus adentros, hasta que Rand tiró de él hacia un callejón solitario. De espaldas a la calle ningún viandante sería capaz de ver lo que hacían. Rand se dispuso a envolver la espada.

—Apuesto a que nos han cobrado el doble por ese maldito trapo —se indignó Mat—. El triple.

No era tan sencillo como parecía, ajustar la tela al cordel de manera que aguantara,

—Todos intentarán estafarnos, Rand —prosiguió Mat—. Creen que hemos venido a ver al falso Dragón, como todo el mundo. Será una suerte si nadie nos da un garrotazo en la cabeza mientras dormimos. Éste no es lugar recomendable para quedarnos. Hay demasiada gente. Partamos hacia Tar Valon ahora, o al sur, a Illian. No me importaría ver los preparativos de la Cacería del Cuerno. Y, si es posible, regresemos a casa.

—Yo me quedo —dijo Rand—. Si todavía no han llegado, vendrán a buscarnos aquí, tarde o temprano.

No estaba seguro de si había dispuesto los pliegues igual que los demás, pero las garzas de la funda y la empuñadura quedaban ocultas. Cuando salió a la calle, tenía la certeza de que se había librado de una preocupación. Mat lo siguió tan de mala gana como si lo arrastraran con un ronzal.

Poco a poco Rand fue recibiendo las indicaciones deseadas. Al principio eran tan vagas como la expresión «por allí». No obstante, cuanto más se aproximaban, más precisas eran las instrucciones, hasta que al fin se hallaron delante de un amplio edificio de piedra con un letrero colgado sobre la puerta. Éste representaba un hombre arrodillado ante una mujer de cabellos rojizos, tocada con una corona, que apoyaba una mano en su cabeza inclinada: la Bendición de la Reina.

—¿Estás seguro de que debemos entrar? —inquirió Mat.

—Desde luego —respondió Rand. Respiró hondo y empujó la puerta.

La espaciosa sala principal estaba revestida con paneles de madera oscura y caldeada por dos hogueras encendidas en sendas chimeneas. Una criada barría el suelo, a pesar de que aún se veía limpio, y otra daba brillo a unos candelabros. Las dos sonrieron a los recién llegados antes de volver a concentrarse en sus tareas.

Había escasas mesas ocupadas, pero una docena de hombres representaban una auténtica multitud a aquella hora de la mañana, y, si bien ninguno de ellos dio señales de alegrarse de verlos, al menos lucían un aspecto aseado y sobrio. La cocina despedía unos aromas a vaca asada y a pan horneado que les hicieron la boca agua.

El posadero era un hombre obeso de rostro sonrosado que vestía un delantal blanco y llevaba los canosos cabellos peinados hacia atrás, tratando de cubrir una calvicie con escaso éxito. Su mirada los abarcó de pies a cabeza, incluyendo sus polvorientas ropas y bultos y sus botas desgastadas, pese a lo cual no les regateó una radiante sonrisa. Se llamaba Basel Gill.

—Maese Gill —comenzó a hablar Rand—, un amigo vuestro nos indicó que viniéramos aquí: Thom Merrilin. Él... —La sonrisa se esfumó de los labios del posadero. Rand miró a Mat, pero éste se encontraba demasiado ocupado husmeando los aromas procedentes de la cocina para percibir algo más—. ¿Ocurre algo malo? ¿Lo conocéis?

—Lo conozco —repuso con sequedad Gill. En aquellos momentos parecía centrar toda su atención en la funda de la flauta que colgaba del hombro de Rand—. Acompañadme. —Señaló la parte trasera con la cabeza; Rand zarandeó a Mat para hacerlo reaccionar y luego siguió al hombre, preguntándose qué iba a suceder.

En la cocina, maese Gill habló primero con la cocinera, una mujer regordeta con el pelo recogido en un moño, que no dejó de remover las ollas. El olor era tan agradable —dos días de ayuno tornaban apetitoso cualquier manjar, pero aquello olía tan bien como la cocina de la señora al'Vere— que a Mat comenzó a rugirle el estómago. Se inclinó hacia las cazuelas, con la nariz en primer plano. Rand le dio un codazo y Mat se enjugó deprisa la baba que comenzaba a deslizarse por la barbilla.

Después el posadero los condujo al establo, donde miró en torno a sí para cerciorarse de que no había nadie antes de plantarse ante ellos. Ante Rand.

—¿Qué hay en esa caja, muchacho?

—La flauta de Thom —repuso lentamente Rand.

Abrió la funda, como si el hecho de enseñar la flauta incrustada en oro y plata fuera a servirle de algo. Mat deslizó la mano bajo la capa. Maese Gill no apartó la vista de Rand.

—Sí, la reconozco. Lo vi tocarla a menudo y no es probable que haya dos como ésta fuera de la corte real. —Sus sonrisas se habían desvanecido y sus ojos eran ahora tan acerados como cuchillos—. ¿Cómo llegó a vuestras manos? Thom se desprendería antes de un brazo que de esa flauta.

—Me la dio. —Rand depositó en el suelo el bulto con la capa de Thom, desatándolo lo suficiente para mostrar sus manchas de colores y un trozo de la funda del arpa—. Thom ha fallecido, maese Gill. Os presento mi condolencia si era amigo vuestro. También era amigo mío.

—¿Muerto dices? ¿Cómo?

—Un hombre intentó matarnos. Thom me entregó esto y nos dijo que echáramos a correr. —Los parches flotaron en el viento como mariposas. Con un nudo en la garganta, Rand volvió a doblar con cuidado la capa—. Nos habría dado muerte de no ser por él. Viajábamos juntos a Caemlyn. Nos recomendó que viniéramos a vuestra posada.

—Creeré que ha muerto —anunció lentamente el posadero— cuando vea su cadáver. —Después de rozar la capa con la punta del pie, se aclaró bruscamente la garganta—. No, no, doy crédito a lo que visteis, pero no creo que esté muerto. Es un hombre duro de pelar ese viejo Thom Merrilin.

Rand puso una mano sobre el hombro de Mat.

—Todo va bien, Mat. Es un amigo.

Maese Gill miró brevemente a Mat y exhaló un suspiro.

—Supongo que sí, ya que lo dices.

Mat se enderezó y cruzó los brazos por encima del pecho. Sin embargo, todavía miraba con recelo al posadero y se le movía espasmódicamente un músculo de la mejilla.

—¿De modo que viajabais juntos a Caemlyn? —El hombre sacudió la cabeza—. Éste es el último lugar del mundo en el que esperaría ver aparecer a Thom, exceptuando tal vez Tar Valon. —Aguardó a que pasara un mozo de cuadra e incluso después bajó la voz—. Tenéis problemas con las Aes Sedai, me temo.

—Sí —gruñó Mat.

—¿Qué os hace suponerlo? —inquirió Rand al mismo tiempo.

—Porque lo conozco bien —respondió maese Gill con una risa seca—. Se precipitaría a inmiscuirse en este tipo de cuestiones, especialmente para ayudar a un par de muchachos de vuestra edad... —Sus ojos, sumidos momentáneamente en los recuerdos, adoptaron entonces un aire cauteloso—. Bien..., eh... No estoy acusándoos de nada, tenedlo en cuenta, pero..., eh... Supongo que ninguno de vosotros dos puede..., eh..., lo que quiero decir es...; ¿cuál es exactamente el tipo de problema que tenéis relacionado con Tar Valon, si no os molesta que os haga la pregunta?

A Rand se le erizó el vello cuando cayó en la cuenta de lo que insinuaba el hombre: el Poder Único.

—No, no, no tiene que ver con eso, os lo juro. Incluso había una Aes Sedai que nos protegía. Moraine era... —Se mordió la lengua, pero el posadero no mudó de expresión.

—Me alegra oírlo. No es que tenga especial simpatía por las Aes Sedai, pero son mejores ellas que... lo otro. —Sacudió la cabeza con parsimonia—. Demasiadas conversaciones versan sobre estos temas, ahora que han traído a Logain aquí. No era mi intención ofenderos, comprendedlo, pero... bueno, tenía que saberlo, ¿no?

—No nos habéis ofendido —aseguró Rand. El murmullo de Mat hubiera podido dar pie a cualquier interpretación, pero el posadero pareció aceptarlo en el mismo sentido que la afirmación de Rand.

—Vosotros parecéis honrados y estoy dispuesto a creer que erais, que sois amigos de Thom, pero corren malos tiempos. Supongo que no tenéis dinero. No, ya me parecía. Los alimentos escasean y lo que venden cuesta un ojo de la cara, por lo cual os daré una cama a cada uno, no las mejores, pero secas y cálidas, y algo de comer, y no puedo prometeros más, a pesar de que me gustaría hacerlo.

—Gracias —contestó Rand, dirigiendo una mirada a Mat—. Es más de lo que esperaba.

—Bien, Thom es un buen amigo, un viejo amigo. Impetuoso y con una irreprimible tendencia a decir las más inoportunas palabras a la persona menos adecuada, pero un buen amigo de todos modos. Si no aparece por aquí... Bueno, entonces sacaremos nuestras propias conclusiones. Será mejor que no habléis más de la ayuda que os han prestado las Aes Sedai. Soy un buen súbdito de la reina, pero hay muchos en Caemlyn que en estos momentos no verían eso con buenos ojos, y no me refiero sólo a los Capas Blancas.

—¡Por lo que a mí respecta, los cuervos pueden llevarse a todas las Aes Sedai a Shayol Ghul! —espetó Mat.

—Vigila esa lengua —lo reprendió maese Gill—. He dicho que no les tengo especial simpatía y no que era uno de esos necios que piensan que ellas son las causantes de todos los desaguisados. La reina protege a Elaida y los guardias a la reina. Quiera la Luz que las cosas no empeoren hasta modificar este orden de cosas. Sea como sea, últimamente algunos guardias se han desmandado un poco tratando rudamente a quienes han oído hablar mal de las Aes Sedai. No en horas de servicio, gracias a la Luz, pero de todos modos ha ocurrido. No me gustaría tener que aguantar irrupciones de guardias fuera de servicio que vengan a mi posada a darme un escarmiento, ni que los Capas Blancas induzcan a alguien a pintar el Colmillo del Dragón en mi puerta, de manera que, si vais a aceptar mi asistencia, no expreséis en voz alta vuestra opinión sobre las Aes Sedai, ya sean buenas o malas. —Hizo una pausa para reflexionar y luego agregó—: Quizá sea preferible que tampoco mencionéis el nombre de Thom cuando pueda oíros alguien más aparte de mí. Algunos miembros de la guardia tienen buena memoria, al igual que la reina. No hay necesidad de correr riesgos.

—¿Thom tuvo dificultades con la reina? —preguntó Rand con incredulidad, provocando una carcajada al posadero.

—De modo que no os lo contó todo. Tampoco veo por qué debía hacerlo. Por otra parte, no veo inconveniente en que lo sepáis. No es que se trate de un secreto, exactamente. ¿Os parece que los juglares poseen un concepto tan elevado de su propia persona como Thom? Bueno, si uno se para a pensar en ello, tal vez sí, pero siempre he tenido la impresión de que Thom tenía algunas dosis suplementarias de autoestima. No siempre fue un juglar de esos que vagan de un pueblo a otro sin disponer a menudo de un techo bajo el que dormir. Hubo un tiempo en que Thom Merrilin fue un bardo de la corte de Caemlyn y gozó de gran renombre en todas las cortes reales de Tear a Maradon.

—¿Thom? —inquirió Mat con incredulidad.

Rand asintió lentamente. No le era difícil imaginar a Thom en la corte de la reina con su majestuoso porte y sus grandilocuentes gestos.

—En efecto —corroboró maese Gill—. Fue poco después de la muerte de Taringail Damodred cuando surgió el..., el contratiempo que afectó a su sobrino. Había algunos que opinaban que Thom había, digamos, intimado demasiado con la reina. Por entonces Morgase era una joven viuda y Thom se encontraba en la flor de la juventud y, además, la reina puede obrar como le plazca, según mi manera de ver. El inconveniente es que nuestra buena reina Morgase siempre ha tenido un tremendo genio y él se marchó sin dar ninguna explicación cuando se enteró del tipo de problemas en que estaba atrapado su sobrino. A la reina no le hizo gracia eso ni tampoco que se inmiscuyera en los asuntos de las Aes Sedai. Yo tampoco voy a decir que estuviera bien, por más que se tratara de su sobrino. El caso es que, cuando regresó, dijo algunas cosas, bien, cosas que no se dicen a una reina ni a ninguna mujer del carácter de Morgase. Elaida estaba molesta con él por haber tratado de intervenir en el caso de su sobrino y, entre el genio de la reina y la animosidad de Eladia, Thom abandonó precipitadamente Caemlyn a riesgo de pasar una temporada en la cárcel o ir al patíbulo. Que yo sepa, la orden de captura todavía sigue vigente.

—Si ocurrió hace mucho tiempo —observó Rand—, quizá nadie lo recuerde.

Maese Gill negó con la cabeza.

—Gareth Bryne es el capitán general de la guardia de la reina. Él encabezó personalmente la comitiva de soldados que envió la reina para que trajeran encadenado a Thom y dudo mucho que haya olvidado que, cuando regresó con las manos vacías, Thom ya había visitado el palacio y se había ido de nuevo. Y la reina Morgase nunca olvida nada. ¿Habéis conocido a alguna mujer que lo hiciera? Por cierto, la reina Morgase estaba enfurecida. Os juro que la ciudad entera caminó quedamente y habló en susurros durante todo un mes. Hay muchos otros miembros de la guardia lo bastante viejos como para recordarlo. No, es mejor que hagáis un secreto de la persona de Thom al igual que de esa Aes Sedai vuestra. Venid, haré que os den algo que comer. Me parece que tenéis el vientre pegado a los huesos de la espalda.

36

LOS HILOS DEL ENTRAMADO

M aese Gill los llevó a una mesa situada en un ángulo del comedor y ordenó a una criada que les sirviera comida. Rand sacudió la cabeza al ver los platos, con algunas finas rodajas de carne cubiertas de salsa, una cucharada de brotes de mostaza y dos patatas en cada uno de ellos. Sin embargo, aquél fue un gesto pesaroso, resignado, ajeno al enojo. Los alimentos escaseaban, había dicho el posadero. Tomando el cuchillo y el tenedor, Rand se preguntó qué sucedería cuando ya no quedara nada. Tales cavilaciones le hicieron considerar como un banquete aquellas exiguas raciones. También le produjeron un estremecimiento.

El posadero había elegido una mesa bien distanciada de los demás y había tomado asiento en el rincón, desde donde su mirada abarcaba toda la estancia. Nadie podía acercarse lo bastante para escuchar lo que decían sin que él lo viera. Cuando se fue la criada, les habló en voz baja.

—Y ahora, ¿por qué no me contáis en qué consisten vuestros problemas? Si voy a ayudaros, será mejor que sepa en dónde me estoy metiendo.

Rand miró a Mat, pero éste observaba ceñudo su plato como si estuviera enfadado con la patata que estaba cortando. Rand hizo acopio de aire.

—Realmente ni yo mismo acabo de comprenderlo —fueron sus primeras palabras.

Su exposición fue simple y en ella no aparecieron trollocs ni Fados. Cuando alguien ofrecía ayuda, era recomendable no hablarle de fábulas. No obstante, tampoco creía justo subestimar el peligro ni atraer a alguien a una situación cuya consecuencias desconocían. Unos hombres los perseguían a él y a Mat y a un par de amigos suyos. Dichos hombres, extremadamente peligrosos, hacían acto de presencia cuando menos lo esperaban, con intención de matarlo a él y a sus amigos. Moraine decía que algunos de ellos eran Amigos Siniestros. Thom no confiaba plenamente en Moraine, pero permaneció con ellos a causa de su sobrino, según les explicó. Se habían desperdigado en el transcurso de un ataque cuando se dirigían a Puente Blanco y luego, una vez allí, Thom murió intentando protegerlos de una nueva agresión. También había habido otros intentos. Sabía que aquella historia tenía algunas lagunas, pero era la mejor que había podido improvisar sin dejar entrever más de lo que le aconsejaba la prudencia.

—Continuamos caminando hasta llegar a Caemlyn —finalizó—. Éste era el plan originario: Caemlyn y luego Tar Valon. —Se revolvió incómodo en el borde de la silla. Después de guardar el secreto durante tanto tiempo, le resultaba extraño revelarlo a alguien, aunque fuera tergiversado—. Si mantenemos esta ruta, tarde o temprano los otros nos encontrarán.

—Si siguen vivos —murmuró Mat como si le hablara al plato.

Rand ni siquiera miró de reojo a Mat. Algo lo compelió a añadir:

—Podría acarrearos conflictos el hecho de ayudarnos.

—No diré que desee tener problemas, pero éste no sería el primero que he de afrontar. Ningún maldito Amigo Siniestro me hará volverle la espalda a los amigos de Thom. Si esa aliada vuestra del norte viene a Caemlyn..., bueno ya veremos. Hay gente que vigila las idas y venidas de ese tipo de personas y luego hacen correr la voz.

—¿Y qué hay de Elaida? —preguntó Rand tras unos instantes de vacilación.

El posadero titubeó también antes de negar con la cabeza.

—No lo creo. Tal vez si no tuvieras una conexión con Thom... Es azaroso pronosticar cómo reaccionaría al descubrir vuestra situación. Quizás acabaríais en una celda, o en un sitio peor. Dicen que es capaz de detectar cosas, referidas al pasado y al porvenir, y adivinar los pensamientos que un hombre quiere ocultar. No sé, pero yo no me arriesgaría a visitarla. Si no guardarais ninguna relación con Thom, podríais acudir a la guardia y ellos se encargarían diligentemente de esos Amigos

Siniestros. Pero, aunque pudierais omitir el nombre de Thom ante los guardias, Elaida se enteraría de ello tan pronto como hicierais mención de un Amigo Siniestro, lo cual os conduciría al mismo punto.

—Nada de guardias —convino Rand, al tiempo que Mat asentía vigorosamente mientras se introducía el tenedor en la boca y se manchaba la barbilla de salsa.

—Lo cierto es que estáis atrapados en los goznes de asuntos de índole política, chico, aun cuando sea de modo involuntario, y la política es una tenebrosa ciénaga llena de serpientes.

—¿Y qué me decís de...? —comenzó a preguntar Rand cuando, de repente, el posadero esbozó una mueca mientras la silla crujía bajo su peso.

La cocinera se hallaba bajo el dintel de la puerta de la cocina, enjugándose las manos con el delantal. Al ver que el posadero la miraba, le hizo señas de que la siguiera y volvió a entrar en la cocina.

—Es casi como si estuviera casado con ella —suspiró maese Gill—. Encuentra cosas por arreglar antes de que yo me entere de que algo no funciona bien. Cuando no son las cañerías atascadas o la alcantarilla embarrada, son las ratas. Yo tengo el establecimiento limpio, por supuesto, pero con tanta gente en la ciudad las ratas campan por sus respetos. Juntad a las personas en un mismo sitio y tendréis ratas, y Caemlyn se ha visto invadida de pronto por una auténtica plaga. No podéis imaginaros la cantidad de roedores que atrapa actualmente un buen gato. Vuestra habitación está en el último piso. Diré a las muchachas cuál es para que os la enseñen. Y no me preocupan para nada los Amigos Siniestros. No es que me caigan bien los Capas Blancas, pero entre ellos y la guardia, esos tipejos no se atreverán a dejarse ver por Caemlyn. —La silla volvió a crujir al levantarse el posadero—. Supongo que serán las cañerías otra vez.

Rand, que volvió a centrar su atención en el plato, advirtió que Mat había dejado de comer.

—Pensaba que tenías hambre —observó. Mat no apartó la vista del trozo de patata que empujaba con el tenedor—. Tienes que comer, Mat. Debemos mantener el vigor si hemos de llegar a Tar Valon.

—¡Tar Valon! —exclamó Mat, después de soltar una amarga carcajada—. Hasta ahora era Caemlyn. Moraine estaría esperándonos en Caemlyn. Todo se solucionaría cuando llegáramos a Caemlyn. Bueno, ya estamos aquí y nada ha cambiado. No están Moraine ni Perrin ni nadie. Y ahora todo se solucionará si conseguimos ir a Tar Valon.

—Estamos vivos —le recordó Rand, con tono más brusco del que pretendía. Respiró, en un intento de moderar su enojo—. Hemos logrado permanecer con vida, lo cual no es poco. Y pienso seguir luchando; como también tengo intención de averiguar por qué nos consideran tan importantes. Y no voy a rendirme,

—Todas esas personas, cualquiera de ellas podría ser un Amigo Siniestro. Maese Gill nos ha prometido ayudarnos con una precipitación sospechosa. ¿Qué clase de hombre se queda tan tranquilo ante la perspectiva de enfrentarse a Aes Sedai y Amigos Siniestros? No es natural. Cualquier persona decente nos echaría a la calle... u obraría de manera distinta.

—Come —dijo Rand con voz suave. No dejó de observarlo a los ojos hasta que Mat comenzó a masticar un trozo de carne.

Dejó reposar las manos junto al plato durante un minuto, presionándolas sobre la mesa para evitar que le temblaran. Estaba asustado. No por causa de maese Gill, por supuesto, pero éste no se hallaba ajeno a su inquietud. Aquellas elevadas murallas no contendrían el paso a un Fado. Tal vez debería hablar con el posadero acerca de aquella cuestión. Sin embargo, aun cuando Gill le creyera, ¿estaría tan dispuesto a ayudarlos si supiera que se exponía a recibir la visita de un Fado en la Bendición de la Reina? Y las ratas. Quizá fuera cierto que las ratas acudían donde había aglomeraciones de gente, pero recordaba con demasiada precisión el sueño, que no era tal, padecido en Baerlon y aquella pequeña espina dorsal que se quebró con un chasquido. «A veces el Oscuro utilizaba animales carroñeros como espías», había dicho Lan. «Cuervos, grajos, ratas...»

Continuó comiendo, pero cuando concluyó no era consciente de haber saboreado ni un solo bocado.

Una doncella, la que estaba sacando brillo a los candelabros cuando habían entrado, les mostró la habitación del ático. Ésta era una buhardilla con una ventana que atravesaba la pared inclinada, una cama a cada lado y perchas detrás de la puerta para colgar las ropas. La muchacha, de ojos oscuros, tenía tendencia a retorcerse la falda y emitir risitas siempre que posaba los ojos en Rand. Era bonita, pero él estaba convencido de que, si le decía algo, sólo conseguiría ponerse en ridículo. Una vez más, deseó la misma soltura que Perrin en el trato con las chicas; se alegró de que ella los dejara solos.

Esperaba algún comentario de Mat, pero, tan pronto como se hubo marchado la muchacha, éste se arrojó sobre una de las camas, con la capa y las botas puestas, y volvió la cara hacia la pared.

Rand colgó sus cosas, mirando la espalda de su amigo. Le parecía que éste tenía la mano debajo de la capa y empuñaba otra vez aquella daga.

—¿Vas a quedarte aquí tumbado, escondiéndote? —preguntó por último.

—Estoy cansado —murmuró Mat.

—Todavía hemos de preguntarle algunas cosas a maese Gill. Tal vez nos oriente incluso sobre cómo buscar a Egwene y Perrin. Podrían encontrarse ya en Caemlyn si conservaron sus caballos.

—Están muertos —aseveró Mat, de cara a la pared.

Tras un momento de duda, Rand decidió no insistir. Cerró despacio la puerta, con la esperanza de que Mat estuviera realmente dormido.

Abajo, no obstante, no hubo manera de dar con maese Gill, si bien la mirada airada de la cocinera le indicó que ella también estaba buscándolo. Durante un rato permaneció sentado en la sala comedor, pero no paraba de observar a todos los clientes que entraban, a todos los desconocidos que sólo la Luz sabía quiénes o qué podían ser, especialmente cuando su silueta se recortaba en la puerta cubierta con una capa. Un Fado en la sala sería como una zorra en un gallinero.

Un guardia de uniforme rojo se personó en la estancia y se detuvo frente a la puerta para recorrer con una fría mirada a aquellos que, con toda evidencia, no eran ciudadanos de Caemlyn. Rand examinó el mantel de la mesa cuando los ojos del hombre se posaron en él; cuando volvió a levantarlos ya se había ido.

—A veces hacen eso —le informó en tono confidencial la sirvienta de ojos oscuros, que pasaba junto a él con una brazada de toallas—. Sólo para comprobar que no haya altercados. Velan por la seguridad de los fieles de la reina. No tienes por qué preocuparte. —Emitió una nerviosa risita.

Rand sacudió la cabeza. No tenía por qué preocuparse. En verdad el guardia no había ido allí a preguntarle si conocía a Thom Merrilin. Estaba poniéndose igual de mal que Mat. Corrió la silla hacia atrás.

Otra criada miraba el nivel de aceite de las lámparas de la pared.

—¿Hay otra habitación donde pueda ir a sentarme? —le preguntó. No quería volver arriba y aislarse en compañía del humor sombrío de Mat—. ¿Algún comedor privado que no se utilice?

—Hay una biblioteca. —La mujer apuntó a una puerta—. Por allí, a la derecha, al fondo del pasillo. A esta hora no debe de haber nadie.

—Gracias. Si veis a maese Gill, ¿seréis tan amable de decirle que Rand al'Thor precisa hablar con él si dispone de unos minutos?

—Se lo diré —prometió con una sonrisa—. La cocinera también quiere hablar con él.

Probablemente el posadero se había escondido, dedujo mientras se ausentaba.

Al penetrar en la habitación indicada, se paró en seco para admirarla. Los estantes debían de contener trescientos o cuatrocientos libros, más volúmenes de los que él había visto reunidos nunca, forrados en tela y en cuero, con lomos dorados, y excepcionalmente con tapas de madera. Sus ojos devoraron los títulos, eligiendo sus favoritos de siempre. *Los viajes de Jain el Galopador*, *Los ensayos de Willim de Manec hes*. Contuvo el aliento al advertir un ejemplar con cubierta de cuero de *Viajes con los marinos*. Tam siempre había deseado leerlo.

La imagen de Tam manoseando sonriente el libro, disfrutando de su tacto antes de sentarse junto a la chimenea a leerlo mientras fumaba una pipa, le hizo agarrar el puño de la espada, invadido por un sentimiento de pérdida y vacuidad que entorpeció el placer producido por la visión de los libros.

De pronto, oyó que alguien carraspeaba a su espalda y advirtió que no se encontraba solo. Se giró, dispuesto a disculparse por su rudeza. Estaba habituado a superar en estatura a la mayoría de las personas que conocía, pero en aquella ocasión hubo de levantar la cabeza hasta posar, boquiabierto, los ojos en una cabeza que casi rozaba el techo, situado a tres metros de altura. Tenía una nariz tan amplia como la cara, tan grande que era más un hocico que una nariz, unas cejas que pendían como colas, enmarcando unos pálidos ojos del tamaño de un tazón, unas orejas que asomaban entre los mechones de una enmarañada crin negra. «¡Trolloc!» Soltó un alarido, tratando de retroceder y desenfundar la espada, pero tropezó y cayó sentado al suelo.

—Me gustaría que los humanos no reaccionarais de ese modo —tronó una voz tan poderosa como un tambor. Sus copetudas orejas se agitaron violentamente, al tiempo que su tono se imbuía de tristeza—. Hay tan pocos que se acuerden de nosotros. Debe de ser por nuestra culpa, supongo. Han sido pocos, tan pocos los de nuestra especie que han convivido con los hombres desde que la Sombra se abatió sobre los Atajos. De eso hará..., oh, seis generaciones ahora. Justo después de la Guerra de los Cien Años fue cuando se produjo. —La encrespada cabeza se agitó y exhaló un suspiro que no hubiera envidiado nada al de un toro—. Demasiado tiempo, demasiado tiempo y tan pocos que han viajado para ver mundo, que casi podría decirse que nadie se ha dado a conocer.

Rand permaneció sentado allí con la boca abierta por espacio de un minuto, observando a la aparición calzada con enormes botas de caña alta y vestida con chaqueta azul marino que iba abotonada del cuello al pecho y luego descendía hasta el extremo de las botas como si llevara faldas sobre sus abombachados pantalones. En una de las manos asía un libro, que parecía diminuto en proporción, marcando una página con un dedo de un grosor de tres de los suyos.

—Creí que erais... —balbució antes de recobrar la compostura—. ¿Qué sois...? —Aquello era una nueva inconveniencia. Se puso en pie y le ofreció la mano—. Me llamo Rand al'Thor.

Otra mano, tan grande como un muslo, englutió la suya, acompañada de una ceremoniosa reverencia.

—Loial, hijo de Arent hijo de Halan. Tu nombre es como una canción en mi oído, Rand al'Thor.

Aquello le pareció un saludo ritual a Rand, y a su vez hizo una reverencia.

—Tu nombre es como una canción en mi oído, Loial, hijo de Arent..., ah..., hijo de Halan.

Se le antojó una escena irreal. Todavía desconocía qué era Loial. El apretón de las enormes manos de Loial fue sorprendentemente suave, lo cual no fue óbice para que sintiera un gran alivio al recobrar la suya sana y salva.

—Los humanos sois muy exaltados —opinó Loial con un fragor de barítono—. Había escuchado todas las historias y leído los libros, claro está, pero no había caído en la cuenta de ello. En mi primer día de estancia en Caemlyn, no podía creer que fuera cierto el alboroto que se armó. Los niños lloraban, las mujeres chillaban y una multitud me persiguió por toda la ciudad; blandían garrotes, cuchillos y antorchas, gritando «¡Trolloc!». Siento tener que afirmar que estaba comenzando a perder los estribos. No sé qué habría ocurrido de no aparecer entonces la guardia de la reina.

—Una intervención afortunada —comentó Rand.

—En efecto, pero incluso los guardias parecían tenerme igual temor que los demás. Llevo cuatro días en Caemlyn y no he podido ni asomar la nariz a la calle. El bueno de maese Gill incluso me pidió que no utilizara la sala principal. —Enderezó las orejas—. No es que no reconozca que ha sido muy hospitalario, comprendedlo, pero aquella primera noche surgieron algunos problemas. Todos los humanos querían marcharse de inmediato. Unos gritos y alaridos y todos queriendo traspasar la puerta al mismo tiempo. Algunos incluso resultaron heridos.

Rand contempló fascinado aquellas orejas que se movían.

—Si he de serte sincero, no abandoné el *stedding* para vivir de esta manera.

—¡Eres un Ogier! —exclamó Rand—. Un momento. ¿Seis generaciones? ¡Has dicho la Guerra de los Cien Años! ¿Cuántos años tienes? —Tan pronto como la hubo expresado, reparó en la falta de educación que denotaba aquella pregunta. Loial, sin embargo, adoptó una actitud defensiva en lugar de mostrarse ultrajado.

—Noventa años —respondió, envarado, el Ogier—. Dentro de diez, ya me permitirán dirigirme a la tribuna. Me parece que los mayores hubieran debido dejarme hablar a mí, dado que estaba decidiéndose si yo me iría o no. Lo cierto es que siempre les causa preocupación que alguien, tenga la edad que tenga, salga al exterior. Los humanos, en cambio, sois tan irreflexivos, tan volubles. —Parpadeó y esbozó una reverencia—. Te ruego me disculpes. No he debido decir eso. Pero siempre estáis peleando, incluso cuando no es preciso.

—Tienes razón —lo tranquilizó Rand, tratando todavía de hacerse a la idea de la edad de Loial. Más viejo que Cenn Buie y aún lo bastante joven para... Tomó asiento en una de las sillas de altos respaldos. Loial también se sentó, en una en la que cabían dos personas, pero que él llenó ampliamente. Sentado, era tan alto como la mayoría de los hombres de pie—. Al menos te dejaron marchar.

Loial dirigió una mirada al suelo; arrugó la nariz y se la frotó con uno de sus enormes dedos.

—Bien, en cuanto a eso, verás. La tribuna no llevaba reunida mucho tiempo, ni siquiera un año, pero por lo que oía deduje que, cuando hubieran tomado una decisión, ya tendría la edad necesaria para irme sin su permiso, de modo que... me fui. Los Mayores siempre decían que yo era demasiado impulsivo y me temo que eso no hará más que corroborar su opinión. Me pregunto si ya se habrán percatado de mi partida. Pero tenía que irme.

Rand se mordió los labios para contener la risa. Si Loial era un Ogier impulsivo, no acertaba a imaginar cómo serían la mayoría de ellos. ¿Que no llevaba reunida mucho tiempo, ni siquiera un año? Maese al'Vere quedaría perplejo al oírlo, pues bien sabía él que ningún miembro del Consejo del Pueblo, ni el propio Haral Luhhan, resistiría una reunión que durara más de media jornada. Lo invadió una oleada de añoranza, en la que se congregaban los recuerdos de Tam, Egwene, la Posada del Manantial, Bel Tine en el Prado en los tiempos felices. Los confinó todos en un rincón de su mente.

—Si no es mucho preguntar —dijo, aclarándose la garganta—, ¿por qué deseabas tanto salir...? Ojalá nunca hubiera abandonado yo mi hogar.

—Vaya, para ver —repuso Loial como si fuera la cosa más evidente del mundo—. He leído libros, todos las descripciones de viajeros, y comencé a adquirir la convicción de que, aparte de leer, había que observar. —Sus pálidos ojos se tornaron brillantes y las orejas, enhiestas—.

Estudié todos los borradores que me fue posible encontrar que informaran sobre viajes, los Atajos, las costumbres reinantes en el territorio de los humanos y las ciudades que nosotros construimos para éstos después del Desmembramiento del Mundo. Y, cuanto más leía, más ansias tenía de salir, de ir a esos lugares donde no había estado y ver las arboledas con mis propios ojos.

—¿Las arboledas? —inquirió Rand, extrañado.

—Sí, las arboledas, los árboles. Sólo unos cuantos grandes árboles, claro está, que despuntan hacia el cielo para mantener vivo el recuerdo del *stedding*. —Su silla crujió al inclinarse hacia adelante, gesticulando con ambas manos, una de las cuales todavía retenía el libro. Sus ojos aparecían más animados y sus orejas no dejaban de agitarse—. Generalmente utilizaron ejemplares del lugar, habida cuenta de que no es posible obrar contra natura, no por mucho tiempo; de lo contrario la tierra se rebela. Deben ajustarse las plantas al paisaje y no a la inversa. En cada una de las arboledas se plantaron todos los árboles que crecerían en un clima propicio en aquel sitio, equilibrados con los troncos contiguos, para completar mejor su desarrollo, desde luego, pero también para que la armonía tuviera el efecto de un canto para la vista y el corazón. Ah, los libros hablan de arboledas capaces de provocar el llanto y la risa en los mayores, arboledas cuyo verdor permanecerá indeleble en el recuerdo.

—¿Y qué hay de las ciudades? —preguntó Rand. Loial lo miró con estupor—. Las ciudades. Las ciudades que levantaron los Ogier. Ésta por ejemplo, Caemlyn. Los Ogier construyeron Caemlyn, ¿no es cierto? Al menos eso cuentan los relatos.

—Trabajando la piedra... —Se encogió de hombros—. Aquélla fue sólo la técnica que aprendieron en los años posteriores al Desmembramiento, durante el Exilio, cuando todavía trataban de encontrar nuevamente el *stedding*. Por más que se intente, y he leído que los Ogier que construyeron esas ciudades se esforzaron de veras por conseguirlo, no es posible insuflar vida a una piedra. Algunos aún trabajan la piedra, pero únicamente porque los humanos dañáis con mucha frecuencia los edificios con vuestras guerras. Había unos cuantos Ogier en..., eh..., Cairhien, lo llaman ahora..., cuando pasé por allí. Afortunadamente, eran de otro *stedding,* por lo que no me conocían, si bien les parecía sospechoso que me encontrara fuera siendo tan joven. Supongo que también es verdad que no había ningún motivo por el que yo debiera vagar por ahí. En todo caso, el trabajo de picapedreros fue algo impuesto por los hilos del Entramado, mientras que las arboledas fueron producto de nuestros corazones.

Rand sacudió la cabeza, comprendiendo que la mayoría de las historias que les habían contado de pequeños no se ajustaban mucho a la realidad.

—No sabía que los Ogier creyeran en el Entramado, Loial.

—Por supuesto que creemos en él. La Rueda del Tiempo teje el Entramado de las eras y las vidas son los hilos que utiliza. Nadie puede predecir cómo va a entretejerse el hilo de su propia vida en el Entramado ni cómo se intercalará la hebra de un pueblo. Nos condujo al Desmembramiento del Mundo, al exilio, a labrar la piedra y a la nostalgia, hasta que finalmente nos concedió el regreso al *stedding* antes de que pereciéramos todos. A veces pienso que el motivo de vuestra naturaleza es que los humanos disponéis de un hilo muy corto. Debéis ir saltando para que no se os acabe tan deprisa. Oh, vaya, ya he vuelto a decir una inconveniencia. Según cuentan los Mayores, a los humanos no les gusta que les recuerden la brevedad de su vida. Espero no haber herido tus sentimientos.

Rand negó con la cabeza, riendo.

—En absoluto. Supongo que sería divertido vivir tanto tiempo como vosotros, pero nunca se me había ocurrido la idea. Creo que si vivo tantos años como el viejo Cenn Buie, me daré por satisfecho

—¿Es un hombre muy anciano?

Rand se limitó a asentir, ya que no iba a explicarle a Loial que el viejo Cenn Buie era más joven que él.

—Bien —prosiguió Loial—, si bien es cierto que los humanos disponéis de una vida muy breve, os cunde para hacer muchas cosas, siempre afanosos y atareados. Y, además, tenéis todo el mundo para ocuparlo. Nosotros los Ogier estamos confinados en nuestro *stedding*.

—Ahora estás fuera.

—Temporalmente, Rand. Sin embargo, al final deberé regresar. Este mundo es vuestro, igual que yo pertenezco al *stedding*. Hay demasiado barullo aquí fuera. Y las cosas han cambiado mucho desde que se escribió lo que yo he leído.

—Claro, las cosas se modifican con los años. Algunas, en todo caso.

—¿Algunas? La mitad de las ciudades descritas en nuestros libros ya no existen y la mayor parte de las que siguen en pie reciben otros nombres. Cairhien, por ejemplo. Su nombre correcto es Al'cair'rahienallen, Colina del Crepúsculo Dorado. Ni siquiera se acuerdan de ello, a pesar del sol naciente que adorna sus estandartes. Y la arboleda de allí... Dudo mucho que la hayan cuidado desde la Guerra de los Trollocs. Ahora no es más que un bosque ordinario adonde van a cortar leña. Los grandes árboles han perecido sin excepción. ¿Y aquí? Caemlyn todavía se llama

Caemlyn, pero dejaron que la ciudad creciera sobre la arboleda. No estamos ni a un cuarto de kilómetro del centro del terreno que ocupaba. No ha quedado ni un árbol. También he estado en Tear e Illian. No conservan ni los nombres ni los recuerdos. En Tear sólo hay un pastizal para los caballos en el lugar donde estaba emplazada la arboleda y, en Illian, ésta es el jardín del rey, en donde caza sus venados y no se permite entrar a nadie sin su permiso. Todo ha cambiado, Rand. Me temo mucho que encontraré lo mismo donde quiera que vaya. Todas las arboledas muertas, todos los recuerdos desvanecidos, todos los sueños fenecidos.

—No debes darte por vencido, Loial. Jamás debes rendirte. Si lo haces, es como si estuvieras muerto. —Rand se arrellanó en la silla, replegándose tanto como le fue posible, con el rostro teñido de rubor. Esperaba que el Ogier se echara a reír, pero éste asintió gravemente.

—Sí, ésa es la manera de actuar de vuestra especie. —El Ogier mudó la voz, como si estuviera recitando algo de memoria—. Hasta que la Luz se desvanezca, hasta que el agua se agote, hacia la Sombra con las mandíbulas comprimidas, gritando con desafío con la última exhalación, para escupir en el ojo del Cegador de la Vista en el día final.

Loial irguió la cabeza en actitud expectante; Rand ignoraba qué aguardaba.

Esperó un minuto, luego otro más y sus largas cejas comenzaron a unirse en una mueca de estupor. No obstante, continuó aguardando, prolongando un mutismo que cada vez resultaba más embarazoso a Rand.

—Los grandes árboles —dijo por fin, únicamente para interrumpir aquel silencio—. ¿Se parecen a *Avendesora*?

Loial se enderezó de modo brusco e hizo crujir con tal ruido su silla, que Rand pensó que ésta iba a desmoronarse.

—Tú deberías saberlo mejor que nadie.

—¿Yo? ¿Por qué debería saberlo?

—¿Pretendes gastarme una broma? En ocasiones los Aiel consideráis graciosas cosas que no lo son.

—¿Cómo? ¡Yo no soy un Aiel! Soy de Dos Ríos. ¡Ni siquiera he visto a un Aiel en mi vida!

Loial sacudió la cabeza, al tiempo que se le abatían los pelos de las orejas.

—¿Lo ves? Todo ha cambiado y la mitad de mis conocimientos son inservibles. Espero no haberte ofendido. Estoy seguro de que Dos Ríos debe de ser un lugar precioso, sea cual sea su ubicación.

—Alguien me dijo —recordó Rand— que antaño se llamaba Manetheren. Nunca lo había oído, pero quizá tú...

—¡Ah! Sí, Manetheren. —Las orejas del Ogier se levantaron alegremente—. Había una arboleda muy hermosa allí. Tu dolor canta en mi corazón, Rand al'Thor. No pudimos llegar a tiempo.

Loial inclinó el dorso, sin levantarse, y Rand le correspondió con el mismo gesto, con la sospecha de que heriría su susceptibilidad si no lo hacía o que el Ogier lo consideraría una persona de rudos modales. Se preguntó si Loial pensaba en que él guardaba unos recuerdos similares a los suyos. Las comisuras de sus labios estaban apretadas como si, en efecto, compartiera el dolor de la pérdida de Rand, como si la destrucción de Manetheren, de la cual él tenía noticia únicamente gracias a Moraine, no se hubiera producido hacía dos siglos.

—La Rueda gira —sentenció con un suspiro Loial al cabo de un rato— y nadie puede prever sus giros. Pero tú te has alejado casi tanto del hogar como yo. Una distancia considerable, teniendo en cuenta la presente coyuntura. Cuando se podía viajar por los Atajos..., pero de eso hace mucho tiempo. Dime, ¿qué te ha traído hasta tan lejos? ¿Hay algo que tú también desees ver?

Rand abrió la boca para responder que había ido a ver al falso Dragón... y fue incapaz de mentirle. Tal vez se debiera al hecho de que Loial se comportaba como si no fuera mayor que Rand, a pesar de sus noventa años. Habían transcurrido muchas semanas desde la última vez que se había sincerado realmente con alguien acerca de lo que le sucedía, retraído por la sospecha y el temor de que todos los desconocidos fueran Amigos Siniestros. Mat se había vuelto tan retraído y receloso que ya no era posible conversar con él. Inopinadamente, Rand comenzó a referir a Loial lo acontecido en la Noche de Invierno. Aquélla no fue una vaga explicación relacionada con Amigos Siniestros, sino una detallada descripción de escenas verídicas en que los trollocs derribaban la puerta de su casa o el Fado aparecía de improviso en el Camino de la Cantera.

Una parte de sí estaba horrorizada ante lo que estaba haciendo, pero era como si se hubiera desdoblado en dos personas, una de las cuales intentaba mantener la boca cerrada mientras la otra sentía el alivio de poder expresarse por fin.

El resultado fue que contó la historia a trompicones y retazos inconexos. Shadar Logoth y sus amigos desperdigados en la noche, de los cuales ignoraba si se encontraban vivos o muertos. El Fado que apareció en Puente Blanco, donde Thom falleció para que pudieran escapar. El Fado de Baerlon. Después los Amigos Siniestros, Howal Gode, el muchacho a quienes ellos inspiraban temor y la mujer que intentó matar a Mat. El Semihombre que vieron delante de la posada.

Cuando comenzó a farfullar acerca de los sueños, incluso la parte de sí mismo que sentía urgencia de hablar notó cómo se le erizaban los pelos de la nuca. Se mordió la lengua al cerrar bruscamente la boca. Respirando trabajosamente, observó con recelo al Ogier, con la esperanza de que éste creyera que había contado nada más que pesadillas. Bien sabía la Luz que aquello parecía una pesadilla o era lo bastante horrible como para provocarlas a cualquiera. Tal vez Loial sólo pensaría que estaba perdiendo sus cabales. Tal vez...

—*Ta'veren*— dijo Loial.

—¿Cómo? —exclamó, sorprendido, Rand.

—*Ta'veren*. —Loial se rascó una de sus punteagudas orejas y se encogió de hombros—. Los Mayores siempre decían que no escuchaba jamás, pero a veces prestaba atención. Sin duda sabrás cómo se elabora el tejido del Entramado, ¿no?

—Nunca me detuve a pensarlo —confesó—. Es algo que simplemente va formándose.

—Hum, sí. Bueno, no exactamente. Verás, la Rueda del Tiempo teje el Entramado de las edades y los hilos que emplean son vidas. El Entramado no está prefigurado, no siempre. Si un hombre trata de dar un giro al rumbo de su vida y el Entremado dispone de espacio para ello, la Rueda únicamente continúa urdiendo y asume el cambio. Siempre hay cabida a pequeñas modificaciones, pero a veces el Entremado no acepta un cambio de consideración, por más que uno lo intente. ¿Comprendes?

—Sí. Yo podría vivir en la granja o en Campo de Emond. Eso sería una pequeña modificación. En cambio, si quisiera convertirme en un rey... —Se echó a reír y Loial esbozó una sonrisa tan amplia que casi le dividió la cara en dos. Sus dientes eran blancos y tan grandes como cinceles.

—En efecto, eso es. Sin embargo, en ocasiones los cambios lo escogen a uno o la propia Rueda elige por uno mismo. Y a veces la Rueda presiona el hilo de una vida, o los de varias, de tal modo que todas las hebras restantes se ven obligadas a arremolinarse en torno a él, lo cual produce un efecto en cadena que afecta a todos los hilos. Esa primera desviación que realiza el tejido es *ta'veren* y no hay nada que uno pueda hacer para modificarla, a menos que el Entramado cambie su curso. El proceso de tejido, llamado *ta'maral'ailen*, dura semanas o años, depende. Puede repercutir en una ciudad o en la totalidad del Entramado. Artur Hawkwing era *ta'veren* y lo mismo puede afirmarse de Lews Therin Verdugo de la Humanidad, supongo. —Dejó escapar una estruendosa risita—. El abuelo Halan estaría orgulloso de mí. Siempre se quejaba de mí y, ciertamente, los libros de viajes me parecían más interesantes, pero a veces prestaba atención.

—Eso está muy bien —acordó Rand—, pero no veo cómo se relaciona conmigo. Yo soy un pastor de ovejas y no un nuevo Artur Hawkwing, al igual que Mat y Perrin. Es... ridículo.

—No he dicho que lo fueras, pero casi podía sentir cómo el Entramado se arremolinaba a tu alrededor mientras me contabas tus cuitas, y yo no tengo especial talento para eso. Tú eres *ta'veren*, no hay duda. Tú y quizá también tus amigos. —El Ogier hizo una pausa; se frotó pensativo el lomo de la nariz. Por último asintió para sí como si hubiera tomado una decisión—. Me gustaría viajar contigo, Rand.

Rand lo observó fijamente por espacio de un minuto, sin dar crédito a lo que había escuchado.

—¿Conmigo? —dijo cuando recobró el habla—. ¿No has oído lo que he dicho acerca de...? —Desvió de improviso la mirada hacia la puerta. Ésta estaba bien cerrada y era lo bastante gruesa como para que no filtrara más que un murmullo. No obstante, prosiguió en voz más baja—: ¿Acerca de lo que me persigue? Sea como sea, pensaba que querías ver los árboles.

—Hay una arboleda magnífica en Tar Valon y tengo entendido que las Aes Sedai la mantienen en buen estado. Además, no sólo son árboles lo que me interesa ver. Quizá no seas un nuevo Artur Hawkwing, pero, al menos durante un tiempo, parte del mundo se moldeará a ti si no lo estás configurando ya. Incluso el abuelo Halan estaría ansioso por verlo.

Rand titubeó. Sería agradable tener a alguien a su lado y, teniendo en cuenta el comportamiento de Mat, apenas si podía considerarlo como un compañero con quien contar. El Ogier era una presencia reconfortante. Posiblemente era muy joven según la escala de edad de un Ogier, pero parecía tan imbatible como una roca, al igual que Tam. Y Loial había visitado todos aquellos lugares y poseía conocimientos acerca de otros. Miró al Ogier, sentado con la viva imagen de la paciencia pintada en su rostro. Sentado, y aún más alto que la mayoría de los hombres en posición erecta. «¿Cómo va a ocultarse con una estatura de casi diez pies?» Sacudió negativamente la cabeza, suspirando.

—No creo que sea una buena idea, Loial. Aun cuando Moraine venga a buscarnos, el viaje a Tar Valon será muy peligroso. Si ella no aparece... «Si no aparece es que ha muerto, y que los demás también han muerto. Oh, Egwene.» Recobró el aplomo, rehusando aceptar aquella posibilidad.

Loial lo miró compasivamente y le tocó el hombro.

—Tengo la certeza de que no les ha ocurrido nada malo a tus amigos, Rand.

Rand hizo un gesto de agradecimiento, con la garganta demasiado comprimida para hablar.

—¿Conversarás al menos conmigo de vez en cuando? —Loial exhaló un suspiro, que sonó como un cavernoso murmullo—. ¿Y compartirás algún juego conmigo? No he tenido a nadie con quien hablar durante días, fuera de maese Gill, y él está ocupado casi siempre. Parece que la cocinera lo domina despiadadamente. ¿Tal vez sea ella realmente la propietaria de la posada?

—Por supuesto que sí. —Tenía la voz ronca. Se aclaró la garganta, tratando de sonreír—. Y, si nos encontramos en Tar Valon, me enseñarás la arboleda que hay allí.

«Tienen que estar bien. Luz, haz que lo estén.»

37

LA LARGA BÚSQUEDA

Nynaeve agarraba las riendas de los tres caballos y escrutaba ante sí como si de algún modo pudiera penetrar la oscuridad y encontrar a la Aes Sedai y el Guardián. Estaba rodeada de negros esqueletos de árboles, apenas visibles a la tenue luz de la luna. La maleza y la noche componían una efectiva pantalla que encubría la actuación de Moraine y Lan, cuya naturaleza ignoraba pues ninguno de los dos se había tomado la molestia de ponerla al corriente. Un susurro de Lan, indicándole que mantuviera los caballos en silencio, fue todo cuanto le dijeron antes de desaparecer y dejarla allí plantada como un mozo de cuadra. Dirigió una mirada a los caballos y emitió un suspiro de exasperación

Mandarb se confundía con la noche casi tan bien como la capa de su amo. El único motivo por el que el semental de guerra le permitía aproximarse a él era que Lan le había entregado las riendas. Ahora parecía calmado, pero ella recordaba muy bien cómo le había enseñado los dientes, amenazador, cuando había intentado tocar el ronzal sin la aprobación de Lan. El silencio hizo que los dientes parecieran mucho más amenazadores. Después de posar una cautelosa mirada en el semental, se volvió para escudriñar en la dirección por donde se habían alejado los otros y acarició distraídamente su propia montura. Dio un salto cuando *Aldieb* le empujó la mano con su pálido hocico, pero pasado un minuto también palmeó a la blanca yegua.

—Supongo que no tengo por qué hacerte pagar a ti —musitó— que tu ama sea una caradura... —Trató nuevamente de horadar las tinieblas con la mirada. «¿Qué estarán haciendo?»

Después de abandonar Puente Blanco habían atravesado pueblos que se le antojaban irreales a causa de su normalidad, centros habituales de mercado que a ella le parecían no guardar ninguna relación con un mundo poblado por Fados, trollocs y Aes Sedai. Habían seguido el camino de Caemlyn, hasta que por fin Moraine se había enderezado sobre la silla de *Aldieb*, mirando fijamente hacia el este como si fuera capaz de divisar la carretera en toda su longitud hasta Caemlyn y percibir, asimismo, lo que les aguardaba allí

Por último la Aes Sedai había expulsado el aire de los pulmones y recobrado su postura habitual.

—La Rueda gira según sus propios designios —había dicho—, pero me niego a creer que teja el fin de la esperanza. Debo ocuparme de lo que tengo certeza. Será lo que la Rueda trace.

Luego había encaminado a la yegua en sentido norte y la había hecho adentrarse en el bosque: uno de los muchachos se encontraba en aquella dirección, con la moneda que Moraine le había entregado. Lan espoleó el caballo tras ella.

Nynaeve dedicó una última y larga mirada al camino de Caemlyn. Pocas personas compartían el camino con ellos: un par de carromatos de altas ruedas y un carro vacío en la lejanía, algunos caminantes que acarreaban fardos al hombro o amontonados en carretillas. Algunos de ellos admitían abiertamente que iban a Caemlyn a ver al falso Dragón, pero la mayoría lo negaba con vehemencia, sobre todo aquellos que habían pasado por Puente Blanco. En aquella ciudad, Nynaeve había comenzado a dar crédito a las afirmaciones de Moraine, parcialmente al menos, lo cual no mejoró en absoluto su estado de ánimo.

El Guardián y la Aes Sedai se hallaban casi ocultos entre los árboles cuando ella se dispuso a seguirlos. Aligeró el paso para darles alcance. Lan miraba hacia atrás, haciéndole señas de que avanzara, pero permanecía junto a la Aes Sedai, y ésta tenía la mirada fija en la distancia.

Un atardecer, después de que hubieran dejado atrás el camino, la invisible senda se evaporó. Moraine, la impasible Moraine, con ojos desorbitados se puso súbitamente en pie al lado de la pequeña hoguera donde hervía agua en un cazo.

—Ha desaparecido —susurró.

—¿Está...? —Nynaeve fue incapaz de concluir la frase. «¡Luz, ni siquiera sé cuál de ellos es!»

—No ha muerto —afirmó la Aes Sedai—, pero ya no tiene la pieza vinculante en su poder. —Se sentó, con la voz tranquila y las manos firmes al arrojar una cucharada de té en el agua—. Mañana proseguiremos en la misma dirección. Cuando me aproxime lo suficiente, podré detectarlo sin la moneda.

Cuando el fuego se redujo a carbones, Lan se enrolló la capa y se puso a dormir. Nynaeve no tenía sueño. Observó a la Aes Sedai. Moraine había cerrado los párpados, pero estaba sentada con la espalda erguida, y Nynaeve sabía que estaba despierta.

Mucho después de que las brasas se extinguieran, Moraine abrió los ojos y la miró. Aun en la oscuridad, intuía la sonrisa que esbozaban sus labios.

—Ha recuperado la moneda, Zahorí. Todo se arreglará. —Se recostó sobre sus mantas y casi instantáneamente se sumió en un profundo sopor.

Nynaeve tuvo mayores dificultades en conciliar el sueño, a pesar de la fatiga. Su mente conjuraba las peores posibilidades en contra de su voluntad. «Todo se arreglará.» Después de lo de Puente Blanco no podía abrigar esperanzas con tanta facilidad.

De pronto una mano en su brazo devolvió a Nynaeve del dominio de los recuerdos a la omnipresencia de la noche. Ahogando el grito que brotaba de su garganta, buscó a tientas el cuchillo prendido a su cinturón y aferró su pomo antes de caer en la cuenta de que aquella mano era la de Lan.

El Guardián no llevaba la capucha levantada, pero su capa, similar a la piel de un camaleón, se confundía tan perfectamente con la noche que la borrosa forma de su cara parecía estar suspendida en la oscuridad. Su mano parecía surgir del aire.

Respiró hondo; esperaba oír un comentario acerca de lo sencillo que le había sido tomarla por sorpresa, pero él se volvió para hurgar en sus alforjas.

—Necesitamos tu colaboración —anunció, arrodillándose para trabar a los caballos.

Cuando hubo inmovilizado a las monturas, se irguió, la tomó de la mano y comenzó a caminar. Sus oscuros cabellos se fundían en las tinieblas casi tan efectivamente como su capa y andaba aún con mayor sigilo que ella. Hubo de admitir, a su pesar, que no habría sido capaz de seguirlo en la oscuridad si su mano no la hubiera guiado. De todas maneras, no estaba segura de si podría zafarse de ella aunque quisiera; el Guardián tenía un puño poderoso.

Cuando llegaron a la cumbre de un pequeño montículo, apenas digno de recibir el nombre de colina, se agachó y la obligó a ponerse de cuclillas a su lado. Le llevó un momento advertir que Moraine se encontraba también allí. Quieta, la Aes Sedai habría podido ser una sombra más bajo su oscura capa. Lan señaló un amplio claro que se abría entre los árboles abajo, en la hondonada.

Nynaeve frunció el entrecejo y enfocó la mirada bajo la pálida luz de la luna; de repente sonrió. Aquellas manchas borrosas eran tiendas dispuestas en filas regulares. Era un campamento.

—Capas Blancas —susurró Lan—, doscientos, tal vez más. Abajo hay un manantial. Allí está el muchacho que buscamos.

—¿En el campamento?

Más que verlo, intuyó el mudo asentimiento de Lan.

—En el centro. Moraine puede apuntar directamente a él. Me he acercado lo bastante para comprobar que está custodiado.

—¿Prisionero? —inquirió Nynaeve—. ¿Por qué?

—Lo ignoro. En principio, los Hijos no tienen por qué interesarse por un joven campesino, a menos que algo les haya hecho sospechar de él. Bien sabe la Luz que no se precisan grandes razones para despertar las suspicacias de los Capas Blancas, pero aun así me parece inquietante.

—¿Cómo vais a liberarlo?

Hasta que no la miró de soslayo no reparó en la convicción con que había previsto su capacidad para irrumpir en un asentamiento con cien hombres y regresar con los jóvenes. «Bueno, es un Guardián. Algunas de las historias han de ser ciertas.»

Temió haber suscitado sus burlas, pero su voz sonó con tono inexpresivo.

—Puedo desatarlos, pero no es probable que luego caminen con cautela. Si nos descubren, tendríamos dos centenares de Capas Blancas pisándonos los talones, teniendo que compartir los caballos. A menos que estén demasiado ocupados para salir a darnos caza. ¿Estáis dispuesta a correr riesgos?

—¿Para ayudar a alguien de Campo de Emond? ¡Desde luego! ¿Qué clase de riesgos?

Lan volvió a señalar la oscuridad, más allá de las tiendas. Aquella vez no distinguió más que sombras.

—Los ronzales de sus caballos. Si cortáis las cuerdas atadas al poste, no del todo, pero lo suficiente para que se rompan cuando Moraine idee algo para distraerlos, los Capas Blancas estarán demasiado ocupados tratando de recobrar sus propias monturas para perseguirnos a nosotros. Hay dos centinelas en cada lado del campamento, pero, si sois la mitad de eficiente de lo que yo os considero, no os verán.

Nynaeve tragó saliva. Una cosa era cazar conejos y otra enfrentarse a centinelas con lanzas y espadas... «¿De manera que me considera eficiente?»

—Lo haré.

Lan asintió de nuevo, como si no hubiera esperado menos de ella.

—Otra cosa a tener en cuenta es que hay lobos que merodean por los alrededores. He visto dos, quizás haya más. —Se detuvo y, pese a que no modificó el tono de su voz, ella tuvo la sensación de que estaba perplejo—. Era como si ellos quisieran que yo los viera. De todas maneras, no creo que os molesten. Los lobos suelen mantenerse alejados de las personas.

—Un detalle que se me hubiera escapado de no ser por vos —observó con dulzura—, habida cuenta que sólo me crié entre pastores.

El Guardián exhaló un gruñido y ella sonrió al amparo de la oscuridad.

—Pasamos a la acción, pues —agregó.

La sonrisa se desvaneció en sus labios cuando miró el campamento lleno de hombres armados. Doscientos con lanzas, espadas y... Antes de replantearse nada más, palpó el cuchillo y comenzó a caminar. Moraine le aferró el brazo casi con tanta fuerza como Lan.

—Sed prudente —aconsejó en voz queda la Aes Sedai—. Una vez que hayáis cortado las cuerdas, regresad con la mayor brevedad posible. Vos también formáis parte del Entramado y no os pondría en una situación de peligro, al igual que a cualquiera de los otros, si el mundo entero no se hallara bajo amenaza en estos últimos tiempos.

Nynaeve se frotó el brazo subrepticiamente cuando Moraine la soltó. No estaba dispuesta a dar a entender a la Aes Sedai que su mano le había hecho daño. Moraine se volvió en seguida a observar el campamento. Y el Guardián había desaparecido, advirtió con sobresalto Nynaeve. No lo había visto marcharse. «¡Que la Luz confunda a ese condenado hombre!» Se anudó deprisa las faldas para que no entorpecieran sus piernas y se precipitó en la noche.

Tras aquellos primeros pasos impetuosos, bajo los que crujieron ramas caídas al suelo, aminoró la marcha. Su propósito era obrar con sigilo, y no tenía por qué competir con el Guardián. «¿Estás segura?»

Ahuyentó aquellos pensamientos y se centró en abrirse camino entre la lóbrega foresta. Aquello no era complicado en sí; la tenue luz de la luna menguante era más que suficiente para cualquiera que hubiera recibido el entrenamiento que le había dado su padre a ella. El suelo apenas era accidentado; no obstante, los árboles, desnudos y descarnados, que perfilaba la negra noche, le recordaban constantemente que aquello no era un juego de niños, y el penetrante viento producía un sonido demasiado parecido al de los cuernos de los trollocs. Ahora que se encontraba sola, rememoró que aquellos lobos que solían alejarse de las personas, se habían comportado de modo distinto aquel invierno en Dos Ríos.

Sintió un tremendo alivio cuando percibió por fin el olor de los caballos. Casi conteniendo el aliento, se postró boca abajo y se arrastró contra el viento, guiada por el olfato.

A punto estuvo de topar con los centinelas antes de verlos caminando con paso marcial hacia ella. Envueltos en tinieblas, sus ondeantes capas casi reflejaban la luz de la luna; si hubieran llevado antorchas, no habrían resultado más visibles. Quedó paralizada, tratando de confundirse con la tierra. Casi delante de ella, a menos de diez pasos de distancia, los Capas Blancas hicieron un alto y se cuadraron uno frente a otro con las lanzas al hombro. A sus espaldas distinguió sombras que, a juzgar por el fuerte olor a estiércol, habían de ser los caballos.

—La noche está apacible —anunció uno de los Capas Blancas—. La Luz nos ilumine y proteja de la Sombra.

Dicho esto, dieron media vuelta y volvieron a adentrarse en la noche.

Nynaeve aguardó, contando para sí mientras repetían dos veces el mismo circuito. Siempre tardaban el mismo tiempo y repetían rígidamente idéntica fórmula, sin variar una palabra. Con la vista al frente, sin desviarla lo más mínimo, se aproximaban a ella y luego volvían a alejarse. Llegó a preguntarse si la habrían visto aunque hubiera permanecido en pie.

Antes de que la oscuridad engullera las pálidas ondas de sus capas por tercera vez, ya se había puesto en pie y corría encorvada hacia los caballos. Al acercarse, disminuyó el ritmo de sus pasos para no sobresaltarlos. A pesar de no percibir más que lo que tenían delante de sus narices, los Capas Blancas iniciarían sin duda pesquisas si los animales comenzaban a relinchar de improviso.

Las monturas, alineadas en varias hileras junto a los postes, apenas eran confusas masas cabizbajas. De vez en cuando alguna resoplaba o coceaba en sueños. Alargó la mano hacia la cuerda, y quedó petrificada cuando el caballo más cercano levantó la cabeza y la miró. «Un relincho.» Su corazón latía a punto de estallarle en el pecho, y su pulso parecía tan escandaloso como para llegar a oídos de los centinelas.

Sin apartar los ojos del caballo, hendió el ronzal con el cuchillo, comprobando a tientas la profundidad de la raja. El animal agitó la cabeza, dejándola sin resuello. «Un solo relincho.»

Únicamente algunas hebras de cáñamo permanecían íntegras bajo sus dedos. Se acercó lentamente a la otra hilera y observó al caballo hasta que no pudo distinguir si la miraba o no, y espiró entrecortadamente. No se veía con ánimos de resistirlo si todos actuaban como aquél.

Pero las otras monturas continuaron durmiendo, incluso cuando dejó escapar un grito ahogado al cortarse el pulgar. Succionó la herida y miró con recelo hacia atrás. Al hallarse en sentido contrario al del viento, ya no podía escuchar las palabras que intercambiaban los centinelas, pero era posible que ellos la hubieran oído si se encontraban en el lugar adecuado. Si se aproximaban a averiguar la procedencia del ruido, el viento le impediría advertirlo hasta que estuvieran a su lado. «Es hora de irse. Con cuatro o cinco caballos que se escapen no saldrán a perseguir a nadie.»

Sin embargo, permaneció clavada allí. Imaginaba la mirada de Lan cuando se enterase de lo que había hecho. Ésta no sería acusadora; él era una persona juiciosa y no esperaría más de ella. Era una Zahorí, no un maldito e invencible Guardián capaz de tornarse en ser invisible. Con el maxilar obstinadamente apretado, se movió hacia el último poste. La primera montura era *Bela*.

No había forma de confundir aquella forma achaparrada y aquel pelambre; hubiera sido demasiada coincidencia encontrar en aquel lugar un caballo similar. De pronto la invadió una alegría tan profunda por no haber omitido aquella última hilera que se echó a temblar, hasta el punto de sentir miedo de tocar la cuerda. Su mente, no obstante, se mantenía nítida como el arroyo del manantial. Fuera cual fuese el chico que se encontraba en el campamento, Egwene estaba con él. Y, si habían de galopar dos a lomos del mismo caballo, algunos de los Hijos les darían alcance por más desperdigadas que estuvieran sus monturas y era probable que alguno falleciera. Tenía tanta certeza al respecto como si estuviera escuchando la voz del viento. Aquello le inspiró un agudo temor, un temor que tenía que ver con la fuente de aquella certeza. Aquél no era un tema relacionado con el tiempo, las cosechas o las enfermedades. «¿Por qué tenía que decirme Moraine que podía hacer uso del Poder? ¿Por qué no me dejó en paz?»

Curiosamente el miedo paralizó los temblores. Con manos tan firmes como si estuviera machacando hierbas en su propia casa, cortó el ronzal y, después de enfundar la daga, desató la rienda de *Bela*. La yegua se despertó dando un respingo, pero Nynaeve le acarició el hocico y le habló suavemente al oído. *Bela* bufó en voz baja, presumiblemente de contento.

Otros caballos de la misma fila habían despertado también y estaban mirándola. Recordó a *Mandarb* y alargó la mano vacilante al siguiente cabestro, pero aquel caballo no puso objeción a su gesto, sino que por el contrario aparentaba sentir deseos de recibir la misma caricia que *Bela*. Cogió con fuerza la rienda de *Bela* y se enroscó la otra en la muñeca, sin parar de mirar con nerviosismo el campamento. Las pálidas tiendas se hallaban sólo a unos veinticinco metros de distancia y percibía a varios hombres que caminaban entre ellas. Si advertían que los caballos estaban agitados y acudían a averiguar el motivo...

Deseó desesperadamente que Moraine no esperara hasta su regreso, que, fuera lo que fuese lo que ésta planeaba hacer, lo pusiera entonces en acción. «Luz, que lo haga ahora, antes de...»

De improviso un relámpago surcó el cielo y atenuó por un momento la oscuridad; luego el sonido de un trueno castigó sus oídos con tal fuerza que creyó que se le iban a doblar las rodillas, cuando un rayo se hincó en el suelo a pocos metros de los caballos y levantó un auténtico surtidor de tierra y piedras. El rugido de la tierra hendida competía con el fragor de los truenos. Los caballos relinchaban y caracoleaban empavorecidos; las hebras de las cuerdas se quebraron en pocos segundos. Un nuevo relámpago fulguró antes de que se hubiera desvanecido la imagen del anterior.

Nynaeve estaba demasiado ocupada para entregarse a exultaciones. Con el primer estallido *Bela* se abalanzó en una dirección mientras la otra montura se precipitaba en la contraria. Temió que le arrancaran los brazos. Por espacio de un interminable minuto permaneció suspendida entre los dos animales, con los pies separados del suelo, emitiendo gritos que amortiguó el segundo trueno. Los rayos continuaron una y otra vez, acompañados de un incesante estruendo. Obstaculizado el sentido de su carrera, los caballos se echaron atrás y la dejaron apearse. Deseaba agazaparse en el suelo hasta que se aplacara el dolor de su torturada espalda, pero no había tiempo que perder. *Bela* y su nuevo compañero la zarandearon, con ojos despavoridos semejantes a esferas blancas, amenazando con derribarla y pisotearla. Hizo acopio de fuerzas y logró levantar los brazos, aferrar la crin de *Bela* y alzarse a lomos de la yegua. La otra rienda continuaba enroscada en su muñeca, segándole la piel.

Observó el paso de una larga sombra gris que gruñía y que, al parecer, hizo caso omiso de ella y de los dos caballos, para atacar, sin embargo, a los enloquecidos animales, los cuales salían en estampida por doquier. Una segunda sombra mortífera siguió a la primera. Nynaeve quería gritar, pero su garganta no emitía ningún sonido. «¡Lobos! ¡Que la Luz nos asista! ¿Qué está haciendo la Aes Sedai?»

Los talones que hincó en los flancos de *Bela* eran innecesarios. La yegua partió al galope y la otra montura liberó sus ansias de correr. De todas maneras, mientras pudieran correr, mientras pudieran escapar al fuego que escupía el cielo...

38

EL RESCATE

Perrin se revolvió como pudo, maniatado por la espalda, y por último renunció con un suspiro. Cada roca que esquivaba lo llevaba a topar con dos más. Con movimientos entorpecidos, trató de cubrirse con la capa. La noche era fría y el suelo parecía absorber todo el calor de su cuerpo, al igual que todas las noches desde que los habían apresado los Capas Blancas. Por lo visto, los Hijos no creían que los prisioneros necesitaran mantas, ni siquiera un cobertizo, y menos unos peligrosos Amigos Siniestros.

Egwene yacía acurrucada contra su espalda, sumida en un profundo sueño a consecuencia de su estado de extenuación. Ni siquiera murmuraba cuando él se movía. El sol tardaría varias horas en aparecer por el horizonte y estaba dolorido de pies a cabeza después de una jornada de caminar detrás de un caballo con un dogal al cuello, pero no conseguía dormir.

La columna no avanzaba con mucha rapidez. Habían perdido gran parte de la remonta en el *stedding*, a causa de los lobos, y los Capas Blancas no podían cabalgar en dirección sur a la velocidad deseada; la demora era otro de los cargos que sumaban a los agravios de los dos muchachos de Campo de Emond. Aun así, la sinuosa doble línea tampoco se movía con paso sosegado, debido a que lord Bornhald deseaba llegar a tiempo a Caemlyn por razones que Perrin desconocía, y éste andaba siempre con el temor de que, si caía al suelo, el Capa Blanca a cuya silla iba atado no se detendría, a pesar de que Bornhald hubiera ordenado que debían preservarles la vida para llevarlos a presencia de los interrogadores de Amador.

Sabía que si ello ocurría no tendría salvación; las únicas ocasiones en que le soltaban las manos era para comer o para ir a la letrina. La soga tornaba trascendental cada paso, considerando que cada piedra del suelo podía provocarle una caída fatal. Caminaba con la musculatura tensa mientras escrutaba ansioso la tierra que había de pisar. Siempre que dirigía una mirada a Egwene, ella estaba haciendo lo mismo. Cuando levantaba los ojos, su rostro aparecía rígido y espantado. Ninguno de ellos se atrevía a apartar la vista del suelo más que para una mirada fugaz.

Normalmente se desplomaba como un trapo desgastado tan pronto como los Capas Blancas le permitían detenerse, pero aquella noche su mente no cesaba de cavilar. La piel le hormigueaba a causa del terror que había acumulado durante días. Si cerraba los ojos, únicamente vería los tormentos que Byar les había prometido para cuando llegaran a Amador.

Estaba convencido de que Egwene todavía no daba crédito a lo que auguraba Byar con su monótono tono de voz, pues, de lo contrario, no podría dormir por más fatigada que se hallara. Al principio él tampoco había creído a Byar y todavía entonces rehusaba hacerlo; se negaba a admitir que alguien pudiera infligir tales atrocidades a otro ser humano. Sin embargo, Byar no los amenazaba exactamente: se limitaba a hablar de hierros candentes y tenazas, afilados cuchillos y puntiagudas agujas destinados a penetrar la carne como si dijera que iban a tomar un trago de agua. No aparentaba tener intención de amedrentarlos, ni sus ojos expresaban placer en el sadismo. Lo cierto era que le tenía sin cuidado si estaban asustados o no, si iban a torturarlos o no, o si estaban vivos o muertos. Aquello era lo que hacía manar un frío sudor del rostro de Perrin una vez que lo hubo captado y fue lo que finalmente lo convenció de que Byar estaba diciendo la pura verdad.

Las dos capas de los centinelas despedían grises destellos a la luz de la luna. No lograba distinguir sus semblantes, pero sabía que los vigilaban. Como si pudieran intentarlo, atados de manos y pies de aquel modo. Recordaba sus miradas airadas y su expresión ofendida, percibidas cuando aún quedaba suficiente luz, como si les hubiera tocado en suerte custodiar a unos asquerosos y apestosos monstruos de aspecto repelente. Todos los Capas Blancas los miraban invariablemente de igual manera.

«Luz, ¿cómo podré disuadirlos de que no somos Amigos Siniestros cuando ya están seguros de ello?» Sentía náuseas en el estómago. Al final, confesaría cualquier cosa con tal de contener a los interrogadores.

Se acercaba alguien, un Capa Blanca con una linterna en la mano. El hombre se detuvo para hablar con los centinelas, quienes le contestaron con respeto. Perrin no oyó lo que le dijeron, pero reconoció la alargada y flaca silueta.

Entornó los ojos cuando la linterna apuntó su cara. Byar llevaba el hacha de Perrin en la otra mano, la cual utilizaba como un arma de su propiedad, o cuando menos no se separaba nunca de ella cuando él lo veía.

—Despierta —le ordenó Byar con voz neutra, como si pensara que Perrin dormía con la cabeza levantada. Acompañó la demanda con un violento puntapié en las costillas.

Perrin emitió un gruñido, apretando los dientes. Sus costados eran una masa de magulladuras producidas por la bota de Byar.

—Despierta, he dicho. —Volvió a golpearlo con el pie, ante lo cual Perrin se apresuró a hablar.

—Estoy despierto.

Uno había de demostrar haber escuchado lo que decía Byar o, de lo contrario, éste apelaba a otras maneras de llamar la atención.

Dejó la linterna en el suelo y se inclinó para revisar sus ataduras. El Capa Blanca le agarró con dureza la muñeca, forzando la postura de sus brazos, y, al comprobar que los nudos estaban tan prietos como los había dejado, tiró de la cuerda que aprisionaba sus tobillos y raspó el pedregoso suelo con su cuerpo. El hombre parecía demasiado esquelético para poseer vigor, pero movía a Perrin como si fuera un niño. Ese proceso era una rutina diaria.

Al incorporarse Byar, Perrin advirtió que Egwene seguía dormida.

—¡Despierta! —gritó—. ¡Egwene! ¡Despierta!

—¿Qué...? ¿Qué? —Egwene, todavía adormecida, enderezó la cabeza y parpadeó al contacto con la luz de la lámpara.

Byar no dio señales de decepción por no poder despertarla de un puntapié; nunca lo hacía. Simplemente zarandeó las cuerdas igual que antes e hizo caso omiso de los gemidos de la muchacha. El hecho de causar dolor era otra de las cosas que, al parecer, no lo afectaban en modo alguno; Perrin era el único por quien desviaba sus pasos con propósito de herirlo. Aun cuando Perrin no lo recordara, Byar lo había grabado en su memoria como alguien que había dado muerte a dos Hijos de la Luz.

—¿Por qué habrían de dormir los Amigos Siniestros —dijo despiadadamente Byar— cuando dos hombres honrados deben permanecer despiertos para vigilarlos?

—Por centésima vez —respondió, cansada, Egwene— os digo que no somos Amigos Siniestros.

Perrin se puso rígido. En ocasiones una negación de aquel tipo acarreaba un ronco y monótono monólogo, versado en la confesión y el arrepentimiento, que concluía con una descripción de los métodos que los interrogadores utilizaban para obtenerlas. En otras, tenían como consecuencia un sermón y un puntapié. Para su sorpresa, Byar no reaccionó aquella vez.

En su lugar, el hombre se agazapó delante, mostrándole su anguloso rostro, con el hacha sobre las rodillas. El sol dorado y las dos estrellas bordados en el pecho de su capa resplandecieron con la luz de la linterna. Apoyó los brazos en el mango del hacha y estudió en silencio a Perrin. Éste trató de no dar un respingo ante aquella mirada de cuencas hundidas.

—Nos estáis retrasando, Amigos Siniestros, tú y tus lobos. El Consejo de los Ungidos ha oído y ha tenido referencias de tales fenómenos y quiere conocer más acerca de ello, por lo cual debemos llevarte a Amador y entregarte a los interrogadores, pero estáis demorándonos. Confiaba en que pudiéramos avanzar con suficiente rapidez, aun sin las remontas, pero me equivocaba. —Guardó silencio, mirándolos con el entrecejo fruncido.

»El capitán está atrapado en un dilema —afirmó Byar finalmente—. Debido a los lobos debe llevaros ante el Consejo, pero también está obligado a llegar a Caemlyn en fechas precisas. No tenemos caballos sobrantes para vosotros, pero, si continuamos dejándoos ir a pie, no estaremos en Caemlyn cuando debiéramos. El capitán contempla sus obligaciones con una visión estricta y está decidido a presentaros al Consejo.

Egwene exhaló un gemido. Byar estaba mirando a Perrin y éste le devolvía la mirada, casi sin atreverse a pestañear.

—No comprendo —dijo lentamente.

—No hay nada que comprender —replicó Byar—. Nada más que vagas conjeturas. Si escaparais, no tendríamos tiempo para perseguiros. No disponemos de una hora que perder si hemos de llegar a tiempo a Caemlyn. Si os cortarais las cuerdas con una roca afilada, pongamos por caso, y os esfumarais en la noche, el problema del capitán quedaría resuelto. —Sin apartar los ojos de Perrin, introdujo la mano en la capa y arrojó algo al suelo.

Perrin dirigió automáticamente la vista a donde había caído. Advirtió, estupefacto, una piedra partida con una afilada arista.

—Sólo vagas conjeturas —repitió Byar—. Vuestros centinelas también tienen un humor conjeturador esta noche.

A Perrin se le secó súbitamente la saliva en la boca. «¡Reflexiona! Luz, ayúdame a reflexionar y no cometer ningún error!»

¿Podía ser cierto? ¿Era posible que la necesidad de que los Capas Blancas arribaran a tiempo a Caemlyn fuera tan imperativa como para permitir la huida a personas sospechosas de ser Amigos Siniestros? Aquel hilo de pensamiento no lo conducía a ninguna parte; no disponía de suficientes datos. Byar era el único Capa Blanca que se avenía a dirigirles la palabra, aparte del capitán Bornhald, y era parco en la información que revelaba. Viéndolo desde otra perspectiva, si Byar deseaba que escaparan, ¿por qué no les cortaba simplemente las ataduras? Si Byar deseaba que escaparan... Byar, que estaba convencido hasta la médula de que eran Amigos Siniestros. Byar, que odiaba a los Amigos Siniestros con más intensidad incluso que al Oscuro. Byar, que buscaba cualquier excusa para causarle dolor por haber matado a dos Capas Blancas. ¿*Byar* quería que escaparan?

Si antes había considerado que su mente no paraba de cavilar, ahora ésta hacía frente a una auténtica avalancha. A pesar del frío, su rostro estaba surcado de sudor. Dirigió la mirada hacia los centinelas. Éstos no eran más que sombras de un gris pálido, pero tenía la sensación de que estaban preparados, aguardando. Si él y Egwene recibían muerte tratando de huir y sus cuerdas eran raídas por una piedra que por casualidad se encontraba por ahí... El dilema del capitán quedaría resuelto a buen seguro. Y Byar lograría verlos muertos, cumpliendo así su deseo.

El enjuto Capa Blanca recogió su yelmo y comenzó a enderezarse.

—Esperad —pidió Perrin con voz ronca. Las ideas se agolpaban en la cabeza en una vana búsqueda de una solución—. Esperad, quiero hablar. Yo... «¡Vienen a ayudarnos!»

Aquel pensamiento brotó en su mente como una reluciente centella en medio del caos y le causó tal sorpresa que por un instante olvidó todo lo demás, incluso el lugar donde se hallaba. *Moteado* estaba vivo. «Elyas», transmitió al lobo, preguntando sin palabras por la suerte de su compañero. Obtuvo una imagen en la que Elyas yacía en un lecho de hojas junto a una pequeña hoguera en el interior de una cueva, curándose una herida en uno de sus costados. Miró a Byar con la boca abierta y su rostro esbozó una sonrisa. Elyas estaba vivo. *Moteado* estaba vivo. Iban a recibir ayuda.

Byar se paralizó, en cuclillas, observándolo.

—Se te ha ocurrido una idea, Perrin de Dos Ríos, y yo voy a saber de qué se trata.

Por un momento, Perrin creyó que se refería al mensaje de *Moteado*. Su semblante reflejó un pánico intenso, seguido de un relajamiento de alivio. No era posible que Byar fuera capaz de leerle el pensamiento.

Byar observó sus cambios de expresión y, por primera vez, sus ojos se posaron en la piedra que había arrojado al suelo.

Estaba reconsiderando sus planes, advirtió Perrin. Si cambiaba de opinión respecto a la piedra, ¿se atrevería a dejarlos con vida y arriesgarse a que lo delataran? Las cuerdas también podían cortarse una vez que estuvieran muertas las personas atadas con ellas, aun cuando ello implicara el peligro de ser descubierto. Miró los ojos de Byar, cuyas hundidas cuencas parecían escrutarlo desde el fondo de una caverna, y dedujo que éste ya había tomado una decisión.

Byar abrió la boca y, mientras Perrin aguardaba su sentencia, los acontecimientos se sucedieron a un ritmo más vertiginoso que el de sus propios pensamientos.

De improviso, uno de los centinelas se esfumó. Un minuto después se vieron dos oscuras sombras, que la noche tragó casi de inmediato. El segundo centinela se volvió, empezando a exhalar un grito que quedó abortado en su primera sílaba, cuando se desplomó en el suelo como un tronco caído.

Byar se volvió sobre sí, tan velozmente como una serpiente a punto de atacar, e hizo girar el hacha sobre su cabeza. Pertin observó con ojos desorbitados la noche que parecía engullir la luz de la linterna. Abrió la boca para chillar, pero el temor atenazaba su garganta. Por un instante olvidó incluso que Byar deseaba darles muerte. El Capa Blanca era otro ser humano, y la noche parecía haberse convertido en un ser vivo que acudía a dar cuenta de todos.

Entonces la oscuridad que invadía la luz se transformó en Lan, cuyos movimientos hacían oscilar el color de los pliegues de su capa entre sombras grises y negras. El hacha que empuñaba Byar se descargó como un rayo..., y Lan se inclinó hacia un lado tranquilamente, dejando que la hoja pasara tan cerca de su cuerpo como para escuchar el silbido del aire que hendía. Byar abrió desmesuradamente los ojos cuando la fuerza de su descarga le hizo perder el equilibrio, mientras el Guardián lo golpeaba con manos y pies en una rápida sucesión, tan veloz que Perrin no estaba seguro de haberla visto. De lo que sí tuvo certeza era de que Byar se había derrumbado como una marioneta. Antes de que el Capa Blanca se abatiera en el suelo, el Guardián ya se había postrado de hinojos y apagado la linterna.

Con el súbito retorno de la oscuridad, Perrin parpadeó enceguecido. Al parecer, Lan había desaparecido de nuevo.

—¿Es real...? —Egwene emitió un sollozo—. Os creíamos muertos a todos.

—Aún no —contestó el Guardián con un susurro.

Sus manos tocaron a Perrin, palpando sus ataduras. Un cuchillo sesgó las cuerdas, devolviéndole la libertad. Sus doloridos músculos pro-
testaron cuando se sentó. Se frotó las muñecas, mientras contemplaba
el bulto grisáceo que componía la figura de Byar.

—¿Lo habéis...? ¿Está...?

—No —repuso la calmada voz de Lan desde las tinieblas—. No doy
muerte a menos que ésa sea mi intención. En todo caso no molestará a
nadie durante un buen rato. Parad de hacer preguntas y tapaos con sus
capas. No disponemos de mucho tiempo.

Perrin se arrastró hasta donde yacía Byar. Le supuso un esfuerzo tocarlo, y, cuando sintió su pecho que subía y bajaba, casi apartó las manos compulsivamente. La piel le hormigueaba mientras desataba la capa
blanca. A pesar de lo afirmado por Lan, se imaginaba al hombre de hue-
sudas facciones incorporándose inopinadamente. Tanteó deprisa a su
alrededor hasta encontrar el hacha y luego se acercó a otro centinela. Le
pareció extraño, al principio, no sentirse reacio a sentir el tacto de aquel
hombre inconsciente, pero pronto dedujo el motivo. Todos los Capas
Blancas lo odiaban, expresando así una emoción humana. Byar en cambio no los odiaba, no tenía ningún sentimiento; sólo pensaba que debían morir.

Con las dos capas en la mano, giró sobre sí... y el terror se apoderó
de él. La oscuridad le había hecho perder de improviso el sentido de la
orientación y se veía incapaz de encontrar a Lan y los demás. Sus pies
permanecían clavados en el suelo, sin osar moverse. Incluso Byar yacía
oculto por la noche sin su capa blanca. No había nada que pudiera
orientarlo. Sus pasos podían adentrarlo en el campamento.

—Aquí.

Caminó a trompicones hacia el lugar donde Lan había emitido el susurro, hasta que lo detuvieron unas manos. Egwene era una lóbrega
sombra y el rostro de Lan una mancha borrosa sin solución de continui-
dad con el resto de su cuerpo, que parecía no encontrarse allí. Sintió sus
ojos prendidos en él y se preguntó si debía darles una explicación.

—Poneos las capas —ordenó Lan—. Rápido. Plegad las vuestras. Y
no hagáis el más leve ruido. Todavía no estáis a salvo.

Perrin entregó en seguida una de las prendas a Egwene, aliviado por
no tener que confesar sus temores. Luego cambió su capa por una de las
blancas, que le produjo un hormigueo en los hombros, una punzada de
desasosiego entre las clavículas. ¿Sería la capa de Byar la que le había tocado en suerte? Casi creía percibir el olor de aquel enjuto individuo.

Lan les indicó que se dieran la mano y Perrin aferró el hacha con una
de ellas y la de Egwene con la otra, deseoso de que el Guardián dispusie-

ra su pronta huida para contener el desafuero de su imaginación. Sin embargo, permanecieron inmóviles, rodeados por las tiendas de los Hijos, conformando un grupo de sombras envueltas en capas blancas y otra cuya presencia se detectaba, pero no se veía.

—Pronto —musitó Lan—. Muy pronto.

Un relámpago quebró la noche sobre el campamento, a tan corta distancia que Perrin sintió que se le erizaban los pelos de los brazos y la cabeza. Justo detrás de las tiendas la tierra entró en erupción a consecuencia de la descarga, entremezclando su explosión con la del cielo. Antes de que la luz se apagara, Lan los condujo hacia adelante.

Con el primer paso un nuevo centelleo sesgó la oscuridad. Los rayos caían como la lluvia, entre cuyos destellos se entreveían momentáneamente las tinieblas. Los truenos, encadenados entre sí, producían un fragor incesante. Los caballos, despavoridos, emitían relinchos que apagaban las detonaciones. Los hombres tropezaban al salir de las tiendas, algunos con sus capas blancas, otros a medio vestir, unos corriendo de un lado a otro y los demás inmóviles, de pie, como petrificados.

Lan los guiaba al trote en medio de la confusión. Los Capas Blancas los miraban pasar con estupor. Algunos los llamaban, confundiendo sus voces con el estrépito del cielo, pero, al estar envueltos en las capas blancas, nadie trató de detenerlos. Cruzaron las tiendas y abandonaron el campamento para perderse en la noche, sin que nadie alzara la mano contra ellos.

El suelo se volvió irregular bajo los pies de Perrin y la maleza lo arañó, mientras dejaba que tiraran de él. El relámpago parpadeó y después se apagó su luz. Los ecos de los truenos retumbaron en el cielo antes de que ellos desaparecieran también. Perrin miró hacia atrás. Entre las tiendas crepitaban varios fuegos, producidos tal vez por los rayos o por las lámparas caídas entre la barahúnda. Los hombres todavía gritaban, con voces que sonaban apagadas en la noche, intentando restablecer el orden y averiguar lo ocurrido. El terreno comenzó a formar una pendiente de subida, mientras los alaridos y las tiendas quedaban atrás.

De repente casi tropezó con los tobillos de Egwene, al pararse Lan. Más adelante se veían tres caballos.

Una sombra se movió y luego se oyó la voz de Moraine, impregnada de irritación.

—Nynaeve no ha vuelto. Me temo que esa joven habrá cometido alguna insensatez. —Lan giró sobre sus talones como si fuera a deshacer el camino recorrido, pero una única palabra de Moraine, emitida como un restallido, lo contuvo—. ¡No! —Permaneció inmóvil, mirándola de soslayo, con las manos y el rostro únicamente visibles, aunque reducidos a unas manchas sombreadas. La Aes Sedai prosiguió con un tono menos imperativo, que no dejaba de reflejar una inflexible firmeza—. Algunas cosas son más importantes que otras, ya lo sabes. —El Guardián continuó quieto y la voz de Moraine volvió a adoptar su dureza—. ¡Recuerda tus juramentos, al'Lan Mandragoran, Señor de las Siete Torres! ¿Qué vale el juramento de un señor que lleva la diadema de guerra de los malkieri?

Perrin pestañeó. ¿Lan era todo aquello? Egwene estaba murmurando, pero él no podía apartar los ojos de la escena que se desarrollaba ante sí, en la que Lan permanecía paralizado como un lobo de la manada de *Moteado*, un lobo mantenido a raya por la diminuta Aes Sedai, tratando en vano de escapar a su destino.

Un crujido de ramas quebradas en la espesura interrumpió aquel mudo forcejeo. En dos largas zancadas Lan se halló entre Moraine y la fuente del sonido, reflejando en la hoja de su espada la pálida luz de la luna. Entonces dos caballos surgieron de entre los árboles, uno de ellos con un jinete sobre su lomo.

—¡*Bela*! —exclamó Egwene.

—Por poco no os encuentro —confesó Nynaeve desde la silla de la yegua—. ¡Egwene! ¡Gracias a la Luz que estás viva!

Desmontó, pero, cuando caminaba hacia los dos muchachos, Lan la agarró del brazo y ella se detuvo en seco, levantando la mirada hacia él.

—Debemos partir, Lan —dijo Moraine, con voz tan imperturbable como antes.

Al oír a la Aes Sedai, el Guardián soltó a Nynaeve.

Frotándose el brazo, ésta corrió a abrazar a Egwene, pero Perrin creyó haberla oído emitir una queda carcajada antes. Aquello lo desconcertó, dado que le pareció que aquella risa no guardaba ninguna relación con su alegría por volver a verlos.

—¿Dónde están Rand y Mat? —preguntó.

—En otro lugar —respondió Moraine, mientras Nynaeve murmuraba algo que produjo asombro en Egwene. Perrin dio un respingo; había oído parte de un rudo juramento de carretero—. Quiera la Luz que estén bien —prosiguió la Aes Sedai como si no lo hubiera advertido.

—Ninguno de nosotros estará bien —terció Lan— si nos encuentran los Capas Blancas. Cambiaos las capas y subid a caballo.

Perrin montó el caballo que Nynaeve había traído detrás de *Bela*. La ausencia de silla no le molestaba en absoluto, puesto que, si bien no montaba a menudo en el pueblo, cuando lo hacía era siempre a pelo. Todavía conservaba la capa blanca, ahora enrollada y atada a la cintura.

El Guardián había dicho que no debían dejar más rastros que los imprescindibles. Aún creía percibir el olor de Byar en aquella prenda.

Cuando emprendían la marcha, Perrin sintió nuevamente la llamada de *Moteado* en su cerebro. «Hasta otro día.» Era más un sentimiento que una frase articulada, en el que percibía un suspiro y a la vez la promesa de un encuentro preestablecido, una previsión de un hecho futuro y la resignación por lo que había de suceder, todo dispuesto en capas superpuestas. Intentó preguntar cuándo y por qué, apresurado e invadido por un súbito temor. La huella de los lobos se debilitaba, amortiguándose. Sus frenéticas preguntas únicamente recibieron la misma respuesta cargada de significados. «Hasta otro día.» Aquella despedida ocupó su cerebro hasta mucho después de que se hubiera quebrado la comunicación con los lobos.

Lan se dirigió hacia el sur con paso lento, pero regular. La espesura encubierta por la noche, con el terreno ondulante, la maleza que no se percibía hasta hollarla y la profusión de árboles no admitían, en todo caso, una gran velocidad. El Guardián se separó de ellos en dos ocasiones y retrocedió en dirección a la luna con su semental, que al igual que él, se confundía con la propia noche. Las dos veces regresó con la información de que no había señales de persecución.

Egwene permanecía al lado de Nynaeve. Perrin percibía retazos de una excitada charla mantenida en voz baja. Ellas dos estaban tan animadas como si se encontraran en casa. Él se mantenía a la zaga de la reducida comitiva. La Zahorí se volvía de vez en cuando para mirarlo y él la saludaba con la mano, como para asegurarle que se encontraba perfectamente, y permanecía en el mismo lugar. Tenía mucho en que pensar, aun cuando no lograra poner orden en su mente. «¿Qué va a ocurrir? ¿Qué va a ocurrir?»

Según los cálculos de Perrin fue poco antes del amanecer cuando Moraine consintió en realizar una parada. Lan halló un barranco donde poder encender fuego, en una oquedad de una de las vertientes.

Finalmente les fue permitido deshacerse de las capas blancas, enterrándolas en un hoyo cavado cerca de la fogata. Cuando se disponía a arrojar la prenda que había utilizado, sus ojos toparon con el sol dorado bordado en el pecho y las dos estrellas debajo. Tiró la capa como algo pestilente y se alejó, limpiándose las manos con la suya, para sentarse a solas.

—Y ahora —insistió Egwene, mientras Lan cubría con tierra el agujero—, ¿va alguien a decirme dónde están Rand y Mat?

—Creo que se encuentran en Caemlyn —respondió prudentemente Moraine— o de camino hacia allí. —Nynaeve emitió un sonoro y despectivo gruñido, pero la Aes Sedai continuó hablando como si no hubiera habido ninguna interrupción—. Si no están allí, los localizaré de todas maneras. Puedo asegurarlo.

Tomaron en silencio una comida, consistente en pan, queso y té. Incluso el entusiasmo de Egwene sucumbió a la fatiga. La Zahorí sacó de su bolsa un ungüento para las llagas que habían dejado las ataduras en las muñecas de Egwene y otro para las contusiones. Cuando se aproximó a Perrin, sentado en el límite de la zona iluminada por la hoguera, éste no alzó la mirada.

Nynaeve se quedó inmóvil y lo observó en silencio un momento; luego se agazapó con su bolsa a un lado y empezó a hablar animadamente.

—Quítate la chaqueta y la camisa, Perrin. Según me han dicho, uno de los Capas Blancas la tomó contigo.

Obedeció con la mente todavía enfrascada en el mensaje de *Moteado*, hasta que Nynaeve soltó una exclamación. Perplejo, dirigió la mirada a la joven y luego a su propio pecho desnudo. Era una masa de colores, purpúreos los más recientes, superpuestos sobre otras manchas que se difuminaban en tonos pardos y amarillos. Unicamente la poderosa musculatura de su torso, formada en las numerosas horas de trabajo en la forja de maese Luhhan, lo había preservado de una rotura de costillas. Con la mente absorta en los lobos, había conseguido olvidar el dolor, pero ahora recobró con tristeza plena conciencia de él. Involuntariamente respiró hondo y apretó los labios, exhalando un gruñido.

—¿Cómo es posible que te odiara tanto? —preguntó, estupefacta, Nynaeve.

«Maté a dos hombres.»

—No lo sé —respondió en voz alta.

La Zahorí revolvió su bolsa y él se echó atrás cuando la joven comenzó a extender una grasienta pomada sobre sus morados.

—Hiedra machacada, cincoenrama y raíces secadas al sol —explicó.

Sintió frío y calor a un tiempo, y escalofríos que cedieron paso a un abundante sudor, pese a lo cual no protestó. Había tenido ocasión de comprobar la efectividad de los ungüentos y cataplasmas de Nynaeve. El ardor y la gelidez se esfumaron mientras ella le daba las friegas, llevándose consigo el dolor. Los verdugones purpúreos se tornaron marrones y los marrones amarillo pálido y algunos incluso desaparecieron. Inspiró profundamente a modo de prueba; apenas notó una punzada.

—Pareces sorprendido —constató Nynaeve, que a su vez parecía asombrada y extrañamente inquieta—. La próxima vez puedes acudir a ella.

—No es eso —la disuadió con tono conciliador—, sólo estoy contento. —Algunas veces los ungüentos de Nynaeve tenían un efecto rápido y otras lento, pero siempre cumplían su propósito curativo—. ¿Qué... ha sido de Rand y Mat?

Nynaeve comenzó a introducir sus frascos y botes en la bolsa, después de taparlos apretadamente.

—Ella afirma que están bien y que los encontraremos. En Caemlyn, dice. También dice que es demasiado importante para nosotros como para que no suceda así, aunque no sé a qué demonios se refiere. Según ella, están en juego asuntos muy importantes.

Perrin sonrió involuntariamente. Por más modificaciones experimentadas en ellos, la Zahorí continuaba siendo la misma, y ella y las Aes Sedai distaban aún mucho de haber trabado amistad.

Nynaeve se enderezó de repente, mirándolo a la cara. Luego presionó la palma de la mano contra sus mejillas y frente. Perrin trató de zafarse, pero ella le agarró la cabeza con ambas manos y le levantó los párpados, observándole los ojos y murmurando para sí. A pesar de su pequeña talla le retenía fácilmente el rostro; siempre era complicado alejarse de Nynaeve cuando ella no estaba dispuesta a soltarlo a uno.

—No comprendo —dijo por fin, tras liberarlo y sentarse sobre los talones—. Si fuera fiebre amarilla, no podrías sostenerte en pie. Además no tienes fiebre y sólo está amarillento el iris y no el resto del ojo.

—¿Amarillo? —inquirió Moraine.

Perrin y Nynaeve tuvieron un sobresalto debido a la inopinada aparición de la Aes Sedai. Egwene estaba dormida junto al fuego, envuelta en sus capas, según advirtió Perrin. Sus propios párpados porfiaban por cerrarse.

—No es nada —afirmó Perrin. Pero Moraine le puso una mano bajo la barbilla y le volvió la cara para poder mirarlo a los ojos tal como lo había hecho Nynaeve. Él retrocedió, molesto. Las mujeres estaban manipulándolo como si fuera un chiquillo—. He dicho que no es nada.

—No había modo de prever esto. —Moraine habló como para sí. Sus ojos parecían contemplar algo en la distancia—. ¿Algo predestinado a engarzarse en el Entramado o un cambio en él? La Rueda gira según sus designios. No puede ser de otro modo.

—¿Sabéis qué es? —preguntó Nynaeve de mala gana; luego vaciló—. ¿Podéis hacer algo por él con vuestros poderes curativos? —La petición de ayuda, que representaba admitir su impotencia, salió de sus labios a regañadientes.

—Si vais a hablar de mí, hablad conmigo —espetó, furioso, Perrin—. Estoy aquí sentado. —Ninguna de ellas lo miró.

—¿Poderes curativos? —Moraine sonrió—. Eso no sirve para nada en este caso. No es una enfermedad y no va a... —Titubeó brevemente. Dirigió una rápida mirada a Perrin, como si lamentara muchas cosas. Sin embargo, sus ojos no repararon en él, y Perrin murmuró con amargura cuando ella se volvió hacia Nynaeve—. Iba a decir que no iba a causarle ningún daño, pero ¿quién puede prever el final de todo esto? Al menos puedo afirmar que no le infligirá ningún daño de forma directa.

Nynaeve se puso en pie, se sacudió las faldas y se enfrentó de cara con la Aes Sedai.

—Eso no basta. Si hay algo negativo...

—Lo que está escrito, escrito está. Lo que la Rueda ha tejido no está sujeto a modificaciones. —Moraine se alejó bruscamente—. Debemos dormir mientras podamos y partir con las primeras luces del día. Si la mano del Oscuro alcanza a ostentar demasiado poder... Debemos llegar pronto a Caemlyn.

Airada, Nynaeve agarró su bolsa y se apartó de Perrin con paso ligero antes de que él pudiera decir algo. Comenzó a proferir una maldición, pero un pensamiento lo hirió como una descarga y permaneció sentado allí, respirando trabajosamente. Moraine lo sabía. La Aes Sedai sabía lo de los lobos. Y creía que podía deberse a una actuación del Oscuro. Lo recorrió un escalofrío. Se apresuró a ponerse la camisa, la chaqueta y la capa, pero la ropa no le devolvió el calor; el frío se aferraba a sus huesos, a su médula.

Lan se sentó con las piernas cruzadas y se apartó la capa de los hombros. A Perrin le alegró verlo. No era agradable mirar a un Guardián sin que éste le devolviera la mirada a uno.

Durante un largo momento, se limitaron a aquel intercambio visual. La dura expresión del rostro del Guardián era inescrutable, pero Perrin creyó advertir algo en sus ojos... ¿Compasión? ¿Curiosidad? ¿Ambas cosas?

—¿Lo sabéis? —preguntó. Lan asintió.

—Sé algo, pero no todo. ¿Se produjo sin más o conociste a algún guía, un intermediario?

—Hubo un hombre —repuso lentamente Perrin. «Lo sabe, pero ¿piensa él lo mismo que Moraine?»—. Dijo que se llamaba Elyas, Elyas Machera. —Lan respiró hondo y Perrin lo observó ansioso—. ¿Lo conocéis?

—Lo conocía. Él me enseñó muchas cosas, sobre la Llaga y sobre esto. —Lan tocó el puño de su espada—. Era un Guardián, antes..., antes de lo que sucedió. El Ajah Rojo... —Miró de reojo hacia donde yacía Moraine.

Era la primera vez que Perrin advertía algún tipo de incertidumbre en el Guardián. En Shadar Logoth, Lan se había mostrado seguro y fuerte, y cuando se había enfrentado a los Fados y trollocs. Ahora no sentía miedo, Perrin estaba convencido de ello, sino recelo, como si lo que dijera pudiera resultar peligroso.

—He oído hablar del Ajah Rojo —comentó a Lan.

—Y, sin duda, la mayor parte de lo que te han dicho es mentira. Debes comprenderlo: hay... facciones dentro de Tar Valon. Unas estarían dispuestas a pelear con el Oscuro de una manera y las demás, de otra distinta. El objetivo es el mismo, pero las diferencias..., las diferencias pueden hacer cambiar el curso de una vida, o aproximarla a su fin, ya sean las vidas de los hombres o de las naciones. ¿Está bien, Elyas?

—Creo que sí. Los capas Blancas pretendían haberle dado muerte, pero *Moteado*... —Perrin miró al Guardián con embarazo—. No lo sé. —Lan pareció aceptar su resistencia, lo cual lo animó a proseguir—. Por lo visto, Moraine piensa que esta comunicación con los lobos es algo..., algo provocado por el Oscuro. No lo es, ¿verdad? —Se negaba a creer que Elyas fuera un Amigo Siniestro.

Lan, no obstante, titubeó, y el sudor comenzó a perlar la frente de Perrin, hasta resbalar por sus mejillas cuando el Guardián por fin respondió.

—No en sí mismo, no. Algunos creen que sí, pero se equivocan; es algo más antiguo que el propio hallazgo del Oscuro. Pero ¿cuáles son las posibilidades involucradas en ello, herrero? A veces el Entramado imbrica sus hilos al azar, a nuestro juicio al menos, pero ¿qué posibilidades había de que tú encontraras a un hombre que pudiera conducirte y de que tú fueras capaz de seguir su guía? El Entramado está formando un gran tapiz, lo que algunos llaman el Encaje de las Eras, y vosotros tres sois piezas esenciales en él. No creo que vuestras vidas estén ahora gobernadas al albur. ¿Han elegido por ti, entonces? Y si ello es así, ¿ha sido la Luz o la Sombra quien ha decidido?

—El Oscuro no puede entrar en contacto con nosotros a menos que pronunciemos su nombre. —Perrin rememoró de inmediato los sueños presididos por Ba'alzamon, aquellos sueños que no sólo se desarrollaban en el terreno onírico. Se enjugó el sudor de la cara—. No puede hacerlo.

—Tozudo como una mula —musitó el Guardián—. Tal vez lo bastante obstinado como para salvarte, en fin de cuentas. Recuerda los tiempos en que vivimos, herrero. Recuerda lo que Moraine Sedai te dijo. Actualmente muchas cosas están disolviéndose y resquebrajándose. Las antiguas fronteras se debilitan, las viejas paredes se vienen abajo.

595

Las barreras entre lo que es, lo que ha sido y lo que será. —Su voz adquirió un tono lúgubre—. Los muros de la prisión del Oscuro. Éste podría ser el final de una Era. Quizá veamos el comienzo de otra antes de morir. O tal vez éste sea el fin de las Eras, la conclusión del propio tiempo, el fin del mundo.

Sonrió de improviso, pero su gesto fue sombrío como un rictus; sus ojos resplandecían gozosos, riendo al pie del cadalso.

—Pero eso no ha de preocuparnos, ¿eh, herrero? —prosiguió—. Lucharemos contra la Sombra mientras nos quede resuello y, si nos supera, seguiremos mordiendo y arañando. Los pobladores de Dos Ríos sois demasiado obcecados para rendiros. No te inquietes cavilando si el Oscuro ha entrado o no en tu vida. Vuelves a encontrarte entre amigos ahora. Recuerda: la Rueda gira según sus propios designios e incluso el Oscuro es incapaz de cambiarla, y menos teniendo a Moraine para cuidar de ti. Sin embargo, será mejor que encontremos pronto a tus amigos.

—¿A qué os referís?

—Ellos no disponen de ninguna Aes Sedai conectada con la Fuente Verdadera para protegerlos. Herrero, tal vez los muros se hayan desgastado lo suficiente como para que el Oscuro pueda intervenir en los acontecimientos. No con mano libre, pues de lo contrario ya habríamos perecido, pero posiblemente en minúsculas modificaciones en las hebras. Una posibilidad que se desvía hacia un lado en lugar del otro, un encuentro casual, una palabra pronunciada al azar, al menos en apariencia, y se encontrarían tan involucrados con la Sombra que ni la misma Moraine podría hacer nada para recuperarlos.

—Tenemos que encontrarlos —apoyó Perrin. El Guardián lanzó una carcajada semejante a un gruñido.

—¿Qué te estaba diciendo? Duerme un poco, herrero.

La capa de Lan lo envolvió de nuevo. De pie, iluminado por el tenue resplandor del fuego y la luna, parecía formar parte de las sombras circundantes.

—Nos quedan unas duras jornadas de camino hasta Caemlyn —añadió—. Sólo debes rogar por que los hallemos allí.

—Pero Moraine... es capaz de encontrarlos en cualquier sitio, ¿no es cierto? Ella dice que puede.

—Pero ¿puede hacerlo a tiempo? Si el Oscuro está lo bastante fortalecido como para actuar por cuenta propia, se está agotando el tiempo. Ruega por que los encontremos en Caemlyn, herrero, o de lo contrario quizás estemos abocados a la perdición.

39

EL TELAR DE LOS SUCESOS

Rand miraba la multitud desde la elevada ventana de su habitación en la Bendición de la Reina. La gente corría y gritaba por la calle: un incesante desfile en la misma dirección, en medio del cual ondeaban pendones y estandartes en los que destacaba un león blanco sobre centenares de telas rojas. Habitantes de Caemlyn y forasteros discurrían juntos y, excepcionalmente, nadie parecía abrigar el deseo de asestar un golpe en la cabeza de alguien. Aquel día, tal vez sólo había una facción.

Se apartó de los cristales.

—¿Vienes? —volvió a preguntar.

Mat, hecho un ovillo sobre la cama, lo miró con fiereza.

—Llévate a ese trolloc del que te has hecho tan amigo.

—Diantre, Mat, no es un trolloc. Te comportas como un condenado estúpido. ¿Cuántas veces quieres tener la misma discusión? Luz, no será porque no hayas oído hablar antes de los Ogier.

—Nunca me dijeron que tuvieran aspecto de trollocs. —Mat hundió la cara en la almohada y se acurrucó aún más.

—Estúpido testarudo —murmuró Rand—. ¿Durante cuánto tiempo piensas quedarte escondido aquí? No voy a estar subiéndote siempre la comida por estas escaleras. Y también podrías tomar un baño. —Mat se revolvió en la cama, como si intentara sumergirse en ella. Rand suspiró y luego se encaminó a la puerta—. Es la última vez que te lo digo. Ahora me voy. —Cerró lentamente la puerta, con la esperanza de que Mat cambiara de opinión, pero su amigo se quedó quieto. La puerta encajó en las jambas.

En el corredor, se apoyó en el umbral. Maese Gill decía que había una anciana a tres calles de distancia, la Madre Grubb, que vendía hierbas y cataplasmas, además de atender partos, cuidar a los enfermos y decir la buenaventura. Se parecía un poco a lo que hacía una Zahorí. A quien Mat necesitaba era a Nynaeve, quizás a Moraine, pero la Madre Grubb era la única persona a quien podía recurrir. Si la llevaba a la Bendición de la Reina posiblemente atraería el tipo de atención no deseado, suponiendo que ella se aviniese a ir a visitar a Mat, y aquello sería tan perjudicial para la mujer como para ellos dos.

Los herboristas y los curanderos no gozaban entonces de buena reputación en Caemlyn; existía una animadversión casi generalizada contra aquellos que efectuaban algún tipo de curas o de predicciones. Cada noche el Colmillo del Dragón se grababa impunemente en una puerta u otra, a veces incluso a la luz del día, y la gente estaba dispuesta a olvidar a quien había sanado sus fiebres o aplicado cataplasmas a sus muelas doloridas tan pronto como escuchaba la acusación de Amigo Siniestro. Aquél era el clima que reinaba en la ciudad.

Tampoco era que Mat se encontrara en verdad enfermo. Comía todo lo que Rand le llevaba de la cocina —aunque no habría aceptado nada que viniera de otras manos— y nunca se quejaba de dolores ni calenturas. Simplemente se negaba a abandonar la habitación. Rand, sin embargo, había abrigado la certeza de que aquel día se avendría a salir.

Se puso la capa sobre los hombros e hizo girar el cinto de manera de que la espada y el paño rojo que la envolvía quedaran más encubiertos.

Al pie de la escalera encontró a maese Gill, que se disponía a subir.

—Alguien va preguntando por vosotros en la ciudad —anunció el posadero. Rand sintió cómo se avivaban sus esperanzas—. Preguntan por vosotros y esos amigos vuestros, por el nombre. El de los jóvenes, en todo caso. Parece que lo que más le interesa son los tres muchachos. La ansiedad sustituyó a las esperanzas.

—¿Quién? —inquirió Rand, mientras miraba con inquietud a un lado y otro del pasillo: no había nadie.

—No sé cómo se llama. Sólo he oído hablar de él. Es un mendigo. —El posadero soltó un gruñido—. Medio loco, según dicen. No obstante ello, podría ir a buscar la limosna real a palacio, a pesar de la carestía actual. En las fechas señaladas, la reina la entrega con sus propias manos y nunca echa a nadie bajo ningún concepto. Nadie tiene necesidad de mendigar en Caemlyn. Incluso un hombre buscado por la justicia no puede ser arrestado mientras está recibiendo la limosna real.

—¿Un Amigo Siniestro? —aventuró Rand con reluctancia. «Si los Amigos Siniestros conocen nuestros nombres...»

—Tienes metidos a los Amigos Siniestros en la sesera, chico. Hay algunos, es cierto, pero el hecho de que los Capas Blancas estén soliviantando los ánimos no ha de inducirte a pensar que la ciudad esté plagada de ellos. ¿Sabes qué rumor han difundido esos necios ahora? «Formas extrañas.» Es increíble. Unas formas extrañas que se deslizan fuera de las murallas por la noche. —El posadero rió entre dientes, hasta agitar su voluminoso vientre.

Rand, en cambio, no estaba de humor para reír. Hyam Kinch había hablado de extraños seres y, sin duda, era un Fado lo que ellos habían visto.

—¿Qué tipo de formas?

—¿Qué tipo? Lo ignoro. Extrañas formas. Trollocs, probablemente. El Hombre de la Sombra. El propio Lews Therin Verdugo de la Humanidad, que ha regresado con una estatura de doce metros. ¿Qué clase de siluetas piensas que imaginará la gente ahora que les han metido la aprensión en la cabeza? —Maese Gill lo observó por un instante—. ¿Vas a salir, eh? Bueno, no diré que me importe, pero apenas ha quedado nadie aquí hoy. ¿No te acompaña tu amigo?

—Mat no se encuentra muy bien, Tal vez venga más tarde.

—Bien, que sea lo que la Luz quiera. Cuídate. En una jornada como hoy los fieles súbditos de la reina se hallarán en minoría, que la Luz fulmine el día en que vislumbré la posibilidad de presenciar tal cosa. Hay dos de esos malditos traidores sentados al otro lado de la calle vigilando la puerta de mi posada. ¡Por la Luz, saben bien cuáles son mis simpatías!

Rand asomó la cabeza y miró a ambos lados antes de adentrarse en el callejón. Un fornido hombre contratado por maese Gill montaba guardia en la salida a la calle; apoyado en una lanza observaba a la gente con aparente desinterés. Rand sabía que sólo era aparente. Aquel tipo —su nombre era Lamgwin— lo veía todo a través de sus párpados entornados y, a pesar de su tamaño, se movía con la agilidad de un gato. Él también creía que la reina Morgase era la Luz encarnada, o casi. Había una docena de sujetos como él distribuidos por la Bendición de la Reina.

Lamgwin se movió imperceptiblemente cuando Rand llegó a la boca del callejón, pero no apartó un instante la vista de la calle. Rand estaba convencido de que lo había oído aproximarse.

—Vigila a tu espalda hoy, muchacho. —La voz de Lamgwin sonaba como arenilla restregada—. Cuando comiencen los problemas, nos convendrá tenerte a mano, y no con un cuchillo clavado a traición.

Rand observó por un instante al vigoroso vigilante con muda sorpresa. Siempre trataba de mantener oculta la espada, pero aquélla no era la primera vez que uno de los empleados de maese Gill daba por supuesto que él era un avezado luchador. Lamgwin no desvió la mirada hacia él. Su tarea era guardar la posada y la cumplía a la perfección.

Deslizó el arma un poco más hacia atrás bajo la capa antes de sumarse al reguero de viandantes. Advirtió a los dos hombres que había mencionado el posadero, subidos a unas barricas al otro lado de la calle para poder observar. por encima de la muchedumbre. Le pareció que no habían reparado en él. Aquellos dos individuos mostraban a las claras sus preferencias y, no conformes con llevar las espadas envueltas en paño blanco, lucían brazaletes y escarapelas blancas.

Poco después de su estancia en Caemlyn había sabido que las envolturas rojas de la espada, o un brazalete o escarapela encarnados, eran una expresión de lealtad a la reina Morgase, mientras que el blanco significaba que la reina y su adhesión a las Aes Sedai y Tar Valon eran los causantes del giro negativo tomado por los acontecimientos, del mal tiempo, las cosechas fallidas e incluso tal vez de la insurrección del falso Dragón.

Él no deseaba involucrarse en los asuntos políticos de Caemlyn. El inconveniente era que ya era demasiado tarde para evitarlo. Y no era sólo que él se hubiera decantado por una opción de modo... accidental, pero lo había hecho. El ambiente de la ciudad era tal que no permitía a nadie permanecer en la neutralidad. Incluso los forasteros llevaban escarapelas o brazaletes o envolvían sus espadas, con mayor frecuencia de blanco que de rojo. Posiblemente no todos sostuvieran aquella postura, pero se hallaban lejos del hogar y temían convertirse en blanco de iras. En aquel clima, los hombres que apoyaban a la reina —aquellos que osaban salir a la calle— se agrupaban para autoprotegerse.

Ese día, sin embargo, era distinto; al menos en apariencia. Era una fecha en que se celebraba la victoria de la Luz sobre la Sombra, una jornada en que se llevaba al falso Dragón a la ciudad, a presencia de la reina, antes de trasladarlo a Tar Valon.

Ningún alma viviente hablaba de aquel aspecto. A excepción de las Aes Sedai, nadie era capaz de enfrentarse a un hombre que controlaba el Poder Único, de ello no cabía duda, pero la gente prefería obviar ese tema. La Luz había derrotado a la Sombra y los soldados de Andor se habían encontrado en el frente de batalla. Eso era lo único que importaba aquel día y lo demás podía quedar relegado al olvido.

Rand se preguntó hasta qué punto eso era cierto. La muchedumbre corría, cantaba y agitaba banderas entre risas, pero los súbditos que ostentaban el rojo se mantenían en grupos de diez o veinte y no había mujeres ni niños con ellos. Calculó que habría como mínimo diez hombres con símbolos blancos por cada uno que proclamaba su devoción por la reina. No fue aquélla la primera ocasión en que deseó que la tela blanca hubiera sido más barata. «Pero ¿te habría prestado su ayuda maese Gill si hubieras llevado ese color?»

La muchedumbre era tan compacta que era inevitable recibir codazos. Incluso los Capas Blancas debían prescindir del disfrute de un espacio abierto entre el gentío. Mientras dejaba que la multitud lo arrastrara a la Ciudad Interior, Rand advirtió que no todo el mundo controlaba su animosidad. Vio cómo uno de los Hijos de la Luz recibía un golpe tan contundente que casi lo derribó al suelo. Apenas el Capa Blanca recobró el equilibrio, comenzó a proferir imprecaciones dirigidas al hombre que lo había agredido, cuando otro individuo avanzó hacia él con paso decidido. Antes de que la situación empeorara, los compañeros del Capa Blanca lo arrastraron hacia un lado de la calle para cobijarlo en un portal. Los tres parecían oscilar entre sus impávidas miradas habituales y la incredulidad. La muchedumbre continuó caminando como si nadie hubiera presenciado lo sucedido y quizás ello había sido así.

Nadie habría osado llevar a cabo un ataque parecido dos días antes. Y lo que era más, caviló Rand, los agresores llevaban escarapelas blancas en los sombreros. Existía la creencia común de que los Capas Blancas apoyaban a los opositores de la reina y de su consejera Aes Sedai, pero aquello no establecía diferencias. Las personas se entregaban a actos que no habían sospechado antes. Zarandear a un Capa Blanca hoy... ¿Tal vez derrocar a la reina mañana? Súbitamente, experimentó una curiosa soledad entre tantos brazaletes y escarapelas blancas y rogó porque hubiera más hombres con símbolos encarnados a su alrededor.

Los Capas Blancas repararon en su mirada, a la que correspondieron con un inconfundible fulgor de desafío. Dejó que la multitud lo llevara consigo y se sumó a su canto.

Adelante León,
adelante León,
el León Blanco toma el campo.
Ante la Sombra ruge desafiante.
Adelante, Andor triunfante.

La ruta por la que había de entrar a Caemlyn el falso Dragón era de todos conocida. Tupidas hileras de guardias de la reina y soldados armados con picas mantenían despejadas aquellas calles, pero la gente abarrotaba sus márgenes e incluso las ventanas y tejados. Rand se abrió camino hacia el casco antiguo, tratando de aproximarse al palacio. Guardaba ciertas expectativas de poder ver a Logain en presencia de la reina. Ver al falso Dragón y a la reina: aquello era algo que no habría soñado cuando se encontraba en su pueblo.

La Ciudad Interior estaba construida sobre colinas y en ella se conservaba la mayor parte de la obra realizada por los Ogier. Mientras que las calles de la zona más reciente formaban en su mayoría un anárquico laberinto, las de allí seguían las curvas de los altozanos como si fueran formaciones naturales de la tierra. Las subidas y declives ofrecían sorprendentes perspectivas a cada giro: parques que podían ser vistos desde diferentes ángulos, cuyas alamedas y monumentos trazaban hermosas figuras a pesar de la escasez de verdor; torres súbitamente reveladas, con paredes cubiertas de azulejos que reflejaban la luz del sol en un sinfín de tonalidades; abruptas pendientes desde donde el ojo abarcaba la totalidad de la urbe y las ondulantes llanuras y bosques que se extendían más allá de sus límites. Después de todo, aquello habría sido algo digno de contemplar si aquel enjambre no lo hubiera impulsado hacia adelante antes de que tuviera ocasión de fijar la mirada. Y aquellas calles curvadas le impedían advertir lo que le aguardaba a unos pasos.

De pronto, dobló un recodo, y se encontró delante del palacio. Las calles, aun siguiendo en su trazado los contornos naturales del terreno, habían sido dispuestas en espiral en torno a aquella..., aquella edificación de cuento de hadas de pálidas agujas, cúpulas doradas e intrincadas tracerías en la piedra, con la bandera de Andor ondeando desde todos los salientes, una pieza central para la cual habían sido diseñadas las restantes panorámicas. Parecía más algo esculpido por artistas que construido como los demás edificios.

Al primer vistazo, dedujo la imposibilidad de acercarse más. A nadie le era permitido aproximarse al palacio. La guardia de la reina flanqueaba las puertas en diez rangos escarlata y en las almenas de las blancas paredes, en balcones y torres, había más soldados apostados con arcos inclinados sobre sus pechos acorazados de acero. Ellos también semejaban haber salido de un cuento de juglar, pero Rand no creía que su función fuera meramente decorativa. El vociferante gentío que atestaba las calles era una casi uniforme masa de espadas cubiertas de blanco y escarapelas y brazaletes del mismo color, que únicamente de tanto en tanto se teñía de manchas encarnadas. Los guardias de uniforme rojo parecían una tenue barrera contra la omnipresencia del blanco.

Cuando renunció a abrirse paso hacia las cercanías del palacio, buscó un lugar desde el que pudiera sacar provecho de su altura. No tenía por qué hallarse en primera línea para verlo todo. La muchedumbre se agitaba sin cesar con las personas que intentaban abrir una brecha para avanzar o las que se precipitaban hacia un punto que creían más ventajoso. Uno de aquellos vaivenes lo desplazó a tan sólo tres hileras del espacio acotado y todos cuantos se encontraban allí era más bajos que él, incluso los soldados. La gente se apiñaba contra él, que sudaba por la presión de tantos cuerpos. Los situados a su espalda se quejaban de que no les permitía ver y trataban de pasar a empellones. Mantuvo su posición, contribuyendo a formar una impenetrable barrera con los que se encontraban a ambos lados. Estaba exultante. Cuando el falso Dragón pasara por allí, podría verlo perfectamente a la cara.

Al otro lado de la calle, en dirección a las puertas y a las murallas, una oleada rizó la multitud; al final de la curva, un remolino de personas retrocedía para ceder el paso a alguien. No era el espacio que se abría ante los Capas Blancas en otros días. Aquella gente se echaba atrás con un sobresalto, con rostros sorprendidos que se transformaban en una mueca de disgusto. Giraban la cabeza ante lo que avanzaba, pero miraban con el rabillo del ojo hasta que los había superado.

Otros ojos a su alrededor percibieron asimismo el disturbio. Clavados en el suelo a la espera del Dragón, pero sin nada que hacer aparte de aguardar, la muchedumbre encontró algo digno de comentarios. Escuchó conjeturas que consideraban la posibilidad de que se trataba de una Aes Sedai o del propio Logain y algunas sugerencias más atrevidas que provocaron risotadas entre los hombres y rígidos mohínes entre las mujeres.

La perturbación en la masa humana iba desplazándose hacia el final de la calle. Nadie parecía dudar en permitirle dirigirse a donde se proponía, aun cuando ello representara perder un buen punto de mira en el momento en que la marea de gente iniciara el movimiento de reflujo. Al fin, barriendo también a Rand, la turba propasó los límites establecidos, e hizo retroceder con su impulso a los soldados que forcejeaban para contenerla. La encorvada figura que caminó vacilante hacia allí parecía más un montón de harapos que un hombre. Rand oyó murmullos de repugnancia a su alrededor.

El andrajoso individuo se detuvo en el otro extremo de la calle. Su cuello, impregnado de mugre, giraba de un lado a otro como si buscara o escuchara algo. De pronto exhaló un grito inarticulado y estiró una sucia mano, señalando a Rand. Inmediatamente comenzó a correr por el pavimento con la velocidad de una chinche.

«El mendigo.» Fuera cual fuera el azar que había conducido al hombre a dar con él, Rand tenía la certeza de que, fuese o no un Amigo Siniestro, no quería encontrarse frente a frente con él. Sentía la mirada acuosa del pedigüeño como algo grasiento sobre su piel. Especialmente no quería que aquel sujeto se le acercara, rodeado por un turba de gente al borde de un estallido de violencia. Las mismas voces que habían reído antes soltaban maldiciones dirigidas a él, mientras se abría camino hacia atrás, alejándose de la aglomeración.

Aceleró el paso, consciente de que la tupida masa que debía atravesar a empellones se abriría ante su harapiento perseguidor. Forcejeando para franquearse un espacio, tropezó y estuvo a punto de caer cuando la multitud se dividió súbitamente. Se ayudó con los brazos a mantener el equilibrio y emprendió una carrera. La gente lo señalaba con el dedo; él era el único que caminaba a la inversa, corriendo además. Los gritos lo perseguían. Su capa ondeaba tras él, dejando al descubierto la espada envuelta en paño rojo. Al advertirlo, incrementó aun más la velocidad. Un partidario solo de la reina, corriendo, podía muy bien inducir a la muchedumbre a un ensañamiento, incluso en una jornada como aquélla. Siguió corriendo a toda velocidad sobre las piedras del pavimento y no se tomó un respiro hasta que ya no oyó gritos tras de sí. Por fin, jadeante, se apoyó contra una pared.

Ignoraba dónde se hallaba, a excepción del hecho de encontrarse todavía en el casco antiguo. Era incapaz de recordar cuántas esquinas había doblado entre aquellas sinuosas calles. Dispuesto a echar a correr de nuevo, volvió la cabeza para mirar el camino recorrido. Sólo había una persona allí, una mujer que caminaba plácidamente con un cesto. Casi la totalidad de la gente se había congregado para tratar de ver al falso Dragón. «Es imposible que me haya seguido. Debe haberme perdido.»

El mendigo no renunciaría a su búsqueda, estaba convencido de ello. Aquella andrajosa silueta estaría abriéndose paso entre la multitud, escudriñando, y si Rand regresaba para ver a Logain, correría el riesgo de topar con ella. Por un momento se planteó volver a la Bendición de la Reina, pero estaba seguro de que no tendría otra oportunidad de ver a un falso Dragón. Se le antojaba un acto de cobardía permitir que un mugriento limosnero lo obligara a ocultarse.

Miró en torno a sí, reflexionando. Las edificaciones de la Ciudad Interior eran bajas, por lo que era factible que alguien ubicado en un determinado lugar dispusiera de una panorámica ininterrumpida. Debía de haber sitios desde los que pudiera contemplar el paso de la procesión con el falso Dragón, y, aun cuando no viera a la reina, vería a Logain. Comenzó a caminar con resolución.

Durante la hora siguiente halló varios puntos de aquellas características, todos ocupados ya por una compacta masa de gente apostada en la ruta por donde había de pasar el desfile. Cada una de ellas era una monótona exposición de brazaletes y escarapelas blancas. Receloso de las consecuencias que podía tener su espada en una aglomeración como aquélla, se alejaba a toda prisa.

Desde la Ciudad Nueva llegaron gritos, sones de trompetas y el pulso marcial de los tambores. Logain y su escolta estaban ya en Caemlyn, de camino hacia el palacio.

Desanimado, vagó por la calles; aún conservaba débiles esperanzas de encontrar la manera de ver a Logain. Sus ojos se posaron en la ladera, no construida, que se alzaba junto a la vía por la que caminaba. En una primavera normal, aquella pendiente estaría cubierta de flores y hierba, pero ahora no presentaba más que un tapiz marrón hasta los altos muros que se elevaban en su cúspide, una pared por encima de cuyos remates sobresalían los árboles.

Esa parte de la calle no había sido diseñada para ofrecer una grandiosa panorámica, pero por encima de los tejados percibía algunas de las torres de palacio, coronadas por las banderas con el león blanco que flameaban al viento. No estaba seguro de hacia dónde doblaba la calle rodeando la colina, pero de improviso se le ocurrió una idea.

Los tambores y trompetas sonaban cada vez más cerca y el griterío era más intenso. Trepó la escarpada ladera, ayudado por las desnudas ramas de los arbustos en las que se agarraba. Jadeante tanto por el deseo como por el esfuerzo, cubrió a gatas el último trecho hasta la pared, la cual se alzaba sobre él y doblaba su propia altura. El aire vibraba con el estrépito de los tambores y trompetas.

La superficie del muro presentaba el aspecto natural de la piedra, cuyos enormes bloques estaban tan bien encajados que apenas se entreveían las junturas, lo cual unido a su tosquedad le confería casi la apariencia de un acantilado. Rand sonrió al recordar que incluso Perrin había escalado los acantilados de las Colinas de Arena. Sus manos buscaron las protuberancias y sus pies las estrías. Los tambores lo apremiaban a subir. Estableció una competición con ellos, con el propósito de coronar el muro antes de que éstos llegaran al palacio. Con la premura, la piedra le arañó las manos y las rodillas, pero apoyó los brazos en la cima y se alzó con un sentimiento de victoria.

Se apresuró a girarse para sentarse sobre el angosto y plano espacio en que culminaba la pared. Las frondosas ramas de un inmenso árbol le golpearon la cabeza sin que él casi lo advirtiera. Su mirada se extendía sobre los tejados, que apenas le obstruían la visión. Se inclinó levemente hacia adelante y vio las puertas del palacio, los guardias apostados allí y la multitud expectante. Los gritos quedaban ahogados por el estruendo de los tambores y trompetas, pero todavía aguardaban. Volvió a sonreír. «He ganado.»

En el preciso instante en que se arrellanaba, la primera parte de la comitiva dobló la curva final que conducía al palacio, precedida por veinte hileras de heraldos, que quebraban el aire con incesantes toques triunfales. Tras ellos, otros percutían igual número de tambores. Después venían los estandartes de Caemlyn, leones blancos sobre fondo rojo, portados por jinetes, seguidos de los soldados de Caemlyn a caballo, con armaduras relucientes, lanzas enhiestas con gallardía y ondeantes penachos carmesí. Iban flanqueados por columnas triples de piqueros y arqueros, los cuales continuaron caminando un buen trecho tras los jinetes cuando éstos comenzaron a aminorar la marcha entre los guardias que los aguardaban y traspusieron las puertas del palacio.

El último de los soldados de infantería dobló el recodo y a su espalda apareció un enorme carro tirado por dieciséis caballos. En el centro de la carreta había una amplia jaula de barrotes de hierro y, en cada una de sus esquinas, dos mujeres que observaban la jaula con tanta atención como si no existiera la muchedumbre ni el desfile. Eran Aes Sedai, no le cabía duda. Entre el vehículo y los lacayos y a ambos lados, cabalgaba una docena de Guardianes, con ondulantes capas en las que se prendía la vista de los espectadores. Si las Aes Sedai hacían caso omiso del gentío, los guardianes lo escrutaban como si no hubiera más guardias que ellos.

Pese a todo ello, era el hombre encerrado entre rejas quien retenía la mirada de Rand. No se hallaba lo bastante cerca para verle la cara con la precisión que hubiera deseado, pero de improviso concluyó que se encontraba a una distancia prudencial que era de su agrado. El falso Dragón era un hombre alto, con largos y rizados cabellos oscuros que le cubrían sus anchos hombros. Se mantenía erguido entre el vaivén de la carreta con una mano en los barrotes por encima de su cabeza. Sus ropajes, una capa, chaqueta y pantalones que no hubieran causado ningún comentario en cualquier pueblo de campesinos, parecían ordinarios. No así su modo de llevarlos, ni su apostura. Logain era un rey de pies a cabeza. Era como si la jaula no hubiera estado allí. Se mantenía erecto, con la cabeza enhiesta, y miraba a la gente como si ésta se hubiera congregado allí para rendirle honores. Cuando Logain apartaba la vista de ella, gritaban con furia redoblada como para compensar su silencio previo, pero aquello no modificaba en nada el porte de aquel hombre ni el mutismo producido a su paso.

Cuando el carro atravesaba las puertas del palacio, se volvió para contemplar la masa de gente. Ésta profería auténticos alaridos inarticulados, en un arrebato de puro odio y temor al animal, y Logain echaba la cabeza atrás y, mientras el palacio lo engullía, reía.

Otros contingentes seguían a los vehículos, con los estandartes representativos de aquellos otros que habían contribuido a la derrota del Dragón. Las abejas doradas de Illian, las tres medias lunas de Tear, el sol naciente de Cairhien y otros, muchos otros símbolos de naciones y ciudades y de grandes señores, acompañados de sus propias trompetas y tambores que proclamaban su grandeza. Aquello resultó decepcionante después de haber visto a Logain.

Rand se inclinó un poco más para tratar de avistar por última vez al hombre enjaulado. «¿Lo han derrotado, verdad? Luz, no estaría en una maldita jaula si no lo hubieran vencido.»

Con el peso desequilibrado, se deslizó y se aferró a la pared para deslizarse luego y buscar un asiento más seguro. Ahora que ya había perdido de vista a Logain, tomó conciencia del escozor de sus manos, arañadas por la piedra. No obstante, no lograba apartar de su mente las imágenes. La jaula y las Aes Sedai. Logain, invicto. A pesar de hallarse entre rejas, aquél no era un hombre reducido. Se estremeció y se frotó las ardientes manos en los muslos.

—¿Por qué estarían vigilándolo las Aes Sedai? —se preguntó en voz alta.

—Para impedir que entre en contacto con la Fuente Verdadera, tonto.

Se enderezó para mirar hacia arriba, hacia donde había sonado aquella voz de muchacha, y de pronto perdió el equilibrio. Sólo tuvo tiempo de advertir que se tumbaba, que caía, cuando algo le golpeó la cabeza y un Logain que prorrumpía en carcajadas lo acosaba hasta un lóbrego torbellino.

40

EL TEJIDO ESTRECHA SU CERCO

ARand le parecía estar sentado en una mesa con Logain y Moraine. La Aes Sedai y el falso Dragón lo observaban en silencio, como si ninguno de los dos advirtiera la presencia del otro. De pronto notó que las paredes de la estancia se tornaban indistintas, fundiéndose en una tonalidad gris. Sintió una sensación de apremio. Todo se esfumaba, se descomponía. Cuando volvió a mirar hacia la mesa, Moraine y Logain habían desaparecido y en su lugar se encontraba sentado Ba'alzamon. Todo el cuerpo de Rand vibró con la urgencia de la huida, que percutía en el interior de su cabeza con una intensidad progresiva. El martilleo se convirtió en un flujo de sangre en sus oídos.

Se incorporó con un sobresalto e inmediatamente gruñó y se llevó las manos a la cabeza, tambaleante. Le dolía todo el cráneo; cuando intentó girar deprisa la cabeza, todo comenzó a girar de nuevo. Estaba en un jardín o en un parque; una avenida pavimentada con losas de pizarra serpenteaba entre floridos arbustos a menos de seis pies de distancia, con un banco de piedra blanca a un lado, sombreado por un frondoso emparrado. Había caído al otro lado del muro. «¿Y la muchacha?»

Localizó el árbol, a su espalda, y también a la muchacha..., que bajaba por su tronco. Cuando llegó al suelo y se volvió hacia él, dio un respingo y soltó un nuevo gruñido. Una capa de terciopelo azul ribeteada de pálida piel cubría sus hombros; la punta de la capucha llegaba hasta su cintura y estaba rematada por un racimo de campanillas de plata, que repiqueteaban con cada uno de sus movimientos. Un anillo de filigrana plateada recogía sus largos rizos de un dorado rojizo, de sus orejas pendían unos delicados zarcillos de plata y su cuello estaba rodeado por gruesos collares de plata con piedras de color verde oscuro que identificó como esmeraldas. Su pálido vestido azul tenía manchas de corteza de árbol, pero era de seda y estaba esmeradamente bordado con intrincados dibujos, y el interior de los pliegues de la falda mostraba una delicada tela de color crema. Un ancho cinturón de plata entrelazada rodeaba su cintura y del borde del vestido asomaban unas medias de terciopelo.

Solamente había contemplado a dos mujeres vestidas de aquel modo: Moraine y la Amiga Siniestra que había intentado matarlos a él y a Mat. No acertaba a imaginar quién podía trepar a los árboles ataviado de aquella guisa, pero estaba seguro de que había de ser alguien importante. La manera como ella lo miraba confirmó su suposición. No parecía azorada en lo más mínimo por el hecho de que un extraño hubiera irrumpido en su jardín. Poseía una autoconfianza que le recordaba a Nynaeve, o a Moraine.

Se hallaba tan absorto con la preocupación de haberse buscado posibles complicaciones, considerando la posibilidad de que ella llamase a la guardia de la reina incluso en un día como aquél en que tenía otros asuntos de que ocuparse, que tardó varios minutos en reparar en la muchacha en sí, dejando a un lado sus ropajes y su altivo porte. Era tal vez dos o tres años menor que él, de elevada estatura para una mujer, y hermosa, con un perfecto rostro ovalado enmarcado por rizos dorados por el sol, en el que destacaban unos labios rojos y carnosos y unos ojos de un azul tan intenso como él no había contemplado nunca otro igual. Era completamente distinta de Egwene, tanto de cara como de cuerpo, pero igualmente bella. Sintió un arrebato de culpabilidad, que calmó diciéndose a sí mismo que el hecho de negar lo que saltaba a la vista no contribuiría a traer sana y salva a Egwene a la ciudad.

Oyó un sonido rasposo procedente del árbol, del que cayeron pedazos de corteza, seguidos de un muchacho que saltó ágilmente al suelo, situándose junto a ella. Era un palmo más alto y algo mayor, pero su cara y su pelo evidenciaban su parentesco. Su capa y chaqueta eran rojas, blancas y doradas, con bordados y brocados y, tratándose de un varón, estaban aún más adornadas que las de ella. Aquello incrementó la ansiedad de Rand. Únicamente en un día muy señalado se vestiría un hombre ordinario con semejantes atavíos y jamás los luciría con tanta nobleza. Aquél no era un parque público. Tal vez los guardias estuvieran demasiado entretenidos para preocuparse por los intrusos.

El muchacho examinó a Rand por encima del hombro de la chica mientras rozaba la daga prendida en su cintura. Le pareció más un hábito nervioso que una disposición a utilizarla, aun cuando no se encontrara en condiciones de afirmarlo. El joven denotaba igual seguridad en sí mismo que la muchacha y ambos lo observaban como un acertijo a resolver. Tenía la incómoda sensación de que la chica estaba elaborando un inventario de su persona, partiendo del estado de sus botas al de su capa.

—Verás la que nos espera si madre se entera de esto, Elayne —dijo de pronto el muchacho—. Nos ordenó que permaneciéramos en nuestras habitaciones, pero tú tenías que ver a Logain, ¿verdad? Mira ahora lo que ha pasado.

—Tranquilo, Gawyn. —Ella era sin duda la más joven de los dos, pero hablaba como si diera por supuesto que él obedecería lo que ella dispusiera. La expresión del muchacho indicaba que tenía algo más que añadir, pero, para sorpresa de Rand, guardó silencio—. ¿Estás bien? —preguntó de pronto.

A Rand le tomó un minuto caer en la cuenta de que estaba dirigiéndose a él. Entonces trató de ponerse de pie.

—Estoy bien. Sólo que... —Se tambaleó y las piernas le cedieron. Volvió a sentarse bruscamente, medio aturdido—. Volveré a saltar la pared —murmuró.

Intentó volver a incorporarse, pero ella le puso una mano en el hombro y se lo impidió. Estaba tan mareado que su ligera presión bastó para inmovilizarlo.

—Estás herido. —Se arrodilló grácilmente junto a él y apartó suavemente las mechas de cabellos manchados de sangre en el lado izquierdo de su cabeza—. Debes de haberte golpeado con una rama al caer. Será una suerte si sólo te has hecho daño en el cuero cabelludo. No creo haber visto a nadie que escalara tan hábilmente como tú, pero en las bajadas no eres tan diestro.

—Te ensuciarás las manos de sangre —señaló, retrocediendo.

Ella le aferró firmemente la cabeza para continuar examinándola.

—No te muevas. —No habló con dureza, pero su voz tenía el mismo tono autoritario de antes—. No tiene demasiado mal aspecto, gracias a la Luz. —Comenzó a extraer una serie de diminutos frascos y arrugados envoltorios de papel de los bolsillos interiores de su capa para terminar con un puñado de vendajes enguatados.

Miró, asombrado, aquellos objetos. Eran el tipo de cosas que hubiera acarreado previsiblemente una Zahorí, pero no alguien ataviado como ella. Se había manchado los dedos de sangre, según advirtió, pero aquello no parecía inquietarla.

—Dame tu cantimplora, Gawyn —pidió—. He de enjuagarle esto.

El muchacho a quien llamaba Gawyn desató un recipiente de cuero de su cinturón y se lo entregó; luego se colocó en cuclillas a los pies de Rand con los brazos cruzados sobre las rodillas. Elayne prosiguió con su tarea con aires de profesional. Él no dio ni un respingo al sentir el escozor producido por el agua sobre la herida, pero ella le retenía la cabeza con una mano, como si esperara que él intentara zafarse. El ungüento, procedente de unos de los pequeños frascos, con que la cubrió después le produjo casi tanto alivio como uno de los preparados de Nynaeve.

Mientras ella lo curaba, Gawyn le dirigía una sonrisa tranquilizadora, como si él también esperara que se apartara de un salto e incluso echara a correr.

—Siempre busca gatos callejeros y pájaros con las alas lastimadas. Tú eres el primer ser humano de que dispone para practicar. —Vaciló un instante antes de agregar—: No te ofendas. No estaba insinuando que tú fueras un vagabundo. —No fue una expresión de disculpa, sino una información aclaratoria.

—De ningún modo —repuso rígidamente Rand. Sin embargo, aquel par de jóvenes seguían comportándose como si él fuera un caballo asustadizo.

—Sabe lo que hace —aseveró Gawyn—. Recibe enseñanza de los mejores maestros. De manera que no debes temer: te hallas en buenas manos.

Elayne apretó unas vendas sobre su sien y tiró de un pañuelo de seda prendido a su cintura, de tonos azules y crema combinados con dorados. Para cualquier muchacha de Campo de Emond aquella prenda habría sido un tesoro reservado a los días de fiesta. Elayne comenzó a enrollársela con destreza en torno a la cabeza para afianzar el vendaje.

—Aguanta esto —indicó Elayne—. Ponte la mano aquí mientras ato... —Exhaló una exclamación al verle las manos—. Esto no es consecuencia de la caída. Seguramente te lo has hecho trepando por donde no debieras. —Después de anudar rápidamente la tela, le volvió hacia arriba las palmas y murmuró para sí acerca de la poca agua que quedaba. El líquido le produjo un tremendo ardor, pero ella lo enjugó con asombrosa delicadeza—. No te muevas ahora.

Volvió a coger el frasco de ungüento y se lo extendió en una fina capa, concentrando aparentemente toda su atención en frotar los arañazos sin hacerle daño. Sintió un frescor en las manos, como si le hubieran cicatrizado las heridas.

—La mayoría de las veces todos cumplen exactamente sus deseos —continuó Gawyn al tiempo que dirigía una sonrisa afectuosa a la muchacha—. Casi todos. Pero no madre, desde luego, ni Elaida, ni Lini. Lini era su nodriza. Uno no puede dar órdenes a quien le ha regañado a uno por robar higos de pequeño. Y no de tan pequeño. —Elayne levantó la cabeza para asestarle una amenazadora mirada. Gawyn se aclaró la garganta y puso cara de tonto antes de proseguir—. Ni a Gareth, claro. Nadie manda a Gareth.

—Ni siquiera madre —añadió Elayne, volviendo a inclinar la cabeza sobre las manos de Rand—. Ella expresa sugerencias y él siempre actúa de acuerdo con ellas, pero nunca la he oído darle una orden. —Sacudió la cabeza.

—No sé por qué ha de causarte asombro —apuntó Gawyn—. Ni siquiera tú tratas de decirle a Gareth lo que ha de hacer. Ha estado al servicio de tres reinas y ha sido capitán general y primer príncipe regente durante el mandato de dos de ellas. Yo diría que para algunos él simboliza más el trono de Andor que la propia reina.

—Madre debería decidirse a casarse con él —dijo con aire ausente la muchacha, con la mirada fija en las manos de Rand—. Ella también desea hacerlo, a mí no puede ocultármelo. Y ello resolvería muchos problemas.

—Uno de ellos debe ceder primero —reflexionó Gawyn—. Madre no puede hacerlo y Gareth no está dispuesto a dar el primer paso.

—Si ella se lo ordenara...

—Él la obedecería, creo. Pero ella no lo hará, lo sabes muy bien.

De improviso se volvieron para observar a Rand, el cual tenía la impresión de que habían olvidado su presencia.

—¿Quién...? —Hubo de detenerse para humedecerse los labios—. ¿Quién es vuestra madre?

Elayne abrió desmesuradamente los ojos a causa de la sorpresa, pero Gawyn habló con un tono normal que no iba a la par con el contenido de su respuesta.

—Morgase, por la gracia de la Luz, reina de Andor, protectora del reino, defensora del pueblo, cabeza visible de la casa Trakand.

—La reina —murmuró Rand, perplejo. Por un momento temió que la cabeza comenzara a darle vueltas de nuevo. «No debías llamar demasiado la atención y vas a caer en los jardines reales y dejas que la heredera del trono te cure los rasguños como un vulgar curandero.» Deseaba reír, consciente de que se hallaba al borde de ceder al pánico.

Después de una profunda inspiración, se levantó precipitadamente. Contuvo el impulso de echar a correr, pero sentía la urgencia de alejarse, de desaparecer de allí antes de que lo descubriera alguien más.

Elayne y Gawyn lo miraban con calma y, cuando él se puso en pie, ellos se irguieron grácilmente, sin apresurarse en lo más mínimo. Se llevó la mano a la cabeza para quitarse el pañuelo de seda y Elayne lo agarró por el codo.

—No hagas eso. Volvería a sangrar. —Su voz continuaba apacible, expresando todavía la certeza de que él cumpliría su indicación.

—Debo irme —dijo Rand—. Volveré a escalar la pared y...

—Verdaderamente no lo sabías. —Por primera vez pareció tan perpleja como él—. ¿Quieres decir que escalaste ese muro para ver a Logain sin saber dónde estabas? Habrías podido obtener mejor panorámica desde la calle.

— Yo..., no me gustan las multitudes —musitó. Dedicó una breve reverencia a cada uno de ellos—. Si me disculpáis, eh..., milady. —En los relatos, las cortes reales estaban llenas de personajes que se daban el tratamiento de lord y lady y de alteza y majestad, pero, si había escuchado la forma correcta para dirigirse a la heredera del trono, no podía pensar claramente para traerla a la memoria. La única idea que vislumbraba sin margen de duda era la necesidad de alejarse—. Si me excusáis, me iré ahora. Ah..., gracias por vuestra... —Se tocó el pañuelo atado a su cabeza—. Gracias.

—¿Sin ni siquiera decirnos cómo te llamas? —se extrañó Gawyn—. ¿No te parece un poco rudo después de las molestias que se ha tomado Elayne por ti? He estado reflexionando sobre tu persona. Tienes el habla andoriana, aunque no de un ciudadano de Caemlyn, pero tu aspecto... Bien, ya conoces nuestros nombres. La cortesía sugiere que nos digas el tuyo.

Mirando anhelante la pared, Rand dio su verdadero nombre sin pensar en lo que hacía, e incluso añadió:

—De Campo de Emond, en Dos Ríos.

—Del oeste —murmuró Gawyn—. En el extremo occidental.

Rand miró cauteloso a su alrededor. La voz del joven contenía una nota de sorpresa y Rand advirtió la misma reacción en su rostro al volverse. Gawyn, no obstante, la sustituyó tan rápidamente por una sonrisa de satisfacción que casi llegó a dudar de haberla percibido.

—Tabaco y lana —dijo Gawyn—. Debo conocer los principales productos de todas las regiones del reino. De todas las naciones, a decir verdad. Ello es obligado para mi formación. Los principales productos y actividades y las características de su gente. Se dice que los habitantes de

Dos Ríos son muy obstinados, que pueden ser amables si lo creen a uno merecedor de su estima, pero que si se sienten presionados no hay forma de hacerlos cambiar de parecer. Elayne debería elegir un marido procedente de esa zona. Tendrá que ser un marido con una voluntad de hierro para no dejarse dominar por ella.

Rand lo miró fijo. Elayne también tenía la vista clavada en él. Gawyn parecía conservar su calma habitual, pero estaba murmurando algo. «¿Por qué?»

—¿Qué ocurre?

Los tres se sobresaltaron ante aquella repentina pregunta y se volvieron hacia donde había sido formulada.

El hombre que se encontraba de pie allí era el más agraciado que había visto nunca Rand, demasiado bello incluso para ser un varón. Era alto y esbelto, pero sus movimientos delataban una gran fuerza, flexibilidad y determinación. De pelo y ojos oscuros, su atuendo era apenas menos lujoso que el de Gawyn, con los mismos colores rojos y blancos, como si fueran ropas ordinarias. Tenía la mano apoyada en la empuñadura de la espada y la mirada centrada en Rand.

—Apártate de él, Elayne —dijo el hombre—. Tú también, Gawyn.

Elayne dio un paso y se situó delante de Rand, entre él y el recién llegado, con la cabeza erguida, haciendo gala de su habitual entereza.

—Es un súbdito leal a nuestra madre y un buen siervo de la corona. Y está bajo mi protección, Galad.

Rand trató de recordar lo que le habían explicado maese Kinch y maese Gill. Galadedrid Damodred era el hermanastro de Elayne, de Elayne y de Gawyn, si no le fallaba la memoria; los tres eran hijos del mismo padre. A pesar de que maese Kinch no había expresado grandes simpatías por Taringail Damodred, al igual que las otras personas que le habían hablado de él, su hijo gozaba de buena reputación tanto entre los partidarios como entre los opositores de la política de la reina, si debía dar crédito a los rumores que circulaban por la ciudad.

—Conozco tu amor por los vagabundos, Elayne —dijo en tono razonable el esbelto joven—, pero este hombre va armado y no parece una persona de fiar. Si es un leal servidor de la reina, ¿qué está haciendo en un lugar donde no le corresponde estar? Es muy fácil cambiar el envoltorio de una espada, Elayne.

—Es mi huésped aquí, Galad, y yo respondo por él. ¿O acaso te he pedido que fueras mi ayo, para decidir cuándo y con quién puedo hablar?

Su voz sonó preñada de desdén, pero Galad no dio visos de acusarlo.

—Sabes bien que no pretendo controlar tus acciones, Elayne, pero este... huésped tuyo no es adecuado, y sabes perfectamente que estoy en lo cierto. Gawyn, ayúdame a convencerla. Nuestra madre...

—¡Basta! —lo atajó Elayne—. En lo que sí has acertado es en que no tienes derecho a controlar mis acciones, y tampoco lo tienes para juzgarlas. Puedes irte. ¡Ahora mismo!

Galad dirigió una pesarosa mirada a Gawyn, con la cual parecía solicitar a un tiempo ayuda y constatar la invencible testarudez de Elayne. El rostro de Elayne se ensombreció, pero, cuando iba a abrir la boca otra vez, el joven esbozó una reverencia con toda formalidad sin abandonar, no obstante, la sorprendente elasticidad de sus movimientos, dio un paso atrás y, alejándose por la pavimentada avenida, se perdió de vista tras el emparrado.

—Lo odio —susurró Elayne—. Es vil y envidioso.

—En eso exageras, Elayne —opinó Gawyn—. Galad no conoce el significado de la envidia. Me ha salvado la vida en dos ocasiones y sin que hubiera testigos. Si no lo hubiera hecho, habría ocupado junto a ti el cargo de Primer Príncipe de la Espada en mi lugar.

—Jamás, Gawyn. Elegiría a cualquier otra persona con tal de que no fuera Galad. Al más degradado mozo de caballeriza. —De improviso sonrió, mirando con sorna a su hermano—. Dices que me gusta mandar. Pues bien, te ordeno que no permitas que te ocurra nada. Y deberás obedecer mi mandato y convertirte en Primer Príncipe de la Espada cuando yo suba al trono (¡quiera la Luz que ese día quede lejos!) y mandar los ejércitos de Andor con el sentimiento de honor que Galad nunca será capaz ni de soñar.

—Como ordenéis, milady. —Gawyn soltó una carcajada, realizando una parodia de la reverencia de Galad.

—Ahora debes salir deprisa de aquí —aconsejó Elayne a Rand con expresión de preocupación.

—Galad siempre cumple con su deber —explicó Gawyn—, incluso cuando no tiene necesidad. En este caso, si uno encuentra a un extraño en los jardines, su deber es informar de ello a los guardias de palacio, lo cual sospecho que va a hacer dentro de un minuto.

—Entonces es hora de que vuelva a trepar la pared —asintió Rand. «¡Menudo día para pasar inadvertido! ¡Daría lo mismo que me hubiera colgado un cartel de anuncio a la espalda!» Se giró hacia la pared, pero Elayne le aferró el brazo.

—No lo harás después de las molestias que me he tomado en tratarte las manos. Lo único que harías sería arañarte de nuevo y luego dejar que te pusiera quién sabe qué porquería cualquier bruja harapienta. Hay una puertecilla en el otro extremo del jardín. Está tapada por la maleza y nadie recuerda su existencia.

Rand oyó de pronto un repiqueteo de botas que se aproximaban hacia ellos hollando las losas de pizarra.

—Demasiado tarde —murmuró Gawyn—. Debiera haber echado a correr no bien lo vio Galad.

Elayne masculló una imprecación y Rand cerró los ojos. Había oído proferir el mismo exabrupto al mozo de cuadra de la Bendición de la Reina, y ya en aquella ocasión lo había dejado perplejo. Segundos después ya había recobrado el aplomo.

Gawyn y Elayne parecían contentos de quedarse donde estaban, pero él no podía enfrentarse a los guardias de la reina con tanta calma. Comenzó a caminar hacia el muro una vez más, consciente de que no lo alcanzaría antes de que llegaran los guardias, pero incapaz de permanecer quieto.

No había dado tres pasos cuando una patrulla de hombres con uniformes rojos aparecieron por el sendero, reflejando los rayos del sol con sus bruñidos petos. Otros se acercaban como manchas danzantes de escarlata y acero procedentes, al parecer, de todas direcciones. Algunos llevaban las espadas desenvainadas, otros sólo aguardaban a afianzar los pies para levantar los arcos y aprestar flechas en ellos. Detrás de la malla que protegía sus rostros, todas las miradas eran unánimemente hostiles y cada una de las flechas de punta ancha apuntaba sin vacilar hacia él.

Elayne y Gawyn saltaron a la vez y se situaron entre él y los proyectiles, con los brazos extendidos para cubrirlo. Él permaneció inmóvil, con las manos alejadas de la espada.

Mientras el martilleo de las botas y el crujido de los arcos tensados flotaba todavía en el aire, uno de los soldados, con la insignia de oficial al hombro, gritó:

—¡Milady, milord, al suelo, rápido!

A pesar de tener los brazos en cruz, Elayne se irguió majestuosamente.

—¿Cómo osáis mostrar el acero desnudo en mi presencia, Tallanvor? ¡Gareth Bryne os enviará a limpiar el estiércol de los establos de la tropa más ínfima por esto, si la suerte os acompaña!

Los soldados intercambiaron miradas de estupor y algunos de los arqueros hicieron ademán de bajar las armas. Sólo entonces Elayne bajó los brazos, como si los hubiera alzado por mero antojo. Tras un instante de vacilación, Gawyn siguió su ejemplo. Rand contaba los arcos que permanecían en alto. Los músculos de su estómago se tensaron tanto que habrían podido repeler una flecha disparada a veinte pasos.

El oficial parecía el más perplejo de todos.

—Milady, perdonadme, pero lord Galadedrid informó de que había un sucio campesino armado que merodeaba por los jardines y que su

presencia ponía en peligro a mi señora Elayne y a mi señor Gawyn.
—Su mirada se posó en Rand y su voz recobró firmeza—. Si milady y
milord son tan amables de hacerse a un lado, me llevaré custodiado a
este villano. Hay demasiada chusma en la ciudad estos días.

—Dudo mucho que Galad os diera tal información —objetó Elayne—. Galad no miente nunca.

—En ocasiones desearía que lo hiciera —le dijo quedamente al oído
Gawyn a Rand—. Aunque sólo fuera por una vez. La vida con él resultaría más soportable.

—Este hombre es mi invitado —prosiguió Elayne— y está aquí
bajo mi protección. Podéis retiraros, Tallanvor.

—Me temo que ello no será posible, milady. Como milady sabe, la
reina, vuestra señora madre, ha dado órdenes concernientes a todo aquel
que entre en el recinto palaciego sin su autorización expresa y ya se ha
avisado a Su Majestad de la existencia de este intruso.

La voz de Tallanvor expresaba un indicio de satisfacción más que
prudente. Rand dedujo que el oficial debía de verse obligado con frecuencia a obedecer órdenes de Elayne que no consideraba atinadas y
que en aquella ocasión no estaba dispuesto a someterse a ella, habida
cuenta de que disponía de una excusa perfecta.

Por primera vez, Elayne pareció perder parte de su entereza.

Rand dirigió una muda pregunta a Gawyn, que éste comprendió enseguida.

—La prisión —murmuró. Al ver que le palidecía el rostro, agregó—:
Sólo durante algunos días y nadie te causará ningún daño. Te interroga-
rá Gareth Bryne, el capitán general, pero te dejarán en libertad cuando
haya comprobado que no planeabas nada malo. —Se detuvo, reflexionando—. Confío en que nos hayas dicho la verdad, Rand al'Thor de
Dos Ríos.

—Nos conduciréis a los tres hasta mi madre —anunció de repente
Elayne. Gawyn esbozó una sonrisa.

Detrás del entramado de acero que velaba su rostro, Tallanvor pareció titubear.

—Milady, yo...

—O de lo contrario nos escoltaréis a los tres hasta una celda —añadió Elayne—. No nos separaremos. ¿O vas a dar orden de que alguien
me ponga las manos encima? —Su sonrisa era de victoria y, a juzgar por
la manera como Tallanvor miró en torno a sí como si esperara obtener
ayuda de los árboles, él también consideró que ella había ganado.

«¿Ganado qué? ¿Cómo?»

—Madre está examinando a Logain —explicó en voz baja Gawyn,

como si hubiera leído los pensamientos de Rand— e, incluso si no estuviera ocupada, Tallanvor no se atrevería a llevarnos a Elayne y a mí a su presencia, como si estuviéramos bajo arresto. Nuestra madre tiene un poco de mal genio a veces.

Rand recordó lo que maese Gill le había contado respecto a la reina Morgase. «¿Un poco de genio?»

Otro soldado de uniforme rojo se acercó corriendo por el sendero y se paró en seco para dar un saludo marcial a Tallanvor, con el cual intercambió unas palabras que devolvieron la satisfacción a su rostro.

—La reina, vuestra señora madre —anunció Tallanvor—, ordena que llevemos al intruso a su presencia inmediatamente. La reina ordena asimismo que mi señora Elayne y mi señor Gawyn se personen ante ella también de inmediato.

Gawyn pestañeó y Elayne tragó saliva. Una vez recobrada la compostura del semblante, comenzó a sacudir laboriosamente el vestido, que no mejoró en nada aparte de desprender algunos minúsculos pedazos de corteza.

—Si milady me permite... —dijo con altanería Tallanvor—. Milord...

Los soldados se dispusieron en formación en torno a ellos y comenzaron a caminar por la avenida, encabezados por Tallanvor. Gawyn y Elayne flanqueaban a Rand, perdidos en lúgubres pensamientos. Los soldados habían envainado las espadas y devuelto las flechas a las aljabas, pero, pese a ello, mantenían una estricta vigilancia, observando a Rand como si esperaran que éste fuera a desenvainar el arma e intentar abrirse paso a mandobles.

«¿Que voy a intentar algo? No voy a intentar hacer nada. ¡Inadvertido! ¡Ja!»

Al mirar a los soldados, adquirió súbita conciencia del jardín. Para entonces ya se había recobrado por completo de la caída. Los acontecimientos se habían sucedido de modo tan vertiginoso y lo habían dejado en suspenso sin tiempo para recuperarse, que los contornos no habían sido para él más que un fondo borroso, a excepción de la pared y su intenso deseo de regresar al otro lado. Ahora veía el tupido césped en el que no había reparado antes. «¡Verde!» Un centenar de formas verdes, de árboles y arbustos verdes y lozanos, cargados de follaje y de frutos. Los troncos que bordeaban el sendero estaban cubiertos de lujuriantes hiedras y había flores por doquier, innumerables flores que salpicaban el suelo de color. Conocía algunas de ellas —brillantes botones de oro, diminutas pulsatilas rosadas, gotas de sangre carmesí y glorias de Emond purpúreas, rosas de todos los matices desde el más puro blanco hasta el encarnado más intenso—, pero otras eran extrañas, de formas y tonos tan curiosos que le asombraba que pudieran ser naturales.

—Está verde —musitó—. Verde.

Los soldados murmuraron para sí; Tallanvor les asestó una dura mirada y volvieron a guardar silencio.

—Gracias a Elaida —explicó, distraído, Gawyn.

—No es justo —comentó Elayne—. Me preguntó si quería escoger la granja en la que produciría iguales resultados, mientras a su alrededor no brota ninguna hierba, pero aun así no es justo que nosotros tengamos flores cuando hay gente que no dispone de suficientes alimentos. —Respiró hondo, haciendo acopio de vigor—. Recuerda esto —dijo de improviso a Rand—: habla en voz alta y clara cuando te lo ordenen y mantén silencio en caso contrario. Y sigue mis indicaciones. Todo saldrá bien.

Rand deseó compartir su confianza. Gawyn habría contribuido a ello si hubiera dado muestras de poseerla a su vez. Mientras Tallanvor los conducía al interior del palacio, miró por última vez los jardines, con su verdor interrumpido por la variopinta floración, un colorido ofrendado a una reina por la mano de una Aes Sedai. Se hallaba a merced de la corriente, sin perspectivas de llegar a buen puerto.

Los corredores estaban llenos de sirvientes vestidos con libreas rojas con cuellos y puños blancos y el león blanco bordado en el pecho izquierdo, que se afanaban en tareas que en apariencia no requerían su empeño. Cuando los soldados prosiguieron su marcha, con Elayne, Gawyn y Rand en el centro, se detuvieron en seco para mirarlos con la boca abierta.

En medio de la unánime consternación, un gato de piel veteada de gris atravesó tranquilamente el pasillo, serpenteando entre la perpleja servidumbre. De pronto a Rand le pareció raro ver un solo gato. Durante su estancia en Baerlon había observado que incluso la más ínfima tienda tenía gatos merodeando en todos los rincones. Desde que había entrado en el palacio, aquél era el único felino que había visto.

—¿No tenéis ratas? —preguntó con incredulidad, pensando que había ratas en todos los lugares.

—A Elaida no le gustan las ratas —murmuró vagamente Gawyn, con el rostro ceñudo, previendo sin duda el inminente encuentro con la reina—. Nunca tenemos ratas.

—Callaos los dos. —La voz de Elayne era autoritaria, pero ella parecía tan abstraída como su hermano—. Estoy intentando pensar.

Rand continuó mirando el gato por encima del hombro hasta que los guardias le hicieron doblar una esquina. Habría preferido ver muchos animales como aquél, pues aquello hubiera sido indicio de que al menos algo seguía un curso normal en el palacio, aunque se tratara de la presencia de roedores.

La ruta que seguía Tallanvor viraba tantas veces que Rand perdió el sentido de la orientación. Por fin el joven oficial se detuvo ante unas altas puertas de reluciente madera oscura, no tan magnífica como algunas de las que habían cruzado, pero también labrada con hileras de leones, meticulosamente trazados. A ambos lados había un soldado con librea.

—Al menos no es la gran sala —señaló con una risa inquieta Gawyn—. Nunca he oído que madre condenara a la guillotina a nadie desde aquí. —Su tono de voz denunciaba su temor de que aquel día sentara un precedente.

Tallanvor alargó la mano hacia la espada de Rand, pero Elayne lo interceptó.

—Es mi invitado y, según la ley y la tradición, los invitados de la familia real están autorizados a ir armados en presencia de mi madre. ¿Acaso vais a poner en duda mi palabra, negándoos a considerarlo como huésped mío?

Tallanvor titubeó, clavó su mirada en la de la muchacha y asintió.

—Muy bien, milady. —Elayne sonrió a Rand, mientras Tallanvor retrocedía, pero su júbilo fue pasajero.

—Que me acompañe la primera fila —ordenó Tallanvor—. Anunciad a la señora Elayne y al señor Gawyn a Su Majestad —indicó a los porteros—. También al lugarteniente de guardia Tallanvor, con la venia de Su Majestad, y al intruso bajo custodia.

Elayne miró ceñuda a Tallanvor, pero las puertas ya estaban abriéndose en aquel momento. Una sonora voz anunció a los que se disponían a entrar.

Elayne penetró con paso altanero, desmereciendo ligeramente su majestuosa entrada al hacerle señales a Rand para que permaneciera detrás de ella. Gawyn henchió el pecho y avanzó a tan sólo un paso de distancia. Rand la siguió, manteniéndose dudosamente a la altura de Gawyn en el lado opuesto al de aquél. Tallanvor caminaba cerca de él, acompañado de diez soldados. Las puertas se cerraron en silencio a sus espaldas.

De improviso Elayne se postró de hinojos, ofreciendo simultáneamente una reverencia de cintura para arriba, y conservó aquella postura, con las manos en los extremos de la falda abombada sobre el suelo. Rand se sobresaltó y luego se apresuró a imitar a Gawyn y a los demás varones, moviéndose con torpeza hasta conseguir la postura correcta, apoyado en la rodilla derecha, con la cabeza agachada y reclinado hacia adelante para tocar con los nudillos de la mano derecha las baldosas de mármol, mientras dejaba reposar la otra en la punta de la empuñadura de la espada. Gawyn, que no llevaba espada, se llevó la mano a la daga del mismo modo.

Rand aún estaba congratulándose por haber logrado adoptar aquella posición cuando advirtió que Tallanvor, con la cabeza inclinada aún, lo miraba airadamente de soslayo desde detrás de la cara de uno de los guardias. «¿Acaso esperaba que hiciera otra cosa?» Sintió un súbito acceso de furia, producido por el hecho de que Tallanvor quisiera que efectuara algo que nadie le había explicado, una furia que se superponía al temor a los guardias. Él no había hecho nada por lo que hubiera que temer. Sabía que Tallanvor no era culpable de su miedo, pero, aun así, su ira se centraba en él.

Todos conservaron aquel ademán, inmovilizados como si aguardaran el deshielo primaveral. Ignoraba qué esperaban, pero aquello le dio ocasión de estudiar la estancia a la que lo habían conducido. Mantuvo la rodilla hincada en el suelo, moviéndose sólo un poco para observar. Tallanvor incrementó la dureza de su mirada, pero él hizo caso omiso de ella.

La amplia sala tenía aproximadamente las mismas dimensiones que el comedor de la Bendición de la Reina y sus paredes presentaban escenas de caza labradas en relieve en una piedra de un blanco resplandeciente. Los tapices situados entre los grabados ofrecían suaves imágenes de luminosas flores y colibríes de reluciente plumaje, a excepción de los dos que se hallaban en el otro extremo de la habitación, donde el león blanco de Andor se alzaba con talla superior a la de un ser humano sobre un mar escarlata. Aquellas dos colgaduras flanqueaban un estrado, sobre el que había un trono dorado, donde se encontraba sentada la reina.

Un fornido hombre permanecía de pie, con la cabeza descubierta, a la derecha de la soberana, con cuatro galones dorados en la capa y amplios brazaletes del mismo color que resaltaban la blancura de los puños de su camisa. Tenía las sienes plateadas, pero parecía tan fuerte e inquebrantable como una roca. Aquél debía de ser el capitán general, Gareth Bryne. Al otro lado, detrás del trono, había una mujer ataviada con sedas de color verde oscuro, sentada en un taburete bajo, tejiendo algo con una lana oscura, casi negra. En un principio aquel detalle lo llevó a pensar que era una anciana, pero al observarla de nuevo fue incapaz de determinar su edad. Parecía centrar toda su atención en las agujas y en el hilo, como si no se hallara a menos de un metro de la reina. Era una mujer hermosa, de aspecto plácido y, sin embargo, su concentración auguraba algo terrible en ella. No se oía más sonido en la sala que el entrechocar de las agujas.

Trató de examinarlo todo, pero sus ojos no dejaban de posarse una y otra vez en la mujer tocada con una guirnalda de rosas finamente entrelazadas, la corona de rosas de Andor. Una larga estola roja con el león de Andor pendía sobre su vestido de seda de pliegues blancos y rojos, y, cuando tocó el brazo del capitán general con la mano izquierda, un anillo con la forma de la Gran Serpiente, mordiéndose la cola, despidió destellos. No obstante, no era la magnificencia de sus ropajes y de sus joyas, ni siquiera de la corona, lo que atraía con insistencia la mirada de Rand, sino la mujer que los lucía.

Morgase poseía la misma belleza que su hija, en el pleno esplendor de la madurez. Su rostro y su figura, su presencia, llenaban la habitación como una luz que ensombrecía el resplandor de las otras dos mujeres. Si hubiera sido una viuda de Campo de Emond, habría tenido un enjambre de pretendientes ante su puerta aunque hubiera sido la peor cocinera y ama de casa de todo Dos Ríos. Al advertir que ella estaba observándolo, agachó la cabeza, temeroso de que ella leyera sus pensamientos. «¡Luz, estabas pensando en la reina como si fuera una pueblerina! ¡Insensato!»

—Podéis levantaros —autorizó Morgase, con una voz firme y cálida que centuplicaba el aplomo de Elayne.

Rand se puso en pie al igual que el resto.

—Madre... —comenzó a decir Elayne.

—Según parece —la interrumpió Morgase—, has estado trepando a los árboles, hija. —Elayne despegó un pedazo de corteza de su vestido y, al no hallar lugar donde depositarlo, lo guardó en la mano—. Y lo que es más —prosiguió tranquilamente Morgase—, se diría que, a pesar de mi prohibición, has ideado la manera de poder ver a ese Logain. Gawyn, te creía más juicioso. No sólo debes aprender a no obedecer a tu hermana, sino también a prevenirla del desastre. —Los ojos de la reina se desviaron hacia el imponente hombre que se hallaba a su lado para apartarse rápidamente de él. Bryne continuó impasible, como si no lo hubiera advertido, pero Rand pensó que sus ojos lo percibían todo sin excepción—. Ésta, Gawyn, es la responsabilidad del Primer Príncipe, tan importante como la de estar al mando de los ejércitos de Andor. Tal vez si intensificamos tu instrucción, dispondrás de menos tiempo para dejar que tu hermana conduzca tus acciones. Solicitaré al capitán general que se ocupe de que no te encuentres desocupado durante el viaje hacia el norte.

Gawyn movió los pies como si fuera a protestar y luego inclinó la cabeza en su lugar.

—Como ordenéis, madre.

—Madre —intervino Elayne—, Gawyn no puede protegerme si está alejado de mí. Ha sido con este único propósito que ha abandonado sus aposentos. Mas sin duda no podía representar ningún peligro para nosotros que mirásemos a Logain. Casi todos los habitantes de la ciudad se hallaban más cerca de él que nosotros.

—No todos los habitantes de la ciudad son la heredera del trono —contestó con cierta dureza la reina—. Yo he visto de cerca a ese Logain, y es un hombre peligroso, hija. Enjaulado, vigilado constantemente por las Aes Sedai, continúa siendo tan temible como un lobo. Ojalá nunca lo hubieran traído a Caemlyn.

—Se encargarán de él en Tar Valon. —La mujer sentada en el taburete no apartó los ojos de su labor al hablar—. Lo importante es que la gente vea que la Luz ha vencido nuevamente a la Oscuridad. Y que se sientan partícipes de dicha victoria, Morgase.

Morgase hizo ondear la mano.

—No obstante, preferiría que nunca se hubiera aproximado a Caemlyn. Elaida, ya conozco vuestra opinión.

—Madre —protestó Elayne—, no es mi intención desobedeceros. De veras.

—¿De veras? —inquirió Morgase con irónica sorpresa, antes de echarse a reír—. Sí, tú intentas ser una hija responsable, pero siempre estás probando hasta dónde puedes llegar. Bien, yo hacía lo mismo con mi madre. Ese carácter te será útil cuando asciendas al trono, pero todavía no eres la reina, hija. Me has desobedecido al ir a contemplar a Logain. Durante el viaje hacia el norte no se te permitirá acercarte a más de cien pasos de él, ni a ti ni a Gawyn. Si no fuera consciente de la dureza del aprendizaje que realizaréis en Tar Valon, enviaría a Lini para que se ocupara de vigilaros. Ella, al menos, parece encontrarse en disposición de hacerte comportar como es debido.

Elayne inclinó tristemente la cabeza.

La mujer sentada detrás del trono parecía ocupada en contar los puntos.

—Dentro de una semana —anunció de pronto—, estaréis deseosos por regresar junto a vuestra madre. Dentro de un mes estaréis dispuestos a daros a la fuga con el Pueblo Errante. Sin embargo, mis hermanas os mantendrán alejados de los infieles. Ese tipo de experiencias no os convienen, por el momento. —Se volvió bruscamente para observar con fijeza a Elayne, con la placidez de su semblante desvanecida como por ensalmo—. Dispones de las cualidades para convertirte en la más grandiosa reina que Andor haya tenido nunca, que ningún país haya visto a lo largo de más de un siglo. Es para eso para lo que vamos a formarte, si conservas la entereza suficiente.

Rand la miró de nuevo. Aquélla debía de ser Elaida, la Aes Sedai. De improviso se alegró de no haber acudido a ella en busca de ayuda, pese a ignorar aún el Ajah al que pertenecía. Aquella Aes Sedai irradiaba una rigidez que superaba con creces la de Moraine. En ocasiones había considerado a Moraine como un ser de acero cubierto de terciopelo; con Elaida el terciopelo era sólo una ilusión.

—Basta, Elaida —la atajó Morgase, con el rostro ceñudo por la inquietud—. Ya he escuchado eso bastantes veces. La Rueda gira según sus designios. —Por un momento guardó silencio, mirando a su hija—. Ahora debemos ocuparnos del problema de este joven —señaló a Rand sin apartar los ojos de Elayne—, de cómo y por qué ha entrado aquí y de las razones que te han inducido a imponer a tu hermano su condición de huésped tuyo.

—¿Puedo hablar, madre?

Cuando Morgase asintió con la cabeza, Elayne expuso llanamente lo sucedido desde el momento en que vio cómo Rand subía por la ladera y escalaba luego el muro. Él esperaba que concluyera su exposición proclamando la inocencia de sus intenciones, pero en vez de ello, argumentó:

—Madre, con frecuencia me advertís de que debo conocer a nuestro pueblo, tanto a sus miembros más poderosos como a los de más humilde condición, pero siempre que me encuentro con alguno de ellos estoy en compañía de una docena de asistentes. ¿Cómo puedo llegar a conocer la realidad bajo tales circunstancias? Hablando con este joven ya he aprendido mucho más sobre la gente de Dos Ríos de lo que hubiera hallado en los libros. Es un detalle significativo que haya venido de tan lejos y haya adoptado el rojo cuando tantos otros forasteros llevan telas blancas únicamente por temor. Madre, os ruego que no deis mal trato a un súbdito leal, que además me ha enseñado algo acerca de los pueblos que gobernáis.

—Un leal súbdito de Dos Ríos —suspiró Morgase—. Hija mía, deberías prestar más atención a esos libros. Dos Ríos no ha visto un recaudador de impuestos durante seis generaciones, ni a un guardia de la reina en siete. Sospecho que en raras ocasiones deben de recordar que forman parte del reino. —Rand se encogió, incómodo, rememorando la sorpresa que le produjo enterarse de que Dos Ríos fuera una de las regiones integradas al reino de Andor. Al verlo, la reina sonrió pesarosamente a Elayne—. ¿Lo ves, hija?

Elaida había dejado de tejer, advirtió Rand, y lo examinaba con detenimiento. Entonces se levantó del taburete y descendió lentamente del estrado para pararse delante de él.

—¿De Dos Ríos? —dijo. Alargó una mano hacia su cabeza; él se zafó de su contacto, ante lo cual ella no insistió—. ¿Con este pelo rojizo y estos ojos grises? La gente de Dos Ríos tiene el cabello y los iris oscuros y rara vez es de estatura tan alta. —Le arremangó un trozo de manga y mostró una piel muy clara que pocas veces había sido expuesta a los rayos del sol—. Ni una piel tan blanca.

—Nací en Campo de Emond —aseveró secamente, esforzándose por no apretar el puño—. Mi madre procedía de otras tierras, y de ella he heredado el color de mis ojos. Mi padre es Tam al'Thor, pastor y labrador, al igual que yo.

Elaida asintió parsimoniosamente, sin despegar la mirada de su semblante. Él le devolvió una mirada igual de penetrante que se contradecía con el ardor que le subía del estómago. Tuvo conciencia de que la mujer había notado la firmeza de su mirada. Con los ojos todavía clavados en los suyos, volvió a mover lentamente la mano hacia él. Decidió no resistirse aquella vez.

Fue su espada lo que tocó, cerrando las manos en torno a la empuñadura. Sus dedos se crisparon y sus ojos se abrieron a causa de la sorpresa.

—Un pastor de Dos Ríos —susurró quedamente, pero con intención de que su voz llegara a todos los presentes— con una espada con la marca de la garza.

Aquellas últimas palabras tuvieron el mismo efecto en la sala que si hubiera anunciado al propio Oscuro. El metal y el cuero crujieron detrás de Rand, acompañados del repiqueteo de las botas sobre el mármol. Por el rabillo del ojo vio cómo Tallanvor y otro de los guardias se echaban atrás para ganar espacio, con las manos en las espadas, preparados para desenvainarlas y, a juzgar por su expresión, dispuestos también a morir. En dos veloces zancadas, Gareth Bryne se plantó en el centro de la tarima, interponiéndose entre él y la reina. Incluso Gawyn se colocó delante de Elayne, con expresión preocupada y la mano apoyada en su daga. La propia Elayne lo miró como si lo viera por vez primera. Morgase no mudó de semblante, pero sus dedos se crisparon sobre los dorados brazos del trono.

Únicamente Elaida permaneció impávida, sin dar señales de que hubiera dicho nada fuera de lo común. Apartó la mano de la espada, incrementando la tensión entre los soldados y sus ojos continuaron escrutando los de Rand, imperturbables y calculadores.

—Sin duda —reflexionó la reina—, es demasiado joven para haber ganado la espada con la marca de la garza. No supera en edad a Gawyn.

—El arma concuerda con su persona —sentenció Gareth Bryne.

—¿Cómo es ello posible? —inquirió, mirándolo con sorpresa, la reina.

—No lo sé, Morgase —repuso lentamente Bryne—. Es demasiado joven y, sin embargo, forma una unidad con la espada. Fijaos en sus ojos, en su porte, en la manera como la espada se ajusta a él y él a la espada. Es demasiado joven, pero esa arma es suya.

—¿Cómo llegó a tus manos esta espada, Rand al'Thor de Dos Ríos? —preguntó Elaida cuando el capitán general hubo guardado silencio, con un tono que parecía poner en duda tanto su identidad como su procedencia.

—Me la dio mi padre —respondió Rand—. Era suya. Pensó que necesitaría una espada al partir de viaje.

—Otro pastor de Dos Ríos con una espada con la marca de la garza. —La sonrisa esbozada por Elaida le dejó la boca pastosa—. ¿Cuándo llegaste a Caemlyn?

Ya se había cansado de decirle la verdad a aquella mujer que le hacía sentir aún más temor que un Amigo Siniestro. Era hora de volver a ocultarse.

—Hoy —dijo—. Esta mañana.

—Justo a tiempo —murmuró la Aes Sedai—. ¿Dónde te hospedas? No me digas que no has alquilado una habitación en alguna parte. Pareces un poco desastrado, pero has tenido ocasión de asearte. ¿Dónde?

—En la Corona y el León. —Recordó haber pasado delante de aquella posada mientras buscaba la Bendición de la Reina. Estaba en una zona alejada del establecimiento de maese Gill—. Dispongo de una cama allí, en el ático. —Tenía la sensación de que Elaida adivinaba que mentía, pero ella se limitó a asentir.

—¿No es ésta una gran casualidad? —insinuó—. Hoy han traído al infiel a Caemlyn. Dentro de dos días partirá hacia el norte y con él irá la heredera de la corona para completar su formación. Y precisamente en esa coyuntura aparece en los jardines reales un joven de Dos Ríos que pretende ser un fiel súbdito de la reina...

—Soy de Dos Ríos. —Todos lo miraban, pero nadie le prestaba atención, a excepción de Tallanvor y los guardias, que ni siquiera pestañeaban.

—... con una historia calculada para atraer a Elayne y una espada con la marca de la garza. No lleva ningún brazalete ni escarapela para proclamar sus preferencias, sino una tela que encubre cuidadosamente la garza ante ojos inquisitivos. ¿Qué se deduce de ello?

La reina hizo señas al capitán general para que se hiciera a un lado y, cuando éste se apartó, examinó a Rand con semblante preocupado. Pero sus palabras fueron dirigidas a Elaida.

—¿De qué lo estáis acusando? ¿De ser un Amigo Siniestro? ¿Uno de los seguidores de Logain?

—El Oscuro está cobrando fuerza en Shayol Ghul —replicó la Aes Sedai—. La Sombra se cierne sobre el Entramado y el futuro pende de un delgado hilo. Este hombre es peligroso.

De improviso, Elayne se postró de rodillas ante el trono.

—Madre, os ruego que no le hagáis daño. Habría podido marcharse de inmediato si yo no lo hubiera contenido. Él quería irse. Fui yo quien lo obligó a quedarse. No puedo creer que sea un Amigo Siniestro.

Morgase realizó un ademán tranquilizador en dirección a su hija, pero no apartó los ojos de Rand.

—¿Es esto una predicción, Elaida? ¿Estáis leyendo el Entramado? Vos misma afirmáis que adquirís dicha facultad cuando menos lo esperáis y que la clarividencia os abandona tan velozmente como ha aparecido. Si esto es una predicción, Elaida, os ordeno que digáis claramente la verdad, sin envolverla, como es habitual en vos, en un halo de misterio del que nadie puede deducir si habéis dicho blanco o negro. Hablad. ¿Qué veis?

—Éste es mi augurio —respondió Elaida— y juro por la Luz que me es imposible imprimirle mayor claridad. De ahora en adelante Andor se sumirá en un camino de dolor y desgarramiento. La Sombra se teñirá más aún de negro y no puedo ver si la Luz renacerá después. Si el mundo ha derramado una lágrima, ahora estallará en sollozos. Éstas son mis predicciones.

La estancia se sumió en un tenso silencio, que sólo interrumpió la exhalación de Morgase, similar al jadeo de un moribundo.

Elaida continuó mirando a los ojos de Rand y tomó de nuevo la palabra, sin apenas mover los labios, con voz tan queda que él tenía dificultades en comprenderla, hallándose a dos palmos de distancia.

—Y también predigo esto: el dolor y la disgregación que se avecinan afectarán a la totalidad de la tierra y este hombre es una pieza central en todo el proceso. Obedezco a la reina —susurró— y por ello lo expreso claramente.

Rand sintió como si sus pies hubieran enraizado en el suelo de mármol. El frío y la dureza de la piedra remontaron sus piernas y transmitieron un escalofrío a su columna. Era imposible que alguien la hubiera oído aparte de él. Sin embargo, ella seguía observándolo y él sí la había escuchado.

—Soy un pastor —repitió, dirigiéndose a todos los presentes—. De Dos Ríos. Un pastor.

—La Rueda gira según sus designios —sentenció en voz alta Elaida, sin que él pudiera dilucidar si su tono contenía un matiz de burla o no.

—Lord Gareth —dijo Morgase—, necesito el consejo de mi capitán general.

—Elaida Sedai dice que es un hombre peligroso, mi reina —respondió el corpulento personaje, sacudiendo con energía la cabeza—, y, si le fuera dado añadir algo, opino que pediría su cabeza. Pero los demás podemos percibir con nuestros propios ojos todo cuanto ella predice. No hay ni un campesino en los alrededores que no afirme que las cosas van a empeorar, sin necesidad de escuchar ningún augurio. Por mi parte, creo que el muchacho se encuentra aquí por mero azar, aun cuando éste sea desafortunado para él. Para asegurarnos, mi reina, recomiendo que lo encierren en una celda hasta que lady Elayne y lord Gawyn hayan cubierto una buena parte de su viaje y que lo suelten entonces. A menos, Aes Sedai, que ampliéis vuestras predicciones respecto a él.

—He revelado cuanto he leído en el Entramado, capitán general —contestó Elaida. Después dedicó una fría sonrisa a Rand, que apenas rozó sus labios, retándolo a negar sus aseveraciones—. Unas semanas en prisión no le vendrán mal y ello me dará ocasión de proseguir con mis averiguaciones. —Sus ojos reflejaron un vivo anhelo, intensificando sus temores—. Tal vez una nueva predicción aclare los interrogantes.

Morgase reflexionó un rato, acodada en el trono y con el puño pegado a la barbilla. Rand habría rehuido su ceñuda mirada si hubiera sido capaz de realizar algún movimiento, pero los ojos de Elaida lo mantenían petrificado. Por último la reina tomó la palabra.

—Las sospechas están sofocando Caemlyn, tal vez todo Andor. El temor y la lúgubre suspicacia. Las mujeres denuncian a sus vecinas, acusándolas de ser Amigas Siniestras. Los hombres graban el Colmillo del Dragón en las puertas de personas que conocen desde hace mucho tiempo. Yo no pienso contribuir a ese clima.

—Morgase... —comenzó a decir Elaida.

—No pienso fomentar ese ambiente de recelo —la atajó la reina—. Cuando ascendí al trono juré administrar justicia a los poderosos y a los humildes y pienso mantenerla aun cuando sea la última persona de Andor que recuerde el significado de la palabra justicia. Rand al'Thor, ¿juras ante la Luz que tu padre, un pastor de Dos Ríos, te dio esta espada con la marca de la garza?

Rand trató de activar la salivación para lograr articular la respuesta.

—Lo juro. —Al recordar a quien hablaba, se apresuró a añadir—: Mi reina. —Lord Gareth enarcó una ceja, pero Morgase no pareció inmutarse.

—¿Y trepaste el muro del jardín para poder ver al falso Dragón?

—Sí, mi reina.

—¿Pretendes causar algún daño al trono de Andor, a mi hija o a mi hijo? —Su tono indicaba que la negación de los últimos dos supuestos lo llevaría a una más pronta absolución que el primero.

—No pretendo causar daño a nadie, mi reina. Y menos a vos o a vuestra familia.

—En ese caso te impartiré justicia, Rand al'Thor —prometió la soberana—. Primeramente, porque poseo la ventaja sobre Gareth y Elaida de haber escuchado el habla de Dos Ríos en mi juventud. No posees el físico propio de sus habitantes, pero, si un remoto recuerdo me sirve de algo, afirmaría que tu acento sí pertenece a esa región. En segundo lugar, nadie que tuviera tus cabellos y tus ojos pretendería proceder de Dos Ríos a menos que ello fuera cierto. Y la explicación de que tu padre te entregó una espada con la marca de la garza es demasiado absurda como para ser una mentira. En tercer lugar, el hecho de que una vocecilla interior me advierta de que a menudo la mejor mentira es demasiado ridícula para ser tomada como tal..., esa voz no constituye ninguna prueba. Te concedo la libertad, Rand al'Thor, pero te recomiendo que vayas con cuidado antes de allanar el palacio otra vez. Si alguien te encuentra nuevamente en este recinto, no saldrás tan bien parado.

—Gracias, mi reina —dijo con voz ronca. Sentía el disgusto de Elaida como un hierro candente en su mirada.

—Tanllavor —solicitó Morgase—, escoltad a este..., escoltad al invitado de mi hija a las puertas de palacio y haced gala de la cortesía debida. El resto de vosotros podéis salir también. No, Elaida, quedaos aquí. Y vos también, si no tenéis inconveniente, lord Gareth. Debo decir qué medidas tomar ante los Capas Blancas reunidos en la ciudad.

Tallanvor y los guardias envainaron de mala gana las espadas, dispuestos a desenvainarlas de nuevo en un instante. No obstante, para Rand fue un alivio que los soldados formaran en torno a él y comenzaran a salir de la estancia. Elaida escuchaba a medias las palabras de la reina, con la mirada clavada en su espalda. «¿Qué habría ocurrido si Morgase no hubiera retenido a la Aes Sedai en la sala?» Aquel pensamiento le hizo desear que los soldados caminaran más velozmente.

Para su sorpresa, Elayne y Gawyn intercambiaron unas palabras junto a la puerta y luego caminaron a su lado. Tallanvor también evidenció su asombro. El joven oficial miró alternativamente a los hijos de la reina y la puerta, que en aquel momento se cerraba.

—Mi madre —señaló Elayne— ha ordenado que se lo escoltara hasta la salida, Tallanvor. Con la cortesía debida. ¿A qué aguardáis?

Tallanvor miró con el rostro ceñudo la puerta tras la cual la reina consultaba a sus consejeros.

—A nada, mi señora —respondió con acritud, antes de ordenar a la escolta que emprendiera la marcha.

Las maravillas de palacio discurrieron ante Rand sin que él les prestara atención. Estaba atónito, aturdido por tantos pensamientos que se agolpaban en su cabeza sin darle tiempo a retenerlos. «No posee el físico propio de sus habitantes. Este hombre es una pieza central en todo el proceso.»

La escolta se detuvo. Parpadeó, sorprendido de hallarse en el gran patio al que daba el palacio, de pie junto a las altas puertas doradas, que resplandecían bajo el sol. Aquellas puertas no se abrirían para dar paso a un solo hombre, a buen seguro no a un intruso, aun cuando la heredera de la corona solicitara un trato de huésped para él. Tallanvor corrió el cerrojo de una boca de salida, una puertecilla alojada en una de las hojas.

—Es costumbre —explicó Elayne— escoltar a los huéspedes hasta las puertas, pero no mirar cómo se alejan. Es el placer de la compañía de un invitado lo que debe recordarse y no la tristeza de la separación.

—Gracias, milady —dijo Rand, tocándose el pañuelo que rodeaba su cabeza—. Por todo. En Dos Ríos es costumbre que los invitados traigan un pequeño regalo. Me temo que no tengo nada para entregaros. Aunque —añadió secamente—, según parece, os he enseñado algo acerca de la gente de Dos Ríos.

—Si le hubiera dicho a mi madre que te encontraba atractivo, sin duda te habría encerrado en una celda. —Elayne lo honró con una deslumbrante sonrisa—. Adiós, Rand al'Thor.

Observó, boquiabierto, cómo se alejaba aquella joven versión de la belleza y majestad de Morgase.

—No intentes intercambiar palabras con ella —rió Gawyn—. Siempre saldrás perdiendo.

Rand asintió distraídamente. «¿Atractivo? ¡Luz, la heredera del trono de Andor!» Se estremeció, intentando aclarar sus ideas.

Gawyn parecía estar aguardando algo. Rand lo miró un momento.

—Milord, cuando os he dicho que era de Dos Ríos habéis mostrado sorpresa, al igual que todos los demás: vuestra madre, lord Gareth, Elaida Sedai... —Un escalofrío le recorrió nuevamente la columna. No sabía cómo concluir; ni siquiera estaba seguro qué lo había movido a sacar a colación aquella cuestión. «Soy hijo de Tam al'Thor, aunque no haya nacido en Dos Ríos.»

Gawyn asintió como si hubiera estado esperando que él plantease el tema. Sin embargo, parecía dubitativo. Cuando Rand abrió la boca para retomar la pregunta no formulada, Gawyn le ofreció la respuesta.

—Envuélvete la cabeza con un *shoufa*, Rand, y parecerás la viva imagen de un Aiel. Es curioso, ya que madre piensa que al menos hablas como un habitante de Dos Ríos. Me habría gustado poder llegar a conocernos más, Rand al'Thor. Que la Luz te acompañe.

«Un Aiel.»

Rand permaneció parado, mirando cómo Gawyn regresaba al interior del palacio hasta que una impaciente tos de Tallanvor le recordó dónde se encontraba. Se deslizó por la puertecilla, que Tallanvor cerró de golpe no bien hubo separado los talones. Afuera ya no quedaban más que desperdicios diseminados por el pavimento y algunas personas que se afanaban en sus quehaceres una vez terminada la diversión. No logró distinguir si llevaban distintivos rojos o blancos.

«Un Aiel.»

Advirtió con un sobresalto que se encontraba justo enfrente de las puertas del palacio, en el preciso lugar en que Elaida lo localizaría sin dificultad cuando hubiera terminado de departir con la reina. Arrebujándose en la capa, emprendió un rápido trote, adentrándose en las calles del casco viejo. Con frecuencia miraba hacia atrás para comprobar que no lo seguía nadie, pero el trazado curvilíneo le impedía ver a mucha distancia. No obstante, recordaba con demasiada precisión los ojos de Elaida, a quien imaginaba vigilándolo. Al llegar a las puertas de la nueva ciudad, corría como una centella.

41

Viejos amigos y nuevas amenazas

Ya en la Bendición de la Reina, Rand se apoyó, jadeante, en la jamba de la puerta. Había ido corriendo todo el trecho, sin importarle si los transeúntes veían o no la tela roja de la espada ni si tomaban su carrera como una excusa para emprender una persecución. Estaba seguro de que ni un Fado habría sido capaz de darle alcance.

Lamgwin estaba sentado en un banco junto a la entrada, con un gato moteado en los brazos. Al llegar él corriendo, el hombre se levantó para asomarse por el lado por donde se había aproximado, acariciando parsimoniosamente las orejas del animal. Al ver que todo estaba en calma, volvió a sentarse con cuidado para no molestar al gato.

—Unos necios han intentado robar los gatos hace un rato —informó. Se examinó los nudillos antes de volver a acariciar al animal—. Los gatos están muy caros hoy en día.

Ran advirtió que los dos hombres con escarapelas blancas todavía estaban en la bocacalle y que uno de ellos tenía un ojo morado y la barbilla hinchada. El individuo miraba la posada con el entrecejo fruncido y aferraba la empuñadura de la espada con impetuoso afán.

—¿Dónde está maese Gill? —preguntó Rand.

—En la biblioteca —respondió Lamgwin, que sonrió al oír el ronroneo del gato—. Nada inquieta durante mucho tiempo a un gato, ni siquiera alguien que intente meterlo en un saco.

Rand entró apresurado y atravesó el comedor, ahora ocupado por los habituales clientes con brazaletes rojos que charlaban mientras tomaban cerveza. Su conversación versaba sobre el falso Dragón y la posibilidad de que los Capas Blancas produjeran algún contratiempo cuando la comitiva emprendiera viaje hacia el norte. A nadie le importaba lo que pudiera ocurrirle a Logain, pero todos sabían que la heredera de la corona y lord Gawyn formarían parte de la expedición y ninguno de los presentes aprobaría que los expusieran al menor riesgo.

Encontró a maese Gill en la biblioteca, jugando a las damas con Loial. Una obesa gata, sentada sobre la mesa con las patas delanteras ocultas bajo su cuerpo, miraba cómo movían las manos sobre el tablero.

El Ogier desplazó una pieza con una delicadeza sorprendente para sus enormes dedos. Sacudiendo la cabeza, maese Gill aprovechó la excusa de la entrada de Rand para apartarse de la mesa. Loial casi siempre ganaba a las damas.

—Estaba comenzando a preocuparme por tu tardanza, chico. Pensé que quizás habrías tenido problemas con esos traidores que ostentan el blanco o encontrado a ese mendigo o algo así.

Rand permaneció un minuto en pie, con la boca abierta. Había olvidado todo lo referente a aquel amasijo de harapos.

—Lo he visto —reconoció finalmente—, pero eso no es nada. También he visto a la reina y a Elaida; con ellas sí he tenido algún contratiempo.

—La reina, ¿eh? —se carcajeó maese Gill—. No me digas. Aquí hemos tenido a Gareth Bryne, luchando a cuerpo con el capitán general de los Hijos, pero la reina, hombre..., eso es harina de otro costal.

—Diantre —gruñó Rand—, hoy a todo el mundo le da por pensar que estoy mintiendo. —Arrojó la capa sobre el respaldo de una silla y se desplomó en otro. Estaba demasiado alterado para recostar la espalda. Se sentó en el borde, enjugándose el rostro con un pañuelo—. He visto al mendigo y él también me ha visto y me ha parecido... Eso carece de importancia. He trepado por la pared de un jardín, desde donde se veía la explanada que hay delante del palacio adonde llevaban a Logain. Y me he caído al interior.

—Casi estoy por creer que no estás bromeando —señaló lentamente el posadero.

—*Ta'veren* —murmuró Loial.

—Oh, es verídico —aseveró Rand—. Tan cierto como que estoy aquí.

El escepticismo de maese Gill se disipó paulatinamente mientras continuaba refiriendo los hechos, para convertirse en incipiente alarma. El posadero fue inclinándose poco a poco hacia adelante hasta adquirir la misma postura de Rand sobre la silla. Loial escuchaba impávido, si bien con cierta frecuencia se frotaba su ancha nariz y movía lentamente las orejas.

Rand explicó cuanto le había sucedido, a excepción de las palabras susurradas por Elaida, y lo que le había dicho Gawyn junto a las puertas del palacio. No deseaba pensar en lo primero y lo segundo no guardaba relación con nada. «Soy el hijo de Tam al'Thor, aun cuando no naciera en Dos Ríos. ¡Sí! Por mis venas corre sangre de Dos Ríos y Tam es mi padre.»

De pronto cayó en la cuenta de que había parado de hablar, abstraído en sus propios pensamientos y que maese Gill y Loial estaban observándolo. Por un momento se preguntó, presa de pánico, si no habría dicho más de lo conveniente.

—Bien —aseveró el posadero—, ya no podrás quedarte a esperar a tus amigos. Tendrás que abandonar la ciudad, y sin tardanza. Dos días a lo sumo. ¿Serás capaz de hacer que Mat se levante de la cama o debería solicitar los servicios de la Madre Grubb?

—¿Dos días? —inquirió, perplejo, Rand.

—Elaida es la consejera de la reina Morgase, la persona que ejerce más influencia después del capitán general Gareth Bryne, acaso por encima de él. Si ordena tu búsqueda a la guardia real, y lord Gareth no se lo impedirá a menos que se interponga en sus obligaciones, los guardias pueden revisar todas las posadas de Caemlyn en dos días. Eso suponiendo que, por mala suerte, no vengan aquí el primer día, o la primera hora. Quizá nos quede un poco de tiempo si se dirigen primero a la Corona y el León, pero no debes malgastarlo.

Rand asintió lentamente.

—Si no puedo sacar a Mat de la cama, mandad llamar a la Madre Grubb. Me queda un poco de dinero. Tal vez sea suficiente para pagarle.

—Yo me ocuparé de la Madre Grubb —dijo bruscamente el posadero—. Y creo que podré prestarte un par de caballos. Si tratas de llegar a pie a Tar Valon, se te va a gastar lo poco que te queda de las suelas de las botas a mitad de camino.

—Sois un buen amigo —le agradeció Rand—. Parece que no os hemos ocasionado más que preocupaciones y pese a ello estáis dispuesto a ayudarnos. Un buen amigo.

Maese Gill se encogió de hombros, se aclaró la garganta y desvió la mirada hacia el suelo, visiblemente embarazado. Aquello le condujo los ojos nuevamente al tablero, el cual zarandeó, previendo que Loial saldría ganador.

—Hombre, sí, Thom siempre se ha portado muy bien conmigo. Si él acepta tomarse molestias por vosotros, yo también puedo poner mi grano de arena.

—Me gustaría acompañarte en tu viaje, Rand —anunció de pronto Loial.

—Creí que esa cuestión había quedado zanjada, Loial. —Vaciló, recordando que maese Gill desconocía la totalidad del peligro que ellos representaban, y luego añadió—: Ya sabes lo que nos espera a Mat y a mí, lo que nos persigue.

—Amigos Siniestros —repuso el Ogier con un plácido murmullo— y Aes Sedai y la Luz sabe qué cosas más. O el Oscuro. Vais a ir a Tar Valon y allí hay una magnífica arboleda que, según tengo entendido, las Aes Sedai conservan en perfecto estado. De todas maneras, hay otras cosas que ver en el mundo aparte de las arboledas. Tú eres realmente *ta'veren*, Rand. El Entramado está tejiéndose a tu alrededor y en ti se concentran los hilos.

«Este hombre es una pieza central en todo el proceso.» Rand sintió un estremecimiento.

—En mí no se concentra nada —dijo con tono desabrido.

Maese Gill parpadeó y el propio Loial pareció acusar su rudeza. El posadero y el Ogier intercambiaron una mirada, que luego posaron en el suelo. Rand respiró hondo, tratando de recobrar la calma. Inopinadamente halló el vacío que lo había rehuido con tanta frecuencia en los últimos tiempos, y la placidez. Aquellas dos personas no tenían por qué ser blanco de sus iras.

—Puedes venir conmigo, Loial —admitió—. Ignoro qué te impulsa a ello, pero agradeceré tu compañía. Ya..., ya sabes cómo está Mat.

—Lo sé —reconoció Loial—. Todavía no puedo ir por la calle sin provocar un motín de gente persiguiéndome al grito de «trolloc». Pero Mat, al menos, sólo agrede de palabra y no ha intentado matarme.

—Por supuesto que no —aseguró Rand—. Mat no haría tal cosa. «No llegaría tan lejos. No sería propio de Mat.»

Una de las criadas, Gilda, asomó la cabeza por la puerta después de llamar con los nudillos. Tenía la boca fruncida y el semblante preocupado.

—Maese Gill, venid deprisa, por favor. Hay Capas Blancas en la sala. Maese Gill se levantó profiriendo una imprecación, tras lo cual la gata saltó de la mesa y caminó hacia la salida con la cola tiesa.

—Ya voy. Corre a decirles que ya voy y luego mantente alejada de ellos. ¿Me oyes, muchacha? No te acerques a ellos. —Gilda inclinó la cabeza y desapareció—. Será mejor que te quedes aquí —indicó a Loial.

El Ogier resopló, produciendo un sonido como el de un desgarrón en una sábana.

—No tengo ningunas ganas de volver a encontrarme con los Hijos de la Luz. —Maese Gill posó la mirada en el tablero, lo cual pareció devolverle parte de su buen ánimo.

—Me temo que deberemos dejar la partida para más tarde.

—No será necesario. —Loial alargó un brazo hacia los estantes y tomó un libro, un grueso volumen forrado de tela que pareció empequeñecerse al pasar a sus manos—. Podemos reemprenderla a partir de las posiciones del tablero. Ahora os tocaba a vos.

Maese Gill esbozó una mueca.

—Cuando no es una cosa, es otra —murmuró mientras abandonaba deprisa la habitación.

Rand lo siguió, pero con paso lento. Al igual que Loial, no tenía el más mínimo interés en tener contacto con los Hijos. «Este hombre es una pieza central en todo el proceso.» Se detuvo junto a la puerta del comedor, desde donde podría presenciar lo que iba a acaecer, pero lo bastante alejado para tener la confianza de pasar inadvertido.

Un silencio mortal reinaba en la estancia, en medio de la cual permanecían de pie cinco Capas Blancas, a quienes pretendían no ver los clientes sentados a las mesas. Uno de ellos lucía el relámpago plateado de suboficial bajo el sol bordado en su capa. Lamgwin estaba apoyado en la pared, al lado de la entrada; se limpiaba las uñas con un palillo. En la misma pared había otros cuatro vigilantes contratados por maese Gill, que se aplicaban con esmero en no prestar ninguna atención a los Capas Blancas. Si los Hijos de la Luz habían reparado en ellos, no parecían acusarlo. El único que mostraba alguna emoción era el suboficial, que no paraba de golpear impacientemente sus guanteletes reforzados de acero contra la palma de su mano mientras aguardaba al posadero.

Maese Gill cruzó la habitación rápidamente y se aproximó a él con una cautelosa expresión neutral en el rostro.

—La Luz os ilumine —los saludó con una prudente reverencia, no demasiado pronunciada, pero tampoco lo suficientemente ligera como para ser interpretada como un insulto—. Y también a nuestra buena reina Morgase. ¿En qué puedo servir...?

—No dispongo de tiempo para malgastarlo en tonterías, posadero —espetó el suboficial—. Ya he visitado veinte posadas hoy, a cual más cochambrosa, y debo entrar en otras veinte antes de que anochezca. Estoy buscando a unos Amigos Siniestros, un muchacho de Dos Ríos...

A maese Gill se le iba congestionando la cara con cada palabra. Su vientre estaba hinchado como a punto de estallar, lo cual hizo al fin, interrumpiendo a su vez al Capa Blanca.

—¡No hay Amigos Siniestros en mi establecimiento! ¡Todos mis clientes son fieles súbditos de la reina!

—Sí, y todos sabemos qué posiciones mantiene Morgase —el suboficial pronunció el nombre de la reina con sarcasmo— y la bruja de Tar Valon, ¿no es cierto?

Se produjo un sonoro ruido de sillas arrastradas, tras lo cual todos los hombres de la sala se hallaron en pie. Estaban inmóviles como estatuas, pero todos miraban airadamente a los Capas Blancas. El suboficial no pareció reparar en ellos, pero sus cuatro subalternos miraban azorados a su alrededor.

—Os será más ventajoso que cooperéis con nosotros, posadero —advirtió el suboficial—. Actualmente, quienquiera que dé refugio a un Amigo Siniestro será blanco de las iras. No creo que una posada con el Colmillo del Dragón en la puerta atraiga mucha clientela. También podrían prenderle fuego, con esa marca en la puerta.

—Marchaos de aquí ahora mismo —ordenó, parsimonioso, maese Gill— o llamaré a la guardia real para que acarree hasta un estercolero las piltrafas en que quedaréis convertidos.

Lamgwin desenvainó ruidosamente la espada y la rasposa fricción del acero con el cuero de las fundas se repitió a lo ancho de la estancia cuando todos los hombres empuñaron dagas y espadas. Las criadas se deslizaron hacia las puertas. El cabecilla de los Capas Blancas miró incrédulo en torno a sí. —El Colmillo del Dragón...

—No os vendrá a ayudar ahora —finalizó la frase maese Gill en su lugar. Puso un puño en alto e irguió uno de su dedos—. Uno.

—Debéis de estar loco, posadero, para amenazar a los Hijos de la Luz.

—Los Capas Blancas no ostentan ningún poder en Caemlyn. Dos.

—¿De veras creéis que esto va a acabar así?

—Tres.

—Volveremos —aseveró el suboficial, antes de apresurarse a hacer una señal a sus hombres para que giraran, en un intento de dar la impresión de que partía tranquilamente y a su debido tiempo. Sus inferiores, no obstante, no disimularon sus ansias de salir de allí.

Lamgwin, de pie bajo el dintel con la espada en la mano, únicamente les cedió al paso ante las frenéticas indicaciones de maese Gill. Cuando los Capas Blancas hubieron partido, el posadero se dejó caer pesadamente en una silla. Se pasó una mano por la frente y luego la contempló, sorprendido de que ésta no estuviera empapada de sudor. Los otros hombres volvieron a tomar asiento, riendo de la hazaña realizada. Algunos fueron a darle una palmada en el hombro a maese Gill.

Al ver a Rand, el posadero se levantó vacilante y se acercó a él.

—¿Quién hubiera pensado que tenía madera de héroe? —comentó con asombro—. Que la Luz me ilumine. —De pronto se estremeció y su voz recobró su tono habitual—. Deberéis permanecer escondidos hasta que pueda sacaros de la ciudad. —Dirigiendo una mirada recelosa a la sala, hizo retroceder a Rand hacia el corredor—. Esos tipos volverán por aquí, y si no, algunos espías con telas rojas para disimular. Después de la pequeña escena que he representado, dudo mucho que les importe si estás aquí o no, pero se comportarán como si te encontraras en la posada.

—Eso es absurdo —se indignó Rand, que bajó el tono de la voz ante un gesto del posadero—. Los Capas Blancas no tienen ningún motivo para perseguirme.

—Desconozco cuáles serán las razones, chico, pero lo que sí es seguro es que os están buscando a ti y a Mat. ¿Qué demonios habrás hecho? Elaida y los Capas Blancas.

Rand levantó las manos a modo de protesta y luego las dejó caer. A pesar de que aquello careciera de sentido, él mismo había oído las palabras del Capa Blanca.

—¿Y qué me decís de vos? Los Capas Blancas os buscarán complicaciones aunque no nos encuentren a nosotros.

—No te preocupes por eso, chico. Los guardias de la reina aún mantienen el orden, aun cuando dejen que los traidores hagan ostentación del blanco por las calles. En cuanto a la noche..., bien, es posible que Lamgwin y sus amigos no puedan dormir mucho, pero casi siento pena por aquellos que intenten garabatear una marca en mi puerta.

Gilda apareció tras ellos, dedicando una reverencia a maese Gill.

—Señor, hay..., hay una dama. En la cocina. —Parecía escandalizada por la ubicación de tal persona en semejante lugar—. Pregunta por maese Rand, señor, y maese Mat, con sus propios nombres.

Rand cruzó una perpleja mirada con el posadero.

—Muchacho —dijo maese Gill—, si realmente has conseguido hacer desplazar a lady Elayne del palacio a mi posada, acabaremos todos en el patíbulo. —Gilda exhaló un chillido ante la mención de la heredera de la corona y miró a Rand con ojos desorbitados—. Retírate, muchacha —ordenó secamente el posadero—. Y no digas nada de lo que has oído, que no es asunto de la incumbencia de nadie. —Gilda inclinó la cabeza y se alejó corriendo por el pasillo, mirando de tanto en tanto a Rand por encima del hombro—. Dentro de cinco minutos —suspiró maese Gill—, estará contando a las otras mujeres que eres un príncipe disfrazado de campesino y esta noche ya correrá la noticia por toda la Ciudad Nueva.

—Maese Gill —señaló Rand—. Yo no le he hablado de Mat a Elayne. No puede ser... —Con el rostro iluminado por una súbita sonrisa, echó a correr en dirección a la cocina.

—¡Espera! —le gritó el posadero—. Espera hasta saberlo. ¡Espera, necio!

Rand abrió la puerta de la cocina, y allí estaban. Moraine le dedicó una serena mirada, exenta de sorpresa. Nynaeve y Egwene se precipitaron riendo en sus brazos, seguidas de Perrin, quien, al igual que ellas, le palmeó el hombro como si hubiera de convencerse de que realmente se encontraba allí. En el umbral que daba al patio, Lan apoyaba una bota en la jamba, dividiendo su atención entre la cocina y el exterior.

Rand trató de abrazar a las dos jóvenes y estrechar la mano de Perrin simultáneamente, lo cual produjo un enredo de brazos y un estallido de risas que se complicó con el intento de Nynaeve de tocarle la cara para comprobar que no tuviera fiebre. En realidad, ellos presentaban peor aspecto —Perrin tenía morados en la cara y rehuía la mirada de un modo extraño en él—, pero estaban vivos y se habían reunido de nuevo con él. Tenía la garganta tan atenazada que apenas fue capaz de hablar.

—Temía no volver a veros más —logró articular finalmente—. Tenía miedo de que todos estuvierais...

—Sabía que estabas vivo —confesó Egwene con la cabeza recostada sobre su pecho—. Siempre lo supe. Siempre.

—Yo no —reconoció Nynaeve, con súbita amargura en la voz, que se desvaneció un segundo después, cuando su semblante volvió a sonreír—. Tienes buena cara, Rand. No se ve que hayas comido en exceso, pero estás bien, gracias a la Luz.

—Bien —dijo maese Gill a sus espaldas—. Supongo que, después de todo, conoces a estas personas. ¿Son esos amigos que esperabas?

—Sí, mis amigos —asintió Rand. Entonces los presentó a todos, sintiendo extrañeza al utilizar los verdaderos nombres de Lan y Moraine, lo cual le acarreó una dura mirada por parte de ambos.

El posadero saludó a todos con una franca sonrisa, pero no pudo ocultar la impresión que le produjo conocer a un Guardián, y más aún a Moraine. La miró boquiabierto —una cosa era saber que una Aes Sedai había ayudado a los muchachos y otra muy distinta que ésta apareciera en su cocina— y luego le dedicó una profunda reverencia.

—Bienvenida a la Bendición de la Reina, Aes Sedai. Me honra teneros como huésped, aunque supongo que os hospedaréis en palacio con Elaida Sedai y vuestras hermanas que llegaron con el falso Dragón.

Efectuando una nueva reverencia, dirigió una breve mirada de inquietud a Rand. Estaba muy bien afirmar que él no hablaba mal de las Aes Sedai, pero aquello no significaba que sintiera deseos de que una de ellas durmiera bajo su techo.

Rand asintió alentadoramente, tratando de darle a entender que todo iba bien. Moraine no era como Elaida, que insinuaba una amenaza en cada mirada, en cada palabra. «¿Estás seguro? ¿De veras aún, estás seguro de ello?»

—Creo que me hospedaré aquí —respondió Moraine— durante el breve tiempo que permanezca en Caemlyn. Y debéis permitirme que os pague.

Un gato de pelo anaranjado entró en la cocina y fue a frotarse en los tobillos del posadero. Unos segundos después otro gato, de rizado pelambre gris, se levantó de debajo de la mesa, arqueó la espalda y lanzó un bufido. Luego se agazapó y emitió un gruñido amenazador, ante lo cual el otro animal se precipitó hacia el patio, pasando entre las piernas de Lan.

Maese Gill, mientras se disculpaba por los gatos, manifestaba el gran honor que representaría para él tener a Moraine como huésped, aunque tenía la certeza de que ella preferiría estar en palacio, lo cual él comprendía perfectamente, pero insistía en que debía aceptar su mejor habitación como un presente. En conjunto fue un galimatías al que Moraine prestó escasa atención, y en cambio se encorvó para acariciar al gato, el cual cambió pronto los tobillos de maese Gill por los de la Aes Sedai.

—Con éste ya son siete los gatos que he visto aquí —apuntó—. ¿Tenéis problemas con los ratones? ¿O con ratas?

—Ratas, Moraine Sedai. —El posadero suspiró—. Un problema terrible. No es que yo no mantenga limpio el local, desde luego. Toda la ciudad está atestada de personas y de ratas. Sin embargo, mis gatos se encargan de ellas. Os prometo que no os molestarán.

Rand miró a Perrin y éste bajó la mirada. Perrin tenía algo raro en los ojos. Y estaba muy callado; Perrin siempre había sido lento en hablar, pero ahora no decía nada en absoluto.

—Podría ser por la presencia de tanta gente —aventuró.

—Con vuestro permiso, maese Gill —dijo Moraine, como si ya contara con él—. Es muy sencillo mantener las ratas alejadas de esta calle. Con un poco de suerte, los roedores no advertirán siquiera que se les impide el paso.

Maese Gill frunció el entrecejo al escuchar lo último, pero inclinó la cabeza en aceptación de su ofrecimiento.

—Si estáis segura de que no deseáis pernoctar en palacio, Aes Sedai...

—¿Dónde está Mat? —preguntó de pronto Nynaeve—. Ella ha dicho que también estaba aquí.

—Arriba —repuso Rand—. No..., no se encuentra bien.

—¿Está enfermo? —inquirió Nynaeve con la cabeza erguida—. Pues dejaré que ella se ocupe de las ratas e iré a cuidarlo. Llévame a su habitación, Rand.

—Subid todos —indicó Moraine—. Me reuniré con vosotros dentro de unos minutos. Estamos abarrotando la cocina de maese Gill y sería mejor que nos retirásemos todos a un lugar tranquilo durante un rato. —Su voz expresaba algo no especificado en sus palabras: «Escondeos. Todavía no he llevado a cabo el encubrimiento».

—Vamos —dijo Rand—. Subiremos por la parte trasera.

Los jóvenes de Campo de Emond lo siguieron hacia las escaleras, dejando a la Aes Sedai y el Guardián en la cocina en compañía de maese Gill. Todavía no acertaba a creer que estuvieran juntos de nuevo. Era casi como si hubiera regresado al hogar. Su rostro lucía una sonrisa permanente.

El mismo alivio, casi gozoso, parecía afectar a los demás, los cuales reían para sí y no paraban de cogerlo del brazo. Perrin, aún cabizbajo, comenzó a hablar mientras subían, aunque con voz contenida.

—Moraine dijo que os encontraría y así lo ha hecho. Al entrar en la ciudad, los otros no podíamos dejar de mirar a todos lados, excepto Lan, por supuesto, a la gente, los edificios, todo. —Sus espesos rizos ondearon mientras sacudía la cabeza con incredulidad—. Todo es tan grande... Y tanta gente... Algunos también nos observaban, preguntándonos «¿rojo o blanco?», como si eso tuviera algún sentido.

—¿Qué significa? —preguntó Egwene, señalando el paño rojo que envolvía la espada de Rand.

—Nada —respondió—. Nada de importancia. Partiremos hacia Tar Valon, ¿recuerdas?

Egwene lo miró sorprendida, pero abandonó la cuestión, retomando el tema iniciado por Perrin.

—Moraine tampoco ha observado más que Lan. Nos ha hecho avanzar y retroceder tantas veces por esas calles, como un sabueso que husmeara un olor, que he pensado que no estarías en la ciudad. Después, de repente, ha tomado una calle y a poco ya dejábamos los caballos al cuidado de los mozos y entrábamos en la cocina. Ni siquiera ha preguntado si estabas aquí. Simplemente le ha dicho a una mujer que batía la mantequilla que fuera a avisar a Rand al'Thor y a Mat Cauthon que alguien deseaba verlos. Y entonces has aparecido tú —recordó sonriente—, como una bola de juglar salida de la nada.

—¿Dónde está el juglar? —inquirió Perrin—. ¿Está con vosotros?

Rand sintió un nudo en el estómago y una pena renovada que ensombreció la alegría del reencuentro con sus amigos.

—Thom ha muerto. Eso creo. Había un Fado... —No pudo continuar. Nynaeve sacudió la cabeza y murmuró algo entre dientes.

El silencio se adueñó de ellos y apagó las risitas, amortiguando su alborozo, hasta que llegaron al piso de arriba.

—Mat no está enfermo exactamente —advirtió entonces—. Es... Ya lo veréis. —Abrió la puerta del dormitorio que compartía con Mat—. Mira quién está aquí, Mat.

Mat, ovillado en la cama tal como lo había dejado Rand, levantó la cabeza para mirarlos.

—¿Cómo sabes que son realmente quienes parecen? —espetó con voz ronca. Tenía la cara arrebolada y la piel perlada de sudor—. ¿Cómo sé yo que tú mismo eres quien pretendes ser?

—¿Que no está enfermo? —Nynaeve dirigió una desdeñosa mirada a Rand mientras se le adelantaba y abría la bolsa que pendía de su hombro.

—Todo el mundo cambia —sentenció con aspereza Mat—. ¿Cómo puedo estar seguro? ¿Perrin? ¿Eres tú? Has cambiado, ¿no? —Su risa sonó más como una tos—. Oh, sí, estás cambiado.

Inesperadamente, Perrin se postró junto a la otra cama con la cabeza entre las manos, mirando hacia el suelo. Al parecer, la lacerante risa de Mat lo hería indeciblemente.

Nynaeve se arrodilló junto al lecho de Mat y le puso la mano sobre la frente. El se apartó con un respingo, la mirada sarcástica y los ojos vidriosos.

—Estás ardiendo —apuntó—, pero no deberías estar sudando con una fiebre tan alta. —Fue incapaz de velar la preocupación en la voz—. Rand, tú y Perrin id a buscar paños limpios y la mayor cantidad de agua fría que podáis transportar. Primero te haré bajar la temperatura, Mat, y...

—La hermosa Nynaeve —espetó Mat—. Se supone que una Zahorí no debe ser femenina, ¿verdad? Ni considerarse guapa. Pero tú sí te lo crees, ¿no? Vamos, no consigues olvidar que eres una hermosa joven, claro, y eso te asusta. Todo el mundo cambia.

El rostro de Nynaeve palideció al escuchar a Mat, si bien Rand no alcanzó a adivinar si era a causa del enojo o por otra razón. Mat emitió una maliciosa carcajada, posando sus enfebrecidos ojos sobre Egwene.

—La hermosa Egwene —gruñó—. Tan bella como Nynaeve. Y ahora compartís otras cosas, ¿no es cierto? Otros sueños. ¿En qué soñáis? —Egwene retrocedió un paso.

—Estamos a resguardo de los ojos del Oscuro, por el momento —anunció Moraine, que entraba en la habitación seguida de Lan. Al mirar a Mat desde el umbral, siseó como si hubiera tocado una estufa con carbones ardientes—. ¡Apartaos de él!

Nynaeve sólo se movió para encararse con la Aes Sedai, con ademán de sorpresa. En dos rápidas zancadas, Moraine se acercó a la Zahorí y la agarró por los hombros para arrastrarla luego como un saco de grano. Nynaeve se revolvió, rebelándose, pero Moraine no la soltó hasta encontrarse a cierta distancia de la cama. La Zahorí prosiguió con sus protestas al cobrar pie nuevamente, pero Moraine no le hizo el más mínimo caso. La Aes Sedai observaba a Mat con una atención que no daba cabida a nada más, mirándolo como si fuera una serpiente.

—Manteneos todos alejados de él —ordenó—. Y no hagáis ruido.

Mat la observó con igual intensidad. Apretó los dientes, esbozando el rictus de un gruñido, y se enroscó aún más sobre sí, aunque aguantando la mirada. La Aes Sedai le tocó levemente una de las rodillas plegadas sobre el pecho y su contacto produjo una convulsión, un violento espasmo en todo el cuerpo de Mat, quien de pronto alargó una mano, con la daga de puño incrustado de rubí, en dirección al rostro de Moraine.

Lan, apostado en el umbral, se plantó junto al lecho en un segundo y aferró la muñeca de Mat para contener su impulso. Mat todavía estaba replegado y únicamente trataba de mover la mano, forcejeando contra la implacable fuerza del Guardián. Sus ojos, que destilaban un profundo odio, no se desviaron en ningún momento de Moraine.

Moraine también permaneció inmóvil, sin pestañear siquiera, con la hoja a tan sólo unas pulgadas de la cara.

—¿Cómo ha llegado esto a sus manos? —inquirió con voz acerada—. Os pregunté si Mordeth os había regalado algo. Os lo pregunté y os avisé del peligro que ello implicaba, y vosotros respondisteis que no.

—No lo hizo —explicó Rand—. Él..., Mat la cogió en la cámara del tesoro. —Moraine lo miró con unos ojos que parecían tan febriles como los de Mat. Él casi se echó atrás antes de que la mujer volviera a girarse hacia el lecho—. No lo supe hasta después de separarnos. No lo sabía.

—No lo sabías. —Moraine examinó a Mat. Éste todavía yacía con los muslos pegados al pecho y gruñía agazapado, librando todavía el mismo pulso con Lan para clavarle la daga—. Es un milagro que hayáis llegado tan lejos llevando esto. He sentido su maligna emanación tan sólo con mirarlo: la pátina de Mashadar; pero un Fado es capaz de detectarla a varios kilómetros de distancia. Aun cuando no la localizara con exactitud, tendría conciencia de su proximidad, y Mashadar le infundiría ánimos, al tiempo que sus huesos recordarían que aquel mismo demonio engulló a un ejército, compuesto de Señores del Espanto, Fados y trollocs. Algunos Amigos Siniestros puede que tengan también la capacidad de percibirlo; aquellos que han renunciado totalmente al control de sus almas. Sin duda ésos se estremecerían al sentirlo de pronto, como si el aire vibrara en torno a ellos. Se verían obligados a buscarlo. Los habría compelido la misma fuerza que atrae los alambres de hierro hacia un imán.

—Topamos con Amigos Siniestros —reconoció Rand—, más de una vez, pero logramos escapar. Y con un Fado, la noche antes de llegar a Caemlyn, aunque él no nos llegó a ver. —Se aclaró la garganta—. Corren rumores de que por la noche se deslizan unos extraños seres fuera de las murallas. Podrían ser trollocs.

—Oh, son trollocs, pastor —corroboró agriamente Lan—. Y donde hay trollocs, hay Fados. —Los tendones de su mano estaban rígidos a causa del esfuerzo que realizaba para retener la muñeca de Mat, pero su voz no reflejaba ninguna tensión—. Han tratado de borrar sus huellas, pero yo vengo percibiéndolas desde hace dos jornadas. Y he oído cómo los campesinos aseguraban entre murmullos haber visto cosas extrañas en la oscuridad. El Myrddraal consiguió, de algún modo, atacar por sorpresa en Campo de Emond, pero con cada día que transcurre se aproximan más a quienes pueden hacer que los persigan los soldados. Con todo, no se arredrarán por nada, pastor.

—Pero ahora estamos en Caemlyn —objetó Egwene—. No pueden atraparnos mientras...

—¿Que no pueden? —la atajó el Guardián—. Los Fados están concentrándose en los alrededores. De ello hay señales evidentes para quien sabe cómo interpretarlas. Ya hay más trollocs de los estrictamente necesarios para vigilar todas las puertas de salida de la ciudad, una docena de pelotones, como mínimo. Y eso sólo puede tener una explicación: cuando los Fados hayan reunido las fuerzas suficientes, entrarán en la ciudad a buscaros. Dicho acto hará, sin duda, que la mitad de los ejércitos del sur se pongan en camino hacia las Tierras Fronterizas, pero lo cierto es que están dispuestos a afrontar ese riesgo. Vosotros tres los habéis rehuido durante demasiado tiempo. Según parece, habéis atraído una nueva Guerra de los Trollocs a Caemlyn, pastor.

Egwene exhaló un sollozo y Perrin sacudió la cabeza, con ademán de negar lo escuchado. Rand sintió un nudo en el estómago al considerar la perspectiva de que los trollocs penetraran en las calles de Caemlyn. Toda esa gente, que malgastaba su animosidad con los vecinos sin caer en la cuenta de que el auténtico peligro los acechaba al otro lado de las murallas. ¿Qué harían cuando de pronto se encontraran rodeados de trollocs y

Fados, atacándolos? Imaginó las torres ardiendo, las cúpulas escupiendo llamaradas, los trollocs saqueando entre las curvadas calles del casco antiguo, el propio palacio en llamas. Elayne, Gawyn y Morgase..., muertos.

—Todavía no —afirmó Moirane con mente ausente, todavía absorta en Mat—. Si hallamos la manera de salir de Caemlyn, los Semihombres no tendrán ningún motivo de interés por esta ciudad. Claro, suponiendo que logremos cumplir dicha condición.

—Sería mejor que estuviéramos todos muertos —declaró de repente Perrin, al tiempo que Rand se sobresaltaba al escuchar el eco de sus propios pensamientos. Perrin continuaba mirando el suelo, ahora con furia, y su voz era amarga—. Dondequiera que vayamos, acarreamos con nosotros el dolor y el sufrimiento. Sería preferible para todos que estuviéramos muertos.

Nynaeve se encaró a él, con el rostro dividido entre el enojo y la preocupación, pero Moraine se le adelantó.

—¿Qué crees que ibas a ganar, para ti y para los demás, con tu muerte? —preguntó la Aes Sedai, con voz apacible e hiriente a un tiempo—. Si el Señor de la Tumba ha obtenido el grado de libertad que yo temo para manipular el Entramado, ahora es capaz de hacerse con vosotros con mayor facilidad que en vida. Muertos, no podréis auxiliar a nadie, ni siquiera a quienes os han ayudado, ni a vuestros amigos y familiares que permanecieron en Dos Ríos. La Sombra se cierne sobre el mundo y nadie modificará ese hecho con su muerte.

Cuando Perrin levantó la cabeza para mirarla, Rand tuvo un nuevo sobresalto. El iris de los ojos de su amigo era más amarillo que marrón. Con el pelo alborotado y la intensidad de su mirada, desprendía algo... que Rand no acertó a determinar.

Perrin habló con un tono quedo que confirió más peso a sus palabras que si hubiera gritado.

—Tampoco podemos modificarlo estando vivos, ¿no es así?

—Más tarde dispondré de tiempo para conversar contigo —dijo Moraine—, pero ahora tu amigo me necesita.

Dio un paso a un lado, de manera que todos pudieran ver con claridad a Mat. Éste, taladrándola todavía con una mirada cargada de odio, no se había movido lo más mínimo. Tenía el rostro sudoroso y sus labios exangües formaban el mismo rictus. Todo su vigor parecía destinado al esfuerzo de descargar sobre Moraine la daga que Lan mantenía inmovilizada.

—¿O acaso lo has olvidado? —añadió.

Perrin se encogió de hombros, azorado, y extendió las manos en un gesto mudo.

—¿Qué le ocurre? —inquirió Egwene.

—¿Es contagioso? —añadió Nynaeve—. De todas maneras podría tratarlo. Por lo visto, nunca me contagio, sea cual sea la enfermedad.

—Oh, sí es contagioso —repuso Moraine—, y vuestra... protección no os preservaría en este caso. —Señaló la daga con el rubí, poniendo buen cuidado en no tocarla con el dedo. La hoja temblaba mientras Mat porfiaba por darle alcance con ella—. Esto procede de Shadar Logoth. No hay ni un guijarro en esa ciudad que no esté contaminado y no entrañe gran peligro para quien lo lleve afuera, y esto es más que un simple guijarro: está impregnado del mal que llevó a su fin a Shadar Logoth, al igual que lo está Mat ahora. El recelo y el odio son tan intensos que incluso los más próximos son considerados enemigos, están tan enraizados que la única noción que puebla finalmente la mente es el instinto de matar. Al sacar el arma fuera de los muros de Shadar Logoth liberó de sus límites la semilla de ese mal. Éste ha crecido y menguado en su interior, estableciendo una batalla entre su verdadera naturaleza y lo que pretendía hacer de él el hálito de Mashadar, pero ahora su lucha interna está tocando a su fin y él se encuentra al borde de la derrota. Dentro de poco, si no lo ha llevado antes a la muerte, extenderá ese mal como una plaga dondequiera que vaya. De la misma manera que esta hoja es capaz de infectar y destruir con un solo rasguño, pronto serán igualmente mortíferos cinco minutos en compañía de Mat.

—¿Podéis hacer algo vos? —susurró Nynaeve, con el semblante pálido.

—Eso espero. —Moraine emitió un suspiro—. Por el bien del mundo, confío en que no sea demasiado tarde. —Su mano hurgó en la bolsa que pendía de su cinturón y extrajo el *angreal* envuelto en seda—. Dejadme a solas. Permaneced juntos y buscad un lugar donde no os vean, pero idos de aquí. Haré cuanto pueda por él.

42

REMEMBRANZA DE SUEÑOS

E ra un grupo derrotado el que Rand condujo escaleras abajo. Ninguno de ellos quería hablarle ya, como tampoco sentían deseos de hablar entre sí. Él mismo tampoco se encontraba de humor conversador. El sol, pronto a ocultarse, dejaba en penumbra las escaleras, donde aún no habían encendido las lámparas, y componía en ellas una combinación de luces y sombras. Perrin tenía un semblante tan circunspecto como los demás, pero no ceñudo como ellos. Rand dedujo que el rostro de Perrin era el reflejo de la resignación. No sabiendo a qué atribuirlo, deseaba preguntárselo, pero, siempre que Perrin atravesaba una zona semioscura, sus ojos parecían absorber la escasa luz de allí y relumbraban como el ámbar pulido.

Rand se estremecía y trataba de concentrarse en los objetos inmediatos, en las paredes cubiertas con paneles de nogal y en el pasamanos de madera de roble. Se enjugó las manos en la chaqueta varias veces, pero en cada ocasión el sudor volvía a reproducirse en sus palmas. «Ahora todo irá bien. Volvemos a estar juntos y... Luz, Mat.»

Los llevó a la biblioteca por el corredor trasero que pasaba junto a la cocina, evitando la sala principal. Eran escasos los viajeros que hacían uso de aquella estancia; la mayoría de los que sabían leer se alojaban en las más elegantes posadas del casco antiguo. Maese Gill la mantenía más para su propio solaz que para los pocos clientes que de vez en cuando le solicitaban un libro. Rand prefería no pensar en la razón por la que Moraine deseaba que permanecieran inadvertidos, pero no paraba de evocar la amenaza del oficial Capa Blanca que prometió regresar, ni los ojos de Elaida cuando ésta le había preguntado dónde se hospedaba. Fueran cuales fuesen las intenciones de Moraine, aquellos dos recuerdos constituían para él motivos de sobrado peso.

Avanzó cinco pasos en el interior de la biblioteca antes de advertir que los demás se habían detenido y estaban arracimados bajo el dintel, boquiabiertos y con ojos desorbitados. Un vivo fuego crepitaba en la chimenea y Loial estaba tendido en un diván, leyendo, con un gatito negro de patas blancas enroscado y adormilado sobre su vientre. Al entrar ellos, cerró el libro, marcando la página con uno de sus enormes dedos, depositó con suavidad al animal en el suelo y luego se levantó e hizo una formal reverencia.

Rand estaba tan acostumbrado a la presencia del Ogier que tardó un minuto en caer en la cuenta de que éste era el objeto de las miradas de sus compañeros.

—Éstos son los amigos a quienes esperaba, Loial —le presentó—. Ésta es Nynaeve, la Zahorí de mi pueblo. Y Perrin. Y ésta es Egwene.

—Ah, sí —tronó Loial—. Egwene. Rand me ha hablado mucho de ti. Sí. Yo soy Loial.

—Es un Ogier —explicó Rand.

Después observó cómo su asombro variaba de naturaleza. Incluso después de haber padecido la proximidad de los trollocs y Fados, resultaba sorprendente conocer a una leyenda de carne y hueso. Recordando su primera reacción al ver a Loial, sonrió tristemente. Ellos estaban comportándose mejor que él.

Las zancadas del Ogier incrementaron la estupefacción de los recién llegados. Rand supuso que él apenas reparaba en tal actitud, comparándola con una multitud que lo perseguía al grito de «trollocs».

—¿Y la Aes Sedai, Rand? —inquirió Loial.

—Arriba, con Mat.

—Entonces está mal —concluyó el Ogier después de enarcar una ceja en ademán pensativo—. Propongo que nos sentemos. ¿Se reunirá ella con nosotros? Sí. En ese caso, no hay más que aguardar.

El hecho de tomar asiento surtió un efecto apaciguador en los jóvenes de Campo de Emond, como si el estar arrellanados en una mullida silla junto al fuego, en compañía de un gato acurrucado en el hogar, les devolviera la sensación de hallarse en casa. Tan pronto como se hubieron instalado en las sillas, comenzaron excitados a formular preguntas al Ogier. Para sorpresa de Rand, Perrin fue el primero en tomar la palabra.

—Los *steddings*, Loial, ¿son en verdad refugios, tal como dicen las historias? —Su voz era intensa, como si tuviera un motivo concreto para preguntar aquello.

Loial estuvo encantado de aportar explicaciones sobre los *steddings*, su recorrido hasta llegar a la Bendición de la Reina y lo que había visto en el transcurso de sus viajes. Rand pronto se inclinó sobre el respaldo y escuchaba sólo en parte. Ya lo había oído con anterioridad y con todo lujo de detalles. A Loial le gustaba hablar, y lo hacía largamente cuando disponía de la más mínima ocasión, aun cuando, por lo general, daba la impresión de que necesitaba exponer lo acaecido dos o tres siglos antes para crear un marco que propiciara la comprensión. Su sentido del tiempo era muy extraño; para él era razonable que una historia o una explicación cubriera un espacio de tiempo de trescientos años. Siempre hablaba de su partida del *stedding* como si ésta hubiera tenido lugar sólo unos meses antes, cuando, según había averiguado finalmente él, hacía más de tres años que lo había abandonado.

Los pensamientos de Rand derivaron hacia Mat. «Una daga. Un condenado cuchillo, que podría acabar con su vida únicamente por llevarlo. Luz, no quiero vivir más aventuras. Si Moraine es capaz de curarlo, deberíamos irnos todos..., no, a casa no. No podemos regresar al hogar. A algún otro sitio. A un lugar donde no hayan oído hablar de Aes Sedai ni del Oscuro. Algún lugar.»

Se abrió la puerta y, por un momento, Rand creyó que aún se encontraba en alas de la imaginación. Mat estaba allí de pie, con la chaqueta abotonada hasta arriba y la bufanda enrollada en la frente. Parpadeaba. Entonces vio a Moraine, que tenía la mano sobre el hombro de Mat, y a Lan detrás de ellos. La Aes Sedai observaba atentamente a Mat, como se mira a alguien que acaba de recobrarse de una enfermedad. Como de costumbre, Lan los miraba a todos con aspecto de no centrar la vista en nada.

Mat parecía no haber padecido ninguna clase de dolencia. Su primera, vacilante sonrisa abarcó a todos los presentes, si bien se convirtió en una estupefacta expresión al percibir a Loial, como si jamás hubiera visto al Ogier. Luego se encogió de hombros y volvió a centrar la atención en sus amigos.

—Yo..., ah..., es decir... —Hizo acopio de aire—. Por lo visto..., eh..., parece que he estado actuando..., eh..., de una manera un poco rara. No recuerdo apenas nada, de veras. —Dirigió una inquieta mirada a Moraine y, al sonreírle ella, continuó—: Todo lo veo borroso desde que salimos de Puente Blanco. Thom y el... —Se estremeció—. Cuanto más alejados de Puente Blanco, más difusos son los recuerdos. No conservo la más leve conciencia de haber llegado a Caemlyn. —Miró a Loial de soslayo—. De veras. Moraine Sedai dice que yo..., arriba, yo..., ha... —Sonrió y, de pronto, era realmente el mismo Mat de siempre—. No podéis culpar a un hombre de lo que hace en un estado de locura, ¿verdad?

—Siempre has sido un alocado —observó Perrin, recobrando momentáneamente su antigua apariencia.

—No —contestó Nynaeve, con lágrimas en los ojos, pero sonriente—. Nadie te culpa de ello.

Rand y Egwene comenzaron a hablar al unísono entonces. Le dijeron a Mat lo contentos que se sentían por verlo recuperado, alabaron su buen aspecto e intercalaron algunos comentarios jocosos relativos a su esperanza de que se hubieran acabado sus bromas, habida cuenta de que él había padecido una tan pesada en carne propia. Mat respondía a las chanzas con su fanfarronería habitual. Al sentarse, todavía sonriente, se palpó distraído la chaqueta como para cerciorarse de que todavía conservaba algo prendido del cinturón. Rand retuvo el aliento.

—Sí —admitió con tranquilidad Moraine—, aún lleva la daga. —A pesar de las risas y la charla que continuaba intercambiando el resto, la Aes Sedai había advertido su súbita reacción y adivinado su inquietud. Se acercó a su silla, para no tener que elevar la voz—. No puedo desprenderlo de ella sin que ello le cause la muerte. El vínculo ha durado demasiado tiempo y ha adquirido demasiada fuerza. Deben deshacerlo en Tar Valon; ni yo ni ninguna Aes Sedai sola puede hacerlo, ni siquiera con la ayuda de un *angreal*.

—Pero ya no parece enfermo. —Lo asaltó un pensamiento que le hizo elevar la mirada hacia ella—. Mientras conserve la daga, los Fados sabrán dónde estamos. Y algunos Amigos Siniestros también. Eso es lo que habéis dicho.

—He conseguido controlarlo. Si se acercan lo suficiente como para detectarlo ahora, ya estarán abalanzándose sobre nosotros de todos modos. Le he lavado la infección, Rand, pero volverá a recaer pasado un tiempo, a menos que reciba asistencia en Tar Valon.

—Menos mal que nos dirigimos allí, ¿no es cierto? —Pensó que tal vez fuera la resignación de su voz y el deseo de adoptar un camino distinto lo que provocó la dura mirada que le asestó la mujer antes de apartarse de él.

—Soy Loial —se presentó el Ogier, ofreciendo una reverencia a Moraine—, hijo de Arent hijo de Halan, Aes Sedai. El *stedding* ofrece asilo a los Siervos de la Luz.

—Gracias, Loial, hijo de Arent —respondió secamente Moraine—, pero de ser tú no formularía ese ofrecimiento tan a la ligera. Hay quizá veinte Aes Sedai en Caemlyn en este momento y, excepto yo, todas pertenecen al Ajah Rojo. —Loial asintió sabiamente, como si comprendiera lo que aquello representaba. Rand únicamente sacudió la cabeza, confuso; que lo fulminara la Luz si él conocía el significado de aquellas palabras—. Es extraño encontrarte aquí —prosiguió la Aes Sedai—. Muy pocos Ogier han abandonado el *stedding* en los años recientes.

—Las viejas historias me cautivaron, Aes Sedai. Los antiguos libros me henchieron la cabeza de imágenes. Quiero ver las arboledas, y también las ciudades que construimos. Al parecer, quedan pocas en pie, pero, si bien los edificios son pobres sustitutos de los árboles, aún son merecedores de la contemplación. Los Mayores consideran rara mi afición por viajar. Ninguno de ellos cree que haya algo digno de ver fuera del *stedding*. Tal vez cuando regrese y les cuente lo que he contemplado, cambiarán de opinión. Eso espero.

—Quizá sea así —corroboró Moraine—. Ahora, Loial, debes disculpar mi brusquedad. Bien sé que es ésa una debilidad de los humanos. Mis compañeros y yo debemos planificar con urgencia nuestro viaje. ¿Serás tan amable de excusarnos?

En aquella ocasión fue Loial el que pareció confundido. Rand se apresuró a rescatarlo.

—Va a venir con nosotros. Se lo he prometido.

Moraine permaneció clavada en el suelo mirando al Ogier, como si no lo hubiera escuchado, pero finalmente asintió.

—La Rueda gira según sus designios —murmuró—. Lan, encárgate de que no nos interrumpan por sorpresa. —El Guardián desapareció de la habitación sin hacer el más mínimo ruido, aparte del chasquido de la puerta que cerró a sus espaldas.

La retirada de Lan actuó como una señal, la cual interrumpió todas las conversaciones. Moraine se aproximó a la chimenea y, cuando se volvió hacia la estancia, todas las miradas estaban centradas en ella.

—No podemos quedarnos mucho tiempo en Caemlyn. No estamos a buen recaudo en la Bendición de la Reina. Los ojos del Oscuro se hallan ya en la ciudad. No han encontrado lo que buscaban, pues, de lo contrario, no continuarían su escrutinio, y ello corre en nuestra ventaja. He establecido salvaguardas que mantengan alejadas a las ratas, pero, cuando el Oscuro advierta que hay una parte de la ciudad en que no penetran éstas, nosotros ya habremos partido. No obstante, cualquier salvaguarda destinada a detener a un hombre haría el mismo efecto que un fuego de artificio a los ojos de un Myrddraal, y también hay Hijos de la

Luz en Caemlyn, que buscan a Perrin y a Egwene. —Rand exhaló una exclamación y Moraine arqueó una ceja, mirándolo.

—Creía que era a Mat y a mí a quienes buscaban —explicó.

—¿Qué te hizo pensar que los Capas Blancas iban en pos de ti? —inquirió la Aes Sedai, enarcando ambas cejas.

—Oí a uno de ellos decir que buscaban a alguien de Dos Ríos. Amigos Siniestros, según sus palabras. ¿Qué otra cosa iba a pensar? Con todo lo que está ocurriendo, ya es una suerte que sea capaz de pensar.

—Ya sé que ha sido desconcertante, Rand —intervino Loial—, pero eres capaz de razonar de una manera más acertada. Los Hijos odian a las Aes Sedai. Elaida no...

—¿Elaida? —lo interrumpió bruscamente Moraine—. ¿Qué tiene que ver Elaida Sedai con esto? —Miraba con tal intensidad a Rand, que éste deseó poder zafarse de sus ojos.

—Ella quería que me encarcelaran —repuso lentamente—. Yo sólo quería ver a Logain, pero ella no ha creído que me encontrara meramente por azar en los jardines del palacio con Elayne y Gawyn. —Todos, a excepción de Loial, lo observaban como si de improviso le hubiera brotado un tercer ojo—. La reina Morgase me ha dejado en libertad. Ha dicho que no había pruebas de que yo pretendiera causar algún daño y que iba a actuar con justicia, a pesar de lo que sospechara Elaida. —Sacudió la cabeza, olvidando por un minuto a sus compañeros ante la evocación de la radiante imagen de Morgase—. ¿Os imagináis, yo, delante de una reina? Es hermosa, como las soberanas de los cuentos, al igual que Elayne, y Gawyn..., te caería bien Gawyn, Perrin. ¿Perrin? ¿Mat? —Todos continuaban mirándolo fijamente—. Diantre, yo sólo he escalado la pared para poder ver al falso Dragón. No he hecho nada malo.

—Eso es lo que yo digo siempre —admitió Mat llanamente, aun cuando de pronto esbozara una desmesurada sonrisa.

—¿Quién es Elayne? —preguntó Egwene con un tono de voz decididamente neutral.

Moraine murmuró algo, visiblemente malhumorada.

—¡Una reina! —exclamó Perrin, sacudiendo la cabeza—. Tú sí que has vivido aventuras. Nosotros no conocimos más que gitanos y algunos Capas Blancas. —Rand advirtió cómo Perrin rehuía deliberadamente la mirada de Moraine, mientras se tocaba las contusiones de la cara—. Bien mirado, fue más divertido cantar con los gitanos que estar con los Capas Blancas.

—El Pueblo Errante vive para sus canciones —comentó Loial—. Para todas las canciones, a decir verdad. Para buscarlas, al menos. Conocí a algunos Tuatha'an, hará unos años, y quisieron aprender los can-

652

tos que dedicamos a los árboles. En verdad, los árboles no escuchan muchos de ellos hoy en día y tampoco son numerosos los Ogier que aprenden las canciones. Como yo poseo algún talento para ese campo, el mayor Arent insistió en que debía aprender. Enseñé a los Tuatha'an lo que eran capaces de asimilar, pero los árboles nunca escuchan a los humanos. Para el Pueblo Errante sólo eran canciones y como tales las recibieron, dado que ninguna de ellas era el cántico que buscan. Ellos denominan al dirigente de cada clan «el Buscador». Son de los pocos humanos que en ocasiones visitan el *stedding* Shangtai.

—Si eres tan amable, Loial. —Moraine hizo ademán de acallarlo. Él, sin embargo, se aclaró la garganta de improviso y continuó hablando más deprisa, como si temiera que ella fuera a interrumpirlo.

—Acabo de recordar algo, Aes Sedai, algo que siempre he querido preguntar a una Aes Sedai si algún día conocía a una, dado que tenéis tan amplios conocimientos y bibliotecas tan surtidas en Tar Valon, y ahora tengo la oportunidad, claro, y... ¿me permitís?

—Si lo exponéis de modo breve... —condicionó Moraine.

—De modo breve —repitió el Ogier, como si se preguntara el significado de tales palabras—. Sí. Bien, breve. Hubo un hombre que fue al *stedding* Shangtai hace algún tiempo. Ello no era extraordinario en sí, en aquel entonces, dado que una gran cantidad de refugiados habían acudido a la Columna Vertebral del Mundo huyendo de lo que los humanos llamáis la Guerra de Aiel. —Rand sonrió. «Hace algún tiempo: casi veinte años.»— Estaba agonizando, aunque no presentaba ninguna herida ni cicatriz. Los Mayores pensaron que posiblemente fueran las Aes Sedai quienes habían querido darle muerte. —Loial dedicó a Moraine una mirada de disculpa—, dado que se recuperó tan pronto como se encontró en el interior del *stedding*; en pocos meses. Una noche, cuando la luna estaba oculta, se marchó sin decir una palabra a nadie. —Miró a Moraine a la cara y volvió a aclararse la garganta—. Sí, seré breve. Antes de irse, nos contó una curiosa historia que, según él, pretendía transmitir a Tar Valon. Dijo que el Oscuro pretendía cegar el Ojo del Mundo y dar muerte a la Gran Serpiente, destruir el propio tiempo. Los Mayores opinaban que se hallaba sano de mente y cuerpo, pero eso fue lo que relató. Lo que yo quería preguntar es, ¿puede el Oscuro realizar tal cosa? ¿Destruir el propio tiempo? ¿Y el Ojo del Mundo? ¿Puede cegar el ojo de la Gran Serpiente? ¿Qué significa eso?

Rand esperaba cualquier reacción en Moraine, menos la que en realidad tuvo. En lugar de dar una respuesta a Loial o decirle que entonces no tenía tiempo para aquello, permaneció allí de pie, mirando al Ogier con el rostro ceñudo en actitud pensativa.

—Eso es lo que nos contaron los gitanos —señaló Perrin.

—Sí —confirmó Egwene—, la historia de las Aiel.

Moraine volvió lentamente la cabeza, sin mover ningún otro miembro de su cuerpo.

—¿Qué historia?

La mirada que les dirigió era inexpresiva y, sin embargo, hizo inspirar profundamente a Perrin, a pesar de que su voz sonó tan firme como siempre.

—Algunos gitanos que cruzaban el Yermo (dijeron que podían hacerlo desarmados) encontraron a unas Aiel moribundas tras un enfrentamiento con los trollocs. Antes de perecer, la última Aiel con vida dijo a los gitanos lo mismo que ha contado Loial. El Oscuro, que ellas llamaban Cegador de la Vista, tiene intención de cegar el Ojo del Mundo. Esto sucedió hace únicamente tres años. ¿Significa algo?

—Tal vez la totalidad de las cosas —respondió Moraine.

Su rostro era apacible, pero Rand tenía la impresión de que su mente no cesaba de cavilar bajo aquellos ojos oscuros.

—Ba'alzamon —dijo de súbito Perrin. Aquel nombre hizo enmudecer el más leve sonido en la estancia. Perrin miró a Rand y luego a Mat, con los ojos extrañamente calmados y más amarillentos que nunca—. Entonces ya me pareció haber escuchado aquel nombre antes..., el Ojo del Mundo. Ahora lo recuerdo. ¿Vosotros no?

—No quiero acordarme de nada —replicó rígido Mat.

—Debemos contárselo —prosiguió Perrin—. Ahora es importante. No podemos continuar guardando el secreto. ¿Lo comprendes, verdad, Rand?

—¿Contarme qué? —La voz de Moraine era áspera y parecía respirar con dificultad. Su mirada taladraba a Rand.

Él no quería responder. No quería recordar, al igual que Mat, pero lo recordaba... y sabía que Perrin estaba en lo cierto.

—Tuve... —Miró a sus amigos. Mat asintió, reacio, y Perrin con decisión. No tenía por qué enfrentarse a ella a solas—. Tuvimos... sueños. —Se frotó el punto del dedo donde se le había clavado una espina, trayéndole el recuerdo de la sangre que vio al despertar. Después también le vino a la memoria el sofocante calor que le quemaba el rostro—. Pero en realidad no eran sueños, en el sentido exacto de la palabra. Ba'alzamon aparecía en ellos. —Era consciente del motivo por el que Perrin había utilizado aquella denominación; era más sencillo que revelar que el Oscuro había habitado sus sueños, el interior de su mente—. Dijo..., dijo toda clase de cosas, pero en una ocasión afirmó que el Ojo del Mundo no me serviría nunca. —Por un minuto sintió la boca tan seca como el polvo.

—A mí también —confesó Perrin.

Mat suspiró pesadamente y luego realizó un gesto afirmativo.

Rand volvió a recobrar la salivación.

—¿No estáis enfadada con nosotros? —inquirió Perrin, con tono sorprendido.

Rand advirtió entonces que Moraine no parecía enojada. Estaba escrutándolos, pero sus ojos permanecían claros y tranquilos, a pesar de su atención.

—Más conmigo misma que con vosotros. Aunque os pregunté si habíais experimentado sueños extraños, al principio. —Pese a que su tono continuó apacible, un destello de furia cruzó sus ojos, para desaparecer tras un instante—. Si hubiera estado al corriente después de la primera vez que lo padecisteis, habría podido... No ha habido un receptor de tales sueños en Tar Valon desde hace casi mil años, pero habría podido intentarlo. Ahora es demasiado tarde. Cada vez que el Oscuro establece contacto con vosotros, facilita los próximos encuentros. Tal vez mi presencia os proteja en cierta medida, pero aun así... ¿Recordáis las historias en que los Renegados establecían vínculos con los hombres? Hombres fuertes, hombres que habían combatido al Oscuro desde el principio. Dichas historias son ciertas, y ninguno de los Renegados poseía ni la décima parte del poder de su amo, ni Aginor de Lanfear, ni Balthamel, ni Demadred; ni siquiera Ishamael, el propio Traidor de la Esperanza.

Rand advirtió que Nynaeve y Egwene lo miraban, como también a Mat y a Perrin. Los rostros de las mujeres eran una pálida mezcolanza de temor y horror. «¿Temen por nosotros o tienen miedo de nosotros?»

—¿Qué podemos hacer? —preguntó—. Debe de haber algún modo de contrarrestarlo.

—Permanecer cerca de mí —repuso Moraine— contribuirá, en cierta medida, a mantener a raya al Oscuro. Recordad que la protección del contacto con la Fuente Verdadera se hace extensible, en dosis menores, a quienes me rodean. Podéis defenderos vosotros mismos, si disponéis de la fortaleza necesaria, pero tenéis que hallar la fuerza y la voluntad en vuestro interior. No está en mis manos transmitíroslas.

—Creo que yo ya he encontrado mi salvaguarda —anunció Perrin, con voz más resignada que dichosa.

—Sí —admitió Moraine—, supongo que sí. —Lo observó hasta que él bajó la mirada, e incluso entonces continuó reflexionando, sin moverse. Por último se volvió hacia los demás—. Existe una limitación en el poder que el Oscuro puede ganar en vuestro espíritu. Si os rendís aunque sólo sea durante un instante, os prenderá una atadura al corazón, una atadura que jamás os será dado cortar. Si cedéis, os convertiréis en una de sus pertenencias. Renegad de él, y su voluntad de dominio resultará fallida. No es sencillo cuando él se persona en los sueños, pero es factible. Tiene la capacidad de enviar a Semihombres, trollocs, Draghkar y otros entes en pos de vosotros, pero no de apoderarse de vosotros a menos que se lo permitáis.

—Los Fados ya son un mal bastante considerable —arguyó Perrin.

—No quiero volver a verlo dentro de mi cabeza —gruñó Mat—. ¿No existe ningún modo de mantenerlo alejado?

Moraine hizo un gesto de negación.

—Loial no tiene nada que temer, ni Egwene, ni Nynaeve. De entre la masa de la humanidad, el Oscuro puede establecer contacto con un individuo únicamente por azar, a menos que esa persona lo busque. No obstante, por ahora, al menos, vosotros sois unos elementos en torno a los cuales se centra el Entramado. Está tejiéndose la Trama del Destino y todos los hilos apuntan a vosotros. ¿Qué más os dijo el Oscuro?

—No lo recuerdo del todo bien —respondió Perrin—. Había algo relativo a que uno de nosotros era el elegido, o algo así. Recuerdo cómo se reía —concluyó sombrío— diciendo quién nos había elegido. Aseguró que yo... no tenía más alternativa que servirlo o morir, y que, una vez muerto, lo serviría a él.

—Dijo que la Sede Amyrlin intentaría utilizarnos —añadió Mat, pero apagó la voz al caer en la cuenta de a quién hacía aquella revelación. Tragó saliva antes de continuar—: Igual que Tar Valon había utilizado a... Mencionó algunos nombres. Davian, creo. Tampoco lo recuerdo muy bien.

—Raolin Perdición del Oscuro —agregó Perrin.

—Sí —corroboró Rand, arrugando el entrecejo. Había tratado de olvidar todo lo relacionado con aquellos sueños y no le resultaba agradable traerlo a la memoria—. Yurian Arco Pétreo era otro, y Guaire Amalasan. —Se detuvo súbitamente, confiando en que Moraine no hubiera advertido cuán de improviso—. No reconozco a ninguno de ellos.

Sin embargo, había reconocido a uno, ahora que los recuperaba del fondo de la memoria. El nombre que apenas se había contenido en pronunciar: Logain. El falso Dragón. «¡Luz! Thom dijo que eran nombres peligrosos. ¿Era eso lo que quería dar a entender Ba'alzamon? ¿Moraine quiere utilizarnos a uno de nosotros como un falso Dragón? Las Aes Sedai acorralan a los falsos Dragones, no se sirven de ellos. ¿No es cierto? Luz, asísteme, ¿no es así?»

Moraine lo observaba, pero él era incapaz de escrutar su expresión.

—¿Los conocéis? —le preguntó Rand—. ¿Tienen algún sentido?

—El Padre de las Mentiras es un nombre adecuado para el Oscuro —contestó Moraine—. Siempre es ésta su manera de sembrar la semilla de la duda cuando le es posible. Consume las mentes de los hombres como una gangrena. Cuando uno da crédito a las palabras del Padre de las Mentiras, da el primer paso hacia la rendición. Recordadlo: si os rendís al Oscuro, os convertiréis en posesión suya.

«Una Aes Sedai no miente nunca, pero la verdad que ella expresa no es siempre la que uno cree.» Aquello era lo que le había dicho Tam, y ella no le había dado realmente respuesta a su pregunta. Mantuvo el rostro inexpresivo y apretó las manos sobre las rodillas, tratando de no enjugarse el sudor en los pantalones.

Egwene lloraba quedamente. Nynaeve la rodeaba con sus brazos, pero parecía como si ella también sintiera deseos de prorrumpir en llanto. Rand casi anheló poder hacerlo.

—Todos son *ta'veren* —sentenció de pronto Loial, al parecer, encantado con la perspectiva de observar de cerca cómo el Entramado se tejía a su alrededor.

Rand lo miró con incredulidad y el Ogier se encogió de hombros, avergonzado, si bien aquello no bastó para amortiguar su vehemencia.

—En efecto —asintió Moraine—. *Tres* de ellos, cuando yo únicamente esperaba uno. Han acaecido muchas cosas que yo no preveía. Esta noticia relativa al Ojo del Mundo modifica de modo sensible la situación. —Abrió una pausa y adoptó una expresión preocupada—. Por un tiempo el Entramado parece moverse en torno a vosotros, tal como ha apuntado Loial, y su presión irá en aumento hasta que comience a menguar. En ocasiones ser *ta'veren* significa que el Entramado se ve obligado a doblegarse ante uno, y en otras que es el Entramado el que lo fuerza a uno a seguir la senda necesaria. La Trama todavía puede entretejerse de distintas maneras y algunos de los trazados serían desastrosos, tanto para vosotros como para el mundo.

»No podemos quedarnos en Caemlyn, pero, tomemos el camino que tomemos, los Myrddraal y los trollocs se echarán sobre nosotros antes de que hayamos recorrido diez millas. Y precisamente en esta coyuntura escuchamos noticias de una amenaza al Ojo del Mundo, expresadas no por una sola voz, sino por tres, cada una de las cuales procede con toda probabilidad de una fuente distinta. El Entramado está estrechando el cerco de nuestros pasos, pero ¿qué mano controla ahora la urdimbre y cuál el timón de su curso? ¿Se habrán debilitado tanto las ligaduras que aprisionan al Oscuro como para que éste sea capaz de ejercer tamaño poder?

—¡No hay necesidad de hablar de ese modo! —espetó con rudeza Nynaeve—. Sólo conseguiréis asustarlos.

—¿Y a vos no? —preguntó Moraine—. A mí también me atemoriza. Bien, tal vez tengáis razón. No hemos de permitir que el miedo determine nuestras acciones. Tanto si se trata de una trampa como de un aviso anticipado, debemos hacer lo que nos corresponde, es decir, llegar lo más deprisa posible al Ojo del Mundo. El Hombre Verde debe de estar al corriente de esta asechanza.

«¿El Hombre Verde?», inquirió para sí, turbado, Rand. Los demás también estaban consternados, todos a excepción de Loial, cuya amplia faz mostraba un asomo de preocupación.

—Ni siquiera puedo correr el riesgo de detenerme en Tar Valon para solicitar ayuda —continuó Moraine—. El tiempo nos cerca. Aun cuando fuera posible salir sin ser advertidos de la ciudad, tardaríamos muchas semanas en arribar a la Llaga, y me temo que ya no disponemos de ese margen de tiempo.

—¡La Llaga! —Rand escuchó el eco de su exclamación, repetida a coro. Moraine, sin embargo, hizo caso omiso de tal reacción.

—El Entramado presenta una crisis, y al mismo tiempo una vía para superarla. Si no supiera que ello es imposible, casi estaría por creer que es el Creador quien interviene personalmente. Existe una vía. —Sonrió como si recordara un chiste que no hubiese compartido con los demás y se volvió hacia Loial—. Había una arboleda plantada por los Ogier aquí en Caemlyn, y una puerta de entrada a los Atajos. El casco antiguo se extiende ahora sobre el lugar que ocupó la arboleda, con lo cual la puerta debe de hallarse en el interior de las murallas. Sé que son pocos los Ogier que actualmente conocen los Atajos, pero uno que posee talento y aprende las viejas canciones de crecimiento ha de ser encaminado de seguro hacia ese tipo de conocimiento, aun si él cree que jamás hará uso de él. ¿Conoces los Atajos, Loial?

El Ogier movió inquieto los pies.

—Sí, Aes Sedai, pero...

—¿Eres capaz de encontrar entre los Atajos la senda que conduce a Fal Dara?

—Nunca he oído hablar de Fal Dara —respondió Loial, con voz que denotaba alivio.

—En los tiempos de la Guerra de los Trollocs, se conocía como Mafal Dadaranell. ¿Conoces ese nombre?

—Sí —admitió Loial con reluctancia—, pero...

—En ese caso podrás servirnos de guía —infirió Moraine—. Un curioso giro, en efecto. Cuando no nos es factible permanecer parados ni partir por medios ordinarios, me entero de que se cierne una amenaza sobre el Ojo del Mundo, y al mismo tiempo dispongo de alguien capaz de conducirnos allí en pocos días. Sea el Creador, el destino o incluso el Oscuro quien esté detrás de todo ello, el Entramado ha escogido nuestra senda.

—¡No! —protestó Loial, con una enfática detonación similar a la de un trueno. Todos se giraron hacia él, que pestañeó al sentirse el centro de atención; pero sus palabras no demostraron la más leve vacilación—. Si entramos en los Atajos, moriremos todos... o seremos engullidos por la Sombra.

43

DECISIONES Y APARICIONES

La Aes Sedai sabía, al parecer, a lo que se refería Loial, pero no realizó ningún comentario. El Ogier bajó la mirada hacia el suelo y se frotó la nariz con un dedo, como si estuviera pesaroso por haber tenido aquella reacción. Nadie sentía deseos de hablar.

—¿Por qué? —preguntó por último Rand—. ¿Por qué moriríamos? ¿Qué son los Atajos?

Loial dirigió la mirada a Moraine, la cual se volvió para tomar asiento junto a la chimenea. El gatito se estiró y arañó la piedra del hogar; luego se acercó lánguidamente a ella para refregar la cabeza contra sus tobillos. La Aes Sedai lo acarició detrás de las orejas con un dedo. El ronroneo del animal resultó un extraño contrapunto a la apacible voz de Moraine.

—Depende de ti, Loial. Los Atajos representan para nosotros el único camino capaz de conducirnos a buen recaudo, el único medio de adelantarnos al Oscuro, aun cuando sólo sea temporalmente, pero tú eres quien posee esos conocimientos.

Al Ogier no parecieron consolarlo aquellas palabras. Se revolvió con torpeza en la silla antes de responder:

—Durante la Época de Locura, cuando el mundo estaba todavía desmembrándose, la tierra sufrió un levantamiento y la humanidad se dispersó como el polvo impulsado por el viento. Los Ogier también quedamos diseminados, alejados del *stedding*, a merced del Exilio en un largo vagabundeo en el que la Añoranza pesaba como una losa en nuestros corazones. —Volvió a mirar de soslayo a Moraine, reduciendo casi a un par de puntos sus largas cejas—. Intentaré ser breve, pero esto no es algo que pueda explicarse con excesiva precipitación. Es de los otros de quienes debo hablar ahora, de aquel grupo de Ogier que permaneció en su *stedding* mientras el mundo se desgajaba alrededor. Y de los Aes Sedai —entonces rehuyó la mirada de Moraine—, los varones Aes Sedai que perecían al tiempo que destruían el mundo en su enajenación.

»Fue a esos Aes Sedai, aquellos que hasta aquel momento habían logrado evitar la locura, a los que en un principio ofreció cobijo el *stedding*. Muchos aceptaron, puesto que en el *stedding* estaban a salvo de la infección del Oscuro que estaba masacrándolos a todos. Sin embargo, también quedaban aislados de la Fuente Verdadera. No era sólo que no pudieran hacer uso del Poder Único, ni ponerse en contacto con la Fuente; ni siquiera eran capaces de percibir la existencia de ésta. Al final ninguno de ellos pudo avenirse a aquella incomunicación y uno tras otro fueron abandonando el *stedding*, con la esperanza de que por entonces la infección hubiera remitido. Ello no fue así.

—En Tar Valon —intervino tranquilamente Moraine—, hay quien sustenta la opinión de que el asilo de los Ogier prolongó el Desmembramiento, acarreando peores consecuencias. Otras dicen que, si todos aquellos hombres hubieran enloquecido a un tiempo, no habría quedado nada del mundo. Yo pertenezco al Ajah Azul, Loial, y al contrario del Ajah Rojo, nosotras sostenemos el segundo punto de vista. El ofrecimiento del *stedding* contribuyó a salvar lo que era factible preservar. Continúa, por favor.

Loial asintió con gratitud, liberado de una preocupación, según advirtió Rand.

—Como decía —prosiguió el Ogier—, los Aes Sedai, los varones Aes Sedai, se marcharon. Pero, antes de hacerlo, entregaron un presente a los Ogier en agradecimiento a su protección: los Atajos. Entrad en un Atajo, caminad durante un día y quizás atraveséis otra puerta que se halla a cien kilómetros del punto de partida, o a quinientos. El tiempo y la distancia son extraños en los Atajos. Diferentes sendas, distintos puentes, conducen a múltiples lugares y la tardanza en llegar al destino depende de la vía que se tome.

»Fue un regalo maravilloso, cuya utilidad se veía incrementada por los tiempos, ya que los Atajos no forman parte del mundo que vemos a nuestro alrededor, tal vez ni siquiera de otro mundo que no guarde relación con ellos. No sólo los Ogier que recibieron aquel don no hubieron de viajar a través de la tierra, donde incluso después del Desmembramiento los hombres peleaban como animales para subsistir, para llegar a otro *stedding,* sino que en el interior de los Atajos no se produjo ningún Desmembramiento. A pesar de que el terreno que separaba dos *stedding* estuviera dividido por profundos cañones o por elevadas cordilleras, el Atajo que los unía no experimentó ningún cambio.

»Cuando los Aes Sedai abandonaron el *stedding,* entregaron una llave a los Mayores, un talismán que permitía ampliar la red. Los Atajos y las puertas de acceso a ellos son, de alguna manera, seres vivos. Yo no alcanzo a comprenderlo, al igual que no lo ha hecho ningún Ogier, e incluso las Aes Sedai lo han olvidado, según me han dicho. Pasados los años nuestro Exilio tocó a su fin y cuando los Ogier depositarios de aquel presente encontraban un *stedding* al que habían regresado sus hermanos tras el largo vagar, lo unían con un nuevo tramo de Atajo.

»El aprendizaje del trabajo de la piedra nos condujo a construir ciudades para los hombres durante el exilio y en ellas plantamos las arboledas para consolar a los Ogier que participaron en la construcción, de manera que la Añoranza no los destrozara. Los Atajos se ampliaron hasta esas arboledas. Había una arboleda y una puerta de Atajo en Mafal Dadaranell, pero la ciudad fue arrasada durante la Guerra de los Trollocs y no quedó una piedra en pie y los trollocs talaron y quemaron los árboles. —El tono de su voz no dejaba margen de duda respecto a cuál de los crímenes era más vituperable.

—Las puertas de Atajo son indestructibles —afirmó Moraine— y casi es posible afirmar lo mismo de la humanidad. Todavía vive gente en Fal Dara, aunque no en la gran ciudad construida por los Ogier, y la puerta aún sigue en pie.

—¿Cómo los crearon? —preguntó Egwene. Su mirada estupefacta abarcaba a Moraine y a Loial a un tiempo—. Los Aes Sedai. Si no podían utilizar el Poder Único dentro de un *stedding,* ¿cómo crearon los Atajos? ¿Acaso utilizaron el Poder? Su parte de la Fuente Verdadera estaba infectada. Aún sigue estándolo. Todavía no poseo grandes conocimientos acerca de las posibilidades de acción de los Aes Sedai. Tal vez ésta sea una pregunta estúpida.

—Cada *stedding* tiene una puerta en sus lindes, pero fuera —explicó Loial—. Tu pregunta no es estúpida. Has dado con la semilla del motivo por el que no osamos viajar por los Atajos. Ningún Ogier los ha utilizado desde que yo nací, y ya entonces habían caído en desuso. Por edicto de los Mayores, de todos los Mayores del *stedding*, nadie puede hacerlo, sea humano u Ogier.

»Los Atajos fueron generados por hombres que usaban el Poder contaminado por el Oscuro. Un millar de años atrás, durante lo que los humanos llamáis la Guerra de los Cien Años, los Atajos comenzaron a deteriorarse de forma tan lenta al principio que nadie reparó en ello; se tornaron húmedos y lóbregos, la oscuridad invadió los puentes y no se volvió a ver a algunos de los que entraron en ellos. Los viajeros notaban un acecho en la oscuridad. El número de personas desaparecidas fue en aumento y algunos de los que regresaron habían enloquecido y desvariaban acerca de *Machin Shin*, el Viento Negro. Las Aes Sedai pudieron ayudar a unos cuantos con sus Curaciones, pero con todo no volvieron a ser los mismos. Y jamás recordaron nada de lo ocurrido. Sin embargo, era como si la oscuridad les hubiera calado hasta los huesos. Nunca volvieron a reír y les provocaba pavor el sonido del viento.

Por un momento reinó el silencio, únicamente interrumpido por el ronroneo del gato y el crepitar del fuego.

—¿Y esperáis que nosotros os sigamos dentro de eso? —espetó entonces con furia Nynaeve—. ¡Debéis de haber perdido el juicio!

—¿Qué otra alternativa elegiríais vos en mi lugar? —inquirió plácidamente Moraine—. ¿Los Capas Blancas en Caemlyn o los trollocs fuera de sus murallas? No olvidéis que mi presencia en sí ofrece cierta protección contra las obras del Oscuro.

Nynaeve se arrellanó en la silla con un suspiro de exasperación.

—Todavía no me habéis explicado —señaló Loial— por qué debería desobedecer el edicto de los Mayores. Y yo no tengo deseos de entrar en los Atajos. Por más fangosos que se encuentren a menudo los caminos que construyen los hombres me han bastado desde que salí del *stedding* Shangtai.

—La humanidad y los Ogier, todos los seres vivientes, nos hallamos en guerra contra el Oscuro —contestó Moraine—. La mayor parte del mundo aún no tiene siquiera conciencia de ello y la mayoría de las escasas personas que luchan en escaramuzas se consideran partícipes de auténticas batallas. Mientras el mundo se niega a creerlo, es posible que el Oscuro se encuentre al borde de la victoria. El Ojo del Mundo contiene suficiente poder para deshacer su confinamiento. Si el Oscuro ha hallado algún modo de someter el Ojo del Mundo a sus designios...

Rand deseó que hubieran prendido las lámparas de la estancia. El crepúsculo se cernía sobre Caemlyn y el fuego no proporcionaba suficiente luz. El no quería que la sombra se adueñara de la habitación.

—¿Qué podemos hacer nosotros? —preguntó, enojado, Mat—. ¿Por qué somos tan importantes? ¿Por qué tenemos que ir a la Llaga? ¡La Llaga!

Moraine no alzó la voz, pero ésta llenó la biblioteca con su tono apremiante. La silla que ocupaba junto a la chimenea pareció de pronto un trono. Inopinadamente, incluso Morgase habría palidecido ante ella.

—Hay algo que podemos hacer: porfiar. Lo que parece azar es con frecuencia la obra del Entramado. Tres hilos se han dado cita aquí, avisando cada uno de ellos de un peligro: el Ojo. No es posible que sea una casualidad; es el Entramado. Vosotros tres no habéis escogido; el Entramado os eligió a vosotros. Y estáis aquí, en el lugar donde se conoce la noticia del peligro. Podéis inhibiros, condenando tal vez así el mundo. Si huís u os ocultáis, no salvaréis el orbe de la urdimbre del Entramado. También podéis realizar un intento. Podéis ir al Ojo del Mundo, tres *ta'veren*, tres puntos centrales de la urdimbre, ubicados en el sitio adonde apunta el gran riesgo. Si el Entramado se teje a vuestro alrededor allí, quizá salvéis el mundo de la Sombra. La decisión es vuestra. Yo no puedo obligaros a ir.

—Yo iré —afirmó Rand, tratando de conferir un tono resuelto a su voz.

Por más que intentara perderse en el vacío, su cerebro no paraba de generar imágenes, en las que aparecían Tam, la granja, el rebaño pastando. Había sido una vida agradable; nunca había aspirado a nada más. Aunque leve, fue un consuelo escuchar cómo Perrin y Mat expresaban su conformidad, al parecer tan turbados como él mismo.

—Supongo que Egwene y yo tampoco disponemos de alternativa —observó Nynaeve.

—Ambas formáis parte del Entramado, de algún modo. Tal vez no seáis *ta'veren*, tal vez, pero ejercéis una fuerte influencia. He estado convencida de ello desde que abandonamos Baerlon, y no cabe duda de que en estos momentos los Fados también tienen conciencia de ello. Y Ba'alzamon. No obstante, sois tan libres de decidir como los muchachos. Podéis permanecer aquí o proseguir hacia Tar Valon cuando nosotros hayamos partido.

—¡Quedarnos atrás! —exclamó Egwene—. ¿Permitir que los demás vayan al encuentro del peligro mientras nosotras escondemos la cabeza bajo las mantas? ¡Yo no haré eso! —Al cruzar la mirada con la de la Aes Sedai, retrocedió un poco, pero sin perder su actitud desafiante—. No haré eso —murmuró con obstinación.

—Creo que eso significa que ambas os acompañaremos. —Nynaeve parecía resignada, pero sus ojos relampaguearon cuando agregó—: Todavía precisáis mis hierbas, Aes Sedai, a menos que hayáis adquirido súbitamente una habilidad que desconozco. —Su voz expresaba un reto que Rand no comprendió, pero Moraine se limitó a asentir antes de encararse al Ogier.

—¿Y bien, Loial, hijo de Arent hijo de Halan?

Loial abrió dos veces la boca, moviendo sus copetudas orejas, antes de decidirse a responder.

—Sí, bien. El Hombre Verde. El Ojo del Mundo. Los libros hacen mención de ellos, desde luego, pero no creo que ningún Ogier los haya visto a lo largo de, oh, un amplio período de tiempo. Supongo... Pero ¿deben ser necesariamente los Atajos? —Moraine asintió y sus largas cejas se inclinaron hasta rozar sus mejillas—. Muy bien, entonces. Supongo que debo guiaros. El abuelo Halan opinaría que lo tengo bien merecido por ser tan atolondrado.

—En ese caso hemos llevado a cabo una decisión —concluyó Moraine—. Y, llegados a este punto, hemos de determinar el objetivo y los medios a emplear.

Planificaron el viaje hasta altas horas de la noche. Moraine llevó la voz cantante; recibió los consejos de Loial referentes a los Atajos y atendió a las preguntas y sugerencias de todos los presentes. Lan, que se reunió con ellos después del anochecer, añadió sus comentarios con su habla lenta y segura. Nynaeve elaboró una lista de los víveres necesarios, empapando la pluma en el tintero con mano firme, pero sin dejar de murmurar entre dientes.

Rand envidiaba el carácter práctico de Nynaeve. Él no podía dejar de caminar de un lado a otro, como si debiera consumir la energía de que disponía. Sabía que había tomado una decisión, la única a la que podía llegar con los elementos de que disponía, pero aquello no mejoraba en nada su estado de ánimo. La Llaga. Shayol Ghul se encontraba en algún lugar de la Llaga, más allá de las Tierras Malditas.

Percibía igual preocupación en los ojos de Mat, el mismo temor que reconocía en él. Mat estaba sentado con las manos entrelazadas; tenía los nudillos blancos. Si las separaba, pensó Rand, aferraría en su lugar la daga de Shadar Logoth.

El rostro de Perrin no reflejaba ninguna inquietud, lo cual era peor: su faz era una máscara de fatiga y resignación. Parecía como si hubiera luchado contra algo hasta el límite de sus fuerzas y ahora no tuviera más alternativa que aguardar a que su contrincante diera cuenta de él.

—Cumplimos con nuestro deber, Rand —le dijo—. La Llaga... —Por un instante, aquellos ojos amarillentos se iluminaron con un anhelo que pareció destellar en su fatigado rostro, como si hubieran cobrado una vida propia que no guardaba ninguna relación con el aprendiz de herrero—. Hay buena caza en la Llaga —susurró. Luego se estremeció, como si acabara de oír lo que había dicho, y su semblante volvió a sumirse en la resignación.

Y Egwene. Rand la llevó aparte en determinado momento, hacia la chimenea, donde no pudieran oírlos los que hablaban junto a la mesa.

—Egwene, yo... —Sus ojos, cual grandes estanques oscuros que ejercieran un magnetismo sobre él, lo obligaron a detenerse para tragar saliva—. Es a mí a quien persigue el Oscuro, Egwene, a mí, a Mat y a Perrin. No me importa lo que diga Moraine Sedai. Mañana por la mañana, Nynaeve y tú podríais emprender el regreso a casa o dirigiros a Tar Valon, o a cualquier otro lugar, y nadie trataría de deteneros. Ni los trollocs, ni los Fados, ni nadie. A condición de que no vayáis con nosotros. Vuelve a casa, Egwene, o ve a Tar Valon, pero vete.

Esperaba que ella contestara que tenía tanto derecho como él a ir a donde quisiera y que no le correspondía a él decirle lo que había de hacer. Para su sorpresa, sonrió y le rozó la mejilla.

—Gracias, Rand —repuso en voz baja. Él parapadeó y cerró la boca, mientras ella proseguía—. No obstante, sabes que no puedo. Moraine Sedai nos contó lo que Min había visto, en Baerlon. Deberías haberme dicho quién era Min. Pensé... Bueno, Min opina que yo estoy involucrada en esto. Y también Nynaeve. Quizá no sea *ta'veren* —tartamudeó el pronunciar la palabra—, pero, por lo visto, el Entramado también dirige mis pasos hacia el Ojo del Mundo. Sea lo que sea que te impele a ti, también ejerce su influencia en mí.

—Pero Egwene...

—¿Quién es Elayne?

La miró durante un minuto y luego le contó la pura verdad.

—Es la heredera del trono de Andor.

Observó, incrédulo, cómo regresaba a la mesa con la espalda erguida, y apoyaba el codo sobre ella al lado de Moraine para escuchar lo que decía el Guardián. «Necesito hablar con Perrin», pensó. «Él sabe cómo hay que tratar a las mujeres.»

Maese Gill entró varias veces, primero a encender las lámparas, luego a traerles la comida en persona y más tarde para informarles de lo que acontecía en el exterior. Los Capas Blancas estaban vigilando la posada por las dos bocacalles. Se había producido un tumulto en las puertas del casco antiguo, durante el cual los guardias de la reina habían arrestado tanto a portadores de escarapelas blancas como rojas. Alguien había tratado de grabar el Colmillo del Dragón en la puerta principal y Lamgwin lo había echado de un puntapié.

Si el posadero consideró extraño que Loial se encontrara en su compañía, no dio señales de ello. Respondió a las escasas preguntas que le formuló Moraine, pero sin intención de averiguar sus planes, y, cada vez que iba a la biblioteca, llamaba a la puerta y aguardaba a que Lan la abriera, como si no se tratara de su propia posada. Durante su última visita, Moraine le entregó el pergamino cubierto por la nítida escritura de Nynaeve.

—No será fácil a esta hora de la noche —comentó, mientras daba una ojeada a la lista—, pero me encargaré de ello.

Moraine le dio también una pequeña bolsa de gamuza que produjo un tintineo al quedar suspendida por los cordeles que la cerraban.

—Bien. Y ocupaos de que nos despierten antes del amanecer. Los vigilantes habrán bajado la guardia entonces.

—Los dejaremos con un palmo de narices, Aes Sedai —auguró maese Gill, con una sonrisa en los labios.

Rand estaba bostezando cuando, junto a sus compañeros, abandonó con paso vacilante la habitación en dirección al baño y los dormitorios. Mientras se frotaba con un burdo paño en una mano y una gran pastilla de jabón amarilla en la otra, sus ojos se desviaron hacia el taburete situado junto a la bañera de Mat. La punta dorada de la daga de Shadar Logoth emergía debajo del borde de la chaqueta doblada. Lan también le dirigía una mirada de tanto en tanto. Rand se preguntó si realmente sería tan seguro tenerla tan cerca como Moraine pretendía.

—¿Crees que mi padre llegará a dar crédito a sus oídos? —preguntó Mat, riendo, mientras se cepillaba la espalda—. ¿Yo, salvando el mundo? Mis hermanas no sabrán si echarse a reír o a llorar.

Hablaba como el Mat de siempre. Pero Rand, no lograba apartar de su mente aquella daga.

La noche, con las estrellas veladas por nubarrones, estaba oscura como una boca de lobo cuando por fin él y Mat subieron a su habitación, situada bajo el alero. Por primera vez en mucho tiempo, Mat se desvistió antes de entrar en la cama, pero también colocó la daga debajo de la almohada. Rand apagó de un soplo la vela y se acostó. Sentía una emanación maligna procedente del otro lecho, no de Mat, sino del objeto que yacía bajo la almohada. Todavía se inquietaba por ello cuando cayó dormido.

Desde el primer instante tuvo conciencia de que aquello era un sueño, una de esas pesadillas que no eran tales. Estaba de pie, contemplando la puerta de madera, con su oscura superficie agrietada y erizada de astillas. El aire era frío y húmedo, impregnado del olor a decadencia. En la distancia, el agua goteaba, produciendo un monótono sonido que encontraba su eco en los corredores de piedra.

«Renegad de él. Renegad de él y su voluntad de dominio resultará fallida.»

Cerró los ojos y se concentró en la Bendición de la Reina, en su cama, en sí mismo dormido sobre ella. Al abrirlos, la puerta se hallaba todavía allí. El eco de las salpicaduras se ajustaba al latido de su corazón, como si su pulso les marcara el ritmo. Trató de visualizar la llama y el vacío, tal como le había enseñado Tam, y halló la paz interior, pero nada acusó ninguna modificación en su entorno. Lentamente, abrió la puerta y atravesó el umbral.

Todo permanecía tal como lo recordaba en aquella estancia que parecía esculpida en la roca. Unos grandes ventanales arqueados daban a un balcón, más allá del cual unos jirones de nubes superpuestos discurrían como un río desbordado por una crecida. Las negras lámparas metálicas, que despedían unas llamas demasiado brillantes para fijar la vista en ellas, relucían con su color negro, que, de algún modo, presentaba el mismo destello de la plata. El fuego rugía, pero sin aportar calor a aquel pavoroso lugar, rodeado de aquellas piedras que semejaban vagamente rostros humanos atormentados.

Todo seguía igual, con una salvedad: sobre la pulida mesa había tres minúsculas figuras, toscas reproducciones de formas humanas, como si el escultor hubiera moldeado apresuradamente la arcilla. Una de ellas iba acompañada de un lobo, cuyos contornos detallados contrastaban con la imperfección de las siluetas de los hombres; otra asía una diminuta daga, en cuya empuñadura había un punto rojo que reflejaba la luz. La última empuñaba una espada. Con los cabellos de la nuca erizados, se aproximó lo suficiente para distinguir la garza, representada con exquisita fidelidad, en aquella pequeña hoja.

Levantó la cabeza, presa de pánico, y miró directamente el solitario espejo. La imagen proyectada continuaba siendo borrosa, pero no tan indefinida como la vez anterior. Casi podía reconocer sus propias facciones. Si imaginaba que entornaba los ojos, casi podía decir quién era.

—Has estado ocultándote a mis ojos durante demasiado tiempo.

Se volvió de la mesa, con la garganta atenazada. Un momento antes se hallaba solo, pero ahora Ba'alzamon estaba de pie delante de las ventanas. Al hablar, sus ojos y boca quedaron sustituidos por cavernas llameantes.

—Demasiado tiempo, pero no se prolongará mucho.

—Reniego de ti —dijo Rand con voz ronca—. Niego que tengáis cualquier clase de poder sobre mí. Niego vuestra existencia.

—¿Piensas que es tan sencillo? —replicó Ba'alzamon, y prorrumpió en sonoras carcajadas que atravesaban su ardiente boca—. De todas maneras, siempre te has comportado igual. En cada ocasión en que nos hemos encontrado, te has creído capaz de desafiarme.

—¿A qué os referís, en cada ocasión? ¡Reniego de vos!

—Siempre lo haces. Al principio. Esta contienda que mantenemos se ha reproducido infinidad de veces. En cada ocasión tu rostro es distinto, así como tu nombre, pero eres tú invariablemente.

—Reniego de vos. —Aquél era un susurro de desesperación.

—En cada ocasión diriges tu insignificante fuerza contra mí y al final siempre acabas reconociendo quién es el amo. Era tras era, te postras de rodillas ante mí, o pereces deseando poseer el vigor necesario para caer de hinojos. Pobre necio, jamás puedes vencerme.

—¡Embustero! —gritó—. Padre de las Mentiras. Padre de los Necios si no eres capaz de obtener resultados mejores. Los hombres te encontraron en la última era, la Era de Leyenda, y te confinaron a tu lugar de pertenencia.

Ba'alzamon volvió a reír, con imparables carcajadas burlonas, hasta que Rand sintió el impulso de taparse los oídos para no oírlo. Se esforzó por conservar las manos en sus costados. A pesar del vacío logrado, estaban trémulas cuando las risotadas por fin enmudecieron.

—Gusano, tú no sabes nada de nada. Eres tan ignorante como un escarabajo que vive bajo una piedra y tan vulnerable como él ante un eventual pisotón. Los hombres lo consideran, sin excepción, una nueva guerra, cuando no es más que la misma que acaban de descubrir de nuevo. Pero ahora el cambio se aproxima con el soplo del viento de los tiempos. Esta vez no habrá retroceso. A esas altaneras Aes Sedai que piensan hacerte rebelar contra mí, las vestiré de cadenas y las haré correr desnudas a cumplir mi voluntad o arrojaré sus almas al Pozo de la Condenación para que emitan eternos alaridos. A todas menos a las que ya me obedecen ahora. Ellas sólo se encuentran a un paso tras de mí. Tú puedes elegir sumarte a ellas y dejar que el mundo se humille a tus pies. Te lo ofrezco una vez más, la última. Puedes alzarte sobre ellas, sobre todos los poderes y dominios salvo el mío. Se han dado ocasiones en las que has tomado esa vía, ocasiones en las que has vivido lo suficiente para conocer tu poderío.

«¡Reniega de él!» Rand salió al paso de lo que podía negar.

—Ninguna Aes Sedai sirve tu causa. ¡Es otra de tus mentiras!

—¿Es eso lo que te han dicho? Hace dos mil años envié a mis trollocs a través del mundo e incluso entre las Aes Sedai encontré a aquellas que sucumbieron a la desesperación, conscientes de que el mundo era incapaz de resistir los embates de Shai'tan. Durante dos milenios el Ajah Negro ha convivido con los otros, inadvertido entre las sombras. Tal vez incluso me sirven quienes pretenden querer ayudarte.

Rand agitó la cabeza, tratando de desprenderse de las dudas que lo asaltaban, la incertidumbre que abrigaba respecto a Moraine, respecto a lo que las Aes Sedai buscaban de él, sus verdaderas intenciones referentes a su persona.

—¿Qué queréis de mí? —gritó. «¡Reniega de él! ¡Luz, ayúdame a negarlo!»

—¡Arrodíllate! —Ba'alzamon apuntó hacia el suelo, ante sus pies—. ¡Arrodíllate y reconóceme como amo! Al final, lo harás. Serás una de mis criaturas o morirás.

La última palabra resonó en toda la habitación, reproduciendo indefinidamente su eco, hasta que Rand levantó los brazos como si quisiera protegerse la cabeza de un golpe. Retrocedió, tambaleante, hasta chocar con la mesa y gritó, tratando de ahogar el sonido que hería sus oídos.

—¡Noooooooooooo!

Entre tanto, giró sobre sí, y arrojó las figuras al suelo. Sintió un pinchazo en la mano, del que hizo caso omiso, mientras machacaba la arcilla, hasta convertirla en una informe masa bajo sus pies. No obstante, cuando cesó su alarido, el eco continuaba resonando, incrementando su intensidad.

—... morirás-morirás-morirás-MORIRÁS-MORIRÁS-MORIRÁS-**MORI-RÁS-MORIRÁS-MORIRÁS-MORIRÁS-MORIRÁS-MORIRÁS-MORIRÁS-MORIRÁS...**

El sonido lo sumía en una especie de torbellino, lo absorbía, desgarraba en jirones el vacío creado en su mente. La luz se difuminó y su campo de visión se redujo a un estrecho túnel al fondo del cual se hallaba Ba'alzamon iluminado por el último rayo de claridad; fue menguando hasta adoptar el tamaño de su mano, de su dedo, y al fin desapareció. El eco seguía envolviéndolo, como un negro sudario.

El ruido que produjo su cuerpo al chocar con el suelo lo despertó, mientras todavía forcejeaba por desprenderse de la oscuridad. La habitación estaba en penumbras, pero la oscuridad no era total. Trató de aferrarse frenéticamente a la imagen de la llama y arrojar sus temores en ella, pero la calma del vacío lo rehuía. Le temblaban los brazos y las piernas, pero porfió en su intento hasta que la sangre dejó de martillearle los oídos.

Mat se revolvía en la cama, gruñendo en sueños.

—... reniego de vos, reniego de vos, reniego de vos... —Su voz se difuminó en ininteligibles gemidos.

Rand lo zarandeó para despertarlo, y al primer contacto Mat se sentó con un gruñido estrangulado. Por espacio de un minuto, Mat miró con ojos desorbitados a su alrededor; luego espiró largamente, estremeciéndose, y hundió la cabeza entre las manos. De repente se volvió, buscando a tientas debajo de la almohada, y luego se echó con la daga aferrada con ambas manos sobre el pecho. Volvió la cabeza para mirar a Rand, con el rostro velado por las sombras.

—Ha regresado, Rand.

—Lo sé.

—Tenía aquellas tres figuras...

—Yo también las he visto.

—Sabe quién soy, Rand. He levantado la que llevaba la daga y él ha dicho: «De modo que ése eres tú». Y, cuando la he mirado de nuevo, la escultura tenía mi cara. ¡Mi cara, Rand! Parecía real, de carne y hueso. Que la Luz me asista, he sentido cómo mi propia mano me agarraba, como si yo fuera el hombrecillo de arcilla.

Rand guardó silencio durante un momento.

—Debes continuar renegando de él, Mat.

—Lo he hecho, y se ha echado a reír. No ha parado de hablar de una guerra eterna y de afirmar que él y yo nos habíamos encontrado en mil ocasiones anteriores y... Luz, Rand, el Oscuro me conoce.

—A mí me ha dicho lo mismo. No creo que nos conozca —añadió lentamente—. No creo que sepa cuál de nosotros... —«¿Cuál de nosotros qué?»

Al incorporarse, sintió un agudo pinchazo en la mano. Tras abrirse paso hasta la mesa, logró encender la vela al tercer intento y luego abrió la mano para observarla. Tenía clavada en la palma una gruesa astilla de madera oscura, suave y pulida en una de sus caras. La contempló sin respirar. De improviso empezó a jadear, tirando de la astilla con pulso inseguro.

—¿Qué pasa? —preguntó Mat.

—Nada.

Finalmente consiguió arrancarla. La arrancó con un gruñido de repugnancia, que se paralizó en su garganta. Tan pronto como perdió contacto con sus dedos, el fragmento de madera se esfumó.

La herida, no obstante, todavía permanecía en su mano, sangrando. Había agua en un cántaro. Llenó la jofaina, con manos tan temblorosas que salpicó la mesa. Se lavó precipitadamente las manos, se apretó la palma con el pulgar hasta hacer brotar más sangre y volvió a sumergirlas en el líquido. La perspectiva de que la más pequeña astilla hubiera quedado clavada en su carne lo horrorizaba.

—Luz —exclamó Mat—, también me ha hecho sentir sucio. —Lo cual, no obstante, no lo obligó a moverse de donde estaba, empuñando el arma con ambas manos.

671

—Sí —confirmó Rand—. Sucio. —Buscó a tientas una toalla. Dio un brinco al oír un golpe en la puerta. Éste sonó una vez más—. ¿Sí? —dijo.

Moraine asomó la cabeza en la habitación.

—Ya estáis despiertos. Estupendo. Vestíos deprisa y bajad. Debemos partir antes del filo del alba.

—¿Ahora? —protestó Mat—. Si no hemos dormido ni una hora.

—¿Una hora? —dijo Moraine—. Habéis dormido cuatro. Ahora daos prisa, nos queda poco tiempo.

Rand intercambió una confusa mirada con Mat. Recordaba perfectamente cada segundo del sueño. Éste se había iniciado tan pronto como había cerrado los ojos y había durado tan sólo unos minutos.

Moraine advirtió, al parecer, algo en aquella muda comunicación, pues les dirigió una penetrante mirada y entró en el dormitorio.

—¿Qué ha ocurrido? ¿Los sueños?

—Sabe quién soy —contestó Mat—. Conoce mis facciones.

Rand levantó la mano, mostrándole la palma, en la que, aun con la mortecina luz de la vela, era perceptible la sangre.

La Aes Sedai caminó hacia él y le asió la mano, taponando la herida con su pulgar. Una gelidez lo atravesó hasta la médula, agarrotándole los dedos de tal modo que hubo de luchar por no flexionarlos. Cuando la Aes Sedai desprendió su dedo, continuaba experimentando el mismo frío.

Entonces volvió la mano, estupefacto, y frotó la fina mancha de sangre. La herida había desaparecido. Alzó lentamente la mirada para enfocarla en la de Moraine.

—Apresuraos —indicó quedamente—. El tiempo se nos echa encima. —Tenía la certeza de que entonces ya no se refería a la hora en que habían de emprender viaje.

44

LA OSCURIDAD REINA EN LOS ATAJOS

En las tinieblas previas al despuntar del alba, Rand siguió a Moraine hasta la entrada trasera, donde aguardaban maese Gill y los demás; Nynaeve y Egwene, con tanta ansiedad como Loial, y Perrin, casi tan impasible como el Guardián. Mat permanecía pegado a los talones de Rand, como si temiera quedarse solo, aun cuando sólo fuera a unos pasos de distancia. La cocinera y sus ayudantes se detuvieron a observar al grupo que penetraba en silencio en la cocina, ya iluminada y caldeada con los preparativos del desayuno. No era habitual que los clientes de la posada se encontraran en pie a aquellas horas. Al escuchar las palabras tranquilizadoras de maese Gill, la cocinera exhaló un sonoro bufido y presionó con fuerza la masa. Antes de que Rand llegara a la puerta del patio, ya habían vuelto a centrar su atención en las sartenes y alimentos.

Afuera aún era noche cerrada. Para Rand, los otros no eran más que sombras imprecisas. Caminó a ciegas en pos del posadero y Lan, confiando en que el conocimiento que tenía el posadero de su propio patio y el instinto del Guardián les permitirían atravesarlo sin que nadie se rompiera una pierna. Loial tropezó más de una vez.

—No veo por qué no podemos llevar ni una lámpara —tronó el

Ogier—. En el *stedding* no vamos deambulando por ahí a oscuras. Yo soy un Ogier, no un gato. —Rand imaginó de pronto las peludas orejas de Loial agitadas por la irritación.

Las caballerizas surgieron de pronto en la noche como una amenazadora masa, hasta que la puerta se abrió con un crujido y proyectó una angosta franja de luz en el patio. El posadero sólo abrió el espacio suficiente para permitirles entrar de uno en uno y luego la cerró deprisa tras Perrin; casi le golpeó los talones. Rand parpadeó ante la súbita iluminación del interior.

Los mozos de cuadra no quedaron tan sorprendidos por su aparición como la cocinera. Sus monturas estaban ensilladas. *Mandarb* se erguía con arrogancia, sin acusar más presencia que la de Lan, pero *Aldieb* estiró el cuello para olfatear la mano de Moraine. Había un caballo de carga, del que pendían voluminosos cestos de mimbre y un descomunal animal, incluso más alto que el semental del Guardián, para Loial. Parecía lo bastante corpulento como para tirar él solo de un carro cargado de heno, pero comparado con el del Ogier, su tamaño quedaba reducido al de un poni.

—Mis propios pies siempre me han servido a las mil maravillas —murmuró, dubitativo, Loial, después de observar al enorme caballo.

Maese Gill hizo señas a Rand. El posadero le había adjudicado un caballo bayo, casi del color de su propio cabello, alto y ancho de pecho, pero sin la fogosidad de *Nube* en el andar, lo cual fue una alegría para Rand. Maese Gill le informó de que su nombre era *Rojo*.

Egwene se encaminó directamente a *Bela* y Nynaeve a su yegua de patas largas.

Mat aproximó su caballo pardo a Rand.

—Perrin está poniéndome nervioso —susurró. Rand le asestó una intensa mirada—. Bueno, se comporta de una manera extraña. ¿Acaso tú no lo ves? Juro que no son imaginaciones mías ni que..., ni...

Rand asintió con la cabeza. «Ni que la daga esté apoderándose nuevamente de su mente, gracias a la Luz.»

—Es cierto, Mat, pero no te inquietes. Moraine está al corriente de..., de lo que se trate. Perrin está bien. —Deseó poder creer en ello, pero su respuesta pareció satisfacer a Mat, al menos parcialmente.

—Por supuesto —se apresuró a añadir Mat, mirando todavía de reojo a Perrin—. Nunca he dicho que no lo estuviera.

Maese Gill consultó con el jefe de los mozos de cuadra. El hombre, de piel dura como el cuero y rostro semejante al de los caballos, se golpeó la frente con los nudillos y salió precipitadamente del establo. El posadero se volvió hacia Moraine con su redondeada cara iluminada por una sonrisa de satisfacción.

—Ramey dice que el camino está libre, Aes Sedai.

La pared trasera de la caballeriza, cubierta por estantes en los que se guardaba toda suerte de herramientas, parecía maciza y firme. Ramey y sus compañeros apartaron las horcas, rastrillos y palas y luego pasaron las manos detrás de los anaqueles para manipular unos picaportes ocultos. De pronto un retazo de muro osciló hacia adentro sobre unos goznes tan bien disimulados que Rand no estaba seguro de poder encontrarlos aun con la puerta abierta. La luz del establo iluminó una pared de ladrillo situada a escasa distancia.

—Sólo es un estrecho callejón entre edificios —explicó el posadero—, pero nadie, aparte de los mozos, sabe que puede accederse a él desde aquí. Ni los Capas Blancas ni los vigilantes de escarapelas os verán salir.

—Recordad, buen posadero —insistió la Aes Sedai—, si teméis que esto vaya a acarrearos malas consecuencias, escribid a Sheriam Sedai, del Ajah Azul, que se encuentra en Tar Valon, y ella os asistirá. Me temo que mis hermanas y yo debemos incontables compensaciones a aquellos que me han prestado su ayuda.

Maese Gill se echó a reír, sin mostrar la más mínima preocupación.

—Vaya, Aes Sedai, ya me habéis concedido el privilegio de poseer la única posada en Caemlyn libre de ratas. ¿Qué más podría pedir? Solamente con eso es probable que duplique mi clientela. —Su sonrisa dejó paso a una expresión seria—. Cualesquiera que sean vuestras intenciones, la reina apoya a Tar Valon y yo apoyo a la reina, por lo cual deseo que vuestros planes tengan buen resultado. La Luz os ilumine, Aes Sedai. Que os ilumine a todos.

—Que la Luz os alumbre también a vos, maese Gill —repuso Moraine con una inclinación de cabeza—. Pero, si la Luz no nos protege, debemos actuar con premura. —Se volvió en seguida hacia Loial—. ¿Estás dispuesto?

El Ogier tomó las riendas de su enorme caballo, mirándole con recelo la dentadura. Tratando de mantener alejadas las manos de su boca, condujo al animal en dirección a la apertura del establo. Ramey basculaba el peso de su cuerpo de un pie a otro, impaciente por volverla a cerrar. Loial se detuvo un momento y permaneció con la cabeza enhiesta, como si husmeara la brisa.

—Por aquí —indicó, y se adentró en el angosto callejón.

Moraine cabalgó tras el caballo de Loial, seguida de Rand y de Mat. Rand se encargó de cumplir el primer turno para conducir al animal de carga. Nynaeve y Egwene avanzaban en medio, con Perrin a sus espaldas, y por último Lan en la retaguardia. La puerta oculta se cerró rápidamente no bien hubo dado un paso *Mandarb* en la calleja. El chasquido de los picaportes sonó extraordinariamente escandaloso en los oídos de Rand.

El callejón, como lo había llamado maese Gill, era en efecto muy estrecho y estaba aun más oscuro que el patio, si aquello era posible. Unas elevadas paredes de ladrillo y madera lo flanqueaban, dejando únicamente visible un angosto retazo de cielo sobre sus cabezas. Los grandes cestos, repletos de provisiones para el viaje, en su mayoría cántaros con aceite, que iban atados a lomos del caballo de carga, rascaban los edificios de ambos lados. El animal llevaba también un manojo de varas, en cada uno de cuyos extremos pendía una linterna. En los Atajos, decía Loial, las tinieblas eran más inescrutables que en la noche más oscura.

Los candiles, parcialmente llenos de aceite, chapoteaban al moverse el caballo y entrechocaban produciendo un sonido metálico. Aun cuando éste apenas fuera audible, Caemlyn se encontraba en completo silencio a aquella hora. El apagado tintineo sonaba como si pudiera oírse a una milla de distancia.

Al desembocar en una calle, Loial tomó un rumbo concreto sin vacilar. Entonces parecía saber exactamente adónde se dirigía, como si la ruta que había de seguir fuera definiéndose en su interior. Rand no comprendía cómo podría hallar el Ogier la puerta del Atajo, y Loial no había sido capaz de explicárselo con claridad. Le había dicho que aquél era un conocimiento que venía a él, que lo captaba de forma espontánea. En opinión de Loial, aquello era comparable a intentar enseñarle a alguien la manera de respirar.

Mientras cabalgaban apresuradamente por aquella calle, Rand se volvió hacia la esquina donde estaba la posada. Según Lamgwin, todavía había media docena de Capas Blancas apostados a pocos pasos de aquel recodo. Su atención se centraba en el establecimiento, pero sin duda cualquier ruido los atraería, dado que nadie salía a esas horas para cumplir un cometido honesto. El ruido de las herraduras hollando el empedrado se le antojaba tan llamativo como el tañir de las campanas, y el estrépito del roce de las linternas, un deliberado zarandeo producido por el caballo de carga. Hasta que no hubieron doblado una nueva esquina no dejó de mirar por encima de sus hombros. Los otros jóvenes de Campo de Emond también dejaron escapar un suspiro de alivio en ese momento.

Al parecer, Loial seguía el camino más directo hacia la puerta del Atajo. En ocasiones trotaban por amplias avenidas solitarias, en las que sólo se advertía algún perro que se escondía en la penumbra; en otras se abrían paso entre callejones tan angostos como el de la parte trasera de la posada, donde los pies resbalaban al pisar las inmundicias esparcidas por el suelo. Nynaeve se quejó en voz baja de la pestilencia que ello producía, pero nadie disminuyó el paso.

La oscuridad comenzó a remitir y dio paso a un gris mortecino. El tenue resplandor del amanecer perlaba el cielo por encima de los tejados del lado este. En las calles fueron apareciendo algunas personas, arrebujadas para protegerse del fresco de la mañana y cabizbajas, sumidas aún en la añoranza de sus lechos. La mayoría de ellas no prestaba ninguna atención a los escasos viandantes. Únicamente cuatro o cinco de ellas dedicaron una ojeada a la comitiva de jinetes encabezada por Loial y, con todo, uno solo reparó realmente en ellos.

Aquel hombre les echó un vistazo, al igual que los demás, y ya regresaba a sus propias cavilaciones cuando de improviso tropezó y casi perdió el equilibrio, al volverse para observarlos. La luz sólo permitía distinguir las siluetas, pero aquello ya era suficiente. Percibido solo a aquella distancia, el Ogier habría podido pasar por un hombre de elevada estatura montado sobre un caballo normal, o por un hombre ordinario a lomos de una montura ligeramente achaparrada. Sin embargo, en compañía de los demás, Loial ofrecía una idea exacta de sus dimensiones, que duplicaban las habituales en una persona. El desconocido le dirigió una mirada y, exhalando un grito inarticulado, echó a correr, seguido de su ondeante capa.

Pronto..., muy pronto afluiría más gente a la calle. Rand vio a una mujer que caminaba con paso presuroso al otro lado de la rúa, sin percibir más que el pavimento que se encontraba frente a sus pies. Dentro de poco habría también más gente que se fijaría en ellos. El cielo iba adquiriendo mayor luminosidad.

—Allí —anunció por fin Loial—. Está allí debajo.

Señalaba a una tienda todavía cerrada. Las mesas dispuestas junto a la fachada estaban vacías, los toldos que debían guarecerlas, enrollados y la puerta, con los postigos firmemente cerrados. Las ventanas del piso de arriba, donde vivía el propietario, no mostraban ninguna luz.

—¿Debajo? —exclamó Mat con incredulidad—. ¿Cómo diablos vamos a...?

Moraine levantó una mano que interrumpió sus palabras y les indicó que la siguieran hacia el callejón que bordeaba el establecimiento. Los caballos y jinetes llenaron el espacio que mediaba entre dos edificios. Escudados por las paredes, la oscuridad los rodeaba de nuevo, como si hubiera vuelto a caer la noche.

—Debe de haber una puerta que dé a la bodega —murmuró Moraine—. Ah, sí.

De repente se encendió una luz. Una bola que despedía un mortecino brillo, del tamaño del puño de un hombre, pendía de la palma de la Aes Sedai, moviéndose al compás de su mano. Rand reflexionó que el hecho de que todos tomaran aquel fenómeno como algo natural daba una idea de lo que cada uno había experimentado aquella última temporada. La acercó a las puertas que había encontrado, inclinadas casi a ras del suelo, sujetas por unos cerrojos y una cerradura de hierro mayor que la mano de Rand, invadida por la herrumbre.

Loial dio un tirón al cierre.

—Puedo arrancarlo, con el cerrojo y todo, pero el ruido despertará a la totalidad del vecindario.

—Es preferible no dañar la propiedad de ese buen hombre si es posible evitarlo. —Moraine examinó con atención la cerradura durante un momento y, de pronto, dio un golpecito con su vara y el hierro se corrió limpiamente.

Loial abrió en seguida las puertas y Moraine descendió por la rampa que éstas habían dejado al descubierto, iluminándose con su reluciente esfera. *Aldieb* caminó con elegancia tras ella.

—Encended los candiles y entrad —les indicó en voz baja—. Es muy espacioso. Apresuraos. Pronto será de día.

Rand corrió a desatar los palos que sostenían las linternas, pero aun antes de alumbrar la primera advirtió que distinguía con nitidez las facciones de Mat. En pocos minutos, las calles se llenarían de gente, el tendero bajaría a abrir su establecimiento y todos se extrañarían de que hubiera tantos caballos en el callejón. Mat murmuró con nerviosismo algo que hacía referencia a la necesidad de ocultar las monturas, pero Rand ya se precipitaba por la rampa guiando al suyo. Mat siguió su ejemplo, rezongando, pero no a menor velocidad.

El candil de Rand se bamboleaba en el extremo del bastón, chocando contra el techo al menor descuido, y ni *Rojo* ni la bestia de carga veían con buenos ojos la rampa. Finalmente llegó abajo y cedió el paso a Mat. Moraine dejó extinguir su luz flotante, pero, cuando los demás se reunieron con ellos, sus linternas contribuyeron a iluminar el recinto.

La mayor parte del espacio de la bodega, de iguales dimensiones que el edificio que sobre ella se asentaba, estaba ocupado por columnas de ladrillo, que ascendían desde estrechas bases que se ensanchaban con la altura, conformando una serie de arcos. A pesar de lo espacioso del subterráneo, Rand tenía la sensación de que se encontraban apretujados. La cabeza de Loial rozaba el techo.

Tal como había augurado la oxidada cerradura, la bodega no había sido utilizada durante largo tiempo. En el suelo no había más que unos cuantos toneles rotos llenos de trastos viejos y una espesa capa de polvo, cuyas motas, levantadas por tantos pies, danzaban en el aire a la luz de los candiles.

Lan fue el último en entrar y, tan pronto como hubo hecho descender a *Mandarb* por la pendiente, saltó al exterior para cerrar las hojas.

—Rayos y truenos —gruñó Mat—, ¿por qué construirían una de esas puertas en un lugar como éste?

—No siempre fue así —respondió Loial, dejando resonar el fragor de su voz en el cavernoso espacio—. No siempre. ¡No! —Rand advirtió, extrañado, que el Ogier estaba furioso—. En un tiempo hubo árboles aquí, de todas las especies que los Ogier lograron implantar en este terreno. Los Grandes Árboles, de un centenar de espanes de altura. La sombra del ramaje y las frescas brisas que retenían el aroma de las hojas y flores para mantener el recuerdo de la paz del *stedding*. ¡Todo eso, arrasado para esto! —Dio un puñetazo a una columna.

El pilar pareció agitarse con el golpe. Rand estaba seguro de haber oído el crujido de los ladrillos. La arcada escupió un reguero de argamasa seca.

—Lo que ya forma parte del tejido no puede deshilarse —sentenció suavemente Moraine—. Aunque hagas que el edificio se desmorone sobre nuestras cabezas, los árboles no volverán a crecer. —Las movibles cejas de Loial, ahora encorvadas, le confirieron una expresión más contrita de la que ningún humano hubiera sido capaz de esbozar—. Con tu ayuda, Loial, tal vez logremos evitar que las arboledas que todavía quedan en pie caigan bajo la Sombra. Nos has traído al lugar que buscábamos.

Cuando la mujer se desplazó hacia una de las paredes, Rand cayó en la cuenta de que era distinta de las otras. Mientras todas eran de ladrillo ordinario, ésta era de una piedra intrincadamente labrada con exquisitas combinaciones de hojas y enredaderas, visible a pesar de la pátina de polvo. El ladrillo y la argamasa estaban gastados, pero aquella piedra tenía algo que revelaba el largo tiempo en que había permanecido allí, desde una época anterior a la cocción del adobe. Los constructores posteriores, ellos mismos perecidos siglos antes, habían incorporado lo que ya se alzaba allí y muchos años después los hombres lo habían utilizado como parte de una bodega.

Un retazo del muro de piedra labrada, situado justo en su centro, era más elaborado que el resto, el cual, a pesar de la magnificencia de sus trazados, semejaba un burda copia a su lado. Trabajadas sobre una dura materia, aquellas hojas parecían tiernas, reproducidas en un perdurable momento en que las agitaba una suave brisa estival. No obstante, daban la impresión de remontarse a otra edad, de poseer una antigüedad que superaba incluso la del resto de la pared. Loial las miraba como si sintiera deseos de hallarse en cualquier otro lugar salvo en aquél, aun a costa de soportar la persecución de una multitud por las calles.

—*Avendesora* —murmuró Moraine, posando la mano sobre una hoja de trébol. Rand escrutó los relieves; aquélla era la única hoja de aquella especie que advirtió—. La hoja del árbol de la vida es la clave —dijo la Aes Sedai, y la hoja se desprendió en su mano.

Rand pestañeó al tiempo que escuchaba exhalaciones a su espalda. Aquella hoja parecía formar parte de la pared al igual que las demás. Con la misma facilidad, la Aes Sedai la desplazó un palmo más abajo de la urdimbre vegetal y la dejó en un punto en que la hoja de tres lóbulos encajó tan limpiamente como si hubiera una oquedad dispuesta para ello y volvió a fundirse en el conjunto. Tan pronto como hubo quedado engastada, las formas esculpidas en el centro del muro comenzaron a modificarse.

Estaba seguro de que ahora percibía cómo las hojas se ladeaban con el impulso de una invisible brisa; casi creyó verlas verdes bajo el polvo, formando un tapiz de colorido primaveral a la luz de las linternas. De manera casi imperceptible al principio, en medio de la antigua escultura se abrió una hendidura que fue agrandándose, al tiempo que las dos mitades oscilaban con lentitud hacia la bodega hasta quedar perpendiculares a la pared. Los dorsos de las puertas estaban adornados, al igual que en el otro lado, con una profusión de hojas y curvados tallos, que parecían tener un hálito viviente. Dentro, donde debiera haber habido tierra o la bodega del edificio contiguo, un brillo mate reflejó tenuemente sus imágenes.

—He oído decir —explicó Loial, entre afligido y temeroso— que antaño las entradas de los Atajos relucían como espejos. En un tiempo, quienes entraban en los Atajos caminaban entre el sol y el cielo. Antaño.

—No tenemos tiempo que perder —les recordó Moraine.

Lan se adelantó a ella, llevando a *Mandarb* del ronzal, con un palo coronado por una linterna en una mano. Su lóbrego reflejo se aproximó a él, conduciendo un tenebroso caballo. El hombre y su imagen proyectada parecieron confundirse en la reluciente superficie y ambos desaparecieron. El negro semental se resistió por un instante, conectado en apariencia a su propia proyección por una rienda continua. Las cuerdas se tensaron y la cabalgadura del Guardián se esfumó también.

Por espacio de un minuto todos permanecieron con la vista fija en la puerta del Atajo.

—Deprisa —los urgió Moraine—. Yo debo ser la última en cruzar. No podemos dejar esto abierto y correr el albur de que alguien lo encuentre. Deprisa.

Con un profundo suspiro Loial caminó hacia el tenue resplandor. Cabeceando, su descomunal montura trató de retroceder ante la superficie, pero ésta lo engulló. Habían desaparecido tan velozmente como el Guardián y *Mandarb*.

Rand, titubeante, enfocó la entrada con la linterna. El candil se hundió en su propio reflejo y se confundió con él hasta perderse de vista. Se obligó a seguir, observando cómo el mango de la linterna desaparecía pulgada tras pulgada hasta que él mismo penetró en la puerta. Abrió la boca, presa de estupor. Algo gélido se deslizaba por su piel, como si estuviera atravesando una cascada de agua helada. Transcurrió un tiempo; el frío recubría sus cabellos uno a uno, se prendía a sus ropas hilo a hilo.

De súbito, la gelidez estalló como una burbuja y se detuvo para recobrar aliento. Se encontraba en el interior de los Atajos. Más adelante Lan y Loial aguardaban pacientes junto a sus monturas. A su alrededor no había más que tinieblas que parecían extenderse indefinidamente. Sus candiles desprendían una pequeña mancha de claridad, demasiado insignificante, como si algo produjera una retracción en la luz o la ingiriese.

Dio un tirón a las riendas, atenazado por una repentina ansiedad. *Rojo* y el caballo de carga lo siguieron dando saltos, casi a punto de derribarlo. Se tambaleó y, una vez recobrado el equilibrio, se apresuró a aproximarse al Guardián y al Ogier, arrastrando a las inquietas caballerías tras de sí. Los animales relincharon quedamente. Incluso *Mandarb* dio muestras de alegrarse al ver a los otros caballos.

—Ten cuidado al cruzar la puerta de un Atajo, Rand —le avisó Loial—. Las cosas son... diferentes dentro de los Atajos. Mira.

Se volvió hacia donde apuntaba el Ogier, esperando ver el mismo brillo apagado. En cambio, su campo visual se amplió hasta la bodega, como si hubiera una gran pantalla de vidrio ahumado dispuesta entre las sombras. Extrañamente, la oscuridad que circundaba la ventana que transparentaba la bodega daba una sensación de profundidad, como si la apertura permaneciera aislada, sin nada atrás ni en derredor aparte de las tinieblas. Expresó aquella impresión, riendo compulsivamente, pero Loial tomó en serio su observación.

—Podrías caminar a su alrededor, sin ver nada de lo que hay al otro lado. Sin embargo, no te aconsejaría que lo hicieras. Los libros no explican con precisión qué se halla tras las puertas de entrada a los Atajos. Creo que uno podría perderse allí y no volver a encontrar la salida.

Rand agitó la cabeza. Trató de concentrarse en la puerta en sí, sin tener en cuenta lo que se extendía detrás, pero aquello le producía, de alguna manera, igual turbación. Si hubiera tenido algo en que posar la mirada aparte de la puerta, habría desviado la vista de ella. En el sótano, a través de la opaca penumbra, veía a Moraine y a los demás, pero se movían como en sueños. Cada parpadeo adquiría la dimensión de un gesto deliberado y desmesurado. Mat avanzaba hacia la entrada como si caminara sobre una gelatina entre la que nadaban sus piernas.

—La Rueda gira más deprisa en los Atajos —explicó Loial, quien, al escrutar la oscuridad circundante, hundió la cabeza entre los hombros—. Nadie de los que permanecen vivos conocen más que fragmentos de su realidad. Tengo miedo de lo que desconozco de los Atajos, Rand.

—El Oscuro —terció Lan— no puede ser derrotado sin que corramos riesgos. Pero en estos momentos estamos vivos y ante nosotros tenemos la esperanza de conservar la vida. No te rindas antes de que te golpeen, Ogier.

—No hablaríais con tanta confianza si hubierais estado antes en los Atajos. —El habitual estruendo de la voz de Loial sonaba ahora amortiguado. Miró la oscuridad como si distinguiera algo en ella—. Yo tampoco había entrado antes, pero he visto otros Ogier que han atravesado una de sus puertas y regresado a la superficie. No hablaríais de este modo si los hubierais visto.

Mat dio un paso a través del acceso y recobró la cadencia normal de sus movimientos. Durante un instante contempló la oscuridad, aparentemente infinita, y luego se aproximó corriendo a ellos, zarandeando su linterna en el extremo del palo, seguido por su caballo, que con sus brincos casi lo envió al suelo. Los demás cruzaron uno a uno; Perrin, Egwene y Nynaeve se detuvieron asimismo enmudecidos por la sorpresa antes de apresurarse a reunirse con el resto. Cada candil contribuía a agrandar la mancha de luz, pero ésta nunca llegaba a adquirir su intensidad normal. Era como si las tinieblas se tornaran más densas cuanta más claridad había, espesándose como si forcejearan contra lo que pretendía menguar su alcance.

Aquélla era una línea de razonamiento que Rand no deseaba seguir aplicando. Ya era bastante horrible encontrarse allí sin que atribuyera voluntad propia a la oscuridad. No obstante, cada uno de ellos parecía sentir la misma opresión. Mat no realizó ningún comentario sarcástico y la expresión de Egwene delataba una angustiante aprensión. Todos observaban en silencio la puerta, aquella última apertura que conectaba con el mundo que ellos conocían.

Por fin sólo quedó Moraine en la bodega, ahora mortecinamente alumbrada por la linterna que había tomado. La Aes Sedai continuaba moviéndose como en un sueño. Su mano se crispó al encontrar la hoja de *Avendesora,* que, como percibió Rand, estaba ubicada en un nivel más bajo en los relieves de esa cara, justo en el punto donde ella la había situado en la otra. Tras desprenderla de la piedra, volvió a colocarla en su posición original. Rand se preguntó de pronto si la hoja del otro lado habría cambiado también de lugar.

La Aes Sadai entró, conduciendo a *Aldieb,* mientras las pétreas hojas, lenta, muy lentamente, empezaron a cerrarse tras ella. Caminó hacia ellos; el resplandor de su candil abandonó las puertas antes de que éstas se hubieran cerrado por completo y la menguada imagen de la bodega se tiñó de negro. Con la reducida luz de sus linternas, la oscuridad se adueñó de su entorno.

De improviso tuvieron la impresión de que los candiles eran la única luz que restaba en el mundo. Rand cayó en la cuenta de que se encontraba pegado a Perrin y Egwene. Egwene le dirigió una mirada desencajada y se apretó más a su cuerpo, pese a lo cual Perrin no se apartó para dejarles más espacio. Había algo reconfortante en el hecho de notar el contacto de un ser humano cuando todo el orbe acababa de ser devorado por las tinieblas. Las propias monturas parecían acusar el mismo ahogo, el cual los impulsaba a arracimarse entre ellos.

Con semblantes impasibles, Moraine y Lan montaron a caballo y la Aes Sedai se inclinó hacia adelante, dejando reposar los brazos en su vara labrada, más allá de la elevada perilla de su silla.

—Debemos emprender camino, Loial.

—Sí. Sí, Aes Sedai —contestó el Ogier, sobresaltado, asintiendo vigorosamente—, tenéis razón. No debemos permanecer aquí ni un minuto más de lo necesario.

Cuando señaló una amplia franja blanca trazada bajo sus pies, Rand se apartó de ella con celeridad y lo mismo hicieron todos los jóvenes de Campo de Emond. Rand pensó que el suelo debió de haber sido liso en un tiempo, pero ahora su superficie estaba mellada, como si la piedra estuviese picada de viruela. La pálida línea se hallaba interrumpida en varios sitios.

—Esto conduce de la puerta a la primera guía. Desde allí...

Loial miró con ansiedad en derredor y luego saltó sobre el caballo sin el menor asomo de la resistencia que había mostrado antes. Su caballería llevaba la silla de mayores dimensiones que le había sido posible encontrar al mozo de cuadra de la posada, pero, con todo, Loial la llenaba desde la perilla hasta el arzón trasero. Sus pies colgaban a ambos lados, casi a la altura de las rodillas del animal.

—Ni un minuto más de lo necesario —volvió a decir.

Los demás montaron a desgana. Moraine y Lan cabalgaban a ambos lados del Ogier, siguiendo la línea blanca en medio de la lobreguez. Todos se apiñaban lo más cerca posible de ellos, agitando las linternas sobre sus cabezas. Aquellos candiles, que hubieran bastado para iluminar toda una casa, no alumbraban más allá de diez pies de distancia. La oscuridad contenía sus rayos como si éstos hubieran topado con un muro. Con el crujido de las sillas y el tintineo de las herraduras sobre la piedra parecían avanzar únicamente en los confines de la claridad.

Rand aferraba la espada con afán, sabedor de que no había nada allí contra lo que pudiera esgrimirla para defenderse; no creía que hubiese un lugar que albergara algo allí adentro. La burbuja de luz que los circundaba habría podido ser asimismo una cueva rodeada de piedra por todos los costados, sin salida. A juzgar por los cambios producidos en su entorno, habría dado igual que los caballos caminaran sobre una rueda de molino. Atenazaba la empuñadura como si la presión de su mano fuera capaz de disminuir el peso de la losa que abatía su ánimo. El contacto de la espada le trajo el recuerdo de las enseñanzas de Tam. Durante un rato logró retener la placidez del vacío. Pero la opresión regresaba siempre, sofocando el vacío hasta convertirlo en una caverna en su mente, y debía comenzar de nuevo, tocando el arma de Tam para hacer memoria.

Fue un alivio advertir una modificación en la monotonía, aun cuando sólo fuera una elevada losa erecta que surgió entre las sombras ante ellos, en cuya base desembocaba la línea blanca. Su ancha superficie tenía incrustadas sinuosas curvas de metal, delicados trazados que a Rand le recordaron vagamente un follaje con lianas. Tanto la piedra como el metal estaban marcados con descoloridas picaduras.

—La guía —informó Loial, que se ladeó para observar ceñudo las incrustaciones metálicas.

—Escritura Ogier —dictaminó Moraine—, pero tan mellada que apenas logro distinguir su significado.

—Yo tampoco —admitió Loial—, pero he comprendido lo suficiente. Debemos proseguir por allí. —Hizo girar su cabalgadura.

En las lindes de su campo visual aparecieron una especie de puentes esculpidos en la roca que se arqueaban hacia la oscuridad y pasarelas de suave pendiente, sin ninguna clase de pasamanos, que subían y bajaban. Entre los puentes y las rampas, sin embargo, se extendía una balaustrada que llegaba a la altura del pecho, indicando el peligro que constituía una caída allí. Los balaústres eran de piedra blanca, con formas recurvadas que se entrelazan en complejas urdimbres. Rand creyó advertir algo familiar en aquel conjunto, pero sabía que aquello no era más que una treta de su imaginación, que anhelaba hallar algo conocido en un contexto donde todo le resultaba extraño.

Loial se detuvo al pie de uno de los puentes para leer la única línea grabada en la estrecha columna que allí se alzaba. Moviendo afirmativamente la cabeza, se encaminó hacia el puente.

—Éste es el primer puente de nuestra senda —anunció sin girarse.

Rand abrigaba sus dudas sobre la firmeza de aquel arco. Los cascos de los caballos rechinaban sobre él, como si arrancaran capas de piedra a cada paso. La superficie que alcanzaba a ver estaba cubierta de agujeros, algunos del perímetro de un alfiler, otros poco profundos, o pequeñas y rugosas bocas de cráter un paso más allá, como si hubiera padecido una lluvia de ácido o la roca estuviera pudriéndose. La barandilla también presentaba hendiduras y oquedades y en algunos trechos se habían desmoronado tramos de un espán de ancho. Por lo que él sabía, cabía la posibilidad de que el puente se asentase sobre la peña, prolongada hasta el centro de la tierra, pero sus apreciaciones sólo le dejaron margen para desear que resistiera lo suficiente hasta que ellos hubieran llegado al otro extremo. «Sea lo que sea lo que nos aguarde allí.»

Al fin el puente terminó, en un lugar que no difería del del otro lado. Rand únicamente acertaba a percibir lo que tocaba la exigua claridad de sus linternas, pero tenía la sensación de que se encontraban en un amplio espacio, como en un meseta, de cuyo perímetro partían puentes y pasarelas. Una isla, lo denominó Loial. Había una nueva guía con inscripciones, que Rand situó en el centro de la isla, sin posibilidad de averiguar si se hallaba en lo cierto o no. Loial leyó la escritura y luego ascendió por una de las pasarelas, que remontaba incesantemente el vacío en su trazado curvilíneo.

Tras una interminable subida, pronunciadamente curvada, la rampa desembocó en una nueva isla, similar a la de partida. Rand trató de imaginar la órbita que acababan de hollar y hubo de desistir. «No es posible que esta isla se encuentre justo encima de la otra. No es posible.»

Loial consultó una nueva losa, garabateada con escritura Ogier, encontró otra columna indicativa y los llevó de nuevo hacia un puente. Tan sólo el grado de deterioro de las guías aportaba alguna distinción entre las islas. Rand perdió la noción del tiempo; ni siquiera estaba seguro del número de puentes que habían cruzado ni de cuántas rampas habían recorrido. El Guardián, no obstante, debía de disponer de un mecanismo mental para computar el tiempo, puesto que, cuando Rand comenzó a experimentar los primeros síntomas de hambre, Lan anunció tranquilamente que era mediodía y desmontó para distribuir pan, queso y carne seca que sacó de uno de los cestos de la bestia de carga, a la que por entonces se encargaba de guiar Perrin. Se encontraban en una isla, y Loial estaba descifrando trabajosamente las instrucciones de la guía.

Mat se disponía a saltar del caballo, pero Moraine lo disuadió.

—El tiempo es demasiado valioso en los Atajos y no hay que desperdiciarlo. Para nosotros aún posee más valor. Pararemos cuando llegue la hora de dormir. —La Aes Sedai ya se encontraba a lomos de *Mandarb*.

El apetito de Rand se mitigó ante la perspectiva de tener que dormir en los Atajos. Allí reinaba una noche eterna, pero no la idónea para conciliar el sueño. Sin embargo, comió mientras cabalgaba, al igual que todos los demás. Era complicado hacerlo, con las manos ocupadas por el mango de la linterna y las riendas, pero, a pesar de su pretendida desgana, al terminar lamió las últimas migas de pan prendidas a sus manos, deseoso de disponer de más. Incluso llegó a pensar que los Atajos no eran tan horribles, al menos no tanto como decía Loial. Ciertamente desprendían el mismo agobio que precede a la descarga de una tormenta, pero en una constante monotonía, en la que nada sucedía. Los Atajos eran casi tediosos.

Entonces el silencio se vio quebrado por un gruñido de estupefacción de Loial. Rand se irguió sobre los estribos para atisbar delante del Ogier y lo que vio le secó la boca. Se hallaban en el medio de un puente y, únicamente a unos centímetros de Loial, el piso finalizaba, suspendido en el vacío.

45

El acecho tras las sombras

L a luz de los candiles se extendía hasta tocar el otro lado, que despuntaba de las tinieblas como la irregular dentadura de un gigante. La cabalgadura de Loial piafó con nerviosismo y se desprendió una piedra que cayó al negro cauce muerto. Si produjo algún sonido al chocar contra el fondo, Rand no alcanzó a oírlo.

Dirigió a *Rojo* hacia el boquete. Hasta donde llegaba la luz de su linterna, que hundió en toda la longitud del palo al que iba sujeta, no había nada. Una masa tan negra como la que les servía de dosel, que se escudaba ante la claridad. Si había un límite en aquella hondura, podía encontrarse a mil metros de altura. O no existir. Sin embargo, en el otro extremo percibía la base que sostenía el puente. Nada. Menos de un espán de grosor sólido, sin nada por debajo.

De pronto la roca situada bajo sus pies se le antojó fina como el papel y la infinita boca los atrajo hacia sí. El candil y la vara parecieron de improviso lo bastante pesados como para arrancarlo de la silla. Invadido por el vértigo, hizo retroceder al bayo del abismo con tanta cautela como se había aproximado.

—¿Para esto nos habéis traído aquí, Aes Sedai? —espetó Nynaeve—. ¿Todo esto para encontrarnos que debemos regresar a Caemlyn?

—No hemos de regresar —replicó Moraine—. No hasta Caemlyn. Hay muchas sendas en los Atajos que conducen a determinados lugares. Sólo hemos de retroceder hasta que Loial halle otro sendero que nos lleve a Fal Dara. Loial... ¡Loial!

El Ogier desprendió con visible esfuerzo la mirada de la sima.

—¿Qué? Oh. Sí, Aes Sedai. Puedo encontrar otro sendero. Debería. —Sus ojos volvieron a posarse en el insondable pozo y sus orejas se agitaron—. No sospechaba que la decadencia fuera tan patente. Si hasta los puentes se rompen, es posible que no encuentre el camino deseado, ni que halle una senda de regreso. Quizá los puentes estén desmoronándose tras nosotros.

—Debe de haber un camino —opinó Perrin con voz inexpresiva. Sus ojos parecían retener la luz, despedir destellos amarillos. «Un lobo acorralado —pensó Rand, estupefacto—. Eso es lo que parece.»

—Será lo que la Rueda teja —se resignó Moraine—, pero no creo que la decadencia sea tanta como temes. Mira la piedra, Loial. Incluso yo soy capaz de determinar que se quebró hace mucho tiempo.

—Sí —convino Loial—. Sí, Aes Sedai, es cierto. Aquí no hay lluvia ni viento, pero esa piedra ha estado colgando en el aire durante diez años como mínimo. —Asintió con una sonrisa de alivio, tan contento con el descubrimiento que por un momento pareció olvidar sus temores—. Podría encontrar otras sendas con más facilidad que la de Mafal Dadaranell. ¿Tar Valon, por ejemplo? O el *stedding* Shangtai. Sólo quedan tres puentes hasta el *stedding* Shangtai desde la última isla. Supongo que los mayores querrán hablar conmigo a estas alturas.

—Fal Dara, Loial —afirmó Moraine con convicción—. El Ojo del Mundo está más allá de Fal Dara y hemos de ir al Ojo.

—Fal Dara —acordó, reacio, el Ogier.

De regreso a la isla Loial estudió con detenimiento la losa, inclinando las cejas mientras murmuraba para sus adentros. A poco, hablaba para sí, pues adoptó el idioma de los Ogier. Aquella lengua llena de modulaciones sonaba como un gutural piar de pájaros. Rand consideró curioso que unos seres tan grandes utilizaran un lenguaje tan musical.

Al fin el Ogier asintió. Mientras los conducía al puente elegido, se volvió para lanzar una melancólica ojeada al poste indicativo de otro.

—Tres desvíos hasta *stedding* Shangtai —suspiró.

No obstante, pasó ante ellos sin detenerse y giró en el tercer puente. Miró con pesadumbre hacia atrás, a pesar de que la senda que conducía a su hogar se hallaba ya sumida en tinieblas.

—Cuando esto haya acabado, Loial —propuso Rand, que había situado su caballo a la altura del Ogier—, me enseñarás tu *stedding* y yo te mostraré Campo de Emond. Sin tomar los Atajos, ¿eh? Iremos a caballo o a pie, aunque tengamos que viajar todo un verano.

—¿Crees que esto va a tocar a su fin algún día, Rand?

—Dijiste que tardaríamos dos días en llegar a Fal Dara —arguyó Rand, con expresión preocupada.

—No me refiero a los Atajos, sino al resto. —Loial echó una ojeada a la Aes Sedai por encima del hombro; ella hablaba con Lan—. ¿Qué te hace pensar que terminará alguna vez?

Los arcos y pasarelas ascendían y descendían. En ocasiones, de las guías partían unas líneas blancas iguales que la que habían seguido desde la puerta de Caemlyn que se desvanecían en la oscuridad. Rand advirtió que no era el único que observaba aquellos trazos con curiosidad y ciertas dosis de añoranza. Nynaeve, Perrin, Mat e incluso Egwene las dejaban atrás a su pesar. En el otro extremo de cada una de ellas había una salida hacia el mundo, en donde brillaba el sol y soplaba el viento. Incluso habrían dado la bienvenida a sus ráfagas. Pero, bajo la infalible vigilancia de Moraine, las dejaban atrás. Rand, empero, era el único que osaba mirar atrás después de que las tinieblas hubieran devorado a un tiempo la isla, la guía y la línea.

Rand bostezaba ya cuando Moraine anunció que se detendrían para pasar la noche en una de las islas. Mat miró la negrura circundante y exhaló una risita, pero desmontó con igual celeridad que los demás. Lan y los muchachos desensillaron y trabaron los caballos mientras Nynaeve y Egwene encendían un pequeño fogón de aceite para preparar té. El fogoncillo, semejante a la base de una linterna, era lo que, según Lan, utilizaban los Guardianes en la Llaga, donde entrañaba peligro encender leña. El Guardián sacó unos trípodes de uno de los cestos, sobre los que dispusieron los candiles formando un círculo en torno al campamento.

Loial examinó la guía un momento; luego se sentó con las piernas cruzadas y frotó con una mano la polvorienta y picada piedra.

—Antaño crecían plantas en las islas —rememoró con tristeza—. Todos los libros lo mencionan. Había un verde tapiz sobre el que dormir, tan blando como un colchón de plumas, y árboles frutales para combinar la comida que uno llevaba con una manzana, una pera o una naranja, dulce, crujiente y jugosa, cualquiera que fuese la estación reinante en el exterior.

—No hay caza —gruñó Perrin, que se mostró casi instantáneamente sorprendido de lo dicho.

Egwene llevó una taza de té a Loial, quien la sostuvo sin beber, y en cambio siguió contemplando el aire, como si pudiera encontrar los frutales en sus profundidades.

—¿No vais a disponer salvaguardas? —preguntó Nynaeve a Moraine—. Sin duda debe de haber peligros peores que las ratas aquí. Aunque no lo haya visto, lo presiento.

La Aes Sedai frotó las yemas de los dedos contra las palmas de las manos con un mohín de repugnancia.

—Percibís la infección, la corrupción del Poder que creó los Atajos. No haré uso del Poder Único en los Atajos a menos que no disponga de alternativa. La contaminación es tanta que lo que intentara llevar a cabo de seguro se vería corrupto.

Aquello los sumió en el silencio. Lan se concentró en masticar metódicamente, como si alimentara un fuego, en el que no eran tan importantes los manjares como la aportación de vigor a su cuerpo. Moraine también comía con dedicación y con tanta delicadeza como si no estuvieran sentados sobre la roca desnuda casi literalmente suspendidos en la nada. Rand, en cambio, se limitó a picotear la comida. La escuálida llama del fogón sólo emanaba el calor suficiente para llevar el agua al punto de ebullición, pero se agazapó junto a él como si pudiera absorber su calidez. Mat y Perrin le rozaban los hombros. Formaron un estrecho círculo en torno a la llama. Mat asía el pan y el queso olvidados en la mano, y Perrin dejó a un lado su plato de hojalata después de tomar unos cuantos bocados. Su humor fue más y más taciturno a medida que transcurrió el tiempo y todos se mantenían cabizbajos, evitando mirar la oscuridad que los rodeaba.

Moraine los escrutó mientras comía. Por último depositó su plato en el suelo y se limpió los labios con una servilleta.

—Estoy en condiciones de daros una noticia agradable: no creo que Thom Merrilin esté muerto.

Rand levantó bruscamente la mirada.

—Pero... el Fado...

—Mat me contó lo ocurrido en Puente Blanco —explicó la Aes Sedai—. Sus habitantes mencionaron a un juglar, pero no dijeron nada de que hubiera fallecido. En mi opinión lo habrían hecho si hubieran asesinado a un juglar. Puente Blanco no es tan grande como para que consideren un don nadie a una persona de su oficio. Y Thom también forma parte del Entramado que se teje en torno a vosotros tres. Una parte demasiado importante, pienso, para ser desgajada.

«¿Demasiado importante? —se admiró Rand—. ¿Cómo podía saber Moraine...?»

—¿Min? ¿Descubrió algo relacionado con Thom?

—Descubrió muchas cosas —repuso con sequedad Moraine—. Acerca de todos vosotros. Me conformaría con comprender la mitad de lo que pronosticó, pero ni a ella misma le es dado hacerlo. Las viejas barreras se vienen abajo. Pero, sea antiguo o nuevo el saber utilizado por Min, ella percibe la verdad. Vuestros destinos van unidos. Y de él participa Thom Merrilin.

Nynaeve soltó un desdeñoso bufido y se sirvió otra taza de té.

—No entiendo cómo vio algo relacionado con nosotros —señaló Mat, sonriente—. Se pasó casi todo el tiempo mirando a Rand.

—¡Oh! —Egwene enarcó una ceja—. No me habíais dicho nada respecto a eso, Moraine Sedai.

Rand lanzó un ojeada a la muchacha. Ella no lo miraba, pero su tono había sonado excesivamente neutral.

—Hablé con ella una vez —dijo—. Se viste como un chico y lleva el pelo tan corto como yo.

—Hablaste con ella. Una vez. —Egwene asintió lentamente y se llevó la taza a los labios, sin mirarlo.

—Min sólo era alguien que trabajaba en la posada de Baerlon —intervino Perrin— . No como Aram.

A Egwene se le atragantó el té.

—Está demasiado caliente —murmuró.

—¿Quién es Aram? —inquirió Rand. Perrin sonrió, de manera muy parecida a como lo hacía Mat en los viejos tiempos, cuando se disponía a realizar alguna travesura, y ocultó el rostro detrás de la taza.

—Un miembro del Pueblo Errante —dijo Egwene sin darle importancia pero había empezado a sonrojarse.

—Un miembro del Pueblo Errante —respondió simplemente Perrin—. Baila. Como un pájaro. ¿No fue eso lo que dijiste, Egwene? ¿Que era como volar con un pájaro?

—No sé si los demás estáis cansados, pero yo me voy a dormir —anunció Egwene, dejando deliberadamente la taza en el suelo.

Mientras se enrollaba en las mantas, Perrin dio un codazo a Rand y le guiñó un ojo. Rand le sonrió. «Que me aspen si por esta vez no he salido ganando. Ojalá conociera a las mujeres tan bien como Perrin.»

—Tal vez, Rand —apuntó con astucia Mat—, debieras hablarle a Egwene de Elsa, la hija del granjero Grinwell. —Egwene irguió la cabeza para mirar primero a Mat y luego a Rand.

Éste se apresuró a ponerse en pie y recoger sus propias mantas.

—No me parece mala idea acostarse.

Todos los jóvenes de Campo de Emond se acostaron, entonces, y también Loial. Moraine permaneció sentada, sorbiendo el té. Y Lan. El Guardián no parecía tener intención de dormir, ni demostraba tampoco ningún síntoma de fatiga.

Aun echados, nadie quería apartarse de los demás. Formaron un estrecho cerco de bultos envueltos en mantas en torno al fogón, sin mediar distancia entre ellos.

—Rand —musitó Mat—. ¿Hubo algo entre tú y Min? Yo apenas la miré. Era muy guapa, pero debe de tener casi la edad de Nynaeve.

—¿Y qué pasó con Elsa? —agregó Perrin desde el otro lado—. ¿Es guapa?

—Rayos y truenos —murmuró—, ¿es que no podré ni hablar con una chica? Los dos sois tan malpensados como Egwene.

—Como diría la Zahorí —lo reprendió burlonamente Mat—, has de vigilar lo que dices. Bueno, si no quieres hablar de ello, voy a dormir un poco.

—Bien —gruñó Rand—. Es la primera cosa decente que has dicho en mucho tiempo.

No obstante, el sueño tardó en venir. En cualquier postura que adoptara, Rand notaba la dureza de la piedra y los minúsculos agujeros que la horadaban. No había forma de imaginar que se encontraba en otro sitio que no fueran los Atajos, creados por hombres que habían desmembrado el mundo, contaminados con la influencia del Oscuro. No cesaba de rememorar la imagen del puente quebrado y el vacío que se abría debajo de él.

Al volverse de costado vio que Mat lo miraba; en realidad sus ojos enfocaban a un punto más lejano, atravesándolo. Las chanzas habían caído en el olvido con el retorno de la conciencia de la oscuridad que los cercaba. Se giró hacia el otro lado, y Perrin también tenía los ojos abiertos. Su semblante reflejaba menos temor que el de Mat, pero tenía las manos sobre el pecho y entrecruzaba los pulgares con actitud preocupada.

Moraine recorrió el círculo que formaban, se arrodilló junto a cada una de sus cabezas y se inclinó para hablarles en voz baja. Rand no alcanzó a oír lo que le dijo a Perrin, pero éste dejó de mover los dedos. Cuando se encorvó al lado de Rand, con el rostro casi pegado al suyo, dijo, con voz tranquilizadora:

—Incluso aquí, tu destino te protege. Ni siquiera el Oscuro es capaz de modificar por completo el Entramado. Te encuentras a salvo de él, mientras yo esté cerca. Tus sueños están a buen recaudo. Por un tiempo, todavía, están a buen recaudo.

Cuando se aproximaba a Mat, se extrañó de que ella lo considerara tan simple, que él creyera estar a salvo sólo porque ella lo decía. Con todo, de algún modo se sentía a resguardo..., un poco más que antes, al menos. Cavilando sobre ello, concilió un sueño en que no lo visitaron las pesadillas.

Cuando Lan los despertó, Rand se preguntó si éste había dormido; no parecía estar cansado, ni siquiera como quienes habían yacido durante horas sobre la dura roca. Moraine les concedió un rato para preparar té, pero sólo una taza por persona. Tomaron el desayuno a caballo, siguiendo la guía de Loial y el Guardián. Era la misma comida que las anteriores: pan, queso y carne. Rand pensó que no tardarían mucho en aborrecer tales alimentos.

Aún no había dado cuenta de las últimas migajas cuando Lan declaró con voz imperturbable:

—Alguien nos está siguiendo. O algo. —Se hallaban en medio de un puente, cuyos extremos no distinguían.

Mat cargó una flecha en el arco y, antes de que nadie pudiera detenerlo, la disparó en las tinieblas reinantes a sus espaldas.

—Sabía que no debía haber hecho esto —murmuró Loial—. No debí tener tratos con una Aes Sedai fuera del *stedding*.

Lan bajó el arco antes de que Mat aprestara un nuevo proyectil.

—No hagas eso, necio pueblerino. No hay modo de determinar quién es.

—Éste es el único lugar donde se encuentran a sus anchas —continuó hablando el Ogier.

—¿Qué podría haber en un sitio como éste que no fuera maligno? —arguyó Mat.

—Eso es lo que dicen los mayores y debí haberles prestado atención.

—Nosotros estamos aquí, por ejemplo —contestó con sequedad el Guardián.

—Quizá sea otro viajero —observó, esperanzada, Egwene—. Un Ogier, quizá.

—Los Ogier son más sensatos y no utilizan los Atajos —gruñó Loial—. Todos menos Loial, que es un mentecato. El abuelo Halan siempre lo decía, y es verdad.

—¿Qué detectas, Lan? —inquirió Moraine—. ¿Es algún servidor del Oscuro?

—No lo sé —repuso, y sacudió lentamente la cabeza, como si aquello le produjera gran asombro—. No puedo afirmarlo. Tal vez se deba a los Atajos y a su contaminación. Todo se tergiversa. Pero, sea quien sea o lo que sea, no está tratando de darnos alcance. Casi nos pisaba los talones en la última isla y ha retrocedido, ha cruzado el puente como para no acercarse demasiado. Si me rezago, sin embargo, puede que lo tome por sorpresa y vea de qué se trata.

—Si os rezagáis, Guardián —manifestó con firmeza Loial—, os pasaréis el resto de vuestros días en los Atajos. Aun cuando leyerais el

Ogier, nunca he tenido noticias de un humano capaz de encontrar el camino desde la primera isla sin la guía de un Ogier. ¿Descifráis el Ogier?

Lan volvió a esbozar una negativa.

—Mientras no nos importune —opinó Moraine—, nosotros no lo importunaremos. No tenemos tiempo. No tenemos tiempo.

—Si recuerdo correctamente la última guía —comentó Loial, cuando ya salían del puente—, desde aquí hay un sendero que lleva a Tar Valon. Debe quedar a media jornada, como mucho. No tanto como nos tomará llegar a Mafal Dadaranell. Estoy seguro de que...

Se interrumpió al alumbrar los candiles la guía. Cerca del extremo superior de la losa, unas líneas profundamente cinceladas, toscas y angulosas, herían la piedra. De improviso, Lan dejó de encubrir su inquietud. Permanecía cómodamente erguido sobre la silla, pero Rand tuvo la súbita impresión de que el Guardián analizaba todo cuanto lo rodeaba, incluso la respiración de los componentes del grupo. Lan comenzó a hacer girar a su semental en torno a la piedra, en círculos que iban ensanchándose, cabalgando como si se aprestara a ser atacado o a atacar.

—Esto explica muchas cosas —dijo suavemente Moraine—, y alimenta mis temores. Debí haberlo sospechado. La infección, la decadencia. Debí haberlo sospechado.

—¿Sospechado qué? —quiso saber Nynaeve.

—¿Qué es? —preguntó al tiempo Loial—. ¿Quién lo ha grabado? Nunca he visto ni oído nada semejante.

—Trollocs —repuso con calma la Aes Sedai, haciendo caso omiso del espanto pintado en sus semblantes—. O Fados. Esto son runas trolloc. Los trollocs han descubierto la manera de entrar en los Atajos. De ese modo debieron de viajar inadvertidos hasta Dos Ríos; a través de la puerta de Manetheren. Hay al menos un acceso a los Atajos en la Llaga.

Lanzó una ojeada a Lan antes de continuar; el Guardián se encontraba lo bastante alejado como para que sólo fuera perceptible el tenue resplandor de su linterna.

—Manetheren fue destruida, pero casi nada es capaz de destruir la puerta de un Atajo —aseguró—. Por medio de ellos, los Fados consiguieron reunir un pequeño ejército en las afueras de Caemlyn sin producir la alarma en todas las naciones que se extienden desde la Llaga hasta Andor. —Hizo una pausa, tocándose los labios en actitud reflexiva—. Pero es posible que no conozcan aún todas las sendas; de lo contrario habrían surgido en el interior de Caemlyn por la puerta que nosotros usamos. Sí.

Rand se estremeció. Caminar por los Atajos para encontrar trollocs acechando en la oscuridad, centenares, tal vez miles, de gigantes deformes con rostros semihumanos dispuestos a saltar entre la lobreguez para matar. O incluso infligirles algún mal peor.

—No circulan fácilmente por los Atajos —anunció Lan.

Su linterna, ubicada a menos de veinte espanes, irradiaba un mortecino y borroso halo que parecía hallarse muy lejos de quienes se encontraban junto a la guía. Moraine los condujo hasta él. Rand habría preferido tener el estómago vacío al advertir el hallazgo del Guardián.

Al pie de uno de los puentes se alzaban las paralizadas formas de unos trollocs, congeladas en medio de la agitación de unos brazos que blandían picudas hachas y cimitarras. Grisáceos y picados como la piedra, los enormes cadáveres estaban medio hundidos en la hinchada y borboteante superficie. Algunas de las burbujas estallaron, revelando más rostros con hocicos, petrificados en un eterno rictus de terror. Rand oyó vomitar a alguien a sus espaldas y tragó saliva para evitar hacerlo a su vez. Aun tratándose de trollocs, aquélla había sido una muerte terrible.

El puente finalizaba a unos metros de los trollocs. La columna indicativa yacía hecha añicos.

Loial bajó cautelosamente del caballo, mirando a los trollocs, como si pudieran recobrar vida. Examinó los restos del pilar, descifró la inscripción metálica que había estado incrustada en la piedra y se apresuró a montar de nuevo.

—Éste era el primer puente del camino que conduce a Tar Valon desde aquí —dictaminó.

Mat se tapaba la boca con el dorso de la mano, con la cabeza vuelta para no mirar los cadáveres. Egwene se ocultaba el rostro entre las manos. Rand se aproximó a ella y le posó una mano en el hombro. La muchacha se giró y se aferró a él, presa de escalofríos. Él también estaba a punto de estremecerse; el abrazo de Egwene era lo único que le impidió hacerlo.

—De todas maneras, todavía no nos dirigimos a Tar Valon —concluyó Moraine.

—¿Cómo podéis tomároslo con tanta calma? —se encaró a ella Nynaeve—. ¡A nosotros podría sucedernos lo mismo!

—Tal vez —admitió con serenidad Moraine; Nynaeve apretó los dientes con tanta violencia que Rand escuchó cómo rechinaban—. Sin embargo, lo más probable —continuó, imperturbable, la Aes Sedai— es que los hombres, los Aes Sedai que crearon los Atajos los protegieran y construyesen trampas destinadas a las criaturas del Oscuro. Es algo que ya debieron temer en aquel tiempo, anterior a la reclusión de los Semihombres y los trollocs en la Llaga. En todo caso, no podemos quedarnos aquí, y en cualquier camino que elijamos, hacia adelante o hacia atrás, es factible encontrar una trampa. Loial, ¿sabes cuál es el siguiente puente?

—Sí; no rompieron esa parte de la guía, gracias a la Luz.

Por primera vez, Loial se mostró aún más ansioso por proseguir que la propia Moraine. Antes de terminar de hablar ya había puesto en marcha su descomunal montura.

Egwene continuó asida a los brazos de Rand mientras cruzaron los dos puentes siguientes. Cuando se desprendió de él susurró una disculpa y emitió una risa forzada; sentía quedar libre, no sólo por la agradable sensación que le producía su abrazo, sino también porque había descubierto que era más fácil comportarse con coraje cuando alguien necesitaba de la protección de uno.

A pesar de no haber concedido gran crédito a la posibilidad de que las trampas hubieran sido dispuestas para ellos y de la falta de tiempo de que siempre hablaba, Moraine los hizo cabalgar con menos premura que antes y detenerse antes de entrar en los puentes o salir de las islas. En tales casos se adelantaba a lomos de *Aldieb*, palpaba el aire con una mano extendida y ni siquiera permitía que Loial o Lan avanzaran antes de que ella expresara su conformidad.

Aun cuando hubiera de confiar en el juicio de la Aes Sedai, Rand no dejaba de escrutar las tinieblas a su alrededor como si realmente acertara a percibir algo situado a más de diez pies de distancia, al tiempo que aguzaba el oído. Si los trollocs podían utilizar los Atajos, fuera lo que fuese lo que los seguía, era probable que se tratase de otra criatura del Oscuro. O más de una. Lan había dicho que no era capaz de precisarlo dentro de los Atajos. No obstante, mientras atravesaban un puente tras otro, comían a mediodía y continuaban cruzando nuevos puentes, todo cuanto acertó a oír fueron los crujidos de las sillas y los cascos de los caballos, y en ocasiones a alguien que tosía o murmuraba para sus adentros. Más tarde también percibió un vendaval distante, procedente de algún punto entre la lobreguez reinante. No alcanzaba a determinar de qué lado soplaba. Primero creyó que era producto de su imaginación, pero a poco adquirió la certeza de que era real.

«Sería estupendo volver a sentir el viento, aunque fuera frío.»

—Loial —inquirió de pronto, pestañeando—, ¿no dijiste que no había viento en los Atajos?

Loial refrenó el caballo a escasos pasos de la siguiente isla y enderezó la cabeza para escuchar. Su rostro fue demudándose y comenzó a morderse los labios.

—*Machin Shin* —musitó con voz ronca—. El Viento Negro. Que la Luz nos ilumine y nos proteja. Es el Viento Negro.

—¿Cuántos puentes quedan? —preguntó bruscamente Moraine—. Loial, ¿cuántos quedan?

—Dos. Me parece que dos.

—Deprisa, entonces —indicó, ganando la isla al trote—. ¡Búscalos rápidamente!

Loial hablaba para sí, o para cualquiera que le prestara oídos, mientras leía la guía.

—Salieron enloquecidos, gritando acerca de *Machin Shin*. ¡La Luz nos asista! Ni esas Aes Sedai lograron curarlos... —Escudriñó con premura la piedra y partió al galope hacia el puente elegido, gritando—: ¡Por aquí!

En aquella ocasión Moraine no se paró a comprobar la seguridad del paso sino que los instó a acelerar la travesía del puente, que tembló bajo los caballos. Loial recorrió con los ojos la siguiente guía y viró sobre su gran cabalgadura como si compitiera en una carrera, sin detenerse. El sonido del viento arreció. Rand lo oía incluso entre el repiqueteo de las herraduras sobre la piedra. Se encontraba tras ellos, a menor distancia.

No se entretuvieron en consultar la guía siguiente. Tan pronto como la luz de las linternas hizo visible la línea blanca que partía de ella, se precipitaron en aquella dirección, con el mismo frenético galope. La isla se desvaneció a sus espaldas y sólo advertían a sus pies la grisácea roca deteriorada y la franja blanquecina. Rand respiraba con tanto afán que ya no estaba seguro de oír el viento.

Las puertas surgieron entre la oscuridad, con su follaje labrado y sus hojas solitarias erectas sobre un fondo negro, como un minúsculo fragmento de pared que se elevara en medio de la noche. Moraine se inclinó sobre la silla y de repente se retrajo.

—¡La hoja de *Avendesora* no está aquí! —exclamó—. ¡Ha desaparecido la llave!

—¡Luz! —gritó Mat—. ¡Condenada Luz!

Loial echó atrás la cabeza y emitió un fúnebre alarido, como un grito de muerte.

Egwene tocó el brazo de Rand. Le temblaban los labios, pero sólo lo miraba a él. Le puso la mano sobre la suya, esperando que no se trasluciera su terror. Sentía el aullido del viento, ubicándolo en la guía. Casi le pareció distinguir voces entremezcladas en él, unas voces que proferían unas vilezas que, aun comprendidas a medias, le atraían la bilis a la garganta.

Moraine alzó su vara y ésta escupió una llamarada de uno de sus extremos. No era la pura y blanca irisación que Rand recordaba haber contemplado en Campo de Emond y en la batalla previa a Shadar Logoth. Ésta estaba veteada de un mortecino tono amarillento y despedía unos flecos negros, similares al hollín, que giraban lentamente. El fuego exhalaba una tenue humareda acre, que hacía toser a Loial y caracolear nerviosas a las monturas, pero Moraine apuntó con su bastón a las puertas. El humo rascaba la garganta de Rand y le producía una quemazón en la nariz.

La piedra se derritió como manteca, se fundió con sus hojas y enrevesados tallos hasta esfumarse. La Aes Sedai desplazaba el fuego con la mayor celeridad posible, pero no era una tarea rápida abrir una brecha lo bastante ancha para darles cabida a todos. A Rand se le antojaba que el boquete se agrandaba a la velocidad de la marcha de un caracol. Su capa se agitó, como rozada por una leve brisa, y su corazón dio un vuelco.

—Lo noto —dijo Mat con voz trémula—. ¡Luz, maldita sea, lo noto!

La llama se apagó y Moraine bajó la vara.

—Ya está —anunció—. Está medio franqueado.

Una estrecha línea partía los relieves de la piedra. Rand creyó percibir luz, o en todo caso penumbra, en la hendidura. Pero, a pesar de la fisura, las dos grandes cuñas pétreas permanecían allí, formando un ángulo al sobresalir de cada una de las hojas. La abertura era lo bastante ancha para que pudieran atravesarla a caballo, si bien Loial debería echarse sobre el lomo del caballo. Una vez que se hubieran desprendido los calzos, habría espacio suficiente. Se preguntó cuánto debía de pesar cada uno de ellos. ¿Quinientos kilos? ¿Más? «Tal vez si desmontamos todos y empujamos, podamos desprender uno antes de que el viento llegue hasta aquí.» Una ráfaga le empujó la capa. Intentó no escuchar lo que gritaban las voces.

Al retroceder Moraine, *Mandarb* se precipitó hacia adelante, directamente hacia las puertas, con Lan encorvado sobre él. En el último instante el caballo de guerra se encogió para presionar la piedra con su lomo, tal como le habían enseñado a derribar a otros caballos en las batallas. La piedra se abatió con gran estruendo y el Guardián y su montura atravesaron, impelidos por su impulso, la humeante irisación de la salida del Atajo. La luz que penetró era el pálido y tenue resplandor de la mañana, pero a Rand le pareció como si un sol de mediodía veraniego le golpeara la cara.

Al otro lado de la puerta Lan y *Mandarb* aminoraron el paso, y adoptaron una movilidad retardada cuando el Guardián volvió grupas para encararse a la entrada. Rand no aguardó. Tras dirigir la cabeza de *Bela* hacia la hendidura, azotó las ancas de la yegua. Egwene, atónita, sólo dispuso de tiempo para volver la cabeza hacia él antes de que *Bela* la sacara de los Atajos.

—¡Todos vosotros, salid! —ordenó Moraine—. ¡Rápido! ¡Salid!

Mientras hablaba, la Aes Sedai apuntó su vara en dirección a la guía y de su punta brotó una especie de líquido claro que se convirtió en una ígnea gelatina, una ardiente lanza de rayas blancas, rojas y amarillas que se adentró en las tinieblas, estallando, centelleando como diamantes desintegrados. El viento aulló atrozmente; era un grito de rabia. Los miles de murmullos contenidos en su aliento rugieron como el trueno, profirieron bramidos de locura en los que las voces agudas reían y formulaban chirriantes promesas que comprimían el estómago de Rand tanto por el placer que contenían como por lo que casi llegaba a entender.

Espoleó a *Rojo*, y se pegó a los otros, que, uno tras otro, se precipitaban hacia el brumoso resplandor. Volvió a recorrerlo la misma gelidez, la peculiar sensación de ser poco a poco introducido boca abajo en un estanque invernal, sintiendo paulatinamente el contacto del agua en su piel. Al igual que la vez anterior, le pareció demorarse así una eternidad, al tiempo que su mente discurría veloz, sin cesar de plantearse la pregunta de si el viento los atraparía mientras las puertas los retenían de ese modo.

El frío se desvaneció de forma tan instantánea como una burbuja que recibiera un pinchazo, y se halló en el exterior. Su cabalgadura, que por una fracción de segundo se movió con doble celeridad que él, tropezó y casi lo arrojó de cabeza. Atenazó los brazos en torno al cuello del caballo bayo, aferrándose a él con el instinto de conservación de la vida. Cuando volvía a recobrar la postura sobre la silla, *Rojo* se estremeció y luego prosiguió al trote hasta reunirse con los demás como si nada hubiera ocurrido.

Hacía frío afuera, no la gelidez de la salida de un Atajo, pero aquélla era la atmósfera natural del invierno que, lentamente, iba dándole la bienvenida en su carne. Se arrebujó en la capa, con los ojos fijos en el opaco brillo de la puerta. Detrás de él Lan se encorvó sobre la silla y asió el puño de la espada; hombre y caballo permanecían tensos, como si estuvieran a punto de abalanzarse de nuevo hacia el Atajo si Moraine no aparecía.

El acceso a los Atajos se levantaba entre un montón de piedras derruidas en la falda de una colina, oculto entre arbustos, con la salvedad de los pedazos caídos que se habían abatido sobre las desnudas y resecas ramas. Junto a las formas esculpidas en los restos de las puertas, la maleza parecía poseer menor vitalidad que la piedra.

De improviso, la lóbrega lámina se hinchó como una extraña y alargada burbuja que se elevara hasta la superficie de un estanque y de ella surgió la espalda de Moraine. Pulgada a pulgada, la Aes Sedai y su oscuro reflejo fueron distanciándose. Todavía asía su bastón frente a ella, que retuvo en la mano al conducir a *Aldieb* tras ella. La blanca yegua se encabritaba con ojos empavorecidos. Moraine fue retrocediendo con la mirada aún prendida en la puerta del Atajo.

La boca se oscureció. La nebulosa irisación se tornó más tenebrosa, pasando del gris a la tonalidad del carbón, para adoptar el más negro tinte distintivo de las profundidades de los Atajos. Como procedente de un lugar remoto, se oyó el aullido del viento, preñado de voces que rezumaban una insaciable sed de seres vivos, un anhelo de sufrimiento, imbuidos de furiosa frustración.

Las voces parecían musitar en los oídos de Rand, justo en el límite de la comprensión y aun más allá. «Es tan agradable la carne, tan agradable de desgarrar, de cortar su piel; piel para arrancar, para fruncir; tan placentero trenzar sus jirones, tanto; tan rojas las gotas que caen; la sangre tan roja, tan roja, tan dulce; tan exquisitos y hermosos los gritos, gritos cantarines, grita tus canciones, entona tus alaridos...»

Los susurros enmudecieron, la negritud mermó, se disipó, y la puerta volvió a ser una trémula penumbra percibida en medio de un arco de piedra labrada.

Rand, estremecido, dejó escapar un largo suspiro. Los otros también emitieron exhalaciones de alivio. Egwene se hallaba pegada a Nynaeve y ambas se rodeaban con sus brazos, apoyándose mutuamente la cabeza en los hombros. Incluso Lan pareció atenuar su rigidez, aun cuando sus duras facciones no dejaran entrever ningún cambio; era más el modo como estaba sentado sobre *Mandarb*, la relajación de sus hombros cuando miró a Moraine, ladeando la cabeza.

—No podía pasar —dijo Moraine—. Creía que no podía atravesar; confiaba en que no pudiera. ¡Uf! —Arrojó su vara al suelo y se frotó la mano en la capa. La mitad del palo estaba cubierta por entero de un negro y tupido tizne—. La infección lo corrompe todo en este lugar.

—¿Qué fue eso? —inquirió Nynaeve—. ¿Qué era?

—Hombre, *Machin Shin*, claro está —respondió, confuso, Loial—. El Viento Negro que roba las almas.

—¿Pero qué es? —insistió Nynaeve—. Incluso a un trolloc, uno puede mirarlo, tocarlo si tiene arrestos suficientes. Pero eso... —Se estremeció convulsivamente.

—Tal vez sea algún vestigio de la Época de Locura —repuso Moraine—. O incluso de la Guerra de la Sombra, la Guerra del Poder. Algo que ha permanecido oculto tanto tiempo en los Atajos que ya no puede salir. Nadie, ni siquiera entre los Ogier, sabe hasta dónde llegan los Atajos ni qué profundidades abarcan. Podría ser algo emanado por los propios Atajos, incluso. Como bien dijo Loial, los Atajos son entes vivos y todo ser vivo tiene parásitos. Acaso sea una criatura creada por la propia corrupción, algo nacido de la decadencia. Algo que odia la vida y la luz.

—¡Basta! —gritó Egwene—. No quiero escuchar nada más. Lo he oído, decía... —Se interrumpió, presa de escalofríos.

—Todavía hemos de enfrentarnos a cosas peores —dijo quedamente Moraine, en voz tan baja que Rand pensó que no era su intención anunciárselo.

La Aes Sedai montó fatigadamente y se arrellanó en la silla con un agradecido suspiro.

—Esto es peligroso —constató al observar las puertas rotas y tras echar un vistazo a su bastón carbonizado—. Ese ser no puede salir, pero a cualquiera le es factible merodear por aquí. Agelmar deberá enviar hombres a que tapien la entrada, una vez que lleguemos a Fal Dara. —Señaló en dirección norte, hacia unas torres que se alzaban en el brumoso horizonte por encima de las desnudas copas de los árboles.

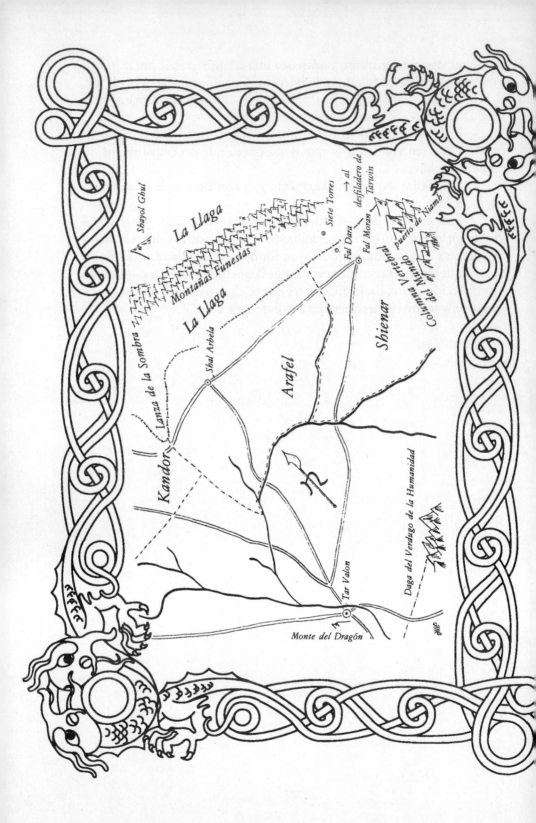

46

FAL DARA

El campo que circundaba las puertas se componía de suaves colinas pobladas de espesura, pero aparte del acceso a los Atajos no se veía ningún resto de la arboleda de los Ogier. Casi todos los árboles eran grisáceos esqueletos que alzaban sus garras al cielo y los escasos ejemplares de hoja perenne se recubrían de un sinnúmero de marchitas agujas muertas. Loial no efectuó ningún comentario aparte de sacudir con tristeza la cabeza.

—Tan desolado como las Tierras Malditas —dictaminó Nynaeve, mientras Egwene, temblando, se tapaba con la capa.

—Al menos nos encontramos fuera —reconoció Perrin.

—¿Fuera dónde? —añadió Mat.

—Shienar —les informó Lan—. Estamos en las Tierras Fronterizas. —Su dura voz contenía una nota que indicaba que se hallaba en casa, o casi.

Rand se abrigó para protegerse del frío. Las Tierras Fronterizas, en las proximidades de la Llaga. El Ojo del Mundo, donde se centraba su objetivo.

—Nos encontramos cerca de Fal Dara —explicó Moraine—. A pocas millas.

Por encima de las copas de los árboles se erguían torres por el norte y el este, destacando su oscuridad en el cielo matinal. Entre las colinas y los bosques, las agujas desaparecían con frecuencia mientras cabalgaban, para avistarse otra vez cuando coronaban algún altozano más elevado.

Rand advirtió árboles hendidos como por la descarga de un rayo.

—El frío —le respondió Lan al inquirir él el motivo—. En ocasiones el invierno es tan riguroso aquí que la savia se hiela y la madera estalla. Hay noches en que uno puede oírlos crujir como hogueras y el aire es tan acerado que se diría que también él fuera a quebrarse. Este invierno pasado se han partido muchos más troncos.

Rand se quedó estupefacto. ¿La madera estallaba? Si aquello se producía durante un invierno habitual, ¿cómo habría sido el de aquel año? A buen seguro, aquello estaba más allá de los límites de su imaginación.

—¿Quién habla del pasado invierno? —ironizó Mat con un castañeo de dientes.

—Pues ésta es una agradable primavera, pastor —contestó Lan—. Una agradable primavera en que hay que dar las gracias por conservar la vida. Pero, si quieres calor, espera a que lleguemos a la Llaga y lo tendrás.

—Rayos y truenos —murmuró Mat—. ¡Rayos y truenos! —A pesar de que apenas entendiera el susurro, Rand notó su desazón.

Comenzaron a cruzar granjas, pero, si bien a aquella hora debía de estar preparándose la comida del mediodía, no brotaba ningún humo de las altas chimeneas de piedra. Los campos estaban desiertos, sin hombres ni ganado, aunque de vez en cuando se advertía un carro o un arado abandonado, como si su propietario tuviera intención de regresar de un momento a otro.

En una alquería cercana al camino una solitaria gallina escarbaba en el patio. La puerta de uno de los corrales oscilaba al compás del viento; la otra tenía rota la bisagra inferior y pendía a la deriva. La gran casa, extraña a los ojos de los oriundos de Dos Ríos, con su abrupto tejado de gruesas tablillas de madera que se inclinaba casi hasta el suelo, estaba silenciosa e inmóvil. Ningún perro surgió de ella para ladrarles. En medio del patio había una guadaña; junto al pozo los cubos se amontonaban boca abajo.

Moraine observó ceñuda la granja al pasar. Luego tensó las riendas de *Aldieb* y la blanca yegua aligeró el paso.

Los jóvenes de Campo de Emond formaban un grupo compacto con Loial a cierta distancia de la Aes Sedai y el Guardián.

Rand sacudió la cabeza. No lograba hacerse a la idea de que algún día hubieran crecido pastos allí, aunque debía reconocer que tampoco había imaginado que pudiera existir algo como los Atajos. Ni siquiera ahora que los habían dejado atrás era capaz de reconocerlos como algo real.

—Me parece que ella no se esperaba esto —comentó Nynaeve con un gesto que abarcaba todas las granjas abandonadas que habían visto.

—¿Adónde habrán ido? —se preguntó Egwene—. ¿Por qué? No creo que haya transcurrido mucho tiempo desde su partida.

—¿Y qué te hace pensarlo? —inquirió Mat—. Por el aspecto de la puerta de ese establo, podrían haber estado ausentes durante todo el invierno. —Nynaeve y Egwene lo miraron como si fuera corto de entendederas.

—Las cortinas de las ventanas —repuso con paciencia Egwene— parecen demasiado finas para ser las de invierno. Con el frío que hace aquí, ninguna mujer las hubiera colgado hasta hace una o dos semanas, o menos. —La Zahorí asintió con la cabeza.

—Cortinas —repitió riendo Perrin. Inmediatamente retiró la sonrisa de sus labios al sentir la airada mirada de las dos mujeres—. Oh, estoy de acuerdo con vosotras. Aquella guadaña no estaba lo bastante oxidada como para haber pasado más de una semana a la intemperie. Habrías debido fijarte en ello Mat. Aunque no repararas en las cortinas.

Rand miró de soslayo a Perrin, tratando de no observarlo abiertamente. Él tenía la vista más aguzada que Perrin —o había tenido, cuando solían cazar conejos juntos—, pero él no había podido advertir la herrumbre de la guadaña desde aquella distancia.

—Tanto me da adónde hayan ido —gruñó Mat—. Lo único que deseo es encontrar pronto un lugar caldeado por un fuego. Sin tardanza.

—Pero ¿por qué se marcharon? —musitó Rand para sí.

La Llaga no se hallaba lejos de aquellos parajes. La Llaga, donde estaban todos los Fados y trollocs, exceptuando los que habían partido hacia Andor en pos de ellos. La Llaga, el lugar adonde se dirigían.

—Nynaeve —apuntó, elevando la voz—, quizá tú y Egwene no debáis acompañarnos hasta el Ojo. —Las dos jóvenes centraron la mirada en él, con cara de opinar que decía sandeces, pero la proximidad de la Llaga bien valía la pena un último intento de disuadirlas—. Tal vez baste con que estéis cerca. Moraine no especificó que vosotras debierais ir. Ni tampoco tú, Loial. Podríais quedaros en Fal Dara hasta que regresemos, o emprender camino hacia Tar Valon. A lo mejor encontráis una caravana de mercaderes y apuesto a que Moraine estaría incluso dispuesta a alquilar un carruaje. Nos encontraremos en Tar Valon cuando todo haya terminado.

—*Ta'veren*. —El estentóreo suspiro de Loial fue como un trueno que bramara en el horizonte—. Las vidas circulan con un magnetismo a tu alrededor, Rand al'Thor, en torno a ti y a tus amigos. Tu destino determina el nuestro. —El Ogier se encogió de hombros y de pronto una amplia sonrisa iluminó su rostro—. Además, será algo digno del esfuerzo, conocer al Hombre Verde. El abuelo Halan siempre relata su encuentro con el Hombre Verde, y lo mismo hace mi padre y la mayoría de los mayores.

—¿Tantos? —se extrañó Perrin—. Las historias dicen que es difícil localizar al Hombre Verde y que nadie puede encontrarlo dos veces.

—No, dos veces no —acordó Loial—. Pero yo no lo he visto nunca ni vosotros tampoco. Según parece, no evita tanto a los Ogier como a los humanos. Posee unos amplísimos conocimientos sobre los árboles e incluso conoce las canciones dedicadas a ellos.

—Lo que yo quería decir es que... —Rand trató de retomar el hilo de su discurso.

—Ella dice que Egwene y yo también formamos parte del Entramado —lo atajó Nynaeve—. Y que nuestros hilos están trenzados con los vuestros. Si hay que concederle crédito, en la manera como se entreteje el Entramado hay algo capaz de contener al Oscuro. Y me temo que yo creo en esa posibilidad; demasiadas cosas han sucedido como para no hacerlo. Pero si Egwene y yo nos quedamos al margen, ¿qué modificaríamos en el Entramado?

—Yo sólo intentaba...

—Sé muy bien lo que intentabas hacer —volvió a interrumpirlo tajantemente Nynaeve, que lo miró fijo hasta hacerlo sentir incómodo y sólo entonces suavizó su expresión—. Sé lo que intentabas hacer, Rand. No tengo ningún aprecio por las Aes Sedai y por ésta menos que por ninguna, me parece. Y, aunque no tengo ninguna predilección por la Llaga, a quien más aborrezco es al Padre de las Mentiras. Si vosotros, los muchachos..., los hombres, sois capaces de obrar según es vuestro deber cuando preferiríais hacer cualquier otra cosa menos ésta, ¿por qué crees que yo o Egwene vamos a sacrificarnos menos? —No parecía esperar una respuesta. Recogió las riendas y miró con semblante adusto a la Aes Sedai, situada más adelante—. Me pregunto si llegaremos pronto a ese Fal Dara o si pretende que pasemos la noche por estos yermos.

—Nos ha llamado hombres —se maravilló Mat, mientras la Zahorí se acercaba al trote a Moraine—. Parece que fue ayer cuando nos decía que éramos unos irresponsables y ahora nos considera unos hombres.

—Tú todavía deberías estar pegado a las faldas de tu madre —lo desengañó Egwene.

Rand, sin embargo, percibió un desapasionamiento en la voz de la muchacha. Ésta aproximó a *Bela* a su caballo bayo y bajó la voz de manera que los demás no pudieran oírla, lo cual intentó en vano Mat.

—Solamente bailé con Aram, Rand —dijo en voz baja, rehuyéndole la mirada—. ¿No me guardarás rencor por haber bailado con alguien a quien no volveré a ver, verdad?

—No —repuso. «¿Qué la habrá inducido a sacar eso a colación en este momento?»—. Por supuesto que no.

De repente recordó lo que le había dicho Min en Baerlon, algo que se le antojó haber escuchado hacía siglos. «Ella no es para ti ni tú para ella. No de la manera que ambos desearíais.»

La ciudad de Fal Dara estaba construida sobre unas colinas que se elevaban por encima del terreno circundante. No era ni la mitad de grande que Caemlyn, pero la muralla que la rodeaba era tan alta como la de la capital de Andor. A una milla a la redonda de aquella fortaleza no crecía ninguna planta que sobrepasara la altura de la hierba, la cual presentaba clara evidencia de haber sido segada. Nada podía arrimarse a ella sin ser advertido desde las imponentes torres coronadas por vallas de madera. Mientras que las murallas de Caemlyn poseían una belleza en su trazado, quienes habían alzado el muro que protegía a Fal Dara no habían tenido en cuenta la hermosura de su aspecto. La piedra gris era sombríamente implacable, en su proclama de que su existencia tenía una única finalidad: mantenerse en pie. Los pendones que remataban los torreones restallaban azotados por el viento, dando la impresión de que el Halcón Negro de Shienar sobrevolaba todo el perímetro de las paredes que guardaban Fal Dara.

Lan se bajó la capucha de la capa y, a pesar del frío, indicó a los demás que siguieran su ejemplo. Moraine ya se había descubierto la cabeza.

—Es una norma en Shienar —explicó el Guardián—. En todas las Tierras Fronterizas. A nadie le es permitido velarse el rostro dentro de las murallas de una ciudad.

—¿Son todos de aspecto tan agraciado? — bromeó Mat.

—Un Semihombre no puede ocultar su identidad con la cara visible —replicó con voz inexpresiva el Guardián.

Rand dejó de sonreír y Mat se apresuró a bajarse la capucha.

Las altas puertas reforzadas con hierro negro permanecían abiertas, pero junto a ellas montaba guardia una docena de hombres vestidos con armaduras y sobrevestes amarillas estampadas con el Halcón Negro. Unas largas espadas despuntaban por encima de sus hombros y de sus cinturas pendían espadas de hoja ancha, mazas o hachas. Sus caballos, amarrados cerca de ellos, tenían un aspecto grotesco a causa de las bardas de acero que resguardaban sus pechos, cuellos y cabezas, con lanzas apoyadas en los estribos, dispuestos a partir al galope en cualquier momento. Los guardias no hicieron ningún ademán para detener a Lan ni a Moraine y sus acompañantes, sino que agitaron las manos en un alegre saludo.

—¡Dai Shan! —gritó uno, blandiendo al aire sus puños revestidos de guanteletes metálicos mientras ellos pasaban a su lado—. ¡Dai Shan!

—¡Gloria a los constructores! —exclamaron otros—. *¡Kiserai ti Wansbo!* —Loial pareció sorprendido; después su rostro se iluminó con una amplia sonrisa e hizo ondear una mano hacia los militares.

Un hombre cabalgó arrimado a la montura de Lan durante un trecho, con una asombrosa agilidad de movimiento pese a la pesada armadura que llevaba.

—¿Volverá a alzar el vuelo la Grulla Dorada, Dai Shan?

—Paz, Ragan —fue todo cuanto replicó el Guardián, que devolvió los saludos de los guardias, pero con un semblante aún más sombrío de lo habitual.

Mientras atravesaban las calles pavimentadas de piedra, abarrotadas de personas y carros, Rand sintió una creciente preocupación. Fal Dara estaba llena a rebosar, pero la gente no se asemejaba a la afanosa multitud de Caemlyn, que disfrutaba de la magnificencia de la ciudad incluso cuando reñía, ni al espeso gentío de Baerlon. Arracimados cara a cara, aquella gente observaba la comitiva que ellos componían con ojos plomizos y rostros desprovistos de emoción. Todas las callejuelas y la mitad de las calles estaban atestadas de carros y carromatos, sobre los que se apilaban objetos de cocina y muebles tan repletos que la ropa asomaba por sus rendijas. Los niños estaban sentados en lo alto de aquellos montículos. Los adultos los mantenían allí para poderlos controlar y no les permitían siquiera ir a jugar. Los pequeños, aún más silenciosos que sus padres, tenían la mirada perdida en sus inmensos ojos.

Los rincones y espacios libres entre los vehículos estaban invadidos por ganado vacuno de enmarañado pelambre y cerdos con manchas negras en la piel, rodeados por improvisadas cercas. Los pollos, patos y gansos, encerrados en jaulas, guardaban igual mutismo que las personas. Ahora sabía adónde habían ido todos los campesinos.

Lan los condujo a la fortaleza situada en el centro de la población, un macizo bloque pétreo que ocupaba la cumbre de la colina más alta. Un foso seco, ancho y profundo, erizado de un bosque de aceradas picas de la estatura de un hombre, rodeaba los muros rematados de almenas de la ciudadela. Aquél era un lugar destinado a una defensa desesperada en caso de que fuera tomado el resto de la ciudad.

—Bienvenido, Dai Shan —gritó desde uno de los torreones de la entrada un hombre vestido con armadura.

—¡La Grulla Dorada! ¡La Grulla Dorada! —voceó otro desde el interior del alcázar.

Las herraduras martillearon sobre las gruesas vigas del puente levadizo mientras cruzaban el foso y cabalgaban bajo las aceradas puntas del temible rastrillo. Una vez traspuesto el umbral, Lan desmontó e indicó a los demás que siguieran su ejemplo.

El primer patio era una extensa plaza pavimentada con grandes bloques de piedra y circundada de torres y almenas tan imponentes como las que se encontraban en la parte exterior de las murallas. A pesar de sus grandes dimensiones, el patio aparecía casi tan abarrotado como las calles y presentaba una confusión equiparable, si bien la gente se distribuía allí con cierto orden. Había hombres con armadura y caballos con arnés por doquier. En media docena de herrerías dispuestas junto a los muros repicaban los martillos y grandes fuelles, accionados cada uno de ellos por dos hombres con delantales de cuero, hacían rugir los fuegos de las forjas. Un continuo flujo de muchachos corría a entregar las herraduras recién moldeadas a los herradores. Unos flecheros confeccionaban saetas que depositaban en cestos que, una vez llenos, eran sustituidos por otros vacíos.

Unos criados con librea se aproximaron a ellos sonrientes y serviciales. Rand desató enseguida sus pertenencias de la silla y entregó el caballo a uno de ellos, al tiempo que un hombre revestido con cota de malla y láminas de acero les dedicaba una ceremoniosa reverencia. Vestía una capa de color amarillo vivo, con el Halcón Negro en el pecho, y una sobreveste del mismo amarillo bordada con una lechuza gris. Su cabeza, desprovista de yelmo, había sido rapada a excepción de un mechón recogido con un lazo de cuero.

—Ha transcurrido mucho tiempo, Moraine Sedai. Me complace volver a veros, Dai Shan. —Volvió a inclinarse, hacia Loial, y murmuró—: Gloria a los constructores. *Kiserai ti Wansho.*

—No soy digno de ello —repuso Loial— y el trabajo no fue tanto. *Tsingu ma choba.*

—Nos honra vuestra presencia —replicó el hombre—. *Kiserai ti Wansho.* —Y, volviéndose hacia Lan, añadió—: Han avisado a lord Agelmar, Dai Shan, cuando os han visto venir. Está aguardándoos. Por aquí, tened la bondad.

Mientras lo seguían por el interior de la fortaleza, atravesando fríos corredores de paredes de piedra, decorados con abigarrados tapices y largas telas de seda que reproducían escenas de caza y batallas, continuó hablando:

—Me alegra que recibieseis nuestra llamada, Dai Shan. ¿Haréis ondear de nuevo los estandartes de la Grulla Dorada? —Los pasadizos no contenían más objetos que las colgaduras, las cuales, a pesar de su brillante colorido, hacían la menor profusión posible de líneas y figuras, plasmando únicamente las necesarias para transmitir un significado.

—¿Están las cosas tan mal como parece, Ingtar? —preguntó, impávido, Lan. Rand se preguntó si sus propias orejas estarían agitadas como las de Loial.

El hombre zarandeó la coleta al mover la cabeza, pero vaciló antes de esbozar una sonrisa.

—Las cosas nunca van tan mal como se nos antoja a nosotros, Dai Shan. Este año la situación es algo peor de lo habitual, eso es todo. Los saqueos prosiguieron durante el invierno, incluso en los períodos de mayor crudeza. Pero los ataques no fueron más rigurosos que en cualquier otro lugar de la frontera. Todavía vienen durante la noche, pero ¿qué otra cosa puede esperarse en primavera, si esto puede considerarse primavera? Los exploradores retornan de la Llaga (aquellos que regresan) trayendo noticias de nuevos campamentos de trollocs, que se reproducen sin cesar. Sin embargo, les haremos frente en el desfiladero de Tarwin, Dai Shan, y los obligaremos a retroceder al igual que hemos hecho siempre.

—Desde luego —convino Lan, aunque con un asomo de duda en la voz.

La sonrisa se desvaneció de la faz de Ingtar, para regresar un segundo después. Los introdujo en silencio en el estudio de lord Agelmar y luego partió, aduciendo la necesidad de atender sus obligaciones.

Aquélla era una estancia tan austera como el resto de la ciudadela, con aspilleras en la pared exterior y una pesada barra para asegurar la gruesa puerta, que poseía también sus orificios para disparar flechas y estaba reforzada con láminas de hierro. El único tapiz que pendía allí ocupaba todo un muro y mostraba a hombres con armaduras iguales a las que vestían los guerreros de Fal Dara, en el transcurso de una lucha contra Myrddraal y trollocs en la garganta de una montaña.

Una mesa, una cómoda y unas cuantas sillas componían todo el mobiliario de la habitación, aparte de los estantes de la pared, que atrajeron con tanta fuerza la atención de Rand como el tapiz. En uno de ellos había una espada de doble asimiento, más alta que un hombre, una espada de hoja ancha más usual y, bajo éstas, una maza tachonada con clavos y un largo escudo en forma de milano con tres zorras pintadas en él. Del otro colgaba una armadura completa, con las piezas ajustadas como si rodearan el cuerpo de un hombre. El yelmo coronado con una cresta, con la visera protegida por un doble trenzado metálico; la cota de malla con el faldar abierto para montar a caballo y un revestimiento interior de cuero, pulido por el uso; el peto, los guanteletes de acero, abanicos en rodillas y codos, guardabrazos, espinilleras y espaldares. Aun allí, en el corazón de la plaza fuerte, las armas y la armadura parecían estar dispuestas para ser utilizadas en cualquier momento. Al igual que los enseres, eran simples y estaban sobriamente ornados con dorados.

Agelmar se levantó al entrar ellos y rodeó la mesa, cubierta de mapas, fajos de papel y plumas erguidas sobre los tinteros. A primera vista, con su chaqueta de terciopelo azul y sus botas de ante, parecía demasiado pacífico para aquella estancia, pero una segunda mirada hizo reconsiderar a Rand esa impresión inicial. Al igual que la de los guerreros que había visto, la cabeza de Agelmar estaba rapada, a excepción de un mechón de cabello, que en su caso estaba completamente encanecido. Su semblante, tan duro como el de Lan, únicamente estaba surcado de arrugas alrededor de los ojos, los cuales eran como piedras marrones, si bien ahora su rigor estaba aplacado por una sonrisa.

—Paz, cuánto me complace veros, Dai Shan —saludó el señor de Fal Dara—. Y a vos, Moraine Aes Sedai, tal vez incluso más. Vuestra presencia me conforta, Aes Sedai.

—*Ninte calichniye no domashita*, Agelmar Dai Shan —contestó, formal, Moraine, aunque con un matiz en la voz que revelaba la vieja amistad que los unía—. Vuestra acogida me conforta, lord Agelmar.

—*Kodome calichniye ga ni* Aes Sedai *hei*. Aquí siempre es bienvenida una Aes Sedai. —Se giró hacia Loial—. Os encontráis lejos del *stedding*, pero honráis Fal Dara. Eterna gloria a los constructores. *Kiserai ti Wansho hei*.

—No soy merecedor de ello —repuso Loial con una reverencia—. Sois vos quien me honráis. —Lanzó una ojeada a las desnudas paredes de piedra y pareció forcejear consigo mismo. Fue un alivio para Rand que el Ogier consiguiera refrenar su impulso de añadir algún comentario.

Unos criados ataviados de negro y oro entraron con paso silencioso, trayendo bandejas de plata con paños plegados, húmedos y tibios, para limpiar el polvo de rostros y manos y jarras de vino y cuencos de plata llenos de ciruelas y albaricoques secos. Lord Agelmar les dio instrucciones para que les prepararan aposentos y baños.

—Hay un largo viaje desde Tar Valon —comentó—. Debéis de estar cansados.

—Resultó corto por la senda que tomamos —lo disuadió Lan—, pero más fatigante que por el camino habitual.

Agelmar se mostró desconcertado al ver que el Guardián no añadía nada más, pero se limitó a decir:

—Unos cuantos días de reposo os repondrán del todo.

—Os solicito refugio por una noche —aclaró Moraine—, para nosotros y nuestras monturas. Y alimentos frescos para mañana, si disponéis de ellos. Me temo que deberemos partir temprano.

—Pero yo creía... —musitó Agelmar, ceñudo—. Moraine Sedai, no tengo derecho a pediros vuestra ayuda, pero vuestra intervención en el desfiladero de Tarwin equivaldría a la de un millar de lanceros. Y la vuestra, Dai Shan. Mil hombres comparecerán sin duda al enterarse de que la Grulla Dorada vuelve a remontar el vuelo.

—Las Siete Torres están quebradas —replicó bruscamente Lan— y Malkier está muerto; su exiguo pueblo abandonó sus tierras, y se diseminó por la faz del mundo. Soy un Guardián, Agelmar, que ha prestado su juramento a la Llama de Tar Valon, y ahora me dirijo a la Llaga.

—Por supuesto, Dai Sh... Lan. Por supuesto. Pero sin duda algunas semanas de demora, a lo sumo, no modificarían vuestros planes. Os necesitamos. A vos y a Moraine Sedai.

—Ingtar parece creer que acabaréis con esta amenaza al igual que lo habéis hecho a lo largo de los años —señaló Moraine, tomando una copa de plata de manos de uno de los sirvientes.

—Aes Sedai —dijo con sarcasmo Agelmar—, aunque Ingtar hubiera de cabalgar solo hasta el desfiladero de Tarwin, iría proclamando por todo el camino que haría retroceder a los trollocs. Casi tiene el suficiente orgullo como para creer que podría llevar a cabo personalmente tal hazaña.

—Esta vez no está tan seguro como pensáis, Agelmar. —El Guardián tenía una copa en la mano, de la cual no había bebido aún—. ¿Es tan desesperada la situación?

Agelmar titubeó. Eligió un mapa de entre el amasijo de papeles de la mesa y lo contempló con la mirada perdida, para volver a dejarlo en su sitio.

—Cuando marchemos hacia el desfiladero —explicó con calma—, enviaremos al pueblo al sur, a Fal Moran. Tal vez la capital logre resistir. Paz, no puede ser de otro modo. Algo debe quedar en pie.

—¿Tan desesperada? —inquirió Lan, a lo cual asintió Agelmar con evidente fatiga.

Rand intercambió inquietas miradas con Mat y Perrin. Era fácilmente deducible que los trollocs que se concentraban en la Llaga estuvieran persiguiéndolos. Agelmar continuó con tono sombrío:

—Kandor, Arafel, Saldaea..., los trollocs las han arrasado a lo largo del invierno. Desde la Guerra de los Trollocs no había acaecido nada de magnitud equiparable; las correrías nunca habían sido tan crueles, ni tan continuadas, ni tan cercanas. Todos los soberanos y consejos abrigan la certeza de que en la Llaga se está preparando una gran arremetida y todos los habitantes de las Tierras Fronterizas están convencidos de que ellos serán el objetivo. Ninguno de sus exploradores ni ninguno de los Guardianes ha informado de que haya trollocs concentrándose en las proximidades de sus fronteras, como lo hacen aquí, pero se creen amenazados y temen enviar a sus hombres a luchar a otro lugar. La gente murmura que el mundo está tocando a su fin, que el Oscuro ha vuelto a liberarse de su prisión. Shienar cabalgará a solas hacia el desfiladero de Tarwin y con toda probabilidad seremos diezmados. Si no son peores los resultados. Quizás ésta sea la última vez que se reúnan las Lanzas.

»Lan..., ¡no!... Dai Shan, puesto que, por más que digáis, sois un señor de Malkier, tocado con la diadema de sus guerreros. Dai Shan, el estandarte de la Grulla Dorada en vanguardia infundiría coraje a los hombres que saben que se dirigen al norte a morir. La noticia se extenderá como un reguero de pólvora y, aun cuando sus soberanos les hayan ordenado permanecer en sus puestos, vendrán todos los lanceros de Arafel, Kandor y Saldaea. Aunque no puedan llegar a tiempo para resistir con nosotros en el desfiladero, es posible que salven Shienar de la destrucción.

Lan examinó la copa con ojos entornados. Su expresión no varió, pero el vino chorreó por su mano; había aplastado la copa con la presión de sus dedos. Un criado se llevó el inservible recipiente y le enjugó la mano con un paño; otro lo sustituyó por uno nuevo. Lan no pareció advertir nada de aquello.

—¡No puedo! —susurró con voz ronca. Cuando alzó la cabeza sus ojos azules destellaban con un ardiente fulgor, pero su voz sonaba de nuevo impasible e inexpresiva—. Soy un Guardián, Agelmar. —Su dura mirada se deslizó a través de Rand, Mat y Perrin para posarse en Moraine—. Al filo del alba cabalgaré hacia la Llaga.

—Moraine Sedai, ¿vendréis vos al menos? —inquirió con un suspiro Agelmar—. Una Aes Sedai podría variar el rumbo de los acontecimientos.

—No me es posible, lord Agelmar. —Moraine parecía turbada—. Existe en efecto una batalla en la que hemos de participar y no por azar los trollocs se han reunido junto a Shienar, pero nuestra guerra, la verdadera batalla contra el Oscuro, debe librarse en la Llaga, en el Ojo del Mundo. Vos debéis luchar en vuestro campo y nosotros en el nuestro.

—¡No estaréis diciendo que se ha liberado de su prisión! —El fornido Agelmar parecía trastornado y Moraine se apresuró a negar con la cabeza.

—Todavía no. Si salimos vencedores en el Ojo del Mundo, tal vez ello no vuelva a producirse jamás.

713

—¿Podéis siquiera encontrar el Ojo, Aes Sedai? Si la contención del Oscuro depende de ello, daría lo mismo que hubiéramos fallecido ya. Muchos lo han intentado en vano.

—Lo encontraré, lord Agelmar. Aún no hemos perdido la esperanza.

Agelmar la examinó y luego observó a los otros. Nynaeve y Egwene parecieron desconcertarlo; sus ropajes campesinos ofrecían un marcado contraste con el vestido de seda de Moraine, a pesar de que tanto unos como otro estaban polvorientos y arrugados por el viaje.

—¿También son Aes Sedai? —preguntó, dubitativo. Cuando Moraine efectuó una muda negación, su confusión fue en aumento. Su mirada se trasladó entonces a los muchachos de Campo de Emond, centrándose en Rand y en la espada envuelta en rojo que pendía de su cintura—. Lleváis unos extraños guardaespaldas, Aes Sedai. Sólo un guerrero. —Dirigió una ojeada a Perrin y al hacha que colgaba de su cinto—. Dos tal vez. Pero apenas son más que unos muchachos. Permitidme que os preste algunos hombres. Cien lanzas más o menos no modificarán nada en el desfiladero de Tarwin, pero vos precisaréis algo más efectivo que un Guardián y tres jóvenes. Y dos mujeres no servirán de ninguna ayuda, a menos que sean Aiel disfrazadas. La Llaga es mucho más terrible este año. Se... agita.

—Cien lanzas serían demasiadas —arguyó Lan— y un millar no bastaría. Cuanto mayor sea la comitiva que dirijamos a la Llaga, más probabilidades habrá de llamar la atención. Debemos llegar al Ojo sin pelear, a ser posible. Ya sabéis que es del todo previsible la superioridad numérica de los trollocs en una batalla librada en el interior de la Llaga.

Agelmar asintió con tristeza, pero sin ceder.

—Menos, entonces. Incluso diez buenos luchadores os facilitarían la tarea de escoltar con mayores garantías a Moraine Sedai y a las otras dos mujeres hasta la presencia del Hombre Verde que si contáis únicamente con estos jóvenes.

Rand cayó de pronto en la cuenta de que el señor de Fal Dara daba por supuesto que eran Nynaeve y Egwene, junto a Moraine, quienes iban a enfrentarse al Oscuro. Su conjetura era de lo más natural. Ese tipo de enfrentamiento traía consigo el uso del Poder Único y éste se relacionaba intrínsecamente con las mujeres. «Ese tipo de enfrentamiento trae consigo el uso del Poder.» Hundió los pulgares bajo la correa de la espada y atenazó con fuerza la hebilla para contener el temblor de sus manos.

—No llevaremos más hombres —afirmó Moraine. Agelmar abrió la boca y ella prosiguió sin darle ocasión de hablar—. Ésa es la naturaleza del Ojo y la naturaleza del Hombre Verde. ¿Cuántas personas de Fal Dara han encontrado alguna vez al Hombre Verde y el Ojo?

—¿Alguna vez? —Agelmar se encogió de hombros—. Desde la Guerra de los Cien Años, podrían contarse con los dedos de una mano. Sólo una en todas las Tierras Fronterizas en el transcurso de cinco años.

—Nadie localiza el Ojo del Mundo —sentenció Moraine— a menos que el Hombre Verde quiera que así sea. La necesidad es la clave, y la intención. Sé adónde encaminarme..., ya he estado allí antes. —Rand volvió velozmente la cabeza, sorprendido; su reacción no fue la única entre los jóvenes de Campo de Emond, pero la Aes Sedai no pareció advertirla—. Pero, con que uno solo de nosotros ansiara su propia gloria, pretendiendo sumar su nombre al de aquellos cuatro, jamás lo encontraríamos por más que mis pasos lleguen al lugar exacto que conservo en la memoria.

—¿Habéis visto al Hombre Verde, Moraine Sedai? —El señor de Fal Dara parecía impresionado, pero al cabo de un segundo frunció el entrecejo—. Pero si ya lo habéis visto una vez...

—La necesidad es la clave —repitió quedamente Moraine— y no puede existir ningún apremio equiparable al mío. Al nuestro. Y yo dispongo de algo que no tienen los otros que lo buscan.

Sus ojos apenas se apartaron del rostro de Agelmar, pero Rand estaba seguro de que se habían fijado un instante en Loial. Rand encontró la mirada del Ogier, quien se encogió de hombros.

—Ta'veren —musitó el Ogier.

—Sea como deseáis, Aes Sedai —concedió Agelmar y extendió las manos—. Paz, si la verdadera batalla va a librarse en el Ojo del Mundo, estoy tentado de llevar el estandarte del Halcón Negro detrás de vosotros en lugar de trasladarlo al desfiladero. Podría abriros camino...

—Eso sería del todo desastroso, lord Agelmar. Tanto en el desfiladero de Tarwin como en el Ojo. Vos os debéis a vuestra lucha y nosotros a la nuestra.

—¡Paz! Será como decís, Aes Sedai.

Una vez tomada la decisión, por más desazón que ésta le causara, el señor de cabeza rapada de Fal Dara pareció alejar la cuestión de su pensamiento. Los invitó a sumarse a su mesa, sin cesar de conversar sobre halcones, caballos y perros, y sin mencionar en ningún momento a los trollocs, el desfiladero de Tarwin ni el Ojo del Mundo.

La estancia donde comieron era tan sencilla y espartana como el estudio de lord Agelmar, con un mobiliario que apenas superaba la mesa y las sillas, los cuales eran de línea y formas severas. Hermosos, pero sobrios. Una gran chimenea caldeaba el recinto, pero no tanto como para que un hombre que hubiera de salir precipitadamente de él sintiera el impacto del frío del exterior. Criados con librea sirvieron sopa, pan y queso y la conversación giró en torno a libros y música hasta que lord Agelmar advirtió que los jóvenes de Campo de Emond no intervenían en ella. Como un buen anfitrión, formuló con tacto diversas preguntas destinadas a arrancarlos de su mutismo.

Rand pronto se encontró compitiendo con los otros para explicar detalles acerca de Campo de Emond y de Dos Ríos. Era un esfuerzo no dejarse llevar por el impulso. Confiaba en que los demás, Mat en particular, supieran guardar los secretos que no habían de confiar. Únicamente Nynaeve permaneció circunspecta; comía y bebía en silencio.

—Hay una canción en Dos Ríos —dijo Mat—. *De regreso del desfiladero de Tarwin* —concluyó, vacilante, como si de repente hubiera caído en la cuenta de que estaba sacando a colación una temática que tácitamente eludían. Lord Agelmar, sin embargo, sorteó el escollo con delicadeza.

—No es extraño. Pocas son las tierras que no han enviado hombres a contener el avance de la Llaga a lo largo de los años.

Rand miró a Mat y Perrin. Mat movió mudamente los labios formando la palabra Manetheren.

Agelmar susurró algo a uno de los sirvientes y, mientras otros recogían la mesa, éste desapareció para regresar con un bote y pipas de arcilla para Lan, Loial y el propietario de la casa.

—Tabaco de Dos Ríos —señaló el señor de Fal Dara mientras preparaba la mezcla—. Difícil de llegar aquí, pero digno del esfuerzo.

Cuando Loial y los dos hombres estaban aspirando plácidamente el humo, Agelmar observó de soslayo al Ogier.

—Parecéis preocupado, constructor. No os estará oprimiendo la Añoranza, espero. ¿Cuánto tiempo hace que abandonasteis el *stedding*?

—No es la Añoranza; no he estado tanto tiempo ausente. —Loial se encogió de hombros y exhaló una bocanada de tonos grises y azulados que se rizó en espiral sobre la mesa mientras gesticulaba—. Confiaba..., tenía la esperanza... de que la arboleda se habría mantenido aquí. O al menos algún resto de Mafal Dadaranell.

—*Kiserai ti Wansho* —murmuró Agelmar—. La Guerra de los Trollocs no dejaron más que el recuerdo, hijo de Arent, y gente capaz de levantar edificios sobre él. No pudieron superar la obra de los constructores Ogier, como tampoco sabría hacerlo yo. Esas sinuosas curvas e intrincados diseños que vosotros creáis se encuentran más allá de las posibilidades de las manos humanas. Tal vez fue nuestro deseo evitar la realización de una pobre imitación que se habría erigido en eterno recordatorio de lo que habíamos perdido. Existe una belleza diferente en la simplicidad, en una única línea situada en su lugar, en una solitaria rosa entre las rocas. La dureza de la piedra potencia la delicadeza de la flor. Intentamos no guardar un duelo demasiado opresivo por lo que desapareció. El más altivo corazón se quebraría en su insistencia.

—El pétalo de la rosa flota en el agua —recitó suavemente Lan—. El martín pescador se zambulle en el estanque. La vida y la belleza rebullen en medio de la muerte.

—Sí —asintió Agelmar—. Sí. Esos versos también han simbolizado siempre para mí la esencia de las cosas. —Los dos hombres pegaron las cabezas.

«¿Era Lan aficionado a la poesía?» El Guardián era como una cebolla; cada vez que Rand pensaba que conocía algo acerca de él, descubría una nueva capa debajo de la anterior.

—Quizá yo también me detengo demasiado en el pasado —acordó Loial—. Y, sin embargo, las arboledas eran bellas. —No obstante su mirada recorría la sobria estancia como si la percibiera por primera vez y de improviso la encontrara digna de contemplar.

Ingtar entró en la estancia y realizó una reverencia dedicada a lord Agelmar.

—Excusad, señor, pero queríais estar al corriente de cualquier suceso excepcional, por más nimio que éste fuera.

—Sí, ¿de qué se trata?

—Un asunto menor. Un forastero ha intentado entrar en la ciudad. No es de Shienar. Por su acento, debe de ser un lugareño. Cuando los guardias de la puerta sur han tratado de interrogarlo, ha echado a correr. Lo han visto penetrar en el bosque, pero a poco lo han descubierto en el momento en que escalaba la muralla.

—¡Un asunto menor! —La silla de Agelmar arañó el suelo al levantarse éste—. ¡Paz! ¿El vigilante de la torre es tan negligente que alguien puede llegar a las murallas sin ser advertido y lo consideráis algo carente de importancia?

—Es un loco, mi señor. —La voz de Ingtar evidenciaba un leve temor—. La Luz protege a los enajenados. Tal vez la Luz veló los ojos del vigilante de la torre y le permitió llegar a la muralla. Sin duda un pobre loco es incapaz de causar daño.

—¿Lo han llevado ya a la torre del homenaje? Bien. Traedlo aquí. Ahora mismo. —Ingtar volvió a inclinarse antes de salir y Agelmar se volvió hacia Moraine—. Disculpadme, Aes Sedai, pero debo ocuparme de esto. Quizá sólo sea un pobre desgraciado con la mente cegada por la Luz, pero... Hace dos días, cinco de nuestros propios súbditos fueron descubiertos cuando intentaban aserrar los goznes de una de las puertas. Ello habría bastado para franquear la entrada a los trollocs. —Esbozó una mueca—. Amigos Siniestros, supongo, por más que me pese acep-

717

tar que los haya en Shienar. La multitud los despedazó antes de que los guardias pudieran llevárselos, de modo que nunca lo sabré a ciencia cierta. Si los shienarianos pueden ser Amigos Siniestros, debo poner especial cuidado en los extranjeros en estos tiempos. Si deseáis retiraros, haré que os acompañen a vuestros dormitorios.

—Los Amigos Siniestros no reconocen fronteras ni estirpes —comentó Moraine—. Se encuentran en todos los países y no pertenecen a ninguno. A mí también me interesa ver a ese hombre. El Entramado está componiendo una trama, lord Agelmar, pero su forma final todavía no está establecida. Aún podría enmarañar la situación del mundo o desenredarse e imprimir una nueva clase de tejido a la Rueda. En estos momentos, incluso los detalles nimios son capaces de modificar la disposición de la trama. En estos momentos, pongo especial cautela en advertir las pequeñas cosas que salen de lo común.

Agelmar lanzó una ojeada a Nynaeve y Egwene.

—Como deseéis, Aes Sedai.

Ingtar regresó con dos guardias que asían largas picas, escoltando a un hombre que semejaba un saco de harapos vuelto del revés. La mugre le cubría el rostro y moteaba sus ralos cabellos y barba, que debía de llevar mucho tiempo sin cortar. Entró encorvado en la habitación y dirigió errabundas miradas aquí y allá, precedido del rancio olor que emanaba.

Rand se inclinó con vivo interés, intentando distinguir algo entre la suciedad.

—No tenéis motivos para retenerme de este modo —protestó el desaseado personaje—. No soy más que un pobre indigente, desamparado por la Luz, que busca un lugar, como cualquier otra persona, para guarecerse de la Sombra.

—Las Tierras Fronterizas son un curioso paraje para... —comenzó a decir Agelmar, cuando Mat lo interrumpió.

—¡El buhonero!

—Padan Fain —convino Perrin, asintiendo.

—El mendigo —dijo Rand, con voz de súbito ronca. Se inclinó contra el respaldo al percibir el repentino odio que centelleó en los ojos de Fain—. Es el hombre que iba preguntando por nosotros en Caemlyn. Tiene que ser él.

—Veo que esto os concierne después de todo, Moraine Sedai —infirió Agelmar.

—Mucho me temo que así es —acordó Moraine.

—Yo no quería. —Fain estalló en llanto. Unos gruesos lagrimones abrían surcos entre la suciedad de sus mejillas sin alcanzar, no obstante, las capas inferiores—. ¡Él me obligó! Él y sus ardientes ojos. —Rand parpadeó. Mat tenía la mano bajo la capa, volviendo a aferrar sin duda la daga de Shadar Logoth—. ¡Me convirtió en su sabueso! Su sabueso, para dar caza y seguir sin respiro. Sólo su sabueso, incluso después de haberme echado.

—Nos concierne a todos —constató, sombría, Moraine—. ¿Disponéis de un lugar donde pueda hablar a solas con él, lord Agelmar? —Su boca se frunció con un gesto de repugnancia—. Y para bañarlo antes. Tal vez deba tocarlo. —Algemar asintió y habló en voz baja a Ingtar, el cual se inclinó y desapareció por la puerta.

—¡No me dejaré impresionar! —Era la voz de Padan Fain, que había sustituido sus gemidos por una arrogante réplica. Ahora permanecía erguido. Echó la cabeza hacia atrás y gritó como si se dirigiera al techo—: ¡Nunca más! ¡No-lo-haré! —Se encaró a Agelmar como si los hombres que lo flanqueaban fueran sus propios guardaespaldas y el señor de Fal Dara su igual en lugar de su captor. Su tono se volvió astuto y melifluo—. Se ha producido un malentendido aquí, gran señor. En ocasiones los hechizos se adueñan de mí, pero eso se acabará pronto. Sí, muy pronto quedaré libre de ellos. —Señaló con gesto despreciativo los andrajos que vestía—. No os dejéis engañar por esto, gran señor. He tenido que disfrazarme para protegerme de quienes trataban de detenerme y mi viaje ha sido largo y duro. Pero por fin he llegado a tierras donde todavía se tiene conciencia de la amenaza de Ba'alzamon, donde los hombres aún luchan contra el Oscuro.

Rand lo observaba con ojos desorbitados. Era la voz de Fain, pero las palabras no se avenían en absoluto al carácter del buhonero.

—De manera que habéis venido aquí porque peleamos con los trollocs —dedujo Agelmar—. Y sois tan importante que alguien trata de deteneros. Estas personas dicen que sois un buhonero llamado Padan Fain, y que estáis siguiéndolos.

Fain titubeó. Lanzó una ojeada a Moraine y luego se apresuró a apartar la vista de ella. Su mirada recorrió a los jóvenes de Campo de Emond antes de retornar a Agelmar. Rand sintió el odio en sus ojos, y temor. Pero, cuando Fain volvió a tomar la palabra, su voz no denotaba ninguna alteración.

—Padan Fain es simplemente uno de los muchos disfraces que me he visto obligado a adoptar durante estos años. Los amigos del Oscuro me persiguen porque he averiguado la manera de derrotar a la Sombra. Puedo enseñaros cómo vencerla, gran señor.

—Nosotros actuamos según las capacidades de los hombres —repuso con sequedad Agelmar—. La Rueda gira según sus designios, pero nosotros hemos venido combatiendo al Oscuro casi desde el Desmembramiento del Mundo sin necesidad de buhoneros que nos enseñen cómo hacerlo.

—Gran señor, vuestro poderío se halla fuera de dudas, ¿pero podrá resistir por tiempo indefinido los embates del Oscuro? ¿No experimentáis a menudo la necesidad de manteneros a la defensiva? Perdonad mi temeridad, gran señor; al final os reducirá, con vuestros recursos. Lo sé; creedme, lo sé bien. Pero yo os puedo mostrar la manera de liberar la tierra de la Sombra. —Su tono se volvió aún más zalamero, sin perder, no obstante, su altivez—. Si intentáis poner en práctica mis consejos, lo veréis, gran señor. Limpiaréis la tierra del azote del Oscuro. Vos, gran señor, sois capaz de hacerlo, si concentráis vuestras fuerzas en una dirección. No permitáis que Tar Valon os enrede en su trampa y podréis salvar el mundo. Gran señor, seréis el hombre que la historia recordará como el artífice de la victoria definitiva de la Luz. —Los guardias continuaron en sus puestos, pero sus manos se desplazaron por las astas de sus armas, como si pensaran que tal vez fueran a utilizarlas.

—Se tiene en muy alta estima para ser un simple buhonero —comentó Agelmar a Lan—. Creo que Ingtar está en lo cierto. No es más que un loco.

Los ojos de Fain se entornaron a causa de la furia, pero su voz retuvo la calma.

—Gran señor, reconozco que mis palabras deben de sonar pretenciosas, pero si sólo os... —Se interrumpió bruscamente y retrocedió, al tiempo que Moraine se levantaba y rodeaba lentamente la mesa. Únicamente las picas que dispusieron en diagonal los guardias le impidieron salir de la habitación.

La Aes Sedai se detuvo detrás de la silla de Mat, le puso una mano sobre el hombro y se inclinó para musitarle algo al oído. Su susurro relajó la tensión de su rostro y le hizo sacar la mano de entre los pliegues de la capa. Moraine siguió caminando hasta encontrarse junto a Agelmar, enfrente de Pain. Cuando se detuvo, el buhonero volvió a hundir los hombros.

—Lo odio —gimoteó—. Quiero desprenderme de él. Quiero caminar de nuevo por la senda de la Luz. —Sus hombros comenzaron a agitarse y las lágrimas surcaron su cara con mayor abundancia que antes—. Me obligó a hacerlo.

—Me temo que es más que un simple buhonero, lord Agelmar —dijo Moraine—. Menos que un humano, peor que vil, más peligroso de lo que podáis imaginar. Que lo bañen después de que haya hablado con él. No me atrevo a desperdiciar ni un minuto. Ven, Lan.

47

OTRAS HISTORIAS DE LA RUEDA DEL TIEMPO

Un profundo desasosiego impelía a Rand a caminar junto a la mesa. Diez zancadas. El recorrido del costado de la mesa le llevaba diez zancadas, tantas veces como lo repitiera. Irritado, se forzó a dejar de llevar la cuenta. «Vaya una estupidez. A mí qué me importa la longitud de la condenada mesa.» Minutos después descubrió que estaba contabilizando las veces que caminaba en un sentido u otro siguiendo longitudinalmente la mesa. «¿Qué les estará diciendo a Moraine y a Lan? ¿Sabe él por qué razón nos persigue el Oscuro? ¿Sabe a cuál de nosotros busca el Oscuro?»

Observó a sus amigos. Perrin había desmigajado un pedazo de pan y estaba distraído. Empujaba las migas por el borde de la mesa con un dedo y sus amarillentos ojos miraban fijamente las migajas, pero parecían percibir algo remoto. Mat estaba encorvado sobre la silla, con los ojos entrecerrados y un amago de sonrisa en el rostro. Aquélla era una mueca de nerviosismo, no de satisfacción. En apariencia era el mismo Mat de siempre, pero de vez en cuando tocaba inconscientemente la daga de Shadar Logoth por encima del tejido de su chaqueta. «¿Qué está diciéndole Fain? ¿Qué sabe él?»

Loial, al menos, no presentaba síntomas de inquietud. El Ogier examinaba las paredes. Primero se había plantado en el centro de la habitación y había girado lentamente sobre sí para observarla; ahora casi pegaba su enorme nariz en la piedra mientras sus descomunales dedos recorrían con suavidad una ensambladura. En ocasiones cerraba los ojos, como si el tacto fuera más importante que la visión. Sus orejas se agitaban otras veces y murmuraba para sí en Ogier, habiendo olvidado al parecer, que había alguien más en la estancia aparte de él.

Lord Agelmar continuó conversando tranquilamente con Nynaeve y Egwene delante de la alargada chimenea situada en uno de los extremos de la sala. Era un buen anfitrión, experto en hacer olvidar las cuitas a sus huéspedes; varias de sus historias provocaron la hilaridad de Egwene y en una ocasión incluso Nynaeve estalló en sonoras carcajadas. Rand se sobresaltó ante aquel sonido imprevisto y luego dio un salto cuando la silla de Mat golpeó el suelo.

—¡Rayos y truenos! —gruñó Mat, haciendo caso omiso del rictus que esbozó Nynaeve al escuchar su imprecación—. ¿Qué está haciendo tanto rato? —Levantó la silla y volvió a sentarse sin mirar a nadie. Su mano apretó la chaqueta.

El señor de Fal Data observó a Mat con desaprobación —su mirada abarcó también a Rand y Perrin sin expresar mayor comprensión— y luego se volvió de nuevo hacia las mujeres. El incesante vaivén de Rand había llevado sus pasos cerca de ellos.

—Mi señor —decía Egwene, con tanta soltura como si hubiera utilizado un tratamiento aristocrático durante toda su vida—, yo creía que era un Guardián, pero vos lo llamáis Dai Shan y habláis de un estandarte con la Grulla Dorada y lo mismo han hecho otros hombres. A veces parecéis considerarlo una especie de rey. Recuerdo que en una ocasión Moraine lo llamó el último Señor de las Siete Torres. ¿Quién es realmente?

Nynaeve se puso a estudiar con detenimiento su copa, pero a Rand le constaba que estaba escuchando con mayor curiosidad que la propia Egwene. Rand se detuvo y trató de escuchar con disimulo.

—Señor de las Siete Torres —repitió Agelmar, frunciendo el entrecejo—. Un antiguo título, lady Egwene. Ni siquiera los de los grandes señores de Tear son de más rancio linaje, aun cuando la reina de Andor se le aproxime. —Exhaló un suspiro y sacudió la cabeza—. Él no habla nunca de ello, pero su historia es bien conocida en las tierras que bordean la frontera. Es un rey, o debiera haberlo sido, al'Lan Mandragoran, Señor de las Siete Torres, Señor de los Lagos, Rey no Coronado de los malkieri. —Irguió su rapada cabeza y de sus ojos emanó un destello que reflejaba una especie de orgullo paternal. Su voz se tornó profunda, imbuida de la carga del sentimiento. Todos los presentes pudieron oírlo sin necesidad de esforzarse en ello—. La gente de Shienar nos reconocemos como habitantes de la zona limítrofe, pero hace menos de cincuenta años, Shienar no era parte integrante de las Tierras Fronterizas. Al norte de nuestros dominios y de Arafel estaba Malkier. Las lanzas de Shienar apoyaban su denuedo, pero era Malkier quien contenía el avance de la Llaga. Malkier, que la Paz tenga en predilección su memoria y la Luz ilumine su nombre.

—Lan es de Malkier —musitó la Zahorí, alzando la mirada, en la que se percibía una extraña perturbación.

No era una pregunta, pero Agelmar asintió.

—Sí, lady Nynaeve, es el hijo de al'Akir Mandragoran, último rey coronado de los malkieri. ¿Cómo se convirtió en lo que ahora es? El comienzo se encuentra, tal vez, en Lain. Lain Mandragoran, hermano del soberano, tuvo la osadía de conducir a sus lanceros a las Tierras Malditas, atravesando la Llaga, y quizá llegó hasta el mismo Shayol Ghul. La esposa de Lain, Breyan, fue quien lo instó a llevar a cabo aquel desafío, roída por la envidia que le inspiraba el hecho de que al'Akir hubiera sido proclamado rey en lugar de Lain. El rey y Lain estaban tan unidos como pueden estarlo dos hermanos, tan identificados como dos gemelos incluso después de que se añadiera el «al» real al nombre de Akir, pero los celos corrompieron a Breyan. Lain era aclamado por sus proezas, y con toda justicia, pero con todo no era capaz de ensombrecer la figura de al'Akir. Éste era, como persona y soberano, uno de los hombres como sólo ve la tierra un ejemplar en un siglo. Que la Paz lo privilegie, a él y a el'Leanna.

»Lain falleció en las Tierras Malditas con la mayoría de quienes partieron con él, hombres de los que no podía prescindir Malkier, y Breyan acusó de ello al rey, diciendo que el propio Shayol Ghul se habría rendido si al'Akir hubiera encabezado al resto de los malkieri junto a su esposo. Como venganza, conspiró con Cowin Gemallan, llamado Cowin Corazón Leal, para instaurar en el trono a su hijo, Isam. Corazón Leal era un héroe casi tan reverenciado como el propio al'Akir y uno de los grandes señores, pero cuando éstos realizaron sus voluntades en la elección del soberano, sólo mediaron dos votos de diferencia entre él y Akir y nunca olvidó que fueron dos hombres que depositaron un color distinto en la piedra de coronación los que lo alejaron del trono. Entre ambos, Cowin y Breyan instigaron a los soldados a que regresaran de la Llaga para tomar las Siete Torres y éstos convirtieron los fuertes fronterizos en meras guarniciones.

»Sin embargo, la envidia de Cowin había echado profundas raíces en su corazón. —La voz de Agelmar rezumaba repugnancia—. Corazón Leal, el héroe, cuyas hazañas en la Llaga se recitaban por todas las Tierras Fronterizas, era un Amigo Siniestro. Al estar debilitada la contención de los fuertes fronterizos, los trollocs se precipitaron sobre Malkier como un vendaval. El rey al'Akir y Lain luchando juntos habrían podido reorganizar las fuerzas, como lo habían hecho en anteriores ocasiones. Sin embargo, el funesto final de Lain en las Tierras Malditas había conmocionado al pueblo y la invasión de los trollocs hizo mella en el ánimo de los hombres y les arrebató el coraje para resistir. La tremenda superioridad numérica del enemigo hizo retroceder a los malkieri hasta el centro del reino.

»Breyan huyó con su hijo Isam y fue capturada por los trollocs de camino hacia el sur. Nadie conoce a ciencia cierta cuál fue su destino, pero es fácilmente deducible. Únicamente me conmueve la suerte del pequeño. Cuando se descubrió la traición de Cowin Corazón Leal, y Jain Charin (ya conocido como Jain el Galopador) lo apresó y lo llevó encadenado a las Siete Torres; los grandes señores pidieron que su cabeza fuera exhibida en la punta de una pica. Pero, dado el aprecio en que lo había tenido el pueblo, superado sólo por su devoción a al'Akir y Lain, el rey se enfrentó a él en combate individual y le dio muerte. Al' Akir sollozó al matar a Cowin. Algunos dicen que lloró por un amigo que se había rendido a la Sombra y otros que sus lágrimas eran por Malkier. —El señor de Fal Dara agitó tristemente la cabeza.

»El primer paso para la destrucción de las Siete Torres había sido dado. No había tiempo para recibir ayuda de Shienar ni Arafel y no era factible que Malkier pudiera resistir por sí mismo, habiendo perdido un millar de lanceros en las Tierras Malditas y sin poder contar con los fuertes fronterizos.

»Al'Akir y su reina, el'Leanna, hicieron que llevaran a Lan hasta ellos en su cuna. En sus manos infantiles depositaron la espada de los reyes de los malkieri, la misma que aún lleva hoy. Una arma creada por las Aes Sedai durante la Guerra del Poder, la Guerra de la Sombra que concluyó la Era de Leyenda. Ungieron su cabeza con aceite, nombrándolo Dai Shan, señor tocado con la diadema de guerra, y lo consagraron como futuro soberano de los malkieri y en su nombre prestaron el ancestral juramento de los reyes y reinas de Malkier. —El semblante de Agelmar se endureció mientras refería su contenido como si también él hubiera formulado aquel juramento u otro similar—. Luchar contra el Oscuro mientras el hierro conserve su dureza y haya piedras a mano. Defender a los malkieri mientras quede una gota de sangre en las venas.

Vengar lo que no pueda defenderse. —Aquellas palabras resonaron en las paredes de la estancia.

»El'Leanna colgó un relicario en el cuello de su hijo, a modo de recordatorio, y el infante, que la reina envolvió en pañales con sus propias manos, fue entregado a veinte hombre escogidos entre la guardia personal del rey, los mejores espadachines, los más aguerridos luchadores. Su cometido fue llevar al niño a Fal Moran.

»Entonces al'Akir y el'Leanna condujeron a los malkieri a afrontar la Sombra por última vez. Allí perecieron, en el cruce de Herot, y allí murieron los malkieri y se quebraron las Siete Torres. Shienar, Arafel y Kandor libraron batalla con los Fados y los trollocs en la Escalera de Jehaan y los hicieron retroceder, pero no hasta sus confines anteriores. Buena parte de Malkier permaneció en manos de los trollocs y, año tras año, milla tras milla, la Llaga se ha apoderado de él.

Agelmar aspiró pesarosamente y, cuando continuó, su voz y sus ojos expresaron un triste orgullo.

—Únicamente cinco de los veinte guardias reales llegaron con vida a Fal Moran y todos habían sido heridos, pero habían preservado de todo daño al pequeño. Desde sus primeros meses le enseñaron todo cuanto conocían. Aprendió a utilizar las armas como otros niños aprenden a jugar, y a reconocer la Llaga como otros chiquillos recorren el jardín de su madre. El juramento prestado en la cuna está grabado en su mente. Ya no queda nada que defender, pero puede cumplir venganza. A pesar de negar sus títulos, en las Tierras Fronterizas lo llaman el Rey no Coronado y, si algún día alzara los estandartes de la Grulla Dorada de Malkier, acudiría todo un ejército dispuesto a obedecerlo. Sin embargo, no está dispuesto a conducirlos a la muerte. En la Llaga corteja a la muerte como los pretendientes cortejan a una doncella, pero no llevará a otros a enfrentar ese trance.

»Si habéis de entrar en la Llaga, y en grupo reducido, no hay hombre más indicado para guiaros ni para haceros salir con vida de allí. Es el mejor de los Guardianes, y ello significa que es el que más descolla entre toda la elite de guerreros. Daría lo mismo que dejarais a estos chicos aquí, para que fueran mejorando su táctica, y depositarais toda vuestra confianza en Lan. La Llaga no es lugar para muchachos inexpertos.

Mat abrió la boca, y volvió a cerrarla ante la mirada que le asestó Rand. «Ojalá aprendiera a mantenerla cerrada.»

Nynaeve había escuchado con ojos tan desorbitados como Egwene, pero en ese instante volvía a observar su copa con la faz demudada. Egwene le puso una mano encima del hombro y le dirigió una mirada alentadora.

Moraine apareció en el umbral, seguida de Lan. Nynaeve les volvió la espalda.

—¿Qué ha dicho? —preguntó Rand, al tiempo que Mat y Perrin se levantaban de sus sillas.

—Zoquete de pueblo —murmuró Agelmar, antes de elevar el tono de su voz—. ¿Habéis averiguado algo, Aes Sedai, o no es más que un pobre loco?

—Está loco —confirmó Moraine— o poco le falta para estarlo, pero dista mucho de ser un pobre desdichado.

Uno de los criados de librea blanca y dorada se inclinó al entrar en la sala con una jofaina azul, un cántaro y una bandeja de plata con una pastilla de jabón y una pequeña toalla; dirigió una ansiosa mirada a Agelmar. Moraine le indicó que depositara su carga sobre la mesa.

—Excusadme por dar órdenes a vuestros sirvientes, lord Agelmar —dijo—. Me he tomado la libertad de pedirles esto.

Agelmar realizó un gesto de asentimiento dedicado al criado, el cual dejó la bandeja en la mesa y salió enseguida.

—Mis sirvientes se encuentran a vuestras órdenes, Aes Sedai.

El agua que Moraine vertió en la jofaina humeaba como si estuviera a punto de hervir. Se arremangó el vestido y comenzó a lavarse vigorosamente las manos sin reparar en la temperatura del agua.

—Os he dicho que era peor que vil y aún me he quedado corta. No creo haber conocido nunca a nadie tan abyecto y degenerado, y a un tiempo tan enajenado. Me siento mancillada por haberlo tocado y no me refiero a la suciedad de su piel. Mancillada aquí. —Señaló su pecho—. La degradación de su alma casi me hace dudar de que la tenga. Es algo mucho peor que un Amigo Siniestro.

—Parecía tan desvalido —murmuró Egwene—. Recuerdo cuando llegaba a Campo de Emond cada primavera, siempre risueño y pregonando noticias de lo acontecido en el mundo. ¿Habrá alguna esperanza de salvación para él? «Ningún hombre puede permanecer tanto tiempo al socaire de la Sombra como para tener la posibilidad de hallar de nuevo la Luz» —citó.

—Siempre he creído que así era —admitió la Aes Sedai frotándose enérgicamente las manos con la toalla—. Tal vez Padan Fain tenga posibilidades de redimirse. Pero ha sido un Amigo Siniestro durante más de cuarenta años y lo que ha hecho para conseguirlo, derramando sangre e infligiendo dolor y muerte, os helaría el corazón sólo de oírlo. Uno de sus delitos menores —aunque sospecho que no será insignificante para vosotros—, fue ser el responsable del ataque de los trollocs a Campo de Emond.

—Sí —asintió quedamente Rand. Escuchó la exhalación de Egwene. «Debí haberlo adivinado. Que me aspen si no debí haberlo sospechado tan pronto como lo reconocí.»

—¿Ha dejado entrar a alguno aquí? —inquirió Mat, mirando los muros de piedra con el cuerpo recorrido por un escalofrío.

Rand pensó que tenía más aprensión por los Myrddraal que por los trollocs; las paredes no habían detenido al Fado en Baerlon ni en Puente Blanco.

—Si trataran de entrar —bromeó Agelmar— se romperían los dientes en las murallas de Fal Dara. A muchos otros les ha ocurrido eso en otras ocasiones. —Hablaba a todos, pero dirigiendo evidentemente sus palabras a Egwene y Nynaeve, a juzgar por las miradas que les dedicó—. Y no os preocupéis tampoco por los Semihombres. —Rand se ruborizó—. Todas las calles y callejuelas de Fal Dara están iluminadas de noche y ningún hombre puede ocultar el rostro dentro de sus muros.

—¿Por qué debería obrar así maese Fain? —preguntó Egwene.

—Hará tres años... —Moraine tomó asiento con un suspiro, encorvándose como si lo que había realizado con Fain hubiera agotado sus fuerzas—. Hará tres años este verano. Hasta ahí se remonta. La Luz debe de protegernos sin duda, pues de lo contrario el Señor de las Mentiras habría triunfado cuando yo todavía permanecía sentada ideando planes en Tar Valon. Durante tres años, Fain ha estado buscándoos a instancias del Oscuro.

—¡Eso es absurdo! —exclamó Rand—. Ha estado yendo a Dos Ríos cada primavera con la regularidad de un reloj. ¿Tres años? Hemos estado allí, delante de sus propias narices, y nunca reparó en nosotros hasta el año pasado. —La Aes Sedai apuntó un dedo hacia él, inmovilizándolo.

—Fain me lo ha contado todo, Rand. O casi todo. Me temo que ha logrado callar algo, algo importante, a pesar de mis poderes, pero ha confesado lo suficiente. Hace tres años, un Semihombre fue a verlo a una ciudad de Lugard. Fain quedó aterrorizado, desde luego, pero entre los Amigos Siniestros se considera como un gran honor la visita de un Fado. Fain creyó que había sido elegido para realizar tareas de gran trascendencia, y así fue, pero se equivocó en los medios a utilizar. Lo llevaron al norte, a la Llaga, a las Tierras Malditas, a Shayol Ghul, donde se entrevistó con un hombre de ojos ardientes, que se hacía llamar Ba'alzamon.

Mat se revolvió con inquietud y Rand tragó saliva. Debía de haber sucedido de ese modo, por supuesto, pero con todo resultaba difícil aceptarlo. Únicamente Perrin miraba a la Aes Sedai como si nada pudiera sorprenderlo ya.

—Que la Luz nos proteja —rogó con fervor Agelmar.

—A Fain no le gustó nada lo que le hicieron en Shayol Ghul —prosiguió tranquilamente Moraine—. Mientras lo refería, gritaba a menudo hablando de fuego y de quemaduras. Casi ha estado a punto de agonizar, al traer a la memoria aquello que permanecía sepultado consigo. Pese a haberle aplicado mis capacidades curativas, no es más que un despojo. Tardará mucho tiempo en recobrarse. Sin embargo, haré un esfuerzo, aunque sólo sea para averiguar lo que todavía oculta.

»Lo habían escogido debido a los lugares en los que comerciaba. No —los disuadió al ver su reacción—, no sólo Dos Ríos, al menos no entonces. El Padre de las Mentiras tenía una vaga idea de dónde podría hallar lo que buscaba, apenas más definida que lo que habíamos deducido nosotros en Tar Valon.

»Fain ha afirmado que se había convertido en el sabueso del Oscuro y en cierta manera estaba en lo cierto. El Padre de las Mentiras preparó a Fain para la caza y realizó modificaciones en su persona para conformarlo a dicho cometido. Son los tormentos que le infligieron esas transformaciones lo que Fain teme recordar; por ellas profesa un odio a su amo tan intenso como el pavor que éste le inspira. El caso es que Fain fue enviado a husmear y fisgar en todos los pueblos próximos a Baerlon y a todas las poblaciones que se extendían hasta las Montañas de la Niebla y al sur del Taren, por todo Dos Ríos.

—¿Hace tres primaveras? —caviló lentamente Perrin—. Recuerdo que aquel año Fain llegó cuando la estación estaba más avanzada, pero lo curioso fue que se demoró un tiempo en el pueblo. Se quedó una semana entera, ocioso y rezongando por tener que pagar por una habitación en la Posada del Manantial. Fain es un avaro empedernido.

—Ahora me acuerdo —agregó Mat—. Todo el mundo se preguntaba si habría caído enfermo o se habría enamorado de alguna mujer del lugar. No porque alguna de ellas estuviera dispuesta a casarse con un buhonero, claro. Sería lo mismo que hacerlo con uno de los del Pueblo Errante. —Egwene enarcó una ceja y él cerró la boca.

—Después, Fain fue trasladado de nuevo a Shayol Ghul y allí le... destilaron la mente. —A Rand se le encogió el estómago al percibir el tono de voz de la Aes Sedai, el cual fue aún más expresivo que la mueca que desfiguró su semblante—. Lo que había... captado... fue concentrado y cribado. Cuando se dirigió a Dos Ríos al año siguiente, fue capaz de elegir a sus presas con mayor exactitud. En realidad, con mayor precisión de la que el Oscuro había esperado. Fain tenía la certeza de que la persona que buscaba era uno de los tres muchachos de Campo de Emond.

Perrin exhaló un gruñido y Mat comenzó a proferir maldiciones en un monótono tono bajo que no logró siquiera acallar la airada mirada que le asestó Nynaeve. Agelmar los observó con curiosidad. Rand sólo sintió un leve escalofrío, lo cual le produjo gran extrañeza. Durante tres años el Oscuro había estado siguiéndolo..., siguiéndolos. Tenía la certeza de que deberían castañetearle los dientes ante aquella revelación.

Moraine no permitió que Mat interrumpiera el hilo de sus palabras, sino que elevó la voz para hacerla oír por encima de la suya.

—Cuando Fain regresó a Lugard, Ba'alzamon se le apareció en un sueño. Fain se degradó y ejecutó rituales cuyo somero relato os helaría la sangre, estrechando aún más sus vínculos con el Oscuro. Lo que se realiza en sueños puede ser más peligroso que los actos llevados a cabo en estado de vigilia. —Rand se agitó al advertir la aguda mirada de advertencia de la mujer que, sin embargo, no hizo ninguna pausa—. Le prometió grandes recompensas, el dominio sobre varios reinos tras la victoria de Ba'alzamon y le ordenó que, de vuelta a Campo de Emond, señalara a los tres que había seleccionado. Allí lo aguardaría un Semihombre acompañado de trollocs. Ahora sabemos por qué medios llegaron los trollocs a Dos Ríos. Debió de haber existido una arboleda Ogier y una puerta de Atajo en Manetheren.

—La más hermosa de todas —apuntó Loial—, a excepción de la de Tar Valon. —Había estado escuchando con tanto interés como los demás—. Manetheren dejó un bello recuerdo en la memoria de los Ogier.

—Agelmar movió los labios en silencio, con las cejas arqueadas a causa del asombro. Manetheren.

—Lord Agelmar —dijo Moraine—, voy a indicaros cómo localizar la puerta de Atajo de Mafal Dadaranell. Debe tapiarse y custodiarse con hombres armados y no permitir que nadie se acerque a ella. Los Semihombres no conocen todavía todos los Atajos, pero esa puerta está situada a tan sólo unas horas de camino de Fal Dara, por el lado sur.

El señor de Fal Dara se estremeció, como si despertara de un estado de trance.

—¿Sur? ¡Paz! No es precisamente eso lo que necesitamos, que la Luz nos ilumine. Así se hará.

—¿Nos ha seguido Fain por los Atajos? —preguntó Perrin—. Seguramente que sí.

Moraine asintió con la cabeza.

—Fain os seguiría hasta la tumba, porque ése es su deber. Cuando el Myrddraal no logró daros alcance en Campo de Emond, se llevó a Fain con los trollocs para que os siguiera el rastro. El Fado no permitió que Fain montara con él; aun cuando él se consideraba digno de cabalgar el mejor caballo de Dos Ríos e ir en cabeza de la partida, el Myrddraal lo obligó a correr a pie y ordenó a los trollocs transportarlo cuando sus piernas no lo sostenían. Éstos hablaban de modo que él pudiera comprenderlos, discutiendo sobre la manera como lo cocinarían cuando no hubieran ya menester de él. Fain afirma que se rebeló contra el Oscuro antes de llegar al Taren. Sin embargo, en ocasiones su codicia por las recompensas prometidas afluye a la superficie.

»Al escapar nosotros cruzando el Taren, el Myrddraal hizo retroceder a los trollocs hasta la puerta de Atajo más cercana, ubicada en las Montañas de la Niebla, y dejó a cargo de Fain la persecución. Entonces creyó haber recobrado la libertad, pero antes de arribar a Baerlon otro Fado lo localizó y no fue tan benévolo. Lo obligó a dormir por las noches doblado sobre sí en el interior de una olla de las que utilizan los trollocs, para recordarle el precio de la operación fallida. Aquél se sirvió de él hasta Shadar Logoth. Para entonces Fain estaba dispuesto a entregar al Myrddraal a su propia madre con tal de poderse liberar, pero el Oscuro nunca abre de buen grado las garras que atenazan a sus presas.

»Lo que yo hice allí, al establecer un rastro y un olor ilusorios en dirección a las montañas, indujo a engaño al Myrddraal pero no a Fain. Los Semihombres no le creyeron; posteriormente lo arrastraron tras de sí atado con una correa. Únicamente cuando pareció tomar un rumbo determinado, a pesar de la presión con que ellos tiraban de la cuerda, comenzaron a concederle crédito. Aquéllos eran los cuatro que volvieron a Shadar Logoth. Fain sostiene que fue el propio Ba'alzamon quien dirigió a los Myrddraal.

—¿El Oscuro? ¡Bah! —Agelmar sacudió la cabeza con desdén—. Ese hombre miente o ha perdido el juicio. Si la Ponzoña del Corazón circulara libremente ya estaríamos todos muertos a estas horas, padeciendo males peores.

—Fain decía lo que él consideraba cierto —afirmó Moraine—. No le ha sido posible mentirme, aun cuando haya omitido detalles. Éstas han sido sus palabras: «Ba'alzamon apareció como una llama vacilante, que se extinguía y volvía a presentarse, cambiando continuamente de lugar. Sus ojos herían a los Myrddraal y las llamaradas de su boca eran como un incesante azote».

—Algo —terció Lan— compelió a los Fados a encaminarse a donde temían ir..., a un lugar que los aterroriza aún más que la ira del Oscuro.

Agelmar bufó como si hubiera recibido un puntapié; parecía mareado.

—En Shadar Logoth se enfrentaron dos fuerzas malignas —continuó Moraine—, en insensato y ruin combate. Al referir lo ocurrido allí, a Fain le castañeteaban los dientes y gimoteaba. Muchos trollocs perdieron la vida, consumidos por Mashadar y otros seres, incluyendo al trolloc que retenía el lazo que ataba a Fain. Huyó de la ciudad como si fuera la Fosa de la Perdición de Shayol Ghul.

»Fain se consideró libre por fin. Trató de correr hasta donde Ba'alzamon no lograra darle alcance nunca más, hasta los confines de la tierra si era necesario. Imaginad su horror al descubrir que la compulsión por la caza no cesó de apremiarlo, sino que, al contrario, fue en aumento con cada día que transcurría. No podía ni comer, salvo lo que conseguía recoger mientras os seguía (escarabajos y lagartos atrapados en plena carrera, desperdicios medio podridos desenterrados en los estercolcros en la oscuridad de la noche), ni le era posible detenerse hasta que la extenuación lo doblegaba como un saco vacío.

»Y tan pronto como recobraba el vigor para ponerse en pie, sus piernas lo compelían a andar. Llegado el momento en que penetró en Caemlyn, era capaz de detectar a su presa incluso cuando ésta se hallaba a una milla de distancia. Aquí, en las mazmorras del sótano, levantaba de vez en cuando la cabeza sin advertir lo que hacía. Estaba mirando hacia el lado donde se encuentra esta sala.

Rand notó un súbito hormigueo en la nuca; era como si pudiera sentir los ojos de Fain clavados en él, a través de la piedra que mediaba entre ellos. La Acs Sedai advirtió su inquietud, pero continuó implacablemente.

—Si Fain estaba medio enloquecido al llegar a Caemlyn, aún perdió más el juicio al descubrir que sólo estaban allí dos de los chicos que buscaba. Su instinto lo compelía a seguiros a todos, pero no le quedaba más alternativa que centrarse en los dos que se encontraban allí. Ha mencionado haber gritado cuando se abrió la puerta del Atajo en Caemlyn. En su cerebro se hallaba la clave para hacerlo; ignora cómo llegó allí; sus manos, que consumían los fuegos de Ba'alzamon cuando trataba de detener su impulso, se movieron por cuenta propia. Fain asesinó al propietario de la tienda, que acudió a investigar la causa del ruido. No lo hizo acuciado por la necesidad sino por la envidia que le producía el que el hombre pudiera salir tranquilamente de la bodega mientras que sus pies lo arrastraban inexorablemente al interior de los Atajos.

—Entonces Fain fue lo que vos detectasteis que nos seguía —dedujo Egwene. Lan asintió—. ¿Cómo escapó de..., del Viento Negro? —Con la voz entrecortada, se detuvo para tragar saliva—. Soplaba justo detrás de nosotros en la puerta.

—Por una parte escapó de él y por otra no —explicó Moraine—. El Viento Negro lo atrapó y, según ha afirmado, él comprendió sus voces.

731

Algunas lo saludaban como a un igual; otras lo temían. Tan pronto como hubo envuelto a Fain, el viento huyó.

—Que la Luz nos proteja. —El susurro de Loial fue tan estentóreo como el aleteo de un abejorro gigante.

—Roguemos por que así sea —convino Moraine—. Hay muchos detalles que Fain no me ha revelado, muchas cosas que preciso conocer. El mal ha echado en él tan poderosas raíces como nunca las había visto iguales. Es posible que el Oscuro, al efectuar la transformación de Fain, le imprimiera alguna parte de sí, tal vez incluso de modo inconsciente, algo que participara de sus designios. Cuando he mencionado el Ojo del Mundo, Fain ha apretado bruscamente las mandíbulas, pero he notado que escondía algo bajo su silencio. Si al menos tuviera tiempo para sonsacarle ahora... Sin embargo, no podemos esperar.

—Si este hombre sabe algo —dijo Agelmar—, yo soy capaz de hacerlo confesar. —Su semblante y su voz no prometían piedad para los Amigos Siniestros—. La posibilidad de averiguar algún indicio de lo que habréis de afrontar en la Llaga bien merece una jornada de demora. Muchas batallas se han perdido por desconocer las intenciones del enemigo.

Moraine suspiró y sacudió la cabeza vivamente.

—Mi señor, si no precisáramos de una noche de reposo antes de adentrarnos en la Llaga, partiría ahora mismo, aun a riesgo de topar con un pelotón de trollocs en la oscuridad. Reflexionad acerca de la información que he obtenido de Fain. Hace tres años el Oscuro hubo de hacer que le llevaran a Fain a Shayol Ghul para establecer contacto con él, a pesar de que Fain era ya un Amigo Siniestro consagrado hasta la médula. Un año después, el Oscuro pudo manipular a Fain, el Amigo Siniestro, a través de sus sueños.

»Este año, Ba'alzamon se persona en los sueños de seres que siguen la senda de la Luz y, de hecho, aparece, si bien con dificultad, en Shadar Logoth. No con su propio cuerpo, claro está, pero incluso una proyección de la mente del Oscuro, aun cuando ésta sea una proyección vacilante, es mortalmente más peligrosa para el mundo que todas las hordas trollocs juntas. Las puertas de Shayol Ghul están debilitándose de modo inexorable, lord Agelmar. No hay tiempo que perder.

Agelmar inclinó la cabeza a modo de asentimiento, pero cuando volvió a levantarla su boca todavía expresaba una tenaz resistencia.

—Aes Sedai, puedo aceptar que, cuando conduzca a mis lanceros al desfiladero de Tarwin, de ello no resultará más que una distracción, una escaramuza secundaria, no una verdadera batalla. El deber guía a los hombres con tanta firmeza como el Entramado, y no suele prometer que nuestros actos sean grandiosas proezas. Sin embargo, nuestra escaramuza será inútil, aun cuando salgamos ganadores, si vos perdéis la batalla. Si opináis que vuestra comitiva ha de ser reducida, de acuerdo, pero os ruego que realicéis todos los esfuerzos que puedan propiciar vuestra victoria. Dejad a estos jóvenes aquí, Aes Sedai. Os juro que en su lugar os proporcionaré expertos guerreros sin ansias de gloria, buenos espadachines que casi serán tan efectivos en la Llaga como Lan. Permitid que cabalgue hacia el desfiladero con la conciencia de haber hecho cuanto está en mis manos por contribuir a vuestra victoria.

—Debo llevarlos a ellos, lord Agelmar —respondió suavemente Moraine—. Ellos son quienes librarán la batalla en el Ojo del Mundo.

Agelmar observó a Rand, Mat y Perrin con la mandíbula desencajada. De improviso, el señor de Fal Dara dio un paso atrás, en una búsqueda inconsciente de la espada que nunca llevaba en el interior de la fortaleza.

—No son... Vos no sois del Ajah Rojo, Moraine Sedai, pero ni siquiera vos podríais... —Un repentino sudor perló su cabeza rapada.

—Son *ta'veren* —aclaró Moraine—. El Entramado se teje en torno a ellos. El Oscuro ya ha intentado dar muerte a cada uno de ellos en más de una ocasión. Tres *ta'veren* reunidos en un mismo lugar bastan para transformar la vida a su alrededor al igual que un torbellino modifica la distribución de la paja. Cuando ese lugar es el Ojo del Mundo, el Entramado podría incluso rodear con su urdimbre al Señor de las Mentiras y neutralizar su poder.

Agelmar dejó de tantear en busca de su espada, pero continuó con su mirada dubitativa dirigida a Rand y a sus amigos.

—Moraine Sedai, si vos decís que lo son, debe de ser cierto, pero yo soy incapaz de verlo. Muchachos campesinos. ¿Estáis segura, Aes Sedai?

—La sangre ancestral —dijo Moraine— se bifurca como un río cuyos ramales van dividiéndose en centenares de arroyos, pero a veces los arroyuelos se unen para formar de nuevo un río. La vieja sangre de Manetheren corre con fuerza y pureza por las venas de casi todos estos jóvenes. ¿Ponéis en duda el arrojo de la sangre de Manetheren, lord Agelmar?

Rand miró de soslayo a la Aes Sedai. «Casi todos.» Se aventuró a lanzar una ojeada a Nynaeve; ésta se había girado para observar además de escuchar, pese a que todavía rehuyera la mirada de Lan. Sus ojos toparon con los de la Zahorí, la cual negó con la cabeza; ella no le había dicho a la Aes Sedai que él no había nacido en Dos Ríos. «¿Qué sabrá Moraine al respecto?»

—Manetheren —repitió lentamente Agelmar—. No pondría en duda el coraje de su estirpe. —Luego, con mayor rapidez, agregó—: La Rueda da extraños giros. Unos chicos campesinos van a la Llaga en representación del honor de Manetheren, y, sin embargo, si hay alguna raza capaz de derribar al Oscuro, ésa sería la que lleva la sangre de Manetheren. Se hará como deseáis, Aes Sedai.

—Retirémonos a nuestros aposentos —dijo Moraine—. Debemos partir a la salida del sol, pues el tiempo va mermando. Los muchachos deben dormir cerca de mí. Nos queda un tiempo muy escaso antes de entrar en combate para permitir que el Oscuro vuelva a entrometerse en sus mentes. Demasiado escaso.

Rand sintió cómo sus ojos los escrutaban, a él y a sus compañeros, ponderando su fuerza, y se estremeció. Demasiado escaso.

48

La Llaga

El viento agitaba la capa de Lan, tornándolo en ocasiones invisible incluso con la luz del sol, e Ingtar y el centenar de lanceros que lord Agelmar había enviado para escoltarlos hasta la frontera, en previsión de posibles ataques de trollocs, componían un magnífico emblema de bravura, cabalgando en dos columnas con sus armaduras, pendones rojos y caballos con arneses de acero, capitaneados por el estandarte con la Lechuza Gris de Ingtar. Su fasto no desmerecía en nada al de los guardias de la reina, pero eran las torres que se encontraban más adelante lo que retenía la atención de Rand. Tendría toda la mañana para contemplar a los lanceros de Shienar.

Cada una de las torres se erguía, alta e imponente, sobre una colina, a media milla de distancia de la contigua. Por el este y el oeste se alzaban otras y también por detrás. Una ancha rampa protegida por muros ascendía en espiral en torno a las pétreas saetas, girando hasta desembocar en las macizas puertas ubicadas a medio camino de las almenas. Una salida de la guarnición quedaría resguardada por el muro hasta llegar al suelo, pero los enemigos que procuraran llegar a la puerta, subirían bajo una lluvia de flechas, piedras y aceite ardiente, derramado desde las grandes ollas dispuestas en las murallas que ensanchaban su perímetro hacia afuera. Un enorme espejo de acero, cuidadosamente girado, que no reflejaba el sol ahora, relucía en la cima de cada torre debajo del elevado cuenco de hierro destinado a encender fuego para expandir señales cuando el sol no alumbrase. La señal se transmitiría a los torreones más alejados de la frontera y de éstos a los siguientes, reproducida hasta alcanzar las fortalezas de tierra adentro, desde donde saldrían los lanceros a contener las hordas. En tiempos normales, así habría sucedido.

Algunos hombres miraban cómo se acercaban, asomados cautelosamente entre las almenas de las torres más próximas. En épocas mejores aquellas edificaciones únicamente estaban guarnecidas con fines defensivos, y la supervivencia de sus moradores dependía más de los muros de piedra que de la fortaleza de sus brazos, pero entonces casi todos los hombres habían sido llamados a cabalgar hacia el desfiladero de Tarwin. La caída de las atalayas carecería de importancia si los lanceros salían derrotados del desfiladero.

Rand sintió escalofríos al pasar entre los torreones. Era como si hubiera atravesado una corriente de aire frío. Aquello era la frontera. La tierra que se extendía más allá no parecía distinta de la de Shienar, pero en esa dirección, en algún punto oculto por los esqueletos de los árboles, se encontraba la Llaga.

Ingtar alzó un puño acorazado de acero para detener a los lanceros junto a un poste de piedra que se avistaba desde las torres. Era una marca fronteriza, que delimitaba Shienar y lo que en otro tiempo fuera Malkier.

—Excusad, Moraine Aes Sedai. Excusad, Dai Shan. Excusad, constructor. Lord Agelmar me ha ordenado que no entrara más allá. —Aquello parecía contrariar sus deseos.

—Así lo habíamos determinado lord Agelmar y yo —confirmó Moraine.

Ingtar gruñó agriamente.

—Perdonadme, Aes Sedai —se disculpó, sin poner su corazón en ello—. Al haberos escoltado hasta aquí, hemos perdido la ocasión de llegar al desfiladero antes de que se libre el combate. Me veo privado de la posibilidad de pelear con el resto y al mismo tiempo se me ordena que no cabalgue ni un paso más allá de la frontera, como si nunca hubiera penetrado en la Llaga. Y mi señor Agelmar no se ha dignado explicarme por qué razón. —Tras las barras de su visera, sus ojos formularon una pregunta a la Aes Sedai. Se negó a desviar la mirada hacia Rand y los demás; se había enterado de que acompañarían a Lan hasta la Llaga.

—Por mí puede quedarse en mi lugar —murmuró Mat a Rand.

Lan les asestó una dura mirada que hizo volver hacia el suelo el súbitamente sonrojado rostro de Mat.

—Cada uno de nosotros tiene una misión que cumplir en el Entramado, Ingtar —afirmó, tajante, Moraine—. A partir de aquí hemos de trenzar nuestros hilos a solas.

—Como deseéis, Aes Sedai. —La reverencia de Ingtar tuvo una rigidez que no sólo se debía a su armadura—. Debo dejaros ahora y galopar velozmente para llegar al desfiladero de Tarwin. Al menos allí se me... permitirá enfrentarme a los trollocs.

—¿De veras estáis tan ansioso? —inquirió Nynaeve—. ¿Por pelear con los trollocs?

Ingtar le dirigió una perpleja mirada y luego lanzó una ojeada a Lan, como si éste pudiera explicarle el significado de aquella pregunta.

—Ése es mi oficio, señora —repuso lentamente—. Ése es el sentido de mi existencia. —Tendió una mano abierta, revestida con guantelete, al Guardián— *Suravye ninto manshima taishite*, Dai Shan. Que la Paz propicie el uso de tu espada. —Tras volver grupas, Ingtar tomó rumbo este con sus portaestandartes y sus cien lanceros. Marchaban a un paso regular, el más rápido que podían sostener los caballos con armaduras, que aún habían de recorrer un largo trecho.

—Qué cosa más rara dicen —comentó Egwene—. ¿Por qué utilizan de ese modo esa palabra? Paz.

—Cuando uno no ha conocido una cosa más que en sueños —replicó Lan, incitando a emprender la marcha a *Mandarb*—, ésta se convierte en algo más preciado que un talismán.

Mientras trasponía la frontera en pos del Guardián, Rand se volvió para contemplar a Ingtar y a sus hombres, que desaparecían detrás de la desnuda arboleda, y más tarde divisó el poste delimitador y las torres, que poco a poco se perdieron en la lejanía. En su prematura soledad, seguían cabalgando hacia el norte bajo el desnudo dosel del bosque. Rand se sumió en un tenso silencio y por una vez Mat no dijo nada.

Aquella mañana las puertas de Fal Dara se habían abierto con el alba. Lord Agelmar, vestido con armadura y tocado con yelmo al igual que sus hombres, había salido con el estandarte del Halcón Negro y los Tres Zorros de la puerta este al encuentro del sol, todavía una delgada franja rojiza que asomaba entre los árboles. Como una serpiente de acero ondulándose al compás de los tambores, la columna se había puesto en camino en fila de a cuatro, encabezada por Agelmar, cuya figura ocultó la espesura antes de que los últimos hombres hubieran abandonado la fortaleza de Fal Dara.

No sonaron vítores en las calles para animarlos; sólo se oían sus propios tambores y el crujido de los pendones azotados por el viento, pero sus ojos miraban resueltamente el sol naciente. Más adelante se reunirían con otras serpientes aceradas: de Fal Moran, capitaneadas por el rey Easar en persona, flanqueado por sus hijos; de Ankor Dail, que vigilaba los pasos orientales y preservaba la Columna Vertebral del Mundo; de Mos Shirare, de Fal Sion y Camron Caan y de las restantes fortalezas de Shienar, grandes y pequeñas. Juntos conformarían un gran ofidio que se desviaría hacia el desfiladero de Tarwin.

Otro éxodo se había iniciado de forma simultánea por la puerta real, que desembocaba en el camino de Fal Moran. Carros y carromatos, personas a caballo y a pie, conducían su ganado y cargaban a sus hijos a hombros con caras tan alargadas como las nieblas matinales. Reacios a abandonar sus hogares, tal vez para siempre, aminoraban el paso, acuciados, al mismo tiempo, por el miedo a lo que podía suceder en un futuro próximo. El conflicto entre ambas emociones imprimía altibajos a su avance, que tan pronto era un paulatino arrastrarse de pies como una carrera que sólo duraba doce pasos, tras los cuales volvían a hollar cansinamente el polvo. Algunos se habían parado fuera de la ciudad para contemplar a los soldados que se adentraban en el bosque. Otros reflejaban un destello de esperanza en sus ojos mientras musitaban plegarias dedicadas a los soldados, y ellos mismos, antes de girar hacia el sur, arrastraban de nuevo los pies.

La comitiva menos numerosa partió de la puerta de Malkier. Tras ellos quedaron las pocas personas que permanecerían en la ciudad, guerreros y unos cuantos hombres de edad avanzada, cuyas mujeres habían fallecido y cuyos hijos marchaban a refugiarse a Fal Moran. Era la última guarnición para que, fuese cual fuese el desenlace de la batalla del desfiladero de Tarwin, Fal Dara no cayera sin tener a nadie que la defendiera. La Lechuza Gris de Ingtar iba en cabeza, pero era Moraine quien conducía hacia el norte la postrera expedición, la que iba a acometer la empresa más desesperada.

Durante al menos una hora, después de haber dejado atrás la marca fronteriza, no hubo ningún cambio en el paisaje. El Guardián infundía un ritmo rápido a su marcha, el más veloz que podían mantener los caballos, pero Rand no dejaba de preguntarse cuándo llegarían a la Llaga. Las colinas se volvieron algo más abruptas, pero los árboles, las lianas y los matorrales, grisáceos y casi pelados, no diferían de los que había visto en Shienar. Comenzó a sentir un poco de calor y se quitó la capa.

—Éste es el tiempo más cálido de que he disfrutado en todo el año —afirmó Egwene, quien se desprendió asimismo de la capa.

Nynaeve ladeó la cabeza con el rostro ceñudo como si escuchara el viento.

—Tiene algo maligno —dijo.

Rand asintió. Él también lo captaba, aunque no pudiera determinar con exactitud qué era. La sensación superaba la mera constatación de un aire más caldeado del que había notado a la intemperie durante aquel año; era más que el simple hecho de que en aquellas latitudes no debería hacer tanto calor. Debía de ser la Llaga, pero el terreno seguía inmutable.

El sol, una bola roja que no podía despedir tanto calor a pesar del cielo despejado de nubes, alcanzó su cenit. Momentos después se desabotonó la chaqueta. El sudor resbalaba por su rostro.

Los demás también sudaban. Mat se quitó la chaqueta, dejando al descubierto la daga adornada con oro y rubí, y se enjugó la cara con la punta de la bufanda. Pestañeando, volvió a enrollársela en la frente para protegerse los ojos. Nynaeve y Egwene se abanicaban; cabalgaban con los hombros hundidos, como si estuvieran languideciendo. Loial se desabrochó de arriba abajo la túnica de cuello alto y la chaqueta. El Ogier tenía una estrecha franja de pelo en el medio del pecho, tan espesa como el pelambre de un animal. Murmuró disculpas a todos.

—Debéis excusarme. El *stedding* Shangtai está en las montañas y allí hace frío. —Las amplias ventanas de su nariz se ensancharon para inspirar un aire que se volvía más caluroso con cada minuto—. No me gusta este calor, esta humedad.

Rand cayó en la cuenta de que, en efecto, había un elevado grado de humedad. Era como la atmósfera de la Ciénaga en los días más rigurosos de verano en Dos Ríos. En aquel terreno pantanoso el aire entraba en los pulmones como filtrado por una manta empapada de agua caliente. Allí no había fangales, sólo algunas balsas y arroyos que parecían hilillos de agua a alguien habituado a caminar por el Bosque de las Aguas, pero el aire era similar al de la Ciénaga. Únicamente Perrin, que aún conservaba puesta la chaqueta, respiraba sin dificultad. Perrin y el Guardián.

En aquellos parajes los árboles presentaban algún follaje. Rand alargó la mano para tocar una rama y detuvo la mano a escasos centímetros de sus hojas. Una plaga amarillenta y negra moteaba la tonalidad rojiza de los nuevos brotes.

—Os he dicho que no tocarais nada. —La voz de Lan sonó inexpresiva.

El Guardián todavía llevaba la capa de colores cambiantes, como si el calor no le produjera mayor impresión que el frío; la casi total invisibilidad de la prenda daba la sensación de que su cabeza flotaba sin ningún sostén por encima del lomo de *Mandarb*.

—Las flores pueden matar en la Llaga y las hojas son capaces de lisiar —prosiguió—. Hay una cosa de pequeño tamaño llamada la Estaca, que suele ocultarse donde las hojas son más espesas y aparentan cierta lozanía, a la espera de que algo la toque. Cuando ello ocurre, muerde. No inocula veneno, pero el jugo comienza a digerir la presa de la Estaca en su lugar. Lo único que puede salvar a su víctima es la amputación del brazo o pierna mordido. Sin embargo, una Estaca no muerde a menos que se la toque, a diferencia de otros seres que moran en la Llaga.

Rand retiró en seguida la mano y, pese a no haber rozado las hojas, se la restregó en los pantalones.

—¿Ya estamos, pues, en la Llaga? —inquirió Perrin, que curiosamente no parecía asustado.

—Justo en el linde —respondió lúgubremente Lan. Su semental continuó avanzando y él siguió hablando por encima del hombro—. La verdadera Llaga se encuentra más adelante. Hay entes en la Llaga que cazan por medio del sonido y es posible que algunos se hayan aventurado hasta aquí. A veces atraviesan las Montañas Funestas. Son mucho peores que la Estaca. Guardad silencio y no os detengáis, si queréis permanecer con vida. —Prosiguió con paso rápido, sin detenerse a escuchar posibles respuestas.

La corrupción de la Llaga fue haciéndose más evidente con cada milla recorrida. Las hojas cubrían los árboles con profusión aún mayor, pero manchadas de amarillo y negro, con venas de un rojo ceniciento como de sangre envenenada. El follaje y los tallos aparecían hinchados, dispuestos a estallar al menor contacto. Las flores pendían de árboles y matas, parodiando la primavera con su pulposa palidez enfermiza y sus formas cerosas que semejaban descomponerse mientras Rand las miraba. Cuando respiraba por la nariz, el hedor dulzón de la decadencia, pesado y viscoso, lo empalagaba; cuando trataba de aspirar bocanadas por la boca, casi sentía náuseas. El aire tenía el sabor de la carne estropeada. Los cascos de los caballos provocaban pastosos chasquidos al abrirse bajo ellos plantas y frutos maduros o podridos.

Mat se inclinó lateralmente y vomitó hasta vaciar el estómago. Rand invocó el vacío, pero la calma apenas le servía para neutralizar la ardiente bilis que remontaba a su garganta. Con el estómago vacío, Mat volvió a vomitar una milla más adelante, sin arrojar nada, al igual que la vez siguiente. Egwene, que tragaba saliva sin cesar, parecía a punto de vomitar también, y el rostro de Nynaeve era una blanca máscara de obstinación, con las mandíbulas comprimidas y los ojos fijos en la espalda de Moraine. La Zahorí no admitiría sentirse mareada a menos que lo hiciera primero la Aes Sedai, pero Rand no creía que hubiera de aguardar mucho. Moraine tenía los ojos entornados y los labios descoloridos.

A pesar del calor y la humedad, Loial se ató una bufanda para taparse la boca y la nariz. Cuando cruzó una mirada con Rand, la aversión y el asco eran patentes en sus ojos.

—Había oído decir... —comenzó a contar, con la voz amortiguada por la lana, pero se detuvo para aclararse la garganta, dibujando una mueca de disgusto—. ¡Pufff! Sabe a... ¡Pufff! Había escuchado y leído información sobre la Llaga, pero nada es capaz de describir... —Su gesto abarcó de algún modo la pestilencia y la repelente vegetación—. ¡Que el Oscuro tenga que hacer esto incluso a los árboles! ¡Pufff!

Lan, por supuesto, no se veía afectado por el entorno, al menos por lo que alcanzaba a percibir Rand, pero lo que más le sorprendía es que Perrin tampoco acusaba nada. En todo caso, no a la manera de los demás. El fornido joven miraba el obsceno bosque que atravesaban como se observaría a un enemigo, o el estandarte de un enemigo. Acariciaba el hacha que pendía de su cinturón como si fuera inconsciente de ello y murmuraba para sí, medio gruñendo de tal suerte que a Rand se le erizaban los pelos de la nuca al escucharlo. Aun a plena luz del sol sus ojos relucían con fieros destellos amarillos.

El calor no remitió cuando el sanguinolento sol se escondió en el horizonte. En la lejanía se erguían unas cúspides más elevadas que las Montañas de la Niebla, recortando su negra silueta en el cielo. De vez en cuando un gélido viento procedente de los escarpados picos transportaba hasta ellos sus rachas. La tórrida humedad engullía la mayor parte del frescor de las montañas, pero lo que restaba de él era un rigor invernal comparado al bochorno que, aun cuando sólo fuera momentáneamente, sustituía. El sudor de la faz de Rand parecía solidificarse en cuentas de hielo; cuando el viento amainaba, las cuentas se fundían de nuevo y mojaban sus mejillas, y el sofocante calor volvía a sentirse con más fuerza a causa del contraste. Durante el instante en que la ventolera los azotaba, se llevaba consigo la fetidez, pero Rand habría preferido prescindir de ella. El frío que emanaba de ella era la gelidez de la tumba y el olor que transportaba era el del polvoriento moho de un antiguo sepulcro recién abierto.

—No podemos llegar a las montañas antes del crepúsculo —señaló Lan— y es peligroso caminar de noche, incluso para un Guardián solo.

—Hay un lugar no lejos de aquí —informó Moraine—, que constituiría un punto de buen agüero para acampar.

El Guardián le dedicó una mirada impasible y luego asintió de mala gana.

—Sí. Debemos acampar en algún sitio. Tanto da que sea allí.

—El Ojo del Mundo se encontraba al otro lado de los puertos cuando yo lo hallé —explicó Moraine—. Será mejor cruzar las Montañas Funestas a pleno mediodía, cuando los poderes del Oscuro están más debilitados.

—Habláis como si el Ojo no estuviera siempre en el mismo lugar. —Egwene habló a la Aes Sedai, pero fue Loial quien le respondió:

—No hay dos Ogier que lo hayan encontrado en la misma ubicación. Por lo visto, el Hombre Verde se localiza cuando se lo necesita. Pero siempre lo han visto al otro lado de los puertos más elevados. Éstos son traicioneros y están habitados por criaturas del Oscuro.

—Hemos de llegar a ellos antes de que debamos preocuparnos por su naturaleza —aconsejó Lan—. Mañana habremos penetrado en el corazón de la Llaga.

Rand contempló la arboleda circundante, donde todas las hojas y flores estaban consumidas por la enfermedad y todas las plantas trepadoras se deterioraban mientras crecían, y no pudo reprimir un escalofrío. «Si esto no es la verdadera Llaga, ¿qué es?»

Lan los guió hacia poniente. El Guardián mantuvo el mismo paso vivo, pero el hundimiento de sus hombros delataba su ánimo reacio a tomar aquel rumbo.

El sol era una lúgubre bola roja que rozaba las copas de los árboles cuando coronaron un altozano y el Guardián refrenó su montura. Más allá se extendía una red de lagos en cuya superficie reverberaban sombríamente los haces de luz que la sesgaban, tomando la apariencia de cuentas de diversos tamaños unidas en un collar de varias vueltas. En la lejanía, rodeadas por las aguas, se alzaban varias colinas de bordes recortados entre las crecientes sombras del crepúsculo. Por un instante, los rayos del sol se posaron en sus cumbres escarpadas y Rand retuvo el aliento. No eran colinas, sino los resquebrajados restos de las siete torres. No tenía la certeza de que alguien más las hubiera percibido, habida cuenta de la rapidez con que se había desvanecido la visión. El Guardián estaba desmontando, con el semblante tan inescrutable como una piedra.

—¿No podríamos acampar abajo, junto a los lagos? —preguntó Nynaeve, enjugándose el rostro con un pañuelo—. Debe de hacer más fresco al lado del agua.

—¡Luz! —exclamó Mat—. Hundiría la cabeza en uno de ellos y quizá no volviera a sacarla de allí.

En aquel preciso instante un enorme cuerpo rebulló bajo la superficie de la laguna más próxima, agitando sus fosforescentes y oscuras aguas. Las ondas se expandieron, girando y girando hasta que al fin emergió una cola, sacudiendo una punta, similar al aguijón de una avispa en el atardecer, la cual se remontó a más de cinco espanes de altura. En todo su contorno se retorcían gruesos tentáculos semejantes a monstruosos gusanos, en un número equiparable al de las patas de un ciempiés. Entonces se deslizó lentamente en la gran charca y desapareció, dejando las ondulaciones como único testigo de su presencia.

Rand cerró la boca e intercambió una mirada con Perrin, cuyos amarillentos ojos expresaban la misma incredulidad que debían de reflejar los suyos. Aquel lago no podía albergar ningún ser de tamañas dimensiones. «No es posible que aquello que asomaba en los tentáculos fueran manos. No es posible.»

—Pensándolo bien —dijo Mat en voz baja—. Aquí arriba estaremos perfectamente.

—Voy a disponer salvaguardas en torno a esta colina —anunció Moraine, que ya había desmontado—. Una verdadera barrera llamaría la atención de igual forma que atrae la miel a las moscas, pero, si cualquier engendro del Oscuro o ser que sirva a la Sombra se aproxima a nosotros en un radio de una milla, yo tendré constancia de ello.

—Me gustaría más la barrera —afirmó Mat—, mientras ésta mantuviera a raya a ese, esa... cosa.

—Oh, calla ya, Mat —lo atajó Egwene.

—¿Y que luego estuvieran esperándonos por la mañana? —espetó Nynaeve—. Eres un necio, Matrim Cauthon. —Mat miró airadamente a las dos mujeres, pero se abstuvo de añadir más comentarios.

Mientras tomaba las riendas de *Bela*, Rand intercambió una sonrisa con Perrin. Por un momento era casi como si estuvieran en casa, con Mat diciendo las mismas inconveniencias de siempre. Después la sonrisa se esfumó de la cara de Perrin; en el crepúsculo sus ojos realmente relucían como si tuviera un foco de luz en las cuencas. Rand también adoptó una expresión seria. «No se parece en nada a cuando estábamos en el pueblo.»

Rand, Mat y Perrin ayudaron al Guardián a desensillar y trabar los caballos, mientras los demás realizaban los preparativos de acampada. Loial murmuraba entre dientes al montar el diminuto fogón del Guardián, pero sus dedos se movían con destreza. Egwene canturreaba mientras llenaba el hervidor para el té con un odre repleto de agua. Rand ya no se extrañaba de que el Guardián hubiera insistido en acarrear tanta agua.

Después de depositar su silla junto a las otras, deshizo las correas que sujetaban sus alforjas y la manta, se volvió y se detuvo, alarmado. El Ogier y las mujeres habían desaparecido, al igual que el fogón y los cestos de mimbre. En la cima de la colina no quedaban más que las sombras del anochecer.

Aferró el puño de la espada con una mano agarrotada, escuchando vagamente las maldiciones proferidas por Mat. Perrin empuñaba el hacha, agitando su crespo cabello mientras miraba a su alrededor para detectar el peligro.

—Pastores —murmuró Lan. Sin inmutarse, caminó por la cima del altozano para desvanecerse a la tercera zancada.

Rand y sus amigos se precipitaron con ojos desorbitados tras el Guardián. Rand se paró de pronto y dio un nuevo paso cuando Mat chocó de bruces contra su espalda. Egwene levantó la cabeza del hervidor dispuesto sobre el pequeño fogón. Nynaeve estaba cerrando la camisa exterior de una linterna recién encendida. Estaban todos allí, Moraine sentada con las piernas cruzadas, Lan recostado en el suelo y Loial sacando un libro de su bolsa.

Rand miró con cautela a su espalda. La ladera de la colina permanecía inalterable, así como los árboles en penumbra y los lagos que engullían las sombras. Temía retroceder, por miedo a que todos se esfumaran y no reaparecieran aquella vez. Rodeándolo prudentemente, Perrin exhaló una larga bocanada de aire.

Moraine reparó en ellos, pasmados allí de pie. Perrin, visiblemente avergonzado, deslizó nuevamente su hacha en el bucle de la correa con la esperanza de que nadie lo advirtiera.

—Es algo muy simple —aclaró la Aes Sedai, esbozando una sonrisa—, una desviación, de manera que cualquiera que nos mire, verá únicamente lo que nos rodea. No podemos permitirnos que los seres que merodean por el entorno perciban las luces esta noche, y la Llaga no es un lugar para permanecer a oscuras.

—Moraine Sedai dice que yo seré capaz de hacerlo —exclamó Egwene con ojos brillantes—. Dice que ahora ya puedo encauzar la cantidad de Poder Único que se precisa.

—No sin haberlo practicado, hija —le advirtió Moraine—. El acto más sencillo que involucre el Poder Único puede resultar peligroso para los aprendices y para quienes se encuentran a su lado. —Perrin soltó un bufido y Egwene pareció tan azorada que Rand se preguntó si no habría hecho ya uso de él.

Nynaeve depositó el candil en el suelo. Junto con la exigua llama del fogón, las dos linternas despedían una generosa luz.

—Cuando vayas a Tar Valon, Egwene —dijo cautelosamente—, tal vez te acompañe. —La mirada que dirigió a Moraine era extrañamente recelosa—. Será bueno para ella ver un rostro familiar entre tantos desconocidos. Necesitará a alguien que la aconseje aparte de las Aes Sedai.

—Quizás eso sea lo mejor, Zahorí —replicó tranquilamente Moraine.

—Oh, será maravilloso —se alborozó Egwene, batiendo palmas—. Y tú, Rand. Tú vendrás también, ¿verdad? —Se detuvo en el acto de sentarse frente a ella, al otro lado del fogón, y luego descendió lentamente. No recordaba haber visto sus ojos tan grandes, tan brillantes, tan parecidos a estanques en los que podía perder su propia conciencia. Con las mejillas coloreadas, la muchacha emitió un carcajada—. Perrin, Mat, vosotros también vendréis, ¿no es cierto? —Mat respondió con un gruñido que hubiera podido tener cualquier significado y Perrin se limitó a encogerse de hombros, pero Egwene lo interpretó como un asentimiento—. ¿Ves, Rand? Iremos todos juntos.

«Luz, un hombre podría ahogarse en esos ojos y sentirse dichoso de hacerlo.» Incómodo, se aclaró la garganta antes de hablar.

—¿Tienen corderos en Tar Valon? Eso es lo único que sé hacer, criar corderos y cultivar tabaco.

—Creo —intervino Moraine— que os proporcionaré alguna actividad en Tar Valon. Tal vez no sea criar corderos, pero será algo de interés.

—Ya está —dijo Egwene, como si fuera un asunto zanjado—. Ya lo sé: te nombraré mi Guardián cuando yo sea una Aes Sedai. ¿No te gustaría ser un Guardián? ¿Mi Guardián? —Su voz denotaba seguridad, pero su mirada era inquisitiva. Pedía una respuesta que necesitaba.

—Me gustaría ser tu Guardián —repuso. «Ella no es para ti, ni tú para ella, no de la manera que ambos desearíais.»

La oscuridad los había cercado rápidamente y todos estaban fatigados. Loial fue el primero en acostarse, pero los demás siguieron pronto su ejemplo. Nadie dio más uso a las mantas que el de cojín. Moraine había mezclado con el aceite de las lámparas una sustancia que disipaba la fetidez de la Llaga, pero nada mitigaba el calor. La luna despedía una vacilante luz acuosa, pero la atmósfera era tan sofocante como si fuera pleno mediodía.

Rand no lograba dormirse por más que tuviese a la Aes Sedai a un palmo de distancia para proteger sus sueños. Era la viscosidad del aire lo que se lo impedía. Los suaves ronquidos de Loial eran un estruendo en comparación a los de Perrin. El Guardián estaba todavía despierto, sentado no muy lejos de él con la espada entre las piernas, contemplando la noche. Y, curiosamente, también lo estaba Nynaeve.

La Zahorí observó a Lan en silencio largo rato; luego sirvió una taza de té y se la acercó. Cuando él alargó la mano y musitó las gracias, la joven la retuvo.

—Debí haber adivinado que erais un rey —dijo en voz baja. Sus ojos miraban con firmeza el rostro del Guardián, pero su voz temblaba ligeramente.

Lan la miró con la misma intensidad. Rand tuvo la impresión de que las facciones del Guardián se habían suavizado realmente.

—No soy un rey, Nynaeve. Sólo un hombre. Un hombre que ni siquiera tiene para añadir a su nombre lo que el más miserable campesino.

—Algunas mujeres no exigen tierras ni riquezas —replicó Nynaeve con mayor determinación en la voz—. Se conforman con tener al hombre.

—Y el hombre que le pidiera que aceptase tan poca cosa sería indigno de ella. Sois una mujer extraordinaria, hermosa como el amanecer, aguerrida como un guerrero. Ostentáis la fiereza de un león, Zahorí.

—Las Zahoríes no suelen casarse. —Se detuvo para aspirar profundamente, haciendo acopio de entereza—. Pero, si voy a Tar Valon, es posible que me convierta en algo distinto de una Zahorí.

—Las Aes Sedai tampoco suelen desposarse. Son pocos los hombres que pueden convivir con una mujer que posee tanto poder, el cual los relega a un segundo plano, lo quieran ellas o no.

—Algunos hombres disponen de suficiente fortaleza. Yo conozco a uno que sí la tiene. —Su mirada no dejaba margen de duda respecto a quién se refería.

—Todo de cuanto dispongo es de una espada y una guerra que no podré vencer, pero que no me será permitido abandonar nunca.

—Ya os he dicho que eso no me importa. Luz, ya me habéis obligado a decir más de lo conveniente. ¿Me haréis rebajar hasta el punto de formularos yo la pregunta?

—Nunca habréis de avergonzaros por mí. —Su tono suave, acariciador, sonó extraño en los oídos de Rand, pero a la Zahorí se le iluminaron los ojos—. Odiaré al hombre que elijáis porque no seré yo y lo amaré si alumbra con una sonrisa vuestros labios. Ninguna mujer merece la certeza de llevar el luto de la viudedad como presente de bodas, y vos menos que nadie. —Dejó la taza intacta en el suelo y se levantó—. Debo ir a vigilar los caballos.

Nynaeve permaneció allí, de hinojos, después de alejarse él.

A pesar de no tener sueño, Rand cerró los ojos. No creía que a la Zahorí le agradara la idea de que la viera llorar.

49

EL OSCURO COBRA PODER

El alba despertó con un sobresalto a Rand, al posarse sobre sus ojos los rayos del lúgubre sol que se alzaba lento sobre las copas de los árboles de la Llaga. Aun tan temprano, el calor cubría con su pesado manto los desolados parajes. Yacía boca arriba, con la cabeza recostada en la manta, contemplando el cielo. Todavía era azul, el cielo. Incluso allí, el cielo al menos permanecía inmutable.

Le sorprendió advertir que había dormido. Por espacio de un minuto el confuso recuerdo de una conversación escuchada se le antojó como parte de un sueño. Entonces vio los ojos enrojecidos de Nynaeve; evidentemente ella no había dormido. El rostro de Lan aparecía más duro que nunca, como si hubiera vuelto a adoptar una máscara y estuviera decidido a no permitir que nada la alterara.

Egwene caminó hasta la Zahorí y se acurrucó a su lado con expresión preocupada. No logró distinguir lo que decían. Egwene habló y Nynaeve sacudió la cabeza. Egwene añadió algo y la Zahorí le indicó con un gesto que la dejara sola. En lugar de hacerlo, Egwene se acercó más a ella y durante unos minutos las dos mujeres conversaron con voz aún más queda, si bien Nynaeve no dejaba de mover la cabeza de un lado a otro. La Zahorí acabó por lanzar una carcajada, abrazando a

Egwene y, a juzgar por su semblante, pronunciando palabras tranquilizadoras. Cuando Egwene se puso en pie, sin embargo, asestó una furiosa mirada al Guardián, el cual no pareció percibirla, pues su vista no se dirigía en ningún momento al punto en donde se encontraba Nynaeve.

Rand recogió sus cosas y se lavó someramente manos, cara y dientes con la escasa agua que Lan destinaba a tales usos. Se preguntó si las mujeres dispondrían de algún medio para escrutar la mente de los hombres. Aquel pensamiento le resultó inquietante. «Todas las mujeres son Aes Sedai.» Se dijo a sí mismo que estaba permitiendo que la Llaga le sorbiera las entendederas, se enjugó la boca y se apresuró a ir a ensillar su caballo bayo.

Fue un tanto desconcertante constatar la desaparición del campamento antes de que llegara hasta las monturas, pero, cuando había cinchado la silla, la cumbre de la colina tornó a ser visible. Todos se afanaban empaquetando objetos y provisiones.

Las Siete Torres, distantes tocones derruidos como enormes montículos que apenas insinuaban remotas grandezas, eran del todo distinguibles a la luz matinal. La entonces azul superficie de los cientos de lagos estaba lisa y apacible, sin nada que la agitara. Al contemplar las lagunas y las malogradas torres, casi consiguió olvidar los enfermizos brotes que crecían alrededor del altozano. Lan no daba muestras de rehuir la imagen de las torres, al igual que no evidenciaba esquivar la mirada de Nynaeve, pero de algún modo sus ojos nunca se posaron en ellas mientras realizaba los preparativos para la partida.

Cuando los cestos de mimbre estuvieron atados al caballo de carga, todas las huellas de su estancia allí borradas y los demás a caballo, la Aes Sedai permaneció de pie en medio de la cima de la colina con los ojos cerrados, en apariencia casi sin respirar. Nada ocurrió que Rand acertara a percibir, pero Nynaeve y Egwene se estremecieron a pesar del calor y se frotaron vigorosamente los brazos. Egwene paró en seco las manos y abrió la boca, mirando a la Zahorí. Antes de que tuviera ocasión de hablar, Nynaeve dejó de mover las manos y la miró a su vez. Entonces Egwene asintió y esbozó una sonrisa y tras un momento Nynaeve hizo lo mismo, aunque con cierto desencanto pintado en los labios.

Rand se alisó los cabellos, que ya estaban más empapados a causa del sudor que del agua que los había salpicado al lavarse. Estaba convencido de que había algo en aquel silencioso diálogo que él hubiera debido comprender, pero el ligero presentimiento que rozó su mente se desvaneció antes de que pudiera darle forma.

—¿A qué estamos esperando? —preguntó Mat, con la frente envuelta con la bufanda. Tenía el arco en la perilla de la silla, con una flecha aprestada, y el carcaj prendido en el cinturón.

Moraine abrió los ojos y observó la ladera de la colina.

—A que elimine el último vestigio de lo que hice aquí anoche. Los residuos se hubieran disipado por sí solos en el transcurso de un día, pero ahora no voy a correr ningún riesgo que sea factible evitar. Estamos demasiado cerca y la Sombra es muy fuerte en estos parajes. Lan...

El Guardián únicamente aguardó a que hubiera montado a lomos de *Aldieb* antes de abrir la marcha en dirección norte, hacia las Montañas Funestas. Aun bañados por el sol, los picos aparecían negros y mortecinos, como dientes mellados. La cordillera se alargaba por oriente y poniente, hasta donde abarcaba su campo de visión.

—¿Llegaremos al Ojo hoy, Moraine Sedai? —inquirió Egwene.

—Confío en que así sea —respondió la Aes Sedai, mirando de soslayo a Loial—. Cuando lo encontré la vez anterior, estaba justo al otro lado de los cerros, al pie de los puertos.

—Él dice que se mueve de sitio —objetó Mat, señalando a Loial—. ¿Qué haremos si no está en el lugar que esperáis?

—Continuaremos la búsqueda hasta hallarlo. El Hombre Verde capta la necesidad y no existe mayor apremio que el nuestro. Nuestra necesidad incluye la esperanza del mundo.

La cercanía de las montañas trajo consigo la proximidad de la verdadera Llaga. Mientras que antes las hojas estaban manchadas de negro y moteadas de amarillo, ahora el follaje caía blandamente ante sus ojos, desintegrándose bajo el peso de su propia corrupción. Los árboles eran seres torturados y deformes, cuyas retorcidas ramas arañaban el cielo como si clamaran piedad a algún poder que rehusaba concedérsela. Las hendidas y resquebrajadas cortezas rezumaban un líquido purulento. Como si no quedara sustancia sólida en ellos, los árboles parecían temblar con el paso de los caballos.

—Da la impresión de que quieran agarrarnos —observó con nerviosismo Mat. Nynaeve le dedicó una exasperada mirada cargada de desdén y él insistió fieramente—. Bueno, realmente dan esa impresión.

—Y algunos quieren hacerlo de veras —puntualizó la Aes Sedai, cuyos ojos mostraron un brillo aún más implacable que los de Lan—. Pero no desean nada relacionado conmigo, de manera que mi presencia os protege.

Mat rió, inquieto, como si creyera que estaba bromeando.

Rand no sabía qué pensar. Después de todo, aquello era la Llaga. «Pero los árboles no se mueven. ¿Para qué agarraría a un hombre un árbol, aunque pudiera hacerlo? Estamos dando rienda suelta a la imaginación y ella sólo intenta que no bajemos la guardia.»

De pronto miró a su izquierda, hacia la espesura. Aquel árbol, situado a menos de veinte pasos, había temblado, y eso no era producto de su imaginación. No acertaba a detectar de qué especie era, o había sido, a causa de su atormentada y nudosa forma. Mientras lo observaba, el árbol se agitó de improviso y luego se inclinó, azotando el suelo. Algo exhaló un agudo y penetrante alarido. El tronco volvió a enderezarse; sus miembros se enroscaban en torno a una masa oscura que se debatía, escupiendo y chillando.

Tragó saliva, tratando de espolear el paso de *Rojo*, pero los árboles se erguían, temblando, en todas direcciones. El bayo hizo girar las pupilas, despavorido. Rand se encontró arracimado con los demás, que intentaban asimismo imprimir una marcha más rápida a sus monturas.

—No os rezaguéis —ordenó Lan, desenvainando la espada. El Guardián llevaba ahora guanteletes reforzados con acero y su túnica de escamas de tonalidad verde grisácea—. No os separéis de Moraine Sedai. —Volvió grupas, encaminándose en sentido opuesto al árbol y a su presa. Con su capa de color cambiante, la Llaga devoró su figura antes de que hubieran perdido de vista su negro semental.

—Cerca —los urgió Moraine, haciéndoles señas para que se aproximaran, sin aminorar el paso de su yegua—. Tan cerca como podáis.

Del lado por donde había desaparecido el Guardián brotó un rugido que azotó el aire y estremeció los árboles para desaparecer, dejando un eco tras de sí. El bramido volvió a oírse, impregnado de rabia y violencia.

—Lan —musitó Nynaeve—. Él...

El horrible sonido la interrumpió, pero ahora contenía un nuevo matiz. Miedo. De súbito el aire enmudeció.

—Lan sabe cuidar de sí mismo —dijo Moraine—. Cabalgad, Zahorí.

El Guardián surgió entre la arboleda, manteniendo la espada bien apartada de sí mismo y de *Mandarb*. La hoja, que desprendía vapor, estaba manchada de una sangre negruzca. Lan limpió con cuidado el acero con un paño que sacó de una de sus alforjas, examinándolo para asegurarse de que había eliminado toda marca prendida a él. Cuando dejó caer la tela, ésta se desintegró antes de tocar el suelo.

Procedente de la espesura, un monumental cuerpo se abalanzó en silencio hacia ellos. El Guardián volvió grupas, pero en el mismo instante en que el caballo de batalla se encabritaba, dispuesto a golpear con sus cascos herrados de acero, la flecha disparada por Mat surcó el aire para clavarse en el único ojo existente en una cara que parecía compuesta principalmente de boca y dientes. Entre gritos y pataleos, el ser se desplomó a unos palmos de ellos. Rand lo observó mientras se apresuraban a avanzar. Estaba cubierto con unos rígidos pelos, similares a cerdas, y tenía innumerables patas pegadas en extrañas partes de un cuerpo tan grande como el de un oso. Algunas de ellas, al menos las que brotaban de su espalda, debían de ser inservibles para caminar, pero las garras de largos dedos que las remataban arañaban la tierra en sus estertores de muerte.

—Buen tiro, pastor. —Los ojos de Lan, que ya habían olvidado lo que agonizaba tras ellos, escrudriñaban la floresta.

—No hubiera debido acercarse por propia voluntad a alguien que mantiene contacto con la Fuente Verdadera —comentó Moraine, sacudiendo la cabeza.

—Agelmar dijo que la Llaga rebullía de un modo insólito —observó Lan—. Tal vez la Llaga también tenga conciencia de que se está formando una trama en el Entramado.

—Aprisa. —Moraine hincó los talones en los flancos de *Aldieb*—. Debemos franquear rápidamente los puertos.

Pero, en cuanto pronunció estas palabras, la Llaga se alzó contra ellos. Los árboles los alcanzaron y los azotaron con furia, sin preocuparles que Moraine pudiera estar en contacto con la Fuente Verdadera.

Rand tenía la espada en la mano, aunque no recordaba haberla desenfundado. Asestó estocada tras estocada, rebanando con la hoja grabada con la garza el deteriorado ramaje. Las voraces ramas se retiraban, retorciendo sus muñones —emitiendo gritos, habría jurado él—, pero siempre había otras para sustituirlas, las cuales, serpeantes como culebras, trataban de enlazarle brazos, pecho, cuello. Con los dientes apretados en un furioso rictus, invocó el vacío, y lo halló en el rocoso y obstinado suelo de Dos Ríos.

—¡Manetheren! —gritó a los árboles hasta desgañitarse. El acero marcado con la garza centelleaba bajo el mortecino sol—. ¡Manetheren! ¡Manetheren!

Incorporado sobre los estribos, Mat no cesaba de disparar flechas a la arboleda, a los entes deformes que gruñían, haciendo rechinar incontables dientes, como si quisieran amedrentar los proyectiles que los ensartaban. Mat se hallaba tan absorto como él en el pasado.

—¡*Carai an Caldazar!* —vociferaba—. *¡Carai an Ellisande! ¡Mordero daghain pas duente cuebiyar! ¡An Ellisande!*

Perrin también se apoyaba en los estribos, silencioso y lúgubre. Había tomado la delantera y su hacha se abría camino sin hacer distinción entre la foresta y las criaturas del reino animal que salían a su paso. Árboles de lacerantes miembros y seres que emitían gritos se apartaban por igual del fornido joven, atemorizados tanto por su feroz mirada amarillenta como por el silbido del hacha. Paso a paso, forzaba a avanzar a su caballo con incontenible determinación.

751

Las manos de Moraine escupieron bolas de fuego, tomando como blanco retorcidos árboles que se encendían como antorchas y, mostrando hendiduras dentadas, golpeaban con manos humanas y desgarraban su propia carne ardiente hasta perecer.

El Guardián se adentraba una y otra vez en el bosque y dejaba a sus espaldas un reguero de viscosa sangre borboteante y humeante. Cuando volvía a aparecer, su armadura presentaba rasguños por donde manaba la sangre y su caballo se tambaleaba, sangrando también. En cada ocasión la Aes Sedai se detenía para aplicarle la mano en las heridas, que ya se habían cerrado en el momento en que las retiraba.

—Lo que estoy haciendo tendrá el mismo efecto para los Semihombres que una hoguera de señales —dijo con amargura—. ¡Avanzad! ¡Avanzad!

Rand estaba seguro de que no habrían salido con vida si los árboles no hubieran gastado sus fuerzas contra la masa de carne atacante, y no hubieran repartido su atención entre ella y los humanos, y si las criaturas —de las cuales no se percibían dos con igual forma— no hubieran luchado con los árboles y entre ellas con tanto denuedo como ponían para alcanzarlos a ellos. Todavía abrigada dudas de que tal cosa no fuera a ocurrir. Entonces sonó un aflautado grito tras ellos. Distante y débil, atravesó la maraña de moradores de la Llaga que los rodeaban.

En un instante, las bocas de dientes afilados se desvanecieron, como amputadas por un cuchillo. Las formas atacantes se inmovilizaron y los árboles retomaron su postura habitual. Tan de improviso como habían aparecido, los seres provistos de patas dejaron de ser visibles en el enrarecido bosque.

Volvieron a oír el chillido, similar al son de una flauta de pan agrietada, que fue respondido por otros idénticos. Media docena de toques, que dialogaban en la lejanía.

—Gusanos —dijo Lan, provocando una mueca en Loial—. Nos han concedido una tregua, si nos dejan tiempo para utilizarla. —Sus ojos calculaban la distancia que mediaba hasta las montañas—. Pocas son las criaturas de la Llaga que se enfrentarán a un Gusano, si pueden evitarlo. —Hincó los talones en los flancos de *Mandarb*—. ¡Galopad! —La comitiva se precipitó en bloque tras él, cruzando una Llaga que de súbito parecía verdaderamente muerta, exceptuando la especie de caramillos que sonaban tras ellos.

—¿Los han asustado los gusanos? —preguntó Mat con incredulidad mientras trataba de colgarse el arco a la espalda.

—Un Gusano —había una considerable diferencia en el modo como pronunció la palabra el Guardián— es capaz de matar a un Fado, si a éste no lo preserva la suerte del Oscuro. Tenemos a toda una manada siguiéndonos. ¡Corred! ¡Corred!

Las oscuras cimas se hallaban más próximas ahora, a una hora de camino, según estimó Rand, teniendo en cuenta la acelerada marcha que establecía el Guardián.

—¿No nos seguirán los Gusanos en las montañas? —preguntó Egwene sin resuello. Lan soltó un sarcástica carcajada.

—No —repuso el Ogier, con una nueva mueca de disgusto—. Los Gusanos tienen miedo de lo que mora en los puertos.

Rand deseó que el Ogier dejara de dar explicaciones. Reconocía que Loial poseía mayores conocimientos que todos ellos respecto a la Llaga, con la salvedad de Lan, aun cuando éstos procedieran de la lectura de libros realizada en el cobijo del *stedding*. «Pero ¿por qué tiene que recordarnos continuamente que todavía nos esperan cosas peores de las que hemos visto?»

Recorrían velozmente la Llaga, aplastando en su galope hierbas podridas. Tres de las especies que los habían atacado antes no se movieron siquiera cuando pasaron directamente bajo su contorsionado ramaje. Las Montañas Funestas se elevaban ante ellos, negras y desoladas; parecían casi al alcance de la mano. Los pitidos sonaron con mayor agudeza y nitidez, acompañados de sonidos de blandas masas chafadas, más estruendosos que los producidos bajo las patas de sus caballos. Estruendosos en exceso, como si los mórbidos árboles fueran aplastados bajo descomunales cuerpos que se arrastraban sobre ellos. Se encontraban muy cerca. Rand miró por encima del hombro. Más atrás las copas de los árboles se venían abajo como simples hierbas. El terreno comenzó a ascender hacia los cerros en suave pendiente.

—No vamos a conseguirlo —anunció Lan. No aminoró el paso de *Mandarb*, pero ya aferraba de nuevo la espada—. Mantened la vigilancia en los puertos, Moraine, y lograréis franquearlos.

—¡No, Lan! —gritó Nynaeve.

—¡Callad, muchacha! Lan, ni siquiera tú puedes contener a una manada de Gusanos. No lo permitiré. Te necesitaré en el Ojo. —Flechas —propuso Mat sin aliento.

—No servirán de nada: los Gusanos ni las notarían —replicó el Guardián—. Deben cortarse a rodajas. No sienten gran cosa aparte del hambre. Miedo, a veces.

Cogido a la silla, Rand se encogió de hombros, intentando liberar la tensión de sus espaldas. Tenía todo el torso agarrotado, respiraba con dificultad y la piel le escocía, como si la horadaran innumerables aguijones. Veía el camino que habían de remontar una vez llegados a las montañas, el tortuoso sendero y el elevado puerto emplazado más allá, similar a un hachazo que hubiera partido la negra roca. «Luz, ¿qué habrá más adelante que sea capaz de amedrentar a lo que nos persigue? Luz, ayúdame, nunca he estado tan aterrorizado. No quiero proseguir. No quiero ir más allá.» Recobró entereza y se concentró en la llama y el vacío. «¡Estúpido! ¡Tú aterrorizado, estúpido cobarde! No puedes quedarte aquí ni tampoco regresar. ¿Vas a dejar que Egwene afronte esto sola?» El vacío lo eludía; se conformaba y luego se desintegraba en centenares de puntos luminosos, para volver a formarse y hacerse pedazos de nuevo, cuyas puntas le roían los huesos hasta el extremo de doblegarlo de dolor y traerle la convicción de que iba a estallar. «Luz, socórreme, no puedo seguir. ¡Luz, ayúdame!»

Estaba tomando las riendas para volver grupas, para enfrentar a los Gusanos o cualquier otro ser, cuando de improviso el terreno sufrió una modificación. Entre la ladera de una colina y la siguiente, entre cumbre y cúspide, la Llaga se había esfumado.

Verdes hojas cubrían apaciblemente el ramaje. Las flores silvestres formaban coloridas alfombras en las hierbas agitadas por una dulce brisa primaveral. Las mariposas volaban de flor en flor, las abejas revoloteaban y los pájaros entonaban sus trinos.

Estupefacto, continuó al galope hasta que de repente advirtió que los demás se habían parado. Tiró lentamente de las riendas, petrificado por la sorpresa. Egwene tenía los ojos desorbitados y Nynaeve la boca desmesuradamente abierta.

—Hemos alcanzado la seguridad —anunció Moraine—. Éste es el jardín del Hombre Verde, donde se halla el Ojo del Mundo. Ninguna criatura de la Llaga puede entrar aquí.

—Pensaba que estaba al otro lado de las montañas —musitó Rand, viendo todavía las cumbres que se alzaban en el horizonte y los puertos—. Habíais dicho que siempre estaba al otro lado de los puertos.

De la maleza surgió una figura, una forma humana que superaba el tamaño de la de Loial en la misma proporción en que el Ogier superaba a Rand. Una forma humana compuesta de lianas y verdes y lozanas hojas. Sus cabellos eran hierbas, que caían sobre sus hombros; sus ojos, enormes avellanas; sus uñas, bellotas. Un tierno follaje integraba su túnica y pantalones y una corteza sin costuras le hacía las veces de botas. Las mariposas giraban en torno a él, se posaban en sus dedos, hombros y cara. Únicamente había un detalle que malograba su vegetal perfección: una profunda fisura atravesaba su mejilla y sien y se remontaba hasta la cabeza; en ese surco las lianas estaban parduscas y marchitas.

—El Hombre Verde —susurró Egwene.

Entonces el rostro mancillado por la cicatriz sonrió y, por un instante, pareció que los pájaros arreciaban en sus cantos.

—Por supuesto que soy yo. ¿Quién si no habitaría este lugar? —Los ojos de avellana observaron a Loial—. Me alegra verte, pequeño hermano. Antaño muchos de tu raza venían a visitarme, pero pocos son los que lo han hecho en tiempos recientes.

Loial descendió despacio de su descomunal caballo y realizó una cortés reverencia.

—Es un inmenso honor para mí, Hermano Árbol. *Tsingu ma choshih, T'ingshen.*

Sonriendo, el Hombre Verde rodeó con un brazo los hombros del Ogier. Junto a Loial, semejaba un hombre al lado de un muchacho.

—Nada de honores, pequeño hermano. Entonaremos juntos los cánticos dedicados a los árboles y recordaremos los grandes árboles y el *stedding*, para mantener a raya la Añoranza. —Examinó a los otros, que estaban desmontando, y su mirada se posó en Perrin—. ¡Un Hermano Lobo! ¿Vuelven entonces a cobrar realidad los viejos tiempos?

Rand observó a Perrin, quien, por su parte, hizo girar a su montura de manera que quedara situada entre él y el Hombre Verde, y se inclinó para mirar la cincha. Rand estaba seguro de que sólo quería esquivar la escrutadora mirada del Hombre Verde. De pronto, el señor del jardín dirigió la palabra a Rand.

—Extrañas ropas llevas, Hijo del Dragón. ¿Ha girado ya tantas veces la Rueda? ¿Ha regresado la gente del Dragón al Primer Pacto? Pero llevas una espada. Eso no se corresponde con el presente ni con el pasado.

Rand hubo de segregar saliva antes de poder hablar.

—No sé de qué me habláis. ¿A qué os referís?

El Hombre Verde se tocó la parda cicatriz que surcaba su cabeza y por un momento pareció confundido.

—Yo..., no sabría explicarlo. Mis recuerdos están devastados y son fluctuantes, y muchos de los que persisten son como hojas visitadas por las orugas. No obstante, estoy convencido... No, ya no me acuerdo. Pero sé bienvenido aquí. Vos, Moraine Sedai, sois algo más que una sorpresa. Cuando se creó este lugar, se hizo de tal modo que nadie pudiera encontrarlo dos veces. ¿Cómo habéis llegado aquí?

—La necesidad —repuso Moraine—. Una urgencia que me afecta tanto a mí como a la totalidad del mundo. El mundo está en apuros. Hemos venido a ver el Ojo del Mundo.

El Hombre Verde exhaló un suspiro, que era como una ráfaga de brisa que agitaba las verdes ramas.

755

—Entonces ha vuelto a producirse. Ese recuerdo permanece íntegro. El Oscuro de nuevo ha cobrado poder. Me lo temía. Con cada año que pasa, la Llaga incrementa su presión para invadir el lugar y en esta estación la lucha para mantener los confines ha sido la más dura desde el comienzo. Venid, os llevaré hasta allí.

50

ENCUENTROS EN EL OJO

Conduciendo al bayo, Rand siguió al Hombre Verde acompañado de sus amigos de Campo de Emond, quienes no acababan de decidirse, al parecer, entre centrar sus miradas en el Hombre Verde o en la floresta. El Hombre Verde era una leyenda, no cabía duda de ello, un personaje que, junto con el Árbol de la Vida, aparecía con frecuencia en las historias que se contaban frente al fuego en todos los hogares de Dos Ríos, y no solamente para distraer a los chiquillos. Sin embargo, después de cruzar la Llaga, los árboles y las flores habrían sido una auténtica maravilla aun cuando el resto del mundo no se hubiera encontrado todavía atrapado por el invierno.

Perrin se rezagó un poco. Cuando Rand volvió la mirada hacia atrás, tuvo la impresión de que el joven de pelo rizado no quería escuchar nada de lo que fuera a añadir el Hombre Verde. Le resultaba comprensible. «Hijo del Dragón.» Observó con recelo al Hombre Verde, que caminaba en cabeza con Moraine y Lan, rodeado de una nube de mariposas rojas y amarillas. «¿A qué se refería? No. No quiero saberlo.»

Con todo, sentía más liviano su andar y las piernas más ligeras. La inquietud atenazaba todavía sus entrañas, pero el miedo se había tornado tan difuso que era como si lo hubiera abandonado. No creía que pudiera abrigar mejores expectativas, no estando a tan sólo media milla de distancia de la Llaga, aun cuando Moraine estuviera en lo cierto al afirmar que ninguna de sus criaturas podía entrar allí. Los innumerables puntos ardientes que le horadaban los huesos habían desaparecido; en el preciso instante en que había penetrado en los dominios del Hombre Verde, estaba seguro. «Es él quien los ha hecho desaparecer —pensó—. El Hombre Verde y su morada.»

Egwene lo notaba, y Nynaeve también: la paz balsámica, la calma de la belleza. Lo presentía. Lucían unas discretas y serenas sonrisas y acariciaban las flores con los dedos, deteniéndose para aspirar su aroma y llenar de aire sus pulmones.

—Las flores han sido creadas para adornar —dijo el Hombre Verde al advertir la atención que les dedicaban—. Las plantas y los humanos no difieren gran cosa. A ninguna le importa, siempre que no le arranquen demasiados brotes.

Entonces comenzó a coger yemas de una planta y otra, sin arrancar nunca más de dos de la misma mata. Al poco Nynaeve y Egwene tenían la cabeza cubierta de rosas silvestres, campanillas amarillas y blancos narcisos. La trenza de la Zahorí parecía un jardín de rosa y blanco que se extendía hasta su cintura. Incluso Moraine recibió una pálida guirnalda de narcisos, tejida con tanta destreza que daba la impresión de que sus flores todavía seguían creciendo.

Rand dudaba de si realmente no estarían creciendo. El Hombre Verde cuidaba su jardín mientras caminaba y conversaba en voz baja con Moraine, ocupándose con mente ausente de todo cuanto requería su atención. Sus ojos avellanados percibieron un brote encorvado de un rosal trepador, cuya forma forzaba la presión de la rama de un manzano en flor, y se detuvo, sin dejar de hablar, para deslizar su mano por el miembro comprimido. Rand no sabía si sus ojos estaban jugándole una mala pasada o si en verdad las espinas se habían apartado para no pinchar aquellos dedos verdes. Cuando la alargada figura del Hombre Verde se alejó, el brote se alzaba erguido en su posición natural y mostraba sus pétalos rojos entre la blancura de los capullos del manzano. Se inclinó para formar un cuenco con sus enormes manos alrededor de una diminuta semilla depositada en un pedregal y, al enderezarse, un pequeño retoño había echado raíces en la tierra situada bajo los guijarros.

—Todas las cosas han de crecer en el sitio donde se encuentran, según la voluntad del Entramado —explicó, como si quisiera disculparse—, y afrontar los giros de la Rueda, pero al Creador no le molestará que yo les preste una pequeña ayuda.

Rand obligó a *Rojo* a sortear el nuevo brote, para que no lo aplastara con sus herraduras. No le parecía correcto destruir lo que el Hombre Verde acababa de enmendar por el simple hecho de evitar un paso de más. Egwene le dedicó una de sus secretas sonrisas y le tocó el brazo. Estaba tan bella, con el cabello suelto cubierto de flores, que él le sonrió a su vez hasta que la muchacha se sonrojó y bajó la mirada. «Te protegeré —pensó—. Pase lo que pase, me ocuparé de que no te ocurra nada, lo juro.»

Atravesando el corazón del bosque, el Hombre Verde los llevó a una abertura arqueada situada en la ladera de una colina. Era un simple arco de piedra, elevado y blanco, en cuya clave había un círculo partido en dos mitades por una sinuosa línea, una de las cuales era tosca y la otra suave. El antiguo símbolo de las Aes Sedai. La entrada en sí se hallaba sumida en sombras.

Durante un momento todos se limitaron a mirar en silencio. Entonces Moraine se quitó la guirnalda del cabello y la colgó delicadamente en la rama de un arbusto situado junto al umbral. Fue como si con su movimiento hubieran recobrado el habla.

—¿Está ahí adentro? —preguntó Nynaeve—. ¿A qué hemos venido?

—Me encantaría ver el Árbol de la Vida —apuntó Mat, sin apartar los ojos del círculo dividido grabado sobre ellos—. Podemos ir a verlo, ¿no?

El Hombre Verde dirigió una curiosa mirada a Rand y luego sacudió la cabeza.

—*Avendesora* no está aquí. No he reposado bajo sus ramas durante doscientos años.

—El Árbol de la Vida no es la razón por la que hemos venido —atajó Moraine con firmeza, apuntando hacia la entrada—. La razón se encuentra ahí dentro.

—No voy a entrar con vosotros —dijo el Hombre Verde. Las mariposas que lo rodeaban revolotearon como si compartieran una leve agitación—. Me encargaron su custodia hace mucho, mucho tiempo, pero me produce congoja acercarme demasiado a él. Siento como si yo mismo me desintegrara; mi destino está ligado al suyo de algún modo. Recuerdo su formación, aunque de manera confusa.

Sus ojos avellanados se perdieron en la evocación, mientras rozaba su cicatriz con un dedo.

—Fue durante los primeros días del Desmembramiento del Mundo —continuó el Hombre Verde—, cuando el júbilo de la victoria sobre el Oscuro se vio ensombrecido por la noticia de que todo el orbe estaba tal vez destinado a hacerse añicos bajo el peso de la Sombra. Lo hicieron un centenar de hombres y mujeres juntos. Las más grandes obras se realizaron siempre así, mediante la unión de *Saidin* y *Saidar,* es decir, con la integridad de la Fuente Verdadera. Todos perecieron para crearlo con la máxima pureza, mientras el mundo se resquebrajaba a su alrededor. Conscientes de que iban a morir, me encomendaron preservarlo para servir a las necesidades venideras. Aquél no era el cometido para el que yo había nacido, pero todo estaba desmembrándose y ellos estaban solos y no contaban más que conmigo. No era ése el fin para el cual había nacido, pero he conservado la fe. —Miró a Moraine, asintiendo para sí—. He conservado la fe hasta que ésta ha sido necesaria. Ahora toca a su fin.

—Habéis mantenido la fe con más tesón que la mayoría de nosotros, los que os otorgamos su custodia —lo alabó Moraine—. Tal vez no tenga una conclusión tan temible como pensáis.

—Reconozco el final de algo antes de que se produzca, Aes Sedai —contestó el Hombre Verde y sacudió su frondosa cabeza—. Buscaré otro lugar donde hacer que crezcan las plantas. —Sus parduscos ojos recorrieron con tristeza la verde espesura—. Otro lugar, tal vez. Cuando salgáis, os veré de nuevo, si aún hay tiempo. —Dicho esto, se alejó con un rastro de mariposas, y se fusionó con la floresta con mejores resultados que la propia capa de Lan.

—¿Qué ha querido decir? —inquirió Mat—. ¿Si hay tiempo?

—Venid —indicó Moraine, dando un paso hacia el arco, seguida de Lan.

Rand no sabía a qué atenerse al penetrar en aquel sitio. Se le erizó el vello de los brazos y la nuca. Sin embargo, no era más que un corredor, con paredes pulidas y un techo que reproducía la curvatura de la entrada. Había espacio de sobra para que Loial caminara erguido, al igual que lo habría habido para el Hombre Verde. El alisado suelo brillaba como una pizarra lustrada con aceite, pero los pies no resbalaban en él. Los muros, de una sola pieza, relucían veteados con incontables tonalidades y desprendían una tenue luz aun después de que la entrada alumbrada por el sol desapareciera tras un recodo. Tenía la certeza de que aquella iluminación no era natural, pero percibía su benignidad. «¿Entonces por qué te hormiguea la piel?» Continuaron avanzando, paso tras paso.

—Allí —señaló por fin Moraine—. Enfrente.

El corredor desembocó en un amplio espacio abovedado, en cuyo tosco techo de piedra natural se advertían racimos de centelleantes cristales. Debajo, un estanque ocupaba la totalidad de la caverna, dejando únicamente un pasadizo a su alrededor, de unos cinco pasos de ancho. Con la forma ovalada de un ojo, el estanque estaba cercado por un achatado remate de cristales que despedían una opaca y a un tiempo más potente luz que los situados en la bóveda. Su superficie era lisa como el vidrio y tan transparente como el arroyo del manantial. Rand sentía que su mirada podía penetrarlo indefinidamente, pero no acertaba a distinguir el fondo.

—El Ojo del Mundo —murmuró Moraine detrás de él.

Mientras lo escrutaba, maravillado, advirtió que los largos años transcurridos desde su creación —tres mil— habían dejado su marca. No todos los cristales de la cúpula brillaban con la misma intensidad. Algunos transmitían un potente fulgor, otros un débil resplandor; unos parpadeaban, otros no eran más que unos bloques tallados que reflejaban otras luces. Si todos hubieran lanzado sus destellos, la bóveda habría tenido el mismo esplendor del mediodía, pero ahora sus rayos semejaban la claridad de una hora tardía. El pasadizo estaba cubierto de polvo, trozos de piedra e incluso de cristal. Habían sido muchos años de espera, mientras la Rueda giraba, aportando su inevitable desgaste.

—Pero ¿qué es? —preguntó Mat con inquietud—. Esto no se parece a ningún embalse de agua que yo haya visto antes. —Dio un puntapié a una oscura piedra del tamaño de su puño situada cerca de la orilla—. Es...

La roca golpeó la cristalina superficie y se zambulló en el lago sin producir una salpicadura, ni siquiera una ondulación. Mientras se hundía, la piedra comenzó a hincharse; crecía incesantemente al tiempo que se atenuaban sus contornos, para convertirse en una mancha de las dimensiones de su cabeza que la mirada de Rand casi podía traspasar, y luego en una forma borrosa de un diámetro equivalente a la longitud de su brazo. Después desapareció. Notaba como si la piel fuera a desprendérsele del cuerpo.

—¿Qué es? —preguntó, sorprendido por la bronca carraspera de su propia voz.

—Podría denominarse como la esencia del *Saidin*. —Las palabras de la Aes Sedai resonaron en la cúpula—. La esencia de la mitad masculina de la Fuente Verdadera, la pura esencia del Poder utilizado por los hombres con anterioridad a la Época de Locura. El Poder para recomponer las puertas de la prisión del Oscuro, o para abrirlas por completo.

—Que la Luz nos ilumine y nos proteja —susurró Nynaeve.

Egwene se aferraba a ella como si deseara esconderse tras su espalda. Incluso Lan se movía con nerviosismo, pese a que sus ojos no reflejaran asombro alguno.

Al sentir el roce de la piedra en sus hombros, Rand advirtió que había retrocedido hasta la pared, tan lejos del Ojo del Mundo como le había sido posible. Se habría abierto camino por el muro, si ello hubiera sido factible. Mat, asimismo, estaba pegado a la roca. Perrin contemplaba el estanque sujetando el mango del hacha. Sus ojos amarillos habían cobrado un brillo violento.

—Siempre me había intrigado —manifestó, ansioso, Loial—. Cuando leía acerca de él, siempre me preguntaba cómo era. ¿Por qué? ¿Por qué lo crearon? ¿Y de qué manera?

—Ningún ser vivo lo sabe. —Moraine miraba a Rand y a sus dos amigos, los escrutaba, los sopesaba—. Ni los medios utilizados ni su objetivo, aparte del hecho de que algún día iban a necesitar de él en la coyuntura más terrible y desesperada que había afrontado el mundo hasta ese momento. Tal vez a lo largo de toda su existencia.

»Muchas en Tar Valon han tratado de hallar la manera de utilizar su Poder, pero éste es tan inaccesible para una mujer como lo es la luna a las patas de un gato. Únicamente un hombre sería capaz de encauzarlo, pero los últimos varones Aes Sedai perecieron hace casi tres milenios. Sin embargo, la necesidad que preveían era desesperada. Desprendieron la infección del Oscuro que afecta al *Saidin* para realizarlo, y dejarlo sin mácula, sabedores de que ese acto acabaría con su vida. Aes Sedai varones y hembras aplicados a un mismo fin. El Hombre Verde tenía razón. Los grandes prodigios de la Era de Leyenda se llevaron a cabo de esa manera, con la colaboración de *Saidin* y *Saidar*.

»Todas las mujeres de Tar Valon, todas las Aes Sedai diseminadas en cortes y ciudades, incluso sumándoles las que habitan las tierras situadas más allá del Yermo y las que posiblemente aún vivan al otro lado del Océano Aricio, no serían capaces de llenar una copa con el Poder, careciendo de hombres que trabajen junto a ellas.

—¿Por qué nos habéis traído aquí? —inquirió Rand. Notaba la garganta dolorida como si hubiera estado gritando durante un rato.

—Porque sois *ta'veren*. —El semblante de la Aes Sedai era inescrutable. Sus ojos relumbraron, y parecían tirar de él—. Porque el poder del Oscuro se descargará aquí y porque hay que confrontarlo y contenerlo o de lo contrario la Sombra se abatirá sobre el mundo. No hay apremio más urgente que éste. Regresemos al aire libre, ahora que todavía estamos a tiempo. —Sin aguardar a comprobar si la seguían, retrocedió por el corredor en compañía de Lan, que tal vez caminaba algo más deprisa de lo que era habitual en él. Egwene y Nynaeve se sumaron a ellos con celeridad.

Rand rodeó la pared, con la aprensión de aproximarse aunque fuera sólo un paso a aquel estanque, y aterrizó en el corredor, donde chocó con Mat y Perrin. Habría echado a correr si Nynaeve, Egwene, Moraine y Lan no se hubieran interpuesto en su camino. No pudo contener el temblor de su cuerpo ni siquiera cuando se encontró de nuevo en el exterior.

—No me gusta esto, Moraine —afirmó con enojo Nynaeve cuando el sol volvió a brillar sobre ellos—. No pongo en duda que el peligro sea tan extremo como decís o en caso contrario no estaría aquí, pero esto es...

—Por fin os he encontrado.

Rand dio un respingo, como si le hubieran estrechado el cuello con una cuerda. Las palabras, la voz... Por un momento creyó que se trataba de Ba'alzamon. Sin embargo, los dos hombres que salieron de la arboleda, con los rostros ocultos bajo sus capuchas, no llevaban capas del color de la sangre coagulada. Una de ellas era gris oscuro y la otra de una tonalidad verde casi tan tenebrosa y ambas parecían mohosas a pesar de hallarse a la intemperie. Y aquellos individuos tampoco eran Fados, pues la brisa agitaba los pliegues de las telas.

—¿Quiénes sois? —La postura de Lan era de cautela, con la mano apoyada en el puño de la espada—. ¿Cómo habéis llegado aquí? Si buscáis al Hombre Verde...

—Él nos ha guiado. —La mano que apuntó a Mat era vieja y arrugada, le faltaba una uña y sus articulaciones semejaban los nudos de una soga. Mat retrocedió un paso, con ojos desorbitados—. Un antiguo objeto, un viejo amigo, un eterno enemigo. Pero no es a él a quien buscamos —concluyó el hombre de la capa verde. Su acompañante no parecía dispuesto a abandonar su mutismo.

Moraine se irguió en toda su altura, que no superaba los hombros de ninguno de los hombres presentes, pero aparentado de pronto un tamaño similar al de las colinas. Su voz sonó como una campana, apremiante.

—¿Quiénes sois?

Las manos bajaron las capuchas y Rand los miró con ojos desencajados. Aquel anciano era más viejo de lo que nadie era capaz de imaginar; a su lado Cenn Buie era un chiquillo en la flor de su juventud. La piel de su rostro era como pergamino cuarteado tensado sobre una calavera. Unos finos manojos de pelo quebradizo crecían irregulares sobre su escabroso cuero cabelludo. Sus orejas estaban tan marchitas como recortes de cuero antiguo; sus ojos hundidos observaban su entorno como desde remotos túneles. No obstante, el otro era peor. Un apretado caparazón de cuero negro le cubría por completo la cabeza, pero en su parte delantera estaba moldeada la cara, perfecta, de un hombre joven, que reía alocadamente. «¿Qué estará ocultando cuando el otro muestra lo que muestra?» Entonces hasta los pensamientos se paralizaron en su mente, convertidos en polvo.

—Me llamo Aginor —respondió el anciano—. Y él es Balthamel. Ya no habla con su lengua. La Rueda desgasta de manera excesiva durante tres milenios de encarcelamiento. —Sus hundidos ojos se desviaron hacia la arcada; Balthamel se inclinó hacia adelante, con los ojos de su máscara fijos en la entrada de piedra blanca, como si deseara dirigirse allí—. Tanto tiempo sin él —murmuró Aginor—. Tanto.

—La Luz proteja... —comenzó a rogar Loial con voz trémula y se interrumpió bruscamente al sentir la mirada de Aginor en él.

—Los Renegados —dijo roncamente Mat— están confinados en Shayol Ghul.

—Estaban confinados —rectificó Aginor con una sonrisa que puso al descubierto sus amarillentos dientes, semejantes a colmillos—. Algunos de ellos ya no lo estamos. Las ataduras son cada vez más frágiles, Aes Sedai. Al igual que Ishamael, volvemos a recorrer el mundo, y pronto nos acompañará el resto. Estaba demasiado cerca de este mundo en mi cautividad, yo y Balthamel, demasiado cerca del peso de la Rueda, pero pronto el Gran Señor de la Oscuridad quedará libre y nos concederá una nueva carne y el mundo será nuestro una vez más. Esta vez no tendréis a ningún Lews Therin Verdugo de la Humanidad, a ningún Señor de la Mañana que os salve. Ahora sabemos a quién buscamos y los demás ya no sois imprescindibles.

Lan desenvainó la espada con la velocidad del rayo. Sin embargo, el Guardián titubeó, mirando alternativamente a Moraine y a Nynaeve. Las dos mujeres permanecían en extremos apartados; si se interponía entre una de ellas y los Renegados, quedaría más alejado de la otra. Su vacilación sólo duró un segundo, pero cuando movió un pie, Aginor alzó una mano. Era un gesto desdeñoso, un manoteo de su nudosa extremidad parecido al acto de espantar una mosca. El Guardián retrocedió volando como atrapado por una enorme garra y con un ruido sordo chocó contra el arco de piedra antes de desplomarse, fláccido, dejando caer la espada en el suelo cerca de su mano extendida.

—¡NO! —gritó Nynaeve.

—¡Callad! —ordenó Moraine, pero, antes de que nadie más hubiera reaccionado, el cuchillo de la Zahorí había abandonado su cinturón y ella corría hacia el Renegado, blandiendo la hoja.

—¡Así te ciegue la Luz! —chilló, apuntando al pecho de Aginor.

El otro Renegado se movió como una víbora. Mientras Nynaeve descargaba el golpe, la mano blindada de cuero de Balthamel brotó como un resorte para aferrarle la barbilla y hundir cuatro dedos en una mejilla y el pulgar en la otra. La presión paralizó la circulación de la sangre y levantó la carne en pálidos montículos. Una convulsión recorrió a

Nynaeve de pies a cabeza, imitando el restallido de un látigo. Su cuchillo cayó, inservible, de sus dedos suspendidos, mientras Balthamel la levantaba a pulso, hasta poner a la altura de su máscara escrutadora el rostro trémulo de la joven. Los dedos de sus pies se agitaron con un espasmo a varios centímetros del suelo; una cascada de flores cayó de sus cabellos.

—Casi había olvidado los placeres de la carne. —La lengua de Aginor rozó sus marchitos labios, produciendo el sonido de una piedra que frotara un endurecido cuero—. Pero Balthamel tiene mejor memoria. —La risa dibujada en la máscara pareció carcajearse con mayor violencia y el alarido que exhaló Nynaeve llegó a oídos de Rand como la desesperación de alguien a quien arrancaran el corazón de cuajo.

De improviso, Egwene se movió y Rand comprendió que iba a ayudar a Nynaeve.

—¡Egwene, no! —gritó.

La muchacha no se detuvo, sin embargo. Había llevado la mano a la espada al oír el chillido de Nynaeve, pero entonces la abandonó y se arrojó sobre Egwene. Se abatió sobre ella antes de que hubiera dado tres pasos y la derribó. Egwene cayó bajo a él jadeante, pero en seguida comenzó a debatirse para soltarse.

Los demás también se disponían a pasar a la acción. El hacha de Perrin ondeaba en sus manos y sus ojos relucían con desafío.

—¡Zahorí! —aulló Mat, empuñando la daga de Shadar Logoth.

—¡No! —gritó Rand—. ¡No podéis luchar con los Renegados! —Sin embargo, se precipitaron hacia adelante, con los ojos fijos en Nynaeve y los dos Renegados.

Aginor les lanzó tranquilamente una ojeada..., y sonrió.

Rand sintió cómo el aire se agitaba sobre él como el restallido de un látigo gigante. Mat y Perrin, que habían cubierto más de la mitad de la distancia que los separaba de los Renegados, se pararon como si hubieran topado con un muro que los repeliera y cayeron al suelo.

—Bien —dijo Aginor—. Así estáis bien. Si aprendéis a rebajaros adecuadamente en rendida adoración a nuestras personas, tal vez os permita vivir.

Rand se apresuró a ponerse en pie. Aunque no pudiera enfrentarse a los Renegados, al igual que no podía hacerlo ningún hombre ordinario, no estaba dispuesto a dejarlos creer que se postraba ante ellos. Trató de ayudar a incorporarse a Egwene, pero ella se zafó de sus manos, se levantó por su cuenta y se sacudió con furia las briznas del vestido. Mat y Perrin también se habían colocado obstinadamente en inestable posición erecta.

—Ya aprenderéis —vaticinó Aginor—, si queréis preservar la vida. Ahora que he encontrado lo que preciso —sus ojos se posaron en la entrada de piedra— podré tomarme el tiempo necesario para enseñaros.

—¡Eso no sucederá! —El Hombre Verde salió del bosque a grandes zancadas, hablando con voz tan potente como la fuerza de un rayo—. ¡No pertenecéis a este lugar!

¡Retiraos! —Aginor le concedió una breve y rencorosa mirada—. Vuestra época ha concluido y los de vuestra especie ya se han convertido en polvo hace mucho tiempo. Vivid la corta vida que os queda y alegraos de que no reparemos en vos.

—Éste es mi jardín —afirmó el Hombre Verde— y no vais a causar daño a ningún ser viviente aquí.

Balthamel arrojó a Nynaeve como a un pelele y como tal se desplomó ella, con la mirada fija y los miembros flojos como si su osamenta hubiera perdido solidez. Una mano enfundada en cuero se alzó, y el Hombre Verde rugió al tiempo que humeaban las lianas que componían su cuerpo. El viento que azotó los árboles sonó como el eco de su dolor.

Aginor se volvió hacia Rand y los demás, como si ya hubiera dado cuenta del Hombre Verde, pero éste dio una larga zancada y unos recios brazos foliosos rodearon a Balthamel y, elevándolo por los aires lo aplastaron contra un pecho de espesos sarmientos, y acercaron la máscara de cuero negro a unos ojos de avellanas oscurecidos por la furia. Los brazos de Balthamel se soltaron como serpientes y sus manos agarraron la cabeza del Hombre Verde como si fueran a arrancarla. En los puntos tocados por aquellas manos brotaban llamaradas, se marchitaban las lianas y caían las hojas. El Hombre Verde bramaba mientras su cuerpo despedía un espeso y oscuro humo. Era un rugido incesante, por el que parecía exhalar su hálito vital mientras el humo se ondulaba bajo sus labios.

De pronto Balthamel dio un respingo, comprimido en el abrazo del Hombre Verde, y sus manos trataron de empujarlo en lugar de aplicar su presión sobre él. Una de sus manos enguantadas se extendió... y del negro cuero surgió una diminuta planta trepadora. Unas setas, similares a las que rodean los troncos de los árboles en las zonas umbrías del bosque, circundaron su brazo y alcanzaron en segundos su pleno crecimiento, hinchándose hasta cubrirlo por completo. El Renegado intentó volver a atacar, y un brote de estramonio rasgó su caparazón, mientras unos líquenes enraizaban en el rostro, cuarteando el cuero que lo cubría, las ortigas desgarraban sus ojos y las amanitas forzaban la abertura de la boca.

El Hombre Verde soltó al Renegado. Balthamel se retorcía y saltaba mientras todos los seres que crecían en los parajes oscuros, todas las plantas con esporas, todos los vegetales que amaban la humedad, se inflaban y alargaban, desgajando tela, cuero y carne —¿era carne aquello entrevisto en ese fugaz momento de verdeciente furor?— en andrajosos jirones hasta cubrirlo y no dejar de él más que un montículo, indistinguible de los muchos que existían en las profundidades de la verde floresta y que, al igual que los demás, tampoco se movía.

Con un gemido, como una rama quebrada a causa de un peso excesivo, el Hombre Verde se derrumbó. La mitad de su cabeza estaba chamuscada y sus miembros todavía despedían espirales de humo, parecidas a enredaderas de color gris. Las requemadas hojas cayeron de su brazo mientras alargaba dolorido su ennegrecida mano para rodear suavemente una bellota.

La tierra tembló mientras una planta de roble se elevaba entre sus dedos. El Hombre Verde dejó caer la cabeza, pero el renuevo porfió en su intento de tocar el sol. Las raíces se extendieron y engrosaron, ahondaron en la tierra y volvieron a surgir, con un perímetro cada vez más largo. El tronco se ensanchó, despuntando hacia arriba, mientras la corteza se tornaba grisácea y fisurada como la de un antiguo ejemplar. El ramaje se expandió en recios miembros del grosor de un brazo humano y se irguió para acariciar el cielo, poblado de verdes hojas y profusas bellotas. La contundente urdimbre de raíces revolcó la tierra como un inmenso arado al ampliarse; el ya enorme tronco se estremeció, dilatándose aún más hasta alcanzar el diámetro de una casa.

La calma retornó. Y un roble que hubiera podido tener quinientos años cubría el lugar donde había caído el Hombre Verde, marcando la sepultura de una leyenda. Nynaeve yacía sobre las nudosas raíces, que se habían curvado para albergar su cuerpo, para formar un lecho donde pudiera descansar. El viento suspiró entre las ramas del roble; parecía murmurar una despedida.

El mismo Aginor expresaba estupor. Entonces levantó la cabeza, con los cavernosos ojos fulgurantes de odio.

—¡Basta! ¡Ya es hora sobrada para acabar con esto!

—Sí, Renegado —asintió Moraine, con la voz más gélida que el hielo invernal—. ¡Hora sobrada!

La Aes Sedai alzó la mano y el suelo se abrió bajo los pies de Aginor. De la sima brotaron llamaradas, avivadas por un viento que soplaba con ímpetu en todas direcciones, absorbiendo un torbellino de hojas hacia el eje de fuego, que parecía solidificarse en una gelatina amarilla veteada de rojo, una pura concentración de calor. En el centro permanecía Aginor, suspendido en el aire. El Renegado pareció sorprendido, pero luego esbozó una sonrisa y dio un paso hacia adelante. Fue una zancada lenta, contenida, al parecer, por el fuego que trataba de retenerlo, pero que logró dar y tras ella siguió otra más.

—¡Corred! —ordenó Moraine, con la faz demudada por el esfuerzo—. ¡Corred todos! —Aginor caminó por el aire, hacia el límite de las llamas.

Rand tuvo conciencia de la desbandada de Mat, Perrin y Loial, que se perdieron en el ángulo de su visión, pero todo cuanto era capaz de advertir era a Egwene. Ésta estaba de pie, rígida, con la cara pálida y los ojos cerrados. No era el miedo lo que la paralizaba: intentaba esgrimir su insignificante e inexperto manejo del Poder en contra del Renegado.

La agarró con rudeza del brazo y la volvió de cara a él.

—¡Corre! —le gritó. Sus ojos se abrieron y lo miraron, furiosos por la injerencia, acuosos a causa del odio que profesaba a Aginor y el miedo que éste le inspiraba a un tiempo—. Corre —repitió, y la empujó hacia los árboles con la fuerza suficiente como para obligarla a avanzar—. ¡Corre! —Una vez que hubo comenzado a moverse, ella echó a correr.

Sin embargo, el apergaminado rostro del Renegado se volvió hacia él, hacia Egwene que huía tras él, mientras sus pies caminaban entre las llamas, como si lo que estaba haciéndole la Aes Sedai no le concerniera en absoluto. Se dirigía hacia Egwene.

—¡A ella no! —gritó Rand—. ¡Así te ciegue la Luz, a ella no! —Recogió una piedra y la arrojó contra Aginor, con intención de atraer su atención. Cuando había cubierto la mitad del trecho que mediaba entre él y Aginor, la roca se convirtió en un puñado de polvo.

Vaciló sólo un momento, el tiempo necesario para lanzar una ojeada sobre el hombro y comprobar que Egwene se había ocultado en el bosque. Las llamas todavía rodeaban al Renegado, consumiendo retazos de su capa, pero él continuaba avanzando como si dispusiera de todo el tiempo del mundo, y el borde del fuego se aproximaba a él. Rand giró sobre sí y emprendió una carrera. Oyó a Moraine, que comenzaba a gritar a sus espaldas.

51

LUCHA CON LA SOMBRA

El suelo ascendía en la dirección que tomó Rand, pero el miedo infundía fuerzas a sus piernas y éstas ganaban terreno velozmente, abriéndose camino entre arbustos florecidos y marañas de rosales silvestres, sin reparar en las espinas que arañaban sus ropas y su piel. Moraine había dejado de gritar. Sus alaridos, progresivamente angustiados, habían parecido durar una eternidad, pero sabía que sólo se habían prolongado unos momentos. Unos momentos en que había podido tomar la delantera. Estaba seguro de que Aginor saldría a perseguirlo a él. Había percibido la certeza en los hundidos ojos del Renegado, un segundo antes de que el terror espoleara sus pasos.

El terreno era cada vez más abrupto, pero seguía su avance. Se cogía de las matas, dejando a su paso un reguero de rocas, terrones y hojas que se precipitaban por la ladera, y al final se arrastraba sobre manos y rodillas cuando la pendiente se tornó más escarpada. Jadeante, recorrió los últimos palmos, se puso en pie y se detuvo, con incontenibles deseos de gritar.

A diez pasos de distancia, la cumbre de la colina descendía bruscamente. Sabía lo que iba a encontrarse antes de llegar allí, y sin embargo prosiguió su marcha, con pies cada vez más pesados, pero con la esperanza de hallar tal vez algún sendero, un camino de cabras o algo similar. Llegado al borde, se encontró con un declive de treinta metros de profundidad, cortado por una pared vertical tan lisa como la madera pulida.

«Tiene que haber otra salida. Retrocederé y buscaré la manera de rodearlo. Retrocederé y...»

Al volverse, Aginor estaba allí, coronando la cima. El Renegado llegó a lo alto de la colina sin dificultad, recorriendo la marcada pendiente como si fuera un terreno llano. Sus ojos cavernosos lo observaron desde su ajado rostro, el cual, extrañamente, parecía menos marchito que antes, más carnoso, como si Aginor se hubiera cebado en algo. Aquellos ojos estaban fijos en él; no obstante, cuando Aginor habló, lo hizo casi para sí.

—Ba'alzamon otorgará recompensas que superan los sueños de un mortal a aquel que te lleve a Shayol Ghul. Mis sueños, sin embargo, siempre se han elevado por encima de los de los otros hombres, y ya abandoné la mortalidad hace milenios. ¿Qué diferencia habrá en que sirvas al Gran Señor de la Oscuridad vivo o muerto? Ninguna, para la supremacía de la Sombra. ¿Por qué debería compartir el poder contigo? ¿Por qué debería rebajarme de rodillas ante ti? Yo, que me enfrenté a Lews Therin Telamon en la propia Antecámara de los Siervos. Yo, que medí mis fuerzas con el Señor de la Mañana y me mantuve a su altura. No creo que deba renunciar a mis privilegios.

Rand sentía en la boca la sequedad del polvo; notaba su lengua tan apergaminada como la piel de Aginor. La orilla del precipicio crujió bajo sus talones, arrojando piedras al vacío. No se atrevió a mirar atrás, pero oyó cómo las rocas rebotaban una y otra vez en la escarpada pared, al igual que lo haría su cuerpo si se movía una sola pulgada. Hasta entonces no había tomado conciencia de que había estado retrocediendo para alejarse del Renegado. La piel le hormigueaba con tal intensidad que pensó que la vería retorcerse, si lograba apartar la mirada del Renegado. «Debe de haber algún modo de zafarse de él. ¡Alguna manera de escapar! ¡Tiene que haberla! ¡Alguna manera!»

De repente sintió algo, lo percibió, a pesar de tener conciencia de su inmaterialidad. Una resplandeciente cuerda, blanca como la luz del sol filtrada por la más prístina nube, más recia que el brazo de un herrero, más liviana que el aire, partía de la espalda de Aginor, conectándolo con algo que sobrepasaba los límites del conocimiento, algo que se hallaba al alcance de la mano de Rand.

La cuerda vibraba y, con cada uno de sus latidos, se incrementaba el vigor y la lozanía de la carne del Renegado, hasta que éste se transformó en un hombre tan alto y fuerte como él, un hombre más resistente que el Guardián, más amenazador que la Llaga. No obstante, junto a la reluciente soga, Aginor parecía carecer de existencia propia. Solamente contaba aquel conducto palpitante que invocaba el alma de Rand. Una brillante hebra del grosor de un dedo se bifurcó para tocarlo, y él abrió la boca, presa de estupor. Estaba henchido de luz y de un calor que hubiera debido quemarlo y que, sin embargo, únicamente despedía una tibieza que espantaba el terror prendido en sus tuétanos. El ramal aumentó de volumen. «Tengo que escapar.»

—¡No! —gritó Aginor—. ¡No te apoderarás de él! ¡Es mío!

Rand no se movió ni tampoco lo hizo el Renegado, pero mantuvieron una pelea tan violenta como si se revolvieran en el suelo. El sudor penaba el rostro de Aginor, que ya no era el marchito rostro de un anciano, sino el de un saludable hombre en la flor de su juventud. Rand palpitaba con el pulso de la cuerda, como si ajustara el ritmo de su corazón al latido del mundo y éste lo impregnara por completo. La luz pobló su mente, hasta no dejar más que un vestigio de su individualidad. En ese refugio apeló al vacío, en cuya oquedad se guareció. «¡Escapar!»

—¡Mío! —volvió a gritar Aginor—. ¡Mío!

El calor fue apoderándose de Rand, la tibieza del sol radiante, el tenso y terrible resplandor de la luz, de la Luz. «¡Escapar!»

—Mío. —Las llamas brotaron de la boca de Aginor, surgieron de sus ojos como lanzas de fuego y el Renegado prorrumpió en alaridos.

«¡Escapar!»

Y Rand ya no se encontraba en la cima de la colina. Se estremecía con la claridad que lo bañaba. Su cerebro parecía paralizado, cegado por el calor y la luz. La Luz. En medio del vacío, la Luz lo cegaba, lo entorpecía de estupor.

Se hallaba en un ancho puerto de montaña, rodeado de escarpados picos negros similares a los dientes del Oscuro. Aquello era real; él estaba allí. Notaba las piedras bajo sus botas, la gélida brisa que le golpeaba la faz.

A su alrededor se libraba una batalla, o las escenas finales de un enfrentamiento armado. Hombres vestidos con armaduras montaban caballos con arneses, con el rutilante acero mancillado ahora por el polvo, acuchillaban y ensartaban trollocs de puntiagudos dientes que blandían hachas erizadas de puntas y espadas semejantes a guadañas. Algunos humanos peleaban a pie, junto a sus monturas derribadas, y se veía galopar a caballos bardados con sillas vacías entre la contienda. Los Fados se movían entre el bullicio, con sus capas negras como la noche pétreamente inmovilizadas a pesar de la furia del paso de sus tenebrosas cabalgaduras, y dondequiera que descargaran sus espadas que engullían la luz, los hombres perecían.

Los sonidos llegaban hasta Rand, golpeándolo y rebotando sobre la sensación de extrañamiento que lo atenazaba. El entrechocar del acero, los jadeos y gruñidos del forcejeo de los soldados y los trollocs, los gritos de agonía de los miembros de cada bando. Por encima del clamoreo, los estandartes ondeaban en el aire impregnado de polvo. Las insignias del Halcón Negro de Fal Dara, el Ciervo Blanco de Shienar, otras más. Y los estandartes de los trollocs. Únicamente en el espacio que lo circundaba percibió la calavera cornuda de los Dha'vol, el sanguinolento tridente de los Ko'bal y el puño de hierro de los Dhai'mon.

No obstante, aquello sólo era la postrimería de la batalla, una tregua, en que tanto los humanos como los trollocs se retiraban para reagruparse. Nadie pareció reparar en Rand mientras se impartían las últimas estocadas antes de que todos partieran, al galope o corriendo con paso inseguro, hacia las entradas del puerto.

Rand se encontró frente al fondo del desfiladero donde estaban reunidos los humanos, conformando un bosque de pendones y relucientes puntas de lanza. Los heridos apenas se sostenían sobre las sillas. Los caballos sin jinete se encabritaban y emprendían galope. Era patente que no podrían aguantar un nuevo encuentro, a pesar de lo cual se aprestaban para la carga final. Algunos de ellos lo vieron entonces; los hombres se irguieron sobre los estribos para apuntar hacia él. Sus gritos llegaron hasta él como insignificantes chillidos.

Se volvió, tambaleante. Las fuerzas del Oscuro llenaban el otro extremo del cañón y lo rebasaban con sus negras picas y lanzas hasta poblar las laderas cuya tenebrosidad contribuía a incrementar la imponente masa de trollocs ante cuyo número nada podía hacer el ejército de Shienar. Centenares de Fados cabalgaban frente a la retaguardia de trollocs, los cuales volvían, atemorizados, sus caras hocicudas, y retrocedían a empellones para franquearles el paso. Arriba, los Draghkar batían sus membranosas alas, retando al viento con sus graznidos. Los Semihombres también lo vieron entonces, lo señalaron, y los Draghkar viraron y descendieron en picado. Dos, tres, seis ominosos pajarracos se abatieron sobre él emitiendo agudos chillidos.

Los observó, henchido de calor, de la ardiente calidez del contacto con el sol. Ahora veía con nitidez a los Draghkar, sus despiadados ojos engastados en pálidos rostros de hombre y sus cuerpos alados desprovistos de toda humanidad. Un terrible calor. Un crepitante ardor.

El límpido cielo se pobló de violentos rayos cegadores que se descargaron sobre cada una de las negras formas aladas. Los gritos de caza se convirtieron en estertores de muerte y las calcinadas aves se desplomaron para despejar de nuevo el aire.

El calor. El sofocante calor de la Luz.

Cayó de hinojos; sentía el curso candente de sus lágrimas en las mejillas.

—¡No! —Agarró unos matojos resecos para afianzarse de algún modo en la realidad, pero las hierbas se incendiaron—. ¡Por favor, noooooooo!

El viento se elevó con su voz, aulló, rugió con ella para atravesar el desfiladero y azotar las llamas hasta convertirlas en un ardiente muro que se alejó de él en dirección a las huestes trollocs a una velocidad mayor que la que podía alcanzar un caballo al galope. El fuego hizo presa de los trollocs y con sus alaridos oscilaron las montañas, alaridos casi tan potentes como el sonido del viento entremezclado con su voz.

—¡Esto debe acabar!

Golpeó el suelo con el puño y la tierra resonó como un gong. Se arañó las manos en el pedregal y la tierra tembló. El terreno comenzó a ondular ante él en crecientes oleadas, en avalanchas de tierra y roca que se cernían sobre trollocs y Fados, se abatía sobre ellos al tiempo que las montañas se resquebrajaban bajo las pezuñas de sus pies. Una hirviente masa de carne y escoria consumió el ejército trolloc. Lo que de él quedó todavía podía considerarse una imponente hueste, pero ahora apenas doblaba en número a la de los humanos, y se encontraba además a merced del terror y la confusión.

El viento amainó y los gritos cesaron. La tierra recobró su firmeza. El polvo y el humo retrocedieron por el puerto para rodearlo.

—¡Que la Luz te ciegue, Ba'alzamon! ¡Esto ha de acabar!

No está aquí.

No eran sus propios pensamientos lo que vibraba en la mente de Rand.

Yo no participaré. Únicamente el elegido puede hacer lo que ha de hacerse, movido por su propia voluntad.

—¿Dónde? —No quería formular la pregunta, pero tampoco pudo contenerla—. ¿Dónde?

La neblina que lo circundaba se apartó, dejando una bóveda de nítido y transparente aire a diez espanes por encima de él, rodeada de una agitada humareda. Ante él aparecieron unos escalones, separados, sin nada que los sostuviera, que ascendían entre las tinieblas que oscurecían el sol.

Aquí no.

A través de la penumbra, como procedente del confín más lejano de la tierra, oyó un grito.

—¡La Luz nos apoya! —Sobre la tierra resonaron cientos de herraduras mientras las fuerzas de la humanidad lanzaban su última embestida.

Sumida en el vacío, su mente acusó un instante de pánico. Los jinetes que pasaban a la carga no lo verían entre la polvareda; sus caballos lo patearían. La mayor parte de sí desdeñaba aquel galopar como una insignificancia a la que no debía prestar atención. Impulsado por una extraña furia, subió los primeros escalones. «¡Se ha de acabar!»

Se vio envuelto por la oscuridad, la más lóbrega negrura de la nada más absoluta. Los escalones continuaban allí, remontándose bajos sus pies, suspendidos en las tinieblas. Cuando miró atrás, advirtió que los demás habían desaparecido, disgregados en la completa vacuidad que lo rodeaba. Sin embargo, la cuerda todavía estaba prendida a él, se alargaba a sus espaldas, serpenteaba y se desvanecía en la lejanía junto con su resplandor. Ya no era tan recia como antes, pero aún palpitaba, bombeaba energía en su cuerpo y lo llenaba de vida, lo henchía de Luz.

Siguió ascendiendo. La subida pudo durar una eternidad o unos minutos. El tiempo contenía la calma del vacío, tergiversado en su celeridad. Continuó elevándose hasta encontrar de pronto una puerta de vieja y tosca madera astillada, una puerta que recordaba demasiado bien. Al tocarla, ésta se se deshizo en pedazos. Mientras éstos caían aún, traspuso el umbral, desprendiéndose al moverse de los fragmentos leñosos prendidos sobre sus hombros.

La estancia también se correspondía con sus recuerdos, con el increíble cielo estriado que se avistaba por el balcón, las paredes indefinidas, la mesa pulida, el terrible hogar y sus crepitantes llamas que no despedían ningún calor. Algunos de los rostros que componían la chimenea, retorcidos por el tormento, emitían inaudibles gritos; estos rostros abrieron en su memoria un amago de reconocimiento, pero él se escudó en el vacío, haciéndolo flotar entre él y la apariencia. Estaba solo. Cuando dirigió la mirada al espejo, su rostro se reflejaba tan claramente como si fuera él. «Reina la calma en el vacío.»

—Sí —dijo Ba'alzamon, situado de improviso frente al hogar—. Ya pensaba que la codicia superaría a Aginor. Eso no modifica nada, en fin de cuentas. Una larga búsqueda, pero ya concluida ahora. Estás aquí y te conozco.

En medio de la Luz discurría el vacío, y sobre él flotaba Rand. Apeló a la tierra de su pueblo y sintió la dura roca, seca e inquebrantable, la piedra despiadada donde únicamente podían sobrevivir los tenaces, los que poseían la misma firmeza que las montañas.

—Estoy harto de correr. —No podía creer que su voz sonara con tanta tranquilidad—. Harto de que amenaces a mis amigos. No pienso huir más.

Ba'alzamon también tenía una cuerda, según advirtió. Una soga negra, mucho más gruesa que la suya, de un diámetro que superaba el tamaño de un ser humano y, aun así, aparecía insignificante al lado de Ba'alzamon. Cada pulsación que recorría aquella negra vena devoraba la luz.

—¿Crees que modifica en algo la situación el hecho de que huyas o te quedes? —Las llamaradas de la boca de Ba'alzamon eran carcajadas. Las caras de la chimenea sollozaron ante el alborozo de su mano—. Me has rehuido en muchas ocasiones y al final siempre te he abatido y te he hecho tragar tu orgullo y tú has aderazado con gemidos mi victoria. Son muchas las veces en que te has crecido y has peleado para luego humillarte, derrotado, e implorar piedad. No tienes más alternativa que ésta, gusano: arrodillarte a mis pies y servirme y obtener de ese modo un poder que supera al de todos los soberanos o ser una estúpida marioneta tironeada por Tar Valon y exhalar alaridos mientras te disgregas hasta convertirte en polvo.

Rand se volvió, ojeando la puerta como si buscara una escapatoria. Mejor sería que el Oscuro lo interpretara así. Más allá del umbral reinaba aún la negrura de la vacuidad, dividida por la rutilante hebra que partía de su cuerpo. Y allá afuera también se extendía la imponente cuerda de Ba'alzamon, cuyo negro intenso destacaba en la oscuridad como sobre una capa de nieve. Los dos conductos latían como venas cardíacas en un contrapunto enfrentado, en un pulso en que la luz apenas resistía las oleadas de oscuridad.

—También existen otras opciones —objetó Rand—. Es la Rueda quien teje el Entramado, no tú. He escapado de todas las trampas que me has tendido. Me he zafado de tus Fados y trollocs, de tus Amigos Siniestros. He seguido tus huellas hasta aquí y, de camino, he destruido tu ejército. Tú no tejes el Entramado.

Los ojos de Ba'alzamon rugieron como dos hornos. Sus labios no se movieron, pero Rand creyó oír una maldición dirigida a Aginor. Después las llamaradas remitieron y aquel rostro de ser humano ordinario le sonrió de una manera que heló incluso la cálida irradiación de la Luz.

—Será fácil reunir otras huestes, necio. Ejércitos como no los has ni soñado están por venir. ¿Y que tú has seguido mis huellas? ¿Que tú, escarabajo insignificante, me has seguido? Yo dispuse tu senda el día en que naciste, una senda que te conduciría a la tumba o a este lugar. Los Aiel a quienes se permitió huir y a uno vivir, para pronunciar las palabras que transmitirían su eco con el paso de los años. Jain el Galopador,

775

un héroe —retorció la boca con desdén—, a quien yo disfracé de ingenuo y envié a los Ogier dejándolo creer que se había librado de mí. Los miembros del Ajah Negro, hormigueando como los gusanos que habitan sus vientres, a través del mundo para detectar tu paradero. Yo tiro de las cuerdas y la Sede Amyrlin danza a su son, pensando que controla los acontecimientos.

El vacío tembló; Rand se apresuró a afianzarlo. «Lo sabe todo. Habría podido hacerlo. Podría haber sucedido tal como dice.» La Luz caldeó el vacío. Las dudas se agitaron y se calmaron, hasta que sólo quedó su simiente. Forcejeó, sin saber si deseaba enterrar la semilla o hacerla fortalecer. El vacío se replegó, se empequeñeció y él volvió a dejarse mecer por el remanso de la calma.

Ba'alzamon no dio muestras de percatarse de ello.

—Poco importa si te atrapo vivo o muerto, si te omito a ti y al poder que puedes cobrar; me servirás tú o, de lo contrario, lo hará tu alma. Sin embargo, preferiría que te postraras ante mí vivo y no muerto. Un solo pelotón de trollocs enviado a tu pueblo cuando habría podido mandar un millar. Un Amigo Siniestro al que te has debido enfrentar cuando habrían podido ser cien los que sorprendieran tu sueño. Y tú, insensato, ni siquiera los conoces a todos, ni a los que se hallan delante, ni detrás, ni a tus costados. Eres mío, siempre has sido mío, mi perro sujeto por el cabo de una cuerda, y te he traído hasta aquí para que te arrodilles ante tu amo o para darte muerte y dejar que así sea tu alma la que se postre a mis pies.

—Reniego de ti. No tienes poder sobre mí y no me humillaré ante ti, ni vivo ni muerto.

—Mira —indicó Ba'alzamon—. Mira. —Rand giró la cabeza a su pesar.

Egwene estaba de pie allí y Nynaeve, pálidas y asustadas, con flores prendidas en el pelo. Y otra mujer, algo mayor que la Zahorí, de ojos grises y gran belleza, vestida a la usanza de Dos Ríos, con coloridas guirnaldas bordadas en el cuello.

—¿Madre? —musitó, y la mujer sonrió con desesperanza. Aquélla era la sonrisa de su madre—. ¡No! Mi madre está muerta y las otras dos se encuentran a salvo lejos de aquí. ¡Reniego de ti! —Egwene y Nynaeve fueron perdiendo nitidez hasta disiparse. Kari al'Thor permaneció allí, con los ojos desorbitados de pavor.

—Ella, al menos —replicó Ba'alzamon—, se halla a mi merced.

—Reniego de ti. —Hubo de esforzarse por articular las palabras—. Ella está muerta y habita en la Luz, a salvo de tus garras.

Los labios de su madre temblaron y las lágrimas surcaron sus mejillas, corroyendo su espíritu con la causticidad del ácido.

—El Señor de la Tumba es más poderoso de lo que fue en un tiempo, hijo mío —dijo—. Sus competencias se han ampliado. El Padre de las Mentiras posee una lengua zalamera para atraer a las almas incautas. Mi hijo, mi querido y único hijo. Si me fuera dado elegir no me interpondría en tu camino, pero él es mi amo ahora y su voluntad la ley de mi existencia. No me resta más que obedecerlo y arrastrarme para lograr sus favores. Sólo tú puedes liberarme. Por favor, hijo mío. Por favor, ayúdame. ¡Ayúdame! ¡POR FAVOR!

Mientras exhalaba aquel grito desgarrador unos pálidos Fados de cuencas vacías estrecharon su cerco en torno a ella. Sus ropas cayeron, desgarradas por sus exangües manos, unas manos que blandían pinzas, tenazas y objetos que horadaban, quemaban, azotaban sus desnudas carnes. Su alarido era insoportable.

Rand sumó su grito al de su madre. El vacío rebullía en su mente. Tenía la espada en la mano, no el arma marcada con la garza, sino una hoja de luz, una espada de la Luz. En el preciso instante en que la levantaba, un tremendo rayo blanco brotó de su punta, como si el propio haz se hubiera alargado. Cuando tocó al Fado más próximo, una cegadora incandescencia alumbró la cámara, atravesó a los Semihombres como la llama de una vela se transparenta en el papel, y extendió su cegadora claridad hasta el punto de que sus ojos fueron incapaces de percibir lo que sucedía alrededor de ellos.

Desde el centro de la fulguración, llegó un susurro hasta él:

—Gracias, hijo mío. La Luz. La bendita Luz.

El resplandor se desvaneció y volvió a hallarse a solas con Ba'alzamon. Los ojos del Oscuro crepitaban como la Fosa de la Perdición, pero él se escudaba y retrocedía de la espada como si en verdad se tratara de la propia Luz.

—¡Insensato! ¡Te destruirás a ti mismo! ¡No puedes usarla así, todavía no! ¡No hasta que yo te haya enseñado a hacerlo!

—Se ha acabado —atajó Rand, al tiempo que dirigía la espada contra la negra cuerda de Ba'alzamon.

Ba'alzamon gritó con la descarga del arma, siguió gritando hasta que hizo temblar las paredes y su incesante alarido multiplicó su intensidad cuando la espada de la Luz segó la cuerda. Los cabos cortados se separaron con violencia, como si hubieran soportado una gran tensión. El ramal que se perdía en la oscuridad del exterior comenzó a encogerse mientras se alejaba; el otro restalló sobre Ba'alzamon y lo arrojó contra la chimenea. Percibió unas inaudibles risotadas en los silenciosos gritos de los rostros torturados. Las paredes se estremecieron, crujieron; el suelo se levantó y el techo arrojó fragmentos de roca sobre él.

Mientras todo se desmoronaba a su alrededor, Rand apuntó la espada al corazón de Ba'alzamon.

—¡Ha acabado!

De la hoja surgió un refulgente haz luminoso que se disgregó en un rocío de chispas semejante a un profuso goteo de un blanco metal fundido. Gimiendo, Ba'alzamon alzó los brazos en un vano intento de protegerse. Las llamas crepitaron en sus ojos y se sumaron a las que produjo, al incendiarse, la piedra de las resquebrajadas paredes, la piedra del hinchado suelo, la piedra que escupía el techo.

Rand notó cómo se empequeñecía la brillante hebra prendida a él, que menguó hasta que únicamente restó el resplandor, pero continuó atacando, sin saber qué hacía ni qué medio utilizaba, con la sola conciencia de que aquello debía tocar a su fin. «¡Tiene que acabar!»

El fuego llenó la estancia en una llama compacta. Veía cómo Ba'alzamon se marchitaba como una hoja, oía sus alaridos desgañitados que lo corroían hasta los huesos. La llama se convirtió en una prístina luz blanca, más radiante que el sol.

Entonces el último centelleo de la hebra desapareció y él cayó, rodeado de tinieblas, acompañado de los gritos cada vez más lejanos de Ba'alzamon. Algo lo golpeó con tremenda fuerza y lo convirtió en una masa informe que se estremecía y gritaba a causa del fuego que devastaba su interior, la ávida gelidez que lo quemaba incesantemente.

52

SIN PRINCIPIO NI FINAL

Primero tomó conciencia del sol, que recorría un cielo carente de nubes y asestaba sus rayos en sus ojos abiertos. Parecía avanzar a rachas; permanecía inmóvil durante días y luego se precipitaba hacia adelante, para hundirse en el horizonte arrastrando consigo la claridad diurna. «Luz, esto debería tener algún sentido.» Los pensamientos le representaron una novedad. «Puedo pensar.» A continuación vino el dolor, el recuerdo de una violenta fiebre, de las contusiones recibidas cuando los espasmos lo habían sacudido como a un pelele sin sostén. Y un aguijón. Un aceitoso olor a quemado le impregnaba las ventanas de las nariz y el cerebro.

Con músculos doloridos, se volvió boca abajo y se incorporó ayudado de manos y pies. Contempló, sin comprender, las grasientas cenizas sobre las cuales había yacido, las mismas cenizas diseminadas que manchaban la piedra de la cumbre de la colina. Entre los residuos carbonizados había retazos de tela de color verde oscuro, angulosos recortes que habían escapado de las llamas. «Aginor.»

Sintió náuseas. Trató de cepillarse las negras pavesas prendidas en su ropa. Tambaleante, se apartó de los restos del Renegado. Sus manos sacudieron débilmente la tela, sin lograr apenas resultados. Intentó utilizar las dos a la vez y cayó de bruces. Una ladera cortada en picado descendía bajo su rostro, una lisa pared de piedra que giraba ante sus ojos, atrayéndolo hacia sus profundidades. Mareado, vomitó en el borde del precipicio.

Se arrastró temblorosamente hacia atrás, hasta tener un terreno firme bajo la cara, y entonces se volvió de espaldas y trató de recobrar el aliento. Desenfundó con esfuerzo la espada. Sólo quedaban algunas cenizas del paño rojo. La levantó hasta la altura de sus ojos con manos trémulas. Era una hoja con la marca de la garza —«¿La marca de la garza? Sí. Tam. Mi padre»—, pero de acero al fin y al cabo. Hubo de realizar tres intentos antes de lograr envainarla. «Ha habido otra cosa. O había otra espada.»

—Me llamo —dijo en voz alta— Rand al'Thor. —Otros recuerdos se agolparon en su cerebro, arrancándole un gruñido—. El Oscuro —susurró para sí—. El Oscuro ha muerto. —La cautela ya no era necesaria—. Shai'tan ha muerto. —El mundo pareció estremecerse. Sacudió la cabeza, disfrutando de una silenciosa dicha, hasta que las lágrimas brotaron de sus ojos—. ¡Shai'tan ha muerto! —Lanzó sus risas al cielo. Otra noción acudió a su memoria—. ¡Egwene! —Aquel nombre representaba algo importante.

Se puso en pie con dificultad, ondulándose como un sauce agitado por un vendaval, y pasó tambaleante junto a las cenizas de Aginor sin dedicarles una mirada. «Ahora ya no es importante.» Cubrió el primer trecho de la pendiente, arrastrándose, y se dejó llevar por la gravedad, aferrándose de vez en cuando a los matorrales. Cuando llegó a un terreno menos accidentado, había arreciado el dolor de las magulladuras, pero halló la suficiente fuerza para mantenerse erguido. «Egwene.» Echó a correr arrastrando los pies. Recibía una lluvia de hojas y pétalos de flores cada vez que tropezaba entre la maleza. «Tengo que encontrarla. ¿Quién es?»

Sus brazos y piernas parecían moverse como largas vainas vegetales en lugar de dirigirse hacia donde él quería llegar. Perdido el equilibrio, topó con un árbol y se golpeó con violencia contra el tronco. El follaje roció su cabeza mientras apretaba la cara sobre la rugosa corteza, cogiéndose de ella para no caer. «Egwene.» Se apartó del árbol y emprendió de nuevo camino. Casi de inmediato se ladeó de nuevo, a punto de desplomarse, pero obligó a sus piernas a cobrar velocidad, a correr, tambaleante, aun a riesgo de perder pie y caer de bruces con cada paso que daba. Con el movimiento, sus extremidades comenzaron a responderle de nuevo. Poco a poco infundió firmeza a su marcha, coronando un altozano para volverlo a bajar. Irrumpió en el claro del bosque, que casi llenaba ahora el imponente roble que marcaba la sepultura del Hombre Verde. También había el blanco arco de piedra grabado con el antiguo símbolo de los Aes Sedai y el ennegrecido hoyo donde el viento y el fuego habían tratado en vano de atrapar a Aginor.

—¡Egwene! Egwene, ¿dónde estás? —Una hermosa muchacha, arrodillada bajo el ramaje, con el cabello lleno de flores y hojas de roble, levantó unos grandes ojos. Era esbelta y joven y parecía asustada. «Sí, ésa es ella. Desde luego»—. Egwene, gracias a la Luz que estás bien.

Había dos mujeres más con ella, una con la mirada perdida y una larga cabellera trenzada, todavía ornada con algunos narcisos blancos. La otra yacía con la cabeza recostada sobre unas capas dobladas y un vestido hecho jirones que apenas tapaba su propia capa de color azul cielo. El lujoso tejido mostraba desgarrones y orlas quemadas y su rostro estaba pálido, pero tenía los ojos abiertos. «Moraine. Sí, la Aes Sedai. Y la Zahorí, Nynaeve.» Las tres mujeres lo observaban sin pestañear.

—¿Estás bien, verdad, Egwene? No te ha causado ningún daño.

Ahora podía caminar sin dar traspiés —la visión de la muchacha lo hacía sentir dispuesto incluso a bailar, a pesar de las contusiones recibidas—, pero, aun así, sintió un gran alivio al sentarse con las piernas cruzadas junto a ellas.

—No he vuelto a verlo después de que lo empujaste... —Sus ojos miraban con incertidumbre su cara—. ¿Y tú cómo te encuentras, Rand?

—Estoy bien. —Rió. Tocó la mejilla de la muchacha, preguntándose si estaría imaginando que ella había retrocedido levemente—. Con un poco de reposo, estaré como nuevo. Nynaeve, Moraine Sedai... —Notaba extrañeza al pronunciar aquellos nombres.

Los ojos de la Zahorí aparecían gastados, envejecidos, por contraste con su lozana tez, pero la joven sacudió la cabeza.

—Un poco magullada —explicó, todavía escrutándolo con la mirada—. Moraine es la única..., la única de nosotros que ha resultado herida de consideración.

—He sufrido más daños en mi orgullo que en otra cosa —aclaró irritada la Aes Sedai, dando un tirón a la capa que le hacía las veces de manta. Su aspecto era el de una persona que acababa de padecer una larga enfermedad o que había sido sometida a grandes esfuerzos, pero, a pesar de sus oscuras ojeras, su mirada era penetrante y poderosa—. A Aginor lo ha sorprendido y enfurecido que yo lo retuviera durante tanto rato, pero, por fortuna, no ha tenido tiempo para desperdiciarlo contraatacándome. Yo misma me he sorprendido de haber sido capaz de contenerlo tanto tiempo. En la Era de Leyenda, Aginor gozaba de un poderío sólo superado por el Verdugo de la Humanidad e Ishamael.

—El Oscuro y todos los Renegados —repitió la fórmula Egwene con voz insegura— están confinados en Shayol Ghul, encarcelados por el Creador... —Exhaló un suspiro, estremeciéndose.

—Aginor y Balthamel debieron de quedar atrapados cerca de la superficie. —La voz de Moraine denotaba impaciencia, como si ya hubiera dado antes la misma explicación—. Las lacras de la prisión del Oscuro se debilitaron lo bastante como para que pudieran recobrar la libertad. Debemos congratularnos de que sólo lo hicieran ellos dos. Si hubieran huido más, los habríamos visto.

—No importa —zanjó Rand—. Aginor y Balthamel están muertos, al igual que Shai...

—El Oscuro —lo atajó la Aes Sedai. Estuviera enferma o no, su voz era firme y su mirada autoritaria—. Es mejor que sigamos llamándolo el Oscuro. O Ba'alzamon al menos.

—Como queráis —repuso, y se encogió de hombros—. Pero está muerto. El Oscuro ha muerto. Yo lo he matado. Lo he quemado con...

Los recuerdos afluyeron a él y lo dejaron boquiabierto. «El Poder Único. He utilizado el Poder Único. Ningún hombre puede...» Se humedeció los labios, de pronto resecos. Una ráfaga de viento levantó un remolino de hojas caídas en torno a ellos, pero su gelidez no era mayor que la que imperaba en su corazón. Las tres mujeres lo miraban, lo observaban, sin siquiera pestañear. Alargó la mano hacia Egwene, y en esta ocasión no fue imaginario el retraimiento.

—Egwene...

La muchacha volvió el rostro y él dejó caer la mano. Pero de pronto Egwene se arrojó en sus brazos y hundió la cara en su pecho.

—Perdona, Rand. Lo siento. No me importa. De veras. —Sus hombros se agitaban, presumiblemente a causa de los sollozos. Rand dirigió la mirada a las otras dos mujeres por encima de su cabeza, mientras le acariciaba con torpeza el cabello.

—La Rueda gira según sus designios —dijo despacio Nynaeve—, y, sin embargo, tú todavía eres Rand al'Thor de Campo de Emond. Pero, que la Luz me asista, que la Luz nos asista a todos, eres demasiado peligroso, Rand. —Dio un respingo al percibir la tristeza, el pesar y la pérdida ya aceptada que reflejaban los ojos de la Zahorí.

—¿Qué ha ocurrido? —preguntó Moraine—. ¡Cuéntamelo todo!

Apremiado por la fuerza de su mirada, comenzó a referir lo sucedido. Quería resumirlo, omitir detalles, pero los ojos de la Aes Sedai le sonsacaron todo. Su rostro se anegó de lágrimas cuando describió la escena en que apareció Kari al'Thor. Su madre.

—Tenía a mi madre. ¡Mi madre!

El semblante de Nynaeve expresaba compasión y dolor, pero los ojos de la Aes Sedai lo condujeron de modo insoslayable a explicar cómo había blandido la espada de la Luz, cortado la cuerda negra y provocado las llamas que habían consumido a Ba'alzamon. Egwene aumentó la presión de sus brazos sobre él, como si quisiera rescatarlo de lo acaecido.

—No he sido yo —concluyó Rand—. La Luz... me ha guiado. No era realmente yo. ¿No acarrea ello alguna diferencia?

—Lo sospeché desde un principio —afirmó Moraine—. No obstante, las sospechas no son pruebas de valor. Después de haberte dado el símbolo vinculante, la moneda, debieras haber demostrado mayor disposición a acatar mis deseos, pero te has resistido, los has cuestionado. Aquello me pareció significativo, pero no concluyente. La raza de Manetheren siempre ha sido obstinada y ello fue en aumento después de que pereciera Aemon y el corazón de Eldrene se rompiera en pedazos. Después estaba *Bela.*

—¿*Bela?* —se extrañó. «Nada acarreará ninguna diferencia.»

—En Colina del Vigía, *Bela* no precisó que yo la liberara de la fatiga; alguien lo había hecho ya. Habría podido tomarle la delantera a *Mandarb* aquella noche. Habría debido reflexionar acerca de quién era el jinete de *Bela.* Con los trollocs pisándonos los talones, un Draghkar que sobrevolaba el cielo y un Semihombre cuya ubicación sólo conocía la Luz, debiste temer que Egwene quedara rezagada. Tenías una necesidad más apremiante que la que habías experimentado en toda tu vida y acudiste a lo único que podía ayudarte: *Saidin.*

Se estremeció. Tenía tanto frío que le dolían los dedos.

—Si no vuelvo a hacerlo, si nunca establezco contacto otra vez, no... —Fue incapaz de decirlo en voz alta. «Enloqueceré. Atraeré a la tierra y la gente que me rodea a una vorágine de locura. Moriré, descomponiéndome aún en vida.»

—Tal vez —repuso Moraine—. Sería mucho más sencillo si hubiera alguien capaz de enseñarte, pero es factible, con un supremo esfuerzo de la voluntad.

—Vos podéis enseñarme. Sin duda, vos... —Se detuvo al ver que la Aes Sedai sacudía la cabeza.

—¿Es capaz un gato de dar clases a un perro sobre cómo hay que trepar a los árboles, Rand? ¿Puede un pez enseñar a nadar a un pájaro? Yo conozco el *Saidar,* pero no me es posible instruirte en el *Saidin.* Quienes habrían podido hacerlo yacen en sus tumbas desde hace tres milenios. Quizá seas lo bastante tenaz, sin embargo. Acaso tu voluntad disponga de la fuerza necesaria.

Egwene se incorporó y enjugó sus ojos enrojecidos con el dorso de la mano. Parecía que iba a decir algo, pero, cuando abrió la boca, no articuló ningún sonido. «Al menos no se aparta de mí. Al menos puede mirarme sin ponerse a gritar.»

—¿Y los demás? —preguntó.

—Lan los ha llevado a la caverna —respondió Nynaeve—. El Ojo ha desaparecido, pero hay algo en el centro del estanque, una columna de cristal y unos escalones que llevan hasta ella. Mat y Perrin querían salir a buscarte, y Loial también, pero Moraine ha dicho... —Miró de soslayo a la Aes Sedai, azorada, y ésta le devolvió tranquilamente la mirada—. Ha dicho que no debíamos molestarte mientras estabas...

Se le atenazó la garganta hasta el punto de dificultarle la respiración. «¿Volverán la cara ante mí igual que lo ha hecho Egwene? ¿Se pondrán a gritar y a correr como si yo fuera un Fado?» Moraine tomó la palabra, como si no hubiera advertido la sangre que afluía a su rostro.

—Había una vasta acumulación de Poder Único en el Ojo. Aun en la Era de Leyenda, pocos habrían sido capaces de encauzar tamaña cantidad sin disponer de asistencia y no acabar destruidos. Muy pocos.

—¿Se lo habéis dicho? —inquirió con voz ronca—. Si todos lo saben...

—Únicamente Lan —lo apaciguó la Aes Sedai—. Él debe saberlo. Y Nynaeve y Egwene, teniendo en cuenta lo que son y lo que devendrán. Los demás no es necesario que lo sepan todavía.

—¿Por qué no? —La carraspera tornó áspera su voz—. Querréis amansarme, ¿verdad? ¿No es eso lo que hacen las Aes Sedai con los hombres capaces de usar el Poder? ¿Cambiarlos para que no puedan hacerlo? ¿Neutralizarlos? Thom dijo que los hombres que han sido amansados mueren porque pierden las ganas de vivir. ¿Por qué no me habláis de la perspectiva de llevarme a Tar Valon a que me domen?

—Tú eres *ta'veren* —replicó Moraine—. Tal vez el Entramado no haya acabado de urdirse en torno a ti.

—En los sueños —rememoró Rand, irguiendo la espalda—, Ba'alzamon afirmó que Tar Valon y la Sede Amyrlin tratarían de utilizarme. Mencionó nombres, que ahora recuerdo perfectamente: Raolin Perdición del Oscuro, Guaire Amalasan, Yurian Arco Pétreo, Davian, Logain. —El último fue el que más le costó pronunciar. Nynaeve mudó el semblante y Egwene emitió una exhalación, pero él continuó con furia—. Todos son falsos Dragones. No intentéis negarlo. Bien, yo no me prestaré a ser utilizado. No soy una herramienta que podáis tirar a la basura cuando ya esté gastada.

—Una herramienta forjada para una finalidad específica no se corroe si se utiliza para dicha finalidad. —La voz de Moraine sonaba tan ronca como la suya—, pero el hombre que dé crédito al Padre de las Mentiras está menguando su espíritu. Dices que no quieres ser utilizado y luego dejas que el Oscuro determine tus pasos como un sabueso cuyos lazos suelta su amo para que corra tras un conejo.

Apretó los puños, volviendo el rostro. Aquello se parecía demasiado a lo que había dicho Ba'alzamon.

—No soy el sabueso de nadie. ¿Me oís? ¡De nadie!

Loial y los demás aparecieron bajo la arcada y Rand se levantó, mirando a Moraine.

—No lo sabrán —lo tranquilizó la Aes Sedai— hasta que el Entramado lo propicie.

Sus amigos se aproximaron, encabezados por Lan, quien parecía tan fuerte como siempre, pero algo fatigado. Llevaba las sienes cubiertas por uno de los vendajes de Nynaeve y caminaba con la espalda rígida. Tras él, Loial acarreaba un gran arcón de oro, profusamente adornado con engastaduras de plata. Nadie que no fuera un Ogier habría podido levantarlo sin disponer de ayuda. Perrin rodeaba con los brazos un gran fardo de tela blanca y Mat llevaba en los cuencos de las manos lo que semejaban ser fragmentos de loza.

—Después de todo estás realmente vivo. —Mat soltó una carcajada y luego su semblante se ensombreció y ladeó la cabeza en dirección a Moraine—. No nos ha dejado ir a buscarte. Decía que debíamos encontrar lo que ocultaba el Ojo. Yo habría ido de todos modos, pero Nynaeve y Egwene la han apoyado y por poco me hacen entrar a empellones en el túnel.

—Ahora estás aquí —dijo Perrin— y no demasiado vapuleado, a juzgar por tu aspecto. —Sus ojos no relucían ahora, pero los iris estaban completamente amarillos—. Eso es lo que cuenta. Que estás aquí, y que hemos terminado con lo que vinimos a hacer, fuera lo que fuese. Moraine Sedai dice que hemos terminado y que podemos marcharnos. A casa, Rand. Que la Luz me consuma, si no tengo ganas de volver a casa.

—Me alegra verte vivo, pastor —lo saludó bruscamente Lan—. Ya he visto cómo agarrabas la espada. Tal vez ahora aprendas a utilizarla. —Rand sintió un súbito arrebato de afecto por el Guardián; él lo sabía, pero, al menos exteriormente, se comportaba igual. Era posible que tal vez, en su interior, Lan no había modificado la opinión que él le merecía.

—Debo admitir —confesó Loial, depositando el arcón en el suelo— que viajar con *ta'veren* ha resultado ser aún más interesante de lo que esperaba. —Sus orejas se agitaron—. Si se vuelve un poco más interesante, regresaré de inmediato al *stedding* Shangtai, confesaré todas mis peripecias al abuelo Halan y no volveré a apartarme de mis libros nunca más.

—De pronto el Ogier sonrió, dividiendo en dos el rostro con su enorme boca—. Es un placer volver a verte, Rand al'Thor. El Guardián es el único de los tres a quien le importan algo los libros y no quiere hablar de ese tema. ¿Qué te ha pasado? Todos hemos echado a correr y hemos estado escondidos en el bosque hasta que Moraine Sedai ha enviado a Lan a buscarnos, pero no nos ha permitido intentar dar contigo. ¿Por qué te has ausentado tanto rato, Rand?

—He corrido sin cesar —respondió lentamente— hasta que he caído por la ladera de una colina y me he golpeado la cabeza en una roca. Creo que me he topado con todas las piedras que había en la pendiente. —Aquello explicaría los morados y magulladuras. Observó a la Aes Sedai, Nynaeve y Egwene, pero éstas mantenían la expresión imperturbable—. Cuando he recobrado la conciencia, no sabía dónde estaba; luego he llegado a trompicones hasta aquí. Me parece que Aginor ha muerto, quemado. He encontrado cenizas y trozos de su capa.

Las mentiras sonaban huecas en su cerebro. No comprendía cómo no se echaban a reír con desdén y le exigían la verdad. Sin embargo, sus amigos asintieron con la cabeza, aceptando su explicación, mientras se reunían en torno a la Aes Sedai para mostrarle sus hallazgos.

—Ayudadme a incorporarme —pidió Moraine. Nynaeve y Egwene la levantaron; una vez sentada todavía hubieron de sostenerla.

—¿Cómo es posible que estos objetos estuvieran en el Ojo —preguntó Mat— y no se destruyeran como aquella roca?

—No los pusieron allí para que fueran destruidos —repuso lacónicamente la Aes Sedai, disuadiéndolos con su expresión ceñuda de hacer más preguntas. Entonces tomó los fragmentos de brillante cerámica blanca y negra que le tendía Mat. A Rand no le parecieron más que desperdicios, pero Moraine los juntó con habilidad en el suelo y formó un perfecto círculo del tamaño de la cabeza de un hombre. El antiguo símbolo de los Aes Sedai, la Llama de Tar Valon unida con el Colmillo del Dragón, con el color negro al lado del blanco. Por un momento Moraine se limitó a observarlo con rostro inescrutable y después sacó el cuchillo prendido a su cinto y lo entregó a Lan, señalando el círculo con la cabeza.

El Guardián separó el pedazo mayor y luego levantó el cuchillo y lo descargó con todas sus fuerzas. El fragmento saltó despidiendo chispas a causa de la potencia del golpe y la hoja se partió con un chasquido. Examinó el pedazo que aún estaba unido a la empuñadura y luego lo arrojó.

—El mejor acero de Tear —comentó secamente.

Mat recogió el fragmento, soltó un gruñido y después lo enseñó a los demás. No tenía ni la más leve marca.

—*Cuendillar* —dijo Moraine—. Piedra del corazón. Nadie ha sido capaz de fabricarla desde la Era de Leyenda e incluso entonces únicamente se elaboraba para grandes propósitos. Una vez forjada, nada puede romperla. Ni el propio Poder Único esgrimido por los más avezados Aes Sedai que hayan existido ayudados por los más poderosos *sa'angreal* que jamás se hayan creado. Todo poder dirigido contra la piedra del corazón no hace más que fortalecerla.

—¿Entonces cómo...? —Mat señaló con el pedazo que asía los trozos depositados en el suelo.

—Éste era uno de los siete sellos que cerraban la prisión del Oscuro —explicó Moraine.

Mat dejó caer la pieza como si le quemara la mano. Por un instante, los ojos de Perrin adoptaron de nuevo su fulgor. La Aes Sedai comenzó a recoger tranquilamente los fragmentos.

—Ya no importa —concluyó Rand. Sus amigos lo miraron de una manera extraña, haciéndole desear haber sabido mantener la boca cerrada.

—Desde luego —confirmó Moraine que, sin embargo, introdujo con cuidado los pedazos en su bolsillo—. Traedme el arca. —Loial la acercó.

El achatado cubo de oro y plata parecía sólido, pero los dedos de la Aes Sedai recorrieron sus intrincados repujados, presionando, y de pronto se levantó una cubierta como accionada por un resorte. Un curvado cuerno de oro reposaba en su interior. A pesar de su brillo, parecía ordinario en comparación con el arcón que lo contenía. Sólo tenía una inscripción en plata, engastada a su alrededor. Moraine alzó el cuerno con tanto amor como si se tratara de un niño.

—Esto debe llevarse a Illian —aseveró en voz baja.

—¡Illian! —gruñó Perrin—. Eso está casi al lado del Mar de las Tormentas, casi tan lejos de nuestro pueblo por el sur como lo estamos ahora por el norte.

—¿Es...? —Loial se detuvo para recobrar aliento—. ¿Puede ser...?

—¿Sabes leer la Antigua Lengua? —le preguntó Moraine; al asentir él, ella le entregó el cuerno.

El Ogier lo tomó tan delicadamente como lo había hecho ella, acariciando la inscripción con uno de sus grandes dedos. Sus ojos fueron abriéndose más y más y sus orejas se pusieron enhiestas.

—*Tia mi aven Moridin isainde vadin* —susurró—. La tumba no constituye una frontera a mi llamada.

—El Cuerno de Valere. —Por una vez el Guardián dio muestras de turbación; había un asomo de reverencia en su voz.

—Para llamar a los héroes de las eras pasadas a que regresen del reino de la muerte para combatir al Oscuro —dijo Nynaeve con voz temblorosa.

—¡Diantre! —musitó Mat.

Loial volvió a depositar reverentemente el cuerno en su nido dorado.

—Estoy comenzando a preguntarme algo —declaró Moraine—. El Ojo del Mundo se creó para contrarrestar la peor amenaza a que debía enfrentarse el mundo, pero ¿lo hicieron con la finalidad de darle el uso que... nosotros... le hemos dado, o para custodiar estos objetos? Rápido, enseñadme el último.

Después de haber visto los dos anteriores, Rand comprendía muy bien la aprensión de Perrin. Ante su vacilación, Lan y el Ogier recogieron de sus brazos la tela blanca y la desdoblaron entre ambos. Un largo pendón blanco se extendió y se pandeó hacia el cielo. Rand lo observó, petrificado. Parecía formar una sola pieza que no estaba tejida, teñida ni pintada. Una figura similar a una serpiente, con escamas escarlata y doradas, ocupaba toda su longitud, pero tenía piernas escamosas y unos pies coronados por cinco largas garras doradas, y una enorme cabeza con una crin dorada y unos ojos semejantes al sol. El viento que lo zarandeaba parecía conferir movimiento a la criatura, cuyas escamas resplandecían como gemas y preciados metales, y cuyo aspecto vital le hacía casi imaginar que escuchaba sus desafiantes rugidos.

—¿Qué es? —inquirió.

—El estandarte del Señor de la Mañana cuando condujo las fuerzas de la Luz para enfrentarse con la Sombra —repuso Moraine—. El estandarte de Lews Therin Telamon. La bandera del Dragón. —Loial casi soltó una de sus esquinas.

—¡Diantre! —exclamó en voz baja Mat.

—Nos llevaremos estas cosas al marcharnos —decidió Moraine—. No las pusieron aquí por azar y debo averiguar más detalles al respecto. —Sus dedos rozaron la bolsa que contenía los pedazos del sello quebrado—. Es demasiado tarde para emprender camino ahora. Descansaremos y comeremos, pero partiremos temprano. La Llaga se encuentra por doquier aquí, a diferencia de las cercanías de la frontera, irradiando su fuerza. Sin el Hombre Verde, este lugar no podrá resistir por mucho tiempo. Depositadme en el suelo —indicó a Nynaeve y Egwene—. Debo reposar.

Rand cobró conciencia de lo que había estado viendo durante aquel rato, sin percibirlo. Hojas muertas, resecas que caían del gran roble. Hojas muertas que susurraban con la brisa que agitaba la espesa capa acumulada sobre la tierra, en la que se entremezclaban pétalos caídos de miles de flores. El Hombre Verde había contenido la Llaga, pero ésta ya estaba marchitando su obra.

—Se ha acabado, ¿verdad? —preguntó a Moraine—. Ha concluido.

La Aes Sedai giró su cabeza, apoyada en su almohada de capas. Sus ojos parecían tan profundos como el Ojo del Mundo.

—Hemos realizado lo que vinimos a hacer aquí. De ahora en adelante puedes vivir tu vida según la teja el Entramado. Come y luego duerme, Rand al'Thor. Duerme y sueña con tu hogar.

La Rueda gira

El alba reveló la devastación progresiva del jardín del Hombre Verde. El suelo estaba cubierto de una espesa capa de hojas, que en algunos puntos casi llegaba a la altura de las rodillas. Todas las flores habían desaparecido, a excepción de algunas que todavía resistían desesperadamente en el lindero del claro. Pocas plantas pueden crecer bajo la copa de un roble, pero un reducido círculo de flores y hierba rodeaba el grueso tronco ubicado sobre la tumba del Hombre Verde. El roble conservaba únicamente la mitad de su follaje y ello era una victoria en comparación con lo poco que quedaba en los demás árboles. Era como si los restos del Hombre Verde todavía porfiaran por aferrarse allí. La fresca brisa se había esfumado, sustituida por un creciente calor pegajoso; las mariposas se habían marchado y los pájaros ya no dejaban oír su canto. Llevaron a cabo en silencio los preparativos para la marcha.

Rand subió a lomos del caballo bayo con una sensación de pérdida. «No debería ocurrir esto. ¡Rayos y truenos, nosotros hemos sido los vencedores!»

—Espero que haya encontrado un lugar como éste —dijo Egwene mientras montaba a *Bela*.

Entre la yegua de enmarañada pelambre y *Aldieb* pendía una litera, hecha por Lan para transportar a Moraine; Nynaeve cabalgaría a su lado con las riendas de la yegua blanca. La Zahorí bajaba los ojos siempre que el Guardián le dirigía una ojeada, rehuyendo su mirada; el Guardián la miraba en toda ocasión en que ella mantenía los ojos apartados, pero no le dirigía la palabra. Nadie tuvo necesidad de preguntar a quién se refería Egwene.

—No es justo —protestó Loial, mientras contemplaba el roble. El Ogier era el único que no había montado—. No es justo que el Hermano Árbol tuviera que ser invadido por la Llaga. —Entregó las riendas de su descomunal caballo a Rand—. No es justo.

Lan abrió la boca cuando el Ogier se puso a caminar en dirección al gran roble. Moraine, tendida en la litera, alzó débilmente una mano, y el Guardián no dijo nada.

Loial se arrodilló ante el roble, cerró los ojos y extendió las manos. Los pelos de sus orejas permanecieron erguidos cuando elevó el rostro hacia el cielo. Entonces comenzó a cantar.

Rand no habría sabido decir si eran palabras o pura canción. Era como si la tierra cantara con aquella estentórea voz y, no obstante, estaba seguro de oír de nuevo el trinar de los pájaros, notar el dulce suspiro de la brisa primaveral y percibir el susurro de las alas de las mariposas. Concentrado en el cántico, creyó que éste había durado unos minutos, pero, cuando Loial bajó los brazos y abrió los ojos, le sorprendió ver que el sol, que rozaba los árboles cuando el Ogier comenzó a cantar, ya se había elevado considerablemente en el horizonte. Las hojas que aún conservaba el roble parecían más verdes y prendidas con mayor firmeza a él. Las flores que lo rodeaban estaban más enhiestas, los narcisos blancos y frescos, y las anémonas y prímulas componían una sinfonía de vivo color.

Tras enjugar el sudor de su amplio rostro, Loial se incorporó y tomó las riendas de manos de Rand. Tenía las largas cejas abatidas y parecía avergonzado, como si creyera que ellos pensarían que se había propasado.

—Nunca he cantado con tanta intensidad en toda mi vida. No habría podido hacerlo si no quedara allí algún hálito del Hermano Árbol. Mis canciones dedicadas a los árboles no tienen tanto poder. —Cuando se arrellanó en la silla, la mirada que dirigió al roble y a las flores expresaba satisfacción—. Este pequeño espacio, al menos, no será engullido por la Llaga. La Llaga no devorará al Hermano Árbol.

—Eres un buen hombre, Ogier —lo felicitó Lan.

—Lo tomaré como un cumplido, aunque no sé qué opinaría de ello el abuelo Halan —repuso sonriente Loial.

Cabalgaron en fila, con Mat detrás del Guardián, donde podría utilizar efectivamente su arco en caso necesario, y Perrin en retaguardia, con el hacha sobre la perilla de su silla. Coronaron una colina y, en un abrir y cerrar de ojos, la Llaga volvió a rodearlos, desfigurada y descompuesta en violentos tintes que abarcaban la gama del arco iris. Rand miró atrás, sin percibir ya el jardín del Hombre Verde. Únicamente se advertía la Llaga, aunque, por un momento, creyó divisar la imponente copa del roble, verde y resplandeciente, antes de que ésta desapareciera tras una irisación. Después sólo vio la Llaga.

Temía que hubieran de forcejear para abrirse camino tal como lo habían hecho anteriormente, pero la Llaga estaba tan silenciosa y calmada como la propia muerte. Ni una sola rama tembló con intención de azotarlos, nada gritó ni chilló, ni cerca ni a lo lejos. La Llaga parecía agazaparse, no para saltar, sino como si hubiera recibido un duro golpe y aguardara la descarga de un nuevo ataque. Incluso el sol no era tan rojo.

Cuando pasaron la agrupación de lagos, el sol apenas había superado su cenit. Lan los mantuvo a distancia de los lagos y ni siquiera los miró, pero a Rand se le antojó que las siete torres aparecían más altas que la primera vez que las vio. Estaba convencido de que las maltrechas almenas estaban más separadas del suelo y entreveía sobre ellas unas torres intactas y luminosas, con estandartes con la Grulla Dorada flameando al viento. Parpadeó antes de volver a mirar, pero los torreones no se desvanecieron por entero: permanecieron en un rincón de su visión hasta que la Llaga ocultó los lagos otra vez.

Antes de la puesta de sol, el Guardián eligió un lugar de acampada y Nynaeve y Egwene asistieron a Moraine en el acto de establecer salvaguardas. La Aes Sedai musitó algo al oído de las dos jóvenes antes de comenzar. Nynaeve titubeó, pero, cuando Moraine cerró los ojos, las tres mujeres iniciaron conjuntamente el ritual.

Rand vio cómo Mat y Perrin las observaban atentos, y se extrañó de que demostraran semejante sorpresa. «Todas las mujeres son Aes Sedai —pensó lúgubremente—. Que la Luz me asista, igual que yo soy un Aes Sedai.» La tristeza reprimió todo comentario en voz alta.

—¿Por qué está todo tan diferente? —preguntó Perrin mientras Egwene y la Zahorí ayudaban a tenderse a Moraine—. Da la impresión... —Encogió sus fornidos hombros, como si no hallara las palabras adecuadas.

—Hemos infligido una tremenda derrota al Oscuro —contestó

Moraine, con un suspiro—. La Sombra tardará largo tiempo en recobrarse.

—¿Cómo? —quiso saber Mat—. ¿Qué hemos hecho nosotros?

—Dormid —omitió la respuesta Moraine—. Todavía no hemos salido de la Llaga.

Al día siguiente, sin embargo, todo continuaba igual, al menos a ojos de Rand. La Llaga se desvanecía a medida que cabalgaban hacia el sur, pero aquello era algo natural. Los árboles de torturadas formas dejaban paso a otros que se erguían linealmente. El sofocante calor disminuía. El follaje en proceso de descomposición era sustituido por hojas meramente aquejadas de enfermedades. Y más tarde por otras sanas, advirtió. El bosque que los circundaba estaba volviéndose rojizo a causa de la profusa aparición de nuevos brotes en el ramaje. Las yemas brotaban entre la maleza, las plantas sarmentosas cubrían las piedras de verdor y nuevas florecillas silvestres aportaban su colorido a un césped tan espeso y brillante como aquel sobre el que había caminado el Hombre Verde. Era como si la primavera, tantas semanas contenida por el invierno, se afanara ahora por recobrar el tiempo perdido.

No era él el único que contemplaba aquella belleza.

—Una tremenda derrota —murmuró Moraine, sin mostrar disposición a agregar aclaración alguna.

Los rosales trepadores rodeaban la columna de piedra que delimitaba la frontera. De las torres de vigilancia salieron hombres a saludarlos. Sus risas tenían un matiz de estupor y sus ojos brillaban de asombro, como si no acabaran de creer en la realidad de la hierba que crecía bajo sus pies.

—¡La Luz ha conquistado a la Sombra!

—¡Una gran victoria en el desfiladero de Tarwin! ¡Victoria!

—¡La Luz nos ha bendecido!

—La Luz fortalece al rey Easar —repuso Lan a sus gritos.

Los vigilantes querían atender a Moraine o enviar al menos una escolta con ellos, pero ella rehusó. Aun tumbada sobre la litera, la presencia de la Aes Sedai era tan imponente que los hombres accedieron a sus deseos y retrocedieron con reverencias. Sus risas los acompañaron durante un trecho.

A última hora de la tarde llegaron a Fal Dara, la cual hallaron inmersa en celebraciones. Rand dudaba de que hubiera una sola campana en la ciudad que no estuviera repicando, desde el más diminuto carillón de arnés hasta los grandes gongs de bronce situados en las almenas de las torres. Las puertas estaban abiertas de par en par y los hombres corrían entre los árboles, riendo y cantando con flores prendidas en sus coletas y en las rendijas de las armaduras. El vulgo todavía no había regresado de Fal Moran, pero los soldados acababan de llegar del desfiladero de Tarwin y su alegría bastaba para llenar las calles.

—Victoria en el desfiladero! ¡Hemos vencido!

—¡Un milagro en el desfiladero! ¡La Era de Leyenda ha regresado!

—¡Primavera! —Un anciano soldado de pelo cano reía mientras colgaba una guirnalda de narcisos en el cuello de Rand. Su propia coleta era un blanco racimo de aquellas flores—. ¡La Luz nos bendice de nuevo con la primavera!

Al enterarse de que querían dirigirse a la fortaleza, un círculo de hombres cubiertos de acero y flores los rodeó, corriendo para franquearles un espacio por el que caminar entre la gente alborozada.

Ingtar fue la primera persona que Rand no vio sonreír.

—He llegado demasiado tarde —dijo Ingtar a Lan con agria tristeza—. Por una hora de retraso me he perdido el espectáculo de la victoria. ¡Paz! —Sus dientes rechinaron audiblemente, pero después adoptó un semblante contrito—. Perdonadme. La aflicción me hace olvidar mis obligaciones. Bienvenido, constructor. Sed todos bienvenidos. Me alegro de veros retornar sanos y salvos de la Llaga. Mandaré al curandero a los aposentos de Moraine Sedai e informaré a lord Agelmar...

—Llevadme a presencia de lord Agelmar —ordenó Moraine—. A mí y a los demás. —Ingtar hizo ademán de protestar, pero realizó una reverencia, compelido por la fuerza de la mirada de la mujer.

Agelmar se encontraba en su estudio, en cuyos estantes habían vuelto a guardar sus espadas y armaduras, y su rostro fue el segundo que no se iluminó con una sonrisa. Las arrugas de su entrecejo se marcaron aún más al ver a Moraine transportada en una litera por sus criados. Las mujeres ataviadas de negro y dorado estaban nerviosas por llevar a la Aes Sedai hasta él sin tener ocasión de dejarla reposar o inspeccionar por el curandero.

Loial acarreaba el arcón de oro. Los pedazos del sello se hallaban aún en la bolsa de Moraine; el estandarte de Lews Therin Verdugo de la Humanidad estaba envuelto en su manta y atado todavía detrás de la silla de *Aldieb*. El mozo de cuadra que se había llevado a la yegua blanca había recibido estrictas órdenes para que se ocupara de que la manta se trasladara intacta a las habitaciones asignadas a la Aes Sedai.

—¡Paz! —murmuró el señor de Fal Dara—. ¿Estáis herida, Moraine

Sedai? Ingtar, ¿por qué no habéis hecho transportar a la Aes Sedai hasta su cama y mandado acudir al curandero?

—Calmaos, lord Agelmar —lo contuvo Moraine—. Ingtar ha hecho lo que yo le he ordenado. No estoy tan endeble como todos parecéis creer aquí. —Hizo señas a dos de las mujeres para que la ayudaran a sentarse. Por un momento, éstas unieron las manos, exclamando que estaba demasiado débil y que debería reposar en una cama caliente, asistida por el curandero, y tomar un baño. Moraine arqueó las cejas; las mujeres callaron de golpe y se apresuraron a llevarla hasta una silla. Tan pronto como hubo tomado asiento, les indicó irritada que se alejaran—. Debo hablar con vos, lord Agelmar.

Éste asintió e Ingtar hizo salir a los criados de la habitación. El señor de Fal Dara observó a los presentes; en particular, tuvo la impresión Rand, a Loial y al arca dorada.

—Nos han dicho —declaró Moraine cuando la puerta se hubo cerrado tras Ingtar— que habéis obtenido una gran victoria en el desfiladero de Tarwin.

—Sí —admitió Agelmar, pero volvió a asumir su expresión de preocupación—. Sí y no, Aes Sedai. Los Semihombres y los trollocs fueron destruidos, pero nosotros apenas luchamos. Un milagro, así lo interpretan mis hombres. La tierra los engulló; las montañas los enterraron. Sólo quedaron algunos Draghkar, demasiado amedrentados como para hacer otra cosa que huir volando en dirección norte con toda la rapidez posible.

—Un milagro, en efecto —acordó Moraine—. Y la primavera ha venido de nuevo.

—Un milagro —repitió Agelmar, sacudiendo la cabeza—, pero..., Moraine Sedai, los hombres dicen muchas cosas respecto a lo sucedido en el desfiladero. Que la Luz se encarnó y peleó por nosotros. Que el Creador caminó por el desfiladero para atacar a la Sombra. Sin embargo, yo vi a un hombre, Moraine Sedai. Vi a un hombre y lo que él hizo no puede ni debe hacerse.

—La Rueda gira según sus designios, señor de Fal Dara.

—Sea como decís, Moraine Sedai.

—¿Y Padan Fain? ¿Está bien encerrado? Debo hablar con él cuando haya descansado.

—Está encarcelado como vos ordenasteis, Aes Sedai; gime la mitad del tiempo y la otra trata de imponer órdenes a sus guardianes, pero... Paz, Moraine Sedai, ¿cómo os ha ido en la Llaga? ¿Encontrasteis al Hombre Verde? Veo el fruto de sus manos en las nuevas plantas que crecen.

—Lo encontramos —respondió secamente—. El Hombre Verde ha muerto, lord Agelmar, y el Ojo del Mundo ha desaparecido. Ya no deberán salir en su búsqueda los jóvenes ansiosos de gloria.

—¿Muerto? —El señor de Fal Dara frunció el entrecejo, sacudiendo la cabeza, confundido—. ¿El Hombre Verde? No es posible... ¿Entonces fuisteis derrotados? ¿Pero las flores y los nuevos brotes?

—Salimos victoriosos, lord Agelmar. Ganamos, y la tierra liberada de las tenazas del invierno es prueba de ello, pero me temo que todavía no se haya librado la batalla final. —Rand se revolvió, pero la Aes Sedai le dirigió una fulminante mirada, y volvió a permanecer inmóvil—. La Llaga todavía se mantiene y las forjas de Thakan'dar aún siguen activas bajo Shayol Ghul. Todavía hay muchos Semihombres e incontables trollocs. No creo que haya desaparecido la necesidad de mantener la cautela en las Tierras Fronterizas.

—Tampoco lo creía yo así —replicó con altivez Agelmar.

Moraine hizo señas a Loial para que depositara el arcón de oro a sus pies y luego lo abrió, dejando el Cuerno al descubierto.

—El Cuerno de Valere —anunció. Agelmar emitió una exclamación y Rand pensó que estaba a punto de arrodillarse.

—Con eso, Moraine Sedai, no importa el número de Semihombres y trollocs que sigan vivos. Con los héroes de la antigüedad regresados de su tumba, marcharemos hacia las Tierras Malditas y arrasaremos Shayol Ghul.

—¡NO! —Agelmar la miró con las mandíbulas desencajadas por la sorpresa, pero Moraine prosiguió tranquilamente—. No os lo he mostrado para provocar vuestra ambición, sino para que sepáis que, en las batallas venideras, nuestra fuerza será equiparable a la de la Sombra. Su lugar no es éste. El Cuerno debe ser llevado a Illian. Es allí, cuando se cierna la amenaza de nuevos enfrentamientos, donde debe reunir a las fuerzas de la Luz. Os solicito la escolta de vuestros mejores guerreros para que lo trasladen a Illian con la mayor seguridad. Todavía existen Amigos Siniestros, al igual que Semihombres y trollocs, y quienes acudan a la llamada del cuerno seguirán a cualquiera que lo haga sonar. Debe llegar a Illian.

—Será como decís, Aes Sedai.

Pero, cuando se cerró el arcón, el señor de Fal Dara tenía el aspecto de un hombre al que se le había negado el último resquicio de Luz.

Siete días después, las campanas todavía repicaban en Fal Dara. El pueblo había regresado de Fal Moran, sumándose a las celebraciones de los soldados, y los gritos y los cantos se entremezclaban con el tañido de las campanas en el largo balcón donde se encontraba Rand. Éste daba a los jardines privados de Agelmar, poblados de verdor y de flores, pero él apenas si los miró. A pesar del sol de mediodía, la primavera era más fresca de lo habitual y, sin embargo, el sudor resbalaba por su pecho desnudo mientras blandía la espada con la marca de la garza, con movimientos precisos, que a un tiempo percibía distantes desde su mente instalada en el vacío. Incluso allí, se preguntaba si la alegría reinante en la ciudad no se ensombrecería si su gente se enterara de la presencia del estandarte que Moraine todavía mantenía oculto.

—Bien, pastor. —Inclinado sobre la barandilla con los brazos cruzados, el Guardián lo observaba con mirada crítica—. Estás progresando, pero no te afanes tanto. No puedes convertirte en un maestro espadachín en pocas semanas.

El vacío se esfumó como una pompa de jabón.

—No me interesa convertirme en un maestro.

—Ésta es el arma de un maestro en la espada, pastor.

—Sólo quiero que mi padre se enorgullezca de mí. —Cerró las manos sobre el duro cuero de la empuñadura. «Sólo quiero que Tam sea mi padre.» Enfundó bruscamente la hoja—. De todas maneras, no dispongo de varias semanas.

—¿Entonces no has cambiado de parecer?

—¿Lo haríais vos? —La expresión de Lan permaneció inalterada; sus duras facciones parecían no modificar nunca sus líneas—. ¿No iréis a intentar retenerme? ¿Vos o Moraine Sedai?

—Puedes hacer lo que quieras, pastor, o lo que el Entramado teja para ti. —El Guardián se enderezó—. Te dejo solo.

Rand se volvió para ver cómo se alejaba Lan y se encontró con que Egwene estaba allí de pie.

—¿Que no has cambiado de parecer respecto a qué, Rand?

Se puso la camisa y la chaqueta; sentía un frío repentino.

—Me voy, Egwene.

—¿Adónde?

—A algún sitio. No lo sé.

No quería mirarla a los ojos, pero no le era posible apartar la vista de ella. Llevaba rosas rojas en los cabellos, que ondeaban sobre sus hombros. Su capa de color azul oscuro, bordada en los bordes con una estrecha franja de flores blancas a la usanza de Shienar, estaba ajustada hasta su cara. Los bordados no eran más pálidos que sus mejillas; sus ojos parecían muy grandes y oscuros.

—Lejos de aquí —repitió.

—Estoy segura de que a Moraine Sedai no le gustará que te marches así. Después..., después de lo que has hecho, mereces una recompensa.

—A Moraine le tiene sin cuidado si estoy vivo. He hecho lo que ella quería y ahora se ha acabado. Ni siquiera me dirige la palabra cuando voy a verla. No es que yo haya procurado acercarme a ella, pero me ha evitado conscientemente. A ella no le importará que me marche, ni a mí si se va ella.

—Moraine todavía no está recuperada del todo. —Titubeó—. Yo debo ir a Tar Valon para estudiar. Nynaeve vendrá conmigo. Y Mat necesita que lo curen de lo que lo mantiene vinculado a esa daga y Perrin quiere ver Tar Valon antes de ir... dondequiera que vaya. Podrías venir con nosotros.

—¿Y esperar a que otra Aes Sedai que no sea Moraine descubra lo que soy y me amanse? —Su tono era duro, casi sarcástico; no le era factible modificarlo—. ¿Es eso lo que quieres?

—No.

Supo que nunca sería capaz de expresarle el inmenso agradecimiento que le produjo la rapidez y contundencia de su respuesta.

—Rand, no temerás... —Estaban solos, pero dirigió la mirada a su alrededor y aun así bajó la voz—. Moraine Sedai dice que no debes establecer contacto con la Fuente Verdadera. Si no tocas el *Saidin*, si no tratas de utilizar el Poder, estarás a salvo.

—Oh, no pienso tocarlo nunca más. Ni aunque tenga que amputarme una mano antes. —«¿Qué ocurrirá si no puedo evitarlo? Yo nunca intenté servirme de él, ni siquiera en el Ojo. ¿Qué ocurrirá si no puedo evitarlo?»

—¿Irás a casa, Rand? Tu padre debe de morirse de ganas de verte. Incluso el padre de Mat debe de estar ansioso por verlo, llegados a este punto. Yo volveré a Campo de Emond dentro de un año. Para quedarme un tiempo, al menos.

Rozó la palma de la mano sobre el puño de su espada y palpó la garza de bronce. «Mi padre. El hogar. ¡Luz, cuánto deseo ver...!»

—No. —«A algún lugar donde no pueda causar daño si no puedo controlarme. Algún lugar donde esté solo.» De pronto hizo tanto frío en el balcón como si estuviera nevando—. Me voy, pero no a casa. —«Egwene, Egwene, ¿por qué has tenido que ser tú una de ellas...?» La rodeó con sus brazos y musitó en sus cabellos—. Nunca volveré allí.

En el jardín privado de Agelmar, bajo un emparrado salpicado de flores blancas, Moraine se arrellanó en la poltrona. Tenía en el regazo los fragmentos del sello de piedra del corazón y la pequeña gema que a veces llevaba en el pelo giraba y centelleaba en la cadena de oro que sostenían sus dedos. Aquella piedra no tenía en sí ningún poder, pero la primera aplicación del Poder Único que ella había aprendido cuando era una muchacha, en el palacio real de Cairhien, era utilizar la gema para escuchar a las personas que se creían a resguardo de oídos indiscretos.

—Las profecías se cumplirán —susurró la Aes Sedai—. El Dragón ha renacido.

GLOSARIO

ACLARACIÓN SOBRE LAS FECHAS DE ESTE GLOSARIO

El calendario Tomano (ideado por Toma dur Ahmid) se adoptó aproximadamente dos siglos después de la muerte de los últimos varones Aes Sedai y registró los años transcurridos después del Desmembramiento del Mundo (DD). Muchos anales resultaron destruidos durante la Guerra de los Trollocs, de tal modo que, al concluir éstas, se abrió una discusión respecto al año exacto en que se hallaban en el antiguo sistema. Tiam de Gazar propuso un nuevo calendario, en conmemoración de la supuesta liberación de la amenaza trolloc, en el que los años se señalarían como Año Libre (AL). El calendario Gazariano ganó amplia aceptación veinte años después del final de la guerra. Artur Hawkwing intentó establecer un nuevo anuario que partiría de la fecha de fundación de su imperio (DF, Desde la Fundación), pero únicamente los historiadores hacen referencia a él actualmente. Tras la generalizada destrucción, mortalidad y desintegración de la Guerra de los Cien Años, Uren din Jubai Gaviota Voladora, un erudito de las islas de los Marinos, concibió un cuarto calendario, el cual promulgó el Panarch Farede de Tarabon. El calendario Farede, iniciado a partir de la fecha, arbitrariamente decidida, del fin de la Guerra de los Cien Años, que registra los años de la Nueva Era (NE), es el que se utiliza en la actualidad.

Acechante: Véase Myrddraal.

Adan, Heran: Gobernador de Baerlon.

Aes Sedai: Encauzadoras del Poder Único. Desde la Época de Locura, todos los Aes Sedai supervivientes son mujeres. Con frecuencia inspira-
doras de desconfianza, temor e incluso odio entre la gente, muchos les
achacan la responsabilidad del Desmembramiento del Mundo y existe la creencia generalizada de que se involucran en los asuntos de Estado. Al mismo tiempo, pocos son los gobernantes que no disponen de
una consejera Aes Sedai, aun en las tierras en donde debe mantenerse
en secreto semejante clase de conexión. Utilizado como tratamiento
honorífico, también: Sheriam Sedai; y como altamente honorífico:
Sheriam Aes Sedai. *Véanse también* Ajahs y Sede Amyrlin.

Agelmar; lord Agelmar de la casa de Jagad: Señor de Fal Dara y uno de los
grandes jefes militares de la época. Su insignia representa tres zorros
rojos que corren.

Aiel: El pueblo del Yermo de Aiel. Duros y luchadores. Se cubren el rostro antes de matar, lo cual ha dado origen al dicho «actuar como un
Aiel de rostro velado» para describir a alguien que se comporta de
manera violenta, dicho tan difundido que lo usan personas que jamás han visto un Aiel. Terribles guerreros, ya sea armados o con las
manos desnudas, nunca tocan una espada aunque en ello les vaya la
vida. Sus flautistas los acompañan en las batallas con música de danzas y los Aiel llaman a la batalla «la danza».

Ajahs: Sociedades entre las Aes Sedai; todas pertenecen a un Ajah en
concreto. Son siete y se designan por colores: Ajah Azul, Ajah Rojo,
Ajah Blanco, Ajah Verde, Ajah Marrón, Ajah Amarillo y Ajah Gris.
Cada uno de ellos sigue una filosofía específica respecto al uso dado
al Poder Único y los cometidos de las Aes Sedai. El Ajah Rojo, por
ejemplo, dedica todas sus energías a buscar y amansar a los hombres
que pretenden utilizar el Poder, mientras que el Ajah Azul es notorio
por tomar partido por las causas justas. El Ajah Marrón, por otra
parte, renuncia al compromiso con el mundo y se consagra a la pro-
fundización en el conocimiento tanto de la naturaleza como de la
historia. El Ajah Amarillo se dedica a la Curación, el Ajah Blanco a
la lógica y a la filosofía, y el Ajah Gris a la meditación y la negocia-
ción. El Ajah Verde, también llamado el Ajah de Batalla, se mantiene preparado para marchar a la guerra el día en el que trollocs y
Señores del Espanto aparezcan de nuevo. Corren rumores (vehe-
mentemente desmentidos y que es desaconsejable sacar a colación
delante de cualquier Aes Sedai) sobre un Ajah Negro dedicado al
servicio del Oscuro.

¡Al Ellisande!: En la Antigua Lengua, «¡Por la Rosa del Sol!»

Aldieb: En la Antigua Lengua, «viento del oeste», el viento que trae consigo las lluvias primaverales.

al'Meara, Nynaeve: La Zahorí de Campo de Emond.

al'Thor, Rand: Un joven campesino y pastor de Dos Ríos cuyo destino está entrelazado al de sus amigos, Mat Cauthon y Perrin Aybara, así como con el destino del mundo.

al'Vere, Egwene: Hija menor del posadero de Campo de Emond que también tiene un destino con tanto alcance como el de sus amigos del pueblo.

Amadicia: Nación situada al sur de las Montañas de la Niebla. En su capital, Amador, se encuentra la sede de los Hijos de la Luz. El estandarte de Amadicia es una estrella plateada de seis puntas, superpuesta a un espino rojo, sobre campo azul.

amansar: La acción, realizada por Aes Sedai, de neutralizar para siempre la fuerza de un varón capaz de encauzar el Poder Único. Esto es necesario debido a que todo hombre que aprenda a encauzar enloquecerá a causa de la infección que afecta al *Saidin* y probablemente producirá horribles daños utilizando el Poder después de haber perdido el juicio. Un hombre que ha sido amansado puede detectar todavía la Fuente Verdadera, pero no establecer contacto con ella. La evolución del grado de locura se detiene con el amansamiento, aunque no se cura, y si éste se efectúa en el inicio es factible evitar la muerte. Sin embargo, estos hombres amansados rara vez desean seguir viviendo y normalmente perecen en seguida.

Amigos Siniestros: Los seguidores del Oscuro, que abrigan expectativas de cobrar poder y recibir recompensas cuando éste sea liberado de su prisión. Algunos creen que la inmortalidad es una de esas recompensas, y a fin de conseguirla están dispuestos a cometer cualquier crimen e incluso asesinar a miembros de su propia familia. Los Amigos Siniestros se organizan en grupos muy secretos que colaboran entre sí pero que también compiten entre ellos por conseguir poder. El único rango que cuenta para ellos es el de su organización. A un mendigo que sea Amigo Siniestro y muestre los signos adecuados tendrá que obedecerle incluso un rey que también sea Amigo Siniestro.

Andor: Reino al que pertenece Dos Ríos. El estandarte de Andor es un león blanco rampante sobre campo rojo.

angreal: Un objeto muy raro que permite a quienes son capaces de encauzar el Poder Único el manejo de una cantidad de éste superior a la que podrían utilizar sin salir malparados. Vestigios de la Era de Leyenda, cuyo método de elaboración se desconoce. *Véanse* sa'angreal; ter'angreal.

anillo de Tamyrlin, el: Anillo legendario que casi todo el mundo tiene por mítico y que llevaba puesto el cabecilla de los Aes Sedai durante la Era de Leyenda. Entre las historias existentes del anillo de Tamyrlin se incluye la de que era un *angreal* o *sa'angreal* o *ter'angreal* de inmenso poder. Se cree que se le puso el nombre de la primera persona que aprendió a conectar con la Fuente y a encauzar el Poder Único, y en algunos relatos fue ese hombre o esa mujer quien hizo el anillo. A despecho de lo que dicen muchas Aes Sedai, nadie sabe si fue un varón o una mujer el primero en aprender a encauzar. Hay quienes creen que el actual título de Amyrlin es una degeneración del vocablo «Tamyrlin».

Antecámara de los Siervos: 1) En la Era de Leyenda, el gremio que controlaba y reglamentaba a todos aquellos que encauzaban. 2) El edificio que albergaba al gremio. La principal Antecámara de los Siervos se hallaba en Paaran Disen, pero existían delegaciones en todas las ciudades y en la mayoría de los pueblos.

año: Según establece el calendario Farede, un período de tiempo que comprende trece meses, cada uno de los cuales tiene veintiocho días.

Arafel: Una de las Tierras Fronterizas. Su símbolo está formado por tres rosas blancas sobre fondo rojo, cuarteadas con tres rosas rojas sobre fondo blanco.

Aram: Un joven miembro del pueblo Tuatha'an.

Atajos, los: Caminos que van de unos *steddings* a otros, creados con el Poder Único durante el Desmembramiento del Mundo. Fue un regalo de los Aes Sedai varones, en agradecimiento a los Ogier que les dieron refugio en los *steddings* para protegerse de la contaminación del *Saidin*, y que discurren fuera de los confines normales del tiempo y del espacio. Un día de viaje a pie por los Atajos puede conducir al caminante a un destino situado a cientos de millas de distancia, pero, curiosamente, en ocasiones se puede llegar antes a un lugar más lejano que a uno más próximo. Los Atajos están formados por rampas, puentes e islas (o plataformas) que aparentemente se sostienen por sí mismos en el aire, sin soportes visibles. En cada isla hay una alta losa de piedra, llamada «guía», con indicaciones en escritura Ogier para llegar a distintos lugares desde ese punto. Antaño bien iluminados y hermosos, con hierba, flores y árboles frutales en las islas, los Atajos se han deteriorado gradualmente, se han vuelto oscuros y húmedos, mientras que las islas sólo son simples plataformas de piedra desnuda. Se cree que es debido a la contaminación del *Saidin*, utilizado para su creación. Se dice que los Ogier poseen un artilugio, posiblemente un *ter'angreal*, que les permite hacer que los

Atajos «crezcan» hacia otros lugares, si bien no se ha hecho uso de él desde que los Atajos se tornaron oscuros.

Avendesora: En la Antigua Lengua, el Árbol de la Vida, mencionado en innumerables historias y leyendas. Algunos creen que sólo es un mito, pero se equivocan. Antaño existieron muchos de estos árboles, pero en la actualidad sólo sobrevive uno.

Avendoraldera: Un árbol que creció en la ciudad de Cairhien a partir de un retoño de *Avendesora.* Los Aiel regalaron dicho retoño a la ciudad en el 566 NE. *Véase* Guerra de Aiel.

Aybara, Perrin: Un joven aprendriz de herrero de Campo de Emond. Todo cuanto ha deseado siempre ha sido ser un buen herrero, pero el destino le reserva otro futuro.

Ba'alzamon: En el idioma trolloc, «Corazón de la Oscuridad». Existe la creencia de que es ése el nombre que dan los trollocs al Oscuro.

Baerlon: Una ciudad de Andor emplazada en el camino que va de Caemlyn a las minas de las Montañas de la Niebla.

Barran, Doral: La Zahorí de Campo de Emond que ocupó el cargo antes de Nynaeve al'Meara.

Bel Tine: Fiesta con la que se celebra el final del invierno y la reaparición de la primavera. Se la considera una celebración de renacimiento que anuncia la proximidad de la siembra de primavera. Es un buen momento para propuestas matrimoniales y bodas.

Bornhald, Dain: Un oficial de los Hijos de la Luz, hijo del capitán Geofram Bornhald. Un joven ansioso de seguir los pasos de su progenitor.

Bornhald, Geofram: Un capitán de los Hijos de la Luz. Un hombre que atepone el deber a todo lo demás, excepto el honor.

Bryne, Gareth: Capitán general de la Guardia Real de Andor. Asimismo sirve a Morgase en condición de Primer Príncipe de la Espada. Es un hombre de gran pundonor que ama a su reina no sólo como súbdito, sino también como hombre. Se lo considera uno de los grandes jefes militares, uno de los mejores generales de la Era. Su insignia representa tres estrellas doradas, de cinco puntas.

Byar, Jaret: Un oficial de los Hijos de la Luz. Un hombre para quien el deber está por encima de todo, incluso el honor.

Caemlyn: Capital de Andor, compuesta por la Ciudad Interior y la Ciudad Nueva, que rodea a la primera. La Ciudad Interior fue construida por los Ogier no mucho después del final del Desmembramiento del Mundo, aunque por entonces se la conocía como Hai Caemlyn. A la Ciudad Interior muchos la consideran aún más hermosa que la propia Tar Valon.

Cairhien: Nombre dado a una nación situada junto a la Columna Vertebral del Mundo y a su capital. Los cairhieninos a menudo se refieren a ésta como «la Ciudad», simplemente. La capital fue quemada y saqueada durante la Guerra de Aiel (976-978 NE). La enseña de Cairhien representa un radiante sol dorado elevándose sobre un fondo azul cielo.

¡Carai an Caldazar!: En la Antigua Lengua, «¡Por el honor del Águila Roja!», el antiguo grito de guerra de Manetheren.

¡Carai an Ellisande!: En la Antigua Lengua, «¡Por el honor de la Rosa del Sol!» El grito de guerra del último rey de Manetheren.

Cauthon, Matrim (Mat): Un joven campensino de Dos Ríos al que le encanta hacer pillerías y que no se imagina el destino que le aguarda.

Cegador de la Vista: Véase Oscuro.

Charin, Jain: Véase Galopador, Jain el.

Ciclo Aptarigino: Un famoso ciclo de cientos de relatos que narran las intrigas, los amores e idilios, tango felices como desdichados, que unen y dividen a dos docenas de familias nobles a lo largo de más de cincuenta generaciones. Normalmente son bardos quienes relatan las historias del *Ciclo Aptarigino*. Pocos juglares conocen más de un puñado de estos relatos.

Cien Compañeros, los: Según la leyenda, los cien varones Aes Sedai, seleccionados entre los más poderosos de la Era de Leyenda, que, encabezados por Lews Therin Telamon, libraron el combate final de la Guerra de la Sombra y sellaron de nuevo la prisión del Oscuro. El contraataque del Oscuro contaminó el *Saidin* y, a consecuencia de ello, los Cien Compañeros enloquecieron e iniciaron el Desmembramiento del Mundo.

Cinco Poderes, los: El Poder Único tiene varias aplicaciones y cada persona encauza más fácilmente algunas que otras. Dichas vías de utilización reciben su nombre según el tipo de efectos que pueden producir —Tierra, Aire (llamado a veces Viento), Fuego, Agua y Energía— y se denominan conjuntamente los Cinco Poderes. Todos los poseedores del Poder Único dispondrán de un mayor grado de fuerza con uno —o quizá dos— de ellos y un potencial menor con los restantes. Algunos elegidos pueden obtener prodigiosos resultados con tres, pero desde la Era de Leyenda nadie ha tenido un poder equiparable con los cinco. Incluso entonces ése era un fenómeno extremadamente raro. El grado de efectividad varía de modo sensible entre los individuos, de manera que algunos que encauzan el Poder son mucho más poderosos que otros. Para realizar ciertos actos con el Poder Único es menester dominar uno o varios de los Cinco Poderes. Por ejemplo, la generación o control del fuego requiere Fuego, la modificación del tiempo meteorológico, Aire y Agua, mientras que para la

Curación se necesita poner en juego el Agua y la Energía. El dominio de la Energía se ha manifestado igualmente en hombres y mujeres, pero la habilidad extrema en el manejo de la Tierra y el Fuego suele darse en los varones, mientras que el Agua y el Aire son con frecuencia vías que encauzan mejor las mujeres. Han existido casos excepcionales, pero tan raros que la Tierra y el Fuego pasaron a ser considerados como Poderes masculinos y el Aire y el Agua, femeninos. Por lo general, no se atribuye a ninguna fuerza una destreza superior a cualquier de las otras, si bien existe un dicho entre las Aes Sedai que reza: «No existe roca cuya dureza no puedan vencer el viento y el agua, ni fuego tan vigoroso que el agua y el viento no sean capaces de apagar». Debe tenerse en cuenta que tal afirmación comenzó a utilizarse mucho después de que hubiera perecido el último varón Aes Sedai. Cualquier refrán equivalente entre los varones Aes Sedai se perdió en el olvido hace mucho tiempo.

Círculo de Mujeres: Un grupo de mujeres, elegidas por las mujeres de un pueblo, encargadas de la toma de decisión de cuestiones que se consideran exclusivamente del dominio femenino (ej., el momento idóneo para plantas las cosechas o la época de su recolección). Su autoridad es equiparable a la del Consejo del Pueblo, en líneas y áreas de responsabilidad claramente delimitadas. Frecuentemente en conflicto con el Consejo del Pueblo, estos desacuerdos a menudo son la esencia de relatos humorísticos. Aunque en Andor se conoce como el Círculo de Mujeres, en otros países se le da otros nombres, pero se denominen como se denominen existen en todas partes. *Véase también* Consejo del Pueblo.

Ciudadela de Tear: También llamada La Roca o La Piedra. La fortaleza que protege la ciudad de Tear. Está considerada como la primera plaza fuerte construida después de la Época de Locura y algunos sostienen que fue erigida *durante* la Epoca de Locura. *Véase también* Tear.

Colmillo del Corazón: Véase Oscuro.

Colmillo del Dragón, el: Una marca estilizada, normalmente negra, con la forma de una lágrima apoyada en su extremo más delgado. Grabada en la puerta de una casa, es una acusación de tratos con el Oscuro contra las personas que viven en ella.

Columna Vertebral del Mundo, la: Una imponente cordillera de montañas, la cual sólo puede atravesarse por algunos puertos, que separa el Yermo de Aiel de las tierras occidentales. También llamada la Pared del Dragón.

Consejo del Pueblo: En la mayoría de los pueblos un grupo de hombres, elegidos por los varones de la población y encabezados por un alcalde, que tienen la responsabilidad de tomar decisiones que afectan a la totalidad del pueblo y de negociar con los Consejos de otras localidades los asuntos que conciernen conjuntamente a más de un pueblo. Las diferencias que mantienen con el Círculo de Mujeres alcanzan tal grado en gran parte de las poblaciones que dicho conflicto ha pasado a considerarse como tradicional. Desde luego, es un tema que aparece en muchos relatos, humorísticos en su mayoría. *Véase también* Círculo de Mujeres.

cuendillar: Véase piedra del corazón.

Cuerno de Valere: El legendario objeto de la Gran Cacería del Cuerno. Al Cuerno se le atribuye el poder de llamar a los héroes fallecidos y sacarlos de sus tumbas para combatir a la Sombra.

Damodred, lord Galadedrid: Único hijo de Taringail Damodred y Tigraine; hermanastro de Elayne y Gawyn. Su insignia es una espada de plata alada, con la punta hacia abajo.

Damodred, príncipe Taringail: Un príncipe real de Cairhien, casado con Tigraine y padre de Galadedrid. Tras la desaparición de Tigraine, se desposó con Morgase y engendró a Elayne y Gawyn. Desapareció en misteriosas circunstancias y hace años que se lo considera presumiblemente muerto. Su emblema era un hacha de guerra dorada de doble filo.

Desmembramiento del Mundo, el: Cuando Lews Therin Telamon y los Cien Compañeros cerraron de nuevo la prisión del Oscuro, el contraataque de éste infectó el *Saidin*. Finalmente todos los varones Aes Sedai enloquecieron de manera espantosa. En su enajenamiento, aquellos hombres, capaces de valerse del Poder Único hasta un grado ahora desconocido, modificaron la faz de la tierra. Provocaron grandes terremotos, arrasaron cordilleras de montañas, hicieron brotar nuevas cumbres, elevaron tierra firme en terrenos ocupados por los mares y anegaron con océanos las tierras habitadas. Muchas partes del mundo quedaron completamente despobladas y los supervivientes se vieron diseminados como polvo azotado por el viento. Esta destrucción es recordada en relatos, leyendas y en la historia como el Desmembramiento del Mundo. *Véase también* Cien Compañeros, los.

Dha-vol, Dhai'mon: Véase trollocs.

Día de los Tontos: Fiesta que se celebra en otoño y en la que la gente lleva máscara y gasta bromas, y todos intercambian dulces y pastelillos. En este día se invierten los papeles, de modo que los criados dan órdenes y aquellos para los que los criados trabajan tienen que obedecer. Al hombre y a la mujer más tontos del lugar se los corona como

Rey y Reina de los Tontos, y durante ese día todo el mundo tiene que obedecer las órdenes que den.

Día Solar: Una festividad de verano, celebrada en múltiples regiones. Tiene la particularidad, para quienes se remiten al calendario, de no contar como día del mes en el que se celebra.

Djevik K'Shar: En la lengua trolloc «la Tierra de la Muerte», nombre con que denominan los trollocs el Yermo de Aiel. Los trollocs viven para matar, pero incluso ellos saben que entrar en el Yermo significa que morirán.

Domon, Bayle: El capitán del *Spray*. Es coleccionista, y está tan atrapado en el Entramado de la Era que casi se le podría considerar lo contrario a un *ta'veren*.

Draghkar: Una criatura del Oscuro, creada originalmente durante la Guerra de la Sombra mediante la corrupción de «material» humano. La apariencia de un Draghkar es la de un hombre grande con alas semejantes a las del murciélago, piel demasiado pálida y ojos excesivamente grandes. El canto del Draghkar atrae a su víctima al suprimir su voluntad. Existe un dicho: «El beso del Draghkar es la muerte». No muerde, pero con su beso primero le consume el alma a su víctima, y después la propia vida.

Dragón, el: Nombre con que se conocía a Lews Therin Telamon durante la Guerra de la Sombra. Arrebatado por la misma locura que aquejó a todos los varones Aes Sedai, Lews Therin mató a todas las personas de su familia y a todos sus seres queridos, haciéndose acreedor del nombre de Verdugo de la Humanidad. Actualmente se aplica la expresión «estar poseído por el Dragón» a aquellos que ponen en peligro a quienes los rodean o los amenazan, en especial cuando no tienen motivos para hacerlo. *Véase también* Dragón Renacido.

Dragón, falso: De vez en cuando surgen hombres que pretenden ser el Dragón Renacido y, en ocasiones, alguno de ellos llega a reunir un número de seguidores que requiere la intervención de un ejército para abatirlos. Algunos han provocado guerras en las que se han visto involucradas muchas naciones. A lo largo de los siglos, la mayoría han sido hombres incapaces de canalizar el Poder Único, si bien unos cuantos lo han logrado. Todos, no obstante, han desaparecido o han sido capturados o ejecutados sin que se cumpliera ninguna de las profecías relativas al Renacimiento del Dragón. A estos hombres se los llama falsos Dragones. *Véase también* Dragón Renacido.

Dragón Renacido: Según las profecías y leyendas, el Dragón volverá a nacer en la hora en que la humanidad se halle en la más acuciante necesidad de salvar el mundo. La gente no desea que ello ocurra, debido a que las profecías auguran que el Dragón Renacido producirá un nuevo Desmembramiento del Mundo y a que el nombre de Lews Therin Telamon, el Dragón, es capaz de estremecer a cualquiera, incluso más de tres mil años después de su muerte. *Véanse también* Dragón, el y Dragón, falso.

Easar; rey Easar de la casa Togita: Rey de Shienar. Su emblema es un ciervo blanco, el cual, de acuerdo con la tradición shienariana, se considera también como enseña de Shienar junto con el halcón negro.

Elaida: Una Aes Sedai del Ajah Rojo que actúa como consejera de la reina de Andor. Su ansia de poder es inmensa, y cree que sabe el futuro.

Elayne: Hija de la reina Morgase y heredera del trono de Andor. Su emblema es un lirio dorado.

Elsa; Elsa Grinwell: La hija de un granjero que conocen Rand y Mat de camino a Caemlyn.

encauzar: Controlar el flujo del Poder Único y su uso.

Entramado de una Era: La Rueda del Tiempo teje los hilos de las vidas humanas formando el Entramado de una Era, el cual compone la sustancia de la realidad de dicha era; se lo denomina asimismo Urdimbre de una Era.

Época de Locura: Otro nombre dado al Desmembramiento del Mundo. *Véase* Desmembramiento del Mundo.

Era de Leyenda: La era concluida con la Guerra de la Sombra y el Desmembramiento del Mundo. Una época en la que los Aes Sedai ejecutaron prodigios que en la actualidad sólo caben en la imaginación. *Véase también* Rueda del Tiempo.

Fado: Véase Myrddraal.

Fain, Padan: Un buhonero que llega a Campo de Emond justo antes de la Noche de Invierno.

Far Dareis Mai: En la Antigua Lengua, literalmente «Doncellas Lanceras». Una de las varias asociaciones guerreras Aiel, la cual, a diferencia de las demás, únicamente admite mujeres como miembros. A una Doncella no le está permitido casar y permanecer en la sociedad, ni luchar durante los meses de gestación. Al nacer, el hijo de una Doncella se le entrega a otra mujer para que se encargue de su crianza, de tal modo que nadie sepa quién fue la madre del pequeño. (Parte de la ceremonia ritual en la que una mujer se convierte en Doncella es lo que sigue: «No puedes pertenecer a un hombre, ni tener hombre ni hijo. La lanza es tu amante, tu hijo y tu vida.») A estos niños se los considera un preciado bien, pues las profecías predicen que un hijo de una Doncella reunirá los clanes y traerá de nuevo a los Aiel la grandeza que conocieron durante la Era de Leyenda.

Fuente Verdadera: La fuerza vital del universo que hace girar la Rueda del Tiempo. Está dividida en una mitad masculina *(Saidin)* y una mitad femenina *(Saidar)*, las cuales interactúan colaborando y enfrentándose a un tiempo. Únicamente un hombre puede absorber el *Saidin*, y únicamente una mujer puede absorber el *Saidar*. Desde el inicio de la Época de Locura, el *Saidin* permanece contaminado a causa del contacto del Oscuro. *Véase también* Poder Único.

Galad: Véase Damodred, lord Galadedrid.

Galopador, Jain el: Un héroe de las tierras norteñas que viajó a muchos países y participó en muchas aventuras; autor de varios libros, así como protagonista de libros y relatos. Desapareció el año 981 NE, tras regresar de una incursión a la Gran Llaga, que a decir de algunos lo había llevado hasta el mismo Shayol Ghul.

Gawyn: Hijo de la reina Morgase y hermano de Elayne, destinado a ser el Príncipe de la Espada cuando Elayne ascienda al trono. Su emblema es un jabalí blanco.

Ghealdan: Una pequeña nación al este de la Montañas de la Niebla y al sur de Andor. Su capital es Jehannah y su emblema tres estrellas plateadas, una arriba y dos abajo.

gitanos: Otro nombre por el que se conoce a los Tuatha'an. *Véase* Tuatha'an.

Gran Cacería del Cuerno, la: Un ciclo de historias que narra la legendaria búsqueda del Cuerno de Valere, llevada a cabo entre los años transcurridos desde el fin de la Guerra de los Trollocs y el inicio de la Guerra de los Cien Años. Llevaría muchos días relatar la totalidad del ciclo.

Gran Entramado: La Rueda del Tiempo teje los Entramados de las Eras formando el Gran Entramado, en el cual se reúne la totalidad de la existencia y la realidad, el pasado, presente y futuro. Conocida asimismo como Urdimbre de las Eras. *Véanse también* Entramado de una Era y Rueda del Tiempo.

Gran Llaga, la: Una región, situada en los confines del norte, totalmente corrupta por el Oscuro. Guarida de trollocs, Myrddraal y otras criaturas del Oscuro.

Gran Señor de la Oscuridad: El nombre que dan los Amigos Siniestros al Oscuro, en la creencia de que el uso de su verdadero nombre resultaría blasfemo.

Gran Serpiente: Símbolo del tiempo y la eternidad cuyos orígenes se cree que se remontan a un tiempo anterior a la Era de Leyenda y que representa a una serpiente que se muerde la cola. Un anillo de oro en forma de la Gran Serpiente es señal de que una mujer se ha instruido en la Torre Blanca.

Guardián: Un guerrero vinculado a una Aes Sedai. El lazo que los une proviene del Poder Único y, por medio de él, el Guardián recibe dones entre los que se cuentan la rápida curación de las heridas, la posibilidad de resistir largos períodos sin comida bebida o reposo y la capacidad de detectar la infección del Oscuro a cierta distancia. Mientras el Guardián permanezca con vida, la Aes Sedai a la que está vinculado tendrá conciencia no sólo de que sigue vivo sino también en qué dirección se halla, por muy lejos que se encuentre, y cuando muera, conocerá el momento y el modo en que ha muerto. El vínculo crea una especie de percepción tanto en la Aes Sedai como en el Guardián respecto a las condiciones físicas y emocionales del otro. Mientras que la mayoría de los Ajahs sostienen que una Aes Sedai puede disponer de un solo Guardián unido a ella, el Ajah Rojo rechaza el nexo con cualquier Guardián y el Ajah Verde cree que una Aes Sedai es libre de disponer de tantos Guardianes como desee. Éticamente el Guardián debe acceder a establecer el vínculo, pero se tienen noticias de casos en las que a éste se le ha impuesto contra su voluntad. Los beneficios que obtienen las Aes Sedai de esta unión constituyen un secreto celosamente guardado. *Véase también* Aes Sedai.

Guerra de Aiel: (976-978 NE) Cuando el rey Laman de Cairhien cortó *Avendoraldera*, varios clanes Aiel atravesaron la Columna Vertebral del Mundo y saquearon y quemaron la capital de Cairhien así como otras muchas ciudades y pueblos. El conflicto se propagó hasta Andor y Tear. Oficialmente se sostiene que los Aiel fueron derrotados finalmente en la Batalla de las Murallas Resplandecientes, delante de Tar Valon, pero, de hecho, el rey Laman pereció en dicha batalla y, habiendo cumplido su objetivo, los Aiel volvieron a cruzar la Columna Vertebral de Mundo. *Véase* Avendoraldera.

Guerra de los Cien Años: Una serie de guerras sucesivas entre alianzas de naciones constantemente modificadas, precipitada por la muerte de Artur Hawkwing y las luchas por acceder al mando de su imperio que ésta acarreó. Duró del 994 AL al 1117 AL, pero no son fechas exactas dado que la destrucción tuvo tal alcance que apenas se conservan algunos documentos de la época y son simples fragmentos. Esta contienda dejó despobladas extensas zonas de las naciones situadas entre el Océano Aricio y el Yermo de Aiel y entre el Mar de las Tormentas y la Gran Llaga.

Guerra de la Sombra: También conocida como Guerra del Poder, puso fin a la Era de Leyenda. Comenzó poco tiempo después de que se efectuara un intento de liberar al Oscuro y pronto se vieron involucradas en ella todas las naciones. En un mundo donde incluso el recuerdo de la guerra había caído en el olvido, se redescubrieron todos y cada uno de los rostros de la guerra, a menudo desfigurados por la mano del Oscuro que se cernía sobre el mundo. En ella el Poder Único se utilizó como arma. La guerra se concluyó volviendo a sellar las puertas de la prisión del Oscuro.

Guerra de los Trollocs: Una serie de guerras iniciadas hacia el 1000 DD y que se prolongaron durante más de tres siglos, a lo largo de los cuales los trollocs arrasaron el mundo. Finalmente los trollocs fueron abatidos u obligados a refugiarse en la Gran Llaga, pero algunas naciones dejaron de existir, mientras que otras quedaron casi despobladas. Toda la información que resta sobre aquel período es fragmentaria. *Véase también* Pacto de las Diez Naciones.

Hawkwing, Artur: Rey legendario que unió todas las tierras situadas al oeste de la Columna Vertebral del Mundo. Llegó incluso a enviar ejércitos al otro lado del Océano Aricio, pero se perdió todo contacto con éstos a su muerte, que desencadenó la Guerra de los Cien Años. Aunque amado y respetado por el pueblo, todos los monumentos que se erigieron en su memoria fueron destruidos durante la Guerra de los Cien Años. Su emblema era un halcón dorado volando. *Véase también* Guerra de los Cien Años.

heredera del trono: Título de la heredera del trono de Andor, en el que sucede a la reina, su madre, la hija mayor. Si a la reina no la sobrevive ninguna hija, entonces el trono pasa a la mujer que puede demostrar que posee más líneas de descendencia directa con la primera reina de Andor. A dicha mujer, según el criterio andoreño, se la consideraría la pariente más próxima de la reina fallecida, si bien para la gente del pueblo podrían no tener parentesco en absoluto.

Hijos de la Luz: Una asociación que mantiene estrictas creencias ascéticas, consagrada a la consecución de la derrota del Oscuro y la destrucción de todos los Amigos Siniestros. Fundada durante la Guerra de los Cien Años por Lothair Mantelar para perseguir al creciente número de Amigos Siniestros, se transformó durante la guerra en una organización de marcado carácter militar, de creencias extremadamente rígidas, entre las que destaca la certeza de que ellos son los únicos que se hallan en posesión de la verdad. Profesan un profundo odio por las Aes Sedai, a las cuales consideran, al igual que a sus seguidores y amigos, Amigos Siniestros. Se los conoce despectivamente como Capas Blancas, nombre que ellos desprecian. Su emblema es un sol dorado sobre campo blanco.

Hombre de las Sombras: Véase Myrddraal.

Illian: Gran ciudad portuaria del Mar de las Tormentas y capital de la nación del mismo nombre, aunque los illianos a menudo se refieren a ella como «la Ciudad», simplemente. La enseña de Illian representa nueve abejas doradas sobre fondo de color verde oscuro.

Ingtar, lord Ingtar de la casa Shinowa: Un guerrero shienariano con quien se encuentran los protagonistas en Fal Dara.

interrogadores, los: Una orden de los Hijos de la Luz. Su cometido es descubrir la verdad en controversias y desenmascarar a los Amigos Siniestros. En su búsqueda de la verdad y de la Luz, según su punto de vista, son aún más fanáticos que los restantes Hijos de la Luz. Su método habitual de interrogatorio es la tortura; su actitud normal es la de conocer con antelación la verdad, con lo cual únicamente deben obligar a sus víctimas a confesarla. Los interrogadores se autodenominan la Mano de la Luz y en ocasiones actúan como si se hallaran al margen de los Hijos y del Consejo de Ungidos, órgano de máxima autoridad entre los Hijos. El dirigente de los interrogadores es el Inquisidor Supremo, el cual forma parte del Consejo de los Ungidos.

juglar: Un narrador de historias, músico, malabarista, acróbata y animador errante. Conocidos por sus singulares capas de parches multicolores, actúan normalmente en pueblos y ciudades pequeñas, dado que en las grandes ciudades disponen de otro tipo de entretenimientos, aunque, de vez en cuando, los contratan nobles o mercaderes ricos para disfrutar de un espectáculo más rústico.

Kandor: Una de las Tierras Fronterizas. La enseña de Kandor es un caballo rojo erguido sobre fondo verde claro.

Kinch, Hyam: Un granjero con quien Rand y Mat se encuentran en el camino de Caemlyn.

Ko'bal: Véase trollocs.

Laman: Un rey de Cairhien, de la casa Damodred, que perdió el trono y la vida en la Guerra de Aiel.

Lan; al'Lan Mandragoran: Guerrero del norte; compañero y Guardián de Moraine. Un hombre de muchos secretos y viejos pesares.

Luc; lord Luc de la casa Mantear: Hermano de Tigraine, que habría ocupado el cargo de Primer Príncipe de la Espada cuando ella ascendiera al trono. Se considera que su desaparición en la Gran Llaga está de algún modo conectada con la posterior desaparición de Tigraine. Su emblema era una bellota dorada.

Llaga, la: Véase Gran Llaga, la.

Llama de Tar Valon: El símbolo de Tar Valon y de las Aes Sedai. Una representación estilizada de una llama; una lágrima blanca con la parte más delgada hacia arriba.

Machera, Elyas: Un hombre que encuentran Perrin y Egwene en el bosque.

Mahdi: En la Antigua Lengua, Buscador. Título del dirigente de una caravana de Tuatha'an.

Malkier: Una nación que antaño formaba parte de las Tierras Fronterizas, ahora consumida por la Gran Llaga. La enseña de Malkier era una grulla dorada volando.

Mandarb: En la Antigua Lengua, «Espada».

Manetheren: Una de las Diez Naciones aliadas en el Segundo Pacto y también la capital de dicha nación. Tanto la ciudad como el reino fueron arrasados por completo durante la Guerra de los Trollocs.

Maradon: La capital de Saldaea.

Marchitador de las Hojas: Véase Oscuro.

Marinos, los: Nombre coloquial de los Atha'an Miere, que en la Antigua Lengua significa «Pueblo del Mar» o «Marinos». Habitantes de las islas del Océano Aricio y del Mar de las Tormentas. Viven poco tiempo en dichas islas, pues pasan la mayor parte de su vida en sus barcos. Gran parte del comercio marítimo lo realizan los bajeles de los Marinos.

medidas de longitud: 1 mano = 10 cm; 1 pie = 30 cm; 3 pies = 1 paso (90 cm); 2 pasos = 1 espán (1,8 m); 1.000 espanes = 1,8 km; 1 legua = 7,3 km.

Merrilin, Thom: Un juglar que llega a Campo de Emond para realizar una representación en Bel Tine. Un hombre que es mucho más de lo que aparenta.

mes: Según establece el calendario Farede, un período de veintiocho días. Un año comprende trece meses, y aunque dichos meses tienen nombre —Taisham, Jumara, Saban, Aine, Adar, Saven, Amadaine, Tammaz, Maigdhal, Choren, Shaldine, Nesan y Danu— se utilizan casi exclusivamente en documentos oficiales y por los funcionarios. A la mayoría de la gente le basta con regirse por las estaciones.

Min: Una muchacha que trabaja en la posada de El Ciervo y el León, en Baerlon.

moneda: Tras muchos siglos de comercio, los tipos de moneda son los mismos en todos los países: coronas (la mayor en tamaño), marcos y céntimos. Las coronas y los marcos se pueden acuñar en oro o en plata, mientras que los céntimos pueden ser de plata o de cobre; a un céntimo de esta última aleación se le llama a menudo un «cobre», simplemente. Dependiendo de las naciones, sin embargo, estas monedas son de distintos tamaños y pesos. Incluso en una misma nación, se han acuñado monedas de distintos tamaños y pesos por diferentes gobernantes. A causa del comercio, las monedas de muchos países se encuentran casi en cualquier parte. Por esa razón, banqueros, prestamistas y mercaderes utilizan balanzas para determinar el valor de cualesquiera monedas. Se pesan incluso grandes cantidades de monedas por dicho motivo. El único papel moneda son las «cartas de valores» que extienden los banqueros, garantizando a su presentación la entrega de cierta cantidad de oro o plata. A causa de la gran distancia entre ciudades, el tiempo que hace falta para viajar de unas a otras y las dificultades para hacer transacciones a larga distancia, una carta de valores se acepta al cien por cien de su valor en una población próxima al banco que la ha expedido, pero es posible que en una ciudad más lejana sólo se acepte a un valor más bajo. Por lo general, una persona pudiente que va a hacer un largo viaje llevará una o más cartas de valores para cambiarlas por dinero cuando lo necesite. Las cartas de valores sólo las suelen aceptar banqueros o mercaderes, y nunca se utilizan en tiendas y otros establecimientos.

Moraine: Una visitante de Campo de Emond que llega justo antes de la Noche de Invierno. Es una Aes Sedai del Ajah Azul.

Mordeth: Consejero que indujo a la ciudad de Aridhol a combatir a los Amigos Siniestros usando sus mismos métodos y así acarreó la destrucción de la urbe, a la que se dio un nuevo nombre: Shadar Logoth. Aparte del odio que la destruyó, allí sólo sobrevive una cosa y es el propio Mordeth, atrapado en las ruinas de la ciudad durante dos mil años a la espera de la llegada de alguien a quien devorar el alma y así encarnarse en otro cuerpo.

Morgase: Por la gracia de la Luz, reina de Andor, Cabeza Insigne de la casa Trakand. Su emblema son tres llaves doradas. La enseña de la casa Trakand es una piedra angular plateada.

Myrddraal: Criaturas del Oscuro, bajo cuyo mando se encuentran los trollocs. Deformes descendientes de los trollocs en los que la materia humana utilizada para crearlos ha regresado a la superficie, pero infectada por la malignidad que los generó. Físicamente son como los hombres, salvo en el hecho de que no tienen ojos, aunque posean la agudeza visual de un águila, tanto de día como de noche. Gozan de ciertos poderes emanados por el Oscuro, entre los que se cuenta la capacidad de paralizar de terror con la mirada y la posibilidad de esfumarse en los lugares que se hallan a oscuras. Uno de sus pocos puntos débiles de que se tiene conocimiento es su renuencia a cruzar cualquier corriente de agua. En muchos países se los conoce con diferentes nombres, entre ellos: Semihombres, Seres de Cuencas Vacías, Hombres de la Sombra y Fados.

Ogier: 1) Una raza no humana, caracterizada por una gran estatura (diez pies de altura media en los varones adultos), anchas narices casi hocicudas y largas orejas copetudas. Viven en áreas llamadas *steddings.* La separaración de esos *steddings* tras el Desmembramiento del Mundo (un tiempo que los Ogier llaman el Exilio) tuvo como resultado lo que se conoce como Añoranza; un Ogier que permanece mucho tiempo fuera de un *stedding* enferma y muere. Mundialmente conocidos como maravillosos albañiles y canteros que construyeron las grandes urbes humanas después del Desmembramiento, ellos consideran ese trabajo simplemente como algo aprendido durante el Exilio y en absoluto tan importante como el cuidado de los árboles del *stedding*, en especial los colosales Grandes Árboles. Salvo para realizar algún trabajo de construcción, rara vez abandonan los *steddings* y suelen mantener escaso contacto con los hombres. Los humanos apenas conocen detalles acerca de ellos y son muchos los que creen que los Ogier son sólo seres de leyenda. Aunque se los tiene por seres muy pacíficos a los que cuesta mucho encolerizar, ciertos relatos antiguos cuentan que lucharon junto a los humanos en la Guerra de los Trollocs y los definen como enemigos implacables. Por regla general les entusiasma el conocimiento, y sus libros y relatos a menudo contienen información perdida para los humanos. La media de expectativa de vida de un Ogier es como mínimo tres o cuatro veces superior a la de un humano. 2) Cualquier individuo de esta raza no humana. *Véanse también* Desmembramiento del Mundo y *stedding*.

Oscuro: El nombre más comúnmente utilizado en todos los países para mencionar a Shai'tan: el origen del mal, la antítesis del Creador. Encarcelado por el Creador en el momento de la Creación en una prisión en Shayol Ghul, un intento de liberarlo de ella desencadenó la Guerra de la Sombra, la contaminación del *Saidin*, el Desmembramiento del Mundo y el fin de la Era de Leyenda.

Oscuro, nombrar al: El hecho de pronunciar el verdadero nombre del Oscuro (Shai'tan) atrae su atención, y acarrea desgracias y mala suerte. Por ese motivo, se utilizan innumerables eufemismos, entre los que se encuentran el Oscuro, Padre de las Mentiras, Cegador de la Vista, Señor de la Tumba, Pastor de la Noche, Ponzoña del Corazón, Colmillo del Corazón, Arrasador de la Hierba y Marchitador de las Hojas. Con frecuencia, se aplica la expresión «nombrar al Oscuro» a las personas que parecen abrir sus puertas al infortunio.

Pacto de las Diez Naciones: Unión formada en los siglos posteriores al Desmembramiento del Mundo (hacia el 200 DD). Tenía como finalidad derrotar al Oscuro. Las naciones que lo componían eran Jaramide, Aramaelle, Almoren, Aridhol, Safer, Manetheren, Coremanda, Essenia, Eharon y Aelgar. Pocas naciones del Pacto sobrevivieron a la Guerra de los Trollocs, y las que resistieron no duraron mucho tiempo. Todas fueron reemplazadas por nuevas naciones creadas de las ruinas de las antiguas. *Véase* Guerra de los Trollocs.

Pared del Dragón, la: Otro nombre por el que se conoce la Columna Vertebral del Mundo. *Véase* Columna Vertebral del Mundo.

Pastor de la Noche: *Véase* Oscuro.

pelotón: La unidad militar básica de los trollocs, de composición variable; consta siempre de más de un centenar de trollocs, pero no sobrepasa nunca los doscientos. Con frecuencia, aunque no siempre, un pelotón está capitaneado por un Myrddraal.

piedra del corazón: Una sustancia indestructible creada durante la Era de Leyenda. Absorbe cualquier fuerza conocida que intente romperla, e incrementa con ella su dureza.

Poder Único, el: El poder que se obtiene de la Fuente Verdadera. La gran mayoría de la gente está completamente incapacitada para aprender a encauzarlo. Sólo un reducido número de personas puede llegar a encauzarlo mediante las enseñanzas de expertos, y algunas, las menos, disponen de una capacidad innata para entrar en contacto con la Fuente Verdadera y encauzar el Poder involuntariamente, sin ni siquiera ser conscientes a veces de ello. Esta disposición innata suele manifestarse al final de la adolescencia o en el inicio de la edad adulta. Si nadie les enseña a controlar el Poder o no aprenden por sí solos a hacerlo (lo cual es en extremo difícil y únicamente llega a conseguirlo uno de cada cuatro) están destinados a una muerte segura. Desde la Época de Locura, ningún varón ha sido capaz de encauzar el Poder sin acabar enloqueciendo de un modo horrible para —aun cuando haya logrado un cierto control— morir al fin a causa de una devastadora enfermedad que hace que quienes la padecen se descompongan vivos; una enfermedad producida, al igual que la locura, por la contaminación del Oscuro en el *Saidin*. Para una mujer, la muerte que es consecuencia de la incapacidad de controlar el Poder no es tan terrible, aunque es también muerte al fin y al cabo. Las Aes Sedai tratan de localizar a las muchachas que nacen con el talento tanto para salvarles la vida como para incorporarlas a sus filas y a los hombres, para prevenir los destrozos que inevitablemente causan con el Poder al perder la cordura. *Véanse también* encauzar, Época de Locura y Fuente Verdadera.

Ponzoña del Corazón: *Véase* Oscuro.

Primer Príncipe de la Espada: Título ostentado por el hermano mayor de la reina de Andor, el cual ha sido educado desde la infancia para dirigir los ejércitos reales en tiempo de guerra y ser su consejero en época de paz. Si la reina no tiene ningún hermano, ella nombra a alguien para ocupar el cargo.

Pueblo Errante: Otro nombre por el que se conoce a los Tuatha'an. *Véase* Tuatha'an.

Renegados, los: Nombre otorgado a los trece Aes Sedai más poderosos que se hayan conocido nunca, los cuales se incorporaron a las filas del Oscuro durante la Guerra de la Sombra a cambio de la promesa de inmortalidad. De acuerdo con las leyendas y la documentación histórica parcial disponible, fueron encarcelados junto con el Oscuro cuando volvió a sellarse su prisión. Sus nombres eran Aginor, Asmodean, Balthamel, Be'lal, Demandred, Graendal, Ishamael, Lanfear, Mesaana, Moghedien, Rahvin, Sammael y Semirhage. Estos nombres aún se utilizan para asustar a los niños.

Rueda del Tiempo: El Tiempo es una rueda con siete radios, cada uno de los cuales constituye una Era. Con el girar de la Rueda, las Eras vienen y van, dejando recuerdos que se convierten en leyendas y luego en mitos, para caer en el olvido llegado el momento del retorno de una Era. El Entramado de una Era es ligeramente distinto cada vez que se inicia dicho período y está sujeto a cambios progresivos de mayor consideración, pero las Eras siempre vuelven a reproducirse. No se repite exactamente lo que ocurrió antes, la última vez que dicha Era tuvo lugar, pero sí lo bastante parecido en líneas generales para que, a primera vista, parezca igual.

sa'angreal: Un objeto extremadamente raro que permite a un individuo encauzar una gran cantidad de Poder Único sin sufrir daños. Un *sa'angreal* es similar a un *angreal*, pero muchísimo más poderoso que éste. Son vestigios de la Era de Leyenda, cuyo método de elaboración se desconoce en la actualidad.

Saidar, Saidin: Véase Fuente Verdadera.

Saldaea: Una de las Tierras Fronterizas. La enseña de Saldaea se compone de tres peces plateados sobre un fondo azul oscuro.

Sede Amyrlin: Título de la dirigente de las Aes Sedai, de carácter vitalicio, elegida por la Antecámara de la Torre, el máximo Consejo de las Aes Sedai, que consta de tres representantes procedentes de cada uno de los siete Ajahs. La Sede Amyrlin posee, al menos en teoría, una autoridad casi suprema entre las Aes Sedai. Su rango es equiparable al de un rey o una reina.

Es también el trono en el que se sienta la dirigente de las Aes Sedai.

Segundo Pacto: Otro nombre dado al Pacto de las Diez Naciones. Es obvio que ha de haber un Primer Pacto para que éste sea el segundo, pero se desconoce la naturaleza del primero y cuándo se hizo. *Véase* Pacto de las Diez Naciones.

semana: Según establece el calendario Farede, es un período de diez días.

Semihombre: Véase Myrddraal.

Señores del Espanto: Los hombres y mujeres que, disponiendo de la capacidad de Canalizar el Poder Único, pasaron al servicio de la Sombra durante la Guerra de los Trollocs, haciendo las funciones de comandantes de las huestes trollocs.

Ser de Cuencas Vacías: Véase Myrddraal.

Shadar Logoth: En la Antigua Lengua «Donde Acecha la Sombra». Una ciudad, antaño llamada Aridhol y capital de la nación del mismo nombre, abandonada y evitada por hombres y criaturas del Oscuro desde la Guerra de los Trollocs. También denominada «la Espera de la Sombra».

Shai'tan: Véase Oscuro.

Shayol Ghul: Una montaña ubicada en las Tierras Malditas, donde está encarcelado el Oscuro.

Sheriam: Una Aes Sedai, del Ajah Azul.

Shienar: Una de las Tierras Fronterizas. El emblema de Shienar es un halcón negro abatiéndose.

shoufa: Una prenda que utilizan los Aiel, habitualmente una tela del color de la arena o la roca, para envolverse la cabeza y el cuello, dejando únicamente la cara al descubierto.

stedding: Tierra natal de un Ogier. Muchos *stedding* fueron abandonados desde el Desmembramiento del Mundo. La historia y las leyendas los describen como refugios, lo cual se debe a que por alguna razón, indescifrable hoy en día, ningún Aes Sedai puede encauzar el Poder Único, ni siquiera detectar la existencia de la Fuente Verdadera, en el interior de sus límites. Los intentos de esgrimir el Poder Único desde fuera del *stedding* no surten efecto dentro de sus márgenes. Ningún trolloc entra por propia voluntad en un *stedding* e incluso los Myrddraal lo hacen únicamente impelidos por una extrema necesidad y con la mayor de las aprensiones. Los propios Amigos Siniestros, cuando están dedicados por entero al servicio del Oscuro, se sienten incómodos dentro de un *stedding*.

tabaco: Una hierba nociva cultivada en muchas naciones, cuyas hojas, una vez secas y curadas, se queman en recipientes de madera llamados «pipas», mediante los cuales se inhala el humo producido. Una costumbre mala y peligrosa.

Tallanvor, Martyn: Lugarteniente de la Guardia de Real, con el que hay un encuentro en Caemlyn.

Ta'maral'ailen: En la Antigua Lengua «Trama del Destino».

Tanreall, Artur Paendrag: Véase Hawkwing, Artur.

Tar Valon: Una ciudad asentada en una isla del río Erinin. El centro del poder de las Aes Sedai y ubicación de la Sede Amyrlin.

ta'veren: Una persona en torno a la que la Rueda del Tiempo teje los hilos vitales de quienes se hallan a su alrededor para forma una Trama del Destino. *Véase* Entramado de una Era.

Tear: 1) Nación en la costa del Mar de las Tormentas. 2) Una gran ciudad portuaria y capital de la nación del mismo nombre. Los tearianos a menudo se refieren a la capital simplemente como «la Ciudad». El emblema de la nación de Tear representa tres lunas crecientes blancas, sobre campo rojo y dorado.

Telamon, Lews Therin: Véase Dragón, el.

Thakan'dar: Un valle eternamente cubierto de niebla situado bajo las laderas de Shayol Ghul.

Tierras Fronterizas, las: Las cuatro naciones que bordean la Gran Llaga: Saldaea, Arafel, Kandor y Shienar.

Tierras Malditas: Las tierras desoladas que rodean Shayol Ghul, al otro lado de la Gran Llaga. En las Tierras Malditas no crece nada ni puede crecer nada. Sin embargo, la propia tierra puede matar.

Tigraine: Heredera del trono de Andor que tomó por esposo a Taringail Damodred y dio a luz a Galadedrid. Su desaparición en el 972 NE, ocurrida poco después de la de su hermano Luc, acaecida en la Llaga, desembocó en las luchas llamadas de Sucesión en Andor y en los hechos acaecidos en Cairhien, los cuales desencadenaron finalmente la Guerra de Aiel. Su emblema era una mano de mujer asiendo un espinoso tallo de rosa coronado con una flor blanca.

Torre Blanca: 1) Una colosal torre de piedra blanca, construida con el Poder Único, que se alza en el centro de Tar Valon. Es el palacio de la Sede Amyrlin y el centro de poder Aes Sedai, y tiene zonas que pertenecen a los distintos Ajahs. 2) El extenso terreno que rodea la colosal torre.

Trama del Destino: Un gran cambio en el Entramado de una Era, centrado en torno a una o varias personas que son *ta'veren.*

Tremalking: La más extensa de las islas de los Marinos.

trollocs: Criaturas del Oscuro, creadas durante la Guerra de la Sombra. De elevada estatura y depravados en extremo, son una deforme mezcolanza de animal y materia humana, y matan por el mero placer de dar muerte. Astutos, engañosos y traidores, únicamente pueden confiar en ellos quienes les infunden temor. Son omnívoros y comen todo tipo de carne, incluyendo la humana y la de sus propios congéneres. Siendo de origen parcialmente humano, pueden cruzarse con la raza humana, pero la descendencia suele nacer muerta o perecer a los pocos meses. Están divididos en bandas de carácter tribal, entre las principales de las cuales se encuentran los Ahf'frait, Al'ghol,

823

Bhan'sheen, Dha'vol, Dhai'mon, Dhjin'nen, Ghar'ghael, Ghob'hlin, Gho'hlem, Ghraem'lan, Ko'bal y Kno'mon.

Tuatha'an: Un pueblo nómada, también conocido como los gitanos y el Pueblo Errante, que vive en carromatos pintados con abigarrados colores y sigue una ideología pacifista llamada la Filosofía de la Hoja. Un Tuatha'an no usará la violencia contra otro ser humano ni siquiera para salvar la propia vida ni la de sus seres queridos. Los cacharros que arreglan suelen quedar como nuevos, pero el Pueblo Errante está proscrito en muchos pueblos debido a los rumores que corren, según los cuales raptan a los niños e intentan convertir a los jóvenes a sus creencias.

unidades de peso: 1 estón = 5 kg; 10 estones = 1 quintal (50 kg); 1 quintal métrico = 100 kg; 10 quintales métricos = 1 tonelada.

Urdimbre de las Eras: Véase Gran Entramado, el.

Urdimbre de una Era: Véase Entramado de una Era.

Yermo de Aiel: El inhóspito, accidentado y casi estéril país situado al este de la Columna Vertebral del Mundo. Pocos forasteros se aventuran a visitarlo, no sólo porque casi es imposible encontrar agua allí a alguien que no ha nacido en aquel terreno, sino además porque los Aiel se consideran en guerra con todos los otros pueblos y no reciben con buenos ojos a los extranjeros.

Zahorí: En los pueblos de Andor, una mujer elegida por el Círculo de Mujeres para formar parte del Círculo por su sabiduría como curandera y su capacidad para predecir el tiempo, así como por su sentido común. Normalmente, es una posición de gran responsabilidad y autoridad, tanto real como supuesta. Por lo general su importancia se considera equiparable a la del alcalde e incluso superior en algunas localidades, y casi siempre se la tiene por la dirigente del Círculo de Mujeres. A diferencia del alcalde, la Zahorí es designada de por vida y es muy raro que alguna de ellas sea destituida de su cargo antes de morir. Casi siempre está en conflicto con la figura del alcalde, hasta el punto de que tales desacuerdos a menudo se narran en relatos humorísticos. Aunque en Andor se la conoce como Zahorí, en otros países esta función se designa con nombres distintos, como Guía, Curandera, Mujer Sabia, Lectora, Buscadora, Indagadora o Sabia, pero, sea cual sea el nombre, existen en todas partes. *Véase también* Círculo de Mujeres.

ÍNDICE